Biblioteca Americana

Proyectada por Pedro Henríquez Ureña
y publicada en memoria suya

Serie de

Literatura Moderna
Pensamiento y Acción

OBRA CRÍTICA
DE
PEDRO HENRÍQUEZ UREÑA

10037

PEDRO HENRÍQUEZ UREÑA

OBRA CRÍTICA

Ensayos críticos - Horas de estudio - En la orilla. Mi España - Seis ensayos en busca de nuestra expresión - La cultura y las letras coloniales en Santo Domingo - Plenitud de España - Antología de artículos y conferencias.

Edición, bibliografía e índice onomástico
por EMMA SUSANA SPERATTI PIÑERO
Prólogo de JORGE LUIS BORGES

FONDO DE CULTURA ECONÓMICA
MÉXICO

Primera edición,   1960
Primera reimpresión,   1981

PEDRO HENRÍQUEZ UREÑA

COMO AQUEL día del otoño de 1946 en que bruscamente supe su muerte, vuelvo a pensar en el destino de Pedro Henríquez Ureña y en los singulares rasgos de su carácter. El tiempo define, simplifica y sin duda empobrece las cosas; el nombre de nuestro amigo sugiere ahora palabras como maestro de América y otras análogas. Veamos, pues, lo que estas palabras encierran.

Evidentemente, maestro no es quien enseña hechos aislados o quien se aplica a la tarea mnemónica de aprenderlos y repetirlos, ya que en tal caso una enciclopedia sería mejor maestro que un hombre. Maestro es quien enseña con el ejemplo una manera de tratar con las cosas, un estilo genérico de enfrentarse con el incesante y vario universo. La enseñanza dispone de muchos medios; la palabra directa no es más que uno. Quien haya recorrido con fervor los diálogos socráticos, las *Analectas* de Confucio o los libros canónicos que registran las parábolas y sentencias del Buddha, se habrá sentido defraudado más de una vez; la oscuridad o la trivialidad de tal cual dictamen, piadosamente recogido por los discípulos, le habrá parecido incompatible con la fama de esas palabras, que resonaron, y siguen resonando, en lo cóncavo del espacio y del tiempo. (Que yo recuerde, los *Evangelios* nos ofrecen la única excepción a esta regla, de la que ciertamente no se salvan las conversaciones de Goethe o de Coleridge.) Indaguemos la solución de esta discordia. Ideas que están muertas en el papel fueron estimulantes y vívidas para quienes las escucharon y conservaron, porque detrás de ellas, y en torno a ellas, había un hombre. Aquel hombre y su realidad las bañaban. Una entonación, un gesto, una cara, les daban una virtud que hoy hemos perdido. Cabe aquí recordar el caso histórico o simbólico, del judío que fue al pueblo de Mezeritz, no para escuchar al predicador sino para ver de qué modo éste se ataba los zapatos. Evidentemente todo era ejemplar en aquel maestro, hasta los actos cotidianos. Martin Buber, a quien debemos esta anécdota singular, habla de maestros que no sólo exponían la Ley sino que eran la Ley. De Pedro Henríquez Ureña sé que no era varón de muchas palabras. Su método, como el de todos los maestros genuinos, era indirecto. Bastaba su presencia para la discriminación y el rigor. A mi memoria acuden unos ejemplos de lo que se podría llamar su "manera abreviada". Alguien —acaso yo— incurrió en la ligereza de preguntarle si no le desagradaban las fábulas y él respondió con sencillez: *No soy enemigo de los géneros.* Un poeta de cuyo nombre no quiero acordarme, declaró polémicamente que cierta versión lite-

ral de las poesías de Verlaine era superior al texto francés, por
carecer de metro y de rima. Pedro se limitó a copiar esta desaforada
rada opinión y a agregar las suficientes palabras: *En verdad...*
Imposible corregir con más cortesía. El dilatado andar por tierras
rras extrañas, el hábito del destierro, habían afinado en él esa
virtud. Alfonso Reyes ha referido alguna inocente o distraída
irregularidad de sus años mozos; cuando lo conocí, hacia 1925,
ya procedía con cautela. Rara vez condescendía a la censura de
hombres o de pareceres equivocados; yo le he oído afirmar que
es innecesario fustigar el error porque éste por sí solo se desbarata
barata. Le gustaba alabar; su memoria era un preciso museo de las
literaturas. Días pasados, hallé en un libro una tarjeta, en la
que había anotado, de memoria, unos versos de Eurípides, curiosamente
samente traducidos por Gilbert Murray; fue entonces que dijo
unas cosas sobre el arte de traducir, que al correr de los años
yo repensé y tuve por mías, hasta que la cita de Murray (*With
the stars from the windwoven rose*) me recordaron que eran
suyas y la oportunidad que las inspiró.

Al nombre de Pedro (así prefería que lo llamáramos los
amigos) vincúlase también el nombre de América. Su destino
preparó de algún modo esta vinculación; es verosímil sospechar
que Pedro, al principio, engañó su nostalgia de la tierra dominicana
cana suponiéndola una provincia de una patria mayor. Con el
tiempo, las verdaderas y secretas afinidades que las regiones del
continente le fueron revelando, acabaron por justificar esa hipótesis
tesis. Alguna vez hubo de oponer las dos Américas —la sajona
y la hispánica— al viejo mundo; otra, las repúblicas americanas
y España a la República del Norte. No sé si tales unidades existen
ten en el día de hoy; no sé si hay muchos argentinos o mexicanos
nos que sean americanos también, más allá de la firma de una
declaración o de las efusiones de un brindis. Dos acontecimientos
históricos han contribuido, sin embargo, a fortalecer nuestro sentimiento
timiento de una unidad racial o continental. Primero las emociones
nes de la guerra española, que afiliaron a todos los americanos
a uno u otro bando; después, la larga dictadura que demostró,
contra las vanidades locales, que no estamos eximidos, por cierto,
del doloroso y común destino de América. Pese a lo anterior, el
sentimiento de americanidad o de hispanoamericanidad sigue
siendo esporádico. Basta que una conversación incluya los nombres
bres de Lugones y Herrera o de Lugones y Darío para que se
revele inmediatamente la enfática nacionalidad de cada interlocutor
locutor.

Para Pedro Henríquez Ureña, América llegó a ser una realidad
dad; las naciones no son otra cosa que ideas y así como ayer
pensábamos en términos de Buenos Aires o de tal cual provincia,
mañana pensaremos de América y alguna vez del género humano
no. Pedro se sintió americano y aun cosmopolita, en el primitivo

y recto sentido de esa palabra que los estoicos acuñaron para manifestar que eran ciudadanos del mundo y que los siglos han rebajado a sinónimo de viajero o aventurero internacional. Creo no equivocarme al afirmar que para él nada hubiera representado la disyuntiva *Roma o Moscú;* había superado por igual el credo cristiano y el materialismo dogmático, que cabe definir como un calvinismo sin Dios, que sustituye la predestinación por la causalidad. Pedro había frecuentado las obras de Bergson y de Shaw que declaran la primacía de un espíritu que no es, como el Dios de la tradición escolástica, una persona, sino todas las personas y, en diverso grado, todos los seres.

Su admiración no se manchaba de idolatría. Admiraba *this side idolatry,* según la norma de Ben Jonson; era muy devoto de Góngora, cuyos versos vivían en su memoria, pero cuando alguien quiso elevarlo al nivel de Shakespeare, Pedro citó aquel juicio de Hugo en el que se afirma que Shakespeare incluye a Góngora. Recuerdo haberle oído observar que muchas cosas que se ridiculizan en Hugo se veneran en Whitman. Entre sus aficiones inglesas figuraban, en primer término, Stevenson y Lamb; la exaltación del siglo XVIII promovida por Eliot y su reprobación de los románticos le parecieron una maniobra publicitaria o una arbitrariedad. Había observado que cada generación establece, un poco al azar, su tabla de valores, agregando unos nombres y borrando otros, no sin escándalo y vituperio, y que al cabo de un tiempo se retoma tácitamente el orden anterior.

Otro diálogo quiero rememorar, de una noche cualquiera, en una esquina de la calle Santa Fe o de la calle Córdoba. Yo había citado una página de De Quincey en la que se escribe que el temor de una muerte súbita fue una invención o innovación de la fe cristiana, temerosa de que el alma del hombre tuviera que comparecer bruscamente ante el Divino Tribunal, cargada de culpas. Pedro repitió con lentitud el terceto de la Epístola Moral:

> ¿Sin la templanza viste tú perfeta
> alguna cosa? ¡Oh muerte, ven callada
> como sueles venir en la saeta!

Sospechó que esta invocación, de sentimiento puramente pagano, fuera traducción o adaptación de un pasaje latino. Después yo recordé al volver a mi casa, que morir sin agonía es una de las felicidades que la sombra de Tiresias promete a Ulises, en el undécimo libro de la *Odisea,* pero no se lo pude decir a Pedro, porque a los pocos días murió bruscamente en un tren, como si alguien —el Otro— hubiera estado aquella noche escuchándonos.

Gustav Spiller ha escrito que los recuerdos que setenta años de vida dejan en una memoria normal abarcarían evocados en

orden, dos o tres días; yo ante la muerte de un amigo, compruebo que lo recuerdo con intensidad pero que los hechos o
anécdotas que me es dado comunicar son muy pocas. Las noticias de Pedro Henríquez Ureña que estas páginas dan las he
dado ya, porque no hay otras a mi alcance, pero su imagen,
que es incomunicable, perdura en mí y seguirá mejorándome y
ayudándome. Esta pobreza de hechos y esta riqueza de gravitación personal corrobora tal vez lo que ya se dijo sobre lo secundario de las palabras y sobre el inmediato magisterio de una
presencia.

JORGE LUIS BORGES

Buenos Aires, 4 de marzo de 1959

NOTA A LA PRESENTE EDICIÓN

AUNQUE en la Biblioteca Americana se había incluido ya *Las corrientes literarias en la América hispánica*, no era éste el solo homenaje merecido por quien la proyectó con tanto afán y minucia y a cuya memoria está dedicada. Se imponía, desde hace tiempo, la necesidad de incorporar un volumen que mostrara, siquiera parcialmente, la progresiva evolución de las preocupaciones y el estilo de Pedro Henríquez Ureña. Tal es el propósito fundamental que nos ha llevado a reunir seis de sus libros *(Ensayos críticos*, 1905; *Horas de estudio*, 1910; *En la orilla. Mi España*, 1922; *Seis ensayos en busca de nuestra expresión*, 1928; *La cultura y las letras coloniales en Santo Domingo*, 1936; *Plenitud de España*, 2ª edición aumentada, 1945) y una antología de sus artículos y conferencias. Pero no ha sido la única finalidad. Nos guió también el deseo de poner al alcance de los lectores interesados obras ya agotadas o difíciles de adquirir *(Ensayos críticos, Horas de estudio, En la orilla. Mi España, Seis ensayos)* o no recogidas en las diversas publicaciones póstumas (véase "Crono-bibliografía"), pues son importantísimas para el conocimiento adecuado de nuestro autor y básicas —como en el caso muy especial de *Seis ensayos*— para el estudio de la literatura de América. Nos faltaría señalar un tercer propósito. Pedro Henríquez Ureña había acumulado cantidad de material que pensaba añadir a dos de sus trabajos *(La cultura y las letras coloniales en Santo Domingo* y "El teatro de la América española en la época colonial"). Si bien la tarea de incorporación de las fichas reunidas no ha sido fácil, puesto que a veces no estaban ordenadas y en muchas oportunidades apenas redactadas, nos complacemos hoy en ofrecer al público esas obras enriquecidas. En relación con este último propósito debemos mencionar también la incorporación de correcciones y anotaciones, reveladoras de la voluntad de mejoramiento que caracterizó a don Pedro y que aparecían en los textos de su archivo particular.*

Se nos reprochará, acaso no sin fundamento, que hayamos omitido los estudios sobre versificación, cuya importancia no es necesario destacar. Quizá se nos censure también que sólo hayamos dejado un artículo primerizo acerca del endecasílabo castellano, contenido en *Horas de estudio* y hacia el cual, años más tarde, su autor sintió despego y hasta desprecio (cf. "El ende-

---

* Hemos intentado igualmente actualizar la bibliografía a partir de los años en que quedó suspendida. Pero nos hemos limitado a estudios recientes que consideramos esenciales. Tales indicaciones van siempre entre corchetes.

casílabo castellano", *Revista de Filología Española,* 1919). Creo que, en cierto modo, la justificación es posible. El Instituto de Filología de la Universidad de Buenos Aires prepara un volumen donde se reunirán todos los trabajos referentes al tema, y hemos preferido evitar repeticiones que nos hubieran restado lugar para otros de pareja importancia y utilidad dentro de campos distintos. Si hemos incorporado, en cambio, el artículo de 1909 (cf. "Crono-bibliografía", núms. 164 y 184), ha sido porque forma parte de uno de los libros y hemos preferido mantener su estructura tal cual la pensó el autor, dejando, además, por lo menos esa muestra de sus primeras tentativas.

Sospechamos que también se nos reprochará la omisión total de los estudios lingüísticos. Pero tales estudios pueden encontrarse en ediciones accesibles todavía y, de ser integrados en volumen, merecen que todo él les sea dedicado. Queden, pues, para una oportunidad probablemente muy próxima.

Si bien la labor puramente creadora de Pedro Henríquez Ureña ofrece valores indudables, hemos preferido no mezclarla con su labor de estudioso, de crítico y de pensador. Sus cuentos, y muy en particular los que dedicó a los niños —como los inolvidables de Nana Lupe (cf. "Crono-bibliografía", núm. 413)—, podrán más tarde formar un nuevo volumen junto con *El nacimiento de Dionisos,* su "esbozo trágico a la manera antigua" (véanse núms. 160 y 338), y con sus poesías, aunque estas últimas quizá no alcancen la categoría de aquéllos.

Otro punto que probablemente se prestará a objeciones es la antología de artículos y conferencias. Hemos tratado de seleccionarlos en tal forma que proporcionen una idea aproximada de los diversos intereses y maneras del autor. Se encontrarán allí el ensayo ligero de aspecto pero profundo de sentido, el artículo de alto periodismo, el trabajo erudito en donde quizá se mortifique la natural tendencia del escritor pero que nos ofrece, cuidadosamente ordenados, datos inapreciables. A través de ellos se observan también ciertas constantes: la marcada inclinación por la música y los cantares populares, por el teatro, por la novela, por la literatura inglesa, por la educación, por los problemas políticos que se vinculan con la cultura. Como dijimos, hemos tratado de no coincidir con los trabajos recopilados en publicaciones póstumas. Pero, forzosamente, tuvimos alguna vez que alterar esa norma, dada la calidad o la importancia del trabajo. Con todo, la incorporación de las conferencias sobre teatro colonial y sobre música popular en América —riquísimas muestras de paciente búsqueda que ignoramos por qué habían quedado relegadas a un olvido injusto— quizás logren se nos perdonen ciertas coincidencias inevitables.

Hemos seguido para la presentación de los libros y de la antología el procedimiento más sencillo y, creemos, más efectivo:

el cronológico. Una clasificación temática podría haber resultado confusa y desproporcionada. Es verdad que los libros contienen trabajos de diversos años, pero también es verdad que si su autor los ordenó de esa manera fue, sin duda, porque en el momento de organizarlos sus puntos de vista se mantenían firmes y porque el conjunto estaba pensado con unidad especial. Además, quien desee conocer las fechas exactas de los trabajos que contienen los libros podrá consultar la "Crono-bibliografía". Los artículos y conferencias nos han permitido, en cambio, una elasticidad mayor.

En sus distintos libros, Pedro Henríquez Ureña suele repetir parte del material. En tales casos, hemos preferido reproducir sólo la versión definitiva; siempre dejamos, sin embargo, constancia de las omisiones en las advertencias que preceden a cada obra. Es posible que nuestra actitud en este aspecto parezca contradecir afirmaciones anteriores; pero no tenía sentido, salvo en una edición crítica, presentar dos y tres veces un mismo escrito.

Con la intención de proporcionar una visión panorámica y sintética de la producción total de Pedro Henríquez Ureña, incorporamos al volumen una extensa y detallada bibliografía que podrá servir, no sólo para apreciar su continua e infatigable labor, sino también para que quienes se sientan inclinados a ampliar sus conocimientos y lecturas encuentren en ella una ayuda eficaz.

E.S.S.P.

El Colegio de México

ENSAYOS CRÍTICOS
(1905)

ADVERTENCIA GENERAL

Quedan suprimidos "José Joaquín Pérez", "Rubén Darío" y la primera parte de "Sociología" ("La concepción sociológica de Hostos") que volvieron a publicarse en *Horas de estudio*.

D'ANNUNZIO, EL POETA

IMAGINAD una alta selva mitológica, tan espesa y antigua que más que griega parece indostánica; separada del mundo de los mortales por sombrosas e intrincadas vías que huellan sólo criaturas fantásticas; poblada de pinos cuyo verdor inextinguible remeda la juventud eterna de los dioses, encinas cuyos troncos semejan columnas monolíticas, acantos, mirtos y laureles, consagrados por la tradición y el arte helénicos; aromada por los capitosos efluvios de sus flores, gallardas y fuertes como vírgenes campesinas; llena de los murmullos del arroyo que salta sobre un lecho de violetas y margaritas, del armonioso zumbido de la dulce abeja áurea del Ática, y del gozoso chirrido de la holgazana cigarra, el mismo chirrido que en Colonna, junto a la tumba de Edipo, trágico símbolo de la fatalidad, suena como el himno triunfante de la alegría de vivir.

Allí, cuando en el esplendor de la aurora, o en el cálido reposo de la tarde, o a la salida de la Luna, Pan toca su siringa, acuden y forman un concierto alondras y calandrias, mirlos, jilgueros y pechirrojos, sobre cuyas juveniles voces domina, como la soprano de coloratura de una antigua ópera italiana, la infatigable garganta de Filomela, en una gloriosa *cadenza,* descrita por D'Annunzio en una página memorable; los faunos y las ninfas escuchan deleitados, el Centauro en asombro detiene su carrera, y en el mar lejano las sirenas mismas acallan su canto embrujador.

Ahora canta Pan, y su canción habla de cosas desconocidas: de la irresistible belleza de Helena, de la guerra de Troya, de Platón y de los trágicos griegos, de la Roma de Augusto y Virgilio, del misticismo milenario, de la Roma católica, del Miltrescientos italiano, del Giorgione y de Botticelli, de las divinas artes del Renacimiento, de la maravillosa corte de Luis XIV, del pensamiento olímpico de Goethe, de la música de Wagner, del superhombre, y de la tercera Roma.

Los selváticos moradores no entienden lo que canta Pan, pero el astuto semidiós ha descubierto que en el remoto futuro un *panida* cantaría así, empezando en la selva griega y terminando en la filosofía de Nietzsche.

Todo esto es la poesía de Gabriele D'Annunzio, cuya tendencia definió un crítico de *Nuova Antologia* el *idealismo pánico,* y en general su obra literaria. El poeta recorre en sus versos el jardín encantado donde ha reunido todos los símbolos y memorias del arte humano, pero su originalidad nativa se sostiene y le impide copiar servilmente estilo alguno: para cada idea en-

3

cuentra forma nueva y brillante. Zoilesca injusticia es la del escritor parisino que le llamó "Arlequín literario", y todavía yerran los que le acusan de haber imitado la literatura francesa. D'Annunzio debe mucho más al arte de los sajones que al de los pueblos modernos de lenguas latinas, exceptuando el suyo propio. En poesía, aunque simpatiza a ratos, de un modo vago, con Victor Hugo y Baudelaire, ha preferido el vigoroso sentir y pensar de los líricos ingleses del siglo XIX, de Byron a Swinburne, con ocasionales excursiones a Shakespeare y a Edmund Spenser, y la alta inspiración de los alemanes, Goethe sobre todo, uniendo a este estudio el conocimiento profundo del espíritu armonioso de la antigüedad greco-romana y el regocijo intelectual con que se ha embebido en la elaborada fraseología y en las sutilezas filosóficas de los viejos maestros italianos y en las odas modernas de Leopardi y Carducci.

En esa poesía y en ese pensamiento de que ha derivado una parte de sus ideas artísticas, viven y laten los más altos ideales de la humanidad, pero hay también expresados muchos desfallecimientos y mucho pesimismo, más vigorosamente y más hermosamente, eso sí, que en la poesía de los modernistas franceses. El espíritu poético de D'Annunzio, siguiendo la corriente de los tiempos, ha coincidido con los últimos poetas franceses al cantar los mismos anhelos y dolores, inquietudes y hastíos, nostalgias y pasiones que parecen ser el lote de la *decadente* juventud latina en esta época de indecisión. La actitud de su alma no es la impasible que dice con la belleza de Baudelaire:

> *Je hais le mouvement qui déplace les lignes*
> *et jamais je ne pleure et jamais je ne ris.*

No. Su actitud cabe definirla con este verso cruel de Mallarmé:

> *Toujours plus souriant au désastre plus beau;*

su credo moral con éste de Verlaine:

> *Et le bien et le mal tout a les mêmes charmes;*

y su anhelo capital en éste de Baudelaire:

> *Au fond de l'inconnu pour trouver du nouveau.*

Este anhelo, que suele presentarse como una obsesión en D'Annunzio (el poeta ha llegado a pedir *otros nuevos sentidos),* es hermano de otros muchos deseos torturantes; pero no son ésos los únicos elementos de su poesía, que se reviste de ropajes brillantísimos, se regocija en la juventud, oye las grandes voces de la naturaleza (sobre todo la grandiosa voz del mar, segunda patria del poeta), y conoce los éxtasis de la pasión viril. Es por

esto D'Annunzio más plenamente humano que los decadentes
franceses, y no hay que exagerar al decir que es poeta superior
a los del modernismo francés, exceptuando el precursor Baudelaire; porque si Verlaine es el ídolo de un grupo que las da de
ultra-raro en sus gustos y busca fetiches en poetas fragmentarios,
no tiene tanta amplitud humana como el cantor de *Consolazione*
ni más intensidad en su poesía íntima. En cuanto a la forma,
fácilmente vence a la versificación francesa el verso de D'Annunzio —fiel a las tradiciones de su lengua, reputada como la más
sonora— por su excepcional brillantez, su maravillosa *souplesse;*
y pienso que entre los poetas de las últimas generaciones nadie
como él realiza el deseo de José Enrique Rodó de modelar, "con
el cincel de Heredia, la carne viva de Musset".

D'Annunzio es principalmente poeta emocional y erótico.
Como tal, a pesar de su imbibición en la espiritualidad de los
ingleses y de los alemanes, lleva la marca peculiar de los latinos:
el sensualismo. De él se ha dicho que idealiza el realismo en
la novela; en poesía no sé de quién haya adornado de más fas-
tuosos colores, infundido en más turbadores perfumes y saturado
de más enervante música, la pasión voluptuosa, y la haya elevado
a tal excelsitud, como un arte o una religión o una filosofía.
A través de mundos, edades y estados diferentes, el espíritu del
poeta recorre la gama de las sensaciones y de las pasiones en
busca de una expresión infinita, eterna, absoluta, que condense
todas las emociones humanas. Esta expresión suprema la encuentra casi realizada en la música; y con esto se sale de su latinismo,
porque la música de los pueblos llamados latinos rara vez ha
descrito esos indefinibles estados anímicos y esas crisis emocionales interpretadas en la música de Chopin, de Schumann, de
Brahms, de Grieg, en el maravilloso *Tristán e Isolda* de Wagner.
Difícil es decir si D'Annunzio *latiniza* esta música o si la interpreta, como ella debe serlo, a la manera teutónica; pero por lo
menos en los esplendores externos con que reviste sus versiones
poéticas de esos poemas musicales muestra de nuevo su espíritu
latino. Así, en sus dos magníficos sonetos *Sopra un Erotik
d'Edvard Grieg,* desea "un amor doloroso, lento como lenta
muerte, y sin fin y sin mudanza"; como escenario de este amor,
quiere un mar lamentoso, una alta torre de granito, y termina:

> *Voglio un letto di porpora, e trovare
> in quell'ombra, giacendo su quel seno,
> come in fondo a un sepolcro, l'Infinito.*

Típicos del refinado intelectualismo latino *fin de siècle* son
este "tormento oculto de almas absortas", el raro anhelo insaciable y el regocijo de la tortura, los temperamentos terriblemente complicados que hacen de la voluptuosidad una ciencia y
combinan, como elementos químicos, emociones animales y sen-

timientos artísticos para producir algo desconocido y nuevo. La única salida de esa enfermedad del deseo, si a ella se sobrevive, es el pesimismo.

D'Annunzio ha sobrevivido, pero su espíritu no ha salido ileso. Después de las explosiones del *Intermezzo,* tuvo su período de pesimismo, del cual es típica la composición *In vano,* digna de Leopardi. En esta dice:

> *Nou fu il dolor si forte*
> *da vincere il Mistero.*
> *Lo sofferimmo in vano.*

y después de concluir que *vivimos en vano,* cierra con un satánico grito:

> *¡Gloria! Moremo in vano!*

Pero D'Annunzio ha sobrevivido; ha alcanzado, en poesías como *Consolazione,* más serenidad con mayor sencillez de sentimiento; ha sido poeta *civil,* como dicen en Italia, ha cantado himnos a Garibaldi y a Verdi; y en el drama va ascendiendo, con cada nueva obra, a nueva altura desde adonde se divisan más vastos horizontes del alma humana.

En el jardín de la literatura contemporánea D'Annunzio es único: es el ave del paraíso, cuyo vistoso plumaje esplende sin rivales y tornasola los tintes róseos del alba, el oro del mediodía, el azul de la tarde, los violetas del crepúsculo, los reflejos argentinos de los astros nocturnos; aunque se titula campeón de un renacimiento y resucitador de las tradiciones greco-latinas, no es un poeta cuyo mensaje llegará a las multitudes: es un temperamento demasiado individual e intenso.

Entra ya en la edad en que se escriben las obras maestras decisivas y perdurables, y ahora, en la noche que es para el poeta la muerte de su juventud, su plumaje de ave del paraíso, iluminado por el fulgor diamantino de los astros, ha palidecido al palidecer ellos:

> *Segno che il novel giorno é omai vicino.*

1903 [1]

TRES ESCRITORES INGLESES

I. Oscar Wilde

El poeta irlandés Oscar Wilde, cuyo libro póstumo *De profundis* —confesiones íntimas escritas en la cárcel— acaba de publicarse en Inglaterra, es bien conocido del público literario. Su vida, desde sus estudios universitarios, fue una serie ininterrumpida de triunfos: en el vigor de su juventud se vio jefe de escuela artística, endiosado por sus amigos, mimado por la sociedad inglesa, recibido como príncipe en Francia y en América... hasta que súbitamente el oropel de su gloria fue aventado por ráfagas furiosas de escándalo que desnudaron todo el horror encubierto, y el *esteta* cuasi-divino de la víspera recibió la condenación judicial más vergonzosa que ha recaído nunca sobre un hombre de letras.

Henri de Regnier, con su discreta ironía gálica que suaviza el terror de los abismos, dice que Oscar Wilde se equivocó de época: creyó vivir en la Grecia de Alcibíades o en la Italia de los Borgias. Y la valiente poetisa cubana Nieves Xenes lo compara al aura, el ave que semeja en la altura majestad y belleza, y es, vista de cerca, "repugnante fealdad, miseria inmunda".

De hecho, desde el momento de su prisión Oscar Wilde murió para el mundo literario como para el mundo social. Perdió esposa, familia y amigos. Nombrarle era vergüenza. Sus libros, antes tan conocidos, desaparecieron de la circulación pública, y el único que editó posteriormente, la *Balada de la cárcel de Reading,* no llevaba su nombre sino ¡el número de su celda!

Después de su muerte en París, aislada y miserable, una lenta reacción en favor de su memoria artística se ha ido iniciando en los países ingleses. Sus comedias volvieron a la escena. Su postrer *Balada* se leyó con interés que era casi compasión. Y su libro de confesiones acaba de surgir como un llamado póstumo, no al perdón, que no puede concederse a quien pecó conscientemente, enlodando el blasón de su credo, sino a la serenidad del juicio que silencie las faltas para recordar los impulsos que en aquel desequilibrado espíritu tendían hacia la altura de las ideas y los sentimientos mejores.

Es oportuno ahora rememorar la significación que tuvo la labor literaria de Oscar Wilde en Inglaterra. Escribió él en una época de refinamiento. La influencia de Ruskin, de William Morris, de Tennyson, de Swinburne, de Rossetti, de Burne-Jones, había modificado ciertas severidades de la intelectualidad inglesa, trayendo a la pintura los sugestivos lineamientos del estilo italiano primitivo y dando a la prosa y a la poesía la gracia rítmica, leve, sutil, de los más áticos escritores meridionales.

Merced a lo realizado por esas influencias, sobre todo por la del grupo de los pre-rafaelistas, Wilde, Henley, Walter Pater, Arthur Symons, el malogrado y hoy casi olvidado Ernest Christopher Dowson, y otros, crearon en Inglaterra un movimiento artístico paralelo al producido en Francia por los sectarios del decadentismo y del simbolismo. Wilde fue corifeo desde el principio. Su doctrina del *esteticismo* que debe prevalecer en todas las manifestaciones humanas llegó a ser palabra de combate.

Su poesía parece la de un autor completamente normal, excepto, quizás, en su exceso de intelectualismo. Su verso tiene el ritmo perfecto y el brillo deslumbrante de los de Gabriele D'Annunzio; su expresión, jamás oscura ni amanerada, tiene gran variedad de matices e inagotable riqueza de símiles preciosos.

Wilde pertenece al género de los poetas-pintores y es más parnasiano que decadente: sin faltarle las cualidades más abstractamente intelectuales del genio septentrional, posee la lozana imaginación plástica y colorista de los griegos y los italianos. Sus poemas breves, como el trágico idilio *Charmides,* sus sonetos, en particular los descriptivos de Italia, sus *Impressions,* forman una galería donde alternan los Puvis de Chavannes y los Gustave Moreau, los Rossetti y los Watts, los Whistler y los Monet.

No abunda en la obra poética del período de esplendor de Wilde la nota personal: ésta aparece (*Helas!, Panthea, Humanitas*) en forma filosófica, como análisis de estados de alma, no como un grito hondo y sincero. La nota real y dolorosamente íntima suena en la *Ballad of Reading Gaol,* saturada de un pesimismo frío, amargo como el de Baudelaire: es una balada negra, que sugiere una noche "sin esperanza de aurora".

Wilde fue, además de poeta, autor de novelas como *El retrato de Dorian Gray* (un largo cuento fantástico a la Edgar Poe en el cual pintó de antemano su propio caso) y autor dramático. Cuando él apareció en el campo de las letras, hacía estragos en el teatro inglés la más intolerable vulgaridad: predominaba el criterio de que *lo literario* no producía buen efecto en la escena. El poeta irlandés compuso varias comedias de vida moderna, con argumentos semejantes a los de las más populares de aquel tiempo, y las desarrolló mejor y con más verosimilitud psicológica y en estilo impecable que era a veces un río de chistes rápidos y cortantes, de los mejores en toda la literatura inglesa. *La importancia de ser sincero, El abanico de Lady Windermere* fueron grandes éxitos: con ellos se ganó la primera batalla en favor del buen gusto teatral. Luego vino Pinero a dar al drama inglés un vigor de vida y de ideas que no había vuelto a alcanzar desde los tiempos de la reina Isabel; pero la obra maestra del precursor, *Salomé* (un cuadro soberbio de la época de Herodes), es todavía impopular en Inglaterra, quizás por razón de su carácter refinadamente poético, que, en cambio, le ha dado gran éxito en Alemania.

Wilde había expuesto en su libro *Intentions,* exagerándolas hasta la extravagancia, unas cuantas teorías filosóficas y artísticas que merecieron los terribles anatemas de Max Nordau en el estudio sobre la *Degeneración.* Pero las *Intentions* nunca tuvieron, como pretende Nordau, la importancia ni menos aún el mérito de las obras puramente literarias de Wilde, y ahora quedan relegadas a la insignificancia con la aparición del libro *De profundis,* exposición del verdadero criterio moral del poeta.

Este criterio, más que moral, debe llamarse *humano.* Wilde no fue inconsecuente con lo fundamental de sus antiguas ideas, coincidentes en algunos puntos con las de Nietzsche. Su misma degradante condena no logró convencerle de que la moral, como quiera que se la interprete, es una fuerza real en las sociedades. Por eso declara:

> No defiendo mi conducta; la explico. —No pido sanción externa—. Soy más individualista que nunca. Nada me parece poseer el más ínfimo valor sino aquello que sacamos de nuestro propio *yo.* Mi naturaleza busca un nuevo modo de comprenderse y de obrar. Y lo primero que debo hacer es librarme de todo rencor hacia el mundo. La moral no me ayuda. Soy un antinómico nato. Soy de los creados para excepciones, no para leyes. Pero aunque veo que no hay mal en la acción que se ejecuta, veo que hay mal en lo que podemos convertirnos por esa acción.
>
> Los momentos decisivos de mi vida fueron cuando mi padre me envió a la Universidad de Oxford y cuando la sociedad me envió a prisión. No diré que la prisión es lo mejor que pudo haberme ocurrido, porque esa frase contendría demasiada amargura contra mí mismo. Prefiero decir u oír decir que he sido un hijo tan típico de mi época, que, en mi perversidad y por el gusto de la perversidad, transformé el bien de mi vida en mal y el mal de mi vida en bien.
>
> Fui un hombre ligado por relaciones simbólicas al arte y a la cultura de mi época. Lo comprendí desde el principio de mi carrera y luego obligué a mi época a reconocerlo. Pocos hombres alcanzan tal posición durante su vida. Generalmente sólo se les concede por el historiador o el crítico, después que el hombre y su época han pasado. Conmigo sucedió de modo diferente. Lo sentí y lo hice sentir a otros. Byron fue una figura simbólica, pero en relación a la pasión de su época y su cansancio de la pasión. Yo lo era en relación a algo más noble, más permanente, de más vital importancia, de mayor extensión.
>
> Los dioses me lo habían otorgado casi todo. Pero me dejé atraer por el encanto de lo sensual y de lo efímero. Me divertí en ser una *flâneur,* un *dandy,* un hombre de moda. Me rodeé de las naturalezas pequeñas y de las mentes estrechas. Desperdicié mi propio

genio: el desperdiciar mi inagotable juventud me daba un curioso placer. Cansado de la altura, deliberadamente descendí a las profundidades en busca de nuevas sensaciones. La perversión llegó a significar para mí, en la esfera de la pasión, lo que la paradoja en la esfera del pensamiento. El deseo, al fin, fue una enfermedad, o una locura, o ambas cosas. Llegaron a serme indiferentes las vidas ajenas. Tomaba el placer donde lo encontraba y seguía adelante. Olvidé que cada acción pequeña de cada día forma o deforma el carácter, y que por tanto lo que se ha hecho en la cámara secreta habrá de decirse algún día públicamente. Dejé de ser dueño de mí mismo. Dejé de ser rey de mi alma, y no lo comprendía. Permití al placer dominarme. Terminé en una horrible vergüenza. Sólo me resta ahora ser humilde...

Describe la evolución de su naturaleza durante sus años de prisión: sus períodos de "loca desesperación; sumersión en un dolor cuyo solo aspecto era lastimoso; rabia terrible e impotente; amargura y despecho; angustia que lloraba en voz alta; miseria que no hallaba palabras; tristeza muda".

La tristeza —dice— es lo único que le interesa. La filosofía que le reveló la experiencia es que el dolor es la suprema emoción de que es capaz el hombre, y es a la vez el tipo y la medida de todo gran arte. "Lo que el artista busca incesantemente es el modo de existencia en el cual el alma y el cuerpo sean un todo indivisible, en el cual lo externo sea expresivo de lo interno, en el cual la forma revele."

Declara que creía poder retornar al arte: "Entre mi arte y el mundo se extiende un ancho golfo; entre mi arte y yo no hay separación alguna". "Si vuelvo a escribir, hay dos asuntos sobre los cuales deseo expresar mis opiniones: *Cristo como precursor del movimiento romántico* y *La vida artística considerada en su relación con la conducta.*"

Cumplida su condena y vuelto a la libertad, no realizó esos proyectos. Solamente compuso su tétrica *Balada*. Su fe en sí mismo fue una pasajera ilusión engañosa: su espíritu, nutrido de ideales ficticios, no poseía fuerzas ni creencias con que reconstruir sobre las ruinas de su pasada gloria.

Pero si no fue capaz de crearse una vida nueva y superior, Oscar Wilde dejó en *De profundis* el más sincero de sus libros, la revelación del oasis más puro de su alma. El maestro Ruskin enseñaba que una gran capacidad intelectual no puede ir unida a una depravación moral absoluta, y es, cuando menos, resultado de una herencia virtuosa: de este modo, *De profundis* es una reivindicación de la persistencia del bien en el espíritu del hombre, una prueba de lo que en viriles versos expresa el bardo argentino *Almafuerte:*

> ¡Hay un golpe de luz en el fondo
> de aquellas más viles vilezas humanas!

1905

II. PINERO

ARTHUR Wing Pinero ocupa hoy el puesto más eminente entre los dramaturgos de lengua inglesa. Bernard Shaw es quizás un talento más vasto, de originalidad y humorismo superiores, y Stephen Phillips, como poeta, tiene en su abono la hermosura serena que la poesía presta a las obras dramáticas; pero como dramaturgo real y moderno, *de fibra,* Pinero es indiscutiblemente el primero entre sus compatriotas. Tiene, además, la gloria única de haber encontrado el secreto de una forma dramática que, sin alejarse de la línea del arte puro, impresiona hondamente el gusto no muy refinado del público anglosajón.

Al principio de su carrera literaria, Pinero —que ha sido actor y conoce a fondo la técnica teatral— procuró seguir la corriente popular, escribió comedias sentimentales (entre ésas, la muy conocida *Sweet Lavender)* y hasta adaptó al inglés *Le maître de forges* de Ohnet.

Con el tiempo y la influencia directa o indirecta de los grandes dramaturgos pensadores del Norte —Ibsen, Björnson, Strindberg, Sudermann, Hauptmann— el autor británico fue revelando más vigor y amplitud humana, más elevación de ideas. En 1889 dio a la escena *The profligate,* drama *de tesis* que fue encarnizadamente discutido, y en 1893 *The second Mrs. Tanqueray,* que, al decir de un crítico, "transformó la historia del drama inglés". *The second Mrs. Tanqueray,* con cuyo estreno inició su carrera de triunfos la intelectual actriz Mrs. Patrick Campbell, ha figurado en el repertorio de Eleonora Duse y se ha representado en casi toda Europa. Su gran popularidad oscurece en algo los méritos de las obras posteriores de Pinero: *The notorius Mrs. Ebbsmith,* la mejor de todas, *The Amazons* y *Trelawney of "The Wells",* comedias exquisitas, *The benefit of the doubt* y *The gay Lord Quex,* comedias de escenas muy vigorosas, y las tres más recientes: *Iris* (1901), *Letty* (1903) y *A wife without a smile* (1904).

Las comedias de Pinero, sin excluir las de su primer período, dan la clave de las más recientes transformaciones de la comedia inglesa. Éstas, mucho más que las de Oscar Wilde, a las que superan en verdad psicológica y en contextura artística, acostumbraron al público inglés a recibir lo selecto bajo el disfraz de lo vulgar. Por una parte, continuaban la tradición del diálogo humorístico y de la punzante sátira social; por otra parte, traían, algunas, un elemento poco usado antes en el teatro de Inglaterra, aunque muy explotado en su novela: la descripción de localidades, de medios, de clases, de tipos sociales oscurecidos o limitados. *Trelawney of "The Wells"* es una de esas piezas descriptivas que por lo circunscritas deberían llamarse a veces *monografías* y que a pesar de su realismo minucioso o *pequeñista,* según el calificativo de la americana Gertrude Atherton, siempre contienen rasgos de sentimentalidad profunda y poética. Junto con la influencia de Pinero, se hizo sentir la de Henry Arthur Jones, mucho menos psicólogo y artista, y más tarde la revolucionaria de Bernard Shaw: así ha llegado el teatro inglés a este momento que cabe llamar espléndidamente anárquico, porque el realismo ha libertado a los dramaturgos (a los verdaderos, a los que son al mismo tiempo hombres de letras) de la preocupación de la trama y del interés central, y, aunque predominando la comedia de costumbres aristocráticas, se producen las *monografías* que menciono, y esbozos de psicologías y estudios de situaciones con sus toques *á la derniere mode française,* géneros que en el novísimo teatro español están representados, aquél, por los hermanos Álvarez Quintero, éstos, por Jacinto Benavente. En el género *monográfico,* de suyo tan poco convencional, se ha visto evolucionar a uno de los talentos más finos de la literatura inglesa contemporánea, el escocés James M. Barrie, quien principió describiendo costumbres sencillas en *The Little Minister* y *Quality Street,* luego se atrevió en *The Admirable Crichton* a llevar sus personajes a una isla desierta, y ya con *Peter Pan* y sus más nuevas obras toma por escenario los cuartos de los niños y el reino de las hadas.

En género más elevado, Pinero ha producido un trío de grandes tragedias de vida moderna: *Iris, La notoria Mrs. Ebbsmith* y *La segunda Mrs. Tanqueray.*

La notoria Mrs. Ebbsmith presenta una construcción perfecta en la cual no sobra una escena ni una palabra. Sobre un grupo de personajes vívidamente individualizados, se destaca la figura de Agnes, noble y amorosa, fuerte y triste, tipo de humanidad *superfemenina* que se hermana a la Rebeca de Ibsen y a la Magda de Sudermann, y en cuya alma se desarrolla la tragedia, que, como todas las crisis estupendas, arranca del fondo de los eternos problemas humanos. En el tercer acto (que termina con la escena de la Biblia lanzada al fuego, uno de los momentos sublimes del drama contemporáneo) la heroína, azotada por opuestas corrientes tormentosas que amenazan desquiciar su ser moral y físico, recuerda las víctimas de la antigua fatalidad, acosadas por las Euménides, y en el desenlace del cuarto acto, junto con la irrevocable derrota, desciende sobre ella una promesa de paz espiritual perdurable.

Iris contrasta con Mrs. Ebbsmith como una mujer desprovista de inteligencia y energía moral. Su tragedia es un gran cuadro de naturalismo *psicológico* casi repulsivo, no suavizado por el alto sentimiento de piedad, y es la obra de realismo más atrevido en el teatro inglés contemporáneo, si se exceptúan las piezas *desagradables* de Shaw.

Entre Iris Bellamy y Agnes Ebbsmith encaja la figura de Paula, "la segunda mujer de Tanqueray", quien, si no tan débil como la una, no es tan noble como la otra. No es *La segunda Mrs. Tanqueray* drama *de tesis*, si bien hay quienes quieren deducir de él la tesis sostenida por Dumas hijo en *Demi-monde:* que un hombre decente debe casarse con una mujer decente. Los que tal aseveran olvidan que Pinero no escribe en 1855, sino que es contemporáneo del ilustre alemán que compuso *El honor.* Mejor que drama *de tesis, La segunda Mrs. Tanqueray* debe ser llamado, como lo es por los ingleses, *drama de problemas,* de problemas que no resuelve. Representa, como la *Hedda Gabler,* de Ibsen, el choque de dos medios sociales que no pueden entenderse. Y la más alta enseñanza que contiene está en las frases finales que pronuncia la hijastra de la suicida: "Sé que he contribuido a matarla. ¡Si yo hubiera sido misericordiosa!"

1905

III. Bernard Shaw

Hay escritores de ingenio cuyas especiales condiciones les impiden ser populares, si acaso son conocidos, fuera de su propio país. Tal podría ser el caso de George Bernard Shaw, uno de los talentos más originales y brillantes de la actual literatura inglesa, y en este momento el más discutido en el Reino Británico y en la Unión Americana, pero, según mis noticias, casi ignorado en los centros intelectuales ministrados por París, *arbiter elegantiarum* de los pueblos llamados latinos.

Bernard Shaw es irlandés y posee las cualidades que distinguen a sus coterráneos en las letras: la imaginación poética y creadora equilibrada por una viva percepción de aspectos peculiares de la realidad, la perpetua movilidad y agudeza de ingenio, y sobre todo el humorismo. Reside en Londres y lucha por imponer en la puritana sociedad inglesa muchas trascendentales ideas modernas. Sucesivamente crítico de arte, conferencista, novelador, dramaturgo, ha defendido la pintura impresionista, los dramas de Ibsen, la música de Wagner, hoy sigue abogando por el socialismo, por la nueva ciencia económica, por la templanza, por el vegetarianismo, que como Tolstoi practica, y por las últimas teorías filosóficas en boga en la Europa continental.

Es un polemista nato, como Heine, pero sin encono: la sátira es la piqueta irresistible con que destruye los argumentos de sus contrarios. Es, a más, un verdadero *fumista,* cuyo empeño constante y declarado es *épater le bourgeois (le bourgeois* o *the philistine* puede ser su contrincante, su lector, su auditorio, todo el público inglés), pero existe en él, por debajo de su *pose* de crítico implacable contra todo idealismo (o, mejor, *irrealismo),* contra todo convencionalismo en moral, en arte, en filosofía y en política, un pensador cuyo esfuerzo tiende intensamente a crear un concepto justo, concreto y natural de la vida.

Sus primeras campañas, iniciadas por los años de 1890, "hicieron época en la crítica del teatro y de la ópera porque fueron pretextos para una propaganda de sus concepciones de la vida". De esas campañas quedan dos libros: *La quintaesencia del ibsenismo,* la más concisa explicación de la filosofía fundamental del drama ibseniano, y *El perfecto wagnerista,* decisiva refutación del capítulo que Max Nordau dedica en su sensacional obra *Degeneración* al creador del drama musical.

Al abandonar el campo de la crítica, Bernard Shaw continuó propagando ideas con sus novelas y sus dramas, y sobre todo con sus ya célebres y *agresivos* prefacios que, al decir de un escritor, sobrevivirán a los dramas.

Sin embargo, los más genuinos triunfos artísticos y hasta filosóficos de Shaw son sus piezas teatrales, contenidas en cuatro volúmenes principales: *Piezas agradables* (cuatro), *Piezas desagradables* (tres), *Tres dramas para puritanos* y *Hombre y Superhombre,* publicado en 1904.

Ciertamente, hay muchos detalles en estas piezas ideados solamente para *épater le bourgeois:* las combinaciones melodramáticas de *El discípulo del diablo,* los efectos sainetescos de *You never can tell,* los largos pasajes en que se discuten de modo irrisorio los más importantes problemas humanos.

El diálogo es característico, y en realidad continúa la tradición del diálogo cómico inglés desde Shakespeare hasta Oscar Wilde: es una cadena sin propósito ni solución, una sucesión interminable de silogismos bizarros, de réplicas inesperadas, de digresiones fantásticas en que las más serias aserciones son trastornadas irónicamente y las más extrañas paradojas presentadas como postulados razonables.

Lo que valen los dramas de Shaw como ejercicios gimnásticos de humorismo filosófico suelen perder en interés dramático. Tal es el caso en *Hombre y Superhombre.* Pero es curioso y digno de anotar que, por más que la imaginación del autor los lleve a acciones extravagantes, los personajes nunca pierden su vitalidad interna: su aparente realidad no disminuye con la inverosimilitud de los episodios ni con la lentitud (en el sentido teatral) de las conversaciones.

La psicología de los personajes no es muy variada ni por lo general muy profunda: es principalmente efectista, y prodiga los caracteres rebeldes y antinómicos. Entre los hombres, abundan los egoístas y los sofistas, cuando ambos rasgos distintivos no concurren, como en Leonard Charteris, *The philanderer,* que juega con el amor y en nada pone pasión por evitarse sufrimiento. Las mujeres están dibujadas con mayor maestría, y, aunque hay entre ellas muchos tipos diferentes e interesantes, se distinguen las más por el rasgo común de un *humour* sagaz y realmente femenino.

César y Cleopatra, la obra maestra del humorismo de Shaw, es una sátira soberbia contra la sociedad contemporánea. Éstos son César y Cleopatra, dice el prefacio, como se deben concebir hoy: no hay verdadero amor entre ellos: Cleopatra es una niña de instintos imperiosos pero sin comprensión, y César un filósofo que jugando vence en todas las batallas. En la escena se cruzan, con raro efecto, estas modernas divisas: "paz con honor", "Egipto para los egipcios", "la mujer del porvenir", "el arte por el arte". Britanus, esclavo que personifica al puritanismo inglés, es una fina caricatura; y la nodriza Ftatateeta, cuyo nombre ridiculiza César, es un estudio magnífico: diríase una serpiente africana.

Junto a esta admirable comedia satírica deben colocarse las comedias dramáticas: *Cándida* y las tres desagradables. Lo es realmente la primera de éstas, *Casas de viudos,* porque nada relevante ofrece en compensación de la crudeza de su desnudez psicológica, que recuerda a Strindberg. En cambio, *The philanderer* es brillante y llena de *esprit:* tiene por escenario un *Club Ibsen* de hombres y mujeres, fundado en principios erróneamente deducidos de los dramas del autor noruego. La tercera, *La profesión de la Sra. Warren,* es la más vigorosamente dramática. Aquí aparecen en contraste dos tipos de rasgos definidos y reales: Vivie, creyente en la ciencia y en el trabajo, y su madre Mrs. Warren, hija del arroyo, que demuestra con su irrefutable lógica popular que obró bien al explotar la prostitución. Cuando Vivie, la mujer del porvenir, renuncia a su madre y a su novio y se absorbe en el trabajo, la obra termina con la visión de una humanidad regenerada.

Cándida es la más hermosa comedia de Shaw y una de las más hermosas comedias contemporáneas. Los personajes rebosan vitalidad simpática; tanto el pastor Morell como el poeta Marchbanks son idealistas sinceros; y la sola presencia del adolescente soñador llena de poesía el ambiente. Y Cándida es el resumen ideal de muchas mujeres: el perfecto equilibrio de sus facultades, su afectividad amable y bien humorada, su perspicacia, su discreción infalible, la hacen admirable y absolutamente humana. "Cada vez que leo esta obra —dice el brillante crítico americano James Huneker—, me siento sobre las huellas de alguien": ya es Nora, ya la Dama del mar. Recientemente, cierta curiosa semejanza entre Cándida y la Condesa de *Le mariage de*

Figaro sugirió a don Enrique José Varona el artículo titulado "Una transfiguración de Rosine y Chérubin."

Hombre y Superhombre, la tan esperada resurrección de Don Juan, no satisface del todo. Por su contenido y su estructura es fútil: pero la abrillanta por modo excepcional una escena en los infiernos, donde Mefistófeles, Don Juan, el Comendador y Doña Ana discurren extensamente sobre la filosofía de la vida (traducida del alemán casi toda) y la posibilidad del superhombre. Tiene además un largo y sugestivo prefacio, y, a guisa de epílogo, un *Manual del revolucionario* atribuido a John Tanner, el nuevo Don Juan.

Bernard Shaw es quizás la más curiosa proyección del espíritu céltico sobre las letras anglosajonas. Como humorista, pertenece por entero al mundo inglés y sólo dentro de éste se le apreciará plenamente; como pensador, se ha adelantado a su público, y le ha asombrado con sus extravagancias de *fumista* literario, que contrastan con la seriedad de su carácter y de su vida privada. Paradoja viviente, se le llama: un devoto de Schopenhauer y de Nietzsche que, en el caso, se desprendería de su último centavo ¡para dar de comer al hambriento!

1904

EL MODERNISMO EN LA POESÍA CUBANA

DECÍA Menéndez Pelayo en su prólogo a la *Antología de poetas hispano-americanos* (y lo decía quizás con resentimiento) que la literatura cubana era la menos española de todas las de nuestra América. Ni en 1893, cuando así escribía el famoso académico, era justificada tal aserción; y doce años después, en este momento, se puede afirmar sin dudas que la literatura cubana es la más española de todas las cis-atlánticas.

Cierto es que en los años anteriores a la última guerra la producción literaria en Cuba iba acercándose, con la labor de Martí, Casal, Nicolás Heredia, Manuel de la Cruz y otros no menos conocidos, a la creación de formas y estilos individuales y regionales, paralelos a los que creaban en otros países americanos personalidades geniales como Montalvo y Hostos, primero, y luego, la gran falange de prosadores y poetas *modernistas,* encauzadores de una renovación del lenguaje y del estilo castellanos; pero esa obra de nacionalización literaria la realizaban precisamente los partidarios de la revolución, muchas veces ausentes de la Isla, donde seguía prevaleciendo la tradición española. Después de la independencia, muertos aquellos maestros, pocos escritores cubanos se esfuerzan por darle sello moderno a la literatura; y el diarismo, indicador seguro, hasta en los anuncios y gacetillas, de las tendencias literarias de un pueblo —y aquí el indicador más justo, pues los libros se publican muy de tarde en tarde y las revistas son exiguas—, demuestra la gran influencia modeladora que ejerce el espíritu peninsular, aun en muchas cosas en que no la descubrirá nunca el indiferente o el acostumbrado a ella.

A ninguna otra causa que esa influencia *pervadente* puede atribuirse la extraña y casi total desaparición del estilo *modernista* en la poesía cubana. Y aquí cabe plantear la cuestión: ¿es acaso siguiendo sin desviación la pauta de los modelos españoles y rechazando las nuevas formas como llegará el verdadero espíritu cubano a encontrar su expresión más apropiada?

Porque la escuela literaria hispano-americana que se designa con el nombre general de *modernista,* bajo cuyo estandarte militan casi todos los poetas jóvenes, representa una faz importante y necesaria de nuestra evolución artística. En su producción, que no ha excluido, como la del modernismo francés, ningún elemento genuinamente humano, predomina una célula psíquica americana, cuya acción se descubre en las más griegas o escandinavas o francesas imaginaciones de Guillermo Valencia o de Leopoldo

Díaz o de Jaimes Freire; y si, por desgracia, los devaneos exóticos y místicos parecen retardar la aparición de los poetas *que vendrán* (una legión soñada de poetas típicos en quienes cante *toda* el alma de nuestra raza y de nuestra naturaleza), ya tenemos un corto grupo de precursores, como Díaz Mirón, cuyo cerebro ardoroso diríase un remedo de los volcanes de su país; Chocano, que ha sabido interpretar las cosas criollas tanto en el género bucólico como en el heroico, y *Almafuerte,* quizás el que más se acerca al tipo soñado de nuestro poeta, soberbiamente personal en *Incontrastable,* apasionadamente patriótico en *La sombra de la Patria,* profundamente humano en *Cristianas.*

Cuba es la patria de dos de los cuatro iniciadores del movimiento modernista en la poesía americana: Casal y Martí, copartícipes en esa gloria con Rubén Darío y Gutiérrez Nájera. Es la patria, además, de Diego Vicente Tejera, precursor *malgré lui* de los modernistas, que les preparó el camino al introducir con sus *Violetas* la forma de expresión sutil y aérea, casi sin contornos de verso, de los *Lieder* y las *Rimas.*

Casal (el poeta cubano que mejor ha grabado en sus versos el sello de su *yo,* superior en este respecto aun a la Avellaneda y a Heredia) encarnó en la poesía americana el espíritu del decadentismo pesimista. Era elegíaco por temperamento, y no, como Julio Flórez, o Nervo, o Lugones, o Tablada, pesimista a ratos o por *pose.* Temperamentos como el suyo no son tal vez raros en Cuba, sino que pocas veces poseen la facultad artística. Precisamente, Casal tuvo una hermana menor, por el espíritu, en Juanita Borrero. Para mí, dos o tres estrofas de esta extraordinaria soñadora cuentan entre las más intensas y sugestivas escritas en castellano: la "Íntima" (¿Quieres sondear la noche de mi espíritu?) y la "Última rosa" (Un beso sin fiebre, sin fuego y sin ansias.) El pesimismo, que en Casal llora lenta y amargamente, en ella se agita sollozante. Los versos de ambos poetas, saturados de la tristeza innata, incurable, "de los seres que deben morir temprano", producen la misma impresión de *fragilidad* que la cabeza andrógina pintada por el Giorgione, o la música de Schubert, sobre cuyo fondo de armonías trágicas gime la melodía enferma, o los versos inefablemente tiernos de Keats, o las extravagancias que escribe o dibuja María Bashkirtseff.

Casal, si por su pesimismo no es muy propio para maestro de ideas, será siempre un modelo de sinceridad emotiva, como también maestro admirable de la descripción colorista y de la versificación en diversas modalidades: tanto de la estrofa parnasiana, que sugiere cuadros y esculturas, como de la rima delicada, musical o aérea. En Cuba no dejó más discípulos que un grupo que todavía mantiene su tradición: las dos hermanas Juanita y Dulce María Borrero y los dos hermanos Carlos Pío y

Federico Uhrbach. En realidad, después de muerta Juanita, muerto también Carlos Pío, antes de llegar a la plenitud de su talento —ya revelado en composiciones de versificación atrevida, si no intachable, que describían escenas siempre brillantes, y, por contraste, estados de alma siempre grises, de dolor y hastío—, la tradición se conserva más como un recuerdo, como un ideal, que como una guía efectiva y constante. Dulce María no es definitivamente modernista: huyendo de las exageraciones de forma, ha adoptado un estilo discreto, a veces casi clásico, aunque no falto de hermosas expresiones nuevas: y las fugaces notas íntimas que suele confiar a sus versos denuncian una individualidad en quien se equilibran la capacidad de sentir intensamente y la de analizar con escepticismo sereno, sin llegar al pesimismo.

Federico Uhrbach tampoco llega al pesimismo: desde sus primitivas *Flores de hielo,* en las cuales incluyó varias flores de llanto, por espíritu de imitación, aparece dominado por la afición a las exterioridades amables de la naturaleza y la tendencia a idealizar el amor; y hasta la hora presente sigue componiendo fantasías eróticas, muy bellas algunas, pero sin calor de vida *vivida.* Casi nunca pasa de ahí en sus imaginaciones, ni emprende poemas de más vasta ejecución y altos simbolismos, como sus correligionarios de Sur América. En el género descriptivo, gusta de tonos más claros y matices más tenues que los usados por Casal o por su propio hermano Carlos Pío, y a veces se inclina a la manera impresionista ("Una miss"); al tratar temas patrióticos ("A la patria", "Quintín Banderas") tiene bastante vigor y atrevimiento; y como versificador es quizás excesivo, pues las combinaciones métricas que de continuo ensaya no siempre justifican, con la impresión que causan, la labor que deben costar. En síntesis, Uhrbach es un modernista correcto y espiritual, que merece honor por ser hoy el único, entre los poetas cubanos *consagrados,* que sostiene el estandarte de su secta.

Casal tiene en las nuevas generaciones algunos discípulos póstumos, de los cuales uno, René López, ha sido llamado por Valdivia el continuador del maestro. René López, que apenas ha indicado su *yo* emocional en rasgos delicados de sentimiento como *Barcos que pasan,* es probable que se asemeje poco a Casal por el temperamento. Tiene, sí, excelentes cualidades descriptivas ("La peinadora", "Paisaje", "Cuadro andaluz"), con algo de la técnica del pintor de "Salomé" y algo más de la de Salvador Rueda, y estilo animado y nuevo, sin ir muy lejos en sutileza ni en libertad métrica.

Otro novísimo descendiente de Casal, aunque tampoco en línea recta ni muy innovador, es Juan Guerra Núñez, algo semejante a Uhrbach por su afición a las fantasías eróticas más soñadas que *vividas*. Esta afición suya está sintetizada en "Anhelos", composición que podría definirse como una gavota construida sobre el mismo tema de lo que habría que llamar gran vals de Rubén Darío: la famosa "Divagación". Guerra Núñez gusta también del género descriptivo: hasta ahora, por desgracia, sólo ha descrito asuntos exóticos de colorido poco variado. ("Cantábrica", "Salambó", "Tristezas del invierno"); y en ocasiones se lanza al género heroico ("En mármol", "En bronce"), para el cual, si no tiene todavía las alas de las grandes águilas líricas, ya demuestra dos cualidades plausibles: sobriedad y elevación de conceptos.

Si a Casal pueden adscribírsele esos discípulos, a Martí sólo cabría señalarle uno, tras mucha requisa, entre los poetas cubanos contemporáneos: Félix Callejas, que ha solido imitarle, y que quizás podría reclamar puesto entre los modernistas por los nuevos y bien concertados efectos de sus poesías *Cuadro de sombras* y *Armas y espigas*. Martí, cuya figura de apóstol ha eclipsado en Cuba su gran figura de escritor y ha hecho olvidar la del poeta, hizo muchos prosélitos literarios en Hispano-América; y si no fue poeta de estrofas gallardas y sonoras, a la castellana, es inimitable en sus *Versos sencillos* y sus versos de *La Edad de Oro*: a veces uno solo de éstos descubre al espíritu la perspectiva de un vasto mundo.

Por los años en que morían los fundadores del modernismo en Cuba, surgió un poeta joven que hizo concebir grandes esperanzas: Bonifacio Byrne, cuyas *Excéntricas* eran felices ensayos modernistas. Casal celebró a Byrne su musa doliente y funeral; pero su otra musa valía más: la imaginación amable y versátil, a ratos delicadamente humorística (recuérdese "El Diablo"). Este humorismo era un mérito casi excepcional, pues rompía con los convencionalismos de los parnasianos y los decadentes. Más tarde, Byrne, noblemente inspirado por los heroísmos de la revolución, abandonó sus deliciosas *excentricidades* para abordar el género heroico. En mi sentir, y a pesar de algunos rasgos brillantes de *Efigies* y *Lira y Espada,* ésta no es su cuerda: y como que para cantar hazañas épicas quiso adoptar un estilo más ajustado a la tradición clásico-romántica, a poco Byrne abandonó totalmente el estilo modernista; y hoy parece que no sigue rumbo fijo en su poesía, la cual pierde con eso bastante fuerza e individualidad.

Fuera de los ya citados, y descontando a Emilio Bobadilla, a quien se debe considerar independiente del movimiento literario de la Isla, el modernismo en la poesía cubana se reduce a dos o tres rasgos sueltos de J. M. Collantes, Fernando de Zayas ("Asesinas"), Ramiro Hernández Portela ("Página blanca") y José M. Carbonell ("Trova errante").

Por último, Manuel S. Pichardo, si por su amor al casticismo nunca ha querido adoptar la filiación modernista, tiene puntos de contacto con la escuela y ha sabido apropiarse varios de sus mejores procedimientos. Es más: de Pichardo puede decirse que es realmente un temperamento de modernista, por lo sutil, penetrante y exquisito. Se dirá que esta clase de temperamento no es privilegio de la escuela; pero lo cierto es que sólo bajo la influencia del modernismo, unida a otras influencias europeas, han logrado desarrollarse en América temperamentos así. Pichardo, que cada día va revelando y definiendo mejor su personalidad, es, no sólo un emocional complicado ("Ofélidas", "La copa amarga"), sino un pintor hábil, que nunca incurrirá en los pecados de monotonía y rigidez clásica, pues sabe combinar los más raros y brillantes efectos ("Sellos hispanos", "El Gallo"), un versificador nada rutinario, que inventa formas nuevas cuando lo requieren las ideas, y en general un poeta original y sapiente, que ha dado una obra de imaginación tan selecta como "Leyendo a Horacio", que en "Cuba a la República" ha sabido esquivar el camino trillado del género heroico para vestir novísimas galas a la inspiración patriótica, y que en "El danzón" y el soneto "Soy cubano" va acercándose a un estilo graciosamente regional, aunque todavía demasiado académico en la expresión para que pueda estimarse como el más genuino.

Los demás poetas, viejos y jóvenes, parecen haberse detenido en ese período de la literatura española en que el romanticismo se modifica al influjo del realismo y del psicologismo, la época de esplendor de Campoamor y Núñez de Arce. En este momento en que en la misma península se deciden los nuevos escritores a libertar el idioma de la anquilosis que lo amenaza, los poetas cubanos escriben todavía, los más, en estilo correcto, rígido, frío, falto del color y de las gracias leves y cambiantes de la retórica y de la métrica de la joven escuela americana. Unos, bajo el influjo de las tendencias *conservadoras* del ambiente, han reaccionado contra sus fugaces aficiones modernistas; otros, nunca las han sentido. Valdivia, por ejemplo, que es un diabólico impresionista en prosa, en verso se torna una especie de Núñez de Arce resonante y numeroso ("Los vendedores del templo") y hasta resucita el terceto ("Melancolía"). Hernández Miyares, amigo y compañero de los fundadores del modernismo, es un sonetista a la antigua. Y para Mercedes Matamoros, Nieves Xenes, Díaz Silveira, Fernando Sánchez de Fuentes, la inundación del modernismo ha pasado salpicando apenas sus jardines románticos. Hasta los poetas que podríamos llamar de provincias, como el brillante sonetista de Matanzas, Emilio Blanchet, y Ramón María Menéndez, que ahora se ha dado a conocer ventajosamente, escriben un castellano tradicional, enérgico y sonoro.

Si la poesía cubana principia a ser anticuada por el estilo, no lo es por las ideas. En casi todos los buenos poetas contemporáneos de Cuba se descubren una individualidad definida y una tendencia filosófica avanzada. No sólo en inteligencias como Aurelia Castillo de González, Enrique José Varona, Borrero Echeverría, José Varela Zequeira, Sánchez de Fuentes, en quienes el estudio ha sido vocación y la poesía afición más bien secundaria: la misma elevación de pensamiento —testimonio y salvaguardia del vigor del espíritu cubano— distingue a Mercedes Matamoros, cuyo soneto "La muerte del esclavo" es un cuadro digno de Zurbarán a la vez que una idea digna de Quintana; a Nieves Xenes, intelectualidad tan profunda como amplia, que no ha vacilado femenilmente en tocar asuntos escabrosos de la pasión o de la duda; al gran maestro del soneto clásico, Ricardo Delmonte, que ofrece un rasgo atrevido en "La visión del Calvario"; a Díaz Silveira, que en "Elí! Elí! Lamma sabachtani?" es aún más atrevido que Delmonte; a Hernández Miyares, que ha interpretado magistralmente en "Brumario" un característico estado anímico contemporáneo.

Si la gran actividad literaria de este momento no es presagio de una extinción total de las aficiones poéticas, como insinúan los escépticos, es de creerse que la poesía cubana se halla en un período de transición, y que las generaciones próximas traerán un caudal de ideas y formas nuevas y crearán, bajo el sol de la República, un arte definitiva y genuinamente nacional. Para eso será preciso que el espíritu cubano, ahora rezagado, se decida a obrar, deseche la tradición española en lo que ésta tiene ya de exótica (no la tradición de lo castizo y lo correcto), acoja y ensaye sin temor toda buena enseñanza (y las excelentes en el modernismo americano bien entendido, que me figuro tiende a transformarse en una literatura plena y vigorosamente *humana*) y marche acorde con el progreso artístico del mundo, realizando su evolución propia dentro de la evolución universal.

1905

ARIEL

I

DE LA IMAGINACIÓN fecunda y espléndida de aquel genio que domina, único y sin rivales, en la cumbre del arte literario, surgió un día a vida inmortal el fulgurante cuadro simbólico *La tempestad,* obra armoniosa, serena y animada como los frisos del Partenón. Shakespeare, después de representar en sus tragedias el desastre de las pasiones desbordadas, dio a su última obra la soberana serenidad helénica: la hizo como Sófocles si hubiera conocido esta manera de hacer. Nada de Virgilio ni de Petrarca es más tiernamente bello. En este drama late la vida con ritmo intenso y armonioso: palpitan todos los sentimientos, pero hasta los bajos se mueven con hermosos gestos. Y por sobre los amores castos, por sobre las ambiciones ruines, por sobre la lucha de los afectos, por sobre las infamias de la traición, se yergue la figura de Próspero, el maestro mágico que es también hombre, el sabio conocedor del mundo y de sus pequeñeces, fortalecido en la soledad, quien, ayudado por Ariel y su cortejo fantástico, realiza su última obra de paz y amor, vence al monstruoso Cáliban, desbarata los lazos tramados por mañosa envidia, deshace rencores, une los amantes, reúne a los náufragos que la tempestad dispersó en la isla desierta, y luego, al retirarse del combate de la vida, da libertad al geniecillo que le secundó en su empresa.

Pensadores y artistas han indagado después qué quiso simbolizar el poeta en Cáliban, el monstruo que tiene todos los vicios degradantes, y en Ariel, el genio que posee todas las virtudes milagrosas. Se ha dicho que el uno es la bestia humana y el otro la inteligencia. Poco ha, Renan representó a Ariel vencido por Cáliban.

Hoy atraviesa Ariel con sus ingrávidas alas el Atlántico y se detiene en la cabeza de un joven Próspero. Viene a ayudarle a triunfar de Cáliban, que pretende adueñarse de esta isla desierta de la civilización que se llama América.

II

No se afirma esto por primera vez: José Enrique Rodó, uruguayo, es hoy el estilista más brillante de la lengua castellana. Es cierto que en España perduran las cuatro columnas de la prosa, Menéndez Pelayo, Valera, la Pardo Bazán y Pérez Galdós, y en América figuran Varona, Galván, Justo Sierra, entre

23

los prosistas ilustres de las viejas generaciones. Pero el estilo nuevo —el estilo que deja de ser *el hombre* para ser más definidamente su intelectualidad, aislada de su personalidad en cuanto ésta sea obstáculo para la justicia y la pureza de la expresión—, aunque presentido en algunos de aquellos escritores, ha florecido verdaderamente en tres jóvenes americanos: Díaz Rodríguez, César Zumeta y Rodó. De los tres es éste el más completo: su prosa es la transfiguración del castellano, que abandonando los extremos de lo rastrero y lo pomposo, alcanza un justo medio y se hace espiritual, sutil, dócil a las más diversas modalidades, como el francés de Anatole France o el inglés de Walter Pater o el italiano de D'Annunzio.[1]

Rodó, que es catedrático de literatura en la Universidad de Montevideo, cultiva principalmente la crítica. Salvador Rueda lo ha llamado "el crítico más amplio y ecléctico de nuestro tiempo" Su método se funda en el análisis, principalmente psicológico, auxiliado por una erudición extensa y ordenada, una brillante imaginación y una exquisita sensibilidad estética.

Con *Ariel,* disertación filosófico-social, Rodó ha entrado en un nuevo campo.

> Esta obra —dice *Clarín*— no es ni una novela ni un libro didáctico; es de ese género intermedio que con tan buen éxito cultivan los franceses y que en España es casi desconocido. Se parece, por el carácter, por ejemplo, a los diálogos de Renan, pero no es diálogo: es un monólogo, un discurso en que un maestro se despide de sus discípulos. Se llama *Ariel,* tal vez por reminiscencia y por antítesis del *Cáliban* de Renan.
>
> El venerable maestro en el libro de Rodó se despide de sus discípulos en la sala de estudio junto a la estatua de Ariel que representa el momento final de *La tempestad,* cuando el mago Próspero da libertad al genio del aire.
>
> En la oposición entre Ariel y Cáliban está el símbolo del estudio filosófico-poético de Rodó. Se dirige a la juventud americana, de la América que llamamos latina, y la excita a dejar los caminos de Cáliban, el utilitarismo, la sensualidad sin ideal, y seguir los de Ariel, el genio del aire, de la espiritualidad que ama la inteligencia por ella misma, la belleza, la gracia y los puros misterios de lo infinito.

III

Próspero, el maestro tras cuya silueta se oculta Rodó, habla a un grupo de jóvenes —la juventud americana, a quien se dedica el libro— de lo que deben hacer por sí mismos y por la sociedad de que forman parte. Desde luego, se dirige a una juventud *ideal,* la *élite* de los intelectuales; y en la obra hay escasas alusiones a la imperfección de la vida real en nuestros pueblos. Rodó no ha intentado hacer un estudio sociológico, como Carlos Octavio Bunge en *Nuestra América:* su propósito es contribuir a formar un ideal en la clase dirigente, tan necesitada de ellos.

El problema de la civilización es idéntico en nuestros pueblos americanos y semejante al problema de la renovación en España, como lo estudian Rafael Altamira en su *Psicología del pueblo español* y Eloy L. André en *Nuestras mentiras convencionales:* es, en las palabras de Américo Lugo sobre Santo Domingo, que "la mayoría ignorante necesita instrucción y la minoría ilustrada necesita ideales patrios".

A definir el ideal de Hispanoamérica tiende Rodó, a definirlo y fijarlo en la conciencia de la juventud intelectual. "Yo creo —dice— ver expresada en todas partes la necesidad de una activa revelación de fuerzas nuevas: yo creo que América necesita grandemente de su juventud."

Es así, puesto que para nuestros pueblos es crítico este momento histórico en que la ley de la vida internacional les impone ya tomar una dirección definitiva en su vida propia, y sólo la cooperación de las mejores fuerzas los lanzará en una dirección feliz. La juventud posee las fuerzas nuevas.

Por eso, Rodó se dirige a los jóvenes, indagando si conciertan en su espíritu la fe, la esperanza, el entusiasmo, la constancia, el vigor necesario para la magna obra.

La duda es grave. Muchas veces, ante el pesimismo que amarga muchas manifestaciones (no solamente literarias) de nuestra juventud, he pensado que éste es síntoma alarmante de un desfallecimiento espiritual. Es, como se revela en ciertos poetas decadentes, un pesimismo misantrópico y egoísta. Pero el egoísmo, resto de virilidad casi siempre, es sin duda una cantidad aprovechable. Puede, modificándose, transformarse en el *culto del yo* predicado por los pensadores modernos.

Y sobre esto discurre el joven maestro: sobre el desarrollo de la personalidad, sobre el cultivo del jardín interior, sobre el valor inestimable de la fe en el porvenir y de la alegría, demostrando que la alegría animó los dos grandes movimientos creadores de la civilización moderna: la cultura griega, esa "sonrisa de la historia", y el cristianismo. A éste suele imputársele haber venido a "hacer una virtud de la tristeza", pero no en vano Dante, el más grande de los poetas religiosos, colocó en el infierno a los que, debiendo estar alegres en la vida, estuvieron tristes y sombríos.

Al predicar sobre la personalidad, Rodó exulta la armonía que debe presidir el desarrollo de las facultades humanas, el equilibrio que debe hacer de cada individuo "un cuadro abreviado de la especie", pero indica, sobre todo, que nunca debe la absorción en el trabajo de una vida forzosamente utilitaria excluir los momentos del *ocio griego* que deben consagrarse al reino interior, al culto de las cosas elevadas y bellas que da el sentimiento superior de la Vida, definida por el Don Juan filósofo de Bernard Shaw como "la fuerza que lucha siempre por alcanzar mayor poder de contemplarse a sí misma".

Demuestra luego la importancia y los beneficios del arte, la necesidad de desarrollar el sentido de la belleza como una de las virtudes que hacen grandes a los pueblos y mejores a los individuos. Enseñanza muy necesaria en la América española, en donde pocas veces se armoniza la labor artística con el funcionamiento de las otras actividades de la vida, dando por resultado que, por una parte, los artistas son generalmente individuos faltos de sentido práctico, y por otra parte, los no-artistas desheredados de la *gran imaginación* que define Bunge e incapaces de ver en el arte, como los norteamericanos, un *poder* efectivo, llegan a concebirlo como ejercicio vano, completamente inútil e indigno de ocupar su atención.

IV

Los dos capítulos más extensos del discurso se ocupan en estudiar las tendencias de la democracia y las enseñanzas que deben deducirse de la vida de los Estados Unidos.

Rodó llega a la justa conclusión de que la democracia, lejos de nivelar todos los méritos y obstruir la selección, tiene por objeto suprimir las distinciones artificiales para permitir la libre aparición y el desenvolvimiento fecundo del mérito individual positivo.

El exceso de utilitarismo de la época actual es necesariamente un fenómeno pasajero. Armas de las luchas sociales han sido sucesivamente la fuerza bruta, el ingenio y el dinero. Se dirá que las tres luchas subsisten conjuntamente, pero asimismo es cierto que en las regiones más civilizadas las luchas de la fuerza van cesando, porque la democracia ha puesto la libertad al alcance de todos, y que con la educación popular se trata de dar al talento todas las ventajas, poniendo, si cabe decirse, la inteligencia al alcance de todos. El problema del porvenir inmediato es poner la riqueza al alcance de todos, y las soluciones propuestas por Henry George y por los socialistas van pareciendo cada día menos ilusorias. La civilización tenderá a sustituir "la lucha por la vida" por una solidaridad cada vez más firme e inteligente y, dulcificadas las relaciones sociales, la obra del utilitarismo servirá a la causa de Ariel.

Piensa Rodó que los Estados Unidos —cuyo ejemplo ejerce una conquista moral en muchos espíritus de Hispanoamérica— pueden ser considerados en el presente como "la encarnación del verbo utilitario" y procede a analizar los méritos y los defectos de la civilización norteamericana. Este análisis es la parte más discutible y más discutida de la obra. Cabe, en mi sentir, oponer reparos a algunos de sus juicios severos sobre la nación septentrional, mucho más severos que los formulados por dos máximos pensadores y geniales psicosociólogos antillanos: Hostos y Martí.

En aquel organismo social hay dos males contradictorios que en el actual período de agitación se han recrudecido: de una parte, el orgullo anglosajón, suerte de pedestal aislador en que se asientan las tendencias imperialistas, la moralidad puritana y los prejuicios de raza y secta; de otra parte, el espíritu aventurero, origen del comercialismo sin escrúpulos y del sensacionismo invasor y vulgarizador.

Pero por encima de sus tendencias prácticas, aquel pueblo sustenta un ideal elevado, aunque distinto de nuestro ideal *intelectualista:* el perfeccionamiento humano, que tiene por finalidad el bien *moral* y debe traducirse socialmente en la dignificación de la vida colectiva.

Hoy mismo se ofrece a la mirada escrutadora, sugestivo para nuestro pensamiento, el perseverante esfuerzo idealista de la mejor parte, la genuinamente representativa del espíritu norteamericano, contra las tendencias corruptoras que amenazan invadir todos los campos de la actividad nacional: los hombres de probidad inflexible y *agresiva* en política; el periodismo serio, que es el más culto y noble en el mundo; los escritores, desde el decano Howells hasta la admirable Edith Wharton, figura culminante de la juventud, que cultivan una literatura original y vigorosa, de honda psicología y estilo selecto; los artistas, creadores de una escuela nueva e independiente de pintura y escultura que ha dado glorias universales como Whistler y Sargent, Saint Gaudens y La Farge; los científicos que se consagran a una labor *desinteresada,* como Giddings y Ward, fundadores de sistemas sociológicos; los educadores y conferencistas que llevan al seno de las masas el evangelio de la elevación moral e intelectual.

V

Rodó expresa el temor de que la *nordomanía* pueda llevar a las jóvenes sociedades americanas a la renuncia de los ideales latinos. Antes de decidir, justo es interrogar, con el ilustre cubano Sanguily: ¿Cuáles son los ideales a cuya conservación debemos principalmente atender? Somos españoles, pero antes americanos, y junto con la herencia insustituible de la tradición gloriosa hemos de mantener la idea fundamental, no heredada, de nuestra constitución, la que alienta aun en nuestras más decaídas repúblicas: la concepción moderna de la democracia, base de las evoluciones del futuro.

Las cualidades inherentes a nuestro genio personal —no menos reales porque aún no se hayan fijado en un todo homogéneo— no desaparecerán con la juiciosa y mesurada adaptación de nuestras sociedades a la forma del progreso, hoy momentáneamente *teutónica*.

Norma de nuestros pueblos debe ser buscar enseñanzas fecundas donde quiera que se encuentren; y el afán de cosmopolitismo que suelen mostrar es indicio cierto de que en ellos no prevalecerá ninguna tendencia exclusivista.

Pero, ante todo, para hacer de la obra de nuestra regeneración una realidad viviente y crear una cultura armónica, un progreso vario y fecundo, es necesario dar a las energías sociales un fin, un sentido ideal, una *idea-fuerza* capaz de unificar e iluminar los impulsos dispersos en el espíritu de la raza.

Tócanos reinvindicar el crédito, que tanto hemos contribuido a minorar, de la familia española. De hecho, la importancia de nuestro idioma no se toma en cuenta ni aun en Francia; y en el mundo anglosajón principia a generalizarse la idea de que "el castellano está moribundo".

Por fortuna, el rápido desenvolvimiento material de los grandes estados de nuestra América, cuya profunda significación no ha escapado a hombres tan sagaces como Sir Charles Dilke y Henri Mazel, destruye en parte la creencia en un continente irremediablemente *enfermo;* y por otra parte, ya las notas de nuestra labor intelectual principian a escucharse en el concierto del mundo. Y cuando se medita en la inagotable fecundidad de la naturaleza del Nuevo Mundo, y se confía en la virtualidad aún no agotada de la antigua raza a que pertenecemos principalmente por la vida espiritual y por la lengua, y en la potencialidad desconocida de nuestra compleja constitución sociótica, el porvenir aparece rico de promesas efectivas. La fe en el porvenir, credo de toda juventud sana y noble, debe ser nuestra bandera de victoria.

Tal es la enseñanza fundamental de José Enrique Rodó en su discurso *Ariel*. Es esta obra uno de los grandes esfuerzos del pensamiento americano, y está destinada, como dijo Gastón Deligne de la poesía de Salomé Ureña, a mantener "de una generación los ojos fijos en el grande ideal". En sus luminosas páginas se cierne, en gloriosa lontananza, la visión de la América, "hospitalaria para las cosas del espíritu, y no tan sólo para las muchedumbres que se amparen a ella; pensadora, sin menoscabo de su aptitud para la acción; serena y firme a pesar de sus entusiasmos generosos; resplandeciente con el encanto de una seriedad temprana y suave…"

¡Mira tanto, y tan lejos, la esperanza!

1904

SOCIOLOGÍA

LA CIENCIA sociológica acaba de enriquecerse con la publicación casi simultánea de dos obras fundamentales: el *Tratado de sociología* de Eugenio M. Hostos (Madrid, 1904)[1] y *La evolución superorgánica* de Enrique Lluria (Madrid, 1905). La última es la obra de un joven sabio que, aunque nació en Cuba, brilla hoy como una de las más conspicuas figuras de la intelectualidad española; la primera es la obra póstuma de un pensador que, aunque nació en Puerto Rico, reconoció como patria la América latina y fue uno de los más altos genios filosóficos de esa patria. Y no es aventurado afirmar que estas dos obras son las más importantes hasta ahora escritas en castellano sobre Sociología: de hecho, superan, en originalidad y sintetización, a toda la meritoria labor anteriormente realizada por Giner, Azcárate, Posada, González Serrano, aun al voluminoso y erudito *Tratado* de Sales y Ferré.

II.* ESTUDIO DE LLURIA
SOBRE LA NATURALEZA Y EL PROBLEMA SOCIAL

Prodúzcase o no el fenómeno con sujeción a leyes de periodicidad, es innegable que en el mundo intelectual se suceden alternativamente las épocas de pesimismo y de optimismo. Los últimos años del siglo XIX fueron de pesimismo agudo, con la influencia dominante de Schopenhauer y de Hartman, de la poesía decadente, de la novela rusa y el drama escandinavo con sus cuadros dolorosos, y del *Triunfo de la muerte* d'annunziano. Y la influencia filosófica más poderosa en ese fin de siglo, la de Nietzsche, era también depresiva. Porque, frente a la doctrina que demuestra el inagotable porvenir del *hombre social,* la filosofía de Nietzsche, que reunía ambas tendencias contrarias, resulta más pesimista que optimista: el pensador alemán veía en la humanidad una especie inferior, creía en la inutilidad del esfuerzo de la Vida por superarse a sí misma, y para librarse de la obsesión de ese eterno *en vano* creó el Superhombre, encarnación de la Voluntad dominadora y del individualismo anti-igualitario. El Superhombre ni siquiera había de ser feliz, puesto que debía buscar, "con suprema esperanza, su supremo dolor" ¡el ineludible dolor! Su placer favorito, la divina risa, ¿podría ser, en con-

---

* Como se indicó en la Advertencia general correspondiente a este libro, queda suprimida la 1ª parte, "La concepción sociológica de Hostos".

29

diciones tales, un placer sano, una expresión de la potente alegría universal?

En contraste, estos años iniciales del siglo XX han traído una corriente cada vez más reforzada de optimismo. Ibsen, Wagner y Tolstoi, los tres máximos *artistas morales* de la última mitad de centuria, resultan hoy, mejor comprendidos, maestros de energía y entusiasmo. D'Annunzio, que hasta ayer se elevaba al éxtasis en la tortura moral, entona, con el fervor religioso de los antiguos *vates,* el magno *Laus vitae;* Gorki lanza su formidable grito: ¡Viva el Hombre!; Sudermann hace a su heroína Beata brindar, con la copa de veneno que ha de darle la muerte, por el triunfo de la Vida; Richard Strauss, abandonando el escepticismo de su *Zarathustra* y su *Don Quijote,* celebra en su drama musical *Feuersnoth* la gloria del fuego y del amor y en sus poemas tonales *La vida de un héroe* y *Sinfonía doméstica* el esfuerzo, el trabajo, los afectos puros y plácidos; Maeterlinck predica su evangelio de fe creadora y de armonía serena.

Y es que, mientras los últimos metafísicos se empeñaban en probar la infinita vanidad de todo, la ciencia, la misma que minaba los cimientos de los castillos *noumenales,* construía las bases de un nuevo edificio cuya columna central es la fe en el Triunfo de la Vida y de la Evolución: el optimismo de Spencer y de Haeckel, el meliorismo de Sully, la filosofía de la esperanza de Fouillée, el ideal futuro de Guyau...

El edificio comienza a elevarse lentamente, una a una cada sólida piedra sobre la férrea armazón. ¿Quién habla de la bancarrota de la ciencia? El nuevo pensamiento no necesita, para ser optimista, creer en el divinal destino del hombre: bástale con la existencia que conoce y su virtualidad inagotable, y contesta a Schopenhauer, probándole la inutilidad del Nirvana: "El hombre desaparecería de la tierra: otro sér se haría rey de ella, y durante millones de años la Vida continuaría en el planeta su marcha triunfal e imperturbable" (Novicow).

Obra típica de este momento, por su vigoroso optimismo científico, por su absoluta fe en la Vida, es *La evolución superorgánica* del doctor Enrique Lluria. Desde la desaparición de Guyau, no había sonado en la Europa intelectual una nota de entusiasmo tan ardorosamente juvenil.

Pero no se piense que la fe que anima este libro se apoya en la bondad de la vida social presente. Observando los males que azotan la sociedad moderna, Lluria ha sentido el deseo de contribuir a formar la idea de un progreso más efectivo que el contemporáneo y más acorde con las leyes naturales de la evolución. Y para poner sus ideas al servicio de la humanidad, ha apresurado la publicación de este estudio de "la naturaleza y el problema social", que, con ser apenas el esbozo de un sistema sociológico *a base biológica,* es, por su vigorosa originalidad y su altura de concepto, digno de la acogida entusiasta que ha obtenido entre la intelectualidad española y de los elogios que le tributa en el prólogo el maestro del autor, el eximio Ramón y Cajal, intelectualidad verdaderamente genial que a un profundo saber une el dón maravilloso de un estilo que convierte la ciencia en poesía.

Lluria sienta como base de su estudio sociológico la concepción de la vida como resultado de la Evolución de la Sustancia universal (Materia y Energía inseparables) sometidas a la ley del Ritmo que rige a todas las organizaciones, desde los cristales (precursores, en el mundo inorgánico, de la morfología biológica) hasta la complicada estructura del cerebro humano. A la manera de las tablas de Mendeleef y de Sir William Crookes, que, merced a una disposición armónica de los elementos químicos, parecen demostrar que éstos no son sino productos del desenvolvimiento rítmico de una sola materia, y la escala de las vibraciones de la fuerza hecha por el mismo Crookes, la Embriología y la Anatomía comparadas constituyen también escalas rítmicas. "Cada sér representa un sistema de ritmos cuyos sistemas diversos explican las diversas organizaciones que reproducen la misma forma y estructura en relación con el medio; el Hombre vivo es un sistema de vibraciones en el espacio y el tiempo, que ha de extinguirse, reintegrándose en la Energética universal."

A primera vista —dice Ramón y Cajal en el prólogo—, la idea de Lluria parece oscura y hasta difícil de concebir; pero meditando en ella se descubren facetas luminosas y puntos de vista interesantísimos. Porque, en suma, la vida representa un sistema complejo de fuerzas, de vibraciones en progresión ascendente. Semejante a una orquesta sucesivamente reforzada, la organización se inicia con la nota monorrítmica del infusorio y acaba con la grandiosa sinfonía del mamífero, en donde colaboran millones de voces celulares. Y cuando el estruendo de la orquesta orgánica llega al sumo, surge otra vez el encantador *ritornello* del germen, es decir, las sencillas cadencias del óvulo, a partir de las cuales la melodía se desarrolla en *crescendo,* complicándose hasta llegar nuevamente a la plenitud de las modulaciones y motivos musicales de la organización del adulto.

El proceso continuo de la vida es, según la definición de Spencer, la adaptación de las relaciones internas a las externas. Y, como ya observó el mismo filósofo inglés, la nueva evolución del sér que representa el más alto grado de evolución en el planeta, será una mejor adaptación y coordinación de acciones, que necesariamente se realizará en el sentido de un desarrollo superior de la inteligencia y de los sentimientos.

Hasta aquí, el joven pensador español está en perfecto acuerdo con el monismo de Haeckel y el evolucionismo de Spencer.

Pero, al considerar los fenómenos del mundo superorgánico, aspira a ampliar la obra de sus predecesores y rectificar muchos conceptos erróneos hoy en boga.

Ante todo, quiere desterrar de la ciencia social la ley de lucha establecida por Darwin para la biología y luego erigida en principio sociológico que han llevado a la exageración, por distintas vías, Nietzsche y Gumplowicz, y que constituye hoy una *idea fuerza* en los pueblos de educación teutónica. Fouillée piensa que la concepción opuesta, "la unión para la vida", es propia de los pueblos llamados latinos. Y en éstos es ciertamente donde los sociólogos dan más decisiva preponderancia al principio de la solidaridad sobre el de la lucha en la vida superorgánica.

"Siendo la explotación de una clase por otra la base de la civilización —dice Friedrich Engels—, su evolución se realiza en contradicción constante. Cada progreso de la producción es al mismo tiempo un retroceso en la situación de la clase oprimida, es decir, de la mayoría."

Partiendo de un razonamiento semejante al de Engels, Lluria considera evolución aberrante la de la sociedad moderna. Todas las enormes desigualdades e incongruencias de la vida contemporánea son productos de ideas y prácticas erróneas con que el hombre ha falseado las leyes naturales. El capital, el dinero mismo, la propiedad, tales como se conciben hoy, todo el sistema económico, en fin, es nocivo al desarrollo efectivo y completo del organismo social, y, por consecuencia, de cada organismo individual. Los males reinantes —el pauperismo, la miseria fisiológica y las enfermedades, la degeneración física y psíquica— están tan extendidos que requieren un tratamiento rápido y certero.

Lluria tiene alta fe en la ciencia y fe aún más alta en la Vida, cuya virtualidad es tal que secundará con creces cualquier rectificación de un proceso aberrante. Conocidos los factores de la evolución —adaptación, selección y herencia—, debe estudiárseles y ayudárseles a fin de reintegrar al hombre en el proceso evolutivo de la naturaleza. Así como hemos sabido sustituir la lenta selección natural, cuyo agente es la lucha biológica, con la selección artificial de las plantas de cultivo y los animales domésticos, hasta para obtener cualidades morales, debemos sustituir las desastrosas luchas sociales, que primero estimulan pero al fin agotan la energía de las razas, con el trabajo universal, libre de las aberraciones de la propiedad y el capitalismo. El amor, medio natural de selección en la vida superorgánica, será la base de la sociedad del porvenir.

"La selección psíquica llevará a toda la sociedad futura a la felicidad; el perfeccionamiento de las adaptaciones orgánica y psíquica dependerá del estudio de la naturaleza y del paralelo desarrollo de la inteligencia." Y como, según lo demuestran los estudios hechos por Ramón y Cajal, el cerebro humano, creador de la civilización, continúa aún su evolución psíquica, y la tierra, patrimonio de la especie, es fuente inagotable de riqueza, los horizontes del progreso son ilimitados y la felicidad colectiva deja de ser una utopía. La fórmula del porvenir, que es deber de la Sociología esclarecer, será *la socialización de la naturaleza por la humanidad.*

Tales son, en síntesis, las concepciones fundamentales que informan la doctrina del libro. Lluria expone, como complemento, otras muchas ideas interesantes; y, a la verdad, una crítica minuciosa le pediría quizás estilo más flexible y castizo, exposición más metódica o erudición sociológica más variada, pero no podría pedirle más profundidad ni originalidad de pensamiento.

Todas estas ideas, basadas, aun las más hipotéticas, en la experiencia científica, parecen todavía raras a la gran mayoría de las inteligencias. Cuánto a fuerza de ahondar en el estudio de la fenomenología universal llegan a revelar en plena luz los cerebros superiores es todavía elemento mal o no asimilado por los entendimientos comunes; y no porque las realidades científicas sean, ni con mucho, oscuras, sino porque la razón común ha seguido el mismo antinómico e irregular desarrollo que la vida económica: el intelecto de la masa social, sin excluir las comunidades más civilizadas, contiene en incongruente mezcla verdades aprendidas principalmente en las exteriorizaciones prácticas de la ciencia, y conceptos absurdos, supervivencias hereditarias o atávicas, *aparecidos,* según la gráfica expresión de la tragedia ibseniana.

Por lo tanto, una de las necesarias tareas preparatorias de la realización de una vida social más acorde con las leyes naturales de la evolución, ha de ser la racionalización del pensamiento de las mayorías por medio de una educación positiva, científica y práctica, destructora de la rutina, "que es a la inteligencia lo que la inercia a los cuerpos brutos".

Así preparados los cerebros para las concepciones reales y justas, percibirán más clara la necesidad de reformas cuyos resultados sean una vida físicamente normal y sana que tienda espontáneamente a la más alta *actividad* y un desarrollo superior de la moral científica, cuyo ideal es la *armonía.*

Son, por de contado, inseguras las predicciones de cuándo y cómo se llegará a este ansiado equilibrio de la existencia colectiva, exenta entonces, no de problemas, sino de los grandes males de la época presente; pero no son inútiles, y sí muy sugestivas, cuando se apoyan, como las de Wells y Malato, en prudentes *cálculos de probabilidades.* Por igual razón habrá de ser en alto grado interesante el próximo libro de Lluria, *La humanidad del porvenir*, que completará su obra *La evolución superorgánica*, ya iniciada con el estudio de *La naturaleza y el problema social.*

Como el atalaya que en la tragedia de Esquilo observa las cumbres de las montañas donde han de encenderse las hogueras anunciadoras, el pensador generoso explora los horizontes de la vida universal y espera los albores de la luz del porvenir. A los que juzgan vano su noble empeño, debe contestárseles con Maeterlinck: "Todo lo que hasta hoy hemos obtenido ha sido anunciado y, por decirlo así, *llamado* por aquellos a quienes se acusaba de mirar demasiado alto."

1905

LA MÚSICA NUEVA

RICHARD STRAUSS Y SUS POEMAS TONALES

RICHARD STRAUSS es la figura culminante en la Alemania musical de la hora presente, y al mismo tiempo el compositor coetáneo más seria y vigorosamente discutido.

Hijo de la docta Munich y de una familia de músicos, aunque sin nexo con los valsistas austríacos del mismo nombre, el doctor Richard Strauss ha sido en su ciudad natal y en Weimar director de orquesta, y lo es actualmente en la Ópera Real y en la Sociedad Filarmónica de Berlín. Las ciudades alemanas le aplauden como a una de las primeras batutas del día, y a este juicio han asentido ya París, Londres y Nueva York.

Como compositor, tiene admiradores que le ponen por sobre todos los antiguos y modernos; el francés Romain Rolland, por ejemplo, le llama "el mejor dotado de todos los músicos contemporáneos". La posteridad decidirá si, en esta época de pocos genios musicales, Strauss es más genial o más grande que Grieg o que Saint-Saens, los dos únicos colosos que aún viven; pero sin pretender juzgarle definitivamente, puede asegurarse que su nombre quedará.

Ha extendido su actividad a casi todos los géneros musicales y se ha distinguido en la ópera, los *Lieder* y la sinfonía.

Es poeta y compone los libretos de sus óperas, como Wagner; pero no ha intentado innovar sobre los procedimientos fijados por el autor de *Parsifal*. Sus dos dramas musicales, *Guntram,* 1894, y *Feuersnoth,* 1901, han sido éxitos notables: el final del segundo, apoteosis del fuego y del amor, provoca entusiasmo delirante en todos los públicos.

En sus numerosos *Lieder* emplea formas algo más libres que las tradicionales en la canción alemana, de Schubert a Brahms, y ha alcanzado tanta variedad de expresión como Schumann y a veces igual belleza.

Pero en la sinfonía, Richard Strauss es revolucionario. Al principio de su carrera, siguió las huellas de los maestros antiguos, porque en su educación estrictamente clásica adquirió los vastos conocimientos técnicos con que hoy asombra: sus primeras obras se citan como las más perfectas que se han compuesto en edad temprana. Más tarde, cuando se familiarizó con la música contemporánea, adoptó el estilo romántico, como se ve en la fantasía *De Italia,* y en 1887 inició la serie de sus *poemas tonales* con *Macbeth* y *Don Juan,* seguidos por *Muerte y trans-*

35

figuración en 1889, *Las travesuras de Till Eulenspiegel* en 1894, *Así habló Zarathustra* en 1895, *Don Quijote* en 1897, *La vida de un héroe* en 1898, y la *Sinfonía doméstica* en 1904.

Su propósito en estos poemas es hacer de la música sinfónica, cuyo carácter es abstracto, un medio de expresar estados y acciones determinados. No es él el primero que lo intenta: entre otros, Beethoven, su más amado maestro, dejó en sus composiciones huella de su deseo de alcanzar significación más precisa y directa que la que le permitían las estrechas fórmulas musicales de su tiempo; Wagner y Berlioz hicieron de la música orquestal medio de expresión directa, aquél en la ópera, éste en la sinfonía; y Liszt, Tschaikowski, Saint-Saens y muchos más, se apoderaron de la forma del poema sinfónico creada por Berlioz, la perfeccionaron y la popularizaron. En los *poemas tonales* de Strauss se realiza la idea esbozada en las oberturas dramáticas de Beethoven y en las sinfonías con asunto de Berlioz, y el compositor es, más que un revolucionario, el continuador de una tendencia.

Los *poemas tonales* difieren poco de los poemas sinfónicos de otros autores en el plan y en la presentación y el desarrollo de los temas destinados a representar a los personajes y sus atributos; pero su plan es generalmente más vasto, los personajes y las situaciones más complicados y numerosos, las ideas y los sentimientos que entran en juego más elevados y difíciles. En realidad, Strauss ha querido hacer de ellos obras de expresión absolutamente musical, subjetiva, ha intentado sugerir las situaciones sin someterse a un canon según el cual cada medida represente un detalle especial de la acción; pero sus comentadores han llegado a extremos como querer ver en ciertas inflexiones de un pasaje de *Don Quijote* la sangre de las ovejas atacadas por el andante caballero.

La novedad de los propósitos y procedimientos de Strauss ha originado una discusión que alcanza proporciones sensacionales en Alemania; sus poemas son objeto de las más extrañas y divergentes interpretaciones, y los críticos adversos los condenan como música ininteligible sin un programa explicativo.

Censúranse también sus atrevidas combinaciones armónicas; y es cierto que en los poemas abundan los efectos raros, discordancias, pausas, cambios súbitos, y en su orquestación tienen papel prominente instrumentos cuyas cualidades están mal miradas. Todo es cuestión de costumbre: cada vez que aparece un gran maestro y arranca nuevos secretos a la inagotable fuente de la armonía, los contemporáneos le tildan de bárbaro hasta que su oído se acostumbra a las nuevas combinaciones.

A pesar de sus rarezas, Richard Strauss es hoy acaso el más hábil dominador de la armonía y de la polifonía, y tanto en las combinaciones armónicas como en la invención melódica se muestra original, soberbio, majestuoso a veces, ya delicado, ya doliente. Su música es la obra de un alto espíritu, ordenado y filosófico, y en sus poemas —verdaderos monólogos, al decir de un crítico, porque en ellos hay siempre un personaje dominante—, están patentes el desarrollo de sus procedimientos y el progreso de sus ideales.

El primero de sus poemas más conocidos, *Don Juan* —inspirado en los versos de Lenau, cuyo héroe es un idealista, no el Tenorio sensual ya conocido— tiene pocas rarezas y produce una impresión perfecta de belleza. El segundo, también lleno de idealismo, *Muerte y transfiguración,* ofrece contrastes soberbios: la transfiguración cantada por los violines tiene la elevación y la pureza del místico preludio de *Lohengrin.*

En los tres poemas siguientes, *Till Eulenspiegel, Así habló Zarathustra* y *Don Quijote,* el autor es humorista, como si desencantado de sus ideales se burlara de ellos. Aquí alcanza la plenitud de su estilo y explota las infinitas posibilidades de la orquesta con los más prodigiosos resultados. El *Zarathustra* no es exclusivamente humorístico ni es traducción fiel de la filosofía de Nietzsche: el autor declaró, forzado a salir de su acostumbrado silencio por las extrañas interpretaciones que dio al poema la crítica, que en ese personaje quiso simbolizar el inútil empeño de la humanidad por explicar el enigma del universo: la eterna interrogación se alza en el rasgo final del poema, una disonancia de notabilísimo efecto.

Pero en *La vida de un héroe* vuelve a ser optimista y nos presenta un luchador valiente y magnánimo que después de magnos triunfos se retira a la vida del campo y a los trabajos rústicos. Ésta es su obra más compleja y grandiosa, la que más definitivamente reta a la crítica y abre nuevos rumbos a la inspiración.

Por último, en la *Sinfonía doméstica* —dedicada a su esposa y su hijo, y estrenada en Nueva York en marzo de 1904 bajo su propia batuta—, Strauss ha adoptado una forma más cercana de la vieja sinfonía. La *Sinfonía doméstica* es un poema plácido y luminoso como *la descansada* vida del héroe invicto y magnánimo que se retira a las labores fecundas y pacíficas del campo.

1904

AYER, no más, discutíase en Europa si la música de Wagner estaba destinada a ser la música del porvenir, en cuanto ella encauzaría una nueva corriente de ideas y procedimientos artísticos, y hoy, a seguidas del triunfo completo de esas ideas y esos procedimientos, principia a agitarse la idea de que Wagner pertenece ya a la música del pasado.

En cierto sentido, sí. No que los compositores de ópera que sucedieron al autor de *Tristán e Isolda* le superaran, ni siquiera le igualaran, en potencia y hermosura de expresión, ni que sus procedimientos artísticos demuestren ningún progreso fundamental sobre la manera enseñada por Wagner, sino que tanto por los italianos como por los franceses se han dado pasos de avance sobre lo hecho por él en lo que debe llamarse la "psicología de la ópera".

La obra dramática de Wagner, poética y musical, es, como la de Shakespeare, como la de Goethe, como la de Ibsen, obra fundamental en que el genio reproduce condensados el pensar y el sentir de la humanidad; pero sus óperas, aun sin exceptuar *Los maestros cantores,* la de asunto más moderno, se desarrollan en el ambiente de la leyenda, misterioso y romántico, propio para la interpretación musical.

En cambio, los músicos posteriores escogieron asuntos si menos grandiosos casi siempre más modernos, y al aplicar a ellos el método que puede llamarse "psicológico" —que antes de crearlo Wagner sólo habían presentado algunos espíritus selectos— se hallaron frente a un nuevo problema: el de interpretar personajes y ambientes desprovistos de cualidades poéticas y simbólicas, lo que antes quizá habría parecido irrealizable en música.

Entre los nuevos músicos, los italianos han venido con menos pretensiones que los franceses. Tenían en su contra la prevención hacia la música italiana que surgió cuando quedó demostrada, con el triunfo del drama musical, la afirmación de Wagner de que el reinado de la melodía de Rossini y de Donizetti fue período de decadencia en vez de florecimiento; y todavía tienen muchos enemigos que aseguran que son incapaces, los nuevos, de producir, si algo bueno producen, más de una buena ópera.

Verdi y Boito iniciaron la renovación del espíritu musical elevado en su país. Boito escogió por tema de su única ópera el *Fausto* de Goethe, incluyendo muchas de sus más difíciles y gloriosas páginas, descartadas antes por Gounod y otros como muy sutiles para la música de ópera, y Verdi pintó maravillosamente el ambiente oriental en *Aída,* modelo inimitable de color local, interpretó en *Otello* la furia de los celos y la diabólica filosofía de Yago, condensada en el Credo en versos de su amigo y rival Boito, y logró infundir en *Falstaff* la chispa del excelso humorismo shakespiriano.

Por mucha que sea la popularidad de los jóvenes compositores italianos, precisa recordar que sus maestros, Verdi, Boito y Ponchielli, el de la admirable *Gioconda,* les superan en inspiración cuanto en habilidad técnica. Verdi hizo en *Otello* la más grandiosamente pasional y en *Falstaff* la más refinadamente humorística de las óperas italianas; y de esas obras, de *Otello* sobre todo, así como de *Mefistofele* y de *La Gioconda,* han derivado los jóvenes sus mejores enseñanzas, como lo muestran a veces con mengua de su originalidad.

La juventud italiana entró en la palestra con el éxito insólito de la *Cavalleria rusticana* de Mascagni, que creó la moda, aun en Francia y Alemania, de las óperas cortas, e introdujo un elemento casi nuevo: el populacho. A poco vino Leoncavallo con *I Pagliacci,* otra página de la vida de los infelices, y el pueblo fue el héroe en *Mala vita* de Giordano, *A Santa Lucía de Tasca, A basso porto* y muchas más.

La nueva escuela se formó con estos compositores y otros que surgieron inmediatamente: jóvenes a veces inexpertos pero entusiastas y prestos a ponerse en la formidable corriente de ideas nuevas en el mundo del arte. Su idea principal es en el fondo la misma de sus tres grandes maestros nacionales: infundir en la forma del drama musical el espíritu genuinamente italiano. Atrevidamente han escogido para sus óperas asuntos difíciles, de la leyenda, la historia y la literatura: así, de Grecia, *Ero e Leandro* de Mancinelli, con versos de Boito; de la historia moderna, la trilogía de *Los Piccolomini* de Leoncavallo; de la revolución francesa, la popular *Andrea Chenier* de Giordano, y entre los asuntos de la literatura o de la vida modernas, *La Bohemia,* puesta en música por Puccini y por Leoncavallo separadamente; *Adriana Lecouvreur* por Cilea, *Chopin* por Orefice, *Manon Lescaut* y *La Tosca* por Puccini, *Fedora* por Giordano, *Zaza* por Leoncavallo, *Aphrodite* por Berutti *(Chrysé).* Por último, han ensayado asuntos japoneses, con éxito mediano, pues la *Iris* de Mascagni, a pesar de su soberbia obertura —himno al Sol—, no ha triunfado; y hasta el presente está indecisa la suerte de la tan esperada *Madame Butterfly* de Puccini.

Al recordar los nombres de tantas obras recientes, que ya van cayendo en el olvido, parece justificada la prevención de muchos críticos contra los jóvenes compositores, pues éstos no han producido sino cinco obras que han pasado al repertorio universal: *Cavalleria rusticana, I Pagliacci, Andrea Chenier,* y *La Bohème* y *La Tosca* de Puccini.

Las glorias de Mascagni y Leoncavallo están hoy mustias con sus repetidos fracasos: sólo son populares sus obras primeras, *Cavalleria* y *Pagliacci,* que si por sus convencionalismos de factura no responden justamente al ideal del drama musical, agradan, aquélla por el frescor de sus melodías y la fuerza de sus dúos, y ésta por el vigoroso efectismo de sus mejores pasajes.

Mayores esperanzas se fundan en Giordano, aunque no ha hecho buena su promesa de *Andrea Chenier;* en Franchetti, cuya *Germania* tiene inspiración vigorosa y nueva y alcanza cada día más positivo éxito; en Puccini, cuyos triunfos de *La Bohème* y *La Tosca* son hasta ahora los más populares de la nueva escuela.

En *La Bohème* está descrita la vida de esa clase híbrida, indefinida, pobre de dinero y rica de imaginación, sus tristezas, dolores, miserias, alegrías, amores, y la nota saliente, el buen humor. La música, de inspiración genuinamente romántica a pesar de su factura *realista,* interpreta el verdadero espíritu de la *bohemia,* que vive aterrada al ideal en medio de la realidad más cruel.

En *La Tosca,* Puccini llegó aún más alto, haciendo del artificial drama de Sardou un drama que musicalmente tiene intensa vida pasional. Aquí asombra la gran variedad de detalles expresados por la música, que da su matiz propio y preciso a cada momento y pinta todos los personajes, desde el ridículo sacristán hasta la apasionada Tosca. Ninguno tan bien copiado como Scarpia, sér astuto como Yago y Mefistófeles, como el dios Loge de Wagner, y más difícil por ser un personaje aislado y no como aquéllos representativo y grandioso: la música que lo interpreta es tranquila, sinuosa, solapada como su naturaleza.

Puede censurarse a la mayoría de estas obras de los jóvenes las reducidas dimensiones, hasta cuando tienen tres actos. *La Tosca,* por ejemplo, dura apenas dos horas y media, y resulta, aunque muy brillante, un esbozo en que situaciones y pasiones están dibujadas y sugeridas pero no desarrolladas a plenitud, y en general pocas son las óperas de la nueva escuela italiana que aspiren a ser más que miniaturas, que aspiren a las proporciones heroicas de *Otello* o *Mefistofele,* por no citar *Parsifal* o *Tristán e Isolda.*

En varios respectos, la nueva escuela italiana es indudablemente inferior a la legión de los jóvenes franceses, cuyos ideales y tendencias son más originales y atrevidos, pero en el grupo de los *leaders* hay talentos innegables capaces de comprender y realizar el ideal del drama musical y de interpretar en sus moldes aun los más difíciles cuadros de la literatura realista. La energía, el atrevimiento y la laboriosidad de ese grupo contribuyen poderosamente al renacimiento del espíritu artístico de su país, y no es de dudar que con él se inaugure un nuevo período de verdadera grandeza musical en Italia, como los siglos en que florecieron Monteverdi, los Scarlatti y el gran Palestrina.

1904

LA PROFANACIÓN DE *PARSIFAL*

CUANDO Parsifal, el sacro drama festival de Richard Wagner, cuya representación es en Europa derecho exclusivo del Festspielhaus de Bayreuth, fue estrenado en Nueva York, en contra de la voluntad expresa del difunto autor y de sus herederos, el público cosmopolita de la gran metrópoli comercial acudió en masas enormes a escucharlo y admirarlo.

Hoy, la prensa norteamericana comenta el extraño fenómeno de que las representaciones de *Parsifal* no se han visto en su segunda temporada tan entusiastamente concurridas como en la primera.

La explicación aparente del inesperado fenómeno es que, desposeído el drama del sensacionismo de su estreno, su aspecto artístico no interesa al público neoyorkino. ¿Se habrá cometido la *profanación* infructuosamente, vulgarizando la obra crepuscular del genio sol de la música dramática, que, fuera del *ambiente* semi-religioso a que fue destinada, pierde su excelsa significación y cae bajo la piqueta de las críticas triviales de las masas estultas?

La *profanación* denunciada por los partidarios de la ilustre viuda de Wagner es un mito. Tarde o temprano, *Parsifal* había de salir del *golfo místico*, y si a las representaciones del Metropolitan Opera House falta el decantado *ambiente* de Bayreuth, sóbranles magnificencia y fidelidad en la montura y la dirección escénica cuanto en la interpretación orquestal, vocal y dramática.

El dudoso éxito artístico que *Parsifal* obtiene con el público coetáneo débelo probablemente a su larga reclusión en el escenario del Festspielhaus. No, como algunos querrían, a la supuesta inferioridad de su valor musical comparado con el de *Tristán e Isolda, El anillo de los Nibelungos* y *Los maestros cantores;* porque contra ese criterio prevale el de muchos críticos que colocan a *Parsifal* en el mismo rango que las otras colosales creaciones wagnerianas o en rango superior aún.

En realidad, los éxitos universales y perdurables de cualquier grande obra dependen mucho más de la significación de ésta que de su intrínseco valor artístico, en el sentido técnico; y lo importante es saber si *Parsifal* tiene hoy para el público la misma significación humana y filosófica que en 1882, el año de su estreno: esto es, si las ideas que encarna armonizan con las que posteriormente han agitado el mundo intelectual.

Desde luego, y como en todo lo referente a Wagner, hay una

pavorosa divergencia de opiniones respecto de la interpretación precisa que debe darse a su último drama musical.

Wagner, como todo artista superior, revela en sus obras una concepción filosófica del mundo y de la humanidad, pero no era un filósofo de escuela ni de sistema científico. Nunca pretendió serlo; aunque escribió sobre multitud de asuntos trascendentales, dijo sinceramente en más de una ocasión: "No sé expresarme sino en mis obras de arte."

Su *Parsifal,* lejos de ser un mero eco de sus especulaciones en el campo de la filosofía pura, es, ante y sobre todo, una creación artística cuya significación, por lo elevada y extensa, ha de ser interpretada de modo distinto por distintos temperamentos, y cuya influencia en el mundo intelectual debe, por lo tanto, seguir una *evolución,* como la influencia de todas las grandes obras.

En este, como en sus otros dramas musicales, Wagner supo revelar el "elemento puramente humano": el héroe representa, no el ascetismo, no el renunciamiento con sugestiones del Nirvana, sino la voluntad que por la acción noble y constante conquista la vida superior, el ideal religioso, y constituye una línea del triángulo que se completa con Tristán, el héroe pasional que muere de amor, y con Siegfried, el guerrero mitológico que labra su ruina cuando pierde la fuerza de su inocencia.

Pero con su misma grandiosa *humanidad,* con su optimismo fundamental que prevalece contra la influencia que en él ejercieron las teorías de Schopenhauer, Wagner, como buen alemán, tendía al idealismo que busca su consumación fuera de los límites de lo humano. La pasión, la aspiración, la voluntad adquieren en su música proporciones colosales. Por ejemplo, *Tristán e Isolda* endiosa la pasión más humana, el amor sexual, revelando su esencia íntima mejor que ninguna otra obra artística hasta el presente; el deseo insaciable se expresa en la partitura con una intensidad que sobrepuja la mayor potencia erótica de nuestro sér, y su coronación es el deseo de la muerte, del "eterno, originario olvido". Así, *Parsifal,* que es en los episodios un drama muy *humano,* encarna, no exclusivamente el ideal cristiano, sino el espíritu religioso en su más amplio concepto: la aspiración hacia la cima *sobrehumana* de la veneración sin análisis, la contemplación pura y abstracta de la armonía universal.

La redención suprema, simbolizada en el Santo Grial, es en la obra la idea céntrica a la cual convergen los sucesos y los personajes. El mismo elemento de oposición, las malas artes de Klingsor con su jardín encantado, es producido por la envidia del mago y su impotencia para merecer el premio de los puros. Por la redención sufre Amfortas, expiando su flaqueza, sufren los templarios, en espera del héroe inmaculado; Parsifal, si al principio no la comprende, lucha después por conseguirla; y ella alcanza hasta a la enigmática Kundry, uno de cuyos aspectos parece evocar la superstición judaica de la impureza original de la mujer.

La música —marcadamente el preludio, lleno de la mágica insinuación de lo inefable, las escenas en el Templo, la maravilla del Viernes Santo— rebosa el puro y extático fervor ya poco frecuente en los compositores del siglo XIX: su austera majestad es la de los Bach y los Haendel, o más lejos, la de los antiguos maestros italianos.

Y es ese *desinteresado* espíritu religioso del drama y de la música lo que a mi ver resulta una nota rara en este momento. En los albores del siglo XX se han hecho formidables las corrientes de pensamiento que se iniciaban en 1882. La filosofía basada en la ciencia, que condena la especulación metafísica, niega lo maravilloso, y busca explicación *natural* a los enigmas del universo, por un lado, y, por otro, la voz de pensadores y artistas que predican la afirmación de la personalidad individual, como Nietzsche, el culto del yo, juntamente con el valor de la vida y el retorno a condiciones más sencillas y armoniosas, han influido en que el pensamiento contemporáneo, preocupado con problemas más inmediatos, "no piense en los dioses", según la frase de Goethe, y parezca marchar hacia la "irreligión del porvenir" prevista y descrita magistralmente por Guyau.

Bien sé que Wagner enunció ideas semejantes a muchas que hoy predominan, pero "pensó en los dioses" al componer su *Parsifal,* porque poseía el verdadero espíritu religioso, que va entibiándose, desapareciendo en el torbellino de la *vida intensa* actual, sin que las sociedades mismas lo perciban.

En la literatura, los recientes accesos de misticismo atávico tienen más resonancia que influencia e importancia real. Huysmans y Bourget, por caso, despiertan ahora menos interés que antes de su retorno al catolicismo, y Tolstoi y Maeterlinck, los dos escritores más influyentes de cuantos en el día derivan enseñanzas de las palabras de Jesucristo, predican casi exclusivamente doctrinas de fines sociales, prácticos, humanos.

Los compositores de la hora presente —con excepciones como el ilustre Elgar, en quien el espíritu religioso de Inglaterra ha encontrado, por fin, su voz propia y solemne— tienden más y más a lo *humano múltiple,* como Richard Strauss (el a veces llamado "materialista de la música"), al *realismo* predominante en las nuevas óperas francesas e italianas, o a un idealismo de sutiles y variadas fantasías que suele tomar color místico, pero que se distancia, tanto como el realismo, de la religiosidad definida y serena de *Parsifal.*

Si desde 1882 Wagner hubiese dado libremente al público

universal su drama sacro —que sólo puede apreciarse plenamente en la representación escénica—, es probable que la influencia de éste en el público se habría hecho sentir de modo distinto y más beneficioso, evolucionando con el transcurso de los años, como la influencia de *Tristán e Isolda* y *El anillo de los Nibelungos,* monumentos que hoy constituyen parte efectiva e irreemplazable en la educación artística de las generaciones.

Pero *Parsifal* no salió del Festspielhaus de Bayreuth hasta 1903, cuando un compatriota de Wagner osó, escudado por la ley, contravenir los deseos del maestro y trasplantarlo a la metrópoli de la vida intensa. El público del siglo xx no comprende, no siente la elevada significación religiosa del drama... a no ser que en 1913, cuando pueda éste representarse en toda Europa, la experiencia demuestre lo contrario.

1905

NOTAS A *ENSAYOS CRÍTICOS*

D'ANNUNZIO, EL POETA

[1] Hasta el momento en que fue escrito este artículo D'Annunzio había solamente comenzado a revelar el optimismo que ilumina los espléndidos *Laudi*, publicados poco después.

ARIEL

[1] Si he omitido mencionar los originales y brillantes estilistas del grupo juvenil de España —Blasco Ibáñez, Unamuno, Valle-Inclán, *Azorín*, Martínez Sierra y Gabriel Miró—, es porque han aparecido años después de haber iniciado los modernistas de América la renovación del lenguaje y porque en todos ellos hay innegable amaneramiento que los deja a distancia de la flexibilidad asombrosa y de la impecable serenidad de Rodó.

HORAS DE ESTUDIO

(1910)

DÍAS ALCIÓNEOS

I

A Antonio Caso y Alfonso Reyes

EN MITAD del invierno, tras el monótono imperio de la niebla, han llegado los días alcióneos. Una paz luminosa se derrama sobre el valle de la vieja Ilión lacustre, y en el clásico Bosque, prez de la *rusticatio mexicana*, la pugna de las estaciones se funde en una armonía de veneciano esplendor. Junto al escueto y deshojado fresno invernizo, el cedro colora su follaje con el rojo otoñal; y en contraste con el inextinto verdor oscuro de los pinos, se extiende la amarillenta alfombra de las hojas muertas.

Más que concierto pacífico de estaciones, diríase la victoria del otoño; él las somete, las funde, triunfa en la amplia tonalidad purpúrea que envuelve los paisajes. Libre de estivales reverberaciones, la luz solar unifica el azur impoluto y colma el suelo con el oro de las vendimias. El violeta impone su dominio en las arcadas.

Cuando el cielo vesperascente palidece con la caída del sol, del ocaso comienza a ascender un tinte róseo. El extraño tinte, de suavidad y ternura milagrosas, crece por instantes, invade todo el occidente, y se desvanece por fin en las sombras que avanzan. En el bosque, la grave masa arbórea, en que se perfilan las copas redondas, sugiere la visión de un pintor panteísta; la majestad terrible del pinar evoca el espíritu de Turner.

Nuevo anuncio de paz, en el confín occidental se ilumina el arco de la luna creciente, y con ella el astro místico invocado por Wolfram. La vasta serenidad de la noche estrellada desciende, imperatoria, sobre la calma del valle.

¡Esplendor fugaz de los días alcióneos! ¿No sorprendes, poeta, un ritmo jocundo en la gran palpitación de la fecunda madre? ¿No adviertes, filósofo, una súbita revelación de suprema armonía? La magia del ambiente despierta el ansia de erigir sobre el aéreo país sideral, el libérrimo, el aristofánico olimpo de los pájaros. Es que anida el Alción, el ave legendaria, la doliente esposa de Ceix, a quien otorgaron los dioses el don de difundir tales beneficios en mitad de la estación brumosa.

Desvanecido, mañana, el fugaz prestigio, volverá a reinar el gris. Y entonces, en vez de los estrepitosos himnos de las aves aristofánicas, vienen a la memoria las graves palabras del viejo diálogo académico. Habla Sócrates:

Siendo tan grande el poder de los inmortales, nosotros, que somos mortales e insignificantes por toda manera, que no podemos

49

abarcar lo grande ni apenas lo pequeño, y que vacilamos las más de las veces aun sobre aquellas mismas cosas que pasan a nuestro rededor, no somos competentes para hablar con certeza de alciones ni de ruiseñores. Esta célebre leyenda sobre tus lúgubres himnos, ¡oh ave moduladora de lamentos!, la referiré a mis hijos tal cual nuestros padres nos la trasmitieron, y celebraré muchas veces la piedad y la ternura de tu amor conyugal, contándoles además el alto honor que alcanzaste de los dioses...

México, enero de 1908

II

A Leonor M. Feltz, en Santo Domingo

¡Cuán largo ha corrido el tiempo, amiga y compatriota, desde que, alejándome de nuestra tierra, abandoné la familiar reunión y las lecturas de vuestra casa! A la vida exclusivamente intelectual que llevé antes, ha sucedido larga y variada experiencia de gentes y de países, de ideas y de cosas; distancia y años parecen haber impuesto pausas en nuestra correspondencia; y tal vez pensáis que se nubló ya en mí la memoria de los viejos días...

Y sin embargo, estas páginas deben atestiguar lo contrario. No se os escapará, si atentamente las veis, cómo en ellas perdura vuestra influencia que ya creíais lejana, que acaso nunca juzgasteis mucha.

Ya sé que al principio declararéis sorpresa. Diréis que en vuestras reuniones leíamos y hablábamos como compañeros y no se advertían magisterio ni discipulado; que detrás de mí tenía la herencia de mi hogar de intelectuales; que mi permanencia en el Norte me enseñó cuanto vos no pudisteis; que aun las tierras semejantes a la nuestra me habrán enseñado algo...

No os digo que sois la única influencia que reconozco. Pero las otras han sido, cuando personales, familiares; cuando extrañas, sólo de ambiente. ¿Que no ejercíais de maestra en las lecturas de vuestro salón? ¿Que muchas veces no las escogíais vos, pues mi hermano y yo buscábamos los libros? Nuestra misma libertad de acción daba más eficacia a vuestro influjo. Max y yo apenas habíamos salido de la adolescencia, y vos, con diez o doce años más, con vuestra perspicacia y vuestro saber y vuestro refinamiento, marchabais ya segura en las regiones del pensamiento y del arte. Vuestro amor a la solidez intelectual, vuestro don de psicología, vuestro gusto por el buen estilo ¿no habían de orientar nuestras aficiones?

Retribución había en ello: vos, predilecta hija intelectual de mi madre, figura familiar de nuestra casa, erais llamada a ejercer influencia en nosotros. De mí sé que me guiasteis en la vía de la literatura moderna. ¡Qué multitud de libros recorrimos durante el año en que concurrí a vuestra casa, y, sobre todo, qué río de comentarios fluyó entonces! Vuestro gusto, sin olvidar el respeto debido a los clásicos, a Shakespeare (que entonces releímos casi entero), a los maestros españoles, nos guió al recorrer la poesía castellana de ambos mundos, el teatro español desde los orígenes del romanticismo, la novela francesa, la obra de Tolstoi, la de D'Annunzio, los dramas de Hauptmann y de Sudermann, la literatura escandinava reciente, y, en especial, el teatro de Ibsen, cuyo apasionado culto fue el alma de vuestras reuniones.

Os digo que ésa fue para mí época decisiva. Mis temas son ya otros; entonces no se hablaba (apenas si surgían) de pragmatismo, ni de Bergson, ni de Bernard Shaw, ni de la crítica de Mauclair, ni de la nueva literatura española. Pero vuestra influencia ha seguido presidiendo a mis horas de estudio.

Y aquí tenéis su fruto. ¡Ah! Mi vida también es otra. La adolescencia entusiasta, exclusiva en el culto de lo intelectual, taciturna a veces por motivos internos, nunca exteriores, desapareció para dejar paso a la juventud trabajosa, afanada por vencer las presiones ambientes, los círculos de hierro que limitan a la aspiración ansiosa de espacio sin término. Antes tuve para el estudio todas las horas; hoy sólo puedo salvar para él unas cuantas, las horas tranquilas, los días serenos y claros, los *días alcióneos*.

Y esta labor de mis *horas de estudio,* de mis *días alcióneos,* va hoy a recordaros todo un año de actividad intelectual que vos dirigisteis y cuya influencia perdura; va hacia vos, a la patria lejana y triste, triste como todos sus hijos, solitaria como ellos en la intimidad de sus dolores y de sus anhelos no comprendidos.

México, octubre de 1909

CUESTIONES FILOSÓFICAS

EL POSITIVISMO DE COMTE

DAR CONFERENCIAS sobre el positivismo podrá parecer en Europa intento de escaso interés actual o de interés solamente histórico. No así en nuestra América: entre nosotros, el positivismo es todavía cosa viva. En México, la filosofía de Comte, en fusión con teorías de Spencer y con ideas de Mill, es la filosofía oficial, pues impera en la enseñanza, desde la reforma dirigida por Gabino Barreda, y se invoca como base ideológica de las tendencias políticas en auge. Aunque los positivistas no han llegado a implantar aquí, como en el Brasil, los ritos eclesiásticos de la religión que Comte añadió a su concepción filosófica, el comtismo mexicano tiene su órgano periodístico (la *Revista Positiva),* en cuyo sostén se emplea un tesón semejante al que en pro de la misma causa muestra el célebre Juan Enrique Lagarrigue en Chile. *Sotto voce,* una parte de la juventud sigue ya otros rumbos; pero la crítica de las ideas positivistas (no la crítica conservadora, la católica, sino la avanzada, la que se inspira en el movimiento intelectual contemporáneo) apenas si ha comenzado con el memorable discurso de don Justo Sierra en honor de Barreda (1908) y en uno que otro trabajo de la juvenil Sociedad de Conferencias. Hay, pues, razones para que en México interese todavía hablar sobre el positivismo; y de hecho, el público intelectual recibió con interés el reciente anuncio de una serie de conferencias sobre la historia de esa filosofía.

Un fácil discurso sobre John Stuart Mill, en la ocasión de su centenario (1906); dos serios y brillantes trabajos, presentados al público en veladas de la Sociedad de Conferencias, sobre "Nietzsche" (1907) y "Max Stirner" (1908), pensadores bien lejanos del positivismo: ésos eran los títulos que para el ejercicio de la crítica filosófica podía mostrar el conferencista, Antonio Caso. Demostraban esos trabajos que el conferencista es uno de los hombres más capaces, aquí, de emprender, con criterio filosófico y documentación extensa, el estudio histórico-crítico del positivismo, formulando juicio imparcial que no podríamos obtener ni de los sectarios positivistas ni de sus francos enemigos los católicos. De Caso podía esperarse estudio libre y lleno de variedad, enriquecido con las opiniones de la crítica reciente; en verdad, muchos lo esperaban.

Y he aquí que las tres conferencias sobre Comte y sus precursores (a las que seguirán otras sobre el positivismo independiente: Spencer, Mill, Taine) apenas responden a lo esperado. Ni en la parte histórica, ni en la expositiva ni en la crítica ha introducido el conferencista los deseados elementos de novedad: se ha contentado, en general, con la exposición, el trazo de orígenes y los juicios encomiásticos que desde tiempo atrás nos presentan los partidarios del positivismo: historia y crítica que, si en nuestra América se han repetido hasta la saciedad, en Europa y en la América inglesa están ya revisadas y corregidas. No se ha abstenido Caso de hacer crítica, sino de la censura franca: ha ejercido la función crítica sólo a medias.

Si de divulgación se tratara, bien estaría; pero ¿quién, a no ser un comtista fervoroso como don Agustín Aragón, puede creer que el positivismo necesite ser divulgado en México más de lo que ya lo ha sido, sobre todo en la Escuela Preparatoria, donde pronuncia Caso sus conferencias y donde todavía domina el espíritu comtiano? A este propósito es oportuno recordar las palabras de Mill, insertas precisamente en un libro que Caso utilizó para esta parte de su estudio, *Auguste Comte y el positivismo* (1865):

> Mientras un escritor tiene pocos lectores y ninguna influencia, como no sea sobre los pensadores independientes, lo único que debe tomarse en cuenta es lo que puede enseñarnos: aunque en algunas cuestiones se muestre menos informado que nosotros, podemos dejar sin mención sus errores hasta que llegue el momento en que éstos puedan causar daño. Pero si el puesto importante que Comte ha conquistado ya entre los pensadores europeos y la influencia creciente de su obra capital hacen hoy más fácil y alentadora la tarea de llevar a los espíritus y hacer conocer las partes sólidas de su filosofía, también nos indican que ya no es inoportuno discutir sus yerros. Los errores en que ha incurrido, cualesquiera que sean, pueden ya ejercer influencia nociva, y el exponerlos libremente no será ya perjudicial.

No ha sido parca la crítica posterior al poner en práctica el consejo de Mill; antes bien ha extremado rigores, según el parecer de los que aman la gloria de Comte. Frente al entusiasmo que admiraba en el *Curso de filosofía positiva* la obra fundamental de su siglo, destinada a señalar orientación definitiva al pensamiento futuro, surgió la reacción violenta que negaba a Comte hasta el título de filósofo: reacción en que influyeron autoridades como Renouvier y Max Müller. Desvanecidos uno y otro exceso, el pensador francés pertenece ya a la historia de la filosofía; no señoreándola, como suprema cumbre, sino integrando, como rocalloso pico, la cordillera cuyo núcleo es la crítica kantiana.

> Estos últimos años —afirma el insigne Boutroux— han visto reflorecer la gloria de Comte. Ha bastado, para que este filósofo ocupara su lugar definitivo entre los maestros de la humanidad,

que se desdeñaran los juicios estereotipados de sus panegiristas y de
sus detractores, y que se le leyera. Su pensamiento, tomado en su
fuente propia, resulta mucho más rico y fecundo que las fórmulas
en las cuales se pretendía encerrarlo.

Pero no hay que engañarse sobre el significado estricto de
esas palabras. Nadie habla de un retorno a Comte como se habla
de retorno a Kant. Los lectores del voluminoso *Curso,* en las
nuevas generaciones europeas, probablemente no son más que
los de (pongo por caso) la *Doctrina de la ciencia* de Fichte;
notoriamente son mucho menos que los de Hegel y Schopenhauer: mientras estos dos nombres se mencionan constantemente
en las revistas y los libros filosóficos, el de Comte se cita de
tarde en tarde. Todavía existen, es cierto, sociedades y publicaciones que sostienen, sin eco, el comtismo ortodoxo: supervivencia curiosa, pero no extraña. (Diré, como *pendant,* que yo
mismo he viajado en buques de una asociación *saint-simoniana).*
Pero entre los mismos espíritus positivistas por tendencia o educación, la influencia de Comte comenzó a disminuir ante el
avance de Spencer; hoy, cuando sobre el estancado evolucionismo comienza a acumularse el polvo, el positivismo primitivo está
ya sepulto. De él quedan dos o tres impulsos iniciales, integrados en la tradición filosófica del siglo XIX; el texto va cayendo
en el olvido.

La contemporánea crítica independiente ve en Comte un
pensador que, si bien no tuvo aptitudes de hombre práctico, fue
siempre guiado por tendencias sociales antes que filosóficas:
su ideal era la organización perfecta de la sociedad, y para
sentar el fundamento de sus concepciones políticas construyó su
sistema filosófico. "Su originalidad —escribe Lévy-Bruhl— está
en pedir a la ciencia y a la filosofía los principios de la reorganización social, verdadero fin de sus esfuerzos." Giovanni Papini
le llama *Mesías matemático.* El *Curso de filosofía positiva* (1830-
1842) aparece entre el ensayo de *Política positiva* que provocó
su ruptura con el círculo saint-simoniano, del cual derivó parte de
la terminología *positivista* y de las utopías sociales (1822-1824),
y el vasto *Sistema* del mismo nombre, en cuatro volúmenes (1851-
1854). El curso de sucesos de su vida le impidió acaso dar a
sus concepciones de organización social el vigor, la congruencia
y la *actualidad* oportuna que requerían para influir práctica-
mente: mientras la primer *Política positiva* no pasa de ser una
tesis histórica, la segunda, aunque por su aspecto especulativo
tiene importancia y gana cada día en consideración seria, fue
escrita cuando los hábitos y las crisis mentales habían alejado
a Comte del contacto real y vital con las tendencias de la época:
su *Religión de la humanidad* nació muerta, y bien pocos han
sido sus fieles. El *Catecismo positivista,* opinaba George Henry

Lewis, le hizo más daño que no pudieran causarle todos los ataques de sus enemigos.

Por tal manera, el *Curso de filosofía positiva* queda necesariamente como la obra central de Comte; y así aparece en la historia de la filosofía. Juzgándolo en este terreno, la crítica le señala deficiencias de cimentación. El uso negligente o arbitrario de los términos *metafísica, filosofía* y *ciencia* lleva a Comte a creerse libre de la primera, con echar a un lado la explicación de causas y esencias, y capaz de constituir la segunda con nociones puramente científicas. "Al definir la metafísica —observa Louis Liard—, parece tener tener presente, sobre todo, la escolástica. Pero la destrucción de las entidades escolásticas fue consumada, no por la ciencia, sino por la misma metafísica."

> Puesto que toma la metafísica —asevera Edward Caird, en su clásico estudio sobre *La filosofía social y la religión de Auguste Comte* (1885)— en el sentido de filosofía al modo escolástico, no podría decirse que para él la verdadera metafísica sea una forma desdeñable de pensamiento... Ninguno de los grandes pensadores modernos ha sido metafísico en ese sentido... La hostilidad contra la metafísica, si por metafísica se entiende la explicación de los hechos de experiencia por medio de entidades o causas inverificables por la experiencia, o sin relaciones probadas con ella, caracteriza a toda la filosofía moderna, idealista o sensualista. Se manifiesta en Descartes como en Bacon, en Kant y Hegel como en Locke y Hume.

Pero lo característico del metafísico es la tendencia a la unificación de las concepciones humanas, a la "totalización de la experiencia" (Kant), a "pensar las cosas en conjunto" (Hegel); y Comte, obsedido a la vez por el deseo de unidad y por el sentido de la pluralidad de las cosas, pretendiendo en parte escapar a las cuestiones metafísicas y en parte resolverlas por la ciencia, se coloca en situación ambigua.

> Sus opiniones sobre los más graves problemas —dice De Roberty— se contradicen con frecuencia hasta el punto de desconcertar a la crítica... Es monista y pluralista (o dualista) a la vez. No se impone el esfuerzo de conciliar su agnosticismo con su monismo. Coloca frente a frente las dos doctrinas adversas, y las deja que salgan del encuentro como puedan.

No podría decirse que la crítica ha llegado a un acuerdo sobre la actitud de Comte ante el problema de la unidad. Pensaba él que los filósofos deben proponerse descubrir la unidad real *(científica)* de las cosas por la reducción de las leyes, pues así sería más perfecta la *filosofía positiva;* pero a veces parecía declararla asequible *(Curso,* 3ª edición, VI, p. 688), a veces inasequible (VI, p. 601) y, en general, sólo admitía como realizada, más aún, como necesaria y urgente, la unidad lógica, gracias al método. Postulaba la *superposición* de los fenómenos naturales, según su clasificación de las ciencias: encadenamiento en el cual se ha querido ver un principio evolucionista (Spencer, aunque lo juzgaba arbitrario, lo imitó al distribuir las ciencias en tres órdenes jerárquicos: inorgánico, orgánico y superorgánico) y que puede ser comprendido en esta crítica de Bergson (*La evolución creadora*):

> La filosofía postkantiana, por severa que haya sido contra las teorías mecanísticas, acepta del mecanicismo la idea de la ciencia *una,* la misma para toda especie de realidad. Y se acerca a esa doctrina más de lo que se imaginara... Señala en la naturaleza las mismas articulaciones que veía el mecanicismo; de éste conserva todo el dibujo: sólo los colores han cambiado.

Postulaba Comte, al mismo tiempo, la independencia, la irreductibilidad, la *discontinuidad* de los fenómenos que estudia cada ciencia: según opinión de Boutroux, ése es su criterio fundamental en el respecto. Sin embargo, más de una vez ensayó hipótesis de universalidad: en la lección I del *Curso,* indica que acaso podrían relacionarse todos los fenómenos a la ley de gravitación, pero argumenta luego y la proposición queda destruida; en la lección III, preconiza la universalidad lógica de las matemáticas, declarando que toda cuestión es concebible cuantitativamente y *"reductible,* en último análisis, a simple cuestión de números" (tendencia momentánea al matematismo, señalada por Windelband y Alfred Weber), pero admite la imposibilidad de la precisión matemática más allá de la física, y en la lección LVIII se pronuncia enérgicamente contra la unificación del conocimiento por el criterio matemático; en la lección LIX se lanza a demostrar la universalidad de las leyes primordiales de la mecánica (la inercia, la conciliación del movimiento general con los particulares, y la equivalencia de acción y reacción), extendiéndolas hasta la sociología: llega a mostrar esas leyes como ejemplos del carácter de universalidad que alcanzarán las nociones positivas bajo el ascendiente del espíritu *filosófico,* pues, aunque son insuficientes para el estudio profundo de las demás ciencias, dominan sobre las leyes especiales que gobiernan a éstas; leyes especiales que acaso adquieran más tarde el mismo carácter universal. Como concluye De Roberty, "las leyes particulares son fórmulas contingentes donde se expresa el contenido de la ley universal... La universalidad necesaria de las relaciones ¿no implica, aunque la enmascare momentáneamente, la identidad de los fenómenos mismos?" "Toda *discontinuidad* —deduce Höffding— no puede indicar sino un límite provisional." Un paso más, y ya pueden surgir el evolucionismo de Spencer y el monismo de Haeckel.

La unidad preconizada de manera decisiva por Comte es la que debe obtenerse por la supremacía del punto de vista sociológico en la codificación de las leyes de la naturaleza (Curso, lección LVIII): alega, en extensa argumentación, la necesidad del predominio de un elemento especulativo sobre los demás; declara que las ciencias anteriores a la sociología no son sino grados preliminares del espíritu científico (VI, p. 568), y predice "el advenimiento espontáneo de la verdadera unidad en el sistema de filosofía positiva". Se ha querido definir el sistema como sociologismo y como estudio histórico del universo. Pero lo cierto es que Comte no logra descubrir el principio unificador que se derivará de la sociología ni cómo lo superior explicará lo inferior: el punto de vista sociológico sirve sólo a recordar el fin práctico, humano, de la ciencia, y a marcar límites a las investigaciones.

Las tendencias de Comte al monismo sistemático no son sino aspectos momentáneos de su pensamiento: durante casi todo el Curso procede con prudencia de agnóstico: de ahí que, como perspicazmente observa George Trumbull Ladd, resulte "cierta sutil ironía en el hecho de que la palabra positivismo haya llegado a representar en tan grande escala conclusiones negativas, precisamente en las esferas de la filosofía, la moral y la religión, en donde tanto se desean y se buscan conclusiones afirmativas". En Comte "vemos al espíritu práctico (cito nuevamente a De Roberty, que consagra largo estudio al monismo de los positivistas) armarse contra el espíritu teórico, y presenciamos la derrota de éste... La acción práctica sólo se ocupa en lo concreto, lo particular, lo múltiple: el pluralismo es su ley". Utilidad y realidad: esos dos conceptos resumen el positivismo, según Boutroux. Llevando a sus consecuencias lógicas esta actitud, Comte habría podido dar la fórmula del pluralismo pragmático de William James. Emile Corra, el director de la Revue Positiviste de París, en reciente artículo somero sobre "El pragmatismo" opina que, en relación a lo que él considera mejor en las nuevas doctrinas, Comte fue un pragmático avant la lettre.

Pero su propósito de ceñirse a las ideas científicas le alejaba de la discusión estrictamente filosófica; su pragmatismo no es crítico, como el de los pensadores contemporáneos, y su agnosticismo tiene límites vagos. Postulaba, de acuerdo con el criticismo, la limitación del espíritu humano, su incapacidad para conocer las causas primeras y finales y su sola capacidad para descubrir las relaciones de similitud y sucesión entre las cosas, las leyes de los fenómenos; consideraba, además, el pensamiento humano como hecho biosociológico, sometido al influjo del medio y de la evolución; y así su teoría del conocimiento se complica con su sociología, sin que él trate de esclarecer la confusión resultante: sus discípulos Littré y Lévy-Bruhl, insistiendo en ese criterio, nada han avanzado.

> No ha sentido —expresa Höffding— todo lo que tiene de agudo el problema del conocimiento... Reconoce que no se puede llegar sino a un resultado que se aproxime a la realidad, pero su punto de vista práctico le impide discutir hasta qué punto nuestro conocimiento pueda llamarse reflejo exacto de la realidad. Le basta que el conocimiento que poseamos pueda servir prácticamente para orientarnos.

Suele indicar (por ejemplo, *Política positiva,* 1ª edición, II, p. 33) el consenso humano como propio para corregir la subjetividad del punto de vista individual; pero, como observa Boutroux, "las impresiones de todos los individuos son igualmente reales, y el sabio debe distinguir en lo que se le presenta como real, algo más estable, más profundo, menos relativo a las condiciones de la percepción individual y humana". Su mismo desdén por la introspección psicológica le hace esquivar la discusión de las relaciones entre el sujeto y el objeto y da a su sistema aspecto de objetivismo exclusivo. "Suprime —piensa Fouillée— el punto de vista psicológico... En realidad la conciencia no ocupa lugar ninguno en su sistema."

Estudia brillantemente, según opinión de Mill, los métodos de investigación y sus variaciones dentro de cada ciencia. Pero en lo relativo a las condiciones de la prueba, de la verificación, agrega el lógico inglés, "no da ningún criterio de verdad... Al no darlo, parece abandonar como insoluble el problema de la lógica propiamente dicha... El método no se aprende, según él, sino viéndolo en práctica".

Sus normas son siempre pragmáticas. "No debemos —escribe en la lección LIX del *Curso*— tratar de conocer sino las leyes de los fenómenos susceptibles de ejercer sobre la humanidad alguna influencia." Su norma de utilidad social se vuelve estrecha y despótica. El ansia de orden le lleva a legislar contra las pesquisas que juzga temerarias y contra el análisis demasiado riguroso de las nociones ya aceptadas. Apoyándose en la inmutabilidad de las leyes de la naturaleza que él no juzga idea innata, sino adquirida por extensa inducción, erige el dogmatismo de la ciencia "que tolera la libertad de la fe —dice Windelband— tan escasamente como la toleraba la teología en la Edad Media".

En suma, Comte no llega a justificar, con un análisis preciso, ni su concepto de la relatividad del conocimiento, ni su fe en la ciencia y sus esperanzas de unidad filosófica: las plantea *a priori,* y en el curso de su obra suele apoyarlas con razones incidentales. El escepticismo puede entrar a saco en su sistema, y, de hecho, si no lo derribó desde su aparición, fue porque su armónica estructura había sido colocada, inconscientemente, sobre cimientos kantianos. El positivismo es, al cabo, "dogmatismo sin crítica" (Liard). Comte no ha visto con claridad, estima Höffding, "el problema de las relaciones entre lo positivo y lo universal, de la posibilidad de establecer sobre una base positiva una concepción total del mundo". La experiencia no se explica a sí misma. "Diga lo que quiera sobre la experiencia —escribe Caird—, no ha comprendido nunca el alcance de la pregunta de Kant: *¿Qué es la experiencia?* Si lo hubiera comprendido, habría visto que su pensamiento, sedicente positivo, es en verdad tan metafísico como el de los realistas o los nominalistas." Nietzsche logra descubrir la base de metafísica idealista en que se apoya el credo positivista:

> Los positivistas son los últimos idealistas del saber... Su voluntad de verdad a toda costa, su fe en el valor absoluto, incondicional, de la verdad y la ciencia, no son sino una forma infinitamente refinada, sutil, del espíritu ascético y cristiano. Siempre resulta fundada sobre una creencia metafísica nuestra fe en la ciencia; también nosotros los pensadores de hoy, los ateos, los antimetafísicos, también nosotros tomamos esta fe que nos anima del incendio suscitado por una creencia milenaria ya, por esa fe cristiana que fue también la de Platón, y que enseña que Dios es la verdad, y que la verdad es divina.

La crítica ha señalado los resquicios por donde penetran en el positivismo de Comte las nociones ontológicas. De Roberty ve en su teoría de las *discontinuidades* una modificación de viejas hipótesis metafísicas: cuando Comte preconiza la investigación de leyes y no de causas, no sospecha "la sinonimia oculta de estas dos expresiones: *ley irreductible, causa primera*". (La ley, dice Papini, se asemeja terriblemente a un dios; sin ir muy lejos del positivismo, Taine la diviniza). Véase, por otra parte, "la inútil sustitución del término *fuerza* por el término *propiedad*. Las *propiedades* aparecen, en el credo positivista, como los límites de nuestro conocimiento. Pero, y es cosa que salta a los ojos, las antiguas *fuerzas* servían al mismo objeto". Fouillée, que apoya a De Roberty en esas dilucidaciones, observa que Comte nunca se preguntó si los principios que llamaba positivos eran realmente menos metafísicos que los de causa y esencia, ni hizo nunca el análisis de la noción de ley, que en los últimos tiempos ha sufrido, especialmente en manos de Boutroux, una crítica tan demoledora como la del concepto de causa por Hume.

> El afirmar que no conocemos sino fenómenos —observa Caird— no tiene sentido sino dentro de la doctrina de que existen, o podemos concebir que existen, *cosas en sí*, es decir, cosas sin relación con el pensamiento, que sabemos existen sin poder conocer lo que son. Pero esto es sencillamente el realismo escolástico... Es un resto

de la mala metafísica, que una Némesis natural hace persistir en los espíritus de aquellos que se figuran haber renunciado a la metafísica.

Por lo demás, dice el mismo idealista inglés,

aunque Comte principia por una negación categórica de lo general como existente en sí, negación expresada en el lenguaje individualista de la escuela de Locke, termina con una afirmación no menos categórica de la sociedad, en oposición al individualismo de Rousseau... Habiendo comenzado por negar la metafísica, en cuanto convierte los *universales* en seres reales, y por dar una definición individualista de la ciencia, que debe determinar *solamente* sucesiones y semejanzas de fenómenos, se ve obligado bien pronto a admitir que estudiamos, en sociología y aun en biología, seres cuyas partes y fases no pueden ser definidas sino en y por el todo a que pertenecen.

Sociedad, Estado, Humanidad, son para él seres reales. Sus concepciones fundamentales en sociología lo acercan por diversas vías al idealismo moderno: se le llama fundador de un *idealismo sociológico*. "Es de aquellos —opina Fouillée— que han admitido implícitamente que las ideas son fuerzas y actúan en el mundo."

Ya se sabe que la evolución de sus ideas llevó a Comte finalmente a lo que él llamó *punto de vista subjetivo* (y aun al *estado teológico),* de donde surgieron sus planes definitivos de organización social, con establecimiento de religión y ética novísimas: "catolicismo sin cristianismo" llamaba Huxley a esas concepciones animadas por el deseo de unidad social y por la manía de reglamentación que el autor inglés del *Ensayo sobre la libertad* censuraba como característica francesa. La crítica está ya de acuerdo en considerar la *Política positiva* como continuación lógica, no contradictorial, de la *Filosofía positiva;* pero continuación lógica no implica derivación necesaria; y bien se ve cómo el espíritu de la época encontró en el *Curso* estímulo para tendencias opuestas a las últimas concepciones de Comte.

Pero si la metafísica implicada en la obra de Comte es ambigua y endeble, su *filosofía de las ciencias,* en cambio, es uno de los más poderosos esfuerzos del siglo XIX. Ciertamente: toda filosofía, como indicaba Berthelot, "en el orden real no hace sino expresar más o menos perfectamente el estado de la ciencia de su tiempo... El universo que Hegel creía haber construido con sólo la ayuda de la lógica trascendente, resulta conforme punto por punto con los conocimientos *a posteriori".* Pero la empresa de Comte fue demostrar que en el orden científico se había llegado ya a nociones experimentales, y, sobre todo, a propósitos de certeza empírica, gracias a los cuales podía formarse un vasto (aunque incompleto) cuerpo de doctrina capaz de satisfacer las necesidades intelectuales de las mayorías desorientadas. El agnóstico, aunque no supiera definir los límites de su descreimiento, podía ceñirse a las ideas científicas y encontrar en ellas campo extenso.

> La filosofía positiva había nacido —escribe Jules de Gaultier—; Auguste Comte la nombra, y, a pesar del aparato, sistemático en exceso, de sus ideas, a pesar de su pretensión de fundar un nuevo poder espiritual, no debe ser despojado del honor de haber formulado claramente, el primero, la importancia y el carácter de ese advenimiento.

La ley de los *tres estados,* aunque no originalmente suya (pues Turgot la había formulado, si bien no usó las imperfectas designaciones comtianas), aunque no primordial (pues la hipótesis teleológica del *progreso* no ha podido quedar en pie), sirvió para iluminar no pocas cuestiones de la evolución intelectual de la humanidad. La clasificación de las ciencias, que es aceptable como serie histórica y en parte como serie lógica, sirvió de punto de partida a la constitución de la enciclopedia contemporánea. Comte no aportó a la filosofía ninguna noción esencialmente nueva, sino que puso a su disposición, en mejor orden que antes, el conjunto de las ciencias, como lo había deseado Novalis y lo habían ensayado pensadores del siglo XVIII; su papel tenía que dejar bien pronto de ser activo y convertirse en histórico; así lo impuso la posterior transformación de las ciencias, provocada en gran parte por irrupciones de *metafísica* que habrían escandalizado al fundador del positivismo. (Prezzolini propone que se escriba una mitología de las ciencias contemporáneas.)

Pero no se limitan a eso sus servicios: vulgarizador genial, dio el primer impulso vigoroso al movimiento que, al llevar a las mayorías la agitación filosófica, en forma de especulaciones sencillas, democratizó la razón y proclamó que, según la frase de Ladd, "en filosofía (puesto que filosofar es natural e inevitable en todos los seres racionales) nadie queda excluido"; el movimiento que, a más, puso en auge los métodos científicos y perfeccionó la pedagogía contemporánea. Sus opiniones concretas sobre la multitud de cuestiones científicas que trató en su *Curso* no siempre son, ni podrían ser, acertadas; se sabe que su previsión erró en puntos como la astrofísica, la hipótesis del éter y el transformismo biológico; pero es de admirar cómo logra recorrer en orden el mundo de la ciencia, no guiado por un principio metafísico, como Spencer, sino solamente por el método de *enlace.* En psicología, no obstante la opinión adversa de Mill y la grave imperfección que resulta de su odio al método introspectivo, logró, corrigiendo las teorías de Gall, normar el criterio de la escuela empírica, la que Jules de Gaultier llama *documentaria.* En sociología, si procedió precipitadamente al querer constituir como ciencia un estudio para el cual no había encontrado verdadero método, lanzó un argumento definitivo en su pro al afirmar la realidad social como hecho irreductible; dividió los fenómenos sociales en estáticos y dinámicos, y, reconociendo que los estáticos habían sido estudiados ya por moralistas y políticos, explicó los dinámicos por la teoría de la *evolución,* que llamaba también *progreso* y que juzgaba regida por las ideas, según su ley de los *tres estados.* Sus capítulos sobre esta nueva ciencia contienen observaciones cuya fuerza perdura todavía. Robert Flint señala una superioridad de su filosofía histórica sobre la de Hegel en su estudio de la correlación entre las diversas actividades sociales.

En punto de orígenes, Comte deriva del siglo XVIII y principios del XIX: casi no hay pensador francés de los cien años que le preceden, a quien no deba algo; luego, los escoceses y el criticismo de Hume y de Kant. Infantil ocurrencia es buscarle antecedentes en Bacon y Descartes, salvo en detalles breves o en generalidades ya tradicionales, como la noción cartesiana de ciencia; tanto valdría tomar en serio las genealogías evangélicas de Jesús. Su filiación kantiana ha sido puesta en duda por los que toman al pie de la letra sus declaraciones: no hay dificultad en admitir que nunca hubiera leído la *Crítica de la razón pura,* pues su lectura acaso le habría inducido a prestar más seria atención a los problemas del conocimiento; pero el ambiente que respiró estaba saturado de criticismo; consúltese, si no, el estudio de François Picavet, al frente de su traducción francesa de la *Razón práctica,* sobre "La filosofía de Kant en Francia desde 1773 a 1814"; y ya se sabe que de 1814 a 1830, fecha en que comienza a publicarse la obra central de Comte, la influencia kantiana en Francia progresó constante y rápidamente. Comte mismo no tenía empacho en citar a Kant como si conociera a fondo sus obras; así, en la lección III del *Curso,* le censura la distinción entre calidad y cantidad (distinción que Bergson ha vuelto a presentar con extraordinaria fuerza); en la lección LVII, lo cita como filósofo poco científico; en la LVIII, celebra su tentativa de escapar a lo absoluto filosófico por la concepción de la doble realidad, a la vez objetiva y subjetiva. Las citas en el *Curso* son probablemente más; las hay también en otros escritos: *Sistema de política positiva, Discurso sobre el espíritu positivo, Catecismo positivista,* diversas *Cartas;* una a Valat, de 3 de noviembre de 1824, en donde habla sobre las relaciones entre su pensamiento y el de Kant; y la exposición de las doctrinas kantianas por Cousin, que él juzga imperfecta, parece demostrar, no obstante su tono de suficiencia, que el criticismo le era conocido de segunda mano.

He ahí, condensadas, opiniones que la crítica contemporánea formula sobre la filosofía de Comte. Antonio Caso no las des-

conoce, ni menos ignora su fuerza: y sin embargo, se ciñó a la
rutina sectaria que hace aparecer al positivismo como el punto
culminante de la evolución filosófica moderna. Dos conferencias
(¡contrasentido extraño!) fueron consagradas a los orígenes; y
como nada es más sencillo que señalar antecesores, sobre todo
cuando el presunto descendiente ha trazado de antemano su
propio árbol genealógico, vimos desfilar (con conocimiento real
de cada uno de ellos, eso sí, y en armonía bastante bien lograda)
a Bacon, Hobbes, Descartes, Spinoza, Diderot, Montesquieu,
Hume, Kant, Adam Smith, Hamilton, De Maistre... (Faltó
Aristóteles, fundador de la *estática social*). La exposición del sistema de Comte, en una sola conferencia, fue sumaria. La cuestión del monismo fue planteada, pero quedó a medio discutir.
En suma, la posición de Comte en la historia de la filosofía
resultó invertida: lo que es simple derivación y ramificación, apareció como punto máximo de un desarrollo y como *renovación
crítica*. Confiemos en que las conferencias próximas harán justicia a los pensadores estudiados, y que el respeto a las figuras
venerables no corte las alas al libre examen: la crítica es, en
esencia, homenaje, y el mejor, pues, como decía Hegel, "sólo
un grande hombre nos condena a la tarea de explicarlo".

México, 1909

EL POSITIVISMO INDEPENDIENTE

Sɪ ʟᴀs ᴛʀᴇs conferencias de Antonio Caso sobre Comte y sus precursores significaron poco, por su falta de novedad y de crítica, las cuatro posteriores, consagradas al positivismo independiente, nos resarcieron, en gran parte, de la deficiencia inicial. En sus primeras disertaciones, el conferencista presentó la filosofía de Comte como monumento dogmático difícil de tocar, no se sabe si por respeto a la majestad arquitectónica o por temor a la debilidad de los cimientos; ahora, el edificio apareció hundiéndose lentamente, como los edificios coloniales de la ciudad de México, y tal vez próximo a desaparecer de la haz de la tierra. En efecto: aunque Caso no retractó los encomios implícitos y expresos en su anterior exposición de las ideas comtianas, ni ensayó nueva crítica de ellas (salvo una breve discusión de la ley de los *tres estados*), el conjunto de sus conferencias últimas tuvo por núcleo esta afirmación: la fórmula definitiva del criterio positivista es el *experiencialismo* de John Stuart Mill; el idealismo crítico según el cual no se puede vencer la subjetividad del conocimiento ni derivar de la experiencia la realidad del mundo exterior, sino solamente el orden que éste nos presenta. Comte aplicó el criterio de experiencia, pero nunca lo formuló de manera satisfactoria, y siempre aceptó como hecho incontrovertible la realidad objetiva; Spencer creó un realismo que afirma la existencia de lo absoluto incognoscible pero generador de lo conocido y postula el acuerdo entre los objetos cognoscibles y sus representaciones. Mill es quien estudia con verdadero empeño de crítico, de filósofo a la vez moderno y clásico, el problema del conocimiento; y por eso, su positivismo es el único que sobrevive, fructífero y ejemplar.

Como se ve, Caso resuelve afirmativamente el problema, todavía en disputa, de la filiación positivista de Mill. Para los ingleses, la cuestión está ya resuelta en sentido negativo: Mill, *su* John Stuart Mill, es de puro abolengo británico y escocés; aprende a conocer a los alemanes a través de sus compatriotas y adopta ideas de Comte como elementos secundarios. Su *experiencialismo* es cosa diversa del positivismo francés y más aún del realismo transfigurado de Spencer. Para los europeos continentales (aunque no para todos: ejemplo de excepción, Windelband), la personalidad de Mill, si bien estaba definida antes de la aparición de la doctrina comtiana, influye juntamente con ésta para producir una corriente filosófica cuyo auge dura medio siglo. Nadie sueña ya en clasificar a Mill como discípulo de

Comte: si positivismo es *comtismo,* siquier no sea ortodoxo, sino como el de Littré, el autor de la *Lógica raciocinativa e inductiva* no es positivista: hijo de la escuela inglesa, observó frente a Comte actitud de lector entusiasta y docto que escoge y aprovecha, nunca de secuaz que se somete ante inesperada revelación filosófica.

Pero hay más: positivismo significa, en la opinión corriente, popular (no en las cátedras de filosofía), tendencia a la concepción objetiva del mundo, dogmatismo científico como transfiguración del realismo postulado por el sentido común, desdén pragmático de la especulación clásica, a la cual se quiere sustituir una metafísica tejida con teorías de las ciencias, imitando el método de éstas: filosofía, por tanto, estrecha, pero al mismo tiempo informe, como si aferrada al centro de imaginario círculo nunca supiera dónde se hallan los límites marcados por la circunferencia. Esa filosofía comenzó a formarse en Inglaterra y Francia a fines del siglo XVIII, aprovechó los elementos populares del criticismo, adquirió cuerpo en la obra de Comte (en quien, sin embargo, luchó y se mezcló con otras tendencias), y, ya definida, se extendió, proteica, arrastrando consigo la vieja teoría de la evolución, retocada ahora por Spencer, e inspirando muchas veces a la ciencia y a la enseñanza: manifestaciones suyas parecían ser lo que Alfred Weber llama *el positivismo de los sabios* y la universal reforma que hizo de la ciencia el fundamento de la instrucción laica.

Mill, al demostrar el valor del método inductivo, suministró elementos valiosos a ese positivismo, así como los había recibido de sus antecesores ingleses y de Comte; pero ni toda su *Lógica* cabe dentro de esa corriente, ni sus demás obras fundamentales tienen significación dentro de ella. Si se acepta la noción popular de positivismo, Mill no cabe dentro de su círculo: es sólo línea tangente. Mill nunca esquivó la crítica, no sacrificó la filosofía a la ciencia, no desdeñó el pensamiento clásico; él mismo fue un espíritu de tradición a la vez que de evolución; y así, sus obras son clásicas, lo son desde que aparecen. Escúchese, si no, el coro de alabanzas con que los pensadores de todos los bandos acogen el espíritu de su *Lógica,* cualesquiera que sean los reparos parciales que le opongan. Seguramente, hay allí algo más que las ideas de una secta.

Pero si el positivismo es o debiera ser, no una filosofía timorata, cuyo único fin estuviera en estimular a la ciencia, sino una filosofía completa, que principiara por estudiar el problema del conocimiento, entonces lo obligado sería reconocer que John Stuart Mill, pensador clásico que no hizo clasificación de las ciencias ni escribió tratados de sociología, es quien acertó a fijar el criterio positivista, quien, por tener la suficiente osadía lógica, definió la significación de la experiencia como base de los métodos científicos. Mill, declara Antonio Caso, es el más perfecto y verdadero positivista por ser el más lógico. Y por ser el más lógico, fue a colocarse, francamente, dentro del terreno deslindado por la crítica kantiana, en la encrucijada del subjetivismo, del idealismo crítico. La teoría positivista del conocimiento no podía ser otra, afirma Caso; y su afirmación contiene verdad.

No toda la verdad, empero. La *filosofía positiva*, al definirse en Comte, no tendía al criterio idealista, sino al realista; y de hecho, la corriente más vigorosa y más popular del positivismo no siguió la ruta marcada por Mill, sino que fue a desembocar en el realismo de Spencer.[1] Que éste sea contradictorio, dogmático, hasta escolástico en el fondo; que el punto de vista de Mill sea superior y más digno de representar en la historia a la criteriología positivista, razones son que no pueden vencer este hecho: la vasta popularidad del criterio spenceriano. El positivismo estaba destinado a ser filosofía popular; y toda filosofía popular es realista, al menos en parte. Así vemos que de la noción de realidad, aceptada por Comte, se pasó a la fórmula conciliatoria de Spencer; y de ahí a la concepción del mundo conocido como única realidad existente, representada por Haeckel. Los pensadores idealistas, los aristócratas del positivismo, Mill, Taine, Renan, permanecieron punto menos que desconocidos en sus análisis fundamentales: sólo se les tomaba en cuenta por sus servicios a la lógica y a la historia.

Y es así como el criterio de Mill, que según Caso debió ser el que triunfara en la organización de la filosofía positivista, y que de todos modos debió luchar contra la corriente del realismo, no entabló verdadera lucha sino en los cortos círculos de pensadores dispuestos a afrontar discusiones metafísicas, y su significación quedó oscurecida a los ojos de la multitud ávida de filosofía práctica. Pero, y en esto tiene plena razón el conferencista, ese criterio es el más exacto que llegó a formularse dentro o cerca del positivismo, y sobrevive a los demás, sirviendo de estímulo a tendencias nuevas. Mientras el realismo se hacía cada vez menos crítico y más intolerante en boca de sus divulgadores, la corriente del idealismo (en la cual no representaba Mill sino un afluente, pues Kant es el manantial inagotable) seguía ganando las altas esferas y venció por fin a su rival. Al terminar el siglo XIX, aunque el gran público se dedicaba a leer *El enigma del universo* de Haeckel con un interés que no había despertado ningún otro libro científico o filosófico desde *El origen del hombre,* de Darwin, los críticos de todos los bandos, lo mismo el cardenal Mercier que Fouillée o Windelband, podían afirmar que el positivismo aceptado por la mayoría de los hombres de ciencia había anclado definitivamente en el criterio idealista.

"Todo lo que conocemos de los objetos es: las sensaciones que nos dan, y *el orden en que ocurren esas sensaciones*... Del mundo exterior nada conocemos ni podemos conocer sino las sensaciones que obtenemos de él": he ahí la declaración fundamental del idealismo crítico de Mill *(Lógica, libro I, cap. III, § 7)*. Es verdad que deja abierta la vía de la intuición: dice, en la continuación del pasaje citado, que no discute la posibilidad de la ontología, porque tal problema no cabe dentro de la provincia de la lógica; pero se ve que concede a la intuición alcance limitado: a la experiencia misma sólo la acepta como reveladora del orden en el mundo conocido, no como autoridad para extender ese orden a todo espacio y todo tiempo.

> Hay generalizaciones —dice *(Lógica,* libro V, cap. V, § 2)— necesariamente infundadas... Así, por ejemplo, las que quieren inferir, por el orden de la naturaleza existente en la tierra, o en el sistema solar, el que pueda existir en porciones remotas del universo: donde los fenómenos pudieran ser enteramente diversos, o sucederse según otras leyes, o según ninguna ley. Así, también, en lo que depende de la causación, todas las negativas universales, todas las proposiciones que afirman imposibilidad. La no existencia de algún fenómeno, aunque la experiencia nos dé testimonio uniforme en ese sentido, sólo prueba que ninguna causa adecuada a su producción se ha manifestado todavía; pero sólo puede inferirse que no existan esas causas si cometemos el absurdo de suponer que conocemos todas las fuerzas de la naturaleza... Por mucho que se extienda nuestro conocimiento de la naturaleza, no es fácil creer que alguna vez llegue a ser completo, ni suponer cómo, si lo fuera, podríamos estar seguros de ello.

Suele hacerse hincapié en las concesiones de Mill al espíritu religioso (*Ensayos sobre la religión*); pero no se deriva de ellas ninguna afirmación ontológica: para él no hay datos que permitan probar ni negar la existencia de la divinidad; la religión no puede fundarse en la creencia (es decir, en la certeza siquiera relativa), sólo cabe edificarla sobre la esperanza. Pero en el *Examen de la filosofía de Hamilton* da un paso (no muy firme, a pesar de su prudencia) hacia la ontología, al analizar la creencia en la realidad exterior y en el espíritu. De las cosas externas, dice, de la materia, no sabemos sino que son *posibilidades permanentes de sensaciones:* estas *posibilidades* son exteriores a nosotros en el sentido de que "no son edificadas por el espíritu, sino solamente percibidas por él: hablando en la lengua de Kant, son *dadas* a nosotros y a los demás seres como nosotros" (cap. XI, nota al final). He ahí, claramente, una concesión al realismo. Tras esas *posibilidades, ¿*no se oculta, como piensa Höfding, la *cosa en sí?*

Se aferra Mill, sin embargo, a la indemostrabilidad del mundo exterior: sólo sabemos que existe nuestro espíritu y (agrega ahora) que existen otros espíritus. ¡Afirmación riesgosa y harto disputada en su día! Se empeña él en considerarla probada inductivamente: el conocimiento de que existen cuerpos como los nuestros (piensa) nos hace concebir la hipótesis de que en ellos existan estados de conciencia como en nosotros; los actos que ejecutan, como por influjo de estados de conciencia semejantes a los nuestros, nos dan la prueba requerida. Pero ¿es legítimo separar del conocimiento de los cuerpos el de los actos? O la hipótesis se basa en el conocimiento indistinto de ambos, y las pruebas faltan; o bien la hipótesis nace de la observación somera y se comprueba por medio de la observación minuciosa y exacta, sin separar en la una ni en la otra el aspecto estático y el dinámico del ser pensante. La segunda solución es aceptable para el realismo provisional de la ciencia; en el orden epistemológico, el idealismo crítico sólo puede aceptar la primera: la única demostración efectiva de la existencia es la intuición directa, es decir, interna; y ésta no puede darnos otra realidad que la personal, la individual. Los demás espíritus nos son conocidos a través de manifestaciones fenomenales; afirmar su existencia implica afirmar esta contradicción: existen realidades que se nos revelan a través de manifestaciones cuya realidad ignoramos. Mill columbra la montaña de objeciones que amenaza aplastar su teoría, y prudentemente se repliega hacia su posición primitiva. La inducción, concluye, nos permite creer en la realidad de los demás espíritus, por sus semejanzas externas con el nuestro; en el caso de la materia, no hay semejanzas que nos permitan inducir su existencia real; pero, al fin y al cabo, la única certeza absoluta es que existen estados de conciencia.

El nombre de Mill se cita hoy en relación a las nuevas tendencias filosóficas: este hecho (que Caso no olvidó mencionar) se debe, en mi opinión, no tanto a las ideas que realmente expuso, como al prestigio de su sagacidad y de su prudencia crítica. Si los pensadores contemporáneos quisieran encontrar en el positivismo anticipaciones de sus ideas, bien podrían recurrir a Comte: si no lo hacen, es porque la pesada longitud, las vaguedades y las contradicciones del *Curso de filosofía positiva* les apartan de su lectura. En Comte hay, más que en Mill, gérmenes de pragmatismo; pero nunca se definen sino como deseos de orden y utilidad: *savoir pour prévoir*. En cambio, se comprende que Mill, al colocar el problema epistemológico en los lindes del escepticismo, haya suscitado en William James el deseo de justificar el conocimiento dándole valor de acción ya que no de realidad. El pragmatismo, pues, es hijo del idealismo crítico; aunque éste, en Mill, cuando quería vencer las limitaciones del empirismo, entraba involuntariamente, según indica Benno Erdmann, en el terreno de la necesidad psicológica.

Caso indicó que en Mill se anuncia también la filosofía de

la contingencia. Hay que hacer distinciones, sin embargo. El criticismo no concedía sino generalidad relativa a las nociones derivadas de la sola experiencia; Mill, para quien la experiencia engendra todo conocimiento, se ve obligado a reconocer que, más allá de las fronteras que limitan al hombre en el tiempo y en el espacio, no puede afirmarse la validez de las leyes que conocemos. Si bien afirma que en todo "se puede encontrar ley, con sólo saber buscarla" *(Lógica,* libro III, cap. V, § 2), y llega al más riguroso determinismo, declarando que si fuera posible conocer todos los elementos que existen, su situación y sus propiedades, podríamos predecir la historia subsecuente del universo (libro III, cap. V, § 7), todavía concede que sea concebible la ausencia de toda ley (libro III, cap. XXI, § 1). En él se esboza la hipótesis de Lotze que se cita como una de las formas de la filosofía de la contingencia, la posibilidad de que aparezcan elementos nuevos, nuevos *comienzos,* los cuales no escaparían al imperio de la ley, sino que tendrían la suya propia. (Esto debería llamarse en realidad la teoría de lo imprevisto). Lejos de su pensar, empero, la concepción del universo como esencia irracional, discordante o contingente en su manifestación, que sólo por necesidad estética o por necesidad práctica ensayamos concebir bajo el dominio de leyes; concepción que bajo diversas formas incipientes o precisas, oscuras o conscientes, se insinúa en la filosofía alemana, desde los problemas de la *dialéctica trascendental* de Kant, a través del romanticismo (Schelling, Schopenhauer), hasta Lotze, no sin alcanzar a Nietzsche; penetra en Francia con las corrientes iniciadas por Ravaisson y Renouvier, y hoy lucha francamente, bajo armaduras diversas (pluralismo pragmático, *bovarysmo, evolución creadora* de Bergson, teoría de la contingencia), con las concepciones intelectualistas de unidad y necesidad fijas e inmutables. Mill no afirmó la unidad esencial del mundo; pero nunca dudó de que el conjunto de la experiencia presentara unidad y consistencia lógica. Y puesto que no discute el problema en su sentido esencial, nada ofrece que señale camino hacia la que hoy se considera típica filosofía de la contingencia: la de Boutroux, que descubre en los hechos de la realidad elementos inexplicables para la razón, rebeldes a los marcos de la ley, y afirma que la aparición de cada *discontinuidad* de la existencia, de cada hecho irreductible, supone una contingencia. Esta concepción sí tiene parentesco con la idea de las *discontinuidades,* postulada con energía, pero no sin contradicciones, en la filosofía de las ciencias de Comte. Boutroux somete al análisis y ensaya explicar lo que Comte meramente afirma, y además lleva la idea de *discontinuidad* hasta los orígenes de la existencia, como antes se había hecho con la idea de evolución.

Hizo el conferencista una extensa, clara y metódica exposición de la *Lógica* de Mill. Libro es, éste, conocido como pocos en los grupos estudiantiles de México; y sin embargo, la síntesis de Caso produjo sensación de novedad al presentarlo en su significación dentro de la historia de la filosofía. Dos aspectos, quizás, debieron ser más ampliamente mencionados: la base de psicología asociacionista en que se asienta la obra de Mill (y aun podría haberse estudiado la evolución de su criterio en cuestiones psicológicas, que le llevó a aceptar finalmente la necesidad de concebir en el yo un elemento original, sintético, que no puede ser producido por las leyes de la asociación mental), y la posición que ocupa el sistema *experiencialista* frente al desarrollo de la lógica *conceptual* en los países ingleses (desde Boole hasta los pragmatistas), en Alemania (Lotze, Drobisch, Sigwart, Rickert, y otros), aun en Francia e Italia. Merecía discusión, asimismo, el empeño de Mill por reducir el principio de la universalidad de las leyes naturales a la ley de causalidad: empeño no menos discutible que el de Spencer por reducir el mismo principio a la teoría de la conservación de la fuerza. Pero no hay que exigir demasiado a la limitación de una conferencia.

Al hablar de Spencer, Caso abordó, sin vacilaciones, la crítica de su realismo y de la teoría de la evolución, indicando cuán imperfectas son sus fórmulas. Apoyándose en las declaraciones íntimas de Spencer, y siguiendo una sugestión de Boutroux, Caso explicó, no sin originalidad, su tendencia conciliatoria por el temple religioso de su espíritu. Cierto es que algunos, como Papini, niegan al jefe del evolucionismo toda inteligencia de la cuestión religiosa; pero, aceptando la amplitud que se da hoy al término religiosidad, no puede negarse que Spencer sintiera la inquietud del misterio y el valor del influjo espiritual de las religiones.

Estudió Caso a Taine, con magistrales observaciones, en su propósito de llegar a un idealismo sistemático, no meramente crítico, utilizando el método positivista, y mostró cómo de la unión del panlogismo hegeliano, despojado de su dialéctica peculiar, y el método positivo, despojado de su cosmología implícita, brotaba una contradicción no resuelta por el pensador francés.

No nos habló de Renan, cuyo caso presenta semejanzas con el de Taine, pero cuyas creencias metafísicas no tienen el carácter afirmativo de las expresiones de éste. La omisión, por tanto, no es de lamentar grandemente; pero sí lo es la de Dühring y Haeckel, que representa el criterio realista del positivismo llevado a su posición radical. Haeckel, como filósofo popular, cree innecesaria la crítica del conocimiento: se contenta con declarar resueltos por la ciencia todos los enigmas del universo. Pero Dühring, filósofo de escuela, consagra serio estudio al problema: no se le oculta que el criterio de experiencia debe llevar lógicamente al idealismo crítico, a reconocer la limitación subjetiva; y hábilmente se apodera del principio hegeliano de la identidad de lo real y lo racional, para afirmar que el conocimiento aprehende toda la realidad: la esencia del mundo se revela a la experiencia; nada existe fuera de lo que ésta ofrece. Desde esta atrevida posición, Dühring se abre paso a muchos senderos peligrosos, y con frecuencia se lanza en ellos: por ejemplo, en la negación de lo infinito. Por esas desviaciones y por su carácter técnico, no popular, la filosofía de Dühring ha tenido poca suerte con el gran público; pero ella contiene, a mi juicio, la más perfecta fórmula del realismo positivista, superior a la conciliatoria de Spencer, y no menos osadamente lógica, aunque sí menos plausible, que la fórmula idealista de Mill.

En cuanto al conferencista —se me pregunta— ¿es posible formar ya una opinión, después de esta labor de siete conferencias? Respondo: la opinión que ahora se formula tendrá necesariamente mucho de provisional. El conferencista es muy joven: acaba de franquear el límite de los veinticinco años; puede ser que viaje, puede ser que modifique sus ideas, puede ser que siga nuevos métodos, nuevos rumbos... La personalidad que ahora muestra debe evolucionar. Puede ser también (no lo deseemos) que se detenga donde se inició, que se deje vencer por la inercia que en la América española (y particularmente en México) lleva todas las cosas al estancamiento rápido.

De todos modos, la personalidad que ahora vemos en Antonio Caso es la de un amante de las cuestiones filosóficas, poseedor del abundante dón de la palabra. Dos elementos que pueden ser antagónicos, se dirá: en efecto, en Caso el afán de precisión conceptual vuelve inelegante, iterativa, la frase, muchas veces; otras, el flujo verbal desvirtúa las ideas o las engendra falsas. Si el primer defecto es leve, hasta útil cuando se habla a públicos de espíritu lento, el segundo es grave. Para mí, gran parte de los errores que se deslizaron en las conferencias fueron hijos de esa censurable confianza en el poder verbal. Lo prueba la superioridad de los trabajos escritos por Caso junto a las conferencias improvisadas.

Como pensador, Caso tiene una ventaja sobre la gran mayoría de los que, entre nosotros, estudian cuestiones filosóficas: un conocimiento seguro de la evolución del pensamiento europeo. Mientras la generalidad de los que, en América, discuten sobre aspectos (invariablemente la escolástica o el positivismo), Caso conoce a los grandes maestros, y afronta los problemas con criterio independiente. Suele sentir temores y por respeto a la autoridad, aceptar sin discusión una idea, o, por miedo a destruir, esquivar el análisis (como hizo al hablar de Comte); pero cuando se siente firme, recorre con segura agilidad los problemas y las series históricas. Su facultad crítica no da todavía productos normales: si unas veces profundiza (v.gr., sobre las contradicciones mentales de Taine), otras apenas desflora las cuestiones. En cambio, su modo de exponer ha adquirido vigor y consistencia notables; y, en general, la ordenación sintética de sus disertaciones es excelente: cualquier espíritu disciplinado puede reconstruirlas fácilmente después de oírlas.

Como disertaciones artísticamente compuestas, las siete conferencias de esta serie sobre el positivismo resultan inferiores a las dos conferencias del mismo Caso sobre Nietzsche y Stirner: hubo en ésas más brillantez. Pero en las nuevas hubo más historia, más crítica (si se exceptúan las relativas a Comte). Y hubo también la novedad que Caso reservó para la conferencia final: la profesión de fe. Caso, ante la inminente invasión del pragmatismo y tendencias afines, se declara intelectualista: posición difícil para él, de suyo acccesible a las solicitaciones que constantemente lo apartan del rigor intelectual: palabra, afectividad, sentimiento artístico, seducción del misterio, datos de la conciencia, sentido de la realidad...

Intelectualista, pues, se declaró, haciendo el elogio de los grandes metafísicos constructores, Platón, Spinoza, Hegel; y a la vez se declaró idealista en cuanto al problema del conocimiento: resultando así la singular coincidencia de que su profesión de fe terminara con una cita ("Todo es pensamiento...") de Henri Poincaré, el sabio pragmatista por excelencia, en quien miran un aliado los adversarios del intelectualismo absoluto.

De todos modos, la conferencia final de Caso fue un alegato en favor de la especulación filosófica. Entre los muros de la Preparatoria, la vieja escuela positivista, volvió a oírse la voz de la metafísica que reclama sus derechos inalienables. Si con esta reaparición alcanzara ella algún influjo sobre la juventud mexicana que aspira a pensar, ése sería el mejor fruto de la labor de Caso.

México, 1909

NIETZSCHE Y EL PRAGMATISMO

PREOCUPA hoy a los pensadores de allende y aquende el Atlántico la nueva filosofía que corre bajo el nombre popular de pragmatismo; si bien suele llamársele también, por clasificación, *anti-intelectualismo;* por su origen, *filosofía americana,* puesto que norteamericanos son su principal maestro, William James, y su precursor, Charles Sprague Peirce; *humanismo,* por el nombre que propuso el profesor F.-C.-S. Schiller, y acaso llegue a llamársela *pluralismo,* si se acepta como sustantiva la nueva derivación que acaba de hacer el propio James.

El nombre de anti-intelectualismo bastaría para indicar a los que, conociendo la historia de la filosofía, no conocieran aún el nuevo movimiento (caso difícil, pues a él se refieren muchos volúmenes recientemente publicados por la popular Biblioteca Alcan), la filiación y la tendencia de éste. Se trata de plantear de nuevo todos los problemas filosóficos que nos habíamos habituado a estudiar desde el punto de vista de Kant, el jefe sintético del *intelectualismo,* cuyas nociones fundamentales sirvieron de partida, tanto a Hegel como a los positivistas.

Pero el anti-intelectualismo nació, en realidad, aunque no íntegro, con Schopenhauer, y desde entonces ha ido creciendo lentamente, hasta producir, ante la necesaria crisis de vejez del positivismo, las nuevas tendencias de los últimos años, entre las que pueden señalarse, como principales e independientes, las filosofías *a base* psicológica de Wundt en Alemania, y de Bergson en Francia; el pragmatismo de James, de Schiller, de Dewey, propagado rápidamente en los Estados Unidos, en Inglaterra, en Italia y en Francia, donde ha recibido singular apoyo por parte de muchos católicos *modernistas;* y aun algunas menos conocidas, como el idealismo de Jules de Gaultier.

Aunque el nombre de Nietzsche no se haya mencionado muy a menudo en relación a las nuevas doctrinas, a él debe atribuirse, particularmente, la agitación que las provocó. Con su asombrosa perspicacia de crítico y de psicólogo, y su entusiasmo y su fuerza de escritor, declaró guerra a las tablas clásicas de valores intelectuales y morales; quiso hacer desaparecer las orientaciones fijas de la Razón Pura y de la moral dogmática, y logró agitar, con profunda perturbación que todavía repercute, el ambiente filosófico de Europa. Su crítica del intelectualismo reinante, y, sobre todo, de su ramificación en auge, el positivismo, iniciaron, de hecho, el actual movimiento.

Larga, pero interesante tarea, sería mostrar los diversos esla-

bones que unen la crítica de Nietzsche con las diversas tendencias de hoy. Pero en esta nota sólo me propongo, a reserva de
desarrollar más tarde estas observaciones, señalar las coincidencias sorprendentes que hay entre algunos de sus aforismos y las
principales afirmaciones del *pragmatismo* de James. Digo coincidencias, porque es un hecho que James no ha sido un secuaz
de Nietzsche, y porque las afirmaciones pragmatistas del pensador alemán han permanecido medio ocultas bajo sus ideas principales.[1]

Trataré de resumir brevemente las ideas centrales expuestas
por William James en su libro *Pragmatismo,* publicado en 1907
y dedicado a la memoria de John Stuart Mill, "de quien aprendí
—dice el maestro norteamericano— la amplitud pragmática del
pensamiento, y a quien me complazco en imaginar como nuestro
jefe si hoy viviera".

> El movimiento pragmático —explica en el prefacio del libro—
> parece haberse condensado súbitamente en el aire. Habían existido
> siempre en la filosofía ciertas tendencias, las cuales adquirieron
> de pronto conciencia de sí mismas y de su misión coordinada; y
> esto ha ocurrido en tantos países y desde tantos y tan diversos
> puntos de vista, que no es raro que se hayan lanzado afirmaciones
> contradictorias. Pero mucha discusión inútil se habría evitado si nues-
> tros críticos hubieran querido esperar a que definiéramos nuestro
> mensaje.

"El método pragmático —dice más adelante, en el capítulo
II— tiende a resolver las disputas metafísicas que de otro modo se
harían interminables; trata de interpretar cada noción, señalando
sus consecuencias prácticas." El nombre se deriva de la palabra
griega *pragma,* que significa acción, práctica. Quien primero lo
introdujo en la filosofía fue Charles Sprague Peirce, en 1878,
en un artículo intitulado "Cómo esclarecer nuestras ideas", donde
afirmó que nuestras creencias son en realidad reglas de acción
y que, para penetrar en la significación de una idea, debemos
determinar qué clase de conducta es capaz de producir; esta conducta, este resultado en la acción, es para nosotros su significación real. La más sutil de las distinciones que podamos hacer
mentalmente no lo es tanto que no pueda implicar una diferencia
en la práctica.[2]

La concepción pragmatista de Peirce permaneció ignorada
hasta que, en 1898, James la expuso de nuevo, enriqueciéndola
y transformándola. Pero no hay nada esencialmente nuevo en el
método pragmático, continúa diciendo James.

> Sócrates lo usó. Se sirvió de él Aristóteles. Locke, al discutir la
> noción de identidad personal; Berkeley, al discutir la noción de
> materia; Hume, al discutir la noción de causa, hicieron importantes
> contribuciones a la verdad, gracias a este método. Pero estos pre-

cursores lo usaron sólo en fragmentos; y sólo en nuestros tiempos se ha generalizado y adquirido conciencia de su misión universal.

El pragmatismo viene a reemplazar a los viejos métodos intelectualistas, que no han podido satisfacer al espíritu filosófico. El hombre es, por naturaleza, pragmatista; ya el griego Protágoras lo había dicho: "El hombre es la medida de todo." Este viejo principio sirve de base al *humanismo* del profesor Schiller. El pragmatismo, dice este pensador, es "la aplicación del humanismo a la teoría del conocimiento". "Representa —dice James— la vieja actitud *empiricista,* pero la representa de manera más radical y menos censurable que las otras formas bajo las cuales ha aparecido hasta ahora. Es solamente un método. . ." Desatiende los *primeros principios,* las *categorías;* busca siempre cosas, frutos, consecuencias. Aunque puede armonizarse con filosofías diversas, no apoya a ninguna. Para él, "las teorías son instrumentos, no son respuestas a enigmas". La ciencia misma no es sino "una lengua bien hecha", según la frase de Condillac, reinterpretada por Henri Poincaré, y ratificada por no pocos hombres de ciencia contemporáneos.

Pero el pragmatismo implica, a la vez que un método, una teoría de la verdad. "Para los intelectualistas —dice James en el capítulo VI de su libro—, la verdad significa esencialmente una relación estática inerte." Obtenida la verdad, nada más hay que hacer: se ha alcanzado, en el conocimiento, un equilibrio estable. Pero el pragmatismo se pregunta: si una idea es verdadera, ¿qué diferencia producirá en la acción? *¿Cómo se realizará su verdad?* Su respuesta es, en todos los casos: "Ideas verdaderas son aquellas que podemos asimilar, hacer valer, *verificar."* La verdad, para el pragmatismo, no es un valor absoluto, una cantidad fija e invariable: una idea se *hace* verdadera; su verdad es un suceso, un proceso: su *verificación.* La posesión de la verdad, en suma, "no es un fin en sí, sino un medio que lleva a otros fines" y lo verdadero no es sino lo que hace fecundo nuestro pensamiento.

Como aplicación de esta interesante teoría de la verdad, da James una no menos interesante explicación del origen de las nociones que hoy juzgamos como verdaderas.

Las verdades nuevas —dice en el capítulo V— son resultantes de nuevas experiencias y de verdades antiguas combinadas, que mutuamente se modifican. Nuestras nociones fundamentales sobre las cosas son descubrimientos de antecesores antiquísimos, que han logrado perpetuarse a través de la experiencia de posteriores tiempos. Estas nociones forman una gran etapa de equilibrio en el desarrollo del espíritu humano: la etapa del *sentido común.* Otras etapas le han sucedido; pero nunca han logrado borrarla.

Pero la religión, la filosofía, la ciencia, nos han dado puntos de vista diversos de los que sustenta el *sentido común.* El desacuerdo entre unos y otros es bien conocido y frecuente para que necesite mayor recordación. De aquí deriva William James la posibilidad de una nueva concepción, opuesta al *monismo* que sustentan las filosofías intelectualistas. Lo que buscamos no es *variedad* o *unidad* aisladas, sino *totalidad*. No podemos afirmar que el mundo esté regido por un principio, o, por lo menos, que podamos alcanzar ese principio universal; sabemos que hay varias explicaciones del Universo, y que cada una contiene elementos importantes. Aceptemos, pues, el *pluralismo del conocimiento*. Estas razones, desarrolladas por James en los capítulos IV y V de su libro sobre el *Pragmatismo,* constituyen, a mi ver, la parte más original de su filosofía; y acaso lo haya él mismo estimado así, pues promete un nuevo libro sobre el *Pluralismo.*

En cuanto a Nietzsche, diré que la obra que indica claramente sus tendencias pragmatistas, en la época de su plenitud, es *La gaya ciencia.* Recorriendo sus aforismos (que, como de costumbre, se refieren a multitud de cuestiones) tropezamos con algunos cuyas afirmaciones preludian claramente el movimiento pragmatista. Lo que importa, ha dicho Nietzsche, no es que algo *sea* verdadero (en el sentido *estático* del intelectualismo), sino que se crea en que algo es verdadero: pensamiento que podría equipararse a la defensa que hacen del dogma ciertos católicos modernistas, singularmente Le Roy. "La dicha y la desgracia interior de los hombres —dice Nietzsche en el aforismo 44 de *La gaya ciencia*— ha dependido de su *fe* en tal o cual motivo, no de que el motivo fuese verdadero. Esto último ha sido de interés secundario."

"Durante mucho tiempo (dice en el aforismo 333) se ha creído que el pensamiento consciente era el pensamiento por excelencia; y ahora es cuando empezamos a vislumbrar la verdad, es decir, que la mayor parte de nuestra actividad intelectual se efectúa de una manera inconsciente, sin que nos enteremos..." (Aquí, como se ve, se apoya en la teoría de la subconciencia, de la cual William James ha sido uno de los principales propagadores). "En realidad, no poseemos órgano alguno para el conocimiento, para la verdad —dice en el aforismo 354—. Sabemos, o creemos saber, lo que conviene que sepamos en interés del rebaño humano..."

Hemos arreglado (dice en el aforismo 121) para nuestro uso particular un mundo en el cual podemos vivir concediendo la existencia de cuerpos, líneas, superficies, causas y efectos, movimiento y reposo, forma y sustancia, pues sin estos artículos de fe nadie soportaría la vida. Pero esto no prueba que sean verdad tales artículos. La vida no es un argumento; entre las condiciones de la vida pudiera figurar el error.

(William James ha llegado a decir: "¿No pudiera ser, después de todo, que hubiera ambigüedad en la verdad?")

"¿Cómo se formó la lógica en la cabeza del hombre?" —pregunta Nietzsche (aforismo III).

Sin duda mediante lo ilógico, cuya esfera debió ser inmensa primitivamente... Una inclinación predominante a considerar desde el primer instante las cosas parecidas como iguales (propensión ilógica en realidad, pues no hay cosa que sea igual a otra), fue quien echó primeramente los cimientos de la lógica... De igual manera, para que se formase la noción de sustancia, indispensable para la lógica, aunque en sentido estricto nada existe que corresponda a ese concepto, fue preciso que por mucho tiempo no se viera ni se sintiera lo que hay de mudable en las cosas.

Durante largas edades (aforismo 110) la inteligencia no engendró más que errores. Algunos de ellos resultaron útiles para la conservación de la especie, y el que dio con ellos o los recibió en herencia pudo luchar por la vida en condiciones más ventajosas y legó este beneficio a sus descendientes. Muchos de estos erróneos artículos de fe, transmitidos por herencia, han llegado a formar como un fondo y caudal humano. Se admitió, por ejemplo, que existen cosas iguales, que hay objetos, sustancias, cuerpos, que las cosas son lo que parecen ser, que nuestra voluntad es libre, que lo que es bueno para algunos es bueno en sí.

(William James también da una lista de conceptos del sentido común: la cosa, lo igual y lo diverso, cuerpo y espíritu, tiempo y espacio únicos, sujetos y atributos, causas, lo imaginario y lo real; ideas que no son, como suele decirse, innatas ni necesarias.)

Muy tarde aparecieron los que negaron y pusieron en duda semejantes proposiciones, y muy tardíamente también surgió la verdad (tomada en el sentido intelectualista), forma la menos eficaz del conocimiento... La fuerza del conocimiento no reside en el grado de *verdad* que tenga, sino en su antigüedad, en su grado de asimilación, en su carácter de condición vital... No sólo la utilidad y el placer, sino toda clase de instintos, tomaron parte en la lucha por las *verdades*... El conocimiento se convirtió en una parte de la vida, y, como tal parte de la vida, en potencia cada vez mayor, hasta que al fin el conocimiento y aquel antiguo error fundamental llegaron a chocar mutuamente... El pensador es el ser en quien el instinto de la verdad y aquellos errores que conservan la vida riñeron la primera batalla, cuando el instinto de la verdad pudo presentarse también como una potencia conservadora de la vida... En lo que atañe a la condición vital, puede decirse que se ha planteado aquí la cuestión última y se ha hecho la primera tentativa para contestar por medio de la experiencia a esta pregunta: ¿Hasta qué punto soporta la asimilación la verdad?

Es cosa nueva en la historia (dice, aforismo 123) que el conocimiento pretenda ser algo más que un *medio*.

Debemos considerar la ciencia (aforismo 112) como una *humanización* de las cosas, todo lo fiel posible. Al describir las cosas, lo que hacemos es aprender a describirnos a nosotros mismos con mayor exactitud. Causa y efecto: he ahí una dualidad que probablemente no existe. En realidad, lo que tenemos delante es una continuidad, de la cual aislamos algunas partes, de la misma manera que percibimos un movimiento como una serie de puntos; pero no lo vemos, lo suponemos.

(Aquí Nietzsche hace pensar en la vieja crítica *pragmática* de la causalidad por David Hume, y al mismo tiempo en los análisis de Bergson, en su *Ensayo sobre los datos inmediatos de la conciencia.*) Por fin, preludia el *prularismo* (aforismo 374):

> Creo que ya estamos curados de aquella ridícula inmodestia que afirmaba desde nuestro punto de vista que únicamente dentro de nuestro ángulo óptico era lícito trazar perspectivas. Por el contrario, el mundo se ha vuelto por segunda vez infinito para nosotros, por cuanto no podemos refutar la posibilidad de que sea susceptible de *infinitas interpretaciones.*

Y sin embargo, Nietzsche, en el fondo de su espíritu alemán, ansiaba el conocimiento puro: "¿Cuándo tendremos derecho a volvernos hacia una Naturaleza pura, descubierta y emancipada de nuevo?"

México, 1908

LA SOCIOLOGÍA DE HOSTOS

ANTES que pensador contemplativo, Eugenio María de Hostos fue un maestro y un apóstol de la acción, cuya vida inmaculada y asombrosamente fecunda es un ejemplo verdaderamente *superhumano*. Nacido en Puerto Rico, se educó en España, en la época del *krausismo;* no sólo estudió las ciencias, sino también la filosofía clásica, los pensadores alemanes, los positivistas y su pedagogía; y cuando empezaba a distinguirse entre la juventud intelectual de la metrópoli,[1] prefirió, a un porvenir seguro de triunfos y de universal renombre, el oscuro pero redentor trabajo en pro de la tierra americana, y se lanzó a laborar por la independencia de Cuba, por la dignificación de Puerto Rico, por la educación en Santo Domingo. Pedagogo era en verdad, y en Santo Domingo y después en Chile se agigantó y multiplicó como difundidor de instrucción. Luchó hasta el fin, hasta cuando más destrozos hacía en su espíritu la colosal tormenta que azotaba las Antillas, la parte que más amó de su América. Al morir en 1903, dejó publicados diez y ocho volúmenes e inédito un enorme material de escritos literarios y científicos. Sólo dos de sus grandes obras doctrinales publicó en vida: la *Moral social* y el *Derecho constitucional*. El *Tratado de sociología* inicia la serie póstuma que se completará con otros trabajos monumentales: la *Psicología*, la *Moral individual*, la *Ciencia* y la *Historia de la pedagogía*, el *Derecho penal*, y tantos más.

El volumen de *Sociología* comprende dos tratados: el primero, que es el más importante, data de 1901; el segundo, que se ofrece como resumen del anterior, es un esbozo, un conjunto de breves nociones, y data de 1883. Estas nociones fueron escritas para el Curso superior de la Escuela Normal de Santo Domingo: a pesar de que hoy todavía se discute en muchas universidades si la sociología debe ser admitida en los programas, Hostos la había incluido, hace más de veinte años, en la enseñanza de los maestros dominicanos. Aunque inéditas, siguieron estas lecciones sirviendo de texto o de norma para el estudio de la sociología en la escuela citada, hasta que en 1901 Hostos, de regreso de Chile, tras una ausencia de doce años, dictó el *Tratado* más extenso.

Por haberse escrito para escuela de estudios no especializados, esta obra no alcanza las proporciones de los vastos cuerpos de doctrina en que generalmente se exponen los nuevos sistemas o teorías, y por las condiciones en que fue compuesta y publicada, sin la revisión del autor, presenta algunos detalles oscuros. Pero es una obra cuya importancia sería difícil exagerar; cuanto le falta en extensión, tanto gana en intensidad, y su exposición, tan lógica y concisa como rica de datos, lleva notable ventaja a la minuciosa y redundante exposición de casi todos los teorizantes de la sociología.

El mérito original de este trabajo es tanto mayor, cuanto que, en el momento en que Hostos escribió las primeras *Nociones,* la ciencia social distaba mucho de su actual estado de febril elaboración: había él estudiado las obras de Comte y de Spencer, y los comentarios de Littré y de Mill, como también los pensamientos de los precursores, desde Aristóteles hasta Hegel; pero debía conocer poco de los trabajos, entonces recientes, de Schäffle y Lilienfeld, Fouillée y De Roberty, y aún nada habían escrito los otros contemporáneos fundadores de sistemas sociológicos.

Hostos comienza el primer grupo de lecciones señalando el lugar que ocupa la sociología (el último) entre las ciencias, y la define como ciencia abstracta que abarca todo el orden superorgánico, después de establecer dos clasificaciones de los conocimientos: una, metodológica, que los divide en abstractos y concretos, siguiendo a Comte, con escasa diferencia en los enunciados, y otra, ideológica, que los refiere a los tres órdenes de evolución deslindados por Spencer.

Luego traza los orígenes de la ciencia social, y fija su método ("el inductivo-deductivo, porque su verdadero procedimiento es el experimental"); induce, de las experiencias históricas, "la realidad de la vida colectiva del ser humano, la igualdad de la naturaleza del ser colectivo en todos los tiempos y lugares, y su igual conducta en igualdad de circunstancias y en todo lo esencial a su naturaleza"; y, apoyándose en observaciones de hechos importantes, formula seis leyes fundamentales; Sociabilidad, Trabajo, Libertad, Progreso, Conservación y Civilización o Ley del Ideal, que son productoras, cuanto las leyes positivas de la sociedad están en correlación con ellas, del verdadero *orden social.*

Para terminar, divide la sociología en teórica y práctica; al esbozar el objeto de la primera, define la Sociedad como ser u organismo viviente cuyos órganos son seis: el Individuo, la Familia, el Municipio, la Región, la Nación y la Humanidad; y analiza brevemente las teorías sociológicas conocidas en aquel momento: la individualista y la socialista, demasiado exclusivas; la *sociocrática* de Comte, que condena por apriorística, y la *orgánica,* que propone como la más aceptable, con reservas, y que es totalmente diversa del *organicismo* de Spencer. "Consiste en afirmar que la sociedad es una ley a que el hombre nace sometido por la naturaleza, a cuyos preceptos está obligado a vivir sometido, en tal modo que, mejorando a cada paso su existencia, contribuye a desarrollar y mejorar la de la sociedad."

El segundo y verdadero *Tratado* presenta estas ideas con algunas adiciones y más extenso y variado desarrollo: se compone de dos libros, Sociología teórica y Sociología expositiva, precedidos por una Introducción metodológica, en la cual se explica la necesidad de emplear un método que, principiando en la intuición, llegue por la inducción y la deducción a la sistematización, y se traza el plan de la ciencia. Siguiendo este plan, la Sociología teórica aparece con cuatro fases: la Intuitiva, que forma el concepto de la Sociedad como "una realidad viva, un ser viviente"; la Inductiva, cuya conclusión, después de examinadas y clasificadas las funciones de la vida social, es que "hay leyes naturales de la Sociedad, porque hay un orden social que es necesario"; la Deductiva, que formula las leyes (una constitutiva, la de Sociabilidad, una de procedimiento, la Ley de los Medios, y cinco orgánicas o funcionales: Trabajo, Libertad, Progreso, Ideal y Conservación); y la Sistemática, que demuestra la verdad de esas leyes por el estudio de las relaciones de los fenómenos sociales entre sí y con los fenómenos cósmicos.

El Libro II, mucho más extenso que el I, presenta la sociología expositiva dividida en cuatro ciencias: una general, Socionomía o sociología propiamente dicha, que examina las leyes ya nombradas, da su enunciado, y estudia el orden que de ellas se deriva; y tres ciencias de aplicación: Sociografía, *general,* que estudia los estados sociales (salvajismo, barbarie, semibarbarie, semicivilización y civilización, no alcanzada aún verdaderamente por ningún pueblo) y la evolución de las funciones (trabajo, gobierno, educación, religión y moral, y conservación), y *particular,* que describe la evolución y la vida del individuo (célula primordial), la Familia (que Hostos considera, al modo de Schäffle, como la célula social completa), la Tribu y la Gente, y determina la potencia de la sociedad para realizar el orden *relativo* como fin de sus actividades; Sociorganología, estudio de los órganos de la sociedad (Individuo, Familia, Municipio, Región y Nación), y sus respectivos *consejos* u órganos institucionales, con una explicación del procedimiento adecuado para organizar los Estados, desde el Doméstico hasta el Internacional, concepción de una probable realidad futura; y por último, Sociopatía, estudio de las enfermedades de la sociedad, con sus correspondientes Higiene y Terapéutica sociales.

Hostos aparece en el *Tratado* fundamental de *Sociología* —del cual excluyó la historia de la ciencia y la discusión de las teorías— aún más original e independiente que en el primer esbozo. Desde luego, gusta de las designaciones *organicistas,* y aun de los procedimientos del organismo apellidado *naturalista* o *fisiológico;* pero nada más: define la sociedad como ser viviente

—concepto que cabe dentro de la idea general de organismo— sin buscarle sistemáticamente analogías con los seres biológicos ni precisar la diferenciación de órganos, pues los cinco que describe (desde el Individuo hasta la Nación) ejecutan indistinta y simultáneamente todas las funciones.

El más alto mérito de Hostos como sociólogo se basa en su concepción de siete leyes que rigen toda la vida superorgánica, aunque el enunciado de ellas (esto es: "la descripción de su modo de actuar") sea más o menos discutible. Otros sociólogos han formulado leyes: generalmente han errado, por haber pretendido, unos, reducirlas a un principio único y exclusivo; otros, multiplicarlas con exceso; otros aún, hacerlas abarcar demasiado.

La ley fundamental de la sociología hostosiana es incontestable: la Sociabilidad, cuyo origen busca él más en la necesidad que en el admirable concepto de la "conciencia de especie" desarrollado por Giddings y ya antes esbozado por Darwin, quien ve en la simpatía la base del instinto social, base a su vez del sentido moral.

La ley de los Medios, designada como de procedimiento, y tres de las leyes orgánicas, la de Trabajo, la de Libertad y la de Progreso (tomado éste en el sentido de evolución, no de *progreso indefinido*), se fundan en verdades axiomáticas. Y las dos últimas leyes, el Ideal y la Conservación, se fundan en verdades de capital importancia que Comte había estudiado ya y que recientemente han servido de base a dos importantes teorías sociológicas: la concepción de las *ideas-fuerzas* de Fouillée y el principio de la *supervivencia de lo social*, formulado por Lester Ward.

Como queda indicado, Hostos da a las leyes sociales un fundamento de necesidad: aun a la que podría parecer menos *necesaria*, la del *Ideal*, la relaciona con la armonía universal, y afirma que de la observación de esta armonía derivará el hombre, siempre y forzosamente, una enseñanza directriz de su vida.

> Aun cuando la lógica espontánea —dice— no estableciera una relación de medio a fin entre cada habitante de un mundo y ese mundo, bastaría la benéfica influencia de la armonía de todas las cosas entre sí para que en el alma de los seres surgiera *como producto natural del medio ambiente*, el Ideal de Bien, la secreta aspiración de las grandes almas...

En su filosofía fundamental, Hostos es determinista: acepta como absolutas y necesarias las leyes cósmicas. Pero en sociología admite la libertad como producto de la vida individual. Reconoce, pues, la individualidad, la "idea directora de cada organismo", según la expresión de Claude Bernard, como irreductible a las leyes sociológicas —problema que llevó a Tarde a construir su monadismo, colocando en los cimientos de su sociología una concepción metafísica que, contra la insuficiencia de la explicación ensayada por Spencer con su teoría de la "instabilidad de lo homogéneo" declara que "la única manera de explicar la florescencia de las diversidades exuberantes de los fenómenos consiste en admitir que existen en el fondo de todas las cosas infinitos elementos de carácter individual".

Esa propiedad que llamamos Libertad —dice Hostos— es el modo natural de hacer las cosas... la tendencia a imponer nuestro propio modo de ser a nuestro modo de proceder... A medida que se medite en esta íntima correlación de nuestros actos humanos con nuestra constitución psíquica, iremos viendo la naturaleza, necesidad y propiedad de este proceder: procedemos así porque está en la naturaleza de nuestro ser... Cuanto más conciencia tenemos de las funciones físicas y psíquicas de nuestro ser, tanto más vigorosamente nos apegamos a este modo natural de hacer las cosas.

Hostos no es, en verdad, el único *determinista prudente* de la sociología: desde Comte hasta De Greef, y a pesar de las críticas de Spencer, inflexible en lo que un escritor francés llama su "fatalismo optimista", no escasean los sociólogos que conceden a la sociedad el poder, dentro de los límites naturales, de regular y modificar las condiciones de su propia existencia. Hostos se inclinaba decididamente a ese criterio. Considera la voluntad humana como agente perturbador que suele obstar a la realización del orden que debe resultar del eficaz cumplimiento de las leyes naturales de la sociedad, pero agente al cual es posible reducir, por medio de la educación, de la civilización, al cumplimiento de esas mismas leyes; y cree, por otra parte, que en este momento de la evolución histórica, "el hombre es ya adulto de razón y hasta se le puede considerar adulto de conciencia", y, en tal virtud, debe ya comenzar a regir sus actos individuales y colectivos por la interpretación de las verdades que ha descubierto.

Por lo tanto, y pese a haber sido Hostos un pensador que, con todo su grande amor a la verdad ("Dadme la verdad y os doy el mundo"), amó mucho más el bien, y estimó la ciencia como "una virtualidad que tiende a la acción", según la frase de Varona, y que debe servir al perfeccionamiento humano, es justo que su *Tratado de Sociología* resulte obra de tendencias prácticas al mismo tiempo que de constitución científica.

Como es natural en tan elevado y generoso espíritu, Hostos encuentra vicioso en casi todas sus partes el sistema de vida de la sociedad actual; a cada paso descubre un defecto, censura con indignación un error, plantea un problema: cuándo, es la mala organización de los poderes de gobierno, especialmente la rudimentaria del electoral; luego, la falta de cohesión de la familia, "que está ahora en el principio de su evolución"; más tarde, las tendencias agresivas de las naciones fuertes; y frecuentísimamente los múltiples yerros de los pueblos latinoamericanos, a quienes presentó en otros escritos el terrible dilema: "Civilización o Muerte".

Contra cada mal, indica un procedimiento regenerador: en este respecto, pocos libros contemporáneos hay que contengan tantas enseñanzas provechosas como su *Sociología* y su luminosa *Moral social*. Los remedios que propone no son los de las teorías socialistas corrientes: la solución de los problemas humanos piensa que la dará siempre, no una revolución, "barrido extemporáneo de basura", sino el conocimiento exacto de las leyes naturales del mundo y de la sociedad, que permitirá determinar "la cantidad de bien ya realizado y los medios del bien por realizar".

Su concepción del posible porvenir social está condensada en el párrafo en que analiza las probabilidades de la civilización, después de indicar que ésta nunca llega a ser un estado definido, puesto que más bien es un propósito: "El desarrollo omnilateral, simultáneo y concurrente de todos los órganos y funciones de una sociedad cualquiera, sería lo único capaz de producir a un mismo tiempo, como expresión, como signo de ese desarrollo, los tres caracteres que acabamos de analizar (el industrialismo, el intelectualismo y el moralismo). Probablemente, esa concurrencia de todos los órganos y de todas las funciones en el desenvolvimiento social será imposible, a menos que en el transcurso de los tiempos, en el aumento de razón común, *en el aumento de la voluntad por la moral,* en el predominio universal de la conciencia, llegue a poder suceder que el hombre colectivo sea a la vez un trabajador completo, un discurridor correcto y un realizador puntual de las virtudes del trabajo y de la razón."

La Habana, 1905

LITERATURA ESPAÑOLA Y AMERICANA

JOSÉ M. GABRIEL Y GALÁN

VOY A hablaros de un poeta castellano, típicamente castellano, que vivió, en la vida y para el arte, dentro de la castiza tradición española y la castiza sencillez de los hondos sentimientos primarios. José María Gabriel y Galán, nacido lejos de las populosas colmenas urbanas, educado en la filosofía de paz de los viejos poetas de su patria, y hecho a la sana labor de los campos, al contacto de la naturaleza, del alma de la tierra, ha dado en la poesía de nuestra época la nota clásica y la nota rústica, espontáneas ambas y genuinas.

Este retorno a lo tradicional y a lo primario, en un principio de siglo que parece acelerar febrilmente todas las evoluciones y transformaciones de la vida social, distinguió desde luego a Gabriel y Galán como una personalidad original y vigorosa, y atrajo sobre él, como la atrae todo lo que tiene visos de rareza, la curiosidad del público lector. Era en verdad raro que, en el preciso momento en que la poesía española, más tardía que la hispanoamericana, despertaba a la renovación del modernismo, surgiera un poeta radicalmente distinto de sus coetáneos y que, si a nadie pedía lecciones cuando copiaba la fabla de los campesinos castellanos o extremeños, cuando quería cantar en forma elevada, salvando de un salto el frondoso bosque romántico y el helado y artificioso jardín seudoclásico del siglo XVIII, se internaba en la majestuosa selva de los Siglos de Oro para beber en la fontana pura que brota en el huerto de fray Luis de León y deleitarse con la música pastoril en los prados amorosos de Garcilaso.

He querido definir a Gabriel y Galán como un clásico del siglo XX, un poeta raro y singular en nuestra época; y debo señalar limitaciones a esa afirmación. Así como él no fue tan extraño a las novedades del *modernismo*, como fue ajeno a la influencia de la ya extinta escuela romántica, así los más preclaros poetas *modernistas* han ido a buscar enseñanzas en el gran clasicismo español; tal han hecho Gutiérrez Nájera, en los tercetos de su "Epístola a Justo Sierra"; José Asunción Silva, en "Vejeces" y "Don Juan de Covadonga"; Rubén Darío, cuando enlaza la gloria un tiempo oscurecida de Góngora con la gloria de Velázquez y de Cervantes; Leopoldo Díaz, cuando consagra palmas al fundador de nuestro idioma poético, al maestro Gonzalo de Berceo; Manuel Machado y Antonio de Zayas,

85

que evocan figuras y episodios antiguos; Pedro de Répide, que restaura la forma de las *letrillas* y los *coloquios;* y Eduardo Marquina, que resucita "el silabizar de Garcilaso" y la amorosa delectación de San Juan de la Cruz.

Pero estos poetas, cuyo temperamento es franca y sinceramente moderno, solamente se apropian de la vieja poesía el modo de decir y el modo de *sentir* ciertos conceptos; mientras tanto, siguen sintiendo, pensando, observando, imaginando, inequívocamente, a la manera moderna. Gabriel y Galán, en cambio, era clásico por temperamento y por educación; y esto lo singulariza en nuestra época y le asigna su puesto en la sucesión histórica de las tendencias literarias.

Antes de avanzar en el estudio de su personalidad, creo oportuno definir el concepto de lo clásico, que la ignorancia y el apresuramiento del vulgo semiliterato han tendido a falsear y oscurecer. Hay, el clásico que lo es porque puede servir de maestro y de modelo a todas las épocas, por ser, en una frase, un grande de las letras (y éste lo mismo se llama Sófocles o Lucrecio que Rabelais o Edgar Poe o Leopardi), y el clásico por temperamento o por escuela, lo cual tampoco se es a voluntad.

Se ha querido clasificar a todos los temperamentos artísticos en dos órdenes: clásicos y románticos; y esta división, que por lo general fracasa cuando se la quiere aplicar a espíritus excelsos, sirve para la gran mayoría de dioses menores que pueblan la historia del arte. El temperamento clásico es sereno, y el romántico es inquieto; aquél busca la armonía y éste la lucha; aquél busca el alma de la naturaleza difundiéndose en ella, y éste pretende arrancarle sus secretos desgarrándole las inagotables entrañas misteriosas.

En cuanto al clásico por educación y por escuela, puede serlo, en rango modesto, como dice Menéndez y Pelayo, el escritor "sensato, correcto, estudioso, que piensa antes de escribir, que toma el arte como cosa grave, que medita sus planes y da justo valor a sus palabras", o bien, "el ingenio amamantado desde niño con la lección de los inmortales de Grecia y Roma y de sus imitadores franceses, italianos y españoles".

En este orden, alcanzan la cúspide "una cohorte de ingenios, pocos, muy pocos", los que —continúa diciendo Menéndez y Pelayo— no sólo

conocen y estudian a los antiguos y en alguna manera aspiran a imitarlos, sino que logran asimilarse su forma más íntima, sustancial y velada a ojos profanos; los que roban al mármol antiguo la fecunda, imperatoria y alta serenidad, y el plácido reposo con que reina la idea, soberana señora del mármol; los que procuran bañar su espíritu en la severa a par que armoniosa y robusta concepción de la vida que da unidad al primitivo helenismo, al de Homero, Hesíodo, Píndaro, y los trágicos; los que, habiendo logrado enamorar, vencer y aprisionar con abrazo viril esta forma indócil evocada del reino de las sombras, como la Helena del *Fausto,* hacen brotar, de su seno eternamente fecundo, frutos de perfecta madurez y hermosura.

Gabriel y Galán fue, repito, clásico por temperamento y por escuela, aunque su escuela se limita al clasicismo español, y ni penetra en la antigüedad ni hace excursiones por Francia o Italia. "En él —dice Emilia Pardo Bazán, al prologar magistralmente el volumen de *Nuevas castellanas*— hubiese sido una librea, algo postizo, cuanto no fuese el sereno, resignado, vigoroso sentido clásico de la vida. Este *clasicismo orgánico* —añade— nos muestra su poesía cortada exactamente de la misma tela que su vida."

Vida, en verdad, digna de estudio la de Gabriel y Galán. Oigamos cómo la narra él mismo, en unas cuantas frases, poco antes de su muerte:

> Nací de padres labradores en Frades de la Sierra, pueblecillo de la provincia de Salamanca. Cursé en ésta y en Madrid la carrera de maestro de primera enseñanza. A los diez y siete años de edad obtuve por oposición la escuela de Guijuelo (Salamanca), donde viví cuatro años, y después, por oposición también, la de Piedrahita (Ávila), que regenté otros cuatro años. Contraje matrimonio con una joven extremeña; dimití el cargo que desempeñaba, porque mis aficiones todas estaban en el campo, y en él vivo consagrado al cultivo de unas tierras y al cuidado y al cariño de mi gente, de mi mujer y mis tres niños. Tengo treinta y cuatro años, y a escribir dedico el poco tiempo que puedo robar a mis tareas del campo. Comencé a escribir poesías para juegos florales y me dieron la flor natural en los de Salamanca, Zaragoza y Béjar y otros premios en Zaragoza, Murcia y Lugo. Y nada más, si es que todo ello es algo. Mis paisanos, los salamanquinos, y lo mismo los extremeños, me quieren mucho, me miman. Yo también les quiero con toda mi alma, y con ella les hago coplas, que saben, mejor que yo, de memoria, porque las recitan en todas partes y hasta las oigo cantar diariamente a los gañanes en la arada.

La Pardo Bazán, que es quien mejor ha estudiado la personalidad del poeta castellano, comenta esta autobiografía de manera harto sugestiva, recordando hasta qué punto vio conmoverse a unos labriegos de Salamanca cuando, en el histórico huerto de fray Luis de León, oyeron a la insigne escritora, en unión de varios amigos suyos, recitar los versos de Gabriel y Galán.

> Esos gañanes —dice la noble dama— que se aprendían de memoria y entonaban durante sus faenas los versos de un poeta sentimental me despertaban reminiscencias de una fiestecilla semiliteraria en mi casa misma. Y creía volver a escuchar las estrofas de "El ama", recitadas por Alicia Longoria, con su voz vibrante, su estilo modernista, su declamación apasionada, a la francesa; y veía la esbelta figura, envuelta en telas drapeadas y rebordadas por el gran modisto, el peinado a lo arcángel de Memling, de la gentil *diseuse,*

y me veía a mí misma, tratando de obtener un poco de silencio, de romper el indiferentismo de los que, al anuncio de una lectura, habían corrido a fumar y charlar en otras habitaciones, como hacen, sin falta, gran parte de los concurrentes a saraos, si se hallan en riesgo de poesía o de música. Y al evocar este incidente de la vida social, pensaba: A todos los poetas les deseo un auditorio de gañanes.

Sin embargo, la fama de Gabriel y Galán no se ha limitado a las regiones españolas donde él vivió. Si no me equivoco, la España culta, el público literario, comenzó a conocerle en 1902, cuando se publicó la primera edición de *Castellanas,* patrocinada y prologada por el obispo de Salamanca, fray Tomás Cámara, un espíritu piadoso y sencillo que quiso ofrecer a sus hermanos y amigos y "a cuantos hablan la lengua de Castilla, las tonadas de su diocesano".

La fama de éste creció hasta culminar en apoteosis con su prematura muerte, ocurrida dos años después, y que fue un duelo regional en Extremadura y parte de Castilla.

Varias ciudades, entre ellas Salamanca y Valladolid, le honraron en veladas solemnes. La prensa de Madrid habló y discutió sobre él durante semanas. De entonces acá, las ediciones póstumas de sus obras han recorrido triunfalmente el mundo hispano.

Y es así como un poeta campesino, que nunca se preocupó por la nombradía y los triunfos resonantes de las ciudades, aunque tuvo la que algunos llamarán debilidad de concurrir a certámenes, llegó a convertirse en ídolo, y su nombre y su obra fueron por un momento la moda de los cenáculos y el tópico de la prensa. La exageración en este sentido fue tal, que se pensó en erigirle una estatua junto a la de fray Luis de León. Fortuna fue que se levantara entonces la voz del perspicaz Azorín para señalar el error de las consagraciones festinadas y el yerro, mayor aún, de suscitar comparaciones inútiles. Dejemos sola, dijo, la estatua del más grande de nuestros poetas.

La típica virtud de Gabriel y Galán es haber cantado la naturaleza y la vida rústica con un sentimiento absolutamente suyo, personal y espontáneo, y con una filosofía clásica castizamente castellana. Porque en él la canción bucólica no guarda relación alguna de imitación, lejana siquiera, ni con Teócrito, ni con Virgilio, ni con el mismo Garcilaso. Sus gañanes y sus vaqueros, sus mozas y sus zagales, pueden tener de común con los pastores del poeta griego lo gráfico y lo directo de la expresión; pueden asemejarse a los pastores ya más artificiosos del cisne mantuano, por la delicadeza con que alguna vez digan su amor o su pena. En cuanto a Garcilaso, Gabriel y Galán se le asemeja en la sinceridad y la frescura de sentimiento con que se expresan sus personajes; pero difiere radicalmente de él. El poeta de las dulzuras elegíacas, el que hizo cantar a Tirreno y a Salicio, era sincero y fresco, intenso a veces, pero dentro de la ficción de sus imitaciones virgilianas. De los campesinos de Gabriel y Galán, sabemos que existen, que no moran en Arcadias artificiales, sino en las "castas soledades hondas" y las "grises lontananzas muertas" de Castilla y en los polvosos llanos de la ardiente Extremadura.

Nada debe él a la poesía bucólica estilizada, que en el siglo XVIII degeneró en un fárrago de idilios, anacreónticas y villanescas. Sus antecesores, sus semejantes, son los autores cómicos, desde los regocijados orígenes del teatro español hasta Tirso con sus villanas y su *Don Gil de las calzas verdes;* son los autores de romances y letrillas pastoriles no viciados de latinismo o italianismo. ¿Quién no recuerda como algo deliciosamente espontáneo la serranilla en que el Marqués de Santillana pondera la fermosura de la vaquera de la Finojosa?

Pero hay algo más en los cantares rústicos de Gabriel y Galán. Los bucólicos antiguos (con excepción de los griegos) rara vez cantaron otra cosa que alegrías y duelos de amor; el poeta charro nos describe toda la vida campestre en su rudeza y en su magnificencia; la majestad de los paisajes, la pureza de los cielos, el esplendor de la fecundidad en los campos y en la especie humana, la gloria y la dicha del trabajo, los amores de mozas y vaqueros y los de las aves, los consejos del anciano prudente, los celos de la ciega y los sortilegios de la despechada, la muerte de una madre y la de una esposa, el nacimiento de dos gemelos, la resignación del fatigado vaquerillo, las cuentas y preocupaciones de la cosecha, la desolación que siembra una nube de granizo, la desgracia que inflige un patrón cruel, el culto del Cristo de la ermita y de la Virgen de la montaña.

Gabriel y Galán fue la voz de los campesinos de Salamanca y Extremadura; sintió con ellos, cantó en su propia fabla y sorprendió los grandes momentos poéticos, dulces o dolorosos, de su vida. Ved cómo describe el horror con que la juventud de una aldea huye de la hija del sepulturero, porque ésta se adorna con las galas que roba a las tumbas recientes. Oíd cómo hace hablar al pobre hombre agobiado por la miseria y el duelo, pero con fuerzas aún para erguirse y prohibir que le embarguen el lecho donde murió la esposa eternamente llorada.

Él interpretó los anhelos y las esperanzas de los provincianos, cuando el joven monarca español visitó la provincia salmantina. Escuchad: es una plática del tío Roque "con su yunta de dóciles vacas:

con la Triguerona,
con la Temeraria.

El labrador recorre todo el rosario de calamidades que le amenazan: la dureza de la tierra, la pérdida de las simientes, el cansancio, las deudas, los cobros. Y el tío Roque vislumbra una esperanza en la real visita:

> Yo no sé, pero yo me imagino
> de que el Rey no vendrá a ver la plaza,
> que en el mesmo Madrid habrá muchas,
> no agraviando a la nuestra, tan guapas...
> ⎧..................................
> Y si sólo la plaza le enseñan
> los de Salamanca,
> ¡pára, Triguerona!
> ¡tente, Temeraria!

Viviendo entre campesinos, Gabriel y Galán se considera uno de ellos; él también circunscribe al campo y al hogar sus anhelos y sus esperanzas. Su espíritu se derrama por entero en sus poesías, con la sinceridad y la cordialidad de quien ha aprendido a sentir junto a la naturaleza, madre para él severa, implacable a veces, pero cálida siempre e inagotable. Su autobiografía moral puede encontrarse condensada en cinco composiciones: "Amor", "Las sementeras", "El regreso", "El ama" y la "Canción" escrita días antes de su muerte.

Apoteosis del hondo sentimiento cordial, la primera narra cómo el poeta, adolorido por la muerte de la amada, llegó a pensar que el insensible poseería la felicidad y buscó un rincón "donde no hubiera amor y hubiera vida". Y entonces fue descubriendo amor en todas partes: en la choza del pastor, en el convento de las castas esposas de Jesús, en la canción del labriego solitario, en las inscripciones del cementerio, en los retozos del ganado, en los nidos de los pájaros. Y la sombra de la amada le dice:

> ... La vida es bella;
> si en ella descubrieses, tras mi huella,
> la honda belleza de que está nutrida,
> y me quieres amar... ama la vida,
> que a Dios y a mí nos amarás en ella.

En la canción de "Las sementeras" canta la fecundidad de sus tierras y la belleza de la agricultura, junto con la dicha de su hogar, y termina invocando:

> ¡Señor, que das la vida!
> dame salud y amor, y sol y tierra,
> y yo te pagaré con campos ricos
> en ambas sementeras.

Como un incidente, "El regreso" cuenta una visita a la ciudad y compara, a la manera de las epístolas de los viejos poetas, los engaños de la vida ciudadana con la simplicidad de la campestre. Esta clásica silva forma, con la no menos clásica de "El ama" y las liras del "Canto al Trabajo", el resumen de las ideas de Gabriel y Galán sobre la vida del individuo en la familia y en la sociedad. Para él, la existencia del hombre sano y normal huye de toda falsa pompa y de todo artificio, se fortifica en su propia sencillez y honestidad y se plenifica en el trabajo y en el amor. Amor, trabajo, fe: he ahí la triple base de su filosofía; filosofía humilde en apariencia, pero llena de dignidad, humana y armoniosa, severa y serena, que tiene sus raíces en Grecia y en Judea y llega hasta él a través de los poetas castellanos, haciéndose parte y espíritu de su mundo físico y moral.

El paisaje de Castilla,

recortado, perfilado, sin ambiente casi, en un aire transparente y sutil, ha dicho Unamuno, nos desase más bien del pobre suelo, envolviéndonos en el cielo puro, desnudo y uniforme. No hay aquí comunión con la naturaleza, ni nos absorbe ésta con sus espléndidas exuberancias. Es más que panteístico, monoteístico este campo infinito en que, sin perderse, se achica el hombre.

Gabriel y Galán lo ha dicho también:

> El campo que está a tus pies
> siempre es tan mudo, tan serio,
> tan grave como hoy lo ves.
> No es mi patria un cementerio,
> pero un templo sí lo es.

El espíritu de la poesía clásica española adquiere unidad y augusta armonía, gracias al sello nacional que la austera Castilla logró imprimir al resto del país. Esa filosofía profunda, sobria, humana, ¡oh sí! y a ratos escéptica, ese *estoicismo cristiano* lleva el sello inconfundible de Castilla. Si la España de los Siglos de Oro no ha dado a la historia del pensamiento un gran filósofo constructivo, sí ha dado a las letras una falange de poetas pensadores.

No es necesario comentar ya nuevamente la profunda y amplia visión humana y las osadías intelectuales de Cervantes y de los poetas dramáticos, ni la singular elevación de los escritores místicos. Lo que asombra es releer a los poetas líricos y encontrárselos con tal frecuencia en las encrucijadas del pensamiento contemporáneo. Las más veces se les ve girando alrededor de un elogio de la soledad y de la vida sencilla y disertando sobre la inestabilidad de las cosas humanas; pero, a poco avanzar, nos sorprende la valiente concepción de la justicia histórica, en Herrera; la declaración de la suprema dignidad del trabajo, en Quevedo; la mundana experiencia con que discurre sobre educación Bartolomé de Argensola, que se anticipa al sentido *religioso* de la pedagogía modernísima de Ellen Key, proclamando: "gran reverencia se le debe al niño"; la persuasiva discreción, digna de Guyau, con que sienta el autor de la "Epístola moral" esta piedra angular de la ética moderna: "Iguala con la vida el pensamiento"; y el vigoroso vuelo, soberano, de fray Luis de León, que formula (aunque no en sus versos) el concepto de la más alta realización de la vida humana: "Consiste la perfección de las cosas en que cada uno de nosotros sea un mundo perfecto", idea que preside a la suprema realización humana y artística de nuestra época, la vida y la obra de Goethe.

No llegó Gabriel y Galán a tales excelsitudes filosóficas en su poesía; pero sí cabe afirmar que observó los preceptos de sus maestros: realizó la armonía perfecta entre su vida y su ideal, realizando en sí mismo su concepción del hombre; dignificó el trabajo; reverenció al niño, adorándolo en la cuna y considerándolo parte de una renovación, y tuvo el hondo sentimiento de la justicia social.

Fue un verdadero poeta social, como admirablemente lo define la Pardo Bazán: fue la voz *íntima y épica* de su tierra y de su pueblo; no se manifestó antisocial clamando por revoluciones y desquiciamientos del orden establecido, sino que abogó por la conservación de la familia, del gobierno, de la religión; y, como espíritu generoso, tuvo notas de simpatía para los anhelos socialistas, en los cuales no descubre amenazas para las instituciones, que él juzga sagradas, sino para la riqueza inútil, ociosa, parasitaria:

> ¡Rama seca o podrida,
> perezca por el hacha y por el fuego!

Y además de poeta social, fue poeta religioso. Con los mismos rasgos característicos que sus concepciones filosóficas y sociales, sus ideas religiosas son sencillas, llenas de reverencia y caridad, sin lucubraciones cosmogónicas ni deliquios místicos.

El poeta que tan honda y sinceramente sintió hubo de expresarse en forma original y vigorosa. Cuando reproduce las fablas populares y campesinas, su instinto infalible de poeta le hace encontrar las expresiones más verídicas y sintéticas.

En las composiciones de elevado estilo, adopta casi siempre las formas clásicas, pero casi nunca se ciñe a una imitación visible de autor determinado. Y estas formas, aparte algunos momentáneos flaqueos, adquieren en él maravilloso encanto de frescura y originalidad. Las posee, ciertamente, en su atrevida adjetivación, en la fuerza de sus repeticiones y en su apego casi infantil a la trasposición, que le hace decir del labrador,

> que el pan que come con la misma toma
> con que lo gana diligente mano.

Afirmé al principio que este poeta, esencialmente clásico, no había sido del todo ajeno a las novedades *modernistas,* y en verdad no lo fue a las del *modernismo* americano que le precedieron. Más de un detalle se encuentra en él reminiscente del poeta argentino Almafuerte; y más inequívocos aún son los que recuerdan al colombiano José Asunción Silva. Todos conocen el "Nocturno" de Silva:

> Una noche,
> una noche toda llena de perfumes, de murmullos y de músicas de
> [alas,
> una noche,
> en que ardían en la sombra nupcial y húmeda las luciérnagas
> [fantásticas.

Pues este famoso "Nocturno" parece haber perseguido como una obsesión al poeta castellano durante tres noches. Oíd los fragmentos del "Nocturno montañés":

> Una noche de opulencias enervantes
> y de místicas ternuras abismáticas,
> una noche de lujurias en la tierra
> por alientos de los cielos depuradas,
> una noche de deleites del sentido,
> depurados por los ósculos del alma...
> . . . .
> Y en el lienzo de los cielos infinitos,
> y en las selvas de la tierra perfumadas,
> van surgiendo las estrellas titilantes,
> van surgiendo las luciérnagas fantásticas.

Oíd ahora el principio de "Sortilegio":

> Una noche de sibilas y de brujas
> y de gnomos y de trasgos y de magas,
> una noche de sortílegas diabólicas,
> una noche de perversas quirománticas,
> y de todos los espasmos
> y de todas las eclampsias...

Oíd, por último, el primer pasaje de "Las canciones de la noche":

> Una noche rumorosa y palpitante,
> de humedades aromáticas cargada,
> una noche más hermosa que aquel día
> que nació con un crepúsculo de nácar,
> y medió con un incendio del espacio
> y espiró con un ocaso de oro y grana...

Estos tres *Nocturnos modernistas* indican que el poeta salmantino era capaz de apreciar la belleza de todos los estilos; pero demuestran, por contraste, cuán genuinamente clásico era su temperamento y cómo, al apartarse de las formas tradicionales, su elegancia descriptiva nos parece forzada y sus sentimientos resultan poco sinceros.

Adrede he dejado para el final el comparar a Gabriel y Galán con un poeta de América que fue, como él, bucólico y clásico: hablo de Manuel José Othón. El poeta mexicano fue, como el castellano, adorador de la naturaleza y clásico en su filosofía y en su estilo. Poseía imaginación más rica y variada y mayor dominio del verso; pero en su temperamento había mucho del hombre de ciudad: su amargura y su escepticismo lo denuncian. Su último grito desolado, "Idilio salvaje", resonará eternamente en la lira de América con la misma fuerza con que en la lira de Francia repercute el eco de la formidable invocación de Baudelaire a la muerte.

Por el contrario, el espíritu de Gabriel y Galán fue mansión de paz. Contemplarlo en la grandeza de su muerte, grandeza de serenidad trágica, de final de tragedia en Sófocles o en Ibsen. Su padre ha muerto y él se siente morir: como el viajero que, entre dos negruras de una noche profunda, alza los ojos al cielo iluminado súbitamente por argentina aurora boreal, y se siente ascender a los dominios del misterio, su espíritu, antes ajeno al misticismo, adquiere alas místicas, cierra las puertas del hogar paterno, el hogar de sus patriarcas, a quienes

> se los vino a buscar Cristo amoroso
> con los brazos abiertos;

clama por su propia vida para que viva la memoria de sus muertos y se siente él mismo perpetuarse en sus hijos pequeños, pero se inclina y dice:

> ¡Señor, la frente del hijo
> tienes rendida ante ti!

México, 1907

RUBÉN DARÍO

> Yo soy aquel que ayer no más decía
> el verso *azul* y la canción *profana;*
> en cuya noche un ruiseñor había
> que era alondra de luz por la mañana.

¿RECORDÁIS el principio de la *Eneida* del grande y humano Publio Virgilio Marón? Pues si andáis de recuerdos clásicos no es difícil que os venga también a la memoria el principio de *La gatomaquia* del grande y regocijado Lope.

En la vida de los poetas ocurre un momento en que se gusta de mirar hacia atrás y rememorar en síntesis la propia evolución psíquica. Así, Rubén Darío, el niño pasmoso de *Azul* ..., el joven mundano y galante de *Prosas profanas,* dedica un tributo a su pasado en el pórtico lírico de sus *Cantos de vida y esperanza,* obra plena y melancólica de hombre. Triste no: disonancia sería la tristeza en estos himnos optimistas, y de ellos la ha desterrado el poeta; pero ¿cómo no ha de sentir melancolía, la d'annuziana *malinconia virile,* quien a la juventud amó con un amor que era a un tiempo mismo ingenuo y sabio, mezcla de candor helénico y de perversidad gálica?

Darío canta:

> Juventud, divino tesoro,
> ¡ya te vas para no volver!

Y en unos *humanísimos* versos íntimos que quizás no pensó llegarían a la publicidad, pero que demuestran cómo subsiste en él la genial vena humorística, declara su dolor de verse "viejo, feo, gordo y triste".

I

Cuantas para el artista sugestiones profundas, hay para el crítico estudios interesantes en el examen de las labores pasada y presente de Rubén Darío. Todos saben que este poeta se inició temprano en la vida literaria, en la década de 1880 a 1890, y bajo la influencia de los poetas españoles. Bien pronto cambió su orientación, deslumbrado por la literatura de Francia, principalmente por la de las últimas escuelas, y combinó ambas tendencias, equilibrando lo francés de las ideas con lo castizo de la forma. Pero desde *Azul* ... el escritor se muestra gallardamente original; en *Prosas profanas* es más personal aún, y hoy, en *Cantos de vida y esperanza,* es en un todo independiente, a la vez que más rico de erudición cosmopolita y de experiencia humana.

Sabido es también lo que Rubén Darío ha significado en las letras hispanoamericanas: la más atrevida iniciación de nuestro *modernismo*. Fue él mucho más revolucionario que Casal, Martí y Gutiérrez Nájera, y en 1895, quedó, con la muerte de estos tres, como corifeo único. Su influencia ha sido la más poderosa en América durante algunos años, y su reputación una de esas que en la misma actualidad se tornan legendarias.

Su leyenda lo pinta como un Góngora desenfrenado y corruptor. Y cuando se busca en su obra el origen del mito, sólo se encuentran dos o tres detalles que lo sugieren pero no lo justifican: las innovaciones métricas, saludables en su mayoría; el repertorio de imágenes exóticas, siempre pintorescas, rara vez desproporcionadas; las ocasionales sutilezas de estilo, vagamente *simbolistas:* y los detalles de humorismo, como este paréntesis explicativo en "El reino interior":

(Papemor: ave rara. Bulbules: ruiseñores).

La alarma del vulgo lector fue hija del irreflexivo espíritu rutinario.[1] Rubén Darío es un renovador, no un destructor. Los principiantes, como es regla, le imitaron principalmente en lo desusado, en lo anárquico. Él, por su propia vía, ha ido alejándose cada vez más de la turba de secuaces, impotentes para seguirle en sus peregrinaciones a la región donde el arte deja de ser *literario* para ser pura, prístina, vívidamente *humano*.

Sin embargo, la parte meramente *literaria* de su obra tiene altísima importancia, puesto que las historias futuras consagrarán a Rubén Darío como el Sumo Artífice de la versificación castellana: si no el que mejor ha dominado ciertos metros típicos de la lengua, sí el que mayor variedad de metros ha dominado.

Han faltado en castellano, hasta estos últimos tiempos, versificadores que cultivaran con igual éxito distintas formas: Villegas en el siglo XVII, Iriarte y Leandro de Moratín en el XVIII, Bello, Zorrilla, Espronceda y la Avellaneda en el período romántico, ensayaron combinaciones varias, pero por lo general fueron, como los más de nuestro idioma, *poetas de endecasílabo y octosílabo.* Antes de la aparición del *modernismo,* sólo a Bécquer puede citarse como no ceñido a lo tradicional; y el propósito de Bécquer no era crear formas nuevas, sino, como lo indica el carácter sutilmente espiritual de su poesía, *eludir la forma.*

La versificación castellana parecía tender fatalmente a la fijeza y a la uniformidad, hasta que la nueva escuela americana vino a popularizar versos y estrofas que antes se empleaban sólo por rareza. En realidad, la escuela no ha inventado nada nuevo: lo fundamental de su métrica ha sido resurrección de antiguas formas castellanas o adaptación de formas francesas; pero el propósito de renovación ha obedecido, en nuestros escritores más conscientes, secundados hoy por la brillante juventud de España, a una tendencia lógica, sugerida por la imperiosa necesidad de la época; tendencia que se ha desarrollado en plan metódico y progresivo, y que es de sentirse no haya encontrado expositor doctrinal, como lo ha sido Rémy de Gourmont de las recientes evoluciones del estilo francés.

Rubén Darío —en cuya obra mejor que en otra alguna puede estudiarse la evolución de la nueva métrica— emplea constantemente versos eneasílabos, decasílabos (dos formas), dodecasílabos (tres formas), alejandrinos, pentámetros, exámetros, y versos de quince, diez y seis y más sílabas. Con tal variedad de elementos ha realizado innúmeras combinaciones estróficas, desde los pareados y el terceto monorrimo, que también usó Casal, hasta llegar a la versificación que los franceses llaman libre.

La principal innovación realizada por Darío y los *modernistas* americanos ha consistido en la modificación definitiva de los acentos; han sustituido con la acentuación *ad libitum* la tiránica y monótona del eneasílabo, del dodecasílabo hijo de las viejas coplas de arte mayor, y del alejandrino. Los dos últimos han alcanzado, con esta variación, inmediata y estupenda boga; no así el eneasílabo, que aún está en su período de reelaboración y se sigue usando generalmente con acentos fijos.

Van más lejos las modificaciones ensayadas en la pausa intermedia de los versos compuestos. Hay, no sólo la terminación del primer hemistiquio con palabras agudas o esdrújulas:

> Y sigue como un dios que la dicha estimula,
> y mientras la retórica del pájaro te adula... ("Alma mía"),

sino también la transformación de esdrújulos en agudos, imitada de la versificación inglesa:

> Sus puñales de piedras preciosas revestidos,
> ojos de víboras de luces fascinantes... ("El reino interior"),

y la división de palabras, cuya primera porción, perteneciente al primer hemistiquio, se considera unas veces grave:

> Y los moluscos reminiscencias de mujeres... ("Filosofía")

y otras veces aguda, como en francés:

> ¿Ha nacido el apocalíptico Anticristo?
> Se han sabido presagios y prodigios se han visto... ("Canto de
> [esperanza").

Si estas innovaciones son discutibles, no lo son menos los recientes exámetros y pentámetros de Darío. El exámetro es un fantasma que resurge de cuando en cuando en las literaturas modernas, sin que haya llegado a convertirse en ser viviente y activo. Todos los traductores de la *Ilíada* han debido sentirse tentados de verterla en su propio metro; y, entre los más conspicuos, el inglés Chapman y el alemán Voss han cedido a la tentación. Luego, varios eminentes poetas modernos, desde Goethe hasta Tennyson, Longfellow y Carducci, han intentado resucitar este verso en que están escritos los magnos poemas épicos de la Europa antigua.

El problema de la adaptación del exámetro se plantea de dos modos: o se atiende a las leyes de los idiomas modernos (esto es, al isocronismo silábico, y aun al ritmo de acentos), o se procura imitar la *cantidad* de los idiomas clásicos. En el primer caso, el verso resulta monótono y nunca en realidad simple. Rubén Darío se ha decidido por el segundo procedimiento. ¿Podemos decir que ha realizado la adaptación, esto es, lo que en vano han ensayado otros altísimos poetas? Debe contestarse que no, porque la prosodia de los idiomas modernos, radicalmente distinta de la de los antiguos, hace imposible hoy la existencia de un verso que equivalga *cabalmente* al exámetro.

Esto aparte, y sin ser precisamente exámetros, ni pentámetros clásicos, los versos de Rubén Darío tienen su valor propio y están animados por un ritmo enérgico, que es elogio llamar *bárbaro,* a la manera de Carducci:

Ínclitas razas ubérrimas, sangre de Hispania fecunda,
  espíritus fraternos, luminosas almas, ¡salve!
Porque llega el momento en que habrán de cantar nuevos himnos
  lenguas de gloria. Un vasto rumor llena los ámbitos; mágicas
ondas de vida van renaciendo de pronto... ("Salutación del opti-
                                                    [mista").

La desigual medida de estos exámetros y pentámetros trae inmediatamente a la memoria los versos que los franceses llaman *libres* y que en castellano suelen ser clasificados erróneamente como prosa rítmica, de los cuales hay muchos ejemplos en Darío. La cuestión no es ya discutible, puesto que está resuelta en otros idiomas, y no exclusivamente por *modernistas:* la versificación libre, esto es, la sucesión de versos de medidas y ritmos desiguales, se conoce y emplea con más o menos frecuencia en alemán, desde Goethe; en inglés, desde Walt Whitman; en francés, desde la era del decadentismo; si en italiano no está generalizada, ya aparece triunfalmente en D'Annunzio. La virtualidad musical de esta versificación la demostró, aprovechándola en sus dramas, Wagner, maestro sin rivales en el arte de fundir la palabra con la música.

Contradictorio parecería legislar sobre el ritmo del verso *libre.* En realidad, como antaño se decía justamente de los ende-

casílabos *sueltos* o *blancos,* éstos son los más difíciles versos.
Su balance rítmico dependerá siempre del buen oído, del ritmo
interior del poeta. Cabe, sin embargo, la sujeción a un ritmo
más o menos fijo. José Asunción Silva, en su más célebre "Nocturno", construyó sobre una base disílaba versos que oscilan
entre cuatro y veinticuatro sílabas. Rubén Darío adopta la base
trisílaba en su "Marcha triunfal", con grandioso efecto:

> Al que ha desafiado, ceñido el acero y el arma en la mano,
> los soles del rojo verano,
> los vientos y nieves del gélido invierno,
> la noche, la escarcha,
> y el odio y la muerte, por ser por la patria inmortal,
> saludan con voces de bronce las trompas de guerra que tocan la
> [marcha
> triunfal.

Con su última radical innovación, este gran revolucionario ataca
precisamente el óptimo tesoro de nuestra métrica: el endecasílabo. Ya, en el espléndido "Pórtico" al libro *En tropel* de Salvador Rueda, había resucitado el endecasílabo anapéstico del
período preclásico, acentuado en las sílabas cuarta y séptima:

> Joven homérida, un día su tierra
> viole que alzaba soberbio estandarte...

Si en el "Pórtico" no mezcló este endecasílabo con el yámbico,
en otras composiciones, no sólo los mezcla, sino que liberta completamente el ritmo de nuestro verso heroico, como se ve por
esta cuarteta:

> Tal fue mi intento: hacer del alma pura
> mía, una estrella, una fuente sonora,
> con el horror de la literatura
> y loco de crepúsculo y de aurora ("Pórtico" de *Cantos de*
> [*vida y esperanza.)*

Sólo el curso del tiempo decidirá la suerte de esta innovación.
La intercalación de endecasílabos anapésticos entre los yámbicos,
aunque tradicional en lengua tan hermana de la nuestra como
lo es el italiano, desde Dante hasta D'Annunzio, quizás no esté
destinada a ser tan permanente como la incorporación del verso
acentuado *a medias* (esto es, solamente en la sílaba cuarta), que
sugiere deliciosamente, sobre todo en final de estrofa, una caída,
un descenso:

> Y tímida ante el mundo, de manera
> que encerrada en silencio no salía
> sino cuando en la dulce primavera
> era la hora de la melodía... ("Pórtico" de *Cantos de vida*
> [*y esperanza.)* [2]

Otras novedades ha implantado Darío, como la colocación de pausas después de palabras *a-rítmicas,* y muchas de menor importancia. Si hay èxageración en algunas, es porque toda revolución contra un sistema tradicional tiene que tocar a veces el extremo contrario.

II

Todo lo dicho y aun todo lo citado quizás no bastarían a justificar el alto puesto que el futuro asignará a Rubén Darío en la historia del verso castellano, si en ello no fueran implícitos el alto ingenio y la genial inspiración del poeta. Axioma es ya: cada gran manifestación artística crea su propia forma. La forma sólo debe interesar cuando está hecha para decir alguna belleza: armonía del pensamiento, música del sentir, creación de la fantasía. "Todo lo demás es *literatura.*"

Con el cincel del estilo modela Darío el tosco mármol de la versificación, y crea la estatua, ya deidad olímpica, ya miniatura alada, plástica y rítmica como las cosas vivas. El modo de expresión de su temperamento *hiperartístico* pareció en un tiempo flor exótica, porque el genio de la lengua —en apariencia esquivo a su necesaria evolución— tendía a cristalizarse en líneas severas y fijas. Y sin embargo, la suma sapiencia, la donosa ingenuidad, la flexible sutileza de ese estilo siempre claro y brillante, tienen su origen tanto en el estudio del arte más espiritualmente bello de Grecia y del Lacio, de Francia y de Italia, como en el dominio de los secretos y recursos del castellano. Después de dos siglos de poesía que, cuando quiso ser delicada, fue muchas veces hueca, se olvidaba aquella facilidad dificultosa, tan sencilla como sabia, de la antigua *gracia* poética en la expresión sentimental o filosófica, en el brillo del ingenio humorístico o de la fantasía descriptiva, que encanta desde Jorge Manrique y el Marqués de Santillana, deleitosamente espontáneos, hasta Calderón y Góngora, los fecundos imaginíficos.

Principiando con poesías como "Anagke", de *Azul...* (y entonces lo advirtió con aplauso hombre tan pagado de lo castizo como lo fue Valera, autoridad por demás concluyente en este punto), hasta llegar a los recientes sonetos en honor de Góngora y Velázquez, Rubén Darío es realmente un maestro del idioma, y sería, entre los poetas contemporáneos, el más genuino evocador del estilo de los Siglos de Oro, si en la nueva generación de España no lo hubieran revivido dos admirables bardos *naturalistas:* Eduardo Marquina y el malogrado Gabriel y Galán.

Contra lo que generalmente piensan los que confunden la sencillez con la vulgaridad, la revolución *modernista,* al derribar el pesado andamiaje de la ya exhausta retórica romántica, impuso un modo de expresión natural y justa, que en los mejores maestros es flexible y diáfana, enemiga de las licencias consagradas y de las imágenes *clichés*.

He definido la gracia como la cualidad primordial del estilo de Rubén: la gracia que suele adquirir, quintaesenciada, "la levedad evanescente del encaje", y conlleva otra virtud que era (ésta sí) casi desconocida en castellano: la *nuance*, la gradación de matices. *Prosas profanas* es un libro lleno de esa gracia imponderable, quizás por lo constante algo monótona. *Cantos de vida y esperanza* pone en relieve otra cualidad: la fuerza, que es ritmo grandioso en la "Marcha triunfal" y en la canción "A Roosevelt", y cuyos orígenes se descubren en ciertas odas, hoy desconocidas, prometedoras del poeta de combate que se ha revelado recientemente, después de un período en que se mantuvo indiferente a las luchas sociales.

José Enrique Rodó dijo en su admirable crítica de *Prosas profanas*, guía casi imprescindible para el estudio de Rubén Darío de hasta ayer:

> Los que ante todo, buscáis en la palabra de los versos la realidad del mito del pelícano, la ingenuidad de la confesión, el abandono generoso y veraz de un alma que se os entrega toda entera, renunciad por ahora a cosechar estrofas que sangren como arrancadas a entrañas palpitantes. Nunca el áspero grito de la pasión devoradora e intensa se abre paso a través de los versos de este artista poéticamente calculador, del que se diría que tiene el cerebro macerado en aromas y el corazón vestido de piel de Suecia.

Hoy Darío proclama: "Si hay una alma sincera, ésa es la mía", y explica:

> En mi jardín se vio una estatua bella;
> se juzgó mármol, y era carne viva:
> un alma joven habitaba en ella,
> sentimental, sensible, sensitiva.

Pero no es dudoso que él mismo creyese antes que la sinceridad *a medias* de la exquisitez era la mejor norma de expresión. En su anterior obra poética presentó siempre sus estados de alma en cuadros simbólicos ("El Reino Interior", "Las ánforas de Epicuro") o en notas líricas de abstracto subjetivismo ("Margarita", "El poeta pregunta por Stella"). La revelación de su credo moral se encuentra entonces, no en su propia obra, sino en una de las más hermosas poesías de Julián del Casal, "Páginas de vida". El pesimista cubano describe a su amigo:

> Genio errante, vagando de clima en clima,
> sigue el rastro fulgente de un espejismo,
> con el ansia de alzarse siempre a la cima,
> mas también con el vértigo que da el abismo...

y lo hace hablar:

> . ... Mas como nada espero lograr del hombre,
> y en la bondad divina mi ser confía,
> aunque llevo en el alma penas sin nombre,
> no siento la nostalgia de la alegría.
> ¡Ignea columna sigue mi paso cierto!
> ¡Salvadora creencia mi ánimo salva!
> Yo sé que tras las olas me aguarda el puerto;
> ¡yo sé que tras la noche surgirá el alba!

Con muy semejantes conceptos, Darío cuenta la historia de su *yo* y hace su profesión de fe, en el "Pórtico" de *Cantos de vida y esperanza,* pórtico que es la más alta nota de toda su obra pasada y presente, porque es la más *humana,* el coronamiento de su evolución psíquica, que en sus libros de prosa puede seguirse grado a grado, desde el delicado fantaseo de los cuentos de *Azul...* hasta la amplia filosofía que en *Tierras solares* va unida a impresiones de vida y de arte.

Si hasta ayer se le juzgó desafecto a predicar evangelios, a asumir el rol de *poeta civil,* hoy quiere ser paladín de causas nobles, predica el culto reverente al arte, "fecunda fuente cuya virtud vence al destino", el amor de la vida, la sinceridad ("ser sincero es ser potente"), y canta los ideales de la familia española.

Ha exultado con tal fervor, en los cantos de su último libro, los ideales de la raza, y ejerce hoy tal verdadera y poderosa influencia en la literatura de España, que ha llegado a ser el poeta *representativo* de la juventud de nuestro idioma en este momento. Como D'Annunzio, contemplativo refinado que se convirtió en apóstol de renovación, espera un resurgimiento del espíritu latino: lo anuncia en la "Salutación del optimista". ¡Cuántos no lo esperan también, en ese concierto nuevo de vibrantes voces de la intelectualidad española, al que acaba de unirse la voz entusiasta, cada vez más límpidamente sonora, de Chocano!

Rubén Darío acaso pertenece hoy, más que a la América, a España. América, en verdad, nunca lo poseyó por completo. Pero no haya temor de perderle: él pertenece a toda la familia española; su *latinismo,* su hispanismo actual, acrecen su americanismo antes indeciso: su oda "A Roosevelt" es un himno casi indígena, es un reto de la América española a la América inglesa.

No que esta actitud me parezca totalmente plausible. ¿Por qué ese antisajonismo que le lleva hasta a interrogar al Cisne, su ave heráldica:

> Tantos millones de hombres hablaremos inglés?

El bardo debe ser vidente, debe ser la avanzada del futuro, y profetizar, como Almafuerte, "un mundo celeste, sin odios, ni muros, ni lenguas, ni razas". *La civilización es el triunfo del amor.* Entonces ¿por qué hacer hincapié en rivalidades de raza que el tiempo barrerá, por qué suponer un Dios que entienda la justicia a nuestro modo y sea quizás protector de los latinos?

Curioso rasgo, que a los pesimistas ha de parecerles síntoma de nuestra inconsistencia mental, es la religiosidad barroca de muchos escritores hispanoamericanos. Por lógicos y sinceros, se justifican tanto el deísmo cristiano de Andrés Bello y José Eusebio Caro como la duda de Pérez Bonalde y el ateísmo de Arrieta; pero las concepciones religiosas de Juan Montalvo y de poetas tan preclaros como Lugones y el ya citado Almafuerte son contradictorias en fuerza de querer ser conciliatorias.

Rubén Darío, si no contradictorio —porque me inclino a creer que sus alusiones a la intervención directa de lo divino en lo humano son meras imágenes poéticas—, es *duplex:* en el orden moral, es cristiano con ribetes de epicúreo moderno; frente a la naturaleza, ante "la armonía del gran Todo", es panteísta helénico. Contempla con ojos paganos el universo, y se inflama en ardor hierático escuchando el primitivo, eterno y misterioso palpitar de la Vida: la belleza es río de oro que fluye del Olimpo, la fuerza hálito perennemente juvenil que brota de tierras y de mares, y en el infinito, sonoro con el himno de las esferas, reina la ley de amor que dicta la *diva potens Cypri.* El culto de la naturaleza le exalta y embriaga; así canta, con la palabra desnuda y poderosa, el más franco y atrevido himno a la Hembra:

> ¡Eva y Cipris concentran el misterio
> del corazón del mundo!

Así como es de adorador de la pasión primitiva, ha sabido ser, en la vida moderna, maestro del amor, y será algún día clásico de lo galante: ha amado con el ardor español, con la delicadeza artificiosa de la época de Luis XV, con la melancolía germánica, con la felina sensualidad del París coetáneo, con éxtasis de abandono o con calculado deleite, nunca con la mística tristeza de la carne.

Triunfando de sus simpatías por el decadentismo francés y de su devoción por Verlaine, su temperamento viril y jocundo le ha libertado casi siempre de los anacrónicos misticismos y de las aspiraciones enfermizas en que se agotan otros talentos hermosos de América. Ha robustecido con los años y la experiencia su fe en la Vida y en el Ideal, dos fuerzas que los espíritus sanos tienden a hermanar, como lo predica el poeta de la "Epístola moral a Fabio":

> Iguala con la vida el pensamiento.

Para él ha sido la literatura de sus antiguos maestros franceses fuente, no de pesimismo, sino de luminosas enseñanzas de belleza, que le iniciaron en el dominio de un arte vario y completo. Partiendo de tal iniciación, su vigorosa originalidad, auxiliada por el genial instinto que deriva ciencia de cuanto observa y conoce, le ha llevado a la realización de un alto y fecundo ideal artístico: una obra en que se armonizan diversos estilos y maneras; desde la nativa gracia griega hasta la estudiada belleza del *parnasianismo,* desde la simplicidad del romance español hasta la complejidad *simbolista:* vasto concierto que preludia con el derroche rítmico de la "Sonatina", anexa el color y la forma con la "Sinfonía en gris mayor", reproduce la naturaleza salvaje en "Las estaciones", el mito en las "Recreaciones arqueológicas", la tradición heroica de España en "Cosas del Cid", la ciudad moderna suramericana en "Canción de Carnaval", el ensueño en "Era una aire suave"; revela "El reino interior", celebra alegrías juveniles, arrulla dolores secretos, y al llegar a la compleja melodía del amor, desata la polifonía orquestal, rica en motivos de pensamiento y emoción, que culmina en himnos a la vida y a la esperanza, y sigue todavía desarrollándose en *Allegro maestoso...*

Poeta *inaprehendible* e *inadjetivable,* en el decir de Andrés González Blanco, Rubén Darío ha sabido encontrar la nota genuina en cada modalidad de su talento. Espíritu legendario, en la cuna de las razas europeas nació con el soplo primordial de los instintos geniales, dominadores del porvenir, que habían de inundar de luz los ámbitos de la tierra; tal vez vio las enormes selvas de la India, viviendo su vasta epopeya, y contempló las viejas civilizaciones asiáticas; moró por siglos en Grecia, oyó la flauta de Pan y los coloquios de los Centauros, aprendió a sorprender el sigiloso ritmo y la íntima belleza de las cosas y a confundirse con el alma universal de la naturaleza. Junto a la margen del Iliso, oyó a Sócrates discurrir sobre el amor y la belleza. Cuando el último resto de paganismo jovial y sincero se extinguió con los idilios de Teócrito y los epigramas de Meleagro, halló consuelo fugaz en la Roma helenizada.

Después, no se sabe. Dícese que estuvo encerrado, durante la Edad Media, en una mística torre terrible; pero es más de creerse que anduviera recorriendo las tierras musulmanas y recogiendo relatos de *Las mil y una noches.* Luego reapareció en España en un garrido garzón, requebrador, pendenciero y cantor de amorosas endechas, que, como el Don Juan de Byron, salió a viajar por Europa, tuvo mucho partido en Italia con Leonardo, quien le enseñó a amar los Cisnes y estimuló su curiosidad multiforme, estuvo entre bohemios, a cuyo andar errante cobró afición por algún tiempo, y más tarde decidió quedarse en Francia, seducido por las *précieuses* e instado por la amistad de un gascón narigudo y originalísimo que gustaba de desrazonar tomando por tema la Luna. Allí fue, en el siglo XVIII, un duque-pastor que cortejaba marquesas sentimentales y discretas, atormentadas por los amorcillos de Fragonard en las sonrientes campiñas de las *fiestas galantes*.

Cuando un siglo después reaparece en América, algo huraño ante el boscaje indígena y las barrocas villas democratizadas, recuerda su vida caballeresca en España y sueña con "versos que parezcan lanzas". Un hálito de la Cosmópolis moderna le trae efluvios de la vida mundial; rememora su legendario pasado, contempla nuevos horizontes, y se siente palpitar en los latidos del corazón de una gloriosa raza. Canta: su canto crece, se eleva, se esparce, puebla dos mundos: ¡canción del sol, peán de gloria, poema de optimismo, himno esperanzado del fecundo porvenir!

La Habana, 1905

EL VERSO ENDECASÍLABO

No ES la métrica, a pesar del desdén con que suele mirársela desde la época romántica, como parte de la destronada Retórica, asunto baladí o estudio vacío, propio tan sólo de la erudición indigesta: es porción esencial y efectiva de la técnica literaria, a la cual consagraron sabio esmero los griegos y los latinos, y conocimiento necesario para integrar la *filosofía de la composición,* según lo mostró Hegel en elocuentes páginas de su *Estética.* Seria atención le ha concedido siempre la crítica de Alemania y de Inglaterra, de Francia y de Italia, desde los escritores filosóficos hasta los meros eruditos; y si en nuestro idioma su estudio es todavía incompleto y escaso, al punto de que muchas cuestiones de métrica castellana han sido estudiadas, antes que por españoles, por extranjeros, se debe a la exigüidad de las corrientes de alta cultura en nuestro mundo intelectual. Sin embargo, las luces definitivas sobre la técnica de la poesía castellana deben surgir de escritores de nuestra lengua; por eso, cuando el más ilustre de los críticos españoles anunció la publicación de su estudio sobre *Juan Boscán,* como parte de los prólogos a la vastísima antología que dirige, todo estudiante serio de letras debió de sentir extraordinario interés ante la promesa implícita del estudio sobre los orígenes y la técnica del verso endecasílabo.

El endecasílabo ha llegado a ser, en los cuatro siglos últimos, a pesar de su aparición nada remota en la Península Ibérica, el verso por excelencia clásico de las literaturas castellana y portuguesa, tanto como lo es en su legítima cuna, la italiana, y más que en cualquier otra de las que lo han acogido y explotado, excepto la de Inglaterra, donde entró antes que en España. Su secreto está en ser el único verso castellano mayor de ocho sílabas que suena a nuestros oídos como simple, como unidad perfecta. No lo es en rigor, si por versos simples se entiende los que no llevan más acentuación fija que la inevitable final, puesto que éste necesita de la cesura; pero sí es a todas luces unidad melódica no igualada por ningún verso mayor que el octosílabo, pues, dejando aparte los compuestos de hemistiquios regulares (alejandrino, decasílabo que Moratín llamó *asclepiádeo,* dodecasílabo derivado del viejo *arte mayor,* dodecasílabo derivado de la seguidilla), el mismo decasílabo anapéstico tiene una triple acentuación monótona que lo divide en tres cláusulas idénticas (iguales desde el punto de vista francés, que descuenta como sobrante la que es para nosotros sílaba final átona: de ellas es fácil la

transición a los tres versos elementales, como en la célebre barcarola de la Avellaneda:

> Una perla en un golfo nacida
> al bramar
> sin cesar
> de la mar...),

y el eneasílabo, que en otro tiempo se usó con ritmo libre, cayó
después en la fijeza de las cesuras, y apenas si se encuentra
ahora en período de reelaboración no muy fructuosa.

De propósito hablo del endecasílabo como de un solo verso.
Bien es sabido, por toda persona culta en letras, que tiene dos
formas: la heroica o yámbica, cuyo acento rítmico cae precisamente en la sílaba central, la sexta (*Flérida para mí dulce y sabrosa*), y la sáfica, acentuada en las sílabas cuarta y octava,
equidistantes de la central (*más que la fruta del cercado ajeno*);
pero es lo cierto que, *en la lectura rápida,* yámbicos y sáficos
suenan como unidades iguales al oído, y sólo uno ejercitado los
distingue sin distraer la atención del sentido de las palabras;
diré más: poetas hay que componen endecasílabos sin darse
cuenta de que son dos, y no uno solo, los tipos que usan. No hay
duda de que el resultado de ambas formas es idéntico: la esencia
del endecasílabo castellano, tal como lo ha fijado el uso de
cuatro siglos, es el ritmo fundado en la acentuación central,
obtenido, ya por el procedimiento simple de dar fuerza a la sílaba
sexta, ya por la combinación de dos acentos equidistantes, que
producen, como por equivalencia mecánica, el mismo efecto. Teó-
ricamente, pues, cabe considerar este verso como derivación *elás-
tica* de una serie, cuya fuerza tiende a hacerse central, de cinco
pies yámbicos (nombre que se conviene en dar a la cláusula de
dos sílabas acentuada en la segunda), modelo ideal que se encuentra realizado a veces, como en este ejemplo de Garcilaso,
acentuado en todas las sílabas pares: "Y *oyendo el són del mar*
que en *ella hiere..."*

Las dos formas señaladas constituyen el endecasílabo castellano típico, y todos los tratadistas que lo han estudiado, extensamente o de paso, estiman defecto la intromisión de cualquier
otra forma. Existe, es cierto, el endecasílabo que Bello llamó
dactílico y que Milá y Fontanals tituló, con más exactitud, *anapéstico,* cuyos acentos rítmicos caen sobre las sílabas cuarta y
séptima, no siendo obligatorio el de la primera: "Luego re*sur*-
gen tan *mag*nos clamores..." (Juan de Mena); pero, si bien
éste es antiquísimo en la Península Ibérica, y es, además, forma
fija, nunca desaparecida, del endecasílabo italiano, el gusto español lo ha desterrado de la compañía de su hermano clásico, cuyo
ritmo altera en modo visible, por la introducción de un acento

en la sílaba impar, situada en medio de las dos sílabas pares (sexta y octava) que debieran decidir la acentuación ortodoxa y que permanecen inacentuados. Sin embargo, mis observaciones sobre la métrica de los Siglos de Oro, aunque rápidas e incompletas, me han inducido a creer que, no esta forma anapéstica, sino otra que altera menos la armonía de yámbicos y sáficos, ha sido tolerada en el endecasílabo castellano: el verso sin otro acento rítmico que el de la sílaba cuarta, como el *decasílabo a minori* de la antigua epopeya francesa y el endecasílabo provenzal ("El alto *cielo* que en sus movimientos...", Boscán), endecasílabo *acentuado a medias*, pues le falta el complemento de un acento en octava para ser sáfico o el de un acento en séptima para ser anapéstico. Sobre esta cuestión, y a propósito de las innovaciones métricas de los *modernistas* hispanoamericanos, he escrito ya, en un ensayo anterior ("Rubén Darío", nota al final de la sección I).

Confieso que, cuando leí el anuncio del nuevo libro del señor Menéndez y Pelayo, mi mayor interés estuvo en ver si, en el necesario estudio del verso de Boscán y sus fuentes, se hallaba explicada esta acentuación incompleta. Y ya leídas las ochenta eruditas e interesantes páginas que dedica el insigne crítico a la génesis del endecasílabo (páginas que no debiera ignorar ningún lector ilustrado), encuentro que, si bien nada dice expresamente sobre el punto en cuestión, a mi modo de ver sugiere explicaciones probables. Mis observaciones se dirigían exclusivamente a la forma definitiva del endecasílabo castellano, y en manera alguna a sus antecedentes históricos, campo abierto sólo a la más intrincada erudición; y aunque don Marcelino estudia, no aquella forma definitiva (reservándose tal vez para hablar sobre ella de Garcilaso en adelante), sino estos antecedentes, su trabajo abre la vía y trae todos los elementos del estudio completo.

Recapitulemos. Aunque se hayan discutido en otra época los títulos de Boscán como introductor del endecasílabo en España, todas las disquisiciones posteriores han dado esta certidumbre: antes de Boscán, sólo el Marqués de Santillana había hecho ensayos conscientes de endecasílabo a la italiana (pues son muy imperfectos los de Micer Francisco Imperial), y ésos fueron ineficaces en influencia y pronto olvidados; y todas las formas de verso de once sílabas usadas antes en la Península Ibérica pertenecían a otros órdenes métricos, aunque presentaran semejanzas frecuentes y aun raras identidades con el verso de Dante (como ocurre con los endecasílabos al modo gallego, del infante don Juan Manuel y el Arcipreste de Hita, y con los que entran en el *arte mayor,* en Juan de Mena y los poetas de su siglo).[1] El endecasílabo castellano (yámbico y sáfico) se ve, pues, que es obra de Boscán, suscitada por el ejemplo de Dante y Petrarca, siendo en este respecto detalle interesante la influencia que en su decisión tuvieron las indicaciones de Andrea Navagero, en 1526; y el poeta español (castellano en sus escritos, aunque barcelonés de origen) no ignoraba la diferencia entre este verso y la forma provenzal, con su derivación catalana. Y por ende, las fuentes primitivas del endecasílabo español son las del italiano: el *sáfico* y el *senario* de la poesía latina, fundidos y perpetuados en la corrupción de la lengua de Roma, de donde pasaron a la toscana, probablemente con influencias provenzales, para convertirse en forma plenamente moderna. (El *origen trovadoresco*, que decía el insigne Milá, del endecasílabo italiano, lo da todavía por seguro, aunque sólo de paso y tácitamente, el profesor francés Joseph Anglade, en sus conferencias de 1908 sobre "Los trovadores").

Todo el que conoce los versos de Boscán (aunque sea por las muestras exiguas de la colección Rivadeneyra) sabe que sus endecasílabos son todavía imperfectos, por notoria falta de maestría; y no sólo en lo que atañe a hiatos y sinalefas, a la aglomeración de acentos prosódicos y a los finales agudos, sino a los mismos acentos rítmicos, que, por constituir la esencia del verso, deberían haber sido colocados desde estos principios. El ejemplo más terrible de este desorden métrico es la canción I (p. 222 de la edición de Knapp, ejemplar numerado 106):

> En tiempo que quanto tengo es perdido.
> Hombre tan triste, tan cuitado y tal...
> Si hay alguno que mis cuitas no alabe...
> Dadme un poco de alivio, porque pueda
> Probar a ver si diré lo que digo...
> Pensaba que todo fuera amistad.
> Vinieron luego unos sanos temores;
> Temprano aún era para otros dolores.
> A veros iba, y en mitad del camino
> Que entonces no era tiempo imaginaba...
> Sentía yo sin mi consentimiento...

Diego Hurtado de Mendoza, uno de los primeros a seguir la innovación de su amigo, comete, aunque no tantos, iguales yerros:

> Qué dices del que por subir padece
> La ira del soberbio cortesano...
> No la ira del cielo, que a la tierra
> Hace tremer con terrible sonido...
> Ni se da tanto a la riguridad
> Que por seguilla olvide la blandura.
> Dexa a veces vencer la voluntad
> Mezclando de lo dulce con lo amargo
> Y el deleite con la severidad...
> Las sombras que al sol quitan sus entradas
> Con los verdes y entretejidos ramos... ("Epístola a Bos-
> [cán").

Cristóbal de Castillejo, en sus versos de campaña contra la invasión poética de Italia, exagera estos defectos:

> Y ya que mis tormentos son forzados,
> Bien que son sin fuerza consentidos,
> Qué mayor alivio en mis cuidados
> Que ser por vuestra causa padecidos?
> Y si como son en vos bien empleados
> De vos fuesen, señora, conocidos,
> La mayor angustia de mi pena
> Sería de descanso y gloria llena.
>
> ("Contra los que dexan los metros castella-
> nos y siguen los italianos", según el texto
> primitivo, no corregido, que cita Knapp, el
> editor moderno de Boscán).

En apariencia, no lo había hecho mucho mejor que estos innovadores el Marqués de Santillana; pero se advierte, si se marcan bien los hiatos, que todos sus versos pertenecen a las dos formas ortodoxas y a las otras dos de que hablo (aun podría decirse que, para él, el acento esencial es el de cuarta sílaba):

> Oy que diré de ti, triste emisphherio,
> O patria mía, que veo del todo
> Ya todas cosas ultra el recto modo
> Donde se espera inmenso lacerio?
> . . . .
> El andar suyo es con tal reposo
> Honesto e manso, e su continente,
> Que, libre, vivo en captividad.
> . . . .
> Vieron mis ojos en forma divina
> La vuestra imagen e deal presencia...
>
> ("Sonetos fechos al itálico modo")

No todo lo de Boscán es tan excesivamente incorrecto como la muestra dada arriba. Antes al contrario, buen número de sus sonetos y octavas reales ofrecen ya la armonía regular de yámbicos y sáficos; y, en general, las poesías que, según parece, compuso tras algún tiempo de práctica, son tolerablemente correctas, con deslices no demasiado frecuentes. Pero a través de toda su obra, persisten, junto con los yámbicos y los sáficos, las dos formas no ortodoxas: la anapéstica (a cuyo uso debía de sentirse autorizado por el ejemplo italiano) y la de acento en cuarta sílaba, ésta sobre todo. Así la primera:

> No me contento, pues tánto he tardado   (Soneto XII),

la segunda:

> La noche sigo, mas mi fantasía... (Soneto XVII),
> Si por amor, o por mi desconcierto   (Soneto XXXII).

El portugués hispanizante Sá de Miranda, quien estuvo a punto de anticiparse a Boscán en la introducción del endecasí-

labo italiano en la Península Ibérica, y fue al fin su introductor
en Portugal, es más correcto que el poeta barcelonés, pero usa
libremente de ambas formas no ortodoxas, dando la preferencia
a la anapéstica:

> Ojos tan tristes de lágrimas ciegos,
> Que tantos fuegos acendéis llorando,
> Cuitado, y cuando pensé que eran muertos,
> Siendo cubiertos de tanta y tanta agua,
> En la gran fragua alzóse mayor fuego...
> Luego las Drías y las Amadrías
> Iránse paseando las florestas... (Égloga "Nemoroso").

Garcilaso, que se apoderó en seguida de la innovación im-
plantada por su amigo Boscán, la perfeccionó de singular manera. Su procedimiento de *silabizar,* como decía el pedante de la
sátira moratinesca, limpió de cizaña el campo, dejando el verso
claro y puro en la mayoría de los casos. Tiene alguno que otro
de acentuación inaceptable:

> El fruto que con el sudor sembramos... (Elegía II);

pero éstos son rarísimos; no así los anapésticos:

> Cortaste el árbol con manos dañosas... (Soneto XXV),

y los provenzalescos, de acentuación *a medias,* que usa con hermoso efecto:

> Allí se halla lo que se desea... (Égloga II),
> Pienso remedios en mi fantasía... (Soneto III).

A partir de Garcilaso, la forma del endecasílabo castellano
se hace definitiva, regular y correcta. Suele alterársela, tal cual
vez; suele llevar acentuación floja, que hace descansar la fuerza
rítmica en palabras con acento prosódico débil; mas para encontrar un error grave de ritmo en los poetas importantes hay
que recorrer con frecuencia miles de versos. Sin embargo, a través
de todo el triunfal desarrollo del endecasílabo, le acompaña,
como útil auxiliar, el verso de acento en cuarta, que sólo muy
de tarde en tarde entreabre la puerta al anapéstico. Vayan ejemplos, escogidos al azar entre pocos o muchos de cada poeta (cito
casi siempre por la colección Rivadeneyra, por el *Parnaso* de
Sedano o por la *Floresta* de Böhl de Faber):

> Y al verse lejos de su compañía...
> (Hernando de Acuña, "Fábula de Narciso"),
> Con que las vengue muy a su contento...
> (Francisco de Castilla, "Fábula de Acteón"),
> Comiendo en ella a los enamorados...
> (Gonzalo Pérez, *La Ulixea,* II),
> La causa fuisteis de mi devaneo...
> (Gálvez de Montalvo, Canción V),

Y lo intrincado y lo dificultoso...
　　　(Barahona de Soto, Sátira I),
Viéndolos solos, ejecutarían...
　　　(Juan de Castellanos, "Nuevo Reyno de Granada", V),
Responde y dice la desconfianza...
　　　(Sebastián de Córdoba, Soneto "Nuestra alma..."),
Egicia, y gloria de su confianza...
　　　(Herrera, "Por la vitoria de Lepanto"),
En sus caballos y en la muchedumbre...
　　　(Herrera, "Por la pérdida del Rey Don Sebastián"),
Aura, templanza, y a las sonorosas...
　　　(Francisco de la Torre, Soneto "Vuelve Céfiro..."),
Y pues me dejan, por lo que llevaron...
　　　(Francisco de Figueroa, Estancias),
Aquellos ricos amontonamientos...
　　　(Francisco de Aldana, Versos a Montano),
Poned manzanas a mi cabecera...
　　　(Arias Montano, Paráfrasis del *Cantar*, II),
Veré las causas, y de los estíos...
　　　(Fray Luis de León, "A Felipe Ruiz"),
Traspuesto el sol de tu conocimiento...
　　　(Malon de Chaide, trad. de "Parce mihi" de Job),
Den el perdón al que los ofendiere...
　　　(Fray Diego Murillo, Palabras de Cristo en la Cruz),
Idea viva de mis pensamientos...
　　　(Fray Jerónimo Bermúdez, *Nise laureada*, I),
La preeminencia del anticiparse...
　　　(Juan Rufo, la *Austríada*, II),
Puede tomar lo que le conviniere...
　　　(Timoneda, Octava a los Representantes),
Y así, cual padre de misericordia...
　　　(Virués, *Monserrate*, I),
Bien lo han mostrado sus ofrecimientos...
　　　(Miguel Sánchez, *La guarda cuidadosa*, I),
Mi dama, pienso que con su presencia...
　　　(Tárrega, *El prado de Valencia*, I),
Habréislo sido de mi desventura...
　　　(Damián de Vegas, *Comedia jacobina*, III),
Con sobresalto ni desconfianza...
　　　(Fray Pedro de Padilla, Soneto "Felicidad ni gusto...")
Un nombre igual a su merecimiento...
　　　(Valdivielso, *Vida de San José*, I),
Sólo licencia, con que le promete...
　　　(Gómez de Huerta, "Florando de Castilla"),
El triste día se le representa...
　　　(Juan de Arjona, *Tebaida*, I),
Este lugar! de mis navegaciones...
　　　(Medrano, Canción "¡Oh mil veces..."),
Haciendo en esto a la naturaleza...
　　　(Cairasco de Figueroa, "Canto de la Curiosidad"),
Con presupuesto de arrepentimiento...
　　　(Diego Velázquez de Velasco, Salmo XXXVII),
Esto te pido, por lo que aprovecha...
　　　(Doctor Garay, "Epístola a Fabia"),
Si al cedro vieres ensoberbecerse...
　　　(Pérez de Herrera, "Menosprecio de las cosas caducas"),

Ásperas, blandas con el aspereza...
    (Lope de Salinas, Canción "Los claros ojos abre..."),
Mozas de Lesbos, las que me incitastes...
    (Diego Mejía, "Safo a Faón"),
Luego caería en arrepentimiento...
    (Luis de Ribera, "De la virtud heroica"),
Consigo raudos arrebatarían...
    (Hernández de Velasco, *Eneida*, I),
De la fiereza que representaba...
    (Villaviciosa, *La Mosquea*, VII),
Tienen los lobos arrebatadores...
    (Alonso de Acevedo, *De la creación*, día 7º),
Si dar queremos a los consonantes...
    (Juan de la Cueva, *Ejemplar poético*, II),
La ansia y pasión que te desasosiega...
    (Rey de Artieda, "Epístola sobre la Comedia"),
Fingir palabras en su coyuntura...
    (Cascales, trad. de Horacio, "Tablas poéticas"),
En el sagrario del conocimiento...
    (Villamediana, Sonetos amorosos, X),
Las altas ondas en el Occidente...
    (Espinel, "La casa de la memoria"),
La cruz, de yesca para sus enojos...
    (Ledesma, Soneto sobre Longinos),
La alta cenefa lo majestüoso...
El vello, flores de su primavera...
    (Góngora, *Soledades*, I),
Espía muda de los horizontes...
    (Anastasio Pantaleón de Ribera, "Fábula de Eco"),
Por propia insignia de tu simulacro...
    (Lupercio Leonardo, Canción a Felipe II),
Se acreditasen con la demasía...
    (Bartolomé Leonardo, Epístola "Con tu licencia..."),
Y en todo aquesto, ni por pensamiento...
    (Lope, *La discreta enamorada*, I),
Siempre se olvida del matalotaje...
    (Quiñones de Benavente, *Los cuatro galanes*),
Si yo conozco en mi naturaleza...
    (Guillén de Castro, *La piedad en la justicia*, II),
Dejó por jueces y gobernadores...
    (Luis Vélez de Guevara, *El ollero de Ocaña*, III),
Gracias al cielo, que por la justicia...
    (Tirso, *El vergonzoso en palacio*, I),
Mis pensamientos, mis inclinaciones...
    (Alarcón, *El Anticristo*, I),
Fue en mis alforjas mi repostería...
    (Cervantes, *Viaje del Parnaso*, I),
De atormentados y atormentadores...
    (Fray Diego de Hojeda, *La Cristíada*, VI),
Tristes tragedias a los lastimosos...
    (Valbuena, *Bernardo*, I),
De mi salud, pues la naturaleza...
    (Jáuregui, *Aminta*, II),
De mis costumbres y de mis empleos...
    (Quevedo, Sátira "Riesgos del matrimonio"),
De tus sentencias y de tu verónica...
    (Castillo Solórzano, Epístola "La soberana gracia..."),

Monstruo te admira la naturaleza...
    (Salas Barbadillo, *La estafeta de Momo,* epístola XXXII),
Que no entró en diosas arrepentimiento...
    (Licenciado Dueñas, Canción "Quedó conmigo ayer..."),
Que las disculpas si la desvanecen...
    (Luis de Ulloa, *Raquel*),
Igual, señor, a tu misericordia...
    (Cosme de los Reyes, Canción "Viniste de la altura..."),
De amor no quita la correspondencia...
    (Pedro de Salas, Canción "Vuela, afila tus alas..."),
Con. que luchabas y te defendías...
    (Francisco Manuel, "Epístola a Licio"),
Silvestres galas de la primavera...
    (Mira de Mescua, "Acteón y Diana"),
Rompiendo leyes a naturaleza...
    (Cáncer y Velasco, "Fábula del Minotauro"),
Mas basten burlas, que si se ofreciera...
    (Pérez de Montalván, *Como padre y como rey,* III),
Pues son precisas las obligaciones...
    (Rojas Zorrilla, *Donde hay agravios...,* III),
Áspid de celos a mi primavera...
    (Calderón, *El médico de su honra,* I),
Por la lujuria en que se precipita...
    (Villegas, Elegía IV),
Al que hace el gusto el agradecimiento...
    (Moreto, *El parecido en la corte,* III),
Que de las costas de la Andalucía...
    (Juan Vélez de Guevara, *El mancebón de los palacios,* III),
El alma aumenta sus melancolías...
    (Martínez Meneses, *El tercero de su afrenta,* I),
Y entre sus ruegos y amonestaciones...
    (Juan de Salinas, Diálogo de Carillo y Bras),
Que ni te culpen por desaliñado...
    (Álvaro Cubillo, Avisos "Fabio, tu carta..."),
Que no permites en tu compañía...
    (Rebolledo, Trenos de Jeremías, I),
Aquel abrazo de naturaleza...
    (López de Zárate, "Égloga de Silvio y Anfriso"),
Sino rigor, con que le solemnizas...
    (Trillo y Figueroa, Soneto IX),
No tengas cuenta con los revoltosos...
    (Henríquez Gómez, "El pasajero"),
Iba la ninfa que se las pelaba...
    (Jacinto Polo, "Fábula de Apolo y Dafne"),
En ver las plazas, y le considero...
    (Diamante, *El valor no tiene edad,* I),
De dos esposos, y les coronaban...
    (Feliciana Enríquez, Soneto),
La última línea de lo despreciado...
    (Sor Juana Inés, Soneto "Cuando mi error..."),
Es el inducas de las tentaciones...
    (Solís, "Hermafrodito y Samalcis"),
Hijo de Venus, y de sus maldades...
    (Agustín de Salazar, Silva de "La Aurora"),
Y no aquí sólo mi superstición...
    (Bancés Candamo, "Las mesas de la fortuna"),

Encuéntrase también en las poesías castellanas de Camoens:

> Son las prisiones y la ligadura (Soneto 283),

lo mismo que en las portuguesas.[2]

No se trata, a mi juicio, de error que pudiera ser común a tantos versificadores maestros, puesto que no se descubren, sino muy de tarde en tarde, otras acentuaciones que constituyan defecto, y la misma acentuación *anapéstica* es maravillosamente rara en ellos, pudiendo citarse contados ejemplos:

> Oh muerte triste, que así me entristeces...
> > (Fray Jerónimo Bermúdez, *Nise lastimosa*, I),
> Fuera melindres, y cese la entena...
> > (Cervantes, *Viaje del Parnaso*, III),
> Jaspe luciente, si pálida insidia...
> > (Góngora, "Panegírico al Duque de Lerma"),
> Porque otra cosa no fuera posible...
> > (Pérez de Montalván, *La toquera vizcaína*, I).

Se alegará la relativa rareza del mismo verso *acentuado a medias,* por más que sería fácil reunir centenares de ejemplos, y es cierto que no lo he encontrado en muchos poetas secundarios, de quienes sólo he podido ver cortas muestras, ni en otros mayores, como Ercilla, Pablo de Céspedes, Gil Polo, Arguijo, Esquilache, Pedro de Espinosa, Rioja, Rodrigo Caro, ni en la "Epístola moral", ni propiamente en Montemayor y Cetina, si bien suelen acercarse a él con versos de acentuación floja:

> Porque algún tiempo no le respondía... (Canción de la
> > [*Diana*),
> Y con su Duque mal aconsejado... ("Epístola I" de Cetina).

De todos modos, es mucho mayor el número de los poetas que lo usan que el de aquellos en quienes falta,[3] y su rareza se explica por el hecho de ser poco frecuentes en el lenguaje poético las cláusulas largas inacentuadas: no será ocioso recordar cómo en el endecasílabo provenzal, que parece ser el remoto modelo de éste, era casi constante la intervención de algún acento entre los dos forzosos, el rítmico de la cuarta sílaba y el final de la décima. En cambio, para los pocos casos en que se ofrecen tales cláusulas inacentuadas, esta forma era un recurso útil al poeta (obsérvense los versos que terminan con palabras de cinco o seis sílabas); y aun sorprende su abundancia en algunas composiciones, como la sátira "¿Esos consejos das, Euterpe mía?" de Bartolomé de Argensola, y la paráfrasis del *Cantar de los cantares*, de Arias Montano. Por lo demás, si a rarezas vamos, obsérvese que el verso sáfico, con ser fundamental y ortodoxo, es poco usado por ciertos autores: hay sonetos de Cetina, de Herrera, de Lupercio Argensola, grupos de octavas en Ercilla (pongo por caso), compuestos exclusivamente en yámbicos; y no es-

casean las composiciones sueltas largas que a ese punto se aproximan: tanto en la canción "A las ruinas de Itálica" como en
la "Epístola moral" la proporción es de un sáfico por cada trece
o catorce yámbicos.

Significativo además me parece el caso de otro célebre portugués hispanófilo, Gregorio Silvestre, defensor de las tradiciones castellanas, convertido finalmente al italianismo, y pretenso
descubridor del ritmo yámbico del endecasílabo: su versificación
es rígida; la mitad de sus sonetos son exclusivamente yámbicos,
y en ninguno de los demás ofrece nunca más de dos sáficos; sin
embargo, también en él tropezamos con el verso de acento en
cuarta:

> El mucho tiempo de mi perdimiento... (Soneto "Quien no te
> [conociese...").

Ni se crea que esto se detiene en los Siglos de Oro. De principios del siglo XVIII a principios del XIX, la forma en cuestión
persiste, lo mismo en los poetas incorrectos que en los doctos y
aun en los preceptistas, comenzando con los últimos dramáticos
al modo antiguo:

> Cuando era menos mi melancolía...
> (Cañizares, *El honor de entendimiento*, I),
> Que ha de ser catre de la primavera...
> (Zamora, *El hechizado por fuerza*, III),

y continuando en pleno período seudoclásico (aunque falta en
algunos poetas, singularmente Meléndez y Cienfuegos[4]):

> El lucimiento, con que se emularon...
> (Luzán, "Juicio de Paris"),
> La justa saña del conocimiento...
> (Jorge Pitillas, Sátira I),
> Que el hombre mire por sus circunstancias...
> Suben los diablos por escotillones...
> (Ramón de la Cruz, *El Muñuelo*),
> Contase asombros de su continente...
> (Francisco Ruiz de León, *La Hernandia*, I),
> Favor pedimos los que redimiste...
> (Fray Diego González, "Te Deum"),
> Serán eternos, inmortalizando...
> (García de la Huerta, "Los bereberes"),
> Más que la incasta reedificadora...
> (Nicolás de Moratín, Sátira II),
> Con vana audacia, y el Omnipotente...
> (Cadalso, trad. de un pasaje de Milton),
> Será, y estéril tu arrepentimiento...
> (Jovellanos, "Epístola a Arnesto"),
> Más compañía que su pensamiento...
> (Samaniego, "La lechera"),
> Y tanto piensas que me costaría...
> (Iriarte, "La hormiga y la pulga"),

Naranjas chinas, y en las soberanas...
    (Iglesias de la Casa, "Egloga I"),
Ya con constancia belerofontea...
    (Forner, "Sátira contra los vicios de la poesía"),
El mismo exceso de la desventura...
    (Escoiquiz, *Paraíso perdido*, II),
Y sin la ayuda de los inmortales...
Luego no existe en la naturaleza...
    (Marchena, trad. de Lucrecio, I),
Con sus cabezas y las de sus hijos...
De los troyanos y de sus esposas...
    (Hermosilla, *Ilíada*),
Los pastorcillos y las zagalejas...
    (Fray Manuel de Navarrete, "La mañana"),
Librar su imperio de los españoles...
    (Zequeira y Arango, "Batalla naval de Cortés"),
Tranquilo en tanto que la numerosa...
    (Leandro de Moratín, "Los pedantes"),
Astro de amor y de melancolía...
    (Arriaza, *Emilia*, II),
Mueve después con su filosofía...
    (Arjona, "Sátira a Forner"),
La turba vil de sus adoradores...
    (Blanco White, "Epístola a Forner").

La repetida forma desaparece con Lista, Quintana y Gallego, pero el eco perdura en Espronceda:

En un tratado de filosofía... (*El diablo mundo*, III),

y en algunos poetas americanos de su tiempo, como el argentino Esteban Echeverría:

Encubre el velo de la melancolía... ("Él y Ella"),

el dominicano Francisco Muñoz del Monte:

Se ve, se siente. La filosofía... ("Dios es lo bello absoluto"),

el mexicano Fernando Calderón:

En las regiones de la eternidad... (*El torneo*, III),

y el guatemalteco Batres Montúfar:

No me limito a la literatura... (*El reloj*, I).

El mismo verso resucita, a fines de la centuria pasada, junto con el anapéstico, en las *Prosas profanas* de Rubén Darío:

    Sones de bandolín. El rojo vino
conduce un paje rojo. ¿Amas los sones
del bandolín, y un amor florentino?
Serás la reina en los Decamerones. ("Divagación"),

para propagarse de nuevo, tanto en España como en América, autorizado por la mayoría de los más distinguidos poetas nuevos:

Eduardo Marquina, Francisco Villaespesa, Antonio y Manuel
Machado, Gregorio Martínez Sierra, y, entre nosotros, Leopoldo
Lugones, Amado Nervo, Luis G. Urbina, Guillermo Valencia,
Leopoldo Díaz, para citar sólo algunos de los corifeos.

Por lo que atañe al endecasílabo *anapéstico,* debe observarse que
su empleo ha sido constante en la poesía de Italia y que los tratados de métrica en lengua toscana lo indican como una de las
tres formas usuales, agregando a veces que debe alternar con la
yámbica y la sáfica para dar variedad al ritmo. El anapéstico,
en efecto, es una de las formas primitivas del endecasílabo itálico, y en la mayoría de los precursores inmediatos de Dante
abunda más que el sáfico. Todavía en la *Divina Commedia* son
anapésticos alrededor de una décima parte de los versos; baste
recordar algunas de las más célebres expresiones dantescas:

> *Per me si va nell'eterno dolore...*
> *Che ricordarsi del tempo felice...*
> *Puro e disposto a salire alle stelle...*
> *Termine fisso d'eterno consiglio...*
> *O senza brama sicurra ricchezza...*

A partir de Petrarca, el anapéstico queda relegado a lugar
más secundario; y posteriormente hay poetas reacios a él: por
ejemplo, Sannazaro, Luigi Alamanni, Guarini, Chiabrera, Fulvio
Testi, Filicaja, y, más adelante, Manzoni y Leopardi; pero se le
encuentra en todas las épocas, aun en poetas que prefieren evi-
tarlo, como Niccolini y Silvio Pellico; y en nuestros días, desde
Carducci, alcanza favor no escaso.

La preceptiva italiana no considera ortodoxa la otra forma,
el verso de acento en cuarta sílaba, a la manera provenzal; pero
es lo cierto que éste ha existido siempre en Italia, aunque con
menos abundancia que en Castilla; diríase que vive escondido
detrás del sáfico y del anapéstico. En pesquisa rápida y poco extensa, lo he encontrado en varios poetas de los siglos XIII y XIV:
Federico II, Guido delle Colonne, Folgore di San Gemignano,
Bindo Bonichi, Rustico di Filippo, Lapo Gianni, Matteo Fresco-
baldi, Cecco degli Stabili, Busone da Gubbio; en versificadores
anónimos; en el *Pataffio* que se atribuía a Brunetto Latini; en
Guido Cavalcanti:

> *Ed ivi chiama, che per cortesia...*

No faltan ejemplos en Dante:

> *Pregar, per pace e per misericordia...*
> *Movesse secco di necessitate...* (Purgatorio, XVI),
> *Quivi, secondo che per ascoltare...*
> *Vidi Cammilla e la Pentesilea...* (Inferno, IV)

Después es fácil seguir su marcha de siglo en siglo, aunque no
siempre en los mayores poetas. Copiaré pocos ejemplos, para
no hacer interminables las citas:

> Non già per odio, ma per dimostrarsi...
> (Petrarca, *Trionfo della morte*, I),
> E se'piu dolce che la malvagia...
> (Lorenzo de Medicis, "Nencia da Barberino"),
> Il Conte Orlando, nè per la paura...
> (Bojardo, *Orlando innamorato*, II),
> E di Morgante si maravigliòe...
> (Pulci, *Morgante maggiore*, II),
> E che tien caro, e che si rassomiglia...
> (Molza, Canción "Nell'apparir del giorno..."),
> Famosi assai ne la cristianitate...
> (Berni, *Orlando innamorato*, I, 17),
> Le da l'anello, e le si raccomanda...
> (Ariosto, *Orlando furioso*, VII),
> E poscia ogni anno la coroneremo...
> (Trissino, *Sofonisba*),
> Eran nemici a la Tedescheria...
> (Tassoni, *La secchia rapita*, IV),
> Discendi, esperta vin-attingittrice...
> (Chiabrera, *Vendemmie di Parnaso*, II, 53),
> E questa è una delle dilezioni...
> (Benedetto Menzini, Soneto),
> Per vituperio de la Poësia...
> (Parini, "Il lauro"),
> Chi più mi parla di filosofia...
> (Casti, *La grotta di Trofonio*, I),
> Di que'soldati settetrïonali...
> (Giusti, "Sant'Ambrogio"),
> Le gentilezze, le consolazioni...
> (Giulio Perticari, "Cantilena di Menicone"),
> Vorrai vedermi e mi conoscerai...
> (Dall'Ongaro, "La livornese"),
> In un cantuccio la ritroverai...
> (Stecchetti, "Quando cadran le foglie..."),
> Vi tra la sdruccio de la nuvolaglia...
> (Carducci, "Esequia della guida"),
> Para Giovanni per Teodorico...
> Edificata con le fondamenta...
> (D'Annunzio, *La Nave*, III),
> Anche il tuo corpo, anche la vagabonda...
> (Ada Negri, "Voce del mare"),
> Io vi ascongiuro per le cavrïole...
> (Guido Verona, *Bianco amore*, II).

Son dignos de notarse los efectos que obtienen los poetas italianos, merced a la variedad de ritmos dentro de una misma sílaba, bien sea haciendo alternar los anapésticos y aun los endecasílabos acentuados a medias con yámbicos y sáficos, bien usando versos cuya acentuación permite leerlos como anapésticos o
como ortodoxos:

Tanto mi salva il dolce salutare
Che vien da quella, ch'è somma salute,
In cui le grazie son tutte compiute:
Con lei va Amor, che con lei nato pare...

(Cino da Pistoia, Soneto).

Ejemplo de esto son, entre muchas composiciones de los tre-
centistas y cuatrocentistas, el soneto de Petrarca que principia
"Zefiro torna..." y la balada de Franco Sacchetti (atribuida en
otro tiempo a Poliziano) que comienza "O vaghe montanine pas-
torelle", y en nuestros días, el soneto IV de Carducci entre los
consagrados a *Nicola Pisano,* y el idilio "Hyla", en *La Chi-
mera,* de D'Annunzio. Este último poeta, en sus *Laudi* y en sus
tragedias recientes, ha llevado el endecasílabo a la misma situación en que se encontraba en el 1300, y lo ha hecho alternar a
veces con versos de varias medidas, alcanzando la mayor libertad
rítmica y la mayor riqueza de efectos. Advertiré, sin embargo,
por lo que hace a nuestra lengua, que los ensayos de Rubén Darío por hacer menos rígido el endecasílabo son, si menos atrevidos, anteriores a los esfuerzos victoriosos del poeta de los
Abruzzos.

¿Qué explicación puede darse de la intromisión del endecasílabo
acentuado a medias entre los yámbicos y los sáficos castellanos,
intromisión tolerada por tres siglos, hasta que en el XIX la mayor precisión exigida por los tratadistas lo desterró durante unos
cincuenta años? No parece probable que el ejemplo italiano bas-
tase para ello: el endecasílabo de los españoles fue calcado
sobre el modelo de Petrarca, no sobre el modelo trecentista; y si
bien la forma provenzalesca en cuestión subsistió en Italia semi-
oculta, como hemos visto, precisamente en Petrarca no se la encuentra sino por excepción.

Pero la lectura del estudio del señor Menéndez y Pelayo sugiere esta explicación: la presencia en la Península Ibérica, durante la Edad Media, de endecasílabos acentuados en la cuarta
sílaba —los versos catalanes y galaicoportugueses, derivados de
los provenzales— debió de influir en que los poetas castellanos,
conscientemente o no, los adoptaran para agregarlos como incidentales a las formas italianas. Boscán no ignoraba (en ello insiste don Marcelino) las diferencias mediantes del verso itálico
al provenzal; empero, por las palabras del poeta barcelonés se
advierte que no los juzgaba *absolutamente* diversos; bien pudo,
por lo tanto, estimar aprovechable un elemento ya conocido, cuyo ritmo, como antes dije, altera poco la armonía del endecasílabo ortodoxo, menos que el anapéstico italiano, aceptado también, necesariamente, por Boscán, al realizar su innovación en
la literatura de Castilla. El Marqués de Santillana, que también
conoció la poesía de Cataluña, había hecho alternar, como por

las muestras que he dado se ve, yámbicos y sáficos con anapésticos a la italiana y versos de acentuación a la provenzal. El señor Menéndez y Pelayo reconoce que en él "es muy probable la influencia del endecasílabo catalán... en la acentuación de la cuarta sílaba", así como se explican sus anapésticos por el ejemplo italiano.

¿Por qué razón, sin embargo, los continuadores de Boscán, aunque conservaron el endecasílabo a la manera provenzal, desterraron el anapéstico itálico? Meras preferencias de oído pudieron moverles; y, de todos modos, el oído influyó en ello; pero la causa principal fue, según es lícito inferir de los indicios históricos, el deseo de evitar una forma que, en un pasado no lejano de su propia literatura, se las presentaba confundida con un verso de distinto número de sílabas, el dodecasílabo, el verso de *arte mayor,* en los poetas del período preclásico:

> Allí disparaban bombardas y truenos,
> y los trabucos tiraban ya luego
> piedras y dardos, y hachas de fuego... (Juan de Mena).

En cambio, el verso de los provenzales, imitado por los catalanes, *era* endecasílabo, como lo dice Boscán; y su presencia podía pasar armónicamente entre yámbicos y sáficos, pues si bien le falta un acento para que su ritmo sea completo, en cambio no lleva ninguno obligado en sílaba impar. Hoy mismo ¿no se asombrarían ciertas graves personas si se les dijese que el verso para ellos chocante entre los de Darío, Marquina, Lugones, lo habían aceptado, sin advertirlo, en las más afamadas canciones de Herrera y Fray Luis?

Pero, se dirá, si la influencia provenzal fue más directa en Italia que en Castilla ¿por qué en la primera prosperó más el anapéstico que el verso de acento en cuarta sílaba? No me toca opinar en el respecto, puesto que el asunto es de lengua extraña; pero observaré que los eruditos nos dicen cómo el endecasílabo provenzal, aunque acentuado *rigurosamente* sólo en la cuarta sílaba, tendía espontáneamente, bien al ritmo yámbico (como lo indicó Milá), bien al ritmo anapéstico (como lo indica el señor Menéndez y Pelayo). Esta última variante ¿interesó acaso a los poetas de Italia más que la forma esencial del verso de Provenza? Ignoro las conclusiones de la erudición italiana sobre este punto; pero creo que así parecería replicable la aparición de la forma anapéstica unida a las formas que se nos dicen derivadas de los sáficos y los senarios latinos

México, febrero de 1909

DE MI PATRIA

LA CATEDRAL[1]

¡No HABLÉIS de reconstrucción! clamaba Ruskin, el maestro de *Las siete lámparas de la arquitectura*. Lo que fue, por obra y gracia de la fe de hombres ya idos, de la fuerza y el saber de siglos ya muertos, no puede, en el flujo perpetuo de las cosas, tornar a ser jamás. Lamentadlo, como Heráclito; celebradlo, si os seduce la ilusión del progreso; pero no soñéis en reproducir el pasado. ¿No veis que, si fuera dable, reaparecerían los mundos extintos, al esfuerzo animador de los espíritus soberanos: los fecundos volverían a vivir en Atenas, los superficiales repoblarían Versalles?

¡Respetad lo antiguo! Conservadlo; hacedlo vivir contra la invasión destructora de la vejez; hacedlo vivir con vida propia: para ello, debéis ser sabios, en modo tal que cada toque vuestro sea tímidamente fiel a la inviolada armonía del conjunto. No lo modernicéis, queriendo colocar *¡bárbara labor!* sobre la tragedia de los siglos la máscara irrisoria de una edad sin arte o sin fe; no lo adicionéis, pretendiendo completar la obra en que la edad pretérita dejó caer la mano cansada, como el héroe de Manzoni. ¡Sabed amar lo incompleto! La Victoria de la tracia Samos, la Afrodita de la roqueña Melos, no os hablarán si no sabéis amar su mutilación gloriosa. ¿Seríais osados a retocar la incorregida *Eneida*, a terminar cuanto abandonó, iniciado apenas, la vida incalculable de Leonardo, cuanto dejó inconcluso la juventud atormentada de Shelley o de Chénier?

¡Amad la Catedral sin torre! ¡Sabed amar la Catedral de Santo Domingo! Grave, si no austera; solemne, si no majestuosa, permanecerá muda, en el abatido orgullo de sus cuatro siglos, si no sabéis admirar su vida profunda. ¡Obra típica en verdad! Como el más antiguo monumento del dominio español en América, conserva en sus vigorosas líneas, en sus masas poderosas, en su ornamentación severa, el sello del siglo XVI. Cuando ella nacía, a su alrededor germinaba el impulso de las grandes conquistas; acaso recuerda el brío anheloso de Cortés, la piedad enérgica de Las Casas, la actividad múltiple de Oviedo. Pobre y desconocida, puede, sin embargo, decirse clara hija del gran siglo castellano fuerte y sobrio. ¡Ay! No conserva más prestigio pictórico que *La Virgen de la Antigua*, con su rica tonalidad pardusca. Sus cuadros sagrados deberían ser obras de los precursores de Velázquez; su invocación, el "Cantemos al Señor",

122

de Fernando de Herrera. No sufre deliquios místicos; no conoce la poesía gongorina; ni la fiesta de colores de la pintura veneciana; ni los derroches del estilo plateresco, ni las extravagancias del churrigueresco; ni la opulencia de oros y cedros que colmó los templos de México y el Perú.

Sus vicisitudes han sido las mismas de la tierra desdichada que la sustenta. La prematura decadencia de la colonia la dejó sin torre; los piratas le arrebataron sus esculturas; la barbarie piadosa borró la pintura sacra de sus columnas, destruyó la clásica sillería de su coro, manchó de amarillo sus muros exteriores y blanqueó su interior como sepulcro de fariseo; el fanatismo por la memoria del Descubridor la ha convertido en asilo de inartística mole de mármol.

¿Queréis infligirle nueva afrenta? ¡Detén la mano, Cáliban: ya es tiempo! ¿Eres acaso el misterioso arquitecto, sabio en estilos románicos y góticos, evocador del viejo espíritu español, capaz de erigir, tras luengos años de meditar, una torre digna del siglo de la conquista? ¿Eres acaso el artista que soñó Rodenbach para restaurar a Brujas, desterrando de sus edificios poblados de silencio· las profanadoras reformas modernas? ¿Eres acaso Viollet-le-Duc, prodigio de ciencia y de amor, que consagra toda su existencia a estudiar, ojiva tras ojiva, gárgola tras gárgola, y a completar, en los límites de lo sabiamente posible, los monumentos de la Francia medieval?

No: eres siempre Cáliban; ignoras hasta tu incapacidad; ignoras que aun la labor del sabio se estima imperfecta; ignoras que si algo pudieras ensayar, en honra del viejo templo, es limpiar sus muros, volviéndolos al natural color de la clásica piedra gris.

¡No habléis de torres! San Marcos de Venecia también está sin torre; los arquitectos conocen de memoria, conservan en dibujo, sus piedras todas; y sin embargo, ¡cuánto se ha dudado para decidir que vuelva a alzarse, frente a la *piazza* llena de aves blancas, la legendaria silueta del Campanile!

México, 1908

VIDA INTELECTUAL DE SANTO DOMINGO

LA COLONIA de Santo Domingo, la antigua Hispaniola, convertida durante el siglo XIX en República Dominicana, fue, durante la primera centuria de la conquista, el centro principal de cultura en América. Por allí pasaron, no sólo los grandes capitanes, sino también cronistas y poetas: fray Bartolomé de las Casas, Gonzalo Fernández de Oviedo, Eugenio de Salazar, probablemente Juan de Castellanos; más tarde Tirso de Molina, acaso Bernardo de Valbuena... Primera entre todas las de América, por decreto de Carlos V surgió la Universidad Imperial y Pontificia; mientras tanto, el establecimiento de las comunidades (franciscanos, dominicos y mercedarios) implantaba la cultura religiosa. Santo Domingo de Guzmán, la ciudad capital, recibió entonces el pomposo título de Atenas del Nuevo Mundo. ¡Curiosa concepción del ideal ateniense! Aquel título, que luego fue pasando a otras ciudades de América (Lima, México, Caracas), implicaba una paradoja: una Atenas conventual y escolástica.

Bien pronto había de pasar el esplendor de la Hispaniola. Desde el mismo siglo XVI, el descubrimiento de las tierras continentales atrajo a los conquistadores, y Santo Domingo se convirtió poco a poco en mero punto de escala. Los repetidos ataques de los adversarios de España, desde fines del siglo XVI; la división de la isla, de cuya porción occidental se apoderó Francia; y, por último, las invasiones de los haitianos, los antiguos esclavos franceses, consumaron la ruina de la colonia, y, a la vez que la redujeron a la miseria, acabaron por destruir la cultura.

Sólo noticias vagas quedan de la vida intelectual durante los tres siglos del coloniaje: ecos de la Universidad, donde imperaba Santo Tomás de Aquino, y de los conventos, donde las aficiones literarias debieron de ejercitarse principalmente sobre temas religiosos. Alonso de Espinosa, de la Orden de Predicadores, nacido en Santo Domingo, "fue —según expresa el bibliógrafo cubano Carlos M. Trelles— no sólo el primer dominicano, sino el primer americano que escribió y publicó un libro (1541)". Juan Méndez Nieto, médico graduado en Salamanca, dejó noticias sobre la literatura que entre nosotros se cultivaba a mediados del siglo XVI. Poco después (1573), Eugenio de Salazar, entre otros detalles, copia versos de doña Leonor de Ovando, monja dominicana del Convento de Regina Angelorum; ella, y doña Elvira de Mendoza, a quien también menciona Salazar sin citar muestras de su ingenio, son las más antiguas poetisas que se conocen en la historia literaria de América. Se dice que Tirso en su inédita *Historia de la Orden de la Merced,* cuenta cosas interesantes de su viaje a Santo Domingo como visitador de los conventos mercedarios. Sin duda, haciendo pesquisas en los archivos de España, habrían de encontrarse nuevos datos.

Las vicisitudes de la colonia se agravaron de modo tal, en la última mitad del siglo XVIII, que parecía iba a borrarse toda huella de civilización española. En vano eran los esfuerzos de los que amaban el terruño, entre los que se señala el libro del racionero Sánchez Valverde, *Idea del valor de la Isla Española,* escrito con el fin de atraer los ojos hacia nosotros. En 1796, por el Tratado de Basilea, España cedió su porción oriental de colonia a Francia, con dolor de los naturales y llanto de poetas. Las irrupciones de los haitianos, desde 1801, año en que estalla la sublevación cuyo término había de ser el establecimiento de la República de Haití, sembraron el terror y fomentaron la despoblación. Gran número de familias ilustres, que han dado grandes figuras a la América y aun a Europa (los Heredia, Foxá, Del Monte, Angulo, Pichardo, Tejada, Rojas, Baralt, Ponce de León), emigraron a países vecinos, principalmente a Cuba, próspera y segura entonces; el elemento dominicano fue allí propulsor de alta cultura. Mientras tanto, el sentimiento de la colonia permanecía fiel a España, a pesar de los desdenes metropolitanos; y, en 1808, un grupo de dominicanos se sublevó contra Francia y reincorporó a España la porción oriental de la isla. Si Francia, preocupada con sus desastres en la porción occidental, opuso escasa fuerza a los dominicanos, España, en cambio, les concedió poca atención.

Las familias emigradas solían ensayar el regreso; la familia de José María Heredia, por ejemplo, volvió por algún tiempo, y el poeta cubano fue uno de los últimos alumnos de la Universidad de Santo Domingo. De este período quedan muchas noticias que indican cuán activa era la afición poética en el país, pero nada de valor literario positivo; y quedan escritos de carácter político, de grande interés histórico.

La situación de Santo Domingo no mejoraba. Deseando resolverla, en 1821, José Núñez de Cáceres, hombre ilustrado y de espíritu cívico, proclamó la independencia respecto de España y nos declaró unidos a la Gran Colombia, incapacitada para prestarnos ayuda. Esta independencia duró unos cuantos meses: los haitianos, que ya formaban nación libre, volvieron a invadirnos, y su dominio extinguió todas las manifestaciones visibles de cultura. La Universidad murió entonces; palacios y conventos quedaron en ruinas; las familias y los hombres eminentes volvieron a emigrar, para no regresar ya más: el propio Núñez de Cáceres se refugió en Venezuela. Sólo algunos emigrados conservaron el recuerdo de la tierra nativa de sus padres, de ellos mismos a veces: así, el poeta Francisco Muñoz Del Monte, nacido en Santiago de los Caballeros; y Antonio Del Monte y Tejada, que escribió en Cuba una voluminosa *Historia de Santo Domingo.*

Bajo aquel cautiverio de veintidós años perduraban, sin embargo, los sentimientos que antes eran de adhesión a España y ahora tendían a la independencia. La cultura universitaria había muerto, pero quedaban sus gérmenes. Un sacerdote limeño, Gaspar Hernández, reunió en torno suyo a la juventud estudiosa, y les dio cátedras de filosofía y otras disciplinas, consagrándoles cuatro horas diarias. Cooperando con él, el más ilustrado de los jóvenes de entonces, Juan Pablo Duarte, educado en España y en comunicación frecuente con ella, daba también a sus amigos lecciones de matemáticas y hasta de manejo de armas. Ese joven amante de la filosofía y de las ciencias fue el fundador de la República. Una frase suya, de sabor griego, lo pinta: "La política no es una especulación: es la ciencia más digna, *después de la filosofía,* de ocupar a las inteligencias nobles". La República Dominicana fue proclamada por Duarte, junto con Francisco del Rosario Sánchez, otro hombre de cultura intelectual, y con Ramón Mella, en 1844: era nuestra segunda, y más efectiva, independencia.

Vencidos los haitianos, Santo Domingo parecía renacer. Es cierto que la política cayó en manos, no de las inteligencias nobles, sino de los ambiciosos; los fundadores de la República fueron postergados. Pero los anhelos de cultura intelectual encontraron libertad, ya que no grandes medios. Un grupo de literatos y poetas se lanzó a fundar sociedades y periódicos, siguiendo de lejos la evolución intelectual de España. Al frente de ellos, por la viveza del talento, por la fluidez de su palabra, por el vigor de sus versos, aparece Félix María del Monte, autor del Himno de guerra contra los haitianos. No queda de él una verdadera obra, aunque escribió seis dramáticas y muchos versos y prosa; pero sí pueden conservarse varios discursos suyos y poesías sueltas: unas, patrióticas, vibrantes de energía; otras, de carácter filosófico, melancólicas; y dos o tres eróticas, donde brilla un extraño sentimiento místico y platónico. Junto a él, su esposa Encarnación Echavarría, sus amigos Nicolás Ureña y Félix Mota figuran como poetas, entre otros menos importantes. Dos hermanos, los Angulo Guridi, ocupan una curiosa posición aparte. Pertenecían a una de las familias emigradas a Cuba, y fueron de los contadísimos dominicanos que regresaron al proclamarse la República en 1844. Javier permaneció en el país, y escribió dramas, novelas, poesías, artículos de periódico, y una *Geografía de la Isla:* su drama *Iguaniona,* de asunto indígena, está escrito en animado lenguaje; y algunas de sus poesías merecen ser recordadas: afiliado a la secta masónica, cantó "Al Grande Arquitecto del Universo", divinidad intelectual ("La Razón filosófica eres tú"); y el regreso a la patria le inspiró versos sentidos. Su hermano, Alejandro, vivió siempre errante; comenzó como poeta mediano, y acabó consagrándose a estudios jurídicos y lingüísticos; fue devoto de los criterios positivistas, adoptó el sistema gramatical de Bello, y escribió una colección de estudios constitucionales, *Temas políticos.*

La independencia sufrió un eclipse cuando un simulado e intempestivo renacimiento del amor a España, de parte de un grupo político, trajo la reanexión en 1861, para verla desaparecer en 1865. Mientras tanto, había aparecido otro grupo, más nutrido que el anterior. En éste figuraban pocos poetas: Josefa Antonio Perdomo y Heredia, José Francisco Pichardo, Manuel Rodríguez Objío, cuya mejor canción es un "Acto de fe religiosa" escrito antes de ser fusilado. Figuraban, en cambio, muchos hombres de acción y escritores en prosa: Francisco Xavier Amiama, que estudia cuestiones económicas; Manuel María Gautier, pesimista sincero para quien el destino del país era unirse a los Estados Unidos; Mariano A. Cestero, en quien el temperamento exaltado no quita vigor a los análisis históricos: el canónigo Gabriel B. Moreno del Christo, orador fácil y vanidoso, para quien París fue escenario y ambiente; el general Gregorio Luperón, héroe de la guerra contra España y escritor liberal y progresista sobre asuntos políticos; José Gabriel García, historiador fecundo y pacientísimo; y, sobre todos estos, cuatro figuras: Emiliano Tejera, tipo de sabio, profundo investigador y crítico de nuestra historia, cuyas monografías sobre *Los restos de Colón* y los *Límites entre Santo Domingo y Haití* son definitivas; Manuel de Jesús Galván, uno de los primeros prosadores castizos de América, autor de la leyenda *Enriquillo;* Ulises F. Espaillat, caudillo de la Restauración y gobernante magnánimo, a la vez que profundo escritor político; y Fernando Arturo de Meriño, político y sacerdote, presidente de la República de 1880 a 1882 y arzobispo de la Sede Primada desde 1886 hasta su muerte (1907), doctor en Teología, maestro de grande influjo moral, y la más alta cima de la oratoria dominicana.

La educación superior comenzó a renacer, por la influencia de Meriño; luego, por la de otro sacerdote, el filántropo Francisco Xavier Billini; en Santiago de los Caballeros, la fomentaba Manuel de J. de Peña y Reinoso; y para la mujer la iniciaban Socorro Sánchez, hermana del prócer de la independencia, y Nicolasa Billini, hermana del filántropo. El Seminario Conciliar de Santo Tomás de Aquino, el Colegio de San Luis Gonzaga y otras escuelas, fundadas o reorganizadas, reconstruían lentamente la cultura.

Una tercera generación surgió después de 1870. El movimiento político progresista de 1873 imprimió singular animación a la vida nacional; y se comenzó entonces a publicar libros con frecuencia. La primera antología dominicana, *Lira de Quisqueya,* coleccionada por José Castellanos y publicada en 1874, reveló al país la superioridad de la nueva generación en el orden poético: a pesar del respeto de que gozaban Féliz María del Monte y otros poetas menos importantes —Nicolás Ureña, Javier Angulo Guridi, Rodríguez Objío—, la naciente crítica, junto con la opinión pública, reconoció que la poesía dominicana nunca había alcanzado tan altas notas como las que ahora daban José Joaquín Pérez y Salomé Ureña. "Para encontrar verdadera poesía en Santo Domingo —dice Menéndez y Pelayo—, hay que llegar a don José Joaquín Pérez y a doña Salomé Ureña de Henríquez: al autor de «El junco verde» y de «El voto de Anacaona» y de la abundantísima y florida *Quisqueyana* en quien verdaderamente empiezan las *fantasías indígenas,* interpoladas con los «Ecos del destierro» y con la efusiones de «La vuelta del hogar»; y a la egregia poetisa, que sostiene con firmeza en sus brazos femeniles la lira de Quintana y de Gallego, arrancando de ella robustos sones en loor de la patria y de la civilización, que no excluyen más suaves tonos para cantar deliciosamente «La llegada del invierno» o vaticinar sobre la cuna de su hijo primogénito". Si el uno cantó la tradición indígena y el sentimiento nativo, la otra personificó los anhelos de evolución, de paz y de cultura.

En la misma generación figuran el geógrafo Casimiro N. de Moya; el médico Juan Francisco Alfonseca, primer dominicano graduado en París desde la independencia; Federico Henríquez y Carvajal, maestro, orador y periodista político y literario, gran difundidor de cultura y de civismo; Francisco Gregorio Billini, escritor político y novelador regional: y algunos escritores y poetas de menos importancia, como José Francisco Pellerano, Juan Isidro y Francisco C. Ortea, Apolinar Tejera, Eliseo Grullón y Rafael Abreu Licairac. Uno de esta generación, Nicolás Heredia, que salió del país muy joven, olvidó la nacionalidad dominicana por amor a las desgracias de Cuba, y a ella consagró su labor de novelista y de crítico.

Tras este grupo venía otro más laborioso aún, reunido principalmente en la Sociedad Amigos del País, cuya labor de cultura alcanzó su apogeo hacia 1880 y fue activísima. Allí figuraban Emilio Prud'homme y José Dubeau, educadores y poetas; Pablo Pumarol, satírico muerto en la juventud; César Nicolás Penson, erudito en cuestiones de lengua y literatura de España y América, tradicionista y poeta a quien debemos rasgos extraordinarios como "La víspera del combate"; el malogrado educador

José Pantaleón Castillo; Francisco Henríquez y Carvajal, político y maestro, doctor en Medicina de la Facultad de París, cuyos trabajos científicos se hallan mencionados en las obras de Dieulafoy y otros maestros, y "escritor —dice Américo Lugo— de claro talento y vasta ilustración; acaso el dominicano más ilustrado"; y José Lamarche, doctor en Derecho, también de la Facultad parisiense, hombre de extensa cultura filosófica y literaria, y escritor extraño, a veces profundo. De la misma generación, aunque no de la misma Sociedad, proceden Enrique Henríquez, abogado y poeta, el más elegante entre sus coetáneos; y Federico García Godoy, crítico de seria ilustración y amplio criterio, a quien se deben un juicio magistral sobre la concepción religiosa de Comte y un estudio histórico nacional en forma narrativa, *Rufinito*.

El grupo de Amigos del País, para quien habían sido lema los versos patrióticos de Salomé Ureña, como encarnación de los anhelos civilizadores, y estímulo de la enseñanza científica del portorriqueño Román Baldorioty de Castro, nombrado director de la Escuela de Náutica en 1875, encontró al fin la personalidad capaz de realizar sus ideales; era otro portorriqueño insigne, que heredaba de sus antepasados sangre dominicana, Eugenio M. Hostos. A Hostos se le encomendó, por gestiones del general Luperón, organizar la enseñanza pública: fundó la Escuela Normal en 1880, poniendo como profesores a los jóvenes de la Sociedad Amigos del País; influyó en el Instituto Profesional, fundado en 1881 por idea del doctor Meriño, aceptando allí la cátedra de Derecho constitucional; y bien pronto vio surgir, bajo su influjo, la Escuela Preparatoria, dirigida por José Pantaleón Castillo y Francisco Henríquez y Carvajal, y el Instituto de Señoritas, dirigido por Salomé Ureña de Henríquez, ya esposa del codirector de la Preparatoria; allí se dio por primera vez instrucción superior completa a la mujer dominicana. Hostos adoptó del positivismo la fe en las ciencias positivas como base de los programas de enseñanza; implantó los métodos pedagógicos modernos; con su estupendo saber llenó todas las deficiencias, componiendo él mismo muchos textos; y con su influjo personal dio vida ardiente a la empresa. Mucho se la combatió; sacerdotes y políticos retrógrados la temieron; el tirano Heureaux quiso minarla, logró hacer emigrar a Hostos en 1888, y, más tarde, en 1895, hizo alterar los programas y hasta cambiar el nombre de la Escuela por el de Colegio Central. Pero los antiguos ayudantes y los discípulos de Hostos sostenían la obra, con lucha tenaz, aunque sorda, en colegios públicos o particulares, en la capital y en provincias; y la muerte de Heureaux, en 1899, permitió el regreso de Hostos y la reorganización de su empresa, con mejores elementos ahora.

La educación tradicional, gobernada por el espíritu religioso, ha sido sustituida definitivamente por programas y métodos modernos, laicos, en la enseñanza oficial. La antigua educación dio sus frutos valiosos, Meriño y Galván por ejemplo; del influjo de Meriño dan testimonio espíritus libres como José Joaquín Pérez y Federico Henríquez; de la escuela del padre Billini proceden Leopoldo M. Navarro, quien prestó después servicios a la labor hostosiana, y los hermanos Deligne. La escuela de Hostos, desde luego, hubo de superar en frutos y perdurabilidad a sus antecesoras y rivales. No sólo forma definitivamente a hombres como el malogrado Castillo, el doctor Henríquez, Dubeau y Prud'homme, sino que da al país una legión de maestros que se multiplica constantemente desde 1884; de la Normal salieron Félix E. Mejía, su actual director; Francisco J. Peinado, abogado y publicista; Rafael Justino Castillo, cuyo análisis de la historia nacional, en *Política positiva,* alcanza a veces verdadera profundidad; Rafael M. Moscoso, que en sus vastos estudios de botánica ha abarcado toda la flora de la isla; los hermanos Andrés Julio y Francisco Raúl Aibar, poeta el uno, maestro el otro; y muchos más, de menor significación intelectual. Bajo esta influencia, no totalmente formados por ella, pero sí entusiastas colaboradores suyos, aparecen Miguel Ángel Garrido, prosador brillante, de ideas generosas y de viva percepción en el estudio de personalidades; Eugenio Deschamps, periodista y orador enérgico; su hermano Enrique, publicista activísimo; Arístides Fiallo Cabral, autor de estimables ensayos filosóficos y científicos; y Américo Lugo, el primer prosador de la juventud antillana, estilista fino, intenso en el sentir, "docto y elegante —dice Rubén Darío—, perito en cosas y leyes de amor y galantería", y al mismo tiempo serio analista de cuestiones sociales. Entre las discípulas de Salomé Ureña, graduadas de maestras, se distinguen Leonor Feltz, la de más sutil talento; Eva Pellerano y Luisa Ozema Pellerano de Henríquez, directoras del Instituto Salomé Ureña, que continúa la obra iniciada en 1881; Anacaona Moscoso de Sánchez, fundadora de un nuevo Instituto en Macorís del Este; Mercedes Laura Aguiar y Ana Josefa Puello. En la ciudad de Puerto Plata, donde la educadora portorriqueña Demetria Betances implantó la educación superior de la mujer hacia 1890, continúan su obra dos jóvenes de sólido talento: Antera Mota de Reyes y su hermana Mercedes Mota. La ciudad de Santiago de los Caballeros también es un centro activo e independiente de educación superior para hombres y mujeres.

En el orden puramente literario, además de Garrido, Lugo y Eugenio Deschamps, figuran los Deligne: Rafael, ilustrado crítico, prosador en ocasiones elegantísimo y poeta delicado; Gastón, una de las más altas inteligencias dominicanas, espíritu filosófico y poético, nuestro poeta representativo en estos momentos; Arturo Pellerano Castro, poeta dotado de *facundia*, atrevido, sonoro y brillante; su esposa Isabel Amechazurra, poetisa íntima que se expresa con rara perfección de forma; Virginia Elena Ortea, no tan excelente poetisa como la anterior, pero sí superior prosadora, fina y vivaz; Bartolomé Olegario Pérez, poeta intenso y grandemente expresivo; Fabio Fiallo, cuentista y poeta erótico; José Ramón López, narrador psicológico y periodista; Ulises Heureaux, cuentista y dramaturgo de escuela francesa; y Tulio M. Cestero, poseedor de un estilo prósico lleno de matices y de una imaginación poética y pictórica. Aún puede citarse a Andrés Julio Montolío y Manuel Arturo Machado, discípulos de Meriño, prosistas correctos y tímidos; Arístides García Mella y Arístides García Gómez, humoristas y disertadores sobre temas de actualidad; y poetas como José E. Otero Nolasco, Mariano Soler y Meriño, Bienvenido S. Nouel.

Tras ellos comienza a aparecer la nueva generación, con pocos prosistas, con algunos poetas (Valentín Giró, Porfirio Herrera, Osvaldo Bazil).

La evolución intelectual de Santo Domingo ha seguido la misma marcha que la del resto de América: período de sometimiento a la tradición clásica y religiosa en la época colonial; período de indecisión, durante la independencia, en el cual se sigue, consciente e inconscientemente, el ejemplo de España; período de aparente estabilidad, en que se realiza un acuerdo entre la tradición y las influencias liberales y románticas; período de lucha por las ideas nuevas, que triunfan al fin.

En las normas filosóficas y en el orden pedagógico, el espíritu tradicional reinó hasta la década de 1870 a 1880; reinó natural y suavemente, sin ejercer tiranía. La lucha entre ese espíritu y el nuevo estalló desde 1880: no ha sido tan encarnizada como en otros países de América, y en cambio sus frutos han sido sanos. Si la educación antigua fomentaba las aficiones históricas y políticas, la nueva ha llevado además hacia las ciencias positivas.

En el orden literario, del reinado del espíritu clásico se pasó sin transición brusca, después de la independencia, al romanticismo; éste, transformado por diversos influjos desde 1870, fue cediendo el paso a la independencia de formas e ideas. La corriente del *modernismo* europeo y americano, que se inició tímidamente en Fabio Fiallo y llegó a su apogeo en los primeros trabajos de Tulio Cestero no logró hacer invasión total; pero su influencia hizo aparecer novedades y elegancias en muchos poetas y escritores no afiliados a la secta: en Lugo, en Garrido, en los Deligne, en Pellerano Castro, en Penson, en Bartolomé Olegario Pérez, en José Joaquín Pérez *(Contornos y relieves)*, en la misma Salomé Ureña, de suyo severamente clásica *(Páginas íntimas, Umbra resurrexit)*.

Santo Domingo, decidiéndose a salir del aislamiento en que vivía hasta 1890, ha entrado en relación intelectual con los demás países de América; y en este momento sigue las mismas rutas que ellos; "intelectualmente es superior a Cuba", escribió un viajero, literato de Sur América; la apreciación es exagerada, pues Cuba nos lleva ventaja en la intelectualidad de sus hombres viejos, aunque nos es inferior en la intelectualidad de los hombres menores de cincuenta años.

Ilusión sería confiar en que la isla volviera a su puesto primado; la cultura crece con el desarrollo material, y éste es lento en Santo Domingo. Pero el talento, en la América española, no escoge, para brotar, solamente los países grandes y prósperos: si México da un Gutiérrez Nájera, Nicaragua da un Rubén Darío; si la Argentina produce un Andrade, el Uruguay produce un Zorrilla de San Martín; si en Chile hay un Lastarria, en el Ecuador hay un Montalvo; si en Cuba nace un Varona, en Puerto Rico nace un Hostos. Confiemos en que Santo Domingo siga dando su contingente intelectual al espíritu hispanoamericano.

BIBLIOTECA DOMINICANA
(Libros principales)

Idea del valor de la Isla Española, y utilidades que de ella puede sacar su monarquía, por don Antonio Sánchez Valverde, licenciado en Sagrada Teología y ambos Derechos, natural de la propia isla, racionero de la Santa Iglesia Catedral de ella, socio de número de la Sociedad matritense de Amigos del País, etcétera. (Encabezada con citas de Lucrecio.) En Madrid, imprenta de don Pedro Marín, 1785.—Segunda edición, Santo Domingo, Imprenta Nacional, 1862.

Antonio Del Monte y Tejeda, *Historia de Santo Domingo*, 3 vols., edición de la Sociedad dominicana de Amigos del País.

Francisco Muñoz del Monte, *Poesías*, Madrid, Imprenta de M. Tello, 1880.

José María Serra, *Los trinitarios*, folleto sobre los orígenes de la independencia dominicana.

Javier Angulo Guridi, *Iguaniona*, drama, 1881.

Alejandro Angulo Guridi, *Temas políticos*, estudios constitucionales.

Manuel de J. Galván, *Enriquillo*, leyenda indígena, 1882.

Emiliano Tejera, *Los restos de Colón en Santo Domingo*, 1878.

—, *Los restos de Colón*, 1879.

—, *Memoria sobre los límites entre Santo Domingo y Haití*, 1896.

Mariano A. Cestero (*Pro Patria*), *El 27 de febrero*, 1900.

—, *Descentralización y personalismo*, 1907.

Ulises F. Espaillat, *Escritos*, publicados por la Sociedad Amantes de la Luz, 1909.

Fernando A. de Meriño, *Obras*, 2 vols. 1906.

Gregorio Luperón, *El 25 de noviembre*, 1874.

José Gabriel García, *Historia de Santo Domingo*, 4 vols.

—, *Memorias para la historia de Quisqueya*.

—, *Rasgos biográficos de dominicanos célebres*.

José Ramón Abad, *La República Dominicana*, memoria escrita para la Exposición de Bruselas, 1889.

José Joaquín Pérez, *Fantasías indígenas*, leyendas en verso, 1877.

Salomé Ureña de Henríquez, *Poesías*, edición de la Sociedad de Amigos del País, 1880.

Francisco Gregorio Billini, *Engracia y Antoñita*, novela, 1892.

Federico Henríquez y Carvajal, *Ramón Mella*, discurso, 1893.

—, artículos de *Cayacoa y Cotubanama*, 1901.

Federico García Godoy, *Perfiles y relieves*, crítica, 1907.

—, *Rufinito*, narración histórica, 1909.

César N. Penson, *Cosas añejas*, tradiciones.

Américo Lugo, *A punto largo*, 1902.

—, *Heliotropo*, 1903.

—, *Bibliografía*, 1906.

Fabio Fiallo, *Primavera sentimental*, poesías, 1903.

Gastón F. Deligne, *Galaripsos*, poesías, 1908.

Arturo Pellerano Castro, *Poesías*.

Miguel Ángel Garrido, *Siluetas*, 1902.

Virginia E. Ortea, *Risas y lágrimas* (prosa), 1902.

José Ramón López, *Cuentos puertoplateños*.

Tulio M. Cestero, *Sangre de primavera*, Madrid, 1908.

Rafael A. Deligne, *En prosa y en verso*, 1903.

Rafael M. Moscoso, *La flora dominicana*, 1898.

Enrique Deschamps, *Directorio general de la República Dominicana*, Barcelona, 1907.

Lira de Quisqueya, colección formada por José Castellanos, 1874.

Reseña histórico-crítica de la poesía en Santo Domingo, memoria presentada a la Real Academia Española de la Lengua por la Comisión encargada de reunir las poesías dominicanas para la Antología de Poetas Hispanoamericanos. (Formaron la Comisión Salomé Ureña de Henríquez, Francisco Gregorio Billini, Federico Henríquez y Carvajal, César N. Penson y José Pantaleón Castillo), 1892.

Antología de poetas hispanoamericanos, publicada por la Real Academia Española, con prólogo de M. Menéndez y Pelayo.

Tomo 2, sección de Santo Domingo; tomo 4, apéndice de
M. Jiménez de la Espada.

Se espera 'de Américo Lugo la formación de una antología de
poetas dominicanos: allí podrán leerse las poesías de Félix
María del Monte, las no coleccionadas de José Joaquín Pérez
y Salomé Ureña, las de Penson, Bartolomé Olegario Pérez y
demás poetas.

De prosa queda mucho por recoger: discursos de Félix María
Del Monte, de Federico Henríquez, de Eugenio Deschamps;
artículos de Alejandro Angulo Guridi, de Manuel de J. Galván, de Emiliano Tejera (especialmente "El palacio de don
Diego Colón"), de Apolinar Tejera ("Rectificaciones históricas"), de Francisco Gregorio Billini, de Federico Henríquez
y Carvajal (artículos de *El Mensajero,* primera y segunda
épocas), de Rafael A. Deligne (estudios críticos, *Cosas que
fueron y cosas que son, Recordando: reconstruyendo),* de
Penson, de Eugenio Deschamps, de José Lamarche (conferencia sobre "Los fundamentos de la moral"), de Rafael J.
Castillo *(Política positiva),* y otros menos importantes.

Como dato suplementario, diré que algunos autores han publicado en volumen sus obras menos importantes: así, Félix
María del Monte, *Las vírgenes de Galindo;* Federico Henríquez y Carvajal, *La hija del hebreo, Juvenilia;* Eugenio Deschamps, *Juan Morel Campos.* También hay en volumen obras
de Rodríguez Objío, Josefa A. Perdomo, Eugenio de Córdoba y Vizcarrondo, Bienvenido S. Nouel, Valentín Giró,
Osvaldo Bazil, Juan Tomás Mejía, hijo (poesías); de Francisco C. Ortea, de *Amelia Francasci* (novelas); de Rafael
Abreu Licairac, Eliseo Grullón, García Gómez, García
Mella, Rafael Octavio Galván, y otros (prosa).

Debe recordarse que Hostos escribió en Santo Domingo muchas
de sus obras fundamentales, como la *Sociología,* la *Moral
social,* el *Derecho constitucional,* gran número de artículos
sobre cuestiones dominicanas, lo mismo sociales que literarias, y discursos importantes.

LITERATURA HISTÓRICA

Carta a Federico García Godoy, La Vega, República Dominicana.

Mi distinguido compatriota:

Llegó a mis manos su *Rufinito,* y con él las palabras en que me da usted explicación breve de los móviles que le guiaron a escribirlo. Lo he leído con placer, tanto por la elegante firmeza de su estilo como por la clara viveza con que acierta usted a evocar el más señalado período de la historia dominicana.

Atinadas son sus observaciones sobre el problema de la formación de una literatura nacional. Nuestra literatura hispanoamericana no es sino una derivación de la española, aunque en los últimos tiempos haya logrado *refluir,* influir sobre aquélla con elementos nuevos, pero no precisamente americanos. Suele decirse que las nuevas condiciones de vida en América llegarán a crear literaturas nacionales; pero aun en los Estados Unidos, donde existe ya un arte regional, los escritores de mejor doctrina (y entre ellos Howells, el *Deán,* el ilustre jefe de aquella república literaria) afirman que "la literatura norteamericana no es sino una *condición* (una modalidad, diríamos nosotros) de la literatura inglesa". Entre nosotros, por lo demás, no se han hecho suficientes esfuerzos en el sentido de dar carácter regional definido a la vida intelectual; ni era posible. Sobre nosotros pesa —y no debemos quejarnos de ello— una tradición europea, y nuestros más vigorosos esfuerzos tienden y tenderán durante algún tiempo todavía a alcanzar el nivel del movimiento europeo, que constantemente nos deja rezagados. Sólo cuando logremos dominar la *técnica* europea podremos explotar con éxito nuestros asuntos. Ya observó Rodenbach que los escritores de origen provinciano sólo saben sentir y describir la provincia después de haber vivido en la capital. Así, en nuestra América, solamente los que han comenzado por trasladarse intelectualmente a los centros de la tradición, los que han conocido a fondo una técnica europea, como conoció Bello el arte virgiliano, como conocen Ricardo Palma y don Manuel de J. Galván la antigua prosa de Castilla, como conoció José Joaquín Pérez la lozana versificación del romanticismo español, como conoce Zorrilla de San Martín la espiritual expresión de la escuela heiniana, han logrado darnos los parciales trasuntos que poseemos de la vida o la tradición locales. El *indigenismo* de los años de 70 a 80 no fracasó precisamente por falta de técnica, pues a él se aplicaron casi siempre escritores de primera fila, sino por el escaso interés que despertó, porque la tradición indígena, con ser local, autóctona, no es nuestra verdadera tradición: aquí en México, por ejemplo, el pasado precolombino, no obstante su singular riqueza, nunca ha interesado gran cosa sino a los historiadores y arqueólogos: sólo ha inspirado una obra literaria de verdadera importancia, la admirable *Rusticatio mexicana,* del padre Landívar, guatemalteco del siglo XVIII; y ésa está escrita en latín. El criollismo de última hora sí lleva trazas de ir ganando terreno poco a poco, sobre todo en la Argentina; y tanto más, cuanto que no se trata de escuela artificial, sino de movimiento espontáneo, apoyado por el público.

La nueva obra de usted entra en campo virgen. Tenemos historiadores ¡ya lo creo! Aun los dominicanos poseemos ya, documentadas, las bases de nuestra historia. Pero la interpretación *viva* del pasado, el conjuro que saca a la historia de los laboratorios eruditos y la lleva, a través del arte, a comunicarse de nuevo con el espíritu público, apenas ha sido ensayada en América; y en Santo Domingo es usted el primero que, sin desviarse por el camino de la mera tradición popular, sin acudir a la deformación novelística, nos da la historia viva. No diré que su obra pueda llegar directamente al pueblo; pero sí creo que debe agitar el espíritu de las clases dirigentes, no menos necesitadas de enseñanza, en ciertos órdenes, que en otros las clases inferiores.

Y ya que *Rufinito* pone sobre el tapete los problemas de nuestra independencia, voy a permitirme hablar a usted de ellos. Para mí tengo que la idea de independencia germinó en Santo Domingo desde principios del siglo XIX; pero no se hizo clara y perfecta para el pueblo hasta 1873. La primera independencia fue, sin duda alguna, la de Núñez de Cáceres; no claramente concebida, tal vez, pero independencia al fin. La de 1844 fue consciente y definida en los fundadores; pero no para todo el pueblo, ni aun para cierto grupo dirigente. Libertarse de los haitianos era justo, era lo natural; ¿pero comprendía todo el pueblo que debíamos ser absolutamente independientes? Ello es que vemos la anexión a España, y sabemos que, si para unos esta anexión pecaba por su base, para otros fracasó por sus resultados, y por ellos la combatieron. Y lo extraño, luego, es que ni ese mismo fracaso bastara a desterrar toda idea de intervención extraña, y que todavía en el gobierno de Báez se pensara en los Estados Unidos. Sin embargo, para entonces la idea había madurado ya, y la revolución de 1873 derrocó en Báez no sólo a Báez sino a su propio enemigo Santana; derrocó, en suma, el régimen que prevaleció durante la primera República, y desterró definitivamente toda idea de anexión a país extraño. Ésa es para mí la verdadera significación del 25 de noviembre: la obra de ese movimiento anónimo, juvenil, fue fijar la conciencia de la nacionalidad. Desde entonces, la acusación más grave que entre nosotros puede lanzarse a un gobierno es la que lo denuncia ante el pueblo como propenso a mermar la integridad nacional; y cuenta que hasta ahora la acusación, en todos los casos, parece haber sido infundada. El año de 1873 significa para los dominicanos lo que significa en México el año de 1867: el momento en que llega a su término el proceso de *intelección* de la idea nacional.

Nuestro período de independencia, por tanto, nuestro proceso de *independencia moral,* se extiende, para mí, desde 1821 hasta 1873. En ese medio siglo, el momento más heroico, el *apex,* es 1844. Pero esa fecha debe considerarse como central, no como inicial. La independencia de la República como hecho, como origen, creo que debe contarse desde 1821, aunque como realidad efectiva no exista hasta 1844 ni como realidad moral hasta 1873. Es lógico: independencia, para los pueblos de América, significa independencia respecto de Europa, no con relación a otros pueblos de la misma América, aunque éstos hayan sido de razas y tendencias tan contrarias a las del pueblo dominado (como ocurrió en nuestro caso) que la dominación se haya hecho sentir como tiranía. No soy yo, seguramente, el único dominicano que se ha visto en este conflicto: cuando algún hispanoamericano nos pregunta la fecha de nuestra independencia, respondemos naturalmente 1844; pero como con frecuencia surge la pregunta de si para esa época todavía tuvo España luchas en América, necesitamos explicar que de España nos habíamos separado desde 1821: con lo cual declaramos al fin, tácitamente, que ésa es la fecha de la independencia dominicana.

No pretendo, ni con mucho, afirmar que 1821 sea nuestra fecha más gloriosa. No lo es: nuestra fecha simbólica debe ser siempre la que el voto popular eligió, el 27 de febrero: no por ser inicial, sino por ser la que recuerda la obra más grave y hondamente pensada, la más heroicamente realizada (tanto más cuanto que el mismo pueblo no la comprendía, según lo deja ver el propio *Rufinito* de usted) en la cincuentena de años que he llamado "nuestro período de independencia". No porque Núñez de Cáceres haya *aparecido* como incapaz de sostener su obra hemos de considerarla nula. Y aun sobre el mérito real de Núñez de Cáceres habría algo que decir: la anexión a la Gran Colombia no implicaba, mucho menos entonces, una traición, aunque sí un error de geografía política, por desgracia no subsanable; y en cuanto a su actitud frente a los haitianos, algo han dicho ya don Mariano A. Cestero y, si no me equivoco, el mismo don José Gabriel García, recordando frases importantes de su discurso en el acto de la entrega.

Estas razones de lógica histórica las propongo a usted, y le agradecería que, de estimarlas justas, les prestara su ayuda con la autoridad que su opinión ha sabido conquistar, en buena lid, durante los últimos años.[1]

Y ya que usted ha abierto un nuevo campo en nuestra literatura histórica, no extrañará le pida que emprenda la otra labor más importante aún: la historia sintética de la cultura dominicana, comprendiendo la evolución de las tendencias políticas y de las ideas sociales, así como la vida religiosa y la intelectual y artística. Acaso diga usted que la obra exige demasiado trabajo previo de documentación: acaso el trabajo sería más fácil en compañía: si así fuera ¿no podría usted pedir el auxilio de los mejores elementos del Ateneo Dominicano, y por último, para las pesquisas y la publicación, reclamar la ayuda gubernativa?

No dudo que usted pensará en ello, y de antemano le ofrezco la colaboración que usted me exija.

Me suscribo su amigo y compatriota.

México, 1909

JOSÉ JOAQUÍN PÉREZ

HA TRANSCURRIDO un lustro desde la muerte de José Joaquín Pérez, y todavía no se han cumplido las promesas que sobre su tumba formuló la admiración de los dominicanos. Escasos y pobres fueron los homenajes tributados a la memoria del glorioso poeta; diríase que, en la época en que él feneció, el espíritu de la nación habíase desviado mucho del culto de lo intelectual. Porque, en efecto, el período de 1899 a 1902, que fue de estabilidad política en Santo Domingo, lo fue también de inactividad artística, en contraste con los precedentes años de despotismo, pródigos en revistas literarias, y con los subsecuentes años de espantosas conmociones, los cuales han lanzado a la arena una desordenada legión de jóvenes poetas y escritores, y no escasa cantidad de libros.

¿Es que, como también se ha observado en Cuba, nuestro temperamento antillano necesita de las guerras y de las amarguras para producir poesía? De todos modos, la producción de nuestros escritores está regulada por los vaivenes de la política, y la obra poética de José Joaquín Pérez puede aducirse en prueba de ello.

Nacido en 1845, a los dieciséis años se presenta José Joaquín Pérez poeta de cuerpo entero en un soneto motivado por la reanexión de Santo Domingo a España en 1861; en 1867 despide con acentos patrióticos a su maestro el padre Meriño, desterrado por el gobierno de Báez en castigo de un *gesto digno;* durante los *seis años* de ese gobierno, lanza desde Venezuela sus lamentosos "Ecos del destierro"; y en 1874, canta jubilosamente "La vuelta al hogar". Por fortuna, a partir de esta época se hace más independiente de la política militante; su vida es metódica, ejemplar; y de su breve gestión en el Ministerio de Instrucción Pública, durante el gobierno de Francisco Gregorio Billini, ha podido decir con justicia Eugenio Deschamps: "José Joaquín Pérez, en la tempestuosa altura del poder, me hace el efecto de una flor derramando aromas sobre un cráter."

Poeta verdadero desde la adolescencia —pues su soneto de 1861 contiene toda la fuerza de que era capaz—, antes de los treinta años compuso "Tu cuna y su sepulcro" y las poesías ya citadas: "Ecos del destierro" y "La vuelta al hogar", que forman, con las *Fantasías indígenas,* los trofeos de su popularidad.

Esas composiciones, las más populares entre las suyas, no son únicas entre las mejores. Nuestro público acostumbra identificar a los poetas con sus primeros grandes éxitos, negándoles

139

inconscientemente la capacidad de progresar. José Joaquín Pérez no se estancó en sus primeras *Ráfagas* ni en las *Fantasías:* su espíritu tenía el dón de la juventud inagotable, y hasta la víspera de su desaparición conservó el poder de renovar los tesoros de su pensamiento y las galas de su estilo.

Su vida literaria se divide en cuatro períodos: el primero, de 1861 a 1874, ya descrito; el segundo, de 1874 a 1880; el tercero, de 1880 a 1892; el cuarto, de 1892 a 1900. El segundo período se distingue por la publicación del volumen de las *Fantasías indígenas,* cuya prometida continuación nunca se realizó. El tercer período fue de relativa inactividad o de labor poco característica, de transición. Las composiciones que abarca son de carácter impersonal casi siempre: odas inspiradas por ideas de progreso, como "Ciudad nueva" y "La industria agrícola" (publicada en folleto en 1882); traducciones de Thomas Moore; y piezas de ocasión como el "Delirio de Bolívar sobre el Chimborazo", versificado para los festejos del centenario del Libertador suramericano.

Ignoro si hubo en su vida años de infecundidad: es dudoso. Por razón de la efímera existencia de nuestras publicaciones literarias, no siempre publicó sus poesías con regularidad; pero, desde 1892 hasta casi en las vísperas de su muerte, fue colaborador asiduo de *Letras y Ciencias, Los "Lunes" del Listín,* la *Revista Ilustrada* y otros muchos periódicos. Produjo entonces sus cantos del hogar; nuevas traducciones de Thomas Moore; los brillantes *tours de force* con que de 1896 a 1897 quiso engañar al público bajo el seudónimo femenino de Flor de Palma; las *Americanas,* los *Contornos y relieves,* y otras muchas composiciones de carácter íntimo o filosófico.

A través de esos períodos, su temperamento permanece el mismo en esencia. El autor del soneto de 1861 presagia al autor de "El nuevo indígena" de 1898. Cada verso suyo, aun en sus más diferentes *maneras,* lleva el sello peculiar de su personalidad; una personalidad de poeta lírico, sentimental, vigoroso y fecundo, complementada por una firme y amplia inteligencia.

José Joaquín Pérez es en la literatura dominicana la personificación genuina del *poeta lírico;* el que expresa en ritmos su vida emotiva y nos da su historia personal, no sólo en gritos íntimos, sino también recogiendo las infinitas sugestiones del mundo físico y de los mundos ideales para devolverlas con el sello de su propio yo, siempre activo y presente. Poseyó inspiración variada: fue descriptivo y narrativo, heroico y filosófico, erótico y elegíaco, y hasta ensayó la sátira y el drama; pero, como lírico verdadero, fue ante todo personal y sentimental.

Sentimental, en su caso, no equivaldrá nunca a quejumbroso.

El título de "poeta de las elegías", que le adjudicó *Pepe Cándido* al juzgar las *Fantasías indígenas,* no le cabe sino relativamente. En la poesía de su primer período abundan las notas de desaliento, que nunca, sin embargo, indican un pesimismo fundamental, ni aun pasajeramente intenso. Su composición "Diecisiete años" (escrita a esa edad, y asombrosa, más que por la habilidad de su factura, por la elevación que logra dar a una manoseada idea romántica) es un suspiro de momentáneo desfallecimiento, de seguro más puerilmente imaginado que realmente sufrido. Luego, su más delicada elegía, "Ecos del destierro", sugiere un nocturno en tono menor, sin *crescendos* furiosos; la apasionada canción "A ti" parece reclamar la "voz de lágrimas" de la música de Schubert; y "Tu cuna y su sepulcro", dedicada a su hija huérfana de madre, vibra con dolor hondamente sentido pero conlleva una nota de resignación y esperanza.

El modo elegíaco es en José Joaquín Pérez transitorio y nunca sombrío. Paralelas a esas quejas fugaces van sus canciones de amor, de patria, de naturaleza, rebosantes de energía. "La vuelta al hogar" es el más intensamente lírico, el más radiosamente optimista grito de júbilo que ha lanzado la voz de la poesía antillana. Sentimientos variados y confusos toman allí forma y se agitan, vibrantes, sonoros, fúlgidos, con el ritmo veloz de la emoción y el ardor de la sinceridad primitiva, helénica, que besa la tierra como Ulises y saluda al mar como los soldados de Xenofonte.

El sentimiento patriótico de José Joaquín Pérez (cuya síntesis más hermosa es "La vuelta al hogar") se arraiga en la adoración de la naturaleza. Su *manera* descriptiva, que reúne las formas armoniosas, los colores firmes, brillantes a veces, y los contrastes felices, se anima con este culto casi religioso que los años afirmaron como base de su filosofía poética.

En su juvenil composición "Baní", el entusiasmo por la naturaleza rústica llega a la exaltación. Posteriormente, su "Quisqueyana" (descripción de las maravillas del trópico, que Menéndez y Pelayo calificó de "abundantísima y florida") sirve de preludio a las *Fantasías indígenas,* colección de poemas cortos en los cuales quiso (en una nueva faz de su devoción patriótica) perpetuar el recuerdo de los aborígenes de la isla.

Las *Fantasías* (1877) fueron producidas durante una época en que cobró auge la teoría de que la leyenda y la historia de los indígenas del Nuevo Mundo debía conservarse en forma poética, como epopeya de los pueblos hispanoamericanos. A la difusión y aceptación de esa teoría (que hoy ha sido relegada al olvido por el convencimiento de que ya pasaron, para no volver, los días de las epopeyas y de que la tradición indígena es un pasado muerto, sin peso sensible ni significación importante en la vida de nuestras nacionalidades) se debieron obras notables de Carlos Guido Spano, José Ramón Yepes, Francisco Guaicaipuro Pardo, Mercedes Matamoros, el "Hatuey" de Francisco Sellén, la *Iguaniona* de Javier Angulo Guridi, la "Anacaona" de Salomé Ureña, y las dos más importantes (con las *Fantasías* de Pérez), el *Enriquillo* de Galván y el *Tabaré* de Zorrilla de San Martín.

Antes de componer las *Fantasías,* José Joaquín Pérez comenzó a escribir un drama intitulado *Anacaona,* que nunca publicó ni probablemente concluyó. Luego, decidió adoptar la forma breve, a modo de boceto de las *Fantasías,* muy propia de su temperamento y quizás la más propia del género; pero no adoptó un plan definido; de aquí un conjunto informe e incompleto, falta de propósito en algunos poemas y de armonía entre unos y otros, predominio injustificado de la fantasía unas veces, de la historia otras. El mérito principal de la obra es su interpretación del amor, del sentimiento patriótico y de la religión de los aborígenes y de ciertos momentos culminantes de su leyenda: la expresión *líricodramática* del espíritu de la raza.

José Joaquín Pérez, como lírico verdadero, no sobresalía en la forma narrativa genuina: ya lo hizo notar *Pepe Cándido* en su estudio crítico de las *Fantasías,* contradiciendo una opinión bastante difundida. Es cierto que a veces su narración, sobre todo en forma de romance (según Hostos indicó),[1] alcanza la fluida sencillez de los grandes románticos españoles Zorrilla y Espronceda. Más aún: las narraciones "El voto de Anacaona" (un grandioso relieve escultórico) y "El junco verde" son las dos joyas más preciadas de la colección; pero su mérito reside en la presentación sintética, dramática, de los episodios, unida a las descripciones vívidas. Aun así, en "El junco verde" (cuyo momento culminante es la crisis psicológica que precede al descubrimiento de América en el alma de Colón) se advierten desigualdades; y éstas son frecuentes en los otros relatos —"Vanahí", "Vaganiona", "Guarionex", "La ciba de Altabeira", "El último cacique"—, acentuándose por los continuos cambios de versificación, que no ocurren en los dos más breves y mejores poemas.

En cambio, es incontestable la belleza uniforme y superior de las *Fantasías* que pudieran apellidarse *líricas* y que dan el tono de la obra; el himno de guerra "Igi aya bongbe"; "Guacanagarí en las ruinas de Marién", espléndido monólogo que sugiere la potencialidad de un dramaturgo romántico; "La tumba del cacique"; "El adiós de Anacaona"; el admirable "Areito de las vírgenes de Marién", ensayo de resumen de la teogonía indígena; y los lindos "Areitos", a los cuales se puede agregar la canción de amor de "Guarionex".

Las Fantasías cierran la primera mitad de la vida literaria de José Joaquín Pérez. Hasta entonces había sido un poeta de grandes raptos líricos, un emocional a la vez intenso y sugestivo, un pintor brillante y abundoso, un versificador fácil y sonoro, pero no sin durezas; a ratos, un intuitivo intelectual que sorprendía, sin condensarlas aún en forma de concepto filosófico, las altas enseñanzas de la naturaleza y de la vida.

A partir de 1880, el intelectual crece, se agiganta. El poeta comprende e interpreta su propia filosofía, y no pierde, sino que lo robustece, el vigor de sus inspiraciones sentimentales y patrióticas, el *estro* lírico.

Su producción en sus últimos años es la más característica, vasta y completa. Sus himnos al progreso del país revelan una nueva concepción patriótica posterior a sus cantos de devoción por la naturaleza, la independencia y la tradición nacionales: en realidad, esos himnos reflejaban la orientación que había dado a la poesía dominicana el entusiasmo civilizador de Salomé Ureña. Más tarde, al igual de la poetisa, acalla sus acentos patrióticos; no fue de los engañados por la falsa prosperidad de la nación bajo el régimen tiránico, y así lo muestra en rasgos aislados, como en los *Contornos y relieves,* cuando induce a su hija Elminda a pintar el símbolo.

> de esta tierra de los héroes y los mártires
> donde siempre seca lágrimas el sol!

Su pasión por la libertad se desborda entonces en las *Americanas* motivadas por la revolución cubana de 1895, en las cuales, tanto en la escena humorístico-familiar de "Un mambí" como en la visión épica de "El 5 de julio", fluye la inspiración como torrente de luz y armonía, de fuerza viril y plena.

Pero lo que avalora y encumbra sus poesías escritas de 1892 a 1900, aun por encima de las mejores de sus precedentes períodos, por encima también de todos esos contemporáneos derroches lingüísticos en que el verso se limita a ser "jinete de la onda sonora" o cuando más de la imagen pictórica, es, no la forma cada vez más conscientemente magistral y enriquecida con las mejores innovaciones de los *modernistas,* no el *procedimiento* cada vez más seguro en sus efectos, sino el rico y variado contenido filosófico de todas ellas.

Son ejemplos: "¡1895!", su profesión de fe moral; "Retoños", en donde resurge su antigua adoración de la naturaleza, a la que admira

> en las hojas del árbol que resucita,
> en los hijos del hombre que se transforma;

su elegía pindárica "Salomé Ureña de Henríquez", exultación de un esfuerzo humano y patriótico; "El nuevo indígena", expresión del verdadero americanismo que hoy no aciertan a definir muchos seudosociólogos; su croquis bíblico "El amor de Magdalena", donde el verso adquiere maravillosa flexibilidad como para plegarse a la expresión de contrastes y metamorfosis espirituales; "Carta-poema", incomparable lección de patriotismo para los espíritus infantiles; "El herrero", símbolo de las fuerzas oscuras del organismo social; los *Contornos y relieves,* espléndidas ánforas que el alma plenamente humana del orfebre llenó del vino amargo y fuerte de las ideas y perfumó con la esencia de sus sentimientos profundos y delicados.

José Joaquín Pérez, poeta esencialmente antillano y novomundial, representa en su época y en su patria una fisonomía psíquica cuya rara distinción no advierten los talentos superficiales: hijo del siglo de los pesimismos y las rebeldías líricas, que se enlazan de Byron a Musset, de Leopardi a Baudelaire, de Heine a Verlaine, de Espronceda a Casal, fue un espíritu equilibrado, de aquellos cuyo tipo más eminente es Goethe, espíritu amplio y profundo, dulce y fuerte, a veces doloroso, pero fundamentalmente optimista, que asumió en la poesía antillana el mismo papel que Tennyson en la británica, y, en menor escala, Longfellow en la de Norte América. Los *Contornos y relieves* son la coronación de su obra: la cima serena y luminosa donde impera el espíritu superior del poeta, que encubre discretamente sus heridas y sus dolores para cantar los himnos inmortales de la aspiración, del trabajo, de la alegría de vivir, del amor universal, de las futuras redenciones latentes en el curso de la fecunda evolución humana.

La Habana, 1905

GASTÓN F. DELIGNE

CON AQUELLA ansiedad temerosa, si llena de esperanzas, que encendía a los jóvenes atenienses cuando se anunciaba el arribo de Gorgias o de Protágoras; con aquel apasionado interés que ponía Goethe adolescente en esperar la repatriación de Winckelmann; con aquel devoto empeño que mostraban los *simbolistas* franceses porque Mallarmé formulara el resumen de sus ideas estéticas, se aguardaba en un *mundo* literario pequeñísimo, diminuto (me refiero al grupo intelectual de mi país, Santo Domingo), la aparición de un libro de poesías, la obra de un poeta, no por tímido y oscuro menos digno de regir los coros en las solemnidades de la victoria o, mejor acaso, de discurrir sobre la belleza junto a la margen del Iliso.

Si hablo de esperas trocadas en decepción —porque ante la corte de sus admiradores los sofistas eran pulverizados por Sócrates, y Winckelmann murió en la ruta, y Mallarmé nunca escribió su estética—, no es que la espera de la obra de Gastón Fernando Deligne haya sido inútil: el libro ha aparecido al fin, bajo el título de *Galaripsos.* Una decepción, sin embargo, debo confesar desde luego: la edición.

No es trivial *dilettantismo* el que nos aficiona a la correcta forma exterior de los libros. En ella pone atención todo verdadero lector, desde el erudito lleno de infinitas curiosidades, hasta el *amateur* preciosista (comprobadlo, si queréis, en un ensayo de Taine, en una novela de Oscar Wilde); pero no sólo en la ejecución material —la labor de imprenta, que suele bastar a decidir el juicio del lector casual y perezoso—, sino también, y más, en lo que con ella y antes que ella constituye la *edición:* la distribución y selección del contenido.

El libro a que me refiero peca, en general, como edición. No sólo en detalles exteriores: pecados son éstos que palidecen ante el pecado máximo del conjunto: la falta de selección, notoria y mortificante. Y no es que Deligne haya amontonado allí cuanto en forma de verso salió de su pluma desde 1886: quienquiera que conozca su obra no coleccionada, echará de ver que, aparte los *Romances de la Hispaniola,* destinados a volumen especial, aparte el poema "Soledad", publicado en folleto, se han suprimido algunas poesías de escasa importancia y aun alguna quizás no despreciable, como el soneto "Latinos". Pero, después de advertidas tales supresiones, provoca asombro el enjambre de versos insignificantes que revolotea alrededor de las ramas vigorosas. ¿Qué papel, sino el de vergonzosas en palacio, pueden hacer allí composiciones desmañadas y pueriles, como "En el día de San Francisco Xavier" y "Ciencia y arte"? ¿Qué papel, sino el de intrusas, como danzarinas en academia científica, pueden representar las poesías de ocasión y de álbum? Sobradamente se ha dicho ya que la literatura de álbum y de galantería ocasional debe proscribirse de la ilustre compañía de las obras definitivas. Excepción, a su vez, cabe hacerla cuando se descubre joya de tan delicado artificio como la famosa "Primera página" de Gutiérrez Nájera; excepción haría yo del delicioso "Canto nupcial" de Deligne, si no bastara a salvarlo el pertenecer a un género noble por su abolengo; excepciones, empero, que no justifican la intrusión de las cien frivolidades versificadas que afean la edición póstuma del Duque Job, ni de la docena de cortesías rimadas que suenan a discordia en *Galaripsos,* como disonarían los epigramas de la Antología helénica intercalados entre las odas de Píndaro.

I

Olvidemos los pecados de la edición; esquivemos el método de los que juzgan a un autor por sus yerros y no por sus obras realizadas; hagamos en *Galaripsos* nuestra propia selección; formemos la serie armónica, libre de inútil hojarasca, que, comenzando en "Angustias" y "Maireni", llega en escala ascensional hasta "Entremés olímpico" y "Ololoi"; y tendremos al poeta íntegro, real y magnífico.

No es un precoz; no despierta las admiraciones fáciles con el canto tumultuoso de una adolescencia agitada por ardores emocionales; se le ve aparecer, hombre ya, si muy joven todavía, firmemente orientado hacia el pensamiento filosófico, atento a todo sugestivo detalle, y dueño de amplio equipo léxico y retórico. No asombra como *original* ni como *raro,* aunque participa de ambas cualidades; pero sí afirma, desde luego, su personalidad inconfundible, en sus dones de observación y reflexión, en sus mismas tendencias de humanista.

Aparece en el momento en que la poesía hispanoamericana amplía y suaviza sus moldes bajo la influencia de Bécquer, renueva y afina sus ideas por el ejemplo de Campoamor; en el momento en que los antes muertos horizontes de la poesía dominicana estaban electrizados por el entusiasmo civilizador de Salomé Ureña y por la efusión lírica de José Joaquín Pérez. De cuanto le da ese ambiente, toma Deligne lo que debe asimilar: observad la maestría ingeniosa de su versificación, su ameno discurrir alrededor de la intrincada selva de la psicología; observad cómo toma de la poetisa patriótica el amor a los grandes ideales abstractos —Ciencia, Deber, Progreso—, que él escribe con mayúsculas; cómo sigue al gran emotivo en su añoranza de la raza aborigen, y a su ejemplo (aunque a mucho menor altura que las mejores *Fantasías indígenas)* canta un episodio de la conquista: el suicidio heroico del nitaino "Maireni".

Todas las influencias modeladoras, si bien dejaron a veces huella exterior (tal la forma del *pequeño poema* campoamorino en "La aparición", "Soledad", "Angustias"), se funden en el espíritu del poeta bajo el poder de singular *autarquía;* y así, en el ambiente lleno de vibraciones líricas y heroicas, mientras surge Pellerano Castro, clamoroso y brillante, él pone una nota de reposo, de meditación juvenil, de impersonalismo a la vez tímido y discreto, voluntario apenas.

Suele pagar efímero tributo a la seducción femenina, sin que se le escape jamás un grito de amor; se acoge a los ideales de Civilización, porque ellos son la tradición inmediata y el anhelo presente; sacrifica en los altares de la Patria, como quien cumple rito amable, no como quien se inspira en religión personal. Falto de virtud persuasiva poderosa, ensaya persuasión más delicada, merced al sutil comentario de las almas, a la descripción, toda matiz, de las cosas. Encontrado ya el procedimiento, el impersonalismo se afirma, se hace característico; a la postre, aunque momentáneamente, se plantea en esta excesiva y arriesgada fórmula ("Quid divinum"):

> Que no sepan los otros tus pesares;
> calla tus dudas, mientras más amargas;
> vive en ti, si tu vida no es siquiera
> un animado impulso a la esperanza.

¡Ah! Más que una fórmula, este infecundo consejo es una revelación. Es la cifra compendiosa de una vida hecha de labor y de sacrificio, que, torturada por la conciencia intensa y constante del minuto, busca la liberación del olvido, y cuando ésta pierde su virtud, ensaya, con supremo esfuerzo autárquico, ascender, a través del mundo vertiginoso de las formas, a la contemplación de las ideas ¡ay! tampoco inmutables.

¿Os sorprende el ver que la juvenil devoción a los optimismos del *excelsior* y de la *fe en el porvenir* se haya trocado diez años más tarde por el pesimismo del Nirvana, y éste se transforme al fin en grave escepticismo no reñido con la acción?

"No es el poeta nacional", se decía de Gastón Deligne, tiempo atrás, en Santo Domingo. ¿Se presumía, acaso, que llegara a serlo? Cuando la República nació, fluctuando entre fantásticas vacilaciones, la poesía nacional era el apóstrofe articulado apenas de los himnos libertarios; cuando la nación adquirió la conciencia de su realidad, tras el sacudimiento de 1873, la poesía nacional fue la voz de esperanzas, el canto animador de la profetisa. Hoy, cuando la despótica Circunstancia —Némesis implacable— obliga (¡no! *debería obligar)* a los dominicanos a afrontar sin engaños el problema social y político del país, el poeta nacional es —representativo de singular especie, pues diríase que encarna una conciencia colectiva no existente— el *gnómico* escéptico, certero de mirada, preciso y mordente en la expresión, audaz en los propósitos, irónico y a la vez compasivo en los juicios, ni halagüeñamente prometedor ni injustamente desconfiado: ¡es Deligne!

II

Si por actitud mental de recogimiento y disciplina, que pone en su obra sello de nativa y sobria distinción, se aparta Deligne de la irreflexiva y ruidosa vivacidad antillana, en punto de forma no se atiene a los estilos en boga dentro o fuera de su país. Todo lo que era en él reminiscencia de poetas dominicanos, de Campoamor, de Núñez de Arce, afinidades con Gutiérrez Nájera, con el Díaz Mirón primitivo, va borrándose, en el transcurso de los diez años primeros de su vida literaria, sin que más tarde le atraiga ningún influjo astral, ni siquiera le arrastre la caudalosa corriente *modernista*.

Se le reconoce nacional, sin embargo, en sus defectos. Deligne es más que un poeta correcto y elegante; posee maestría superior; sabe prestar atención a cada palabra y aun encontrar *la palabra única;* con todo, a su poesía falta siempre un punto para llegar a ser *poesía perfecta.*

No se achaque a rigorismo esta censura. Creo, con Gourmont y Mauclair, en la realidad de la poesía perfecta; creo que la alta poesía debe responder a los caracteres señalados en la incompleta pero sagaz definición de Baumgarten, el padre de la Estética: *oratio sensitiva perfecta.* Bien sé que se estila, presumiendo apoyarse en la autoridad de teólogos y filósofos, negar la perfección en el orden humano, convirtiéndola en atributo divino o relegándola a la categoría de ideal metafísico; por más que, de hecho, Tomás de Aquino la define como realización completa en acto de cualquier principio potencial, según el antiguo concepto aristotélico, y sumo grado de excelencia en cosas humanas, cuyo arquetipo universal es la divinidad, y en nuestros días, aun cuando se haya sublimado la noción, se la estima fin asequible dentro de la fe hegeliana en el advenimiento de la Idea absoluta, y, en menor escala, dentro de la hipótesis del progreso indefinido, que el racionalismo del siglo XVIII legó al positivismo del XIX. Pero no es, desde luego, la perfección a que se ha dado en atribuir caracteres de universalidad la que reclamo para la alta poesía, sino la excelencia de expresión que brilla sin eclipses en el desarrollo de una concepión excelsa, la *facundia* y el *lucidus ordo* que recomienda y ejemplariza Horacio, la *callida junctura* virgiliana, la rítmica y secreta compenetración que, en los coros del teatro ateniense, en los sonetos de la *Vita nuova* de Dante, en los monólogos, alocuciones y cánticos de Shakespeare, en los cien himnos supremos de la moderna lírica, convierte forma e idea en elementos únicos de una armonía necesaria.

La perfección sin caídas: he ahí lo que, por modo extraño, nunca realiza Gastón Deligne. Versificador sabio para obtener suavidades sinuosas o fuerza resonante, no supo durante años libertarse de un defecto que diríase adquirido, por contagio, de José Joaquín Pérez: el hábito de contraer los adiptongos, no en contadas ocasiones, sino con regularidad desesperante. Hoy sería injusto poner tachas a su versificación; en cambio, la expresión, antaño afeada sólo por momentáneas puerilidades, si bien ha ganado en precisión, en vigor, ha perdido en uniformidad y se desliza más de lo deseable al prosaísmo y al mal gusto, casi a lo grotesco. Si antes alguna que otra línea rastrera interrumpía la severa hermosura de "Aniquilamiento", hoy toda una estrofa lamentable mancha el "Entremés olímpico".

Pero si no es poesía perfecta la de Deligne, posee excelencias bastantes a colocarla entre la más selecta que produce hoy la América española. Ritmo animado, a veces amplio; flexibilidad de entonación; léxico peculiar, selecto y sugestivo; expresión asaz variada, que se distingue por la sutil indicación de matices y las vivaces prosopopeyas. Características son éstas persistentes en su forma poética, señalables, lo mismo en su producción de hace veinte años que en la actual; pero bien es advertir la curiosa evolución de esa forma. La descripción que antes parecía componerse con fácil pincel, hoy adquiere líneas duramente acentuadas; el comentario que antes fuera suave, espiritual, se torna irónico, cruel a ratos; imágenes y conceptos que antes se desarrollaban espontáneamente a plena luz, salen ahora, como de lento laboratorio, envueltos en complicada red de reminiscencias y de elipsis.

Nueva manera alejada del actual estilo *modernista,* más que lo estuvo el conceptismo de Gracián del culteranismo gongorino; guarda remota semejanza con la comprimida complicación de Mallarmé, por el empleo de la elipsis ideológica; se acerca un tanto a la forma diazmironiana de *Lascas* y de los *Triunfos* que se conocen dispersos, sin que se le asemeje en el propósito ni en muchos procedimientos secundarios. El ejemplo culminante de la nueva manera, "Ololoi", es una labor de finos engranajes sucesivos, de pulida precisión, de novedosas incrustaciones, de intencionados relieves. ¿Será tal vez el deseado ejemplo de poesía perfecta no encontrado hasta ahora en Deligne? Para mí, es la muestra sorprendente de forma germinal de una poesía futura: desaparecen los *clichés,* desaparecen los conocidos moldes, desaparece hasta el espíritu vago y flotante de la vieja poesía; y la reemplazan desusados motivos, transfundiéndose en raras metáforas, diverso método de composición, frase exacta aun merced a términos populares o científicos, y extendiendo sobre el conjunto un hálito de viva sugestión, inesperada y constante. Falta domar los nuevos elementos; arrojar la escoria prosaica; obtener la esencia pura; y entonces la nueva poesía justificará triunfalmente su derecho a apoderarse de los temas humanos que aguardan todavía voz que los cante.

III

Espíritu sagaz y grave, sin adustez; sereno siempre al ceñir la clámide estoica de la expresión intelectualizada, pero atormentado en lo íntimo por la tenaz Esfinge; dueño de fina sensibilidad, y, no obstante, constructor tiránico de la emoción; interesado en variedad de motivos, que se traducen al fin en interés humano; observador cuyas nítidas percepciones van rectas a sorprender el rasgo característico, si bien saben divagar disociando elementos; lógico cumplido y aforista de preocupaciones morales; hombre de estudio y de tendencia crítica; germen de verdadero *scholar,* a cuya disciplina sólo ha faltado lo que el medio no podía dar y lo que la autoenseñanza sólo imperfectamente suple: la *Escuela,* en la acepción suma de la palabra; en síntesis, un temperamento de psicólogo y de *eticista* que adoptó para externarse —acaso como válvula de escape de la reprimida emotividad, acaso no más por influjo de la rutina ambiente— la forma versificada: tal me explico a Gastón Deligne.

¡Raros elementos los que integran este peculiar espíritu, no los más propicios, tal vez, a provocar una eflorescencia de arte! Derivando consecuencias extremas, se llegaría a afirmar que no es Deligne, prístina y esencialmente, poeta, por más que su obra realizada es de indiscutible calidad poética; tanto, empero, sería arbitrario. Dentro del extraño marco en que se encierra, aún caben amplios horizontes de creación artística. ¿No entra por mucho en la virtud sugestiva del poeta la intuición de la vida psíquica? En Deligne es esta intuición el mayor poder, la *vis* animadora. Todo en él tiende a darnos síntesis psicológicas. He dicho que tiene temperamento crítico: como los críticos verdaderos, lo es porque es psicólogo, porque tiene la mirada sintética; en el análisis no se le ve tan certero, y de ahí sus imperfecciones de detalle. Su estilo mismo lo denuncia; matices y prosopopeyas se esfuerzan por revelar el significado espiritual de las cosas.

Esa peculiar atracción de su poesía: el interés humano, vestido de forma filosófica, menos imperativo que la seducción del suspiro sáfico o el estremecimiento del arranque pindárico, más profundo y perdurable que la magia plástica de las parnasianas visiones de belleza impasible; interés cuyo solo prestigio, en poetas como el fuerte Browning, como Campoamor, ha destellado con fulgores enérgicos, bastantes a oscurecer la desigualdad persistente de la forma. En Deligne, este poder distintivo, si bien ha encontrado el auxilio de la expresión selecta (¡cuánto es superior en recursos técnicos al maestro de las *Doloras!*), ha tropezado con el escollo de la represión emocional. Hasta qué punto ha esquivado el poeta dar voz al sentimiento, a la vida personal, lo dice, más que la rareza de las ocasiones en que lo ha ensayado, el estilo conceptuoso y confuso que adoptó en "Romanza" y "Al pasar"; "Ritmos", a la muerte de su hermano y compañero de labor intelectual, suena a escrito como por deber, como si el íntimo dolor repugnara el canto.

Este afán de suprimir la emoción *directa* lo destierra de los encantados huertos en donde más intensamente se exalta o solloza la moderna lírica, y suele restar virtud persuasiva a sus versos; pero la no agotada fuente emotiva, desviando su curso, ha llevado a su más alta poesía el suave raudal de la "emoción de pensamiento", la emoción surgida, como diría Jules de Gaultier, del *sentido espectacular,* de la observación esquiva a todo personal prejuicio: actitud que el poeta se atribuye en el principio de "Ololoi".

Con tales elementos ha creado su propio género, único en América: el poema psicológico.[1] Sus producciones típicas, no solamente "Angustias", "Soledad", "La aparición", "Confidencias de Cristina", "Aniquilamiento", sino también "Maireni", ensayo de "fantasía indígena"; "En el botado", que un retórico llamaría "descripción con epifonema"; "Muerta...!", cuya forma es de "elegía pindárica"; "Entremés olímpico", fábula del humano descreimiento; "Del patíbulo" y "Ololoi", cuadros de actualidad política local, poseen todas, en mayor o menor grado, los caracteres del género: rápido bosquejo de la situación inicial; luego, breve y animada evocación del ambiente; y a seguidas, el proceso psicológico, sintetizado en dos o tres momentos culminantes, con las necesarias transiciones. Unas veces, como en "Maireni", el procedimiento es rudimentario; otras, como en los cuadros políticos, abarca hasta la vida social, como elemento activo.

La forma de los poemas ha ascendido, con el tiempo, a trascendencia y amplitud cada vez mayores: a "La aparición" y "Angustias", *casos* circunscritos de almas sencillas, lo mismo que "Soledad", con el que va entretejido no muy hábilmente un incompleto cuadro político, sucede "Confidencias de Cristina", el más extenso, el más analítico, y sin duda el de más intensa psicología individual; viene luego un grupo de poemas en donde el caso individual ofrece aspectos universales, es *ejemplar:* Nanias, el mancebo hindú de "Aniquilamiento", héroe de la eterna duda y de la solución místicopesimista; el bohío, alma de la huerta que más tarde fue "Botado", natural espejo de las reflorescencias espirituales; la cantora de la patria dominicana ideal, representativa de la esperanza patriótica y su indomable esfuerzo; por fin, los poemas recientes, en los que el tipo individual se esfuma cada vez más, se convierte en signo de procesos psicológicos generales, en agente del oscuro determinismo social: el déspota que triunfa sobre el imperio de los vicios *nietzscheanos* —Prudencia, Apatía, Pereza, No importa— para caer más tarde, en singular momento, arrollado por el sordo reflujo popular, dejando tras sí la inquietante interrogación del futuro; la víctima del pequeño terrorismo implantado por los mezquinos poderes temerosos, imán que momentáneamente atrae todas las pasiones despiertas en la incesante lucha política convertida en grotesco *modus vivendi; in excelsis,* Jove capitolino, inmutable, contempla el insaciado afán de fe de la raza deucalionida, no satisfecha por el Olimpo helénico, decepcionada también de la nueva doctrina humilde y casta, y le socorre llevándole, para el ensueño y el olvido, el Pegaso y la Quimera.

El ingénito *eticismo* de Deligne imprime sello indeleble en los poemas; la mira constante hacia una finalidad *pervade* los procesos psicológicos, es el núcleo dinámico de ellos. No podría imaginársele autor de poemas sin proceso ni término, *estáticos* cabría decir, como los que el neohelenismo francés, desde Chénier, ha cincelado con tanta gracia feliz de ejecución: toda su labor implica esfuerzo de síntesis, empeño de iluminar las oscuras germinaciones, de concertar en torno a los ya descubiertos leimotivos las modulaciones flotantes. El término en que se resuelven sus finalidades puede ser en sí mismo indeciso: puede ser una esperanza viva, como en "Angustias", o una decepción, como en "Cristina"; puede ser una conclusión pesimista, como en "Aniquilamiento", o una interrogación, como en los cuadros políticos; pero sin el afán de finalidad no habría poema. Con esta su preocupación, Deligne se encuentra a sí mismo; sobre las limitaciones de su impersonalidad voluntaria, destiende en vasta perspectiva su universo espectacular y lo puebla de motivos éticos; su timidez para dar expresión a lo íntimo, se convierte en audacia para enfrentarse a cualquier problema humano; y el interés de los conflictos lo enardece hasta suscitar el ritmo de la emoción: el secreto del éxito de "Angustias" está en la conmovida explosión de amor materno; la boga de sus poesías políticas se debe al vigor de los contrastes, que alcanza el grado patético en "Del patíbulo"; y los puntos máximos de su poesía son los momentos en que la intensa emoción intelectual le infunde la exaltación ditirámbica de "Muerta. . .!" o le hace plantear con la energía imperiosa de un problema vital el problema ético en "Aniquilamiento" o el problema religioso en el "Entremés olímpico".

Después... Después quedan unas cuantas poesías de contenido filosófico, explicaciones incompletas de los pensamientos cuya expresión activa son los poemas; dos apólogos ("Peregrinando" y "Spectra"), pálidos por lo abstractamente simbólicos; unos cuantos tributos a la idea de patria; otros a algunas memorias venerables; varias traducciones y paráfrasis de irreprochable técnica ("El silfo" de Hugo; "Núbil" y "Bucólica" de Chénier; "Invernal" y "La hora del pastor" de Verlaine; muy mediocre, en cambio, la del "Salmo de la Vida" de Longfellow); un delicioso epitalamio, portador de un amable consejo entretejido en guirnaldas de animadas flores; y un fárrago de poesías inútiles, juveniles u ocasionales, de las que no quisiera acordarme.

¿Se descubre en Deligne norma filosófica definida?, habrá quien pregunte. No; en los tiempos que corren, un *psicólogo eticista,* aguijado por el instinto crítico, difícilmente puede adoptarlas: quien vive planteando problemas, es rebelde a los dogmas; el temperamento evangelizador logra unificar el pensamiento de un Guyau, de un Hostos, de un William James, sin colmar las inquietantes lagunas de su indecisión metafísica: y los superficiales no aciertan a explicarse el complejo drama espiritual de Nietzsche, de Ibsen, de Tolstoi, cuyo dogmatismo de última hora no es sino la ilusión de la paz en un espíritu agobiado. Nuestro poeta, fiel a su demonio interior, en vano aceptó con entusiasmo juvenil el optimismo "que lleva a lo que declina —voz de ardiente corazón"; en vano abrazó más tarde el reposo en el *eterno, originario olvido* de la selva indostánica: sus poemas nuevos terminan, como el *Zarathustra* de Richard Strauss, en interrogaciones. El afán que nos impulsa a desgarrar sin tregua las inagotables entrañas del misterio, sólo busca la fórmula de la estabilidad: ¡perpetua antinomia irresoluble! Acaso, como pensaba Lessing, la investigación de la verdad valga más que la verdad misma.

México, 1908

EL ESPÍRITU PLATÓNICO

EL TEMPERAMENTO platónico, define Walter Pater, se caracteriza por la fusión de elementos espirituales diversos y aun opuestos. Platón es el amante: una naturaleza despierta a todos los halagos del sentido y de la imaginación; un espíritu seducido por la belleza y educado por el amor en la más fina y variada percepción del mundo externo, sin excluir su aspecto humorístico; una facultad poética que encierra en sí la potencialidad de una *Odisea,* o de cantos como los de Safo (la virgen apasionada que Otfried Müller compara a Nausicaa); un hombre de escuela, ávido de verdad y empeñoso en el trabajo, y al mismo tiempo capaz de reconocer en su propio yo un primordial objeto de interés inagotable; un amante, en fin, de la templanza, que, por su propio esfuerzo y por la influencia de Sócrates, se eleva a la austeridad, a la contemplación del mundo ideal, a la concepción de lo trascendental y abstracto, llevando hasta allí, a pesar de sus exageraciones intelectualistas y éticas, toda su riqueza de imaginación y sensibilidad, merced a la cual su filosofía es testimonio vívido de lo invisible y lo desconocido.

El temperamento platónico se ve reproducido en la edad moderna, no en los filósofos principalmente, sino en los poetas, porque, como dice Menéndez y Pelayo, "Platón pertenece hoy más a la literatura que a la filosofía", a pesar de que sigue influyendo en las evoluciones de la especulación moderna.

La facultad poética descrita por Pater, hermanada con el amor a las ideas: he ahí los elementos básicos de esta clase de temperamentos. Curioso es observar, sin embargo, cómo las cualidades platónicas no siempre siguen, en los modernos poetas, la evolución que en el maestro de los jardines de Academo culminó en la armonía perfecta de una vida y de una obra. Goethe, que no fue precisamente un platónico, sino un nuevo y completo tipo temperamental, pero que tuvo con aquél bastantes puntos de semejanza, sí realiza esa evolución perfecta, en que el filósofo completa el artista, superando al mismo Platón gracias a su desprecio de lo sistemático. La realiza también Shelley, dentro de la esfera poética, y la realiza ¡caso asombroso! desde la adolescencia casi: la admirable disciplina mental, sin la cual no sería explicable una obra como el *Prometeo sin cadenas,* influye ya en el poema de "La reina Mab", labor de los veinte años, y se hace evidente en el "Alástor", sólo dos años posterior. Shelley posee, como pocos, el don de sentir el mundo externo: será modelo inmortal de fuerza plástica, de vigor y colorido (baste recordar el jardín de "La sensitiva", la imagen de la tañedora de arpa en el "Alástor", o cualquiera otra de sus descripciones) y, a la vez, modelo de versificación musical, llevada a la exquisitez en la canción de la ninfa "Aretusa" y en el canto a la "Alondra". Pero posee también (y en estos complementos se reconoce su legítima filiación platónica) un sincero amor a la verdad, que le hace dominar en corto espacio la ciencia y las literaturas, desde la griega hasta la castellana, y un apasionado amor al bien, que le convierte en precursor del socialismo y le sublima en su aspecto moral. Su *Prometeo* es uno de los singulares poemas en que las ideas filosóficas se transforman espontáneamente (como en Platón, como en Lucrecio, como en Dante, como en Goethe) en arte, en poesía lírica y dramática, en poesía pura.

Dos artistas contemporáneos son ejemplos de espíritus platónicos que no han logrado realizar la evolución, acaso más significativa en lo moral que en lo puramente intelectual, del filósofo ateniense: Oscar Wilde y Gabriele D'Annunzio. En el último cuarto de siglo, nadie les iguala en el poder de reproducir formas, colores y sonidos, de concebir imágenes y de reflejar sensaciones; son, en una frase, y tomando los adjetivos en sentido noble, los más perfectos *poetas sensuales,* los más delicados *naturalistas.* (El insigne George Brandes, al hacer la historia del movimiento romántico inglés, derivándolo de los *lakistas* y personificándolo en Byron, intitula su estudio *El naturalismo en Inglaterra*). Pero si ese poder excluye otros elementos, más nobles por esencia, del espíritu artístico, entonces el calificativo de sensual o naturalista (dejando aparte la significación de secta) implicará una limitación: la de un novelista como Zola, reducido a un psicología inferior, a un organicismo mecánico, y a una justicia socialista, generosa pero vulgar; la de un poeta, como Zorrilla, cuya pompa lírica nunca sirve de ropaje a una idea.

No es ésta, ciertamente, la limitación de Oscar Wilde y D'Annunzio: ambos frecuentan los reinos filosóficos. El primero, *discípulo de Platón, a veces rebelde,* pecó por falta de convicción: sus ideas luminosas, sus *hallazgos* estéticos, es preciso buscarlos a través del maremágnum de paradojas, hipérboles, *boutades,* rasgos irónicos y humorísticos, afectaciones de depravación o amoralidad, que llenan los diálogos de *Intentions* (platónicos por la animación dramática y la viveza dialéctica), las notas críticas, las comedias, los cuentos y novelas, hasta llegar al *De profundis,* donde la realidad del dolor le alzó a la cumbre de la sinceridad y de la pureza intelectual.

Si las circunstancias obligaron a Oscar Wilde a penetrar en la intrincada selva de su yo, en D'Annunzio, por el contrario, han producido una noción falsa, a la vez abstracta y decorativa, de su propia personalidad, y le han inducido a difundirse en la impersonalidad del drama, principalmente del drama histórico o de época, y del canto pindárico: géneros en los cuales ha creado belleza, sin duda, pero sin alcanzar la intensidad de su poesía íntima ni de las novelas en que reflejó no poco de su vida interior. Poesía y prosa, aquellas que le señalaban por la sutileza del análisis espiritual, por la trémula delicadeza del sentimiento, por el variado caudal y el armónico enlace del estilo, como el heredero de los poetas y humanistas del Renacimiento italiano, amantes de la cultura antigua y primeros tipos del hombre moderno: Petrarca y su cohorte de secuaces ilustres, finos psicólogos y profundos amadores; Boccaccio y la serie de amenos y lozanos cuentistas; los estilistas doctos y cortesanos, maestros de la historia y de la política; los platonistas de la escuela florentina. Pero el pensamiento filosófico, al cual ha aspirado con obsesión, ha sido en realidad su talón vulnerable; y la misma avidez ideológica lo ha llevado tormentosamente (¡de cuán diverso modo recorría Wilde, sereno e irónico, el campo de las ideas filosóficas!) a través de opuestas corrientes intelectuales, sin que haya logrado descubrir si su *misión* definitiva es la aristocrática, solitaria creación de la belleza (como creía cuando el *Triunfo de la muerte*) o la producción de obras que levantan el ánimo popular, como sus odas *civiles* y sus tragedias históricas.

México, 1907

EL EXOTISMO

EL AMOR a lo pintoresco y exótico, que el romanticismo despertó en las literaturas de la Europa occidental —las únicas literaturas mundiales entonces— ha sido fecundo en resultados. Si de una parte dio origen a la invención de artificiosos y socorridos moldes de *color local* —la España de Hugo y Musset, la Turquía de Théophile Gautier, la Rusia de Byron, la Persia de Thomas Moore, hasta dar en el Japón de Pierre Loti y la Nueva España de Jean Lorrain—, en cambio suscitó las reconstrucciones fieles y laboriosas, cuyo tipo es la Cartago de Flaubert. El exotismo de mejor ley ha preferido las traducciones a las falsificaciones, la visión directa a la fantástica, el Japón de Lafcadion Hearn y la India de Kipling a cualesquiera ficciones asiáticas de parnasianos o naturalistas; y habiendo recibido al nacer el influjo del redescubrimiento de Grecia, realizado por el genio alemán, influyó a su vez en la reivindicación de la Edad Media y el triunfo del regionalismo, dejando como sedimento definitivo un interés permanente, aunque de intensidad variable, por toda revelación de vidas y mundos diversos de los habitualmente representados en las literaturas que todavía sirven como normadoras en los países de civilización europea.

A veces, el gusto por lo exótico produce el paradójico efecto de renovar o despertar el amor a las letras antiguas; que así como Racine alegaba en defensa de su tragedia turca la distancia como equivalente de antigüedad, invirtiendo los términos algunos lectores contemporáneos, cuya educación clásica y bíblica había sido escasa o nula, saborean los poemas homéricos en las acrisoladas versiones francesas de Leconte de Lisle o las profecías hebraicas en la áspera traducción española de Cipriano de Valera, con el mismo encanto de rareza que descubren en el *Taras Boulba* del ruso Gogol o en los *Rubayata* del persa Omar Khayam. Desde luego, semejante punto de vista —"punto de vista pintoresco", podría titulársele, que prefiere en la *Ilíada* la descripción del escudo de Aquiles a la despedida de Andrómaca, en la *Odisea* los primeros graciosos movimientos de Nausicaa al encuentro de Ulises con Telémaco, el punto de vista, en suma, que representa, si con la distinción de un personaje platónico, el Ernesto de Oscar Wilde en el diálogo sobre *La crítica y el arte*— implica una falsa concepción estética, cuya influencia sólo puede darnos desnaturalizaciones de las épocas clásicas, como la crisoelefantina Alejandría de Pierre Louys y la grotesca Roma neroniana de Sienkiewics (contra las cuales habrá que erigir siempre la severa Alejandría de Kingsley y la selecta Roma imperial de Walter Pater), y modas fútiles como la momentánea boga poética de las seudoclásicas trivialidades siglo XVIII, pulverizadas la víspera por los románticos.

Pero si es cierto que el punto de vista más alto es el que nos descubre la significación espiritual y profunda del arte, también lo es que el gusto de lo pintoresco y lo característico, al dirigir sus preferencias hacia las descripciones y las imágenes (por ejemplo, a las recientemente popularizadas expresiones de los poemas homéricos, los *clichés* distintivos de cada personaje) ha dado nueva vida *total* a las antiguas obras, demostrando que pueden subsistir íntegras tanto por su interés humano como por todos sus mil detalles accesorios, contra el pensar de los que, como Guyau, temían que el tiempo las redujera a unos cuantos pasajes de universal e inagotable sugestión.

México, 1908

LA MODA GRIEGA

CUANDO Urueta pronunciaba en la clásica Preparatoria de México sus memorables conferencias sobre los poemas homéricos y la tragedia ática (esas sorprendentes disertaciones que, a pesar de su erudición barroca y su documentación apresurada, evocan vívidamente aspectos del espíritu griego, merced a la poderosa intuición del autor, a punto tal que el rector de la Universidad salmantina, *helenista y Unamuno*, las juzgó con singular respeto), uno de los entonces discípulos del orador mexicano salía de cada conferencia —según refiere hoy humorísticamente— encendido en amor de las letras, y al llegar a su casa se entregaba apasionadamente a la lectura de... Gómez Carrillo.

Este salto desde las rapsodias homéricas hasta las crónicas parisinas del autor de *Entre encajes* lo consideré, al serme narrado, prodigio acrobático de la inconsciencia intelectual. ¿Quién hubiera adivinado que el salto lo daría más tarde, pero en sentido inverso, el propio Gómez Carrillo?

Y que lo daría, digo, sin grave desacato ni desconcierto. El nuevo libro *Grecia* de Gómez Carrillo —el primero, si no me equivoco, en que un hispanoamericano describe un viaje a la Hélade— no podrá tomarse, no digo ya como obra fundamental, pero ni siquiera, si se insiste, como obra seria, como estudio detenido o meditada y sincera impresión; pero no es un libro pedante ni un libro irrespetuoso. Me figuro que podría provocar las iras del severo Fernando Segundo Brieva Salvatierra, el ilustre traductor de Esquilo, pero no irritar a Menéndez y Pelayo. El ágil cronista guatemalteco ha ido a Grecia llevado por imposición de la moda, por exigencia periodística, y, so capa de pintar la Grecia contemporánea, ha colgado a las ligeras alas de sus crónicas discreto fardo de reminiscencias clásicas, porque a su perspicaz instinto no se escapa que, no importa cuánto aparentemos interesarnos por la cuestión balkánica, lo que seduce al público literario, la moda no agotada aún, es la Grecia antigua.

Desde el Renacimiento hasta nuestros días, es decir, desde el platonismo florentino hasta la resurrección del teatro al aire libre, no transcurre cuarto de siglo sin que en la Europa intelectual se suscite la cuestión helénica. En este momento —puede observarlo quienquiera que siga, aunque sea de lejos y a prisa, el movimiento mundial—, los grandes autores que están en moda son Homero y Goethe. Shakespeare está sufriendo crisis; a Cervantes lo hemos olvidado, a pesar de las fiestas del *Quijote;* Dante apenas comienza a levantarse en una nueva aurora. Pero el legendario padre de la poesía europea goza ahora de popularidad inusitada, como lo muestran los cuentos de Lemaître, el *Ulises* de Stephen Phillips, los estudios del insigne Bréal y de los no menos eruditos Terret y Bérard (entre otros tantos), y hasta el proyecto de erigirle un monumento en París. En los círculos de gentes leídas, la *Odisea* se comenta con fruición que no pudiera dar ninguna novela moderna y los epítetos homéricos son gala frecuente de la conversación: hasta en editoriales de periódicos norteamericanos se hacen reminiscencias de las *palabras aladas*. Ni es eso todo. Dentro de pocos meses, Sófocles será autor de tanta actualidad como Oscar Wilde, gracias a la música de Richard Strauss. Aristófanes inspira a comediógrafos alemanes. Platón anda ya en lenguas de los nuevos pensadores. La musa campestre, el arte hesiódico y el arte bucólico, reaparecen en D'Annunzio, en Guido Verona, en Francis Jammes, en Abel Bonnard... En suma, el helenismo decadente de Pierre Louys y Jean Bertheroy, inspirado en la vida artificiosa de Alejandría y Bizancio, va cediendo el puesto a la faz genuina, ateniense, del helenismo.

A maravilla lo prueba el libro de Gómez Carrillo. No se nos da aquí una Grecia uniforme, según la fórmula de serenidad de Renan o según la fórmula trágica de Nietzsche, sino aspectos varios, rápidos, pero no incongruentes, del mundo helénico. Apenas si hay un capítulo para las cortesanas (éstas, que hace diez años le habrían hecho llenar todo un volumen galante, ahora sólo le merecen quince páginas un tanto duras), otro para las estatuas de Tanagra, y uno, deplorable, sobre el parisianismo de las mujeres de Atenas. Todo lo demás son evocaciones del mundo clásico o aspectos de la nueva Grecia, cuyo parentesco con la antigua, con *la Grecia eterna,* es el retornelo de toda disertación. Sin pedantería, antes bien con rebuscada sencillez, el cronista suele introducir nombres y citas de eruditos: al hablar de arte, Salomon Reinach y Maxime Collignon; al hablar de los misterios de Eleusis, el griego Demetrios Philios y hasta el venerable Creuzer; sobre *el mar de la Odisea*, Victor Bérard; sobre la cuestión homérica, Bréal, la escuela wolfiana, las excavaciones de Schliemann. No hay que ser muy avanzado en cuestiones griegas para advertir los yerros de esa erudición que Gómez Carrillo creyó necesaria para citas ocasionales. ¿Cómo se atreve a aseverar, por ejemplo, que todos los eruditos alemanes votan por el origen popular y fragmentario de los poemas homéricos? Basta recordar a escritor tan universalmente conocido, de tan prestigiosa autoridad y de tan larga escuela como Otfried Müller, para aplastar semejante ligereza.

En cambio, las citas de autores antiguos tienen sabor y vienen siempre a cuento, con aparente facilidad, como si tuviera el autor familiaridad con ellos. No es, sin duda, que tal familiaridad la poseyera de antaño el modernista viajero, sino que una frecuentación constante, durante el viaje, impregnó su dúctil espíritu de helenismo puro. Cabe suponer que para este escritor la consulta erudita tiene que ser molesta (¡imaginad a Gómez Carrillo estudiando la *Simbólica* de Creuzer o la *Historia* de Grote!); y al contrario, la lectura de los autores es fuente inextinta de deleites. Porque, si a Gómez Carrillo le tienen muchos por superficial incurable, lo cierto es que su ligereza es más impuesta que nativa, y que él es capaz de vencerla a ratos, muy de tarde en tarde, para no escandalizar demasiado al público que pide actualidades brillantes. ¿No le hemos visto lanzar una condenación enérgica de *lo bonito en las letras*? Condenación que cae, se dirá, sobre su misma obra; pero dictada en un momento de sinceridad por el odio de algo peor que lo bonito: *lo cursi*. Aquí ha ido más lejos. El aroma de la Grecia clásica llega a dar distinción a más de una página; los títulos mismos son sugestivos: "El mar de la *Odisea*", "Cielo del Ática". Un purista dirá que recurre demasiado a la *Antología;* pero ¿no ilustra la *Antología,* más que cualquier otro resto clásico —excepto las comedias de Aristófanes—, lo peculiar y lo menudo en las costumbres públicas y privadas de Grecia? Hay, por lo demás, suficientes y atinadas reminiscencias de los autores de las épocas áureas, aun de los filósofos. No conozco página de Gómez Carrillo que alcance la elevación del cuadro trágico "El palacio de Orestes", magistralmente escrito, vívidamente compuesto e iluminado con los colores inagotables que ofrece el lenguaje de Esquilo y Sófocles, aunque sea pálido el final, la modernización del hijo de Clitemnestra: este cuadro vale por sí solo más que el conjunto de todo lo restante.

En lo que toca a la Grecia contemporánea, Gómez Carrillo quiere conservarnos la ilusión de que sus hijos son descendientes dignos de su abuelos, son *hijos de Ulises.* Pero el mundo moderno no se ha interesado por la Grecia viva sino una vez, hace un siglo. No sé si a todos, en América, nos ha interesado la lucha de su independencia. De mí sé decir que, cuando niño, aprendí a amar las dos Grecias: a la segunda, la heroica de 1833, gracias a cierta novela histórica y al poema byroniano del buen Núñez de Arce. Después la fui olvidando. En Búfalo conocí a una dama griega cuya única distinción real, en sociedad, era danzar admirablemente. En Nueva York traté a un descendiente de griegos, *bulgarizado* hasta el apellido, pero antiguo residente de Atenas, en donde, según me hace sospechar Gómez Carrillo, adquirió su verbosidad típica. Pocas cosas de Grecia aprendí por ellos. De la literatura neogriega, algo nos ha llegado en las traducciones de Bikelas (a quien, dada su fama, es raro no lo cite nuestro cronista), de Palamas, de Eftaliotis, de Rhoidis; algo más nos cuenta Gómez Carrillo, sobre todo de la popular, interesantísima. Pero el mundo actual no se interesará vivamente por esta literatura, por más que en ella se aspire a continuar la tradición clásica, mientras no se produzca allí una obra de genio. Por ahora, nos atrae la patria de Ibsen, revelador de vida nueva. Si en la Grecia moderna apareciera un espíritu genial, todas las miradas se convertirían hacia la tierra del Ática; y aunque no siguiera las rutas clásicas, ya nos encargaríamos los admiradores de demostrar su parentesco con sus divinos antepasados.

México, 1908

CLYDE FITCH

Así como a la muerte de Ibsen, emperador del contemporáneo drama psicológico, sucedió la de Giacosa, su más distinguido secuaz en Italia, ahora, a la muerte de Sardou, señor de la técnica artificiosa y enemigo de la psicología, acaba de seguir la desaparición inesperada y prematura de Clyde Fitch, el más connotado inventor de situaciones dramáticas, reales o falsas, en el teatro norteamericano.

La comparación aparecerá como inexacta, si se atiende a que Ibsen y Giacosa trabajaban dentro del mismo ideal artístico —el drama de problemas morales e intelectuales, a la vez realista y gravemente poético—, al paso que Clyde Fitch no tenía punto de contacto con el método personal de Sardou. Ciertamente: el dramaturgo norteamericano no seguía las huellas del viejo escritor francés: su técnica se asemejaba, precisamente, a la del teatro psicológico de última hora. Pero la técnica no es el drama; toda técnica, inclusive la del realismo psicológico, tiene sus convencionalismos; y Fitch nunca vaciló en aprovecharlos cuando quiso obtener un *efecto,* aun violentando la lógica interna de la concepción dramática. Imperó, pues, gracias a la inescrupulosidad artística, lo mismo que Sardou; se hizo dueño del teatro norteamericano, y lo fue durante los diez años últimos. En los Estados Unidos, los aspirantes a dramaturgos le llamaban simplemente "él"; y no hay duda de que muchos amantes del arte serio han sentido alivio al saber su desaparición, como ocurrió en Francia, y aun fuera, al morir Sardou. Su triunfo suscitaba imitadores y ahogaba esfuerzos de intenciones más altas. Como de Sardou decía perspicazmente Gustave Lanson, era el *obstáculo.*

El dramaturgo que acaba de morir, joven aún y ya millonario, con cuarenta y cuatro años de edad y veinte de carrera, dejando más de cincuenta obras, no siempre fue un obstáculo para la amplitud del arte dramático en Norte América; antes había sido un estímulo. El teatro norteamericano, en puridad de verdad, no existía hace treinta años. En los Estados Unidos, la poesía ascendió a regiones libres y luminosas desde principios del siglo XIX, y en ellas se sostiene por la labor de toda una serie de poetas que comienza en Bryant y llega hasta hoy con la juvenil y brillante musa de Bliss Carman; y la literatura de imaginación, en forma narrativa, que comenzó en Washington Irving, inició su apogeo hacia 1840, con los cuentos de Poe y las novelas de

Hawthorne, para llegar triunfalmente a nuestros días, con el grupo de humoristas que preside Mark Twain, el de regionalistas, que despertó con la visión poderosa de Bret Harte, y el de novelistas psicológicos y sociales, que reconoce por maestros a Howells, espíritu selecto y rico, y a Henry James, consumado estilista y psicólogo, presentando ya entre la juventud, como figura culminante, a la exquisita Edith Wharton. Pero hasta 1885, el teatro se hallaba en rudimento; escisión profunda separaba del arte teatral al verdadero arte literario. Los poetas, los literatos distinguidos —Longfellow, Boker, Taylor, Howells—, habían compuesto obras dramáticas que rara vez subían a la escena. Para el teatro escribían gentes alejadas de la literatura, que ni siquiera imprimían sus obras. Entre éstos surgió, por fin, un talento de observador, un interesante regionalista: James A. Herne, autor y actor del drama *Shore Acres,* altamente valuado por hombres tan cultos como Howells y como el respetado crítico Williams Archer, jefe de la propaganda ibseniana en Inglaterra. Apareció poco después otra personalidad curiosa: Bronson Howard, con una extraña concepción del espíritu norteamericano; escritor incongruente y vigoroso, oscilante entre la rudeza y la dulzura, inclinándose, unas veces a imitar el realismo de Bret Harte, y otras a divagar poéticamente, como bajo la influencia de Longfellow.

Imperaron entonces, en el teatro de Norte América, las direcciones marcadas por Herne y Howard. El regionalismo encontró muchos cultivadores, más o menos discretos; entre ellos se ha distinguido Augustus Thomas. Pero Howard no podía crear escuela que diera buenos frutos. No supo ver el espíritu de su país sino a fragmentos, y nunca logró sorprender su síntesis. Sus personajes, entre los que se mezclaban los hombres bravíos de la California legendaria con las finas doncellas de la Nueva Inglaterra, constituían una humanidad inarmónica, inexplicable.

En 1890, Clyde Fitch apareció entre los dramaturgos jóvenes. Conoció en seguida el éxito fácil; pero aspiró a la popularidad máxima, y la obtuvo al fin, total y enorme. Fue un productor fecundo, incansable. Ensayó las traducciones, los arreglos de novelas, la comedia regional, el drama patriótico; y, al cabo dio con su forma: la comedia dramática, que toma por asunto la vida de las gentes citadinas, lo mismo de la sociedad elegante que de la clase media.

Él impuso en su país la técnica del drama psicológico al modo de los autores de Inglaterra y Francia. Entre aquellos de quienes aprendió, Pinero y Becque fueron los más altos; esquivó el influjo de las concepciones trágicas de Ibsen, no lo recibió sino tamizado a través de Pinero.

En realidad, Clyde Fitch poseía mirada de psicólogo; en ocasiones era penetrante; en general, era pintoresco; pero nunca extendía su habilidad más allá de los detalles, de los cuadros breves, de los tipos limitados. "La idea de una comedia —dijo en alguna ocasión— me viene casi siempre de reflexionar sobre alguna peculiaridad de carácter que he observado." Su teatro, en efecto, no triunfa por los *asuntos,* sino por los tipos que presenta y por los detalles exteriores. Como ocurre con no pocos dramaturgos de hoy, su habilidad de psicólogo le llevaba a pintar espíritus de mujer: no de mujeres superiores, como la Elena Alving y la Rebeca, de Ibsen, como la Magda de Sudermann, y la Agnes, de Pinero, sino de la mujer usual, que nunca rompe los moldes de su educación y de su ambiente. En este aspecto, su más señalado triunfo es *La niña de ojos verdes,* donde el carácter de la celosa protagonista, dibujado con delicadeza, se destaca sobre el fondo gris de un asunto trivial.

Creador de capacidad limitadísima, no pudo inventar grandes argumentos dramáticos ni concebir, sino rara vez, protagonistas que fuesen personajes completos; en cambio, fue maestro en cosas menores: los tipos secundarios, característicos; las peculiaridades de las costumbres; la sátira social; el diálogo humorístico; las innovaciones atrevidas en las situaciones incidentales, y, a veces, en las mismas situaciones culminantes. Pocas obras suyas habrá donde no se tropiece con alguna situación desusada. Hoy la comedia se inicia sobre un barco en movimiento; mañana, aprovecha las curiosas circunstancias que origina la estrechez de los *flats* neoyorkinos; luego, la escena se traslada al salón del Apolo, en el museo del Vaticano; después, una confesión tremenda se hace a oscuras...

La obra de más aliento que emprendió Fitch fue, quizás, *Los trepadores.* La sátira social alcanza allí extremos de dureza, no igualados por Henri Becque, superados apenas por Georges Ancey. El primer acto se abre de modo inaudito: una familia que aspira a *trepar,* a relacionarse con los círculos más exclusivistas de la sociedad elegante, regresa del entierro del padre, y, después de unas cuantas lamentaciones inarticuladas, madre e hijas declaran que el entierro fue un éxito social... El problema dramático, sintetizado en el título, es por todo extremo interesante. Pero la solución se atropella, con crudezas al modo de Bronson Howard, y la obra se desploma en el tercer acto. Las posibilidades trágicas del conflicto resultan carga excesiva para el talento creador de Fitch, acaso para su paciencia.

Porque, en verdad, el mayor defecto de Clyde Fitch fue su impaciencia por el triunfo. Apenas comenzó su carrera, su preocupación fue no perder nunca el dominio del público; a caza de auditorio, recorrió todas las formas en boga, estudió las modas dramáticas, ensayó recurso tras recurso, apeló a singulares osadías; el público cedió, rendido por la tenaz persecución, que se manifestaba en dos y hasta en cuatro obras anuales. Y cuando se sintió dueño del teatro norteamericano (al principiar el siglo xx, él sabía que ningún dramaturgo de su país tenía tan seguro el porvenir inmediato), no descansó: siguió produciendo dos o tres obras anuales; siguió ensayando efectos novedosos, manteniendo viva la curiosidad pública.

Asegurado el éxito, Clyde Fitch habría podido consagrarse a perfeccionar su labor dramática. Cierto que sus mejores obras —*Los trepadores, La niña de ojos verdes, La verdad* (celebrada por la crítica de Inglaterra y de Alemania)— fueron escritas en los diez años últimos. Del período anterior, sus críticos solamente señalan las escenas de amor en *Bárbara Frietchie*. Pero en todas ellas hay descuido, apresuramiento: junto a escenas de psicología fina o de crítica social aguda, aparecen detalles falsos, efectos rebuscados, desenlaces convencionales... Mientras escribía sus obras más selectas, lanzaba a las tablas otras comedias, producciones triviales que triunfaban en virtud de artificios: su adecuidad para las facultades de una actriz popular, sus incidentes curiosos, sus escenas sensacionales... Así surgieron a vida efímera multitud de obras: *Capitán Jinks, La testarudez de Geraldina, El pájaro enjaulado, El soltero* y tantas más, de títulos con frecuencia expresivos, casi intraducibles. Y cuando llegaba el momento de estrenarlas, el cuidado que no puso en escribirlas, lo prodigaba Fitch en dirigir los ensayos, estudiando cada detalle. Cuentan las actrices que era maravilloso director de escena. Como Sardou...

Si Clyde Fitch hubiera escuchado la voz de la crítica y concedido menos atención al público, habría escrito, quizás, la primera grande obra del teatro norteamericano. No habría compuesto dramas poderosos, pero sí obras de psicología sutil, armónicas y sugestivas; se habría acercado al rango que ocupan, en el contemporáneo teatro psicológico, Benavente o Donnay. Prefirió imponerse multiplicándose, y no logró salir de la fila en que se mueven Alfred Capus, Gerolamo Rovetta, Henry Arthur Jones. De él no quedan *obras;* todos los críticos, al juzgarle, señalan fragmentos: las escenas centrales de *La niña de ojos verdes;* la primera mitad de *Los trepadores;* los dos primeros actos de *La verdad*... Podría agregarse alguna escena de *Muchachas* (inspirada en una comedia alemana), algún pasaje de *La niña y el juez*... Con ocasión de algún estreno suyo, preguntaba humorísticamente un crítico: "¿Puede Mr. Fitch *pensar* durante tres actos seguidos?..."

En suma, los primeros triunfos de Clyde Fitch fueron benéficos para el teatro norteamericano: la corriente contemporánea entró con ellos, franca y caudalosa. Pero sólo había entrado la técnica: se necesitaba, además, una corriente de ideas, que la animaran, que estimularan a imaginar altas concepciones dramáticas. Fitch no quiso trabajar para eso; y, a su ejemplo, el teatro norteamericano se llenó de comedias seudopsicológicas carentes de profundidad, se convirtió en aminorado *pendant* del actual teatro francés.

Mientras tanto, la juventud, con ideales nuevos, tocaba ansiosa a las puertas de la escena norteamericana. Al frente de ella, enarbolando como estandartes la exquisita prosa de su *Mater* y los sonoros versos de sus *Peregrinos de Cantorbery* y de su *Juana de Arco,* apareció, severo y laborioso, Percy Mackaye. Su llamamiento, apoyado por la crítica, fue desatendido por el público. Clyde Fitch imperaba, sin abandonar nunca el cetro. Todavía, después de la muerte, persiste en sus manos. Quedan por estrenar tres obras póstumas...

Pero serán las últimas. *El obstáculo* desaparecerá dentro de un año. Los nuevos pueden confiar... ¡Ojalá, para bien de la breve gloria de Clyde Fitch y del todavía informe teatro americano, surja, de entre las póstumas, una verdadera obra dramática!

México, 1909

LA LEYENDA DE RUDEL

MUCHAS veces se ha discutido, lo mismo en la América latina que en la sajona, si el arte de este Nuevo Mundo necesita, para adquirir carácter original y propio, inspirarse en la vida, en la historia y hasta en el imperfecto arte de los indígenas. Esta tendencia "indigenista", después que determinó la producción de obras poéticas tan admirables como el *Hiawatha* de Longfellow y el *Tabaré* de Zorrilla de San Martín, v aun de obras musicales valiosas, como lo son algunas composiciones cortas de músicos norteamericanos y la ópera *El guaraní* del brasileño Carlos Gomes, va perdiendo terreno cada vez más, a pesar de que todavía se defiende, con relación a la música, en los Estados Unidos.

Hemos llegado a la convicción de que la originalidad artística la alcanzaremos con la evolución de nuestra cultura y no mediante procedimientos artificiales, como lo es el que quiere tomar como principales fuentes de nuestro arte la vida primitiva y la tradición lejana de una raza en vías de desaparecer por extinción o por absorción; y lo que nos urge es dominar la técnica que hemos aprendido de los europeos, y desarrollar ideas nuestras, surgidas en nuestro ambiente y de nuestra vida actual.

Estas consideraciones me ha sugerido el estreno de la nueva ópera del maestro Ricardo Castro. El compositor que, hace años, dio al público *Atzimba,* cuyos personajes eran indígenas mexicanos, hoy, después de su larga residencia en Europa, presenta *La leyenda de Rudel,* cuyo argumento se desarrolla entre Provenza y Palestina, en la Edad Media. Ignoro si el compositor mexicano lo ha pensado y convertido en propósito; en cuanto a mí, creo que mayor servicio puede prestar a su país el artista desarrollando libremente su personalidad que empeñándose en "hacer arte nacional" con elementos de interés ya meramente arqueológico.

La leyenda de Rudel significa un servicio, a la vez que un triunfo, para el incipiente arte mexicano. No es aventurado afirmar que la obra de Castro puede figurar en rango estimable entre la producción musical europea; en América indica un avance en la evolución artística. Podrá objetarse que la obra no ha sido escrita en América ni es, en realidad, "obra para América" (ya se ve que el público de México no ha sabido valuarla): su verdadero escenario sería el de la Ópera Cómica parisiense, por el cual desfilan tantos delicados poemas líricos de los jóvenes compositores de la escuela francesa, en la cual se ha formado Castro. Pero, en cambio, el autor es y sigue siendo americano (al contrario de Reinaldo Hahn, que, aunque hijo de Venezuela, es ya totalmente francés); ni siquiera artísticamente ha roto con América: ahí están sus hermosas *Danzas* tropicales, en las que ha explotado hábilmente el más valioso elemento musical nativo con que contamos en la América española: los bailes populares.

Encuentro en Ricardo Castro dos cualidades que, a mi juicio, lo caracterizan psíquicamente como mexicano: la sobriedad y la elegancia, que también distinguen a otros compositores y ejecutantes de este país. La elegancia, a veces exquisita, es la cualidad que más realza las composiciones de Castro para piano; y, si bien suele excederse en esa misma elegancia, acercándose al margen de la frivolidad, es por lo general sobrio en su técnica.

El hecho de que Castro fuese reconocido como genuino compositor pianístico me habría hecho dudar de sus aptitudes para la música dramática, que interpreta la vida en acción y pasión, si no hubiese sabido de su anterior ensayo de ópera y si en algunas de sus composiciones, como "Appassionato", no vibrasen acentos de emoción dramática.

Piedra de toque para el triunfo de una obra de arte es la impresión de conjunto. Es difícil que una obra formada por varios episodios de diverso carácter produzca impresión de unidad: ejemplo es creación tan excelsa como *La condenación de Fausto* de Berlioz. Con esto queda dicho que, si la unidad de la obra es elemento favorable para la impresión de conjunto, no por ello es siempre necesaria.

La leyenda de Rudel no me produce impresión de unidad completa. Consta de tres episodios de carácter totalmente distinto, enlazados por una idea poética, no por una acción dramática. Esto depende, claro está, del libreto, en el cual ha escrito el poeta francés Brody algunas páginas hermosas, pero no ha condensado todo el interés de la leyenda de Jaufré Rudel, príncipe de Blaye y trovador provenzal de los más antiguos: esa leyenda, repetida por cronistas y poetas (desde Petrarca, que consagra un recuerdo a Rudel en su "Trionfo d'amore", ha pasado a Heine, a Carducci, a Swinburne), ha llegado a convertirse en la de la *princesa lejana*.

Pero si en la obra no hay drama, hay poesía, y éste es su mayor mérito. Castro emplea aquí hermosamente su don de melodista sentido y elegante, y llega a más: no sólo hay en la partitura gracia, en la "Canción de las violetas" delicadeza, y ternura en el dúo entre Rudel y Segolena, sino también brillantez de colorido en el *intermezzo* y el bailable del tercer acto, pasión profunda y serena en el dúo de Rudel y la Condesa, y elocuencia sobria y grave en la escena de la tempestad.

El compositor ha sido, además, original, asimilándose los métodos de los maestros, sin empeñarse en disfrazarlos para simular originalidad completa. Su técnica revela que ha estudiado a Wagner, a los franceses e italianos contemporáneos; pero su sello personal, nada rebuscado, aparece bien definido.

Su manejo de la orquesta es magistral, sin pecar de complicado, y obtiene de cada grupo instrumental efectos apropiados y brillantes. El tratamiento de las voces suele ser menos sencillo, y, si no tan perfecto como el de la orquesta, es hábil, sobre todo en la parte de tenor.

Sobre la parte técnica de *La leyenda de Rudel* puede considerarse punto menos que definitivo el minucioso y concienzudo juicio que acaba de publicar el compositor italiano Eduardo E. Trucco.[1] Mucho cabe decir, sin embargo, sobre la significación de la obra como promesa de lo que el maestro mexicano alcanzará a realizar más tarde en el género dramático. Aparte de sus dotes de sinfonista descriptivo, demostradas en la escena de la tempestad y en la doble joya oriental que forman el *intermezzo* y el bailable del tercer acto (donde el color local ha sido labrado con sobriedad *verdiana*, sin el recargo de efectos exóticos que hay, por ejemplo, en la *Iris* de Mascagni), esta obra revela en el compositor verdadero temperamento dramático. Los dos pasajes de drama que contiene *La leyenda* son el dúo de Rudel y Segolena y el del mismo trovador con la Condesa de Trípoli de Siria. En el primero, están bien caracterizados los personajes, y su desarrollo es un aumento progresivo de sentimiento y de belleza. El dúo del tercer acto constituye, con la romanza de la Condesa, que le precede, el momento más hermoso de toda la obra. Hay allí pasión profunda, pero dulce y serena, expresada con nobleza en la majestad de un tiempo lento. Quien ha escrito estas magníficas páginas posee talento dramático indiscutible.

Anotaré, sin embargo, que, para mí, el lunar de la obra es la escena final. Después del dúo y de la muerte final de Rudel, la decorativa apoteosis resulta falsa, y hasta el comentario orquestal me parece poco inspirado, monótono, por la repetición del tema de los violines. ¡Cuánto más hermoso habría sido un final íntimo, de intimidad solemne, como el de *Tristán e Isolda,* un himno de amor y muerte cantado por la Condesa, por más que sea terrible afrontar la comparación con el divino *"Liebestod"* wagneriano!

De todos modos, *La leyenda de Rudel* es una labor de gran mérito, digna de éxito mejor que el obtenido. Esperemos que la próxima obra de Castro tenga más vastas proporciones y más acción dramática, y que en ella podamos apreciar una manifestación aún más completa de su talento.[2]

México, 1906

CONFERENCIAS

Un esfuerzo consciente, una labor de estudio, una manifestación de personalidad: eso ha sido la serie inaugural de conferencias, primicias de un vasto proyecto, organizadas por el grupo más selecto de la juventud intelectual mexicana, constituido en Sociedad, y celebradas del mes de mayo al de agosto.[1] Imposible medir, apenas cerrado el primer ciclo, la importancia que haya podido concedérsele, pues en nuestra América los públicos son tan lentos para darse cuenta del valor de un serio empeño como rápidos para dejarse deslumbrar por el *esplendor sonoro*. El público que concurrió a estas conferencias fue, sin duda, heterogéneo, y lejos estuvieron de formar su mayoría los elementos reconocidos como dirigentes en los diversos órdenes de la actividad nacional (¿acaso en París asisten los académicos cuando disertan Mauclair o Rémy de Gourmont?); pero error sería no tomar en cuenta el otro público, el que comenta sin concurrir.

Se ha afirmado por voces autorizadas, y hasta ha llegado a decirse por la prensa, que ninguna otra generación mexicana anterior habría podido presentarse *tan de súbito* revelando facultades y cualidades que le eran desconocidas o insospechadas. Por mi parte, debo aclarar que, si me atrevo a hacer el elogio de las conferencias, habiéndoseme dado participación en ellas, lo arriesgo escudado en mi calidad de extranjero ("extranjero por cuestiones de geografía política", pues nunca me he sentido extranjero en la América española, entre compañeros de esfuerzo y estudio), y claro está que, al referirme al grupo homogéneo de conferencistas, hablo solamente de los mexicanos.

La principal facultad por ellos revelada es, a mi ver, espíritu filosófico. Filosófico, si se quiere, en significación más extensa de lo que es usual: espíritu capaz de abarcar con visión personal e intensa los conceptos del mundo y de la vida y de la sociedad, y de analizar con fina percepción de detalles los curiosos paralelismos de la evolución histórica, y las variadas evoluciones que en el arte determina el inasible elemento individual.

Englobo, pues la facultad artística de los conferencistas, no en menor grado revelada, dentro de su espíritu filosófico, no porque la considere subordinada, sino porque la estimo como algo más que simple potencialidad creadora, de imaginación y sensibilidad (que el vulgo suele juzgar casi subconsciente): como una facultad elevada a la altura filosófica por el poder de sintetización y desarrollada y afinada merced a la capacidad crítica.

¿No es axiomática ya la verdad de que todo arte elevado arraiga en la filosofía? ¿No es evidente que el cultivo del arte exige percepción crítica? Brillantemente expresa Oscar Wilde que el espíritu crítico es hijo del arte griego. Y recorriendo la historia de la crítica —por ejemplo, en la vasta y erudita obra del profesor Saintsbury—, se advierte que muchos de los lugares prominentes los acupan artistas creadores: Aristófanes, Horacio, Dante, Lessing, Goethe, Coleridge...

Además, las disertaciones de los jóvenes han ofrecido interés de novedad: han renovado en México la conferencia, desligada del propósito inmediatamente didáctico y del carácter oficial; y han tratado temas de actualidad o de interés inagotable: la personalidad de Carrière, singular como pocas en la pintura contemporánea, fue estudiada por Alfonso Cravioto en Europa, frente a la obra viva y fresca todavía para la discusión; la filosofía de Nietzsche, fuente de derivaciones proteicas y de controversias, fue presentada en hábil síntesis por Antonio Caso; el trabajo de Rubén Valenti sobre la evolución de la crítica fue tanto más oportuno cuanto que hasta este momento pretenden aquí historiar esa evolución de los rezagados en Taine, si acaso a él llegan; la arquitectura doméstica, cuyo desarrollo recorrió el arquitecto Jesús T. Acevedo, es asunto apenas desflorado en México; y no el Edgar Poe fantaseador y sentimental que imaginan los lectores vulgares, mal guiados por la seudocrítica, sino el legítimo Edgar Poe, artista sabio y conquistador de un nuevo mundo estético, fue exaltado por Ricardo Gómez Robelo.

Fácil es medir la suma de labor que representa el abordar tales cuestiones desde tales puntos de vista, en quienes profesan la absoluta seriedad del esfuerzo intelectual, despectiva hacia las imposiciones ambientes.

Bien es cierto que este grupo juvenil ha logrado disfrutar de las ventajas de la más moderna y amplia cultura que ya se abre paso en México. Lo anima el espíritu de independencia, y no se aferra a ninguna secta literaria ni filosófica. Sin embargo, en una de sus tendencias típicas puede reconocérsele como continuador de la mejor tradición de la cultura mexicana. El amor a la antigüedad clásica, que se mantiene vivo en toda una serie de intelectualidades mexicanas (Ignacio Ramírez, Ipandro Acaico, Vigil, Pagaza, Casasús, el mismo Gutiérrez Nájera en sus *Odas breves*, Othón, Urueta), reaparece en ellos con nueva fuerza, tan sincero y reverente hacia las obras originales como atento a la portentosa labor de reconstrucción que, iniciada por los alemanes (con la enojosa demolición previa del edificio de falsedad consolidado por casi quince siglos), ha interesado a los más altos espíritus de la época. Y es justo hacer aquí mención de otros dos miembros de la falange juvenil que comparten con los conferencistas mencionados las aficiones clásicas: Rafael López, que ha dado excelente muestra de ello en la "Elegía" en memoria de Othón; y Alfonso Reyes, que se ha inspirado constantemente en asuntos griegos, desde la "Oración pastoral" hasta los sonetos a "Chénier" que recitó en la última velada de esta Sociedad de Conferencias.

Acaso por ser éste el primer ciclo, y sin que los autores pusieran en ello especial voluntad, las disertaciones abarcaron demasiado: así, Caso recorrió toda la filosofía de Nietzsche; Valenti toda la historia de la crítica; Acevedo toda la evolución de la arquitectura. La necesidad de exponer generalidades, cuando se abarca toda la extensión de un asunto, limita el campo a la exposición de conceptos propios. Esto no obstante, cabe asegurar que los trabajos de que hablo ofrecieron puntos de vista interesantes. Señalaré brevemente dos: el final de la conferencia de Acevedo contiene en germen la solución del problema arquitectónico en la América española, que debe alcanzarse por el estudio de las condiciones de necesidad y gusto que determinan las formas de las construcciones domésticas como también de los elementos aprovechables de la tradición colonial, interrumpida ya en nuestros países, por desgracia. Nada más sugestivo que su credo de artista constructor:

> El mejor elogio que de la vida podamos hacer, dados nuestros citadinos modos de vivir, consistirá desde luego en el aspecto y en el espíritu de nuestra ciudad, que será luminosa y alegre, variada, rica en color, expresiva y solemne, si nosotros somos capaces de vivir luminosa, alegre y solemnemente. Ya veis pues, señores, que cuando solicitaba de todos vosotros el donativo cordial de vuestras almas para preparar el advenimiento de nuestra mansión ideal, no hacía más que reclamar, como arquitecto, los materiales impalpables, y por lo tanto los más valiosos, con que las manos venerables de los artistas de otros tiempos solían trabajar en el silencio de su corazón antes de pasar a la llanura o a la montaña que los dioses elegían para que en ella se edificase el rumoroso nido de los hombres.

La explicación dada por Ricardo Gómez Robelo del espíritu de Edgar Poe, señalando en él los rasgos esenciales del idealismo trágico de los griegos, es un *hallazgo,* aunque al principio parezca sobrado riesgosa. Nadie, en verdad, osaría afirmar que es un heleno el cantor de "Ligeia", el cuentista de "Assignation", en quien las cualidades más extraordinarias de la imaginación teutónica aparecieron sintetizadas por primera vez tan exclusivas y plenas dentro de una sola personalidad, y de quien deriva toda una literatura; y no es esto lo que quiso demostrar Ricardo Gómez: la semejanza de Poe con el espíritu trágico, tal como la entiende Nietzsche, consiste en la fuerza moral que acepta el dolor y lo presenta purificado, escapando así al sentimentalismo egoísta de gran parte de la lírica moderna.

No continuaré exponiendo cuanto me sugieren estas conferencias, pues haría interminable este rápido apunte. La labor iniciada es promesa de esfuerzo mayor: esperamos que lo realice la juventud mexicana.

México, 1907

BARREDA [1]

HE AQUÍ, señores, que un hálito de vida nueva sopla sobre la tierra, hace romper en brotes gloriosos el cálido regazo, perennemente juvenil y maternal, y canta en la fronda de las encinas dodónicas con profético murmullo. He aquí que esta juventud, más que otra alguna sumisa al bienhechor influjo de la primavera, invade el tradicional recinto, cuyos muros guardan todavía religiosamente el discreto rumor de la ilustre palabra persuasiva, y lo inflama de sonoros entusiasmos, y ansía despertarlo, de súbito, al esplendor de la reflorescencia.

Es tan inmarcesible la virtud de todo esfuerzo de enseñanza renovadora, es tan enérgica la sugestión de la personalidad magistral, que a través de los tiempos cada generación consciente vuelve la mirada a la labor cumplida, mide y celebra sus beneficios, y, al ceñir de aureolas la figura del maestro, descubre en la acción ejemplar inspiraciones para la propia labor. Es así como esta juventud, que ensaya su vuelo orientándose hacia los nuevos rumbos del pensamiento, acude hoy a esta escuela, que le marcó sus direcciones iniciales, a exultar la clásica memoria de su fundador, a afirmar el prestigio de la obra, el vigor de la influencia, la excelsitud del legado que a la formación de una patria ideal consagró el instaurador de la enseñanza racional en México.

Si Barreda hubiera sido no más que el teorizante de la reforma educativa, merecería por sólo ello este homenaje: por haber sido uno de los pocos que han concebido en nuestra América un ideal efectivo de civilización, Barreda pertenece al escaso número de hombres dignos de llamarse, en la América española, hombres de ciencia y maestros. No se cuenta, ciertamente, entre "los pocos sabios que en el mundo han sido"; no alcanza, con su producción científica personal, exigua y dispersa, la casi desierta cumbre del saber hispanoamericano, cuyos bloques son la *Filosofía fundamental* y la *Gramática* de Bello, el *Diccionario* de Cuervo, los estudios paleontológicos de Ameghino, el *Derecho internacional* de Calvo, la *Sociología* y la *Moral social* de Hostos; pero si de su amor a la ciencia, de su cultura vasta, no surgió el siempre apetecible fruto de una grande obra original, surgió en cambio la labor de influencia directa, la obra viva y activa de la educación nacional, formadora de razón y de conciencia.

Para el espíritu de todo verdadero educador, la ciencia es siempre "una virtualidad que tiende a la acción"; y la ciencia, quiero decir, el conjunto de todo saber fecundo y amplio, ha debido aparecer, a los ojos de los grandes maestros que han renovado la enseñanza en América, como el medio más positivo de regenerar a estas sociedades en donde, como decía Hostos, "todas las revoluciones se habían ensayado, menos la única revolución que podía devolverles la salud". Tal pensó Barreda; y acaso ningún otro educador hispanoamericano ha realizado labor tan decisiva y completa como la suya. No es sólo que contara con el apoyo de un gobierno memorable; no es sólo que lograra reunir en torno suyo las mejores y más libres fuerzas de la mentalidad mexicana de entonces: renovación tan radical, en ambiente tan poco propicio, sólo podía realizarse por el esfuerzo de un hombre que, como Barreda, poseyera la fe en la cultura, cimentada en la cultura propia; la esperanza del bien patrio, la perseverancia en el esfuerzo disciplinado, y, sobre todo, el poder persuasivo, sugestivo, magnético, con que toda personalidad magistral galvaniza a los hombres, y especialmente a los jóvenes, que se acercan a su campo de acción.

La República Mexicana acababa de atravesar, salvada por un milagroso esfuerzo, la más grave crisis de su historia. Urgía reunir todas las energías dispersas y organizar, pero no ya en la inestable e insegura forma de antes, la vida libre del país. El proceso de intelección, mediante el cual un Estado recién surgido a la independencia se da cuenta de su razón de existir y aspira a crearse un ideal que norme su desarrollo autónomo, necesitaba hombres que lo comprendieran y estimularan, tanto más cuanto que en el grave momento anterior parecía haberse interrumpido y retrasado. Fortuna fue que hombres como los de la Reforma se encontraran entonces al frente de la vida pública, y fortuna mayor la de que, para organizar la enseñanza tendiente a unificar el espíritu nacional, apareciera un hombre dispuesto a ponerse inmediatamente al trabajo.

Al gran movimiento liberal dirigido por el grupo gobernante, debía responder la implantación de un sistema pedagógico propicio al libre desarrollo de la razón. Barreda hizo más: no sólo proclamó la libertad intelectual, implantó la instrucción científica. Meditad en lo que significa el principio de la instrucción científica en la historia intelectual del siglo xix; recordad la serie de lentas luchas que sostuvo para triunfar en Europa; y mediréis la audacia del empeño de Barreda, y os sorprenderá, quizás, el vigor con que hizo arraigar su radical reforma, desde hace cuarenta años, en el más clásico solar de la educación colonial española.

No le reprocharéis (me dirijo a vosotros, los espíritus nuevos) el haber abrazado como única filosofía el positivismo. Si la poderosa construcción de Comte, si la fecundísima labor de los pensadores ingleses, pertenecen hoy al pasado, en tiempos de Barreda eran movimientos de vida y acción; y esos movimientos dieron a la pedagogía moderna extraordinario impulso.

Y mañana, cuando los libres vientos del Norte agiten las tierras nuevas trayendo las saludables enseñanzas de la discusión filosófica contemporánea, la victoriosa pedagogía individualista de Ellen Key; cuando hayáis visto a la cultura superior fundar su asiento en la Universidad y trabajéis por redimir de su secular ignorancia a la ingente muchedumbre que debajo de vosotros pulula, no le olvidaréis; volveréis vosotros, como vendrán después las generaciones que os sucedan, a inspiraros ¡oh cultores que activáis las florescencias y soñáis con la promesa de los áureos frutos! en la vida del sembrador que abrió el primer surco y arrojó la primera semilla...

NOTAS A *HORAS DE ESTUDIO*

EL POSITIVISMO INDEPENDIENTE

1 Precisamente, Mill opinaba que la doctrina de lo incognoscible estaba ya en Comte: "...Ésa es también, me parece, la doctrina de Comte. Este pensador sostuvo con gran energía que los *nóumenos* son incognoscibles para nuestras facultades, pero su aversión por la metafísica le impedía expresar una opinión precisa sobre su existencia real, la cual, sin embargo, era admitida implícitamente por su lenguaje" (*Examen de la filosofía de Hamilton,* cap. II). Caird emite opinión semejante a ésta, pero no tan decisiva. En lo que toca al conocimiento de los fenómenos, el realismo de Comte era inequívoco; reconocía la limitación subjetiva, pero no creía que fuese "grande inconveniente".

NIETZSCHE Y EL PRAGMATISMO

1 Después de escrita esta nota, he leído una espléndido estudio de René Berthelot, intitulado "El pragmatismo de Nietzsche", que ocupa 45 páginas en la *Revue de Métaphysique et de Morale* de julio de 1908 y que abarca mucho más que el mío, pero no confronta en detalle a Nietzsche con James.

2 Se observará que existe también afinidad entre estas afirmaciones de Peirce y la teoría de las ideas-fuerzas de Fouillée.

LA SOCIOLOGÍA DE HOSTOS

1 En su reciente "episodio nacional", *Prim,* Pérez Galdós recuerda la presencia de Hostos en el Ateneo de Madrid. Sus ideas sociológicas y jurídicas están comentadas en obras de Azcárate, de Posada y otros españoles.

RUBÉN DARÍO

1 Si a alguien pudiera darse el título de Góngora americano (título de nobleza no corrompida pero sí peligrosa por su osadía), a Leopoldo Lugones le correspondería en todo caso: él es quien ha popularizado entre nosotros un estilo imaginativo singular, cuyo más notorio recurso es la trasmutación de lo objetivo en subjetivo y viceversa.

2 Es tan incompleto cuanto se ha escrito sobre métrica castellana que no se encuentra explicado por ningún autor el uso que hacían los poetas clásicos de este verso que hoy nos parece nuevo en Darío, Nervo y Lugones. Los más minuciosos tratadistas, desde Bello, hasta Benot, no lo distinguen de otros mal construidos; Eduardo de la Barra trata de justificarlo con una pretendida *cesura de compensación* que debe dar fuerza de acento a palabras que en modo alguno pueden tenerla.
Pero un atento examen del endecasílabo de los Siglos de Oro revela que esta forma (la acentuada solamente en la sílaba cuarta) era de uso corriente en casi todos los grandes poetas; pues lo que en Boscán, primer afortunado cultivador del más noble verso castellano, y en Garcilaso, su inmediato continuador, podría atribuirse a falta de maestría, y en

Góngora a descuido, ya que en ellos aparece mezclado con verdaderos errores, resulta inequívoco, por su persistencia, en versificadores más correctos, como Herrera, Fray Luis de León, los Argensola, Jáuregui, Valbuena, Calderón y Tirso.

Esta misma forma suele encontrarse en los poetas más sapientes del siglo XVIII, con Leandro de Moratín a la cabeza, en quienes no concurre con otro defecto que el venial de hacer recaer el acento rítmico en palabras de acento prosódico débil; y ya en el siglo XIX la usó el más brillante versificador del período romántico, Espronceda.

Por último, en los sonetos escritos· en castellano por José María de Heredia, el francés, con ocasión del centenario de José María Heredia, el cubano, se repite la misma forma:

> Al evocar a los conquistadores...

Seguramente Heredia, cuyas lecturas españolas debían de ser principalmente clásicas, creyó que la construcción de este verso se ajustaba a una tradición aún subsistente en nuestro idioma.

EL VERSO ENDECASÍLABO

1   Mi estimado amigo Andrés González Blanco, en su reciente libro sobre *Salvador Rueda*, dice que en el Arcipreste de Hita se encuentra "el endecasílabo, íntegro... como en el momento culminante de su perfeccionamiento por Garcilaso" (Quiero seguir a ti, flor de las flores...) Pero esta opinión es hija de un excesivo entusiasmo por el talento métrico de las poetas del período preclásico. En los pocos endecasílabos del Arcipreste hay mucha imperfección; los versos se convierten a veces en dodecasílabos (a menos que nos arriesguemos a declarar mudas las *ees* finales de *guaresces* y *fallece*). Y no se trata de apariciones *esporádicas* del metro, meros precedentes inconexos y rudos, sino de su implantación definitiva. Si así no fuera, con exagerar, siquiera un poco, el entusiasmo del joven y estimado crítico, podría declararse que el endecasílabo, en su forma definitiva, existía en castellano desde el *Poema del Cid*: "Fabló myo Cid de toda voluntad: / Yo ruego a Dios e al padre spiritual..." (vv. 299-230); "Albar Albárez e Albar Saluadórez, / Galin García, el bueno de Aragón..." (vv. 739-740); "Madre e fijas las manos le besauan..." (v. 1608).

2   *Nao sofre amores, nem delicadeza... (Os Lusiadas, VI).*
Por no tener a mano en México sino pocas obras de literatura lusitana, no he podido comprobar si, desde la introducción del endecasílabo itálico en Portugal, se ha usado allí, como una de sus formas, la que estudio. Sin embargo, aparte de que en el siglo XVII la encuentro en Eloyo de Sâ Soto Mayor:

> Que quem ventura sem ventura tem...
> (*Ribeiras do Mondego*, libro I, Soneto),

y en Francisco Manuel:

> E como foste misericordioso...
> ("A viola de Talia", tercetos IV),

tropiezo con ella en poetas portugueses y gallegos contemporáneos:

> E'liso o lago que nos desfeava...
> (Eugenio de Castro, Soneto "Muitos annos depois"),
> Os desleigados que te escarneceron...
> (Curros Enríquez, introd. a los *Aires d'a miña terra*).

[3] Podría citar unos cincuenta poetas de diversas categorías, en quienes no encuentro esta forma de verso; pero podría agregar otros tantos en quienes sí la he hallado; por ejemplo, Antonio de Torquemada, Andrés Pescioni, Juan López Úbeda, Juan de Guzmán, el licenciado Viana, Juan de Soto, Bernardino de Mendoza, Colodredo y Villalobos, Diego de Benavides, Callecerrada, Miguel de Barrios, Francisco Mosquera de Barnuevo, Rodrigo de Herrera, Fernando de Zárate, Botello de Moraes, De la Torre y Sebil, Eugenio Coloma, León Marchante, Enciso Monzón. Hay para no concluir nunca. Versos realmente mal acentuados, en cambio, son siempre raros, salvo en obras de carácter popular, como los entremeses.

[4] Don Eduardo Benot, en su tratado de *Prosodia y versificación castellanas*, cita un verso de Meléndez que no he logrado encontrar en sus poesías y que pertenece al tipo en cuestión:

Adornar basta la naturaleza...

Allí mismo (tomo 3, pp. 159-163), cita como "versos mal hechos" muchos de esta forma, debidos a Garcilaso, fray Luis de León, Herrera, Góngora, Valbuena, Bartolomé de Argensola, Villamediana, Villegas, Tirso, Calderón, Jacinto Polo, Pitillas, Fray Diego, Huerta, Escoiquiz, Samaniego, Iriarte, Jovellanos, Leandro de Moratín, Arriaza, Hermosilla, Juan Gualberto González, Espronceda y otros. Rara vez da los nombres de las obras de donde toma las citas.

LA CATEDRAL

[1] La Catedral de Santo Domingo, la más antigua de América, obra de Alfonso Rodríguez comenzada en 1516, quedó sin torre, por quién sabe qué vicisitudes de la época de su construcción. Hoy, transcurridos cuatro siglos, se pretende agregarle una torre.

LITERATURA HISTÓRICA

[1] El señor García Godoy, en su extensa contestación a mi carta, hace un profundo estudio de la *Génesis nacional*, del cual creo deber citar algunas interesantes observaciones: "... Estudiando con la debida atención los documentos de la época en que por primera vez radió la aspiración a constituir un estado independiente, resalta, a primera vista, el hecho de que tal aspiración sólo vive y medra en el espíritu abierto y culto de un cortísimo número de individuos; mientras que en manera alguna trasciende a ciertos núcleos sociales ni muchísimo menos a la masa, enteramente satisfecha con su existencia tranquila y vegetativa, en que se advierte, como nota característica, el apegamiento a muchas prácticas rutinarias y el amor a cierto tradicionalismo que ningún rudo golpe, ni aun el de la cesión a Francia, alcanza a amortiguar o extinguir. Tal fenómeno, de explicación facilísima, se evidencia, con mayor o menor acentuación, en todas o en casi todas las demás colonias de abolengo ibérico, donde en sólo muy escasa parte de los elementos dirigentes prospera la radical idea, necesitando, en los primeros años, de tenacidad a toda prueba de parte de sus más conspicuos iniciadores y recorrer después larga serie de dolorosísimas vicisitudes para penetrar y cristalizar en el alma del pueblo. *Las guerras de independencia americana, bien vistas, sólo fueron al principio verdaderas guerras civiles*. En su primera época, salvo contadísimas excepciones, sólo combatían, con porfiado encarnizamiento, criollos de una parte y de la otra. Sólo al mediar la lucha

tuvo España núcleos de ejército peninsular en los países sublevados. Y al terminarse la gran epopeya, en el Perú, por ejemplo, era aún crecidísimo el número de americanos que militaban en las filas realistas. Un notable escritor militar afirma que, en Ayacucho, había en el ejército de La Serna un número de hijos del país superior o igual por lo menos al efectivo total de las huestes que comandaba Sucre. Leyendo el *Diario* de Sánchez Ramírez y la curiosa *Vindicación* del doctor Correa y Cidrón, en que hace éste calurosa defensa de su conducta con motivo del tilde de *afrancesado* que se les echa en cara como feísimo borrón, lo que más se nota es *el acendrado sentimiento de españolismo de la sociedad dominicana en aquel ya lejano período histórico*. En sus interesantes *Noticias*, un contemporáneo, el doctor Morilla, refiriéndose a la revolución separatista llevada a cabo por Núñez de Cáceres, afirma que *entre los propietarios y personas de influencia no contaba Núñez sino con pocos partidarios*, y agrega más adelante que aquel movimiento *hubiera podido evitarse, porque la generalidad del país no estaba por él por su afecto a España*. Sólo en este mismo Núñez de Cáceres, inteligencia bien cultivada, de relevantes dotes de carácter, idóneo para regir colectividades sociales, y en un cortísimo número de los que hicieron con él causa común, asume un aspecto bien definido la idea de independencia. El caudillo de la primera revolución separatista resulta un hombre muy superior al medio en que figuró siempre en primera línea. Su españolismo es puramente externo, de mera forma. Lo prueban sus atrevidos consejos a Sánchez Ramírez apenas terminada la campaña reconquistadora (contra Francia); la libertad de opiniones que reinaba en su tertulia de íntimos, y su canto, flojo y desaliñado a más no poder, a los vencedores de Palo-hincado, en el que no hay un solo verso en que se haga alusión a la vieja metrópoli. Cuando en ese canto suena la palabra patria, entiéndese bien que, en su pensamiento, se refiere al terruño nativo. Pero está solo, o poco menos. De ahí, de esa evidente falta de compenetración de su idea con el medio, despréndese una de las causas determinantes de la fragilidad de su empresa emancipadora. En ella, sin embargo, comienza el *avatar* glorioso de la idea de independencia. Para que esa idea produjese en las clases populares un estado de alma capaz de comprenderla y de llegar por ella hasta el sacrificio, era menester antes recorrer un camino de medio siglo sembrado de formidables dificultades. Ocho o nueve años más tarde, un estremecimiento de esperanza, la de incorporarse de nuevo a España, hace vibrar fuertemente la sociedad dominicana, a la noticia de las gestiones practicadas en Port-au-Prince por F. Fernández de Castro, comisionado de Fernando VII. La obra del ilustre Auditor no cuajó, principalmente, por no haberse efectuado en sazón conveniente. Resultó prematura. En los planes de Bolívar entraba, sin duda, como supremo coronamiento de su labor gigantesca, la independencia de las Antillas españolas. Pero en los momentos en que Núñez de Cáceres realizaba su intento, el titán venezolano se dirigía hacia el Sur, salvando cordilleras formidables, trepando por los flancos de volcanes humeantes, aureolado por la gloria, para añadir nuevas naciones a las ya creadas por su genio portentoso. Consumada la jornada decisiva de Ayacucho, de regreso en Bogotá, no hubiera tardado Bolívar, a cuya genial penetración no se escapaba la conveniencia política de desalojar a España de sus últimos reductos de América, en prestar vigorosa ayuda a Núñez de Cáceres. Tres años más tarde, la obra de éste hubiera tenido muchas probabilidades de éxito. La semilla arrojada por Núñez de Cáceres no podía perderse, no obstante haberse echado al surco fuera de tiempo oportuno. Cerca de dos décadas después, favorecida por las circunstancias, iba a germinar espléndidamente..."

He recordado después que también don Emiliano Tejera, en su magistral *Memoria sobre los límites entre Santo Domingo y Haití*, reivindica la memoria de Núñez de Cáceres.

José Joaquín Pérez

[1] Véase Eugenio Mª de Hostos, *Meditando...*, Biblioteca Quisqueyana, París, 1909.

Gastón F. Deligne

[1] Con efecto: aunque en la América española abundan los poemas cortos, es difícil tropezar con alguno cuyo asunto sea la narración de un proceso psicológico, fuera de los que produjo la efímera imitación a Campoamor, cuya luz se desvirtuó con la refracción, como se advierte en los endebles ensayos con que se inició Gutiérrez Nájera, y en los mejor logrados, pero excesivamente sentimentales, de Luis G. Urbina y Andrés Mata. Ciertas poesías de Lugones son hábiles *sketches* de aspectos momentáneos, sugeridores de vida interior; los poemas de Díaz Mirón, o resultan puramente descriptivos, como el "Idilio", o apenas esbozan problemas, como "Claudia" y "Dea"; los de Leopoldo Díaz son grandes *panneaux* decorativos, de intenciones simbólicas a veces; y el terrible "Idilio salvaje" de Manuel José Othón, que pinta una serie de estados anímicos, concertándolos con el paisaje del desierto, no es sino un intenso grito lírico, uno de los más intensos en la poesía castellana contemporánea. Aparte las imitaciones campoamorinas, sólo recuerdo un poema que describa un proceso psicológico decisivo y completo: "El Angelus" de Valenzuela.

La leyenda de Rudel

[1] Después de publicado este artículo, el compositor mexicano Gustavo E. Campa, hoy director del Conservatorio Nacional de México, publicó un juicio técnico, más extenso todavía que el del maestro Trucco, pero no esencialmente diverso en sus conclusiones. En él mencionaba este artículo mío.

[2] Desgraciadamente Ricardo Castro murió a principios de 1908. Dejó inéditas dos óperas de mayores proporciones que las de *La leyenda de Rudel*.

Conferencias

[1] Las seis conferencias de esta primera serie fueron: "La obra pictórica de Carrière" por Alfonso Cravioto; "Nietzsche" por Antonio Caso; "La evolución de la crítica" por Rubén Valenti; "Aspectos de la arquitectura doméstica" por Jesús T. Acevedo; "Edgar Poe" por Ricardo Gómez Robelo y "Gabriel y Galán" del que escribe [Reproducida en el presente volumen]. La segunda serie, en 1908, comprendió las cuatro siguientes: "Max Stirner" por Antonio Caso; "La influencia de Chopin en la música moderna" por Max Henríquez Ureña; "D'Annunzio" por Jenaro Fernández Mac Gregor; y "Pereda" por Isidro Fabela.

Barreda

[1] Alocución pronunciada en el Salón de Actos de la Escuela Nacional Preparatoria de México, en la mañana del domingo 22 de marzo de 1908. Este acto fue el inicial de un día consagrado por la juventud de

México a defender la memoria de Barreda contra los ataques de los católicos intransigentes. En la Preparatoria hablaron también Ricardo Gómez Robelo y Alfonso Teja Zabre; en el Teatro Virginia Fábregas se celebró después un mitin en el que hablaron, entre otros, Rubén Valenti, Hipólito Olea, Alfonso Cravioto, Diódoro Batalla y Rodolfo Reyes; y en la noche hubo una velada en el Teatro Arbeu, bajo la presidencia del general don Porfirio Díaz; en ésta habló Antonio Caso a nombre de la juventud, recitó Rafael López una poesía, y leyó don Justo Sierra. ministro de Instrucción Pública, un memorable discurso.

EN LA ORILLA
MI ESPAÑA
(1922)

ADVERTENCIA

Se suprimen "Rioja y el sentimiento de las flores", "Alarcón en el teatro español" y "El maestro Hernán Pérez de Oliva", pues el primero y el tercero volvieron a publicarse en *Plenitud de España* y el segundo es fragmento de "Don Juan Ruiz de Alarcón", recogido en *Seis ensayos en busca de nuestra expresión*.

PRELIMINARES

REÚNO en este volumen páginas diversas sobre España, con la esperanza de que, a través de ellas, se perciba la unidad que descubro en las cosas españolas. Para mí España, siendo varia en extremo, es una, muy una; y nunca lo siento más que al entrar en ella o al salir de ella. Así, al entrar de Francia a tierra española, por el camino vasco, sentí que los hombres se habían vuelto tristes. ¡Y los vascos no parecen, entre los españoles, hombres tristes! Al salir de España a Francia, por el camino catalán, tuve la impresión de que había salido del país de los edificios improvisados, y siempre a medio terminar, hacia el país de los edificios bien concebidos y acabados. Y eso a pesar de que el Rosellón, la región catalana de Francia, está íntimamente unida a las cosas hispánicas: así, el altar barroco, dorado, de la Capilla de la Virgen en la Catedral de Perpiñán podría pertenecer a una iglesia de México.

Lo diré desde luego: mi primera visita a España la hice con prejuicios. La historia del dominio español en América no se ha limpiado aún de toda pasión; el español de América es, de necesidad, luchador, y se ve obligado a enseñar las garras; los "artículos de exportación", en el orden espiritual, que en España se fabrican para nosotros, son de calidad discutible.

Pero la llegada a tierra española desarma en seguida. Si llegamos, sobre todo, de países en que dominan otra lengua y otra civilización —aunque sea de Francia—, creemos estar de regreso en la patria: Cádiz y Santo Domingo son, para la imaginación excitada, una misma ciudad: los muelles de Barcelona se confunden con los de La Habana o sus avenidas con las de México; el Mediterráneo es, para el deseo visionario, el Caribe; y, ya en plena aura sentimental, hasta recitamos los versos del poeta venezolano:

> ... Y el toque lisonjero
> y la gracia que toma,
> hasta en labios del tosco marinero,
> el dulce són de mi nativo idioma...

El contacto con la vida española, fuera de Madrid, lejos de los "vicios de la corte", es toda una lección de humanidad: aquella vida de gentes sufridas y bondadosas, a quienes los siglos de dura experiencia no han quitado el dón de simpatía, antes les han enseñado el comunismo de "hoy por ti y mañana por mí", y a quienes sólo excita a rebeliones la ciega tiranía de los poderosos incapaces de toda inteligencia y de todo amor. En ellos sobrevive el viejo espíritu de la democracia española que tuvo su origen en los Pirineos y su apogeo en Zaragoza.

Y luego, lejos del Mediterráneo, en las tierras frías donde se habla inglés, basta la silueta del chopo —desterrado entre hielos— para darnos la nostalgia de España: aquellos chopos, hermanos de los de Grecia e Italia, pero más solitarios, que en hileras bajan las pendientes como para ir a beber en los ríos.

No todo es sentimentalismo. Hay, también, la convicción intelectual. He aquí un pueblo que realizó grandes cosas, que trata de realizarlas todavía, que conserva una capacidad sorprendente, en desproporción con sus medios, con sus recursos de acción. Por mi raza ha hablado el espíritu; por mi raza hablará de nuevo: todo está en que vuelva a dominar todos los medios de expresión.

Una vez que hemos descubierto los tesoros espirituales de España, se convierte en obsesión —tanto sentimental como intelectual— el problema de su presente y de su futuro. ¿Por qué la nación española no vence los estorbos que la detienen, por qué no vuelve a ser señora de sus destinos? Hay veces en que nos da la ilusión de haber entrado en el camino de su vida nueva y poderosa; otras veces, cuando la vemos "en el comienzo del camino, clavada siempre allí la inmóvil planta", le deseamos un cataclismo regenerador como el de Rusia. O como el de México.

Pero la obsesión ¿no es contagio del pesimismo ambiente? El pesimismo sobre las cosas de España, característico de sus hijos ("y si habla mal de España es español"), no es sino exageración de la tendencia crítica, hija del Mediterráneo. Sobre los pueblos de tradición latina se alza siempre, y para toda cosa, como paradigma platónico, la idea de perfección. Desde que Roma quedó fascinada por los inmarcesibles arquetipos de Grecia, el espíritu crítico de los pueblos latinos exige siempre, en toda obra, aquella perfección cuyo secreto se revelaba a los griegos como verdad cotidiana. Pero la crítica, si se ejerce con exceso, es enemiga de la actividad creadora; y a todas las gentes de lengua española conviene predicarles que apliquen el espíritu crítico, no al simple juicio de la obra ajena y conclusa, sino a la depuración de la obra propia que se está haciendo, a enfrenar el instinto de improvisación.

La improvisación, carácter dominante de la moderna historia española, es fruto igualmente de la historia. El año de 1492 da la clave: en el momento mismo en que los españoles terminan el

largo proceso de su independencia, la reconquista de su territorio,
inician la conquista de América. No hubo tregua: en vez de detenerse a completar su civilización, España se improvisa maestra
del mundo nuevo. Así, viviendo en pie de guerra, y de guerra
que implicaba la constante instabilidad de la población, España
no puede acometer aquella labor perseverante, cuidadosa, sin interrupciones, sin caídas, que representan los diez siglos de civilización francesa, o los seis siglos de civilización inglesa, estrictamente inglesa, o la incomparable cultura que Italia funda entre
el siglo XII y el XVI y que nunca ha permitido, ni en los peores
instantes de anarquía, eclipses como el de España hacia 1700. Y
sin embargo, aquella improvisación genial que es "la España de
los Siglos de Oro" alcanzó a imponerse, durante más de cien años,
al mundo todo: en Europa, dando modelos; en América, echando
los cimientos de la nueva civilización, la que habrá de dominar
espiritualmente el porvenir.

México, 1922

EL ESPÍRITU Y LAS MÁQUINAS

QUIEN viaje por España, atento a la vida de hoy, y no sólo a las piedras, los hierros y los lienzos de ayer, no podrá menos de advertir la inquietud nacional. La inquietud toma formas políticas agudas; tiene carácter permanente en la actividad de los gremios obreros; se convierte en tema literario, y del libro y del periódico pasa a la conversación del café o del club, a la charla íntima del hogar.

La inquietud nacional de España comienza en 1898 y no termina aún. Sustituye al estancamiento de la Restauración, época de valores ficticios, de paz social simulada, de prosperidad decorativa. Época, en fin, "muy siglo XIX", de ideales mediocres, de civilización convencional más que real. Así fueron también, en parte, la Francia de Napoleón III, la Inglaterra de la era victoriana, o, en América, el México de Porfirio Díaz.

Como en Francia, como en Inglaterra, como mañana tal vez en Alemania, como en los Estados Unidos algún día, a la época de valores intocables, de organización social rígida, ha sucedido la época de discusión. Entre gente verbosa como la española, es natural que la discusión se prolongue. Ya lleva veinte años; no cesa desde entonces, y cada vez se agría más. La actitud llega, en muchos, al pesimismo.

A raíz del despertar de 1898, la actitud de las nuevas generaciones fue de energía. Se protestó contra el estado de las *cosas* —esas *cosas* indispensables en boca o pluma de español. "Las cosas están mal organizadas, están mal hechas; háganse bien." Años después, la actitud fue: "Se ha tratado de hacer mejor las cosas; pero están mal aún: ensáyese de nuevo". Ahora, a veces, hay otra actitud: "Las cosas están mal *porque sí;* España no tiene remedio". No exagero. A veces, a eso suena lo que dice Unamuno, aunque al día siguiente parezca decir lo contrario; a eso suena lo que dice José Ortega y Gasset en el tomo segundo del *Espectador.*

Otros hay que no llegan a tanto; que no son, en rigor, pesimistas; pero sus censuras son amargas y se les siente a dos pasos de los más desesperados momentos de Unamuno o de Ortega.

El viajero se detiene ante esas afirmaciones; pretende analizarlas y compararlas con lo que ve y oye. Sí, hay *cosas* que están mal en España. No parece que pueda decirse que todo está mal. Así, los trenes de ferrocarril, a pesar de la legendaria impuntualidad, con frecuencia llegan a hora exacta si no hay huelga; mientras que en los Estados Unidos, desde 1915, a pesar de la legendaria puntualidad norteamericana, muchos trenes llegan a su destino con retraso.

¿Por qué no están mejor las cosas? Solución pesimista: porque nunca se han hecho bien en España; o porque, si en algún momento se hicieron bien, ahora el país está enfermo, decrépito, si no es que moribundo. El viajero, ateniéndose a sus ojos y a sus oídos, no se aviene a creer en tales afirmaciones.

Solución meliorista: porque no se sabe hacer nada bien, y cuesta trabajo aprender. Tesis más verosímil, desde luego.

Pero cuando el viajero busca programas de reforma, de mejora, los halla relegados a la guardarropía de los políticos, de donde sólo se sacan a relucir de cuando en cuando, para efectos teatrales, según parece; o por acaso tropieza con planes excelentes, pero frustrados, como el de la Liga de Educación Política, en que se anunciaba una acción positiva, no un nuevo plan para asaltar el poder.

Los programas, se me dirá, son conocidos: en realidad, se sabe lo que hay que hacer. No basta: se echa de menos la discusión diaria, no de los grandes tópicos, sino de cuestiones especiales.

En los periódicos no se habla de los problemas de España sino en términos generales; una que otra vez se habla de pavimentación de calles, o de higiene urbana, o de irrigación, o de impuestos, o de escuelas primarias, problemas concretos que están a la vista de todos y que en otros países darían tema constante a editoriales de los periodistas y a cartas del público, produciendo así mejoras y reformas día por día. Raro es encontrar artículos como los bien intencionados y poco leídos de José Antich; la mayoría de los escritores son especialistas en "alma española", y probablemente se ofenderían si se les pidiera que escribiesen, por ejemplo, sobre la conveniencia de sustituir la vieja moneda de cobre por otra más pequeña y limpia.

Cuando Matthew Arnold viajó por los Estados Unidos, y observó las orientaciones sociales del país, escribió su famosa "Conferencia sobre el número". Dijo entonces, para los Estados Unidos, lo que tantas veces había dicho para Inglaterra: los hombres y mujeres de espíritu, los mejores, son los que deben orientar a los más: el número nada vale intrínsecamente, y para que algo sea cierto o sea bueno, no basta que lo sostengan muchos; los intereses ideales, las cosas del espíritu, cuyos rasgos distintivos son "dulzura y luz", deben prevalecer sobre los intereses meramente prácticos; y ningún pueblo debe fundar su orgullo en la simple perfección mecánica, en el progreso técnico, ni siquiera en su buena organización política, porque el buen gobierno no es, a la postre, sino buena maquinaria. Idéntica lección enseñó más tarde, para la América española, José Enrique Rodó.

Diríase que en España urge repetir la lección, pero invirtiendo el énfasis. Es decir, los intereses ideales son los mayores, los supremos, pero hay que atender a la buena maquinaria, a la eficacia técnica, porque sin ellas el espíritu no se manifiesta en plenitud. El espíritu debe interesarnos más que el progreso en el orden material o mecánico; pero el progreso en tales órdenes debe ser garantía de la integridad del espíritu.

Desde el punto de vista eterno y absoluto, probablemente tuvieron razón los contemplativos de la India al dedicar toda su energía a los problemas esenciales de la existencia; pero al negarse a las solicitaciones de la actividad material, dejaron franca la puerta al extranjero intruso, cuyo tráfago sórdido turba el silencio de las sublimes contemplaciones. Tampoco salvaron a China, profanada ayer por europeos y norteamericanos, su tradición venerable, la ética sana y pura de sus grandes maestros, sus artes hondas y delicadas.

El ejemplo del Japón está en todos los labios, pero no sobra recordarlo. El Japón ha tomado de Europa máquinas, técnicas, inclusive mecanismos políticos y culturales. El espíritu no: por el espíritu, el Japón sigue siendo el que fue. No una traducción de Europa, sino un pueblo asiático que sabe mantener su tradición frente a la europea.

Invertir así la lección de Matthew Arnold, recordar que el espíritu nacional halla su mejor defensa en la buena organización de las *cosas* prácticas, implica suponer la existencia del alma española como entidad real y capaz de nuevos desarrollos.

A pesar de las declaraciones de los pesimistas, España parece, para quien la observa en conjunto y de cerca, un pueblo vivo, nunca un pueblo decrépito ni moribundo. He dicho: para quien la observa en conjunto y de cerca. Porque hay en España porciones viejas, inútiles o nocivas, que resaltan desde lejos; que son, no se sabe por qué, las más visibles y ostentosas. Así, por tivos. Así también —invoco la autoridad de Azorín— los toros o el duelo. En cosas tales se funda todo desdén extranjero por las cosas españolas.

Pero ¿y los censores de adentro? Varían en grado y en tesis; los hay tan diversos entre sí como Eloy Luis André, para quien el mal parece radicar en la incultura, y Eugenio Noel, para quien el mal estriba en una enfermedad infecciosa, el *flamenquismo*. Hay quienes van más lejos: creen que el mal es realmente interno, y hablan de enfermedad incurable o decadencia senil. ¿En qué se apoyan? Generalmente en observaciones hechas sobre la vida política, o, a lo sumo, sobre la vida de las clases a que se da el nombre de *superiores*.

El viajero por su parte, observa que esas clases tienen defectos, defectos naturales en ellas, en lo que tienen de parasitarias. Pero el pueblo, en conjunto, no produce impresión de senilidad; al contrario, tiene gran fuerza original. "Tiene genio", declaraban un día, a dúo, Luis Urbina y Alfonso Reyes, hablando del "pueblo bajo". El talento anónimo —individual si se quiere, pero confundido para nosotros en la gran masa— colaboró en la arquitectura de las catedrales y de los alcázares, en los cantares de gesta y en los romances; luego prestó canciones a la lírica y al teatro de los Siglos de Oro: mucho de lo mejor en Lope, en Tirso, en Góngora, lo deben a su maravilloso sentido de lo popular. Hoy mismo, el genio anónimo continúa creando el canto y la danza. La buena música española, cuya riqueza de selva virgen ha seducido a tantos compositores europeos, es popular, si se exceptúa la gran escuela de Morales, Vitoria y Guerrero, y unas cuantas páginas admirables de nuestros días y de poco antes. Y la danza no sale aún del período anónimo. Hoy que el criterio estético general se amplía, y en todas partes se habla de música popular y de danza, se descubre qué caudal de invención había en la que desdeñosamente se llamaba "la España de pandereta".

Pero sería muy rara la situación de España si todo lo bueno tuviera que esperarlo de las clases obreras y agricultoras; si las clases directivas fueran total y exclusivamente parasitarias. La solución de todo problema sería entonces muy fácil: educar al pueblo a toda prisa y entregarle la cosa pública, despojando de todo o hasta suprimiendo de raíz a las actuales clases directoras. No; las "reservas espirituales" de España, de la "España niña" de que nos habla Rodó, no están sólo ahí. También hay fuerzas vivas en otras porciones de la sociedad española. No quiero acudir a los ejemplos superiores, florecimientos que podrían darse aun en pueblos decaídos; así, la viva herencia ética y pedagógica de Giner. Prefiero limitarme al aspecto de la nueva generación, la posterior al 98: a pesar del *flamenquismo,* a pesar de las escuelas insuficientes y medianas, a pesar de la escasa educación política, los jóvenes se orientan hacia una claridad espiritual que no siempre poseyeron sus mayores.

En el mes de junio, en el buque en que me dirigía a España, tuve ocasión de entretenerme observando al numeroso grupo de españoles que viajaba a bordo. El ímpetu de *la raza* se revelaba en el típico afán de discusión: a todas horas, y sobre todas las cosas, y en los más diversos tonos, se discutía. Pero el ejemplo de moderación lo daban, contra lo que hubiera debido esperarse, los más jóvenes: o discutían poco, y con aceptables razones, o no terciaban en discusión. De los silenciosos pude conocer bien a dos, ambos tenían como ocupación el comercio. Y sin embargo, uno, que procedía de Murcia, recitaba con deleite el "Era un aire suave" de Rubén Darío. El otro, nacido en Cataluña, releía durante el largo viaje sus tres libros favoritos: *La República,* el *Emilio* y el *Quijote.*

No: no creo que está en el espíritu el mal de España. Creo que está en la deficiencia de las técnicas, en la insuficiencia de las máquinas. Sigo impenitente en la arcaica creencia de que la cultura salva a los pueblos. Y la cultura no existe, o no es genuina, cuando se orienta mal, cuando se vuelve instrumento de tendencias inferiores, de ambición comercial o política, pero tampoco existe, y ni siquiera puede simularse, cuando le falta la maquinaria de la instrucción. No es que la letra tenga para mí valor mágico. La letra es sólo un signo de que el hombre está en camino de aprender que hay formas de vida superiores a la suya y medios de llegar a esas formas superiores. Y junto a la letra hay otros, también seguros: el voto efectivo, por ejemplo, o la independencia económica.

Entre tanto, tal vez la situación próxima de Europa, después de la guerra, pondrá a España en condiciones de orientarse mejor, porque podrá orientarse más despacio. Toda Europa, después del conflicto, hará la crítica de la civilización contemporánea; y España, con no haber adoptado todos los mecanismos de última hora, tendrá la ventaja negativa de no hallarse obligada a deshacer demasiado, y la positiva de poder sumarse a las orientaciones mejores, depuradas en el crisol del fracaso, la conflagración de hoy.

El escéptico se acerca a mi oído, y dice: con todo lo escrito, se llega con demasiada rapidez a una conclusión demasiado sencilla, la de que España está esencialmente bien en el espíritu y que debe pensar en "las máquinas".

—Y bien, sí: ¿por qué desarrollar más, cuando sólo quiero apuntar, al vuelo, observaciones? ¿Por qué pretender que la idea es complicada, cuando es sencilla?

—La idea, sí. Pero ¿la realidad, los hechos, las *cosas?* ¿No habrá realmente mucho que corregir también en el espíritu?

—...Sí. Ya señalé los ejemplos.

—Ejemplos que quizás se resuelvan todos en cosas exteriores: los malos políticos, el *flamenquismo*... Pero ¿y lo de adentro? ¿Las incongruencias espirituales, que parecen hondas? ¿Las dos Españas, de que te habló Federico de Onís?

—Pienso en todo, y, sin embargo, no me convenzo de que

las incongruencias del espíritu español sean tales que le impidan el desarrollo futuro. ¿Qué pueblo no es incongruente? Inglaterra lo es tanto como España. Pero he ahí las ironías del destino de los pueblos: al principiar el siglo XX, España e Inglaterra se entregaban a discutirse a sí mismas; una y otra tropezaban, en el fondo de su psicología, con incongruencias peculiares. Pero en Inglaterra la pregunta era: "¿Por qué triunfamos? Lógicamente, tal vez deberíamos haber fracasado". Mientras tanto, en España la pregunta era: "¿Por qué hemos fracasado?"

La mejor respuesta al caso inglés —apelo a Wells y a Galsworthy— es que Inglaterra no ha triunfado tanto como creía. Tal vez la respuesta mejor sea, en el caso español, que España no ha fracasado tanto como se cree. No, ni con mucho.

Nueva York, 1917

DE PARÍS A MADRID

AL PASAR de París a Madrid, la impresión que se recibe es la de haber pasado de mayor a menor actividad. Es inevitable. París, terminada la guerra, ha vuelto a su antiguo esplendor: aun allí donde faltan impulsos nuevos, se ha ensayado el retorno a la situación anterior a la catástrofe, a fin de que la repetición de los actos familiares —suerte de respiración artificial— vuelva a traer la vida.

Madrid, en cambio, que durante la guerra adquirió mayor animación que la habitual, y, con el espejismo de la "congestión urbana", hasta se dio el lujo de establecer el ferrocarril subterráneo, vuelve ahora al ritmo pausado que la caracterizaba. Pero no hay que engañarse; dentro de su "notable lentitud" —noble lentitud castellana, saludable y llena de encantos para quien llega cansado por agitaciones frívolas o bárbaras—, Madrid nunca suspende el trabajo. Le falta el cambio incesante, el perpetuo cinematógrafo que en Nueva York va enriqueciendo nuestro espíritu con multitud de nuevos hechos, y en París —siempre superior—, con la renovación constante de las ideas, a las cuales se les descubren diariamente nuevos aspectos, posibilidades nuevas. En Madrid los hechos tienden a repetirse; las ideas no se modifican día por día, sino imperceptiblemente, poco a poco. Sólo de tarde en tarde hay, en vez de evolución, salto brusco; y el plano nuevo, alcanzado así, puede subsistir desde luego como normal.

Si ponemos los ojos en uno de los campos que más fácilmente puede recorrer pronto el viajero —el teatro—, pronto descubriremos que en Madrid probablemente se estrena igual número de dramas que en París, si no más. Pero la impresión de inactividad que produce el teatro español es explicable: porque en París cada mes —si no cada semana— se ensayan innovaciones, ya en el espíritu del drama, ya en el procedimiento, ya en la técnica de la representación, mientras que en Madrid se repiten, con ligeras variaciones, unos cuantos tipos de obra dramática, y nadie concibe otra cosa que el más pueril realismo en la *presentación* y la interpretación. No exagero. En estos momentos, el teatro español está reducido a seis tipos: el drama o la comedia sentimental de las gentes de Madrid (Benavente, Linares Rivas, Martínez Sierra, Sassone); la comedia del campo o de la aldea, con escenario andaluz, de preferencia (los Quintero); la tragedia de los obreros o los campesinos (López Pinillos y otros —herencia de *Juan José* y de los catalanes); las farsas, comúnmente derivando hacia la astracanada (Muñoz Seca et *al.*); el teatro poético (Marquina, Grau, Villaespesa); y el teatro policiaco. Sólo Benavente aspira a renovarse: noble intento en que a veces fracasa, pero que merece todo respeto y todo aplauso. En medio de la rutina teatral que lo rodea, Benavente ha querido abrir horizontes al teatro español; ha querido ser —él solo, al ver que nadie lo ayuda— Ibsen y Maeterlinck, Curel y Porto Riche, Bernard Shaw y Lord Dunsany. Hace poco, en Pascuas y Año Nuevo, se propuso volver a la comedia de magia, para niños, y estrenó dos obras interesantes, aunque no sean de las mejores suyas: *Y va de cuento; La Cenicienta.* ¡Lástima que el fracaso de sus buenas intenciones se deba las más veces al hábito de improvisación!

Después de Francia, probablemente será España el país que mayor importancia alcance en la historia de las artes plásticas desde los comienzos del siglo XIX hasta los del XX —el período que va desde Goya hasta Picasso—, cuando se haga plena luz en medio de las nieblas en que hoy se agitan la mayor parte de las opiniones. La importancia de España (que, por lo demás, nadie niega) se debe a su producción autóctona, genial, espontánea. Su contribución a las normas ideológicas del movimiento artístico ha sido escasa, menor que la de Alemania o la de Inglaterra, salvo en caso de artistas españoles residentes en París. Y su contacto con el resto de Europa ha sido siempre imperfecto. Mientras en Francia la magia del color, con Renoir, daba al mundo el esplendor de otra primavera artística como la del Renacimiento en Venecia, y Cézanne traía de nuevo a los problemas de la forma la inquietud ideológica de Florencia, el impresionismo y el post-impresionismo, al llegar a España, suelen quedarse en las costas, en las Provincias Vascongadas, en Cataluña y Valencia, y es raro que suban a las mesetas.

En Madrid se pinta siempre —hay quienes pintan con estupenda maestría, don innegable de *la raza*—, pero se expone poco, y falta el continuo choque de ideas y de procedimientos, en la discusión y en la crítica, que hace de París un crisol incomparable. Sólo en torno al arte nacional de siglos pasados hay aquí gran actividad de investigación y de opiniones. Díganlo, si no, las multitudes que han acudido a escuchar, en el Ateneo, las conferencias de Beruete sobre "La paleta de Velázquez", y de Vegue sobre la obra maestra del Greco —*El entierro del Conde de Orgaz*—, conferencias, ambas, que eran fruto de minuciosas investigaciones técnicas e históricas.

El interés por la música sí es sorprendente. No es extraordinario el número de conciertos ni de funciones de ópera, pero, en el Teatro Real, se oyen espléndidas interpretaciones de Wagner; se oyen óperas recientes, de Richard Strauss, de Charpentier, de Wolf-Ferrari; se estrenan óperas españolas. Las orquestas sinfónicas ofrecen programas excelentes. Y hay igual interés por escuchar a los maestros de los siglos XVI a XVIII, prodigiosamente resucitados por Vanda Landovska, en piano o en clavicímbalo, que por conocer las últimas producciones francesas, rusas o españolas interpretadas con arte depurado y hondo por el pianista catalán Ricardo Viñes. España tiene ahora fe en su música (¡y en su baile!), y la fama universal de Albéniz, Granados y Falla sirve de acicate a las devociones musicales del público. Y en la crítica de periódico, el juvenil entusiasmo, la segura intuición y el saber impecable de Adolfo Salazar ponen en circulación las mejores doctrinas de estética musical.

De todas las instituciones culturales de Madrid, hay una que da carácter único y eminente a la ciudad: el Ateneo. Nada semejante posee París —acaso porque todo París es ateneo, en sus escuelas y en sus teatros, en sus salones y en sus cafés. En toda España hay centros culturales que imitan al de Madrid; viven lánguidamente en comparación con el de la capital, y no tienen su importancia histórica. En la América española, nacen y mueren como las revistas literarias.

Hay que repetirlo: el Ateneo de Madrid es único. Desde hace cincuenta años es el centro insustituible de la vida espiritual de la metrópoli. Música, artes plásticas, literatura, ciencia, filosofía, religión, política, todo va a dar allí. Como la biblioteca es rica, de fácil manejo, y, en invierno, mejor calentada que las demás, se ha convertido en oficina de trabajo para muchos escritores. Su salón de conferencias —donde las hay diariamente, ya sueltas, ya en series, formando cursos —atrae al público que no se decide a acudir a la incómoda Universidad Central, el público que en París asistiría al Colegio de Francia o a la Sorbona. Y en sus conferencias y discusiones públicas, el Ateneo es la tribuna donde todo se dice, aun en las épocas de mayor censura oficial: allí exponen sus ideas, y sus quejas, y hasta sus locuras, desde el jesuita que aboga por el restablecimiento de la Inquisición, hasta el anarquista que quiere derribar "todo lo existente".

¿Y las escuelas? ¡Cómo se puede estudiar en ellas la vida española! Mucho hay que observar, sobre todo, en el complicado organismo encomendado a Castillejo, discípulo del inevitable Giner, del silencioso reformador de España: la Junta para Ampliación de Estudios, que fue creada como rama complementaria de la enseñanza oficial, y que lentamente va revolucionándolo todo, ante la escandalizada impotencia de los reaccionarios.

La prensa ofrece campo de observaciones curiosas, y más ahora, con la revolución traída por *El Sol,* órgano de capitales poderosos, cuyo poder anda cerca del monopolio, y, sin embargo, propagador de doctrinas muy cercanas al socialismo.

Y la política... ¡Ay, la política!

Madrid, 1920

LA ANTOLOGÍA DE LA CIUDAD

CADA CIUDAD tiene su espíritu, decimos siempre; cada ciudad tiene su aire, su "sello propio". Pero hay más: el espíritu de la ciudad está en el paisaje que la rodea, y en el trazo de sus calles, y en sus edificios, y en sus jardines, y en las costumbres de su gente; y va aún más lejos: está en la pintura y en la literatura que produce, en la música que canta y toca. Así, de cada ciudad española pudiera hacerse una antología, demostrando la unidad de carácter en el paisaje, en la arquitectura, en la poesía.

Sevilla, reina de las ciudades españolas. ¡Perdón, esclavos de la *Toledomanía!* La antología de Sevilla, si se quiere, puede prescindir de las representaciones usuales o pudiera reducirlas a meros signos de recordación: el Guadalquivir, la Giralda, el flamenquismo pintoresco... Pero deberá revelar la unidad de carácter que enlaza edificios de épocas y estilos muy diversos: cómo el Alcázar mudéjar de Don Pedro y la Casa de Pilatos se unen con los palacios del Renacimiento y las residencias del siglo XVIII; y cómo concuerdan ellos, en líneas y en colores, con la poesía de Rioja y con la de Herrera; y cómo el acento sentimental de esos poetas renace en Bécquer; y cómo la rima, hecha de pasión y suspiro, se une con la canción popular, la de hoy y la de ayer; y cómo son una, en las canciones, letra y música; y cómo la música popular de ahora es hermana de los tiernos cantares religiosos del siglo XVI; y cómo el espíritu que preside a la deliciosa música de Guerrero es el que crea la imagen de la Virgen en la pintura. María Santísima, la madona sevillana, está ya en plenitud en los lienzos de Alejo Fernández, uno de esos artistas —como Crivelli, como Gentile da Fabriano, como Fra Angélico, como Benozzo— para quienes el mundo es a veces de oro: cuento de hadas o paraíso de Dante; y la madona reencarna en los cuadros de Juan de Roelas, invadido de estrellas el manto azul, y en los de Pacheco, donde se muestra juntamente hierática y delicada; y así llega a Murillo, pintor a quien su ciudad explica y regenera: no en las Concepciones pueriles que ruedan por el mundo, sino en la Concepción de Sevilla, fuerte y ágil, que vuela poderosamente entre grandes nubes y aire vivo, afirmando la planta sobre el orbe de su gloria. Y si queréis saber cómo la vida de ahora es hija de la de antaño, acudid al testimonio de los visitantes castellanos: a Cervantes, en las *Novelas ejemplares,* y a Lope, en sus comedias de Sevilla:

200

La estrella, La niña de plata y sobre todo el maravilloso primer acto de *Lo cierto por lo dudoso,* lleno de música fina y de luces de oro y violeta.

Córdoba: ¿quién no ha de unir en el pensamiento la poesía complicada de la Mezquita y la arquitectura de los poemas de Góngora? Y en Granada: ¿no ha dicho nuestro amigo Vegue que la Iglesia de San Juan de Dios es "la Alhambra del barroco"? La Alhambra, la Catedral, San Juan de Dios, la Cartuja... La retórica de Fray Luis, el cuento del *Abencerraje,* la compleja historia de las *Guerras civiles...* ¡Si la antología de Granada nos la da en compendio el romance de Abenámar!

> ¿Qué castillos son aquéllos?
> ¡Altos son, y relucían!

La unidad de Toledo es fusión de contrastes, unión de muchos extremos: la ciudad, murada, aguerrida, típica ciudad de Castilla enclavada en altura; y abajo el río, la vega, los Cigarrales, ofreciéndose como paisaje para la literatura pastoril. Ciudad de mucha historia y con poco espacio para contenerla; ciudad sin dones naturales de opulencia, y obligada a concentrar riquezas por razones de política. Tantas dualidades ¿explicarán el secreto de Toledo, los signos sorprendentes del Greco? ¿Explicarán, por ejemplo, a Garcilaso, guerrero que canta de pastores?

Cada ciudad castellana dará su antología, rica de historia. Ávila, la ciudad cercada por la doble muralla medieval, con su Catedral guerrera, con su multitud de templos. En ella habían de nacer la música poderosa, la religiosidad dramática, de Vitoria, y el misticismo activo de Santa Teresa.

Y Madrid, la ciudad de las intrigas palaciegas, de las guerras literarias. Es la enemiga de los grandes caracteres: de Quevedo como de Giner. Su antología llevará enredos de Lope, malicias de Tirso, amarguras de Alarcón... Pero llevará también las fiestas de Manzanares y del Sotillo, los paseos de la Calle Mayor, las romerías de San Isidro, y, como preseas y coronas, los fondos de paisaje que pintó Velázquez y las escenas campestres que pintó Goya.

Y no diría yo más —cada quien puede ir haciendo su antología de las ciudades que conozca— si no reclamaran Azorín, que ha descrito los dulces de los pueblos, y Alfonso Reyes, que ha escrito versos al confitero toledano, la mención de una de las artes menores: la dulcería. Cada ciudad, así como tiene sus santos tutelares, dioses epónimos cuya sombra vaga todavía por las calles —Isidro en Madrid, Teresa en Ávila, Justa y Rufina en Sevilla, Eulalia en Mérida, Justo y Pastor en Alcalá de Henares—, tiene sus dulces. ¡Mazapanes de Toledo, tortas de Alcázar de San Juan, turrones de Alicante y de Jijona, yemas de las monjas de San Leandro en Sevilla, melindres de Yepes, almendras escarchadas de Alcalá! Lástima que no quepan en las antologías...

ADOLFO SALAZAR Y LA VIDA
MUSICAL EN ESPAÑA [1]

CUANDO SE mira de cerca la vida espiritual de la España contemporánea, sorprende el apasionado interés que despierta la música. No apasiona tanto la pintura, aunque España le deba su mayor fama como creadora de arte, aún hoy: Picasso, Zuloaga, Sorolla... Y acaso sea porque en pintura España vive de su caudal propio (sus pintores *avanzados* viven fuera, y, entre tanto, sólo de oídas conoce el público de Madrid a Renoir, a Cézanne, a Van Gogh, a Gauguin, a Matisse), mientras en música, une, a la actividad nacional, la costumbre de *estar al día* en los programas de conciertos, ya que no en los repertorios de ópera.[2]

Desde luego, si faltara la actividad creadora, el interés del público sería fútil, como parece fútil hasta hoy en los Estados Unidos, donde ni la calidad ni la cantidad de la producción nacional le dan justificación superior. España está ahora en su segundo Renacimiento musical, y, o mucho me engaño, o bien pronto se la verá ocupar nuevamente un puesto semejante al que tuvo en la Europa del siglo XVI, con sus vihuelistas de corte y sus maestros eclesiásticos. El movimiento que comenzó con Pedrell y que ha dado ya al mundo tres nombres célebres —Albéniz, Granados, Falla— va en aceleración continua.

Y el movimiento ha encontrado en Adolfo Salazar el crítico y el propagador que a su calidad correspondía. No es poca fortuna, aquí donde el sentido crítico, el discernimiento claro y penetrante, no ha solido acompañar a los movimientos intelectuales y artísticos. Salazar es compositor; apenas conozco producciones suyas, pero sé que confirman las doctrinas estéticas que propaga. Y agrada que así sea: aun cuando Salazar llegase a preferir, como labor personal, la doctrina a la creación, sus composiciones de hoy servirán siempre como la mejor prueba de sus devociones.

La estética de Adolfo Salazar parte de este axioma, paradójico de puro sencillo: la música debe ser musical. Sencillo como es el axioma, es revolucionario, y va, especialmente, contra el siglo XIX.

—¡Cómo! —exclamarán los que todavía no quieren enterarse de que ha comenzado el siglo XX— ¿contra el siglo que comienza en Beethoven y acaba en Wagner y en Brahms?

—Sí, precisamente. Y va más lejos aún. Se opone a que la música sea *ancilla theatri,* como lo ha sido en Italia desde que pasa la época de Claudio Monteverdi y Alessandro Scarlatti, y, después de Italia, en todas partes, con pocas excepciones. Se opone a que la música sea víctima de la lógica escolástica engendradora de los moldes fijos y de los desarrollos interminables. Se opone a que la música, engañada por pretensiones *literarias,* y hasta filosóficas, se empeñe puerilmente en ser expresión *literal* de sentimientos, actos e ideas, como a menudo ocurría desde los románticos. Se opone a que, en la labor del que compone como en la ejecución del que interpreta, el ruido supere al sonido. Quiere que la música sea, sencillamente, música.

¡A cuántas cosas —a cuántos autores, a cuántos *virtuosos*— hay que oponerse, para ser fiel al elemental axioma! Pero con él ¡cuántas cosas se aclaran, cuántos valores se definen! Se desecha la manía germánica de medir en la música grados de *profundidad.* Y se desecha la rutina académica de medir grados de excelencia según la aplicación de reglas, rutina que muchos llegan a confundir con leyes de la naturaleza: ¿qué es sino rutina la noción de que la única tonalidad existente es la diatónica, o la noción de que sólo deben existir dos modos, mayor y menor? Y así, en libertad para gustar de la música por la calidad musical pura, por la suma de belleza creada con el valor intrínseco de los sonidos, el horizonte se ensancha maravillosamente: en todas partes se puede —y se debe— aprender, y en los lugares más inesperados se puede admirar. La música no tiene entonces época ni país ni menos clase social: Beethoven es siempre ídolo nuestro, pero no admiramos menos a Palestrina o a Vitoria; igual nos deleita la inspiración pura y honda de los clavecinistas de Francia que la Rusia bárbara y espléndida de *Los Cinco;* y el complejo encanto con que se estudia a Bach no impide que nos atraigan la canción de Asturias o la danza de Hungría.

Adolfo Salazar realiza su programa con sinceridad y exactitud concedidas a muy pocos. En él parece cumplirse el ideal del perfecto amante de la música: tener la percepción siempre virginal, y tener la memoria rica de toda la sabiduría. Ágil cabeza filosófica, nutrida y ejercitada dialécticamente en vastísima lectura, nunca deja de relacionar sus juicios de cosas individuales con su doctrina fundamental. Y, sin embargo, el juicio brota siempre, certero, de la impresión fresca, directa, juvenil. ¡Envidiable coordinación natural de la razón y el gusto! Así logra realizar, día a día, sin flaqueos ni contradicciones, la más activa, la más *invasora* campaña de estética musical que acaso se haya visto nunca en Madrid.

Porque no cabe darse cuenta de la labor que realiza Adolfo

Salazar si no se han leído, día por día, sus crónicas de *El Sol* y sus artículos de revistas. Al volver a Madrid, en diciembre de 1919, comencé a conocerle por sus crónicas: a los pocos días, me eran indispensables; estaba seguro de encontrar en ellas el placer que producen la seguridad del criterio, la certeza de los juicios, los curiosos hallazgos en el pormenor... Por ejemplo: el juicio sobre la *Salomé*... ¡Con qué aguda psicología presentaba a Richard Strauss caminando fatalmente, a través de sus *Poemas tonales,* hacia el teatro! ¡Con qué claridad de análisis lo coloca, por su modo de concebir los problemas de la expresión, y hasta por los alardes de complicación con que quiere parecer moderno, entre los músicos que miran hacia el pasado romántico! Bien pronto llegué al asombro: aquello se multiplicaba con la prodigalidad del despilfarro; a veces en las simples gacetillas iba, entre líneas, toda una teoría. El cronista se revelaba dominador de todas las épocas de la música, pero, a la vez, apologista ardoroso de la nueva, la que reconoce en Musorgski y en Debussy sus patriarcas y culmina hoy, según él, en tres maestros: Ravel, francés; Stravinski, ruso; Falla, español. Y la vivacidad, el entusiasmo, el frecuente humorismo, sobreponiéndose a la maraña del estilo, daban calor juvenil a la propaganda.

Después he conocido personalmente a Salazar, y aunque veinticinco años mucho explican, no explican toda su torrencial actividad. Ahora, como es verano, y no hay crónicas de orquesta ni de ópera, se entretiene en regalar a revistas como *España* y *La Pluma* una geografía musical de Europa y América... Mañana atacará, con su acostumbrada *fougue,* los intrincados problemas de la historia musical de España, desde las cantigas de los trovadores hasta los dramas líricos del siglo XVII.

No ocultaré —y menos a quienes van a leer extractos de su obra— que el estilo de Salazar es lo único que en él me desazona. No tiene lima, y, desgraciadamente, a menudo no es claro. Lástima es, ya que la propaganda pierde así de su eficacia; y poco esfuerzo basta, con tal que sea sostenido, para alcanzar la claridad y la limpieza. Porque cualidades de estilo no faltan en la prosa de Salazar: tiene, especialmente, el don de las fórmulas epigramáticas.

En estilo perfecto, muchos de sus epigramas serían célebres a estas horas. Una vez oímos a un joven pianista que ponía en la interpretación de Debussy el estrépito y temblor que cuadran a Liszt. Como el desastre ocurría en una fiesta de invitación, la censura abierta habría parecido descortés: Salazar se contentó con decir —poco más o menos— que el pianista fue aplaudido y dejó entrever cómo interpretaría a otros compositores. En otra ocasión, hablando de un concierto lleno de *tours de force,* dice:

"El atletismo no es una de las virtudes musicales que admiramos". A propósito de Ricardo Viñes, y de por qué su arte perfecto y sin alardes no seduce a los devotos de otros pianistas: "No da pie para citar a Wilde". No menos ingeniosos son su elogio del sueño a que provoca *Parsifal* (perdonen los amantes del crepúsculo wagneriano); o su definición de las tres inundaciones alemanas en la vida musical de Inglaterra —Haendel, Mendelssohn y Brahms—: la inundación de incienso, la de almíbar y la de opio.

Pero su humorismo, aunque parezca irreverente, no lo es para quien siga de cerca su labor. Si señala francamente los puntos vulnerables en la rígida armadura de los dioses del Walhalla germánico, o las manchas en el pintoresco manto de los reyes de la vieja ópera italiana y francesa, no es sólo para despojarlos de injustos privilegios, sino para que compartan el señorío —en la universal democracia de las obras maestras— con otros héroes, a veces anónimos, populares. Y quiere que, libres de prejuicio y rutina, estemos ágiles para seguir los vuelos de la imaginación moderna a la vez que para situarnos más allá del límite de 1700 en que nos cortaban el paso, hasta hace poco, los programas de conciertos; que seamos, en fin, como nuestro inevitable Rubén Darío, muy antiguos y muy modernos.

Madrid, 1920

GOYESCAS

I

COMO GLINKA, como Musorgski, como Borodin, que fundaron la ópera rusa en los aires populares, en las danzas y en la riquísima vena de los cantos corales eslavos, así Pedrell y Granados aspiran a fundar la ópera española en el baile y la canción del pueblo. Al propósito precedió el estudio: "La armonización del canto popular —ha dicho Pedrell— forma un ramo de la literatura musical folklórica... Gracias a esa literatura se han descubierto ignorados mediterráneos de tonalidades, modalidades, influencias de razas, toda una étnica de la armonía, que ha explicado el advenimiento de nacionalidades a fin de que sonasen en la vida del arte todas las cuerdas de la lira humana... En estos casos no todas las armonizaciones son buenas ni adecuadas; entre cincuenta o cien armonizaciones hay que desechar todas aquellas que no responden a la índole y étnica del canto, eligiendo la única que se adapte a su ambiente modal y tonal". Este movimiento para extraer de la voz del pueblo la esencia pura en que debe fundarse la nueva música española es, como se ve, parte del movimiento, universal hoy, de nacionalismo artístico.

Granados, defensor de este nacionalismo, revela, con sus *Goyescas,* cómo lo concibe. Los ritmos populares que predominan en su obra no se ciñen a las formas elementales de su origen, sino que se desarrollan y enriquecen. Además, en las piezas que para el piano compuso bajo el título de *Goyescas,* así como en la ópera que de ellas nació, ha unido a la inspiración de la música nativa la sugestión de la obra y la época de Goya, "el más español de los pintores": su nacionalismo aspira a ser *total,* sintético.

Al alzarse el telón, nos sorprende la compleja polifonía vocal con que acompañan majos y majas el goyesco manteo del pelele. Las voces entretejen el canto, de ritmos fascinadores, en hermosa variedad, renovada siempre, de efectos corales que culminan en brillante clímax, a la entrada de Pepa, la maja popular. Con la intervención de Rosario y Fernando, los protagonistas de alta alcurnia, cambia parcialmente el carácter de la música; pero los personajes aislados no llegan a dominar en el conjunto: como en *Boris Godunof,* como en *El príncipe Igor,* el coro es el héroe principal en el primer cuadro de *Goyescas.*

Si el pueblo es quien impera, con su canto, en el primer cuadro, impera también, con sus danzas, en el segundo, desde el fino, arrullador Intermezzo: la acción dramática pasa, en "breve y veloz vuelo", sobre la agitación continua de la masa humana. El baile español, incorporado por artista español al drama musical, se impone triunfalmente, y no olvida ni sus estrepitosos palmoteos ni sus ruidosos ¡oles! ¿Qué mucho? ¿No triunfan también las maravillosas danzas tártaras de *Igor,* con los golpes y gritos de la estepa?

El pueblo desaparece en el cuadro tercero y sólo se le recuerda de paso, hacia el final, cuando por el fondo cruzan, amenazadores, el torero y la maja. Al iniciarse el cuadro, de pasión y dolor, pasa levísimamente, sobre la orquesta, el hálito de *Tristán e Isolda,* el más hondo poema de amor y muerte. Si en los dos cuadros primeros tuvo la música fuego y color, ahora se vuelve claro de luna; la enamorada triste habla al ruiseñor solitario. Luego el amante coloquio de pasión, la despedida, y, súbita, inesperada, la muerte...

Brillante unas veces, otras delicada y fina, la creación de Granados es digna del honor que le ha correspondido: introducir la ópera española en el principal teatro de la América del Norte. Habrá reparos que oponerle: así, sobre uno que otro pasaje orquestal ligeramente borroso, o sobre la necesidad de mayor relieve en los protagonistas y aun en sus conflictos, lo cual, sin embargo, quizás estorbaría el efecto de grupo y de masa buscado por el autor. En conjunto, la obra merece el triunfo que alcanzó.

Nueva York, 1916

II

La breve ópera que Enrique Granados compuso combinando en partitura orquestal sus *Goyescas* de piano, iba a ser estrenada en París en 1914. Sobrevino la guerra y Granados llevó su obra a Nueva York. *Goyescas,* pues, se estrenó en la América del Norte el 28 de enero de 1916. Se cantó en español, que a menudo no lo parecía, porque los cantantes eran de Italia o de los Estados Unidos.

Goyescas se cantó cinco veces en la temporada, siempre con éxito ruidoso, debido, en buena parte, al entusiasmo de la gente de lengua española. La crítica, en su mayoría, trató bien la obra; Finck, Henderson, Krehbiel, Aldrich, los más respetables críticos de música en Nueva York, elogiaron francamente a Granados. Pero la gente joven no se entusiasmó tanto: su actitud se refleja en el interesante libro de Carl van Vechten, *La música de España* (1918), donde se elogia a Granados, no por su ópera, sino por su música de piano. En suma: el éxito de *Goyescas* entre el público y la multitud de españoles e hispanoamericanos residentes en Nueva York habría justificado la conservación de la obra en el repertorio; si no se conservó, es culpa de la pereza habitual en las empresas de ópera.

Después del estreno en Nueva York, Granados pensaba asistir al de Buenos Aires, con la ilusión de retocar la partitura y perfeccionar los pormenores de la interpretación. La muerte le sorprendió, a poco, en mares europeos, y el estreno de la América del Sur creo que no ha tenido lugar. Entre tanto, el Teatro Nacional de la Ópera, en París, no olvidaba el proyecto de ofrecer *Goyescas* al público francés, y acaba de hacerlo, el 17 de diciembre de 1919.

El éxito en París no pasó de *succès d'estime,* a juzgar por el aplauso del público. La opinión de los críticos, no he podido saberla: no sé si es que la guerra y sus consecuencias persistentes han desorganizado la crítica de París, o si es que, por deferencia a España, los escritores prefieren esconder bajo frases vagas su poco amor a la obra. Ello es que nada se ha escrito en la prensa de París comparable a los excelentes juicios que escribieron Finck o Henderson en Nueva York. Y sin embargo, gracias a los métodos del Teatro de la Ópera, donde se mantienen las obras en el cartel mientras se puede, es probable que *Goyescas* se represente en París —donde no tuvo éxito real— muchas veces más que en Nueva York, donde el público aplaudió con delirio y atestó el teatro en cada representación.

Quienes no gustan de *Goyescas* como ópera, suelen decir que se resiente de su origen pianístico y que Granados no sabía escribir para orquesta. Lo primero, no es verdad; lo segundo, podría serlo en parte, pero no lo sé: no conozco las otras óperas de Granados, ni sus poemas sinfónicos. La orquestación de *Goyescas* es a ratos borrosa, y pocas veces es rica; las voces de los cantantes no están bien tratadas (excepto en la romanza de soprano, "La maja y el ruiseñor"); y al conjunto le falta unidad dramática, con la desventaja de que el interés y el mérito musical van decayendo a medida que avanza la obra, la cual termina en desmayo.

Y sin embargo ¡cuántas bellezas en la partitura! En conjunto, y en el aspecto puramente musical, la prefiero a la mayoría de las óperas breves contemporáneas que conozco: las hay más vigorosas, en que la música subraya con eficacia *teatral* los episodios del drama; pero ninguna tiene la riqueza de ritmos ni el color genuino y brillante de *Goyescas.*

El *Pelele,* delicioso en el piano (¡y con qué finos matices lo ejecutaba Granados!), se vuelve, en la intrincada polifonía coral —tres melodías que cinco grupos de voces tejen y destejen— maravilloso tapiz policromo, genuinamente goyesco. En general, el primer cuadro es excelente, con el coro como personaje central, procedimiento en que el compositor español coincidió de modo espontáneo, por el natural influjo de los elementos populares, con la ópera rusa. Y el coro y los danzantes son los héroes en el cuadro segundo: ritmo, color, fuego. Y aun hay que alabar el fino, lánguido *intermezzo* —que Finck declaró, con justicia, superior a otro italiano celebérrimo— y el delicado sentimiento de "La maja y el ruiseñor".

¿Qué exige *Goyescas,* pues, para triunfar en los teatros? Ante todo, buenos coros, y sentido de los ritmos españoles en la dirección de la orquesta.

En Nueva York, el éxito se debió a la preparación cuidadosa. Bavagnoli no es gran director de orquesta, pero trabajó con ahinco, bajo las indicaciones de Granados, y logró efectos interesantes, realzados por la perfecta acústica del teatro, donde no se pierde nota. Los coros, bajo la habilísima dirección de Setti, hicieron prodigios. ¿Qué más? ¡Si hasta las comparsas mudas hicieron maravillas en el manteo del pelele, que volaba con grotescas contorsiones hasta el altísimo techo del escenario y caía de nuevo, infaliblemente, en la manta!

Las decoraciones y la indumentaria tuvieron carácter adecuado, y aun fue de mucho efecto la iluminación del baile de candil (cuadro segundo). El fandango, bailado por Rosina Galli y Bonfiglio, resultó interesante como *traducción* (hablo sin ironía) de la coreografía popular española a la coreografía de tradición académica.

En París, si el éxito no ha sido mayor, culpa es, en primer lugar, de la mala preparación de los coros, que no sólo resultaron incapaces de tejer el complicado tapiz goyesco del *Pelele,* sino que a menudo desafinaron lamentablemente. En cuanto a la orquesta... la comparación entre Bavagnoli y Chevillard sería absurda; pero lo que el empeño laborioso pudo realizar en Nueva York no quiso realizarlo en París la superior maestría. La festinación de los ensayos resultaba visible. El único trozo de *Goyescas* que orquestalmente cobró sentido, en el estreno de París, fue el *intermezzo,* y no lo dirigió Chevillard, sino Eduardo Granados, hijo del compositor.

En fin, la deplorable acústica del Teatro de la Ópera contribuyó al deslucimiento. ¡Y hasta el pelele caía fuera de la manta!

—Sería para simular mayor realismo—, me han dicho.

—No —respondo; los majos y majas de Goya nunca dejarían caer el pelele fuera de la manta.

El error de Granados probablemente estuvo en entenderse con la grande Ópera y no con la Ópera Cómica, teatro de mejor acústica y donde habría *encajado* mejor su obra, por las dimensiones y por el carácter.

¿Pero no hubo cosa en que París superara a Nueva York? Sí; varias hubo... Y siendo en París, no podía ocurrir de otro modo. Las decoraciones y la indumentaria, desde luego. La decoración del primer cuadro (el paseo de San Antonio de la Florida) y la del segundo (el baile de candil) son de Zuloaga; la del tercero (el jardín madrileño de Rosario) es de Maxime Dethomas. La tercera es quizás la mejor: iglesia clásica en el fondo, verja, fuente, jardín, ambiente nocturno... y sería impecable la primera, sin el verde oscuro, poco goyesco, que puso Zuloaga en los árboles: por lo demás, los perfiles del paisaje madrileño están admirablemente vistos, y con ellos se fundían en opulento tapiz los preciosos trajes multicolores de majos y majas. Marthe Chenal —que no cantó bien— evocaba, con elegancia suma, los retratos de la Duquesa de Alba.

Finalmente, la aparición de Amalia Molina en *Goyescas,* indica que la Ópera de París se decide a representar, cuando el caso lo pida, en vez de las tradicionales bailarinas de academia, intérpretes genuinos del arte popular de su tierra. De Amalia Molina decía *Faublas:* "Perfecta y discreta... Verdadero baile; casi no es teatro. ¡Qué ciencia, pero qué medida!"

París, 1919

EN TORNO AL POETA MORENO VILLA

I. LAS CLASES LITERARIAS

JOSÉ MORENO VILLA pertenece a la aristocracia cerrada de la literatura española. No lo digo como metáfora de elogio; hablo en términos de clasificación estricta, técnica. Quien observe el cuadro actual de la literatura española con sentido de la *estrategia literaria* (arte sobre el cual saben tantas cosas los franceses) se dará cuenta de que existen en Madrid cinco clases.

Una, los escritores que están fuera y por encima de todo grupo, ya por su mérito excepcional (tal fue el caso de Pérez Galdós), ya por una combinación de mérito y fortuna (como en el caso de Blasco Ibáñez). Otra, "todo el mundo", la democracia literaria del periódico y del libro improvisado, donde no faltan a veces grandes talentos, como el humorista Julio Camba. Otra, el círculo de las reputaciones oficiales, y a menudo artificiales o inexistentes, resto de la época de la Restauración: por ejemplo, muchos académicos. ¿Sabe nadie, entre el público de simples lectores, quién es el señor Sandoval, o qué ha escrito el señor Gutiérrez Gamero? Otra, muy interesante, los excéntricos: tales son, por ahora, los poetas *ultraístas*. Y otra, en fin, la aristocracia cerrada.

Es larga y compleja la formación de esta aristocracia que, bien se comprende, surge después de 1898. Para unos, existe como cosa de selección consciente y voluntaria; para otros, como ambiente natural, sin que parezcan pensar en ello. Sus miembros se distinguen por la depuración de los gustos, por el amor al *decorum,* que se extiende a las formas sociales. Se les conoce, en la conversación, por los adjetivos discretos: nada del "genial" y del "sublime" de que abusan los gacetilleros; comúnmente les basta decir: "está bien", a la francesa, o "es interesante", a la inglesa. Juzgan rápidamente las cosas mediocres, y no vuelven a hablar de ellas. Pero sus exigencias reconocen límites prudentes: cuando el escritor representa valores nuevos, aunque tenga extravagancias personales, como Valle-Inclán o Pío Baroja, se le incluye en el círculo selecto, sin esfuerzo, y aun sin que ellos lo sepan. Para dar idea de lo que es la clase, bastará mencionar unos cuantos de sus miembros mejor conocidos: Unamuno es su filósofo místico; José Ortega y Gasset es su filósofo intelectualista; Juan Ramón Jiménez y Antonio Machado son sus principales poetas; Azorín es su crítico; Enrique Díez-Canedo es su humanista moderno... En la pedagogía social, la clase entronca con la Institución Libre de Enseñanza, con la clara y fecunda tradición de Giner. En el mundo de la erudición, es aliado del grupo que encabeza Menéndez Pidal, hombres de disciplina perfecta y saber acrisolado. No tenía ramificaciones americanas; de América había recibido poco: pero no hay que olvidar que reconoció siempre a Rubén Darío como aliado y maestro, y que escuchaba, de lejos, la voz persuasiva de Rodó. Confesemos que a menudo el hispanoamericano no sabe orientarse en la España intelectual, porque o la desdeña o la admira sin discernimiento, y en cuanto llega a Madrid se echa en brazos de los fabricantes de sonetos fáciles o de novelas eróticas. Ahora el grupo cuenta con miembros americanos como Alfonso Reyes, y aun entre hombres de generaciones anteriores tienen excelentes amistades, como la de don Francisco A. de Icaza.

II. LA POESÍA DE MORENO VILLA

Aunque llamo cerrada a esta aristocracia, no quiero decir que le falte deseo de abrir las puertas, por ejemplo, a los más jóvenes. Entre éstos, descubrió a José Moreno Villa, hacia 1912.

Moreno Villa tiene ahora cuatro libros: *Garba,* 1913; *El Pasajero,* precedido de un ensayo de Ortega que gana al ser leído de nuevo, 1914; *Luchas de "Pena" y "Alegría" y su Transfiguración* (alegoría), 1915; *Evoluciones,* 1918. Todos contienen versos; el último, además, prosa.

El poeta es de Málaga, y reside en Madrid. Su primer libro tiene sabor andaluz; en el segundo, se advierte que está descubriendo a Castilla. Y Castilla domina en los dos libros posteriores. El tránsito de lo andaluz a lo castellano —de la riqueza a la severidad, de la pintura a la reflexión, de la música al ritmo abstracto— se observa en él aún más claramente que en otros contemporáneos suyos. La evolución de Jiménez tiene tanto de impulso espiritual puro, que no cabe atribuirla de modo principal al paisaje; ni tampoco ha muerto su Andalucía interior: aun despojándose de galas, conserva sus tesoros de luz, sus diamantes puros y sus cristales diáfanos.

Antonio Machado, hijo de Sevilla, "se encontró a sí mismo" en los campos de Castilla la vieja. Pero su hermano Manuel, aunque sabe hallar notas de energía en la tierra castellana, como su célebre esbozo del destierro del Cid, alcanza su plenitud en los poemas andaluces.

Y así creo que ocurre también con Moreno Villa. En su etapa castellana hay originalidad, vigor, sentido del "carácter" de las regiones centrales españolas, hasta en los pormenores grotescos; pero creo que, como simple poesía, vale más el conjunto de su etapa andaluza, o, si se quiere, de su fase andaluza, puesto que todavía vuelve, a ratos, al tono de las mejores composiciones de *Garba* y del poema "En la selva fervorosa", del libro *El Pasajero*. En finas notas de color, en imágenes curiosas y delicadas, en ritmos musicales, en sugestiones a veces misteriosas, está evocado allí el Sur de España.

>Galeras de plata por el río azul...

¿No veían ya los seguidilleros populares de Sevilla, en el siglo XVI, llegar "a la Torre del Oro barcos de plata"?

>Véspero azul de la tarde violeta...

Colores nuevos; pero ya jugaba con los colores —con otros— Góngora.

>Arpas y liras, violines, rabeles,
>¡ah! y la guitarra de mi corazón...

Música meridional entre todas: la guitarra morisca que "sale gritando" en los versos del Arcipreste.

No me atrevo a asegurar que mis preferencias *meridionales* (mis preferencias van cada vez más y más hacia el Sur) habrán de ser compartidas por todos. En el libro de *Evoluciones* hay mucho que espigar; en el dominio de la forma, revela a menudo seguridad mayor que la precedente; y tal vez dos o tres poesías de *Labor breve y paralela* (por ejemplo, "Otoñal", "Tarde romántica") sean, si aisladamente se las juzga, las mayores realizaciones poéticas de su autor. Y desde luego, a quienes por temperamento se inclinen a Castilla, me atrevo a recomendarles las prosas: en los "Caprichos románticos" y en los "Caprichos góticos", Moreno Villa ha logrado, ya dando nuevas versiones de temas viejos, ya tejiendo con la imaginación en torno de simples notas iniciales, efectos de singular interés. En sus "Caprichos", la evolución del pasado se hace sin abuso de arqueología ni afectación de fabla. Y es así, porque Moreno Villa conoce realmente la técnica de la arqueología y ha leído los libros de antaño: algún día podrá revelarnos maravillas sobre la miniatura de los manuscritos españoles en la Edad Media, y entre tanto nos da estudios sobre pintura, en que aplica con fina discreción el arte de comparar.

Madrid, 1920

III. EL LIBRO SOBRE VELÁZQUEZ

José Moreno Villa, el poeta malagueño, tuvo la dudosa fortuna de pasar unos cuantos años de su primera juventud estudiando química en Alemania. Después ha vivido en Castilla: experiencia peligrosa si se prolonga. Ha escrito versos y estudiado minuciosamente las artes plásticas.

Ahora (¿acaso una de tantas coincidencias, extrañas sólo al parecer, entre Francia y Andalucía?) el poeta andaluz entrega al público su breve libro de divulgación sobre *Velázquez,* perfecto como un libro francés. No precisamente en la forma: aquí y allá la expresión es descuidada o incompleta; y de cuando en cuando el autor se olvida de quitar sus andamios: "pasamos ahora a tratar de. . ."; "no podemos detenernos en. . ." Pero, en concisión y densidad de contenido, pocos libros conozco que satisfagan tanto. Desde luego, no pierde el tiempo en insignificancias biográficas. En ochenta páginas, dice de Velázquez todo lo que debe interesar al lector sencillo y no pocas cosas que interesarán al *connaisseur.* Exprime el jugo de la erudición ajena (Justi, Beruete. . .) y halla espacio para anotar descubrimientos propios: la composición de *aspa,* en sentido horizontal, en *La rendición de Breda;* relaciones de Velázquez con Miguel Ángel y el Pinturicchio. Para la brevedad, pudo encontrar modelo en Walter Armstrong, o en Auguste Bréal, hijo de Michel, aquel filósofo delicioso —sin paradoja—; pero aquí la concisión ha ido mucho más lejos y no ha hecho daño visible a la claridad ni al vigor de las ideas.

IV VELÁZQUEZ

Velázquez comienza imponiéndosenos por sus cualidades evidentes: la singular energía de lo que llaman su realismo. Cuando Velázquez no es ya novedad para nosotros, pronto fatiga: espiritualmente parece que no tiene nada que decirnos; vemos que no se propuso hacer psicología en los retratos; su filosofía se nos evade; y nos alejamos de él, como de toda la estética realista del siglo XIX que lo endiosó. En 1896 escribía Armstrong que el cetro de la pintura, privilegio de Rafael medio siglo antes, se dividía entre Rembrandt y Velázquez. En rigor, Rembrandt ocupaba ya segundo lugar: era demasiado romántico. Diez años después, la veleta de la moda señalaba nuevos cambios; y don Marcelino Menéndez y Pelayo hablaba de la juventud versátil "que hoy vilipendia a Murillo y mañana inmolará a Velázquez en las aras del Greco".

Después volvemos a Velázquez, cuadro por cuadro: tal día, nos detiene el esplendor del ambiente en *La rendición de Breda;* tal otro, la desusada tonalidad de *La coronación de la Virgen* —tonalidad, tal vez más que violeta, de malva, el malva caro a Juan Ramón Jiménez—; luego, el desconcertante esquematismo de *Las Hilanderas,* con sus trozos de mágica estenografía pictórica... Atenuado el delirio filosófico de la primera juventud, a medida que renunciamos a desentrañar metafísica alemana de cada estatua o de cada sinfonía, las cosas nos atraen como simples apariencias. El libre discurso del espíritu que se deleita con el fluir de las apariencias cuadra al tono horaciano de los treinta y cinco años. El juego de matices, en los retratos ecuestres o cinegéticos de Velázquez, dejará de parecernos menos fascinador que el juego de las ideas en el *Segundo Fausto.* Y cuando reincidamos en la metafísica (es inevitable: somos humanos), discurriendo en torno a la línea, o a propósito del color, ya no le exigiremos a Velázquez que nos la dé previamente en fórmulas.

V. ¿EL REALISMO DE VELÁZQUEZ?

Moreno Villa no quiere hacer demasiada metafísica en su *Velázquez;* sus razones tiene. Pero, a lo que creo, en las seis páginas finales de su libro llega a la mejor justificación teórica del pintor, dentro de la estética a que muchos nos inclinamos ahora. Su fama de realista hace daño a Velázquez. Y he aquí que Moreno Villa nos explica, con argumentación rápida y compacta, que su pintor sólo es realista a medias: en la concepción, no en la ejecución, o por lo menos, no siempre, no en la mejor época.

La concepción puede ser realista... empobrecedora de la realidad... Pero en la factura, el modo, la *manera,* no se ciñó Velázquez al realismo. Aquí estriba su originalidad, su genialidad, y, en resumidas cuentas, su salvación... Los objetos reales y tangibles se fueron retirando del primer plano para dejárselo a la atmósfera, y ésta es llevada a un límite expresivo tal, que sobrepuja a su naturaleza. Velázquez llega a pintar más atmósfera, o por lo menos una atmósfera más condensada, que la normal.

La técnica de Velázquez —¿quién lo ignora?— no tiene la exactitud minuciosa de los flamencos del siglo XV. "Es todo lo contrario: es una expresión pictórica convencional."

VI. VELÁZQUEZ Y LOS ITALIANOS

Moreno Villa se ha dedicado, en ocasiones diversas, a perseguir indicios de la relación entre Velázquez y los italianos, relación que pretenden reducir a poca cosa los aficionados a concebir el genio como producto de generación espontánea. Ahora, sin advertirlo quizás, al presentar a Velázquez concibiendo la pintura "como serie de problemas que resolver", hace de él, en parte, el continuador de la tradición florentina, a través de Venecia, a través de Tintoretto y del Greco.

Muy curiosa, la influencia del Pinturicchio sobre Velázquez, limitada hasta ahora a la representación de la visita de San Antonio el abad a San Pablo el ermitaño. Tal vez, si se lograse ahondar en sus relaciones con la escuela de Umbría, pudiera determinarse qué impresión hizo en Velázquez la amplitud de los espacios abiertos en los cuadros de Pinturicchio, de Perugino, de Rafael. Los vastos cielos inmóviles y la atmósfera diáfana de los artistas de Umbría son cosa distinta de los efectos a que llegó gradualmente Velázquez en sus paisajes, y aún más, naturalmente, en sus interiores; pero representaban una manera de resolver victoriosamente los problemas del espacio, que atraían al maestro de Sevilla y Madrid. Y los retratos de Rafael ¿pudieron serle indiferentes? Las noticias que tenemos de sus opiniones son vagas y a veces contradictorias.

VII. PACHECO

"Pacheco, un hombre bueno, generoso y abierto de inteligencia, no fue gran pintor." Declaramos la verdad, pero con repugnancia... No querríamos ver sentenciado con tanta prisa a quien pintó las Concepciones del Museo de Sevilla, irreales, hieráticas, pero llenas de solemnidad a la par que delicadeza. Querríamos que se le estimara en más, como a todo el siglo XVI español: Alejo Fernández, Pantoja, Sánchez Coello...

VIII. VENECIA EN EL GRECO

"El Greco es, como quien dice, la consecuencia española del Tintoretto." Nunca se dirá demasiado. La visita a Venecia, sobre todo a la Hermandad de San Roque, revela cuántas cosas del Greco, aun de su etapa más avanzada, estaban ya en Tintoretto: masas transparentes, con azul y blanco de cristal (¡cristal veneciano, esencia milagrosa del lujo!), cabezas de Vírgenes, figuras de Cristos. ¡Aquella larga, inmóvil, agobiadora figura de Cristo, en túnica blanca, ante Pilatos!

Y Venecia revela también cuántas cosas del Greco no están en Tintoretto: la representación del movimiento, que es a veces agitación fría, baraúnda teatral, en el veneciano, no es la dinámica llameante del cretense.

IX. TINTORETTO

Nada más conmovedor que contemplar, en la visita a la Hermandad de San Roque, el trozo de cuadro del Tintoretto que el azar mantuvo cubierto, fuera de la luz del día, durante tres siglos. El luminoso esplendor que fue la pintura veneciana lo vemos hoy, como el misterio cristiano, "a través de vidrio oscuro". ¡Aquel trozo de hojas y frutas pintado por Tintoretto tiene los colores claros, alegres, el frescor y la ternura de Renoir o de Monet!

x. España en Nueva York

De paso en Nueva York: el Museo celebra su medio siglo exhibiendo obras maestras que le prestan de colecciones particulares. Asombra la cantidad de cuadros que cruzan el océano; no sólo de pintores fecundos, Rubens, Rembrandt, Ticiano, Ribera, sino aun de aquellos que economizaron su esfuerzo: Velázquez, Giorgione, Mantegna, Piero della Francesca, Vermeer de Delft...

Cinco obras de la escuela de Velázquez: por el momento no está en su sitio la preciosa cabeza de Baltasar Carlos. "El niño mejor pintado que existe", dice, con su habitual hipérbole, Antonio Castro Leal. Según Diego Rivera y Moreno Villa, este niño revela la mano delicada de Carreño.

¿Será de Velázquez este perfil de muchacha, demasiado *bonito,* de dibujo poco suelto? Algo tiene de aquella mujer sin pretensiones, cuyo retrato figura en el Museo del Prado bajo el nombre de Juana Pacheco, la esposa de Velázquez. De ser ella, tendría diez años menos que en el perfil de Madrid.

Y sea de quien fuere el mejor de los dos retratos de Mariana de Austria, es elegantísimo: las armonías plateadas irradian de las mariposas blancas prendidas en el tocado profuso.

xi. Toledo

Entre aquel mar de novedades —desde los paraísos ecuatoriales de Gauguin hasta el enigmático Juliano de Médicis, de Botticelli (¿o de Amico di Sandro, desesperante Mr. Berenson?)—, he aquí el paisaje de Toledo, pintado por el Greco.

Día de tormenta: los edificios de la ciudad descienden, en moles grises, por entre masas pardas y masas verdes, empujándose, precipitándose hacia el abismo del Tajo. Sobre el horizonte negruzco se ciernen, amenazadoras, nubes blancas y nubes pardas. Son nubes pujantes: van a abrirse "las cataratas del cielo". Aún más: el cielo va a desplomarse hecho pedazos y va a aplastar, a destrozar toda la tierra.

Mineápolis, 1921

LA OBRA DE JUAN RAMÓN JIMÉNEZ [1]

He aquí poesía para embriagarnos de ella. Para mecernos, abandonando la voluntad plenamente, en el vértigo suave de la claridad y la melodía infinitas; para ascender, luego, por la escala espiritual del éxtasis. Con lento y eficaz sortilegio, su mar sonoro y su niebla fosforescente nos apartarán del mundo de las diarias apariencias, y sólo quedará, para nuestro espíritu absorto, la esencia pura de la luz y la música del mundo.

¿No es la embriaguez donde hallamos la piedra de toque para la suprema poesía lírica, como en el sentimiento de purificación para la tragedia? No basta la perfección, acuerdo necesario de elementos únicos: podemos concebir poesía perfecta, de perfección formal, de nobleza en los conceptos, sin el peculiar acento del canto; pero la obra del cantor, del poeta lírico, cuando la recorremos sin interrupción, debe darnos transporte y deliquio.

Y el poeta de *Arias tristes* y de *Eternidades* sabrá dárnoslos, si sabemos leerle, como los líricos genuinos, página tras página.

I

Recóndita Andalucía... Rodó supo definir, en dos palabras, uno de los secretos de Juan Ramón Jiménez, su Andalucía interior. Rubén Darío lo sorprendió también: "Lírico de la familia de Heine, de la familia de Verlaine —le llama—, que permanece no solamente español, sino andaluz."

Nada hay en Jiménez, ya se ve, que corresponda a la noción vulgar sobre el mediodía de España. Nada de la Andalucía pintoresca, cuya tradición se remonta a los romances, a los cuentos moriscos, y dura todavía en la literatura del patio y de la reja, de la mantilla y la guitarra. Pero sí hay mucho de la recóndita, que existe frente a la exterior, frente a la pintoresca: contradiciéndola al parecer; en verdad completándola y superándola.

La Andalucía recóndita tiene también su tradición, digna de gloria única. Suyos son el acento sentimental de Fernando de Herrera en sus elegías y sus sonetos delicados; el patético amor a las flores, en Rioja; el dón de finos matices, en Pedro Espinosa; en parte, la penetrante música de Góngora en sus romances y villancicos. Suyo es Bécquer. Suyas son, hoy, las mejores inspiraciones de Manuel Machado. Suyo es Jiménez, por la sensibilidad aguda, fina y ardiente, para las cosas exteriores tanto como para las cosas del espíritu. Los ricos colores del Medite-

219

rráneo, el cielo esplendoroso, los huertos, las fuentes, la herencia del lujo morisco y de las elegancias renacentistas, todo eso lo imaginamos como ambiente donde se educan los sentidos del poeta. Y el melódico deliquio, la melancolía y la pasión de los cantares del Sur ("la música triste que viene en el aire"), fluyeron gota a gota en su espíritu.

II

La obra de Jiménez se inicia temprano y desde temprano es perfecta: pasan rápidamente los tanteos de la adolescencia —la hora impersonal, en que se buscan orientaciones a través de campos ajenos— y bien pronto el poeta se define, con notas líricas, puras, francas, de melodía simple, muchas veces repetida. Es la "primera manera", que alcanza su culminación en *Arias tristes*. Versos de romance tradicional, límpidos, cristalinos, sobre sentires melancólicos, inacabable suspiro juvenil que a veces se resuelve en sonrisa:

> Francina ¿en la primavera
> tienes la boca más roja?
> La primavera me pone
> siempre más roja la boca...

pero que más a menudo se desata en lágrimas:

> Lloré de amor, con un aire
> viejo, que estaba cantando
> no sé quién, por otro valle...
> —Voz que me hace, otra vez
> llorar por nadie y por alguien...
> —Vengo detrás de una copla
> que había por el sendero,
> copla de llanto, fragante
> con el olor de este tiempo...

Y hasta se mezclan llanto y sonrisa, como en el más delicioso de sus *Jardines lejanos*:

> Tú me mirarás llorando
>   y yo te diré: No llores...
> Y yo me sonreiré
>   para decirte: No es nada.

No nos engañe esta sencillez: estas *Arias tristes* esconden sabiduría, como las arias de Mozart, como los *lieder* de Schubert; como sus antecesores en la tradición española, los romancillos de Góngora:

> Dejadme llorar...
> Llorad, corazón...

Pero, si la sencillez no debe engañarnos, sí debe sorprendernos, porque la encontramos en la juventud del poeta, poeta que, como lo indican sus ensayos iniciales, ahora sepultos en rarísimas ediciones, había conocido ya el caudal poético lanzado a la circulación por Rubén Darío. Limitarse voluntariamente a formas simples y ritmos elementales, como lo hizo Jiménez, cuando al alcance de la mano juvenil tenía cien complejidades tentadoras, es indicio de precoz maestría y dominio de los propios recursos artísticos. De ahora en adelante, nada en su obra será producto del acaso: cada nueva etapa, por muy inesperada que parezca, será la natural secuela de las anteriores.

III

Poco a poco va sacando a la luz sus tesoros. Las simples notas melancólicas de la flauta pasan, enriqueciéndose, a la plena voz de las cuerdas, como en el adagio de la Novena Sinfonía. El suspiro solitario, lleno de nostalgia, va convirtiéndose en deliquio, en éxtasis del alma consigo misma, "ruiseñor de todos sus amores..." Extraño narcisismo espiritual:

> ... Era más dulce el pensamiento mío
> que toda la dulzura del poniente...

> ... No hay en la vida nada que recuerde
> estos dulces ocasos de mi alma.

> ... Viajero de mis lágrimas, solo, exaltado y triste.

Entre tanto, el mundo exterior va poblándose de imágenes, de formas nuevas, y el poeta las va acogiendo con amor ardoroso. En las *Arias tristes,* los toques de paisaje eran pocos, sencillos: blanco, azul, verde, oro; cielo, sol, luna, caminos, árboles... En *Olvidanzas* y *Elegías* la visión se enriquece: no se presenta bajo contornos netos y precisos, sino encendida, aureolada, bajo tenue niebla luminosa; la exaltación interior se comunica al mundo de las apariencias y lo inflama y lo magnifica:

> ¡Oh plenitud de oro! ¡Encanto verde y lleno
> de pájaros! ¡Arroyo de azul, cristal y risa!...
> ...Cristal de plata y oro del agua de aquel prado,
> fruto de sangre y fuego del chopo de oropeles...
> Todo andaba cargado de risas y de flores,
> el suelo era de juncias, el aire de banderas...
> ¡Mar de la tarde, mar de rosa,
> qué dulce estás entre los pinos!...
> En el sopor azul e hirviente de la siesta
> el jardín arde al sol...

Y se enriquece también la música de sus versos. Predomina el alejandrino, de sonoridad opulenta, como el de Moréas y Régnier; aparecen otros metros, los rítmicos, irregulares, aprendidos del canto popular:

> Vámonos al campo por romero,
> vámonos, vámonos
> por romero y por amor...
> Cómo suena el violín por la viña,
> por la villa amarilla...
> El humo del romero quemado
> nubla, blanco y redondo, el sol...

Olvidanzas y *Elegías* representan la plenitud juvenil en la obra de Jiménez, y son valores excepcionales en la moderna poesía española, por la virtud del verso musical que fluye sin caídas, por el esplendor de las imágenes, envueltas en oro bizantino, y por el ímpetu lírico, que salta de poema en poema como llama inextinguible. Toda la pujanza de la primavera está allí: sólo la hora primaveral de la vida conoce este delirio ante toda belleza, esta fluida maestría de alondra o de ruiseñor en el canto: el secreto de Safo y de Teócrito, de Keats y de Shelley. Es la hora de la melodía, cuyo encanto quisiéramos perpetuar deteniéndola...

IV

De *Elegías* pasa Juan Ramón Jiménez a *Laberinto,* y luego, a través de grupos varios *(Poemas impersonales, Esto, Historias, Apartamiento)* se busca nuevos caminos. Desde *Laberinto* ha cambiado su actitud: si sus versos juveniles estaban llenos de soledad sonora o de coloquios sentimentales, dulces, discretos, como soñados, ahora la presencia femenina es constante, imperiosa. Se siente la proximidad física de las mujeres que pueblan los versos, y los ojos del poeta se detienen en la cara, en el cuello, en las manos. Su imaginación rehusa ceñirse a la apariencia y va siempre más allá de lo que ve:

> ¡Ah! ¡Tus manos cargadas de rosas!...
> ¿Se te cayeron de la luna?...
> ¿Son de agua?...
> —Los trajes ligeros, hijos del paisaje...
> —　　　　　　　　　　　　　honda
> aureola de sangre en tus ojos azules...

El período, sin embargo, es todo de tentativas, y después de *Laberinto* —libro a ratos enervante— el poeta ensaya la descripción impersonal, el realismo, hasta el humorismo. Buen ejercicio, a no dudarlo; los resultados son a veces discutibles; a veces, en cambio, interesantísimos:

... Conozco la miel suya. Y esos lirios de toca
de sus labios son, Madre, de la misma familia
de los ricos corales que ponía en mi boca.

V

Nueva etapa, la poesía de los conceptos y las emociones trascendentales, principia en la obra de Jiménez con *El silencio de
oro.* Continúa luego con *Estío,* con los *Sonetos espirituales,* con
los versos del *Diario,* con *Eternidades,* y dura todavía. Sus tres
etapas —canción interior, visión exaltada del amor y del mundo,
poesía de las síntesis ideales— se suceden, claro está, gradualmente; es más, se enlazan y completan unas a otras. Si su *manera* cambia, el poeta es siempre, en esencia, el mismo: su virtud
suprema, la exaltación lírica, persiste a través de toda la obra.

El deliquio interior perdura, y se enriquece de ideas, de problemas, de interrogaciones; el sentimiento se va despojando de
las tristezas juveniles y se convierte en devoción tranquila, "firme
en la excelsitud de su amargura"; la visión de las cosas nunca
pierde su esplendor, pero gana en simplicidad, en grandeza de
líneas y pureza de colores; la música va moderando su empuje
y haciéndose más sutil, hasta llegar a los ritmos intelectuales,
abstractos, del verso libre; en general, el poeta se torna más
severo, más fuerte, con vigor de madurez.

Su poesía trascendental comienza como poesía de símbolos:

Aquella rosa era veneno.
Aquella espada dio la vida.

Las cosas que atrajeron sus ojos ávidos de hermosura van
revelándose poco a poco; eran primero apariencias brillantes,
luego símbolos, después velos transparentes a través de los cuales
se contemplaban las armonías eternas, las leyes divinas. Y le
sucede lo que a todos los platónicos:

Yo soñaba en la gloria de lo humano
y me hallé en lo divino.

Desde entonces, toda su preocupación es irse cada vez más
adentro hacia las verdades inmarcesibles. Se apoya en los símbolos —el cielo, el mar, la aurora, la primavera, la luz—, pero su
devoción es toda para las esencias puras: la belleza, el amor,
el dolor, la poesía, el pensamiento, el ansia de perfección y de
eternidad.

A veces ha dado forma a sus visiones en la firme y compacta
arquitectura de sus *Sonetos espirituales,* de alta y singular nobleza; donde la expresión tiende a vaciarse en troqueles impecables:

Eres la primavera verdadera,
rosa de los caminos interiores,
brisa de los secretos corredores,
lumbre de la recóndita ladera...
El árbol puro del amor eterno...
         ... Sin otro anhelo
que el de la libertad y la hermosura...
Sin más pasión ni rumbo que la aurora...
Tu rosa será norma de las rosas...

Pero, en general, las nuevas visiones piden nuevos medios de expresión, y el poeta ha roto con los antiguos, ya, en *Eternidades,* cada verso y cada frase son intentos de traducir con exactitud, con nueva intensidad, la desusada concepción poética:

No sé con qué decirlo,
porque aún no está hecha
mi palabra.

Y sin embargo, la palabra se va haciendo, a través del libro, y muy a menudo puede decirse que está hecha:

¡Oh pasión de mi vida, poesía
desnuda, mía para siempre!...
Sé bien que soy tronco
del árbol de lo eterno...
Corazón, da lo mismo, muere o canta...

En su peregrinación trascendental, no es raro que el poeta escoja rutas arduas, ensaye vuelos desconcertantes. No todos podremos seguirle en todas sus difíciles excursiones; pero podemos, y debemos, seguirlas con interés, aunque a veces haya de ser a distancia, porque en su peregrinación oiremos siempre la voz del canto inagotable y veremos la sinceridad del espíritu platónico que, después de haber conocido y expresado la magia y la hermosura del mundo, aspira a más: aspira a revelarnos su visión del paraíso, el cielo de las ideas puras, y a hacer de la poesía, no sólo el verbo de las cosas bellas, sino la palabra eterna de las cosas divinas.

Mineápolis, 1918

EN TORNO A AZORÍN

I. LOS VALORES LITERARIOS

ERA DE esperarse que Azorín diera a uno de sus libros el título que lleva el último: *Los valores literarios*. El título sintetiza las tendencias de su labor crítica. Su esfuerzo aspira a la formación o a la renovación de las *tablas de valores* en la literatura española. Representa el sentido literario de la actual generación, que cree en la necesidad de ir al pasado, pero renovando o depurando los valores tradicionales.

¿Lleva consigo este esfuerzo las condiciones de su eficacia? Quizás no todas. La crítica de Azorín, atada a la volandera forma de artículos periodísticos, ejerce influjo rápido, momentáneo, sobre el público que lee la prensa de Madrid. Y este influjo, repetido, deja a la larga un sedimento de criterio renovado en un corto número de lectores. Temo que no vaya mucho más lejos. En los inconexos volúmenes de artículos de Azorín, aunque corre un *espíritu,* falta la organización, el otro elemento sin el cual no existe el libro, único capaz de producir revoluciones ideológicas. El efecto, aunque no se pierde, se diluye y aminora. Obsérvese la influencia de Nietzsche, y qué diferentes procesos atraviesan el que lo va leyendo a pedazos, en sus volúmenes de aforismos, y el que lee desde luego un verdadero libro, como *El origen de la tragedia:* conozco más de un caso de revolución intelectual iniciada por esta obra.

II. LOS CLÁSICOS ESPAÑOLES

Además, la crítica de Azorín es *a posteriori*. Aunque toda crítica lo sea, existe una que para el público se presenta como simultánea con la obra juzgada: es la de los prólogos. Crítica que será molesta en los libros de autores contemporáneos, pero indispensable en las ediciones de clásicos destinadas a público numeroso. El clásico no es libro abierto para el lector que carece de cultura histórica; y la mejor forma de presentarla es una interpretación sobria. Como, sin ir muy lejos, la que trae la novísima edición de *La Galatea* de Cervantes por Schevill y Bonilla. Para que las ideas de Azorín sobre los clásicos españoles alcanzaran éxito definitivo, ningún medio mejor que exponerlas en prólogos de ediciones populares, como esperamos que haga con *El criticón* de Gracián.

225

No solamente los prólogos: la selección de las obras que se reimpriman tiene valor crítico. En la formación de las bibliotecas clásicas españolas ha prevalecido el desorden. Principian a apartarse de él las colecciones de *La Lectura* y de *Renacimiento;* pero mucho hay que enseñar todavía, y mucho podría enseñar Azorín: así, debe corregirse el rutinario olvido de escritores de primer orden, como Juan de Valdés y el Arcipreste de Talavera, más importantes que otros constantemente reimpresos, como Luis Vélez de Guevara.

Tal vez Azorín ha desdeñado la necesaria y eficaz labor de las ediciones críticas de clásicos, por su propia hostilidad —de intensidad variable, y más a menudo implícita que confesada— contra la erudición. Hostilidad explicable; pero injusta. Explicable, porque la erudición española anterior a don Manuel Milá y Fontanals, aunque significa trabajo enorme y digno de respeto, fue muchas veces indigesta e inexacta, y no es precisamente un placer la consulta aun de los más famosos eruditos, como Gayangos o Amador de los Ríos. Pero injusta: no sólo porque la erudición española ha ganado en seguridad de método y claridad de exposición a partir de Milá y del creciente influjo extranjero —al punto de que España ofrece hoy, en don Ramón Menéndez Pidal, el modelo del investigador sobrio que es a la vez crítico de primer orden—, sino porque la erudición es el instrumento previo de la crítica, es el conocimiento exacto de las obras y de la historia literaria.

III. Azorín y Menéndez Pelayo

La hostilidad general de Azorín contra el criterio académico, estancado en *tablas de valores* dignas de exterminio, motiva en parte su hostilidad contra la erudición, que en España acostumbraba ir unida a aquel criterio. Y es también la que motiva su hostilidad, inmerecida, contra don Marcelino Menéndez y Pelayo. Al romper con el mundo académico, a que *oficialmente* pertenece don Marcelino, Azorín niega al maestro, sin advertir que éste puede ser un aliado de los *modernos,* aunque parezca serlo de los *antiguos.* Azorín, urgido por necesidades de polémica y de oposición, no sólo ha negado a don Marcelino, sino que ha dejado de leer muchas de sus obras: sólo así se explican sus negaciones rotundas y extremas.

Porque Menéndez Pelayo tiene limitaciones, pero, aun con todas ellas, es uno de los mayores críticos. Azorín se queja de su estilo oratorio, de la *sinfonía marcelinesca:* pero ¿por qué se niega a ver que ese estilo fue templándose con los años? ¿No leyó las declaraciones del maestro en el nuevo prólogo a la *Historia de los heterodoxos españoles?* ¿No ha leído, por ejemplo, el sobrio discurso en memoria de Milá?

Dirá Azorín: templado y todo, conserva la orientación fundamental hacia la *elocuencia.* Y bien: ¿por qué hemos de rechazar siempre el estilo elocuente? Es excelente cosa escribir como Marco Aurelio; pero ¿no tuvo Cicerón derecho de escribir? ¿Confundiremos la elocuencia de Menéndez Pelayo con la insoportable retórica que suele multiplicar sus frondas en los parlamentos? Si en ocasiones fatiga el estilo del maestro, o el arrastre verbal lo lleva a la inexactitud, no pretendamos declarar que esto sucede siempre: ni siquiera predomina.

IV. EL CRITERIO ACADÉMICO

Azorín no sólo se queja del estilo, que es la contraposición del suyo propio. Su censura principal es para la crítica, que él estima académica. Para mí el criterio académico es el que concibe el arte como artificio y lo somete a un conjunto de reglas fijas; reglas que históricamente se derivan de las postrimerías del Renacimiento y son interpretaciones de los procedimientos artísticos de la antigüedad: falsas, en general, cuando se refieren a Grecia; menos falsas, cuando se refieren a Roma.

Y como empecé por conceder, sigo concediendo que en Menéndez Pelayo haya influido el sistema académico, el espíritu del siglo XVIII español. Es más: aunque su criterio pasó rápidamente del formalismo de la preceptiva a la síntesis estética, nunca rompió por completo con la retórica. Nadie como él hizo burla de los ridículos excesos en que cayó la preceptiva académica del siglo XVIII en España: al hablar de las polémicas de Hermosilla y otros personajes de aquella época de gusto lamentable, don Marcelino se vuelve hasta humorista. Y sin embargo, leyendo su exposición de las ideas de Lessing se advierte que no se atrevió a romper —tal vez no sintió el problema— con la teoría fundamental de la retórica: la teoría de *las reglas.* Concedamos todavía más a Azorín: Menéndez Pelayo no se propuso renovar los valores literarios, y a veces, sobre todo en su primera manera, dejó intactas valuaciones notoriamente equivocadas. Por último, aunque atenuó mucho, nunca perdió del todo, con relación a cosas de nuestro tiempo, sus actitudes de *clásico* y de católico, ni, con relación a la América, su actitud de español.

V. LA VERDADERA LABOR DE MENÉNDEZ PELAYO

Todo esto puede concederse a paladinas, y aún nos queda un Menéndez Pelayo crítico de primer orden. Distíngase, desde luego

—cosa que no hacen sus admiradores incondicionales ni tampoco sus detractores—, entre el primero y el segundo período de su obra, no contradictorios, pero sí diversos. En el primero, el de *La ciencia española,* de *Horacio en España,* de los *Heterodoxos* primitivos, aparece un escritor demasiado polemista, no poco oratorio y a ratos académico en sus gustos.

En el segundo período, el de la *Historia de las ideas estéticas,* el de la *Antología de poetas líricos castellanos,* el que terminó con los *Orígenes de la novela* y el principio de refundición de los *Heterodoxos,* aparece el verdadero crítico, el guía más seguro para las letras españolas.

Poco importa que nunca rompiera de modo terminante con la retórica: nadie osará afirmar, leyéndolo, que sus juicios son de retórico. Como los méritos literarios no se prueban por razonamiento, sólo cabe proponer ejemplos de su alto sentido crítico: en las *Ideas estéticas* (obra tan elogiada por Saintsbury, por Benedetto Croce, por Farinelli, pero que Azorín nunca cita), los juicios sobre Victor Hugo, o sobre el estilo de Chateaubriand, o sobre el *Hermann y Dorotea;* o con relación a España, la interpretación del *Quijote,* que coincide en puntos con la de Azorín y contiene ideas renovadoras como las relativas a Sancho; o con relación a América, sus opiniones sobre Bello. La acusación de falta de espíritu renovador tiene fundamento sólo aparente. Menéndez Pelayo no se propuso renovar, pero de hecho renovó. Era tan escasa y pobre la crítica de las letras clásicas españolas, que rara vez tuvo él que apoyarse en opiniones ajenas. En su primer período tendió a aceptar los trabajos anteriores, cuando existían; poco a poco fue libertándose de ellos, y acabó por no mencionarlos —así con los de Amador de los Ríos—, o por atacarlos francamente, como al *Alarcón* de Luis Fernández-Guerra. ¿No hay ataques a la crítica convencional en el libro sobre Calderón, que Azorín aplaude, aun siendo de los antiguos de su autor? En muchos otros casos, sus opiniones no sólo renovaron valores, sino que los establecieron. ¿No es crítica creadora de valores la que hizo sobre el Arcipreste de Hita? ¿Sobre Gil Vicente? ¿Sobre Boscán? ¿Sobre el Obispo Guevara? ¿No es muestra de amplitud su discurso sobre Pérez Galdós?

Menéndez Pelayo es el único crítico que puede servir de guía para toda la literatura española, y representa el criterio más amplio antes de nuestro siglo. Milá sólo estudió porciones de historia literaria. Wolf hizo no poco, pero ni toda su labor es crítica, ni es tan vasta, ni tan rica en apreciaciones como la de Menéndez Pelayo. De los otros críticos y eruditos anteriores a él, o contemporáneos suyos, no hay para qué hacer memoria: o son notoriamente inferiores, o sólo hicieron trabajos parciales.

De los últimos es Clarín, que representa el tránsito hacia los nuevos rumbos críticos.

VI. ANTIGUOS Y MODERNOS

La diferencia principal entre la crítica de Menéndez Pelayo, y la que Azorín propone y muestra, proviene quizás de que aquélla ve la obra literaria en perspectiva histórica, en valor tradicional, y ésta la ve como fuente de gustos y experiencias individuales, actuales. Menéndez Pelayo, con su actitud de historiador, se cree obligado a conceder igual estudio a Gracián, que todavía nos enseña, y al Padre Mariana, que poco nos dice hoy. Azorín se contenta con prescindir de Mariana.

Pero sin la historia literaria de Menéndez Pelayo no habríamos llegado a la crítica *individualista* de Azorín. Y bien podemos conservar las dos. Ambas nos hacen falta.

VII. AZORÍN RENOVADOR

Reconózcase, ahora, que Azorín trae un sentido nuevo al entendimiento de las letras españolas. No es lo que vulgarmente se llama impresionismo. No es escéptico, sino afirmativo. Es una especie de *individualismo,* enemigo de fórmulas acumuladas, abstracciones que tienden a quedarse vacías por el uso; se dirige a la obra sin prejuicios, y en lo posible sin preconceptos, y la estudia como cosa individual y concreta, libremente, interpretándola por las enseñanzas que ofrezca en experiencia humana y en recursos literarios. La historia misma la contempla de modo personal. Los procedimientos de selección y de síntesis, necesarios a toda historia y a toda crítica, los aplica Azorín a sorprender nuevos aspectos y a ensayar síntesis nuevas.

Él ha introducido, por ejemplo, el elemento de la sugestión o de la asociación inesperada. Así, cuando habla de la extraña *ligereza* de don Esteban Manuel de Villegas, y aun nota, de paso, el realismo de aquel súbito "No quiero" del rústico que roba el nido en una cancioncita del poeta. Cuando reconstruye la psicología, de emociones temblorosas, de San Juan de la Cruz. Cuando traza el retrato imaginario de Don Juan Manuel. Cuando, al hablar de la segunda parte del *Quijote* (la preferida también por Menéndez Pelayo, la preferida por nuestro siglo), evoca los grises de Velázquez y aun los dos sorprendentes cuadros de la Villa Médicis: de estas intuiciones necesitaba la crítica española. Y también necesitaba rectificaciones como la excelente que toca a don Juan Valera; como la que toca a los ditirambos de Cejador.

Próximo a terminar, he recibido, en admirable coincidencia, cartas de amigos, hispanistas jóvenes, que hablan de Azorín. Uno, desde París, dice: "Azorín completa nuestro entendimiento de cosas de España. Vivíamos demasiado exclusivamente bajo la influencia de don Marcelino." Otro, desde México: "Artículos admirables: sobre Don Juan Manuel; sobre Hita... Pero a veces había que acordarse de Gracián: No dar en paradoxo por huir de vulgar". Otro, el más entusiasta:

> ...muchos hombres como Azorín necesita España. Aceptemos que en crítica literaria podrá no ser muy ecuánime, por reacción contra todos los Gil y Zárate que han existido, pero nadie puede negar que hace pensar... No vive en el mundo abstracto, donde todo se va volviendo símbolo de ahorro de esfuerzo; donde para vivir se ahorra la vida en abstracciones: vida algebraica en que las personas no se entienden... La crítica de Azorín como fundamento de un pensamiento español...

Los tres no dirán lo mismo; pero sí vienen a dar en esto: que tenemos en frente al *representativo* del nuevo espíritu crítico en las letras españolas.

La Habana, 1914

VIII. LAS ANTOLOGÍAS DE PROSISTAS

A propósito de antologías, habla Azorín de diversos aspectos de la prosa castellana, y, según su costumbre, hace interesantes digresiones sobre Cervantes, Lope, Gracián, sobre doña María de Zayas, "novelista a lo Stendhal", y sobre el Padre Isla, "escritor de actitud idéntica a la de Cervantes".

Antes se queja de la insuficiencia de las antologías. No se puede conocer por ellas a ningún autor. No: precisamente deben servir para despertar el deseo de conocer a fondo a los escritores en ellas representados. ¿No hacemos, todos, descubrimientos preciosos en las antologías?

Y a menudo "sobran algunos nombres y faltan otros": lo cual es pecado en las colecciones que aspiran a tener carácter histórico y a dar idea sintética de períodos o géneros literarios; pero no es pecado en antologías deliberadamente incompletas. Alice Meynell, en su selección de poetas ingleses, omite a Gray y a Byron. Sospecho que en una antología de prosistas castellanos escogida por Azorín advertiríamos omisiones semejantes. Y si la antología se reimprimiese con frecuencia, la veríamos variar, transformarse, ampliarse... Todos sabemos que, en una o más ediciones, faltarían don Diego Hurtado de Mendoza, fray Luis de Granada, Mateo Alemán, Solís, Castelar, Valera, Menéndez Pelayo...

Cabe imaginar selecciones que representaran matices diversos, como los que trata Azorín en su artículo: ritmo exterior, ritmo interior, carácter psicológico, moral, social... Tales intentos no carecen de peligros, sobre todo si la selección hubiera de ponerse en manos de estudiantes, a quienes deben dárseles elementos para formar juicio, pero no obligarlos a aceptar juicios hechos.

IX. LA "ANTOLOGÍA" DE MENÉNDEZ PIDAL

Después de aquellas colecciones formadas a principios del siglo XIX, a las que dieron sabor peculiar las tendencias de sus colectores (con Marchena, sus tendencias filosóficas; con Capmany, su afición a especiales elegancias de estilo), sólo una antología de prosistas castellanos ha tenido sello propio; la de don Ramón Menéndez Pidal. La selección pudo parecer caprichosa a quienes no comprendieran su propósito: el propósito modesto de recoger unos cuantos trozos que sirvieran como ejemplos de la evolución que sufre el lenguaje de la prosa castellana del siglo XVI a los comienzos del XIX.[1] Para el objeto que se proponía Menéndez Pidal, la prosa histórica resultaba excelente, y así me explico el predominio que en su antología tienen los historiadores, en general poco leídos en nuestro tiempo: porque el historiador, por muy peculiar estilo que emplee, por muy retórico que aspire a ser, al llegar a la narración pura se ve obligado a simplificar, a acercarse a lo que podríamos llamar el tipo normal de la prosa, empleando las palabras sustantivas de la lengua de su tiempo. Y así me explico las omisiones: por ejemplo, la de Juan de Valdés, escritor cuyos diálogos deberían estar nuevamente en la circulación general, entre *Los nombres de Cristo* y *El coloquio de los perros*.

No en las anotaciones, o pocas veces, sino en las introducciones que acompañan a cada escritor, ha trazado Menéndez Pidal el mejor bosquejo —incompleto, pero admirable— de la historia de la prosa castellana. Coincide en parte, pero no en todo, con el bosquejo que tenía en la cabeza don Marcelino Menéndez y Pelayo, y que dejó en apuntes nunca coordinados, dispersos en el formidable océano de su obra.

X. LA PROSA CASTELLANA

De esos dos precursores habría de partir el historiador literario que aspirase a estudiar la prosa castellana, la evolución de sus recursos expresivos y el carácter que le presta cada gran escritor. Si la historia de la poesía y sus formas está hecha en gran parte, y aún no está la de unos pocos tipos de obra literaria escrita en prosa, para la prosa como estilo, como medio de expresión, todo está por hacer: desde el completo análisis de los elementos que constituyen la lengua de cada uno de los grandes escritores hasta la apreciación de sus valores espirituales. A la apreciación de valores espirituales ha dedicado Azorín sus mejores esfuerzos críticos; pero la labor de uno solo no basta, aun cuando sea, como en este caso, la de un incomparable orientador de gustos: se requeriría ¡ay! que los prosadores clásicos de nuestra lengua fuesen leídos con mayor frecuencia y que con mayor frecuencia nos dijesen los escritores contemporáneos el valor que les atribuyen. Cada generación (¿verdad, Enrique Díez-Canedo?) debe justificarse críticamente rehaciendo las antologías, escribiendo de nuevo la historia literaria y traduciendo nuevamente a Homero.

El análisis de la lengua es el comienzo inevitable, aunque a muchos parezca enojoso. En lengua como la castellana, que generalmente se escribe con descuido ¡cuánto no aprovecharía entender el procedimiento de los escritores que llegaron a crearse un estilo! ¡Y cuántos errores y cuántas vaguedades de opinión se evitarían! El vulgo literario cita a fray Luis de León como ejemplo de poeta y escritor sencillo: su vocabulario, en efecto, es limpio y claro; pero su sintaxis tiene matices personales singularísimos, y quien no haya concedido atención, por ejemplo, al régimen desusado que suele acompañar a sus verbos, no debe estar seguro de que ha entendido lo que dice el Maestro. ¿Qué mucho, si aun de fenómeno reciente, como la obra de Rubén Darío, pocos saben que significa una gran simplificación de la sintaxis, en la cual han desaparecido las trasposiciones? Al contrario, la renovación de las palabras, la riqueza de alusiones que hay en Darío, lo hacen aparecer ante muchos ojos como poeta de lenguaje difícil; y no se advierte que, en cuanto al orden de las palabras, Darío habría evitado decir, como Bécquer:

> Volverán del amor a tus oídos
> las ardientes palabras a sonar...

o como Campoamor:

> No es tu nombre, cual otros, una ruina
> que en el polvo enterré de mi memoria,

o, sobre todo, como Gabriel y Galán:

> Que el pan que come con la misma toma
> con que lo gana diligente mano.

Y de los elementos lingüísticos se pasaría al fascinador problema del ritmo. No es probable que se escriba en castellano una obra voluminosa como la de Saintsbury, *Historia del ritmo de la prosa inglesa;* ni es de desear, caso de que se escribiera, que se sometiera a las reglas artificiales, derivadas de idiomas clásicos, que aplica a su lengua aquel escritor. Pero sólo en Cervantes ¡cuántos interesantes tipos de ritmo! A menudo se habla de sus tres estilos. Dentro del *Quijote,* hay, no sólo variedad de estilo, sino variedad de ritmos: el ritmo, como de andante, de la narración; el ritmo popular de Sancho; el ritmo de Don Quijote, levantado siempre, unas veces en franca parodia, otras veces en plena majestad, sobre todo en los discursos doctrinales de la Segunda Parte. Y acaso ninguno iguale al de la Edad de Oro, que es de la Primera Parte; a través de la compostura del tono cruzan hilos de ironía delicada, pero nada quitan a la perfección rítmica de frases como: Eran en aquella santa edad todas las cosas comunes... Las solícitas y discretas abejas... la fértil cosecha de su dulcísimo trabajo... Todo era paz entonces, todo amistad, todo concordia...

Y del ritmo puramente melódico se pasaría a otros problemas... ¿Veremos acometer esas labores en nuestros días?

Madrid, 1920

EL RENACIMIENTO EN ESPAÑA

EXPLICACIÓN

DESDE hace años, desde que comencé a estudiar con atención
la literatura española de tiempos pasados, concebí el proyecto
de escribir una serie de *estudios sobre el Renacimiento en España*. Los años pasan, y sólo dos estudios he podido escribir:
uno sobre Rioja; uno extenso sobre Hernán Pérez de Oliva. En
otros trabajos, sin embargo, apunto brevemente ideas relacionadas
con mi tesis principal sobre el Renacimiento en España, y por
eso incluyo estos apuntes, con el *Rioja* y el *Oliva*,[1] en este grupo
de artículos que hará, por ahora, las veces del libro proyectado.

La tesis que aspiro a desarrollar es ésta: si por Renacimiento
se entiende un movimiento semejante al de Italia, en España no
lo hay; pero sí existen allí manifestaciones que tienen el "carácter Renacimiento", sobre todo en la época de Carlos V. Al estudiar el Renacimiento en la literatura española, pues, creo que
hay que estudiar, no una época, sino un estilo: así como hay
creaciones españolas de estilo Renacimiento en la arquitectura,
las hay en las letras. La *Celestina* es el primer ejemplo, aunque
no en todas sus partes. Boscán, Garcilaso, Valdés son ejemplos
también. Los hay en géneros enteros: la novela pastoril, la épica
artificial, buena parte de la poesía lírica.[2] Y aun en géneros muy
nacionales, como la *comedia* de los Siglos de Oro, hay ocasión
de estudiar qué elementos *renacentistas* entraron; y otros géneros,
por fin, como la novela picaresca, frutos de la vida española,
podrían estudiarse como ejemplos de contraste.

LOS POETAS LÍRICOS

LA VIRTUD literaria de los poetas españoles, en los Siglos de Oro, no se reduce a elementos de forma. Su obra es, junto con la de los prosadores religiosos, la de mayor pureza y elevación intelectual que ofrece la literatura clásica de España. La novela y el teatro tienen significación mayor. La *Celestina*, el *Lazarillo*, el *Quijote*, los dramas de Lope, Tirso, Alarcón y Calderón, junto con los romances populares, última florescencia del árbol épico, son las obras que más han trascendido a otras literaturas. Pero si éstas representan un sentido de humanidad más amplio, y un caudal de vida artística más opulento pero más turbio, la prosa mística y la poesía lírica son la escuela de mayor pureza, la que enseña a pensar más alto, a sentir más delicadamente, a expresarse con el más acrisolado decoro. Hay momentos, en la historia intelectual de España, en que el más alto pensamiento filosófico se refugia en los místicos y en los líricos. La poesía de las ideas, la *emoción intelectual*, rara flor de cultura, se encuentra a menudo en ellos.

El que estudie y comprenda la lírica española de los siglos XVI y XVII encontrará riquezas insospechadas, profundidad unas veces, delicadeza otras, cualidades varias y selectas; pero sobre todo respirará un ambiente ético puro y fortificante, donde se esparce el perfume de estoicismo cristiano que da sabor de sereno *heroísmo* a los tercetos de Quevedo y de la *Epístola moral a Fabio* y sobre el cual se cierne, dominándolo majestuosamente, el vuelo platónico de fray Luis de León, uno de los grandes poetas de la humanidad.

La Habana, 1914

CERVANTES

La gran epopeya cómica, como puerta de trágica ironía, se cierra sobre las irreales andanzas de la Edad Media y las nunca satisfechas ambiciones del Renacimiento y se abre sobre las prosaicas perspectivas de la edad moderna. La risa de los superficiales, ayer y hoy, ¿no es el comentario con que espontáneamente se manifiesta el prosaísmo de los últimos tres siglos? La actitud de los que sienten con Don Quijote y contra quienes abusan o se mofan de él, ¿no es protesta?

Para el siglo XVII, el *Quijote* fue sobre todo obra de divertimiento y solaz, la mejor de todas, a no dudarlo. Hubo, seguramente, quienes le adivinaran sentidos más hondos; absurdo sería negar de plano la penetración delicada a toda una época. Leyendo la crítica de la obra de Cervantes desde sus comienzos, se hallarán, de cuando en cuando, anticipaciones a nuestras ideas modernas. Pero su rareza será la prueba mejor del criterio entonces predominante: el criterio realista y mundano que personifican hombres como Bacon, y Gracián, y La Rochefoucauld.

Aún más: durante mucho tiempo, se estimó mejor la Primera Parte del *Quijote* que la Segunda. "Nunca segundas partes fueron buenas", se repetía. Ya se ve: la Primera Parte es la más regocijada y ruidosa; allí Cervantes, en ocasiones, parece desamorado y duro para con su héroe. Hoy, entre los mejores aficionados al *Quijote*, la Segunda Parte, llena de matices delicados, de sabiduría bondadosa, humana, es la que conquista todas las preferencias. Es la glorificación moral del Ingenioso Hidalgo. Y el preferirla no es sino resultado de la protesta surgida en espíritus rebeldes contra la opresión espiritual de la edad moderna.

Este caballero andante, con su amor al heroísmo de la Edad Media y su devoción a la cultura del Renacimiento, es víctima de la nueva sociedad, inesperadamente mezquina, donde hasta los duques tienen alma vulgar: ejemplo vivo de cómo las épocas cuyos ideales se simbolizan en la aventura, primero, y luego en las Utopías y Ciudades del Sol, vienen a desembocar en la era donde son realizaciones distintivas los códigos y la economía política. En vidas como la de Beethoven, como la de Shelley, hay asombrosos casos de choque *quijotesco* con el ambiente social.

Heine —que comenzó quijotescamente su carrera, renunciando a enorme fortuna para ser poeta— es uno de los primeros en dar voz a esta nueva interpretación. Con él, y después de él, Don Quijote va a ser, no el tipo del idealista "que no se adapta", sino el símbolo de toda protesta contra las mezquindades innecesarias de la vida social, en nombre de ideales superiores. Y este Don Quijote, maestro de energía y de independencia, seguido por Sancho, modelo ya de humildes entusiastas de lo que a medias comprenden pero adivinan magno; este espejo de caballeros, está sobre todo en la Segunda Parte de la novela, hondamente humana, crepuscular y majestuosa.

Nueva York, 1916

NOTAS A
EN LA ORILLA, MI ESPAÑA

ADOLFO SALAZAR Y LA VIDA MUSICAL EN ESPAÑA

[1] Prólogo al libro *Andrómeda,* publicado en la Colección Cultura, de México.

[2] Hay una anécdota que, verídica o falsa, revela la *modernidad* de los conciertos en España. Se dice que Ignacio Zuloaga hizo grandes esfuerzos para llegar a gustar de Wagner, cuando Wagner estuvo de moda; apenas lo había conseguido, comenzó la boga de los franceses y de los rusos, y a poco andar los amigos del pintor vasco lo tachaban de hombre atrasado, que *estaba todavía en Wagner.* Zuloaga quiso cambiar nuevamente de gustos, adaptarse a las cosas nuevas... Pero pronto se declaró vencido, y decidió quedarse en Wagner: no quería perder el resultado de su trabajo anterior.

LA OBRA DE JUAN RAMÓN JIMÉNEZ

[1] La base del estudio es el volumen de *Poesías escogidas* (1899-1917) de Juan Ramón Jiménez, edición de la Sociedad Hispánica de América, Nueva York, 1917. Contiene, en trescientas cincuenta páginas, la selección, cuidadosamente ordenada y fechada, de lo que el poeta estima como más *representativo* en su obra. Sus principales volúmenes de versos son *Rimas* (1902), *Arias tristes* (1903), *Jardines lejanos* (1904), *Pastorales* (1905), *Olvidanzas* (1907), *Poemas mágicos y dolientes* (1909), *Elegías* (1908), *La soledad sonora* (1908), *Laberinto* (libro de 1911, publicado en 1915), *Melancolía* (1911), *Sonetos espirituales* (de 1914 a 1915, publicado en 1917), *Estío* (de 1915, publicado en 1916), *Diario de un poeta recién casado* (prosa y verso de 1916; publicado en 1917). Todos estos están representados por secciones en las *Poesías escogidas;* pero hay otras secciones que corresponden a libros no publicados.

En prosa, junto al *Diario,* ha publicado Jiménez *Platero y yo* (selección en 1915; edición completa en 1917), uno de los libros más encantadores de la moderna literatura española. Creo que, a pesar de los aplausos que se le tributan, aún no se sabe apreciar todo lo que significa *Platero y yo:* su tono de ingenuidad perfecta, su fantasía delicada, su prosa límpida, apenas tienen precedentes en castellano.

EN TORNO A AZORÍN

[1] En sus nuevas ediciones esta antología comienza en el siglo XIII.

EL RENACIMIENTO EN ESPAÑA

[1] Véase la Advertencia que precede a *En la orilla. Mi España* en esta edición.

[2] En mi libro *La versificación irregular en la poesía castellana* (Madrid, 1920) he estudiado, precisamente, manifestaciones líricas en que el influjo del Renacimiento es punto menos que nulo.

SEIS ENSAYOS EN BUSCA DE NUESTRA EXPRESIÓN

(1928)

ORIENTACIONES

EL DESCONTENTO Y LA PROMESA

"HARÉ GRANDES cosas: lo que son no lo sé". Las palabras del
rey loco son el mote que inscribimos, desde hace cien años, en
nuestras banderas de revolución espiritual. ¿Venceremos el descontento que provoca tantas rebeliones sucesivas? ¿Cumpliremos
la ambiciosa promesa?

Apenas salimos de la espesa nube colonial al sol quemante
de la independencia, sacudimos el espíritu de timidez y declaramos señorío sobre el futuro. Mundo virgen, libertad recién
nacida, repúblicas en fermento, ardorosamente consagradas a la
inmortal utopía: aquí habían de crearse nuevas artes, poesía
nueva. Nuestras tierras, nuestra vida libre, pedían su expresión.

LA INDEPENDENCIA LITERARIA

En 1823, antes de las jornadas de Junín y Ayacucho, inconclusa
todavía la independencia política, Andrés Bello proclamaba la
independencia espiritual: la primera de sus *Silvas americanas*
es una alocución a la poesía, "maestra de los pueblos y los reyes",
para que abandone a Europa —luz y miseria— y busque en esta
orilla del Atlántico el aire salubre de que gusta su nativa rusti-
quez. La forma es clásica; la intención es revolucionaria. Con
la "Alocución", simbólicamente, iba a encabezar Juan María
Gutiérrez nuestra primera grande antología, la *América poética*,
de 1846. La segunda de las *Silvas* de Bello, tres años posterior,
al cantar la agricultura de la zona tórrida, mientras escuda tras
las pacíficas sombras imperiales de Horacio y de Virgilio el "retorno a la naturaleza", arma de los revolucionarios del siglo
XVIII, esboza todo el programa "siglo XIX" del engrandecimiento
material, con la cultura como ejercicio y corona. Y no es aquel
patriarca, creador de civilización, el único que se enciende en
espíritu de iniciación y profecía: la hoguera anunciadora salta,
como la de Agamenón, de cumbre en cumbre, y arde en el canto
de victoria de Olmedo, en los gritos insurrectos de Heredia, en
las novelas y las campañas humanitarias y democráticas de Fernández de Lizardi, hasta en los *cielitos* y los diálogos gauchescos
de Bartolomé Hidalgo.

A los pocos años surge otra nueva generación, olvidadiza y
descontenta. En Europa, oíamos decir, o en persona lo veíamos,

241

el romanticismo despertaba las voces de los pueblos. Nos parecieron absurdos nuestros padres al cantar en odas clásicas la romántica aventura de nuestra independencia. El romanticismo nos abriría el camino de la verdad, nos enseñaría a completarnos. Así lo pensaba Esteban Echeverría, escaso artista, salvo en uno que otro paisaje de líneas rectas y masas escuetas, pero claro teorizante. "El espíritu del siglo —decía— lleva hoy a las naciones a emanciparse, a gozar de independencia, no sólo política, sino filosófica y literaria". Y entre los jóvenes a quienes arrastró consigo, en aquella generación argentina que fue voz continental, se hablaba siempre de "ciudadanía en arte como en política" y de "literatura que llevara los colores nacionales".

Nuestra literatura absorbió ávidamente agua de todos los ríos nativos: la naturaleza; la vida del campo, sedentaria o nómade; la tradición indígena; los recuerdos de la época colonial; las hazañas de los libertadores; la agitación política del momento... La inundación romántica duró mucho, demasiado; como bajo pretexto de inspiración y espontaneidad protegió la pereza, ahogó muchos gérmenes que esperaba nutrir... Cuando las aguas comenzaron a bajar, no a los cuarenta días bíblicos, sino a los cuarenta años, dejaron tras sí tremendos herbazales, raros arbustos y dos copudos árboles, resistentes como ombúes: el *Facundo* y el *Martín Fierro*.

El descontento provoca al fin la insurrección necesaria: la generación que escandalizó al vulgo bajo el modesto nombre de *modernista* se alza contra la pereza romántica y se impone severas y delicadas disciplinas. Toma sus ejemplos en Europa, pero piensa en América. "Es como una familia —decía uno de ella, el fascinador, el deslumbrante Martí—. Principió por el rebusco imitado y está en la elegancia suelta y concisa y en la expresión artística y sincera, breve y tallada, del sentimiento personal y del juicio criollo y directo". ¡El juicio criollo! O bien: "A esa literatura se ha de ir: a la que ensancha y revela, a la que saca de la corteza ensangrentada el almendro sano y jugoso, a la que robustece y levanta el corazón de América". Rubén Darío, si en las palabras liminares de *Prosas profanas* detestaba "la vida y el tiempo en que le tocó nacer", paralelamente fundaba la *Revista de América,* cuyo nombre es programa, y con el tiempo se convertía en el autor del yambo contra Roosevelt, del "Canto a la Argentina" y del "Viaje a Nicaragua'". Y Rodó, el comentador entusiasta de *Prosas profanas,* es quien luego declara, estudiando a Montalvo, que "sólo han sido grandes en América aquellos que han desenvuelto por la palabra o por la acción un sentimiento americano".

Ahora, treinta años después, hay de nuevo en la América

española juventudes inquietas, que se irritan contra sus mayores y ofrecen trabajar seriamente en busca de nuestra expresión genuina.

TRADICIÓN Y REBELIÓN

Los inquietos de ahora se quejan de que los antepasados hayan vivido atentos a Europa, nutriéndose de imitación, sin ojos para el mundo que los rodeaba: olvidan que en cada generación se renuevan, desde hace cien años, el descontento y la promesa. Existieron, sí, existen todavía, los europeizantes, los que llegan a abandonar el español para escribir en francés, o, por lo menos, escribiendo en nuestro propio idioma ajustan a moldes franceses su estilo y hasta piden a Francia sus ideas y sus asuntos. O los hispanizantes, enfermos de locura gramatical, hipnotizados por toda cosa de España que no haya sido trasplantada a estos suelos.

Pero atrevámonos a dudar de todo. ¿Estos crímenes son realmente insólitos e imperdonables? ¿El criollismo cerrado, el afán nacionalista, el multiforme delirio en que coinciden hombres y mujeres hasta de bandos enemigos, es la única salud? Nuestra preocupación es de especie nueva. Rara vez la conocieron, por ejemplo, los romanos: para ellos, las artes, las letras, la filosofía de los griegos eran la norma; a la norma sacrificaron, sin temblor ni queja, cualquier tradición nativa. El *carmen saturnium,* su "versada criolla", tuvo que ceder el puesto al verso de pies cuantitativos; los brotes autóctonos de diversión teatral quedaban aplastados bajo las ruedas del carro que traía de casa ajena la carga de argumentos y formas; hasta la leyenda nacional se retocaba, en la epopeya aristocrática, para enlazarla con Ilión; y si pocos escritores se atrevían a cambiar de idioma (a pesar del ejemplo imperial de Marco Aurelio, cuya prosa griega no es mejor que la francesa de nuestros amigos de hoy), el viaje a Atenas, a la desmedrada Atenas de los tiempos de Augusto, tuvo el carácter ritual de nuestros viajes a París, y el acontecimiento se celebraba, como ahora, con el obligado banquete, con odas de despedida como la de Horacio a la nave en que se embarcó Virgilio. El alma romana halló expresión en la literatura, pero bajo preceptos extraños, bajo la imitación, erigida en método de aprendizaje.

Ni tampoco la Edad Media vio con vergüenza las imitaciones. Al contrario: todos los pueblos, a pesar de sus características imborrables, aspiraban a aprender y aplicar las normas que daba la Francia del Norte para la canción de gesta, las leyes del trovar que dictaba Provenza para la poesía lírica; y unos cuantos temas iban y venían de reino en reino, de gente en gente:

proezas carolingias, historias célticas de amor y de encantamiento, fantásticas tergiversaciones de la guerra de Troya y las conquistas de Alejandro, cuentos del zorro, danzas macabras, misterios de Navidad y de Pasión, farsas de carnaval... Aun el idioma se acogía, temporal y parcialmente, a la moda literaria: el provenzal, en todo el Mediterráneo latino; el francés, en Italia, con el cantar épico; el gallego, en Castilla, con el cantar lírico. Se peleaba, sí, en favor del idioma propio, pero contra el latín moribundo, atrincherado en la Universidad y en la Iglesia, sin sangre de vida real, sin el prestigio de las Cortes o de las fiestas populares. Como excepción, la Inglaterra del siglo XIV echa abajo el frondoso árbol francés plantado allí por el conquistador del XI.

¿Y el Renacimiento? El esfuerzo renaciente se consagra a buscar, no la expresión característica, nacional ni regional, sino la expresión del arquetipo, la norma universal y perfecta. En descubrirla y definirla concentran sus empeños Italia y Francia, apoyándose en el estudio de Grecia y Roma, arca de todos los secretos. Francia llevó a su desarrollo máximo este imperialismo de los paradigmas espirituales. Así, Inglaterra y España poseyeron sistemas propios de arte dramático, el de Shakespeare, el de Lope;[1] pero en el siglo XVIII iban plegándose a las imposiciones de París: la expresión del espíritu nacional sólo podía alcanzarse a través de fórmulas internacionales.

Sobrevino al fin la rebelión que asaltó y echó a tierra el imperio clásico, culminando en batalla de las naciones, que se peleó en todos los frentes, desde Rusia hasta Noruega y desde Irlanda hasta Cataluña. El problema de la expresión genuina de cada pueblo está en la esencia de la revolución romántica, junto con la negación de los fundamentos de toda doctrina retórica, de toda fe en "las reglas del arte" como clave de la creación estética. Y, de generación en generación, cada pueblo afila y aguza sus teorías nacionalistas, justamente en la medida en que la ciencia y la máquina multiplican las uniformidades del mundo. A cada concesión práctica va unida una rebelión ideal.

EL PROBLEMA DEL IDIOMA

Nuestra inquietud se explica. Contagiados, espoleados, padecemos aquí en América urgencia romántica de expresión. Nos sobrecogen temores súbitos: queremos decir nuestra palabra antes de que nos sepulte no sabemos qué inminente diluvio.

En todas las artes se plantea el problema. Pero en literatura es doblemente complejo. El músico podría, en rigor sumo, si cree encontrar en eso la garantía de originalidad, renunciar al lenguaje tonal de Europa: al hijo de pueblos donde subsiste el indio —como en el Perú y Bolivia— se le ofrece el arcaico pero inmarcesible sistema nativo, que ya desde su escala pentatónica se aparta del europeo. Y el hombre de países donde prevalece el espíritu criollo es dueño de preciosos materiales, aunque no estrictamente autóctonos: música traída de Europa o de África, pero impregnada del sabor de las nuevas tierras y de la nueva vida, que se filtra en el ritmo y el dibujo melódico.

Y en artes plásticas cabe renunciar a Europa, como en el sistema mexicano de Adolfo Best, construido sobre los siete elementos lineales del dibujo azteca, con franca aceptación de sus limitaciones. O cuando menos, si sentimos excesiva tanta renuncia, hay sugestiones de muy varia especie en la obra del indígena, en la del criollo de tiempos coloniales que hizo suya la técnica europea (así, con esplendor de dominio, en la arquitectura), en la popular de nuestros días, hasta en la piedra y la madera y la fibra y el tinte que dan las tierras natales.

De todos modos, en música y en artes plásticas es clara la partición de caminos: o el europeo, o el indígena, o en todo caso el camino criollo, indeciso todavía y trabajoso. El indígena representa quizás empobrecimiento y limitación, y para muchos, a cuyas ciudades nunca llega el antiguo señor del terruño, resulta camino exótico: paradoja típicamente nuestra. Pero, extraños o familiares, lejanos o cercanos, el lenguaje tonal y el lenguaje plástico de abolengo indígena son inteligibles.

En literatura, el problema es complejo, es doble: el poeta, el escritor, se expresan en idioma recibido de España. Al hombre de Cataluña o de Galicia le basta escribir su lengua vernácula para realizar la ilusión de sentirse distinto del castellano. Para nosotros esta ilusión es fruto vedado o inaccesible. ¿Volver a las lenguas indígenas? El hombre de letras, generalmente, las ignora, y la dura tarea de estudiarlas y escribir en ellas lo llevaría a la consecuencia final de ser entendido entre muy pocos, a la reducción inmediata de su público. Hubo, después de la conquista, y aún se componen, versos y prosa en lengua indígena, porque todavía existen enormes y difusas poblaciones aborígenes que hablan cien —si no más— idiomas nativos; pero raras veces se anima esa literatura con propósitos lúcidos de persistencia y oposición. ¿Crear idiomas propios, hijos y sucesores del castellano? Existió hasta años atrás —grave temor de unos y esperanza loca de otros— la idea de que íbamos embarcados en la aleatoria tentativa de crear idiomas criollos. La nube se ha disipado bajo la presión unificadora de las relaciones constantes entre los pueblos hispánicos. La tentativa, suponiéndola posible, habría demandado siglos de cavar foso tras foso entre el idioma de Castilla y los germinantes en América, resignándonos con heroísmo franciscano a una rastrera, empobrecida expresión dialectal mientras no apareciera el Dante creador de alas y de garras. Observemos, de paso, que el habla gauchesca del Río de la Plata, sustancia principal de aquella disipada nube, no lleva en sí diversidad suficiente para erigirla siquiera en dialecto como el de León o el de Aragón: su leve matiz la aleja demasiado poco de Castilla, y el *Martín Fierro* y el *Fausto* no son ramas que disten del tronco lingüístico más que las coplas murcianas o andaluzas.

No hemos renunciado a escribir en español, y nuestro problema de la expresión original y propia comienza ahí. Cada idioma es una cristalización de modos de pensar y de sentir, y cuanto en él se escribe se baña en el color de su cristal. Nuestra expresión necesitará doble vigor para imponer su tonalidad sobre el rojo y el gualda.

LAS FÓRMULAS DEL AMERICANISMO

Examinemos las principales soluciones propuestas y ensayadas para el problema de nuestra expresión en literatura. Y no se me tache prematuramente de optimista cándido porque vaya dándoles aprobación provisional a todas: al final se verá el por qué.

Ante todo, la naturaleza. La literatura descriptiva habrá de ser, pensamos durante largo tiempo, la voz del Nuevo Mundo. Ahora no goza de favor la idea: hemos abusado en la aplicación; hay en nuestra poesía romántica tantos paisajes como en nuestra pintura impresionista. La tarea de escribir, que nació del entusiasmo, degeneró en hábito mecánico. Pero ella ha educado nuestros ojos: del cuadro convencional de los primeros escritores coloniales, en quienes sólo de raro en raro asomaba la faz genuina de la tierra, como en las serranías peruanas del Inca Garcilaso, pasamos poco a poco, y finalmente llegamos, con ayuda de Alexander von Humboldt y de Chateaubriand, a la directa visión de la naturaleza. De mucha olvidada literatura del siglo XIX sería justicia y deleite arrancar una vivaz colección de paisajes y miniaturas de fauna y flora. Basta detenernos a recordar para comprender, tal vez con sorpresa, cómo hemos conquistado, trecho a trecho, los elementos pictóricos de nuestra pareja de continentes y hasta el aroma espiritual que se exhala de ellos: la colosal montaña; las vastas altiplanicies de aire fino y luz tranquila donde todo perfil se recorta agudamente; las tierras cálidas del trópico, con sus marañas de selvas, su mar que asorda y su luz que emborracha; la pampa profunda; el desierto "inexorable y hosco". Nuestra atención al paisaje engendra preferencias que hallan palabras vehementes: tenemos partidarios de la llanura y partidarios de la montaña. Y mientras aquéllos, acostumbrados a que los ojos no tropiecen con otro límite que el horizonte, se sienten oprimidos por la vecindad de las alturas, como Miguel Cané en Venezuela y Colombia, los otros se quejan del paisaje "demasiado llano", como el personaje de la *Xaimaca* de Güiraldes, o bien, con voluntad de amarlo, vencen la inicial impresión de monotonía y desamparo y cuentan cómo, después de largo rato de recorrer la pampa, ya no la vemos: vemos otra pampa que se nos ha hecho en el espíritu (Gabriela Mistral). O acerquémonos al espectáculo de la zona tórrida: para el nativo es rico en luz, calor y color, pero lánguido y lleno de molicie; todo se le deslíe en largas contemplaciones, en pláticas sabrosas, en danzas lentas,

> y en las ardientes noches del estío
> la bandola y el canto prolongado
> que une su estrofa al murmurar del río...

Pero el hombre de climas templados ve el trópico bajo deslumbramiento agobiador: así lo vio Mármol en el Brasil, en aquellos versos célebres, mitad ripio, mitad hallazgo de cosa vivida; así lo vio Sarmiento en aquel breve y total apunte de Río de Janeiro:

> Los insectos son carbunclos o rubíes, las mariposas plumillas de oro flotantes, pintadas las aves, que engalanan penachos y decoraciones fantásticas, verde esmeralda la vegetación, embalsamadas y purpúreas las flores, tangible la luz del cielo, azul cobalto el aire, doradas a fuego las nubes, roja la tierra y las arenas entremezcladas de diamantes y topacios.

A la naturaleza sumamos el primitivo habitante. ¡Ir hacia el indio! Programa que nace y renace en cada generación, bajo muchedumbre de formas, en todas las artes. En literatura, nuestra interpretación del indígena ha sido irregular y caprichosa. Poco hemos agregado a aquella fuerte visión de los conquistadores como Hernán Cortés, Ercilla, Cieza de León, y de los misioneros como fray Bartolomé de Las Casas. Ellos acertaron a definir dos tipos ejemplares, que Europa acogió e incorporó a su repertorio de figuras humanas: el "indio hábil y discreto", educado en complejas y exquisitas civilizaciones propias, singularmente dotado para las artes y las industrias, y el "salvaje virtuoso", que carece de civilización mecánica, pero vive en orden, justicia y bondad, personaje que tanto sirvió a los pensadores europeos para crear la imagen del hipotético hombre del "estado de naturaleza" anterior al contrato social. En nuestros cien años de independencia, la romántica pereza nos ha impedido dedicar mucha atención a aquellos magníficos imperios cuya inter-

pretación literaria exigiría previos estudios arqueológicos; la falta
de simpatía humana nos ha estorbado para acercarnos al superviviente de hoy, antes de los años últimos, excepto en casos
como el memorable de los *Indios ranqueles;* y al fin, aparte del
libro impar y delicioso de Mansilla, las mejores obras de asunto
indígena se han escrito en países como Santo Domingo y el Uruguay, donde el aborigen de raza pura persiste apenas en rincones
lejanos y se ha diluido en recuerdo sentimental. "El espíritu
de los hombres flota sobre la tierra en que vivieron, y se le res-
pira", decía Martí.

Tras el indio, el criollo. El movimiento criollista ha existido
en toda la América española con intermitencias, y ha aspirado
a recoger las manifestaciones de la vida popular, urbana y campestre, con natural preferencia por el campo. Sus límites son
vagos; en la pampa argentina, el criollo se oponía al indio, enemigo tradicional, mientras en México, en la América Central,
en toda la región de los Andes y su vertiente del Pacífico, no
siempre existe frontera perceptible entre las costumbres de carácter criollo y las de carácter indígena. Así mezcladas las reflejan
en la literatura mexicana los romances de Guillermo Prieto y el
Periquillo de Lizardi, despertar de la novela en nuestra América,
a la vez que despedida de la picaresca española. No hay país
donde la existencia criolla no inspire cuadros de color peculiar.
Entre todas, la literatura argentina, tanto en el idioma culto
como en el campesino, ha sabido apoderarse de la vida del
gaucho en visión honda como la pampa. Facundo Quiroga,
Martín Fierro, Santos Vega, son figuras definitivamente planta-
das dentro del horizonte ideal de nuestros pueblos. Y no creo
en la realidad de la querella de Fierro contra Quiroga. Sarmiento,
como civilizador, urgido de acción, atenaceado por la prisa, escogió para el futuro de su patria el atajo europeo y norteamericano
en vez del sendero criollo, informe todavía, largo, lento, interminable tal vez, o desembocando en el callejón sin salida; pero
nadie sintió mejor que él los soberbios ímpetus, la acre originalidad de la barbarie que aspiraba a destruir. En tales oposiciones
y en tales decisiones está el Sarmiento aquilino: la mano inflexi-
xible escoge; el espíritu amplio se abre a todos los vientos. ¿Quién
comprendió mejor que él a España, la España cuyas malas
herencias quiso arrojar al fuego, la que visitó "con el santo propósito de levantarle el proceso verbal", pero que a ratos le hacía
agitarse en ráfagas de simpatía? ¿Quién anotó mejor que él las
limitaciones de los Estados Unidos, de esos Estados Unidos cuya
perseverancia constructora exaltó a modelo ejemplar?

Existe otro americanismo, que evita al indígena, y evita el
criollismo pintoresco, y evita el puente intermedio de la era colo-

nial, lugar de cita para muchos antes y después de Ricardo Palma: su precepto único es ceñirse siempre al Nuevo Mundo en los temas, así en la poesía como en la novela y el drama, así en la crítica como en la historia. Y para mí, dentro de esa fórmula sencilla como dentro de las anteriores, hemos alcanzado, en momentos felices, la expresión vívida que perseguimos. En momentos felices, recordémoslo.

EL AFÁN EUROPEIZANTE

Volvamos ahora la mirada hacia los europeizantes, hacia los que, descontentos de todo americanismo con aspiraciones de sabor autóctono, descontentos hasta de nuestra naturaleza, nos prometen la salud espiritual si mantenemos recio y firme el lazo que nos ata a la cultura europea. Creen que nuestra función no será crear, comenzando desde los principios, yendo a la raíz de las cosas, sino continuar, proseguir, desarrollar, sin romper tradiciones ni enlaces.

Y conocemos los ejemplos que invocarían, los ejemplos mismos que nos sirvieron para rastrear el origen de nuestra rebelión nacionalista: Roma, la Edad Media, el Renacimiento, la hegemonía francesa del siglo XVIII. . . Detengámonos nuevamente ante ellos. ¿No tendrán razón los arquetipos clásicos contra la libertad romántica de que usamos y abusamos? ¿No estará el secreto único de la perfección en atenernos a la línea ideal que sigue desde sus remotos orígenes la cultura de Occidente? Al criollista que se defienda —acaso la única vez en su vida— con el ejemplo de Grecia, será fácil demostrarle que el milagro griego, si más solitario, más original que las creaciones de sus sucesores, recogía vetustas herencias: ni los milagros vienen de la nada; Grecia, madre de tantas invenciones estupendas, aprovechó el trabajo ajeno, retocando y perfeccionando, pero, en su opinión, tratando de acercarse a los cánones, a los paradigmas que otros pueblos, antecesores suyos o contemporáneos, buscaron con intuición confusa.[2]

Todo aislamiento es ilusorio. La historia de la organización espiritual de nuestra América, después de la emancipación política, nos dirá que nuestros propios orientadores fueron, en momento oportuno, europeizantes: Andrés Bello, que desde Londres lanzó la declaración de nuestra independencia literaria, fue motejado de europeizante por los proscriptos argentinos veinte años después, cuando organizaba la cultura chilena; y los más violentos censores de Bello, de regreso a su patria, habían de emprender a su turno tareas de europeización, para que ahora se lo afeen los devotos del criollismo puro.

Apresurémonos a conceder a los europeizantes todo lo que les pertenece, pero nada más, y a la vez tranquilicemos al criollista. No sólo sería ilusorio el aislamiento —la red de las comunicaciones lo impide—, sino que tenemos derecho a tomar de Europa todo lo que nos plazca: tenemos derecho a todos los beneficios de la cultura occidental. Y en literatura —ciñéndonos a nuestro problema— recordemos que Europa estará presente, cuando menos, en el arrastre histórico del idioma.

Aceptemos francamente, como inevitable, la situación compleja: al expresarnos habrá en nosotros, junto a la porción sola, nuestra, hija de nuestra vida, a veces con herencia indígena, otra porción substancial, aunque sólo fuere el marco, que recibimos de España. Voy más lejos: no sólo escribimos el idioma de Castilla, sino que pertenecemos a la Romania, la familia románica que constituye todavía una comunidad, una unidad de cultura, descendiente de la que Roma organizó bajo su potestad; pertenecemos —según la repetida frase de Sarmiento— al Imperio Romano. Literariamente, desde que adquieren plenitud de vida las lenguas romances, a la Romania nunca le ha faltado centro, sucesor de la Ciudad Eterna: del siglo XI al XIV fue Francia, con oscilaciones iniciales entre Norte y Sur; con el Renacimiento se desplaza a Italia; luego, durante breve tiempo, tiende a situarse en España; desde Luis XIV vuelve a Francia. Muchas veces la Romania ha extendido su influjo a zonas extranjeras, y sabemos cómo París gobernaba a Europa, y de paso a las dos Américas, en el siglo XVIII; pero desde comienzos del siglo XIX se definen, en abierta y perdurable oposición, zonas rivales: la germánica, suscitadora de la rebeldía; la inglesa, que abarca a Inglaterra con su imperio colonial, ahora en disolución, y a los Estados Unidos; la eslava... Hasta políticamente hemos nacido y crecido en la Romania. Antonio Caso señala con eficaz precisión los tres acontecimientos de Europa cuya influencia es decisiva sobre nuestros pueblos: el Descubrimiento, que es acontecimiento español; el Renacimiento, italiano; la Revolución, francés. El Renacimiento da forma —en España sólo a medias— a la cultura que iba a ser trasplantada a nuestro mundo; la Revolución es el antecedente de nuestras guerras de independencia. Los tres acontecimientos son de pueblos románicos. No tenemos relación directa con la Reforma, ni con la evolución constitucional de Inglaterra, y hasta la independencia y la Constitución de los Estados Unidos alcanzan prestigio entre nosotros merced a la propaganda que de ellas hizo Francia.

LA ENERGÍA NATIVA

Concedido todo eso, que es todo lo que en buen derecho ha de reclamar el europeizante, tranquilicemos al criollo fiel recordándole que la existencia de la Romania como unidad, como entidad colectiva de cultura, y la existencia del centro orientador, no son estorbos definitivos para ninguna originalidad, porque aquella comunidad tradicional afecta sólo a las formas de la cultura, mientras que el carácter original de los pueblos viene de su fondo espiritual, de su energía nativa.

Fuera de momentos fugaces en que se ha adoptado con excesivo rigor una fórmula estrecha, por excesiva fe en la doctrina retórica, o durante períodos en que una decadencia nacional de todas las energías lo ha hecho enmudecer, cada pueblo se ha expresado con plenitud de carácter dentro de la comunidad imperial. Y en España, dentro del idioma central, sin acudir a los rivales, las regiones se definen a veces con perfiles únicos en la expresión literaria. Así, entre los poetas, la secular oposición entre Castilla y Andalucía, el contraste entre fray Luis de León y Fernando de Herrera, entre Quevedo y Góngora, entre Espronceda y Bécquer.

El compartido idioma no nos obliga a perdernos en la masa de un coro cuya dirección no está en nuestras manos: sólo nos obliga a acendrar nuestra nota expresiva, a buscar el acento inconfundible. Del deseo de alcanzarlo y sostenerlo nace todo el rompecabezas de cien años de independencia proclamada; de ahí las fórmulas de americanismo, las promesas que cada generación escribe, sólo para que la siguiente las olvide o las rechace, y de ahí la reacción, hija del inconfesado desaliento, en los europeizantes.

EL ANSIA DE PERFECCIÓN

Llegamos al término de nuestro viaje por el palacio confuso, por el fatigoso laberinto de nuestras aspiraciones literarias, en busca de nuestra expresión original y genuina. Y a la salida creo volver con el oculto hilo que me sirvió de guía.

Mi hilo conductor ha sido el pensar que no hay secreto de la expresión sino uno: trabajarla hondamente, esforzarse en hacerla pura, bajando hasta la raíz de las cosas que queremos decir; afinar, definir, con ansia de perfección.

El ansia de perfección es la única norma. Contentándonos con usar el ajeno hallazgo, del extranjero o del compatriota, nunca comunicaremos la revelación íntima; contentándonos con la tibia y confusa enunciación de nuestras intuiciones, las desvirtuaremos ante el oyente y le parecerán cosa vulgar. Pero cuando se ha alcanzado la expresión firme de una intuición artística, va en ella, no sólo el sentido universal, sino la esencia del espíritu que la poseyó y el sabor de la tierra de que se ha nutrido.

Cada fórmula de americanismo puede prestar servicios (por eso les di a todas aprobación provisional); el conjunto de las que hemos ensayado nos da una suma de adquisiciones útiles, que hacen flexible y dúctil el material originario de América. Pero la fórmula, al repetirse, degenera en mecanismo y pierde su prístina eficacia; se vuelve receta y engendra una retórica.

Cada grande obra de arte crea medios propios y peculiares de expresión; aprovecha las experiencias anteriores, pero las rehace, porque no es una suma, sino una síntesis, una invención. Nuestros enemigos, al buscar la expresión de nuestro mundo, son la falta de esfuerzo y la ausencia de disciplina, hijos de la pereza y la incultura, o la vida en perpetuo disturbio y mudanza, llena de preocupaciones ajenas a la pureza de la obra: nuestros poetas, nuestros escritores, fueron las más veces, en parte son todavía, hombres obligados a la acción, la faena política y hasta la guerra, y no faltan entre ellos los conductores e iluminadores de pueblos.

EL FUTURO

Ahora, en el Río de la Plata cuando menos, empieza a constituirse la profesión literaria. Con ella debieran venir la disciplina, el reposo que permite los graves empeños. Y hace falta la colaboración viva y clara del público: demasiado tiempo ha oscilado entre la falta de atención y la excesiva indulgencia. El público ha de ser exigente; pero ha de poner interés en la obra de América. Para que haya grandes poetas, decía Walt Whitman, ha de haber grandes auditorios.

Sólo un temor me detiene, y lamento turbar con una nota pesimista el canto de esperanzas. Ahora que parecemos navegar en dirección hacia el puerto seguro, ¿no llegaremos tarde? ¿El hombre del futuro seguirá interesándose en la creación artística y literaria, en la perfecta expresión de los anhelos superiores del espíritu? El occidental de hoy se interesa en ellas menos que el de ayer, y mucho menos que el de tiempos lejanos. Hace cien, cincuenta años, cuando se auguraba la desaparición del arte, se rechazaba el agüero con gestos fáciles: "siempre habrá poesía". Pero después —fenómeno nuevo en la historia del mundo, insospechado y sorprendente— hemos visto surgir a existencia próspera sociedades activas y al parecer felices, de cultura occidental, a quienes no preocupa la creación artística, a quienes les basta la industria, o se contentan con el arte reducido a procesos industriales: Australia, Nueva Zelandia, aun el Canadá. Los Estados Unidos ¿no habrán sido el ensayo intermedio? Y en Europa, bien que abunde la producción artística y literaria, el interés del hombre contemporáneo no es el que fue. El arte había obedecido hasta ahora a dos fines humanos: uno, la expresión de los anhelos profundos, del ansia de eternidad, del utópico y siempre renovado sueño de la vida perfecta; otro, el juego, el solaz imaginativo en que descansa el espíritu. El arte y la literatura de nuestros días apenas recuerdan ya su antigua función trascendental; sólo nos va quedando el juego... Y el arte reducido a diversión, por mucho que sea diversión inteligente, pirotecnia del ingenio, acaba en hastío.

...No quiero terminar en el tono pesimista. Si las artes y las letras no se apagan, tenemos derecho a considerar seguro el porvenir. Trocaremos en arca de tesoros la modesta caja donde ahora guardamos nuestras escasas joyas, y no tendremos por qué temer al sello ajeno del idioma en que escribimos, porque para entonces habrá pasado a estas orillas del Atlántico el eje espiritual del mundo español.

Buenos Aires, 1926

CAMINOS DE NUESTRA HISTORIA LITERARIA

LA LITERATURA de la América española tiene cuatro siglos de existencia, y hasta ahora los dos únicos intentos de escribir su historia completa se han realizado en idiomas extranjeros: uno, hace cerca de diez años, en inglés (Coester); otro, muy reciente, en alemán (Wagner). Está repitiéndose, para la América española, el caso de España: fueron los extraños quienes primero se aventuraron a poner orden en aquel caos o —mejor— en aquella vorágine de mundos caóticos. Cada grupo de obras literarias —o, como decían los retóricos, "cada género"— se ofrecía como "mar nunca antes navegado", con sirenas y dragones, sirtes y escollos. Buenos trabajadores van trazando cartas parciales: ya nos movemos con soltura entre los poetas de la Edad Media; sabemos cómo se desarrollaron las novelas caballerescas, pastoriles y picarescas; conocemos la filiación de la familia de Celestina... Pero para la literatura religiosa debemos contentarnos con esquemas superficiales, y no es de esperar que se perfeccionen, porque el asunto no crece en interés; aplaudiremos siquiera que se dediquen buenos estudios aislados a Santa Teresa o a fray Luis de León, y nos resignaremos a no poseer sino vagas noticias, o lecturas sueltas, del beato Alonso Rodríguez o del padre Luis de la Puente. De místicos luminosos, como sor Cecilia del Nacimiento, ni el nombre llega a los tratados históricos.[1] De la poesía lírica de los "siglos de oro" sólo sabemos que nos gusta, o cuándo nos gusta; no estamos ciertos de quién sea el autor de poesías que repetimos de memoria; los libros hablan de escuelas que nunca existieron, como la salmantina; ante los comienzos del gongorismo, cuantos carecen del sentido del estilo se desconciertan, y repiten discutibles leyendas. Los más osados exploradores se confiesan a merced de vientos desconocidos cuando se internan en el teatro, y dentro de él, Lope es caos él solo, monstruo de su laberinto.

¿Por qué los extranjeros se arriesgaron, antes que los nativos, a la síntesis? Demasiado se ha dicho que poseían mayor aptitud, mayor tenacidad; y no se echa de ver que sentían menos las dificultades del caso. Con los nativos se cumplía el refrán: los árboles no dejan ver el bosque. Hasta este día, a ningún gran crítico o investigador español le debemos una visión completa del paisaje. Don Marcelino Menéndez y Pelayo, por ejemplo, se consagró a describir uno por uno los árboles que tuvo ante los ojos; hacia la mitad de la tarea le traicionó la muerte.[2]

En América vamos procediendo de igual modo. Emprendemos estudios parciales; la literatura colonial de Chile, la poesía en México, la historia en el Perú... Llegamos a abarcar países enteros, y el Uruguay cuenta con siete volúmenes de Roxlo, la Argentina con cuatro de Rojas (¡ocho en la nueva edición!). El ensayo de conjunto se lo dejamos a Coester y a Wagner. Ni siquiera lo hemos realizado como simple suma de historias parciales, según el propósito de la *Revue Hispanique:* Después de tres o cuatro años de actividad la serie quedó en cinco o seis países.

Todos los que en América sentimos el interés de la historia literaria hemos pensado en escribir la nuestra. Y no es pereza lo que nos detiene: es, en unos casos, la falta de ocio, de vagar suficiente (la vida nos exige, ¡con imperio!, otras labores); en otros casos, la falta del dato y del documento: conocemos la dificultad, poco menos que insuperable, de reunir todos los materiales. Pero como el proyecto no nos abandona, y no faltará quién se decida a darle realidad, conviene apuntar observaciones que aclaren el camino.

LAS TABLAS DE VALORES

Noble deseo, pero grave error cuando se quiere hacer historia, es el que pretende recordar a todos los héroes. En la historia literaria el error lleva a la confusión. En el manual de Coester, respetable por el largo esfuerzo que representa, nadie discernirá si merece más atención el egregio historiador Justo Sierra que el fabulista Rosas Moreno, o si es mucho mayor la significación de Rodó que la de su amigo Samuel Blixen. Hace falta poner en circulación tablas de valores: nombres centrales y libros de lectura indispensables.[3]

Dejar en la sombra populosa a los mediocres; dejar en la penumbra a aquellos cuya obra pudo haber sido magna, pero quedó a medio hacer: tragedia común en nuestra América. Con sacrificios y hasta injusticias sumas es como se constituyen las constelaciones de clásicos en todas las literaturas. Epicarmo fue sacrificado a la gloria de Aristófanes; Gorgias y Protágoras a las iras de Platón.

La historia literaria de la América española debe escribirse alrededor de unos cuantos nombres centrales: Bello, Sarmiento, Montalvo, Martí, Darío, Rodó.

NACIONALISMOS

Hay dos nacionalismos en la literatura: el espontáneo, el natural acento y elemental sabor de la tierra nativa, al cual nadie escapa, ni las excepciones aparentes; y el perfecto, la expresión superior del espíritu de cada pueblo, con poder de imperio, de perduración y expansión. Al nacionalismo perfecto, creador de grandes literaturas aspiramos desde la independencia: nuestra historia literaria de los últimos cien años podría escribirse como la historia del flujo y reflujo de aspiraciones y teorías en busca de nuestra expresión perfecta; deberá escribirse como la historia de los renovados intentos de expresión y, sobre todo, de las expresiones realizadas.

Del otro nacionalismo, del espontáneo y natural, poco habría que decir si no se le hubiera convertido, innecesariamente, en problema de complicaciones y enredos. Las confusiones empiezan en el idioma. Cada idioma tiene su color, resumen de larga vida histórica. Pero cada idioma varía de ciudad a ciudad, de región a región, y a las variaciones dialectales, siquiera mínimas, acompañan multitud de matices espirituales diversos. ¿Sería de creer que mientras cada región de España se define con rasgos suyos, la América española se quedara en nebulosa informe, y no se hallara medio de distinguirla de España? ¿Y a qué España se parecería? ¿A la andaluza? El andalucismo de América es una fábrica de poco fundamento, de tiempo atrás derribada por Cuervo.[4]

En la práctica, todo el mundo distingue al español del hispanoamericano: hasta los extranjeros que ignoran el idioma. Apenas existió población organizada de origen europeo en el Nuevo Mundo, apenas nacieron los primeros criollos, se declaró que diferían de los españoles; desde el siglo XVI se anota, con insistencia, la diversidad. En la literatura, todos la sienten. Hasta en don Juan Ruiz de Alarcón: la primera impresión que recoge todo lector suyo es que *no se parece* a los otros dramaturgos de su tiempo, aunque de ellos recibió —rígido ya— el molde de sus comedias: temas, construcción, lenguaje, métrica.

Constituimos los hispanoamericanos grupos regionales diversos: lingüísticamente, por ejemplo, son cinco los grupos, las zonas. ¿Es de creer que tales matices no trasciendan a la literatura? No; el que ponga atención los descubrirá pronto, y le será fácil distinguir cuándo el escritor es rioplatense, o es chileno, o es mexicano.

Si estas realidades paladinas se oscurecen es porque se tiñen de pasión y prejuicio, y así oscilamos entre dos turbias tendencias: una que tiende a declararnos "llenos de carácter", para bien o para mal, y otra que tiende a declararnos "pájaros sin matiz, peces sin escama", meros españoles que alteramos el idioma en sus sonidos y en su vocabulario y en su sintaxis, pero que conservamos inalterables, sin adiciones, la *Weltanschauung* de los castellanos o de los andaluces. Unas veces, con infantil pesimismo, lamentamos nuestra falta de fisonomía propia; otras veces inventamos credos nacionalistas, cuyos complejos dogmas se contradicen entre sí. Y los españoles, para censurarnos, declaran que a ellos no nos parecemos en nada; para elogiarnos, declaran que nos confundimos con ellos.

No; el asunto es sencillo. Simplifiquémoslo: nuestra literatura se distingue de la literatura de España, *porque no puede menos de distinguirse,* y eso lo sabe todo observador. Hay más: en América, cada país, o cada grupo de países, ofrece rasgos peculiares suyos en la literatura, a pesar de la lengua recibida de España, a pesar de las constantes influencias europeas. Pero ¿estas diferencias son como las que separan a Inglaterra de Francia, a Italia de Alemania? No; son como las que median entre Inglaterra y los Estados Unidos. ¿Llegarán a ser mayores? Es probable.

AMÉRICA Y LA EXUBERANCIA

Fuera de las dos corrientes turbias están muchos que no han tomado partido; en general, con una especie de realismo ingenuo aceptan la natural e inofensiva suposición de que tenemos fisonomía propia, siquiera no sea muy expresiva. Pero ¿cómo juzgan? Con lecturas casuales: *Amalia o María, Facundo o Martín Fierro,* Nervo o Rubén. En esas lecturas de azar se apoyan muchas ideas peregrinas; por ejemplo, la de nuestra exuberancia.

Veamos. José Ortega y Gasset, en artículo reciente, recomienda a los jóvenes argentinos "estrangular el énfasis", que él ve como una falta nacional. Meses atrás, Eugenio d'Ors, al despedirse de Madrid el ágil escritor y acrisolado poeta mexicano Alfonso Reyes, lo llamaba "el que le tuerce el cuello a la exuberancia". Después ha vuelto al tema, a propósito de escritores de Chile. América es, a los ojos de Europa —recuerda Ors— la tierra exuberante, y razonando de acuerdo con la usual teoría de que cada clima da a sus nativos rasgos espirituales característicos ("el clima influye los ingenios", decía Tirso), se nos atribuyen caracteres de exuberancia en la literatura. Tales opiniones (las escojo sólo por muy recientes) nada tienen de insólitas; en boca de americanos se oyen también.

Y, sin embargo, yo no creo en la teoría de nuestra exuberancia. Extremando, hasta podría el ingenioso aventurar la tesis contraria; sobrarían escritores, desde el siglo XVI hasta el XX, para demostrarla. Mi negación no esconde ningún propósito defensivo. Al contrario, me atrevo a preguntar: ¿se nos atribuye y nos atribuimos exuberancia y énfasis, o ignorancia y torpeza? La ignorancia, y todos los males que de ella se derivan, no son caracteres: son situaciones. Para juzgar de nuestra fisonomía espi-

ritual conviene dejar aparte a los escritores que no saben reve-
larla en su esencia porque se lo impiden sus imperfecciones en
cultura y en dominio de formas expresivas. ¿Que son muchos?
Poco importa; no llegaremos nunca a trazar el plano de nuestras
letras si no hacemos previo desmonte.

Si exuberancia es fecundidad, no somos exuberantes; no somos, los de América española, escritores fecundos. Nos falta "la
vena", probablemente; y nos falta la urgencia profesional: la literatura no es profesión, sino afición, entre nosotros; apenas en la
Argentina nace ahora la profesión literaria. Nuestros escritores
fecundos son excepciones; y ésos sólo alcanzan a producir tanto
como los que en España represemen el término medio de actividad; pero nunca tanto como Pérez Galdós o Emilia Pardo Bazán.
Y no se hable del siglo XVII: Tirso y Calderón bastan para des-
concertarnos; Lope produjo él solo tantos como todos juntos los
poetas dramáticos ingleses de la época isabelina. Si Alarcón
escribió poco, no fue mera casualidad.

¿Exuberancia es verbosidad? El exceso de palabras no brota
en todas partes de fuentes iguales; el inglés lo hallará en Ruskin,
o en Landor, o en Thomas de Quincey, o en cualquier otro de
sus estilistas ornamentales del siglo XIX; el ruso, en Andreyev:
excesos distintos entre sí, y distintos del que para nosotros representan Castelar o Zorrilla. Y además, en cualquier literatura,
el autor mediocre, de ideas pobres, de cultura escasa, tiende a
verboso; en la española, tal vez más que en ninguna. En América
volvemos a tropezar con la ignorancia; si abunda la palabrería
es porque escasea la cultura, la disciplina, y no por exuberancia
nuestra. *Le climat* —parodiando a Alceste— *ne fait rien à l'af-
faire*. Y en ocasiones nuestra verbosidad llama la atención, porque va acompañada de una preocupación estilística, buena en sí,
que procura exaltar el poder de los vocablos, aunque le falte la
densidad de pensamiento o la chispa de imaginación capaz de
trocar en oro el oropel.

En fin, es exuberancia el énfasis. En las literaturas occidentales, al declinar el romanticismo, perdieron prestigio la *inspiración*, la elocuencia, el énfasis, "primor de la scriptura", como
le llamaba nuestra primera monja poetisa doña Leonor de Ovando. Se puso de moda la sordina, y hasta el silencio. *Seul le silence
est grand*, se proclamaba ¡enfáticamente todavía! En América
conservamos el respeto al énfasis mientras Europa nos lo pres-
cribió; aun hoy nos quedan tres o cuatro poetas *vibrantes*, como
decían los románticos. ¿No representarán simple retraso en la
moda literaria? ¿No se atribuirá a influencia del trópico lo que es
influencia de Victor Hugo? ¿O de Byron, o de Espronceda, o
de Quintana? Cierto; la elección de maestros ya es indicio de in-

clinación nativa. Pero —dejando aparte cuanto reveló carácter original— los modelos enfáticos no eran los únicos; junto a Hugo estaba Lamartine; junto a Quintana estuvo Meléndez Valdés. Ni todos hemos sido enfáticos, ni es éste nuestro mayor pecado actual. Hay países de América, como México y el Perú, donde la exaltación es excepcional. Hasta tenemos corrientes y escuelas de serenidad, de refinamiento, de sobriedad; del *modernismo* a nuestros días, tienden a predominar esas orientaciones sobre las contrarias.

AMÉRICA BUENA Y AMÉRICA MALA

Cada país o cada grupo de países —está dicho— da en América matiz especial a su producción literaria: el lector asiduo lo reconoce. Pero existe la tendencia, particularmente en la Argentina, a dividirlos en dos grupos únicos: la América mala y la buena, la tropical y la *otra,* los *petits pays chauds* y las naciones "bien organizadas". La distinción, real en el orden político y económico —salvo uno que otro punto crucial, difícil en extremo—, no resulta clara ni plausible en el orden artístico. Hay, para el observador, literatura de México, de la América Central, de las Antillas, de Venezuela, de Colombia, de la región peruana, de Chile, del Plata; pero no hay una literatura de la América tropical, frondosa y enfática, y otra literatura de la América templada, toda serenidad y discreción. Y se explicaría —según la teoría climatológica en que se apoya parcialmente la escisión intentada— porque, contra la creencia vulgar, la mayor parte de la América española situada entre los trópicos no cabe dentro de la descripción usual de la zona tórrida. Cualquier manual de geografía nos lo recordará: la América intertropical se divide en tierras altas y tierras bajas; sólo las tierras bajas son legítimamente tórridas, mientras las altas son de temperatura fresca, muchas veces fría. ¡Y el Brasil ocupa la mayor parte de las tierras bajas entre los trópicos! Hay opulencia en el espontáneo y delicioso barroquismo de la arquitectura y las letras brasileñas. Pero el Brasil no es América española... En la que sí lo es, en México y a lo largo de los Andes, encontrará el viajero vastas altiplanicies que no le darán impresión de exuberancia, porque aquellas alturas son poco favorables a la fecundidad del suelo y abundan en las regiones áridas. No se conoce allí "el calor del trópico". Lejos de ser ciudades de perpetuo verano, Bogotá y México, Quito y Puebla, La Paz y Guatemala merecerían llamarse ciudades de otoño perpetuo. Ni siquiera Lima o Caracas son tipos de ciudad tropical: hay que llegar, para encontrarlos, hasta La Habana (¡ejemplar admirable!), Santo Domingo, San Salvador. No es de esperar que la serenidad y las suaves temperaturas de las altiplanicies y de las vertientes favorezcan "temperamentos ardorosos" o "imaginaciones volcánicas". Así se ve que el carácter dominante en la literatura mexicana es de discreción, de melancolía, de tonalidad gris (recórrase la serie de los poetas desde el fraile Navarrete hasta González Martínez), y en ella nunca prosperó la tendencia a la exaltación, ni aun en las épocas de influencia de Hugo, sino en personajes aislados, como Díaz Mirón, hijo de la costa cálida, de la tierra baja. Así se ve que el carácter de las letras peruanas es también de discreción y mesura; pero en vez de la melancolía pone allí sello particular la nota humorística, herencia de la Lima virreinal, desde las comedias de Pardo y Segura hasta la actual descendencia de Ricardo Palma. Chocano resulta la excepción.

La divergencia de las dos Américas, la *buena* y la *mala,* en la vida literaria, sí comienza a señalarse, y todo observador atento la habrá advertido en los años últimos; pero en nada depende de la división en zona templada y zona tórrida. La fuente está en la diversidad de cultura. Durante el siglo xix, la rápida nivelación, la semejanza de situaciones que la independencia trajo a nuestra América, permitió la aparición de fuertes personalidades en cualquier país: si la Argentina producía a Sarmiento, el Ecuador a Montalvo; si México daba a Gutiérrez Nájera, Nicaragua a Rubén Darío. Pero las situaciones cambian: las *naciones serias* van dando forma y estabilidad a su cultura, y en ellas las letras se vuelven actividad normal; mientras tanto, en "las otras naciones", donde las instituciones de cultura, tanto elemental como superior, son víctimas de los vaivenes políticos y del desorden económico, la literatura ha comenzado a flaquear. Ejemplos: Chile, en el siglo xix, no fue uno de los países hacia donde se volvían con mayor placer los ojos de los amantes de las letras; hoy sí lo es. Venezuela tuvo durante cien años, arrancando nada menos que de Bello, literatura valiosa, especialmente en la forma: abundaba el tipo del poeta y del escritor dueño del idioma, dotado de *facundia.* La serie de tiranías ignorantes que vienen afligiendo a Venezuela desde fines del siglo xix —al contrario de aquellos curiosos "despotismos ilustrados" de antes, como el de Guzmán Blanco— han deshecho la tradición intelectual: ningún escritor de Venezuela menor de cincuenta años disfruta de reputación en América.

Todo hace prever que, a lo largo del siglo xx, la actividad literaria se concentrará, crecerá y fructificará en "la América buena"; en la otra —sean cuales fueren los países que al fin la constituyan—, las letras se adormecerán gradualmente hasta quedar aletargadas.

1925

HACIA EL NUEVO TEATRO

Soy espectador atento, a quien desde la adolescencia interesaron hondamente las cosas del teatro, y me ha tocado en suerte conocer desde sus orígenes la compleja evolución en que vivimos todavía. Cuando principié a concurrir a espectáculos, el realismo era ley: realista el drama, realista el arte del actor, realista el escenario. Vivía Ibsen: imperaba. A la espiral mística de sus dramas de ocaso ascendían muy pocos (Maeterlinck fue de ellos); la norma del mundo occidental la daban *Casa de muñeca, Espectros, El pato salvaje, Hedda Gabler.* Hasta Francia, esquiva al parecer, aprendía de él la lección de una psicología apretada, donde la frase iba paso a paso penetrando y estrechando como tornillo de precisión. El actor se enorgullecía de hablar "como en la vida"; perdía la costumbre, y desgraciadamente hasta la aptitud, de decir versos. En el escenario se aspiraba a la "copia exacta de la realidad".

De pronto, las señales cambian. El año de 1903, en Nueva York, me tocó asistir —y escojo este punto de partida como arrancaría de cualquier otro— a la primera representación de *Cándida,* donde se demostraba que Bernard Shaw llegaría a las multitudes; su diálogo de ideas estaba destinado a ellas, porque la discusión encendida es espectáculo que apasiona. El apóstol de la "quintaesencia del ibsenismo" trabajaba, incauto, contra su maestro. A su ejemplo, los hombres de letras en Inglaterra perdían su tradicional pavor al teatro: Barrie, el primero, se entregó libremente a las delicias de la extravagancia. En Irlanda, al hurgar la tierra nativa, brotaron de ella los héroes y las hadas. En Rusia, recogiendo el hilo de Ostrovski, su drama de acción dispersa, Chekhov y Gorki inventaban de nuevo —después de Eurípides— la tragedia inmóvil. En Alemania, el realismo se ahogaba con su propio exceso en el naturalismo brutal, o se disolvía en delirios poéticos. Francia, tardía, y tras ella Italia, se sumaron al fin a la corriente tumultuosa en que navegamos, a merced del ímpetu, sin saber dónde haremos escala.

Y vemos cambiar las condiciones materiales del espectáculo: escena, decoraciones, iluminación, trajes. Nacían —y renacían— los teatros al aire libre. La tragedia griega, el drama religioso de la Edad Media, Shakespeare, reaparecían en sus escenarios de origen. Surgieron los tablados pequeños, con salas reducidas, los *teatros de cámara.* En Alemania, en Rusia, en Francia, en Inglaterra, hubo ensayos de reforma de la decoración; año tras año se hablaba de nuevos experimentos. Los teorizantes —especialmente Adolph Appia y Gordon Craig— mantenían vivo el problema. Por fin el *ballet* ruso hizo irrupción en París, y, como en el Apocalipsis, he aquí que todas las cosas son renovadas.

No que el realismo haya muerto, ni menos la rutina; bien lo sabemos todos. Los escenarios de la renovación constituyen minorías egregias. Pero ellas bastan para el buen espectador, ese que no quiere ir noche por noche al espectáculo, sino con tiempo para el buen sabor de cada cosa.

Cuando después de visitar países de idioma extraño, o de residir en ellos, vuelvo a mis tierras, las de lengua española, busco siempre las novedades del teatro, y hallo que nuestras novedades son vejeces. No soy más que espectador (crítico pocas veces, autor menos); pero como espectador cumplo mi deber: en 1920, en Madrid, pedí largamente la *renovación del teatro* desde las columnas de la revista *España;* en México, hace dos años, y aquí ahora, reitero mis peticiones. No pediré demasiado: me ceñiré al problema del escenario y las decoraciones.

LA HISTORIA DEL ESCENARIO

Recorramos a vuelo de aeroplano la historia del escenario. En la Edad Media, muerto el teatro de la antigüedad (de la estirpe clásica los únicos supervivientes eran los títeres y los mimos), vuelve el drama a nacer del rito, como entre los griegos: las representaciones sacras nacen en la iglesia. Pero si la tragedia antigua encontró fácil desarrollo en el templo de Dionisos, al aire libre, el *misterio* se vio cohibido dentro de la arquitectura del templo cristiano, escena adecuada sólo para el esquemático drama ritual del sacrificio eucarístico. Salieron entonces de la iglesia el *misterio,* el *milagro,* la *moralidad,* hacia donde todos los fieles pudieran contemplarlos: al atrio; de ahí, a la plaza, a la calle.

En la calle se les une la farsa cómica, usual en las ferias populares; y tragedia y comedia van desarrollándose lentamente, arrancando de las formas rudimentales, brevísimas, en que renacen, a la par que se desarrolla el escenario. Del suelo, al nivel de los espectadores, el drama tiende a subir, busca la altura de la plataforma para que todos vean mejor: así se crea *el tablado.* En círculo, alrededor de él, se agrupa la multitud (la primitiva disposición se perpetúa, en casos, con el *escenario-carro* y sus decoraciones circulares); pero los actores, para subir o bajar, necesitan abrirse camino; bien pronto hay que utilizar para los espectadores uno (excepcionalmente dos) de los tres lados de la plataforma: así nace *el fondo de la escena.*

Pero la escena, el *escenario-plataforma*, si ya tiene fondo, tardará mucho (aquí más, allá menos, según cada país) en tener costados libres a derecha e izquierda. Cuando el drama, durante el Renacimiento, enriqueciéndose con el estudio de la literatura antigua, y renovando sus formas, entra a los palacios —o siquiera al patio, al *corral*—, los espectadores están todavía demasiado cerca de la escena, o hasta tienen asientos en ella, y sólo dejan libre el fondo. Los teatros públicos, creados en el siglo XVI, en interiores, o en patios de edificios, o entre edificios, ponen techo a la escena y van poco a poco alejando de ella al público. El golpe final se da en Italia: se obliga a la concurrencia, o la mayor parte de ella, a contemplar la representación desde uno solo de los tres lados por donde antes podía verla; y para hacer definitiva la separación entre público y actores, y hacer mayor la libertad de la escena, se crea el *telón*. El escenario empezó a concebirse *como una especie de cuadro*...

Los elementos materiales de que dispone el teatro moderno para poner marco al drama y al actor —trajes, muebles, decoraciones, luz— no se desarrollaron paralelamente: cada uno tiene su desenvolvimiento propio. Los trajes y los muebles eran ricos, desde la época del drama litúrgico, cuando lo permitían los recursos del actor o de su empresa: el siglo XIX trajo el buen deseo de la exactitud histórica, pero también el recargo inútil, el exceso por afán mercantil de simular lujo: se ha confundido lo costoso con lo bello.

La evolución de las decoraciones es larga y compleja: hasta el siglo XVII hubo teatros que prescindían de ellas o las reducían a indicaciones elementales; pero, a la vez, desde la Edad Media existían las *decoraciones simultáneas,* cuya expresión sintética es la tríada de los dramas religiosos: el Cielo, la Tierra, el Infierno. Shakespeare y Lope de Vega alcanzaron todavía la época de las decoraciones simultáneas a la par que sintéticas; dentro de ellas concibieron sus obras, con sus frecuentes cambios de lugar, que les dan la variedad de la novela. ¿Y no se concibió así la *Celestina?* Después, cuando el telón de boca va poco a poco creando la imagen del escenario como cuadro, las decoraciones, con la adopción de la perspectiva pictórica, pasan a nueva etapa de su desarrollo, y su porvenir parece incalculable... Y la iluminación vino a adquirir todo su valor con la invención de la luz eléctrica: representa la aparición del matiz, permite la supresión de las candilejas del proscenio, con sus deplorables efectos sobre la figura humana.

Con la conquista de la luz, el *escenario-cuadro* llegó al apogeo; se esperaban portentos... La colaboración de la pintura con el drama sería cada vez más eficaz... ¿Por qué cuando más seguro parecía su imperio se levantan innumerables protestas contra el escenario moderno?

EL ODIADO SIGLO XIX

Probablemente, la causa primordial de tales protestas es el empleo que del escenario-cuadro hizo el odiado siglo XIX. El siglo de Napoleón III, de Victoria y de Guillermo II comenzó por aceptar la herencia de las decoraciones de tipo académico, *pompier,* y con ella combinó luego el tiránico realismo de los pormenores, la prolija multiplicidad de ornamentos y de muebles sobre la escena. Academicismo y realismo se dieron la mano sin esfuerzo; ¡como que representan dos fases de una misma estética limitada, la estética de la *imitación de la naturaleza!*

Más que como cuadro, llegó a concebirse el escenario *como habitación a la cual se le ha suprimido una de las cuatro paredes.* Quedaban para el escenógrafo con imaginación las escenas de bosque, de jardín y aun las de calles y las salas históricas... Pero allí también hizo presa la rutina.

Para apreciar cuán corto vuelo tuvo el siglo XIX en sus concepciones escénicas, recuérdense las torpezas de Wagner, su manía de reducir a pueril realismo, en la representación plástica, los prodigios del mito teutónico y de la leyenda cristiana: mientras más complicados son los artificios que se emplean para producir la ilusión, más pobre es el efecto que se obtiene. ¿Absurdo mayor que presentarnos como reales la cabalgata de las valquirias, el dragón de *Sigfrido,* el cisne de *Lohengrin,* la tierra andante de *Parsifal?*

O recuérdese a Sir Henry Irving en sus interpretaciones de Shakespeare: profusión de trajes, de muebles, de telones, en que abundaba la nota parda, muy seria, muy *victoriana.* ¡Imaginad la Venecia del *Mercader,* la Venecia de los Bellini y de Crivelli, llena de manchones pardos! "Gané una fortuna y la gasté en la propaganda de Shakespeare", decía Irving en su vejez. "No hay tal —afirma Bernard Shaw—; Irving ganó una fortuna con las obras de Shakespeare, y la gastó en decoraciones"

El delirio realista acabó por abandonar a veces los telones y la pintura, llevándolos a las decoraciones de interior, que a fuerza de exactitud se convierten en muebles: sólidas, macizas, de madera y metal. Son exactas, sí, pero inexpresivas, estorbosas y costosísimas.

¿PARA QUÉ SIRVE EL REALISMO?

¿Para qué sirve el realismo? El realismo del escenario-cuadro sirve para *Casa de muñeca,* para *Los tejedores,* para *El abanico de*

Lady Windermere, para *La parisiense,* para *El gran galeoto.* **Para** dramas de interiores modernos, el realismo es una conquista que debe aprovecharse: con prudencia, eso sí, con sencillez.

Pero, ¿basta, o cabe siquiera, en *Cuando resucitemos?* ¿En *La nave?* ¿En Claudel? ¿En Dunsany? ¿En Tagore? ¿En Maeterlinck, que comenzó escribiendo para marionetas? ¿Basta, en rigor, para *Los intereses creados,* para *Las hijas del Cid?* ¿Y qué hacer con los clásicos griegos y latinos, ingleses y españoles, que *no escribieron para escenarios como los actuales?* ¿Qué hacer con Racine y Corneille, con las mejores comedias de Molière, que apenas requieren escenario? ¿Y qué hacer con tantas obras que no se representan, pero que son representables, contra la vulgar opinión, desde la *Celestina,* hasta las *Comedias bárbaras* de don Ramón del Valle-Inclán?

Bien se ve: el escenario moderno obliga a reservar para la biblioteca la mayor parte de las grandes obras dramáticas de la humanidad, y en cambio condena al concurrente asiduo a teatros a contemplar interminables exhibiciones de mediocridad, que ni siquiera ofrecen novedad ninguna. Así, en España, por falta de renovación, el teatro se ha reducido a unos cuantos tipos de obra dramática: el drama y la comedia sentimental de las gentes de Madrid; la comedia del campo o de la aldea, de preferencia con escenario andaluz; la tragedia de los obreros y los campesinos; las farsas y sainetes, por lo común grotescos; el drama policiaco, y, como excepción, el drama poético, resucitado por Marquina. El teatro argentino es aún más reducido: dramas y comedias, de corte uniforme, sobre el *mundo elegante* de Buenos Aires; comedias sobre las familias de la burguesía pobre; dramas de arrabal, con el típico *conventillo* o casa de vecindad; tragedias rurales —todo sometido a la técnica realista. Y el argentino es el único teatro nacional de pleno desenvolvimiento en nuestra América.[1]

LA SOLUCIÓN ARTÍSTICA

Diversas soluciones se presentan. Las más y las mejores son simplificaciones: hay acuerdo en afirmar que el escenario moderno está recargado de cosas inútiles.

Hay quienes sustituyen el realismo con la fantasía: la solución *artística.* Sus argumentos son interesantes. No sólo protestan contra las pretensiones de exactitud fotográfica, contra la minucia de pormenores, sino que atacan la estructura esencial del escenario moderno. Pase el escenario realista cuando reproduce interiores pequeños, como de cuadro holandés; pero para reproducir grandes salas —salvo en teatros excepcionalmente vastos—, y sobre todo para el aire libre, los métodos modernos son más equivocados que los de la Edad Media. Cuando se quiere simular un bosque, se distribuyen en el escenario unos cuantos árboles y se coloca en el fondo una pintura de paisaje; los ojos pasan bruscamente de la perspectiva real de los árboles aislados a la perspectiva ficticia del paisaje. ¡Y se pretende que la ilusión es completa! No existe la ilusión: sólo existe la costumbre perezosa de aceptar aquello como realismo escénico. ¡Si aun cuando faltan los árboles de bulto, sólo la desproporción entre la figura humana real y la perspectiva ficticia del fondo destruye toda ilusión de verdad!

Pero no basta suprimir la absurda mezcla de dos perspectivas que no se funden. Se va más lejos. ¿Es propósito de arte el engaño? El concepto sería mezquino... ¿A qué pretender que el paisaje simule enorme fotografía coloreada? ¿A quién ha de engañar el paisaje pintado? ¿A quién engaña la fotografía? ¡Fuera con las pretensiones de realismo! Ya que el objeto de la decoración no es engañar, sino sugerir, indicar el sitio, hagamos la indicación, no fotográfica, sino *artística;* que sea hija de la imaginación pictórica, la cual sabrá variar, según las obras, el estilo de la decoración, desde la opulencia de color que corresponde a *Las mil y una noches,* hasta los tonos sombríos que armonizan con el ambiente de *Macbeth* o de *Hamlet.*

Así nace el escenario *artístico.* De él existen dos tipos principales: uno, que sirve de fondo arquitectónico o pictórico para el actor, y hasta se reduce al primer plano, con decoraciones sintéticas, como lo hacen Fuchs y Erler; otro, aquel donde se concibe al actor como simple elemento de vasto conjunto plástico y dinámico, según la práctica de Max Reinhardt en buena parte de sus invenciones escénicas. El escenario *artístico* escoge como puntos de apoyo, ya el dibujo y el color de las decoraciones, ya los recursos de la luz. El *ballet* ruso, bajo la inspiración de León Bakst, es el ejemplo mejor conocido de las nuevas riquezas de forma y color. Appia y Craig acuden a las sugestiones arquitectónicas y se complacen en hacernos concebir alturas inaccesibles, espacios hondos. Appia ha sido además el evangelista de la luz.

LAS TROYANAS

Recuerdo *Las troyanas,* de Eurípides, bajo la dirección de Maurice Browne, devoto inglés del evangelio de la luz. Era en Washington, durante la Gran Guerra; la compañía del teatro de cámara de Browne viajaba entonces en propaganda de paz, representando la tragedia que escribió Eurípides, según los historiadores, contra la injusticia de la guerra. Aquella tarde —extraña coincidencia— acababa de hundirse el Lusitania. Antes de levantarse el telón, apareció ante el público un joven pálido, trémulo, para decirnos unas cuantas palabras sobre la guerra; su primer gesto fue desplegar ante el público el extra periodístico en que se anunciaba el hundimiento de la nave monstruosa: LUSITANIA SUNK...

En aquel ambiente lúgubre comenzó la representación de la más lúgubre de las grandes tragedias. El escenario está sumido en tinieblas: noche profunda... A poco se dibuja vagamente una muralla, rota en el medio. De la noche vienen las troyanas, el coro que se agrupa en torno de Hécuba la reina. Principia el lamento inacabable... El día va levantándose sobre su desolación tremenda... Pasa, delirante, Casandra, la profetisa; sabe que ha de morir en la catástrofe de la casa de Agamenón. Llega Andrómaca, la madre joven y fuerte, trayendo de la mano al hijo único de Héctor, en quien se refugian débiles rayos de esperanza. Pero la guerra es implacable: Taltibio viene a arrancar de las manos maternas al niño; los argivos dispusieron darle muerte despeñándolo. La desesperación de las troyanas cunde en ondas patéticas desde el oscuro escenario hasta la oscura sala de la concurrencia. Las mujeres lloran... Durante breves momentos, en día pleno ya, pasa frente al cortejo de las vencidas envueltas en mantos de luto la radiante figura de Helena, ornada de oro y carmesí. Tras ella, el irritado Menelao. ¡Sacrifícala!, es el grito de Hécuba. Helena marcha hacia las huecas naves de los aqueos. ¿Morirá? Sus poderes son misteriosos... Vuelve Taltibio para entregar el destrozado cuerpo de Astiánax. Mientras la piedad femenina amortaja el cadáver y lo unge con lágrimas amorosas —¡cómo sintió Eurípides la poesía patética de los niños!—, detrás de la rota muralla surgen rojos resplandores de incendio. Arde Troya, caen sus orgullosas torres, y el *commos*, el clamor de Hécuba y las troyanas, que entonan su despedida a la ciudad heroica, va subiendo, subiendo junto con las llamas... Se apaga en largo gemido, mientras va cayendo la noche: rumbo a la noche desfilan y desaparecen las troyanas cautivas.

SOLUCIÓN HISTÓRICA

Dicen otros: demos a cada obra escenario igual o semejante al que tuvo en su origen; así la entenderemos mejor. Solución *histórica*. De ahí la resurrección de los teatros griegos al aire libre, con éxito creciente, que hasta incita a llevar a ellos creaciones modernas, para las cuales resulta propicio el marco antiguo. A Shakespeare y sus contemporáneos se les restituye a su escenario *isabelino;* así las obras renacen íntegras, sin cortes, vivas y rápidas en su *tempo* primitivo, libres de los odiosos intervalos "para cambiar las decoraciones". ¿Cuándo veremos restituidos en su propio escenario a Lope y Tirso, Alarcón y Calderón? [2]

SOLUCIÓN RADICAL

Los radicales dicen: dejemos aparte los problemas de la pintura; desentendámonos de la arquitectura; no hay que soñar en la fusión de las artes cuando lo que se desea es, estrictamente, representar obras dramáticas. La simplificación debe ser completa: todo lo accesorio estorba, distrae de lo esencial, que es el drama. Y el primer estorbo que debe desaparecer es la decoración. ¡Fuera con las decoraciones!

El mayor apóstol de la solución radical, de la simplificación absoluta, es Jacques Copeau. Y sus éxitos en el Vieux Colombier dan testimonio de la validez de sus teorías.

LA MEJOR SOLUCIÓN

Hay quienes no se atreven a tanto, y adoptan soluciones mixtas. Hay quienes hablan de *síntesis,* y de *ritmo,* y de otras nociones que emplean con vaguedad desesperante: no todos los renovadores tienen en sus ideas, o al menos en su expresión, la claridad francesa de Copeau. En rigor, las soluciones mixtas se inclinan las más veces al tipo artístico, y en ocasiones pecan de profusión y recargo como el realismo escénico que aspiran a desterrar. Entre estas soluciones las hay de todas especies, hasta las que llegan a complicaciones extremas, como el "gran espectáculo" de Gémier, con intermedios de ejercicios atléticos, reminiscencia del Renacimiento italiano.

La mejor solución está en aprovechar todas las soluciones. La *artística* es de las que se imponen solas y puede darnos deleites incomparables. La *histórica,* al contrario, triunfa difícilmente: requiere sumo tacto en la dirección escénica, para que la historia no ahogue la vida del drama.

Confieso mi desmedido amor a la solución *radical,* a la simplificación, relativa o absoluta. Nada conozco de mejor que Sófocles, Eurípides, Shakespeare, Racine, sin decoraciones o con meras indicaciones esquemáticas del lugar. Y nada me confirma en mi afición como el *Hamlet* de Forbes Robertson. Lo vi primero con decoraciones, y me pareció lo que todos concedían: el mejor *Hamlet* de su tiempo. Años después volví a verlo sin decoraciones. Forbes Robertson no pertenecía a grupos renovadores. Se retiraba del teatro recorriendo todos los países de habla inglesa, en jira que duró tres años, dedicada a *Hamlet;* la última representación tuvo lugar el día en que se conmemoraba el tercer centenario de la muerte de Shakespeare. En esta jira, en que se cambiaba de ciudad con gran frecuencia, cuando no diariamente, las decoraciones parecieron molestas, y fueron suprimidas, sustituyéndolas con cortinajes de color verde oscuro, según el plan preconizado en Inglaterra por William Poel. El efecto de este *Hamlet* era cosa única en el arte contemporáneo. La falta de accesorios estorbosos dejaba la tragedia desnuda, dándole severidad estupenda, y el método empleado por Forbes Robertson de identificar el conflicto espiritual, manteniendo a los actores agrupados a corta distancia del protagonista, producía la impresión de que el drama ocurría todo "dentro de Hamlet", en la cabeza de Hamlet. Nunca comprendí mejor la idea de Mallarmé: los personajes de *Hamlet* son como proyecciones del espíritu del protagonista. Este *Hamlet* no era ya solamente el mejor de nuestros días: es la realización más extraordinaria que he visto sobre la escena.

Con la renovación del escenario y de las formas de representación vuelven a la vida todas las grandes obras; el drama deja de ser mera diversión de actualidad. El concurrente asiduo a teatros en Francia, Alemania, Rusia, Inglaterra, los Estados Unidos, desde hace cuatro lustros goza de extraordinarios privilegios; ve reaparecer, junto a la tragedia de Esquilo, Sófocles y Eurípides, la *comedia nueva* de Atenas y Roma y hasta la pantomima de Sicilia; con *Everyman,* la *moralidad* alegórica de la Edad Media, y con *Maître Pathelin* la farsa cómica; el lejano Oriente le envía sus tesoros: la India, los poemas antiguos de Kalidasa y los modernos de Tagore; el Japón su *Noh,* su drama sintético; la China, por ahora, sólo sus métodos estilizados de representación. ¡Hasta el *Libro de Job* y los diálogos de Platón cobran vida escénica!

En España

¿No estarán maduros los tiempos, en los países de habla española, para la renovación del teatro? Creo que sí. Hace más de treinta años decía don Marcelino Menéndez y Pelayo que *La Celestina* acaso no fuera representable "dentro de las condiciones del teatro actual, mucho más estrecho y raquítico de lo que parece". Pero agregaba: "¿Quién nos asegura que esa obra de genio, cuyo autor... entrevió una fórmula dramática casi perfecta, no ha de llegar a ser, corriendo el tiempo, capaz de representarse en un teatro que tolere una amplitud y un desarrollo no conocidos hasta hoy?"

Hasta ahora, en España se realizan escasos intentos de renovación. Uno que otro, tímido, tratando de conciliar a los dioses del Olimpo y a los del Averno, precaviéndose de asustar a la masa rutinaria del público madrileño, se debe a las compañías de María Guerrero (con *El cartero del rey* de Tagore) y de Catalina Bárcena. Benavente, a quien sus buenas intenciones ocasionales le hacen perdonar sus muchos pecados, merece recuerdo por sus ensayos de teatro infantil: a uno de ellos debe su nacimiento *La cabeza del dragón,* la deliciosa comedia de Valle-Inclán. Ha de recordarse la *Fedra,* de Unamuno, en el Ateneo de Madrid, con escenario simplificado. Y el marco de la escena fue hábilmente roto, pero sin reforma de las decoraciones, por Cipriano Rivas Cherif, distribuyendo entre el tablado y la sala del público a los personajes del acto de la asamblea en *Un enemigo del pueblo,* cuando los socialistas madrileños organizaron una representación de aquella tragicomedia del individualismo (1920).

Gran devoto de la utopía —de la utopía, que es una de las magnas creaciones espirituales del Mediterráneo—, Azorín ha creado (¡sobre el papel!) el teatro a que aspira la España moderna. Y si no fuese ya perfecto, como todas las utopías, hasta pudiera merecer su proyecto el nombre de útil, a la vez que deleitable, porque contiene una preciosa antología de dramas. ¡La encantadora lengua de las emociones en la prosa de las tragedias imitadas de los griegos por el maestro Pérez de Oliva!

En nuestra América

En México descubrimos uno que otro intento digno de atención. Se ha ensayado el teatro griego, al aire libre, en el Bosque de Chapultepec, con Margarita Xirgu y su compañía española, interpretando *Electra* (1922); desgraciadamente, el tablado que se levantó era de tipo moderno, y la obra escogida no era ninguna de las tragedias clásicas, sino el frenético melodrama de Hugo von Hofmannsthal. Mejor todavía, se ha procurado poner a contribución el arte popular del país: unas veces fuera del drama, en las obras breves del Teatro Lírico, desde 1921, o en el efímero e ingenioso Teatro Mexicano del Murciélago (1924), del poeta Quintanilla, el pintor González y el músico Domínguez, espoleados por el ejemplo ruso; otras veces en el drama, en el teatro de los indios, iniciado por el dramaturgo Saavedra en Teotihuacán, junto a las Pirámides, y transportado después a otros sitios (1922): el escenario era del tipo *artístico;* los indígenas hacían de actores, en ocasiones con suma delicadeza. Y México ha dado al movimiento internacional la contribución de Miguel Covarrubias, autor de las decoraciones para la estrepitosa

Revue Nègre, de París, y para *Androcles y el león,* de Bernard Shaw, y *Los siete contra Tebas,* de Esquilo, en Nueva York.

En la Argentina hay signos favorables; la Asociación de Amigos del Arte abriga entre sus proyectos uno de espectáculos dramáticos; el señor Piantanida, en las columnas de *Martín Fierro,* hace excelentes indicaciones sobre las perspectivas del "teatro de arte" en Buenos Aires; se construyen teatros griegos, que bien pudieran conquistar al público, para sorpresa de los escépticos... Entre tanto, desde 1919, el grupo *Renovación,* de La Plata, ha venido organizando de tarde en tarde representaciones, con telones pintados en estilo nuevo, de dramas modernos y comedias antiguas (Lope de Rueda, Cervantes, Molière, Goldoni); la compañía *Arte de América* ha adoptado también, para sus cuadros de danzas y cantos populares, los telones *artísticos,* inspirándose en motivos del Nuevo Mundo; la inteligente curiosidad con que se acoge la resurrección de *Juan Moreira* y de *Santos Vega,* en su primitivo y perfecto marco, la pista de circo, que rompe con la costumbre de los espectáculos urbanos, es indicio de madurez de gusto; y hasta en la ópera, venerable iglesia de la rutina, el pico del *Gallo de oro* acaba de hender la tradición en dos pedazos.

El deseo de renovación está en el aire. Para cumplirlo en nuestros pueblos habrá que comenzar, como en todas partes, por funciones especiales, en que sólo se admita a los devotos, constituidos previamente en sociedad, y se excluya a los espectadores innecesarios. Pero también deberían trabajar en esta renovación los estudiantes universitarios; a los estudiantes se deben preciosas contribuciones en otros países: ciudades hay en los Estados Unidos donde los mejores espectáculos dramáticos son los que ofrecen los jóvenes de la Universidad en sus *Little Theatres.*

Esperemos que pronto se multipliquen las tentativas. Si la América española ha de cumplir sus aspiraciones de originalidad artística, está en el deber de abandonar las sendas trilladas y buscar rutas nuevas para el teatro.

Buenos Aires, 1925

FIGURAS

DON JUAN RUIZ DE ALARCÓN

DENTRO DE la unidad de la América española, hay en la literatura caracteres propios de cada país. Y no únicamente en las obras donde se procura el carácter criollo o el carácter indígena, la descripción de la vida y las cosas locales. No; cualquier lector avezado discierne sin grande esfuerzo la nacionalidad, por ejemplo, de los poetas. Los grandes artistas, como Martí o Darío, forman excepción muchas veces. Pero observando por conjuntos, ¿quién no distingue entre la *facundia,* la *difícil facilidad,* la elegancia venezolana, a ratos superficial, y el lirismo metafísico, la orientación trascendental de Colombia? ¿Quién no distingue, junto a la marcha lenta y mesurada de la poesía chilena, los ímpetus brillantes y las audacias de la argentina? ¿Quién no distingue la poesía cubana, elocuente, rotunda, más razonadora que imaginativa, de la dominicana, semejante a ella, pero más sobria y más libre en sus movimientos? ¿Y quién, por fin, no distingue, entre las manifestaciones de esos y los demás pueblos de América, este carácter peculiar: el sentimiento velado, el tono discreto, el matiz crepuscular de la poesía mexicana?

Como los paisajes de la altiplanicie de la Nueva España, recortados y aguzados por la tenuidad del aire, aridecidos por la sequedad y el frío, se cubren, bajo los cielos de azul pálido, de tonos grises y amarillentos, así la poesía mexicana parece pedirles su tonalidad. La discreción, la sobria mesura, el sentimiento melancólico, crepuscular y otoñal, van concordes con este otoño perpetuo de las alturas, bien distinto de la eterna primavera fecunda de las tierras tórridas; otoño de temperaturas discretas, que jamás ofenden, de crepúsculos suaves y de noches serenas.

Así descubrimos la poesía mexicana desde que se define: poesía de tonos suaves, de emociones discretas. Así la vemos, poco antes de la independencia, en los *Ratos tristes,* efusiones vertidas en notas que alcanzan cristalina delicadeza, de fray Manuel de Navarrete; después, en José Joaquín Pesado, cuyos finos paisajes de la vertiente del Atlántico, *Sitios y escenas de Orizaba y Córdoba,* aunque requerían más vigoroso pincel, revelan un mundo pictórico de extraordinaria fascinación; en las canciones místicas de los poetas religiosos de mediados del siglo XIX; en la filosofía estoica de los tercetos de Ignacio Ramírez; en las añoranzas que llenan los versos de Riva Palacio; en la grave inspiración clásica de Pagaza y Othón; en "Pax animae" y "Non omnis moriar", los más penetrantes y profundos acentos de Gutiérrez Nájera, poeta otoñal entre todos, "flor de otoño del romanticismo mexicano", como certeramente le llamó Justo Sierra; por último, en las emociones delicadas y la solemne meditación de nuestros más amados poetas de hoy, Nervo, Urbina, González Martínez. Excepciones, desde luego, las hay: en Gutiérrez Nájera ("Después") y en Manuel José Othón ("En el desierto") encontramos notas intensas, gritos apasionados; no serían tan grandes poetas como son si les faltaran. Los poetas nacidos en la tierra baja, como Carpio y Altamirano, nos han dado paisajes ardientes. Y sobre todo, me diréis, Díaz Mirón. ¡Ah, sí! Díaz Mirón, que es de los poetas mexicanos nacidos en regiones tórridas, recoge en sus grandes odas los ímpetus de la tierra cálida y en los cuadros del "Idilio" las reverberaciones del sol tropical. Pero hasta él baja el hálito pacificador de la altiplanicie: a él le debemos canciones delicadas como la "Barcarola" y la melancólica "Nox"; filosofía serena en la oda "A un profeta", y paisajes tristes, teñidos de emoción crepuscular, como en "Toque":

> ¿Dó está la enredadera, que no tiende
> como un penacho su verdor oscuro
> sobre la tapia gris? La yedra prende
> su triste harapo al ulcerado muro.

Si el paisaje mexicano, con su tonalidad gris, se ha entrado en la poesía, ¿cómo no había de entrarse en la pintura? Una vez, en una de las interminables ordenaciones que sufren en México las galerías de la Academia de Bellas Artes, vinieron a quedar frente a frente, en los muros de una sala, pintores españoles y pintores mexicanos modernos. Entre aquellos españoles, ninguno recordaba la tragedia larga y honda de las mesetas castellanas, sino la fuerte vida del Cantábrico, de Levante, de Andalucía; entre los mexicanos, todos recogían notas de la altiplanicie. Y el contraste era brusco: de un lado, la cálida opulencia del rojo y del oro, los azules y púrpuras violentos del mar, la alegre luz del sol, las flores vívidas, la carne de las mujeres, en los lienzos de Sorolla, de Bilbao, de Benedito, de Chicharro, de Carlos Vázquez; de otro, los paños negros, las caras melancólicas, las flores pálidas, los ambientes grises, en los lienzos de Juan Téllez, de Germán Gedovius, de Diego Rivera, de Ángel Zárraga, de Gonzalo Argüelles Bringas.

Así, en medio de la opulencia del teatro español en los Siglos de Oro; en medio de la abundancia y el despilfarro de Lope, de Calderón y de Tirso, el mexicano don Juan Ruiz de Alarcón y Mendoza da una nota de discreción y sobriedad. No es espejismo de la distancia. Acudamos a su contemporáneo don Juan Pérez de Montalván, y veremos que nos dice en la *Memoria de los que escriben comedias en Castilla*, al final de su miscelánea *Para todos* (1632): "Don Juan Ruiz de Alarcón las dispone con tal novedad, ingenio y extrañeza, que no hay comedia suya que no tenga mucho que admirar, y nada que reprehender, que después de haberse escrito tanto, es gran muestra de su caudal fertilísimo".[1]

Si la singularidad de Alarcón se advirtió desde entonces, ¿cómo despues nadie ensayó explicarla? Es que Alarcón sólo había dado tema, por lo general, a trabajos de tipo académico, donde apenas apunta la curiosidad de investigación psicológica. La crítica académica —y especialmente sus más ilustres representantes en este asunto, Hartzenbusch y Fernández-Guerra— dio por sentado que Alarcón, a quien tradicionalmente se contaba entre los jefes del teatro nacional, había de ser tan español como Lope o Tirso. Y el desdén metropolitano, aún inconsciente y sin malicia, ayudado de la pereza, vedaba buscar en la nacionalidad de Alarcón las raíces de su *extrañeza*. ¿Cómo la lejana colonia había de engendrar un verdadero *ingenio de la corte*? La patria, en este caso, resultaba mero accidente.

Hoy sabemos que no. En rigor, ¿no fue ya lugar común del siglo XIX hablar del carácter español de los escritores latinos nacidos en España, el españolismo de los Sénecas y de Quintiliano, de Lucano y de Marcial, de Juvenco y de Prudencio?

Alarcón nació en la ciudad de México, hacia 1580. Marchó a España en 1600. Después de cinco años en Salamanca y tres en Sevilla, volvió a su país en 1608, y se graduó de licenciado en Derecho Civil por la antigua Universidad de México. De allí, suponía Fernández-Guerra, había regresado a Europa en 1611; pero el investigador mexicano Nicolás Rangel ha demostrado que Alarcón se hallaba todavía en México a mediados de 1613, cuando su célebre biógrafo lo imaginaba estrenando comedias en Madrid. En la corte no lo encontramos hasta 1615. A los treinta y cuatro años de edad, más o menos, abandonó definitivamente su patria; en España vivió veinticinco más, hasta su muerte. Hombre orgulloso, pero discreto, acaso no habría sido víctima de las acres costumbres literarias de su tiempo, a no mediar su deformidad física y su condición de forastero. Sólo unos dos lustros debió de entregar sus obras para el teatro. Publicó dos volúmenes de comedias, en 1628 y 1634; en ellos se contienen veinte, y en ediciones sueltas se le atribuyen tres más: son todas las rigurosamente auténticas y exclusivamente suyas. Con todas las atribuciones dudosas y los trabajos en colaboración —incluyendo los diez en combinación con Tirso que le supone el francés Barry—, el total apenas ascendería a treinta y seis; en cambio, Lope debió de escribir más de mil— aun cercenando sus propias exageraciones y las aún mayores de Montalván—, Calderón cerca de ochocientas y Tirso cuatrocientas. Fuera del teatro, sólo produjo versos de ocasión, muy de tarde en tarde. De seguro empezó a escribir comedias antes de 1615, y tal vez algunas haya compuesto en América; de una de ellas, *El semejante a sí mismo,* se juzga probable; y, en realidad, tanto ésa como *Mudarse por mejorarse* (entre ambas hay muchas semejanzas curiosas), contienen palabras y expresiones que, sin dejar de ser castizas, se emplean más en México, hoy, que en ningún otro país de lengua castellana. Posibilidad tuvo de hacerlas representar en México, pues se edificó teatro hacia 1597 (el de don Francisco de León) y se estilaban "fiesta y comedias nuevas cada día", según testimonio de Bernardo de Valbuena en su frondoso poema de *La grandeza mexicana* (1604). Probablemente colaboró, por los años de 1619 a 1623, con el maestro Tirso de Molina, y si *La villana de Vallecas* es producto de esa colaboración, ambos autores habrán combinado en ella sus recuerdos de América: Alarcón, los de su patria; Tirso, los de la Isla de Santo Domingo, donde estuvo de 1616 a 1618.

La curiosa observación de Montalván, citada mil veces, nunca explicada, sugiere, al fin, a Fitzmaurice-Kelly el planteo del problema: "Ruiz de Alarcón —dice— es menos genuinamente nacional que todos ellos (Lope, Tirso, Calderón), y la verdadera individualidad, la *extrañeza,* que Montalván advirtió en él con cierta perplejidad, le hace ser mejor apreciado por los extranjeros que en su propio país (España)".

Menos español que sus rivales: tampoco escapó al egregio Wolf el percibirlo, aunque se contentó con indicarlo de paso.

El teatro español de los Siglos de Oro, que busca su fórmula definitiva con las escuelas de Sevilla y de Valencia, la alcanza en Lope, y la impone durante cien años de esplendor, hasta agotarla, hasta su muerte en los aciagos comienzos del siglo XVIII. No es, sin duda, la más perfecta fórmula de arte dramático; no es sencilla y directa, sino artificiosa: la *comedia* pretende vivir por sí sola, bastarse a sí misma, justificarse por su poder de atracción, de diversión, en suma. Dentro de ella caben, y los hubo, grandes casos divinos y humanos: no siempre su realidad profunda vence al artificio, y el auto sacramental, donde hallaron cabida altísimas concepciones, está sujeto a la complicada ficción alegórica.

La necesidad de movimiento; ésa es la característica de la vida española en los siglos áureos. Y ese movimiento, que se desparrama en guerras y navegaciones, que acomete magnas empresas religiosas y políticas, es el que en la literatura hace de la *Celestina,* del *Lazarillo,* del *Quijote* ejemplos iniciales de realismo activo, con vitalidad superior a la del realismo meramente descriptivo o analítico; el que en los conceptistas y culteranos se ejercita de imprevisto modo, consumiéndose en perpetuo esfuerzo de invención, y el que, por fin, en el teatro, da a la vida apariencia de rápido e ingenioso mecanismo.

Nadie como Lope de Vega para dominar ese mecanismo, en buena parte invento suyo, y someterlo a toda suerte de combinaciones, multiplicando así los modelos que inmediatamente adoptó España entera. Dentro del mecanismo de Lope cupieron desde los asuntos más pueriles, tratados con vivacidad de cinematógrafo, hasta la más vigorosa humanidad; pocas veces, y entonces sin buscarlo, el problema ético o filosófico. En Tirso, en Calderón, por momentos en otros dramaturgos, como Mira de Mescua, esos problemas entraron en el teatro español y lo hicieron lanzarse en vuelos vertiginosos.

En medio de este teatro artificioso, pero rico y brillante, don Juan Ruiz de Alarcón manifestó personalidad singular. Entróse como aprendiz por los caminos que abrió Lope, y lo mismo ensaya la tragedia grandilocuente (en *El Anticristo*) que la comedia extragavante (en *La cueva de Salamanca).* Quiere, pues, conocer todos los recursos del mecanismo y medir sus propias fuerzas; día llega en que se da cuenta de sus aptitudes reales, y entonces cultiva y perfecciona su huerto cerrado. No es rico en dones de poeta: carece por completo de virtud lírica; versifica con limpieza (salvo en los endecasílabos) y hasta con elegancia. No es audaz y pródigo como su maestro y enemigo, Lope, como sus amigos y rivales: es discreto —como mexicano—, escribe poco, pule mucho y se propone dar a sus comedias sentido claro. No modifica, en apariencia, la fórmula del teatro nacional; por eso superficialmente no se le distingue entre sus émulos y puede suponérsele tan español como ellos; pero internamente su fórmula es otra.

El mundo de la comedia de Alarcón es, en lo exterior, el mismo mundo de la escuela de Lope: galanes nobles que pretenden, contra otros de su categoría o más altos, frecuentemente príncipes, a damas vigiladas, no por madres que jamás existen, sino por padres, hermanos o tíos; enredos e intrigas de amor; conflictos de honor por el decoro femenino o la emulación de los caballeros; amor irreflexivo en el hombre; afición variable en la mujer; solución, la que salga, distribuyéndose matrimonios aun innecesarios o inconvenientes. Pero este mundo, que en la obra de los dramaturgos españoles vive y se agita vertiginosamente, anudando y reanudando conflictos como en compleja danza de figuras, en Alarcón se mueve con menos rapidez: su marcha, su desarrollo son más mesurados y más calculados, sometidos a una lógica más estricta (salvo los desenlaces). Hartzenbusch señaló ya en él "la brevedad de los diálogos, el cuidado constante de evitar repeticiones y la manera singular y rápida de cortar a veces los actos" (y las escenas). No se excede, si se le juzga comparativamente, en los enredos; mucho menos en las palabras; reduce los monólogos, las digresiones, los arranques líricos, las largas pláticas y disputas llenas de chispeantes y brillantes juegos de ingenio. Sólo los relatos suelen ser largos, por excesivo deseo de explicación, de lógica dramática. Sobre el ímpetu y la prodigalidad del español europeo que creó y divulgó el mecanismo de la *comedia,* se ha impuesto como fuerza moderadora la prudente sobriedad, la discreción del mexicano.

Y son también de mexicano los dones de observación. La observación maliciosa y aguda, hecha con espíritu satírico, no es privilegio de ningún pueblo; pero si el español la expresa con abundancia y desgarro (¿qué mejor ejemplo que las inacabables diatribas de Quevedo?), el mexicano, con su habitual reserva, la guarda socarronamente para lanzarla bajo concisa fórmula en oportunidad inesperada. Las observaciones breves, las réplicas imprevistas, las fórmulas epigramáticas abundan en Alarcón y constituyen uno de los atractivos de su teatro. Y bastaría comparar para este argumento los enconados ataques que le dirigieron Lope, y Tirso, y Quevedo, y Góngora y otros ingenios eminentes —si en esta ocasión mezquinos—, con las sobrias respuestas de Alarcón, por vía alusiva, en sus comedias, particularmente aquella, no ya satírica, sino amarga, de *Los pechos privilegiados:*

> Culpa a aquel que, de su alma
> olvidando los defetos,
> graceja con apodar
> los que otro tiene en el cuerpo.

La observación de los caracteres y las costumbres es el recurso fundamental y constante de Alarcón, mientras en sus émulos es incidental: la observación, no la reproducción espontánea de las costumbres ni la libre creación de los caracteres, en que no los vence. El propósito de observación incesante se subordina a otro más alto: el fin moral, el deseo de dar a una verdad ética aspecto convincente de realidad artística.

Dentro del antiguo teatro español, Alarcón crea la especie, en él solitaria, sin antecedentes calificados ni sucesión inmediata, de la comedia de costumbres y de caracteres. No sólo la crea para España, sino que ayuda a crearla en Francia: imitándolo, traduciéndolo, no sólo a una lengua diversa, sino a un sistema artístico diverso, Corneille introduce en Francia con *Le menteur* la alta comedia, que iba a ser en manos de Molière labor fina y profunda. Esa comedia, al extender su imperio por todo el siglo XVIII, con el influjo de Francia sobre toda literatura europea, vuelve a entrar en España para alcanzar nuevo apogeo, un tanto pálido, con Moratín y su escuela, en la cual figura significativa-mente otro mexicano de discreta personalidad: Manuel Eduardo de Gorostiza. Así, la comedia moral, en la época moderna, reco-rre un ciclo que arranca de México y vuelve a cerrarse en México.

Pero la nacionalidad nunca puede explicar al hombre entero. Las dotes de observador de nuestro dramaturgo, que coinciden con las de su pueblo, no son todo su caudal artístico: lo superior en él es la trasmutación de elementos morales en elementos estéticos, dón rara vez concedido a los creadores. Alarcón es singular por eso en la literatura española.

En él la desgracia —su deformidad física— aguzó la sensi-bilidad y estimuló el pensar, llevándolo a una actitud y un con-cepto de la vida fuertemente definido, hasta excesivo en su defi-nición. Orgulloso y discreto, observador y reflexivo, la dura expe-riencia social lo llevó a formar un código de ética práctica, cuyos preceptos reaparecen a cada paso en las comedias. No es una ética que esté en franco desacuerdo con la de los hidalgos de entonces; pero sí señala rumbos particulares que importan mo-dificaciones. Piensa que vale más, según las expresiones clásicas, *lo que se es* que *lo que se tiene* o *lo que se representa.* Vale más la virtud que el talento, y ambos más que los títulos de nobleza; pero éstos valen más que los favores del poderoso, y más, mucho más, que el dinero. Ya se ve: don Juan Ruiz de Alarcón y Mendoza vivió mucho tiempo con escasa fortuna, y sólo en la madurez alcanzó la situación económica apetecida. Pero había nacido y crecido en país donde la conquista reciente hacía profundas las distinciones de clase, y sus títulos de aristo-cracia eran excelentes, como que descendía por su padre de los Alarcones de Cuenca, ennoblecidos desde el siglo XII, y por su madre de la ilustrísima familia de los Mendozas, la que había dado mayor número de hombres eminentes a las armas y a las letras españolas. Alarcón nos dice en todas las formas y en todas las comedias —o poco menos— la incomparable nobleza de su estirpe: debilidad que le conocieron en su época y que le consura en su rebuscado y venenoso estilo Cristóbal Suárez de Figueroa.

El honor, ¡desde luego! El honor debe ser cuidadosa preocu-pación de todo hombre y de toda mujer; y debe oponerse como

principio superior a toda categoría social, así sea la realeza. Las
nociones morales no pueden ser derogadas por ningún hombre,
aunque sea rey, ni por motivo alguno, aunque sea la pasión más
legítima: el amor, o la defensa personal, o el castigo por deber
familiar, supervivencia de épocas bárbaras. Entre las virtudes,
¡qué alta es la piedad!, Alarcón llega a pronunciarse contra el
duelo, y especialmente contra el deseo de matar. Además, le
son particularmente caras las virtudes del hombre prudente, las
virtudes que pueden llamarse lógicas: la sinceridad, la lealtad, la
gratitud, así como la regla práctica que debe complementarlas:
la discreción. Y hay una virtud menor que estimaba en mucho: la
cortesía. El conquistador encontró en México poblaciones con
hábitos arraigados de cortesía compleja, a la manera asiática, y
de ella se impregnó la vida de la colonia. Proverbial era la cortesía de Nueva España desde los tiempos de nuestro dramaturgo:
"cortés como un indio mexicano", dice en el *Marcos de Obregón*
Vicente Espinel. Poco antes, el médico español Juan de Cárdenas celebraba la urbanidad de México comparándola con el trato
del peninsular recién llegado en América. A fines del siglo XVII
decía el venerable Palafox al hablar de las *Virtudes del indio:*
"la cortesía es grandísima". Y en el siglo XIX, ¿no fue la cortesía
uno de los rasgos que mejor atraparon los sagaces ojos de madame Calderón de la Barca? Alarcón mismo fue muy cortés:
Quevedo, malévolamente, lo llama "mosca y zalamero". Y en
sus comedias se nota una abundancia de expresiones de mera
cortesía formal que contrasta con la frecuente omisión de ellas
en sus contemporáneos.

Grande cosa es el amor; pero —piensa Alarcón— ¿es posible
alcanzarlo? La mujer es voluble, inconstante, falsa; se enamora
del buen talle o del pomposo título o —cosa peor— del dinero.
Sobre todo, la abominable, la mezquina mujer de Madrid, que
vive soñando con que la obsequien en las tiendas de plateros.
La amistad es afecto más desinteresado, más firme, más seguro.
Y ¿cómo no había de ser así su personal experiencia?

El interés mayor que brinda este conjunto de conceptos sobre
la vida humana es que se les ve aparecer constantemente como
motivos de acción, como estímulos de conducta. No hay en Alarcón tesis que se planteen y desarrollen silogísticamente, como en
los dramas con *raisonneur* de los franceses modernos; no surgen
tampoco bruscamente con ocasión de conflictos excepcionales,
como en *García del Castañar* o *El alcalde de Zalamea;* pues el
teatro de los españoles europeos, fuera de los casos extraordinarios, se contenta con normas convencionales, en las que no se
paran largas mientes. No; las ideas morales de este que fue
moralista entre hombres de imaginación circulan libre y normal-

mente, y se incorporan al tejido de la comedia, sin pesar sobre ella ni convertirla en disertación metódica. Por lo común, aparecen bajo forma breve, concisa, como incidentes del diálogo, o bien se encarnan en ejemplos: tales el Don García, de *La verdad sospechosa,* y el Don Mendo, de *Las paredes oyen* (ejemplos *a contrario),* o el Garci Ruiz de Alarcón, de *Los favores del mundo,* y el marqués Don Fadrique, de *Ganar amigos.*

El dón de crear personajes es el tercero de los grandes dones de Alarcón. Para desarrollarlo le valió de mucho el amplio movimiento del teatro español, cuya libertad cinematográfica (semejante a la del inglés isabelino) permitía mostrar a los personajes en todas las situaciones interesantes para la acción; y así, bajo el principio de unidad lógica que impone a sus caracteres, gozan ellos de extenso margen para revelarse. Su creador los trata con simpatía: a las mujeres, no tanto (en contraposición con Tirso); a los personajes masculinos, sí, aun a los viciosos que castiga. Por momentos diríase que en *La verdad sospechosa* Alarcón está de parte de Don García, y hasta esperamos que prorrumpa en un elogio de la mentira, a la manera de Mark Twain o de Oscar Wilde. Y ¿qué personaje hay en todo el teatro español de tan curiosa fisonomía como *Don Domingo de Don Blas,* en *No hay mal que por bien no venga,* apologista de la conducta lógica y de la vida sencilla y cómoda; paradójico en apariencia, pero profundamente humano; personaje digno de la literatura inglesa, en opinión de Wolf; ¿digno de Bernard Shaw, diremos hoy?

Pero, además, en el mundo de Alarcón se dulcifica la vida turbulenta, de perpetua lucha e intriga, que reina en el drama de Lope y de Tirso, así como la vida de la colonia era mucho más tranquila que la de su metrópoli; se está más en la casa que en la calle; no siempre hay desafíos; hay más discreción y tolerancia en la conducta; las relaciones humanas son más fáciles, y los afectos, especialmente la amistad, se manifiestan de modo más normal e íntimo, con menos aparato de conflicto, de excepción y de prueba. El propósito moral y el temperamento meditativo de Alarcón iluminan con pálida luz y tiñen de gris melancólico este mundo estético, dibujado con líneas claras y firmes, más regular y más sereno que el de los dramaturgos españoles, pero sin sus riquezas de color y forma.

Todas estas cualidades, que en parte se derivan de su propio genio, original e irreductible, en parte de su experiencia de la vida y en parte de su nacimiento y educación en México, colocadas dentro del marco de la tradición literaria española, hacen de Alarcón, como magistralmente dijo Menéndez Pelayo, el "clásico de un teatro romántico, sin quebrantar la fórmula de aquel teatro ni amenguar los derechos de la imaginación en aras de una preceptiva estrecha o de un dogmatismo ético"; dramaturgo que encontró "por instinto o por estudio aquel punto cuasi imperceptible en que la emoción moral llega a ser fuente de emoción estética y sin aparato pedagógico, a la vez que conmueve el alma y enciende la fantasía, adoctrina el entendimiento como en escuela de virtud, generosidad y cortesía".

Artista de espíritu clásico, entendida la designación en el sentido de artista sobrio y reflexivo, lo es también por sus aficiones a la literatura del Lacio, por su afinidad, tantas veces señalada, con la musa sobria y pensativa de Terencio. Pero su espontánea disciplina nunca le impidió apreciar el valor del arte de su tiempo; no sólo adoptó el sistema dramático de Lope, y puso en él su nueva orientación, sino que observó con interés y con espíritu crítico toda la literatura de entonces: hay en él reminiscencias de Quevedo y de Cervantes. Sus inclinaciones y preocupaciones aristocráticas lo alejan de la canción y el romance del pueblo, mientras que Lope y su escuela les tuvieron extraordinaria y fructuosa afición.

Hay en su obra ensayos que no pertenecen al tipo de comedia que desarrolló y perfeccionó. De ellos, el más importante es *El tejedor de Segovia,* drama novelesco, de extravagante asunto romántico, pero bajo cuya pintoresca brillantez se descubre la musa propia de Alarcón, predicando contra la matanza y definiendo la suprema nobleza. Ni debe olvidarse *El Anticristo,* tragedia religiosa inferior a las de Calderón y Tirso, de argumento a ratos monstruoso, pero donde sobresale por sus actitudes hieráticas la figura de Sofía y donde se encuentran pasajes de los más elocuentes de su autor, los que más se acercan al tono heroico (así el que comienza: "Babilonia, Babilonia...").

Tiene la comedia dos grandes tradiciones: la poética y la realista; las que podrían llamarse también, recortando el sentido de las palabras, romántica y clásica. La una se entrega desinteresadamente a la imaginación, a la alegría de vivir, a las emociones amables, al deseo de ideales sencillos, y confina a veces con el idilio y con la utopía, como en *Las aves* de Aristófanes y *La tempestad* de Shakespeare; la otra quiere ser espejo de la vida social y crítica activa de las costumbres, se ciñe a la observación exacta de hábitos y caracteres, y muchas veces se aproxima a la tarea del moralista psicólogo, como Teofrasto o Montaigne. De aquélla han gustado genios mayores: Aristófanes y Shakespeare, Lope y Tirso. Los representantes de la otra son artistas más limitados, pero admirables señores de su dominio, cultores finos y perfectos. De su tradición es patriarca Menandro: a ella pertenecen Plauto y Terencio, Ben Jonson, Molière y su numerosa secuela. Alarcón es su representante de genio en la literatura española, y México debe contar como blasón propio haber dado bases con elementos de carácter nacional a la constitución de esa personalidad singular y egregia.

México, 1913

ENRIQUE GONZÁLEZ MARTÍNEZ

... El camino eres tú mismo.

Así la ruta espiritual de este poeta: parte de la múltiple visión de las cosas, de la riqueza de imágenes necesaria al hombre de arte y, camino adentro, llega a su filosofía de la vida universal. Su poesía adquiere doble carácter: de individualismo y de panteísmo a la vez. Las mónadas de Leibniz penetran en el universo de Spinosa gracias al milagro de la síntesis estética.

I

Interesantísima, para la historia espiritual de nuestro tiempo, en la América española, es la formación de la corriente poética a que pertenecen los versos de Enrique González Martínez.[1] Esta poesía de conceptos trascendentales y de emociones sutiles es la última transformación del romanticismo: no sólo del romanticismo interior, que es de todo tiempo, sino también del romanticismo en cuanto forma histórica. Como en toda revolución triunfante, en el romanticismo de las literaturas novolatinas las disensiones graves fueron las internas. En Francia —a la que seguimos desde hace cien años como maestra única, para bien y para mal, los pueblos de lengua castellana—, junto a la poesía romántica, pura, la de Hugo, Lamartine y Musset, desnuda expresión de toda inquietud individual, ímpetu que inundaba, hasta desbordarlos, los cauces de una nueva retórica, surgió Vigny con su elogio del silencio y sus desdenes aristocráticos; surgió Gautier con su curiosidad hedonística y su aristocrática ironía. El *Parnaso* se levanta como protesta, al fin, contra el exceso de violencia y desnudez: su estética, pobre por su actitud negativa, o limitativa al menos, quedó atada y sujeta a la del romanticismo por el propósito de contradicción. Tras la tesis romántica, que engendra la antítesis parnasiana, aparece, y aun dura, la síntesis: el simbolismo. Ni tanta violencia ni tanta impasibilidad. Todo cabe en la poesía; pero todo se trata por símbolos. Todo se depura y ennoblece; se vuelve también más o menos abstracto. De aquí ahora el lirismo abstracto, el peligro que está engendrando la reacción, la antítesis contraria a la actual tesis simbolista bajo cuyo imperio vivimos.

Ésta es, entre tanto, la fuerza que domina en nuestra poesía: el simbolismo. Hemos sido en América clásicos, o a menudo académicos; hemos sido románticos o a lo menos desmelenados; nunca acertamos a ser de modo pleno parnasianos o decadentes.

Nuestro *modernismo,* años atrás, sólo parecía tomar del simbolismo francés elementos formales; poco a poco, sin advertirlo, hemos penetrado en su ambiente, hemos adoptado su actitud ante los problemas esenciales del arte. Hemos llegado, al fin, a la posición espiritual del simbolismo, acomodándonos al tono lírico que ha dado a la poesía francesa.

II

Así lo demuestra la obra de Enrique González Martínez; así lo demuestra el culto que suscita entre los jóvenes. Aunque muchos en América no lo conocen todavía, González Martínez en 1915 el poeta a quien admira y prefiere la juventud intelectual de México; fuera, principia a imitársele en silencio.

Raras veces conocerá las tablas de valores literarios de México quien no visite el país; porque la crítica se ejerce mucho más en el cenáculo que en el libro o el periódico. ¿Quién, en nuestra América, no conoce las colecciones de versos, populares entre las mujeres, de poetas mexicanos que florecieron antes de 1880? Sus nombres, ¿no se repiten como nombres representativos entre los lectores medianamente informados? Pero la opinión de los cenáculos declara —y con verdad— que México no tuvo poetas de calidad entre las dos centurias transcurridas desde sor Juana Inés de la Cruz hasta Manuel Gutiérrez Nájera. Éste es, piensa Antonio Caso, la personalidad literaria más influyente que ha aparecido en el país. De su obra, engañosa en su aspecto de ligereza, parten incalculables direcciones para el verso como para la prosa. Con su aparición, que históricamente es siempre un signo, aunque no siempre haya sido una influencia, principia a formarse el grupo de los dioses mayores.

Seis dioses mayores proclama la voz de los cenáculos: Gutiérrez Nájera, Manuel José Othón, muertos ya; Salvador Díaz Mirón, Amado Nervo, Luis G. Urbina y Enrique González Martínez. Cada uno de los poetas anteriores tuvo su hora de influencia. González Martínez es el de la hora presente, el amado y preferido por los jóvenes que se inician, como al calor de extraño invernadero, en la intensa actividad de arte y de cultura que sobrevive, enclaustrada y sigilosa, entre las amenazas de disolución social.

Este poeta, a quien tributan homenaje íntimo las almas selectas de su patria, llegó a la capital hace apenas cuatro años. Le acogieron con solícito entusiasmo los representantes de la tradición, en la Academia; los representantes de la moderna cultura, en el Ateneo. Traía ya cuatro libros: el cuarto, *Los senderos ocultos,* admirable. Venía de las provincias, donde pasó la juventud.

III

...¿Qué mundos de experiencias recorrió este poeta, capaz de tantas, en los veinte años que transcurrieron entre la adolescencia impresionable y la juvenil madurez? Su poesía esconde toda huella de la existencia exterior y cotidiana. Es, desde los comienzos, autobiografía espiritual; obra de arte simbólico, compuesto, no con los materiales nativos, sino con la esencia ideal del pensamiento y la emoción.

El poeta estuvo, desde su despertar, encendido en íntimas ansias y angustias. Pero observó en torno suyo; le sedujo el prestigio de las formas y los colores, la maravilla del sonido:

> Yo amaba solamente los crepúsculos rojos,
> las nubes y los campos, la ribera y el mar...
> Del jardín me atraían el jazmín y la rosa
> (la sangre de la rosa, la nieve del jazmín)...
> Halagaban mi oído las voces de las aves,
> la balada del viento, el canto del pastor...

Entonces se componen los inevitables sonetos descriptivos; se consulta a Virgilio; se piden temas a la Grecia decorativa de poetas franceses; se traduce a Leconte o a Heredia.

Pero junto a las rientes escenas mitológicas, entre los paisajes de *escuela mexicana* (la que comienza en Navarrete y culmina en Pagaza y Othón), flotan reminiscencias románticas: arcaicas invocaciones a la onda marina y al rayo de las tormentas; voces confusas que turban la deseada armonía. En este conjunto que aspira al reposo parnasiano, suenan ya notas extrañas; se deslizan modulaciones de la flauta de Verlaine. ¡Ay de quien escuchó este són *poignant!*

En el bosque tradicional, atraen al poeta dos símbolos: el árbol majestuoso, la fuente escondida. De ellos aprende, tras los primeros delirios, la lección de recogimiento y templanza. Ellos le librarán de dos embriagueces, peligrosas si persisten: la interna, el dolor metafísico de la adolescencia torturada por súbitas desilusiones; la externa, el deslumbramiento de la juventud ante la pompa y el deleite del mundo físico.

Halla su disciplina, su norma: el goce perfecto de las cosas bellas pide "ocio atento, silencio dulce"; y el goce de las altas emociones pide el aquietamiento de los tumultos íntimos, pide templanza:

> Irás sobre la vida de las cosas
> con noble lentitud...
> Que todo deje en ti como una huella
> misteriosa grabada intensamente...

Porque este sigilo, esta templanza, lo llevan ahora lejos del culto de los ídolos impasibles; lo llevan a escudriñar bajo el suntuoso velo de las apariencias. A la imagen decorativa del cisne sucede el símbolo espiritual del buho, con su aspecto de interrogación taciturna.

> Yo amaba solamente los crepúsculos rojos...
> Al fenecer la nota, al apagarse el astro,
> ¡oh sombras, oh silencio! dormitabais también...

No; ahora procura "no turbar el silencio de la vida", pero afina su alma para que pueda "escuchar el silencio y ver la sombra". Su poesía adquiere virtudes exquisitas; se define su carácter de meditación solemne, de emoción contenida y discreta; su ambiente de contemplación y de ensueño; su clara melodía de cristal; su delicada armonía lacustre. Éxtasis serenos:

> Busca en todas las cosas un alma y un sentido
> oculto; no te ciñas a la apariencia vana...
> Hay en todos los seres una blanda sonrisa,
> un dolor inefable o un misterio sombrío...

"Todo es revelación, todo es enseñanza —dice Rodó—, todo es tesoro oculto en las cosas". Todo es símbolo:

> A veces, una hoja desprendida
> de lo alto de los árboles, un lloro
> de las linfas que pasan, un sonoro
> trino de ruiseñor, turban mi vida...
>
> ...Que no sé yo si me difundo en todo
> o todo me penetra y va conmigo...

Así, después de sortear el peligro de las embriagueces juveniles, alcanza el poeta la suprema y tranquila embriaguez del panteísmo.

Pero no se extinguió la vieja savia romántica; la experiencia del dolor, siempre personal, íntima siempre, es acaso quien la remueve, como aquella tristeza antigua que interrumpió su felicidad olvidadiza:

> Yo podaba mi huerto y libaba mi vino...
> Y la vieja tristeza se detuvo a mi lado
> y la oí levemente decir: ¿Has olvidado?
> De mis ojos aún turbios del placer y la fiesta
> una lágrima muda fue la sola respuesta...

La inquietud le pide que mire hacia adentro:

> Te engañas: no has vivido mientras tu paso incierto
> surque las lobregueces de tu interior a tientas...

Halla su camino. Está ante las puertas de la madurez. Ha conquistado su equilibrio, su autarquía:

> Y sé fundirme en las plegarias del paisaje
> y en los milagros de la luz crepuscular...
>
> Mas en mis reinos subjetivos...
> se agita un alma con sus goces exclusivos,
> su impulso propio y su dolor particular...

IV

La autobiografía lírica de Enrique González Martínez es la historia de una ascensión perpetua. Hacia mayor serenidad, pero a la vez hacia mayor sinceridad; hacia más severo y hondo concepto de la vida. Espejo de nuestras luchas, voz de nuestros anhelos, esta poesía es plenamente de nuestro siglo y de nuestro mundo. Terribles tempestades azotan a nuestra América; pero Némesis vigila, pronta a castigar todo desmayo, toda vacilación. Tampoco pretendamos olvidar, entre frívolos juegos, entre devaneos ingeniosos, el deber de edificar, de construir, que el momento impone. Nuestro credo no puede ser el hedonismo; ni símbolo de nuestras preferencias ideales el faisán de oro o el cisne de seda. ¿Qué significan las *Prosas profanas,* de Rubén Darío, cuyos senderos comienzan en el jardín florido de las *Fiestas galantes* y acaban en la sala escultórica de *Los trofeos?* Diversión momentánea, juvenil divagación en que reposó el espíritu fuerte antes de entonar los *Cantos de vida y esperanza.*

La juventud de hoy piensa que eran aquellos "demasiados cisnes"; quiere más completa interpretación artística de la vida, más devoto respeto a la necesidad de interrogación, al deseo de ordenar y construir. El arte no es halago pasajero destinado al olvido, sino esfuerzo que ayuda a la construcción espiritual del mundo.

Enrique González Martínez da voz a la nueva aspiración estética. No habla a las multitudes; pero a través de las almas selectas viaja su palabra de fe, su consejo de meditación:

> Tuércele el cuello al cisne de engañoso plumaje...
> Mira al buho sapiente...
>
> Él no tiene la gracia del cisne, mas su inquieta
> pupila, que se clava en la sombra, interpreta
> el misterioso libro del silencio nocturno.

V

Bajo las solemnes contemplaciones del poeta vive, con amenazas de tumulto, la inquietud antigua. Así, bajo la triunfal armonía de

Shelley, arcángel cuya espada de llamas señala cumbres al anhelo perenne, gemía, momentáneamente, la nota del desfallecimiento.

El poeta piensa que debe "llorar, si hay que llorar, como la fuente escondida"; debe purificar el dolor en el arte, y, según su religión estética, trasmutarlo en símbolo. Más aún: el símbolo ha de ser *catharsis*, ha de ser enseñanza de fortaleza.

Pero la vida, cruel, no siempre da vigor contra todo desastre. Y entonces el artista cincela con sombrío deleite su copa de amargura, cuyo esplendor trágico seduce como filtro de encantamiento. En las páginas de *La muerte del cisne* luchan los dos impulsos, el de la fe, el de la desesperanza, la voz sollozante de los *días inútiles* y del *huerto cerrado*.

Son duros los tiempos. Esperemos... Esperemos que el tumulto ceda cuando baje la turbia marea de la hora. Vencerá entonces la sabiduría de la meditación, la serenidad del otoño.

Washington, 1915

APOSTILLA

Para completar la perspectiva histórica de este estudio, recordaré unas "Notas sobre literatura mexicana", que escribí en 1922 y que no se continuaron, deteniéndose precisamente en González Martínez.

De 1800 a nuestros días, la literatura mexicana se divide en cinco períodos. Al primero lo caracteriza el estilo académico en poesía; su comienzo podría fijarse en 1805, con la aparición de fray Manuel de Navarrete en el primer *Diario de México;* Pesado y Carpio representan su apogeo y su declinación. Con el academicismo en poesía coincide en la prosa el sabroso popularismo de Lizardi, de Bustamante, del padre Mier, a quienes heredan después Cuéllar y Morales.

Después de 1830 entra en México el romanticismo: la era para nosotros de los versos descuidados y de los novelones truculentos. ¡Nunca se lamentará bastante el daño que hizo en América nuestra pueril interpretación de las doctrinas románticas! La literatura debía ser obra de improvisación genial, sin estorbos; pero de hecho ninguno de nuestros poetas gozaba de la feliz ignorancia y de los ojos vírgenes que son el supuesto patrimonio del hombre primitivo. Todos eran hombres de ciudad y, mal que bien, educados en libros y en escuelas; pero huyendo de la disciplina se entregaban a los azares de la mala cultura; no leían libros, pero devoraban periódicos; y así, cuando creían expresar ideas y sentimientos personalísimos, repetían fórmulas ajenas que se les habían quedado en la desordenada memoria.

Entre 1850 y 1860 se inicia el período de la Reforma, en que imperan las próceres figuras de Altamirano, Ignacio Ramírez, Riva Palacio y Guillermo Prieto. Hombres de alto talento y de buena cultura, habrían sido grandes escritores a no nacer su obra literaria en ratos robados a la actividad política. Aun así, hay páginas de Ramírez que cuentan entre la mejor prosa castellana de su siglo. Y en la labor de otros contemporáneos suyos, investigadores o humanistas, hay valor permanente: en los trabajos históricos y filológicos de José Fernando Ramírez y de Manuel Orozco y Berra; en la formidable reconstrucción emprendida por García Icazbalceta de la vida intelectual de la Colonia; en el libro de Alejandro Arango y Escandón sobre Fray Luis.

Poco después de 1880 se abre, para terminar hacia 1910, el período que es usual considerar como la edad de oro de las letras mexicanas, o, por lo menos, de la poesía: se ilustra con los nombres de Justo Sierra, Díaz Mirón, Gutiérrez Nájera, Othón y Nervo, y se enlaza con el vivaz florecimiento de las letras en toda la América española, donde fueron figuras centrales Darío y Rodó. Es la época de la *Revista Azul* y de la *Revista Moderna*. Reducida al mínimo la actividad política con el régimen de Díaz, los escritores disponen de vagar para cultivarse y para escribir: hay espacio para depurar la obra.

De 1910 en adelante, la literatura vuelve a perder el ambiente de tranquilidad con la caída del antiguo régimen, y se produce, según la expresión horaciana, "en medio de cosas alarmantes": unas veces, en el país lleno de tumulto; otras, en el destierro, voluntario o forzoso. Como Francia a partir de la Revolución, México posee su literatura de los emigrantes. Todo esto debía dar, y ha dado, nuevo tono vital a la literatura, en contraste con el aire de *dilettantismo* que iban adquiriendo durante la época de Porfirio Díaz.

En 1910 se cumplían quince años de la muerte de Gutiérrez Nájera, en quien había comenzado oficialmente la poesía contemporánea de México; Manuel José Othón había muerto cuatro años antes; Salvador Díaz Mirón escribía poco y publicaba menos. A los poetas de generaciones anteriores —aunque escribiesen cosas admirables, como el obispo Pagaza— apenas se les leía. Los poetas en auge contaban alrededor de ocho lustros: Amado Nervo, Luis G. Urbina y José Juan Tablada.

De ellos, Nervo había de sobrevivir solamente nueve años, durante los cuales no agregó a su obra nada nuevo en los temas ni en la forma; pero sí fue perfeccionándose en la honda pureza de su concepción de la vida y adquiriendo definitiva sencillez de estilo: hay en *El estanque de los lotos* muchas de sus notas más sinceras y más claras.

Tampoco hay variación importante en la obra de Urbina: *El poema del Mariel,* por ejemplo, es igual combinación de paisajes y suspiros melancólicos que *El poema del lago.* Exteriormente, sí, cambian los temas: los paisajes no son mexicanos, sino extranjeros. Y tiene notas nuevas, de realismo pintoresco, en el *Glosario de la vida vulgar.*

¿Me atreveré a decir que en Tablada tampoco hay cambio esencial? Siempre ha sido Tablada el más inquieto de los poetas mexicanos, el que se empeña en "estar al día", el lector de cosas nuevas, el maestro de todos los exotismos; no es raro que en doce años haya tanta variedad en su obra: tipos de poesía traídos del Extremo Oriente; ecos de las diversas revoluciones que de Apollinaire acá rizan la superficie del París literario; y a la vez, temas mexicanos, desde la religión y las leyendas indígenas hasta la vida actual. En gran parte de esta labor hay más ingenio que poesía; pero cuando la poesía se impone, es de fina calidad; y en todo caso, siempre será Tablada agitador benéfico que ayudará a los buenos a depurarse y a los malos a despeñarse.

Otros poetas había en 1910: así, los del grupo intermedio, de transición entre la *Revista Moderna* y el Ateneo. Sus poetas representativos, como Argüelles Bringas, pertenecen por el volumen y el carácter de su obra al México que termina en 1910 y no al que entonces comienza.

Había, en fin, dos poetas de importancia, pero situados todavía en la penumbra: Enrique González Martínez y María Enriqueta.

La reputación literaria de María Enriqueta es posterior a la Revolución: hacia el final del antiguo régimen abundaba en México la creencia de que la mujer no tenía papel posible en la cultura. Y, sin embargo, su primer libro de poesías, *Rumores de mi huerto,* es de 1908. Su inspiración de tragedia honda y contenida es cosa sin precedentes en México, y, por ahora, sin secuela y sin influjo; pero por ella, y a pesar de sus momentos pueriles, es María Enriqueta uno de los artistas más singulares.

Enrique González Martínez —que por la edad pertenece al grupo de Nervo, Urbina y Tablada— iba a ser el poeta central de México durante gran trecho de los últimos doce años. En 1909 publica su primer libro de gran interés, *Silenter,* desde la provincia; en 1911 viene a la capital; en 1914 es el poeta a quien más se lee; en 1918 es el que más siguen los jóvenes. No creo ofenderle si declaro que en 1922 se comienza a decir que ya no tiene nada nuevo que enseñar.[2] Su obra de artista de la meditación representa en América una de las principales reacciones contra el *dilettantismo* de 1900; en México ha sido ejemplo de altura y pureza.

En 1927 agregaré que, a través de sus cinco libros posteriores a *La muerte del cisne* (*El libro de la fuerza, de la bondad y del ensueño, Parábolas y otros poemas, La palabra del viento, El romero alucinado, Las señales furtivas*), González Martínez se ha mantenido fiel a la línea directriz de su poesía. Los años afirmaron en él la serenidad ("la clave de la melodía es una serenidad trágica", dice Enrique Díez-Canedo); acallaron el lamento, pero no las preguntas ("y en medio de la rosa de los vientos mi angustiada interrogación"); su interminable monólogo interior se ha ido transformando: descubre sin desazón que cada día se aleja más del mundo de las apariencias y se concentra en su sueño de romero alucinado:

> una apacible locura
> guardaba en la cárcel oscura
> del embrujado corazón.

ALFONSO REYES

AL FIN, el público se convence de que Alfonso Reyes, ante todo, es poeta. Como poeta empiezan a nombrarlo las noticias casuales: buena señal. Buena y tranquilizadora para quienes largo tiempo defendimos entre alarmas la tesis en cuyo sostén el poeta nos dejaba voluntariamente inermes.

Cuando Alfonso Reyes surgió, hace veinte años, en adolescencia precoz, luminosa y explosiva, se le aclamó poeta en generosos y fervorosos cenáculos juveniles. Estaba lleno de impulso lírico, y sus versos, al saltar de sus labios con temblor de flechas, iban a clavarse en la memoria de los ávidos oyentes:

> La imperativa sencillez del canto...
> Aquel país de las cigarras de oro,
> en donde son de mármol las montañas...
> ¡Amo la vida por la vida!...
> A mí, que donde piso siento la voz del suelo,
> ¿qué me dices con tu silencio y tu oración?

Aquel momento feliz para la juventud mexicana —el momento de la revista *Savia Moderna,* de la Sociedad de Conferencias— pasó pronto. Con más brío, con mayor solidez, vendría el Ateneo (1909); la edad de ensueño y de inconsciencia había terminado: el Ateneo vivió entre luchas y fue, en el orden de la inteligencia pura, el preludio de la gigantesca transformación que se iniciaba en México. La Revolución iba a llamar a todas las puertas y marcar en la frente a todos los hombres; Alfonso Reyes, uno de los primeros, vio su hogar patricio, en la cima de la montaña, desmantelado por el huracán que nacía:

> ¡Ay casa mía grande, casa única!

El poeta ocultó su canción ante la tormenta. Canción es autobiografía; la suya iba toda en símbolo y cifra, y todavía tuvo empeño en esconderla. Después el guardarla se hizo hábito. Era

> cancioncita sorda, triste...
> canción de esclava que sabe
> a fruto de prohibición...

Toda en símbolo y cifra; rica en imágenes complejas, en figuras sutiles, con hermetismos de estirpe rancia o de invención novísima, pero transparente para la atención afectuosa. Canción cargada de resonancias sentimentales: mientras los ojos se van tras los iris del torrente lírico, el oído reconstruye con las resonancias la historia íntima, historia de alma intensa en la emoción

292

y en la pasión. Y así, en la *Fantasía del viaje* el asombro de los espectáculos nuevos ("¡he visto el mar!") se funde con la tragedia de la casa paterna, del paisaje nativo que se ha quedado atrás, con sus fraguas de metal y sus campos polvorientos. Principia la odisea: bajo la máscara homérica suena el lamento de la despedida, la "Elegía de Ítaca":

> ¡Ítaca y mis recuerdos, ay amigos, adiós!

Y el hombre que prueba el sabor salado del pan ajeno hace su camino entre ímpetus y desfallecimientos. Cayendo y levantando, acaba por confiarse a la vida:

> Remo en borrasca,
> ala en huracán:
> la misma furia que me azota
> es la que me sostendrá.

Se hace dura la vida; pero en mitad de las tormentas sobrevienen días puros, días alcióneos, de cielo diáfano, de aire tibio, sin el rumor ni el ardor de la primavera:

> Si a nuevas fiestas amanezco ahora,
> otras recuerdo con un llanto súbito...

Las lámparas del hogar nuevo, encendidas trabajosamente en tierra extraña, son por fin señales de paz, a cuya luz se descubre en la valerosa compañera "la vibración de plata —hebra purísima— de la primera cana" y se saborea la "voz de niño envuelta en aire" y el "claro beso impersonal" del hijo a los padres.

Después la vida le devuelve parte de los dones hurtados y le cumple triunfos prometidos; la resucitada juventud recobra la voz, ahora con resonancias nuevas: sobre las notas cálidas, de pecho de ave, domina el timbre metálico de la ironía, óxido de los años... Pero es ironía sin hieles, que persigue guiños y fantasías de las cosas en vez de flaquezas humanas; cabriola de ideas, danza del ingenio. Los ojos se regalan fiestas y viajes; las ciudades, reducidas a síntesis cubistas, desfilan en procesiones irreales: como a todo viajero de mirar intenso, se le encogen en signos mágicos con que se evoca el espíritu del lugar.

Con los años, todo poeta lírico, cargado de vida contradictoria, de emociones complejas, tiende a poeta dramático. En Alfonso Reyes, el drama ha llegado: su obra central, donde ha concentrado la esencia de su vida y de su arte, es un poema trágico: *Ifigenia cruel.*

En el instante que atravesamos, Grecia ha entrado en penumbra: no sabemos si para eclipse pasajero o para sombra definitiva. Excepciones ilustres (¡Santayana! ¡Paul Valéry!) las hay, y son raras. Pero en los tiempos en que descubríamos el mundo Alfonso Reyes y sus amigos, Grecia estaba en apogeo: ¡nunca brilló mejor! Enterrada la Grecia de todos los clasicismos, hasta la de los parnasianos, había surgido otra, la Hélade agonista, la Grecia que combatía y se esforzaba buscando la serenidad que nunca poseyó, inventando utopías, dando realidad en las obras del espíritu al sueño de perfección que en su embrionaria vida resultaba imposible. Soplaba todavía el viento tempestuoso de Nietzsche, henchido del duelo entre el espíritu apolíneo y el dionisíaco; en Alemania, la erudición prolífica se oreaba con las ingeniosas hipótesis de Wilamowitz; en los pueblos de lengua inglesa, el público se electrizaba con el sagrado temblor y el irresistible oleaje coral de las tragedias, en las extraordinarias versiones de Gilbert Murray, mientras Jane Harrison rejuvenecía con aceite de "evolución creadora" las viejas máquinas del mito y del rito; en Francia, mientras Victor Bérard reconstruía con investigaciones pintorescas el mundo de la *Odisea*, Charles Maurras, peregrino apasionado, perseguía la transmigración de Atenas en Florencia.

De aquella Hélade viviente nos nutrimos. ¡Cuántas veces después hemos evocado nuestras lecturas de Platón; aquella lectura del *Banquete* en el taller de arquitectura de Jesús Acevedo! Aquel alimento vivo se convertiría en sangre nuestra; y el mito de Dionisos, el de Prometeo, la leyenda de la casa de Argos, nos servirían para verter en ellos concepciones nuestras.

La *Ifigenia cruel* está tejida, como las canciones, con hilos de historia íntima. El cañamazo es la leyenda de Ifigenia en Táuride, salvada del sacrificio propiciatorio en favor de la guerra de Troya y consagrada como sacerdotisa de la Artemis feral entre los bárbaros. En la obra de Alfonso Reyes, la doncella trágica ha perdido la memoria de su vida anterior. Cuando Orestes llega en su busca, ella rehusa acompañarlo, contrariando la tradición recogida por Eurípides. Orestes, espoleado por las urgencias rituales de su expiación, que es la expiación de toda su raza, se lleva la estatua de Artemis. Ifigenia se queda en la tierra extraña. En la concepción primitiva de Alfonso Reyes, Ifigenia se ponía a labrar un ídolo nuevo, una nueva Artemis, para sustituir la que le arrancan Orestes y Pílades. En la versión definitiva de la tragedia, le basta aferrarse a la nueva patria.

Quien sepa de la vida de Alfonso Reyes sentirá el acento personal de su *Ifigenia cruel:*

> Ando recelosa de mí,
> acechando el golpe de mis plantas,
> por si adivino adónde voy. . .

Es que reclamo mi embriaguez,
mi patrimonio de alegría y dolor mortales.
¡Me son extrañas tantas fiestas humanas
que recorréis vosotras con el mirar del alma!...

Hay quien perdió sus recuerdos
y se ha consolado ya...

Y cambia el sueño de los ojos
por el sueño de su corazón...

Alfonso Reyes se estrenó poeta; pero desde sus comienzos se le veía desbordarse hacia la prosa: su cultura rebasaba los márgenes de la que en nuestra infantil América creemos suficiente para los poetas; su inteligencia se desparramaba en observaciones y conceptos agudos, si no estorbosos, al menos inútiles para la poesía pura.

Su cultura era, en parte, fruto de la severa disciplina de la antigua e ilustre Escuela Preparatoria de México; en parte, reacción contra ella. Ser "preparatoriano" en el México anterior a 1910 fue blasón comparable al de ser "normalien" en Francia. Privilegio de pocos era aquella enseñanza, y quizá por eso escaso bien para el país: a quienes alcanzó les dio fundamentos de solidez mental insuperable. De acuerdo con la tradición positivista, la escala de las ciencias ocupaba el centro de aquella construcción; hombres de recia contextura mental, discípulos de Barreda, el fundador, vigilaban y dirigían el gradual y riguroso ascenso del estudiante por aquella escala. A la mayoría, el paso a través de aquellas aulas los impregnó de positivismo para siempre. Pero Alfonso Reyes fue uno de los rebeldes: aceptó íntegramente, alegremente, toda la ciencia y toda su disciplina; rechazó la filosofía imperante y se echó a buscar en la rosa de los vientos hacia dónde soplaba el espíritu. Cuando se alejó de su *alma mater*, en 1907, bullían los gérmenes de revolución doctrinal entre la juventud apasionada de filosofía. Tres, cuatro años más y el positivismo se desvanece en México, cuando en la política se desvanece el antiguo régimen.

En la obra de Alfonso Reyes la influencia de su Escuela se siente en el aplomo, en la plenitud de cimentación. Al principio se extendía a más, aun contrariando su deseo; todavía en *El suicida* (1917), junto a páginas de fina originalidad, hay páginas de "preparatoriano", con resabios de la escolástica peculiar de aquel positivismo.

Fuera de su Escuela, olvidadiza o parca para las humanidades, hubo de buscar también sus orientaciones literarias. Lector voraz, pero certero, sin errores de elección; impetuoso que no se niega a sus impulsos, pero les busca el cauce mejor, su preocupación fue no saber nada a medias. Hizo —hicimos— largas excursiones a través de la lengua y la literatura españolas. Las excursiones tenían la excitación peligrosa de las cacerías prohibidas; en América, la interpretación de toda tradición española estaba bajo la vigilancia de espíritus académicos, apostados en su siglo XVIII (¡reglas!, ¡géneros!, ¡escuelas!), y la juventud huía de la España antigua creyendo inútil el intento de revisar valores o significados. De aquellas excursiones nacieron los primeros trabajos de Alfonso Reyes sobre Góngora, explicándolo por el impulso lírico que en él tendía "a fundir colores y ritmos en una manifestación superior", y sobre Diego de San Pedro, definiendo su *Cárcel de amor* como novela perfecta en la elección del foco, al colocarse el autor dentro de la obra, pero sólo como espectador. Y de los temas españoles se extendió a los mexicanos; en uno de sus estudios, inconcluso y ahora sepulto entre los folletos inaccesibles, *El paisaje en la poesía mexicana del siglo* XIX, apuntó observaciones preciosas sobre las relaciones entre la literatura y el ambiente físico en América.

De aquellas excursiones pudo pasar, en 1913, a desempeñar la primera cátedra de filología española que existió en México, en aquella quijotesca jornada en que creamos, sin ayuda oficial, los cursos superiores de humanidades en la Universidad; pudo pasar en Madrid a ser uno de los obreros de taller en el Centro de Estudios Históricos y la *Revista de Filología Española,* bajo la mano sabia, firme y bondadosa de Menéndez Pidal, junto al cordial estímulo y la ejemplar disciplina de Américo Castro y Navarro Tomás.

Se puso íntegro en esas labores; entre 1915 y 1920 va dando sus estudios y ediciones del Arcipreste, de Lope, de Alarcón, de Calderón, de Góngora, de Quevedo, de Gracián, su versión del *Cantar de Mio Cid,* en prosa moderna. Y de él, de esos trabajos, proviene una porción interesante de las nociones con que se ha renovado en nuestros días la interpretación de la literatura española: desde el medieval empleo cómico del yo en el Arcipreste hasta el significado del teatro de Alarcón como "mesurada protesta contra Lope".

En aquellos años de Madrid no sólo las investigaciones del pasado literario lo absorbían; sobre la montaña oscura y honrada de las papeletas se alzaba todavía la página semanal de *El Sol,* con disquisiciones sobre historia (de allí ha podido entresacar el ingenioso volumen de *Retratos reales e imaginarios);* se alzaba, por fin, la arboleda de las traducciones —Sterne, Chesterton, Stevenson—: los editores de Madrid vivían el período más febril de su furia de lanzar libros extranjeros.

Alfonso Reyes se puso íntegro en sus labores, porque no sabe ponerse de otro modo en nada; pero suspiraba por la pluma libre, para la cual le quedaban ratos breves. El trabajo del investigador, del erudito, del filólogo, aprisiona y devora; en sus cartas —cartas opulentas, desbordantes— se quejaba él de la tiranía creciente de la "pantufla filológica". Habría podido agregar, como Henri Franck en parejo trance: "¡Pero danzo en pantuflas!"

Y de sus danzas furtivas, en ratos robados, salían los versos, los cuentos, los ensayos, las notas mínimas y agudas. Con ellos, sumándolos a escritos anteriores de México o de París, van saliendo los libros libres: *Cartones de Madrid, El suicida, Visión de Anáhuac, El plano oblicuo, El cazador*. Después, en años de libertad, vienen los tomos de versos y la *Ifigenia*, el *Calendario*, las cinco series de *Simpatías y diferencias*.

En Alfonso Reyes, el escritor de la pluma libre es de tipo desusado en nuestro idioma. Buscando definirlo, clasificarlo (¡vieja manía!), se le llama ensayista. Y se parece, en verdad, a ensayistas ingleses; no a la grave familia, filosófica y moralista, de los siglos XVII y XVIII, ni a la familia de polemistas y críticos del XIX, sino a la de los ensayistas libres del período romántico, como Lamb y Hazlitt. La literatura inglesa lo familiarizó temprano con esas vías de libertad. Pero su libertad no viene sólo del ejemplo inglés; es más amplia. Tuvo él la singular fortuna de convivir desde la adolescencia con espíritus abiertos a toda novedad, para quienes todo camino merecía los honores de la prueba, toda fantasía los honores de la realización. Pudo, entre tales amigos, concebir, escribir, discutir la más imprevista literatura; adquirió, así, después de vencer la pesada herencia del "párrafo largo", soltura extraordinaria; Antonio Caso, uno de los amigos, la definía como el poder de dar forma literaria a toda especie de "ocurrencias". Sus ensayos convertían en certidumbre el dicho paradójico de Goethe: "La literatura es la sombra de la buena conversación". Concepto nuevo, atisbo psicológico, observación de las cosas, comparación inesperada, invención fantástica, todo cabía y hallaba expresión, cuajaba en estilo ágil, audaz, de toques rápidos y luminosos.

En la más antigua de sus páginas libres, junto a la fácil maestría de la expresión se siente aún el peso de las reminiscencias: es natural en el hombre joven completar la vida con los libros. Entre sus cuentos y diálogos de *El plano oblicuo* los hay, como el episodio de Aquiles y Helena, cargados de literatura —de la mejor—; pero hay también creaciones rotundas y nuevas, como "La cena", donde los personajes se mueven como fuera de todo plano de gravitación; hay fondos espaciosos de vida y rasgos de ternura rápida, entre piruetas de ingenio, en "Estrella de oriente", en las memorias del alemán comerciante y filólogo. ¡Lástima que el cuentista no haya perseverado en Alfonso Reyes!

El hombre de imaginación, de sentidos ávidos y finos, nos ha dado al menos la *Visión de Anáhuac*, "poema de colores y de hombres, de monumentos extraños y de riquezas amontonadas", dice Valéry Larbaud, colorida reconstrucción del espectáculo del México azteca, centro de la civilización esparcida en aquella majestuosa altiplanicie, "la región más transparente del aire"; el observador nos ha dado los *Cartones de Madrid*, apuntes sobre el espectáculo renovadamente goyesco de la capital española, dentro de la altiplanicie castellana, desnuda, enérgica, erizada en picos y filos. Aquellas dos altiplanicies, semejantes para la mirada superficial, opuestas en su esencia profunda, preocupan al escritor: en ellas están las raíces de la enigmática vida espiritual de su patria.

Porque en Alfonso Reyes todo es problema o puede serlo. Su inteligencia es dialéctica: le gusta volver del revés las ideas para descubrir si en el tejido hay engaño; le gusta cambiar de foco o punto de vista para comprobar relatividades. Antes perseguía relaciones sutiles, rarezas insospechadas; ahora, convencido de que las cosas cotidianas están henchidas de complejidad, se contenta con señalar las antinomias invencibles con que tropezamos a cada minuto. "Antes coleccionaba sonrisas; ahora colecciono miradas".

Pero la convicción de que el universo es antinómico no lo lleva a ninguna forma radical de pesimismo; el fatalismo de su pueblo no hace presa en él; nunca será fatalista, sino agonista, luchador. Como artista sabe que las antinomias del universo se resuelven, para el sentido espectacular, en armonías, y una mañana de luz, después de una noche de lluvia, nos da la fe, siquiera momentánea, en el equilibrio esencial de las cosas: "la inmarcesible faz del mundo brilla como en el primer día". Y sabe que en la creación artística el impulso lírico impone ritmos a la discordancia.

Concibe el impulso lírico —su teoría juvenil, que largamente discutimos, pero que nunca recibió vestidura final— como forma de la energía ascendente de la vida. Conoce, siente los valores del impulso vital, de la intuición, del instinto. Pero no se confía solamente a ellos; sabe que pueden flaquear, traicionar.

Cuando, en oposición al positivismo, cundieron las triunfantes filosofías de la intuición, empeñadas en reducir la inteligencia a mera función útil y servil, pudo pensarse que Alfonso Reyes encontraría en ellas la justificación y la ampliación de sus conatos teóricos y hasta de su temperamento. No fue así; interesado hondamente en ellas, como sus amigos, resistió mejor que otros a la fascinación del irracionalismo. El impulso y el instinto, en él, llaman a la razón para que ordene, encauce y conduzca a término feliz.

Como su visión artística, su confianza en la desdeñada razón lo aleja del pesimismo. La razón, educada en la persecución de la verdad, dispuesta a no descansar nunca en los sitiales del error, a no perderse entre la niebla de las ideas vagas, a precaverse contra las ficciones del interés egoísta, es luz que no se apaga. Toda otra iluminación, quizá más intensa, está sujeta a la desconocida voluntad de los dioses. Alfonso Reyes, poeta de emociones hondas, hombre de imaginación y de ingenio, ensayista cuya libertad llega a vestir las apariencias del capricho arbitrario, es el reverso del improvisador sin brújula y del extravagante sin norma: predica —y ejemplifica— para su patria, la fidelidad a la única luz firme, aunque modesta. Debajo de sus complejidades y sus fantasías, sus digresiones y sus elipses, se descubre al devoto de la noción justa, de la orientación clara, de la "razón y la idea, maestras en el torbellino de todas las cosas subconscientes".

Buenos Aires, 1927

DOS APUNTES ARGENTINOS

EL AMIGO ARGENTINO

I

Conocí a Héctor Ripa Alberdi en México en septiembre de 1921, y fue para mí la revelación íntima de la Argentina. Conocía yo hasta entonces, junto a la Argentina de fama internacional, la que revelan sus escritores; siempre observé cómo el ímpetu y el brillo, que dan carácter al país en nuestra época, y que se atribuyen a su reciente desarrollo, existían desde antaño; los encontraba en Echeverría, en Mármol, en Sarmiento, en Andrade. Pero la literatura argentina, con sus solos cien años, no revela toda la vida nacional; si es posible, digamos, conocer a través de los escritores el carácter del pueblo inglés o del francés, en todo su pormenor, ningún pueblo de América ha llegado en sus creaciones literarias a semejante corografía. Hay gran parte de la vida nuestra, sobre todo de la diaria y familiar, que el simple lector, aun el lector asiduo, no puede conocer con certidumbre; y más si se piensa que, bajo muchas aparentes semejanzas, y entre muchas semejanzas profundas, existe curiosa variedad de matices espirituales entre los pueblos de la América española. Ripa Alberdi, con sus compañeros de 1921 —Orfila, Dreyzin, Vrillaud, Bomchil—, descubrió a mis ojos el espíritu de su tierra con los rasgos de fuerza cordial y delicadeza íntima que yo deseaba. Si así es la Argentina, pensé, ya podemos confiar en que nuestra América llegue a merecer que no se le apliquen las palabras de Hostos, repetidas humorísticamente en la conversación por Antonio Caso: "Hombres a medias, civilizaciones a medias..."

Desde antes de conocerlo familiarmente, Héctor me descubrió aspectos de la Argentina, nuevos entonces para mí. Se presentó en México hablando al público en el anfiteatro de la Escuela Preparatoria: allí, donde en 1912 se realizó el extraño y conmovedor funeral de Justo Sierra, al cual llama Vasconcelos, con acierto raro, el acto culminante en la vida espiritual del país; allí, donde en 1922 surgió la pintura mural de Diego Rivera, abriendo reñida batalla de arte, que todavía dura. La casualidad me había llevado allí, al primer Congreso Internacional de Estudiantes, en que cobraba realidad la peregrina idea del agudo autor de *Miniaturas mexicanas,* mi leal amigo Daniel Cosío Villegas; los estudiantes de mi patria, a falta de uno de ellos que

300

emprendiera el viaje hasta México, decidieron atribuirme su representación para que no faltara quien recordase la suerte injusta de Santo Domingo, y en particular la suerte de sus escuelas, cerradas muchas de ellas como venganza mezquina del invasor contra la protesta popular ante exigencias de Wall Street. Al inaugurarse el Congreso, el 20 de septiembre de 1921, despertaba interés la numerosa delegación argentina; sabíamos que llevaba la representación del movimiento que había renovado las universidades de su país. Comenzó a hablar Ripa Alberdi. Y a los pocos instantes advertíamos cuántos velos iba descorriendo.

Si habíamos de juzgar por él, la juventud argentina había abandonado la jerga pedantesca que estuvo de moda veinte años atrás y se expresaba en español diáfano; había abandonado el positivismo e invocaba a Platón. Los que diez años antes, en el Ateneo de México, nos nutríamos con la palabra del maestro de Atenas, sentimos ahora que nos unía con la nueva Argentina el culto de Grecia, raro en los países de lengua española.

Cosa mejor: la juventud de aquel país, grande y próspero, país de empresa y de empuje, se orientaba con generosidad y desinterés hacia el estudio de los problemas sociales, y le preocupaban, no el éxito ni la riqueza, aunque se pretendiera asignarles carácter nacional, sino la justicia y el bien de todos. Cabía pensar que nuestra América es capaz de conservar y perfeccionar el culto de las cosas del espíritu, sin que la ofusquen sus propias conquistas en el orden de las cosas materiales. Rodó no había predicado en el desierto.

En singular fortuna, la labor de toda la delegación argentina no hizo sino confirmar la impresión que dejó el discurso inicial de Ripa Alberdi. Mexicanos y argentinos dominaron el Congreso con su devoción ardiente a las ideas de regeneración social e impusieron las generosas *Resoluciones* adoptadas al fin y publicadas como fruto de aquellas asambleas. Durante la estrecha y activa colaboración que allí establecimos se crearon amistades definitivas. Al terminar las juntas, en muchos de nosotros surgió el deseo de que aquella delegación argentina, toda comprensión y entusiasmo, no se llevara de México como único equipaje las discusiones del Congreso estudiantil y las fiestas del Centenario: queríamos que conocieran el país, siquiera en parte; los restos de su formidable pasado y los esfuerzos de su inquieto presente. Lo logramos: por mi parte, ofrecí mi casa, de soltero entonces, a Ripa y Vrillaud. Comenzó una serie de excursiones a exhumadas poblaciones indígenas, a ciudades coloniales, a lugares históricos, a sitios pintorescos. Coincidieron más de una vez los jóvenes argentinos con otro huésped carísimo de México, don Ramón del Valle-Inclán: ninguno olvidará aquel delicioso viaje desde la capital hasta el Océano Pacífico, con estaciones en la venerable y trágica Querétaro, la alegre y florida Guadalajara, la rústica Colima.

Aprendí a conocer entonces la inteligencia clara y fina de Héctor, su capacidad de estudiar y perfeccionarse, su carácter firme y discreto; y de nuestras pláticas surgió el plan de escribir en colaboración una breve historia de la literatura en la América española. Anudamos correspondencia. Al año siguiente volví a verlo en su patria, donde pudimos conocer la propaganda cordial que había hecho, con sus amigos, de las cosas mexicanas. Cuando esperaba que nos reuniéramos definitivamente en la Argentina, me llegó la noticia de su muerte (1923)....·Días después me tocó decir breves palabras en el acto que a su memoria dedicó la Secretaría de Educación Pública de México, precisamente en el histórico anfiteatro donde lo habíamos conocido.

II

Cuando la muerte corta bruscamente una vida que comenzaba a florecer en abundancia, como la de Héctor Ripa Alberdi, los amigos, inconformes con el golpe inesperado, se reúnen a pensar cómo perpetuarán la memoria del que se fue a destiempo. En el caso de Héctor, lo natural es juntar y reimprimir su obra.[1]

La duda nos asalta luego; ¿vamos a dar, con estos esbozos, idea justa del desaparecido? Héctor fue como árbol en flor; los frutos estaban sólo en promesa: ¿pueden, quienes no lo conocieron, sorprender el aroma de la flor ya seca?

Más que en la obra escrita, Héctor vivió intensamente en la lucha por la cultura y en los estímulos de la amistad. De las excepcionales virtudes del amigo —viril, leal, discreto, animador— da clara idea Arturo Marasso en su artículo "Mis recuerdos de Héctor Ripa Alberdi": página en que se cuenta la noble historia de una amistad, con el desorden y la fuerza ardorosa de una pluma cargada de emoción. Del combatiente universitario, que tanto trabajó para imponer la orientación renovadora, muchos darán testimonio. El estudiante insurrecto de 1918 había llegado a la cátedra desde 1922; pero no para transigir con ninguna forma de reacción, cuyo germen se esconde tantas veces en espíritus que temporal o parcialmente adoptan direcciones avanzadas, sino para combatir contra ella. En los espíritus de temple puro, ni la edad, ni el poder, ni la riqueza, ni los honores crean el temor a las ideas libres; antes reafirman la fe en los conceptos radicales de la verdad y el bien. Ni a Sócrates ni a Tolstoi los hizo la edad conservadora ni renegados.

III

No sabrán todo lo que fue Héctor Ripa Alberdi quienes no lo conocieron y sólo lean su obra escrita; pero no exageremos el temor: conocerán, si no la amplitud, la calidad de su espíritu. Era su espíritu serenidad y fuerza. En sus versos, deliberadamente, sólo quiso poner serenidad; en ellos se lee su alma límpida, su pensamiento claro, su carácter firme y tranquilo. Aspiró a ser, desde temprano, poeta de la soledad y del reposo; unirse a los maestros cantores, como Arrieta, como González Martínez, que predican evangelio de serenidad en nuestra América intranquila y discordante, como el griego que, en perpetua agitación y querella pública, erigía la *sophrosyne* en ideal de vida. La naturaleza se trocaba a sus ojos en símbolos de dulzura y luz; las imágenes del campo, de su campo natal, fresco, húmedo, luminoso, rumoroso, son las que llenan sus versos. Con ellas puebla la celosa soledad de su aposento; entre ellas coloca la figura de la mujer amada o esperada. A veces, su voz se alza, va en busca de almas distantes, puras como la suya. O las almas que busca viven en el pasado en la Grecia que lo deslumbraba, en la España de los místicos. Sólo por instantes turban aquella paz presentimientos extraños: los de la muerte prematura.

Así lo revelaba su primer libro. *Soledad* (1920) Al leer el segundo, *El reposo musical* (1923), en que persistían aquellas notas, pensé que ya era tiempo de que soltara en sus versos la fuerza que en él vivía, y así se lo dije. No hubo tiempo para la respuesta...

Ocasión hubo, sin embargo, en que salió de su retiro para cantar, arrastrado por sus compañeros, la canción estrepitosa de la multitud juvenil. Y nunca compuso mejor canción. En el meditabundo poeta del reposo musical se escondía el maestro de los nobles coros populares.[2]

IV

Aquel espíritu tranquilo era espíritu fuerte: por eso unía, a la honda paz de su vida interior, la franca entereza de su vida pública. Creo que lo mejor de su obra escrita queda en los discursos, porque ellos representan una parte de aquella vida pública. El hombre de estudio iba revelándose en las breves páginas de crítica. En ellas expresaba siempre su desdén de la moda, su devoción a las normas eternas. Sus temas eran cosas de nuestra América. En sus últimos meses había escrito su primer ensayo de aliento, sobre *Sor Juana Inés de la Cruz.* Sus artículos en el primer número de la hermosa revista (*Valoraciones,* de La Plata) que acababa de fundar con sus amigos, poco antes de morir, indican la soltura y la vivacidad intencionada que iba adquiriendo su pluma: hasta esgrimía, con buen humor, sin encono, las armas de la sátira.

Sus discursos y sus artículos sobre cuestiones universitarias nos dicen mejor que ningún otro esfuerzo de su pluma cuál era el ideal que lo guiaba y lo preocupaba; comenzó pensando en la renovación de las universidades argentinas; de ahí pasó al ansia de una cultura nacional, modeladora de una patria superior. Estos anhelos se enlazaron con otros: por una parte, la cultura nacional no podía convertirse en realidad clara si no se pensaba en la suerte del pueblo *sumergido,* del hombre explotado por el hombre, para quien la democracia ha sido redención incompleta; por otra parte, el espíritu argentino no vive aislado en el Nuevo Mundo: la fraternidad, la unión moral de nuestra América, la fe en la "magna patria", son imperativos necesarios de cada desenvolvimiento nacional. Poseída de esas verdades, inflamada por esos entusiasmos, la palabra de Ripa Alberdi cobraba alta elocuencia. "En el seno de estas inquietudes —decía refiriéndose a la revolución universitaria— está germinando la Argentina del porvenir". Y en otra ocasión afirmaba: "En el alma de la nueva generación argentina ha comenzado a dilatarse la simpatía hacia las naciones hermanas", llamando a este hecho "especie de expansión de la nacionalidad". ¡Expansión sin sueños ni codicias de imperio! Llega a ofrecer a México sangre argentina para la defensa del territorio... Y en Lima, con noble indiscreción, afrontando con serena valentía la hostilidad de una parte de su auditorio, predica el sacrificio de los rencores estériles en aras de la América futura, que verá "la emancipación del brazo y de la inteligencia".

En verdad, lo que de la obra de Héctor Ripa Alberdi nunca deberemos echar en olvido es este manojo de páginas del luchador universitario que se exaltó hasta convertirse en soldado de la magna patria.

México, abril de 1924

POESÍA ARGENTINA CONTEMPORÁNEA

LA ANTOLOGÍA de Julio Noé[1] resulta, apenas lanzada al público, obra indispensable en su especie. Es constante la fabricación de antologías, totales o parciales, de la América española; pero esta labor, que en Francia o Inglaterra o Alemania se estima propia de hombres discretos, entre nosotros ha caído en el lodazal de los oficios viles. Pide valor, heroicidad literaria, sacarla de allí, cuando se sabe que el decoroso trabajo ha de ir a rozarse y luchar en la plaza pública con la deplorable mercadería de Barcelona. "La ordenación de una antología —cree Julio Noé— no es empresa de las más arduas". ¿Modestia, quizás? Su esfuerzo no ha sido fácil; lo sé bien. En América se levanta junto al de Genaro Estrada en *Poetas nuevos de México* (1916).[2] Aquí, como allí, se ciñe la colección a la época que arranca del *modernismo*, momento de irrupción y asalto contra el desorden y la pereza romántica; aquí, como allí, acompañan a cada poeta apuntaciones breves y exactas sobre su vida, su obra y la crítica que ha suscitado (no siempre alcanza Noé la precisión de Estrada; ¿por qué a veces faltan fechas en la bibliografía?). En la Argentina no ha entrado en completo eclipse la clara tradición de Juan María Gutiérrez, cuya *América poética* de 1846 —antes herbario que jardín, porque el tiempo favorecía los *yuyos* y no las flores— asombra por la solidez de su estructura y la feliz elección de cosas de sabor y carácter, como los diálogos gauchescos de Bartolomé Hidalgo. A la obra de Noé no le faltan precedentes estimables en los últimos años: la colección de Puig, la de Barreda, la de Morales, útiles por la cantidad (excepto la de *Poetas modernos,* buena en su plan, en su empeño de brevedad, pero deslucida en la elección arbitraria).[3] Ninguna como la de Noé realiza el arquetipo orgánico y rotundo, alzándose como torre de cuatro cuerpos, donde la figura atlantea de Lugones constituye sola el primero y sostiene los tres superiores.

La obra incita a trazar el mapa político de la poesía argentina contemporánea. El punto de partida de Julio Noé es el año de 1900; antes, entre los poetas de la antología, muy pocos tenían versos en volumen; de esos pocos volúmenes, uno solo era importante: *Las montañas del oro,* de Lugones (1897). Pero la inauguración oficial de la poesía contemporánea en la Argentina es la publicación de las *Prosas profanas,* de Rubén Darío, en Buenos Aires (1896). Darío representaba entonces el ala revolucionaria de la literatura en todo el idioma castellano. A poco, con Lugones, se destaca una extrema izquierda, especialmente desde *Los crepúsculos del jardín,* cuya amplia difusión en revistas, desde antes de comenzar el nuevo siglo, provoca una epidemia continental de sonetos, a la manera de "Los doce gozos": el contagio se ve en *Harpas en silencio,* de Eugenio Díaz Romero (1900); para entonces ha cruzado el río, y hace egregia víctima en Julio Herrera y Reissig. En 1907, la aparición de Enrique Banchs tuvo carácter de acontecimiento como revelación personal, pero no modifica el mapa político; Banchs no es más revolucionario que Lugones. Para 1915, cuando surge Fernández Moreno, Darío es ya el centro; Lugones continúa en la izquierda; pero *Las iniciales del misal,* con su revolucionaria simplificación, dan la nota extrema. Simultáneamente, con el *Cencerro de cristal,* de Ricardo Güiraldes, se anunciaba, despertando todavía pocas sospechas, la novísima extrema izquierda; en 1925 la vemos frondosa y arrogante en las "revistas de vanguardia", *Proa* y *Martín Fierro.* Durante los últimos años el incesante empuje de los grupos nuevos ha alterado las situaciones y las relaciones; Lugones no puede parecernos ya de la izquierda, sino del centro; y desde hace pocos meses, con sus declaraciones contra el verso libre de los nuevos, principia a erigirse en capitán de las derechas.

Borges cree que sobran nombres en la antología; donde se me entregan ochenta y siete, no he de regatear la calidad de cuatro o cinco. Sí lamento, con Borges, la omisión de Nora Lange, nota fundamental del clarín de vanguardia y única mujer activa de las izquierdas; la mayoría de las poetisas argentinas, fieles a la ley del sexo, se acogen al ala conservadora; sólo Alfonsina Storni ensaya audacias intermitentes. Con Francisco Piñero, desaparecido, pudo hacerse excepción a la regla áurea del "libro publicado"; ¿no se hizo con Emilia Bertolé, q. D. g.?

Junto a esas omisiones de poetas nuevos, discuto la del más antiguo de los poetas contemporáneos de la Argentina, Leopoldo Díaz. Creo inexacto atribuirle "notoriedad anterior al movimiento modernista". Y sus *Poemas* (1896) son esenciales y típicos en la era de *Prosas profanas, Las montañas del oro* y la *Castalia bárbara* (1897), del boliviano Jaimes Freire, residente entonces en Buenos Aires. Temo que la supresión obedezca al deseo de no alterar la arquitectónica estructura de cuatro cuerpos, no cavarle sótano ni robarle a Lugones su soledad sustentadora. No por eso dejó Noé de encontrar acomodo —en el segundo cuerpo de la torre, especie de entresuelo, dedicado a la historia— para Fernández Espiro, simple romántico rezagado; para Alberto Ghiraldo y Manuel Ugarte, que hasta publicaron volúmenes de versos antes de *Prosas profanas.*[4]

Excelente, las más veces, la elección de los versos. Cuando

se espiga en todos los volúmenes del poeta —como en Fernández Moreno—, contemplamos en breve panorama su desenvolvimiento espiritual. Fiel al límite de 1900, la antología no recoge nada de *Las montañas del oro*. Toque hábil, la inserción de "Los burritos", no recogidos en volumen por Lugones. ¿Por qué el injusto desdén hacia las "Odas seculares", feliz renacimiento de la poesía civil? De *Los crepúsculos del jardín* pido —para una nueva edición— los históricos "Doce gozos" íntegros y no partidos, para devolverles su arquitectura de poema, de secuencia de sonetos, según la ilustre tradición italiana. Y del *Libro de los paisajes* pido el paisaje mejor, "Salmo pluvial":

> ... El cerro azul estaba fragante de romero
> y en los profundos campos silbaba la perdiz.

Nuestros poetas contemporáneos no sufren igual peligro que sus antecesores: si se le quitan a Bello sus dos "Silvas americanas" y sus adaptaciones de versos de Hugo; a Olmedo, su "Junín" y su "Miñarica"; a Heredia su "Niágara" y su "Teocali de Cholula"; a Andrade su "Nido de cóndores" y su "Atlántida"; a Obligado su "Santos Vega", se les reduce a pobreza irremediable. Pero los que vivimos haciéndonos antologías hipotéticas escogemos siempre, hasta en los poetas cuya obra es de calidad uniforme. Echo de menos en Capdevila su "Nocturno a Job" (del *Libro de la noche),* su grito hondo:

> ¿No me dijeron: ¡Bebe!,
> y mi copa rompí?

De Arrieta, suprimiría sin vacilar "La preferida", maltratada presa de recitadoras trashumantes, y reclamo la "Canción de los días serenos":

> Tenemos el corazón
> abierto como una rosa...

De Alfonsina Storni pediría los "Versos a la tristeza de Buenos Aires", aguafuerte de sabor acre: la ciudad que a Borges le inspira su *Fervor* tranquilo y husmeante de muchacho rico, a la mujer que sabe de agonías la llena de sorda desesperanza, gris como las moles y el suelo de las calles, gris como el río y el cielo de aguacero; visión inesperada, pero viva, de cosas muy de América.

Y de poetas menos populares quiero recordar versos que faltan. De Evar Méndez, su mejor "Nocturno" (de *Las horas alucinadas):*

> ¿A qué país partir, alma enemiga,
> multiforme y hostil ánima de las gentes?

De Francisco López Merino, uno de los cuatro poetas más jóvenes de la antología (con José S. Tallón, Raúl González Tuñón y Susana Calandrelli), pediría los versos de más personal y afinada expresión, como "Mis primas los domingos...", "Libros de estampas", tal vez las "Estancias del agua especular".

Toda antología hace revelaciones; a la de Noé le debo la de Pablo della Costa, y sólo lamento que se le haya concedido espacio estrecho. Pudo, y no logró, hacernos otra revelación: Alberto Mendióroz, poeta intelectualista, muy desigual, pero con dos o tres rasgos duraderos, como "Spleen":

> ... Una puerta, al cerrarse, quiebra el cosmos... Y nuevo
> soñar y divagar... Me parece que lluevo.

Y pudo haberle regalado al público sagaz la revelación completa de Ezequiel Martínez Estrada, otro poeta intelectualista, con ricos dones expresivos que Mendióroz no alcanzó, y pulcro enemigo de las ferias de vanidad, como Pablo della Costa. En sus *Motivos del cielo* hay tres poemas que pongo en mis antologías hipotéticas: el "Zodíaco", "Copernicana" y, señaladamente, "El ciclo del día".

¿Tablas de valores? Sea en otra vez. Digamos, no más, que la antología argentina de Julio Noé es como vasto fresco nacional, cuya riqueza sólo pueden emular ahora, entre los pueblos españoles, México —menos rico en poetas jóvenes— y España, con mayor caudal de emoción en su poesía, pero no con más vigor imaginativo ni más invención de formas y expresiones.

VEINTE AÑOS DE LITERATURA EN LOS ESTADOS UNIDOS [1]

I

DURANTE los veinte años que corren desde 1907 hasta 1927, la literatura se ha transformado en las dos Américas, la inglesa y la hispánica. La transformación es mayor en los Estados Unidos que en la América española: vuelco brusco y total entre 1910 y 1915. Nuestro gran vuelco ocurrió antes, entre 1890 y 1900. Después hemos cambiado mucho; hasta hemos adoptado posiciones francamente contrarias a las de 1900; pero a paso lento o a saltos cortos. Hay en nuestro ambiente fuerzas capaces de adquirir aceleración súbita y crear variaciones decisivas: el afán nacionalista, por ejemplo, ya en el camino indígena, ya en el sendero criollo; o la función de la imagen en el estilo. Pero todo está en proceso.

Al abrirse el nuevo siglo, la literatura en los Estados Unidos padecía estancamiento. Había cien años apenas de obra nacional. Tras los tímidos comienzos —Cooper, Irving, Bryant—, el ciclo heroico cuyo centro fue Concord: Emerson, Hawthorne, Lowell, Holmes, Thoreau, Longfellow, Prescott, y cerca de ellos, en zigzags rebeldes, Melville, Poe, Whitman. El espíritu norteamericano halla expresión viva, que Europa acoge como revelación cargada de promesas. Después, la canalización y difusión de corrientes literarias típicas del siglo XIX: realismo, mitigado por el escrúpulo puritano (William Dean Howells); novela psicológica (Henry James); regionalismo (Bret Harte); humorismo (Mark Twain).

Pero en 1900, los grandes nombres, los nombres dominantes, eran los que habían surgido hacia 1870: Howells, James, Bret Harte, Mark Twain. Refiriéndose al país, decía Rodó en *Ariel*: "Las alas de sus libros hace tiempo que no llegan a la altura en que sería universalmente posible divisarlos". Cierto: fuera de los cuatro grandes nombres, la literatura, abundantísima en cantidad, se desenvolvía como interminable pampa sin eminencias. Cuentos y novelas de realismo prudente, minucioso, con preferencia por el marco regional; humorismo en masas; ensayos donde se demostraba cultura, ingenio, observación discreta; teatro abundante, pero nulo en calidad; poesía, académica en unos, adornada con gracias leves de simbolismo en otros (así en el fácil y fino canadiense Bliss Carman), pero poco de sustancia: los más vivaces brotes de personalidad —Emily Dickinson, Stephen Crane— se habían desvanecido en muertes prematuras.

Las cosas mejores estaban en novela y cuento: Mary Wilkins, o Gertrude Atherton, o Frank Norris, nuevo entonces, en quien se avecinaba la grandeza; pero el público prefería los libros agradables, los inofensivos, a los fuertes. Y la aventura guerrera de 1898 había refluido en epidemia de mediocres novelas de caballerías. Los gustos del lector, para los argumentos de novela y su desarrollo, eran los que ha heredado el espectador ingenuo de cinematógrafo.

Sobre aquella multitud gris, la impaciente Gertrude Atherton, cuyo desordenado talento tiene el aroma de los grandes aires y los tiempos bravíos de California, arrojaba como piedras los epítetos de burgueses, timoratos, "pequeñistas".

El estancamiento se produjo como hecho fatal: las hazañas de lucha y dominio sobre la naturaleza o de invención y poderío económico seducían a los espíritus enérgicos; en la vida intelectual escaseaba cultura, sobraban prejuicios morales y tabús religiosos. Sobre la literatura pesaba la ley nacional del optimismo obligatorio: el país rodaba sobre los rieles del éxito, y el escepticismo, la discusión, hasta el alto para reflexionar, eran pecados de lesa patria. El tono mediocre del mundo intelectual ahogaba los impulsos originales. Único camino de salvación, la rebeldía. Pero no había rebeldes.

Van Wyck Brooks ha descrito con amarga prolijidad la domesticación de Mark Twain:[2] el pobre humorista, después de pasar la juventud entre sus burdos paisanos del Middle West escondiendo como vergonzosas sus aficiones literarias, vio su obra, su expresión libre, oprimida y recortada según los cánones de excesiva decencia que encontró en las ciudades del Atlántico. Su esposa, su amigo Howells, se asustaban de las palabras gruesas, del lenguaje popular, de las costumbres selváticas, y le tachaban y retocaban los manuscritos. Y ya en la pendiente de la intromisión, el hábito de corregir crece, se vuelve manía: la obra de Mark Twain sufrió alteraciones de varia especie, y perdió parte de su frescura. Entre tanto, aquel ambiente ultradecoroso no supo darle ni exigirle cultura ni disciplina superiores. En sus últimos años, Mark Twain escribió la síntesis de sus ideas sobre el universo y la sociedad humana; dejó el libro para publicación póstuma, temeroso del escándalo que provocarían sus audacias: pero aquellas que habrían sido audacias para la Boston o la Filadelfia de 1870 resultaron lugares comunes para la Nueva York de 1910, endurecida y curtida en Nietzsche y en Shaw.

II

¿Qué ocurría precisamente, veinte años atrás, en 1907? Imperaba la mediocridad de 1900; pero iba resquebrajándose: raros estallidos anunciaban cambios. William James asordaba el mundo con el estrépito mecánico de su flamante pragmatismo. Su libro rotulado como su teoría, *Pragmatism,* se publicó exactamente en 1907. Los Estados Unidos parecían dar a luz, por fin, su filosofía, la metafísica del sentido práctico, la teoría de la verdad como función, como recurso útil pero variable, juzgándola y justificándola según sus consecuencias en la acción. James abandonaba la tradición del idealismo espiritualista —que Josiah Royce, su venerable colega de Harvard, representaba todavía entonces—, y parecía la voz viva de su patria. Si el mundo se americanizaba en las cosas materiales, aquí encontraría la fórmula de americanización para el espíritu. Pero el mundo, cuando se recobró de su estupor, desechó el pragmatismo: mera variación infecunda sobre el tema familiar de las limitaciones del conocimiento humano. Ni por la edad, ni por la orientación, representaba William James el anhelo de las nuevas generaciones. Su pragmatismo no es la primera filosofía del siglo xx: es la última del xix. ¿No lo revela la dedicatoria del libro a los manes de John Stuart Mill? El filósofo era, eso sí, admirable psicólogo y estilista admirable, y cualquier página suya es excitante, jugosa.

Colega de William James en la enseñanza filosófica de Harvard era también, para 1907, George Santayana, el español. Su obra, hasta entonces, era principalmente de poeta *(Sonetos,* 1894; *Lucifer,* 1898; *Ermitaño del Carmelo,* 1901) y de tratadista filosófico *(El sentido de la belleza,* 1896; *La vida de la razón,* 1905). El ensayista —en él quizás lo máximo, extraordinario de profundidad, de sutileza y de humanidad— apenas se había revelado en sus *Interpretaciones de poesía y religión* (1900), donde incluye aquel discutido ensayo sobre *la poesía de la barbarie,* ejemplificada en Browning y en Whitman. No había escrito aún sus obras mejores, que comienzan en 1910 con su libro sobre *Tres poetas filosóficos* (Lucrecio, Dante, Goethe). En 1912 se traslada definitivamente a Europa, a la cual perteneció siempre en espíritu. Hizo parte de su educación en América; pero —dice Joseph Warren Beach— "es producto, realmente, de la cultura inglesa y de la española; no hay en su obra reflejo ninguno del color distintivo del pensamiento norteamericano". En los cinco excesivos volúmenes de su *Vida de la razón* se encerraban, sin embargo, gérmenes de la concepción filosófica que iba a definirse como característica del siglo xx en los Estados Unidos (y en

Inglaterra): el realismo crítico. Su influjo sobre el movimiento filosófico del país lo ha ejercido principalmente en ausencia, desde Europa. En la literatura, se percibe poco su huella: donde recibe ardentísimos sufragios es en Inglaterra, entre los amantes del pensamiento depurado y el estilo impecable.[3]

Entre los jóvenes de 1907 —o los "todavía jóvenes"— ninguna personalidad como la de Edith Wharton. Sabía, de la novela, todo lo que podían enseñarle Inglaterra y Francia; manejaba el estilo con estupenda maestría, combinando la precisión de acero y el brillo de cristal; entre sus dones naturales contaba el dominio del juego de motivos que hace y deshace las vidas humanas, el sentido del carácter, la observación incisiva, la ironía, y, en ocasiones, la fuerza del *pathos*. Tenía dos o tres novelas, una de ellas ruidosa, *La casa del regocijo* (1905); muchos cuentos rotundamente perfectos. Escribiría después novelas de aliento vital: *La costumbre del país* (1913), *La edad de inocencia* (1920). Pero su inteligencia fina, hecha a la luz de mediodía, no adivinó la dirección de las corrientes oscuras: su obra se resiente de excesiva fidelidad a los moldes de su época de formación (realismo, psicologismo) y de excesivo apego (como en George Meredith y Henry James, como en Bourget y en Proust) al mundo de los afortunados en riqueza. La juventud posterior a 1910 ha sido injusta con la gran noveladora, en quien sólo admira la breve historia de *Ethan Frome*, fuerte y desolada como relato ruso.

Quien sí observó el cambio de los tiempos fue Henry Adams. Nacido en 1838, pero en Boston —lo cual equivalía, según él, a nacer con cien años de retraso—, se acercaba a los setenta en 1907 y no se le conocía en las letras sino como investigador de la historia nacional. Tenía escritas, en todo o en parte, y sólo las conocían sus amigos, sus dos obras maestras: *El monte Saint Michel y Chartres: estudio de la unidad en el siglo* XIII; *La educación de Henry Adams: estudio de la multiplicidad en el siglo* XX. Si se me obligara a decidir cuál es para mí el libro más importante que se ha escrito en los Estados Unidos, diría sin vacilar: *La educación de Henry Adams*. Es el libro de la vida moderna como crisis, crisis perpetua en que cada ciclón de ideas arrasa campos y ciudades, y nunca queda tiempo para sembrar y construir en firme porque se avecina otro ciclón. La crisis afecta por igual pensamientos y actos, ciencia y política, arte y conducta, religión y negocios. Henry Adams, favorecido de la fortuna y de la cultura, trata de educarse para sí y para el mundo: según el mandato clásico, quiere servir; pero cada vez que cree orientar su educación, el mundo cambia y lo obliga a empezar de nuevo. A los setenta años, con todo el saber de Fausto,

declara que abandona la brega tantálica de su educación: la deja
sin terminar...

III

William James, George Santayana, Edith Wharton, Henry Adams:
si representaran una época de transición, y si a la transición
debe seguir la plenitud, habría sobrevenido una época de plenitud
incomparable, tanto en el poder del talento como en la amplitud
y firmeza de la visión, de la disciplina, de la cultura. Pero sólo
la coincidencia reúne en apogeo, hacia 1907, aquellos astros de
órbitas irregulares.[4]

La era nueva se abre hacia 1910, no con figuras magistrales
sino con multitudes movedizas, rebeldes, destructoras, que, si
creen en la disciplina, no respetan la tradición, al menos la corta
tradición intelectual de su país; que si buscan la cultura, le piden
que sea eficacia y no lujo. La amplitud, la tolerancia se sacrifi-
carán, si es necesario, a la intensidad; se preferirá la estrechez,
si con la estrechez se alcanza el vigor.

Tres caminos tomó la revolución: uno, la discusión y crítica
de los Estados Unidos, de las orientaciones nacionales, de sus
conquistas, de sus tradiciones, de sus errores; otro, el cambio
de temas y formas en la novela y el drama; otro, en fin, la renovación de la poesía.[5]

La discusión de la vida nacional, que se encendió con dificultad en medio de la bonanza optimista, se hizo franca y bulliciosa cuando la Guerra Europea obligó a las Américas a mirar
dentro de sí mismas. Después ha seguido en aumento. Tiene órganos propios, donde cada línea que se escribe lleva intención
y criterio: *The New Republic, The Nation, The American Mercury, The Dial.* Penetra en revistas que fueron conservadoras:
Harpers Magazine, The North American Review, hasta *The
Atlantic Monthly.* Y se supondrá cómo coadyuvan las publicaciones socialistas: las hay excelentes, como *The Liberator* (antes
llamado *Masses), The New Masses, The Survey.* Condénsase la
discusión en una obra orgánica, *La civilización en los Estados
Unidos* (1921), escrita por "treinta americanos": el estado mayor
del ejército rebelde pasa revista a treinta actividades, y, salvo
excepciones escasas, a todo le opone reparos.[6] Se discute todo
con tremenda energía en revistas y libros: desde la religión y la
ética de los puritanos abuelos hasta el gusto artístico del moderno
"comerciante fatigado", desde el imperialismo que saquea y
ofende a la América latina hasta la tiranía mercantil que desmo-
raliza las universidades.

Había sido costumbre, al juzgar a los Estados Unidos, cen-
surar aspectos parciales de su existencia nacional, esperando que

el tiempo los corrigiera. Ahora cambia la actitud: se discute el conjunto de aquella civilización, su significado y su valor. La acusación de mercantilismo es cierta, pero superficial: se cava a fondo, para descubrir las raíces del mal. El mercantilismo, la absorbente preocupación de la riqueza, se encuentra en sociedades del ayer o del presente: el problema está en por qué la vida en los Estados Unidos descontenta, más que ninguna, a hombres y mujeres de espíritu, a pesar de las maravillas de su industria, a pesar de la honestidad común y la bondad fácil. De los fenicios no sabemos si conocían el descontento trascendental. Hay quienes citan la Venecia del Renacimiento: si su mercantilismo se asemejó al de hoy (lo dudo mucho), las compensaciones eran enormes. Y la Inglaterra del siglo XIX, con su imperialismo, de insensibilidad felina para el dolor cuando quien lo sufre es otro pueblo, con su industria, que pagaba salarios de hambre y sólo a golpes se dejaba arrancar los mendrugos que devolvieran al trabajador su salud y su fuerza de hombre. Pero Inglaterra tuvo vida espiritual intensa, donde se incubaba la generosidad redentora; tuvo vida social discreta, propicia a la meditación y a la creación. Disraeli pudo decir: "Para vivir no hay en la Tierra más que Londres y París; todo lo demás es paisaje". El inglés, pensador o artista, pudo entonces vivir en rebeldía, como Carlyle, o Matthew Arnold, o William Morris; pero pudo vivir en concordia con su ambiente, como Thackeray, como Tennyson. En los Estados Unidos del siglo XX el pensador y el artista, si son genuinos, son rebeldes: instinto y razón les avisan que la aquiescencia los hundiría en la mediocridad. La preocupación económica no hace sola el daño: es el conjunto de estrecheces heredadas y adquiridas, la religión sin luz del puritano, la asfixiante moral de inhibiciones y prohibiciones, los temores y prejuicios de raza, la interpretación reverencialmente confusa de la democracia, el noble instinto del trabajo preso en el círculo vicioso de la prosperidad, la pobreza íntima de la "vida de frontera", aturdida entre el frenesí de diversiones donde sólo el cuerpo es activo, la máquina y la empresa que propagan la uniformidad para la materia y para el espíritu. Pero esas estrecheces no le estorban a quien está satisfecho de la vida porque ha conquistado la comodidad y el lujo o porque espera conquistarlos. La desnudez mental en que dejan al hombre la tradición y las costumbres del país le impiden afrontar con discernimiento el imprevisto esplendor de la existencia material. La aquiescencia del pensador o del artista significaría acomodarse al optimismo, entre ingenuo y cínico, del mercader que cree resueltos los problemas universales porque él ha atinado a poner de acuerdo su puritanismo oficial y su hedonismo instintivo.

Al ejército de rebeldes deberán su salvación moral e intelectual los Estados Unidos si no lo vence el poderoso ejército de los filisteos, que guarda en sus cajas de hierro todo el oro del mundo. La lucha está indecisa.

IV

Del batallón de los ensayistas, el que más inquieta al público es Henry Louis Mencken. Para los "buenos patriotas", es la pesadilla indomable, el genio del mal, el corruptor supremo. Desafía, con coraje burlesco, todas las iras, y procura que nadie deje de escuchar sus blasfemias. Ha llegado a escribir, en su odio a los absurdos nacionales: "Cuando los japoneses conquisten los Estados Unidos y la república descienda a los infiernos. . ." Es señor del estilo epigramático, centelleante, crepitante, sazonado de cultismos y popularismos sabrosos; fértil en la invención de hipérboles humorísticas, definiciones grotescas, desprecios contundentes. Incansable en la cacería del filisteo, lo persigue hasta sus tabernáculos de respetabilidad y convierte en términos de oprobio sus orgullosos: *homo americanus*. Rotary Clubs, logias, congresos, universidades de alfalfa. . . Ha compilado, con George Jean Nathan, otro ágil ensayista y crítico, el diccionario de los dogmas nacionales, desde los errores comunes en astronomía o meteorología hasta las fórmulas de la incomprensión temerosa en política.[7]

Pero Mencken acompaña con canto y risa cada golpe de piqueta. La alegría de su golpear anuncia la reconstrucción: se destruye para reemplazar. Uno de los iniciadores de la era de demolición y reconstrucción, Randolph Bourne, aspiraba a fundar "un nuevo espíritu de fraternidad en la juventud de los Estados Unidos como principio de una actitud revolucionaria en nuestra vida; una liga de la juventud, conscientemente organizada para crear, en el ciego caos de la sociedad americana, un orden de cultura, libre, armonioso, con poder de expresión".

Entre los reconstructores, legión nutrida e infatigable, Waldo Frank despierta nuestra simpatía, porque ha sentido hondamente la atracción del mundo hispánico y busca en él tesoros cuyo secreto llevará consigo para enriquecer su tierra natal. En su *España virgen* (1926) convierte en canto de amante místico el furor de profeta, cálido en la indignación, intenso en la visión, que le dictó el libro dedicado a su patria: *Nuestra América* (1919).

Las discusiones de la vida nacional pululan en la crítica literaria, convirtiéndola en crítica social. El representante típico de la tendencia es Van Wyck Brooks, con sus estudios sobre Emerson, Henry James, Mark Twain. Muchos se acogen al ejemplo: así, Lloyd Morris, con su severo libro sobre Hawthorne, *El puritano rebelde* (1927). Frente a los censores se alza el grupo de apología y defensa. Entre los defensores, se distinguía Stuart Pratt Sherman († 1926), estilista puro, razonador discreto, buen juzgador de literatura. Ensaya la justificación del espíritu norteamericano, resumiendo sus aspiraciones en la fórmula del "ascetismo atlético": atribuye a la fórmula virtudes griegas. Pero las virtudes griegas eran más ricas. A la retaguardia desfilan los ancianos irritados: creen que el país va rumbo al desastre moral e intelectual; no culpan al filisteo: culpan al rebelde, al reformador. El viejo catedrático de Yale, Irving Babbit, buscando la fuente del mal moderno, la encuentra en Rousseau; predica el abandono de todos los romanticismos y el retorno al racionalismo académico.[8]

Y de todas, la más original forma de crítica de la vida nacional es la autobiografía. El ejemplo vino de Henry Adams, cuya *Educación* plantea todas las antinomias de Occidente. Tres libros autobiográficos son: el de Lewisohn, el de Kreymborg, el de Sherwood Anderson.

Ludwig Lewisohn, en su *Corriente arriba* (1921), recuerda las amarguras de sus padres: judíos alemanes de buena cultura, al abandonar Europa padecen inadaptación, porque les falta la ingenuidad del inmigrante rústico, la tabla rasa donde fácilmente se imprimen los caracteres del Nuevo Mundo. Y narra las amarguras propias, las amarguras del judío, víctima de perpetua conspiración sigilosa, de extraño prejuicio, inexplicable en una sociedad a la que él no trajo problemas. A pesar de sus momentos de énfasis o pesadez teutónica, el libro interesa en todas sus páginas, y las tiene conmovedoras.[9]

De muy diferente sabor, no trágico, sino lírico, son las autobiografías de Alfred Kreymborg y de Sherwood Anderson, dos de los escritores íntegramente admirables de la generación dominante. Ante la vida norteamericana, y sus errores, y sus durezas, y su desperdicio de fuerzas espirituales, no claman, ni apenas protestan: se encogen de hombros, tararean una canción, y se van por senderos solitarios, donde hay pájaros todavía y no corren las multitudes estentóreas en automóvil. Renuncian a los espejismos de la civilización: no los sujeta ningún imán, ni el palacio sustentado sobre hierro, ni la teoría solemne desplegada como bandera en la universidad; se escapan a pensar, a mirar, a oír, a imaginar, a buscar el pensamiento libre, la visión pura. Aires de libertad y de pureza orean cuanto escriben: versos, novelas, historia íntima; Sherwood Anderson, inclinándose a mayor energía; Alfred Kreymborg, a mayor delicadeza.

V

La novela está saturada de problemas nacionales. Los trae en solución desde los tiempos de Howells y James, a quien le fascinaron las vicisitudes del descastamiento, el caso del hombre de América en Europa; se hacen densos en Edith Wharton: ¡áspero sabor el de *La costumbre del país!* Ahora abundan los novelistas de problemas. Uno de los que dan la pauta es Sinclair Lewis: en *Main Street* pintó el cerrado horizonte de las ciudades pequeñas; en *Babbitt,* el conflicto y la derrota del hombre de negocios a quien la sociedad lo amenaza con ruina y ostracismo si no acepta sumisamente sus dogmas y lo compra con la ayuda afectuosa en momentos difíciles; en *Arrowsmith,* la batalla que ha de reñir el hombre de ciencia para defender su labor desinteresada contra la rapacidad del dinero, codicioso de anexársela y esclavizarla a sus miras; en *Elmer Gantry,* la picaresca historia de la religión convertida en empresa. Difuso en la narración, inseguro en la crítica, Sinclair Lewis se impone por la fuerza instintiva con que concibe situaciones y problemas. Junto a los que hacen crítica de la vida en novela y cuento, están los que hacen caricatura, como Ring Lardner, cuya amarga sátira se emboza en la capa pintoresca del *slang,* el habla popular espejeante de modismos.

Es novedad la preferencia dedicada al término medio: al hombre de tipo medio, a la ciudad de tipo medio. Antes, en Europa como en América, las preferencias corrían hacia los extremos: héroes o fieras, ricos o pobres, aristócratas o rústicos. Para el término medio, el hombre mediocre, el vulgo, bien poca simpatía. Cuando los realistas franceses lo adoptan, es para tratarlo con desoladora sequedad. Pero en los Estados Unidos el hombre medio es todo: el archimillonario piensa como el comerciante modesto; el proletario es de origen extranjero, y su ascenso en nivel económico coincide siempre con su *americanización* en ideas. No se comprenderá el país sin estudiar al hombre medio. Y la novela hace de él su asunto esencial.[10]

Pero no se han abandonado los temas que eran ya familiares, y a la interpretación de la vida rural hasta se suman cada día nuevos aspectos, regiones antes inexploradas. Queda, finalmente, junto a la vida cotidiana, la novela de fantasía.

Como en los asuntos, en el orden técnico hay conservación e innovación. Los conservadores se atienen a los moldes del pasado, a las herencias del romanticismo y del realismo: unos, perezosamente, esquivando el esfuerzo de inventar formas, como Sinclair Lewis y Theodore Dreiser; otros, activamente, con inteligencia vigilante, como Willa Cather, en quien descubrimos la intuición de la soledad de alma del norteamericano que no se embriaga con la fruición de las cosas materiales (La casa del catedrático) y el sentido de la liberación gitana (Mi Antonia).

La constelación de los innovadores desafía, a las primeras miradas, toda ordenación. Pero pronto la vemos partirse en estrellas azules y estrellas rojas: intuitivos e imaginativos. Entre los intuitivos: Sherwood Anderson, John Dos Passos. Entre los imaginativos: Joseph Hergesheimer, James Branch Cabell. Las dos tendencias se combinan, a veces, como en Waldo Frank.

Los intuitivos, llevando las tesis de la metafísica romántica a sus consecuencias últimas, proceden como si la única realidad existiese en el espíritu, en la intuición inmediata: la novela se desenvuelve fuera del tiempo convencional en que todos participan, sin atención al espacio donde todos caben: se desenvuelve en la duración real, en la cabeza del protagonista. La forma natural de tales novelas es el monólogo interno: estuvo en gestación desde que se hizo costumbre situar los acontecimientos bajo un solo foco de visión, contemplarlos desde el punto de vista de uno solo de los personajes, cosa que en las viejas narraciones ocurría excepcionalmente, cuando se adoptaba la forma de cartas o de diario. El río que nace en Rojo y negro va a desembocar en el Ulises de James Joyce. La novela se construye como cadena de eslabones puramente intuitivos —sensaciones y recuerdos—, en el orden espontáneo en que fluye el monólogo interno, sin la lógica artificial de la narración clásica: arquetipo que se hace realidad concreta en obras como la ondulante Risa oscura de Sherwood Anderson.

Los imaginativos —así los llamo a falta de nombre menos genérico— adornan la novela con imágenes complejas, recogidas del mundo exterior o tejidas con hilos arrancados a su trama. En vez de la sensación simple y la introspección de los intuitivos, que sólo saben de sí propios, los novelistas imaginativos se sitúan a distancia del espectáculo que evocan, escogen perspectivas, organizan conjuntos. Su imaginería es adorno pintoresco en Carl van Vechten o Ernest Hemingway; es reconstrucción de ambientes remotos en el tiempo o exóticos por la distancia, como en Joseph Hergesheimer; es invención de reinos fantásticos y deliciosos, en James Branch Cabell.

Cabell y Hergesheimer son figuras centrales. Cabell, que envuelve sus invenciones en estilo preciosista, con dejos arcaizantes, a la manera de Valle-Inclán, ha definido con fina precisión, como Valle-Inclán, sus ideas estéticas.[11] Pero la más nutrida opinión aclama como el novelista máximo de los Estados Unidos a Theodore Dreiser: tiene admiradores que lo exaltan junto a Dostoyevski, junto a Conrad. Sherwood Anderson —a quien, personalmente, prefiero— lo llama "el hombre más importante de los Estados Unidos en nuestro tiempo"; sólo deplora sus atrocidades de forma. A pesar del estilo descuidado, a pesar de la técnica enfadosa, Dreiser es un novelista poderoso en la pasión y en la ternura.[12]

VI

Al iniciarse el siglo XX, sobre el drama pesaba en los Estados Unidos la maldición que lo deshizo en Inglaterra durante cien años: el teatro no era, no quería ser literatura. Los empresarios se lo vedaban, bajo el pretexto del gusto del público: la eterna incógnita calumniada. Entre la balumba de melodramas y sainetes, apenas se levantaban, con aspiraciones de limpieza, las mediocres comedias realistas de Augustus Thomas y de Clyde Fitch. De Fitch se salva una que otra escena, como el comienzo de *Los trepadores,* donde una familia regresa del entierro del padre declarando que fue un éxito social. Hubo después intentos de drama poético (Percy Mackaye) y obras aisladas de aliento vigoroso. como *The Great Divide,* del buen poeta William Vaughan Moody, con aroma de desierto en sus escenas iniciales, o de ingenio vivaz, como *The New York Idea,* de Langdon Mitchell (1907). La regeneración vino, por fin, de los teatros pequeños, de los aficionados, dispuestos a representar buen drama y a reformar los métodos de la escena, especialmente las decoraciones. En 1914 surgen, en Nueva York, los Washington Square Players, cuyos fundadores habrán de dispersarse luego y organizar nuevos grupos, como el Teatro de Greenwich Village y la Liga del Teatro (Theatre Guild). Dan a conocer obras breves, como *Insignificancias (Trifles)* de Susan Glaspell, *Resonancias (Overtones)* de Alice Gerstenberg, *El marido de Helena* de Philip Moeller, que de allí se abre camino para mayores cosas. Aparecen grupos independientes en diversas ciudades: los Provincetwon Players en Nueva York; el Little Theatre de Maurice Browne en Chicago; el Portmanteau Theatre, viajero; después, en Nueva York, el Teatro de los Dramaturgos, de escritores revolucionarios, el Teatro Cívico de Repertorio, y tantos más, en continua aparición y desaparición. Los estudiantes universitarios hacen buen teatro en todo el país. Se ofrecen al público tragedias griegas, dramas de la India y del Japón, farsas europeas de la Edad Media, novedades irlandesas, rusas, austriacas, alemanas, españolas... Surgen, al fin, el empresario de las maravillas, Arthur Hopkins —cuyo ejemplo siguen Winthrop Ames y Jed Harris—, y el dramaturgo del color y de la sombra, Eugene O'Neill. Es O'Neill el primer dramaturgo entero que dan los Estados Unidos. Parte del realismo —su realismo es una acerba crítica del mundo moderno, pero animado por hondas piedades para los miserables, los opresos, los desheredados—, y se eleva hasta la fantasía poética, siempre en tono sombrío.[13] No hay, después, nadie comparable a O'Neill, pero sí buenos autores de literatura dramática, que tratan de empujar hacia fuera del tablado a los proveedores de éxitos triviales. Entre los mejores: Edna St. Vincent Millay, cuyos poemas escénicos alcanzan triunfos clamorosos; Sidney Howard, creador de fuertes situaciones dramáticas; George Kelly, agudo y vivaz en la comedia; Zoe Akins, cuyo irresistible *Papá* traspone la vida elegante en cínica paradoja; Booth Tarkington, cuya dulzonería de novelista burgués se transforma a veces, al pasar al teatro, en delicada ingenuidad.

VII

Sobre la prosa, se discute si el escritor norteamericano cumple con el deber de hacerla instrumento bien templado y seguro. Son irreprochables en el estilo Edith Wharton, en la generación de ayer, Willa Cather, Cabell, Mencken, en la generación ahora dominante. Todavía otros, como Elinor Wylie en la novela, Stark Young en la crítica. Muy discutidos, seguramente no impecables, pero con grandes virtudes de expresión, Sherwood Anderson, John Dos Passos. Pero ¿y la prosa periodística en grandes trechos de Sinclair Lewis? ¿Los errores pedantescos de Hergesheimer, desigual en sus aspiraciones de opulencia? ¿Las atrocidades estilísticas de Dreiser, comparables a las de Pío Baroja en castellano? La prosa necesita largo, paciente cultivo para alcanzar el florecimiento de expresión que es usual en Francia, en Inglaterra.[14]

En poesía el problema de la forma está victoriosamente resuelto: hay buen número de poetas cuya expresión es eficaz, y, para sus fines, perfecta. Aún más: durante los últimos veinte años, es en los Estados Unidos, más que en Inglaterra, donde la poesía de lengua inglesa ha buscado y ha encontrado formas nuevas. Desde que Harriet Monroe fundó la revista *Poetry,* en Chicago, en 1912, y abrió campaña en favor de todas las renovaciones, los Estados Unidos han ido convirtiéndose, según la paradoja de Enrique Díez-Canedo, en "el país donde florece la poesía". Centenares de poetas, millares de lectores. Todos los años, antologías, conjuntos panorámicos, estudios críticos. Hay florilegios sistemáticos de aparición anual, como el de Braithwaite. Entre tanta abundancia hay mucha hojarasca, mucha puerilidad; pero poca charlatanería. Altos propósitos animan a los poetas. Dos principales: uno de forma, la expresión acendrada y el ritmo libre; otro, de contenido, el anhelo de dar voz al alma de la tierra, al espíritu patrio.

La renovación de formas se debe, ante todo, a los *Imagists,* escuela internacional, cuyos maestros residen en Europa y en América. Y son: H. D. (iniciales con que firma Hilda Doolittle, esposa del poeta inglés Richard Aldington); John Gould Fletcher, poeta de líneas claras; Ezra Pound, activo, pendenciero, nutrido de diez literaturas (es buen traductor de versos españoles); Amy Lowell, rica de imaginación como de cultura, igualmente curiosa para observar las formas y los colores de una flor y para escudriñar los secretos de la palabra en Keats, a quien consagró su último y formidable libro. La afición del grupo al verso libre, al ritmo variable, que de ellos se ha extendido a poetas de otras tendencias, toma ejemplo en el simbolismo francés y se apoya en la tradición de Whitman. Su técnica, el *imagism,* trata de expresar sensaciones y sentimientos en imágenes rápidas y firmes, pero tejidas con elementos sutiles, a veces remotos. Alcanza su perfección en los cristalinos, diamantinos poemas de H.D, en quien se advierte el estudio de artes antiguas, de la poesía breve de China y de la *Antología* griega. Cerca de los *Imagists* hay que situar a T. S. Eliot, cuya poesía concentrada aspira a la perfección clásica del Mediterráneo.

Si los *Imagists* interesaron e influyeron ampliamente en la vida literaria, los poetas nacionalistas interesan al país. Dos grupos en contraste se dividen la atención: el uno, de la costa atlántica; el otro, del interior. Los títulos de sus libros revelan sus ataduras geográficas: *Al norte de Boston* se llama uno de Robert Frost; *Poemas de Chicago,* uno de Carl Sandburg. Frente a frente: la Nueva Inglaterra, taciturna, seca, envejecida, con sus poblaciones rurales locas de tabús, de soledad, de nieve; el centro del país, el Middle West, con sus pampas sustentadoras, con sus feroces ciudades industriales, negras de hierro y de carbón, negras de dureza moral. Nueva York, compleja suma, se expresa en sus novelistas (Waldo Frank, John Dos Passos) mejor que en sus poetas, a pesar de los repetidos intentos. El Sur, siempre en letargo, apenas murmura. Y sólo empieza a balbucir en inglés el enorme Sudoeste, con sus paisajes de geología desnuda o de bosques gigantescos, con sus maravillosos indios supervivientes, con la magnética red de caminos y de arquitectura que en él dejó la dominación de España y de México.

Personifican a la Nueva Inglaterra dos poetas: Edwin Arlington Robinson y Robert Frost. Tradicionalistas en la forma, severos en el estilo, se acercan al alma de los enflaquecidos nietos de los puritanos que fueron los duros maestros del país y recogen el testamento de la estirpe en ocaso. En la Nueva Inglaterra, dice Robinson, la conciencia dispone siempre de la silla más cómoda y la alegría se sienta a hilar, encogida, temblorosa de frío. En los poemas de Frost (ha vuelto al breve poema narrativo en endecasílabos blancos), desfilan figuras sombrías: el anciano que vive solo y recorre la casa vacía en noche de invierno, la casa *que no puede llenar;* el sirviente que regresa moribundo a la casa de antiguos amos, adoptándola instintivamente como hogar, porque el hogar es el sitio de donde no han de echarnos cuando nos vamos a morir...

Muy diverso espíritu el de los poetas de Chicago: Edgar Lee Masters, Vachel Lindsay, Carl Sandburg. La nota fúnebre suena como punto de órgano en la obra famosa de Masters, la *Spoon River Anthology:* en cada poesía cuenta la vida de uno de los habitantes del pueblo de Spoon River, dormidos en el cementerio. Pero en Spoon River la vida no está decrépita como en los pueblos del Norte de Boston: en medio de sus estrecheces, bulle de actividades y de esperanzas.

Con Vachel Lindsay, la poesía retorna al canto y a la danza, con alientos populares. El poeta escribe para que sus versos se reciten con plenitud de ritmo, y a ratos se salmodien, o se canten, o hasta se bailen. Da él mismo la lección de cómo debe interpretárseles, diciéndolos en público; en otro tiempo viajó, recitándolos ante auditorios ingenuos, y, de paso, escribió su *Manual para vagabundos.* Pero no se ha quedado en los triunfos fáciles y equívocos que la novedad regaló al *Congo* y al *Baile de los bomberos:* ha hecho poesía dulce y severa, con el fondo de amorosa ironía que es la esencia de su alma.

Y en Carl Sandburg oímos una profunda voz de torrente, torrente de savia en la *prairie,* la pampa henchida de trigo y de maíz; torrente humano en la ciudad henchida de trabajo. Es el poeta capaz de clamor: clama como Whitman, pero sabe enfrenar mejor el grito; su ritmo es seguro (leído en voz alta su verso libre, siempre convence de su equilibrio rítmico); su palabra es justa, para decir o para sugerir. Si se equivoca, es sólo de tonalidad, cuando confunde planos expresivos. Énfasis forzado, nunca, aunque suelte todo lo que da la garganta, limpia, resistente. Y conoce todos los grados de la fuerza hasta el susurro.

Fuera de los núcleos esenciales, cuyas innovaciones implican graves y resueltas renuncias, hay muchos poetas que prefieren las variaciones sobre temas y ritmos familiares, o que reparten su tiempo entre la cálida protección de la casa solariega y las excursiones de investigación curiosa. Y hasta muy buenos poetas, como Wallace Stevens, como Ridgeley Torrence, como Edna St. Vincent Millay.

Pero el alma de los Estados Unidos, la salvación espiritual, encarna en hombres como sus poetas mayores, Sandburg, Masters, Lindsay, Frost, Robinson, como sus novelistas mejores,

Theodore Dreiser, Sherwood Anderson; hombres que se niegan al reposo, a la cómoda aquiescencia, y van, con su vida de fe, de esfuerzo, hasta de pobreza sencilla entre tanta prosperidad ciega, con su prédica y su arte, labrando piedras para la casa de la luz.

La Plata, 1927

PALABRAS FINALES

LOS SEIS trabajos extensos que aquí reúno, bajo el título que debo a mi buen amigo y editor Samuel Glusberg —*Seis ensayos en busca de nuestra expresión*—, y los dos apuntes argentinos que les siguen, están unidos entre sí por el tema fundamental del espíritu de nuestra América: son investigaciones acerca de nuestra expresión, en el pasado y en el futuro. A través de quince años el tema ha persistido, definiéndose y aclarándose: la exposición íntegra se hallará en "El descontento y la promesa". No pongo la fe de nuestra expresión genuina solamente en el porvenir; creo que, por muy imperfecta y pobre que juzguemos nuestra literatura, en ella hemos grabado, inconscientemente o a conciencia, nuestros perfiles espirituales. Estudiando el pasado, podremos entrever rasgos del futuro; podremos señalar orientaciones. Para mí hay una esencial: en el pasado, nuestros amigos han sido la pereza y la ignorancia; en el futuro, sé que sólo el esfuerzo y la disciplina darán la obra de expresión pura. Los hombres del ayer, en parte los del presente, tenemos excusa: el medio no nos ofrecía sino cultura atrasada y en pedazos; el tiempo nos lo han robado empeños urgentes, unas veces altos, otras humildes. Y, sin embargo, hasta fines del siglo XIX nuestra mejor literatura es obra de hombres ocupados en *otra cosa:* libertadores, presidentes de república, educadores de pueblos, combatientes de toda especie. La calamidad han sido los ociosos: ¡esos poetas románticos, cuyo único oficio conocido era el de hacer versos, pero que eran incapaces de poner seriedad en la obra! Y lo que antes se veía en los románticos ¿no se ve ahora en sus descendientes, bajo designaciones distintas? El moderno, cuando se le ataca por su falta de seriedad, se defiende a veces con la peregrina especie de que el arte no ha de tomarse en serio. Si es así, no hablo con él; nó hay nada que hablar. Pero ¿por qué se fundan revistas y se riñen batallas sobre cosas que no son serias?... ¿El arte como deporte? Pero los maestros del deporte, los griegos, los ingleses, estimaron siempre que el deporte es cosa seria.

Como término de comparación, agrego, al final, el panorama literario de los Estados Unidos en el siglo XX: allí también, como entre nosotros, la orientación de la literatura es problema nacional, en discusión inquieta, incesante.

De los nueve trabajos que forman el libro —seis ensayos, dos apuntes argentinos y un panorama de "la otra América"—, tres fueron conferencias: "Don Juan Ruiz de Alarcón", la más antigua, pronunciada en la Librería General, en México; "Hacia el nuevo teatro", en la Asociación de Amigos del Arte, en Buenos Aires; "El descontento y la promesa", en la Sociedad de Conferencias, de Buenos Aires, cuyas disertaciones se leen en el local de los Amigos del Arte y se publican en el diario *La Nación.* Dos trabajos fueron prólogos: "Enrique González Martínez" y "El amigo argentino". Las "Notas sobre la literatura mexicana" que sirven de apostilla al estudio sobre González Martínez aparecieron en la revisa *México Moderno,* de la capital mexicana. El estudio sobre "Alfonso Reyes" se publicó en *La Nación,* de Buenos Aires; el artículo "Caminos de nuestra historia literaria" y la nota sobre "Poesía argentina contemporánea", reseña bibliográfica de la antología de Julio Noé, en la revista *Valoraciones* de La Plata. El trabajo sobre "Veinte años de literatura en los Estados Unidos" se escribió especialmente para el número aniversario (veinte años) de la revista *Nosotros,* de Buenos Aires.

La conferencia "Hacia el nuevo teatro" estuvo en embrión en el artículo que en 1920 di a la revista *España,* de Madrid, sobre "La renovación del teatro"; pero aquel embrión constituye menos de la mitad del trabajo actual. En cambio, el estudio sobre "Don Juan Ruiz de Alarcón" se reimprime muy reducido: desaparecen la amplia introducción sobre el espíritu nacional en literatura, uno que otro párrafo posterior, las extensas notas. Todo eso sirvió a sus fines en las dos primeras ediciones (México, 1913, y La Habana, 1915) de la conferencia, cuando mi tesis —el mexicanismo de Alarcón— era nueva y requería armamento defensivo. Después la tesis ha gozado de fortuna: comentada frecuentemente en todos los países donde interesa la historia de la literatura de lengua española, circula por revistas y manuales; y Alfonso Reyes, en sus prólogos a las ediciones de Alarcón en los *Clásicos castellanos,* de *La Lectura,* y en las *Páginas escogidas* de las series Calleja, ha reconstruido la figura del dramaturgo con espíritu nuevo, agregando a la reconstrucción todo el material de datos y documentos. Cumplido mi propósito con inesperado éxito, el trabajo podía aligerarse y reducirse a su esencia.

Va el libro en busca de los espíritus fervorosos que se preocupan del problema espiritual de nuestra América, que padecen el ansia de nuestra expresión pura y plena. Si a ellos logra interesarlos, creeré que no será del todo inútil.

La Plata, agosto de 1927

NOTAS A *SEIS ENSAYOS EN BUSCA*
DE NUESTRA EXPRESIÓN

EL DESCONTENTO Y LA PROMESA

[1] Omitimos el siguiente paréntesis, tachado por P.H.U. "(improvisador genial, pero débil de conciencia artística, hasta pedir excusas por escribir a gusto de sus compatriotas)".

[2] Victor Bérard, el helenista revolucionario, llega a pensar que la epopeya homérica fue "producto del genio nacional y fruto lentamente madurado de largos esfuerzos nativos, pero también brusco resultado de influencias y de modelos exóticos: ¿en todo país y en todo arte no aparecen los grandes nombres en la encrucijada de una tradición nacional y de una intervención extranjera?" (*L'Odyssée*, texto y traducción, París, 1924).

CAMINOS DE NUESTRA HISTORIA LITERARIA

[1] Debo su conocimiento, no a ningún hispanista, sino al doctor Alejandro Korn, el sagaz filósofo argentino. Es significativo.

[2] A pesar de que el colosal panorama quedó trunco, podría organizarse una historia de la literatura española con textos de Menéndez Pelayo. Sobre muchos autores sólo se encontrarían observaciones incidentales, pero sintéticas y rotundas.

[3] A dos escritores nuestros, Rufino Blanco Fombona y Ventura García Calderón, debemos conatos de bibliotecas clásicas de la América española. De ellas prefiero las de García Calderón, por las selecciones cuidadosas y la pureza de los textos.

[4] A las pruebas y razones que adujo Cuervo en su artículo "El castellano en América", del *Bulletin Hispanique* (Burdeos, 1901), he agregado otras en dos trabajos míos: "Observaciones sobre el español en América", en la *Revista de Filología Española* (Madrid, 1921) y "El supuesto andalucismo de América", en las publicaciones del Instituto de Filología de la Universidad de Buenos Aires, 1925.

HACIA EL NUEVO TEATRO

[1] Desde 1925, el intento de romper con las rutinas toma empuje caudaloso en España. El drama, que iba convirtiéndose en monopolio de hombres de pocas letras, vuelve a ser afición y preocupación de escritores genuinos: Azorín, Baroja, Ors, los Machado, Araquistáin; reaparece en Unamuno y Valle-Inclán. En la Argentina, con menos fuerza, se observan signos semejantes.

[2] ¡Ojalá les faltase sólo el escenario! Desde el siglo XVIII, los pueblos de habla española rarísima vez oyen, en escena, el texto originario de las comedias antiguas: lo que se nos da son refundiciones absurdas, como aquella de *La estrella de Sevilla* que acaba en matrimonio. Y los pueblos de habla inglesa tampoco oyeron el texto real de Shakespeare

durante el siglo XIX: cuál era el estado de cosas hacia el final podrá verse en los dos suculentos volúmenes de *Dramatic opinions and essays* de Bernard Shaw. Todavía en 1914, viendo *El rey Juan*, de Mantell, actor de vieja escuela, "especialista en Shakespeare", pude observar que la *versión* representada reducía la tragedia a menos de su tercia parte. Así, se redujo a quince minutos el acto segundo, amplia rapsodia épica, toda en ruido, color y movimiento, con sus "alarmas y excursiones", con sus versos resonantes de voces de clarín y notas de campanas. Y la *versión* era obra de William Winter, representante de la crítica académica en la prensa de Nueva York, enemigo de la literatura moderna, pero incapaz de respetar la antigua. Abundaban todavía los arreglos, o reducciones, o versiones, extraordinariamente irrespetuosos para Shakespeare. Pero parecían aceptables en cotejo con las pavorosas versiones de los actores italianos; de las palabras de Shakespeare, de aquel maravilloso manto purpúreo de endecasílabos constelado de resplandecientes metáforas, no quedaban ni andrajos; el drama se reducía a frases elementales y a la tosca materia del cuento primitivo, y bien sabemos que el asunto no fue invención de Shakespeare: por donde veníamos a ver en escena el *Romeo y Julieta* de Bandello o el *Hamlet* de Saxo Grammaticus, con la adición única del manoseado monólogo. Recuerde, si no, quien haya tenido la mala fortuna de verlo, el monstruoso arreglo del *Mercader de Venecia*, que ofrecía Novelli. Todo eso no era sino parte de la enorme irreverencia que se toleraba en los intérpretes y empresarios de todas las artes. Berlioz, en sus *Memorias*, capítulos XV y XVI, cuenta atentados increíbles.

DON JUAN RUIZ DE ALARCÓN

1 *Extraño, extrañeza*, solían usarse en el siglo XVII con significado de mero elogio, como *singular, único, peregrino*. Pero en el pasaje de Montalván no se ha perdido el significado de *rareza*.

ENRIQUE GONZÁLEZ MARTÍNEZ

1 Escrito este trabajo en 1915, como prólogo al libro de versos *La muerte del cisne*, al leerlo debe recordarse la limitación de tiempo. El poeta, después, no se ha quedado inmóvil. El mundo, tampoco. [En realidad se trata del prólogo a *Jardines de Francia*.]

2 En 1922, la influencia de González Martínez cedía ante la de Ramón López Velarde (1888-1921), con su mexicanismo de fina emoción y colores pintorescos. Después llega la vanguardia novísima.

EL AMIGO ARGENTINO

1 El presente trabajo sirvió de prólogo a la edición de las *Obras* de Ripa Alberdi, en dos volúmenes, La Plata, 1925.

2 Tanto más me interesaron aquellos cantares para fiestas de estudiantes cuanto que, dado como soy a rastrear la poca metafísica que hay en la poesía española (Fray Luis... Espronceda... Jiménez), descubro allí este verso: "La realidad existe porque el alma la crea..."

POESÍA ARGENTINA CONTEMPORÁNEA

1 *Antología de la poesía argentina moderna, 1900-1925*, con notas biográficas y bibliográficas, ordenada por Julio Noé, Ed. de *Nosotros*, Buenos Aires, 1926.

² Después se ha publicado otra de igual calidad: *La poesía moderna en Cuba*, de Félix Lizaso y José Antonio Fernández de Castro, Madrid, 1926.

³ Después de la antología de Noé se ha publicado otra, interesante, de poetas surgidos desde 1921: *Exposición de la actual poesía argentina*, de Pedro Juan Vignale y César Tiempo (1927).

⁴ Ghiraldo, *Fibras*, 1895; Ugarte, *Versos*, 1894, con carta de Núñez de Arce: no lo registra Noé, ni tampoco anota *Sonatina*, de 1898. Anteriores a 1900 son también dos volúmenes de Goycoechea Menéndez, las *Rosas del crepúsculo*, de Carlos Ortiz, 1898, y el folleto de Ángel de Estrada, *Los espejos*, 1899: fechas que omite la antología. Los folletos de Fernández Espiro, *Patria* y *Espejismos*, deben de ser posteriores a 1900: del primero conozco edición sin año; del segundo, una de 1922, reimpresión quizás. De Leopoldo Díaz, anteriores a *Poemas*, existen *Fuegos fatuos*, 1885; *Sonetos*, 1888; *La cólera del bronce*, *En la batalla*, *Canto a Byron*, 1894; *Bajorrelieves*, 1895. En 1897, su volumen de *Traducciones* las da de autores admirados por los *modernistas*, Leconte (de quien va una carta fechada en 1889), Henri de Régnier, D'Annunzio, Poe; nada de Verlaine.

En el "segundo cuerpo" del libro, la historia literaria ganaría con la presencia de Carlos Alberto Becú —por su *plaquette* de "versos libres a la manera francesa", hacia 1898, recordada por Darío en su *Vida*—, de Pedro J. Naón y de José de Maturana.

Como dato histórico, recordaré los nombres de poetas, excluidos de la antología de Noé, que figuran en la de Morales y Novillo Quiroga (1917): Juan Aymerich, Alfredo Arteaga, Emilio Berisso, Lola S. B. de Bourguet, Rafael de Diego (cuya ausencia advierte Enrique Díez-Canedo; Noé explica que no concedió el permiso para la reproducción de sus versos), J. L. Fernández de la Fuente, Domingo Fontanarrosa, Delfina Bunge de Gálvez, L. González Calderón, Arturo Giménez Pastor, Pedro González Gastellú, Maturana, Doelia C. Míguez, Naón, Domingo A. Robatto, Francisco Aníbal Riú, Amanda Zucchi, Nicolás Coronado, Daniel Elías, Hebe Foussats, Alejandro Inzaurraga, Claudio Martínez Paiva, José Muzzilli, Salvador Oría.

VEINTE AÑOS DE LITERATURA EN LOS ESTADOS UNIDOS

¹ Estudiaré conjuntos, movimientos, orientaciones; enumerar y juzgar a los autores individualmente resultaría fatigoso para lectores poco familiarizados con ellos: los que mencionaré me servirán como ejemplo, como ilustración de momentos o direcciones de la vida literaria. Las omisiones no implican necesariamente opinión desfavorable.

² *The ordeal of Mark Twain*, Nueva York, 1919.

³ Después del egregio trío de Harvard —Royce, James, Santayana—, la filosofía no recobra en los Estados Unidos la riqueza literaria de la expresión. Ni en John Dewey ni en los corifeos del realismo hay grandes virtudes de estilo. Entre las excepciones: Baker Brownell, en quien sí influye Santayana. Pero nunca como ahora tuvo popularidad el tema filosófico: la *Historia de la filosofía* de Will Durant (1926) halla cerca de doscientos mil lectores.

⁴ Astros menores, irregulares también, atraviesan la época de transición: James Huneker, febril amador de las siete artes, cargado siempre

de la novedad europea, estilista pirotécnico, quizá para despertar los ojos de aquellos tiempos miopes; Percival Pollard, crítico que combinaba las noticias europeas con los descubrimientos americanos; Ambrose Bierce, cuyos cuentos y ensayos revelan fantasía extraña, como su vida; O. Henry, de humorismo impuro, pero genialmente revelador, por instantes, de motivos típicos en la conducta de sus compatriotas: Jack London, imaginación vivaz, sin la paciencia que la obra perfecta exige.

5 Años después, la literatura de los Estados Unidos volverá a interesar, aunque no hondamente, en Europa. Su principal divulgador sistemático en Francia es Régis Michaud.

6 Entre las excepciones: Walter Pach, el pintor, hablando de las artes plásticas, desordenadas y activas, encara la situación con buen ánimo. En Pach, a la actitud severamente crítica se une el amor de la lucha y de la creación.

7 En 1828 publica una antología, *Menckeniana,* de los ataques que se le han dirigido.

8 Entre los que no se dan a partido, o lo hacen accidentalmente, hay críticos de importancia: dos de los mejores, mis antiguos colegas de la Universidad de Minnesota, Oscar W. Firkins y Joseph Warren Beach. Hombre de inmensa lectura, de fino discernimiento es Firkins: su *Emerson* es libro fundamental. Inquieto, ágil, agudo es Beach. Después de sus sólidos libros sobre Meredith, Hardy, Henry James, sus *Perspectivas de la prosa en los Estados Unidos* (1926) lo convierten en uno de los hombres de la hora.

En la erudición, cuyos laboratorios están principalmente en las Universidades, con su cadena de ricas bibliotecas, el trabajo es amplio y perseverante. La filología y la historia literaria de España y de nuestra América cuentan con laboriosa multitud, cuyos jefes son Ford, Marden, Buchanan, Northup, Schevill, Morley, Keniston, Hills, Espinosa, Crawford. De nacimiento europeo son Pietsch, Lang, Rennert. Alfred Coester es autor de la primera *Historia literaria de la América española* (1916). Poco posteriores, el libro de Isaac Goldberg, *Estudios sobre la literatura hispano-americana* (1920) y el de Henry A. Holmes sobre *Martín Fierro* (1923).

9 Aún más trágica, como abismo de impotencia dolorosa, la autobiografía de W. E. Burghart Dubois, a quien Henry James consideraba el mejor escritor nacido en el Sur después de la Guerra Civil. Se intitula, si el recuerdo no me es traidor, *Bajo el velo oscuro.* La estirpe aquí perseguida no es la hebrea, sino la africana. Comparando la autobiografía de Dubois con otra de afroamericano ilustre, Booker T. Washington, *Up from slavery* [De la esclavitud hacia arriba; se publicó hacia 1901], se advierte el cambio de los tiempos; la del siglo XIX es prudente y optimista; la del siglo XX es franca y desesperada.

10 En artículo de la *Yale Review* (julio de 1927), Edith Wharton recuerda que *Main Street,* el horizonte estrecho de la ciudad pequeña, había dado asunto a muy buenas novelas: *Pan ázimo,* de Robert Grant, a fines del siglo XIX; *MacTeague,* de Frank Norris y *Susana Lenox* de Graham Philips; pero no despertaron resonancia.

11 En *Más allá de la vida* y *Pajas y devocionarios.* Entre las novelas de Cabell:; *Jurgen* (prohibida por la censura: tiene la ingeniosa malicia

del *Roi Pausole* de Pierre Louys); *El semental de plata; Figuras de tierra; La crema de la burla.* Hergesheimer, autor de *Java Head, Linda Condon, Los tres peniques negros, El mantón de Manila* (cuyo asunto se desarrolla en Cuba), *Tampico* (se desarrolla en México), ha escrito un libro de impresiones entusiastas sobre *San Cristóbal de la Habana.*

[12] Novelas principales de Theodore Dreiser: *Jennie Gerhardt;* El genio (prohibido por la censura); *Una tragedia americana; La hermana Carrie; El financiero.*

[13] Las primeras traducciones castellanas de obras de O'Neill aparecen en la Argentina y en Cuba: *Rumbo al Este (Bound East for Cardiff),* hábil versión de María Rosa Oliver, en el número 12 de la revista *Valoraciones,* de La Plata, y *En la zona,* versión del generoso animador Jorge Mañach, en *1928,* de La Habana. Estos breves dramas pertenecen a la serie *La Luna de los Caribes.* Obras principales de O'Neill: *El Emperador Jones; Anna Christie; El simio hirsuto; Todos los hijos de Dios tienen alas; Marco Millones* (Marco Polo). En 1928: *Extraño interludio.*

[14] Beach —con quien recuerdo haber comentado largamente el problema de la prosa en los Estados Unidos, antes de que iniciara sus *Perspectivas*— escoge como prosistas ejemplares, fuera de la novela, a Cabell, Mencken, Sherman y (con reparos ligeros) Anderson; después agrega a Kreymborg. De la generación anterior toma como ejemplos —sin ánimo de exclusión— a S. M. Crothers y Agnes Repplier. Entre los ensayistas de tipo periodístico, a Simeón Strunsky, Christopher Morley, Rockwell Kent. De los novelistas —aparte Cabell, Anderson, Kreymborg, Morley—, no hace recorrido sistemático, pero incidentalmente elogia a Edith Wharton, a Willa Cather y (sólo como estilista) a Floyd Dell. Le interesan, y ve en su obra caminos llenos de augurios, pero reconociéndoles imperfección, Paul Rosenfeld, crítico brillante, Maxwell Bodenheim, Waldo Frank, John Dos Passos, Ernest Hemingway. Y tiene distante respeto por Gertrude Stein, con sus experimentos verbales, que tanto interesan a los escritores jóvenes. Se muestra tolerante con Sinclair Lewis, porque si bien le falta elegancia dice lo que quiere; con Ludwig Lewisohn, a quien le perdona una que otra falla de extranjero en el idioma, pero no sus excesos de indignación enfática; con Gamaliel Bradford, a pesar de sus fórmulas premiosas. Pero hace decisivos análisis, con resultados desfavorables, de la prosa de John Dewey, de Van Wyck Brooks, de Joseph Hergesheimer, de Theodore Dreiser, de Carl van Vechten, de Ben Hecht.

En *The New Republic,* de Nueva York (1º de febrero de 1928), habla Edmund Wilson de la escasez, en los Estados Unidos, de crítica como la francesa que aclare y eduque en tarea permanente, y señala cinco *partidos* en la literatura norteamericana, cinco grupos fuertes con orientaciones y métodos definidos: 1) Mencken, "con su satélite Nathan, su discípulo Sinclair Lewis, su taller literario, *The American Mercury";* 2) T. S. Eliot, residente en Inglaterra, pero con poderoso influjo en su patria nativa a través de su revista *Criterion;* 3) el grupo, poco organizado, de los que cabría llamar neo-románticos, cuyos jefes actuales son, entre otros, el novelista Hergesheimer, Sara Teasdale, poetisa de emoción delicada, quizá Cabell; 4) el partido, bien unificado, de la Revolución social: Lawson, John Dos Passos, Michael Gold..., con su revista *The New Masses* y su Teatro de los Dramaturgos; 5) la escuela, más que partido, de la crítica social: Van Wick Brooks, Lewis Mumford, Joseph Wood Krutch... Quedan muchos solitarios: tales, Eugene O'Neill y Sherwood Anderson.

LA CULTURA Y LAS LETRAS
COLONIALES EN SANTO DOMINGO

(1936)

ADVERTENCIA

En la edición de este libro, para el cual abundaban las correcciones y adiciones, se han tenido en cuenta las siguientes normas: *a)* las anotaciones marginales y las fichas que numeró el autor se han incorporado sin indicación especial; *b)* las fichas que P.H.U. dejó elaboradas a medias se han incluido entre corchetes; *c)* las *addenda et corrigenda* de la primera edición han pasado al cuerpo del libro; *d)* aunque P.H.U. no indicó las llamadas de las notas en el texto, se ha preferido señalarlas para facilitar la lectura, si bien algunas veces ha sido necesario alterar el orden y la numeración. Las modificaciones restantes se refieren sólo a aspectos de unificación.

A Américo Lugo

EL PRESENTE trabajo, cuyo tema es la historia de la cultura literaria en el país de América donde primero se implantó la civilización europea, se enlaza con el que estudia el español que allí se habla. Quienes lean el estudio sobre *El idioma español en Santo Domingo*, que constituye el tomo V de esta *Biblioteca de Dialectología Hispanoamericana,* encontrarán en el presente trabajo sobre la cultura y las letras coloniales muchos datos que ayudan a explicar los caracteres del habla local: el matiz culto y la tendencia conservadora, en la clase dirigente, deben mucho a la actividad de las universidades y a la vida literaria de los siglos XVI, XVII y XVIII. Los textos que se publican al final (uno de ellos había permanecido inédito, el de Francisco Tostado de la Peña) ilustran la marcha de la lengua culta en el país.

Buenos Aires, 1936

I. INTRODUCCIÓN*

EN TODA la América española, el movimiento de independencia y las preocupaciones de la vida nueva hicieron olvidar y desdeñar durante cien años la existencia colonial, proclamándose una ruptura que sólo tuvo realidad en la intención. En el hecho persistían las tradiciones y los hábitos de la colonia, aunque se olvidasen personas, obras, acontecimientos. Hubo empeño en romper con la cultura de tres siglos: para entrar en el mundo moderno, urgía deshacer el marco medieval que nos cohibía —nuestra época colonial es nuestra Edad Media—; pero acabamos destruyendo hasta la porción útil de nuestra herencia. Hasta en las letras olvidamos el pasado, con ser inofensivo, y ahora sólo el esfuerzo penoso lo reconstruye a medias, recogiendo notas dispersas del que fue concierto vivo.

Así en Santo Domingo, la Haití de los aborígenes, la Española de Colón, la Hispaniola de Pedro Mártir.[1] No es mucho cuanto sabemos ahora de su cultura colonial, en otro tiempo famosa en el Mar Caribe. La leyenda local dice que la ciudad de Santo Domingo, capital de la isla, mereció el nombre de *Atenas del Nuevo Mundo*. Frase muy del gusto español del Renacimiento; pero ¡qué extraña concepción del ideal ateniense: una Atenas militar en parte, en parte conventual! ¿En qué se fundaba el pomposo título? En la enseñanza universitaria, desde luego; en el saber de los conventos, del Palacio Arzobispal, de la Real Audiencia, después.[2]

Santo Domingo: "cuna de América", único país del Nuevo Mundo habitado por españoles durante los quince años inmediatos al Descubrimiento, es el primero en la implantación de la cultura europea. Fue el primero que tuvo conventos y escuelas (¿1502?); el primero que tuvo sedes episcopales (1504); el primero que tuvo Real Audiencia (1511); el primero a que se concedió derecho a erigir universidades (1538 y 1540). No fue el primero que tuvo imprenta:[3] México (1535) y el Perú

---

* Parte de los datos contenidos en este trabajo figuraban ya en mi ensayo "Literatura dominicana", publicado en la *Revue Hispanique*, de París, 1917, tomo 40; se hizo tirada aparte en folleto y lo reprodujo el *Boletín de la Unión Panamericana*, de Washington, en abril de 1918. Aprovecho ahora, junto con los datos que proceden de extensas investigaciones propias, los que consignó el acucioso historiador Apolinar Tejera (1855-1922) en su obra inconclusa *Literatura dominicana: comentarios crítico-históricos* —que se refieren principalmente a los arzobispos de la Sede Primada de las Indias—, Santo Domingo, 1922, y los que el sabio investigador Emiliano Tejera (1841-1923), ciego ya, dictó al doctor don Federico Henríquez y Carvajal para que me los remitiera.

(1584) se le adelantaron.[4] Se ignora cuándo apareció la tipografía en la isla: la versión usual, sin confirmación de documentos, la coloca a principios del siglo XVII; pero sólo se conocen
impresos del XVIII.

Y hubo de ser Santo Domingo el primer país de América
que produjera hombres de letras, si bien los que conocemos no
son anteriores a los que produjo México. Dominicanos son, en
el siglo XVI, Arce de Quirós, Diego y Juan de Guzmán, Francisco de Liendo, el padre Diego Ramírez, fray Alonso Pacheco,
Cristóbal de Llerena, fray Alonso de Espinosa, Francisco Tostado
de la Peña, doña Elvira de Mendoza y doña Leonor de Ovando,
las más antiguas poetisas del Nuevo Mundo. Había muchos poetas en la colonia, según atestiguan Juan de Castellanos, Méndez
Nieto, Tirso de Molina. Desde temprano se escribió, en latín
como en español. Y desde temprano se hizo teatro. Gran número
de hombres ilustrados residieron allí, particularmente en el siglo
XVI: teólogos y juristas, médicos y gramáticos, cronistas y poetas.
Entre ellos, dos de los historiadores esenciales de la conquista:
Las Casas y Oviedo; dos de los grandes poetas de los siglos de
oro: Tirso y Valbuena; uno de los grandes predicadores: fray
Alonso de Cabrera; uno de los mejores naturalistas: el padre
José de Acosta; escritores estimables como Micael de Carvajal,
Alonso de Zorita, Eugenio de Salazar. Hubo escritores de alta
calidad, como el arzobispo Carvajal y Rivera, que se nos revelan
a medias, en cartas y no en libros. Cuál más, cuál menos, todos escriben —todos los que tienen letras— en la España de
entonces: la literatura es "fenómeno verdaderamente colectivo, —dice Altamira—, en que participa la mayoría de la nación". Pero España no trajo sólo cultura de letras y de libros: trajo también tesoros de poesía popular en romances y
canciones, bailes y juegos, y tesoros de sabiduría popular, en el
copioso refranero. Y es en Santo Domingo donde se hace carne
una de las grandes controversias del mundo moderno, la controversia sobre el derecho de todos los hombres y de todos los
pueblos a gozar de libertad: porque España es el primer pueblo
conquistador que discute la conquista, como Grecia es el primer
pueblo que discute la esclavitud.

La isla conoció días de esplendor vital durante los cincuenta primeros años del dominio español: cuando allí se pensa-
ban proyectos y se organizaban empresas para explorar y conquistar, para poblar y evangelizar.[5] Mientras duró aquel esplendor,
se construyeron ciudades, se crearon instituciones de gobierno y
de cultura. Ellas sobrevivieron a la despoblación que sobrevino
para las Antillas cuando las tierras continentales atrajeron la
corriente humana que antes se detenía en aquellas islas: Santo
Domingo conservó tradiciones de primacía y de señorío que se

mantuvieron largo tiempo en la iglesia, en la administración política y en la enseñanza universitaria. De estas tradiciones, la que duró hasta el siglo XIX fue la de la cultura. Su vigor se prueba en el extraordinario influjo de los dominicanos que emigraron a Cuba después de 1795: Manuel de la Cruz, el historiador de las letras cubanas, los llama civilizadores.

En el orden práctico, la isla nunca gozó de riqueza, y desde 1550 quedó definitivamente arruinada: nunca se había llegado a establecer allí organización económica sólida, nunca se estableció después. Los hábitos señoriles iban en contra del trabajo libre: desde los comienzos, el europeo aspiró a vivir, como señor, del trabajo servil de los indios y de los negros. Pero los indios se acabaron: los pocos miles que salvó la rebelión de Enriquillo (1519-1533) quedaron libres. Y bien pronto no hubo recursos para traer nuevos esclavos de África. A la emigración de pobladores hacia México y el Perú, y a la ausencia de fundamento económico de la organización colonial, se sumaban la frecuencia y la violencia de terremotos y ciclones, y, para colmo, los ataques navales extranjeros: los franceses llegaron a apoderarse de la porción occidental de la isla, y en el siglo XVIII se hizo opulenta su colonia de Saint-Domingue, independiente después bajo el nombre de República de Haití; la riqueza ostentosa del occidente francés contrastaba con la orgullosa pobreza del oriente español.

La ciudad de Santo Domingo del Puerto, fundada en 1496, se quedó siempre pequeña, aun para los tiempos; inferior a México y a Lima; pero en el Mar Caribe fue durante dos siglos la única con estilo de capital, mientras las soledades de Jamaica o de Curazao, y hasta de Puerto Rico y Venezuela, desalentaban a moradores hechos a cultura y vida social, como Oviedo, el obispo Bastidas, Lázaro Bejarano, Bernardo de Valbuena. Los estudiantes universitarios acudían allí de todas las islas y de la tierra firme de Venezuela y Colombia. La cultura alcanzaba aun a los indios: Juan de Castellanos describe al cacique Enriquillo, el gran rebelde, a quien educaron los frailes de San Francisco en su convento de la Verapaz, como "gentil letor, buen escribano".

Era, la ciudad, de noble arquitectura, de calles bien trazadas. Tuvo conatos de corte bajo el gobierno de Diego Colón, el virrey almirante (1509-1523), a quien acompañaba su mujer doña María de Toledo, emparentada con la familia real. Allí se avecindaron representantes de poderosas familias castellanas, con "blasones de Mendozas, Manriques y Guzmanes". En 1520, Alessandro Geraldini, el obispo humanista, se asombra del lujo y la cultura en la población escasa. Con el tiempo, todo se redujo, todo se empobreció; hasta las instituciones de cultura padecieron; pero la tradición persistió.

II. COLÓN Y SU ÉPOCA

No ES fantasía afirmar que en la isla se comenzó a escribir desde su descubrimiento.[1] El diario de Colón, que conservamos extractado por fray Bartolomé de Las Casas, contiene las páginas con que tenemos derecho de abrir nuestra historia literaria, el elogio de nuestra isla, que, unido a la descripción del conjunto de las Antillas, creará para Europa la imagen de América:

> Es tierra toda muy alta... Por la tierra dentro muy grandes valles, y campiñas, y montañas altíssimas, todo a semejança de Castilla... Un río no muy grande... viene por unas vegas y campiñas, que era maravilla ver su hermosura... (7 de diciembre de 1492). La Isla Española... es la más hermosa cosa del mundo... (11 de diciembre). Estaban todos los árboles verdes y llenos de fruta, y las yervas todas floridas y muy altas, los caminos muy anchos y buenos; los ayres eran como en abril en Castilla; cantava el ruyseñor... Era la mayor dulçura del mundo. Las noches cantavan algunos paxaritos suavemente; los grillos y ranas se oían muchas.. (13 de diciembre). Y los árboles de allí... eran tan viciosos, que las hojas dexavan de ser verdes, y eran prietas de verdura. Era cosa de maravilla ver aquellos valles, y los ríos, y buenas aguas, y las tierras para pan, para ganados de toda suerte..., para güertas y para todas las cosas del mundo qu'el hombre sepa pedir... (16 de diciembre). En toda esta comarca ay montañas altíssimas que parecen llegar al cielo... y todas son verdes, llenas de arboledas, que es una cosa de maravilla. Entremedias d'ellas ay vegas muy graçiosas... (21 de diciembre). En el mundo creo no hay mejor gente ni mejor tierra. Ellos aman a sus próximos como a sí mismos, y tienen una habla la más dulce del mundo, y mansa, y siempre con risa... (25 de diciembre).

En la carta a Santángel y Sánchez, de 15 de febrero a 4 de marzo de 1493, repite, con variantes y ampliaciones, la descripción del 16 de diciembre:

> La Española es maravilla; las sierras, y las montañas, y las vegas, y las campiñas, y las tierras tan fermosas y gruessas para plantar y sembrar, para criar ganados de todas suertes, para hedeficios de villas y lugares..

Acompañó a Colón, en sus dos primeros viajes, el gran piloto y cartógrafo Juan de la Cosa († 1510). En el viaje segundo (1493) lo acompañaron el médico sevillano Diego Álvarez Chanca,[2] primer observador y descriptor de la flora del Nuevo Mundo, y dos sacerdotes catalanes, fray Bernardo Boil,[3] monje entonces de la Orden de los ermitaños de San Francisco de Paula, benedictino después, primer representante de la Santa Sede en América, y el jerónimo fray Román Pane,[4] autor de las primeras noticias sobre las costumbres religiosas y artísticas de nuestros indios.

En el cuarto y último viaje del Descubridor (1502) vino con él su ilustre hijo Fernando Colón (1488-1539): era entonces adolescente el que después sería caballero típico del Renacimiento y "patriarca de los bibliófilos modernos". Cuando su hermano Diego vino a hacerse cargo del gobierno de las Indias como virrey almirante (1509), estuvo con él dos meses en Santo Domingo e hizo, según parece, el proyecto de organización de la Real Audiencia.[5] De sus escritos —escribía tanto en prosa como en verso—, el único que se refiere a la isla es la discutida biografía de su padre, que ni siquiera se conoce en su forma española originaria, sino en la versión italiana de Alfonso de Ulloa.[6]

Fluyó sobre Santo Domingo, desde los tiempos de Colón, y después durante muchos años, toda la inundación de la conquista, los descubridores, los exploradores, los futuros grandes capitanes, Alonso de Hojeda, Juan Ponce de León, Rodrigo de Bastidas, Francisco de Garay, Diego Velázquez, Juan de Grijalva, Hernán Cortés, Pedro de Alvarado, Vasco Núñez de Balboa, Pánfilo de Narváez, Álvar Núñez Cabeza de Vaca, Francisco Pizarro, Pedro Menéndez de Avilés... Y los evangelizadores, los maestros; bien pronto, los prelados y sus familiares, los hombres de ley, los hombres de letras. Y las damas cultas de la corte de doña María de Toledo, y las religiosas aficionadas a escribir...[7]

III. LAS UNIVERSIDADES[1-2]

LOS PRIMEROS maestros, en la isla, fueron los frailes de la Orden de San Francisco,[3] poco después de 1502; en su convento de la ciudad capital, que comenzó dando enseñanza rudimentaria a los niños, se llegó hasta la enseñanza superior: todavía en el siglo XVIII, el arzobispo Álvarez de Abreu informa que allí "se lee [*i. e.*, se enseña] filosofía y teología".

A los franciscanos les siguieron los frailes de la Orden de Santo Domingo, quizás desde 1510. Después, los frailes de la Orden de la Merced. Antes de 1530, además, organizó una escuela pública el insigne obispo Ramírez de Fuenleal.

Los dominicos tuvieron desde temprano alumnos seglares, junto a los aspirantes al estado religioso, y procuraron elevar su colegio a la categoría universitaria: la bula *In apostolatus culmine,*[4] de Paulo III, con fecha 26 de octubre de 1538, instituye la Universidad, con los privilegios de las de Alcalá de Henares y Salamanca. Se le dio el nombre de Santo Tomás de Aquino, cuyas doctrinas eran allí el fundamento de la enseñanza filosófica y teológica.

Pero el Colegio de los dominicos no fue el único que aspiró a la categoría universitaria: desde el siglo XVI la pidió y la obtuvo también (1540) el Estudio, célebre en la ciudad, que fue dotado por el medinense Hernando de Gorjón.[5] El Estudio tuvo como base la escuela pública fundada por el obispo Ramírez de Fuenleal, y en él ocuparon cátedra escritores dominicanos: el padre Diego Ramírez, Cristóbal de Llerena, Francisco Tostado de la Peña, Diego de Alvarado, Luis Jerónimo de Alcocer. Desde 1583, se le llamó oficialmente Universidad de Santiago de la Paz.

La historia de las dos universidades no es muy clara: las envuelve, como a todo, la niebla colonial. La de Santo Tomás de Aquino creció en importancia. La de Santiago de la Paz decayó, según noticias del siglo XVI; en 1602 la convirtió en Seminario Tridentino el arzobispo Dávila Padilla; a mediados del siglo XVII vino a quedar como subordinada a la de los dominicos, y en el siglo XVIII quedó absorbida por el colegio que la Compañía de Jesús estaba autorizada a fundar.

Dividíanse las universidades españolas, según la tradición medieval, en cuatro facultades: Teología; Derecho (ambos derechos, civil y canónico); Medicina; Artes, las siete artes liberales, el trivio: gramática —latina, desde luego—, retórica y

340

lógica; el cuadrivio: aritmética, geometría, música y astronomía, designada entonces con el arcaico nombre de astrología. Era obligatorio explicar en latín las lecciones, salvo para la medicina. El título de bachiller en artes se obtenía en la adolescencia: era el preparatorio. En nuestra Universidad de Santo Tomás, según el padre San Miguel, en 1632, se graduaban "en Artes, Teología, Cánones y Leyes... En sus principios se graduaban en todas las Facultades": debe entenderse, pues, que al principio hubo también enseñanza de medicina. A fines del siglo XVII la había de nuevo: el sevillano Díez de Leiva se incorpora como licenciado en medicina en 1687; en el siglo XVIII tenemos noticia de catedráticos como Manuel de Herrera († 1744) y el catalán Francisco Pujol, que a mediados de la centuria había impreso en Cádiz una carta a nuestra Universidad, *la Universidad Literaria de Santo Tomás,* donde había recibido su título de doctor en medicina: allí pide, según el bibliógrafo mexicano Beristáin, "que los *puntos* para disertar en las oposiciones escolásticas a las cátedras de medicina no se den en las obras de Avicena, sino en el texto de Hipócrates, y para la cátedra de Anatomía se saquen de la obra de Martín Martínez", el maestro español de aquella época; todavía en los comienzos de la medicina moderna, imperaba en Santo Domingo la de la Edad Media: volver a Hipócrates representaba progreso, como lo había sido siempre hasta el siglo XV.

A la Universidad de Santo Tomás acudieron durante tres siglos estudiantes de todas las Antillas y de Tierra Firme. Todavía después de fundadas, en el siglo XVIII, las Universidades de La Habana y de Caracas, concurrían a la de Santo Domingo alumnos cubanos y venezolanos: los tuvo hasta el momento de su extinción. Y fue nuestro plantel quien nutrió en sus comienzos al de Cuba y al de Venezuela.[6] Los primeros rectores de la Universidad de La Habana proceden de Santo Domingo: desde luego, el primero, fray Tomás de Linares († 1764), en 1728, reelecto en 1736 y en 1742; después, fray José Ignacio de Poveda, en 1738. Igual cosa sucede con el primer rector de Caracas, en 1725, el doctor Francisco Martínez de Porras, nativo de Venezuela, pero graduado en Santo Domingo, y con el catedrático fundador José Mijares de Solórzano, rector después y finalmente obispo de Santa Marta.

En el siglo XVIII renace la Universidad de Santiago de la Paz al incorporarse el Colegio de Gorjón en el de los jesuitas: en 26 de mayo de 1747, el rey Felipe V dispone que se erija "el colegio de la Compañía... en universidad y estudio general con las mismas facultades y privilegios que gozaba la que se fundó en el Colegio de Gorjón"; para zanjar dificultades, en vista de que los jesuitas les discuten a los dominicos los orígenes de su plantel, el rey normaliza la situación confirmándoles a las dos universidades sus antiguos nombres. Los jesuitas, además, obtienen del papa Benedicto XIV la autorización contenida en el breve *In supereminenti*, de 14 de septiembre de 1748. Todavía en 1758, para acallar disputas, el rey hace constar que la institución de los dominicos no tiene derecho a llamarse, como pretende, a imitación de la sede arzobispal, "Universidad Primada de las Indias", porque ninguna de las dos de Santo Domingo tiene preeminencia de derechos sobre la otra.

Al renacer, la Universidad de Santiago de la Paz estaba autorizada a enseñar en las cuatro facultades clásicas. Pero vivió poco: murió en 1767, cuando se expulsa de todos los territorios españoles a la Compañía de Jesús. Se reorganizó la institución, a fines del siglo (1792), como seminario conciliar, bajo el nombre de Colegio de San Fernando, pero desapareció durante el breve período de dominio francés (1801-1808).

La Universidad de Santo Tomás de Aquino persistió hasta el final del siglo XVIII. Desde 1754, por lo menos, —cuando se redactan nuevos estatutos—, no era ya exclusivamente universidad de los dominicos: parte de la enseñanza estaba en manos de seglares, y los rectores podían serlo. Sabemos que hacia 1786 tenía cincuenta doctores y unos doscientos estudiantes. Hacia 1801 se cerró, bajo los franceses. En 1815, bajo el nuevo régimen español, se reabrió como institución laica, al empuje de la ola liberal que venía de las Cortes de Cádiz, y sobrevivió hasta 1823, en que se extinguió definitivamente, al despoblarse sus aulas cuando los invasores haitianos obligaron a todos los jóvenes al servicio militar. El primer rector, en el período final, fue José Núñez de Cáceres (1815-1816); el último, Bernardo Correa Cidrón (1822-1823).[7]

IV. LOS CONVENTOS[1]

TUVIERON grande importancia los conventos. Los de las tres Órdenes tenían en la capital admirables templos, de naves ojivales, con portada Renacimiento. Gran dolor es que se haya arruinado el de San Francisco, cuyos formidables muros duplicaban su altura con la de la eminencia donde se asientan. Y lástima, también, que todos los claustros se hayan arruinado. El de los dominicos, el Imperial Convento de Predicadores, era "suntuoso y muy grande, de cuarenta moradores ordinarios", según noticias que habían llegado hasta el primer cronista oficial de Indias, Juan López de Velasco, hacia 1571; el de San Francisco tenía entonces "hasta treinta frailes"; los de monjas, Santa Catalina de Sena, de dominicas, con su templo de la Regina Angelorum, y Santa Clara, de franciscanas, tenían "ciento ochenta monjas, poco más o menos", según el oidor Echagoyan, hacia 1568. En el de dominicas estuvo profesa doña Leonor de Ovando, nuestra poetisa del siglo XVI. Después hubo monjas junto a la Ermita del Carmen, no sé de qué orden.

Echagoyan dice que los conventos eran "de gran honestidad y religión". Oviedo, años antes, piensa que en ellos hay "personas de tan religión e gran exemplo, que bastarían a reformar todos los otros monesterios de otros muchos reynos, porque son sanctas personas y de gran dotrina" (Historia, libro III, cap. 11).

La Orden de la Merced cuenta, entre sus primeros representantes en Santo Domingo, de 1514 a 1518, a fray Bartolomé de Olmedo,[2] que sería después héroe de la conquista espiritual de México. "El P. Bartolomé —dice el mexicano fray Cristóbal de Aldana— se dedicó desde luego [en Santo Domingo] al consuelo de los indios y a su instrucción; defendíalos de las vejaciones de los españoles, asistíalos en sus enfermedades y los socorría en sus miserias. Instruía a los niños para ganar a los padres; movía y convencía a los cristianos para que edificasen a los idólatras..."

A principios del siglo XVII, de 1616 a 1618, intervino en la reforma del Convento de la Merced (y fue allí definidor) no menor maestro que Tirso de Molina, el Presentado fray Gabriel Téllez, en compañía del vicario fray Juan Gómez, catedrático del colegio mercedario de Alcalá de Henares, fray Diego de Soria, fray Hernando de Canales, fray Juan López y fray Juan Gutiérrez. Tirso declara que al partir ellos —sólo Canales y Soria se quedaron— dejaron organizada la enseñanza de su convento con catedráticos nacidos en la isla, que desde entonces producía grandes talentos, aunque atacados de negligencia: "el clima influye ingenios capacísimos, puesto que perezosos" (poco antes, en 1611, decía el arzobispo Rodríguez Xuárez en carta al rey: "esta tierra influye flojedad y aplicarse la gente poco al estudio"; naturalmente, no eran el clima ni la tierra, sino la despoblación y la pobreza, las causas del desamor al esfuerzo intelectual).[3]

Glorioso entre nuestros conventos fue el Imperial de la Orden de Santo Domingo.[4] No sólo porque sirvió de asiento a la Universidad de Santo Tomás de Aquino. Sobre su pórtico se yerguen gigantescas las apostólicas figuras de fray Pedro de Córdoba, fray Antonio de Montesinos y fray Bernardo de Santo Domingo, iniciadores de la formidable cruzada que en América emprende el espíritu de caridad para debelar la rapaz violencia de la voluntad de poder, una de las grandes controversias del mundo moderno, cuya esencia es la libertad del hombre. A ellos se une pronto fray Domingo de Mendoza,[5] docto varón, de estirpe ilustre, que en España había concebido el plan de establecer la Orden en el Nuevo Mundo. Es en aquel convento donde años después (hacia 1523) se hace fraile el que recoge la herencia de fray Pedro y fray Antonio,[6] el impetuoso e indomable Quijote de la fraternidad humana, Bartolomé de las Casas. Le dio el hábito, según la tradición, fray Tomás de Berlanga,[7] provincial entonces, después obispo de Panamá. Con Las Casas estuvo allí su famoso acompañante fray Pedro de Angulo,[8] el gran evangelizador, fundador de conventos en Guatemala y Nicaragua, finalmente obispo de la Verapaz: antes que fraile había sido conquistador en México.

De allí salen, durante gran trecho del siglo XVI, los fundadores de nuevos conventos dominicos en América: "desta casa se han poblado las islas, y Nueva España, y el Perú", decían los frailes de la Española en 1544. Partieron de allí, entre otros, fray Domingo de Betanzos[9] y fray Tomás Ortiz[10] para fundar el convento dominico de México (1526); fray Tomás de Torre,[11] fundador de convento en Chiapas; fray Tomás de San Martín,[12] evangelizador del Perú, donde fue el primer provincial y fundó los conventos de Huamanga y Chucuito. Allí se estrena como predicador, novicio aún, aquel singular maestro de la prosa, fray Alonso de Cabrera.[13] Allí reside, viviendo como modesto fraile, el ilustre arzobispo Dávila Padilla. Y allí se educaron nativos estudiosos, y hasta escritores como fray Alonso de Espinosa y fray Diego Martínez.[14]

V. OBISPOS Y ARZOBISPOS

CENTRO de vida intelectual no inferior a los conventos fue el
Palacio Episcopal: por allí pasó larga serie de prelados cultos,[1]
escritores muchos de ellos. Según las normas que adoptó España
para sus colonias, ninguno era nativo del país; pero a otras regiones de América dio Santo Domingo prelados como Morell de
Santa Cruz.

Uno de los primeros obispos fue el humanista italiano Alessandro Geraldini (1455-1524).[2] En España, donde estuvo unos
cuarenta años y recibió de los Reyes Católicos el nombramiento
de preceptor de Palacio, había sido, junto con su hermano Antonio, y como Lucio Marineo Sículo y Pedro Mártir de Anghiera,
uno de los portadores del espíritu italiano del Renacimiento. Fue
escritor fecundo en latín, tanto en prosa como en verso; dejó
fama como maestro; además, "tiene el mérito —dice Menéndez
Pelayo— de haber sido uno de los primeros que empezaron a
recoger lápidas e inscripciones romanas en España". Narra su
llegada a Santo Domingo —donde pasó cuatro años, los últimos
de su vida—, en las curiosas páginas de su *Viaje a las regiones
subequinocciales;* al viaje consagra una oda; a la construcción
de la Catedral donde reposa, otra oda, en sáficos y adónicos,
primeros versos escritos en latín —que sepamos— en el Nuevo
Mundo.

La pintura que hace de la ciudad de Santo Domingo, su
cultura, su lujo, sus banderías, es sorprendente:

> *Quare, si populus meus reliquet factiones, quas male incepit, plane*
> *aussim affirmare hanc urbem, succedente minorum aelate latissi-*
> *mum in tota Plaga Aequinoctiali imperium habituram esse. Quid*
> *referam, nobiles Equites uestibus purpureis, sericis, auro intertexto*
> *claros, qui innumeri sunt? Quid Iurisconsultos, qui patria eorum sub*
> *axe Europae relicta, hanc ciuitatem optimis legibus, optimis moribus,*
> *sanctissimis institutis insignem reddidere? Quid Praefectus nauium?*
> *Quid Milites? Qui nouas gentes, nouos populos, nouas nationes, noua*
> *regna, et alia sub alio coelo sidera quotidie detegunt, res procul dubio*
> *admiranda est. Postea cum templum episcopale adirem e tignis, e*
> *coeno, e luto erectum, ingemui populum meum tantam curam in*
> *aedibus priuatis posuisse, qua breue ei domicilium daturae sunt, et*
> *nullum consilium in templo aedificando tenuisse.*

En las poesías, que son medianas, hay uno que otro pasaje
agradable, como el que habla de la Virgen en la oda sáfica sobre
la Catedral:

> *...Nam solet totas refouere terras*
> *Fronte serena.*
> *Et solet gentes recreare maestas,*

345

Pallio subter retinere sancto;
Et solet turbae misere uocanti
     Ferre leuamen.
Haec supra celsas renitebit aras,
Picta praeclari manibus magistri,
Atque coelestis facie beata
     Oreque miti.

Sucedió a Geraldini, en 1529, Sebastián Ramírez de Fuenleal,[3] en quien se reúnen los dos obispados de la isla, el de Santo Domingo y el de Concepción de La Vega Real; desempeñó, conjuntamente, el cargo de presidente de la Real Audiencia. En 1532, sin renunciar los obispados de la Española, pasó a México, a presidir la Audiencia; allí emprendió vasta labor de organización jurídica y administrativa, que sirvió de fundamento al esplendor del virreinato; hacia 1535 se trasladó a España, donde fue obispo sucesivamente de Tuy (1538), de León (1539) y de Cuenca (1542).

El título de arzobispo tocó por primera vez, en 1545, al licenciado Alonso de Fuenmayor,[4] a quien se le otorgó el palio en 1547: había venido como gobernador y presidente de la Real Audiencia en 1533 (hasta 1543); desde 1538, por lo menos, fue obispo.

Después de Fuenmayor, los bibliógrafos mencionan nuevos prelados como escritores que dejaron libros, relaciones o cartas, en impresos o sólo en manuscritos. En el siglo XVI, el teólogo y predicador palentino fray Nicolás de Ramos,[5] franciscano, que terció en la controversia sobre las traducciones de la Biblia en España, escribiendo en defensa de la Vulgata latina.

En el siglo XVII, el dominico mexicano fray Agustín Dávila Padilla,[6] gran orador, arqueólogo e historiador, autor del primero de los libros publicados sobre órdenes religiosas en América; el dominico ecuatoriano fray Domingo de Valderrama,[7] teólogo y predicador de renombre, que antes había sido catedrático de la Universidad de San Marcos en Lima y después fue obispo en La Paz; el dominico salmantino fray Cristóbal Rodríguez Xuárez,[8] antes catedrático de teología en la Universidad de Salamanca; el cisterciense madrileño fray Pedro de Oviedo,[9] antiguo catedrático de teología en la Universidad de Alcalá, comentador, en latín, de Aristóteles y Tomás de Aquino; el benedictino leonés fray Facundo de Torres;[10] el dominico peñafielense fray Domingo Fernández de Navarrete,[11] a quien dio celebridad su visita como misionero a China; el mercedario salmantino fray Fernando de Carvajal y Rivera,[12] fino prosador conceptista en sus admirables cartas.

En el siglo XVIII, fray Francisco del Rincón;[13] el doctor Domingo Pantaleón Álvarez de Abreu,[14] educador y organizador; el agustino mexicano fray Ignacio de Padilla y Estrada;[15] el dominico ciudarealeño fray Fernando Portillo y Torres.[16]

VI. RELIGIOSOS

Fuera de los prelados, y de los religiosos residentes en conventos, hubo en Santo Domingo gran número de hombres de iglesia aficionados a escribir.

Uno de los tres frailes jerónimos a quienes el cardenal Jiménez de Cisneros encomendó en 1516 el gobierno de las Indias, fray Alonso de Santo Domingo,[1] el compañero de fray Luis de Figueroa o de Sevilla y de fray Bernardino de Manzanedo o de Coria, había tomado "a su cargo hazer alguna memoria de los frayles de su casa" en España, según noticia del grande escritor fray José de Sigüenza, quien hizo uso de sus datos.

En aquellos tiempos de inquietud estuvo en la isla (1512) el padre Carlos de Aragón,[2] acaso pariente de reyes, doctor en teología por la Universidad de París, predicador ruidoso, que atraía grandes auditorios. Sus aficiones a la novedad, sus arrogancias antiescolásticas, como aquella de "Perdone Santo Tomás, que no supo lo que dijo", lo hicieron caer en manos de la Inquisición de España, donde se le condenó a reclusión perpetua.[3]

Después hay que anotar la visita de Micael de Carvajal,[4] el buen poeta de la *Tragedia Josefina* y del auto de *Las cortes de la muerte,* cuyo final compuso Luis Hurtado de Toledo; Cristóbal de Molina,[5] el probable autor de la dramática *Conquista y población del Perú;* fray Martín Ignacio de Loyola,[6] franciscano, que en su *Itinerario,* leído en toda Europa a fines del siglo XVI describe brevemente la isla (las cosas en que se detiene son el cazabe, los tiburones y la historia del cacique Hatuey):[7] Bernabé Cobo,[8] cuya *Historia del Nuevo Mundo* contiene valiosas descripciones de multitud de animales, plantas y minerales; el padre José de Acosta,[9] el mejor de los naturalistas españoles que en el siglo XVI describieron la fauna y la flora del Nuevo Mundo, y Juan de Castellanos.[10] No sabemos cuándo estuvo en Santo Domingo el incansable autor de las *Elegías de varones ilustres de Indias,* el más largo poema de nuestro idioma y uno de los menos poéticos, pero de los más animados como narración; a la historia de la isla dedica las cinco primeras elegías de la Primera Parte del poema, y se ve que conocía bien la ciudad capital, porque la describe con rasgos de impresión personal (Elegía V, canto I):

> ...Hiciéronse las casas con estremos
> de grandes y soberbios edificios,
> iglesia catedral de gran nobleza,
> fuente, y esclarecida fortaleza...

...Está su poblazón tan compasada,
que ninguna sé yo mejor trazada...
...Amplias calles, graciosas, bien medidas...
...De norte a sur Ozama la rodea;
combátela la mar a mediodía
con un roquedo tal y tan seguro,
que no puede formarse mejor muro...
...ya por la parte del poniente
la cerca potentísima muralla...
...con huertos, con jardines y heredades
de frutos de cien mil diversidades...
...Hay una natural magnificencia,
de gente forastera conocida,
pues allí sin dineros y sin renta
en el punto que trajo se sustenta...

En el siglo XVII hace larga visita a Santo Domingo el gran poeta hispano-mexicano Bernardo de Valbuena,[11] de quien juzga Menéndez Pelayo que "hasta por las cualidades más características de su estilo es en rigor el primer poeta genuinamente americano, el primero en quien se siente la exuberancia y desatada fecundidad genial de aquella pródiga naturaleza". Quintana dice que su poesía, "semejante al Nuevo Mundo, donde el autor vivía, es un país inmenso y dilatado, tan feraz como inculto, donde las espinas se hallan confundidas con las flores, los tesoros con la escasez, los páramos y pantanos con los montes y selvas más sublimes y frondosas". Estas identificaciones de Valbuena con el paisaje y la vida de América resultan curiosas, si se piensa que el poeta se educó en la altiplanicie mexicana, donde la altura atenúa y suaviza el esplendor torrencial del trópico, y en ciudad muy pulida, como siempre lo ha sido México, cuyo tono de discreción y mesura se reflejaba en el teatro de Ruiz de Alarcón. De todos modos, Valbuena representa en la literatura española una manera nueva e independiente de barroquismo, la porción de América en el momento central de la espléndida poesía barroca, cuando florecían Góngora y Carrillo Sotomayor, de Córdoba, Rioja en Sevilla, Pedro Espinosa y su grupo de las *Flores de poetas ilustres* en Antequera y Granada, Ledesma y Quevedo en Castilla. Su barroquismo no es complicación de conceptos, como en los castellanos, ni complicación de imágenes, como en los andaluces de Córdoba y Sevilla, sino profusión de adorno, con estructura clara del concepto y la imagen, como en los altares barrocos de las iglesias de México: aquí sí existe curiosa coincidencia. Su imaginación inventa poco y se contenta con manejar los materiales que le da el estilo poético español de su tiempo, con sus tradiciones latinas e italianas; pero cuando inventa no es inferior a ninguna: los "hombros de cristal y hielo" del mar, "las olas y avenidas de las cosas", el alazán "hecho de fuego en la color y el brío", el doncel "de alegres ojos y de vista brava"; o la estupenda descripción de la salida del sol sobre el mar: "Tiembla la luz sobre el cristal sombrío"; o la del cisne que corre y se aleja sobre el agua y "al suave són de su cantar se pierde".[12-13]

A fines del siglo XVII, reside en Santo Domingo el predicador y poeta mexicano Diego González [14]: en el siglo XVIII, el docto teólogo franciscano fray Agustín de Quevedo Villegas,[15] pariente de Quevedo el grande, y los elocuentes predicadores cubanos Francisco Javier Conde y Oquendo,[16] que gozó de fama en España y México, y José Policarpo Sanamé,[17] cuyo sermón de *la nube,* en nuestra Catedral, se comentó largamente.

VII. SEGLARES

ENTRE los hombres de acción que estuvieron en Santo Domingo
durante la media centuria que siguió al Descubrimiento, no pocos
tomaban la pluma, siquiera fuese para redactar informaciones
sobre cosas y casos de América: así, el tesorero Miguel de Pasamonte,[1] el oidor Lucas Vázquez de Ayllón,[2] el honesto juez Alonso de Zuazo,[3] el gobernador Rodrigo de Figueroa,[4] el secretario
Diego Caballero de la Rosa,[5] mariscal después,[6-7] el explorador
y geógrafo Martín Fernández de Enciso,[8] y, superior a todos por
la magnitud de su obra escrita, Gonzalo Fernández de Oviedo,[9]
cuya *Historia general y natural de las Indias* constituye, con los
dos grandes libros de Las Casas, la fuente principal para el conocimiento de los primeros treinta años de España en América.
Tenía Oviedo grande afición a las letras, y escribió muchos versos y hasta una novela de caballerías. No eran grandes sus dones
de escritor ni su cultura literaria: es mucho menos cuidadoso
que Las Casas en la forma; Las Casas, además, es a ratos elocuente en la indignación, pintoresco y hasta humorista en sus
descripciones de tipos y caracteres. En la obra histórica y descriptiva de Oviedo se amontonan hechos y datos de toda especie,
cuyo interés supo descubrir. No describe la fauna y la flora del
Nuevo Mundo mejor que Las Casas, pero le tocó la fortuna de
ser leído antes y de "fundar la historia natural de América", según frase de Menéndez Pelayo. Y en la parte histórica de su
obra, la ingenuidad misma con que acumula sucesos y casos hace
de sus páginas vivaces cuadros de la vida cotidiana de conquistadores y colonizadores.

Entre los oidores de la Real Audiencia figuraron escritores:[10]
además de los obispos Fuenleal y Fuenmayor, que la presidieron,
y de Zuazo, Vázquez de Ayllón y fray Tomás de San Martín,
debe recordarse, en el siglo XVI, al licenciado Juan de Echagoyan,[11-12] al doctor Alonso de Zorita,[13] al doctor Eugenio de Salazar
de Alarcón[14] y al doctor Pedro Sanz Morquecho.[15-16] el siglo XVII, a Juan Francisco de Montemayor y Cuenca,[17] Jerónimo
Chacón Abarca,[18] Diego Antonio de Oviedo y Baños,[19] Fernando
Araujo y Ribera; en el siglo XVIII, el insigne mexicano Francisco
Javier Gamboa.[20]

De Echagoyan conocemos la extensa y útil *Relación de la Isla
Española,* dirigida a Felipe II en 1568; Sanz Morquecho. Montemayor, Chacón, Oviedo Baños y Gamboa escribieron extensamente sobre cuestiones jurídicas; Montemayor, además, sobre
temas de religión. Zorita es historiador estimable, que tuvo mi-

rada curiosa para la vida y las costumbres de los indígenas en
México e hizo el primer católogo de escritores —hasta treinta
y seis— sobre cosas de América. Salazar es buen poeta y pro-
sista ingenioso, figura menor pero muy interesante en la literatura
española de su tiempo. Escribió un *Canto en loor de la muy leal,
noble y lustrosa gente de la ciudad de Santo Domingo* ("De España a la Española. . .") y muchos versos referentes a personas
y sucesos de la isla, como el caso del astrólogo dominicano Cas-
taño, que "quiso pasar a la Isla de Cuba en un navío cargado
de mercaderías suyas, y en el viaje encontró un corsario francés
que le tomó a él y al navío y a lo que llevaba". Su viaje desde
España y su llegada a Santo Domingo los describe en ingeniosa
carta al licenciado Miranda de Ron (1573).

En funciones públicas, o como particulares, residentes o de
paso, hallamos todavía en el siglo XVI muchos aficionados a las
letras. El más conocido de todos es Lázaro Bejarano,[21] andaluz
de Sevilla, donde perteneció al círculo de poetas en que figuró
Gutierre de Cetina. En América fue señor de las Islas de Curazao, Aruba y Buinare: el señorío lo había heredado su mujer,
doña Beatriz, hija del benemérito aragonés Juan de Ampíes, sucesivamente veedor, factor (1511) y regidor en Santo Domingo,
fundador de Coro en Venezuela, a quien se dieron en encomienda
aquellas "Islas de los Gigantes"; pero, "de tantas soledades descontento", volvió a residir en Santo Domingo, delegando las funciones de gobierno de sus ínsulas. En 1558 se le acusó de herejía,
en complicidad con el escritor mercedario fray Diego Ramírez;
la sentencia fue benigna: se le hizo abjurar de tres proposiciones
erróneas y se le condenó a no leer otro libro que la Biblia, regla
que de seguro no cumplió. Era, en realidad, erasmista: "dijo
que San Pablo no se entendió hasta que vino Erasmo y escribió";
"que la Sagrada Escriptura debe de andar en romance para
que todos la lean y entiendan, ansí inorantes como sabios, el pastor y la vejecita"; "que para entender la Sagrada Escriptura no
se curen de ver doctores ni seguir expositores, sino que lean el
texto, que Dios les alumbrará la verdad"; condenaba "la teología
escolástica, haciendo burla della y de sus doctores"; censuraba
los malos sermones y las prácticas supersticiosas.

Tuvo mucha fama en América; de él hablan con elogio Oviedo, los oidores Echagoyan y Zorita, Juan de Castellanos, el médico Méndez Nieto; pero sus escritos en prosa se han perdido
y de sus poesías se conoce muy poco: unas cuantas de asunto
religioso escritas para certámenes de Sevilla y versos satíricos
escritos en Santo Domingo, —tres epigramas y dos quintillas del
Purgatorio de amor, sátira sobre el carácter y las costumbres de
los principales personajes de la ciudad. De los informes de sus

contemporáneos se infiere que fue hombre de bien y gobernante justo para sus indios, buen escritor en prosa y poeta ingenioso. En su *Diálogo apologético* contra Juan Ginés de Sepúlveda apoyaría de seguro las tesis del padre Las Casas: ¡grande hazaña en quien fue señor de indios!

Amigo y admirador de Bejarano fue el licenciado Juan Méndez Nieto,[22] que ejerció de médico durante unos ocho años en Santo Domingo: escribió dos libros sobre asuntos de su profesión; uno de ellos, *Discursos medicinales*, en prosa desenfadada, lleva digresiones de toda especie, con noticias curiosas y hasta malos versos del autor. No debían de ser peores los del alguacil mayor Luis de Angulo (c. 1530-1560), a quien Méndez Nieto describe como hombre perverso y perverso versificador, que compuso un elogio de las damas de la ciudad, en octavas reales, imitando el *Canto de Orfeo* inserto en la *Diana* de Jorge de Montemayor.

Juan de Castellanos cita, entre los españoles de Santo Domingo aficionados a escribir versos a Villasirga y al "desdichado Don Lorenzo Laso",[23] junto al "doto Bejarano". Nada sabemos de ellos.

Como meros visitantes estuvieron en la isla el milanés Girolamo Benzoni,[24] cuya *Historia del Mondo Nuovo* gozó de boga europea, y "el caballero desbaratado" Alonso Henríquez de Guzmán,[25] cuya autobiografía sabe a novela picaresca en su primera parte, pero en su narración de sucesos del Perú pertenece a la más genuina historia de la conquista.[26-27]

En el siglo XVII figuran el jurisconsulto toledano Juan Vela,[28] en cuya *Política real y sagrada* se advierte influencia de la *Política de Dios,* de Quevedo, y el médico sevillano Fernando Díez de Leiva,[29] autor de unos *Anti-axiomas morales, médicos, filosóficos y políticos,* donde impugna sesenta refranes y apotegmas, como "Haz bien y no cates a quién", "Motus est causa caloris", "Buena orina y buen color, dos higas para el doctor", "Nescit regnare qui nescit dissimulare". Anticipa la actitud de Feijoo. El libro comenta los temas en prosa y en verso.

Españoles eran, probablemente, el contador real Diego Núñez de Peralta,[30] que hacia 1642 escribió un *Epítome de los ochenta libros de la "Historia de las Indias" de Antonio de Herrera* y Gabriel Navarro de Campos,[31-32] autor de un *Discurso sobre la fortificación y defensa de la ciudad de Santo Domingo,* dirigido al enérgico gobernador Bernardino de Meneses Bracamonte, conde de Peñalba, "el Conde" por excelencia para los dominicanos, jefe de la lucha contra la escuadra inglesa que Cromwell envió contra Santo Domingo, bajo el mando de Penn y Venables, en 1655.[33-35]

En el siglo XVIII hay menos nombres: el médico catalán Francisco Pujol,[36] autor de una *Disertación sobre el uso de los cordiales* y una *Respuesta a un amigo y avisos para todos,* dedicadas al conocido escritor limeño Eusebio Llano de Zapata, y de la *Carta* a la Universidad de Santo Tomás, donde recibió el título de doctor, sobre la enseñanza de la medicina; el venezolano Juan Ignacio Rendón,[37] poeta latino y orador forense; el ilustre jurisconsulto y economista cubano Francisco de Arango y Parreño;[38] el historiador cubano Ignacio de Urrutia;[39] los poetas cubanos Manuel Justo de Rubalcava, Manuel María Pérez y Ramírez y Manuel de Zequeira y Arango, quien casó con dama dominicana descendiente de Oviedo.[40]

VIII. ESCRITORES NATIVOS

a) EL SIGLO XVI

EL GRAN número de hombres ilustrados que la ciudad de Santo Domingo albergó en el siglo XVI preparó el ambiente para la aparición de escritores nativos. Juan de Castellanos, para explicar las dificultades que creó la rebelión del cacique Enriquillo (1519-1533), dice que la causa fue la vida regalada

> por faltar, pues, entonces, fuerte gente
> y usarse ya sonetos y canciones.

Abundaba la poesía, aunque difícilmente podían haber llegado los sonetos cuando Boscán y Garcilaso los estaban ensayando apenas, ni las canciones, si se quiere hablar de las de corte italiano. Los aficionados a versos compondrían, según la tradición castellana, octosílabos y hexasílabos; compondrían versos de arte mayor, como los que en el Perú se escribieron sobre la conquista: en América alcanzamos las postrimerías del arte mayor en poesía, como alcanzamos —y prolongamos— las de la arquitectura ojival, dominante en la estructura interna de las iglesias de Santo Domingo. Pero con poetas como Lázaro Bejarano, hacia 1535, sí debieron de llegar los sonetos, ya en boga en el círculo sevillano a que perteneció Cetina.

La afición persistió, como se ve muchos años después cuando el médico Méndez Nieto cuenta que, al hacer circular Bejarano anónimamente una sátira contra la Real Audiencia, "prendieron todos los poetas", para averiguar —sin lograrlo— quién la habría escrito.

Juan de Castellanos pinta la vida literaria de Santo Domingo hacia 1570:

> Porque todos los más, allí nacidos,
> para grandes negocios son bastantes,
> entendimientos hay esclarecidos,
> escogidísimos estudiantes,
> en lenguas, en primores, en vestidos
> no menos curiosos que elegantes;
> hay tan buenos poetas, que su sobra
> pudiera dar valor a nuestra obra.
>   Hay Diego de Guzmán y Joan su primo,
> y el ínclito Canónigo Liendo,
> que pueden bien limar esto que limo
> y estarse de mis versos sonriendo;
> quisiera yo tenellos por arrimo
> en esto que trabajo componiendo,
> y un Arce de Quirós me fuera guía
> para salir mejor con mi porfía.

Otros conocí yo también vecinos,
nacidos en el orbe castellano,
que en la dificultad de mis caminos
pudieran alentarme con su mano;
y son por cierto de memoria dinos,
Villasirga y el doto Bejarano;
no guiara tampoco mal mi paso
el desdichado don Lorenzo Laso.

A principios del siglo XVII, igual cuadro: Tirso nos habla del certamen que se celebró en honor de la Virgen de la Merced, en 1616, "autorizando la solemnidad con el crédito de los ingenios de aquel nuevo orbe".

Si el ambiente saturado de letras favorecía la aparición de escritores y poetas nativos, la falta de imprenta los condenaba a permanecer ignorados: inutilidad que de seguro cortaba su vuelo.

Poco sabemos de ellos. De los que nombra Castellanos —Liendo, Arce de Quirós, Juan y Diego de Guzmán— nada se conserva. Tenemos noticia de que el canónigo Francisco de Liendo[1] (1527-1584) fue quizás el primer sacerdote nativo de Santo Domingo. Su padre, el arquitecto montañés Rodrigo de Liendo, construyó la hermosa Iglesia de la Merced y probablemente la fachada plateresca de la Catedral. Nada importante sabemos de Arce de Quirós, ni de Diego de Guzmán, ni de Juan de Guzmán.[2]

Como predicador tuvo fama en el Perú fray Alonso Pacheco,[3] agustino, primer nativo de América que alcanzó a ser electo provincial de una orden religiosa. Estuvo propuesto para obispo.

El padre Diego Ramírez[4] el fraile mercedario a quien se hizo proceso inquisitorial junto con Lázaro Bejarano, sacerdote exclaustrado después y catedrático de la Universidad de Gorjón, era predicador y escritor: después de su proceso, dice el padre Utrera, "recibió por devolución notarial... varios fajos de cuadernos escritos de su mano, todos de índole moral, que contenían tratados sobre varios libros de la Biblia.[5]

Eugenio de Salazar habla de tres poetas dominicanos: uno, "la ilustre poeta y señora doña Elvira de Mendoza, nacida en la ciudad de Santo Domingo", a quien dedica un soneto, "Cantares míos que estáis rebelados..."; otro, "la ingeniosa poeta y muy religiosa observante doña Leonor de Ovando,[6] profesa en el Monasterio de Regina de la Española", a quien dedica cinco sonetos y unas sextinas; otro, el catedrático universitario Francisco Tostado de la Peña,[7] a quien contesta con un soneto, "Heroico ingenio del subtil Tostado...", otro con que el dominicano había saludado su arribo. "Divino Eugenio, ilustre y sublimado..."

Tostado de la Peña, abogado, enseñaba en la Universidad de Santiago de la Paz. Murió en enero de 1586, víctima de la inva-

sión de Drake. De él sólo se conserva el soneto que dedicó al
Oidor. Juan de Castellanos, en el *Discurso del Capitán Francisco
Draque,* habla de su muerte:

> ... y el miserable Bachiller Tostado,
> a punto puesto para la huida,
> una bala le dio por un costado,
> con que huyó de la presente vida;
> sin más hablar allí quedó tendido,
> cerrándole los ojos el olvido.

Doña Elvira y doña Leonor son las primeras poetisas del
Nuevo Mundo. Nada conocemos de la Mendoza, y sólo podemos
suponer, dado su apellido, que pertenecía a una de las familias
hidalgas. La Madre Ovando debía de ser joven en la época en
que la conoció el Oidor (1573-1580): sabemos que murió después de 1609. De ella poseemos los cinco sonetos y los versos
blancos con que respondió a las composiciones del poeta de
Madrid. Son, afortunadamente para tales principios, buenos versos: si unas veces inexpresivos y faltos de soltura, o pueriles
en su intento de escribir en "estilo culto", a fuerza de juegos
verbales, otras veces vivaces, con donaire femenino, o delicados
en imagen o sentimiento. Hay hallazgos de expresión como

> el énfasis, primor de la escritura,

o cuadros como este retablo de Nochebuena:

> El Niño Dios, la Virgen y Parida,
> el parto virginal, el Padre Eterno,
> el portalico pobre, y el invierno
> con que tiembla el autor de nuestra vida...

Y hasta nos sorprende la monja de Regina con tres extraordinarios versos del más afinado conceptismo místico:

> Y sé que por mí sola padeciera
> y a mí sola me hubiera redimido
> si sola en este mundo me criara...

Al siglo XVI pertenece fray Alonso de Espinosa.[8] Gil González Dávila, en su *Teatro eclesiástico,* dice: "Fue hijo desta
ciudad [la de Santo Domingo] el Reverendo Padre Fray Alonso de
Espinosa, religioso dominico, que escribió un elegante Comentario sobre el Psalmo 44, Eructauit cor meum uerbum bonum".
No se conserva este trabajo. ¿Es este fraile el Alonso de Espinosa que vistió el hábito dominico en Guatemala y que
escribió una Exposición en verso español sobre el Salmo 41,
Quem ad modum desiderat ceruus in fontes aquarum, la cual
se ha perdido, y, en las Islas Canarias, el libro *Del origen y
milagros de la Santa Imagen de Nuestra Señora de Candelaria*

que apareció en la isla de Tenerife, con la descripción de esta isla?
El autor de estos dos trabajos, dice fray Juan de Marieta, era
natural de Alcalá de Henares; Remesal lo hace natural de Guatemala; pero, según Nicolás Antonio, fray Alonso Fernández,
probablemente en su inédita *Notitia scriptorum Praedicatoriae
Familiae*, lo identifica con el nativo de Santo Domingo. La identificación de estos dos escritores homónimos y coetáneos, frailes
dominicos y residentes en América ambos, tiene visos de probabilidad; pero no la considero probada. Beristáin la aceptaba e
insistía en el nacimiento dominicano del escritor. Aceptándola,
y aceptando el año de 1541 como fecha de la publicación del
libro sobre la *Candelaria,* el investigador cubano señor Trelles
atribuía a Santo Domingo la gloria de haber dado cuna al "primer americano que escribió y publicó un libro". Pero, acéptese
o no la identificación, el libro sobre la *Candelaria* no se publicó
en 1541: se escribió a fines del siglo XVI —en el texto se habla
de sucesos de 1590— y se publicó en 1594, en Sevilla; la fecha de
1541 es una errata de la *Bibliotheca noua* de Nicolás Antonio,
quien probablemente había escrito 1591, fecha de las licencias
de publicación del libro. Tampoco hay edición de 1545: mera
errata de Beristáin al transcribir el 1541 de Nicolás Antonio.
La obra conserva interés por su descripción de Tenerife y sus
noticias sobre los guanches, los antiguos habitantes de las Canarias: es el primer libro que se escribió sobre aquellas islas.

Y pertenece al siglo XVI, por fin, Cristóbal de Llerena,[9] canónigo de la Catedral y catedrático universitario, que escribía obras
dramáticas para las representaciones eclesiásticas. Según la costumbre medieval, que se perpetuaba en América, arcaizante en
todo, en las iglesias no sólo se representaban obras edificantes
que hicieran vívidas la doctrina y la historia: se representaban
también obras cómicas para retener la movediza atención de los
fieles. Pero supongo —a pesar de la declaración de los actores
estudiantes en 1588— que las obras profanas se representarían
en el atrio y no en el interior de los templos. Entre los estudiantes
persistió la afición al teatro; en 1663, el arzobispo Cueba Maldonado les prohibe participar en la representación de comedias
que servía para solemnizar la festividad de la Virgen del Rosario, a quien está dedicado el templo del Imperial Convento de
Predicadores, porque malgastaban el tiempo que debían dedicar
al estudio. Consta que entonces se representaban las comedias
"en tablados".

De la producción de Llerena sólo conocemos hov el entremés que, inserto en uno de los entreactos de una comedia, se
representó en la octava de Corpus, el año de 1588. "en la Catedral", según dicho de los actores, y provocó escándalo y proceso: cargado de reminiscencias clásicas, críptico a veces para
el lector moderno, alude en són de censura a cosas de la época.

Cordellate, bobo del tipo tradicional en el teatro, es el pueblo, antes próspero, ahora hambriento, que trata de mantenerse con la pesca improvisada. En su diálogo con el gracioso se censuran la violencia de las autoridades y las nuevas reglas sobre cambio de la moneda. Como Cordellate, antes rollizo, había echado del vientre un monstruo, semejante al que supone Horacio en el comienzo de la Epístola *Ad Pisones,* acuden dos alcaldes a reprenderlo, y cuatro personajes legendarios, como Edipo y Calcas, para adivinar qué es. Después de dudar si es presagio (la gente vive bajo el temor de descubrir luces de barcos enemigos: la invasión de Drake, que saqueó la ciudad, había ocurrido dos años antes), los elementos que lo componen hacen comprender que el monstruo representa el estado de la sociedad, corrompida por malas costumbres y mal gobierno.

El valeroso arzobispo López de Ávila pinta así a Cristóbal de Llerena, defendiéndolo contra las iras de los oidores, en carta a Felipe II, de 16 de julio de 1588: "Hombre de rara habilidad, porque sin maestros lo ha sido de sí mismo, y llegado a saber tanto latín, que pudiera ser catedrático de prima en Salamanca, y tanta música, que pudiera ser maestro de capilla en Toledo, y tan diestro en negocios de cuentas, que pudiera servir a V. M. de su contador... Entre otras gracias es ingenioso en poesía y compone comedias con que suele solemnizar las fiestas y regocijar al pueblo..."[10]

b) EL SIGLO XVII

Los años iniciales del siglo XVII son todavía interesantes: es la época de los gobiernos arzobispales de Dávila Padilla y fray Pedro de Oviedo, de las visitas de Tirso y Valbuena. Después todo languidece. La languidez no es sólo nuestra: fluye de la metrópoli, ya en franca decadencia. Para los virreinatos, ricos y activos, el XVII es el siglo en que la vida colonial se asienta y adquiere aire definido de autoctonía: la inercia de la metrópoli los liberta. La liberación alcanza a las colonias productivas en el siglo XVIII: así en la Argentina, Colombia, Venezuela, Cuba, donde se desarrolla vida nueva. Pero Santo Domingo, colonia pobre que se acostumbró a vivir de prestado, tenía que decaer. Ya es mucho, hasta es sorprendente, que mantuviera tanto tiempo su prestigio de cultura.[1]

Los datos sobre la vida literaria se hacen más escasos que en el siglo XVI. Sabemos de predicadores como Diego de Alvarado,[2] a principios de siglo, Tomás Rodríguez de Sosa,[3] a mediados, y Antonio Girón de Castellanos,[4] al final (Rodríguez de Sosa se levantó desde la esclavitud hasta hacerse sacerdote venerado y orador de fama); escritores como el padre Luis Jerónimo de Alcocer,[5] que en 1650 redactó una especie de historia eclesiástica de la isla combinada con descripción de su estado; poetas como Francisco Morillas,[6] de cuya glosa en honor de la victoria de los dominicanos contra los franceses en la Sabana Real de la Limonada, el 4 de enero de 1691, se recuerdan dos jactanciosos versos:

> Que para sus once mil
> sobran nuestros setecientos,

o nuestros cuatrocientos, según otra versión.

Los *Anti-axiomas* del sevillano Díez de Leiva (1682) revelan, en los preliminares laudatorios, una breve mina de poetas dominicanos: ante todo, una poetisa, hija del autor celebrado, nacida en Santo Domingo, y muy joven entonces, doña Tomasina de Leyva y Mosquera;[7] luego, el arcediano de la Catedral, Baltasar Fernández de Castro,[8] que gobernó la Iglesia en casos de sede vacante; fray Diego Martínez,[9] dominico; el padre Francisco Melgarejo Ponce de León,[10] maestrescuela de la Catedral; el maestro José Clavijo,[11] cuya escuela fue conocidísima y dio nombre al trecho donde se hallaba en la calle de la capital que desde el siglo XVII se llama "Calle del Conde" (naturalmente, el Conde de Peñalba); los capitanes García y Alonso de Carvajal y Campofrío, de la numerosa y distinguida familia extremeña de los Carvajal, que desde la conquista tuvo representantes en Santo Domingo, Miguel Martínez y Mosquera,[12] Rodrigo Claudio Maldonado.

De ellos, escriben en latín Martínez, Fernández de Castro y doña Tomasina. El padre Martínez:

> *Scribens in ueteres, super illos, Leiva, sapisti:*
> *Magna petis calamo, non tamen es Phaethon,*
> *Nam, hoc opus ut peragas, pater es, se et praestat Apollo;*
> *Non solum una Dies, te sua saecla uehent.*

El padre Fernández de Castro:

> *Siste, hospes, gressus, cerne haec miracula, siste:*
> *Quod uideas maius non habet Orbis opus.*
> *Ingredere hic Sophiae sedes, et Apollinis aulam;*
> *Serta uides, lauros collige, sume lyras.*
> *Perge, sepulta uides uetera Axiomata Mundi;*
> *Ista bonos mores dant documenta uiris.*
> *Haec offert iam Leiva tibi moderamina uitae,*
> *Hoc habet in scriptis, quidquid in Orbe micat.*
> *Grande opus ingenii, quo non felicius ullum,*
> *Hispalis enixa est, si India nostra tenet.*
> *Leiva hic mellifluos soluit mihi faenore fructus:*
> *Parturit ore fauos, parturit ore rosas.*
> *Uiue ergo in terris felix, et sedibus altis;*
> *Haec, qui uerba iubet scribere, signat amor.*

Doña Tomasina de Leyva, *Epigramma* poco claro:

O domine, in scriptis elegans ad sidera pergis;
         Dulcia eis miscens, utile das sapidum.
Dupliciter prosa incantas et carmine canos [¿canis?],
    Ad [¿at?] *bona si incantas, attamen hos* [¿hoc?] *renouas.*[13-14]

c) EL SIGLO XVIII

En el siglo XVIII, durante breve tiempo, Santo Domingo se reanima, como su metrópoli. Pero no alcanza el esplendor de gran parte de América y el movimiento favorable de la época de Carlos III se convierte en descenso bajo Carlos IV. La decadencia se vuelve catástrofe cuando, en 1795, España cede su parte, sus dos tercios de isla, a Francia, ganosa de extender allí la actividad productora que había dado opulencia a los señores de la colonia occidental, la famosa Saint-Domingue. Bien pronto se disipa la ilusión: muy pocos años después, el huracán de libertad, igualdad y fraternidad sopló sobre Saint-Domingue, cuya riqueza se asentaba sobre la esclavitud, y de la rebelión de los esclavos nació la República de Haití. En 1804, los franceses habían abandonado su colonia primitiva, arruinada ya por la insurrección. Paradójicamente, mantuvieron su gobierno en la parte que diez años antes formaba parte del imperio español y que persistía en sus sentimientos hispánicos; pero en 1808 los dominicanos se levantaron contra los franceses y se reincorporaron a España. El último y débil gobierno español, "la España boba", duró trece años, hasta la independencia de 1821.[1]

Dominicanos que se distinguen en las letras durante el siglo XVIII son Antonio Meléndez Bazán, Pedro Agustín Morell de Santa Cruz, Antonio Sánchez Valverde, Antonio y Jacobo de Villaurrutia.

Antonio Meléndez Bazán,[2] abogado, rector de la Universidad de México, escribió sobre cuestiones jurídicas. Beristáin lo declara "eminente en la ciencia de ambos derechos, y muy perito en las letras humanas, y en la historia, y de un juicio maduro acompañado de la más honrada integridad".

Pedro Agustín Morell de San Cruz[3] fue obispo de Nicaragua; después, obispo de Cuba, "el obispo" cuyo nombre llevaba —y oralmente lleva todavía— una de las más famosas calles de La Habana, la "Calle Obispo", en homenaje a su valerosa actitud y sus sufrimientos cuando los ingleses ocuparon la ciudad en 1762. Escribió una *Historia de la isla y Catedral de Cuba,* que fue muy consultada en manuscrito durante cien años y al fin se publicó en 1929; está incompleta y es de todos

modos obra imperfecta en su plan y desarrollo; pero está escrita en prosa limpia y agradable, es fuente histórica útil, y
para la literatura de América ha conservado el primer poema
escrito en Cuba, el *Espejo de paciencia,* del canario Balboa. El
obispo dejó otros escritos; ninguno de carácter literario.

Antonio Sánchez Valverde[4] fue escritor fecundo, que publicó ocho volúmenes por lo menos. Orador activo, gustó de discurrir sobre los principios de la elocuencia sagrada; amante de
su tierra, la defendió y elogió en España, proponiendo remedios
contra su abandono y desolación, justamente poco antes de que
la metrópoli la entregara en manos extrañas: su *Idea del valor
de la Isla Española* es la última grada de la escala que comienza
con los memoriales del siglo XVI, Sánchez Valverde aspiró a más:
aspiró a escribir una "historia completa de la isla", viendo "cuán
defectuosas eran las que hasta entonces se habían escrito". Hacía
diez y ocho años, en 1785, que acopiaba materiales; ya antes
que él los reunía su padre. Pero la muerte le sobrevino cinco
años después: no sabemos en qué punto estaría la historia pensada. La *Idea* ha sido muy consultada como fuente histórica, a
pesar de sus imperfecciones; ahora la hacen inútil las investigaciones modernas y la publicación de documentos y libros antiguos. Pero el libro se mantiene en pie por sus descripciones: es
extracto del extenso "conocimiento territorial" que el autor poseía, con informaciones variadísimas.

De los hermanos Villaurrutia,[5] Antonio escribe sobre asuntos de derecho. Jacobo es hombre múltiple, "muy siglo XVIII",
especie de breve y pálida copia de Jovellanos. Comenzó su educación en México, adonde lo llevó su padre, que era oidor; la
completó en Europa, adonde lo llevó en su séquito el fastuoso
y brillante cardenal Lorenzana. En España permaneció unos
veinte años, se hizo abogado y ejerció el cargo de corregidor de
letras y justicia mayor en Alcalá de Henares, donde mejoró la
instrucción pública, el ornato urbano, el orden policial, y fundó
una escuela de hilados. Adquirió y cultivó aficiones de "espíritu
avanzado": le preocuparon el problema de la felicidad humana,
las normas jurídicas, el pensamiento de los monarcas filósofos,
la situación de las clases obreras, el periodismo, el progreso del
teatro, la enseñanza del latín, las reformas ortográficas, la novela
inglesa... No cayó en la heterodoxia, como el gran peruano
Olavide, y combinó, como mejor pudo, las ideas de su siglo con
la tradición católica: le quedó tiempo para ocuparse en cuestiones de teología e historia eclesiástica. Se le ve intervenir en la
fundación de sociedades de literatos y de juristas, redactar *El Correo de Madrid o de los Ciegos,* con su hermano Antonio; publicar *Pensamientos escogidos* de Marco Aurelio y Federico II
de Prusia; instituir premios para el drama. En Guatemala, donde fue oidor de 1792 a 1804, dio impulso a la cultura con so

ciedades y publicaciones. En México, adonde regresó en 1804, fundó en 1805, con el prolífico escritor y ardoroso patriota Carlos María de Bustamante, el primer periódico cotidiano de la América española, en el continente septentrional, (en la América del Sur existió antes el *Diario de Lima*: duró desde el 1º de octubre de 1790 hasta septiembre de 1793), el interesantísimo *Diario de México,* el más completo muestrario de la cultura mexicana a fines de la época colonial. Partícipe en las agitaciones políticas que en 1808 estuvieron a punto de separar a México de España, y, según Alamán, el único que procedió de buena fe en aquel conflicto de ambiciones encontradas, se vio obligado a salir de la colonia, so color de ascenso, y pasó en Europa unos cuantos años. Después de la independencia regresó a México y allí murió, después de presidir la Suprema Corte de Justicia.[6-10]

IX. LA EMIGRACIÓN

DESDE 1795, cuando en el Tratado de Basilea Carlos IV cede a Francia la parte española de la Isla de Santo Domingo, —"acto odioso e impolítico", lo llama Menéndez Pelayo, en que los ciudadanos españoles fueron "vendidos y traspasados por la diplomacia como un hato de bestias"—, las familias pudientes comienzan a emigrar. Pocos años después, la insurrección de los haitianos, y sus sangrientas incursiones en la antigua porción española, que consideraban hostil, aceleran la emigración hacia Cuba y Puerto Rico, Venezuela y Colombia.

Cuba, país próspero ya, recibe el núcleo principal de emigrantes; su cultura, que empezaba a florecer, madura rápidamente con el vigor que le prestan los dominicanos de tradición universitaria: es ya lugar común el recordarlo. La influencia dominicana no se limitó a la cultura intelectual: se extendió a todas las formas de vida social. Manuel de la Cruz, el crítico cubano, habla de "aquellos hijos de la vecina isla de Santo Domingo que, al emigrar a nuestra patria en las postrimerías del siglo XVIII, dieron grandísimo impulso al desarrollo de la cultura, siendo para algunas comarcas, particularmente para el Camagüey y Oriente, verdaderos civilizadores". Hasta el primer piano de concierto que sonó en Cuba lo llevó una familia dominicana, la del doctor Bartolomé de Segura, en cuya casa dio el maestro alemán Carl Rischer las primeras lecciones en aquel instrumento. Refiriendo el caso, el compositor Laureano Fuentes Matons comenta: "las familias dominicanas... como modelos de cultura y civilización nos aventajaban en mucho entonces". Pero entre 1795 y 1822 la emigración, si bien frecuentísima, no se consideraba definitiva: muchas familias conservaban allí puestas sus casas (así José Francisco Heredia), regresaban a atender sus intereses, y sus hijos aparecen concurriendo a la Universidad de Santo Tomás; sólo después de la última invasión de Haití la ausencia se hace irrevocable. Naturalmente, no todas las familias cultas emigraron: muchas hubo que permanecieron en el país destrozado, o porque sus riquezas no eran fácilmente transferibles, o porque no las tenían, o por apego al terruño, a pesar de que las tierras vecinas no se veían como tierras extranjeras, sino como porciones de la gran comunidad hispánica, entonces efectiva y espontáneamente sentida por todos sin necesidad de prédica.[1]

Entre los primeros emigrantes se contó José Francisco Heredia,[2] que llegó a ocupar el cargo de regente en la Audiencia de Caracas y el de alcalde del crimen en la de México; hombre de acrisolada integridad y de bondad excepcional; historiador ex-

cepcional también por su dón de emoción contenida, su honestidad intelectual, su firme amor a la justicia, su dolorido amor
al bien. Del siglo XVIII recibió la fe en la humanidad, pero le
tocó verla de cerca en delirios de crueldad y de odio. A sus *Memorias sobre las revoluciones de Venezuela* hay que atribuirles,
dice el distinguido escritor cubano Enrique Piñeyro, "además
de su valor como obra literaria... suma importancia histórica
por los datos preciosos que contienen y por los documentos que
las acompañan..." Hay en ellas

> una seguridad de criterio, una imparcialidad de espíritu y una
> firmeza de pluma bastante poco comunes. Quizás de ningún espacio
> importante de la historia de la independencia hispano-americana
> exista otro trabajo que en su género pueda comparársele, tan com-
> pleto, superior e interesante...

Merece el autor

> muy alto lugar entre los prosistas americanos de la primera mitad
> del siglo XIX; viene en realidad a ocupar un puesto que estaba vacío
> en la lista de los historiadores de la independencia, a igual distancia,
> por la absoluta, constante y sincera moderación, del tono panegírico
> que a veces debilita la puntual y elegante relación de Baralt como
> de la ceñuda hostilidad que cruelmente afea y desautoriza el libro
> de Torrente.

Contemporáneos de José Francisco Heredia son fray José Félix Ravelo,[3] rector de la Universidad de La Habana en 1817;
los jurisconsultos Gaspar de Arredondo y Pichardo, magistrado
en la Audiencia del Camagüey, heredera de la de Santo Domingo
mientras duraron los efectos del Tratado de Basilea, y Juan de
Mata Tejada, pintor además e introductor de la litografía en
Cuba; el médico y escritor José Antonio Bernal y Muñoz, catedrático de la Universidad habanera, uno de los propagadores de
la vacuna en compañía de Romay.

Pertenecen ellos a la primera generación de emigrados. Después se pueden discernir dos grupos: los hijos de dominicanos
nacidos en nuevo solar y los nacidos todavía en la tierra de sus
padres. En Cuba, la primera gran generación de pensadores y
poetas, la primera de talla continental, la de Varela, Saco y Luz
Caballero, está constituida en gran parte por los descendientes
de dominicanos: Domingo Del Monte,[4] que comparte con Luz
Caballero y Saco la dirección intelectual de la época (Luz prac-
ticaba el apostolado ético y la mayéutica filosófica, Saco señalaba
orientaciones en problemas sociales y políticos, Del Monte ejer-
cía la magistratura literaria, a la que servía de asiento su célebre
tertulia); José María Heredia,[5] el poeta nacional de la patria
cubana en esperanza; Narciso Foxá, versificador discreto; Francisco Javier Foxá, el dramaturgo; Esteban Pichardo, el lexicó-
grafo; Antonio Del Monte y Tejada, el historiador; Francisco

Muñoz Del Monte, el poeta. De ellos, los tres primeros nacieron fuera de Santo Domingo: Del Monte en Venezuela; Narciso Foxá[6] en Puerto Rico; sólo Heredia en Cuba. Los cuatro últimos nacieron en Santo Domingo.

Francisco Javier Foxá[7] es cronológicamente el primer dramaturgo romántico de América y uno de los primeros de la literatura hispánica: escribió su *Don Pedro de Castilla* en 1836, año siguiente al del estreno del primer drama español plenamente romántico, el *Don Álvaro* de Rivas. Tuvo éxitos ruidosos pero su obra es endeble.

Esteban Pichardo[8] fue activísimo geógrafo y escribió el primer diccionario de regionalismos en América, después del incompleto ensayo del ecuatoriano Alcedo: hasta ahora, no sólo una de las mejores obras de su especie, sino una de las pocas buenas.

Antonio del Monte y Tejada[9] escribió en prosa magistral una *Historia de Santo Domingo*: esfuerzo grande para su tiempo, pobre en fuentes. Cuando deje de leerse como historia, podrá leerse como literatura.

Francisco Muñoz Del Monte,[10] buen poeta, situado entre las postrimerías del clasicismo académico y los comienzos del romanticismo, ensayista de seria cultura filosófica y literaria.

Todavía hay que recordar al naturalista y escritor Manuel de Monteverde,[11] a quien llama Enrique José Varona "hombre de estupendo talento y saber enciclopédico". Hay, agrega, "deliciosas cartas suyas sobre el cultivo de las flores, reunidas en pequeño volumen".

Fuera de Cuba, los dominicanos tienen función menos importante. En Venezuela figura José María Rojas, economista y periodista que hizo buen papel en los años que siguieron a la independencia y fundó una casa editorial que luego mantuvieron sus hijos: dos de ellos, José María y Arístides, fueron escritores. Rafael María Baralt, el eminente autor de la oda "A Cristóbal Colón", de la *Historia de Venezuela,* del *Diccionario de galicismos* y del Discurso académico en memoria de Donoso Cortés (su obra maestra, cuya profundidad filosófica la hace muy superior a todas las demás, según Menéndez Pelayo), era dominicano a medias: lo era por su ascendencia, a lo menos del lado materno, por su educación, en parte recibida en Santo Domingo, y hasta por el cargo de Ministro de la República Dominicana en Madrid, que desempeñó muchos años; al morir, legó su biblioteca a la ciudad primada.[12-17]

X. EL FIN DE LA COLONIA

MIENTRAS los emigrados y sus hijos florecían en tierras hermanas, se mantenía en Santo Domingo una desesperada lucha para salvar la tradición y la cultura hispánica. El aciago período que se inicia con el Tratado de Basilea en 1795 termina en 1808 con la reincorporación a España; pero, trastornada la metrópoli con la invasión napoleónica, apenas puede conceder atención a la colonia infeliz. El nuevo régimen recibió de los dominicanos el nombre popular de *la España boba*.

La Universidad de Santo Tomás, cerrada durante los trastornos de comienzos del siglo XIX, se reorganiza en 1815 y dura ocho años. El primer arzobispo de la Sede Primada que fue nativo de Santo Domingo (las normas políticas de España habían cambiado), Pedro Valera y Jiménez,[1] se había anticipado estableciendo en su palacio cátedras de filosofía y de literatura; se dice que favoreció la restauración de la Universidad, a pesar del carácter laico que la institución tuvo ahora; reorganizó el Seminario Conciliar, de nueva vida efímera, como la Universidad.

La imprenta, después de la Constitución de Cádiz, funcionaba libremente y hasta con exceso, según la voz de la época. Pero los ánimos no estaban para obras literarias: el libro más importante que llegó a imprimirse allí fue probablemente el Tratado de Lógica (1814) de Andrés López de Medrano,[2] natural de Santiago de los Caballeros.

Hombres principales de la época, que participaban en la vida intelectual: el arzobispo Valera, su colaborador el doctor Tomás de Portes e Infante,[3] que sería luego el segundo arzobispo dominicano de la Sede Primada; Juan Sánchez Ramírez,[4] jefe del movimiento de reincorporación en 1808; Francisco Javier Caro, comisario regio en 1810, representante de Santo Domingo en la Junta de Sevilla, en las Cortes luego, y finalmente ministro del Supremo Consejo de Indias y albacea testamentario de Fernando VII; José Joaquín Del Monte Maldonado,[5] fiscal de la Hacienda Pública; los sacerdotes José Gabriel Aybar,[6] deán de la Catedral, Elías Rodríguez,[7] Manuel González Regalado[8] y Bernardo Correa Cidrón;[9] el doctor José María Morillas;[10] el doctor José Núñez de Cáceres,[11] cuya inquieta personalidad sirvió de centro a las nuevas aspiraciones del país.

En 1821 salen los primeros periódicos: el *Telégrafo Constitucional de Santo Domingo,* en cuyo título se mezclan ilusiones de progreso e ideales de derecho, lo dirige el doctor Antonio María Pineda, canario, catedrático de medicina en la Universidad; dura pocos meses. Núñez de Cáceres publicó antes *El Duende,* uno de esos periódicos satíricos, típicos de la era constitucional española en América. Quizás el primero de todos fue *La Miscelánea.*[12-15]

IX. INDEPENDENCIA, CAUTIVERIO
Y RESURGIMIENTO

De 1808 a 1825 toda la América continental se levantaba contra España. Cuando la independencia se había consumado o estaba próxima a consumarse definitivamente, desde México hasta la Argentina, José Núñez de Cáceres proclamó la separación de Santo Domingo. España no hizo esfuerzos para reconquistar la improductiva colonia. La embrionaria nación comenzó su vida propia aspirando a formar parte de la federación organizada por Bolívar, la Gran Colombia, el primer día de diciembre de 1821.

Pocas semanas después, en febrero de 1822, los haitianos, constituidos en nación desde 1804, con población muy numerosa, invadieron el país. Huyó todo el que pudo hacia tierras extrañas; se cerró definitivamente la universidad; palacios y conventos, abandonados, quedaron pronto en ruinas... Todo hacía pensar que la civilización española había muerto en la isla predilecta del Descubridor.

Pero no. Aquel pueblo no había muerto. Entre los que quedaron sobrevivió el espíritu tenaz de la familia hispánica. Los dominicanos jamás se mezclaron con los invasores. La desmedrada sociedad de lengua castellana se reunía, apartada y silenciosa, en aquel *cautiverio babilónico,* como decía la bachillera y bondadosa doña Ana de Osorio. Se leía, aunque no fuese más que el *Parnaso español* de Sedano; no faltaba quien poseyera hasta el *Cantar de Mío Cid,* en las *Poesías anteriores al siglo* xv coleccionadas por Tomás Antonio Sánchez. Se escribía, y para cada solemnidad religiosa la ciudad capital se llenaba de versos impresos en hojas sueltas. Se hacían representaciones dramáticas, prefiriendo las obras cuyo asunto hiciera pensar en la suerte de la patria.[1-5]

En torno a los hombres de pensamiento se forjaba la nueva nacionalidad. Uno de ellos, el padre Gaspar Hernández, a quien por su origen se le llamaba *el limeño,* señalaba como ideal futuro el retorno a la tutela de España. Otros, dominicanos, aspiraban a reconstituir la nacionalidad independiente. El doctor Juan Vicente Moscoso daba clases en su casa; el padre José María Sigaván abrió un curso de latín; el doctor Manuel María Valverde también se dedicó a la enseñanza. Mientras el padre Hernández dedicaba cuatro horas diarias a enseñar a los jóvenes, gratuitamente, filosofía y otras disciplinas, Juan Pablo Duarte, joven dominicano de familia rica, educado en España, hogar de su padre, hacía venir de la antigua metrópoli libros recientes y

368

enseñaba a sus amigos filosofía, letras, matemáticas y hasta manejo de armas. Duarte fundó, el 16 de julio de 1838, la sociedad secreta La Trinitaria. De la Trinitaria surgió la República Dominicana.

ANTOLOGÍA

Doña Leonor de Ovando

SONETOS

*en respuesta a otros de Eugenio de Salazar**

I

EN LA PASCUA DE NAVIDAD

El Niño Dios, la Virgen y Parida,
el parto virginal, el Padre Eterno,
el portalico pobre, y el invierno
con que tiembla el auctor de nuestra vida,

sienta, señor, vuestra alma, y advertida
del fin de aqueste dón y bien superno,
absorta esté en aquel, cuyo gobierno
la tenga con su gracia guarnecida.

Las Pascuas os dé Dios qual me las distes
con los divinos versos de essa mano;
los quales me pusieron tal consuelo,

que son alegres ya mis ojos tristes,
y meditando bien tan soberano
el alma se levanta para el cielo.

II

EN LA PASCUA DE REYES

Buena Pascua de Reyes y buen día,
ilustre señor mío, tengáis éste,
adonde la clemencia sacra os preste
salud, vida, contento y alegría.

---

* Estos versos se reproducen tales como están en la *Historia de la poesía hispanoamericana*, de Menéndez Pelayo: como se ve, a veces se conserva la antigua ortografía *(auctor, assí, baptista,* etc.), a veces se moderniza *(cabeza por cabeça, pieza por pieça),* a veces se vacila, como en *illustre e ilustre, qual y cuando, sepáys y sepáis, hazer y hacer, acontesció y esclareció.* Pueden proceder del original las vacilaciones sobre grafías cultas, como en *illustre e ilustre, acontesció y esclareció;* pero en el original no puede estar *hacer* por *hazer.* [Aun cuando las normas seguidas habitualmente en la Biblioteca Americana son las de modernizar la ortografía de los textos, en este caso nos atenemos a la voluntad de P.H.U.]

Del Niño y de los Magos y María
tan bien sepáis sentir, que sólo os cueste
querer que sea el espíritu celeste,
y assí gocéis de la alta melodía.

Albricias de la buena nueva os pido,
aguinaldo llamado comúnmente,
que es hoy Dios conoscido y adorado
    de la gentilidad. Pues le ha offrescido
en parias a los Reyes del Oriente:
y su poder ante él está postrado.

III

El buen pastor Domingo, pregonero
de nuestro bien y gloria rescibido,
aquesta vuestra sierva le ha tenido
en más que a muy ilustre cavallero:
    sé que le hizo Dios para tercero
del abreviado plazo y bien cumplido
que el cuerpo y alma estuvo dividido
del manso y diviníssimo cordero.

El salto y zapateta fue bien dado,
pues con la mesma espada de Golías
nuestro David le corta la cabeza:
    Domingo desto está regocijado,
y haze deste bien las alegrías;
mas yo me llevaré la mejor pieza.

IV

Pecho que tal concepto ha producido,
la lengua que lo ha manifestado,
la mano que escribió, me han declarado
que el dedo divinal os ha movido.
    ¿Cómo pudiera un hombre no encendido
en el divino fuego, ni abrasado,
hacer aquel soneto celebrado,
digno de ser en almas esculpido?

Al tiempo que lo vi, quedé admirada,
pensando si era cosa por ventura
en el sacro collegio fabricada:
    la pura sanctidad allí encerrada,
el émphasis, primor de la scriptura,
me hizo pensar cosa no pensada.

V

Sobre la competencia entre las monjas bautistas y evangelistas

No sigo el estandarte del Baptista,
que del amado tengo el apellido;
llevóme tras su vuelo muy sabido
el águila caudal evangelista.

Mirélo ya con muy despierta vista
dende que tuve racional sentido;
y puesto que el propheta es tan subido,
mi alma quiso más al coronista.

No quiero yo altercar sobre su estado,
pues sé que fueron ambos claro espejo
y de la perfección rico dechado:

tomo con humildad vuestro consejo
y quiero, destos fuertes capitanes,
ser (como me mandáys) de entrambos Joanes.

VERSOS SUELTOS

en respuesta a unas sextinas de Eugenio de Salazar

Qual suelen las tinieblas desterrarse
al descender de Phebo acá en la tierra,
que vemos aclarar el aire obscuro,
y mediante su luz pueden los ojos
representar al alma algún contento,
con lo que pueda dar deleyte alguno:
assí le acontesció al ánima mía
con la merced de aquel illustre mano,
que esclareció el caliginoso pecho
con que pude gozar de bien tan alto,
con que pude leer aquellos versos
dignos de tan capaz entendimiento,
qual el que produció tales conceptos.

La obra vuestra fue; mas el moveros
a consolar un alma tan penada,
de aquella mano vino que no suele
dar la nïeve sin segunda lana
y nunca da trabajo, que no ponga
según la enfermedad la medicina.

Assí que equivalente fue el consuelo
al dolor que mi alma padescía
del ausencia de prendas tan amadas.
Seys son las que se van, yo sola quedo;
el alma lastimada de partidas,
partida de dolor, porque partida
partió y cortó el contento de mi vida
cuando con gran contento la gozaba.
Mas aquella Divina Providencia
que sabe lo que al alma le conviene
me va quitando toda el alegría,
[y] para que sepáys que es tan zeloso,
que no quiere que quiera cosa alguna
aquel divino Esposo de mi alma,
sino que sola a él solo sirva y quiera,
que solo padesció por darme vida;
y sé que por mí sola padesciera
y a mí sola me hubiera redimido
si sola en este mundo me criara.
La esposa dice: sola yo a mi amado,
mi amado a mí. Que no quiero más gente.
Y llorar por hermanos quien es monja,
sabiendo de que sola se apellida,
no quiero yo llorar, mas suplicaros
por sola me veáys, si soys servido:
que me edificaréys con escucharos.

FRANCISCO TOSTADO DE LA PEÑA

SONETO

*de bienvenida al oidor Eugenio de Salazar, al llegar a Santo Domingo**

Divino Eugenio, ilustre y sublimado,
en quien quanto bien pudo dar el çielo
para mostrar su gran poder al suelo
se halla todo junto y cumulado:
de suerte que si más os fuera dado
fuera más que mortal el sacro velo
y con ligero y penetrable buelo
al summo choro uviérades volado:

---

* Copiado por don Ángel Rosenblat del manuscrito de la *Silva de poesía*, de Salazar, que se conserva en la Academia de la Historia, de Madrid.

>   vuestra venida, tanto desseada,
> a todos a causado gran contento,
> según es vuestra fama celebrada;
>   y esperan que de oy más irá en augmento
> esta famosa isla tan nombrada,
> pues daros meresció silla y assiento.

Cristóbal de Llerena

ENTREMÉS

Representado por estudiantes universitarios en la Catedral de Santo Domingo, el jueves 23 de junio de 1588, en la Octava de la solemnidad de Corpus Christi

[Gracioso]. ¿Qué es esto, Cordellate? ¿Cómo venís tan trocado? ¿Qué súbita mudanza es ésta?[1] ¿Tan fácilmente mudáis la profesión? ¡Ayer melena y hoy chinchorro! ¿Qué jerigonza es ésta?

Cordellate. No sé; preguntadlo al maese del argadijo,[2] que me ha metido este hocico a pulgares, diciéndome: "¡No más, bobo! ¡no más, bobo! Caña de pescar y anzuelo ¡pesia tal!" Y ansí, por miedo de la pena, salgo cual veis a echar un lance.

Gr[acioso]. No me parece mal; echá para todos. Quizá por ahí soldaremos la borrumbada.

Cordellate. No pica ¡juro a Dios! No quiere picar.

Gr[acioso]. Pues si no pica, no vale nada la salsa; creéme, vos y yo. Sal, estudio, y veréis cuán bien pica allá.

Cordellate. Así lo pretendo hacer, aunque agora está cerrada la pesquería hasta San Lucas, que son las aguas.

Gracioso. ¿Pues qué pretendéis hacer en el entretanto?

Bobo. [Cordellate]. Llegarme a Haina, que no faltará lance.[3]

Gracioso. Otra pesquería de más provecho os revelaría yo si me tuviésedes secreto.

Bobo. ¿Y es?

Gracioso. Que llevéis un talegón de estos cuartos para trocar tostones, que se venden allá a cuatro reales, conforme a la cédula, y acá valen a ocho. ¿Qué mejor pesquería queréis?

Bobo. Bien decís; así lo haré.

---

* La ortografía está modernizada, tanto en el texto que da Icaza como en el que da el padre Utrera. Pero Icaza conserva vacilaciones de escritura, como *monstruo, mostruo* y *mostro; pece* y *peje; Callas, Chalcas* y *Calchas*. Sigo el texto de Icaza, retocando la puntuación.

GRACIOSO. ¿Sabéis que he notado que en todo venís diferenciado, no sólo en la profesión, sino también en la disposición corporal? ¿Qué se hizo la barriga y el preñado?

BOBO. ¿Qué se hizo? ¡Parióse!

GRACIOSO. Y ¿qué paristes? Algún monstruo, porque de tal tronco no se espera otra cosa.

BOBO. Si mostro debió de ser, yo os prometo que es de tal manera el parido, que ha llamado la justicia a los zahoríes del lugar para que digan lo que es, que no hay quien lo conozca. Veislo aquí. *(Lo sacan a plaza).* Vade retro, mal engendro, que aunque te parí no te puedo ver.

ALCALDE. Sacad ese pantasma fuera, señores aríolos, que cierto es cosa espantosa.

ALCALDE SEGUNDO. Señor alcalde, este mostruo ha nacido en tiempo y coyuntura de mucha consideración, porque tenemos mucha sospecha de enemigos, y hanse visto no sé qué faroles y fuegos, y en semejantes tiempos permite Dios estos portentos y prodigios para aviso de los hombres; y pues están aquí los aríolos, inquiramos lo que pronostica este mostruo.

ALCALDE [PRIMERO]. Paréceme buen consejo ése. Ea,[4] Señor Delio Nadador, y vos, Carpacio Proteo: estos señores os suplican que toméis esta provincia sobre vuestros hombros, y por el conocimiento de vuestra arte nos prevengáis lo que debemos hacer.[5]

DELIO. Tome la mano primero, pues está presente, el argio Cal[c]as, cuya destreza tiene en el orbe todo fama, y, visto su agüero, daremos los dos nuestro parecer después.

CAL[C]AS. Yo do la mano en eso a Edipo, intérprete famoso de monstruos; él diga lo que le parece primeramente.

EDIPO. No quiero andar en comedimientos, sino hacer lo que se me manda: que yo desaté el animal de la esfinge, diciendo ser símbolo del hombre, y éste digo que es símbolo evidente de la mujer y sus propiedades, para lo cual es menester considerar que este monstruo tiene el rostro redondo de hembra, el pescuezo de caballo, el cuerpo de pluma, la cola de peje;[6] la propiedad de los cuales animales se encierra en la mujer, como lo declara este tetrástico que servirá de interpretación:

> Es la mejor mujer instable bola;
> la más discreta es bestia torpe, insana;
> aquella que es más grave es más liviana,
> y al fin toda mujer nace con cola.

DELIO. No consiento tanto vituperio en las mujeres, ni que se tuerza la hermana interpretación de este monstruo a las calidades falsas que dice Edipo de ellas.

EDIPO. Pues decí vos lo que entendéis, que yo no alcanzo otra cosa.

DELIO. Estas cuatro formas comprendidas en un cuerpo son símbolo de cuatro elementos en una naturaleza encerrados: porque el pece simboliza el agua; la pluma, el aire; la bestia, la tierra; la mujer, el fuego. Y en comprobación de esto dijo Ovidio: las aguas habitan los peces; las aves, el aire, las bestias la tierra, y a la mujer llamó Terencio fuego cuando dijo a Fedria: "Llégate a este fuego, y no sólo te calentarás, mas te quemarás."

PROTEO. No admito tan simples y peregrinas interpretaciones, que, pues este monstruo nació en esta ciudad, no hay que divertir a otra cosa su significación, sino a cosas de ella, y así entiendo que se debe entender por esta figura nuestra república, la cual hacen monstruosa cuatro cosas: primeramente, mujeres descompuestas, cuyas galas, apetitos y licencias van fuera de todo orden natural, y la otra, caballos de cabeza.

DELIO. ¿Qué entendéis caballos de cabeza?

PROTEO. Como hay toros de cabeza, hay también caballos de cabeza y caballos de ingle; de estos postreros no se trata agora. Sólo digo caballo de cabeza, porque a este monstruo le nace de la cabeza el caballo. La tercera cosa es pluma de escribanos, letrados y teólogos.

ALCALDE [PRIMERO]. Declaráos en eso, Proteo, que estoy sentido algún tanto.

PROTEO. ¿Qué me miráis de puntería?[7] Este negocio basta se sienta y no se diga.

ALCALDE PRIMERO. ¿Qué significa el pescado?

PROTEO. Maestres y capitanes de navíos, cuya disolución en fletes y cargas son más que monstruosas, pues habéis de responder a lo que os piden o perder la hacienda.

ALCALDE SEGUNDO. Eche agora el sello y remate el doctísimo Calcas, por que se acabe esta inquisición de todo punto.

CALCAS. Yo siempre he sido consultado en contingentes bélicos, y siempre han tenido mis presagios sucesos correspondientes a mis agüeros. Considerando el nacimiento de este monstruo, alcé la figura y socorrióme en el ascendente de Marte el signo de Piscis, por lo cual pronostico guerra[8] y navíos, y por las figuras del monstruo las prevenciones que debemos tener, porque mujer, caballo y plumas y pece quiere decir que las mujeres se pongan en cobro, y se aparejen los caballos para huir, y alas para volar, y naos para navegar, que podrá todo ser menester.[9]

ALCALDE [PRIMERO]. A nada de eso tenemos miedo, buen caballero. Nos tenemos en el río galeras bien reforzadas de gente y municiones; un cubo de matadero que vale un peso[10] de plata; caminos cerrados que nos los abrirá un botón de cirujano. Deso bien podemos dormir a sueño suelto.

ALCALDE SEGUNDO. Con todo eso, me parece que reparemos bien en este monstruo.

ALCALDE [PRIMERO]. ¿Qué hay que reparar en un parto de un simple?

ALCALDE SEGUNDO. Muchas veces simples y borrachos paren cosas dignas de consideración, y, si a Vuesa Merced le parece, entremos en cabildo y hagamos un acuerdo de todo lo dicho, de suerte que resulte algo de utilidad común.[11]

ALCALDE PRIMERO. No se acuerde agora Vuesa Merced de comunidades, que es cosa prolija. Éntrense, señores aríolos, que a el otro cabildo se verá y acordará bien sobre este negocio.

DOÑA TOMASINA DE LEIVA Y MOSQUERA

DÉZIMA

en elogio del libro de anti-axiomas de su padre, el licenciado Fernando Díez de Leiva (1682)

> Señor, en esta lección
> como Orfeo deleitáis,
> y asimismo aprovecháis
> en paremias Salomón:
> aquí a las divinas son
> esclavas ya las humanas
> letras, si fueron profanas;
> pues que combite este día
> haze tal sabiduría,
> sirvan, dejen de ser vanas.

FRANCISCO MELGAREJO PONCE DE LEÓN

OCTAVA

en elogio de los anti-axiomas de Díez de Leiva

> Política, moral, filosofía,
> Leiva, en breve volumen enseñaste;
> con docta, aguda y métrica energía,
> contra adagios sesenta peleaste:
> ¿cuánta Noruega de ignorancia fría
> a átomos deste tomo iluminaste?
> De tu escrivir no cesse la carrera,
> buelve a ser sol humano desta esfera.

JOSÉ CLAVIJO

DÉZIMA

en elogio de los anti-axiomas de Díez de Leiva

Crítica tu pluma, enmienda
muchas larvas de verdades,
por las que persuades
firmes el mundo en ti aprenda.
Leiva, en tan sabia contienda
coronará tu victoria
mucho aplauso, mucha gloria
del docto y no lisonjero,
y en el siglo venidero
nombre, honor, vida y memoria.

MIGUEL MARTÍNEZ Y MOSQUERA

DÉZIMA

en elogio de los anti-axiomas de Díez de Leiva

Leiva, imán de los sentidos,
tu suave canto encanta;
no a Orfeo hicieron de tanta
fuerça los tracios oídos;
no a Amphión, cuyos sonidos
muro a Tebas erigieron,
pues, más que aquestos, pudieron
mover tus vozes oídas,
de ciencia, hallando en ti vidas
los que en muerte de error fueron.

RODRIGO CLAUDIO MALDONADO

OCTAVA

en elogio de los anti-axiomas de Díez de Leiva

Cada soneto, o Leiva, es un diamante
que Ceylán racional tu mente lleva;
de fondo grave, de decir brillante,
joya en todos al mundo has dado nueva
que lo enriquezca de valor constante:
ea, por que más dádivas te deva,
buelva a asistir essa fecunda mina
raro numen de gracia peregrina.

ALONSO DE CARVAJAL Y CAMPOFRÍO

SONETO

en elogio de los anti-axiomas de Díez de Leiva

¿Quién vio dulce a la hiel reprehensiva,
y a nutrir y a captar cevo suave?
Sólo quien vio este estilo agudo y grave,
sólo quien vio esta musa persuasiva.

¡O, siempre lo que sabe cante, escriva!
Que es útil golosina lo que sabe.
¡O, nunca de escucharla el mundo acabe!
De un buen rato, quien no la oyó se priva.

Leiva, éste es plato del mejor guisado,
si no es árbol de fruta sazonada
que guisó o sazonó docto cuidado.

¿Qué digo? De la huerta celebrada
hespéride, es cualquier verso estimado
una manzana de oro y no guardada.

GARCÍA DE CARVAJAL Y CAMPOFRÍO *

DÉZIMA

en elogio de los anti-axiomas de Díez de Leiva

Escrivid, Leiva, escrivid,
que causáis admiración,
si en provervios Salomón,
en lo armónico David.
Mucha riqueza incluid
de ciencia, en tan breve erario
de cada soneto vario,
que el saber es más riqueza,
y más saber con franqueza
darla al provecho ordinario.

* Alguacil mayor de la Real Audiencia de Santo Domingo.

POETA ANÓNIMO

DÉZIMA

en elogio de los anti-axiomas de Díez de Leiva

Licurgo lacedemón
eres, que estas nuevas leyes
das a pueblos, das a reyes,
Leiva, en dulce precisión:
hasta de aquel la nación
en ser lacónico imitas,
y en lo humilde que acreditas;
pues si aquel un reino dexa,
tú el aplauso, que a tu oreja
no permites, si lo excitas.

SONETO ACRÓSTICO

a Díez de Leiva

Fecunda vena al mundo ha enriquecido,
Enmendando a este mismo que enriquece;
Riqueza es verdadera la que ofrece,
No es la que da de lo celeste olvido.
A dar bien que el naufragio no ha perdido,
No a incendio, a saco o a ladrón perece,
Dirige el gran caudal, que en sí más crece,
O añade luz, cual fuego difundido.
¡Fútil, oh, cuánta antigua ardió sentencia!
A renovar su buena intención tira,
Mejor que Nero a Roma, al mundo en ciencia.
¡O siglo nuestro! En tan fragante pira
Sal fénix de vejezes, diligencia
Otra más cana juventud que admira.

NOTAS A *LA CULTURA Y LAS LETRAS COLONIALES EN SANTO DOMINGO*

I. INTRODUCCIÓN

¹ [El nombre *Hispaniola* consta en Antonio Gallo (1493) en latín en el informe sobre el viaje de Colón y en las cartas de P. Mártir a J. Borromeo (1493). Bernardo Aldrete (*Varias antigüedades de España, África y otras provincias,* Amberes, 1614) dice en el libro IV, cap. VIII, p. 521: "A la isla Española latinizaron diziendo la Hispaniola, no entendiendo la propiedad de nuestro idioma, sino guiando se por el sonido, auiendo de dezir Hispana"].

² No creo necesario tratar aquí de la cultura artística de los indígenas, tema que he tocado en mi trabajo "Música popular de América", pp. 177-236 del tomo 1 de *Conferencias* del Colegio Nacional de la Universidad de La Plata, 1930. [Reproducida en este volumen]. Como estudio extenso, véase el de Sven Lovén, *Über die Wurzeln der tainischen Kultur,* tomo 1, Gotemburgo, 1924: la versión inglesa, corregida y aumentada, ha aparecido en Gotemburgo, 1935 (consúltese el cap. 9).

En aquel trabajo mío, y en los artículos "Romances en América" (en la revista *Cuba Contemporánea,* de La Habana, noviembre de 1913) y "Poesía popular" (en la revista *Bahoruco,* de Santo Domingo, 14 y 21 de abril de 1934), hablo de las reliquias de poesía popular española que se conservan en la tradición de Santo Domingo. Hago breves referencias a ellas en *La versificación irregular en la poesía castellana,* Madrid, 1920, nueva edición en 1933 (véanse pp. 38, 63-64, 310 y 312 de la nueva edición).

³ El dato sobre la aparición de la imprenta en Santo Domingo a principios del siglo XVII lo trae Isaiah Thomas, *History of printing in America,* Worcester, 1810, reimpresa en Albany, 1874. De él lo toma Henri Stein, *Manuel de bibliographie générale,* París, 1897 (véase p. 636). En su *Description topographique et politique de la partie espagnole de l'Isle de Saint-Domingue,* Filadelfia, 1796, el escritor martiniqueño Moreau de Saint-Méry, que visitó el país en 1783, menciona la imprenta que existía en la capital a fines del siglo XVIII, destinada a publicaciones oficiales. En ella debieron de imprimirse, entre otras cosas, la Oración fúnebre sobre Colón, del arzobispo Portillo, en 1795, y antes los Estatutos de la Universidad de Santo Tomás de Aquino: de ellos conservaba el archivo universitario en 1782 "ciento cinco ejemplares impresos". No quedan ejemplares de aquella edición: una nueva se hizo en Santo Domingo en 1801. En sus *Notas bibliográficas referentes a las primeras producciones de la imprenta en algunas ciudades de la América española.* Santiago de Chile, 1904, José Toribio Medina señala como el impreso más antiguo que conoce de Santo Domingo la *Declaratoria de independencia del pueblo dominicano,* de 1821; pero don Leonidas García Lluberes posee una Novena a la Virgen de Altagracia, del presbítero doctor Pedro de Arán y Morales, de 1800: la describe don Manuel A. Amiama en su libro sobre *El periodismo en la República Dominicana,* Santo Domingo, 1933 (p. 7). De los años 1800 a 1821 se conocen muchos impresos dominicanos (véase Máximo Coiscou, "Contribución al estudio de la bibliografía de la historia de Santo Domingo", en la *Revista de Educa-*

ción, de Santo Domingo, 1935, núms. 25 y 26: cita quince): hasta se abusaba de la imprenta, con la libertad que dio la Constitución de Cádiz, según dice el doctor José María Morillas en las *Noticias* insertas en el tomo 3 de la *Historia de Santo Domingo,* de Antonio del Monte y Tejada. Cf., en este trabajo, el capítulo X, "El fin de la colonia", notas.

En la parte francesa de la isla, la actual Haití, la imprenta existía desde antes de 1736 (Carlos Manuel Trelles, *Ensayo de bibliografía cubana de los siglos XVII y XVIII,* Matanzas, 1907; reimpresión, La Habana, 1927; véase en la edición de 1907 el Apéndice sobre bibliografía dominicana, p. 207).

La imprenta comienza en México hacia 1535 (el primer libro que se conserva es de 1539); en Lima, 1584; en Puebla de los Ángeles, 1640; en Guatemala, 1660; en las Misiones de la Argentina y el Paraguay, ¿1693, 1705 o 1715?; en La Habana, 1707; en Oaxaca, 1720; en Bogotá, hacia 1738; en Quito, 1760; en Córdoba (Argentina), 1765; en Buenos Aires, 1780; en Guadalajara (México), 1793; en Caracas, 1806; en San Juan de Puerto Rico, 1807. La más antigua de los actuales Estados Unidos de Norte América corresponde al año 1638.

⁴ En México es donde se publica, en 1548, el primer libro de escritor nacido en América: el manual de *Doctrina cristiana,* en lengua huasteca, de fray Juan de Guevara, mexicano. Es significativo que el primer libro esté en lengua indígena. El primero de autor americano que se publica en lengua española es el *Tratado de que se deben administrar los sacramentos de la sancta Eucaristía y extrema unctión a los indios de esta Nueva España,* del agustino fray Pedro de Agurto, primer obispo de Zibú, México, 1573. El primer libro francamente literario: la traducción que hizo el Inca Garcilaso de la Vega de los *Diálogos de amor,* de León Hebreo, Madrid, 1590. El primer libro en verso: el *Arauco domado,* de Pedro de Oña, Lima, 1596.

Escritores americanos del siglo XVI —cuento los nacidos antes de 1570—: en México, Pedro Gutiérrez de Santa Clara (se le supuso antillano —se dice que su madre era india de las Antillas—, pero él se llama mexicano en el acróstico que acompaña a sus *Guerras civiles del Perú),* Tadeo Niza, Antonio Gaspar, fray Antonio Tello, fray Agustín Farfán, Juan Suárez de Peralta, Francisco de Terrazas, Fernando de Córdoba Bocanegra, Juan Pérez Ramírez, Antonio de Saavedra Guzmán, Baltasar de Obregón, Baltasar Dorantes de Carranza, fray Agustín Dávila Padilla, Hernando Alvarado Tezozómoc, Diego Muñoz Camargo, Fernando de Alva Ixtlilxóchitl; en Guatemala, Gaspar de Villarroel y Coruña; en Nueva Granada, Hernando de Escalante, fray Antonio de Medrano, fray Jerónimo de Escobar, Francisco Guillén Chaparro, fray Esteban de Asensio, Sebastián García, Alonso de Carvajal, Francisco de la Torre Escobar, Santiago Álvarez del Castillo (fray Sebastián de Santa Fe), Hernando de Angulo, Hernando de Ospina, Juan Rodríguez Fesle; en el Ecuador, fray Luis López; en el Perú, el padre Blas Valera, Tito Cusi Yupanqui (Diego de Castro), Felipe Huamán Poma de Ayala, Juan de Santa Cruz Pachacuti Yampi Salcamayhua; en Chile, Pedro de Oña; en el Río de la Plata, Ruy Díaz de Guzmán, nacido en el Paraguay.

⁵ En 1570, la isla de Santo Domingo tendría 35.500 habitantes: cálculo de Wilcox, según el trabajo de don Ángel Rosenblat, "El desarrollo de la población indígena de América", en la revista *Tierra Firme,* de Madrid, 1935, 1 (115-133), 2 (117-148) y 3 (109-143) (hay tirada aparte en folleto). Pero Cuba apenas tendría entonces unos 17.550 habitantes; Puerto Rico, 11.300; Jamaica, 1.300. Todavía en 1610, a Cuba se le atribuyen (Pezuela) 20.000 habitantes. En 1600, Puerto Rico sólo

tenía dos pueblos, San Juan y San Germán, con 1.500 vecinos: a cada vecino pueden agregársele cuatro personas, entre familiares y servidumbre; en 1766, apenas había llegado a 44.000 habitantes (pero desde entonces crece junto con la población con extraordinaria rapidez). En cambio, Santo Domingo tenía ya en 1505 diez y siete poblaciones (Las Casas, *Historia de las Indias*, libro III, cap. I). La colonización de Puerto Rico comenzó en 1508; la de Jamaica, en 1509; la de Cuba, en 1511; la de Tierra Firme, en 1509.

A veces (por ejemplo, Federico García Godoy, "La literatura dominicana", en la *Revue Hispanique*, de París, 37 (1916) se ha pintado la existencia colonial en Santo Domingo como excepcionalmente pobre. Pero la pobreza fue general en la América española, salvos México y el Perú, hasta principios del siglo XVIII, cuando comienza la prosperidad de Cuba, Nueva Granada, Venezuela y Buenos Aires. No sólo en Santo Domingo se recibía el *situado* de México para pagar los sueldos de los funcionarios públicos: igualmente en Cuba, en Puerto Rico y en Venezuela; hecho semejante se ha dado y se da todavía en colonias inglesas y francesas. Sobre cómo la ciudad de Santo Domingo fue durante muchos años la única digna de nombre, hay muchos testimonios. El oidor Alonso de Zuazo, en carta a Chièvres (1518), dice: "E puesto que allá suenen mucho las Indias, quiero desengañar a Vuestra Ilustrísima Señoría que si no es esta ciudad de Santo Domingo, donde hay casas de piedra e buenos edificios e vecindad, todo lo demás son casas de paja e pueblos de muy poquita vecindad, de a veinte o treinta vecinos e no más, como un pobre villaje de España". El alemán Nicolaus Federman estuvo allí en 1529 y dice que "las calles son hermosas, así como los edificios" (*Relación de viaje a las Indias*, en Haguenau, 1557).

II. Colón y su época

[1] Sobre las primeras ediciones de escritos de Colón, desde la carta a Luis de Santángel, escrita en las Islas Canarias, febrero de 1493, con postdata de Lisboa en marzo, y publicada dentro del año, consúltese José Toribio Medina, *Biblioteca hispano-americana*, tomo 1, Santiago de Chile, 1898, pp. 1-28, 30-31, 48-49, 136-137, donde también se hace referencia a las reimpresiones modernas, y la *Bibliografía colombina*, Madrid, 1892.

Entre las más completas ediciones modernas de escritos de Colón señalaré la *Raccolta di documenti e studi pubblicati dalla R. Commissione Colombiana...*, Roma, 1892: digna de atención, la edición crítica del diario del primer viaje. Son fácilmente accesibles las *Relaciones y cartas* publicadas en la *Biblioteca Clásica*, de Madrid, 1892; pero ofrecen textos inseguros y no separan los auténticos de los dudosos.

Sobre Colón como escritor, consúltense Alexander von Humboldt, *Examen critique sur l'histoire de la géographie du Nouveau Continente*, capítulos I y IX de la sección sobre Colón (hay traducción española bajo el título *Cristóbal Colón y el descubrimiento de América*, dos vols., Madrid, 1892); Marcelino Menéndez y Pelayo, "De los historiadores de Colón" (1892), en el tomo 2 de sus *Estudios de crítica literaria;* Carlos Pereyra, *Historia de la América española*, 8 vols., Madrid, 1920-1926, tomo 1, pp. 71-96: en contraste con las rudas censuras que hace al carácter del Descubridor, encomia sus dones expresivos. Hablo de Colón como paisajista en mi artículo "Paisajes y retratos", en *La Nación*, de Buenos Aires, 31 de mayo de 1936.

[2] El doctor Diego Álvarez Chanca describió animales y plantas de Santo Domingo en la carta al Cabildo de Sevilla, a fines de 1493: fi-

gura en la *Colección de los viajes y descubrimientos que hicieron por mar los españoles desde fines del siglo XV...*, coordinada por Martín Fernández de Navarrete, tomo 1, Madrid, 1825, pp. 198-224; en la segunda edición, tomo 1, Madrid, 1858, pp. 347-372; y en la *Historia de Santo Domingo*, de Antonio del Monte y Tejada (véase *infra*). Su contemporáneo el padre Andrés Bernáldez, cura de Los Palacios, la utilizó para su *Historia de los Reyes Católicos*, como, según parece, utilizó manuscritos y datos de Colón (primera edición, Granada, 1856; reimpresiones, Sevilla, 1869-1870 y Madrid, 1878, en el tomo 70 de la *Biblioteca de Autores Españoles*). La omentan Miguel Colmeiro, *Primeras noticias acerca de la vegetación americana*, Madrid, 1892; Antonio Hernández Morejón, *Historia bibliográfica de la medicina española*, Madrid, 1842-1852, tomo 2, p. 202 y siguientes; José Toribio Medina, *Biblioteca hispano-americana*, 1, 74-75, con indicaciones bibliográficas. No hay referencias a América en los dos tratados que Chanca publicó en Sevilla, 1506 y 1514.

³ El padre Boil *c.* 1445-*c.* 1520, según los datos de Caresmar (menciona el padre Fita) había publicado, antes de venir a América, una traducción del tratado *De religione*, del Abad Isaac, 1469, en castellano lleno de aragonesismos. Dejó escritos menores. Sobre su viaje a Santo Domingo sólo sabemos que haya escrito una carta a los Reyes Católicos, en enero de 1494. Describe el viaje Honorius Philoponus en su libro *Noua typis transacta nauigatio Noui Orbis Indiae Occidentalis...* Munich, 1621: sobre él hay estudio del historiador chileno Diego Barros Arana, *El libro más disparatado que existe sobre la historia del Descubrimiento de América*, en sus *Obras completas*, 6, 18-33.

Consúltese, sobre Boil, José Toribio Medina, *Biblioteca hispano-americana*, 1, 75, donde indica bibliografía sobre él, y los trabajos del padre Fidel Fita en el *Boletín Histórico*, de Madrid, 1880-1881, y en el *Boletín de la Academia de la Historia*, de Madrid, 19 (1891), 173-237, 267-348 y 557-560; 20 (1892), 160-205 y 573-615; 22 (1894), 373-378. No conozco el libro de don Carlos Martí, *Fray Bernardo Boil*, La Habana, 1932.

⁴ La *Escritura* de fray Román Pane sobre los indios figura como apéndice al capítulo 61 en la *Historia del Almirante Don Cristóbal Colón* escrita por su hijo Fernando. "Fue el primer europeo de quien particularmente se sabe que habló una lengua de América", dice el Conde de la Viñaza ("Investigación histórica: la ciencia española y la filología comparada", en la *Revista de las Españas*, de Madrid, diciembre de 1932). La lengua que habló Pane no fue el taíno, general en la isla, sino la del Macorix de abajo: véase Las Casas, *Apologética historia de las Indias*, cap. 120.

Consúltese: Edward Gaylor Bourne, "Columbus, Román Pane and the beginnings of American anthropology", en *Proceedings of the American Antiquarian Society*, Worcester, 17 (1906), 310-348; Robert Streit, "Fr. Ramon Panes der erste Ethnograph Amerikas", en *Zeitschrift für Missionswissenschaft*, Heft, 10 (1920), 192-193.

⁵ [La Real Audiencia se estableció en Santo Domingo en 1511; la de Panamá se había suprimido ya en 1542; la Audiencia de los Confines (Guatemala y Nicaragua) data de 1542. En el siglo XVII, el Distrito del Perú consta de cinco Audiencias (Lima, Charcas, Quito, Santa Fe y Panamá) y también de cinco el Distrito de Nueva España (México, Guadalajara, Guatemala, Santo Domingo y Filipinas)].

⁶ La obra de Fernando Colón se publicó con el título de *Historie*

*del S. D. Fernando Colombo; Nelle quall s'ha particolare, e vera re-
latione della vita, e de'fatti dell'Ammiraglio D. Cristoforo Colombo,
suo padre. Et dello scoprimento, ch'egli fece dell'Indie Occidentali, dette
Mondo Nuovo, hora possedute dal Sereniss. Re Catolico: nuovamente
di lingua Spagnuola tradotte nell'Italiana del S. Alfonso Ulloa.* Venecia, 1571. Reimpresiones: Milán, 1614; Venecia, 1618, 1672, 1676, 1678,
1685, 1707. Traducciones: al francés, por C. Cotolendy, París, 1881; al
español, por Andrés González de Barcia, Madrid, 1749; reimpresión en
dos vols., Madrid, 1892 *(Colección de libros raros o curiosos que tratan
de América,* 5 y 6), y nuevamente, en dos vols., con prólogo de Manuel
Serrano y Sanz, Madrid, 1932.

Según Henry Harrisse *(Fernando Colón, historiador de su padre, por
el autor de la "Bibliotheca Americana Vetustissima",* Sevilla, 1871, y
Ferdinand Colomb, sa vie, ses œuvres, París, 1872), el libro es una su-
perchería: Fernando Colón no ha dejado anotación ninguna sobre él.
¿Podría ser, como pensó Gallardo, arreglo de la desaparecida biografía
que escribió el gran humanista Hernán Pérez de Oliva, sobre la cual sí
dejó anotaciones el hijo de Colón en los catálogos de su biblioteca? Resumiendo la cuestión de modo magistral, como siempre, Marcelino Menéndez Pelayo dice en su estudio "De los historiadores de Colón":

El D. Fernando que se dice autor de las *Historie* principia por no
saber a punto fijo dónde nació su padre y apunta hasta cinco opiniones; cuenta sobre su llegada a Portugal fábulas anacrónicas e
imposibles, y finalmente hasta manifiesta ignorar el sitio donde yacen
sus restos, puesto que los da por enterrados en la Iglesia Mayor de
Sevilla, donde no estuvieron jamás.

Todos estos argumentos, unidos al silencio de los contemporáneos..., parecían de gran fuerza; pero de pronto vino a quitársela
el conocimiento pleno de la *Historia de las Indias,* de fray Bartolomé
de Las Casas, donde no sólo se encuentran capítulos sustancialmente idénticos a los de las *Historie...* sino que se invoca explíci-
tamente el testimonio de *D. Fernando Colón en su Historia...* No
hay duda, pues, que fray Bartolomé de Las Casas disfrutó un manuscrito de la biografía de Cristóbal Colón por su hijo...

En la discusión contra Harrisse intervinieron principalmente M.
d'Avezac y Prospero Peragallo.

La discusión se ha renovado en este siglo, afectando tanto a Fernando Colón como a Las Casas. La bibliografía del asunto es extensa: está
mencionada en la revista *Tierra Firme,* de Madrid, 1 (1936, 47-51). Baste
indicar que, como en la ocasión anterior, la opinión de los principales
investigadores mantiene a Fernando Colón en posesión de estado de autor del libro.

No sé si se conserva la carta geográfica del Nuevo Mundo que le
encargaron los reyes en 1526 (véase *Colección de documentos inéditos
relativos al descubrimiento, conquista y colonización de las posesiones
españolas en América y Oceanía, sacados en su mayor parte del Real
Archivo de Indias,* t. 32, 512-513). Hay dos cartas suyas de 1524 sobre
cuestiones de América en el tomo 40 de la *Colección,* pp. 160-174. José
Hernández Díaz y Antonio Muro Orejón publicaron *El testamento de
Don Hernando Colón y otros documentos para su historiografía,* Sevilla, 1941, xxxviii + 320 pp. Véase también Antonio Blázquez, *El itinerario
de Fernando Colón y las relaciones topográficas,* Madrid, 1904.

[7] El distinguido investigador fray Cipriano de Utrera, en su artículo
"De re historica: Los primeros libros escritos en la Española", publicado
en la revista *Panfilia,* de Santo Domingo, 15 de mayo de 1924, menciona
las siguienes obras: el *Diario de Colón* (1492-1493); la *Escritura* del

padre Pane (c. 1494); la *Doctrina cristiana* para indios, de fray Pedro de Córdoba († 1521); el *Itinerarium* del obispo Geraldini, terminado en 1522; la *Apologética historia de las Indias,* del padre Las Casas, comenzada en el Convento Dominico de Puerto Plata en 1527; la larga carta del padre Las Casas al Consejo de Indias, sobre los indígenas, terminada en Puerto Plata en enero de 1531; la *Historia general y natural de las Indias,* de Oviedo, que se comenzó a publicar, inconclusa, en 1535. Deberían agregarse, por lo menos, la carta descriptiva del doctor Chanca, de 1493, y el *Sumario de la natural y general historia de las Indias,* de Oviedo, publicado en 1526.

III. LAS UNIVERSIDADES

[1] Las Universidades de Santo Domingo son las primeras de América: la de Santo Tomás de Aquino existía como colegio conventual, que con la bula de 1538 adquiere categoría universitaria; la de Santiago de la Paz, autorizada desde 1540, tuvo como base otro colegio ya existente y en 1547 poseía ya edificio propio.

La Universidad de México (Las Casas la había pedido en 1539) y la de Lima (fundada por fray Tomás de San Martín en 1553) fueron autorizadas en 1551. En Lima existió, además, el Colegio de San Ildefonso, de agustinos, que el papa Paulo V autorizó se llamara Universidad Pontificia (1605). En Quito, la de San Fulgencio, de agustinos, obtuvo bula en 1586; pero la definitiva fue la jesuítica de San Gregorio Magno. En Bogotá, la Xaveriana, seminario de jesuitas, estaba organizada en 1592; pero la que obtuvo categoría de Real y Pontificia, la dominica de Santo Tomás, fue autorizada, según parece, en 1621. La del Cuzco, en 1598.

Del siglo XVII son las de Córdoba en la Argentina: la jesuítica de San Ignacio, fundada como Colegio Máximo en 1614 —después del primer conato de 1607—, pero con derecho a conferir grados sólo desde 1664; después se le llamó de la Purísima Concepción y finalmente (1808) de San Carlos; en 1767 pasó a manos de los franciscanos y, por fin, a las de los sacerdotes seculares (1808): véase Luis Aznar, "La Universidad de Córdoba bajo la dirección de los regulares" *(Boletín de la Universidad de La Plata,* 18 (1934), pp. 261-303); allí anota la breve existencia de una universidad rival, la dominica de Santo Tomás (¿1622?), la de San Francisco Javier, en Charcas del Alto Perú (jesuítica, autorizada en 1624) y Guatemala (la de San Carlos, autorizada en 1676).

Del siglo XVIII, la de Caracas (1725), La Habana (1728) y Santiago de Chile (la de San Felipe, por Real Cédula de 1738); la dominica de Santo Tomás, de 1610, no llegó a tener existencia oficial.

El Colegio Seminario de San Cristóbal, de Huamanga, Perú, gozaba privilegios universitarios, según Alcedo. No hallo datos sobre la Universidad que se dice existió en Guadalajara (México).

[En Buenos Aires, el virrey mexicano Vértiz (1778-1784) intentó sin éxito convertir en universidad el Colegio de San Carlos: véase Juan Probst, *La enseñanza durante la época colonial, (1771-1810),* Buenos Aires, 1924. La universidad actual es posterior a la independencia (1821).

En La Paz (Alto Perú), también se intentó (1795) convertir en universidad el Colegio Seminario de San Carlos. En Asunción del Paraguay, el Colegio Seminario de la Orden de Predicadores, creado en 1776, tuvo autorización papal para conferir grados y en 1779 el Consejo de Indias lo elevó a Universidad; pero el virrey de Buenos Aires no concedió su aprobación: consúltese Fernando Márquez Miranda, "Tentativas desconocidas de creación de universidades en la época colonial", t. 5 del Segundo Congreso Internacional de Historia de América, Buenos Aires 1938.]

² Sobre la actividad universitaria en Santo Domingo consúltese el documentadísimo libro de fray Cipriano de Utrera, *Universidades de Santiago de la Paz y de Santo Tomás de Aquino y Seminario Conciliar de la ciudad de Santo Domingo de la Isla Española.* Santo Domingo, 1932. Para comparar opiniones, véase el interesante folleto de fray M. Canal Gómez sobre *El Convento de Santo Domingo en la isla y ciudad de este nombre,* Roma, 1934, reproducido en la revista *Clío,* órgano de la Academia Dominicana de la Historia, julio y agosto de 1934.

³ Sobre los franciscanos, véase Utrera, *Universidades,* p. 14. Sobre el colegio del obispo Ramírez de Fuenleal, pp. 15-18. Para afirmar que el colegio del obispo existía antes de 1530, me apoyo en este pasaje de su carta al emperador, desde México, en abril de 1532 *(Colección de documentos... del Archivo de Indias...,* 13, 220): "Tengo en mi compañía a Cristóbal de Campaña, que ha leído tres años gramática en Sancto Domingo, es de evangelio, y a la Trinidad canta misa; es docto en la lengua latina y de buen vivir..."

⁴ La bula *In apostolatus culmine,* de 1538, está incluida en el *Bullarium Ordinis Praedicatorum,* 4, 571, y en la *Colección de bulas, breves y otros documentos relativos a la Iglesia de América y de Filipinas,* del padre Francisco Javier Hernáez, S. I., tomo 2, 438; existen copias en el Vaticano, en el Archivo General de la Orden de Predicadores y en el Archivo de Indias, de Sevilla. El original estaba en Santo Domingo y hubo de perecer cuando Drake puso fuego al archivo del Convento Dominico, en 1586. La Academia Dominicana de la Historia, en Santo Domingo, posee copia, sacada del Bulario Dominicano, y certificada por el Prefecto del Archivo Secreto del Vaticano (*Clío,* núm. 21, mayo-junio 1936, pp. 72-77.) Fray Cipriano de Utrera discute inútilmente la bula, como los jesuitas del siglo XVIII. Pero las acusaciones entre órdenes rivales no prueban nada. El padre Canal Gómez rechaza la duda como ofensiva para la Orden de Predicadores.

De cualquier modo, en el siglo XVII se habla del Colegio de la Orden de Predicadores como Universidad: así, en 1632, en carta de fray Luis de San Miguel, que enseñó allí, se dice que tiene "por bula particular las mismas preeminencias que la Universidad de Alcalá en España" (Carlos Nouel, *Historia eclesiástica de la Arquidiócesis de Santo Domingo,* en dos vols., Roma, 1913, y Santo Domingo, 1914; véase 1, 256; además, Apolinar Tejera, *Literatura dominicana,* p. 13, y Utrera, *Universidades,* 150). En 1662, el arzobispo Cueba y Maldonado le atribuye privilegios reales (Utrera, *Universidades,* 159). Se han atribuido a la Universidad, a veces, los títulos de Imperial y Pontificia; pero el título de imperial sólo pertenecía al Convento de Predicadores.

Hay datos sobre la institución en el *Memorial* que publica en 1693 fray Diego de la Maza (véase en este trabajo el capítulo VIII, *b,* notas): no lo conozco, ni sé que haya sido consultado.

⁵ Las gestiones de Gorjón están documentadas desde 1537 (Utrera, *Universidades,* 26-29). Ya en 31 de mayo de 1540 el emperador autoriza la fundación del "colegio general... en que se lean todas ciencias" (es decir, universidad) y promete pedir al Papa que "conceda al dicho colegio las franquezas y esenciones que tiene el Estudio de Salamanca" (Utrera, 29-31). En cédula de 19 de diciembre de 1550, muerto Gorjón, la corona dispone que su legado sirva para establecer el colegio general sobre la base del "Estudio que al presente está fecho e fabricado" (Utrera, 33-35). La cédula real de 23 de febrero de 1558 confirma la autorización, empleando la fórmula "Estudio e Universidad" (Utrera, 35-36). El visitador Rodrigo de Ribero, en ordenanza de 1583, dispuso que se le llamara Universidad de Santiago de la Paz, conforme a la voluntad de

Gorjón (Utrera, 50). El cronista oficial Juan López de Velasco, en su *Geografía y descripción universal de las Indias,* escrita de 1571 a 1574 (Madrid, 1894, p. 100), llama a la Universidad de Gorjón de *San Nicolás,* confundiéndose con el nombre del Hospital que fundó el gobernador fray Nicolás de Ovando. Gorjón también dejó rentas para hospital.

Oviedo habla de su construcción en 1547: "Hanse fecho agora nuevamente unas escuelas para un colegio (donde se lea gramática e lógica e se leerá philosophía e otras sçiençias), que a do quiera sería estimado por gentil edificio" (*Historia general y natural de las Indias,* Parte I, libro III, cap. XI).

Fray Alonso Fernández, en su *Historia eclesiástica de nuestros tiempos* (Toledo, 1611), dice que la ciudad de Santo Domingo tenía "un colegio o universidad de gramática y ciencias con cuatro mil pesos de renta".

Sobre la decadencia del Colegio de Gorjón, véase Utrera, 46 *ss.* Sobre su conversión en seminario, 89-91. Sobre su subordinación a la Universidad de los dominicos, 160.

[6] Sobre relaciones universitarias de Santo Domingo con Venezuela y Cuba, consúltese Rafael María Baralt y Ramón Díaz, *Resumen de la historia de Venezuela, en tres vols.,* París, 1841-1843: véase tomo 1, 441; Utrera, 95 y 202-214; *Documentos del Archivo Universitario de Caracas,* 1725-1810, 1, Caracas, 1930; Juan Miguel Dihigo, *La Universidad de La Habana,* La Habana, 1916, y "Real y Pontificia Universidad de La Habana", en la *Revista de la Facultad de Letras y Ciencias,* Universidad de La Habana, 41 (1930), 175-393.

[7] Sobre el período final de las universidades coloniales, consúltese *Guía histórica de las Universidades, Colegios, Academias y demás cuerpos literarios de España y América...,* Madrid, 1786; Utrera, 248-258, 334-335, 543-547, 558, 567 y al final B-C, en Adiciones y correcciones: en las pp. 548-564 da una lista de los estudiantes de 1815 a 1823, con la filiación de muchos; son unos doscientos cincuenta; cerca de la mitad proceden todavía de Puerto Rico, Cuba y Venezuela.

IV. LOS CONVENTOS

[1] Sobre la cultura religiosa, consúltese la *Historia eclesiástica de la Arquidiócesis de Santo Domingo,* de Carlos Nouel, y las valiosas notas que sobre este libro publicó, en el semanario *El Progreso,* de Santo Domingo, en 1915, nuestro gran investigador y admirable escritor don Américo Lugo.

Hay breves referencias a los conventos en la *Historia eclesiástica de nuestros tiempos,* de fray Alonso Fernández.

Los datos de Juan López de Velasco, en su *Geografía y descripción universal de las Indias,* proceden quizás de la *Relación* del oidor Echagoyan (*Colección de documentos... del Archivo de Indias,* 1, 34-35). López de Velasco atribuye a los conventos de monjas "cerca de ochenta religiosas": probable error por las "ciento ochenta" de Echagoyan.

Gil González Dávila, *Teatro eclesiástico de la primitiva Iglesia de las Indias Occidentales,* dos vols., Madrid, 1649-1655, dice (1, 263) que el Convento de Santa Clara se fundó en tiempos del arzobispo Fuenmayor (1533-1554) con doce religiosas venidas de España y el templo se construyó con la dote de las primeras diez y seis profesas nacidas en la isla.

El convento franciscano de monjas de la Concepción, en Caracas, lo fundaron en 1637 dos monjas naturales de Santo Domingo: sor Isabel Tiedra y Carvajal y sor Aldonza Maldonado, "religiosas de velo negro", procedentes del Convento de Santa Clara. Permanecieron en Caracas siete años. Consultar: Arístides Rojas, *Estudios históricos*, 3, Caracas, 1927, pp. 300 *ss*.

En 1663, el arzobispo Cueba Maldonado atribuye al Convento Dominico "treinta y seis religiosas" (Utrera, *Universidades*, 159).

La Orden de la Merced llegó a tener cuatro conventos en la isla (comenzó en 1511: véase Las Casas, *Historia de las Indias*, libro II, cap. 34); la franciscana, tres (en Santo Domingo, en La Vega y en la Verapaz); la dominica, otros tantos: en Santo Domingo, Puerto Plata y tal vez La Vega.

² Sobre fray Bartolomé de Olmedo († 1524), consúltese: Mariano Cuevas, *Historia de la Iglesia en México*, tomo 1, Tlalpan, 1921, pp. 115-116; fray Pedro Nolasco Pérez, *Religiosos de la Merced que pasaron a América*, en dos vols., Sevilla, 1923 (véase 1, 21-30; habla también, extensamente, del provincial de la Isla Española fray Francisco de Bobadilla, pp. 31-51); fray Francisco de Parejas, *Crónica de la Provincia de la Visitación de Nuestra Señora de la Merced, Redención de cautivos de la Nueva España* (1688), publicada en dos vols., México, 1882; fray Cristóbal de Aldana, *Crónica de la Merced de México*, impresa en México. s.a., en el siglo XVIII, después de 1780; reimpresa en 1929, facsimilarmente, por la Sociedad de Bibliófilos Mexicanos. Bernal Díaz del Castillo habla frecuentemente de él como acompañante de Cortés en la expedición de la conquista. Según el historiador mexicano Veytia, hizo escribir en México un catecismo para indígenas.

³ El mercedario fray Hernando de Canales permaneció en la isla después de irse el padre Téllez; en 1625 aparece como definidor y en 1627 como provincial (Utrera, *Universidades*, 118, 129 y 131). El padre Soria estaba allí también en 1623; fue a España y regresó a la isla en 1634. Fray Pedro Nolasco Pérez, en la obra recién citada (2, 14), transcribe los datos que fray Juan Gómez da al Consejo de Indias, en 23 de enero de 1616, sobre los frailes que salen con él para Santo Domingo: de Canales dice que era "lector e predicador; de edad de veinte y ocho años; flaco de rostro; la color quebrada". De Tirso: "predicador y lector; de edad de treinta y tres años; frente elevada; barbinegro". Esta edad confirma la fecha de 1583 que da la partida de bautismo encontrada por doña Blanca de los Ríos de Lampérez y destruye la fecha conjetural de 1571. En la lista aparece otro nombre: fray Hernando de Sandoval.

Tirso (*c.* 1583-1648) cuenta los trabajos de la misión reformadora del Convento Mercedario en su *Historia de la Orden de la Merced*, cuyo manuscrito inédito se conserva en Madrid, en la Academia de la Historia. Las páginas relativas a Santo Domingo las ha impreso allí don Américo Lugo, en la revista *Renacimiento*, 1 (1915), núms. 4-5; parte de ellas citan Marcelino Menéndez y Pelayo en su *Historia de la poesía hispanoamericana*, 1, Madrid, 1911, pp. 299-301, y Emilio Cotarelo y Mori en la Introducción al tomo 1 de *Comedias* de Tirso, Madrid, 1906 (*Nueva Biblioteca de Autores Españoles*, 4), pp. XVIII-XX. Consúltese el libro de fray Cipriano de Utrera, *Nuestra Señora de las Mercedes: Historia documentada de su santuario en la ciudad de Santo Domingo y de su culto*, Santo Domingo, 1932.

En su libro misceláneo *Deleitar aprovechando*, Madrid, 1635, folios 183 y 187, Tirso da cuenta del certamen poético en honor de la Virgen de las Mercedes, muy concurrido por ingenios del país, en septiembre de 1616 (debe de ser 1616 y no 1615, como dice Tirso: doña Blanca de los Ríos de Lampérez, *Del siglo de oro*, Madrid, 1910, p. 28, ha demostrado que el poeta salió para Santo Domingo en 1616 y no en 1615; él mismo concurrió con ocho composiciones, una de las cuales fue premiada.

En su comedia *La villana de Vallecas,* estrenada en 1620, hay recuerdos de Santo Domingo. En el acto 1, escena 4:

> Y si en postres asegundas,
> en conserva hay piña indiana,
> y en tres o cuatro pipotes
> mameyes, cipizapotes;
> y si de la castellana
> gustas, hay melocotón
> y perada; y al fin saco
> un túbano de tabaco
> para echar la bendición.

Y en el acto 2, escena 9:

> ¿Cómo se coge el cacao?
> Guarapo ¿qué es entre esclavos?
> ¿Qué frutos dan los guayabos?
> ¿Qué es cazabe, y qué jaojao?

Tirso habla también de cosas de América en sus "comedias famosas" *Amazonas en las Indias* y *La lealtad contra la envidia,* publicadas en 1635, en la *Cuarta Parte* de sus comedias; allí abundan las palabras indígenas, antillanas en su mayor parte: bejuco, cacique, caimán, canoa, chocolate, guayaba, iguana, jején, jícara, macana, maíz, naguas, nigua, papaya, petaca, tabaco, tambo, tiburón, tomate, yanacona, yuca.

4 He trazado sintéticamente la historia del Convento de Dominicos en mi artículo "Casa de apóstoles", publicado en el diario *La Nación,* de Buenos Aires, 18 de noviembre de 1934, y reproducido en la revista *Repertorio Americano,* de San José de Costa Rica, 16 de marzo de 1935.

Sobre los primeros dominicos, véanse Las Casas, *Historia de las Indias,* libro II, cap. 54, y libro III, caps. 3-12, 14, 15, 17-19, 33-35, 38, 54, 72, 81-87, 94-95, 99, 134, 156, 158 y 160. y fray Agustín Dávila Padilla, *Historia de la fundación y discurso de la Provincia de Santiago, de México, de la Orden de Predicadores...,* Madrid, 1599.

Fray Antonio de Remesal, en su *Historia general de las Indias Occidentales y particular de la gobernación de Chiapa y Guatemala,* Madrid, 1619 (la impresión, terminada en 1620; al comenzar el libro primero, el autor la llama *Historia de la provincia de San Vicente de Chiapa y Guatemala, de la Orden de nuestro glorioso padre Santo Domingo;* ha sido reimpresa en dos vols., en Guatemala, 1932), libro I, caps. 5-8 y 17, libros II, III, IV, todos, y gran parte de los libros V y X, trata de los fundadores del Convento en Santo Domingo, y después, de fray Domingo de Mendoza, fray Domingo de Betanzos, fray Bartolomé de Las Casas —muy extensamente— fray Tomás de Torre —mucho—, fray Pedro de Angulo, fray Tomás Ortiz y fray Tomás de Berlanga, pero especialmente de la acción que ejercieron en Guatemala y México.

A ellos se refiere también extensamente el desconocido dominico que escribió la *Isagoge histórica apologética de las Indias Occidentales y especial de la provincia de San Vicente de Chiapa y Guatemala, de la Orden de Predicadores,* escrita en Guatemala, por los años de 1710-1711 publicada en Madrid, 1892, y reimpresa en Guatemala, 1935: se inspira en Remesal para muchas cosas; habla largamente de fray Pedro de Córdoba y fray Domingo de Betanzos. Puede consultarse, además, Julián Fuente, *Los heraldos de la civilización centroamericana, Reseña histórica de la Provincia Dominicana de San Vicente de Chiapa y Guatemala,* Vergara, 1929.

En la *Colección de documentos... del Archivo de Indias,* 7, 397-430, hay una carta a Monsieur de Chièvres, el consejero flamenco de Carlos V, fecha en Santo Domingo, 1516, con la firma de fray Tomás Ansanus, provincial, fray Pedro de Córdoba, (¿vice?) provincial, fray Tomás de Berlanga, superior, fray Antonio de Montesinos, fray Domingo de Betanzos, fray Tomás Ortiz, y otros ocho frailes.

En el tomo 11 de la *Colección*, pp. 211-215, está el *Parecer*, sin fecha, pero anterior a 1516, que firman fray Pedro de Córdoba, fray Tomás de Berlanga, fray Domingo de Betanzos, entre otros; p. 243, unas *Representaciones* de 1516. En el tomo 35, 199-240, carta de 4 de diciembre de 1519, al emperador, firmada por trece frailes, entre ellos Thomás *Ansante* (sic), provincial, fray Pedro de Córdoba, *vicerrector*, Montesinos, Ortiz y Berlanga.

[A propósito de fray Tomás Ansanus o Ansante, dice una papeleta de P.H.U.:

En su opúsculo *Cartas censorias de la Conquista*, La Habana, 1938 (el trabajo apareció antes en *Revista Cubana*, octubre-diciembre de 1937), el doctor José María Chacón y Calvo habla de fray Tomás Infante entre los sacerdotes de la Isla Española que defendían a los indios. Era escocés. Tal vez fuese el que, según Las Casas (*Hist.*, libro III, cap. 45) se decía que era hermano de la reina de Escocia, "varón de gran austeridad, viejo, muy cano". El nombre de *Infante* lo hace suponer, así como el cargo de provincial de los franciscanos. Firmó una carta latina en defensa de los indios, junto con los dominicos, en 27 de mayo, tal vez de 1517, que Chacón y Calvo transcribe y traduce.

Creo que este fray Tomás Infante no es otro que el "fray Tomás Ansanus, provincial" en 1516 o el "Thomás Ansante", provincial en 1519.]

⁵ Las Casas (*Historia*, lib. II, cap. 54, donde cuenta los comienzos de la Orden) dice que el talaverano fray Domingo de Mendoza "fue muy letrado; casi sabía de coro las partes de Sancto Tomás, las cuales puso todas en verso, para tenerlas y traerlas más manuales; y por sus letras, y más por su religiosa y aprobada y ejemplar vida, tenía en España grande autoridad..." Era hermano del cardenal fray García de Loaisa. "Para su sancto propósito, halló a la mano un religioso llamado fray Pedro de Córdoba, hombre lleno de virtudes, y a quien Dios Nuestro Señor dotó y arreó de muchos dones y gracias corporales y espirituales. Era natural de Córdoba, de gente noble y cristiana nacido, alto de cuerpo y de hermosa presencia; era de muy excelente juicio, prudente y muy discreto naturalmente, y de gran reposo. Entró en la Orden de Santo Domingo bien mozo, estando estudiando en Salamanca... aprovechó mucho en las artes y filosofía y en la teología, y fuera sumo letrado, si por las penitencias grandes que hacía no cobrara grande y continuo dolor de cabeza, por el cual le fue forzado templarse mucho en el estudio... y lo que se moderó en el estudio acrecentólo en el rigor de austeridad y penitencia... Fue también... devoto y excelente predicador..." Fray Pedro había nacido en 1482; murió en Santo Domingo en abril o mayo de 1521 (creo más aceptable esta fecha de Las Casas que la de López, 30 de junio de 1525). Escribió un manual de *Doctrina cristiana para instrucción de los indios por manera de historia*, que se imprimió en México "por mandato y a costa" del gran arzobispo fray Juan de Zumárraga, en 1544 (José Toribio Medina, *La imprenta en México*, véase 1, 13-14). Según Beristáin, *Biblioteca hispano-americana septentrional*, tres vols., México, 1816-1821, "escribió muchos *Sermones, Memoriales al Rey e Instrucciones*, que por falta de imprenta no llegaron a nosotros, pero se hallan en los archivos de Sevilla y Simancas". De sus memoriales y cartas las hay publicadas en la *Colección de documentos... del Archivo de Indias*, 11, 211-215 y 216-224.

Sobre él, además de Las Casas, Dávila Padilla y Remesal, véase fray Juan López, *Cuarta parte de la Historia general de Santo Domingo y de la Orden de Predicadores*, Valladolid, 1615 (cuarta parte, pp. 163-174); José Toribio Medina, *La primitiva Inquisición americana (1493-1569)*, dos vols., Santiago de Chile, 1914 (véase 1, 76-78 y 89-98): fue el primer inquisidor general de las Indias, en unión de fray Alonso Manso, obispo de Puerto Rico (1519).

[6] Fray Antonio de Montesinos, "muy religioso y buen predicador", es, como se sabe, el que pronunció los famosos sermones contra la explotación de los indios, en diciembre de 1510, con los cuales se inició la cruzada que él y fray Pedro de Córdoba llevaron hasta España, donde lograron que se dictasen las primeras reglamentaciones contra los abusos de la encomienda.

Fray Bernardo de Santo Domingo, citado más arriba, era, según Las Casas, "poco o nada experto en las cosas del mundo, pero entendido en las espirituales, muy letrado y devoto y gran religioso". Redactó en latín el *Parecer* que los dominicos dieron en 1517 a los gobernadores jerónimos sobre la libertad de los indios: véase Las Casas, *Historia*, libro III, cap. 94.

[7] Fray Tomás de Berlanga († 1551), después de ser provincial de su Orden en Santo Domingo, lo fue en México (1532), y fue el primer obispo de Panamá (1533-1537). Escribió, según Beristáin, *Epístola ad Generalem Patrum Praedicatorum Capitulum de erigenda Provincia Sanctae Crucis in Insulis Maris Oceani* (la Provincia de la Santa Cruz es la de los dominicos en la Española); además la larga *Pesquisa*, en Lima, sobre la conducta de Pizarro, Riquelme y Navarro en la conquista (1535), publicada en la *Colección de documentos... del Archivo de Indias*, 10, 237-333, y la carta al Emperador, de 3 de febrero de 1536, sobre las disputas entre Pizarro y Almagro, publicada por don Roberto Levillier en *Gobernantes del Perú: Cartas y papeles*, 2, 37-50. Según Oviedo (*Historia*, Parte I, libro VIII, cap. I), fue él quien introdujo el banano en América, en 1516, trayéndolo de la Gran Canaria. Sobre su ida a México en 1532, véase carta del obispo Ramírez de Fuenleal, *Colección de documentos... del Archivo de Indias*, 13, 210.

Tal vez fue autor de las *Advertencias* sobre el gobierno de las Indias (c. 1528). Véase *Nueva Biblioteca de Autores Españoles*, t. 25, pp. DCVII-DCXII.

[8] Fray Pedro de Santa María o de Angulo, burgalés († 1561), escribió en lengua zapoteca, en México, ocho tratados para la enseñanza de los indios: *De la creación del mundo, De la caída de Adán, Del destierro de los primeros padres, Del decreto de la redención, Vida, milagros y pasión de Jesucristo, De la resurrección y ascensión del Salvador, del juicio final, De la gloria y el infierno.*

[9] Fray Domingo de Betanzos, leonés, estuvo en Santo Domingo de 1514 a 1526; predicaba en lengua indígena a los indios; vivió después en México, donde fue el primer provincial dominico, y en Guatemala, donde fundó el Convento de su Orden; murió en España en 1549. Escribió unas *Adiciones* a la *Doctrina cristiana* de Fray Pedro de Córdoba.

Consúltese: *Cartas de Indias*, Madrid, 1877, pp. 724-725; *Colección de documentos... del Archivo de Indias*, 5, 450-465 y 12, 531-538 (carta que firma con Zumárraga en México, 1545); Medina, *La primitiva Inquisición americana*, 1, 113 y 118-120. No conozco todavía el libro de don Alberto María Carreño, *Fray Domingo de Betanzos, fundador en la Nueva España de la venerable Orden Dominicana*, México, 1934.

[Manuel Ramírez Aparicio, *Los conventos suprimidos en México*, México, 1861; 2da ed., México, 1908; trae biografía de fray Domingo.

García Icazbalceta, *Colección de documentos*, 2, 1866, pp. 190-197: parecer de fray Domingo sobre cosas de México; pp. 198-121: carta suya a los provinciales y procuradores que fueron de México a la Corte en 1545. V. M. Toussaint, *La pintura de México durante el siglo XVI*, México, 1936, p. 26: retrato al fresco de fray Domingo en el convento de Tepetlaóztoc (Estado de México). Según un artículo de *Universidad Bolivariana*, 14 (1940) p. 382, fray Domingo se retractó en 1549 de la opinión de que los indios eran bestias.]

¹⁰ Fray Tomás Ortiz, extremeño, de Calzadilla, después de vivir en Santo Domingo estuvo en México (1526); en Nueva Granada fue obispo de Santa Marta y murió en 1538. Escribió entre 1525 y 1527 una *Relación curiosa de la vida, leyes, costumbres y ritos que los indios observan en su policía, religión y guerra;* debe de referirse a los indígenas de Santo Domingo, en parte al menos. Juan de Castellanos *(Elegías de varones ilustres de Indias*, tomo 4, de la *Biblioteca de Autores Españoles*, p. 267) lo llama "docto varón y bien intencionado" (véanse además, pp. 278 y 280).

Consultar: Medina, *La primitiva Inquisición americana*, t. 1, 193, 106-107 y 113-120.

¹¹ Fray Tomás de Torre († 1567) escribió una *Historia de los principios de la Provincia de Chiapa y Guatemala, del Orden de Santo Domingo,* cuyo manuscrito utilizó Remesal en su conocida obra (véase su prólogo). De Torre dice Beristáin que en Santo Domingo, "por haber predicado un día contra el mal trato que daban algunos a los indios, quisieron matarlo los resentidos". Pasó por Santo Domingo en 1544.

Consúltese: *Cartas de Indias*, 848-849.

¹² Fray Tomás de San Martín (1482-1554) trabajó en favor de los Indios en Santo Domingo, donde, según Mendiburu, llegó a oidor de la Real Audiencia; pasó al Perú, donde actuó durante gran parte de la conquista y todas las guerras civiles. Fue allí el primer provincial de su Orden y el primer obispo de Charcas (1551). Escribió *Parecer... sobre si son bien ganados los bienes adquiridos por los conquistadores, pobladores y encomenderos de Indias* (en la *Colección de documentos... del Archivo de Indias*, 7, 348-362, donde por error se le llama "fray Matías"; le sigue una réplica del padre Las Casas); *Relación de los sacrificios de los peruanos a sus dioses en tiempos de siembra y cosecha y al emprender obras públicas,* y *Catecismo para indios.*

Consúltese: Bernard Moses, *Spanish colonial literature in South America*, Nueva York, 1922, pp. 67-69; Manuel de Mendiburu, *Diccionario histórico-biográfico del Perú*, en ocho vols., Lima, 1874-1890 (hay nueva edición reciente); *Cartas de Indias*, 521-522, 537, 556 y 841-842; *Gobernantes del Perú: Papeles y cartas*, publicados por Levillier, 1, 95, 121, 165, 177, 188 y 221; *Nueva Biblioteca de Autores Españoles*, t. 25, p. 580.

¹³ Fray Alonso de Cabrera, cordobés (c. 1549-1606), según el padre Miguel Mir "en la Isla de Santo Domingo dio muestras de su celo, empezando el oficio de la predicación": era novicio todavía. Fue uno de los más originales oradores sagrados, con elocuencia persuasiva a la que mezclaba pinturas novelescas de la vida común; su prosa es de arquitectura clara, de párrafos breves y fáciles en aquel siglo en que abundaba la prosa encadenada.

Publicó: *Sermón que predicó en las honras que hizo la villa de Madrid a S. M. el rey Felipe II...*, Madrid, 1598, reimpreso en Barcelona, 1606 (se tradujo al italiano, Roma, 1598); *Consideraciones sobre los Evangelios de la Cuaresma...*, dos vols. Córdoba, 1601, reimpresas en Barcelona, 1602 y 1606; *Consideraciones en los Evangelios de los domingos de adviento y festividades que en este tiempo caen.... dos vols..* Córdoba, 1608, reimpresas en Barcelona, 1609. Todas estas obras están reunidas bajo el título común de *Sermones,* en el tomo 3 de la *Nueva Biblioteca de Autores Españoles,* con prólogo del padre Mir, Madrid, 1906. Hay nueva edición bajo el título de *Obras,* con introducción del padre Alonso Getino, Madrid, 1921. No sabemos si entre esos sermones hay parte de los que predicó en Santo Domingo. Escribió, además, *Consideraciones sobre los Evangelios de la circuncisión y de la purificación,* Barcelona, 1609; y *Tratado de los escrúpulos y sus remedios,* Valencia, 1509; reimpreso en Barcelona, 1606; traducido al italiano, 1612, y al francés, 1622.

Consultar: Iacobus Quétif y Iacobus Échard, *Scriptores Ordinis Praedicatorum recensiti,* dos vols., París, 1719-1721.

Fray Juan de Manzanillo o Martínez de Manzanillo salió del Convento Dominico, donde había sido catedrático y prior, para el cargo de obispo de Venezuela (1584). Murió entre 1592 y 1594 (véase Arístides Rojas, *Estudios históricos,* 1, Caracas, 1926, pp. 130-131).

En el siglo XVIII, ejerció de maestro en el Convento de Santo Domingo el habanero fray José Fonseca, autor de los primeros apuntes históricos sobre los escritores de Cuba, cuyo manuscrito disfrutó el bibliógrafo mexicano Eguiara (consúltese a Beristáin).

[14] No cabe aquí reseñar la vasta bibliografía de fray Bartolomé de las Casas (1474-1566). Recordaré sus folletos polémicos de 1552 y 1553: el más ruidoso de todos, que se tradujo a siete idiomas en el siglo XVI, la *Brevísima relación de la destruición de las Indias,* escrita en 1542 (puerilmente se ha intentado disculpar de este opúsculo a Las Casas, atribuyéndolo a fray Bartolomé de la Peña, como si el Protector de los Indios necesitara excusas por la interpretación que a sus extraordinarias exageraciones polémicas dieron los enemigos de España), y los que se nombran con las primeras palabras de sus extensas portadas: *Lo que se sigue es un pedaço de una carta y relación que escribió cierto hombre... Entre los remedios... Aquí se contiene una disputa o controversia* (con Juan Ginés de Sepúlveda)*..., Aquí se contienen unos avisos y reglas para los confesores..., Este es un tratado... Aquí se contienen treinta proposiciones muy jurídicas..., Principia quaedam ex quibus procedendum est...,* todos impresos en 1552; *Tratado comprobatorio del imperio soberano y principado universal que los Reyes de Castilla tienen sobre las Indias,* 1553. El Instituto de Investigaciones Históricas, de la Universidad de Buenos Aires, ha reimpreso facsimilarmente estos folletos en 1924.

Las dos grandes obras de Las Casas son la *Historia de las Indias* y la *Apologética historia de las Indias.* La primera, que comprende los años de 1492 a 1520 (terminada hacia 1561 —según Gandí, 1559—: véase libro III, cap. 100; no pudo llevarse hasta 1540, según la intención), se publicó en cinco vols., Madrid, 1875-1876, tomos 62-66 de la *Colección de documentos inéditos para la historia de España* (en el tomo 61 está la *Destruición);* se ha reimpreso en tres vols., Madrid, s.a. [c. 1928], con prólogo de Gonzalo de Reparaz. Parte de la *Apologética* se había impreso en el tomo 5 de la *Historia* en 1876; la obra completa se publicó en Madrid, 1909 *(Nueva Biblioteca de Autores Españoles,* 13).

Las biografías mejor conocidas de Las Casas son la admirable de Quintana, en sus *Vidas de españoles célebres* (1833) y la de Antonio María Fabié, *Vida y escritos del Padre Fray Bartolomé de Las Casas...,* Madrid, 1879 (tomo 70 de la *Colección de documentos... de España).* Recientes son las de Francis Augustus MacNutt, *Bartholomew de Las Casas,* Nueva York y Londres, 1909, y Marcel Brion, *Bartolomé de Las Casas, "père des Indiens",* París, 1927. Trato de él como retratista en mi artículo "Paisajes y retratos", en *La Nación,* de Buenos Aires, 31 de mayo de 1936.

[Existe un *Memorial sobre el remedio de las Indias,* presentado al cardenal Cisneros (1516), de letra de Las Casas. En la *Colección de documentos* se cita un Memorial de Las Casas en favor de los indios de Nueva España, posterior a 1550. (t. 2, pp. 228-230). A continuación, Memorial de Las Casas y fray Domingo de Santo Tomás en nombre de los indios del Perú, pp. 231-236. Véase además Lewis Hanke, "Las teorías políticas de Bartolomé de Las Casas" (Instituto de Investigaciones Históricas, vol. 67), Buenos Aires, 1935].

V. OBISPOS Y ARZOBISPOS

[1] Sobre los obispos y arzobispos, consúltese: Nouel, *Historia eclesiástica de la Arquidiócesis de Santo Domingo,* y las notas de don Américo Lugo, mencionadas al hablar de los conventos; Gil González Dávila, *Teatro eclesiástico... de las Indias Occidentales;* Antonio de Alcedo, *Diccionario geográfico-histórico de las Indias Occidentales,* cinco vols., Madrid, 1786-1789; Beristáin, *Biblioteca hispano-americana septentrional;* Trelles, Apéndice al *Ensayo de bibliografía cubana de los siglos XVII y XVIII;* José Toribio Medina, *Biblioteca hispano-americana (1493-1811),* siete vols., Santiago de Chile, 1898-1907; Tejera, *Literatura dominicana* (habla principalmente de los prelados); Utrera, *Universidades,* especialmente pp. 522-527.

[2] El *Itinerarium ad regiones sub aequinoctiali plaga constitutas,* de Geraldini, con otros doce escritos en prosa latina relativos a Santo Domingo (diez cartas, un memorial y un *sermo* —¿sermón o pastoral?— dirigido a sus diocesanos) y las dos poesías mencionadas, se publicó en Roma, 1631.

Es interesante encontrar en Geraldini las "étoiles nouvelles ("alia sub alio caelo sidera") que a fines del siglo XIX volvió a poner en boga el soneto de José María de Heredia "Les conquérants". Ya Colón decía, en carta de 1500, que había hecho "viaje nuevo al nuevo cielo y mundo". En mi breve trabajo "Las *estrellas nuevas* de Heredia", publicado en la *Romanic Review,* de la Universidad de Columbia, en Nueva York, 9 (1918), 112-114, señalé la imagen en Pedro Mártir, *De orbe nouo,* década I, libro IX, publicada en 1511 (anterior al *Itinerarium* de Geraldini, quien seguramente la leyó); aparecen también en Girolamo Fracastoro, el gran latinista, en su famoso poema *Syphilis sive Morbus gallicus,* Verona, 1530: "Denique et a nostro diversum gentibus orbem / diversum caelo, et clarum maioribus astris" (Libro 2, versos 35-36); "...alioque ortentia caelo / sidera, et insignem stellis maioribus Arcton" (Libro 2, versos 19-20); en Étienne de la Boëtie, *Epistola ad Belotium et Montanum,* sobre Colón, escrita hacia 1550; en Camoens, *Os Lusiadas,* publicado en 1572, canto V; en Ercilla, *La Araucana,* canto XXXVII, publicado en 1589; en Bernardo de Valbuena, *La grandeza mexicana,* poema publicado en 1604. Ahora puedo agregar otro pasaje de Valbuena en *El Bernardo,* canto XVI, al referirse a la conquista de América:

Verán nuevas estrellas en el cielo...

Hay también alusiones al nuevo cielo en el canto XIX.

Menéndez Pelayo piensa que unos dísticos latinos, publicados en México en 1540, del burgalés Cristóbal de Cabrera, son el "primer vagido de la poesía clásica en el Nuevo Mundo". Pero Geraldini se le anticipa en más de quince años.

Habla extensamente de Geraldini, dando citas de sus obras, fray Cipriano de Utrera en su libro *La Catedral de Santo Domingo,* de la serie *Santo Domingo: Dilucidaciones históricas,* Santo Domingo, 1929. Consúltese, además, M. Menéndez y Pelayo, *Antología de poetas líricos castellanos*, tomo 6, cap. VII, y Belisario Conte Geraldini, *Cristoforo Colombo e il primo vescovo di S. Domingo Mons. Alessandro Geraldini*, Amelia, 1892.

[3] Sebastián Ramírez de Fuenleal († 1547), a quien los cronistas llaman en ocasiones Ramírez de Villaescusa, porque era natural de Villaescusa de Haro, en Cuenca, escribió una *Relación de la Nueva España*, cuyo manuscrito conocieron Antonio de Herrera y León Pinelo. Tal vez sea el *Parecer* sobre cosas de México (1532), que figura en la *Colección de documentos*, de Joaquín García Icazbalceta, 2, México, 1886, pp. 165-189 (el texto reproduce una copia y, en notas al pie, las variantes de otra); García Icazbalceta da en la Introducción del volumen (p. XXXV) breve noticia de Ramírez de Fuenleal. Sobre su llegada a Santo Domingo hay una carta suya de marzo de 1529, publicada en la *Colección de documentos... del Archivo de Indias*, 37; en el tomo 13, 206-224, hay otra, escrita en México el 30 de abril de 1532, en que habla de su viaje desde Santo Domingo, y otras tres cartas, escritas desde México en 1532, pp. 224-230, 233-237 y 250-261. Digna de atención (*Colección...* 13, 420-429), la hermosa carta de Vasco de Quiroga (1470-1565), en que pide al emperador el traslado de Fuenleal a México, por el bien que allí puede hacer (de paso vemos que el insigne filántropo estuvo también en Santo Domingo): "... segund del obispo conocí, lo poco que le vi e conocí en Sancto Domingo, y lo que, después que llegué a esta Nueva España, acá he visto, me parece que es tan importante la venida de su persona, que no se le debe dexar a su alvedrío..."

[4] El yangüés Fuenmayor († 1554) escribió una *Relación de las cosas de la Española*, hacia 1549, que Antonio López Prieto manejó, según la bibliografía del Sr. Trelles. Hay documentos firmados por él como presidente de la Audiencia, en unión de los oidores o de otros funcionarios, en la *Colección de documentos... del Archivo de Indias*, 1, 548 ss.
Sobre Ramírez de Fuenleal y Fuenmayor, consúltese: Oviedo, *Historia*, libro III, cap.10; libro IV, caps. 5 y 7; libro V, cap. 12; Tejera, *Literatura dominicana*, 33-39 y 42-44; Utrera, la *Catedral de Santo Domingo*, 218. [Fuenmayor consagró en 1541 la Iglesia Catedral, primera de esta categoría construida en el Nuevo Mundo.]

[5] Fray Nicolás de Ramos, natural de Villasaba en Palencia (1531-*c.* 1599), fue provincial de los franciscos en Valladolid; se le nombró en 1591 obispo de Puerto Rico, donde no sabemos si estuvo y después arzobispo de Santo Domingo, donde murió. Publicó *Assertio ueteris Uulgate Editionis iuxta decretum sacrosancti oecumenici & generalis Concilii Tridentini, sessione quarta*, Salamanca, 1576; Segunda parte: *Assertiones pro tuenda ueteri Uulgata Latina Editione secundum mentem Concil. Trid.*, Valladolid, 1577 (véase Medina, *Biblioteca hispanoamericana*, 1, 398-399 y 401).

[6] Dávila Padilla (1562-1604), arzobispo desde 1600 hasta su muerte, publicó un *Elogio fúnebre* de Felipe II, pronunciado en la Iglesia Mayor de Valladolid en 1598 (se imprimió en Madrid, 1599, suelto, y en la colección de sermones sobre el rey dispuesta por el impresor Juan Íñiguez de Lequerica; se reimprimió en Sevilla, 1599 y 1600); la bien conocida *Historia de la Fundación y discurso de la Provincia de Santiago, de México, de la Orden de Predicadores, por las vidas de sus varones insignes, y casos notables de Nueva España*, Madrid, 1596, reimpresa en Bruselas, 1625, con adiciones del mexicano fray Alonso Franco y Ortega, y en

Valladolid, 1634, con el título de *Varia historia de la Nueva España y Florida, donde se tratan muchas cosas notables, ceremonias de indios y adoración de sus ídolos, descubrimientos, milagros, vidas de varones ilustres y otras cosas sucedidas en estas provincias.* Se cree que de esta obra sacó Cervantes el argumento de su única comedia de santos, *El rufián dichoso.* Fray Alonso Franco escribió una *Segunda parte de la Historia de la Provincia de Santiago de México, Orden de Predicadores,* hacia 1645. La publicó en 1900 el Museo Nacional de México. Franco hace la biografía de Dávila Padilla. Según noticia de Beristáin, el arzobispo dejó manuscrita una *Historia de las antigüedades de los indios,* cuyo paradero se ignora: aunque Beristáin estaba generalmente bien informado ¿podrá suponerse confusión con la parte que trata de antigüedades mexicanas en la obra sobre los dominicos?

No sabemos que haya escrito nada sobre Santo Domingo, fuera de las cartas al rey fechadas en 8 de octubre de 1600 y 20 de noviembre de 1601 (véase Apolinar Tejera, *Literatura dominicana,* 53-54) y de las referencias a los comienzos de la Orden de Predicadores en la isla.

En su tiempo, dice Gil González Dávila, "D. Nicolás de Anasco, deán de la Iglesia de Santo Domingo, quemó en la plaza de la ciudad trescientas Biblias en romance, glosadas conforme a la secta de Lutero y de otros impíos; que las halló andando visitando el arzobispado en nombre del arzobispo". Significativa profusión de ejemplares de la Biblia de Casiodoro de Reina y Cipriano de Valera: la heterodoxia, según parece, tuvo libertad hasta entonces (véase en los capítulos VII y VIII, *a,* de este trabajo, el caso de Lázaro Bejarano y fray Diego Ramírez).

Consultar: Hernando de Ojea, *Libro tercero de la Historia religiosa de la Provincia de México de la Orden de Santo Domingo* (siglo XVII, México, 1897, (Museo Nacional), con biografías de los cronistas de la Orden en la Nueva España, escritas por José María de Agreda y Sánchez; Utrera, *Universidades,* 76-97; Medina, *Biblioteca hispano-americana,* 1, 443 y 536-537; 2, 235-236 y 366-367; Francisco Fernández del Castillo, biografía, en los *Anales del Museo Nacional,* de México, 3 (1926).

⁷ Valderrama llegó a Santo Domingo en 1607; estuvo de arzobispo un año o poco más: véase Tejera, *Literatura dominicana,* 54-58 y 63-64. Murió antes de 1620: en 1615, según Remesal y Mendiburu. Escribió, según Beristáin, tratados teológicos: no sabemos si se conservan.

Consultar: Mendiburu, *Diccionario histórico-biográfico del Perú.*

⁸ Rodríguez Xuárez había sido visitador de los conventos de predicadores en México y el Perú; nombrado arzobispo de Santo Domingo en 1608, llegó en agosto de 1609. Para levantar el nivel de los estudios daba clase personalmente. En 1611 se le nombró obispo de Arequipa (el primero). En 1613 salió para el Perú y murió el 4 de noviembre, en edad avanzada. Escribió: *Oficio* en honor de Santa Inés de Monte Policiano.

Consultar: Iacobus Quétif y Iacobus Échard, *Scriptores Ordinis Praedicatorum recensiti,* dos vols., París, 1719-1721 (véase 2, 389); Mendiburu, *Diccionario histórico-biográfico* del Perú; Tejera, *Literatura dominicana,* 52-55; Utrera, *Universidades,* 62, 82, 94, 99, 157 y 524.

⁹ Fray Pedro de Oviedo, después de ocupar la Sede Primada entre 1622 y 1628, fue arzobispo en Quito (1632) y en Charcas (1645). Murió el 18 de octubre de 1649, según Álvarez Baena. Escribió *Commentaria in Libros Dialecticae et Physicarum Aristotelis, Commentaria in primam partem Diui Thomae* y *Commentaria in primam secundae Diui Thomae:* se imprimieron, según datos de Beristáin. Se conserva una carta suya al rey, escrita en Santo Domingo el 12 de febrero de 1625.

Consultar: José Antonio Álvarez y Baena, *Hijos de Madrid...,* cuatro vols., Madrid, 1789-1791 (véase 4, 210-211); Utrera, *Universidades*, 97-147 (la carta de 1625 va en pp. 114-116).

[10] Fray Facundo de Torres, natural de Sahagún, estuvo en Santo Domingo de 1632 a 1640, año en que murió. Publicó *Philosophia moral de eclesiásticos, en que se trata de las obligaciones que tienen todos los ministros de la Iglesia, desde los primeros grados con que son admitidos, hasta los últimos y superiores*, Barcelona, 1621 (Medina, *Biblioteca hispano-americana*, 2, 203-204). Se le atribuye el tratado *De dignitate sacerdotale*. Una carta suya de 1632 transcribe Gil González Dávila en su *Teatro eclesiástico*, donde dice que fue predicador del rey.

[11] Fray Domingo Fernández de Navarrete, natural de Peñafiel (1610-1689), había sido catedrático de la Universidad de los dominicos en Manila y misionero en China; arzobispo de Santo Domingo desde 1677 hasta su muerte. Escribió *Tratados históricos, políticos, éthicos y religiosos de la monarchía de China*, Madrid, 1676, y *Controversias antiguas y modernas de la misión de la gran China y el Japón*, Madrid, 1679. En su arzobispado redactó una *Relación de las ciudades, villas y lugares de la Isla de Sancto Domingo y Española*, en 1681; la copió en Sevilla don Américo Lugo y la ha publicado, con útiles notas, don Emilio Tejera en la revista *Clío*, de Santo Domingo, 91-95. Existe impresa, además, la *Synodo diocesana del arzobispado de Santo Domingo celebrada por fray Domingo Fernández de Navarrete en el año de 1683, día V de noviembre*, Madrid, s.a. [siglo XVIII], 119 pp. Consultar: Medina, *Biblioteca hispano-americana*, 3, 234-238 y 265; 6, 79 y 280, y 7, 58; Utrera, *Universidades*, 197-199, 376 y 524 (¿se equivoca el P. Utrera al fijar su muerte en 1686?).

[12] Fray Fernando de Carvajal y Rivera (1633-1701) había sido vicario general de la Orden de la Merced en Lima (hacia 1673) antes que arzobispo de Santo Domingo. Don Américo Lugo da a conocer parte de sus cartas en sus notas sobre la *Historia eclesiástica* de Nouel. Está impreso en folleto del siglo XVII su *Memorial* al Consejo de Indias sobre su ida de Santo Domingo a España en 1691 (véase Medina, *Biblioteca hispano-americana*, 6, 48-49).

Consultar: Carlos de Sigüenza y Góngora, parágrafo IV de su *Teatro de virtudes políticas*, México, 1691; fray Ignacio de Ponce Vaca, *Panegírico fúnebre en las honras que la más célebre Atenas del Mundo, la Universidad de Salamanca, celebró por la muerte de su Ilustrísimo hijo el Sr. D. Fray Fernando de Carvajal y Rivera*, Salamanca, 1701; fray Gregorio Vázquez, "Notas biográficas del Ilmo. y Rvdmo. Sr. Fernando de Carvajal y Rivera", en la revista española *La Merced*, 24 de febrero de 1927, reproducidas en el *Listín Diario*, de Santo Domingo, 29 de mayo de 1927; fray Pedro Nolasco Pérez, *Los obispos de la Orden de la Merced en América*, Santiago de Chile, 1927, pp. 329-410 (contiene cartas suyas).

[13] Fray Francisco del Rincón, natural de Valladolid, pertenecía a la Orden de los religiosos mínimos de San Francisco de Paula. Electo obispo de Santo Domingo en 1705, según Alcedo; se le trasladó a Caracas en 1711.

[14] Álvarez de Abreu († 1763), natural de la Isla de Palma, en las Canarias; doctorado en Ávila (cánones); arzobispo de Santo Domingo de 1738 a 1743; después obispo de Puebla, en México, donde hizo grande obra de cultura. Hablan de él: Ricardo Pérez, *Efemérides nacionales*, México, 1904; Ángel de los Dolores Tiscareño, *Nuestra Señora del Refugio*, Zacatecas, 1904. Beristáin lo elogia como autor de *Edictos, Ordenanzas y Cartas pastorales*, especialmente la relativa a la secularización de curatos

y doctrinas, Puebla, 1750. Redactó una *Compendiosa noticia de la Isla de Santo Domingo,* como resultado de su visita pastoral, en 1739: la encontró don Américo Lugo y la ha publicado don Emilio Rodríguez Demorizi en *Clío,* 2 (1934), 95-100.

[15] Fray Ignacio de Padilla y Estrada nació en México, 1696, y murió en Yucatán, 1761; su padre había nacido en Santo Domingo; su abuelo, el célebre oidor Juan de Padilla Guardiola, en España. De Santo Domingo pasó como obispo de Yucatán y después a Guatemala. Gran impulsor de la instrucción.

Consultar: *Elogios fúnebres con que la Real y Pontificia Universidad de México explicó su dolor y sentimiento en las solemnes exequias que en los días 23 y 24 de octubre de 1761 consagró a la buena memoria del Illmo. y Rmo. Sr. D. Fray Ignacio de Padilla y Estrada...,* México, 1763 (uno de esos elogios, de Teodoro Martínez Lázaro, corre también suelto); Justo Sierra O'Reilly, biografía, en la revista *El Registro Yucateco,* de Mérida, 4 (1846); Crescencio Carrillo y Ancona, *El Obispado de Yucatán,* en 2 vols., Mérida, 1895; Humberto Tejera, *Cultores y forjadores de México,* México, 1929 (erróneamente llama al arzobispo José Antonio); Utrera, *Universidades,* 228-229 y 366-369, y *Don Juan de Padilla Guardiola y Guzmán,* Santo Domingo, 1930.

[16] Portillo y Torres (1728-1803) estuvo en Santo Domingo de 1789-1798; se le trasladó a Bogotá como arzobispo. Se conoce de él la *Oración fúnebre... en las honras... procuradas y presenciadas por el Exmo. Señor Teniente General D. Gabriel de Aristizábal, comandante de la Real Escuadra, surta en la próxima Bahía de Ocoa, y nombrado por S. M. para evacuar en ella la recién cedida Isla Española y transportar sus pueblos y habitantes a la Isla de Cuba, que se celebraron el día 21 de diciembre de 1795, por el Almirante D. Cristóbal Colón, con motivo de la traslación de sus restos que iba a practicarse.* No dice el Sr. Trelles dónde se imprimió: a juzgar por la portada (proximidad de Ocoa), parecería que fue en Santo Domingo. Se ha reimpreso en el *Boletín de la Academia de la Historia,* Madrid, 14, 388 ss.

De él se conserva en el Archivo de Indias (Estado, Santo Domingo, Legajo 11) una carta, desde Santo Domingo, 9 de junio de 1796, "sobre los progresos de un libelo revolucionario": debe de referirse a la circulación de algún libro francés de "ideas avanzadas".

Consultar: Utrera, *Universidades,* 399, 441, 444, 526 y 577; Tejera, *Literatura dominicana.* 93-94.

VI. RELIGIOSOS

[1] Sobre fray Alonso de Santo Domingo, consultar: fray José de Sigüenza (c. 1544-1606), *Historia de la Orden de San Jerónimo,* dos vols., Madrid, 1907-1909 (*Nueva Biblioteca de Autores Españoles,* 8 y 12), Parte II (es la Segunda Parte de la *Historia,* pero la tercera de la obra completa, que comienza con la *Vida de San Jerónimo),* libro I, caps. 25 y 26, donde habla de los frailes jerónimos en Santo Domingo, y libro II, cap. 3, donde da breve biografía particular de fray Alonso, cuyo cargo en España era el de prior del Convento de San Juan de Ortega.

Juan de Castellanos, en sus *Elegías* (canto II de la Elegía V de la Primera Parte), lo llama fray Domingo de Quevedo: ¿sería Quevedo su apellido de seglar? Fray Alonso, como sus hermanos de religión, usaba el nombre del lugar de su nacimiento: procedía de Santo Domingo de la Calzada, en Logroño.

Largamente hablan de los padres jerónimos Las Casas en su *Historia,* libro III, caps. 86 a 94, 137 y 155; Oviedo en su *Historia,* libro III, cap. 10, y libro IV, cap. 2; Herrera en su *Historia de los hechos de los castellanos en las Islas y Tierra Firme del Mar Océano*, Década II, libro II, caps. 3-6, 12, 15, 16 y 21. Parte de sus relaciones dirigidas a la corona se hallan en la *Colección de documentos... del Archivo de Indias*, 1, 247-253, 264-289, 298-304, 347-353, y 357-368; 34, 191-229, 318 y 329-331, y en *Orígenes de la dominación española en América*, de Manuel Serrano y Sanz, 1, Madrid, 1918 (*Nueva Biblioteca de Autores Españoles*, 25), pp. 538-578. Serrano Sanz les dedica largo estudio, rectificando errores de Sigüenza y ensayando, generalmente en vano, rectificar a Las Casas (339-450).

² Sobre el padre Carlos de Aragón, consúltese Las Casas, *Historia de las Indias*, libro III, cap. 35. De Las Casas procede todo lo que dicen Herrera en sus *Décadas*, Nouel en su *Historia eclesiástica*, Medina en su *Primitiva Inquisición americana*. He tocado el tema en mi artículo "Erasmistas en el Nuevo Mundo", publicado en el diario *La Nación*, de Buenos Aires, 8 de diciembre de 1935. Allí se indica que el "fray *Diego* de Victoria" perseguidor del padre Aragón, a quien Las Casas menciona como hermano del gran teólogo y jurista fray Francisco de Victoria, es fray Pedro, el enemigo de los erasmistas. No es probable que el padre Aragón fuese erasmista: la fecha de 1512 resulta demasiado temprana para el erasmismo español; Las Casas no explica en qué consistían sus rasgos de heterodoxia: sólo dice que tenía reverencia por su maestro "el Doctor Ioannes Maioris", el filósofo escocés John Mair (1469-1547), a quien probablemente oyó en París, y que afirmaba, "en ciertas materias, no ser pecado mortal lo que lo era".

³ El Sr. Trelles menciona como autor de "Relaciones Históricas de América" al bachiller Álvaro de Castro, deán de la iglesia de la Concepción de La Vega, después vicario e inquisidor para la isla. Sólo conozco de él la Relación o carta, dirigida al Emperador, conjuntamente con el oidor Lucas Vázquez de Ayllón, de 1522 o 1523 (*Colección de documentos... del Archivo de Indias*, t. 34, 111 *ss.*)

⁴ Micael o Miguel de Carvajal estaba en Santo Domingo en 1534: para entonces ya había escrito o estaría escribiendo la *Tragedia Josefina*, que se imprimió en 1535, una de las grandes obras del teatro español anterior a Lope de Vega. Era —salvo que la identificación falle— natural de Plasencia, donde debió de nacer hacia 1490; su tío Hernando de Carvajal le confiere, en Santo Domingo, en documento de 14 de octubre de 1534, el patronazgo de la capellanía que había instituido en 1528, para la Iglesia de San Martín, en Plasencia. Miguel no tomó posesión hasta 1544: véase Narciso Alonso Cortés, "Miguel de Carvajal", en la *Hispanic Review*, de la Universidad de Pensilvania, Filadelfia, 1 (1933), 141-148. Hernando de Carvajal es el hidalgo placentino que fue en Santo Domingo teniente de gobernador designado por Diego Colón; su hijo, nacido allí, a quien se le llamaba *Don Fernando*, fue catedrático de la Universidad de Gorjón: véase Utrera, *Universidades*, 82, 94, 514 y 527.

Hay excelente edición de la *Tragedia Josefina*, con estudio y notas del profesor Joseph E. Gillet, Princeton University, 1932: utiliza los cuatro textos del siglo XVI (1535, 1540 y dos de 1545). Manuel Cañete había reimpreso y prologado la *Tragedia* en 1870 (Madrid, Sociedad de Bibliófilos Españoles, 6). El *Auto de las Cortes de la Muerte* figura en el *Romancero y cancionero sagrados*, edición Justo de Sancha, 1855 (*Biblioteca de Autores Españoles*, t. 35). Extensamente trata de Carvajal Menéndez Pelayo en sus *Estudios sobre Lope de Vega*, 1, 26, 128 y 165-175.

⁵ A Cristóbal de Molina (1494- *c.* 1578) se le llama *el de Santiago*

o *el almagrista* para distinguirlo de su contemporáneo el del Cuzco. La obra que le atribuye José Toribio Medina, *Conquista y población del Perú*, se publicó en Santiago de Chile, 1873, con introducción de Diego Barros Arana, como parte de la *Colección de documentos inéditos relativos a la historia de América*, anexa al periódico *Sud América*.

Consultar: José Toribio Medina, *Historia de la literatura colonial de Chile*, en tres vols., Santiago de Chile, 1878 (véase t. 2, 7-9), y *Diccionario biográfico colonial de Chile*, Santiago, 1906; Bernard Moses, *Spanish colonial literature in South America*, Nueva York, 1922, pp. 71 a 73.

[6] El *Itinerario del Padre Custodio Fray Martín Ignacio*, o *Itinerario del Nuevo Mundo*, en la forma actual en que lo poseemos fue redactado en parte por el célebre agustino fray Juan González de Mendoza (1545-1618), que en sus muchas andanzas debió de tocar también en Santo Domingo. "Mi intención —dice el padre Mendoza— es decir por vía de itinerario lo que el dicho Padre Custodio fray Martín Ignacio me comunicó de palabra y escrito había visto y entendido en la vuelta que dio al mundo, y otras [cosas] que yo mesmo en algunas partes dél he experimentado". Fray Martín Ignacio es uno de los "religiosos descalzos de la Orden de Sant Francisco que lo anduvieron todo [el Nuevo Mundo] el año de 1584". El *Itinerario* constituye, con portada especial, el libro III de la Segunda Parte de la *Historia de las cosas más notables, ritos y costumbres del gran reino de la China*, que el padre González de Mendoza formó con materiales propios y ajenos y que tuvo extraordinaria difusión —más de cuarenta ediciones— en los siglos XVI y XVII, pero olvidada en nuestros días. Se imprimió en Roma, 1585 (el *Itinerario* ocupa las pp. 341-440); se reimprimió, siempre con el *Itinerario*, en Valencia, 1585; en Madrid, 1586; en Barcelona, 1586; en Zaragoza, 1588; en Medina del Campo, 1595; en Amberes, 1596. Fue traducida al italiano por Francesco Avanzo, Roma, 1586 (dos ediciones). Génova 1586 y 1587, Venecia, 1586, 1587, 1588, 1590 y 1608; extractada por Giuseppe Rosario, en Bolonia, hacia 1589, con reimpresiones de Florencia, 1598, y Ferrara, 1589. Traducida del español al francés por Luc de la Porte, París, 1588, 1589 (dos ediciones) y 1600. Del italiano al alemán, Francfort del Meno, 1589; Leipzig, 1597; Halle, 1598. Según Nicolás Antonio, hay otra versión alemana de Francfort, 1585. Del alemán al latín, por Mark Henning, Francfort, 1589; Amberes, 1595; Francfort, 1589; Maguncia, 1600; reimpresa en 1665 y 1674. Otra traducción latina, de Ioachimus Brulius, directa del español, Amberes, 1655. Del latín al francés, sin lugar, 1606; Ginebra, 1606; Lion, 1608; Ruan, 1618. Del español al inglés, por R. Parke, Londres, 1588; reimpresa en dos vols. por la Hakluyt Society, Londres, 1853-54. Del italiano al holandés, Amsterdam, 1595; Delft, 1656. [Fray Martín Ignacio fue obispo del Río de la Plata (docum. de la ciudad de la Trinidad, 1603).]

Consultar: Medina, *Biblioteca hispano-americana*, 1, 457, 459, 473-474, 482, 531 y 542-555; 6, 510.

No sabemos si visitaría la isla el fantaseador viajero Pedro Ordóñez de Ceballos, andaluz de Jaén (*c.* 1550- después de 1616): es probable que no, porque toma del *Itinerario* de fray Martín Ignacio lo que dice de ella en la *Historia y viaje del mundo del clérigo agradecido*, Cuenca, 1616 (reimpresa en *Autobiografías y memorias*, Madrid, 1905, *Nueva Biblioteca de Autores Españoles*, 2).

[7] Hubo de visitar la isla en el siglo XVI fray Pedro de Aguado, autor de la *Historia de Venezuela* (1581), dos vols., Caracas, 1915, y de la *Historia de Santa Marta y Nuevo Reino de Granada*, dos vols., con notas de Jerónimo Becker, Madrid, 1916.

⁸ El padre Bernabé Cobo, jesuita, dice en el prólogo de su *Historia del Nuevo Mundo,* escrito en 1653: "y así, habiendo llegado yo a la Isla Española el... año de 96 [1596], a los noventa y nueve años de la fundación de la... ciudad de Santo Domingo [en realidad a los cien años justos], bien se verifica que entré en estas Indias en el primer siglo de su población". Al Perú llegó probablemente en 1600, "a los sesenta y ocho años de su conquista": es de suponer que la cuenta como realizada en 1532. Su *Historia* se publicó en cuatro vols., Sevilla, 1890-1895, bajo el cuidado del eminente americanista Marcos Jiménez de la Espada. Escribió además una *Historia de la fundación de Lima,* hacia 1639, que se publicó en la *Revista Peruana,* 1880; el Sr. Levillier señala otra edición de Lima, 1882 (¿o es tirada aparte de la publicación hecha en la revista?).

⁹ Visitó la isla, probablemente poco después de 1571, año en que salió de España hacia América, el jesuita José de Acosta (1539-1599), autor de la famosa *Historia natural y moral de las Indias,* publicada en latín en 1589 (*De natura Noui Orbis...*) y en español en 1590. Ediciones modernas: dos vols., Madrid, 1894; México, 1940, con estudio de Edmundo O'Gorman; traducción francesa, París, 1598. En uno de sus escritos menores, *Peregrinación por las Indias en el siglo XVI* (*Boletín de la Academia de la Historia,* de Madrid, 35 (1899), 226-257), cuenta las andanzas de Bartolomé Lorenzo, de 1562 a 1571, por Santo Domingo y otras partes de América.
Consultar: Joaquín García Icazbalceta, biografía recogida en el t. 4 de sus *Obras,* México, 1897. José Rodríguez Carracido, *El P. José de Acosta y su importancia en la literatura científica española,* Madrid, 1899 (según este autor, Acosta vivió no muy poco tiempo en las Antillas).

¹⁰ La Primera Parte de las *Elegías de varones ilustres de Indias,* de Juan de Castellanos (1522-*c.*1607), se imprimió en Madrid, 1589. Las partes I, II y III salieron juntas en Madrid, 1847 (*Biblioteca de Autores Españoles,* 4). La Parte IV se publicó, bajo el título de *Historia del Nuevo Reino de Granada,* con prólogo de Antonio Paz y Melia, en dos vols., Madrid, 1886-1887 (*Colección de Escritores Castellanos,* ts. 44 y 49). Posteriormente don Ángel González Palencia ha publicado (Madrid, 1921) el *Discurso del Capitán Francisco Drake,* que pertenecía a la Tercera Parte y había sido suprimido: describe la expedición inglesa contra Santo Domingo y Cartagena. Hay ahora edición de la obra completa: *Obras,* con prólogo del doctor Caracciolo Parra, dos vols., Caracas, 1932.
Castellanos dice que estuvo en Santo Domingo, por lo menos al hablar de Ampíes (*Elegías,* 183).
Consultar: Joaquín García Icazbalceta, biografía; Miguel Antonio Caro, "Juan de Castellanos", artículo publicado en la revista *Repertorio Colombiano,* de Bogotá, y recogido en el tomo 2 de sus *Estudios literarios* (13 de las *Obras*), Bogotá, 1921, pp. 51-88; Marcelino Menéndez y Pelayo, *Historia de la poesía hispanoamericana,* 2, 7-21; Raimundo Rivas, *Los fundadores de Bogotá,* Bogotá, 1923.

¹¹ Valbuena (*c.* 1562-1627), que generalmente escribía su nombre *Balbuena,* nació en Valdepeñas, hijo natural de Bernardo de Valbuena y de Francisca Sánchez de Velasco, se educó en México, adonde fue llevado en la infancia (probablemente desde los dos años de edad; aun se ha creído que naciera allí; de todos modos, su padre había vivido en México antes de nacer él y estaba de nuevo en España entre 1560 y 1564); tuvo cargos sacerdotales desde 1586 hasta 1606; estuvo en España de 1606 a 1610; pasó sus últimos años en las Antillas; en 1608 se le nombró abad de Jamaica, "en cuyas soledades estuvo como encantado"

(llegó allí a fines de 1610, después de detenerse unos tres meses en Santo Domingo); en agosto de 1619, obispo de Puerto Rico, adonde no llegó hasta mediados de 1623, según ya indicaba Alcedo. Apolinar Tejera, *Literatura dominicana*, 45-52, habla de su presencia en el Concilio Provincial celebrado en Santo Domingo en 1622-1623. El Concilio se abrió el 21 de septiembre de 1622; consta que en 23 de octubre Valbuena bautizó a una hija del alcaide Juan de la Parra; en 4 de febrero de 1623 firmó, con el arzobispo de Santo Domingo fray Pedro de Oviedo, el obispo de Venezuela y los representantes del obispo de Cuba y del abad de Jamaica, los documentos relativos a la terminación del Concilio, cuyo texto tradujo del español al latín. Valbuena había llegado de Cuba a Santo Domingo, según documentos, a fines de 1621 o en enero de 1622. Allí debió de consagrársele obispo.

Las obras de Valbuena, a pesar de su calidad excepcional, tienen pocas ediciones. El poemita descriptivo en ocho cantos *La grandeza mexicana*, con obras breves en prosa y verso —una de ellas el *Compendio apologético en alabanza de la poesía*— se publicó en México, 1604 (dos ediciones); la Sociedad de Bibliófilos Mexicanos ha reproducido facsimilarmente la edición príncipe de México, 1927. La novela pastoril *Siglo de oro en las selvas de Erifile* se publicó en Madrid, 1608 (en el colofón, 1607); el vasto poema caballeresco *El Bernardo o Victoria de Roncesvalles*, en Madrid, 1624. La Academia Española reimprimió *Siglo de oro* en 1821, con *La grandeza mexicana;* el poemita, solo, se ha reimpreso también en Nueva York, 1828, Madrid, 1829 (nueva portada en 1837), México, 1860, Valdepeñas, 1881, y Urbana, 1930, edición de John Van Horne (Universidad de Illinois). *El Bernardo* se ha reimpreso en tres vols., Madrid, 1808; en la *Biblioteca de Autores Españoles*, t. 17, Madrid, 1851, colección de *Poemas épicos* (hay además tirada aparte como edición suelta, 1852), y en San Felíu de Guixols, 1914.

Estudian a Valbuena: Alberto Lista, "Examen del *Bernardo* de Valbuena", en la *Revista de Ciencias, Literatura y Artes*, de Sevilla, 3 (1799), 133ss. Quintana, en el prólogo y notas de su colección de *Poesías selectas castellanas*, Madrid, 1807, refundida en 1830-1833 y reimpresa después con el título de *Tesoro del Parnaso español*, y en el discurso preliminar de *La musa épica*, Madrid, 1830. Jovellanos lo alude en sus cartas: "Entre lo menos malo [en la épica española] sin duda sobrepujan a todos, en el género serio la *Araucana*, y en el jocoso el *Viaje del Parnaso;* pues que la *Mosquea* pertenece a un género diferente, que no sé si se podrá llamar burlesco. En el primer género se debe colocar el *Bernardo* del obispo Valbuena (aunque del gusto caballeresco, que hizo célebre a Ariosto) por los excelentes trozos de poesía que hay en él..." (Carta a Carlos de Posada, *Bibl. de Autores Españoles*, t. 2, p. 223*b*); "No conocía al *Roncesvalles;* pero conozco el *Bernardo del Carpio*, que es su verdadero título, obra del obispo Valbuena, que si no es excelente poema, por lo menos tiene excelentísimas octavas. Celebro mucho qué se imprima, y le compraré luego que salga" (Carta a Carlos González de Posada, 10 de julio de 1805, *Biblioteca de Autores Españoles*, t. 2, p. 228*a*). Joaquín García Icazbalceta, "*La grandeza mexicana* de Valbuena", en *Obras* t. 2. Manuel Fernández Juncos, *Don Bernardo de Valbuena*, San Juan de Puerto Rico, 1884; M. Menéndez y Pelayo, *Historia de la poesía hispanoamericana*, 1, pp. 51-62 y 331-333, y *Estudios sobre el teatro de Lope de Vega*, 3, 156-162 y 4, 299-301; José Toribio Medina, *Escritores hispanoamericanos celebrados por Lope de Vega en el "Laurel de Apolo"*, Santiago de Chile, 1924 (véase pp. 49-80); John Van Horne, *"El Bernardo"* of Bernardo de Valbuena, Urbana, 1927 (Universidad de Illinois); *Documentos del Archivo de Indias referentes a Bernardo de Balbuena*, Madrid, 1930; "El nacimiento de Bernardo de Valbuena", en la *Revista de Filo-*

logía Española, Madrid, 20 (1933), 160-168; *Bernardo de Balbuena, biografía y crítica,* Guadalajara, 1940. Joseph G. Fucilla, "Glosas in *El Bernardo* of Bernardo de Balbuena", en la Revista *Modern Language Notes,* Baltimore, 49 (1934), 20-24.

Entre las obras que Valbuena perdió, según noticias, en el asalto de los holandeses a Puerto Rico en 1625, había una Descripción, en verso, de aquella isla (si no es error de Alcedo, pensando en *La grandeza mexicana*). Las referencias al Nuevo Mundo abundan en *El Bernardo,* generalmente en forma de profecías: véanse, en el tomo 17 de la *Biblioteca de Autores Españoles,* las pp. 143, 154, 315, 331-332, 336-337, 339-340, 344. Valbuena se menciona a sí mismo, no sólo en la p. 156, a propósito del nombre *Bernardo,* sino también en la 332, canto XVIII, donde dice del volcán mexicano de Jala que "ahora con su roja luz visible de clara antorcha sirve a lo que escribo", y en la p. 340, canto XIX, donde dice que "el sacro pastoral báculo espera" al autor en *Jamaica,* rimando con *rica* y *multiplica* (de igual modo acentúa Juan de Castellanos, *Elegías,* p. 42): ¿habrá pasado Valbuena de México a Jamaica entre el canto XVIII y el XIX, o la proximidad del volcán de Jala será fantasía? El dice en su prólogo haber terminado el poema cerca de veinte años antes de 1624, de modo que la referencia a Jamaica pudo agregarla en los retoques.

Como se sabe, Valbuena no habla de plantas de América sino de plantas europeas, no todas conocidas quizás entonces en el Nuevo Mundo, en los cantos V y VI de *La grandeza mexicana* (los poetas que escribían entonces en América estimaban que el ornamento botánico no debía ceñirse a normas de color local sino a tradiciones clásicas); con mayor razón en *Siglo de oro,* cuyo escenario es una vaga Arcadia. Es curioso que en *El Bernardo* cite por lo menos (p. 331) "los vergeles que el cacao señala por el rico Tabasco y Guatemala". Dos cartas, con descripciones interesantes, una de Jamaica, julio de 1611, y otra de Puerto Rico, noviembre de 1623, publica el profesor Van Horne en *Documentos... referentes a... Valbuena.*

[12] En 1613 estuvo en Santo Domingo el historiador fray Pedro Simón. Nacido en 1574, en La Parrilla, de Cuenca, llegó a Nueva Granada en 1604 y escribió *Noticias historiales de las conquistas de Tierra Firme en las Indias Occidentales,* cuya primera parte se publicó en Cuenca, 1626, y se reprodujo en Bogotá, 1882, completándose con cuatro nuevos tomos en Bogotá, 1891-1892; una parte se ha traducido al inglés, *The expedition of Pedro de Ursúa and Lope de Aguirre,* Hakluyt Society, Londres, 1861. Se le considera el mejor historiador para la Nueva Granada del siglo XVI.

[13] A principios del siglo XVII estuvo en Santo Domingo, como familiar del arzobispo Oviedo, el padre Juan Bautista Maroto, bernardo; predicó y enseñó.
Consultar: Utrera, *Universidades,* 98-101, 104, 107-109.

[14] Según don Humberto Tejera, *Cultores y forjadores de México,* México, 1929, el padre Diego González pasó como "Visitador General a la Provincia de Santo Domingo o Isla Española de entonces". ¿Sería fraile dominico y visitador de su Orden? Había nacido antes de 1620 y murió en 1696. Se estrenó "como poeta durante el tiempo de sus estudios escolásticos y descolló como orador religioso... De Santo Domingo pasó a España y regresó a México, donde publicó algunas obras eruditas y el Itinerario de su viaje". ¿Se referirá a él el *Memorial* impreso en Madrid, s.a. [siglo XVII], sobre la remisión a España de fray Diego González, provincial de los dominicos en México, en 1658?

[15] El doctor fray Agustín de Quevedo Villegas, probablemente venezolano —en Venezuela estudió y fue lector y definidor de su provincia franciscana—, pertenecía a la rama americana de la familia del gran escritor español, a la cual perteneció en el siglo XIX el poeta José Heriberto García de Quevedo. En Santo Domingo, no sabemos si viviría en el convento franciscano: fue examinador sinodal del arzobispado. Escribió *Opera theologica super Lib. I Sententiarum iuxta puriorem mentem Subtilis Doctoris Ioannis Scoti*, en dos vols., Sevilla, 1752-1753.

En aquel siglo hubo en Santo Domingo otro padre Agustín de Quevedo Villegas (1740-1771): era nacido allí, de padre dominicano, fue presbítero, cura párroco de la Catedral en 1765-1766, y catedrático universitario (Utrera, *Universidades*, 357 y 519).

[16] El doctor Francisco Javier Conde y Oquendo (1733-1799), habanero, además de sacerdote era abogado de las Audiencias de Santo Domingo y México; en 1775 se trasladó a España; después pasó a México, donde murió (en Puebla). Se le consideró el mejor orador sagrado entre los cubanos de su tiempo. Sus obras impresas son: el *Sermón* u *Oración genetlíaca*, en La Habana, al nacimiento del Infante Claudio Clemente, Madrid, 1772; *Elogio de Felipe V*, premiado por la Academia Española, Madrid, 1779 (hay tres ediciones); *Oración fúnebre* en unas exequias militares, México, 1787; *Oratio in exsequiis Serenissime Regis Caroli III*, México, 1789; *Disertación histórica sobre la aparición de la imagen... de Guadalupe*, dos vols., México, 1852-1853. Escribía versos. Dejó manuscritos inéditos, entre ellos uno que sería interesante descubrir: *Disertación histórica crítica sobre la oratoria española y americana*.

Consultar: Juan Sempere y Guarinos, *Ensayo de una biblioteca española de los mejores escritores del reinado de Carlos III*, en seis vols., Madrid, 1785-1789 (véase t. 2, 226); Aurelio Mitjans, *Estudio sobre el movimiento científico y literario de Cuba*, La Habana, 1890, reimpreso con el título de *Historia de la literatura cubana*, Madrid, s.a. [1918]: véanse pp. 65-66 de la edición madrileña; Trelles, *Ensayo de bibliografía cubana de los siglos XVII y XVIII;* Manuel Toussaint, "La obra de un ilustre cubano en México, el Dr. Francisco Javier Conde y Oquendo", en la revista *Universidad de La Habana*, enero-febrero de 1939, núm. 22.

[17] Sobre el padre Sanamé (1780-1806), véanse Francisco Calcagno, *Diccionario biográfico cubano*, Nueva York, 1878 [-80], y Mitjans, *Historia de la literatura cubana*. Según Calcagno, hay sermones suyos impresos.

VII. SEGLARES

[1] El aragonés Miguel de Pasamonte: tesorero de la Isla Española desde 1508 hasta su muerte en 1526; personaje de mucha significación en la política local. "Persona veneranda, de grande cordura, prudencia, experiencia y autoridad", lo llama el padre Las Casas, "Hombre de auctoridad y experiencia en negocios, docto e gentil latino, honesto e apartado de vicios", dice Oviedo. Uno y otro cuentan que observaba castidad de ermitaño.

El Sr. Trelles, en sus apuntes de bibliografía dominicana, apéndice de su *Ensayo de bibliografía cubana*, le atribuye *Relaciones de la Isla Española*, en manuscrito: no sé de dónde toma el dato. En el tomo 1 de la *Colección de documentos... del Archivo de Indias* hay muchos que firma Pasamonte en unión de otros funcionarios y dos cartas personales suyas, pp. 289-290 y 414-415: la segunda, muy interesante, revela sus aficiones; es de 1520 (por error se ha impreso 1529), y en ella le habla a Lope de Conchillos, el secretario del Consejo Real, paisano y valedor suyo, de la guerra de las comunidades: "Las revueltas de ahí me quitan las ganas de ir: ya soy viejo para el arnés. Vuestra Merced consérvese con mucha prudencia e lea la Crónica del rey Don Juan de Castilla que nuevamente se ha imprimido [1517], que hay en ella muchas cosas que podrán servir en estos tiempos. La crónica que yo al presente leo es la Biblia e Lactancio Firmiano". Véase, además, tomo 31, 412-414, 432-435, 440-442, 446-448, 513-518, 529-532; tomo 32, 96-100, 118-119, 122-123, 153-163, 219-221, 231-235, 340, 342; tomo 34, 232-234 (carta), 235-236, 267-278, 319-321 (carta) y 321-329; 35, 244-247 (carta); 36, 402-404, y 40, 288 (se le menciona como difunto en 1527) y 398 (se refiere a él su sobrino Esteban de Pasamonte, que le sucedió en el cargo de tesorero).

Consultar: Las Casas, libro II, caps. 42, 51 y 53; libro III, caps. 5, 19, 36, 37, 39, 46, 84, 93 y 157; Oviedo, *Historia*, libro III, caps. 10 y 12; libro IV, caps. 1 y 8; libro X, cap. 11; Félix de Latassa, *Biblioteca nueva de escritores aragoneses*, 1802, refundido con la *antigua* por Miguel Gómez Uriol, en tres vols., Zaragoza, 1884-1886.

² El licenciado Lucas Vázquez de Ayllón, toledano, llegó a la Española en tiempos de Ovando, hacia 1503; volvió y fue oidor muchos años, desde la fundación de la Audiencia en 1511; pasó a Cuba y a México (1520) para dirimir los conflictos entre Velázquez y Cortés; murió en una expedición a la Florida en 1526. Escribió cartas y memoriales: uno, de 1521, se dice que está en la Colección Muñoz, tomo 76, folios 253 *ss.*; a propósito del padre Álvaro de Castro quedó mencionada una carta que ambos escribieron en 1522 a 1523. Con él se relacionan documentos de la *Colección*... *del Archivo de Indias*, 1, 413, 416-417, 427 (véase también pp. 259 y 360); 11, 439-442; 12, 251-253; 13, 332-348; 14, 503-516; 24, 235-236, 321-328 y 557-567; 35, 241-244 (carta de 8 de enero de 1520) y 547-562 (información sobre la Florida, 1526); 36, 428-430; además, 5, 534 *ss.*

Consultar: Las Casas, *Historia*, libro II, caps. 40, 50 y 53; libro III, caps. 19 y 157; Oviedo, *Historia*, libro IV, caps. 2, 4, 5 y 8; libro XVI, cap. 15; libro XVII, cap. 26; libro XXXVII, caps. 1 y 3; libro L; H. Cortés, *Carta II*; Bernal Díaz del Castillo, *Conquista de la Nueva España*, caps. 109, 112 y 113; Castellanos, *Elegías*, 47 y 72; García Icazbalceta, *Biografías*, t. 4, 1899.

³ El licenciado Alonso de Zuazo (1466-1539), natural de Segovia (según informan Las Casas y Henríquez de Guzmán; no de Olmedo, como dicen García Icazbalceta y Calcagno), graduado en Salamanca (donde dice que estudió veinte años), murió siendo oidor en Santo Domingo, adonde había llegado en 1517 para colaborar con los frailes jerónimos en la resolución de los problemas políticos de las Indias. En Cuba, adonde fue como juez de residencia de Diego Velázquez (1521-1522), escribió una Carta a fray Luis de Figueroa, el jefe de los jerónimos, o *Memoria sobre la condición de los indios en Santo Domingo y Cuba*, que el gran investigador mexicano Joaquín García Icazbalceta publicó en su *Colección de documentos para la historia de México*, 1, México, 1858. García Icazbalceta menciona también una Memoria sobre las crueldades de los conquistadores en Santo Domingo: es la carta a Chièvres que en seguida se indica. En la *Colección de documentos*... *del Archivo de Indias*, 1, 292-298 y 304-332, hay dos importantes cartas suyas, fechas en Santo Domingo el 22 de enero de 1518, una a Carlos V y otra a Chièvres (*Monsieur de Xevres*, escribe él); en el tomo 34, otra a Carlos V, de interés geográfico, con igual fecha. En todo el tomo 1 se le menciona con frecuencia; en la p. 557 se expresa que murió en marzo de 1539, siendo oidor. Con él se relacionan documentos del tomo 11, 327-342 y 343-363 (informa, como oidor, con el licenciado Espinosa, sobre la despo-

blación de la Española, 1528), y, en la Segunda Serie, del tomo 1, especialmente pp. 107, 110, 111, 114, 116, 167 y 186 (donde se documenta su viaje a Yucatán en 1524), y del tomo 6, 14. En la *Colección de documentos inéditos para la historia de España;* 2, Madrid, 1843, pp. 347-375, se halla también la carta a Chièvres de 1518; en las pp. 375-379, biografía de Zuazo, escrita por Martín Fernández de Navarrete. Da otra biografía Francisco Calcagno en su *Diccionario biográfico cubano,* Nueva York, 1878 [-84]. Oviedo, *Historia,* libro I, cap. 10, cuenta el naufragio de Zuazo en el viaje de Cuba a México; lo menciona además en diversos lugares de su obra (libro IV, caps. 2, 3, 4, 5, 7 y 8; libro XVII, caps. 3 y 20). Juan de Castellanos también, en sus *Elegías,* pp. 47-48 y 73-78. Las Casas, de paso, en su *Historia,* libro III, cap. 87.

[4] El licenciado Rodrigo de Figueroa, zamorano, gobernador de Santo Domingo en 1519-1521, escribió una *Descripción de la Isla Española,* según Trelles: no sé si está publicada. En la *Colección de documentos... del Archivo de Indias,* 1, 417-421 y 421-422, hay cartas suyas a Carlos V, fechas en Santo Domingo el 6 de julio y el 13 de noviembre de 1520; en las pp. 379-385, una *Información* (1520) sobre las clases de indios (caribes y guatiaos, o sea guerreros y pacíficos) que poblaban las islas y tierra firme de América: se reimprime en el tomo 11, 321-327.

[5] Diego Caballero de la Rosa, sevillano, firma en 1533, como "escribano de Su Majestad y de la Real Audiencia", la *Relación testimoniada* del asiento hecho con Francisco de Barrionuevo para apaciguar la rebelión del cacique Enriquillo: va en la *Colección de documentos... del Archivo de Indias,* 1, 481-505; en 20 de diciembre de 1537 dirige una carta al Emperador sobre el proyecto de vigilar los mares de las Antillas con "tres carabelas bien emplomadas y artilladas". Otros documentos relacionados con él: tomo 22, 79-93 y 128-130; 36, 376 (por error dice "Diego Caballo"); 40, 435-438 (carta) y 157 (carta sobre fray Tomás de Berlanga, 1537). Fue también contador (1529) y tesorero. Las Casas lo menciona como secretario de la Audiencia en 1521 (*Historia,* libro III. cap. 157); Henríquez de Guzmán (véase *infra*) lo halla en el cargo en 1534. Oviedo (*Historia,* libro IV, cap. 8) lo menciona como dueño de ingenios de azúcar, secretario, contador, regidor de la ciudad capital y por fin mariscal de la isla (1547).

[6] Gil González Dávila —uno de los muchos de su nombre que hubo en los siglos XVI y XVII— era contador real en Santo Domingo (nombrado en 1511). Es el que salió luego al Mar del Sur y exploró la América Central; murió en 1526. *Colección de documentos... del Archivo de Indias,* 12, 362 ss.; 16, 5-36; 32, 267-272. Hay tres relaciones suyas, escritas hacia 1518, en la *Colección,* 1, 332-347; probablemente es suyo también el *Memorial* de las pp. 290-291. En el tomo 35, 247-256, hay una carta suya, desde Santo Domingo, 12 de julio de 1520, otra, escrita en Santo Domingo el 6 de marzo de 1524, incluye Manuel María de Peralta en su obra *Costa Rica, Nicaragua y Panamá en el siglo XVI,* Madrid-París, 1883, pp. 3-26. Se refieren especialmente a él Hernán Cortés, en su quinta carta y Pascual de Andagoya, el explorador alavés (que también estuvo en Santo Domingo y allí se casó en 1534), en su *Relación de los sucesos de Pedrarias Dávila* (*Colección de viajes y descubrimientos,* de Navarrete, III).
Consultar: Las Casas, *Historia,* libro III, cap. 154; Oviedo, *Historia,* libro 29, caps. 14 y 21.

[7] El Adelantado Pedro de Heredia († 1554), madrileño, escribió una *Relación de sus primeros hechos de armas en la provincia de Cartagena de Indias,* que figura en las *Relaciones históricas de América,* Madrid,

1916, pp. 1-8. Le sigue (pp. 9-15) una *Relación de sus campañas en Cartagena de Indias*, de mano ajena y desconocida. Véase además, *Colección de documentos*... *del Archivo de Indias*, 22, 325-332; 23, 55-74.

Sobre Heredia: Juan de Castellanos, *Elegías*, Parte III, *Historia de Cartagena*, cantos I a IX; Oviedo, *Historia*, libro XXVI, caps. 5-14; fray Pedro de Aguado, *Historia de Santa Marta y Nuevo Reino de Granada e Historia de Venezuela*.

[8] El bachiller Fernández de Enciso, vecino de Sevilla, donde nació en 1469, se hallaba en 1508 en Santo Domingo ejerciendo de abogado; de sus ganancias dio recursos a Alonso de Hojeda para su expedición a la América del Sur; fue tras él en 1509 y lo perdió todo, en parte por la deslealtad de Vasco Núñez de Balboa, que se embarcó escondido en su nave. Insistió en sus proyectos de conquista y colonización, con poco éxito. Tuvo en Santo Domingo funciones gubernativas, según la *Información de los servicios del Adelantado Rodrigo de Bastidas*, hecha en Santo Domingo en julio de 1521, e incluida en la *Colección de documentos*... *del Archivo de Indias*, 2: en la lista de preguntas se habla (p. 371) de "los gobernadores que en esta isla han gobernado, así los religiosos de la Orden de San Jerónimo, como el licenciado Enciso, como el licenciado Rodrigo de Figueroa"; en la declaración de Diego Caballero "el mozo" (p. 381) se habla de que "los religiosos de San Jerónimo vinieron a gobernar esta isla, e el Licenciado Enciso, e el Licenciado Figueroa, que al presente la gobierna". Según Oviedo (*Historia*, libro XXVII, cap. 4), fue teniente de gobernador. En 1519 publicó en Sevilla su importante *Suma de geografía que trata de todas las partidas e provincias del mundo: en especial de las Indias*, reimpresa en 1530 y 1546: uno de los primeros intentos de organizar científicamente los datos sobre el Nuevo Mundo. Las referencias a Santo Domingo son sucintas: sólo habla de su situación geográfica, de sus plantas y de sus indios. José Toribio Medina extractó de la *Suma* la *Descripción de las Indias* y la publicó en Santiago de Chile, 1897.

Sobre Enciso: Las Casas, *Historia*, libro II, caps. 52, 60 y 62-64, y libro III, caps. 24, 39, 42-46, 52, 58, 59 y 63; Oviedo, *Historia*, libro XXVII, cap. 4, y libro XXIX, cap. 7; Martín Fernández de Navarrete, *Disertación sobre la historia de la náutica y ciencias matemáticas*, Madrid, 1846, pp. 141 ss.; Medina, *El descubrimiento del Océano Pacífico*, dos vols., Santiago de Chile, 1913-1914, y *Biblioteca hispano-americana*, 1, 80-84, 118 y 201-218, donde reproduce la *Descripción de las Indias* y un breve papel sobre las encomiendas de indios, escrito en 1528 (sobre igual asunto hay un memorial suyo, sin fecha, en la *Colección de documentos*... *del Archivo de Indias*, 1, 441-450); Carlos Pereyra, *Historia de la América española*, 1, 235-250.

[9] Gonzalo Fernández de Oviedo (1478-1557) pasó gran parte de su vida en Santo Domingo, adonde llegó por primera vez en 1515 (hizo seis viajes al Nuevo Mundo: 1514-20-26-32-36-49), y allí murió siendo regidor perpetuo de la capital y alcaide de la fortaleza (desde 1533, año en que adoptó como residencia definitiva la ciudad primada): por error se decía que había muerto en Valladolid. Dejó larga descendencia en el país. Antes de venir a América había sido hombre de corte y de campañas militares en Europa; en América fue, entre otras cosas, veedor de las fundiciones de oro en el Darién (1514-1530) y gobernador de Cartagena (1526-1530). Sus obras son: el *Sumario de la natural y general historia de las Indias*, Toledo, 1526, reproducido en los *Historiadores primitivos de Indias*, de Andrés González de Barcia, Madrid, 1749, y en el tomo 22 de la *Biblioteca de Autores Españoles*, 1858, y traducido al latín, al italiano, Venecia, 1534, y del italiano al francés, París, 1545; al inglés,

por Richard Eden, Londres, 1555, y extracto en Purchas; la *Historia general y natural de las Indias*, en tres *Partes* y cincuenta *Libros*, que comenzó a publicarse en Sevilla, 1535 (veinte libros —los diez y nueve de la primera Parte y el último de la obra—, reimpreso en Salamanca, con adiciones, 1547), se continuó en Valladolid, 1557 (libro XX, perteneciente a la segunda Parte) y apareció íntegra por fin en cuatro grandes volúmenes, con prólogo y notas de José Amador de los Ríos, Madrid, 1851-1855 (hay traducciones parciales, hechas en el siglo XVI, una al italiano, de Ramusio, y una al francés); la novela caballeresca *Don Claribalte*, Valencia, 1519; el tratado *Reglas de vida espiritual y secreta teología*, traducido del italiano, Sevilla, 1548; el *Catálogo real de Castilla*, o historia de la monarquía española, manuscrito en el Escorial; las *Batallas y quincuagenas*, diálogos en prosa sobre hechos del reinado de los Reyes Católicos, escritos en Santo Domingo hacia 1550 e inéditos todavía; las *Quincuagenas de los generosos e ilustres e no menos famosos reyes, príncipes, duques, marqueses e condes e caballeros e personas notables de España*, prosa y versos escritos en Santo Domingo en 1555-1556, publicados en parte (tomo 1, Madrid, 1880); *Respuesta* a la *Epístola moral* que le dirigió el Almirante Fadrique Henríquez (1524), manuscrito; *Relación de la prisión* de Francisco I (1525), manuscrito; *Libro de la cámara del príncipe Don Juan* (1546-1548), Madrid, *c.* 1900; *Tratado general de todas las armas, c.* 1552, manuscrito incompleto; *Libro de linajes y armas, c.* 1552, manuscrito. Estas obras fueron redactadas, en gran parte, en América. Hay.cartas de Oviedo, firmadas en Santo Domingo, en la *Colección de documentos... del Archivo de Indias*, 1, 39-49 y 505-543; 42, 152 (de 1539).

'Sobre Oviedo: además de la *Vida* que escribió Amador de los Ríos para su edición de la *Historia*, el artículo de Alfred Morel-Fatio en la *Revue Historique*, de París, 21, 179-190; y Marcelino Menéndez y Pelayo, *Historia de la poesía hispano-americana*, 1, 291-294. Sobre sus ediciones: Medina, *Biblioteca hispano-americana*, 1, 85, 109, 147-149, 225-226, 231 y 288-290; Rómulo D. Carbia, *La Crónica oficial de las Indias Occidentales*, La Plata, 1934: véanse pp. 76-78 y 93-94; Cesáreo Fernández Duro, *La mujer española en Indias*, Madrid, 1892, pp. 37-40; A. Rey, artículo en *Romanic Review*, Columbia, 1927.

[10] El licenciado Juan de Vadillo fue oidor, y de Santo Domingo se le envió a Nueva Granada, en 1536, a tomar residencia al Adelantado Heredia (véase Juan de Castellanos, *Elegías*, Parte III, *Historia de Cartagena*, cantos V, VI y VII; Oviedo, *Historia*, libro XXVII, caps. 9-12). Antes, en 1531-1532, había tomado residencia al gobernador de Cuba Gonzalo de Guzmán (véase Max Henríquez Ureña, *Noticia histórica sobre Santiago de Cuba*, Santiago, 1930, capítulos VII-X, e Irene A. Wright, *The early history of Cuba*, Nueva York, 1916). Don Lucas de Torre, en sus *Notas para la biografía de Gutierre de Cetina* (en el *Boletín de la Academia Española*, 11 (1924) 397, dice que no se atreve a identificar al juez de América con el poeta sevillano de igual nombre, amigo de Cetina. La identificación, en efecto, resulta imposible, porque el oidor no hacía versos, que sepamos, ni era de Sevilla, sino castellano, de Arévalo, en la provincia de Ávila, según dato de Henríquez de Guzmán, quien lo vio en Santo Domingo en 1534. Con quien tampoco debe confundírsele —como a veces ha sucedido— es con su contemporáneo Pedro de Vadillo, que estuvo —como él— en Santo Domingo y en Nueva Granada.

[11] La *Relación* del licenciado Echagoyán, vizcaíno, llamado a veces Echagoya o Chagoya, está en la *Colección de documentos... del Archivo de Indias*, 1, 9-35. Fue escrita en España, en 1568. Méndez Nieto (véase

infra), en los años 1559 a 1567, lo pinta ya como anciano. En 1564 (¿o 1567?) tomó residencia el gobernador de Santo Domingo Diego de Ortegón: véase Américo Lugo, "Curso oral de historia colonial de Santo Domingo", en la revista *Hélices,* de Santiago de los Caballeros, 1934-1935.

¹² Hay documentos del licenciado Cristóbal de Ovalle (1584) y de Lope de Vega Portocarrero (1594), que fueron presidentes de la Audiencia: el Sr. Trelles los menciona en su bibliografía; pero no tienen interés para la historia literaria, ni siquiera para la historia de la cultura.

¹³ Alonso de Zorita, a quien se solía llamar Zurita, nació en 1512 y murió después de 1585. Oidor en Santo Domingo de 1547 a 1553, en enero de 1550 pasó a Nueva Granada como juez de residencia del navarro Miguel Díaz de Armendáriz y regresó a la Española en agosto de 1552; oidor luego en Guatemala, de 1553 a 1556, y en México de 1556 a 1564: allí se incorporó a la Universidad como doctor en leyes (1556). Salió de México en 1566 y se estableció en Granada. Escribió *Parecer sobre la enseñanza espiritual de los indios* (1584); *Discursos sobre la vida humana* (1585); *Suma de los tributos:* estas tres obras no se conservan; *Breve y sumaria relación de los señores, y maneras y diferencias que había de ellos en la Nueva España y en otras provincias, sus comarcas, y de sus leyes, usos y costumbres,* escrita entre 1561 y 1573, que se publicó en 1864, *Colección de documentos... del Archivo de Indias,* 1, 1-126, y en 1866 —mejor edición— en el tomo 2 de la *Colección de documentos para la historia de México,* de García Icazbalceta, con breve biografía. Henri Ternaux-Compans la había traducido al francés, incompletamente, en la colección *Voyages, relations et mémoires pour servir à l'histoire de la découverte de l'Amérique,* tomo 11, París, 1840. Como ampliación de la *Breve y sumaria relación* escribió Zorita la *Relación o Historia de la Nueva España,* terminada en 1585, cuyo primer tomo publicó Manuel Serrano y Sanz, con extenso prólogo y apéndice de siete cartas (cuatro de ellas referentes a Santo Domingo), dos Pareceres y una Información de servicios. Madrid, 1909. García Icazbalceta, en las pp. 333-342 del tomo 2 de su *Colección de documentos,* México, 1866, publicó un *Memorial* de Zorita, y en el tomo 3 de su *Nueva Colección de documentos... para la historia de México,* México, 1891, el *Catálogo de los autores que han escrito historias de Indias o tratado algo de ellas,* que luego reprodujo Serrano y Sanz en las pp. 8-28 del tomo 1 de la *Historia de la Nueva España.*

Datos nuevos sobre Zorita: en mi artículo "Escritores españoles en la Universidad de México", en la *Revista de Filología Española,* de Madrid, 22 (1935), 64-65.

¹⁴ Eugenio de Salazar de Alarcón, madrileño, nacido hacia 1530, muerto en octubre de 1602, fue gobernador de las Islas Canarias (1567-1573), oidor en Santo Domingo (1573-1580), fiscal de la Audiencia en Guatemala (1580), fiscal y luego oidor en México, donde estuvo de 1581 a 1598: allí se incorporó como doctor en leyes en la Universidad (1591) y fue rector (1592-1593); en Madrid, miembro del Consejo de Indias desde el 27 de septiembre de 1600 hasta su muerte.

Su *Silva de poesía* se conserva manuscrita en más de quinientas hojas en la Academia de la Historia, en Madrid. De ella insertó largos extractos Bartolomé José Gallardo en su *Ensayo de una biblioteca española de libros raros y curiosos,* tomo 4, Madrid, 1889, columnas 326-395. Las *Cartas* han tenido mejor fortuna: las publicó Pascual de Gayangos en Madrid, 1866 (Sociedad de Bibliófilos Españoles); cuatro de ellas incluyó Eugenio de Ochoa en el tomo 2 del *Epistolario español,* Madrid, 1870 *(Biblioteca de Autores Españoles,* 62); otras que se hallaban inéditas las publicó Antonio Paz y Melia en el tomo 1 de *Sales españolas,* Madrid,

1902. Gallardo publicó también (*Ensayo*, IV, cols. 395-397) el poema alegórico *Navegación del alma*. Hay otros versos en *El autor y los interlocutores de los Diálogos de la montería*, de Juan Pérez de Guzmán, Madrid, 1890 (pp. 78-85). No sé qué contendrá el manuscrito que se conserva en Viena, porque no he podido consultar el trabajo de Adolfo Mussafia "Über eine spanische Handschrift der Wiener Hofbibliothek", publicado en los *Sitzungsberichte der Kaiserlichen Akademie der Wissenschaften*, de Viena, 56 (1867), 83-124: como Salazar pasó cerca de treinta años en América, bien puede contener referencias al Nuevo Mundo. Otro trabajo escribió, según León Pinelo, cuyo paradero se ignora: *Puntos de derecho, o de los negocios incidentes de las Audiencias de Indias*.

Consultar: José Antonio Álvarez y Baena, *Hijos de Madrid*..., 1, 403-411; B. J. Gallardo, *Vida y poesía de Eugenio de Salazar*, en *Obras escogidas*. edición de Pedro Sainz y Rodríguez, dos vols., Madrid, 1928 (véase tomo 1, pp. 213-263); M. Menéndez y Pelayo, *Historia de la poesía hispano-americana*, 1, 28-33 (en México), 177 (en Guatemala) y 295-297 (en Santo Domingo); Medina, *Biblioteca hispano-americana*, 6, 547. García Icazbalceta, *Bibliografía mexicana del siglo XVI*, México, 1886 [hay edición reciente del Fondo de Cultura Económica] y en el tomo 2 de *Biografías*. Ernesto Schäfer, *El Consejo Real y Supremo de las Indias*, 1, Sevilla, 1935 (en la p. 356 da por primera vez la fecha de la muerte de Salazar).

[15] Pedro Sanz de Morquecho publicó *Tractatus de bonorum diuisione amplissimus omnibus iuris studiosis maxime utilis & necessarius, in quo ea, quae quotidie in praxi uersantur circa diuisionem bonorum societatis conuentionalis & coniugalis, & meliorationum, & hereditatum, & aliarum rerum ad id pertinendum, digeruntur*..., Madrid, 1601. Probablemente es nueva edición de esta obra la *Práctica quotidiana*... *de diuisione bonorum*, impresa en Francfort, 1607. Vicente Espinel escribió en elogio de la obra un epigrama que comienza

> *Ingenium sollers, animi prudentia, uirtus,*
> *Auctorisque labor te peperere, Liber.*
> *Materiam dedit Ingenium, Prudentia normam,*
> *Iustitiam uirtus, caetera cuncta labor*...

Beristáin cree que Pedro Sanz de Morquecho sea el Pedro Núñez Morquecho que encuentra como oidor en México en 1604; pero debe de haber padecido error: el oidor de México se llamaba Diego (y no Pedro) Núñez de Morquecho, según la *Crónica de la Real y Pontificia Universidad de México*, de Cristóbal Bernardo de la Plaza y Jaén (siglo XVII), publicada en México, 1931.

[16] En 1554 era oidor de la Audiencia "el muy magnífico señor Juan Hurtado de Mendoza": aparece como testigo en la institución de vínculo y mayorazgo del regidor Francisco Dávila, en 23 de agosto (dato que debo a Emiliano Tejera). ¿Sería éste, como supone el investigador dominicano, uno de los escritores de igual nombre que figuran en el siglo XVI en España? Uno era madrileño, y publicó en Alcalá de Henares los poemas *Buen placer trobado en trece discantes de cuarta rima castellana*, 1550, y *El tragitriunfo:* a él le dirigió Eugenio de Salazar, desde Toledo, en 1560, la célebre Carta humorística sobre los catarriberas, que estuvo atribuida, en el siglo XVIII, a Diego Hurtado de Mendoza; otro era granadino, y publicó el poema *El caballero cristiano*, en Antequera, 1577.

[17] El jurista y teólogo aragonés Juan Francisco de Cuenca, o Montemayor de Cuenca, o Montemayor Córdoba de Cuenca (1620-1685), fue oidor en 1650, presidente de la Audiencia y gobernador de la isla en

1653; echó a los franceses de la isla de la Tortuga; en 1657, oidor en México. En 1676 se le autoriza a ordenarse sacerdote. Antes de trasladarse a América publicó cuatro obras latinas en Zaragoza; en la ciudad de México publicó cinco o seis obras más, en latín o en español, de 1658 a 1678. Dos más: en Lion y Amberes. Dos de ellas se refieren a Santo Domingo: *Excubationes semicentum decisionibus Regiae Chancellariae Sancti Dominici Insulae, uulgo Hispaniolae,* México, 1667 (incluye una *Defensa de la jurisdicción real en la causa criminal de un clérigo sedicioso); Discurso histórico político jurídico del derecho y repartimiento de presas y despojos aprehendidos en justa guerra,* con cartas geográficas, México, 1658, reimpresa, con adición de máximas militares, Amberes, 1683. Escribió, además, un *Parecer* sobre la fortificación de la ciudad de Santo Domingo: consúltese Emilio Tejera Bonetti, en la revista *Clío,* de Santo Domingo, 1 (1933), 159. Habla de él el docto mexicano Carlos de Sigüenza y Góngora (1645-1700), que lo conoció personalmente, en su *Trofeo de la justicia española* (México, 1691), donde cuenta la defensa de los dominicanos contra ataques extranjeros.

Consultar: Félix de Latassa, *Biblioteca de escritores aragoneses;* Beristáin, *Biblioteca hispano-americana septentrional;* Medina, *Biblioteca hispano-americana,* 2, 262, 452-453 y 460-461; 3, 37, 292-293, 308 y 361-362; 4, 53 y 185; Lugo, *Curso oral de historia colonial de Santo Domingo* (lo llama "hombre de estado superior", por su informe contra el desmantelamiento de la Tortuga que proyectó y realizó el Conde de Peñalva).

[18] Jerónimo Chacón Abarca y Tiedra fue oidor y alcalde del crimen en la Audiencia de Santo Domingo y fiscal en la de Guatemala. Publicó *Decisiones de la Real Audiencia y Chancillería de Santo Domingo, isla, vulgo Española, del Nuevo Orbe Primada, en defensa de la jurisdicción y autoridad real,* Salamanca, 1676. En Guatemala publicó, 1683, otro trabajo jurídico (*Alegación por el Real Fisco*).

Consultar: Medina, *Biblioteca hispano-americana,* 3, 233-234.

[19] Diego Antonio de Oviedo y Baños, bogotano, hizo estudios en la Universidad de Lima; asesoró a su tío Diego de Baños y Sotomayor, obispo en Venezuela, en las *Constituciones Sinodales* de Caracas; después de ser oidor en Santo Domingo, septiembre de 1698 a mayo de 1700, lo fue en Guatemala, 1702, y en México; miembro, por fin, del Consejo de Indias en España. Escribió *Notas a los cuatro tomos de la Nueva Recopilación de Leyes de Indias,* con datos sobre la jurisprudencia de los tribunales: según Beristáin, el manuscrito era muy consultado en su tiempo. Tuvo dos hermanos escritores: José, el historiador de la conquista de Venezuela, y Juan Antonio (1670-1757), piadoso jesuita que vivió en México, donde fue contada su *Vida* (1760) por el padre Francisco Javier Lazcano.

Consultar: Medina, *Biblioteca hispano-americana,* 6, 336, y 7, 69; José María Vergara y Vergara, *Historia de la literatura en Nueva Granada,* edición con notas de Antonio Gómez Restrepo y Gustavo Otero Muñoz, en dos vols., Bogotá, 1931: véase 1, 304-307; Prampolini, 12, 133.

Su contemporáneo el licenciado Fernando Araujo y Ribera, oidor decano de la Audiencia, escribió en 1700 unas *Noticias de la Isla Española.* El manuscrito se conserva en Madrid, en el Centro de Estudios Históricos.

[20] Francisco Javier Gamboa (1717-1794), jurisconsulto eminente y buen geólogo de afición, pertenece a la pléyade de sabios mexicanos del siglo XVIII, autodidactas en parte, que dieron útiles contribuciones a la ciencia de su tiempo: los caracteriza el amor al estudio de la naturaleza, aunque no pocos tenían como profesión la eclesiástica o la jurídica, y la mayor parte cultivaban, además, aficiones literarias (Alzate,

Velázquez de Cárdenas y León, León Gama, Bartolache, Mociño: véase *Antología del Centenario,* obra de Luis G. Urbina, Pedro Henríquez Ureña y Nicolás Rangel, México, 1910, pp. 661-665). Gamboa fue nombrado regente de la Audiencia de Santo Domingo en 1783 y allí redactó el famoso *Código Carolino* o *Código de legislación para el gobierno moral, político y económico de los negros de las Indias* (sobre él pueden consultarse la *Historia de la esclavitud de la raza africana en el Nuevo Mundo,* de José Antonio Saco, 2, pp. 10 *ss.,* y *Los negros esclavos,* del doctor Fernando Ortiz, La Habana, 1916, pp. 355-364 y 449-456).

En la Biblioteca Nacional de Madrid se conservan (núm. 3502) unos *Apuntes para la biografía de D. Francisco Xavier Gamboa,* del ilustre jurista mexicano Mariano Otero (también en el tomo 1 de sus *Obras,* México, 1859; la biografía fue publicada antes en la revista *El Museo Mexicano;* tomo 2, 1844). Marcos Arróniz, *Manual de biografía mexicana,* París, 1857. José Olmedo y Lama, en el tomo 2 de *Hombres ilustres mexicanos,* colección de biografías reunidas por Eduardo L. Gallo, México, 1873. Francisco Sosa, *Biografías de mexicanos distinguidos,* México, 1884. Aurelio María Oviedo y Romero, *Biografías de mexicanos célebres,* París-México, 1889 (véase tomo 4). Ricardo Pérez, *Efemérides nacionales,* México, 1904. Manuel Cruzado, *Bibliografía jurídica mexicana,* México, 1905.

[21] Hay poesías de Lázaro Bejarano en el manuscrito sevillano que se conserva en la Biblioteca Provincial de Toledo, con versos de Cetina y de sus amigos Juan de Vadillo, homónimo del oidor de Santo Domingo, y Juan de Iranzo. En el soneto que dedica a Bejarano, Iranzo le habla de "nuestra Sevilla". Bejarano concurrió a certámenes hispalenses para festividades religiosas: figura en la *Justa literaria en alabanza del bienaventurado San Juan apóstol y evangelista,* impreso de Sevilla, 1531; en las *Justas literarias hechas en loor del bienaventurado San Pedro, príncipe de los apóstoles, y de la bienaventurada Santa María Magdalena,* en 1532 y 1533, impreso de Sevilla, 1533; en las *Justas literarias en loor del glorioso apóstol San Pablo y de la bienaventurada Santa Catalina,* en 1533 y 1534, impreso de Sevilla, 1534 (véase Gallardo, *Ensayo,* 4, núms. 1153, 1155 y 1156, y Lucas de Torre, "Algunas notas para la biografía de Gutierre de Cetina", en el *Boletín de la Academia Española,* 11 (1924), 401. Las composiciones dedicadas a San Pablo y a la Magdalena se incluyeron además en el *Cancionero general,* de Sevilla, 1535; se han reproducido en los apéndices al *Cancionero general* de Hernando del Castillo en la edición de la Sociedad de Bibliófilos Españoles, Madrid, 1882. Bejarano, como se ve, estaba en Sevilla todavía en 1534; debió de trasladarse poco después a Santo Domingo; hacia 1540, según Juan de Castellanos, estaba en Curazao como gobernador, con su mujer *(Elegías,* 184); en 1541 estaba de regreso en Santo Domingo y allí permaneció muchos años; sabemos que en 1565 estaba en Curazao; pero en Santo Domingo lo encontramos en 1558 y 1559, cuando el Cabildo eclesiástico lo procesa por herejía (véase Medina, *La primitiva Inquisición americana,* 1, 219-222, y 2, 42-50, donde se reproduce la parte sustancial del proceso); entre 1559 y 1567 lo trató allí Méndez Nieto; Achagoyan lo menciona en su *Relación* de 1568 como gobernador de Curazao, pero residiendo en Santo Domingo; López de Velasco, en su *Geografía..., de las Indias,* escrita entre 1571 y 1574, lo menciona todavía como vivo (p. 146). Sobre el suegro de Bejarano, v. el trabajo del escritor venezolano Arístides Rojas, *El regidor Juan Martínez de Ampíes,* en sus *Obras escogidas,* París, 1907, pp. 636-649. Por error se le llama Ampúes o Ampiés. Hay una interesante carta suya, de hacia 1521, en la *Colección de documentos... del Archivo de Indias,* 1, 431-436, y otra, de 7 de septiembre de 1528, en el tomo 37, 401-403 (véanse además tomo 22, 184-201, y 32, 148-150 y 408-413).

La esposa de Bejarano se llamaba Beatriz, según Méndez Nieto; María, según Castellanos; Ana, según dato que aparece en el trabajo de monseñor Nicolás E. Navarro sobre *Rodrigo de Bastidas, primer obispo de Venezuela*, Caracas, 1931, folleto reproducido en la revista *Clío*, de Santo Domingo, 1935, pp. 36-42 (donde se menciona el ingenio de azúcar que heredó; lo menciona también Arístides Rojas).

Una de las acusaciones que se le hicieron a Bejarano en el proceso de herejía fue "que estuvo tres años en la isla de Curazao, de donde es gobernador, que no oyó misa, ni se confesó él ni su mujer ni gente". Sin embargo, Juan de Castellanos (*Elegías*, 184), elogiando el buen gobierno de Curazao, dice que a los indios:

> Por Juan de Ampiés, después por Bejarano,
> se les daban cristianos documentos
> y cada cual con celo de cristiano
> deseaba poner buenos cimientos;
> mas no siempre tenían a la mano
> quien les administrara sacramentos;
> mas éste si faltaba se suplía
> con algún lego que los instruía.

Méndez Nieto, en sus *Discursos medicinales* (véase *infra*), da muchas noticias de Bejarano y cita sus versos satíricos. El oidor Zorita, en el *Catálogo de los autores que han escrito historias de Indias*, cita el *Diálogo apologético* contra Juan Ginés de Sepúlveda, redactado en "muy elegante estilo": en él había noticias sobre los indígenas de Cubagua. Juan de Castellanos habla de él en sus *Elegías*, IV del canto I de la Primera Parte, y extensamente en la Introducción de la Parte Segunda. Oviedo lo recuerda en su *Historia*, libro VI, cap. 19.

He trazado la figura de Bejarano en mi artículo "Erasmistas en el Nuevo Mundo", citado en nota sobre el padre Carlos de Aragón.

[22] Juan Méndez Nieto, que tal vez fuera extremeño, nació en 1531 y murió después de 1616. Estudió en Salamanca, donde se graduó de licenciado en medicina; ejerció su profesión en Arévalo, en Toledo y en Sevilla; pasó ocho años en Santo Domingo, de 1559 a 1567, y de allí se trasladó a Cartagena de Indias, donde vivió unos cincuenta. Escribió dos libros: *De la facultad de los alimentos y medicamentos indianos, con un tratado de las enfermedades patricias del reino de Tierra Firme; Discursos medicinales*, terminados en 1611. Los *Discursos* han comenzado a publicarse en el *Boletín de la Academia de la Historia*, de Madrid, 1935; ya había dado extractos relativos a Santo Domingo Marcos Jiménez de la Espada en carta que Menéndez Pelayo insertó en su *Historia de la poesía hispano-americana*, 1, 314-327: allí se habla extensamente de Bejarano y del alguacil Luis de Angulo. Otro fragmento, relativo a España, publicó Jiménez de la Espada en la *Revista Contemporánea*, de Madrid, 1 (1880), 153-177. Consúltese: Manuel Serrano y Sanz, en *Autobiografías y memorias*, Madrid, 1905, Introducción, pp. XCII-XCIV.

[23] No sé qué relación haya entre "el desdichado Don Lorenzo Laso", a quien menciona Juan de Castellanos como poeta, hacia 1570 (*Elegías*, 45), y el alférez Lorenzo Laso de la Vega y Cerda, que en 1608 escribe en Cuba un soneto en elogio del *Espejo de paciencia*, poema del canario Silvestre de Balboa († 1620).

[24] El milanés Girolamo Benzoni (1518-1570) vino a América en 1541-1542; estuvo en Santo Domingo alrededor de once meses (1544-1545); recorrió parte de la América del Sur (Nueva Granada, el Ecuador, el Perú) y la América Central desde Panamá hasta Guatemala, pa-

deciendo persecuciones de indios, rigores de autoridades españolas, hambres y naufragio; regresó a Europa en 1556. Su *Historia del Mondo Nuovo* apareció en Venecia, 1565, y se reimprimió allí en 1572; se tradujo al latín, Ginebra, 1578; al francés, al alemán, al holandés y al inglés.

Consultar: Medina, *Biblioteca hispano-americana*, 1, 417-423, con biografía, 438, 472 y 598; Bernard Moses, *Spanish colonial literature in South America*.

[25] La *Vida o Libro de la vida y costumbres de Don Alonso Henríquez de Guzmán, caballero noble desbaratado*, se comenzó a publicar en Santiago de Chile en 1873. Está completa en el tomo 85 de la *Colección de documentos inéditos para la historia de España*, Madrid, 1886. Sir Clements R. Markham la compendió en una versión inglesa, *The life and acts of Don Alonso Enríquez de Guzmán*, 1862 (Hakluyt Society). Henríquez de Guzmán estuvo en Santo Domingo en 1534-1535 y de allí salió para el Perú. En la edición madrileña de la *Vida* sólo hay cinco páginas dedicadas a Santo Domingo, y tres de ellas las ocupa una provisión de la Audiencia, fechada el 12 de diciembre de 1534 y firmada por los oidores: el doctor Rodrigo Infante (la edición madrileña ha reducido la firma a "Reyufe, Doctor"), el licenciado Zuazo y el licenciado de Vadillo. Henríquez de Guzmán nos habla del presidente de la Audiencia, licenciado Fuenmayor, futuro arzobispo (la edición madrileña dice erróneamente "Formayor"), los oidores ("el uno, el Licenciado Zuazo, es de Segovia, y el otro, el Dr. Infante, es de Sevilla, y el otro, el Licenciado Vadillo, de Arévalo") y el secretario, Diego Caballero, que como sevillano lo hospedó en su casa y lo agasajó. En la provisión se nombra a Henríquez de Guzmán capitán general de Santa Marta: debía salir en compañía del doctor Infante, juez de residencia; pero en eso llegaron noticias de que la corona había designado gobernador y capitán general de Santa Marta a Pedro Fernández de Lugo, y se desvanecieron las esperanzas del caballero sevillano. La escasa descripción que hace de Santo Domingo puede completarse con una página (236) que dedica a Puerto Rico, donde estuvo once días. De la ciudad de Santo Domingo dice que tiene "muchas casas y muy buenas, de cal y canto y ladrillo; muy buenas salidas".

Consultar: Cieza de León, *Guerra de Chupas*, 154-158; Manuel Serrano y Sanz, Introducción de *Autobiografías y memorias*, Madrid, 1905, pp. LXXV-LXXVIII; Medina, *Diccionario biográfico colonial de Chile* (donde no estuvo Henríquez de Guzmán), Santiago de Chile, 1906; Clemente Palma, *Don Alonso Henríquez de Guzmán y el primer poema sobre la conquista de América*, Lima, 1935 (reseña de A. R. Rodríguez Moñino en la revista *Tierra Firme*, de Madrid, 1 (1936), 164-166). *Documentos inéditos* de Medina, 5-7.

[26] El Sr. Trelles, en sus apuntes de bibliografía dominicana, anota escritos, que no pertenecen a la literatura, de Alonso de Hojeda († 1550), hijo del conquistador conquense, nacido en Palos de Moguer (aunque se había supuesto que naciera en Santo Domingo, donde residió), que acompañó a Cortés en la conquista de México y dejó memorias y comentarios que Cervantes de Salazar aprovechó para su *Crónica de la Nueva España* y Herrera para sus *Décadas* (¿directamente o a través de Cervantes de Salazar?); de Sancho de Arciniega, militar que en 1567 escribió una *Relación de los sucesos de Santo Domingo;* de Jerónimo de Torres, escribano de la villa de la Yaguana, que en 1577 redacta un memorial; del gran explorador Pedro Menéndez de Avilés, que en 29 de diciembre de 1566 escribe al rey sobre la fortificación de las ciudades de Santo Domingo y Puerto Rico; de Diego Sánchez de Sotomayor, vecino de

Santo Domingo, que en 1578 envía al rey una relación en que se trata principalmente de la Tierra Firme (la menciona el padre Ricardo Cappa en sus *Estudios críticos acerca de la dominación española en América*); de Juan de Melgarejo y Ponce de León, que hacia 1600 escribió sobre el permanente problema de las fortificaciones (el *Memorial* está en la Biblioteca Nacional de Madrid); de Martín González, que según León Pinelo escribió una *Relación de las cosas dignas de remedio en la Isla de Santo Domingo, para consuelo de los pobres;* de Baltasar López de Castro, escribano de la Audiencia, empeñado en repoblar de indios la isla, plausible empeño que no se logró: publicó en 1598 un *Memorial* sobre el asunto, y en 1603, 1604, 1605, 1606 y 1607 nuevos memoriales (Medina, *Biblioteca hispano-americana,* 1 y 2; de los otros hay noticias en Antonio León Pinelo, *Epítome de la biblioteca oriental y occidental náutica y geográfica,* Madrid, 1629, reimpreso con adiciones de Andrés González de Barcia, en tres vols., Madrid, 1737-1738, y Nicolás Antonio, *Bibliotheca Hispana noua,* Roma, 1672). En el catálogo de Maggs Brothers, *Bibliotheca Americana,* Parte VI, Londres, 1927, hallo otro impreso de Baltasar López de Castro, de Madrid, hacia 1600: contiene los contratos de la corona con Rodrigo de Bastidas, residente en Santo Domingo, 1524, Pánfilo de Narváez, 1526, Gonzalo Jiménez de Quesada y Diego Fernández de Serpa, sobre descubrimientos y colonizaciones.

Herrera en sus Décadas (II, libro III, cap. 7, y libro X, cap. 5; III, libro 1, cap. 16) da noticia de Francisco de Lizaur, que vivía y escribía en Santo Domingo a principios del siglo XVI. Es el Lizaur de que hablan extensamente los Padres Jerónimos en su carta al cardenal Jiménez de Cisneros, fecha en Santo Domingo el 22 de junio de 1517 *(Colección de documentos... del Archivo de Indias,* 1, 285-286): se decía que había sido secretario del Comendador Ovando cuando gobernó las Indias desde Santo Domingo (1502-1509) y en 1516 regresó a Santo Domingo desde Puerto Rico, donde había sido contador (nombrado en 1511; véase *Colección de documentos...,* 32, 140-147); en Santo Domingo se le creyó espía *(esculqua,* dicen los Padres) y se dijo que "tenía hecho un libro de avisos para llevar a Flandes", a los consejeros del rey Carlos; si eso era todo lo que escribía, no hay por qué considerarlo escritor. Después (1520-1521) vivió en Panamá y fue procurador de la ciudad ante la corona.

[27] El licenciado Alonso de Acevedo era en Santo Domingo catedrático de la Universidad de Gorjón en 1592 (Utrera, *Universidades,* 514 y 527; otro dato: "casado con Doña Inés de Torres"). ¿Será éste el doctor Alonso de Acevedo que en 1615 publica el florido poema *De la creación del mundo,* inspirado en *La sepmaine* del Sieur Du Bartas, quizás a través de la versión italiana de Ferrante Guisone? Muy poco se sabe del poeta: nacido en La Vera de Plasencia hacia 1550; sacerdote; según parece, canónigo de la Catedral de Valencia; en 1615 estaba en Roma, donde firma la dedicatoria de su poema; en 1614, Cervantes lo presenta en el *Viaje del Parnaso* hablando italiano. No hay objeción en que el catedrático de Santo Domingo fuese casado en 1592: pudo enviudar y hacerse sacerdote, como tantos en la época. En el poema hay dos menciones de América: una, en el *Día tercero* (río extraño del Perú), otra, en el *Día séptimo* (breve descripción del Nuevo Mundo, con mención de México, el Perú, Chile y el Río de la Plata).

[28] El licenciado Juan Vela debió de nacer hacia 1630 y murió en 1675, cuando se terminaba la impresión de su *Política real y sagrada,* según informa en la Introducción su amigo el carmelita fray Juan Gómez de Barrientos. En la portada de su obra, Vela se dice "natural de la Imperial Ciudad de Toledo, abogado que fue en la Real Chancillería

de la Isla Española y asesor del juzgado de los oficiales reales, teniente general, auditor de guerra y visitador de las Reales Cajas y de bienes de difuntos y de las encomiendas de indios en la provincia de Venezuela y ahora presentado por Su Majestad a una ración de la Iglesia Catedral de la ciudad de Valladolid en la provincia de Mechoacán". Había estudiado en Salamanca y en Toledo, donde se bachilleró en cánones, 1651; pasante de abogado en Madrid; en 1655 se trasladó a Santo Domingo, en cuya Audiencia se recibió de abogado; allí peleó contra los ingleses, el año de su llegada; en 1660, pasa a Venezuela; regresó a España en 1670, y allí se hizo sacerdote. No parece que haya estado en México, adonde lo destinaban cuando murió. Su obra impresa se titula *Política real y sagrada, discurrida por la vida de Jesucristo, supremo rey de reyes*, Madrid, 1675; dejó inédita, o quizás inconclusa, la *Política militar sobre los libros sagrados de los Macabeos*.

Consultar: Beristáin, *Biblioteca hispano-americana septentrional;* Medina, *Biblioteca hispano-americana*, 3, 227-228.

²⁹ El licenciado Díez de Leiva era sevillano, según el epigrama latino que le dedica el arcediano de la Catedral Primada Baltasar Fernández de Castro. En Santo Domingo se casó en 1662 con doña María Mosquera Montiel, cuyos hermanos Luis y José Antonio de Santiago fueron sacerdotes. Murió allí en 1708. Sus *Anti-axiomas* se publicaron en Madrid, 1682; 14 hojas, 136 páginas.

Consultar: Medina, *Biblioteca hispano-americana*, 3, 297-298; Utrera, *Universidades*, 195, 219, 516 y 529 (por error lo hace toledano).

³⁰ A Diego Núñez de Peralta se le menciona en el prólogo a las *Décadas* de Herrera, edición de Madrid, 1726.

³¹ El *Discurso* del capitán Gabriel Navarro de Campos Villavicencio, que después de residir en Santo Domingo vivió en Caracas y fue allí regidor, existía en la biblioteca de Andrés González de Barcia; es posible que se encuentre hoy en la Nacional de Madrid.

³² El licenciado Esteban de Prado, venezolano, abogado de la Audiencia de Santo Domingo, publicó una *Apología por D. Gabriel Navarro de Campos en la persecución que le hace el obispo de Caracas* [Tobar].

Consultar: Beristáin, *Biblioteca hispano-americana septentrional;* Medina, *Biblioteca hispano-americana*, 6, 170 y 7, 40, 229, 241, 243: indica escritos, para asuntos judiciales, de Esteban y de Gabriel de Prado (parecería que ambos defendieron a Navarro); Utrera, *Universidades*, 517.

³³ Andrés Núñez de Torra, vecino de Santo Domingo en 1650, es autor de una *Relación sumaria de la Isla Española y ciudad de Santo Domingo*, cuyo manuscrito se conserva en el Museo Británico (Papeles de Indias, núm. 13, 992), según el Sr. Trelles.

³⁴ El nombre del escribano Francisco Facundo Carvajal aparece al frente de la *Relación* de la victoria de españoles y dominicanos contra ingleses en 1655. Se imprimió en Madrid y en Sevilla, 1655; en México, 1656. Hijo del escribano fue el presbítero bachiller Francisco Facundo Carvajal y Quiñones, que nació en Santo Domingo en 1644 y vivía aún en 1688: véase Utrera, *Universidades*, 196 y 516.

³⁵ Juan Martínez de Quijano publicó en Madrid, hacia 1685, en folleto de ocho hojas en folio, un *Memorial en que se representa el miserable estado en que hoy está la Isla de Santo Domingo de la Española; la razón por que está de esta calidad, lo que ella es por sí y ha sido, y los medios que se podrán poner y han puesto para su conservación*. propone, entre otras cosas, echar a los franceses de la porción occidental del territorio.

[36] Los trabajos del doctor Francisco Pujol se publicaron en Cádiz, donde residió el autor, a mediados del siglo XVIII. *La Disertación sobre los cordiales* y la *Respuesta a un amigo y avisos para todos* tienen fecha de 1658: la edición de la *Respuesta* está dedicada "al Ilmo. Sr. Rector y Claustro de la Real y Pontificia Universidad de la ciudad de Santo Domingo" por el P. doctor Juan Andrés Chacón y Correa, cura de Mendoza, entonces chilena, después argentina. Pujol era catalán, de Santa María de Olost, en el obispado de Vich, y no valenciano, como dice Beristáin. Fue miembro de la Regia Sociedad de Ciencias, de Sevilla, y de la Real Academia Médica de Nuestra Señora de la Esperanza.

Consultar: Beristáin, *Biblioteca hispano-americana septentrional;* Medina, *Biblioteca hispano-americana,* 6, 523 y 7, 360; Utrera, *Universidades,* 519 y 534.

[37] El doctor Juan Ignacio Rendón y Dorsuna nació en Cumaná, de Venezuela, 1761, y murió en Cuba, 1836. En Santo Domingo, adonde llegó de diez y ocho años, se graduó de bachiller en cánones y doctor en leyes y fue catedrático, en la Universidad de Santo Tomás, de prima de derecho civil y luego de vísperas de cánones; fiscal del arzobispado en 1787-1789 y de la Universidad en 1790 y 1794. Emigró (1796) a Cuba, donde alcanzó gran fama como abogado; fue oidor honorario de la Audiencia del Camagüey (1811) y después asesor del gobierno de la isla, entre los muchos cargos que allí obtuvo. Enseñó derecho, con aplauso, pero no en la Universidad de La Habana.

Consultar: Calcagno, *Diccionario biográfico cubano;* Utrera, *Universidades,* 521 y 536 (le llama José Ignacio, pero es el Juan Ignacio a quien se nombra fiscal de la Universidad en 1794: véase p. 506).

[38] Francisco de Arango y Parreño (1765-1837), uno de los hombres eminentes que ha producido Cuba, tuvo enorme influencia sobre el desarrollo económico de su isla con sus actividades públicas y privadas. Escribió mucho, principalmente estudios sobre la agricultura, la industria y el comercio de Cuba; en ocasiones sobre letras y filosofía. Sus *Obras* se publicaron en dos vols., La Habana, 1888.

Estuvo en Santo Domingo, en 1786, a defender sus intereses ante la Audiencia, y es fama que lo hizo de modo elocuente. En 1794 se le nombró oidor honorario de Santo Domingo, pero no se sabe que haya vuelto.

Consultar: Antonio Bachiller y Morales, *Apuntes para la historia de las letras y de la instrucción pública en la Isla de Cuba,* tres vols., La Habana, 1859-1861 (véanse 1, 81, 104, 170-174; 2, 16; 3, 8, 11-27, 93, 99, 102, 132, 137 y 177); Calcagno, *Diccionario biográfico cubano;* Anastasio Carrillo y Arango, *Elogio histórico...,* La Habana, 1862.

[39] Ignacio José de Urrutia y Montoya (1735-1795), nacido en La Habana, abogado de las Audiencias de México (donde se educó) y de Santo Domingo, escribió *Teatro histórico, jurídico y político-militar de la Isla Fernandina de Cuba,* primera historia cubana que se imprimió (La Habana, 1789; aumentada, La Habana, 1876), y el *Compendio de memorias para escribir la historia de la Isla Fernandina de Cuba,* incompleto, La Habana, 1791. Su padre, el doctor Bernardo de Urrutia y Matos, que escribió apuntaciones históricas, había sido nombrado oidor de Santo Domingo, pero murió antes de ocupar el cargo (1753).

Consultar: Antonio Bachiller y Morales, *Apuntes,* 1, 182; 2, 56, 61-64; 3, 92 y 126; Mitjans, *Historia de la literatura cubana,* 63-65 (edición de Madrid); Calcagno, *Diccionario biográfico cubano.*

[40] Manuel de Zequeira y Arango (1760-1846), Manuel María Perez y Ramírez († 1853) y Manuel Justo de Rubalcava (1769-1805) estuvieron en Santo Domingo como oficiales del ejército español en la campaña de 1793 contra los franceses de Haití.

Sobre ellos, consúltese: M. Menéndez y Pelayo, *Historia de la poesía hispano-americana*, 1, 224-228; José María Chacón y Calvo, notas a *Las cien mejores poesías cubanas*, Madrid, 1922; Max Henríquez Ureña, "La literatura cubana", en la revista *Archipiélago*, de Santiago de Cuba, 1928-1929, y *Antología cubana de las escuelas*, tomo 1 (único publicado), Santiago de Cuba, 1930 (pueden consultarse también para Arango y Urrutia); Calcagno, *Diccionario biográfico cubano*. No conozco el trabajo de Sergio Cuevas Zequeira, *Manuel de Zequeira y Arango y los albores de la literatura cubana*.

VIII. ESCRITORES NATIVOS

a) El siglo XVI

[1] Fray Cipriano de Utrera publicó en la revista *Panfilia*, de Santo Domingo, abril de 1922, una biografía de *Don Francisco de Liendo, canónigo de la Catedral de Santo Domingo, primer sacerdote dominicano (1527-1584)*. Murió el 24 de abril de 1584: véase Utrera, *Universidades*, 68. De paso: en las fechas de 1510-1550 que se dan para el padre del sacerdote, Rodrigo de Liendo, o Rodrigo Gil de Liendo, debe de haber error; el arquitecto ha de haber nacido mucho antes. Francisco de Liendo promovió en 1555 (20 de marzo) una información sobre los méritos de su padre el arquitecto. Francisco era entonces racionero de la Catedral de Puerto Rico (Archivo de Indias, 54-1-10).

Hay datos curiosos sobre sacerdotes nacidos en Santo Domingo, y residentes en Nueva España, en la Relación que el arzobispo de México Pedro Moya de Contreras envió al rey en marzo de 1575: Gonzalo Martel, nacido en 1534, "virtuoso, y lengua mexicana, y poco gramático", es decir, que sabía bien el náhuatl, el idioma de los aztecas, y mal el latín; Diego Caballero de Bazán, nacido en 1537: "no es muy latino, pero entiende lo que lee; lengua mexicana, y predica en ella; es cuidadoso y solícito, tiene buen entendimiento, y es honesto y virtuoso".

Se creía que hubiera nacido en Santo Domingo (Nouel, *Historia eclesiástica*, 1, 155) el P. Rodrigo de Bastidas (*c.* 1498-1567), hijo del conquistador sevillano de igual nombre (1460-1526) fundador de Santa Marta (véase Oviedo, *Historia*, libro XXVI, caps. 2-5; Juan de Castellanos, *Elegías*, Parte II, *Historia de Santa Marta*, canto I, págs. 258-259; fray Pedro de Aguado, *Historia de Santa Marta y Nuevo Reino de Granada*, 1, 31-61): ahora se supone que nació en España; si es así, debió de pasar a Santo Domingo en la infancia. Deán de la Catedral de Santo Domingo; obispo de Venezuela (1531) y de Puerto Rico (1542-1567), procuraba vivir siempre en Santo Domingo, donde poseía grandes riquezas, y gobernó la diócesis en interregnos (entre 1531 y 1539).

Consultar: Oviedo, *Historia*, libro XXV, caps. 1, 21 y 22; Juan de Castellanos, *Elegías*, Parte II, Elegía I, final del canto IV; fray Cipriano de Utrera, *Don Rodrigo de Bastidas*, Santo Domingo, 1930; Nicolás E. Navarro, *Don Rodrigo de Bastidas, primer obispo de Venezuela*.

[2] El poeta Diego de Guzmán es probablemente el cuñado del alguacil Luis de Angulo; según Méndez Nieto, "noble y virtuoso", cuanto el otro "facineroso y malvado". Juan de Guzmán, su primo, es homónimo del prosaico traductor de las *Geórgicas* de Virgilio, y autor de una mediocre *Retórica* (Alcalá, 1589), pero no es probable que tenga que ver con él. Es curioso que el escritor español indique, en la notación 28 a la Geórgica I, que la palabra *baquiano* procede de la isla de Santo Domingo, como es la verdad (véase Rufino José Cuervo, *Apuntaciones críticas sobre el lenguaje bogotano*, sexta edición, París, 1914, § 841).

El poeta a que se refiere Juan de Castellanos hacia 1570 no es, de seguro, el Diego de Guzmán que hacia 1525. no sabemos con qué carácter, escribe unas interesantes instrucciones sobre las cosas que hay que pedir al Emperador en favor de la ciudad de La Vega: *Colección de documentos...* del *Archivo de Indias,* 1, 456-470. Pero es probable que sea el mismo de que hay referencia en el canto II del *Discurso del Capitán Francisco Draque,* de Castellanos, a propósito del ataque del corsario inglés a Santo Domingo en 1586:

> Pues Diego de Guzmán, con alto brío,
> no cura ya de gracia ni facecia;
> Caballero Bazán, Juan de Berrío,
> cada cual usa de lo que se precia...

[3] Sobre fray Alonso Pacheco: Manuel de Mendiburu, *Diccionario histórico-biográfico del Perú;* contradice a fray Antonio de la Calancha, quien en su *Crónica moralizada del Orden de San Agustín en el Perú,* Lima, 1653, suponía que Pacheco hubiera nacido en el Perú. El agustino de Santo Domingo debió de nacer hacia 1545 y murió en 1615. Profesó en Lima, 1561; fue definidor en la provincia limeña a los veinte y seis años; prior de los conventos de Paria, Trujillo, el Cuzco y Lima; en 1579 se le eligió provincial en Lima y lo fue tres veces: la última, en 1602. Felipe II lo presentó para el obispado de Tucumán, según Mendiburu. Fundó el edificio (y allí vivió) del Colegio de San Ildefonso. Fray Reginaldo de Lizárraga, en su *Descripción del Perú, Tucumán, Río de la Plata y Chile* (edición de Madrid, 1909), dice en el cap. 34, "Del Convento de San Agustín [de Lima]", escribiendo en 1598: "El Padre Maestro fray Alonso Pacheco, agora provincial, y lo ha sido otra vez; hijo desta casa, donde tomó el hábito agora treinta y siete años, siendo de diez y seis; varón de letras, púlpito, ejemplar, gran religioso". En la obra de don Roberto Levillier, *Organización de la Iglesia y órdenes religiosas en el virreinato del Perú en el siglo XVII,* dos vols., Madrid, 1919, hay una carta de Pacheco, de 1595 (tomo 1, p. 588), una del virrey Marqués de Cañete al rey, en abril de 1594, en que lo propone para algún obispado, a la vez que al ecuatoriano fray Domingo de Valderrama, futuro arzobispo de Santo Domingo (tomo 1, p. 604), y una del virrey Velasco, 2 de mayo de 1599, en que lo elogia, suponiéndolo nacido en Lima (tomo 1, p. 654): estas dos cartas las ha incluido también el Sr. Levillier en *Gobernantes del Perú: Cartas y papeles,* tomo 13, pp. 146-150, y tomo 14, pp. 165-180.

[4] En su artículo *De re historica: Los primeros libros escritos en la Española* (cit. en la nota 6 del capítulo 2 de este estudio), fray Cipriano de Utrera habla de Diego Ramírez, a quien considera criollo, "supuesto que este nombre no se halla entre los nombres de mercedarios que pasaron a las Indias". Parte de su proceso, como ya indiqué al hablar de Bejarano, está publicado por Medina en *La primitiva Inquisición americana.* Iba a enviársele a España, pero se le retuvo en espera del nuevo arzobispo fray Andrés de Carvajal, quien al llegar se encontró con una Real Audiencia que no le permitía perseguir a los herejes. Ramírez permaneció en Santo Domingo, puesto que en 1568 —diez años después de su proceso— enseñaba en la Universidad de Gorjón (véase Utrera, *Universidades,* 514: "Diego Ramírez, Lic., pbro., ex mercedario").

[5] Medina, en su *Diccionario biográfico colonial de Chile,* da noticia de Pedro de Ledesma, natural de La Vega, que fue oidor de las Audiencias de Guatemala y de Chile.

[6] De doña Leonor de Ovando consta que murió en el siglo XVII: su nombre figuraba en un libro becerro del convento de Regina Angelorum (1820), en una *Relación de las religiosas difuntas de 1609 a abril de 1704;* es el quinto en la lista. ¿Estaría emparentada con el Comendador?

Sus versos los transcribió Menéndez Pelayo en su Introducción a la *Antología de poetas hispano-americanos,* de la Academia Española, Madrid, 1892; Introducción reimpresa en 1911-1913 con el título de *Historia de la poesía hispanoamericana.* Hace referencia a la poetisa Manuel Serrano y Sanz en sus *Apuntes para una biblioteca de escritoras españolas,* dos vols., Madrid, 1903-1905.

[7] Sobre Francisco Tostado de la Peña, consultar: Utrera, *Universidades,* 45, 54, 55, 58, 92, 514 y 527. Era hijo, probablemente, de Francisco Tostado, escribano en 1514, que poseyó uno de los primeros ingenios de azúcar de la isla (Oviedo, *Historia,* libro IV, cap. 8).

El soneto con que Eugenio de Salazar le contestó el de bienvenida repite los consonantes del de Tostado:

> Heroico ingenio del subtil Tostado,
> a quien como halcones al señuelo
> acuden todos con ganoso vuelo
> para gozar de un bien aventajado:
> con gran razón te vieras escusado
> de assí abatir tu vuelo al baxo suelo
> a levantar con amoroso zelo
> un sér indigno del presente estado.
> Empero fue tu fuerça más mostrada
> alçando al alta cumbre de tu assiento
> pressa que está a la tierra tan pegada:
> si me atreviese yo con poco aliento,
> con torpe mano y pluma mal cortada,
> haría ofensa a tu merescimiento.

[8] El fray Alonso de Espinosa que escribió el libro sobre la *Candelaria* habla, en los preliminares, de "las remotas partes de las Indias (en la provincia de Guatemala, donde me vistieron el hábito de la religión)".

Fray Juan de Marieta, en la *Historia eclesiástica de España,* en tres vols., Cuenca, 1594-1596, dice (libro XIV): "Fray Alonso de Espinosa, natural de Alcalá de Henares, que vive este año de mil y quinientos y noventa y cinco. Ha escrito en lengua materna sobre el Psalmo *Quem ad modum* un libro, y otro del descubrimiento de las Islas de Canaria, y otras cosas denotas".

Nicolás Antonio, en la *Bibliotheca hispana noua,* Roma, 1672: "F. Alphonsus de Espinosa, Compluti apud nos natus, cuius rei testis est Ioannes Marieta, Sancti Dominici amplexatus est apud Guatemalenses Americanos regulare institutum; at aliquando in Fortunatas Insulas, potioremque illarum Tenerifam aduectus, non sine Superiorum auctoritate scripsit.

"*Del origen y milagros de la imagen de Nuestra Señora de Candelaria.* Anno 1541. 8.

"Eodem tempore pro facultate impetranda typorum, & publicae lucis, ad Regium Senatum detulit, ut moris est, de *Interpretatione Hispanica Psalmi XLI, Quemadmodum desiderat ceruus ad fontes aquarum* &c. a se uersibus facta.

"Alphonso Spinosae in insula Sancti Dominici nato, huiusmet Instituti Dominicanorum, tribuit Aegidius González Dávila in *Theatro Indico-Ecclesiastico* elegantem *Commentarium super Psal. XLIV Eructauit cor meum verbum bonum,* quem cur a superiore distinguam, non uideo, uti nec distinguit Alphonsus Fernandez".

Fray Alonso Fernández no habla de este fray Alonso de Espinosa en su *Historia eclesiástica de nuestros tiempos,* Toledo, 1611; donde sí debe de mencionarlo es en la *Notitia scriptorum Praedicatoriae Familiae.* No he podido consultar la obra de Altamura, *Bibliotheca Dominicana,* Roma, 1677.

Quétif y Échard, en su obra monumental *Scriptores Ordinis Praedicatorum recensiti* (II, 111), dan nueva y confusa interpretación a los datos: "F. Alphonsus de Espinosa Hispanus in insula S. Dominici seu Hispaniola natus, in prouincia uero Beticae ordinem amplexus, ut habet Fernandez p. 319, & excipiunt Davila *Teat. Eccl. de las Indias* p. 258, & Altamura ad 1584, quem contra Compluto ortum, & Guatimala in America ordini adscriptum prodit Antonius Bibl. Hisp. testem producens Marietam sed loco non citato: ut ut sit, quod indigenarum diligentiae disquirendum permittimus, ut & an duo sint eiusdem nominis, an unicus ut illi uidentur statuere, florebat certo anno MDXLI, quemuis non negem quin & ad annum MDLXXXIV peruenire potuerit, ut uult Fernandez. Haec ei opuscula tribuuntur:
"*Del origen y milagros de la imagen de Nuestra Señora de Calendaria* [sic], 1541 in 8.
"Hanc opellam in lucem edidit, cùm in insulam Teneriffam Fortunatarum primariam aliquando traiecisset, ibique aliquandiu moratus fuisset.
"*Psalmum XLI Quemadmodum desiderat ceruus ad fontes aquarum.* Hispanis uersibus reddidit, typis edendi facultatem a regio senatu habuit.
"*Commentarium elegantem in psalmum XLIV Eructauit cor meum* scripsit, sed an hi duo ultimi foetus typis prodierint, silent, nec ubi feruentur addunt".
Como se ve, los bibliógrafos franceses no habían visto el libro sobre la *Candelaria;* de otro modo, no discutirían la profesión del autor en Guatemala.
Beristáin, en su *Biblioteca hispano-americana septentrional,* sostiene que fray Alonso era "natural de la isla de Santo Domingo, como dice Gil González Dávila en el Teatro de la Iglesia de Santo Domingo, y no de Alcalá, como escribió Marieta. Tomó el hábito de la Orden de Predicadores en la provincia de Guatemala, como asegura Remesal, y no en Andalucía, como dijo Altamura. Hizo un viaje a España, y a su vuelta estuvo en las Islas Canarias..."
Pero Remesal no se limita a afirmar que Espinosa profesó en Guatemala; en su *Historia de general de las Indias Occidentales...,* libro IX, cap. XVI, dice: "Y porque el P. Fray Alonso de Espinosa, natural de Guatemala, que hizo profesión año de 1564, no murió en esta provincia, no se deja de saber que escribió el libro de Nuestra Señora de Candelaria en las Islas de Canaria, de quien fue muy devoto, por haber vivido muchos años en su convento". Hay, pues, tres patrias posibles.
En los datos de Beristáin hay, además, una errata de imprenta: donde él escribió, copiando la errata de Nicolás Antonio, 1541, la imprenta puso 1545. Eso hizo suponer al Sr. Trelles, en sus apuntes de bibliografía dominicana, tres ediciones: la de 1541, que daba a Espinosa una singular primacía, la de 1545 y la verdadera de 1594. En realidad, el libro no tuvo segunda edición hasta 1848, en Santa Cruz de Tenerife *(Biblioteca Isleña.)* El investigador español don Agustín Millares Carlo prepara nueva edición. Sir Clements Robert Markham lo tradujo al inglés con el título de *The Guanches of Tenerife,* Londres, 1907 (Hakluyt Society), omitiendo la parte cuarta y última. Hay artículo reciente de D. B. Bonet, "La obra del P. Fray Alonso de Espinosa", en la *Revista de Historia,* de La Laguna de Tenerife, 1932. Traté el problema de la identificación en mi artículo "El primer libro de escritor americano", en la *Romanic Review,* Nueva York, 1916.
Algún eco del libro hay probablemente, a través del poema *Antigüedades de las Islas Afortunadas de la Gran Canaria,* del isleño Antonio de Viana (Sevilla, 1604), en la comedia de Lope de Vega *Los guanches de Tenerife y conquista de Canaria:* véase el comentario de Menéndez Pelayo en el tomo 11 de la edición académica del dramaturgo, reimpreso en sus *Estudios sobre Lope de Vega.*
Es digno de atención el hecho de que, en lo que atañe al derecho

de los pueblos conquistados, fray Alonso de Espinosa se muestra digno discípulo de los grandes dominicos de 1510 y de Las Casas: "Cosa averiguada es, por derecho divino y humano, que la guerra que los españoles hicieron, así a los naturales destas islas [las Canarias] como a los indios en las occidentales regiones fue injusta, sin tener razón alguna de bien en qué estribar, porque, ni ellos poseían tierras de cristianos, ni salían de sus límites y términos para infestar ni molestar las ajenas. Pues decir que les traían el Evangelio, había de ser con predicación y amonestación, y no con atambor y bandera, rogados y no forzados" (*Candelaria*, libro III, cap. 5).

Hay otro fray Alonso de Espinosa (1560-1616), dominico, escritor, mexicano de Oaxaca, que estuvo en España, pero no vivió en Canarias ni en Guatemala: Beristáin lo menciona, pero separándolo claramente del autor de la *Candelaria*. De él habla el padre Antonio Remesal, en su *Historia... de las Indias Occidentales:* supongo que es el oaxaqueño mencionado en el capítulo 16 del libro XI.

⁹ Sobre Llerena: véase Francisco A. de Icaza, "Cristóbal de Llerena y los orígenes del teatro en la América española", en la *Revista de Filología Española*, 8 (1921), 121-130 (Icaza descubrió el entremés y lo publica); Utrera, *Universidades*, 45, 53-56, 61-64, 68-73 (reproduce el entremés), 82, 92-96, 120 y 514.

Llerena había nacido en Santo Domingo hacia 1540; vivió hasta el siglo XVII: en 1627 (Utrera, *Universidades*, 95) lo mencionan como difunto; estaba vivo en 1610 (Utrera, *Universidades*, 64). En 1571 era ya sacerdote, organista de la Catedral y catedrático de gramática latina en la Universidad de Gorjón (Utrera, 68); en 1575, capellán menor del Hospital de San Nicolás (Utrera, 61-62); en 1576, capellán mayor y aspirante a canonjía: el arzobispo fray Andrés de Carvajal lo llamaba "muy buen latino, músico de tecla y voz, virtuoso y hombre de bien". (Icaza, 123; Utrera, 68). En 1583, ya canónigo, lo hace prender y lo destituye de su cátedra Rodrigo de Ribero, visitador del Colegio de Gorjón, porque aconsejó a dos estudiantes no decir verdad en las investigaciones (Utrera, 68), pero aquel año mismo vuelve a su cátedra (Utrera, 62); en 1588, con motivo del entremés, los oidores lo embarcan para el Río de la Hacha, en Nueva Granada; al año siguiente estaba de regreso en Santo Domingo (Utrera, 64). Después fue maestrescuela de la Catedral; el arzobispo Dávila Padilla lo hizo provisor (Utrera, 64). En el Colegio de Gorjón llegó a ser capellán y rector por muchos años.

¹⁰ Signos de la afición al teatro en Santo Domingo: don Américo Lugo me informa haber visto en España el manuscrito de una obra dramática, de carácter profano, compuesta en Santo Domingo en el siglo XVII; en mi adolescencia vi otra, que se ha perdido, en letra del siglo XVIII, pero ya poco legible por la mala calidad de la tinta, entre los papeles de mi abuelo Nicolás Ureña de Mendoza. Consta que en 1771 se representaban comedias en el palacio de los gobernadores, cuando lo era José Solano. No es probable que haya existido el teatro como empresa comercial; todo debió de hacerse entre aficionados.

En México hubo teatro público desde 1597; en Lima, desde 1602.

Acerca del teatro profano en iglesias véase "El teatro de la América española en la época colonial", reproducido en este volumen.

b) El siglo XVII

¹ La despoblación de Santo Domingo, en el siglo XVI, nace de causas locales, o peculiares al Nuevo Mundo: primero, la ruina de la población indígena, que empobrecía a los conquistadores; después, el descubrimiento de tierras nuevas, que atraía a los audaces. Pero en el siglo XVII la des-

población procede de causas generales en España y América: España decae y se despuebla; sólo se libran del proceso países como México y el Perú.

Consultar: Angel Rosenblat, "El desarrollo de la población indígena en América", en *Tierra Firme*, 2, 125-127.

² El licenciado Diego de Alvarado fue catedrático de gramática latina en el Colegio de Gorjón, probablemente desde fines del siglo XVI; consta que enseñaba en él de 1610 a 1623, cuando se le había convertido en seminario.

Consultar: Utrera, *Universidades*, 53, 82, 95, 96 y 514; Apolinar Tejera, *Literatura dominicana*, 49: dice que en 1623 era cura de Santiago de los Caballeros y que había sido "infatigable predicador por más de cinco lustros".

³ Muy digno de atención por su vida es Tomás Rodríguez de Sosa. Se le menciona, desde mancebo, enseñando niños. En 1662, el arzobispo Cueba Maldonado lo describe "virtuoso y sagaz; es de los que más saben, y predica...; nació esclavo, después lo libertó su señor; aplicóse a estudiar, un prelado le ordenó por verle aplicado; es de color pardo". Tenía entonces la capellanía de la fortaleza. En 1658, el arzobispo Francisco Pío de Guadalupe y Téllez lo llama "sujeto docto, teólogo, virtuoso, de gran fruto en el púlpito, en la cátedra, en el confesionario, con aprobación de los arzobispos mis antecesores..., de los presidentes y oidores de esta Real Audiencia, que le convidan sermones en su capilla las cuaresmas, y las fiestas reales que hacen en la Catedral, porque en ella y en cualquier parte luce con su doctrina y ejemplo incansablemente, y sin que se cansen de oírle doctos y no doctos". Agrega que convirtió al catolicismo a ingleses y franceses protestantes prisioneros en la Fuerza. Cuando el gobernador Montemayor Cuenca le quitó el puesto de cura castrense, no se quejó. Probablemente obtuvo después otro cargo.

Consultar: Utrera, *Universidades*, 158, 159, 192, 194, 515, 529 y 541-542.

⁴ El licenciado Antonio Girón de Castellanos nació en 1645 y murió en 1700 siendo canónigo magistral de la Catedral Primada. En 1681 estaba sin cargo; después fue párroco de la Catedral, según parece hasta 1686; en 1688 era prebendado; en 1697 canónigo magistral.

Consultar: Utrera, *Universidades*, 196, 198, 201 y 516.

⁵ El presbítero licenciado Luis Jerónimo de Alcocer nació en 1598 y murió después de 1664. Fue catedrático superior de latín y capellán en el Colegio de Gorjón. En 1627-1635 era racionero de la Catedral. El arzobispo fray Facundo de Torres dice, escribiendo al rey en 1635, que Alcocer "está muy recogido y estudioso; y en teología moral hace en esta tierra ventaja a todos los que V. M. puede hacer merced". Tenía en la Catedral dignidad de tesorero en 1662. Era maestrescuela en 1663-1664. Escribió, según León Pinelo, sobre el *Estado de la Isla Española, sus poblaciones, frutos y sucesos, y de su arzobispado, con la noticia de sus prelados desde la erección de aquella Iglesia hasta 1650.* Este manuscrito, que se hallaba en la biblioteca de Andrés González de Barcia en el siglo XVIII, es el que hoy se halla en la Nacional de Madrid bajo el número 3,000 y que Sánchez Alonso, en sus *Fuentes de la historia española e hispanoamericana*, Madrid, 1927, registra con el título de *Historia eclesiástica de la Isla Española de Santo Domingo hasta el año 1650.*

Consultar: Utrera, *Universidades*, 113, 120, 129, 192, 193, 195, 514 y 528.

⁶ Los dos versos de Francisco Morillas están citados en la *Idea del valor de la Isla Española*, de Sánchez Valverde, y en la *Historia de*

Santo Domingo, de Antonio del Monte y Tejada (véanse capítulos VIII, c, y IX de este estudio). Utrera, *Universidades,* 473-474, trata de establecer su parentesco con los Jiménez de Morillas: en 1782 era catedrático de la Universidad de Santo Tomás Francisco Jiménez de Morillas, nacido en 1749, hijo de su homónimo y de Rosa Franco de Medina; el padre Utrera lo supone nieto del poeta (p. 474); pero luego (p. 535) indica que el padre del catedrático, y de otro a quien se llama Tomás Morillas y Franco de Medina, era natural de Cartagena y murió en 1760.

[7] Doña Tomasina de Leyva y Mosquera debió de nacer en 1663: sus padres se casaron en 1662.

Los dos versos finales de su *Epigramma* son difíciles: o la autora flaqueaba en su latín, o los impresores los maltrataron. La docta latinista señorita María Rosa Lida propone tres retoques que he indicado en el texto. Así retocados, los versos significarían: "Oh señor, elegante en tus escritos avanzas [es decir, te elevas] hasta las estrellas; mezclando en ellos cosas agradables, das lo útil en forma sabrosa. A la vez cautivas [encantas] con tu prosa y cantas en tu verso, pero si cautivas [hechizas] lo bueno, empero con él [con el verso] lo renuevas".

[8] El arcediano doctor Baltasar Fernández de Castro, de la distinguida familia de su apellido, murió en 1705. Era deán desde 1692, por lo menos: véase Utrera, *Universidades,* 201 (datos de 1697), 516 y 530.

Hay otro sacerdote dominicano de igual nombre (1621-1688), con título de licenciado, canónigo y catedrático de prima de gramática latina en el Seminario: en 1662 y 1663 decía de él el arzobispo Cueba Maldonado: "teólogo moralista"...; "sabe y predica con acierto" (Utrera, *Universidades,* 159, 190, 192, 193, 197 y 530).

En el siglo XVIII se repite el nombre —frecuente en la familia— en el prebendado, con título de doctor, que aparece relacionado con la Universidad de Santo Tomás en 1742 (Utrera, *Universidades,* 518 y 532): había nacido en 1667 y descendía, por línea materna, del cronista Oviedo; fue cura párroco de la Catedral en 1712-1713.

[9] El dominico fray Diego Martínez, que escribe versos en elogio de Díez Leiva, ¿será el Diego Martínez que escribió un soneto a la memoria de sor Juana Inés de la Cruz, como parte del homenaje de todo el mundo hispánico que aparece en el tomo de *Fama y obras póstumas* de la poetisa mexicana, Madrid, 1700?

[10] El licenciado Francisco Melgarejo Ponce de León murió siendo canónigo maestrescuela de la Catedral en octubre de 1683: véase Utrera, *Universidades,* 516. ¿Es el Presbítero Francisco Melgarejo nacido en 1635?

[11] El maestro José Clavijo había nacido en 1604, según partida de bautismo; en 1685 era todavía "maestro de niños", a pesar de los ochenta y un años que él mismo declaraba. Quizá profesara en la vejez y fuera el lego dominico que aparece en el documento de 1696 (Utrera, *Universidades,* 528-529). Su padre, Francisco Clavijo, había sido "maestro de escuela de niños". La escuela era particular y dio nombre al trecho de calle donde se hallaba situada.

No sabemos si todavía estaba la enseñanza exclusivamente en manos de hombres o si ya habían comenzado a dar enseñanza elemental las mujeres: en México la daban ya (véanse los datos autobiográficos de sor Juana Inés de la Cruz en su *Carta a Sor Filotea),* como en España, en las pequeñas escuelas que llamaban *amigas.* En Santo Domingo existía este tipo femenino de escuela desde principios del siglo XIX, durante cuyo transcurso se multiplicó prolíficamente.

¹² El capitán Miguel Martínez y Mosquera quizás fuera pariente, por afinidad, de Díez Leiva, casado con doña María Mosquera Montiel. El bachiller Francisco Martínez de Mosquera desempeñaba el cargo de capellán del Hospital de San Nicolás en 1697: era hijo de Miguel Martínez y Francisca de Soria (Utrera, *Universidades,* 201). ¿El capitán sería su padre o su hermano?

¹³ El dominico fray Diego de la Maza publicó en Madrid, 1693, un *Memorial en que se da cuenta a*... *Carlos II*... *del estado en que se halla el Convento Imperial de Santo Domingo, Orden de Predicadores, en la Isla Española, y de lo que han trabajado y trabajan sus religiosos*... Este memorial, de 16 hojas en folio, según catálogo de Maggs Brothers (*Bibliotheca Americana,* 6, Londres, 1927, p. 142), es una historia del Convento Dominico y de la Universidad de Santo Tomás. Fray Diego de la Maza (Utrera, *Universidades,* 155 y 205) recibió del capítulo general de su Orden en Santo Domingo, en 1686, el título de Presentado; en 1700 aparece en La Habana solicitando de la corona la creación de la Universidad cubana.

¹⁴ El Sr. Trelles cita como escritor dominicano a "fray Francisco Jarque (1636-1691)", atribuyéndole una reseña de las misiones jesuíticas en el Tucumán, el Paraguay y el Río de la Plata, asunto sobre el cual efectivamente escribió, y el *Tesoro de la lengua guaraní,* que es del limeño Ruiz Montoya. Pero Jarque no es dominicano: es aragonés, de Oribuela de Albarracín; nació en 1609 (no en 1636); vivió en las regiones que constituyen la Argentina actual y escribió, entre otras obras, *Insignes misioneros en la provincia del Paraguay,* Pamplona, 1687, y *Vida prodigiosa*... *del Venerable Padre Antonio Ruiz de Montoya,* Zaragoza, 1662, reimpresa en Madrid, 1900, en cuatro vols., con el título de *Ruiz Montoya en Indias.*

Consultar: Medina, *Biblioteca hispano-americana,* 2, 406, 439-440, 449; 3, 41, 72-73, 102, 121, 346-347; 6, 233.

c) El siglo XVIII

¹ Graves como fueron los males de la isla desde el siglo XVI, todavía hay graves exageraciones al referirlos: la sombra de Las Casas preside. Menéndez Pelayo, en su *Historia de la poesía hispano-americana,* 1, 295, registra el dato de que toda la colonia española de Santo Domingo tenía seis mil habitantes en 1737. Dato erróneo, porque, sin ayuda de inmigración importante, cuarenta años después, de acuerdo con los padrones parroquiales, se calculaba la población de la colonia en 117,300 habitantes. El censo de 1785 a 142,000, lo cual indica que los padrones de 1777 se quedaban cortos. Moreau de Saint-Méry, en 1783, calculaba 125,000. En los años finales del siglo, con motivo de la cesión a Francia, 1795, y después en los comienzos del XIX, con motivo de las incursiones de los haitianos, se calcula en diez mil el número de habitantes que emigraron a Cuba, Puerto Rico, Venezuela, Colombia y México. La emigración debe de haber sido mayor: el censo que el gobierno español levantó en 1819 sólo daba 63,000 habitantes.

² De Antonio Meléndez Bazán los únicos trabajos impresos que se mencionan son el *Memorial jurídico* por doña Mariana Cantabrana sobre derecho a la herencia de su nieto difunto sin testamento, México, 1714, y la *Exposición* del derecho del Tribunal del Consulado de México para exigir ciertas contribuciones, México, 1718. "Murió de avanzada edad en 1741, siendo decano de la Facultad de Leyes en la Universidad, de la que también fue rector", dice Beristáin. Se había doctorado allí; fue asesor de tres virreyes y del Tribunal del Consulado.

[3] Pedro Agustín Morell de Santa Cruz nació en Santiago de los Caballeros en 1694 y murió en Santiago de Cuba el 30 de diciembre de 1768. Merece señalarse, desde el siglo XVIII, la importancia de Santiago de los Caballeros como ciudad culta, unida a su importancia como centro económico: después de Morell, nacerán en ella Andrés López de Medrano, Antonio Del Monte y Tejada, Francisco Muñoz Del Monte, José María Rojas, el arzobispo Portes. Antes, de 1550 a 1700, la cultura de la isla estaba concentrada en la ciudad capital, salvo la que había en los conventos (recuérdese, como prueba, que Las Casas vivió y escribió en el dominico de Puerto Plata).

Morell, —hijo del maestro de campo Pedro Morell de Santa Cruz, emparentado con los Del Monte y los Pichardo, que tomó parte en la defensa de Santo Domingo contra los ingleses en 1655; Sigüenza y Góngora habla en *Trofeo de la justicia española*, México, 1691, §§ IV-VII, de la defensa que hizo de Santo Domingo contra los franceses en 1691, estudió en la Universidad de Santo Tomás hasta obtener bachillerato y licenciatura; en la de San Jerónimo, de La Habana, se doctoró en cánones (1757). Designado (1715) para una canonjía de Santo Domingo antes de ordenarse sacerdote (1718), no llegó a tomar posesión del cargo; provisor y vicario en Santiago de Cuba, 1718; deán, 1719-1749; obispo de Nicaragua (designado, según Calcagno, en 1745) 1751-1753; obispo de Santiago de Cuba, desde 1753 hasta su muerte (el obispado comprendía entonces toda Cuba, Jamaica, la Florida y la Luisiana).

Su *Historia de la isla y Catedral de Cuba*, escrita hacia 1760, se publicó con buen prólogo de don Francisco de Paula Coronado, La Habana, 1929, XXVIII + 305 pp., edición de la Academia de la Historia de Cuba. Su *Carta pastoral* con motivo del terremoto de Santiago de Cuba se imprimió en La Habana, 1766, y se reimprimió en Cádiz; se habla de otra Carta pastoral impresa en La Habana, 1799; la *Relación histórica de los primitivos obispos y gobernadores de Cuba* está publicada en las *Memorias de la Sociedad Patriótica*, de La Habana, 1841, XII, 215-239; su *Visita apostólica* de Nicaragua y Costa Rica, en la *Biblioteca del "Diario de Nicaragua"*, 1909, con el título de *Documento antiguo*: en la biblioteca que fue de García Icazbalceta, en México, existe el manuscrito original, con fecha 8 de septiembre de 1752, en más de doscientas hojas. Hay noticias además, de una *Relación de la visita eclesiástica de la ciudad de La Habana y su partido en la Isla de Cuba, hecha y remitida a Su Majestad (que Dios guarde) en su Real y Supremo Consejo de Indias*, en 1757, que según dice existe en el Archivo de Indias, y una *Relación de las tentativas de los ingleses contra los españoles en América*, que se considera perdida. La *Relación histórica de los gobernadores de Cuba desde 1492 hasta 1747*, que cita Jacobo de la Pezuela en su *Historia de Cuba*, cuatro vols., Madrid, 1868, y que el Sr. Trelles menciona como obra aparte, debe de ser la *Relación... de los obispos y gobernadores*. Morell de Santa Cruz se inspira en Charlevoix, "a quien muchas veces sigue servilmente".

Sobre Morell: además del prólogo de Coronado, Diego de Campos, *Relación y diario de la prisión y destierro del Illmo. Sr. D. Pedro Agustín Morell de Santa Cruz*, en décimas, La Habana, s. a. [1763]; José Agustín de Castro Palomino, *Elogio fúnebre* (lo anota el Sr. Trelles sin dar fecha de impresión); *Noticia histórica de la vida del Illmo. Sr. Dr. D. Pedro Agustín Morell de Santa Cruz...*, de autor desconocido, en las *Memorias de la Sociedad Patriótica*, de la Habana, 1842, XIII, 270-290; José Antonio Echeverría, *Historiadores de Cuba*, 2, "Morell de Santa Cruz", en la revista *El Plantel*, de La Habana, 1838, pp. 60-63 y 74-79, reproducido en la *Revista de Cuba*, 7, 381-397, y en la *Revista de la Biblioteca Nacional*, de La Habana, 3 (1910), 3-6 y 135-151; José Antonio Saco, *Colección de papeles científicos, históricos, políti-*

cos... sobre la Isla de Cuba, tres vols., París, 1858-1859 (véase el tomo 2, 397 *ss.*); Domingo Del Monte, *Biblioteca cubana* (1846), La Habana, 1882 (y en la *Revista de Cuba*, 11, 289-305, 476-482 y 527-550); Jacobo de la Pezuela, *Diccionario geográfico estadístico, histórico de la Isla de Cuba*, cuatro vols., Madrid, 1863; Calcagno, *Diccionario biográfico cubano*; Mitjans, *Historia de la literatura cubana* (le atribuye muy poco mérito; Trelles, *Ensayo de bibliografía cubana de los siglos XVII y XVIII*, Matanzas, 1907, pp. 29, 32, 75, 77-78, 110, 115-116, 121-122, 208; Santiago Saiz de la Mora (Redif), "Un obispo desterrado por los ingleses...", en la *Revista Habanera*, diciembre de 1913, 1, núm. 13; José María Chacón y Calvo, "El primer poema escrito en Cuba", en la *Revista de Filología Española*, de Madrid, 8 (1921); Max Henríquez Ureña, "Hacia la Nueva Universidad", en la revista *Archipiélago*, de Santiago de Cuba, 31 de octubre de 1928: recuerda los esfuerzos del obispo por establecer una Universidad en Santiago de Cuba; Cristóbal de La Habana, "Recuerdos de antaño: prisión y deportación del obispo Morell en 1762", en la revista *Social*, de La Habana, noviembre de 1929.

⁴ Antonio Sánchez Valverde y Ocaña nació en Santo Domingo en 1729 y murió en México el 9 de abril de 1790. Licenciado en teología y en cánones; catedrático de la Universidad de Santo Tomás; racionero en la Catedral de Santo Domingo y en la de Guadalajara de México. Estuvo también en Venezuela y en España, donde publicó sus obras: *El predicador, tratado dividido en tres partes, al cual preceden unas reflexiones sobre los abusos del púlpito y medios de su reforma*, Madrid, 1782, LV + 152 pp.; *Sermones panegíricos y de misterios*, dos vols., Madrid, 1783, 240 y 241 pp. (cuatro sermones en cada volumen: fueron predicados en Santo Domingo, en Caracas y en Madrid); *Idea del valor de la Isla Española y utilidades que de ella puede sacar su monarquía*, Madrid, 1785, 208 pp.; incompleta, Santo Domingo, 1862; *La América vindicada de la calumnia de haber sido madre del mal venéreo* (la sífilis), Madrid, 1785, LXXXIX pp. (con muchas indicaciones bibliográficas sobre el asunto); *Examen de los sermones del P. Eliseo, con instrucciones utilísimas a los predicadores, fundado y autorizado con las Sagradas Escrituras, Concilios y Santos Padres*, dos vols., Madrid, 1787, 239 y 252 pp.; *Carta respuesta... en que se disculpa en el modo que es posible de los gravísimos errores que en sus sermones le reprehendió Don Teófilo Filadelfo*, Madrid, 1789. Según Beristáin, además, tres tomos de Sermones.

Don América Lugo dice haber leído en París, en la Sala Mazarin, una buena traducción francesa, hecha por M. Sorret en Haití, antes de 1802, de la *Idea del valor de la Isla Española*: véase *Curso oral de historia colonial de Santo Domingo*.

Consultar: Beristáin; Trelles; Medina, *Biblioteca hispano-americana*, 5, 180, 191, 216-218 y 250-251; 7, 143; Utrera, *Universidades*, 348, 472-473, 519 y 533.

⁵ El padre de los Villaurrutia, Antonio Bernardino de Villaurrutia y Salcedo, era mexicano. Tuvo un hermano, Francisco, sacerdote y poeta. Fue oidor en Santo Domingo durante largos años (desde 1746 por lo menos; en 1752 ya era oidor decano: Utrera, *Universidades*, 212, 213, 228, 263, 309, 313, 317, 319, 320) y allí nacieron sus hijos: Antonio, el 15 de octubre de 1754 (no en 1755, como dice Beristáin); Jacobo, el 23 de mayo de 1757. La madre se llamaba María Antonia López de Osorio. Como el padre se trasladó al fin a México con el cargo de oidor (después fue regente de la provincial de Guadalajara y gobernador de la provincia), allí recibieron educación los hijos.

Antonio se recibió de abogado en México; pasó a España, donde incorporó su título de licenciado en los Reales Colegios y redactó con su hermano Jacobo (el redactor principal) *El Correo de Madrid* (o *de los Ciegos*), 1786-1790, "obra periódica en que se publican rasgos de varia literatura, noticias, y los escritos de toda especie que se dirigen al editor": uno de los curiosos periódicos misceláneos de la época; salía miércoles y sábados, y alcanzó a siete tomos con más de tres mil páginas a dos columnas. Perteneció, con su hermano Jacobo, a sociedades de cultura de las que pululaban en el siglo XVIII y fueron miembros de la Real Academia de Derecho Público de Santa Bárbara y socios fundadores (1785) de la Academia de Literatos Españoles, de Madrid, a que pertenecieron al helenista Antonio Ranz Romanillos, traductor de Isócrates y de Plutarco, y el dominicano Sánchez Valverde. De 1787 a 1809 fue oidor en Charcas; incidentalmente gobernador de Puno; en 1809, regente de la Audiencia de Guadalajara, en México, como su padre, volvió a España y murió siendo allí consejero de Indias. Bajo el seudónimo de *Francisco de Osorio* publicó una *Disertación histórico-canónica sobre las esenciones de los regulares de la jurisdicción ordinaria episcopal,* Madrid, 1787.

Jacobo, después de comenzar estudios en México, inclinándose a la carrera eclesiástica, a los quince años de edad pasó a España con Lorenzana, que había sido arzobispo de México. Estudió en las Universidades de Valladolid, Salamanca y Toledo; la toledana le dio los grados de maestro en artes y doctor en leyes: como se ve, no persistió en la vocación sacerdotal, y hasta se casó dos veces. Empezaba a tener éxito como abogado, pero aceptó el corregimiento de Alcalá; después de servirlo cinco años, se le nombró oidor en Guatemala, 1792, donde dirigió la *Gaceta,* reformándola para hacerla órgano de cultura, y fundó y presidió la Sociedad Económica. Pasó de Guatemala a México en 1804 como alcalde del crimen en la Audiencia. En 1805 fundó con Bustamante (1774-1850) el *Diario de México,* donde da muestra de sus ideas sobre reforma ortográfica: suprime, por ejemplo, la *h* y escribe *qe* en vez de *que;* pero no siguió largo tiempo al frente del periódico: le sucedió el laborioso y bien intencionado Juan Wenceslao Barquera (1779-1840) hasta 1810. *El Diario* duró hasta 1817. Villaurrutia intervino en las juntas políticas de 1808 en que se discutía cuál debía ser la actitud de México ante la situación creada en España por la invasión napoleónica y la abdicación de los reyes: como consecuencia, y a pesar de su honradez, fue víctima de intrigas, y en vez del puesto de oidor en México, que solicitaba, se le nombró en 1810 oidor en Sevilla. No quiso aceptar el traslado, considerándolo injusto; pero al fin salió para España en 1814 y fue oidor en Barcelona. Consumada la independencia mexicana, regresó a México y fue regente de la Audiencia. La Constitución de 1824 transformó la Audiencia en Suprema Corte de Justicia; Villaurrutia no pudo pertenecer a ella, porque se le atribuía la nacionalidad española: se ignoraba que en 1821 Santo Domingo se había separado de España. Después de ocupar cargos diversos, se le eligió por fin miembro de la Suprema Corte y la presidió en 1831. Murió en 1833, durante la epidemia de cólera.

Escribió, según Beristáin, los Estatutos para una Academia teórico-práctica de jurisprudencia en la ciudad de Valladolid, en 1780 (no se imprimieron); según Alamán, un Manual de ayudar a bien morir, impreso en ortografía reformada; publicó *Pensamientos escogidos de las máximas filosóficas del emperador Marco Aurelio, sacadas del espíritu de los monarcas filósofos...,* bajo el seudónimo de *Jaime Villa López,* Madrid, 1786; *La escuela de la felicidad,* narraciones, según parece, "traducción libre del francés, aumentada con reflexiones y ejemplos", y dividida en "cuatro lecciones", bajo el anagrama de *Diego Rulavit y Laur,* Madrid, 1786, 42 + 141 pp.; *Memorias para la historia de la virtud,* traducción de la novela richardsoniana de Frances Sheridan

(1724-1766) *Memoirs of Miss Sidney Bidulph* (1761-1767): la traducción de Villaurrutia no es directa del inglés; procede de la versión francesa (el Abate Prévost puso en francés la primera parte de la novela; la versión de la segunda parte, aunque figura entre sus obras, no pudo hacerla él porque había muerto —1763— cuando se publicó el original inglés: 1767). Villaurrutia sólo tradujo la primera parte: ocupa cuatro pequeños volúmenes, Alcalá, 1792. Recientemente, Aldous Huxley ha pedido a la olvidada novela de Frances Sheridan el asunto de una obra teatral, *The discovery*.

Consultar: además de Beristáin, Juan Sempere y Guarinos, *Ensayo de una biblioteca española de los mejores escritores del reinado de Carlos III*, en seis vols., Madrid, 1785-1789 (véase tomo 4, p. 195); Lucas Alamán, *Historia de México*, en cinco vols., México, 1849-1852 (véase especialmente 1, 50-51 y 90); Francisco Pimentel, *Novelistas y oradores mexicanos*, en sus *Obras completas*, tomo 5, México, 1904; *Diccionario universal de historia y de geografía*, apéndice 3, México, 1856 (el artículo "Villaurrutia" se reprodujo en la revista *Ateneo*, de Santo Domingo, 1911); Medina, *Biblioteca hispano-americana*, 5, 154, 222-223, 232, 244, 249, 315-316 y 416; *Antología del Centenario*, de Urbina, Henríquez Ureña y Rangel, México, 1910, pp. XXI, LVI-LXXI, 227, 1011-1013 y 1051-1052; Agustín Agüeros de la Portilla, "El periodismo en México durante la dominación española", en *Anales del Museo Nacional*, 2 (1910), México, 357-465 (hay tirada aparte); mis "Apuntaciones sobre la novela en América", en la revista *Humanidades*, de la Universidad de La Plata, 15 (1927), 140-146 (hay tirada aparte en folleto). [Se reproduce en el presente volumen].

[6] Luis José Peguero escribió en 1762-1763 una *Historia de la conquista de la Isla... de Santo Domingo,* que se conserva en dos volúmenes manuscritos en la Biblioteca Nacional de Madrid (mss. 1479 y 1837). Dejó también un "Cuaderno de notas, apuntes y versos", manuscrito que acaba de descubrir don Emilio Rodríguez Demorizi, y un romance "a los valientes dominicanos", que figura en su *Historia*: al final de ella puso unos *Discursos concisos morales* dedicados a sus hijos. Consta que en 1762 residía en su hato de San Francisco y el Rosario en el valle de Baní. El licenciado Rodríguez Demorizi ha encontrado además unos versos de N.N. en elogio de Peguero: supone que N.N. sea el lector dominico Nicolás Núñez (véase Utrera, *Universidades*, 512 y 513).

Consúltese: Emilio Rodríguez Demorizi, "El primer escritor de Baní", en la revista *Bahoruco*, de Santo Domingo, noviembre de 1935.

[7] Dominicano debía ser el presbítero José Agustín de Castro Palomino, autor del *Elogio fúnebre* del Obispo Morell: después de haber sido cura en Cuba, fue secretario de cámara y de gobierno en la Audiencia de Santo Domingo (su firma aparece de 1775 a 1780). Según Trelles, escribió en 1783 una *Breve descripción de la Isla de Santo Domigo,* en veinte y cinco hojas.

Otro sacerdote cibaeño, el padre Juan de Jesús Ayala Fabián y García, narró en el opúsculo, inédito aún, *Desgracias de Santo Domingo,* los horrores que sufrió la ciudad de La Vega en 1805, a la entrada de los haitianos.

[8] El padre Juan Vázquez, cura de Santiago de los Caballeros, que murió quemado vivo en 1804 en el coro de su iglesia cuando las tropas de los invasores haitianos degollaron a los habitantes, escribía versos, y de él se recuerda una quintilla escrita poco antes de su muerte, cuando se decía que barcos ingleses rondaban las aguas de la isla:

Ayer español nací,
a la tarde fui francés,
a la noche etiope fui,
hoy dicen que soy inglés:
no sé qué sera de mi.

9 El Sr. Trelles cita en su bibliografía al doctor Agustín Madrigal
Cordero, cura de la Catedral, de quien sólo se sabe que haya escrito
las anotaciones de su Diario de misas: el manuscrito estaba en poder
de Apolinar Tejera, en 1922 (véase *Literatura dominicana,* 86). Era
rector de la Universidad de Santo Tomás cuando se cerró, hacia 1801,
a la entrada de las tropas francesas. Había nacido en 1753.
Consultar: Utrera, *Universidades,* 268, 270-271, 489-490, 522.

10 Gran fama tuvo como jurisconsulto el doctor Vicente Antonio
Faura (1750-1797): muy celebrado su informe de 1790 contra la extra-
dición de los fugitivos políticos franceses Ogé y Chavannes. Vicerrector
de la Universidad de Santo Tomás, fiscal de la Audiencia y luego Asesor de la Capitanía General de Santo Domingo, oidor honorario de la
Audiencia de Caracas, se le había nombrado alcalde del crimen para la
Audiencia de México cuando murió.
Consultar: José Gabriel García, *Rasgos biográficos de dominicanos
célebres,* Santo Domingo, 1875; Utrera, *Universidades,* 451, 457, 521 y
537; Luis Emilio Alemar, en "Fechas históricas dominicanas", publicadas
en el *Listín Diario,* de Santo Domingo, 1926 a 1929.

IX. LA EMIGRACIÓN

1 Sobre los dominicanos en Cuba: Manuel de la Cruz (1861-1896),
Literatura cubana, Madrid, 1924, pp. 156-157 (hay también referencias a dominicanos en las pp. 11, 55, 68, 79-80, 185, 273, 391, 422);
Max Henríquez Ureña, "La Literatura cubana", en la revista *Archipiélago,* de Santiago de Cuba, 1928-1929; mi conferencia "Música popular
de América", en *Conferencias* del Colegio de la Universidad de La Plata,
1930, p. 207, nota (con cita de Laureano Fuentes Matons) [Reprodu-
cida en el presente volumen].
Sobre Bartolomé de Segura: Utrera, *Universidades,* 473, 522 y 540;
Calcagno, *Diccionario biográfico cubano.* El padre Utrera da el segundo
apellido de Segura como Mueses; Calcagno lo da como Mieses: uno y
otro son apellidos dominicanos viejos; de ser Mieses, deberíamos suponer a Segura pariente de José Francisco Heredia.
Nombres de las principales familias dominicanas que emigraron a
Cuba de 1796 a 1822: Angulo, Aponte, Arán, Arredondo, Bernal, Caballero, Cabral, Campuzano, Caro (o Pérez Caro), Correa, Del Monte,
Fernández de Castro, Foxá, Garay, Guridi, Heredia, Lavastida, Márquez,
Mieses, Miura, Monteverde, Moscoso, Muñoz, Pichardo, Ravelo, Rendón,
Segura, Solá, Sterling, Tejada. Como eran, en su mayor parte, familias
de antiguo arraigo en Santo Domingo, estaban todas ligadas entre sí. Pe-
ro en Santo Domingo quedó parte de ellas: hasta hubo quienes regre-
saran, como los Angulo Guridi, a mediados del siglo XIX, cuando los
haitianos habían sido definitivamente expulsados. Abundan todavía los
descendientes de los Arredondo, Bernal, Caro, Del Monte, Fernández de
Castro, Heredia, Lavastida, Márquez, Mieses, Miura, Moscoso, Pichardo,
Ravelo, Tejada.
Entre los escritores dominicanos del siglo XIX, eran parientes de José
María Heredia y Heredia, "el cantor del Niágara", de José María de
Heredia y Girard, el sonetista de *Les trophées* (1842-1905), y del ma-
tancero Severiano Heredia y Arredondo, periodista, *maire* de París y
ministro de gobierno de Francia, Javier (1816-1884) y Alejandro (1818-

1906) Angulo Guridi, Manuel Joaquín (c. 1803- c. 1875) y Félix María (1819-1899) Del Monte, Encarnación Echavarría de Del Monte (1821-1890), el banilejo José Francisco Heredia (*Florido*), Manuel de Jesús Heredia y Solá, Josefa Antonio Perdomo y Heredia (1834-1896), Nicolás Heredia (c. 1849-1901), Miguel Alfredo Lavastida y Heredia, Manuel Arturo Machado (1869-1922), descendiente de Oviedo y de Bastidas. Los Heredia descendían también de Oviedo, según el poeta cubano-francés: véase la carta suya que cita Piñeyro en nota a la p. XIV de las *Memorias* del Regente de Caracas.

² La obra de José Francisco Heredia y Mieses (1776-1820) pudo salvarse de la extinción gracias al interés que despierta su hijo "el cantor del Niágara". El padre, miembro de familias ilustres de la colonia, descendiente del conquistador Pedro de Heredia, nació en Santo Domingo el 1 de diciembre de 1776; recibió el grado de doctor en ambos derechos en la Universidad de Santo Tomás, y, según Piñeyro, fue allí catedrático de cánones (Utrera, *Universidades,* no da noticia de ello). Casó con Mercedes Heredia y Campuzano, su prima, nacida en Venezuela, de padres dominicanos. Emigró después del Tratado de Basilea, visitó Venezuela, residió en Cuba ejerciendo de abogado, y en 1806 se le nombró asesor del gobierno e intendencia de la Florida occidental; en 1809 oidor de Caracas, adonde llegó en 1811, después de larga espera en Coro, Maracaibo y Santo Domingo. Fue regente interino de la Audiencia; le tocó presenciar gran parte de la revolución de la independencia venezolana; se mantuvo fiel al gobierno español, pero trató siempre de evitar injusticias y crueldades; al fin, víctima de la ojeriza de los militares, se le trasladó a México como alcalde del crimen: llegó allí a mediados de 1819, después de largo descanso en La Habana. Murió en México el 30 de octubre de 1820, agotado por los males morales y físicos que padeció en Venezuela.

Tradujo del inglés, poniéndole notas y apéndice, la *Historia Secreta de la Corte y Gabinete de Saint-Cloud, distribuida en cartas escritas a París el año de 1805 a un Lord de Inglaterra,* probablemente de Lewis Goldsmith; se publicó la traducción, con la firma "un español americano", en México, 1808, se reimprimió en La Habana, 1809, y en Madrid, 1810. Del inglés, también, tradujo en 1810 la *Historia de América,* de Robertson, que no se publicó: Piñeyro alcanzó a ver el manuscrito.

Escribió en 1818, de descanso en Cuba, las *Memorias sobre las revoluciones de Venezuela* (1810-1815), que Enrique Piñeyro publicó, con extenso estudio biográfico, en París, 1895 (el estudio está reimpreso separadamente en el volumen *Biografías americanas,* París, s. a., c. 1910); se reimprimieron, incompletas, en la *Biblioteca Ayacucho,* Madrid, s. a., c. 1918.

Consultar: Andrés Bello, artículo sobre José María Heredia, en la revista *Repertorio Americano,* de Londres, 1827, reproducido en el tomo 7 de sus *Obras completas,* Santiago de Chile, 1864 (véase p. 260); Manuel Sanguily, "Don José Francisco Heredia", artículo publicado en la revista *Hojas Literarias,* de La Habana, 1895, y reproducido en el libro *Enrique Piñeyro* (tomo 4 de las *Obras* de Sanguily); J. Deleito y Piñuela, "Memorias del regente Heredia", en su libro *Lecturas americanas,* Madrid, 1920; Manuel Segundo Sánchez, *Bibliografía venezolanista,* Caracas, 1914 (véanse pp. 156-157); Carlos Rangel Báez. "El regente Heredia", en la revista *Cultura Venezolana,* de Caracas, octubre-noviembre de 1927; el interesante libro de José María Chacón y Calvo, *Un Juez de Indias,* Madrid, 1933.

³ Sobre el doctor Ravelo, sobre el licenciado Arredondo (1773-1859), sobre el doctor Tejada (1790-1835), sobre el doctor Bernal (1775-1853), consúltese Calcagno, *Diccionario biográfico cubano,* donde además figura el sacerdote Manuel Miura y Caballero (1815-1869).

El padre Utrera, *Universidades*, da noticias del licenciado Arredondo (pp. 522 y 539) y de Bernal (522 y 538). Apolinar Tejera, *Literatura dominicana*, 94-95, menciona el *Historial de la salida del licenciado Gaspar de Arredondo y Pichardo de la Isla de Santo Domingo el 28 de abril de 1805*: no se ha impreso. Antonio Bachiller y Morales, *Apuntes*, 3, 195-196, menciona dos *Memorias de Bernal* sobre el subnitrato de mercurio, publicadas en La Habana, 1826 y 1827.

Contemporáneos de ellos son los jurisconsultos Sebastián Pichardo y Lucas de Ariza († 1856), cuya biografía trazó José Gabriel García en *Rasgos biográficos de dominicanos célebres*, Santo Domingo, 1875.

[4] A Domingo Del Monte y Aponte (1804-1853) se le llamó siempre en Cuba dominicano, por serlo sus padres: su nacimiento en Venezuela se veía, con razón, como cosa accidental (véase, por ejemplo, *Cecilia Valdés*, la célebre novela de Cirilo Villaverde, 1882). Su padre, el doctor Leonardo Del Monte y Medrano, nacido en Santiago de los Caballeros y graduado en la Universidad de Santo Tomás, fue en La Habana, 1822 o 1825; *Itinerario de los caminos principales de la Isla* pesar de la fama de Domingo Del Monte, sus escritos no son hoy muy conocidos, porque pocos se han reimpreso. La mejor parte se halla quizás en la *Revista Bimestre de la Isla de Cuba* (1831-1834), órgano de la Sociedad Económica de Amigos del País, uno de cuyos principales animadores fue él. En este siglo se han publicado dos tomos de *Escritos*, con prólogo de José Antonio Fernández de Castro, y uno de *Epistolario*. Consultar: Calcagno, *Diccionario biográfico cubano;* M. Menéndez y Pelayo, *Historia de la poesía hispano-americana*, 1, 250-253 y 306; J. M. Chacón y Calvo, *Las cien mejores poesías cubanas;* Max Henríquez Ureña, *Antología cubana de las escuelas;* Mitjans, *Historia de la literatura cubana*, pp. 107, 135, 136, 139, 141, 145-146, 147, 156, 187, 189, 201, 203, 213-14 y 245-246. No conozco el trabajo de J. E. Entralgo, *Domingo Del Monte y su época*, ni el de Emilio Blanchet, "La tertulia literaria de Del Monte", en la *Revista de la Facultad de Letras y Ciencias*, de la Universidad de La Habana; José Augusto Escoto, al morir en 1935, tenía a medio hacer una Vida de Del Monte.

[5] No hacen falta pormenores sobre Heredia, uno de los poetas de América mejor conocidos. Su biografía definitiva la esperamos de la pluma de don José María Chacón y Calvo, autor del libro sobre el regente. Es singular que el poeta nacional de Cuba haya vivido muy poco tiempo en su tierra nativa y dolorosamente amada: menos de tres años entre su nacimiento y el traslado a la Florida; breve tiempo, quizás seis meses, de paso, en 1810; más de un año, probablemente, entre 1817 y 1819, mientras su padre se trasladaba de Venezuela a México; cerca de tres años, de fines de 1820 a 1823: breve tiempo en 1836: no se suman ocho años en una vida de cerca de treinta y seis. Donde vivió más tiempo, y fue ciudadano, es en México: más de quince años (1819-1820 y 1825-1839). En Santo Domingo estuvo en 1810, desde el mes de julio, y allí permaneció probablemente hasta 1812: según artículo de Alejandro Angulo Guridi, había estudiado en la Universidad de Santo Tomás; no pudo hacerlo en aquellos años, porque no había cumplido los nueve y la Universidad estuvo cerrada de 1801 a 1815, pero de todos modos estudiaba latín, y es fama que maravilló con sus conocimientos a Francisco Javier Caro, personaje dominicano de altos destinos futuros; el poeta Muñoz Del Monte también admiró allí su precocidad y la recuerda en su elegía ("En la orilla del Ozama..."; "Un doble lustro por ti pasado no había..."). No sabemos si al salir de Venezuela, en 1817, se detuvo en Santo Domingo: los complicados viajes de entonces permitirían pensarlo (véase en las *Memorias* de José Francisco Heredia, edición de 1895, el documento de 1810 pp. 236-237); entonces habría podido asistir, aun sin inscribirse, a la Universidad, que tenía alumnos

muy jóvenes (Utrera, *Universidades,* 549-551, nos demuestra que había inscritos niños de nueve y de diez años en las aulas infantiles de gramática latina). Don Emilio Rodríguez Demorizi, en "El Cantor del Niágara en Santo Domingo", en la revista *Analectas,* de Santo Domingo, 1 de noviembre, 1934, supone que el poeta asistiría en 1811 a la escuela seminario del futuro arzobispo Valera.

[6] Narciso Foxá y Lecanda nació en San Juan de Puerto Rico en 1822 y murió en París en 1883. Publicó *Canto épico sobre el descubrimiento de América por Cristóbal Colón,* en La Habana, 1846, reimpreso en la *Historia de Santo Domingo,* de Antonio Del Monte y Tejada, 1, La Habana, 1853 y *Ensayos poéticos,* en Madrid, 1849, con juicio de Manuel Cañete.

Consultar: Marcelino Menéndez y Pelayo, *Historia de la poesía hispanoamericana,* 1, 339-340; Calcagno, *Diccionario biográfico cubano; Diccionario enciclopédico hispano-americano;* Mitjans, *Historia de la literatura cubana,* 268 y 271-273.

Su hija Margarita Foxá de Arellano dejó *Memorias,* de las que hizo caluroso elogio Enrique Piñeyro.

[7] Francisco Javier Foxá (1816-c. 1865), hermano mayor de Narciso, nació en Santo Domingo. Se sabe que compuso tres obras dramáticas: *Don Pedro de Castilla,* drama histórico en cuatro jornadas, en prosa y verso, escrito en 1836, estrenado y publicado en La Habana en 1838 (está mediocremente concebido y escrito: revela influencia de Víctor Hugo); *El templario,* drama caballeresco en cuatro jornadas, estrenado en La Habana en agosto de 1838 y publicado allí en 1839; el juguete cómico en verso, en un acto, *Ellos son:* no sé si llegó a imprimirse. Foxá fue coronado en el estreno de *Don Pedro de Castilla;* Plácido le dedicó un soneto en la ocasión (está en la *Revista de La Habana,* 1853). Mitjans, *Historia de la literatura cubana,* 194 y 202, dice que aquella noche fue "célebre en Cuba, como la del estreno del *Trovador,* en Madrid, como fecha de un acontecimiento teatral ruidoso nunca visto". Calcagno da breve biografía de él en el *Diccionario biográfico cubano.*

De que ya se conocía a Víctor Hugo en Cuba, da testimonio la traducción de *Hernani,* en verso, publicada en La Habana, 1836, por el venezolano Agustín Zárraga y Heredia, probablemente de familia dominicana. Calcagno, en su *Diccionario,* da noticia de otro Zárraga y Heredia, José Antonio, nacido en Coro (donde había Heredias procedentes de Santo Domingo) y residente en Cuba, donde escribió versos. A esta familia debió de pertenecer la escritora Juana Zárraga de Pilón. [Agustín († 1877) y *Juan* Antonio son hijos del *doctor* Juan Antonio Zárraga Oviedo y de Isabel Joaquina Heredia y Meneses, hermana de José Francisco].

[8] El *Diccionario provincial casi razonado de voces cubanas,* de Esteban Pichardo y Tapia (1799-1879), se publicó en La Habana en 1836 y se reimprimió allí con retoques y adiciones, en 1849, 1862 y 1875. Hace tiempo que se echa de menos una quinta edición: la esperamos del doctor Fernando Ortiz.

Pichardo publicó además una *Miscelánea poética,* La Habana, 1822, reimpresa, con adiciones, en La Habana, 1828, con 303 pp. (se dice que son malos sus versos); *Notas cronológicas sobre la Isla de Cuba,* La Habana, 1822 o 1825; *Itinerario de los caminos principales de la Isla de Cuba,* La Habana, 1828; *Autos acordados,* de la Audiencia del Camagüey (era abogado), La Habana, 1834, reimpresos en 1840; *Geografía de la Isla de Cuba,* 4 vols. La Habana, 1854-1855, la mejor durante mucho tiempo, con un "mapa gigantesco" según Manuel de la Cruz (*Literatura cubana,* 185); *El fatalista,* novela de costumbres, La Habana, 1865; *Caminos de la isla,* tres vols., La Habana, 1865; *Gran Carta geográfica de Cuba,* en que trabajó cuarenta años (la terminó en 1874, con una *Memoria justificativa*). Dejó inédita una obra descriptiva de la naturaleza en Cuba, de la cual se conocen partes, como el artículo "Aves".

Consultar: además de Calcagno, el juicio del filólogo alemán Rodolfo Lenz en su *Diccionario etimolójico de voces chilenas derivadas de lenguas indíjenas americanas,* Santiago de Chile, 1905-1910, y los *Juicios críticos sobre el Diccionario provincial de Pichardo,* La Habana, 1876 (incluye uno de Enrique José Varona, publicado antes en el *Diario de la Marina,* de La Habana, 1870. En C. M. Trelles, *Biblioteca científica cubana,* 2 vols., Matanzas, 1918-1919, tomo 1, pp. 228, hay un retrato de Pichardo.

⁹ Antonio Del Monte y Tejada, si por la edad pertenece a la generación de José Francisco Heredia, por la actividad literaria pertenece al grupo posterior. Hijo de familia muy rica, primo de Domingo Del Monte, nació en Santiago de los Caballeros en 1783; estudió en la Universidad de Santo Tomás, donde recibió el grado de bachiller en leyes en 1800. En 1805 se trasladó al Camagüey para ejercer de abogado; en 1811, a La Habana, donde su tío Leonardo era ya teniente de gobernador: ejerció con éxito (salvo interrupciones) y fue (1828) decano del cuerpo de abogados. Pensaba visitar su país natal cuando murió, en La Habana, el 19 de noviembre de 1861.

Su *Historia de Santo Domingo* comenzó a publicarse en La Habana en 1853: sólo apareció el primer tomo. Se imprimió completa en cuatro vols., Santo Domingo, a costa de la Sociedad (dominicana) de Amigos del País, 1890-1892. Hizo también un Mapa de Santo Domingo.

Consultar: *Diccionario enciclopédico hispano-americano;* Calcagno, *Diccionario biográfico cubano;* Utrera, *Universidades,* 9, 522, 533, 539.

¹⁰ Francisco Muñoz Del Monte nació en Santiago de los Caballeros en 1800. Se dice que era primo de Domingo Del Monte y Aponte y de Antonio Del Monte y Tejada; pero en Utrera, *Universidades,* 521 y 537, hallo que el doctor Andrés Muñoz Caballero casó con María de la Altagracia Del Monte y Aponte; éstos parecerían ser los padres de Muñoz Del Monte; por los apellidos, la madre podría ser hermana de Domingo y prima de Antonio. Pero los apellidos de estas familias se entrecruzaban y repetían.

"Fue mejor jurista que poeta, y dejó fama de notable abogado", dice Menéndez Pelayo. Residente en Cuba, y electo diputado a Cortes en 1836, no pudo ejercer el cargo, porque España decidió a última hora no recibir diputados ultramarinos. En 1848, sospechándosele adicto a la independencia de Cuba, se le obligó a vivir en Madrid. Allí murió en 1864 o 1865 (no en 1868), durante la epidemia de cólera.

En Santiago de Cuba redactaba de 1820 a 1823 *La Minerva,* buena publicación jurídica, política y literaria (Antonio Bachiller y Morales, *Apuntes,* 2, 128, y 3, 117, dice que es de 1821). En Madrid colaboró en *La época* (1837), en *La América* y en la *Revista Española de Ambos Mundos* (1858).

Sus *Poesías* aparecieron en edición póstuma en Madrid, 1880: sólo contiene diez y nueve, escritas entre 1837 y 1847; van además en el volumen dos discursos pronunciados en el Liceo de La Habana, uno sobre *La literatura contemporánea* (octubre de 1847) y otro sobre *La elocuencia del foro* (diciembre de 1847). Su poemita "La mulata", que se publicó en folleto anónimo, en La Habana, 1845, está reproducido en el tomo 2 de la colección *Evolución de la cultura cubana,* La Habana, 1928. Su ditirambo "Dios es lo bello absoluto" (1845) se había publicado en el tomo único de *La Biblioteca,* del Liceo de La Habana, en 1858.

Figura en la *América poética,* la antología de Juan María Gutiérrez, Valparaíso, 1846 (versos "A la muerte de Heredia"); en las *Flores del Siglo,* de Rafael María de Mendive. La Habana, 1853 (con "El verano en La Habana" y "A la Condesa de Cuba en la muerte de su padre"); en la *Antología de poetas hispano-americanos,* de la Academia Española, cuatro vols., Madrid, 1893-1895; en la *Antología poética hispano-americana,* de Calixto Oyuela, cinco vols., Buenos Aires, 1919-1920.

Consultar: *Diccionario enciclopédico hispano-americano* (indica, como Calcagno, que Muñoz del Monte pasó a Cuba a los tres años de edad; si es así, volvió a Santo Domingo, porque en los versos a Heredia lo recuerda "en la orilla del Ozama", en los años de 1810-1812); Calcagno, *Diccionario biográfico cubano* (véase, no sólo la biografía de Muñoz Del Monte, sino la del general español Manuel Lorenzo); M. Menéndez y Pelayo, *Historia de la poesía hispano-americana,* 1, 305-307 (menciona su artículo "El orgullo literario", que no sé donde se haya publicado).

[11] Manuel José de Monteverde y Bello nació el 31 de marzo de 1795; murió en Cuba en 1871 (había llegado en 1822 al Camagüey). Calcagno dice que fue "abogado, literato, poeta, naturalista..., fuerte en ciencias agrícolas" y que tuvo un hijo "notable en los mismos ramos". Dirigió la revista *El Fanal,* de Puerto Príncipe. No sé de qué trata su opúsculo *El ciudadano Manuel Monteverde al público,* Puerto Príncipe, 1823. C. M. Trelles, *Biblioteca científica cubana,* 2 vols., Matanzas, 1918-1919, t. 2, p. 444, da un retrato y una nota; dice que nació en 1793.

Consultar: Calcagno, *Diccionario biográfico cubano;* Domingo Del Monte, artículo sobre el movimiento intelectual del Camagüey, en la revista *El Plantel;* Enrique José Varona, *Ojeada sobre el movimiento intelectual en América,* réplica a Ramón López de Ayala, La Habana, 1878, reproducido en *Estudios literarios y filosóficos,* La Habana, 1883, carta a Federico Henríquez y Carvajal, en la revista *El Fígaro,* de La Habana, c. 1918, y "Mi galería", en la revista *El Fígaro,* de La Habana 31 de julio de 1921.

[12] A esta época pertenecen los escritores de origen dominicano Manuel Garay Heredia, José Miguel Angulo Heredia, poetas medianos, José Miguel Angulo Guridi, jurisconsulto y escritor.

Garay, nacido en Santo Domingo, murió joven en viaje hacia España; hay versos suyos, según Calcagno, en *La Aurora,* de Matanzas, 1830, en el *Aguinaldo Matancero* y en el *Aguinaldo Habanero,* 1837.

Angulo Heredia, poeta y abogado, publicó versos en el órgano del *Liceo de Matanzas* (ciudad medio dominicana entonces en su vida de cultura, como Santiago de Cuba y Camagüey) y en el *Aguinaldo Matancero;* el padre Utrera, *Universidades,* 548 y 558, indica que nació en La Habana, 1807, y no en Santo Domingo, como dice Calcagno; pero sí cursó en la Universidad de Santo Tomás; murió en Matanzas, 1879. Primo carnal del cantor del Niágara. Su hermano Antonio, nacido en Santo Domingo en 1800, estudiante de leyes allí en 1818, era homónimo del Antonio Angulo y Heredia, cubano, 1837-1875, escritor de amplia cultura, que fue discípulo de Luz Caballero y pronunció en el Ateneo de Madrid una comentada conferencia sobre "Goethe y Schiller" (1863), después de haber estudiado en Berlín. Este Angulo Heredia era hijo de José Miguel Angulo Guridi, el cual había nacido en Matanzas, según Calcagno; no indica qué parentesco tenía con Javier y Alejandro Angulo Guridi, nacidos en Santo Domingo y largo tiempo residentes en Cuba.

[13] En Santo Domingo nació, en 1822, Manuel Fernández de Castro y Pichardo, matemático y pedagogo, catedrático de la Universidad de La Habana: véase Calcagno.

[14] Descendientes de dominicanos que florecen en Cuba: Manuel Del Monte y Cuevas (1810-1875), hijo de Antonio Del Monte y Tejada, nacido en Santiago de Cuba, que escribió sobre cuestiones jurídicas; Jesús Del Monte y Mena (1824-1877), nacido en Santiago de Cuba, matemático,

poeta y comediógrafo, auxiliar de José de la Luz y Caballero en su colegio "El Salvador"; Domingo Del Monte y Portillo, que nació en Matanzas (o en Santo Domingo, según el bibliógrafo cubano Domingo Figarola Caneda) y murió allí en 1883, novelista, comediógrafo, poeta y economista; su hermano Casimiro Del Monte, nacido en 1838, poeta, dramaturgo y novelista: los dos estuvieron en Santo Domingo durante la *Guerra de los Diez Años* de Cuba (1868-1878), y se les recuerda, más que por los versos que Domingo escribió allí (muy celebrados, según el *Diccionario enciclopédico hispano-americano*), por *El Laborante,* periódico dedicado a la independencia cubana, que dirigió Domingo en 1870, y por la participación que tuvo Casimiro en las actividades de la ilustre sociedad dominicana de Amigos del País; Ricardo Del Monte (1830-1909), poeta de forma pulcra, crítico literario y periodista político: una de las figuras salientes de su época en Cuba; Natividad Garay, poetisa nacida en Santiago de Cuba, según Calcagno, o en Santo Domingo, según Alejandro Angulo Guridi (Discurso en la inauguración del Colegio de San Buenaventura, Santo Domingo, 1852), y residente en Matanzas, donde colaboraba en el *Liceo* (en 1850 escribió "Canto a los dominicanos después de la batalla de Las Carreras", ganada contra los haitianos en 1849); Wenceslao de Villaurrutia (1790-1862), hijo de Jacobo, nacido en Alcalá de Henares, que residió en Cuba desde 1816, favoreció allí planes de progreso, tales como la introducción del ferrocarril y escribió, entre otras cosas, el discurso "Lo que es La Habana y lo que puede ser"; Jacobo de Villaurrutia, hijo de Wenceslao, nacido en La Habana, traductor de la *Agricultura* de Evans; Juan de Dios Tejada (*c.* 1865- *c.* 1910), cubano, ingeniero inventor, escritor en español y en inglés: residió breves años (1889-1893) en Santo Domingo y casó con dama dominicana, Altagracia Frier y Troncoso (véanse extenso artículo de Alfredo Martín Morales, en la revista *El Fígaro,* de La Habana, 1904 o 1905; y Trelles, *Biblioteca científica cubana*); el pintor Joaquín Tejada, de Santiago de Cuba, nació *c.* 1867; Temístocles Ravelo y Abreu, nacido en Santo Domingo, autor de un Diccionario biográfico dominicano del cual se han publicado muestras en periódicos; el banilejo Nicolás Heredia (*c.* 1849-1901), crítico y novelista, uno de los mejores que tuvo Cuba en el siglo xix; el gran escritor Manuel Márquez Sterling († 1934).

La descendencia literaria de estas familias se va extinguiendo en Cuba. Únicas excepciones que recuerdo: el poeta villaclareño Manuel Serafín Pichardo, director durante muchos años, con Ramón A. Catalá, de la conocida revista habanera *El Fígaro;* los poetas camagüeyanos Felipe Pichardo Moya y Francisco J. Pichardo (1873-1941).

En Francia, la descendencia literaria de los Heredia se perpetúa en la hija del poeta de *Les trophées,* Mme. Henri de Régnier (*Gérard d'Houville*).

[15] José María Rojas (1793-1855) era de Santiago de los Caballeros. Fue en Caracas redactor de *El Liberal* (1841-1848) y de *El Economista;* publicó en 1828 un *Proyecto* sobre circulación fiduciaria. Dos veces diputado. Promovió en 1842 la erección del monumento a Bolívar. Su esposa, Dolores Espaillat, santiaguera también, era de la familia que produjo el austero patriota y escritor dominicano Ulises Francisco Espaillat. Emigraron a Caracas en 1822 y allí nacieron sus hijos: José María, Marqués de Rojas (1828- *c.* 1908), conocido como político, economista, historiador y antologista de la voluminosa y útil *Biblioteca de escritores venezolanos* (París, 1875); Arístides (1826-1894), mucho mejor escritor, uno de los más fecundos en la literatura venezolana, buen ensayista, costumbrista e investigador de historia, arqueología y lingüística de la América del Sur. Hay biografía del padre en el *Diccionario enciclopédico hispano-americano.*

Las relaciones de cultura de Santo Domingo con Venezuela, como con Cuba, son constantes. No sólo los dominicanos han ido con frecuencia a Venezuela: allí se refugiaron Núñez de Cáceres (véase cap. XI) y Duarte; hay parientes del uno y del otro en la vida política y cultural de aquel país. Los hombres de letras venezolanos, como los cubanos, durante el siglo XIX visitaron la isla de Santo Domingo con frecuencia o residieron en ella (el destierro fue a veces la causa): recuerdo, además de Baralt (1810-1860), que pasó allí sus primeros once años, a Juan José Illas, Jacinto Regino Pachano, León Lameda, Manuel María Bermúdez Ávila, Santiago Ponce de León, Eduardo Scanlan († 1887), Carlos T. Irwin, Juan Antonio Pérez Bonalde, Juan Pablo Rojas Paúl, Andrés Mata, Rufino Blanco Fombona.

[16] Las relaciones entre Santo Domingo y Puerto Rico son igualmente constantes. De familia dominicana, en parte, son el gran patriota y abolicionista Ramón Emeterio Betances (1827-1898), el ilustre pensador Eugenio María Hostos (1839-1903), que dio a Santo Domingo mucho de sus mejores esfuerzos, y la poetisa Lola Rodríguez de Tió (1847?-1925?).

[17] A la época de la emigración pertenece el pintor francés Théodore Chassériau (1819-1856), cuya rehabilitación definitiva, que lo consagra como una de las grandes figuras en el arte del siglo XIX, se cumplió con la ruidosa exposición de sus obras celebrada en París el año de 1932. Chassériau nació en Samaná bajo el último período de gobierno español en Santo Domingo, "la España boba"; el padre era francés, la madre criolla, como se revela en los autorretratos del pintor y el precioso retrato de sus hermanas.

X. El fin de la Colonia

[1] El arzobispo Valera nació en Santo Domingo en 1757; estudió primero con los jesuitas, luego en la Universidad de Santo Tomás; después de ser cura en la Catedral, emigró a Venezuela y de allí a La Habana durante la dominación francesa de Santo Domingo; regresó al país durante el gobierno de "la España boba" (1810) y se le designó arzobispo (consta que estaba electo desde 1812, por lo menos); cuando los haitianos invadieron a Santo Domingo en 1822, fue molestado por ellos, y al fin se trasladó a La Habana (1830), donde murió el 19 de marzo de 1833, en la epidemia de cólera (la epidemia que, al extenderse a México, hizo víctima también a Jacobo de Villaurrutia).
Consultar: José Gabriel García, biografía de Valera en *Rasgos biográficos de dominicanos célebres*, Santo Domingo, 1875; Utrera, *Universidades*, 399, 440, 443, 473, 521 y 566; Nouel, *Historia eclesiástica de la Arquidiócesis de Santo Domingo*, tomo 2; Tejera, *Literatura dominicana*, 24-33; fray Remigio Cernadas, *Oración fúnebre*, La Habana, 1833; Manuel González Regalado, *Elogio fúnebre* (véase *infra*, nota 8).

[2] Andrés López de Medrano ¿sería pariente de los Del Monte y Medrano? Eran todos de Santiago de los Caballeros, como él. Fue rector de la Universidad de Santo Tomás en 1821. Su *Tratado de Lógica* se ha perdido. Pero en Puerto Rico, adonde pasó a residir, se conservan sus *Apodícticos de regocijo* y sus *Proloquios* o *Congratulación a los puertorriqueños*, en elogio del futuro Conde de Torrepando, el Soneto en honor del obispo peruano Gutiérrez de Cos (1830) y una canción, con coro, en honor del gobernador Latorre (1831). Se conserva su *Manifiesto* sobre las elecciones de junio de 1820, impreso en Santo Domingo en ocho folios.
Consultar: Utrera, *Universidades*, 522 y 539; Juan Augusto Perea y Salvador Perea, "Horacio en Puerto Rico", en la revista *Índice*, de San Juan de Puerto Rico, noviembre de 1930, 2, p. 317.

³ El arzobispo Portes nació en Santiago de los Caballeros el 11 de diciembre de 1777, según Apolinar Tejera (pero, según el padre Utrera, en 1783); era pariente del Obispo Morell de Santa Cruz y lejanamente, según parece, de los Heredia; estudió en la Universidad de Santo Domingo, en la de Caracas y en la de La Habana, donde recibió el grado de doctor; regresó a Santo Domingo bajo "la España boba" y fue racionero de la Catedral. Después de creada la República Dominicana (1844) fue electo arzobispo (1848). Murió el 7 de abril de 1858. Restableció, siendo arzobispo, el Seminario Conciliar.

Consultar: Utrera, *Universidades,* 526 y 540; Nouel, *Historia eclesiástica de la Arquidiócesis de Santo Domingo,* tomo 2; Tejera, *Literatura dominicana,* 85.

⁴ Juan Sánchez Ramírez, escribió el Diario de su campaña de la reincorporación a España, 1808-1809: lo incluye Del Monte y Tejada en su *Historia de Santo Domingo.*

Consultar: José Gabriel García, biografía en *Rasgos biográficos de dominicanos célebres.*

⁵ El licenciado José Joaquín Del Monte Maldonado nació en Santo Domingo en 1772; su padre, Antonio Del Monte y Heredia, era pariente cercano de los Heredia. Fue abogado; fiscal de la Real Hacienda bajo "la España boba." En 1820, aplicando los nuevos principios constitucionales de España, cerró los conventos; los edificios, vacíos durante la ocupación haitiana (1822-1844), se arruinaron.

Consultar: Utrera, *Universidades,* 268, 471, 522, 539, 566.

⁶ El doctor José Gabriel de Aybar fue deán de la Catedral muchos años, vicario general de la isla y rector de la Universidad en 1816-1817; murió en 1827.

Consultar: Utrera, *Universidades,* 497, 520, 545, 547.

⁷ El doctor Elías Rodríguez —cuyo segundo apellido, según el padre Utrera, era Ortiz, y no Valverde, como lo da José Gabriel García—, estudió en la Universidad de Santo Tomás durante su último período y se graduó de maestro en artes; no sé dónde se doctoró. Desde 1848, auxiliar del arzobispo Portes y rector del Seminario Conciliar, donde enseñó; obispo auxiliar de Santo Domingo en 1856 y titular de Flaviópolis in partibus infidelium; murió en noviembre de 1856.

Consultar: Nouel, *Historia eclesiástica de la Arquidiócesis de Santo Domingo;* Utrera, *Universidades,* 526, 556.

⁸ El doctor Manuel González Regalado y Muñoz (1793-1867) fue catedrático de latín en la Universidad de Santo Tomás. Durante cerca de cincuenta años (desde 1820) fue cura de Puerto Plata. Allí pronunció en 1833 la *Oración fúnebre* en honor del arzobispo Valera, que se imprimió en Santo Domingo en 1846.

Consultar: Tejera, *Literatura dominicana,* 24; Utrera, *Universidades,* 545, 547 y 555.

⁹ El presbítero doctor Bernardo Correa y Cidrón nació en la villa de San Carlos de Tenerife, hoy barrio de la ciudad de Santo Domingo, en 1756. Estudió en las dos Universidades, y en la de Santo Tomás recibió sus grados; fue su último rector en 1822-1823: antes la había regido en 1819-1820. A fines del siglo XVIII había sido vicerrector del efímero Colegio de San Fernando. Como en 1807 había ocupado cargos bajo la administración francesa, en 1809 se trasladó a Francia y de allí pasó a España, donde el gobierno napoleónico lo nombró canónigo de Málaga; los españoles, después, lo encarcelaron y destituyeron. Regresó a Santo Domingo, y en 1820 aspiró a ser diputado a Cortes: su competidor, el doctor Manuel Márquez Jovel, maestrescuela de la Catedral,

publicó un folleto en que le dirigía fuertes censuras, y él contestó con otro: *Vindicación de la ciudadanía y apología de la conducta política del Doctor Don Bernardo Correa y Cidrón*, Santo Domingo, 1820. Durante la ocupación haitiana se trasladó a Cuba y allí murió. Tuvo fama como orador. Muy adicto al arzobispo Valera, escribió una *Apología* de su conducta (en folleto, Santo Domingo, 1821).

Publicó además su *Discurso... en la solemne función del juramento de la Constitución de la monarquía española, prestado por la Nacional y Pontificia Universidad de Santo Tomás de Aquino*, Santo Domingo, 1820.

La *Vindicación* se reimprimió en la *Revista Científica*, de Santo Domingo, 1884.

Consultar: José Gabriel García, biografía en *Rasgos biográficos de dominicanos célebres;* Del Monte y Tejada, *Historia de Santo Domingo;* Nouel, *Historia eclesiástica de la Arquidiócesis de Santo Domingo*, tomo 2; Tejera, *Literatura dominicana*, 27-31 (menciona cartas de Correa que poseen los Sres. García Lluberes en Santo Domingo); Utrera, *Universidades*, 497, 498, 521, 545 y 547.

[10] El doctor José María Morillas o Morilla nació en Santo Domingo en 1803; estudió en la. Universidad (Utrera, *Universidades*, 553); muy joven se trasladó a Cuba, y en La Habana se hizo abogado y fue catedrático de la Universidad.

Dejó unas *Noticias* sobre los últimos años que pasó en Santo Domingo: las inserta Del Monte en su *Historia de Santo Domingo*. En La Habana publicó, en 1847, *Breve tratado de Derecho Administrativo español, general del reino y especial de la Isla de Cuba;* se reimprimió, corregido, en 1865. Volvió a Santo Domingo en 1861, con motivo de la reanexión a España, y tradujo y adaptó el Código Civil francés, que regía en Santo Domingo sin haberse vertido al español.

[11] Está reconstituyéndose ahora la discutida figura de José Núñez de Cáceres, autor de la primera independencia de Santo Domingo: el fracaso de este intento ¿se debió a la precipitación con que se realizó, sin elementos para defenderse de la segura amenaza de la República de Haití, o a la indiferencia de la Gran Colombia, y aún más directamente de Bolívar, después de haber estimulado el movimiento inicial? Eso es lo que sostiene Núñez de Cáceres (véase su carta a Carlos Soublette en agosto de 1822); eso, el motivo de su ira contra Bolívar.

Núñez de Cáceres había nacido en Santo Domingo el 14 de marzo de 1772: sus padres, Francisco Núñez de Cáceres y María Albor. Casó con Juana de Mata Madrigal Cordero, dominicana; de este matrimonio nacieron tres hijos: Pedro (1800), "catedrático en artes" de la Universidad de Santo Tomás (1822); José (nacido en el Camagüey, 1802), senador en México (1834), y Jerónimo. El padre había hecho sus estudios en la Universidad dominicana y se graduó de doctor en leyes. Trasladada la Audiencia de Santo Domingo al Camagüey, él se trasladó allí: según Manuel de la Cruz (*Literatura cubana*, Madrid, 1924, pp. 156-157), fue regente de la Audiencia y ejerció "honda influencia" en la educación del escritor y revolucionario cubano Gaspar Betancourt Cisneros, *El Lugareño* (1803-1866). Regresó a Santo Domingo después de la reincorporación a España, y ocupó altos puestos: auditor de guerra, asesor general, teniente de gobernador, oidor honorario (véanse las *Memorias* de José Cruz Limardo, a quien se hace referencia luego). Primer rector de la Universidad restaurada, 1815-1816. En 1821 proclama la independencia de Santo Domingo. Después de la invasión haitiana (1822), emigra a Venezuela (17 de abril de 1823), donde intervino en política y fue al fin expulsado después de sufrir cárcel en Maracaibo (1828): se señaló como liberal en doctrina política y "libre pensador" en filosofía. Pasó a México: al parecer estuvo primero en Puebla, vivió en Tamaulipas, donde su actuación pública mereció que el Congreso local lo declarara en 1838 ciudadano y benemérito del Estado y que a su muerte, en 1846, se grabara su nombre en letras de oro en el recinto legislativo de Ciudad Victoria y pronunciara allí su elogio el doctor Luis Simón de Portes, dominicano (probablemente el que aparece como estudiante universitario en Santo Domingo en 1817, según el padre Utrera, *Universidades*, 551: había nacido en Santiago de los Caballeros en 1795). Don Rafael Matos Díaz ha identificado su tumba en la capital de Tamaulipas.

Núñez de Cáceres fue escritor activísimo. Su oda "A los vencedores de Palo Hincado" (la batalla principal de la reincorporación), escrita en 1809, fue publicada en folleto, Santo Domingo, 1820 (hay ejemplar en el Museo Nacional de Santo Domingo). Redactó *El Duende*, en 1821, donde publicó fábulas como "El relámpago"; en Caracas, *El Cometa*, 1824 (al cual se opuso *El Astrónomo*, redactado por el doctor Cristóbal Mendoza, antiguo alumno de la Universidad de Santo Tomás), *El Constitucional Caraqueño* (1824-1825) y *El Cometa Extraordinario* (consta que aparecía en 1827). Se conservan manuscritas sus *Memorias sobre Venezuela y Caracas*: véase Manuel Segundo Sánchez, *Bibliografía venezolanista*, 250-251.

Nieto suyo fue José María Núñez de Cáceres, fecundo poeta venezolano, autor de los cien sonetos a Petrona (*Los nuevos Petrarca y Laura*, Caracas, 1874; además, *Miscelánea poética*, Caracas, 1882), orador, historiador y novelista (véanse Felipe Tejera, *Perfiles venezolanos*, y José E. Machado, *El día histórico*, Caracas, 1929).

Consultar: José Gabriel García, *Compendio de la historia de Santo Domingo*, tercera edición, en tres vols., Santo Domingo, 1893-1900 (véase el tomo 2), y biografía del prócer (*Revista de Educación*, de Santo Domingo, abril y mayo de 1919).

En la revista *Clío*, órgano de la Academia Dominicana de la Historia, desde su primer año (1933) vienen publicándose trabajos y documentos relativos a Núñez de Cáceres: interesan especialmente 1 (1933), 101-103, su carta a Carlos Soublette, vicepresidente de la Gran Colombia, fecha en Santo Domingo el 6 de agosto de 1822 (se había publicado en la revista *Cultura Venezolana*, de Caracas, 1922, núm. 42, pp. 87-93); el artículo del doctor don Federico Henríquez y Carvajal sobre el acta de nacimiento de 1772, rechazando la del homónimo de 1768, 2 (1934), 75-76); los documentos encontrados en México por don Rafael Matos Díaz, 2 (1934), 131-132 y 180-181.

En la revista *Analectas*, de Santo Domingo, 1934, hay también materiales relativos a Núñez de Cáceres: trabajos de don Emilio Rodríguez Demorizi, extractos de obras de los venezolanos Andrés Level de Goda y Juan Vicente González, el gran prosador católico. Don Eduardo Matos Díaz publica la fábula "El camello y el dromedario" (1 de junio de 1934).

Finalmente: Emilio Rodríguez Demorizi, "La familia Núñez de Cáceres, Apuntes genealógicos", en el diario *La Opinión*, de Santo Domingo, 23 de julio de 1934.

[12] El gobernador de Santo Domingo, durante los años de 1812 a 1816, fue el militar habanero Carlos de Urrutia y Matos (1750-1825): véase, en las notas finales de este trabajo, la indicación del diálogo satírico sobre su gobierno. Antes había sido gobernador intendente de Veracruz y escribió, en colaboración con el granadino Fabián Fonseca († 1813) y con auxilio de Joaquín Maniau Torquemada y José Ignacio Sierra, la *Historia general de la Real Hacienda de México*, publicada en seis vols., México, 1845. Después se le nombró capitán general y presidente de la Audiencia de Guatemala, donde lo encontró la declaración de independencia (septiembre de 1821) y estuvo preso; logró al fin volver a La Habana, donde pasó sus últimos días.

[13] Sobre los primeros periódicos, consultar: Manuel A. Amiama, *El periodismo en la República Dominicana*, Santo Domingo, 1933, pp. 11-15 (sobre *El Telégrafo Constitucional*) y Leónidas García Lluberes, "Los primeros impresos y el primer periódico de Santo Domingo", en el *Listín Diario*, de Santo Domingo, 28 de agosto de 1933: cita el artículo de *Cástulo* —Nicolás Ureña de Mendoza— sobre la "Historia de *El Duende*", publicado en el periódico *El Progreso*, de Santo Domingo, julio de 1853.

[14] En los fragmentos que don Emilio Rodríguez Demorizi publicó en *Analectas*, de Santo Domingo, 24 de marzo de 1934, de las *Memorias* del venezolano José Cruz Limardo, escritas en Venezuela en 1841, hay referencias a diversos personajes dominicanos durante la época de 1815 a 1822, que él pasó en Santo Domingo: Núñez de Cáceres; Andrés López de Medrano, el doctor Aybar, el doctor Correa, el padre Tomás de Portes, José María Rojas, Luis Simón de Portes, Manuel de Monteverde, Antonio María Pineda, el doctor José María Caminero, cubano (1782-1852), que casó con una prima del poeta Heredia y fue ministro de gobierno en la República Dominicana, y el padre Pablo Amézquita. Éste era vegano y había residido en Valencia de Venezuela de 1810 a 1815: después fue cura del Santo Cerro, cerca de La Vega, y escribió una memoria sobre la cruz plantada allí por Colón (véase Tejera, *Literatura dominicana*, 58-59); la *Memoria* se publicó, con notas de Manuel Ubaldo Gómez Moya, en folleto de 14 pp., Santiago de los Caballeros, 1935.

[15] El botánico italiano Carlo Giuseppe Bertero (1789-1831) estuvo en Santo Domingo en 1819-1820 y formó allí valiosas colecciones de plantas tropicales, clasificando las que aún eran desconocidas en Europa. Su *Itinerario* se conserva en el archivo de la Academia de Ciencias de Turín. Consúltese el trabajo del doctor Rafael María Moscoso, "Botánica y botánicos de la Hispaniola", en el diario *La Información*, de Santiago, 9 de mayo de 1936.

XI. Independencia, Cautiverio y Resurgimiento

[1] Durante la primera mitad del siglo XIX se multiplica en Santo Domingo la poesía vulgar. Ya de fines del siglo XVIII tenemos como muestras los "Lamentos de la Isla Española de Santo Domingo", en ovillejos, con motivo del Tratado de Basilea (véase en el apéndice de la *Reseña histórico-crítica de la poesía en Santo Domingo*, escrita por César Nicolás Penson a nombre de la comisión encargada de formar la Antología dominicana, Santo Domingo, 1892) y la copla sobre el supuesto traslado de los restos de Colón a La Habana en 1796:

> Llorar, corazón, llorar.
> Los restos del gran Colón
> los sacan en procesión
> y los llevan a embarcar.

[2] De entonces es "el Meso Mónica", ingenioso improvisador popular, de quien recogió muchos versos la *Revista Científica, Literaria y de Conocimientos Útiles*, de Santo Domingo, entre 1883 y 1885: la *Reseña histórico-crítica de la poesía en Santo Domingo* reprodujo parte de ellos. No todos son realmente suyos: hay coplas que se atribuyen a improvisadores de otros países, —por ejemplo, a José Vasconcelos, del siglo XVIII, sobre quien escribió Nicolás León su libro *El negrito poeta mexicano*, México, 1912 (Manuel Mónica también era negro). Pobre repetición del Meso Mónica era, en la época haitiana, *Utiano* (Justiniano), pordiosero y loco.

³ Probablemente son del siglo XVIII unos versos satíricos que recogió la *Revista Científica* y que comienzan:

> Es el mundo un loco tal
> en su continuo vaivén
> que a unos les parece bien
> lo que a otros parece mal.

Había en ellos una alusión literaria:

> ... y el poeta más novicio
> murmura de Calderón.

El gusto predominante debía de ser aún el culterano (en México, el culteranismo persiste en muchos poetas, de los mejores —como Velázquez de Cárdenas y León, José Agustín de Castro, Juan de Dios Uribe—, hasta los primeros años del siglo XIX, aunque ya había penetrado el clasicismo académico de tipo francés). Se repetían mucho en Santo Domingo los versos del padre Isla que dicen:

> Cuando Calderón lo dijo,
> estudiado lo tendría...

Todavía en 1848, la distinguida anciana doña Ana de Osorio, al felicitar al poeta Nicolás Ureña de Mendoza en el nacimiento de su primogénita, le decía:

> A Moreto y Calderón
> quisiera hoy imitar...

Calderón y Moreto debían de ser los autores cuyas comedias representaban de preferencia los aficionados al teatro en el siglo XVIII.

⁴ Probablemente es del siglo XVIII un santoral que repetían las ancianas *beatas*, en malos versos como éstos:

> Cuenta a primero de mayo
> con San Felipe y Santiago...

⁵ Del siglo XIX, de la época de "la España boba", una "Ensaladilla" satírica, igualmente mal versificada, que recoge la *Reseña* ("Ábranse todas las bocas..."), La *Reseña* cita además un diálogo satírico sobre el gobierno de Carlos de Urrutia y Matos (1812-1816).

⁶ En lugar de la escasez que suponía Menéndez Pelayo (*Historia de la poesía hispano-americana*, 1, 308), había abundancia de versos, hasta durante el período de la dominación haitiana (1822-1844). Doña Gregoria Díaz de Ureña (1819-1914) daba testimonio de aquella abundancia recitando centenares de versos de religión, de amor o de patriotismo, o bien sólo de amistad, o de ocasión, sobre asuntos locales: de estos versos hay copias en el Museo Nacional de Santo Domingo. Entre los versificadores y escritores pueden recordarse, además de doña Ana de Osorio, doña Manuela Rodríguez, llamada también Manuela Aybar, o La Deana, como sobrina del deán José Gabriel de Aybar; el ciego Manuel Fernández, popularísimo autor de *décimas de barrio* para fiestas religiosas; Manuel Rodríguez; Juan de Dios Cruzado; Marcos Cabral y Aybar; el profesor francés Napoleón Guy Chevremont d'Albigny (la *Reseña* dice erróneamente *Darvigny),* de quien se mencionan dos elegías, una, "Grégorienne", a la memoria del abad Henri Grégoire, y otra en memoria de una hermana del padre Elías Rodríguez (la *Reseña*, además, transcribe la traducción francesa de un soneto elegíaco de Manuel Joaquín Del Monte); el capitán Juan José Illas, venezolano, que participó en el movi-

miento de independencia de 1844 y escribió una enorme y lamentable "Elegía" al terremoto de 1842, impresa en Santo Domingo hacia 1880 (sobre Illas, a quien Santana desterró junto con Sánchez, Mella y Pina en agosto de 1844, véase Tejera, *Literatura dominicana*, 40-41); el padre Gaspar Hernández (1798-1860), sobre quien puede consultarse el *Informe* de don Cayetano Armando Rodríguez y documentos anexos, en la revista *Clío*, 1 (1933), 15-17; Manuel Joaquín Del Monte, hijo de José Joaquín Del Monte Maldonado, nacido probablemente en Puerto Rico hacia 1803 (véase Utrera, *Universidades*, 550, 553 y 556): ocupó altos cargos en Santo Domingo y murió después de 1874. De sus versos (los escribía en español y en francés) se mencionan en la *Reseña* el soneto al terremoto de 1842 y el elegíaco que tradujo al francés Chevremont d'Albigny; se sabe también que escribió una canción patriótica contra los haitianos en 1825 (véase Max Henríquez Ureña, *Memoria de Relaciones Exteriores correspondiente a 1932*, Santo Domingo, 1933: biografía de Del Monte, pp. 49-50) y unas décimas en una polémica con el padre Gaspar Hernández (las cita José Gabriel García en su *Compendio de la historia de Santo Domingo);* Felipe Dávila y Fernández de Castro, poeta discreto y de buena cultura, que viajó por Europa y fue en Santo Domingo el orientador de la Sociedad de Amantes de las Letras a partir de 1855 (como Del Monte, había nacido en Puerto Rico durante la emigración, en 1803, pero de padres dominicanos que regresaron a su país, y murió hacia 1880: véase Max Henríquez Ureña, *Memoria de Relaciones Exteriores,* biografía de Dávila Fernández de Castro, p. 59, donde hay probablemente error respecto del nombre de la madre del poeta, que no debía de ser doña María Guridi Leos y Echalas, emparentada con los Heredia, sino doña Anastasia Real, que en España fue dama de una de las reinas; cf. Utrera, *Universidades*, 549 y 559); Juan Nepomuceno Tejera y Tejeda (1803-1883), redactor de la hoja volante, de intención política, *El Grillo Dominicano,* durante la ocupación haitiana y después de la nueva independencia: era impresa y no manuscrita, o quizás comenzó manuscrita y después se llegó a imprimir (Tejera, padre de los grandes investigadores dominicanos Emiliano y Apolinar, nació en Puerto Rico como Del Monte y Dávila Fernández de Castro, pero siempre se consideró dominicano: véase su biografía en Max Henríquez Ureña, *Memoria de Relaciones Exteriores,* pp. 53-54; Manuel María Valencia (1810-1870), a quien se considerará, en los comienzos de la República Dominicana, el poeta representativo: muy pobre en dones poéticos, pero tiene de curioso el traer las primeras notas de romanticismo. Los cuatro últimos fueron todavía alumnos, adolescentes o niños, de la Universidad de Santo Tomás (véase Utrera, *Universidades*, 549-557, 559, 561 y 567): son los últimos representantes de la cultura colonial.

ANTOLOGÍA

[1] En el texto del padre Utrera falta *súbita*.
[2] En el texto del padre Utrera *maeso*.
[3] Haina (pronuc. *Jaina*) es un río que desemboca a diez y seis kilómetros al oeste de la ciudad de Santo Domingo.
[4] En el texto del padre Utrera falta *ea*.
[5] En el texto del padre Utrera *prevengáis de*.
[6] En el texto del padre Utrera *pece*.
[7] En el texto del padre Utrera falta *me*.
[8] En el texto del padre Utrera *guerras*.
[9] En el texto del padre Utrera *todo será menester*.
[10] En el texto del padre Utrera *su peso*.
[11] En el texto del padre Utrera *en utilidad*.

PLENITUD DE ESPAÑA

ESTUDIOS DE HISTORIA
DE LA CULTURA

(1940-1945)

ESPAÑA EN LA CULTURA MODERNA

EL PROBLEMA de la función de España en la cultura moderna de Occidente está ligado al de la función que tuvo en el Renacimiento. Problema que durante largo tiempo se tocaba de paso, dándolo por resuelto, pero con soluciones contrarias entre sí: sólo nuestro siglo lo ha planteado con ánimo de examen. Se ha preguntado: ¿Hay Renacimiento español? (Victor Klemperer: "Gibt es eine spanische Renaissance?"). Los españoles, en su mayoría, responden que sí: la reacción crítica contra el Renacimiento, que está en germinación desde el romanticismo y se hace visible a fines del siglo XIX, nunca ha llegado al punto de que se cifre orgullo en estar ausente de la renovación espiritual de Europa durante los siglos XV y XVI. Y —situación paradójica— en Alemania, cuyo Renacimiento se presta a tanta controversia como el español, hay quienes tocan el extremo: denominar a España el país sin Renacimiento ("das Land ohne Renassance": Hans Wantoch).

La discusión sobre la parte que a cada pueblo toca en aquella renovación ha de apoyarse en definiciones y limitaciones: según el concepto de Renacimiento que definamos y limitemos, así será la porción que en él asignemos a los países de Europa. Italia conservará, claramente, el privilegio del arquetipo, pero a Francia podrá admitírsela como débil secuaz, y a Inglaterra o Alemania rechazárselas como demasiado protestantes ("la Reforma es el Antirrenacimiento") o a España como demasiado católica ("la Contrarreforma es la muerte del Renacimiento").[1]

Junto a la definición de Renacimiento hace falta —es obvio— conocer en toda su variedad las manifestaciones espirituales de los pueblos cuyo papel se discute. ¡Pero este deber se descuida fácilmente! La crónica de la vida intelectual y artística del mundo moderno está viciada de pasión política, de nacionalismo irreflexivo: cuántas veces los manuales de historia de la ciencia o de la filosofía, o de las artes plásticas, o de la música, hablan sólo de la obra de naciones políticamente importantes, y ante todo de la nación a que pertenece el autor.

Sólo en el siglo XVIII se comienza a escribir sistemáticamente la historia de tales actividades: en las épocas anteriores, el método usual fue la serie de biografías individuales, desde Diógenes Laercio hasta Giorgio Vasari. Aquel siglo de los principios universales y de los impulsos humanitarios, el siglo de la *Enciclopedia* y del *Ensayo sobre los progresos del espíritu humano,* aspiraba a la visión amplia de la cultura en el curso de la historia; pero apenas inició la tarea: los datos eran insuficientes; los que

447

se tenían a mano eran, por la mayor parte, los del propio país. El XIX, siglo de nacionalismos, se encastilló en esos datos insuficientes, y con ellos construyó sus manuales como fortalezas de soberbia occidental: civilización significaba sólo civilización de Occidente. No había, en estricto rigor, mala fe; después sí la hubo. Cada nacionalismo estaba seguro de la superioridad del propio país, porque sabía poco de los ajenos; el occidentalista estaba seguro de que la civilización de Occidente era la superior, o la única, porque sabía poco de las extrañas o no las entendía. La multitud creía ingenuamente en los manuales; hasta los países humillados los acataban.

Pero la investigación avanzaba. El espíritu de universalidad no había muerto. Alemania daba ejemplo de curiosidad generosa. Y el siglo del nacionalismo cultivó, paralelamente, el exotismo. Nacionalismo y exotismo: dos caras del individualismo transportado a los grupos sociales. El impulso romántico buscaba en todo grupo humano, de la tierra propia o de la ajena, el carácter, el sello de la diferencia, el timbre individual.

El XX, el siglo de la confusión, "que quiere y no se atreve a entrar en la confesión de la verdad", ofrece contrastes que son escándalo de la razón: frente a la investigación honesta o la crítica amplia que saca a luz maravillas hasta de la obra de pueblos humildes —como en Leo Frobenius o en Roger Fry— están los libros rapaces donde se altera la verdad de la gloria o sólo para negársela a pueblos extraños.[2]

Pero ningún estorbo, para comprender la hermandad de los pueblos en el trabajo constructor de la civilización moderna, como las nociones corrientes sobre historia de la cultura: los divulgadores prestan oído demasiado tarde a la voz de la investigación. Así, para muchos no se ha disipado todavía la costumbre de hacer comenzar la música en el siglo XVIII, ni la de suprimir en la historia de las artes plásticas la escultura policroma. ¡En las disciplinas humanísticas resulta extrañamente difícil poner al día los manuales! ¿No enseñamos todavía, en el siglo de la lingüística, gramática de Dionisio de Tracia? Es como si enseñáramos todavía física según Aristóteles o geografía según Estrabón.

Como el idioma español sufrió eclipse político durante doscientos años, la figura de España aparece, a los ojos del vulgo, inferior a lo que realmente ha sido en la creación de la cultura moderna.

Desde la época de los Reyes Católicos hasta la de Felipe II, navegaciones y descubrimientos dan a España y Portugal —una sola unidad de cultura entonces— función renovadora en las ciencias de aplicación y descripción. Es enorme su labor en geografía, en mineralogía, en zoología y botánica. De la zoología y la

botánica se ha dicho que renacen, después de siglos de estancamiento, con el descubrimiento de América. En las ciencias puras,
la actividad es muy inferior. Pero en los tiempos de Carlos V,
cuando no se echaba de menos en España ninguno de los impulsos del Renacimiento, cuando se discutían francamente problemas religiosos y filosóficos y se ensayaban novedades fecundas en todas las artes, el movimiento científico hispano-portugués,
estaba lleno de promesas, con los estudios de fray Juan de Ortega
en matemáticas, y de Pedro Juan Núñez, el genial Nonnius, en
álgebra y en cosmografía, y de Álvaro Tomás sobre la teoría de
las proporciones y las propiedades del movimiento, anticipando a
Galileo, y de Miguel Servet en biología, y hasta los atisbos de
Hernán Pérez de Oliva sobre el electromagnetismo. El posterior
descenso de las ciencias teóricas se ha explicado siempre con la
ojeriza inquisitorial hacia la investigación libre: sería inútil negar
su influencia. Otra grave causa fue la norma dictada en 1550, con
fines defensivos para las universidades españolas: se prohibió salir a estudiar en universidades extranjeras. Prueba de cómo la
ciencia no puede aislarse: universal por esencia, en los tiempos
modernos lo es además en su desarrollo.

En la filosofía, España y Portugal intervienen, con León Hebreo, Luis Vives, Fox Morcillo, Gómez Pereira, Francisco Sánchez y Juan Huarte, en la renovación crítica del siglo XVI, en los
pasos hacia la moderna teoría del conocimiento, en la nueva concepción del hombre, en la interpretación y transformación de las
doctrinas platónicas y aristotélicas. Vives —piensa Dilthey— es
el primer autor que en el Renacimiento estudia sistemáticamente
al hombre: "representa el paso de la psicología metafísica a la
descriptiva y analítica". Después, España no colabora en las grandes construcciones libres del siglo XVII, salvo la parte que le
toca en Spinosa, cuya lengua de hogar era el español, y, en campo limitado, las observaciones de Gracián. Pero gran tarea suya
fue la reconstrucción de la metafísica escolástica y de la teología,
que empieza en Francisco de Vitoria y se completa en Domingo
de Soto, Melchor Cano, Domingo Báñez, Luis de Molina, Gabriel Vázquez, Francisco Suárez, fray Juan de Santo Tomás: teólogos —dice Renan— que eran "en el fondo pensadores tan atrevidos como Descartes y Diderot". Suárez, dice Pfandl, "fue el
nombre europeo de mayor autoridad en la metafísica del siglo
XVII"; Descartes y Leibniz lo estudiaron atentamente.

Paralelo es el desarrollo y esplendor de la mística y de la as-
cética, en Santa Teresa y San Juan de la Cruz, en fray Luis de
León y fray Luis de Granada. Pero antes, en la época de los
erasmistas y sus activas discusiones,[3] el pensamiento religioso se
proyectó en tantas direcciones audaces, que de España salieron,
para influir sobre tierras extrañas, místicos y teólogos heterodoxos, como Miguel Servet y Juan de Valdés. Como caso singular,

es Valdés, el admirable escritor, el sutil heterodoxo del Renacimiento, quien abre la serie de los grandes místicos de España; no menos singular es que la cierre otro heterodoxo célebre, de influencia universal, Miguel de Molinos.

En el pensamiento jurídico, España procede con originalidad y amplitud. La conquista de América la puso frente a problemas nuevos. Y la nación conquistadora es la primera, en la historia moderna, que discute la conquista. De la heroica contienda que abren tres frailes dominicos en la isla de Santo Domingo, en 1510, y que Bartolomé de Las Casas hizo suya durante cincuenta años, salieron las Leyes de Indias y la doctrina de Francisco de Vitoria y de sus discípulos, que, trasmitida a Grocio, ampliada y divulgada por él, constituyó "un progreso en la vida moral del género humano". Esta doctrina se resume en el igual derecho de todos los hombres a la justicia y en el igual derecho de todos los pueblos a la libertad. Sus primitivos antecedentes están en disposiciones que dictó Isabel la Católica sobre América, anticipándose a los problemas de la discusión.

España recibió de Italia, desde el siglo xv, la devoción de la antigüedad clásica, y bien pronto se aplicó a estudiarla de acuerdo con métodos rigurosos. A la labor de interpretación, de crítica, de estudio histórico y lingüístico, de revisión y depuración de textos, se aplican hombres como Antonio de Nebrija, cuyo nombre se hizo símbolo de la enseñanza del latín; Diego Hurtado de Mendoza, Pedro Simón Abril, Juan Páez de Castro, Alfonso García Matamoros, Pedro de Valencia, precursor de los modernos historiadores de la filosofía en su estudio monográfico sobre la teoría del conocimiento entre los platónicos de la Academia Nueva. Con la erudición clásica coincidía la erudición bíblica, que produjo los monumentos de la Biblia Poliglota de Alcalá, bajo la inspiración del cardenal Cisneros (1514-1517), y la de Arias Montano (Amberes, 1568-1572). Son multitud estos investigadores, críticos, comentadores y traductores: así, Aristóteles pasó íntegramente al español antes que a ninguna otra lengua moderna; en la versión de tragedias griegas, sólo Italia se adelanta a España, y en muy pocos años... ¡Y sin embargo, Sa   s olvidó a los españoles en su *Historia de la erudición clásica!*

No menor injusticia es el olvido en que se deja la antigua lingüística española: después de Nebrija, a quien por lo menos se menciona como primer gramático de idioma moderno, habría que recordar a Bernardo Aldrete, que escribe el primer ensayo de comparación entre las lenguas románicas, con el primer esbozo de leyes de evolución fonética; a fray Pedro de Ponce, a Manuel Ramírez de Carrión, a Juan Pablo Bonet, a Mateo Alemán, cuyas doctrinas y descripciones fonéticas tienen rigor científico no alcanzado fuera de España hasta fines del siglo xix,[4] este saber fonético no fue privilegio de unos pocos, y en América lo aplicaron a la descripción de lenguas indígenas misioneros como fray Alonso de Molina y fray Luis de Valdivia.[4]

En la teoría de la literatura, los españoles tuvieron libertad y vuelo desusados entonces, levantándose a concepciones generales que se sobreponían a las estrechamente derivadas de la antigüedad clásica, puras o con deformaciones. Si las doctrinas españolas de Vives y de Fox Morcillo, del Brocense y del Pinciano, de Tirso de Molina y Ricardo del Turia, se hubieran divulgado en vez de las italianas que Francia adoptó e impuso en su egregio imperialismo de la cultura, no habría sido necesaria en el siglo XVIII la revolución de Lessing contra la literatura académica: España declaró la libertad del arte cuando en Italia el Renacimiento entraba en rigidez que lo hizo estéril; proclamó principios de invención y mutación que en Europa no se hicieron corrientes, como doctrina, hasta la época romántica.

Las teorías literarias de los españoles no eran conocidas fuera de España —salvo la de Vives—, pero la obras literarias sí. A partir del siglo XVI, Europa se enriquece con el saqueo de España, como antes con el saqueo de Italia.[5] España se convierte en maestra de la novela, como Italia lo había sido antes; crea, con Inglaterra y Francia, el teatro moderno, que Italia inició, pero no llevó a pleno desarrollo; pone invención en toda especie de literatura.

De fama, la literatura española es bien conocida en el mundo; de fama, hoy, más que de hecho. Fama igual tienen la pintura y la arquitectura. Todos pueden nombrar las catedrales de Sevilla, de Toledo, de Segovia, de Burgos, de Santiago; nombrar al Greco, a Velázquez, a Ribera, a Zurbarán, a Murillo; después, el salto a Goya. Pero eso es sólo parte de la extraordinaria, inagotable variedad de la arquitectura española, que desconcierta al visitante de ciudades olvidadas como Úbeda y Baeza, como Cáceres y Trujillo; o parte del rico florecimiento que culmina en el Greco y Velázquez, yendo de Borrassá y Dalmau hasta Morales, Sánchez Coello y Pantoja: hacia la mitad del camino hay sorpresas como el rojo vigor de Bartolomé Bermejo y la áurea delicadeza de Alejo Fernández. A la arquitectura y la pintura se suma la alta calidad de la escultura española, la de piedra y la de madera pintada: el nombre de Berruguete, inventor genial, es de los que deben encabezar la tradición artística de Europa.

Si para las artes plásticas sólo se ha divulgado a medias el conocimiento de la obra de España, para la música el conocimiento usual es mínimo. ¿Quién, si no ha oído la música de Tomás Luis de Victoria, sospechará en él a uno de los creadores que están en la línea de alturas de Palestrina y Bach, de Mozart y Beethoven? De España irradian formas musicales hacia toda Europa desde la Edad Media; en el siglo XVI, comparte con

Italia la magistral dirección de la música polifónica. Por su danza, en fin, España es universalmente famosa; de ella proceden arquetipos que se impusieron en Europa ("España es la cuna de la danza moderna"), y a través de ella se difundieron formas procedentes de América, como la chacona.

Todo este caudal hizo de España uno de los hogares, a la par de los más fecundos, donde germinó la vida intelectual y artística del mundo moderno. Todo está escrito y valorado en obras de especialistas y monografías de investigadores: sólo falta que entre en circulación con los manuales, que vaya hasta el gran público, para enriquecer la imagen popular de España, que la presenta sólo como patria de guerreros, teólogos, escritores, pintores y arquitectos.

RIOJA Y EL SENTIMIENTO DE LAS FLORES

Existe en Rioja, poeta menor, hombre de vida opaca si se la compara con las vidas intensas de los más fuertes poetas en los siglos de oro españoles, este rasgo personal y singular, el más delicado atractivo de su poesía: el sentimiento apasionado, fino y ardiente, de la vida maravillosa y efímera de las flores.

El sentimiento de las flores es uno de los sentimientos más antiguos en el arte: tan primario y tan definitivo a la vez, que no es extraño caiga fácilmente en ridícula puerilidad y a pesar de todo subsista y perdure. A los ojos del hombre anterior a la historia, la flor hubo de aparecer como la primera y desconcertante expresión estética en la naturaleza: expresión estética, porque es desinteresada, inútil al parecer, serena en su mismo desamparo. El cielo, el mar, los paisajes, de bosque o desierto, de montaña o llanura, constantes, usuales, no pudieron entrar desde el principio en la contemplación estética: sus aspectos, sus cambios, favorables o adversos al hombre, interesaban demasiado al sentido de lo útil. La flor se ofrecía como expresión libre y pura de las cosas vivas: no primordialmente como signo de la primavera, porque mucho antes la denuncian las nuevas hojas; no como anunciación del fruto, porque las plantas florales no dan los mejores; exenta de las inquietudes del ave y del insecto, fugitivos siempre ante la curiosidad; tranquila ante la contemplación, y hasta impasible ante el ataque.

La flor, pues, gala tardía de la primavera, promesa engañosa las más veces, lujo de la naturaleza, derroche inexplicado de forma y color, aparecía ante el hombre como prístina creación estética, como primer modelo de la belleza, libre de toda otra preocupación, que en horas de solaz buscaba su espíritu. Y así, desde temprano la flor se incorpora a la decoración arquitectónica, como antes se empleó en el adorno del cuerpo humano; y se convierte en símbolo de la belleza, en especial la belleza de la mujer.

Pero la flor, tipo del desinterés estético, pudo brindar a la vez la sugestión del misterioso carácter simbólico del arte. Porque la maravilla de este derroche de forma y color crece y se convierte, para la aguda sensibilidad del artista (y al artista primitivo bien podemos atribuirle sensibilidad de niño), en motivo patético: esta maravilla es efímera. Y esta maravilla efímera, la flor, es entonces símbolo de toda hermosura fugaz: de la luz que nace y muere cada día, de la primavera, de la juventud; símbolo de todo placer perecedero, y símbolo, en fin, del perpetuo flujo y mudanza de las cosas, de la brevedad y locura de la vida humana.

De cómo la flor sugirió estas ideas a los hombres anteriores a la historia nos hablan las más arcaicas reliquias artísticas: la más antigua poesía escrita, y, más elocuente aún, la mitología, conservadora de la primitiva actividad espiritual de los pueblos. El mejor dotado entre todos, el griego, nos legó los más delicados mitos florales: Jacinto, Narciso, exquisitamente patéticos, como el de Hilas, como el de Adonis, como el de Perséfona, simbólicos de la primavera, de la juventud, y afines a la familia trágica de los mitos solares.

Cuando para los pueblos modernos comienzan a iluminarse las albas del Renacimiento, uno de los signos de preludio en la literatura es la boga de la alegoría floral, de que da ejemplo el *Roman de la Rose*. La Edad Media concibió el drama de la existencia humana bajo la forma de debates entre entidades morales o de danzas macabras. El Renacimiento revela su carácter propio en la preferencia que concede, para igual propósito, al simbolismo de los días y las estaciones, de la planta y la flor, que vive *l'espace d'un matin*.

Y quizás en ningún país como en España se hizo empleo de estas imágenes. Literatura, la española, llena de conceptos, no es rica en invención de ideas: unas mismas son las que maneja, fuera de cinco o seis escritores. La mística se fundaba en una tradición clara, y su interés, más que ideológico, es en España psicológico. El conceptismo tuvo su tópica, no menos que el discreteo de comedia.

Entre los tópicos de la poesía se contaron el elogio de la vida retirada y la brevedad de los años del hombre. Y ésos fueron los temas principales de Rioja, poeta que no inventó ninguno de los elementos filosóficos de su poesía.

Ésos son también los temas de la "Epístola moral": lo que la hace singular es el sentimiento poderoso de la personalidad del desconocido poeta, aislado y fortalecido por su dolorosa experiencia de la vida urbana, herido quizás por algún fracaso que hoy se nos antoja extraño, pero capaz, por su vigor mental y moral, de levantarse por encima de las más aceptadas nociones de su época:

> Iguala con la vida el pensamiento...
> ¿Piensas acaso tú que fue criado
> el varón para rayo de la guerra,
> para surcar el piélago salado,
> para medir el orbe de la tierra
> y el cerco donde el sol siempre camina?
> ¡Oh, quien así lo entiende, cuánto yerra!
> Esta nuestra porción alta y divina
> a mayores acciones es llamada
> y en más nobles objetos se termina...
> Un ángulo me basta entre mis lares,
> un libro y un amigo...

Un estilo común y moderado
que no lo note nadie que lo vea...

Nada hay, en la poesía de Rioja, semejante a la tragedia de que vino a ser catarsis la "Epístola moral". Trata él los mismos temas, pero su estilo es diverso.[1] Y su carácter principal no es la varonía superior del gran decepcionado, sino el sentido patético de la fugacidad de las cosas.

La exigua obra de Rioja es muestra de la mejor aplicación de la retórica usual entre los sevillanos ajenos al influjo de Góngora. En ellos apuntaba otra especie de estilo culterano, procedente en gran parte, como el de los gongorinos, del ejemplo de Fernando de Herrera, de quien decía Rioja: "fue el primero que dio a nuestros números en el lenguaje arte y grandeza". Su dicción es limada, pulcra, llena de imágenes y de conceptos clásicos, de reminiscencias latinas. De seguro comenzó con ejercicios retóricos sobre los tópicos de la poesía de su tiempo. Pero al fin Rioja halló su camino: comenzó comparando la vida de los hombres con la de las flores, como en el soneto "Pasa, Tirsis, cual sombra incierta y vana"..., o en la silva "Al verano", dedicada primero al probable autor de la "Epístola moral", Andrés Fernández de Andrada, y luego a Juan de Fonseca y Figueroa:

¿Y tú la edad no miras de las rosas?

Después se interesó más en la flor que en el hombre. Y este interés, acrecentándose cada día, se hizo sentimiento patético: el poeta llegó a olvidar el tema humano y a cantar sólo la maravilla efímera de las flores. Y entonces no se ciñó a un solo ejemplo o caso: formó un jardín poético, ardiente de esplendor y de pasión como el de "La sensitiva" de Shelley. Las flores se tornan aquí vírgenes de sacrificio, que cada día se ofrecen en holocausto a las iras del sol, y para el martirio se cubren con el resplandeciente atavío de los más cálidos colores: el rojo llameante de la arrebolera, el rojo sangriento del clavel, la púrpura de la rosa roja, el oro de la rosa amarilla, la nieve del jazmín.

El acento elegíaco que le inspiran estas sorprendentes expresiones de la vida en la naturaleza es la nota personal de Rioja. Para los otros poetas españoles, la flor es elemento decorativo en los madrigales o en las innumerables glosas del *Carpe diem* (las hizo él también, como en el soneto "No esperes, no, perpetua en tu alba frente..."), o elemento de color, como en los deliciosos juegos cromáticos de Góngora, o en la "Fábula de Genil", del antequerano Pedro Espinosa; o bien sirve al simbolismo usual de la vida breve y la hermosura fugaz, de que son ejemplos la *dodecadria* de Lope, el conocido soneto de Calderón "Estas que fueron pompa y alegría..." y el admirable de sor Juana Inés de la Cruz, "Rosa divina que en gentil cultura...".

En la poesía de Rioja, especialmente en las silvas "A la rosa" y "A la rosa amarilla", el amor de las flores se vuelve pasión y le inspira sus mejores versos, los más originales.[2]

Poco importa que las expresiones se repitan de una en otra silva: la repetición de las palabras lo es también del sentimiento. Sus acentos alcanzan el calor patético, y sólo cabe suponer sinceridad en este dolor:

> ¡Y esto, purpúrea flor, y esto no pudo
> hacer menos violento el rayo agudo!

Si Rioja no cuenta entre los poetas centrales, entre los de personalidad fuerte e intensa, en la literatura española, debe estimársele en más de lo que hoy es uso: porque en su poesía se oyen sonar notas de las más delicadas, notas que forman una armonía en tono menor, vagamente extraña, original y exquisita.

LOPE DE VEGA

I. Tradición e innovación

TODA España está en Lope; toda la España de la plenitud, toda la España de los siglos de germinación y de lucha, la España épica y la España novelesca. Caben la tierra y el pueblo en la obra vasta, mundo de luz sin contrastes de sombra. España vive allí en pura inocencia, lejos toda sospecha de caída, toda vacilación sobre su grandeza y su triunfo eterno. El mundo todo vive la perfección: si el hombre individual peca, si la sociedad comete errores, la divinidad todo lo repara y endereza. No hay interrogaciones, no hay dudas. Ni Job ni Prometeo hallan lugar en el mundo de Lope. Aun en la tierra, pueden corregir el mal la piedad de los santos y la justicia de los reyes.

Lope vive la eternidad: eleata espontáneo, es insensible al cambio de los tiempos. Al contrario de Cervantes, con quien vivimos en la crisis de la transformación moral del mundo: su gran epopeya cómica, como puerta de trágica ironía, se cierra sobre las irreales andanzas de la edad caballeresca y las nunca satisfechas ambiciones de la era humanística, dejándonos confinados entre las prosaicas perspectivas de la Edad Moderna. El *Quijote* anuncia que ha terminado la época en que el ideal tenía derecho a afirmarse, para vencer o sufrir, en pública lucha contra los desórdenes del instinto; ha comenzado la era en que dominará el criterio práctico y mundano, sacrificando la justicia al orden y la virtud al éxito. La fe, impulso motor de la Edad Media, se relega al fondo del paisaje; el entusiasmo de la vida humana, impulso motor del Renacimiento, se rebaja al empeño de organizar y afianzar la posesión de bienes y poder, la satisfacción de goces vulgares. La Edad Media ha muerto; el Renacimiento ha fracasado. Hay que despedirse de toda ilusión de que el esfuerzo heroico y la inteligencia generosa puedan implantar el reino del bien sobre la Tierra, imponer la utopía, una de las magnas creaciones espirituales del Mediterráneo.

A la transformación espiritual de Europa se suma la crisis de España. El pueblo que bajo la creadora mano de Isabel la Católica alcanzó en breves años su unidad política, descubrió el Nuevo Mundo y se presentó ante Europa como poder decisivo, quedó abrumado de problemas imprevisibles cuando su imperio se multiplicó en magnitudes territoriales que nunca soñó Persia, ni Macedonia, ni Roma. Apogeo deslumbrante, pero que llevaba en germen la crisis desde el siglo XVI. En el XVII, la crisis se ha declarado. Lope, cuya vida comienza durante el esplendor y declina durante la decadencia, no adivina la crisis.[1] ¿Lo ofuscaban, tal vez, el brillo de la corte, la agitación de las ciudades? No acude siquiera al lugar común de que tiempos pasados hayan sido mejores, al menos en virtud y valor, como murmura Góngora; no anuncia la amarga queja ni la censura franca de Quevedo, de Gracián, de Saavedra Fajardo.

En Cervantes sentimos el tiempo, dice Azorín; en Lope, el espacio, el amplio espacio de la tierra española, con toda su variedad de paisajes y de vidas. El pasado de España está en Lope, sin diferencia sustancial con el presente: está sentido como presente, hasta cuando —cediendo a modas de ajena invención— lo hace hablar en arcaico, en la falsa lengua arcaica de *Las famosas asturianas* y *Los jueces de Castilla*.[2] No hay Edad Media en Lope: cuanto en él es medieval, lo es porque dura como cosa viva en la España de su tiempo. Tradición, en él, es tradición viva; nunca tradición apoyada en esfuerzo arqueológico.

Y es que en España no hubo, de la Edad Media al Renacimiento, ruptura de tradiciones. Se ha discutido si en España hubo Renacimiento; no menos podría discutirse si hubo Edad Media. Ambos procesos históricos parecerán ausentes de la vida española si se escogen como arquetipos inmutables, para el Renacimiento, Italia, para la Edad Media, Francia. Pero en ningún pueblo de Europa se dan estos procesos en paralelas rigurosas con los de pueblos vecinos: cada cual les impone su tono y su ritmo. Hasta en obras individuales hay ejemplos de disparidad: en Dante la concepción del mundo es medieval, pero en su uso del lenguaje hay la conciencia del sentido y la pulimentada lucidez de la Edad Moderna.

España vive a su manera sus procesos históricos: de su siembra medieval recoge frutos todavía en tiempos muy posteriores; si no aprovecha todas las corrientes del Renacimiento, conserva vitalidad, frescura, sentido de la tierra, en su vida espiritual. Si la historia de la cultura no estuviera contagiada de los males crónicos de la política y de los males epidémicos de la moda, conocimiento general sería, derramado de los talleres de especialistas donde ahora se congela, la función de España, a la par de las mejores, en el esfuerzo constructor de la civilización moderna: su función creadora y renovadora en la filosofía del siglo XVI, en la orientación humanitaria del derecho público, en su múltiple arquitectura, en el amplio desarrollo de la pintura que desemboca en el Greco y Velázquez, en su escultura de piedra y de madera pintada, en la música polifónica, en la danza.

En la literatura hay formas medievales que sobreviven, como el cantar de gesta, que se reconstruye y multiplica en el romance; la frondosa canción popular; el drama religioso, que crece lentamente hasta convertirse en el complejo tejido filosófico del auto sacramental; hay formas del Renacimiento, como la novela pastoril, como la epopeya artificial y la poesía lírica del tipo italiano, con su instrumento rítmico, el verso endecasílabo; hay formas nuevas, como la novela picaresca. En el teatro, como síntesis de multitud de elementos, surge la comedia.

Lope, principal animador y organizador de la comedia, nace en el momento en que España se siente dueña de sí, dueña de todas sus invenciones y de todas sus adquisiciones, e irradia hacia afuera. En su obra se unirán tradición e innovación.

Su religión, desde luego, es tradicional. Es todavía el jubiloso catolicismo popular de la Edad Media: las gentes vivían la amplia confianza en Dios; no temían gravemente a la muerte, porque eran humildes, alegres, fraternales con el prójimo; sus pecados eran caídas materiales, caídas del hombre corporal, no pecados del espíritu, que hacen despeñarse a los ángeles. Al catolicismo de Lope no lo ha tocado la marea inquietadora de Erasmo; nada queda en él de aquella rumorosa pleamar en que se levanta la conciencia religiosa de España bajo Carlos V, en unidad de ritmo con todo el Occidente. Pero a ratos se contagia, perdiendo altura y limpieza, de la vulgaridad de la devoción frailuna, que tanto combatió Erasmo; a ratos, el Concilio de Trento echa sobre él ligera sombra de severidad.

Cristiano ingenuo, devoto fiel, sacerdote durante sus veinte últimos años, Lope no es teólogo: de cultura teológica hubo de adquirir la estrechamente necesaria para recibir las órdenes sacerdotales; a ella se sumaban nociones dispersas en cien libros leídos al azar. Sus autos sacramentales están a la mitad del camino que va de los antiguos misterios bíblicos y representaciones morales a. las complejas fábricas teológicas de Calderón. Escribió, de joven, representaciones morales; escribió coloquios sobre la concepción de la Virgen y el bautismo de Cristo; escribió Autos del Nacimiento. Es él quien da al auto forma plena, de tres dimensiones, con movimientos y entrelazamientos de personajes y sucesos como en la comedia, dejando atrás los esquemas lineales que dominaron el siglo XVI; pero su doctrina es sencilla, claras sus alegorías, humanas sus emociones. Excepcional entre los suyos, el auto de *Las aventuras del hombre* debió de escribirlo en la vejez y para competir con Calderón en complicación de símbolos y en grandilocuencia.

En sus comedias bíblicas, aunque acude a la Escritura desde *La creación del mundo* hasta *El nacimiento de Cristo*, y en sus comedias de santos, huye de problemas temerosos como los de Tirso, Mira de Amescua, Calderón. Meramente los apunta en *Barlaam y Josafat*, en *El divino africano*. No sin motivo: su inexperiencia en el manejo de cuestiones teológicas es quizás lo que dio pretexto a la Inquisición para reprenderlo. La devoción vulgar lo arrastra a interpretaciones groseras de la doctrina de la gracia,

como en *El rústico del cielo,* donde actos de imbecilidad pura
se ofrecen como muestras de santidad, o en *La fianza satisfecha*
—si no suya, refundición de obra suya—, donde el pecador se
da rienda suelta en el mal, confiando en arrepentirse a tiempo,
como el financiero que se arriesga en juegos ilícitos, con la esperanza del golpe final que enderece sus fortunas y le consagre
honesto.

Cuando está limpio de toda mancha de cálculo, cuando fluye
espontáneo y sincero, el arrepentimiento es uno de los grandes
temas de Lope, tanto en su poesía personal como en sus invenciones dramáticas: así, en *La buena guarda,* su obra maestra en
el drama religioso, versión de la popularísima leyenda medieval
de la monja pecadora a quien la Virgen sustituye o hace sustituir
en el convento. Aquí la pecadora se encomienda a la gracia divina a través de la Virgen, pero la guía sólo su devoción, sin
cuentas interesadas: cuando se arrepiente, ignora que sus preces
fueron oídas.

La poesía religiosa en España había dado sus flores de devoción ingenua, desde Berceo hasta Gil Vicente, cuyo elogio de la
Virgen es maravilla ("Muy graciosa es la doncella..."). En el
siglo XVI asciende al éxtasis de amor en San Juan de la Cruz,
sube la escala intelectual con fray Luis de León "hasta llegar a
la más alta esfera". Lope se queda en la tierra, con emociones
humanas de singular ternura. Es ésta su nota personal en la
poesía religiosa: la comparte, con mayor ingenuidad, fray José
de Valdivielso. Suya es, renovada siempre, pero siempre con variaciones, la delicadeza de los arrullos de la Virgen al Niño; suyas
la quejumbrosa soledad del pastor que busca su oveja perdida,
del salvador que busca el alma extraviada, y la extraña impresión, indefinida, penetrante, la vaga angustia, que siente el corazón infiel y olvidadizo, como en el incomparable soneto "¿Qué
tengo yo que mi amistad procuras?", cuyo paralelo se encuentra
en *El serafín humano,* el drama hagiográfico sobre Francisco de
Asís:

> Yo estaba ciego, vida de mi vida,
> pues no te abrí cuando llamaste luego...
> ¿Es posible, mi Dios, que no te oyese
> Francisco, cuando tú dabas suspiros
> por que la puerta a tu hermosura abriese?...
> Tú, los inviernos en mi calle helando
> tu regalado cuerpo, y yo durmiendo...

Su religión tradicional le bastaba a Lope como filosofía, como
explicación del mundo. Toda su ética está en su religión y en los
ejemplos virtuosos de la historia clásica: toda su ética superior,
porque su moral de todos los días la recibe, sin asomo de crítica,
del ambiente; en contraste, Ruiz de Alarcón, el criollo, el joro-
bado, el desdeñado, hará severa disección de aquella moral coti-

diana. Para la concepción de la belleza, ya que el catolicismo no le daba doctrina oficial, acude a los dos maestros de la antigüedad clásica que la Iglesia veía como aliados suyos, como que de ellos procede, directa o mediatamente, toda la metafísica cristiana. Lope leía a Platón y Aristóteles, si no en los originales griegos, en versiones latinas; pero las doctrinas platónicas y aristotélicas que se incorporó e hizo suyas son las que circulaban en interpretaciones del Renacimiento. La teoría de las Ideas, ejemplificada en la Belleza, y la doctrina platónica del amor, constituían el fundamento de la filosofía de los poetas en Italia y en España; el camino principal para su difusión había sido la *Filografía* de León Hebreo: los diálogos del gran judío español, en español escritos quizás, habían refluido sobre su patria, ya en el texto latino, ya a través de versiones como la acrisolada de nuestro Inca Garcilaso; otro camino, *El cortesano* de Castiglione, manual de cultura espiritual y social durante cien años.

Entre la concepción de la creación artística que pone todo el énfasis en la inspiración, con escaso interés en los métodos, como sucede en el *Ión* platónico, y la que pone el énfasis en la disciplina que dirige y encauza la inspiración, según se implica en los tratados aristotélicos, Lope distingue: existen, por una parte, las obras de creación espontánea, natural, como los romances y las comedias; por otra, las obras escritas "según el arte", según las normas de los preceptistas. Piensa que la poesía perfecta pide toque y retoque; que el poeta debe dejar "oscuro el borrador y el verso claro". Sus grandes poemas, sus sonetos y canciones, fueron cuidadosamente trabajados: hay soneto manuscrito en que, para llegar a los catorce versos definitivos, ensayó setenta.[3] A las comedias no les dedica tanto esfuerzo: las destina al éxito, no a la inmortalidad. Así, el manuscrito de *Barlaam y Josafat* revela que escribió la obra de corrido, sin más retoques que los que inmediatamente se le ocurrían: no hay señal de que releyera su texto. En su autocrítica, escoge siempre como mejores las comedias que más trabajó. Pero Ión se venga: ni los contemporáneos, que sepamos, ni la posteridad, según sabemos, aceptan el voto de Lope; él era cosa ligera, alada y sagrada: no está seguro de sus mejores momentos.

Aristotélica es, además, la doctrina oficial sobre la tragedia y la comedia que Lope leyó en libros; aristotélica, pero no legítima sino deformada por los comentadores italianos: de ellos viene (Castelvetro) la absurda teoría de las tres unidades. Larga es ya la discusión sobre la actitud de Lope frente a las teorías de los preceptistas de Italia; sobre el significado de su *Arte nuevo de hacer comedias en este tiempo* (hacia 1609). Creo que la discusión se ha alargado —innecesariamente— porque se estudian sólo las palabras del *Arte nuevo de hacer comedias en este tiempo* (hacia 1609). Lope declara que conoce el sistema clásico de la tragedia y la comedia; que lo cree digno de todo respeto; pero que en España se ha inventado otro sistema, y es el que él adopta, y el que explica. No cree despreciable el sistema español, y si lo trata como inferior es porque se dirige a una academia de "ingenios nobles", atentos a la moda de Italia, pero deseosos de conocer los principios de aquellas comedias que ellos, como toda España, veían y aplaudían. Todo está dicho con sonrisa y guiño de ojo. ¿No comienza diciéndoles a sus colegas académicos que ellos, aunque hayan escrito menos comedias que él, saben más que él "del arte de escribirlas y de todo?" Excesivos parecerán los términos de bárbaro y necio aplicados a las comedias y al vulgo que las pide; pero atrapemos el guiño: Lope termina el *Arte nuevo* condenándose como el más bárbaro de los poetas, porque es quien más comedias ha escrito. En el siglo XVII no existía nuestro concepto romántico del yo del poeta como sagrado e intangible; epítetos como bárbaro y necio son simples hipérboles para designar cosas que no se ajustan a doctrinas oficiales. En nuestros días ¿no hay periodistas que descuidan como cosa efímera sus eficaces artículos editoriales, mientras aspiran a la dudosa inmortalidad con novelas y dramas? No es que ignoren la calidad de sus artículos: pero la novela y el drama constituyen literatura que "da categoría". Y la supuesta contradicción en Lope no es distinta: no desdeñaba sus comedias, pero escribía epopeyas de gabinete, sonetos y canciones en liras.

Al avanzar el tiempo, se convenció de que su sistema dramático tenía iguales derechos que el de los tratados de poética: descubrió su justificación histórica, como la descubrían tantos compatriotas suyos, venciendo la pobreza de criterio de los preceptistas italianos: así Ricardo del Turia y Tirso de Molina, que compara la mutación de las formas artísticas con la transformación de las especies biológicas según "la diversidad del terruño y la diferente influencia del cielo y clima a que están sujetos". Lope, en el prólogo de *El castigo sin venganza,* manifiesta que "el gusto puede mudar los preceptos, como el uso los trajes y el tiempo las costumbres". Y así justifica sus métodos en diversos prefacios, si bien quejándose, como ya se quejaba en el *Arte nuevo,* de las malas prácticas de los autores ignorantes e irreflexivos.

Ahí no se detuvo. Hay en su vida literaria estrategia y malicia. Quería estar bien con todos: a eso lo inclinaba su nativa benevolencia, ajena al rencor y a la envidia; la cordialidad le conquistaba simpatías; la habilidad afianzaba el éxito. "Todos dicen mal de él y él bien de todos; no sé quién miente", son palabras que pone en boca del Teatro como personaje alegórico. Pero cuando cree que la injusticia se excede, se defiende y se hace defender. Sus amigos se exaltan en su honor: cuando hubo que impugnar los ataques del latinista Torres Rámila, cuya obra se hizo desaparecer enteramente, el más entusiasta de los defensores, el Maestro Alfonso Sánchez, catedrático en la Universidad de Alcalá, declara con deliciosa soberbia de futurista que Lope es creador de nuevo arte cuyos preceptos formula con tanta autoridad como Horacio y que sus comedias son mejores que las de Aristófanes y Menandro.[4]

El teatro español tenía sus métodos, precisos y exactos, que Lope expuso con prosaica claridad en los versos blancos de su *Arte nuevo*. Después de largos tanteos, la forma de la comedia —tres jornadas en verso— se definió con extraordinaria rapidez, tanta, que no sabemos bien el cómo; apenas sabemos cuándo: entre 1580 y 1590. Nada permite atribuir a Lope, de modo exclusivo, la fijación del tipo; todo sugiere la colaboración de los poetas valencianos, con prioridad probable en muchos aspectos; pero sí podemos atribuirle a Lope el triunfo, como podemos atribuirle a Garcilaso el triunfo de las innovaciones métricas de Boscán.

La irrupción de Lope en el teatro abre una era nueva en la literatura española. Ante todo, impone definitivamente el teatro en verso, después de larga vacilación entre el verso y la prosa, con ocasionales intentos de mezcla de verso y prosa, como en los autos jesuíticos de la *Parabola cenae* y del *Examen sacrum*. La forma que al fin se impuso lleva gran variedad de metros y estrofas: redondillas, quintillas, décimas, romances, romancillos, tercetos, octavas reales, silvas, versos blancos, pareados, sonetos, cantares y danzas en versos regulares o en versos fluctuantes.[5] La polimetría hace función igual que el verso y la prosa alternados en Shakespeare: a cada especie de estrofa corresponden especies de situación dramática; si bien estas normas, que Lope explicó en el *Arte nuevo,* no siempre se cumplen con rigor, y a veces los caprichos de la facilidad traen incómodos cambios en las formas métricas.

Al imponer Lope el verso, el teatro resultó, de pronto, profesión lucrativa para los poetas, que en España, en el siglo XVI, o eran nobles y sacerdotes que disponían de ocios, o vivían de la mendicidad áulica. Signo de los tiempos: entramos íntegramente en la Edad Moderna; el poeta se hace mercantil, pero se hace independiente. El poeta se libertará del poderoso ("Fabio, las esperanzas cortesanas prisiones son"): vivirá del aplauso del vulgo, comerciará con él, conocerá las dichosas responsabilidades y la peligrosa comodidad de la autarquía. En la vida de Lope se advierte el cambio: cuando joven, al servicio del Duque de Alba, es todavía cortesano comedido y sumiso; cuando hombre maduro, en sus relaciones con el Duque de Sessa no hay respeto sino amistad, camaradería, complicidad.

La invasión de los poetas independientes en el teatro modifica el carácter de la literatura española en el siglo XVII: reaparece el escritor que está en contacto directo y amplio con toda la nación, con todo el pueblo, desde el rey hasta el labrador, como en la Edad media. Del siglo XII al XIV, del *Cantar de Mio Cid* al *Libro de buen amor*, la literatura española es nacional: el poema épico, el romance, las canciones, suben hasta los palacios o descienden hasta las plazas y los ejidos de las aldeas. Poco de real tuvo la división entre arte popular y arte culto, entre mester de juglaría y mester de clerecía: los poemas de los clérigos andaban en boca de los juglares. Las crónicas históricas, los cuentos, las disertaciones morales, corrían de mano en mano; su contenido irradiaba desde las gentes que sabían leer hasta las masas pobres en letras pero fuertes en curiosidad. Las representaciones dramáticas eran instrumento popular de la Iglesia. Sólo la poesía trovadoresca tuvo carácter cortesano, y en Castilla raras veces se escribió en la lengua local.

A fines del siglo XIV comienza la escisión. El arte trovadoresco domina en los palacios, se adueña del idioma castellano en las cortes. En el siglo XV la influencia italiana hace completa la ruptura. Una es entonces la poesía escolástico-cortesana y otra la poesía popular. Nunca se recordarán demasiado las palabras con que el Marqués de Santillana expresa su desdén hacia los "ínfimos... que sin ningún orden, regla ni cuento fazen estos romances e cantares de que las gentes de baxa e servil condición se alegran". Nunca se recordarán demasiado, porque esas palabras deben servirnos de texto para lecciones de humildad: esos romances y cantares son ahora maravilla del mundo, mientras la obra de los poetas doctos sabe a polvo, y de ellos sólo viven en la común memoria de los hombres las serranillas en que el Marqués remedó la ingenuidad popular y la desolada desnudez de la elegía de Jorge Manrique. Recordemos que el caso se ha repetido modernamente en la Argentina, entre la poesía culta y la poesía gauchesca.

En el siglo XVI, la escisión se mantiene. Pero entonces sí hay grandes poetas entre los doctos: Garcilaso, fray Luis de León, Fernando de Herrera, San Juan de la Cruz. En la literatura que va de los tiempos de los Reyes Católicos a los de Felipe II domina el tono humanístico, con Boscán, Garcilaso, los dos Valdés, Guevara, Hurtado de Mendoza, Jorge de Montemayor, Gil Polo, los dos Luises, San Juan de la Cruz, Herrera, los dos Leonardos de Argensola. Unas cuantas obras mantienen la línea de equilibrio en que se cautiva por igual la mirada de los doctos y el interés del vulgo: el *Amadís*, la *Celestina*, los cantares y el teatro de Juan del Encina y de Gil Vicente, los romances cultos, *Lazarillo de Tormes*, los escritos de Santa Teresa.

Pero a fines del siglo la línea de equilibrio se hace frecuente. El teatro en formación, con los poetas sevillanos y valencianos, tendía a adoptarla: no eran ahora ingenios legos, como Lope de Rueda, quienes componían para la escena; eran hombres de letras, pero atentos al gusto de la multitud. España, dueña de sí, dueña de todos los primores de arte aprendidos en Italia, vuelve la vista a sus tesoros nativos y combina tradición y novedad. Con la rotundez melódica y los acordes perfectos de los endecasílabos alternan ahora la síncopa y las disonancias de los cantos y danzas del pueblo, cuyos ecos no se oían en Garcilaso, ni en Herrera, ni siquiera en Fray Luis, amigo de Salinas, el sabio patriarca de los estudios sobre música popular. La combinación que ensayan sevillanos y valencianos la hace normal y general Lope de Vega, el madrileño, el ingenio de la corte.

Como en el teatro, este propósito se cumple en la poesía lírica. Lope cuenta con el más sorprendente de los aliados, Góngora, cuyos mejores romances y letrillas pertenecen al final del siglo XVI, —"Hermana Marica...", "Ándeme yo caliente...", "Dejadme llorar...", "Llorad, corazón...." La novedad es ya común cuando en 1600 se publica el *Romancero general*.

Cervantes, en su juventud, se dedicó al drama y a la novela según las normas de Italia; en su madurez se deja ganar para el nuevo equilibrio español y lo lleva a su perfección luminosa en el *Quijote*. Esta línea de equilibrio será la norma de la corriente central de la literatura en el siglo XVII: a ella se atendrá el teatro; a ella la novela, después de Cervantes, con vastísima difusión. Y hasta en los escritores hipercultos, los amadores del arte difícil, como Góngora y Quevedo, persistirá al menos el contacto con el arte popular: uno de estos hipercultos, Calderón, llevará al teatro, con éxito de público que ha de durar siglos, la más insólita mezcla de temas y aires del pueblo con la metafísica de las universidades y el estilo culterano que se aplaudía en las academias. ¡Extraordinaria afinación la del público a quien se destinaban tantos sutiles halagos de la imaginación y del oído!

De halagos está hecho el arte teatral de Lope. El teatro como diversión, ya sin funciones rituales ni docentes —cosa nueva en Europa—, se afianza en las tres grandes capitales: Madrid, París, Londres. El público es numeroso y ávido. No es fácil, al principio, halagarle los ojos: los recursos escénicos son escasos. Lope se acostumbra a halagarle los oídos; cuando los escenarios mejoran, y se llenan de tramoyas, y los actores vuelan, y pululan coches y barcos, se disgusta y acusa a sus colegas de buscar el éxito a costa de los carpinteros. Prefiere crear la ilusión escénica con la vivacidad de sus descripciones, como Shakespeare.

Pero la palabra no sólo le sirve para eso: le sirve, ante todo, para construir una arquitectura sonora. Para el público de los siglos XVI y XVII, debe haber en la palabra escuchada halagos de tipo musical. Bajo este influjo nace el drama moderno. La ópera, como sería de esperar, nace poco después. Lope alcanza a escribir en su vejez los versos de la primera ópera española, *La selva sin amor* (1629); Calderón le sigue, años después, con *Ni Amor se libra de amor*. La comedia tenía, como había de tener la ópera, sus escenas de lucimiento sonoro. Normalmente esas escenas son monólogos o son parlamentos, como se dice todavía en la jerga de los escenarios; pero hay hasta dúos y tríos. Calderón, después, abusará de ellos. Abunda también el diálogo rápido en frases brevísimas, a la manera de la *stichomythia* en la tragedia ateniense.

La comedia novelesca de amor, en Lope, está concebida musicalmente. La estructura tiene regularidad de danza. Los episodios intercalados de baile y canto vienen a subrayar el carácter musical, como momentos en que la emoción pide la música pura: de esos momentos sólo conocemos la letra del cantar, a menos que hayamos investigado en busca de la música que tuvo; pero esta letra, que por lo común está en versos fluctuantes, recogidos de boca del pueblo o escritos por el poeta culto a manera de los populares, la oímos cantar sola, presentimos su melodía:

> ¡Cómo retumban los remos,
> madre, en el agua,
> con el fresco viento
> de la mañana!...

> Velador que el castillo velas,
> vélale bien, y mira por ti,
> que velando en él me perdí...

> Blanca me era yo
> cuando entré en la siega:
> diome el sol y ya soy morena...

> Molinico que mueles amores,
> pues que mis ojos agua te dan,
> no coja desdenes quien siembra favores,
> que dándome vida matarme podrán...

Lope es dueño de técnicas diversas: la de la comedia novelesca, con sus rasgos de ópera y ballet, es deudora de Italia, que con ejemplo y precepto enseñaba el ideal de la acción única con "exposición, nudo y desenlace"; de Italia, además, de sus novelas, recibe asuntos: a ellos ha de atribuirse, en parte, la curiosa deformación de la pintura de la vida española que da el teatro del siglo XVII, para imponer el ideal novelesco de la libre elección en amor. En opuesto polo con la comedia novelesca está la crónica dramática, donde la vida de los personajes centrales da la unidad: la epopeya y la historia se trasladan al teatro, se vuelcan en diálogos y relaciones, combinadas con acciones públicas —batallas, asambleas, desfiles—, como en las *histories* de Shakespeare y Marlowe. La fórmula procede, por espontáneo desarrollo, de la amplitud del teatro medieval; en España se había definido ya en Juan de la Cueva. Pero de la crónica dramática, de héroes o de santos, a la comedia de amor e intriga, hay muchos grados, en que Lope mezcla los procedimientos.

Una de las actividades creadoras de Lope es la invención de estilo. Crea su propio tipo de estilo fácil, que da a su poesía y a su teatro ventajas y desventajas: las ventajas de la rapidez; las desventajas de la repetición; a pesar de que en Lope la repetición es siempre con variaciones, hay monotonía en temas, procedimientos, imágenes y vocabulario. No es sencillo, como supo serlo Manrique dentro de la antigua manera castellana, como supo serlo Garcilaso dentro de las formas italianizantes: dando vibración luminosa a palabras claras, límpidas, esenciales. Sólo en ocasiones alcanza Lope la sencillez purificada, como en dos o tres sonetos famosos, o como en el romance de Casilda, la mujer de Peribáñez:

> Labrador de lejas tierras
> que has venido a nuesa villa,
> convidado del agosto,
> ¿quién te dio tanta malicia?
> Ponte tu tosca antipara,
> del hombro el gabán derriba,
> la hoz menuda en el cuello,
> los dediles en la cinta.
> Madruga al salir del alba,
> mira que te llama el día;
> ata las manadas secas
> sin maltratar las espigas.
> Cuando salgan las estrellas
> a tu descanso camina
> y no te metas en cosas
> de que algún mal se te siga...

Pero si no es maestro de la sencillez es maestro de la facilidad. Hay variedad de elementos en el estilo fácil que él inventa: abundancia descriptiva y narrativa; mención directa de cosas y hechos, que proviene de los romances; discreteo escolástico, conceptismo elemental, que nace en los poetas cortesanos del siglo XV y atraviesa todo el XVI; ornamentación de tipo Renacimiento, que proviene de la literatura de escuela italiana: a veces adopta rasgos que le agradan en poetas culteranos, sin que ello implique hacer él de culterano.[6] Este estilo fácil es, en suma, barroco. De todo, Lope ha escogido cuanto se presta al manejo rápido: los paralelismos, ya de semejanza, ya de antítesis; los razonamientos silogísticos; las objeciones en distingo; el jugar del vocablo; los epítetos y metáforas que, de repetidos, están a punto de gramaticalizarse: la mujer es ángel, serafín; si llega, es sol que sale, es alba; para pintarla, se usan soles, estrellas, coral, clavel, rosa, jazmín, azucena, lirio, perla, nieve, oro (el estilo italianizante no admitía cabellos de ébano o de azabache); el arroyo es plata o cristal; la hierba, esmeralda; el viento, vago; la aurora, rosada; las fuentes, frías. Todos estos recursos de discreteo y de ornamentación, que ahora sentimos gastados, encantaban como juguetes nuevos; además, como observa Amado Alonso, revelaban "el contento de sentirse el poeta inscrito en la gloriosa tradición poética greco-romana". Pero "entre esas pintadas flores de papel" surgían las genuinas flores de naturaleza cuando Lope se apoyaba en la tradición española del romance y el cantar, al describir los paisajes y la vida del campo, con las plantas familiares, que él conocía en toda su variedad y disfrutaba en sincera delicia, con las actividades rústicas, que le inspiraban sentimiento nostálgico.

La ciudad, con la nobleza de su arquitectura, con el brillo y el ruido de su inquietud moderna, le deslumbraba. Es novedad en su obra pintar el carácter de las ciudades ilustres de España: Sevilla, Valencia, Toledo, Madrid.[7] Pero al fin se fatigaba de la agitación y de los engaños que toda ciudad engendra, y el campo se le convertía en ideal, exaltado mil veces, ya a la manera clásica, como en sus persistentes variaciones sobre el tema del "Beatus ille" ("Cuán bienaventurado..."), ya a la manera española como en las pintorescas brusquedades de *El villano en su rincón* y de *Los Tellos de Meneses* o en la idílica ingenuidad de *San Isidro labrador de Madrid* y *Los prados de León*.

Y así, aquel creador de la comedia novelesca, con su don ilimitado de inventar intrigas de amor e interés, cuando se aparta de la ciudad moderna es cuando descubre lo mejor de sí. Siente, como Cervantes, el prosaico vacío de la existencia entendida a la manera de la Edad Moderna; pero no lo sabe: cree que toda la culpa es de la ciudad, y resuelve sus censuras en el elogio de la soledad y en el tradicional menosprecio de corte y alabanza de aldea.

La ciudad moderna le inspira comedias ingeniosas. Pero sus obras fuertes se las inspira o el pasado épico de España o la vida rústica. Hay más: este ingenio de la corte, este hijo de la ciudad, que dice proceder de solar ilustre, si empobrecido, y quiere ponerse diez y nueve torres en el escudo, pero que en realidad no pertenece a ninguna clase definida, ha heredado la medieval antipatía española contra la nobleza y la esencial simpatía hacia el estado llano. En las luchas entre campesinos y nobles, el campesino es siempre el virtuoso, el que tiene razón y al final triunfa: los reyes lo apoyan contra el noble, caso cuyo antiguo significado político ya no sabe Lope. ¿Sabría —conscientemente— que en realidad le repugnaba la nobleza como institución, aunque admiraba la actitud vital que la palabra evoca? Comparte o al menos repite las supersticiones sobre sangre y raza; pero en ocasiones la censura contra hidalgos o nobles se hace pertinaz y enconada, como en el comienzo de *San Diego de Alcalá* o en *El villano en su rincón*. Ello es que, al cabo de tres siglos, el poeta de la España católica y monárquica ha resultado, con *Fuenteovejuna*, el más popular de los clásicos del Soviet en Rusia.

En *Fuenteovejuna* —dice Menéndez Pelayo—, el alma popular, que hablaba por boca de Lope, se desató sin freno y sin peligro, gracias a la feliz inconsciencia política en que vivían el poeta y sus espectadores. Hoy, el estreno de un drama así promovería una cuestión de orden público, que acaso terminase a tiros en las calles.

Lope, que no tiene otra religión sino la tradicional ni otra estética sino la del Renacimiento, y es innovador en la teoría del drama porque su propio éxito lo convence, en política no tiene doctrina: el mundo es como es, el rey es rey, y no se le ocurre pensar otra cosa ni leer a los pensadores. Lugares comunes, y breves, le bastan. Pero, si no tiene principios, tiene sentimientos, que le llevan, fuera de la España de los Austrias, hacia su centro propio, la España de la tradición, la España épica, con su vida sencilla, con su bravo vigor de iniciativa, con sus reyes populares, apoyados en la voluntad de hombres libres, con sus patriarcas democráticos, con sus multitudes justicieras. La España novelesca de su tiempo le deslumbra y divierte; la España épica del pasado le ennoblece y exalta. A veces, sin pensarlo, se va más lejos, traspone las fronteras de su España, hasta traspone las fronteras del cristianismo, rumbo a la edad de oro, rumbo al sueño de la vida perfecta, inocente, libre, segura: uno de los ideales del Renacimiento. Este ideal se expresa siempre de paso, en cuadros de vida rústica o de existencia primitiva: los salvajes de Lope, en América, como en las Canarias, como en las Batuecas, paganas, olvidadas dentro del territorio español, son los pacíficos "salvajes nobles" cuya imagen difundieron en Europa, con el descubrimiento del Nuevo Mundo, las páginas de Colón, de Pedro Mártir, de Las Casas. La utopía está, furtiva, en Lope como en Cervantes.

Y por eso, porque ve poéticamente a toda España, desde las minucias de su vida diaria hasta sus sueños recónditos, porque ama toda su tierra, desde la jara de sus caminos hasta la veleta de sus torres, y siente con todo su pueblo, compartiendo desde su irreflexiva violencia en amores y ambiciones, cuchilladas y duelos, hasta su limpio espíritu de fraternidad humana, Lope es poeta a quien habrán de acudir siempre cuantos quieran sentir viva y cordial la ingenua llama en que arde el espíritu de los pueblos hispánicos.

II. Esplendor, eclipse y resurgimiento

Todos aclamamos la obra de Lope de Vega como cifra y síntesis de la España de su tiempo. Todos la exaltamos como pozo de sabiduría tradicional, mina de invenciones, tesoro de poesía. Tantas cosas confluyen en ella, que el admirador ingenuo sólo se siente capaz del pasmo. Y esta admiración la vemos ahora como natural, como si nunca se hubiera interrumpido la desenfrenada que sintieron los contemporáneos del poeta. Pero no: esta admiración nuestra es mero ricorso, después de largo eclipse.

¿Cómo se explican el triunfo y el eclipse? Para el triunfo no hubo dificultades: el momento lo brindaba. El pueblo español, como el francés, como el inglés, acababa de descubrir los placeres de la gran diversión moderna: el teatro. Cosa nueva en Europa. Ni el teatro dionisíaco de Atenas, milagro sin repetición, ni el teatro cristiano de la Edad Media fueron diversiones: nunca perdieron su función religiosa, ya ritual, ya docente. Sólo la comedia tardía de Grecia y de Roma, y la farsa cómica de la Edad Media, anuncian el teatro como institución libre, pero no anuncian la enorme importancia social que la nueva diversión alcanzará durante trescientos años. ¿Asistimos —*panta rei*— al cierre del ciclo?

A fines del siglo XVI, las tres grandes capitales europeas de entonces —Madrid, París, Londres—, entusiasmadas con la novedad, pedían invenciones, estimulaban a los creadores. Quizás porque en aquel momento faltaba en la Italia desunida la gran ciudad floreciente —la Roma papal estaba en decadencia, vejada, empobrecida— no alcanzó plenitud el teatro italiano, antecesor y engendrador de todos, ensayador de formas, creador del escenario moderno.

Lope llega, en España, en el minuto propicio. Después de siglos de drama sacro, había ya cien años de drama profano y cincuenta de teatro como empresa a quien el público sostiene. Pero con Rueda, con Timoneda, no se había vencido aún la pobreza medieval de la farsa, errante de pueblo en pueblo. Como en España nada muere del todo, el teatro ambulante, como el drama religioso, sobrevivirá indefinidamente. Pero entre tanto aparece la novedad: el teatro público permanente, la casa de comedias o corral de representaciones (1579). El país está lleno de poetas, y los poetas, tribu indigente, si no son nobles o sacerdotes, descubren el camino del teatro. El drama español, que pudo haberse escrito en prosa, según la tradición de Rueda, viró hacia el verso. Lope, poeta, esencialmente poeta, llega entonces.

Pronto se vio que nadie lo igualaría en brillo ni en fecundidad. Antes de cumplir cuarenta años había escrito más de doscientas obras. ¡Y había vivido activamente, con estudios y amores, viajes y guerras! Para asentar su reputación escribía poemas épicos según las fórmulas artificiosas que se estimaban —y así las estimaba él— como clásicas. Pero su alma no estaba allí: estaba en sus comedias, estaba en sus versos líricos, que formaban cuerpo con ellas, y en ellas se intercalaban muchas veces.

No sabemos bien —la cronología de aquel teatro es muy vaga— quiénes en realidad colaboraron con Lope en fijar el tipo de la comedia española. Quién sería el Marlowe de este Shakespeare. ¿Tárrega? ¿Gaspar de Aguilar? Colaboración hubo; la hubo siempre, desde los comienzos hasta los fines. Como en España perduraba desde la Edad Media la costumbre de tratar la literatura como propiedad comunal, es bien sabido que ni Lope tuvo nunca escrúpulos en apropiarse cosas ajenas, ni los demás poetas tuvieron escrúpulos en apropiarse cosas de Lope. Hasta hace poco corría como suya *La Estrella de Sevilla,* impar y solitaria en su grandiosa rudeza: lejana, en fin, de Lope, como está lejos de Shakespeare el fuerte y áspero *Arden de Feversham.*

La comedia —modestamente llamada así para evitar discusiones sobre estrictez de rótulos— adquirió rápidamente formas fijas. La comedia de la vida diaria, de capa y espada, se volvió uniforme hasta el exceso; se repiten los asuntos, los conflictos, las situaciones, los desenlaces, los nombres mismos de los personajes: verdad que en la España de los siglos de oro había pocos nombres en circulación —el almanaque no comienza sus estragos hasta el siglo XVIII— y que Plauto y Terencio daban ejemplo. Todo se desarrolla con regularidad de minué: el galán debe inclinarse, ya hacia una dama, ya hacia otra; la dama debe hallarse siempre entre dos galanes; al final, nadie queda sin pareja. No se da relieve individual a los personajes; los hábitos sociales están deliberadamente deformados y truncos: esta comedia sólo en parte es espejo de la vida. Lope pone variedad y animación con recursos externos, de humor y carácter, como en *La dama boba* y *Los melindres de Belisa,* de disfraces que ocultan el sexo o la categoría social, como en *La moza de cántaro* y *El arenal de Sevilla,* de escenario y ambiente, como llevar la acción al campo o situarla en ciudades cuyo tono y sabor recoge a maravilla: en particular, las dos grandes rivales del Madrid de entonces, superiores a Madrid en muchos aspectos, Sevilla y Valencia.

En las comedias de tema grave —dramas que a veces llevan el nombre de tragedias o tragicomedias—, cabía mayor variedad de formas y de argumentos: historia o leyenda de España, historia o leyenda de la antigüedad, historia o leyenda cristiana, asuntos de novela. No sé si se ha reparado en que obras maestras de Lope son, o comedias de capa y espada, del modelo que él impuso, o dramas rurales. Hay pocas excepciones. Son comedias estrictas *La dama boba, La moza de cántaro, Lo cierto por lo dudoso, El arenal de Sevilla, La niña de plata, El acero de Madrid, La noche de San Juan.* Y son dramas rurales *Fuenteove-*

juna, Peribáñez, El mejor alcalde el rey. Es rural una de sus mejores comedias de santos, *San Isidro labrador de Madrid.* Es rural el mejor de sus autos sacramentales, *La siega.* Hay excepciones, sí, como *El castigo sin venganza,* calderoniana en tema y estilo: deslumbrador ejercicio barroco para competir con la estrella ascendente de Calderón. Lope, hombre de la ciudad, hijo de la ciudad, con hábitos y vicios de ciudad, es el poeta del campo español. Y es singular que este ingenio de la corte dé el triunfo al campesino sobre el noble, vez tras vez: así, en *Fuenteovejuna,* en *Peribáñez,* en *El mejor alcalde el rey,* en el boceto de *El alcalde de Zalamea,* que Calderón convertiría en obra maestra.[8] El campesino vence al aristócrata apoyándose en el rey: unión de extremos familiar a la Edad Media, pero cuyo significado político ya no entiende Lope; para él, el monarca interviene como *deus ex machina,* con la función moral pura de restaurador de la justicia.

El mayor caudal de invenciones e inspiraciones, de originalidad, en Lope, está del lado tradicional y popular, con apoyo en riquezas heredadas de leyenda, romance, cantar, baile, proverbio. Del lado de la cultura nueva, su invención es brillante pero limitada: dentro de aquellos marcos italianos prefiere acogerse a formas fáciles, usuales, no innovar como Góngora o Valbuena, sus contemporáneos estrictos, como después Quevedo o Rioja.

Y con el público se entiende bien así. Como su actividad persiste, crece, dura años, dura décadas, dura medio siglo, siempre torrencial, siempre diluvial, el vulgo le profesa una veneración en que el asombro ante el prodigio de la cantidad vence a la estima de las calidades. Y eso a pesar de que el nombre de Lope es símbolo de calidad: buen paño, paño de Lope; fruta sabrosa, fruta de Lope.[9] Junto a él se admitía a los que no alteraban la fórmula, sino que, como Tirso, la reforzaban con dones estupendos de creador dramático; sólo a medias, sólo en ocasiones, se toleraba a los disidentes, como Ruiz de Alarcón, con sus pinceladas grises de moralista.

Pero el vulgo quiere renovación en sus diversiones: en la vejez de Lope —fresco a los setenta como a los treinta— el vulgo empieza, si no a cansarse de la facilidad, a prendarse de los halagos del hablar difícil. Los que antes se complacían en el sencillo y ameno elogio del caballo, "fuerte, gracioso y leal", en *El testimonio vengado,* de Lope, ahora se deslumbrarán al oír apodarlo "hipogrifo violento" e increparlo como "rayo sin llama, pájaro sin matiz", en *La vida es sueño.* No se complica sólo el lenguaje: se complican las intrigas de las comedias de amor, los casos trágicos, el concepto del honor, los delirios de santidad. Y de cualquier modo, al morir Lope, son Calderón y sus secuaces quienes pueden ofrecer novedades.

Calderón, joven todavía en 1635, ha de alcanzar mayores

años que su predecesor. Lope conoce a España en toda pujanza primero, en los comienzos y avances de su decadencia después, sin que él parezca adivinarla; participa en la culminación de su literatura, donde coinciden la vejez de Cervantes, la madurez de Góngora, la juventud de Quevedo. Pero la nación cayó en agotamiento, físico y espiritual: Calderón, a los ochenta años, presencia y preside los funerales de los siglos de oro.

Como el dón creador queda agotado durante cien años —problemas de la vida espiritual de los pueblos—, Calderón, el último de los grandes, recoge para sí toda la fama y permanece, para el vulgo, como el poeta máximo de España. Así atraviesa todo el siglo XVIII, entre tiros inútiles de los clasicistas académicos, y, anunciado por las voces heráldicas de Lessing y de Herder, entra triunfante en el siglo XIX, alzado sobre los hombros de Goethe y de Shelley, de los Schlegel y de Tieck. En España y América, su obra dominaba los escenarios, públicos y privados. Si asombraba por su fecundidad, poco inferior a la de Lope, abrumaba con su saber. Todavía en mi infancia oí como proverbio estos versos españoles:

> Cuando Calderón lo dijo,
> estudiado lo tendría.

Son de América, a fines del siglo XVIII —de Santo Domingo, donde el nombre de Calderón sólo cedía al de Aristóteles en la reverencia del vulgo—, los de una sátira sobre el viejo tema de las nuevas costumbres, en que se cita como ejemplo de blasfemia literaria

> que el poeta más novicio
> murmura de Calderón.

Lope queda detrás, como figura de fondo, a ratos en eclipse tras el astro próximo. En las discusiones del siglo XVIII sobre la teoría de las tres unidades dramáticas —uno de los más raros engendros de cabezas desnudas de imaginación, falsamente atribuida a Aristóteles—, unos condenan a Calderón, y con él a Lope (Nasarre, Velázquez, Clavijo, Samaniego, Forner, Hermosilla); otros excusan a Calderón, pero a Lope no siempre, hablando de la "mezcla de errores y aciertos", como si la obra de arte fuese una colección de problemas de aritmética (Luzán, Juan de Iriarte, Montiano, los dos Moratín, Munarriz, y ¡oh dolor! Quintana); los tímidos defienden a Calderón y abandonan a Lope como presa fácil para entretener al enemigo (Jovellanos); los audaces defienden juntos a Calderón y a Lope (Erauso Zavaleta, Doms, Romea, Llampillas, Plano, el mexicano Alegre).

No estaba olvidado Lope, como faltaba poco para que lo estuvieran Alarcón y Tirso; pero se le representaba menos que a Moreto, a quien se miraba como hermano menor de Calderón. Su poesía lírica conservaba muchos admiradores. José Calderón de la Barca, pariente real del dramaturgo, hacia 1791 se lanza a comparar a Lope con Shakespeare —es la primera vez, dice Menéndez Pelayo—, pero en són de defensa para ambos, víctimas gemelas de los doctrinarios clasicistas. Ya para terminar la centuria, Trigueros descubre la mina de las refundiciones, y Lope vuelve a la popularidad escénica, pero destrozado y contrahecho. Así atravesará las tablas españolas durante el siglo xix, hasta los días de María Guerrero. Sólo el siglo xx volverá, por fin, a las obras intactas, como *La dama boba*, en Buenos Aires, bajo la insuperable dirección —dirección de poeta y de creador dramático— encomendada a Federico García Lorca.

Todo el siglo xix verá la gradual ascensión de Lope. Fuera de España, como la apoteosis romántica de Calderón reclamaba cortejo, en el cortejo entró el nombre de Lope. Poco a poco el nombre se hizo carne, y, a medida que se apagaba la nueva afición al estilo barroco, sobre Calderón caía sombra y sobre Lope llovía luz. En Ticknor, en Schack, ya está de nuevo en primer plano. Al fin encuentra apasionados como Grillparzer. Y en España, después de la excelente labor de Hartzenbusch y Barrera, viene la formidable construcción de Menéndez Pelayo: Lope resurge en plenitud, y es hoy el centro de una inmensa biblioteca de investigaciones. Si la intuición de la poesía, con ayuda de la cultura histórica, se libra de hoy más de las ignorancias perezosas del hábito y la moda, perdurará Lope como estrella fija.

HERNÁN PÉREZ DE OLIVA

EL REINADO del Emperador es el período en que mejor se acerca España al espíritu del Renacimiento. Lenta en su desarrollo intelectual y artístico si se la compara con Italia, no tan honda como los pueblos germánicos en la inquietud revolucionaria de la conciencia religiosa, la España de Carlos V supera a toda otra nación por la multitud y la osadía de sus empresas y pone el énfasis en la nota de aventura que caracteriza el espíritu de la época.

Así en el caso de Gonzalo Fernández de Oviedo: cortesano desde la infancia, soldado después, "fue testigo presencial de la toma de Granada, de la expulsión de los judíos, de la entrada triunfal de Colón en Barcelona, de la herida del Rey Católico, de las guerras de Italia, de las victorias del Gran Capitán, de la cautividad de Francisco I"; abandonó luego la Europa turbulenta por la América recién descubierta, cruzó doce veces el Atlántico, y en las islas y tierra firme en torno del Caribe "conquistó, gobernó, litigó, pobló, administró justicia"; fue jefe de fortalezas y de tropas, veedor de minas, regidor en los primeros municipios, gobernador de provincias; y todavía escribió inmensas crónicas históricas, sin que le faltara tiempo para componer un libro místico, otro de caballerías y otro de versos.

Avanzando en el tiempo, encontramos en Diego Hurtado de Mendoza, cuya vida florece en los reinados de Carlos V y Felipe II, el ejemplar perfecto del español del siglo XVI. Vástago de la más noble casa española, pero hijo menor, estudió en Granada y Salamanca para consagrarse a la iglesia; abandonó la carrera eclesiástica por la de las armas, y militó en Italia; fue embajador de Carlos V en Venecia, concertador de bodas reales en Inglaterra, gobernador militar de Siena, delegado imperial ante el Concilio de Trento y ministro plenipotenciario ante Paulo III y Julio III; en toda Italia fue poderoso y temido; sólo abandonó la política cuando subió al trono Felipe. Desde su juventud acumuló vastísimo saber, tanto filosófico y teológico como jurídico; supo, junto con el indispensable latín, el hebreo, el árabe y el griego, cosa todavía no frecuente en la España de entonces; protegió la benemérita labor de restauración clásica emprendida en Venecia por la casa editorial de Aldo Manucio; hizo buscar manuscritos en Grecia, y según códice de su biblioteca se imprimió la edición íntegra de Flavio Josefo; en sus últimos años narró, con alto espíritu de justicia y en lengua magistral, la guerra morisca de las Alpujarras; la muerte lo halló tal vez comentando a Aristóteles. Sólo le faltó venir a América para recorrer toda la escala de la actividad española en su tiempo; a modo de representación suya diríase que vino su hermano Antonio de Mendoza, virrey de México y del Perú.

La España de Carlos V era a la vez centro de expediciones guerreras y campo de germinación intelectual. Recogía la herencia de los Reyes Católicos, y con ella la tradición ilustre del Cardenal Cisneros, los últimos esplendores de la lírica arcaica y los primeros del teatro, la prosa en transformación, con la *Celestina* como piedra angular, la lingüística naciente merced a los esfuerzos de Nebrija, y partiendo de esas iniciaciones ensayaba, con Luis Vives, con Miguel Servet, con Juan y Alfonso de Valdés, con Ignacio de Loyola, con Sepúlveda, con Las Casas, con Francisco de Vitoria, con Domingo de Soto, con Juan de Ávila, con Boscán y Garcilaso, con la legión de sus teólogos y humanistas, de sus escritores y poetas, fijar las direcciones definitivas de sus creencias religiosas, de sus ideas filosóficas y de sus principios sociales, descubrir las leyes del idioma y enriquecer las formas literarias. El estudio del pensamiento y el arte clásicos, a la vez que de los textos bíblicos y de la patrística, apasionó a los hombres de la universidad; la influencia de Erasmo y las luchas del Vaticano, no sólo con las nacientes iglesias protestantes, sino también con Carlos V, agitaron la conciencia religiosa; floreció el pensamiento independiente; cobró auge la lingüística nacional; y, mientras se consolidaba el vasto edificio de la prosa, se renovaron por entero las formas de la poesía.

Obrero del pensamiento y artífice de la lengua fue en la España de Carlos V el Maestro Hernán Pérez de Oliva, hijo de Córdoba, estudiante de Salamanca y de Alcalá, de París y de Roma; protegido de León X y de Adriano VI; finalmente catedrático y rector (1529) de la Universidad salmantina.

Vida breve la suya —nacido hacia 1494, murió en agosto de 1531, cuando acababa de nombrársele preceptor del príncipe heredero, el futuro Felipe II—; vida de trabajo y de triunfos, que él describe en parte en el *Razonamiento* hecho en las oposiciones para la cátedra de filosofía moral en Salamanca (1530)[2]:

> ... Vergüenza y temor me impiden para lo que quiero decir, de tal manera que yo dexara de hablar en ello si no me compeliera la costumbre, a la qual siguiendo diré de mi vida y de mí solamente las cosas que a este propósito pertenecen, con la mayor verdad y menos fastidio que yo pudiere: todas las personas que me son contrarias y me quieren impedir aquesta empresa me atribuyen a ingenio todas las muestras que de mí he hecho, por que los votos no las atribuyan a doctrina ni lición: así que no he menester de mi ingenio decir nada, pues los que contra mí negocian dicen tanto quanto yo debo desear que esté persuadido; sino diré, este ingenio que ellos me conceden, en qué lo he siempre ocupado, por que vean si habré hecho algún fruto con él. Yo, Señores, desde mi niñez he sido

siempre ocupado en letras con muy buenas provisiones y aparejo de seguirlas, y primero oí la gramática de buenos Preceptores que me la enseñaron; después vine a esta Universidad, y oí tres años artes liberales con el fruto que muchos aquí saben; y de aquí fui a Alcalá, donde oí un año, en tiempo que había excelentes Preceptores y grande exercicio; de ahí, creciéndome el amor de las letras, con el gusto dellas fui a París, do estuve entonces dos años oyendo; y si era bien estimado entonces algunos lo saben de los que aquí me oyen; de París fui a Roma, a un tío que tuve con el Papa León, y estuve tres años en ella siguiendo exercicio de filosofía y letras humanas y otras disciplinas que allí se exercitaban en el Estudio público, que entonces florecía más en Roma que en otra parte de Italia. Muerto mi tío, el Papa León me recibió en su lugar y me dio sus beneficios, y estaba tan bien colocado, que qualquier cosa que yo con modestia pudiera querer la podía esperar; pero porque me parecía que sería aquella vida ocasión de dexar las letras, que yo más amaba, me volví a París, do leí tres años diversas liciones, y entre ellas las *Ethicas* de Aristóteles y otras partes de su diciplina, y de otros Autores graves y excelentes,[3] de tal manera que el Papa Adriano, siendo informado de estos mis exercicios, me proveyó, estando yo en París, de cien ducados de pensión, con propósito, según había dicho, de los comutar en otra merced de más calidad. Mas él murió luego, y yo vine a España seis años ha, o poco más, y los cuatro dellos he estado en esta Universidad siempre en exercicios de letras: así que, pues me conceden que no carezco de ingenio, y como han, Señores, oído, toda la vida he pasado en los más nobles Estudios del mundo, siempre atentísimo a mis estudios y exercicios dellos, por fuerza es que haya hecho fruto, pues trabajando y perseverando con ingenio se alcanzan las letras... Vuestras Mercedes han visto *si sé hablar romance, que no estimo yo por pequeña parte* en el que ha de hacer en el pueblo fruto de sus diciplinas, y también si sé hablar latín para las escuelas, do las sciencias se discuten; de lo que supe en Dialética, muchos son testigos; en matemáticas, todos mis contrarios porfían que sé mucho, así como en geometría, cosmographía, architectura y prospectiva, que en aquesta Universidad he leído; también he mostrado aquí el largo estudio que yo tuve en filosofía natural, así leyendo parte della, quales son los libros *De generatione* y *De anima* [de Aristóteles], como filosofando cosas muy nuevas y de grandísima dificultad, quales han sido los tratados que yo he dado a mis oyentes, escritos: *De opere intellectus, De lumine et specie, De magnete*, y otros do bien se puede haber conocido qué noticia tengo de la filosofía natural; pues de la teología no digo más sino que vuestras mercedes me han visto, en disputas públicas, unas veces responder y otras argüir en diversas materias y difíciles; y por allí me pueden juzgar, pues por los hechos públicos se conocen las personas, y no por las hablillas de rincones. Allende desto, Señores, he leído muchos días de los *Quatro libros de sentencias* [de Pedro Lombardo], siempre con grande auditorio: y si se perdieron los oyentes que me han oído vuestras mercedes lo saben; pero porque nuestra contienda es sobre la lición de filosofía moral de Aristóteles, diré della en especial. Vuestras Mercedes saben quántos tiempos han pasado que en esta cáthedra ningún Lector tuvo auditorio sino sólo Maestro Gonzalo [¿Frías?], do bien se ha mostrado que es cosa de gran dificultad leer bien la doctrina de Aristóteles en lo moral... Mas alegaré que leyendo a Aristóteles henchía [yo] el auditorio, y le hacía cada día crecer más, así de Teólogos como de otras personas graves y doctas y generosos principales... Yo, Señores, anduve fuera de mi tierra por los mayores Estudios del mundo y por las mayores Cortes; los Estudios fueron Salamanca, Alcalá, Roma, París y las Cortes, la del Papa, donde estuve muchos días, y la de España y la de Francia, cuya forma y usos he visto; pues en haber visto naciones, a pocos de mi edad daré ventaja. Yo he visto quasi toda España, y he visto la mayor parte de Francia, y anduve de propósito a ver toda Italia, y no cierto a mirar los dixes, sino a considerar las costumbres y las industrias y las disciplinas; y si sé hacer relación de todo esto, bien lo saben los que conmigo comunican; mar y tierra y cortes y estudios y muy diversos estados de gentes he conocido, y mezcládome con ellos, y hallo en mi cuenta bien averiguada que fuera de España anduve para esto tres mil leguas de caminos, las cuales creo yo que son más a propósito de tener experiencia que no tres mil canas nacidas en casa; y esta experiencia que con los ojos he ganado la he ayudado siempre con la lición de Historiadores, porque ninguno hay de los aprobados antiguos que yo no lo haya leído: así, aunque dicen que soy hombre mancebo, con diligencia he anticipado la edad... Suelen... decir... una principal objeción contra mí, partida en muchas partes, y de un nuevo género de reprobar los Doctos; unos dicen que soy gramático, y otros que soy retórico, y otros que soy geómetra, y otros que soy astrólogo; y uno dixo en un conciliábulo que me había hallado otra tacha más: que sabía architectura; yo, respondiendo a esto, quanto a lo primero digo, Señores, que entre los hombres sabios con quien yo he conversado, nunca vi que a nadie vituperasen de docto sino de ignorante... Quanto más que las diciplinas no se impiden unas a otras, mas antes se ayudan, como bien parece mirando todos los sabios antiguos quán universales fueron...

Típico del Renacimiento es este alegato, no sólo por la variedad de experiencias y de estudios que refiere, sino por su arrogante franqueza. Y eso que el sobrino y editor del Maestro Oliva, Ambrosio de Morales, el famoso anticuario y cronista de Felipe II, dice a este propósito que "celebran en él mucho la modestia, el gran concierto, la gravedad y el artificio con que lo prosiguió todo, en ocasión donde, no teniéndose comúnmente cuenta en esto, se desordenan los que allí hablan, y parece ponen todo su bien en decir mal de otros". Comedimiento hubo de parecer, en aquellos días de inflamadas controversias —como las que suscitaban los escritos de Erasmo— no tratar a los antagonistas como entes infernales y espíritus ignaros.

"Yo —exclama— no diré de mí lástimas ningunas"... Pues

si la cathedra de filosofía moral supiese hablar ¿qué lástimas piensan vuestras mercedes que diría? Ella por sí diría que miren quán olvidada ha estado, y quán escurecida, muchas veces por pasiones de los que la han proveído, y que miren que agora la demandan unos llorando, y otros no sé en qué confiando, y que unos la quieren para cumplir sus necesidades y otros para cumplir las ajenas, no siendo aquesto lo que ella ha menester, porque ella demanda hombre que en las adversidades no gima, ni en los casos de justicia solicite; que los que la fundaron y dieron principio, para aquellos la hicieron que en los casos de fortuna son iguales y en los de justicia sosegados; para aquellos en quien hay sciencia, constancia y sufrimiento...

Pide atención para los méritos demostrados, no para los que sólo se luzcan en el ejercicio de oposición.

> Ya vuestras mercedes saben quántas cosas se pueden disimular con ponerse el hombre en discrimen de sola una lición. Hay en la Filosofía mil lugares comunes, que son como menestriles de fiestas, que los llevan do los quieren; de los quales pueden estar apercebidos muchos días; y hay amigos y otras mil ayudas; y al fin no hay hombre de tan poco recaudo que algo no haga si en una sola cosa pone toda su industria para una muestra... Muestra no es una lición de oposición... Que en verdad si una lición de oposición bastase y me lo consistiese mi consciencia, yo me opondría a la cáthedra de prima de Cánones con los Señores Doctores Montemayor y Tapia, pues no faltaría de dó haber la lición de oposición y una docena de amigos que saliesen maravillándose della y menospreciando las de los otros...[4]

Nada escribió sobre matemáticas el Maestro Oliva. Escribió sobre psicología y sobre moral, y de ello conservamos muestras; escribió de física: los tratados que menciona, y se han perdido, *De la luz y las imágenes* y *De la piedra imán*. Pérdida lamentable, porque, según él nos dice, allí trataba "cosas muy nuevas y de grandísima dificultad"; lo cual nos confirma, haciéndonos además peregrina revelación, Ambrosio de Morales:

> ...El Maestro Oliva escribió en Latín de la piedra imán, en la qual halló cierto grandes secretos. Mas todo era muy poco, y estaba todo ello imperfecto, y poco más que apuntado, para proseguirlo después de espacio, y tan borrado que no se entendía bien lo que le agradaba o lo que reprobaba. Una cosa quiero advertir aquí cerca desto. Creyóse muy de veras dél que por la piedra imán halló cómo se pudiesen hablar dos ausentes: es verdad que yo se lo oí platicar algunas veces, porque, aunque yo era mochacho, todavía gustaba mucho de oírle todo lo que en conversación decía y enseñaba. Mas en esto del poderse hablar así dos ausentes proponía la forma que en obrar se había de tener, y cierto era sutil; pero siempre afirmaba que andaba imaginándolo, mas que nunca allegaba a satisfacerse ni ponerlo en perfección, por faltar el fundamento principal de una piedra imán de tanta virtud qual no parece se podría hallar. Pues él dos tenía extrañas en su fuerza y virtud, y había visto la famosa de la Casa de la Contratación de Sevilla. Al fin esto fue cosa que nunca llegó a efeto, ni creo tuvo él confianza que podría llegar.

Todo indica que el Maestro estuvo en la vía por donde hubiera podido acercarse al descubrimiento de la inducción electromagnética.[5]

Las obras que conservamos del Maestro son pocas.[6] De ellas son el *Razonamiento* en la oposición universitaria de Salamanca y el Discurso que pronunció ante el Ayuntamiento de la ciudad de Córdoba sobre la conveniencia de hacer navegable el Guadalquivir (1524): discurso cariñosamente hiperbólico para su tierra nativa, que "sola mereció alabanza no mezclada de vituperio" y que él asegura está mencionada en la poesía homérica como asiento de los Campos Elíseos; lleno de observaciones sagaces sobre los hechos económicos y las prácticas de los pueblos dirigidas al fomento de la riqueza; lleno también de reminiscencias y aun supersticiones históricas, como la de las columnas de Hércules, fábula seriamente creída entonces, al punto de que Castiglione se preocupara por indagar, apenas llegado a España, "dónde son las columnas que quedaron por fin y señal de los trabajos de Hércules".

En psicología y moral, aparte del tratado latino *De la labor del intelecto,* que ha desaparecido, y los diálogos *Del uso de las riquezas* y *De la castidad,* que no pasaron de tentativas, dejó el Maestro el esbozo de *Discurso de las potencias del alma y del buen uso dellas* y el famoso *Diálogo de la dignidad del hombre.* Adviértese en ambos la influencia que sobre su autor ejercían Aristóteles en el orden filosófico y Cicerón en el literario. Uno y otro fueron influjos preponderantes a fines de la Edad Media; el Renacimiento no pudo olvidarlos, y aun se apasionó por el orador romano, pero puso junto a ellos, o por encima, a los artistas creadores de la literatura helénica, y a Platón, cuyo espíritu clara u ocultamente domina en todo el movimiento de la época: "en Platón —dice Hegel— un nuevo mundo humano se reveló al Occidente". El Maestro Oliva no rompe con la tradición medieval; pero ya recibe el influjo de las nuevas corrientes de cultura: recomienda alternar la lectura de los escolásticos con la de los dos escritores clásicos, los autores que llamaban elegantes.

Aristóteles es para él "fuente de sabiduría natural", esto es, de toda doctrina no estrictamente religiosa, y en Aristóteles funda sus ideas filosóficas.

> Todas las cosas que algún poderío natural alcanzan —dice en el *Discurso de las potencias del alma*— grande apetito tienen de ponerlo en exercicio. Es la causa, porque fueron a las cosas dadas sus potencias para que con ellas busquen su perfición, y estarían en ocio todas si no tuviesen dentro de sí alguna incitación que las moviese. Esta incitación o apetito es a las veces sin conocimiento alguno, como el apetito que tienen todas las cosas de ser, y los elementos de colocarse en sus lugares y obrar según su naturaleza...

El imperio de la voluntad se manifiesta en el hombre, en quien ella es:

> gobernadora de todas las potencias oficiales..., cuyas obras así son todas qual fue primero en la voluntad la disposición dellas. De manera que las cosas que el entendimiento trata por obra principal... todas se atienen al mandamiento de la voluntad...

Y aun en fenómenos fisiológicos que se rigen "por leyes generales del universo sin mudamiento puestas... la naturaleza para obrar demanda ayuda con apetito manifiesto a la voluntad".

Nada de misticismo apunta en el Maestro Oliva. A Dios se llega por la razón; el entendimiento, espejo de los fenómenos y luz que esclarece los caminos, es potencia que asciende, sobre edificios de generalizaciones, hasta la idea de Dios, "do está el fin y el deleyte cumplido del entender".

Tiene, sí, limitaciones del entendimiento: flaqueza, dice en el *Diálogo de la dignidad del hombre,* "por la cual no pueden [los hombres] comprender las cosas como son en la verdad". Le concede más en el *Discurso:*

> Las cosas que el entendimiento por los estudios rudamente comprehende por sus muestras, con su viveza maravillosa las desenvuelve, y descubre sus secretos, do ninguna cosa habrá tan encubierta, fuera de las divinas, que a su porfía se pueda defender...

Pero no puede abarcarlo todo de un golpe y por eso necesita de la memoria. Señala, como ya lo hacían los griegos, la diferencia entre la simple percepción y la intelección:

> el conocimiento es de dos maneras, uno en el sentido y otro en el entendimiento... Los sentidos sólo andan por la representación exterior de las cosas que cercanas tienen, sin entrar a lo secreto ni comprehender lo interior...

El espíritu está sujeto a evolución:

> vemos que con nosotros nacieron entendimiento, memoria y voluntad, y movimiento en los miembros, todo esto tan sosegado y encubierto que quasi parece no haber tal poderío. Mas después que convalecemos, y entrando más en la vida las necesidades della nos ponen en exercicio, entonces se descubren manifiestos, primero torpes y pesados, después fáciles y ligeros en obrar... Debemos limar la rudeza de nuestras potencias con el uso, de do nace la costumbre... El entendimiento muestra su costumbre en el juicio, la voluntad en el amor, la memoria en el acuerdo...

Además, el cuerpo afecta al espíritu; el corazón, los órganos digestivos, todo influye en el funcionar de la razón:

> el alma nuestra su principal asiento tiene en el celebro... y en unas celdillas dél, llenas de leve licor, hace sus obras principales con ayuda de los sentidos, por do se le traslucen las cosas de fuera... (*Diálogo*).

La ética del Maestro Oliva es la del cristianismo, en ocasiones contaminada con el orgullo del Renacimiento. Y aunque la filosofía cristiana obligue al optimismo, en el *Diálogo de la dignidad del hombre* triunfa, a nuestros ojos de hoy, el criterio pesimista.[7]

...Aurelio sigue a Antonio, viéndole salir de la ciudad al campo, le alcanza, e inquiere por qué va, como de costumbre, hacia el valle solitario. Entablan conversación, amena y fácil, en la cual se oyen distantes ecos de los rumores del Iliso:

> Mira este valle —dice Antonio— quán deleytable parece; mira esos prados floridos, y esas aguas claras que por medio corren: verás esas arboledas llenas de ruyseñores y otras aves que con su vuelo entre las ramas y su canto nos deleytan; y entenderás por qué suelo venir a este lugar tantas veces.

Aurelio no se satisface con esta razón, y Antonio confiesa que ama la soledad.

> Porque quando a ella venimos alterados de las conversaciones de los hombres, donde nos encendimos en vanas voluntades, o perdimos el tino de la razón, ella nos sosiega el pecho, y nos abre las puertas de la sabiduría, para que, sanando el ánimo de las heridas que recibe en la guerra que entre las contiendas de los hombres trae, pueda tornar entero a la batalla. Ninguno hay que viva bien en compañía de los otros hombres si muchas veces no está solo a contemplar qué hará acompañado.

Aurelio, pesimista rotundo, cree que buscamos la soledad por el "aborrecimiento que cada hombre tiene al género humano": los autores excelentes que lee no han borrado en él esa noción, antes se la confirman, mostrándole no hay "esperanza que pueda venir el hombre a algún estado donde no le fuera mejor no ser nacido". Los dos amigos encuentran al sabio Dinarco sentado junto a una fuente, rodeado de "hombres buenos, amadores de saber, que lo siguen siempre": entablan conversación con él y conciertan una discusión sobre el valer del hombre. Hablará el acusador primero: le responderá el defensor. El diálogo, de hecho, se desvanece para dejar el campo a dos extensas disertaciones, y hasta el estilo cambia.

Aurelio describe con elocuencia la infeliz condición humana. Poco sabemos de las cosas, pero más vale así, pues no nos daremos cuenta cabal de nuestra miseria: a poco que ahondemos, todo nos desconsuela. Mientras los cielos lucen claros y brillantes, nosotros estamos en la hez del mundo, cubiertos de nieblas, entre brutos; la tierra es pequeña, y no podemos recorrerla toda: nos lo vedan fríos o calores, aguas o sequías.

> Así que de todo el mundo y su grandeza estamos nosotros retraídos en muy chico espacio, en la más vil parte dél, donde nacemos desproveídos de todos los dones que a los otros animales proveyó naturaleza. A unos cubrió de pelo, a otros de pluma, a otros de escama, y otros nacen en conchas cerradas; mas el hombre tan desamparado, que el primer don natural que en él halla el frío y el calor es la carne. Así sale al mundo, llorando y gimiendo, como quien da señal de las miserias que viene a pasar.

Los otros animales presto saben valerse,

> mas el hombre, muchos días después que nace, ni tiene en sí poderío de moverse, ni sabe dó buscar su mantenimiento, ni puede sufrir las mudanzas del ayre. Todo lo ha de alcanzar por luengo discurso y costumbre, do parece que el mundo como por fuerza lo recibe, y naturaleza, casi importunada de los que al hombre crían, le da lugar en la vida. Y aun entonces le da por mantenimiento lo más vil. Los brutos que la naturaleza hizo mansos viven de yerbas y simientes y otras limpias viandas; el hombre vive de sangre, hecho sepultura de los otros animales. Y si los dones naturales consideramos, verlos hemos todos repartidos por los otros animales. Muchos tienen mayor cuerpo donde reyne su ánima: los toros mayor fuerza, los tigres ligereza, destreza los leones y vida las cornejas.

El desamparo en que la naturaleza tiene al hombre es prueba de nuestro escaso valer:

> pues a los otros animales, si no los apartó a mejores lugares, armólos a lo menos contra los peligros de este suelo: a las aves dio alas con que se apartasen de ellos, a las bestias les dio armas para su defensa, a unas de cuernos, y a otras de uñas, y a otras de dientes, y a los peces dio gran libertad para huir por las aguas. Los hombres solos son los que ninguna defensa natural tienen contra sus daños: perezosos en huir y desamparados para esperar. Y aún sobre todo la naturaleza crió mil ponzoñas y venenosos animales que al hombre matasen, como arrepentida de haberlo hecho. Y aunque esto no hubiera, dentro de nosotros tenemos mil peligros de nuestra salud.

El cuerpo fácilmente enferma porque la delicadeza de nuestros órganos es extremada. "¿Qué diré sino que fuimos con tanto artificio hechos por que tuviésemos más partes do poder ser ofendidos?...". Vivimos con trabajo, "pues comemos por fuerza que a la tierra hacemos con sudor y hierro": despojamos a los animales, violentamos a las mismas cosas inanimadas para obtener albergue y nuestro vestido.

> Ninguna cosa nos sirve ni aprovecha de su gana; ni podemos nosotros vivir sino con la muerte de las otras cosas que hizo la naturaleza. Aves, peces y bestias de la tierra, árboles y piedras y todas las otras cosas perecen para mantener nuestra miserable vida, tanto es violenta cosa y de gran dificultad poderla sostener.

El alma sufre con toda alteración del cuerpo, y en sí misma tiene causas de muerte. Y aun suponiéndola sana ¿a qué sirve? A hacernos ver nuestras miserias. El entendimiento, además, se desarrolla lentamente, y sólo llega a su plenitud cuando nos acercamos a la vejez y ya no hay grandes cosas que emprender.

> Y aun entonces padece mil defectos en los engaños que le hacen los sentidos; y también porque el suyo no es muy cierto en el razonar y en el entender; unas veces siente uno, y otras veces él mesmo siente lo contrario; siempre con duda y con temor de afirmarse en ninguna cosa. De do nace, como manifiesto vemos, tanta diversidad de opiniones de los hombres, que entre sí son diversos... Teniendo nosotros en sola la verdad el socorro de la vida, tenemos para buscarla tan flaco entendimiento, que si por ventura puede el hombre alguna vez alcanzar una verdad, mientras la procura se le ofrece necesidad de otras mil que no puede seguir.

Y todavía, siendo el entendimiento

> aquel a quien está toda nuestra vida encomendada, ha buscado... maneras de traernos la muerte. ¿Quién halló el hierro escondido en las venas de la tierra?... Éste halló los venenos, y todos los otros males, por los cuales dicen que es el hombre el mayor daño del hombre.

La razón vive en conflicto con la voluntad, y "muchas veces dexa de defendernos...". "Todo es vanidad y trabajo lo que a los hombres pertenece, como bien se puede ver si lo consideramos en los pueblos do viven en comunidad": se afana el obrero, no descansa el sabio, pena el labrador; el hombre social vive en continuo afán inútil, como Sísifo.

> Si miráis la gente de guerra, que guarda la república, verlos heis vestidos de hierro, mantenidos de robos, con cuidados de matar y temores de ser muertos... Así que todos estos y los demás estados de los hombres no son sino diversos modos de penar. [8]

Pasamos la vida en engaños, tras ilusiones que nunca se alcanzan, y al fin viene la vejez, con su cortejo de miserias físicas, y la muerte espantable. Muertos ya ¿de qué nos sirven honores y fama póstumos?

> ¿Qué aprovecha a los huesos sepultados la gran fama de los hechos? ¿Dónde está el sentido? ¿Dónde el pecho para recibir la gloria? ¿Dó los ojos? ¿Dó el oír, con que el hombre coge los frutos de ser alabado?... Todo va en olvido, el tiempo lo borra todo. Y los grandes edificios, que otros toman por socorro para perpetuar la fama, también los abate y los iguala con el suelo. No hay piedra que tanto dure, ni metal, que no dure más el tiempo, consumidor de las cosas humanas. ¿Qué se ha hecho la torre fundada para subir al cielo? ¿Los fuertes muros de Troya? ¿El templo noble de Diana? ¿El sepulcro de Mausolo? Tantos grandes edificios de Romanos, de que apenas se conocen las señales donde estaban ¿qué son hechos? Todo esto va en humo, hasta que tornan los hombres a estar en tanto olvido como antes que naciesen; y la misma vanidad se sigue después que primero había.

Las últimas palabras de la disertación de Aurelio suenan a nuestros oídos como el retornelo de una elegía, repetido en las letras castellanas desde Pero López de Ayala, pasando por las coplas de los dos Manriques, hasta la canción "A las ruinas de Itálica" y los sonetos trágicos de Quevedo. Antonio contesta apoyándose en la religión. "Las faltas de la naturaleza humana, si algunas hubiese, pensaríamos que en Dios estuviesen, pues ninguna cosa hay que tan bien represente a otra como a Dios representa el hombre"... El hombre es

> cosa universal, que de todas participa. Tiene ánima a Dios semejante, y cuerpo semejante al mundo; vive como planta, siente como bruto, y entiende como ángel. Por lo qual bien dixeron los antiguos que es el hombre menor mundo cumplido de la perfición de todas las cosas, como Dios en sí tiene perfición universal...

Hermoso cuerpo tiene el hombre: la descripción de la hermosura humana es de los mejores pasajes de la disertación.

> Los pintores sabios en ninguna manera se confían de pintar al hombre más hermoso que desnudo; y también naturaleza lo saca desnudo del vientre, como ambiciosa y ganosa de mostrar su obra excelente sin ninguna cobertura.

Y si nace llorando, es porque no viene a su verdadero mundo. Dios ama tanto al hombre, que no le condenó después del pecado, como a los ángeles rebeldes, sino que le dio ocasiones de salvarse, y hasta vino a la tierra a sufrir por él; y, aun siendo tan frágil su cuerpo, le sostiene entre los peligros. La inteligencia, aguzada por la vida social, "nos lleva a hallar nuestra perfición": con ella puede el hombre igualar a todos los demás animales, excepto a las aves, pues no alcanza a volar.

> No es igual la pereza del cuerpo a la gran ligereza de nuestro entendimiento: no es menester andar con los pies lo que vemos con el alma... El entendimiento... es el que lo iguala a las cosas mayores; éste es el que rige las manos en sus obras excelentes, éste halló la habla, con que se entienden los hombres; éste halló el gran milagro de las letras, que nos dan facultad de hablar con los ausentes [el problema intrigaba al autor] y escuchar ahora a los sabios antepasados las cosas que dixeron...

El trabajo es gloria del hombre. "Bienaventurado —se dice en los *Proverbios*— es el que halló sabiduría y abunda de prudencia." Honor merecen los que gobiernan y defienden a los pueblos. "El hombre que escoge estado en que vivir él y sus pensamientos, con voluntad de tratarlo como le mostrare la razón, vive contento y tiene deleyte." La muerte no es terrible:

> en tal pelea lo primero que el hombre pierde es el sentido, sin el qual no hay dolor ni agonía. Que estos gestos que vemos en los que mueren, movimientos son del cuerpo, no del alma, que entonces está adormida... No es la muerte mala sino para quien es mala la vida, que los que bien viven, en la muerte hallan el galardón, pues por ella pasan a la otra vida más excelente...

Hablar mal del hombre, en suma, es negar la bondad divina.

Con breves frases de Dinarco, dando la razón al defensor de la dignidad del hombre y alabando el ingenio del pesimista, que "en causa tan manifiesta halló con su agudeza tantas razones", termina el *Diálogo*.

Otro humanista, poco posterior a Oliva, Francisco Cervantes de Salazar, catedrático fundador de la Universidad de México, le agregó una extensísima y hábil continuación, en general más erudita que profunda, y la dedicó a Hernán Cortés. El escritor bilingüe Alfonso de Ulloa lo tradujo al italiano (1563);[9] de ahí lo tradujo al francés Jérôme d'Avost (1583).

No aspiraba el Maestro Oliva a realizar en el *Diálogo de la dignidad del hombre* solamente un trabajo filosófico, sino que además quiso dar muestra de cuánto podía hacerse en la lengua castellana, desdeñada entonces para la alta especulación. Muy joven, residente en París, había escrito un breve diálogo, elogio de la *Aritmética* de su maestro el futuro cardenal Juan Martínez Silíceo, en lengua que era a la vez latina y castellana: con este rasgo de ingenio, en que se entretuvieron antes otros escritores y después muchos más, quiso probar la semejanza grande entre ambas lenguas. Poco después hizo una versión libre del *Anfitrión* de Plauto como "muestra de la lengua castellana", y la dedicó a su sobrino Agustín de Oliva, manifestando en la dedicatoria que "en el hombre discreto es parte muy principal de la prudencia saber bien su lengua natural" y confiando en que la castellana no se dejaría vencer por sus rivales clásicas. Escribió poesías según los antiguos metros españoles: nos quedan pocas, insignificantes, aun la de fecha última. Ya en la madurez escribió, a más del *Diálogo de la dignidad del hombre,* sus imitaciones o refundiciones de la *Electra* de Sófocles y la *Hécuba* de Eurípides, intituladas *La venganza de Agamenón* y *Hécuba triste.*

En la batalla que libraron los idiomas modernos para ascender a la categoría de instrumentos sabios, aptos para el pensamiento filosófico, no bastó el florecimiento de las literaturas vernáculas para decidir el triunfo: fue necesario que los escritores mismos asumieran la defensa de los idiomas que manejaban, en el momento en que éstos llegaban al principio de su madurez.

En Italia, la defensa principia con Dante, con el *Elogio de la lengua vulgar,* y continúa hasta el siglo XVI. La influencia italiana produce, en Francia, la *Defensa e ilustración de la lengua francesa,* del sagaz y fino Joachim du Bellay.

Poco antes que Francia, tuvo España sus defensores del idioma vernáculo. En primer lugar, Pérez de Oliva, quien, si no con disertaciones especiales, con su obra entera aboga por la preponderancia del romance. En segundo lugar, Juan de Valdés: en su obra de pensador y estilista acrisolado, y en la de Alfonso, su hermano gemelo, es donde principalmente se definen las formas del idioma literario en España, y es él quien las estudia, antes que nadie, en el *Diálogo de la lengua.* Su labor es directa sobre el propio idioma y no sobre modelos latinos: cuán sabia, lo declara el *Diálogo,* cuyo único precedente, como estudio de lingüística española, se halla en los trabajos de Palencia y en los de Nebrija, a quien injustamente declara desdeñar Valdés, teniéndolo por andaluz imperito en cosas de Castilla. En su prosa vemos cuajada ya nuestra sintaxis: en el *Diálogo de la lengua* están escogidos y defendidos, con feliz previsión, vocablos y giros que habían de ser, con pocas excepciones, definitivos hasta nuestros días; el lenguaje se vuelve fluido, dócil a todos los usos, especialmente al especulativo, en el cual no se había logrado antes igual precisión. Sin embargo, todavía medio siglo después otro gran maestro del diálogo español, fray Luis de León, entre otros, vuelve a la defensa del idioma en *Los nombres de Cristo.*[10]

La prosa de Pérez de Oliva no es tan francamente moderna como lo son, ya en su tiempo, la de los Valdés o la de Boscán, en su preciada versión del *Cortesano* de Castiglione. Del modelo ciceroniano adquirió recursos de elocuencia: el dominio de las transiciones y preguntas, y no escaso artificio de sintaxis, que, si llega a parecer natural en latín, no lo es en castellano. Tales cualidades muestra en el *Diálogo de la dignidad del hombre,* y también riqueza de léxico y de giros, a vueltas de un erróneo concepto de la medida de la prosa, que le hace caer a veces en la del verso. Y preferiríamos que Cicerón no le sirviera de pauta precisamente en el diálogo filosófico: el diálogo ciceroniano es por lo común discursivo y lánguido, sin personajes vivos ni movimiento real de discusión. ¡Cuánto se habría superado el Maestro Oliva si estudiara, en el modelo platónico, el arte del diálogo como drama dialéctico!

Pero el Maestro Oliva, aunque dice conocer a Platón, no debió de ser su lector asiduo. Sólo un eco lejano, como indirecto, de las conversaciones socráticas (del *Fedro,* el más popular de los escritos de Platón), se escucha vagamente en el principio del *Diálogo de la dignidad del hombre.*

El esplendor de la prosa de Oliva no se encuentra en el famoso *Diálogo,* obra en que descansa su reputación, sino en sus ya olvidadas imitaciones del teatro clásico. Descarto, desde luego, el *Anfitrión,* como obra de juventud, y de propósito en gran parte didáctico, según se ve por la dedicatoria. De Plauto sólo quedan allí el asunto y las líneas generales del desarrollo. Desaparece la división en cinco actos, y la comedia pasa a la forma indivisa; no subsiste la unidad de tiempo: con intervalo de sólo tres escenas, se pasa de un día a otro. Desaparece el chispeante prólogo de Mercurio; desaparecen los monólogos aislados, aunque no los que se pronuncian sin advertir la presencia de otros personajes, ni los apartes; las situaciones que en Plauto constituyen el acto quinto se transforman totalmente; se añade, al comenzar la obra, la llegada de Júpiter fingiéndose Anfitrión; y todas las escenas varían, abreviándose las más. Quedan suprimidos dos personajes: las fámulas Bromia y Tésala; en cambio aparece Naucrates, mencionado incidentalmente por Plauto. Apenas hay pasaje largo en que se haya seguido a la letra el original. La comedia, en suma, podría tenerse por otra si no subsistieran el argumento y las peripecias, intactos en sí: pues las variantes, con ser grandes y notorias, son principalmente externas.

La debilidad de esta producción de Oliva está en su escasez de vigor cómico. No es que le falte por completo, pues el asunto es esencialmente humorístico, y muchos de sus elementos han sido aprovechados por grandes autores de comedias, entre ellos Molière y Dryden; no poco de Plauto pasó a la refundición; y aun en las ocasiones en que Oliva se aparta de la riqueza del original suele introducir novedades de efecto agradable, si bien de orden dialéctico. Ingeniosa, aunque larga, e intercalada inhábilmente en el diálogo, es la fábula, narrada por el criado Sosia, del loco que se creía muerto y se negaba a comer, y a quien un pariente suyo hizo volver a tomar alimento fingiéndose muerto él también y explicando al loco que "el no comer, en la vida tiene por remedio la muerte; mas quien no come después de muerto no tiene otro remedio sino sufrir la hambre".[11] Pero, comparada con la tragicomedia de Plauto, esta versión resulta fría, llena de intermitencias y saltos bruscos. Aunque vale menos en cuanto a pureza de estilo, tiene más viveza y alegría la versión, más fiel y al mismo tiempo españolísima en su desenfado, hecha por el doctor Francisco López de Villalobos (1515), poco antes de que emprendiera la suya el Maestro Oliva.[12]

Poseyó éste dotes dramáticas, aunque no pericia de hombre de teatro ni vena cómica (ya lo observaba Leandro Fernández de Moratín): su talento tendía a lo grave y hondo. En la reconciliación entre Júpiter y Alcumena, introduce sabiamente un rasgo patético; en el personaje de Anfitrión añade énfasis a la cólera: ambas cosas muestran fino sentido de la psicología dramática. Agrega, con menos habilidad, multitud de reflexiones y aun disertaciones morales, que dan, sin embargo, sabor peculiar a la comedia.

No debe olvidarse el discurso de Júpiter a Alcumena sobre la significación de las guerras, expresado en forma paradójica, como sin duda juzgaba el Maestro que convenía en boca de paganos:[13]... "¿Cómo? Tú solo puedes por ventura forçar un exército que te obedezca?" —pregunta Alcumena al que cree su esposo Anfitrión—.

No es fuerça que los superiores hazen por que los otros les sean subjectos, sino costumbre en que los ponen de obedecer. Unos por amor, otros por premio y otros por temor, los reduzen todos a que pongan el cuello so el yugo de la servidumbre. Después es menester no afloxarles aquellas leyes, que los tienen fuera de su libertad, por que de mucha costumbre les parezcan inevitables... A todas aquellas cosas que a nuestro servicio pertenescen ponemos buenos nombres, como osadía, lealtad, sufrimiento, trabajo, diligencia, menosprecio dela vida y los deleytes. A ninguno solemos loar con otros nombres. Y alos que solemos vituperar dezimos cobardes, traidores, impacientes de sed y de hambre y de pobreza, temerosos del trabajo, negligentes, amadores de su vida, hombres viles, indignos de honor. Coneste sonido henchimos la red de hombres vanagloriosos, de crueles, de ociosos, de locos, de perdidos... Assí que si los hombres no pudiessen ser engañados, no habría quien fuesse a la guerra, digo a aquella que los príncipes fazen por su ambición. Porque do el descuydo y el reposo es mayor peligro, verdadera fortaleza es entonces ponerse el hombre ala muerte, como quando su tierra peligra, o teme injuria, o rescibe detrimento su hazienda, o la religión... La república bien instituyda ha de ser como el cuerpo sano, do todos los miembros sirven cada uno en su officio. Enla primera edad que los hombres se ayuntaron en una común morada, seguían este exemplo, imitando las hormigas y las abejas, que primero que ellos tuvieron república. Los invidiosos de aquellos començaron después a loar el ocio, y llamarlo libertad, y la solicitud de aprovechar enla república, vileza y servidumbre... Pero después aqueste vicio entró en los mayores, los quales, no queriendo guardar la ley común de todos, pusieron nombre de nobleza ala esención. Esta nobleza, como vees, por la mayor parte es acompañada de soberbia, de tiranía, de caças, de juegos, de persecución de vírgines, de disfamias, de injurias que se hazen alos buenos... Estos tales, con todos los perdidos que en su defensa viven, los sacamos de entre la gente que merescen paz, y los llevamos do hagan guerra...

Curioso desenlace tiene la comedia en la versión de Pérez de Oliva: cuando Anfitrión descubre que su mujer ha sido engañada por Júpiter, no acepta la ocurrencia del soberano del Olimpo, como en Plauto, sino que protesta:

...Bien yo creo que aquellos hombres adoraron a Júpiter que quisieron tener enlos dioses exemplo de sus vicios con que se escusassen... Pero algún dios sancto y bueno destos malos no dará vengança. Vamos agora a dar consuelo a Alcumena, que bien sé que lo ha muncho menester, según su honestidad, la qual tengo por engañada, mas no por corrompida. Naucrates hace subir de punto la extrañeza de la situación, contestando: Y aun será bien que destas cosas no hablemos más donde tantos nos oyen.

Sería Hernán Pérez de Oliva el primer intérprete de tragedias en idioma moderno —pues su *Electra* fue publicada en 1528 y su *Hécuba* es necesariamente anterior a 1531—, si no se le hubiera anticipado el poeta italiano Giovanbattista Gelli, cuya traducción en verso de la misma *Hécuba* no se sabe a punto fijo cuándo se imprimió primeramente, aunque se supone que fue en Florencia y hacia 1519. Poco posteriores a los trabajos de Oliva fueron la versión italiana de la *Antígona* de Sófocles por el pulcro Luigi Alamanni (1533), la francesa de la *Electra* por Lazare de Baïf (1537) y la castellana, perdida, de una tragedia de Eurípides por Boscán.

Gelli tradujo de la versión latina de Erasmo. No sabemos si el Maestro Oliva usaría de los originales griegos, o de traducciones latinas, pues ni él menciona el estudio del griego entre los que había hecho, ni la libertad de sus versiones permite aducirlas como argumento suficiente.

La *Electra* de Sófocles es el espectáculo de un alma juvenil y femenina, virginalmente heroica, encendida en ardiente sed de justicia y de amor, en devoción a la memoria del padre sacrificado, y en indomable esperanza de la fatal redención dolorosa. En torno de esa alma se desenvuelve el conflicto trágico, y de ella —espectadora ansiosa— parecen brotar las peripecias y la catástrofe: en derredor suyo, como para cumplir los votos de su corazón, se mueven Egisto y Clitemnestra, livianos y secos de espíritu. Crisótemis, irresoluta y en sobresalto, Orestes, ardoroso, certero como el brazo de la Moira, el coro, agitado y fluctuante como un mar, con sus cánticos estremecidos por el soplo de los presagios tremendos. Pero, sobre el tumulto de las pasiones, el espíritu del poeta creador vigila: no acorta las magnitudes del desastre, pero lo muestra como liberación, como purificación impuesta para el necesario equilibrio de las cosas divinas y humanas.

Menos armoniosa, menos pura que la *Electra,* pero más rica en cambios y contrastes, la *Hécuba* de Eurípides asciende por instantes a la cima de lo patético. La reina troyana, que en la *Ilíada* pasa con rapidez de sombra, y de cuyas tribulaciones sólo se nos cuenta cómo llama a Héctor para que esquive el combate con Aquiles, y cómo, ante el cadáver de su heroico hijo, "comienza el lamento inacabable", ahora, en la tragedia de Eurípides, ciñe la corona de todos los dolores: cautiva, sin hogar, sin patria, sola ya con dos hijos desvalidos, una virgen y un infante, ve morir a la una sacrificada a los deseos póstumos de Aquiles y al otro muerto por su guardián, ganoso de agradar a los destructores de Troya. Desolación que pone espanto en el espíritu y no se creería cupiese en palabras. Y sin embargo en la *Hécuba,* como en la obra paralela, *Las troyanas,* Eurípides logra expresar tanta desolación sin disminuir su intensidad ni excederse en horror. Como de la estatua de Níobe dijo Shelley, "no hay allí terror; hay dolor, dolor profundo, inextinguible, sin remedio; todo se anega en el sufrimiento, y la madre no es sino lágrimas" ("como Níobe, toda lágrimas", había dicho Hamlet). Oímos hablar comúnmente de la serenidad griega: ante la *Hécuba* debe hablarse de la desesperación griega.

Poner manos en tales insignes modelos, y no con propósitos de mera traducción, sino, como hoy se diría, de refundición y arreglo, podía resultar profanatorio. Pero el Maestro Oliva no quiso arreglar ni menos mejorar las obras de Sófocles y Eurípides. Su objeto era probar que la alta forma de la tragedia podía vivir, sin perder dignidad, en castellano. Quiso hacer obra fácilmente inteligible para españoles cristianos del Renacimiento; pero, como no aspiraba a la originalidad, prefirió tomar de autores antiguos el asunto y, de modo general, la forma, consagrados ya. Llama a *La venganza de Agamenón* "tragedia que hizo Hernán Pérez de Oliva, Maestro, cuyo argumento es de Sophocles poeta griego"; y la *Hécuba triste* aparece publicada por su sobrino Ambrosio de Morales como "tragedia que escribió en Griego el poeta Eurípides, y el maestro Hernán Pérez de Oliva, tomando el argumento, y mudando muchas cosas, la escribió en castellano". No diversa cosa es, por ejemplo, la novísima *Electra,* escrita sobre el modelo de Sófocles por Hugo von Hofmannsthal.[14]

Así consideradas, las dos tragedias de Oliva tienen extraordinario interés: revelan, ante todo, una concepción del drama. La época era de indecisión en este orden: el teatro español oscilaba entre la forma indivisa y la división en actos, entre la prosa y el verso; él desecha la división en actos y la forma poética; no le estorba el rutinario prejuicio según el cual los poetas deben traducirse en verso, aunque hayan escrito en idiomas —como el griego y el latín— de cuya métrica no es posible dar trasunto exacto. Su concepción tiene vaguedades: desaparece, como era inevitable, la tradición religiosa del teatro griego, y la sustituye una especie de ambiente moral, creado por reflexiones de sabor cristiano diseminadas en las escenas; subsiste el coro, disminuido y ya sin significación precisa: hasta se incurre en la puerilidad de recomendarle discreción. Pero por encima y a pesar de estos obstáculos, el humanista español muestra sentido del drama, como antes en el *Anfitrión*: ni la comedia latina ni las dos tragedias pierden en sus manos ningún elemento dramático que deba estimarse como esencial fuera de la forma particular, histórica, en que fueron creadas.

En ambas obras, todas las escenas están alteradas, reducidas las más; el texto sólo de lejos sigue a los originales. En *La venganza de Agamenón,* el coro, en vez de vírgenes, como al carácter de la heroína corresponde, lo componen *dueñas;* pero este coro significa bien poco, y así se explica la supresión de sus cánticos. Oliva hace hablar, pero no vivir, a Pílades, personaje mudo en Sófocles; no le basta que llegue la falsa noticia de la muerte de Orestes, y añade la simulación del arribo del cadáver; introduce situaciones nuevas (tal el diálogo entre Orestes y Pílades); suprime personajes en otras (así, al final, el pedagogo, a quien se da allí el nombre de ayo); y cambia de orden las escenas: retarda, por ejemplo, la escena entre Electra y su madre.

En la *Hécuba* el coro ha sufrido menos; canta su doliente invocación a los vientos marinos y su treno sobre la destrucción de Troya. Sin embargo, ha desaparecido su tumultuosa entrada, ejemplo vívido de la desesperación griega:

> Hécuba, corro hacia ti... No vengo a aliviar tus males; te traigo nuevas terribles; seré para ti ¡oh mujer! heraldo de dolores. La asamblea de los griegos ha dispuesto que tu hija sea inmolada a los manes de Aquiles... Ulises vendrá bien pronto a arrancar a tu hija de tu regazo y de tus débiles manos. ¡Corre a los templos, abraza los altares, échate a las rodillas de Agamenón, suplícale, invoca a todos los dioses, a los del cielo y a los que moran debajo de la tierra!

Como en *Electra,* las situaciones cambian de orden; y la doble trama, en vez de quedar dividida, como en Eurípides, se enlaza: antes de la noticia final de la muerte de Polixena, llega, flotando sobre el mar, hasta los pies de la misma Hécuba, el cuerpo de Polidoro. Desaparece el personaje de Taltibio, y una parte del coro, que sale de la escena, es quien narra a la reina troyana el matrimonio de su hija; desaparece, por inútil, la sirviente. La escena entre Hécuba y Agamenón ha quedado suprimida; en cambio, hay una situación nueva, llena de ternura, el amortajamiento del cadáver del infante por las mujeres del coro; escena sugerida quizás por el amortajamiento de Astiánax en *Las troyanas*. Al final, Polimnéstor no profetiza; en cambio, Hécuba se extiende en razones para justificar la venganza que tomó en el guardián de su hijo. Agamenón juzga del caso en breves palabras: lo cual no pareció adecuado a uno de los sobrinos literatos del Maestro Oliva, Jerónimo de Morales, quien añadió de su pluma una sentencia del Atrida, con sabor más jurídico que poético: su mismo hermano Ambrosio opina que "parece más pronunciada en juicio que fin de tragedia", aunque cree que tiene "algún buen gusto" del estilo del Maestro.

No es quizás su prosa traducción directa del griego, y sin embargo no faltan expresiones, fieles o no al texto original, de sabor clásico:

> ...Micenas, esa cibdad que delante tienes, grande y torreada... Ya la noche es passada, y el sol muestra las puntas de sus rayos... Ya no ay gentes que no sientan mis gemidos, ni lugar de mi morada que no mane con mis lágrimas... Renueva tu coraçón con algún consuelo... ¿Para qué quiero mi hermosura, si ha de ser siempre desierta?...Recoge tus querellas con cordura en tu coraçón, porque agora no te aneguen... Acatada y servida enlas mesas do sirven con oro... Luego por todo aquel espacio abía una lluvia de lágrimas... Tú, piedad, que sueles atar las manos enla vengança, suelta agora las mías... Aquel su cuello, semejante al marfil adornado con oro... ¡Oh día alegre, que poco antes me parecía[s] noche escura y agora en mis ojos resplandesces!... (*La vengança de Agamenón*).

> ¡Oh ayres dela mar, que movéys contino sus ondas! ¿A qué tieras nos abéys de llevar? ¿Iremos por caso a servir a los Dóricos? ¿O a las tierras do corre el río Apidano? ¿O si nos llevaréys a la isla do la primera palma nació? ¿do está el laurel dedicado a Latona? ¿O ala ciudad que dize de Palas, a pintar lienços con seda y aguja? ¿O dónde a otra parte nos llevaréys, a ser esclavas en tierras agenas, do siempre lloremos la memoria de Troya, que agora dexamos humeando en el suelo?... Vees aquí todas las partes por do puedes ligeramente matarme. Si quieres el cuello, veeslo tendido; si quieres el pecho, veeslo patente... ¿Qué dizes, malvado? ¿Qué buscas en essa noche perdurable do te abemos metido?... (*Hécuba triste*).

A veces, en cambio, hay reminiscencias de la Biblia y de la literatura cristiana: "Envía, señor, tu ira sobre ellos, y parezca sobre la tierra tu gran poderío, por que los hombres no se olviden que sólo tú eres el que la gobierna..." (*La vengança de Agamenón*).

Y más frecuente todavía es el sabor de sutileza escolástica y tendencia al conceptismo, que en las tragedias griegas apenas se anuncia en los diálogos de frases breves:

> Electra, donzella de sancto zelo y virtud admirable, más perdió tu padre en ti que en perder la vida... Mayor muerte no me pue-

de dar que no darme ninguna... Eneste punto combaten en mi coraçón la seguridad de mi vida y la muerte de mi hijo: mi seguridad demanda alegría, y su muerte no me la consiente... (*La venganza de Agamenón*).

...Quanto más ya perdieres, tanto menos ternás que temer... Espantada estoy, dó hay tanta humidad en cuerpo tan seco... (*Hécuba triste*).

En general, la mayor virtud expresiva de esta prosa se halla en cuanto se refiere a sentimientos, y particularmente al dolor. En *Hécuba triste,* la última obra del Maestro, y sin disputa la de más rico y flexible lenguaje, alcanza delicadeza y ternura exquisitas. No abundan en la antigua prosa castellana ejemplos de dulzura igual a la suavidad sencilla, lenta, arrulladora, de la escena agregada por el Maestro Oliva: la aparición del cadáver de Polidoro sobre las aguas y los cuidados con que las mujeres lo recogen y amortajan. Viene a la memoria la dulzura patética de su contemporáneo Garcilaso. Aun hay coincidencias (Égloga II):

¡Oh hermosura sobre el sér humano!
¡Oh claros ojos! ¡Oh cabello de oro!
¡Oh cuello de marfil! ¡Oh blanca mano!

Veslo aquí, Señora, limpio y lavado con las aguas que lo traían. ¡Oh mezquino niño, qué herida trae en el cuello!... ¡Qué lindos pechos, qué braços tan lindos, qué piernas, qué pies! ¡Oh, qué cabello de oro! ¡Qué frente, qué boca, qué hermosura tan grande, que aun la muerte no pudo quitarla!... ¿Dónde va Hécuba assí desmayada? En aquella peña se sienta, vueltos los ojos a la soledad. Dexémosla estar, mientras la cansa el dolor, que es un solo remedio que puede tener para menos sentirlo. Nosotras agora pongamos este corpezito en este lienço más limpio, los pies assí juntos, las manos en el pecho, y bien compuesto su cabellico. Parece flor cortada a la mañana, que está desmayada con el sol de medio día. Coseldo agora, mirá no rompáis con el aguja sus carnezicas. Assí está muy bien. Cojamos agora de aquestas yerbas más verdes, de que le hagamos una camita, y la cabecera sembremos de flores. Muy bien está así. Sentémonos agora al rededor dél, guardémoslo todas mientras Hécuba vuelve, por que ella señale el lugar de su sepultura.

Espíritu lleno de juvenil vigor y rico en la disciplina de la madurez; curioso de la vida como del arte y de la ciencia; físico original; pensador interesante; defensor ingenioso y hábil cultivador de la lengua patria; artista sobre cuya obra irradió a veces la luz inmortal del espíritu griego: tal fue el Maestro Hernán Pérez de Oliva. Su labor activa y escrita merece estudio: en él se descubre un ejemplo típico de la época de Carlos V, ágil y curiosa como pocas en España; no desligada de la tradición medieval, pero abierta a las innovaciones del Renacimiento: cuadro histórico que iba a modificarse profundamente poco después.

EL ARCIPRESTE DE HITA

De la vida de Juan Ruiz, Arcipreste de Hita, no se sabe nada, según demuestran Leo Spitzer y nuestra admirada compañera María Rosa Lida, dos de las opiniones autorizadas sobre este complejísimo tema. Pero en esta vida fantasmal hay —es el único pormenor exacto— dos fechas, las dos fechas en que él dice haber dado término al *Libro de buen amor,* 1330 y 1343: corresponden a las que dentro de la técnica medieval de circulación de las obra literarias podemos llamar las dos ediciones.

Nada se sabe de Juan Ruiz sino esas fechas, su estirpe castellana y su condición de sacerdote; además, de su obra podemos inferir cuál era la región de España que mejor conocía, la región central de la Península Ibérica. No hay justificación para interpretar como literalmente autobiográfico el *Libro de buen amor* y convertir en datos históricos los episodios de las narraciones allí contenidas y los títulos arbitrarios que el copista de Salamanca sobrepuso en ellas, atribuyendo al autor todas las aventuras de sus cuentos, aunque en el texto se nombre a los protagonistas, como don Melón de la Huerta: caso de atenernos a esos títulos, tendríamos que aceptar que, en la adaptación del *Pamphilus de amore,* la comedia elegíaca del siglo XII, Juan Ruiz, arcipreste y todo, se casa con doña Endrina bajo el nombre de don Melón.

Sería grato para la imaginación amiga de coincidencias que Juan Ruiz hubiese nacido en Alcalá de Henares, como Miguel de Cervantes, según aquel verso que dice: "Fija, mucho vos saluda uno que es de Alcalá" (otra versión dice: "uno que mora en Alcalá"); pero este verso nada prueba. Alfonso de Paradinas, el autor de la tardía copia fechada en Salamanca a fines del siglo XIV, dice que el Arcipreste escribió su libro "seyendo preso por mandato del Cardenal don Gil, arçobispo de Toledo"; esta prisión, cuya duración hasta se llegó a calcular ingenuamente en trece años, de 1330 a 1343, no la creo improbable, pero bien pudiera no ser otra cosa que una fantasía nacida de la perdurable fórmula poética que equipara la vida a una prisión. La probabilidad de que el *Libro de buen amor* se haya escrito mientras el autor estaba preso no resulta, pues, mucho mayor que la ya desvanecida de que el *Quijote* se haya —literalmente— engendrado "en una cárcel donde toda incomodidad tiene su asiento y todo triste ruido hace su habitación".

Se ha creído descubrir el retrato del poeta en las coplas que el copista de Salamanca llamó de "las figuras del Arcipreste":

Señora —diz la vieja— yol' veo a menudo.
El cuerpo ha bien largo, miembros grandes, e trefudo,
la cabeça non chica, velloso, pescoçudo,
el cuello non muy luengo, cabos prietos, orejudo.
Las cejas apartadas, prietas como carbón;
el su andar enfiesto, bien como de pavón;
su passo sossegado e de buena razón;
la su nariz es luenga: esto le descompón.
Las encivas bermejas e la fabla tumbal;
la boca non pequeña, labros al comunal;
más gordos que delgados, bermejos como coral;
las espaldas bien grandes, las muñecas atal.
Los ojos ha pequeños; es un poquillo baço;
los ojos delanteros; bien trefudo el braço;
bien complidas las piernas, del pie chico pedaço.
Señora, dél non vi más; por su amor os abraço.
Es lígero, valiente, buen mancebo de días;
sabe los instrumentos e todas juglerías;
doñeador alegre para las çapatas mías.
Tal home como éste non es en todas erías.

Pero este retrato lleva traza de descripción genérica de la figura del hombre dado a mujeres, fórmula retórica de acuerdo con las normas de la clásica doctrina de los temperamentos y de la "fisiognómica" de la época: lo que en jerga reciente llamaríamos caracterología. Es posible que el Arcipreste, en su figura, tuviera semejanzas con el tipo que describe; su poesía nos induce a pensarlo, y hay razones psicológicas para que, aun sin proponérselo, se pintara a sí mismo: Leonardo da Vinci nos advierte cómo los pintores, inconscientemente, tienden a poner mucho de sí mismos en las figuras que pintan. Pero caeríamos en exceso de confianza si creyéramos que el Arcipreste se ha pintado a sí mismo con estricta fidelidad individual. En suma: el retrato literario del Arcipreste no tiene mucho mayor autenticidad que el supuesto retrato al óleo de Cervantes, inspirado en la descripción, ésta sí personal, que aparece en el prólogo de las *Novelas ejemplares*.

La presencia del Arcipreste de Hita en la España del siglo XIV tiene, a primera vista, mucho de sorprendente. A excepción de los temas —devoción religiosa, reflexiones doctrinales, cuentos y fábulas—, nada en la literatura española anterior anuncia su venida, nada anuncia su personalidad singular, con ser españolísima. En su propio tiempo, el Arcipreste tiene puntos de contacto con el príncipe Juan Manuel, a la vez que puntos esenciales de diferencia.

La sorpresa sólo se justifica, y eso en parte, porque son extraordinariamente raras las obras que conservamos de la literatura castellana de la Edad Media. De poesía, entre el *Cantar de Mio Cid* y el *Rimado de Palacio* —espacio de más de dos siglos—, no llegan a cuarenta las obras que sobreviven, cortas y largas.

Contrasta esta pobreza con la abundancia torrencial de manuscritos de literatura medieval en Francia. En la España antigua, la España de la lucha permanente contra el moro, la literatura tuvo ante todo vida oral, se cantó o se dijo ante auditorios de toda especie. La escritura, desde luego, ayudaba al juglar o al lector público para conservar o enriquecer sus materiales de trabajo; fuera de estos círculos profesionales debía de usarse pocas veces para transcribir literatura: así, mientras de la *Chanson de Roland* hay muchedumbre de manuscritos, porque en Francia hubo desde temprano muchedumbre de lectores, el *Cantar de Mio Cid* se ha salvado en copia única, a pesar de su extensa popularidad, atestiguada por los romances viejos y las crónicas que nos denuncian hasta sus transformaciones sucesivas, como las del *Roland,* a través de los siglos. Sólo al desvanecerse la Edad Media cambian los hábitos: desde entonces se conserva y se copia lo escrito, en cantidades que suben hasta lo fabuloso durante el siglo XVII.

Vemos al Arcipreste aislado en la España del siglo XIV, pero lo vemos tan español, tan castellano, que comprendemos que nunca pudo parecer hombre raro ni extraño a sus vecinos. Parte de sus rasgos característicos nos los explica su tierra; parte, la época: hay aspectos de su obra que no tienen paralelo en la España de su tiempo, pero sí fuera, en la literatura europea.

Nunca se insistirá demasiado en la comunidad de ideales y de prácticas en la Europa occidental durante los siglos últimos de la Edad Media. Cuando los pueblos europeos empiezan a salir de la desorganización y el aislamiento que los separan entre el siglo VI y el X, se produce una asombrosa actividad de intercomunicación que crece constantemente, engendrando esa especie de unidad que en estos tiempos desunidos hace a muchos suspirar nostálgicamente. Existía, donde luego, como medio de comercio espiritual, el latín: latín vivo todavía, a su modo, en particular entre las gentes de la iglesia y de la ley; justamente, quizás, porque no era latín clásico, con sus arduas complejidades sintácticas y estilísticas, sino latín simplificado, que se adaptaba tanto a las altas especulaciones teológicas como a los humildes menesteres notariales, y, en literatura, tanto a la devota oración de los santos como a la burlesca chanza de los goliardos. Y no sólo el latín servía de vehículo: nuevos idiomas que empezaban a imponerse sobre miríadas de dialectos enviaban sus mensajes a tierras lejanas, sobre todo el provenzal, que penetraba en las cortes, desde el Tajo y el Duero hasta el Rin y el Danubio, y el francés, cuyos poemas no sólo entraban en las cortes sino que corrían por pueblos y campos.

La poesía francesa —dice el ilustre medievalista inglés William Paton Ker— despertó a los pueblos adormidos y dio nuevas ideas a los despiertos; puso de acuerdo a las naciones teutónicas y a las románticas, y, cosa aún más importante, las indujo a producir obras propias, originales en muchos aspectos, pero dentro de los marcos de la tradición francesa. Comparada con esta revolución literaria, todas las posteriores son cambios secundarios y parciales... Entonces se estableció la intercomunicación de toda la sociedad laica de Europa en cuestiones de gusto.

En España, a quien la invasión musulmana había apartado de la comunidad europea,[1] pero que regresa a ella desde la época del Cid mediante una transformación de costumbres e instituciones,[2] se produce la curiosa interpenetración del castellano y el galaico-portugués que desde el siglo XIII hasta el XVII no conocen fronteras políticas; primero es el galaico-portugués el que se impone como lengua de moda para la poesía lírica en Castilla, hasta en el palacio real de Alfonso X; después los términos se invierten, y es el castellano el que impone su prestigio en Portugal, desde Gil Vicente y Sâ de Miranda, pasando por Camoens, hasta Francisco Manuel y sor Violante do Ceo. Pero nunca falta la reciprocidad de los castellanos: ahí están las canciones y danzas, en portugués o en gallego, que todavía introducen en sus comedias Lope y Tirso, Rojas Zorrilla y Vélez de Guevara.

Cruzadas, romerías, viajes y guerras llevaban y traían, en incesante movimiento, nociones, fábulas, poesías, música, idiomas. La Edad Media fue poliglota, con tanta mayor soltura cuanto que las lenguas se aprendían en el trato directo de las gentes y no se estudiaban en escuelas con libros y reglas. Corría entonces aquel dicho humorístico de que si a un holandés se le encerraba en un baúl y en él se le llevaba desde su tierra natal hasta Roma, se daba maña para aprender las lenguas de todos los países que atravesara. Y con las lenguas viajaban los temas y las formas literarias. En patrimonio común de Europa se convirtieron los ciclos épicos y novelescos: el ciclo de Francia, la fama de cuyos héroes atravesaba el océano y llegaba hasta Islandia; el ciclo céltico, con sus pasiones y sus misterios: el ciclo de "Roma la grande", en que extrañamente se deformaron las leyendas de la Antigüedad —tales, la de Troya, la de Tebas, la de Alejandro Magno, la del Príncipe de Tiro—; el ciclo teutónico, extensamente difundido en todos los países de lenguas germánicas y poco en los demás, pero no del todo ignorado en ellos. Junto a los poemas épicos corrían las canciones de amor, para las cuales dio el modelo Provenza, en donde la investigación reciente ha discernido, además, influencias árabes, que debieron de llegar allí a través de España; la poesía religiosa, de larga tradición latino-eclesiástica; la literatura didáctica, sagrada y profana, que aspiraba a compendiar todo el saber en los breviarios, en los *tesoros,* como todavía siglos después en las silvas de varia lección; la literatura que cabría llamar de discusión, en que se comentan bajo forma de debates o disputaciones altos o menudos problemas, desde las relaciones entre el alma y el cuerpo o los méritos y deméritos de la mujer hasta la mejor clase de amante; los viajes, reales o imaginarios, y los reales siempre con algo de imaginarios, las visiones y los sueños; las colecciones de historia, siempre en mayor o menor grado legendaria, y las colecciones de cuentos; las fábulas doctrinales, en dos corrientes que se mezclan, una que de la India llega a través de muchos caminos, principalmente el persa y el árabe, otra la esópica, que viene de la antigüedad clásica; el teatro, de asunto religioso en los misterios, milagros y moralidades, de asunto profano en las farsas; y una vasta literatura humorística que abarca desde los cantares goliárdicos hasta los *fabliaux* y las innumerables versiones de la novela del zorro. En general, las formas literarias —los géneros, como decían los retóricos— se parecían bien poco, como los temas, a las que había cultivado la antigüedad clásica y a las que había de cultivar después el Renacimiento. De la *Divina Comedia* se nos ha dicho que en ella se funden seis tipos de obra literaria medieval: la enciclopedia (o sea el compendio del saber de la época), el viaje, la visión, la autobiografía espiritual, el elogio de la mujer, la alegoría. Estas formas se mezclaban constantemente —no había pueriles prejuicios retóricos sobre pureza de géneros—, y la técnica más usual era la alegoría. El universo mismo, para la mente medieval, era una representación alegórica: su significado verdadero estaba detrás, en la mente de Dios.

En este mundo medieval aparece Juan Ruiz, Arcipreste de Hita, y su obra es en España la que mejor lo representa en su pintoresca variedad. El *Libro de buen amor* pertenece nominalmente al arte culto de su tiempo, el mester de clerecía, la poesía de los clérigos o letrados, que aunque conocían el latín no lo sabían tanto que se sintiesen capaces de usarlo en poemas largos, según declaración del Maestro Gonzalo de Berceo, y se expresaban en el romance en que acostumbra el pueblo "fablar a su vezino". La versificación de la parte narrativa y doctrinal del *Libro de buen amor* es, ciertamente, la del mester de clerecía, la de Berceo y el *Libro de Alejandro,* la cuaderna vía o cuartetos alejandrinos de rima única. Pero la actitud del Arcipreste hacia esta forma de arte no es la del que la acepta con su *decorum,* con sus límites propios, y los respeta: al contrario, la convierte en arte de juglaría, introduciendo en ella toda clase de temas, toda la variedad posible de tonos, y entregándola al uso de los juglares. El verso, ante todo, se vuelve plenamente juglaresco. La más antigua versificación española, que es precisamente la de juglaría, la del *Cantar de Mío Cid* y de *Roncesvalles,* la de *Elena y María* y de la *Razón de amor,* es fluctuante: no conoce la medida fija. En el siglo XIII, los poetas del mester de clerecía aspiran a contar las sílabas, probablemente porque así lo hacen los franceses que debieron de servirles como modelos. El autor del *Libro de Alejandro* anuncia que lo hará, pero el arrastre de la costumbre nativa lo derrota en su intento, y el poema resulta de verso fluctuante. Berceo sí logra contar las sílabas, pero artificialmente, prohibiéndose la sinalefa, no permitiéndose nunca el enlace de las vocales de dos palabras contiguas; sus renglones, pues, para ser regulares, deben leerse alterando la pronunciación natural del idioma, o, si se leen de acuerdo con ella, resultan irregulares: lo contrario de lo que se proponía. El Arcipreste no tiene ninguna preocupación de contar sílabas: su alejandrino resulta mucho más irregular que el del *Libro de Alejandro* y el *Libro de Apolonio;* fluctúa siempre alrededor de dos tipos de verso que le sirven de eje, el alejandrino, que según el modelo francés debía tener catorce sílabas —contando a la manera castellana—, y el octonario, el verso de dieciséis sílabas, que empezaba a imponerse como eje en la poesía épica. Para los poetas del mester de juglaría, el verso fluctuaba alrededor de un eje, obedeciendo a leyes matemáticamente formulables, por necesidad psíquica inconsciente: el poeta juglaresco castellano no tiene conciencia del problema del verso como nosotros lo concebimos; ni había adquirido el sentido de la medida exacta, como lo tenían ya los franceses y los provenzales, ni mucho menos la conciencia de la libertad que permite al poeta de nuestro tiempo obtener efectos deliberados de asimetría. El Arcipreste, en vez de avanzar en el camino hacia la regularidad, en que dificultosamente comenzaron a marchar los poetas del siglo XIII en Castilla, francamente se vuelve a la fluctuación juglaresca.

Cuando el Arcipreste abandona la narración o la enseñanza y compone cantares líricos, deja el alejandrino fluctuante y emplea versos que son aproximadamente tetrasílabos, hexasílabos, heptasílabos y octosílabos; en ellos se acerca, más que en el alejandrino, a la medida justa, porque la brevedad del metro lo imponía, pero nunca se atiene a ella exactamente: se mantiene dentro de la tradición juglaresca de la fluctuación. Y es el primer poeta castellano que se nos presenta empleando tanta variedad de ritmos y componiendo verdaderas estrofas con distribución compleja de rimas: antes de él apenas hallamos otra cosa que pareados, cuartetos monorrimos (los de la cuaderna vía) y series indefinidas con rima única (en la epopeya). De su pericia de versificador estaba muy satisfecho el Arcipreste, pues dice que uno de los propósitos del *Libro de buen amor* es "dar lección e muestra de metrificar e rimar e de trobar". Pero no inventa él esa variedad de versos y esas estrofas. La variedad ya se veía, desde el siglo XII, en el *Misterio de los Reyes Magos.* De las estrofas son rimas alternas, y no de rima única, apenas hay ejemplo antes del Arcipreste (en la sola poesía en castellano que se atribuye a Alfonso el Sabio); pero sabemos que la forma estró-

fica que predomina en el *Libro de buen amor,* el zéjel hispano-
árabe, tiene sus orígenes en el sur de España en el siglo IX; es
la estrofa que va a difundirse, a través de Provenza, en toda la
Europa medieval, penetrando hasta en el latín, para reaparecer
después, a largos intervalos, ya en las canciones escocesas de Robert Burns, ya en Victor Hugo y Alfred de Musset, ya en Díaz
Mirón y Rubén Darío. La aparente falta de precursores del Arcipreste es sólo una prueba más de la desaparición, por pérdida
de manuscritos, de la mayor parte de la literatura que en España
se produjo durante la Edad Media: proceso igual al que ocurrirá
después en América durante la época colonial, la Edad Media
nuestra, en que sólo ínfima parte de lo que se escribió llegó a
las prensas.

Toda una selva de lírica popular, hoy desaparecida, hubo de
preceder al Arcipreste. Menéndez Pidal ha reconstruido sabiamente la historia de la poesía lírica primitiva de nuestra lengua,
apoyándose en los cantares viejos de tipo popular que empiezan
a recogerse en el siglo XV; creo haber contribuido también a esta
reconstrucción con mi libro sobre *La versificación irregular en
la poesía castellana.* La espléndida antología, colegida por Dámaso
Alonso, de *Poesía de la Edad Media y poesía de tipo tradicional,*
es la primera que da su debido lugar a esos cantares líricos, que
hoy nos parecen no menos hermosos que los romances viejos,
gloria ya clásica de España. El Arcipreste es el primer autor en
cuya obra se refleja ampliamente esta lírica popular, que en parte
corría en boca del pueblo mismo, en sus trabajos y sus fiestas,
en parte en boca de juglares. El Arcipreste declara haber escrito
muchos cantares para ellos, para la gran variedad de juglares que
recorría las tierras españolas (gran parte de esta poesía lírica suya
se ha perdido); su obra narrativa y doctrinal también servía para
que ellos la explotaran, como lo demuestran los fragmentos del
programa de un juglar cazurro del siglo XV, descubiertos no hace
mucho. En el *Libro de buen amor,* dice Menéndez Pidal,

hay juglaría en los temas poéticos; en las serranillas, predilectas sin
duda de los juglares que pasaban y repasaban los puertos entre la
meseta de Segovia y Ávila y la de Madrid y Toledo; hay juglaría
en las oraciones, loores, gozos de Santa María; en los ejemplos,
cuentos y fábulas con que ciegos, juglaresas y troteras se hacían
abrir las puertas más recatadas y esquivas; la hay en las trovas
cazurras, en las cántigas de escarnio, que eran el pan de cada día
para el genio desvergonzado y maldiciente del juglar; en las pinturas
de toda la vida burguesa, propias para un público no cortesano;
en la parodia de gestas caballerescas, cuando luchan Don Carnal y
Doña Cuaresma; la hay sobre todo en la continua mezcla de lo cómico y lo serio, de la bufonada y la delicadeza, de la caricatura
y de la idealización. Así, el Arcipreste tuvo el osado arranque de
aplicar su fuerte genio poético a la producción juglaresca de calles
y plazas, desentendiéndose de la moda de los palacios, y en esta
vulgaridad consiste su íntima originalidad, porque el *Libro de buen*

amor debe en gran parte a la cazurría de los juglares castellanos sus cualidades distintivas, su jovial desenfado, su humorismo escéptico y malicioso, y esa verbosidad enumeratoria, ese ameno desbarajuste total.

El Arcipreste mismo nos dice:

> ...Fiz muchas cántigas de dança e troteras,
> para judías e moras, e para entendederas,
> para en instrumentos de comunales maneras:
> el cantar que no sabes, óilo a cantaderas.
> Cantares fiz algunos de los que dizen los ciegos,
> y para escolares que andan nocharniegos;
> e para muchos otros por puertas andariegos,
> caçurros e de bulras: non cabrían en diez pliegos.

El Arcipreste es a la vez el poeta más personal y el más representativo de su tiempo. La *Comedia Humana* del siglo XIV se ha llamado al *Libro de buen amor,* oponiéndolo a la obra de Dante, compendio de los más altos ideales de la Edad Media, cuyo siglo máximo acababa de cerrarse. Poco encontraremos, en el Arcipreste, de aquel mundo espiritual, todo trasmutado en esencias ardientes. En sus aspiraciones ideales, se levanta hasta una devoción sencilla, en lo religioso, y hasta una delicada descripción de la mujer, en lo profano:

> ¡Ay Dios, e cuán fermosa viene doña Endrina por la plaça!
> ¡Qué talle, qué donaire, qué alto cuello de garça!
> ¡Qué cabellos, qué boquilla, qué color, qué buen andança!
> Con saetas de amor fiere cuando los sus ojos alça.

El mundo del Arcipreste es el mundo cotidiano, y como pintor de él se le ha comparado con el príncipe Juan Manuel en España, con Boccaccio en Italia, con Chaucer en Inglaterra. Pero basta enunciar estos cuatro nombres juntos para descubrir de golpe las múltiples diferencias que los separan. La literatura de la Edad Media, poco individual, por lo común, hasta el siglo XIII, se vuelve ahora personalísima: a cualquiera de estos cuatro autores, como a Dante, como a Petrarca, creemos conocerlos íntimamente, tanto como al dado a confesiones entre los autores modernos. Hasta en el caso del Arcipreste, de cuya vida todo lo ignoramos. Comparándole con Guillaume de Lorris o con Adam de la Halle o con Gonzalo de Berceo, se ve lo que va de siglo a siglo. Y el cambio no es obra de la proximidad del Renacimiento: que si en Italia podemos considerar a Petrarca y a Boccaccio como iniciadores, nada semejante podríamos alegar para Juan Manuel ni para Juan Ruiz. Entre estos dos castellanos, a pesar de la frecuente comunidad de asuntos, hay disparidad constante: el príncipe habla con la mesura y la discreción de Don Quijote; el Arcipreste tiene toda la sabiduría popular y la ingeniosa perspicacia de Sancho, y, como él, está siempre apercibido a la discusión con cuentos y refranes.

Cambia Europa, en efecto del siglo XIII al XIV. El hombre, que hasta entonces se sentía ante todo miembro de la grey, empieza a sentirse, ante todo, individuo. En uno de los más hermosos libros que se hayan escrito sobre la Edad Media, dice Henry Adams que Cristo reinó desde que le coronó Constantino en el siglo IV hasta que le destronó Felipe el Hermoso en el siglo XIV. Pero si en Italia se ha podido hablar de que entonces principia la descristianización de Europa, en España nada semejante puede afirmarse. Cuatro o cinco manifestaciones de herejía averroísta o iluminista ninguna influencia tuvieron sobre el pensar general. Se mantiene la firme estructura de la fe: se acepta sin vacilaciones el sistema del universo descubierto por la Revelación y explicado por la Iglesia. Sobre la conducta humana no caben dudas: todo acto humano tiene sus consecuencias previsibles, que sobrevienen con rigor de silogismo. Para la mente medieval, el pecado nunca queda impune. La religión es alegre y confiada: el hombre de fe sencilla huye de los pecados del espíritu, con los cuales se pueden perder hasta los ángeles. Los pecados de la carne son menos graves, y, mientras duran, pueden resultar divertidos; después. . . Dios es misericordioso.

No: la estructura de la fe no se altera en la España del siglo XIV. El sistema del mundo permanece idéntico. Pero se traslada el acento, cambia de rumbo el interés. Como en el resto de Europa, la ciudad es el foco del cambio: la ciudad, cuya madurez principia entonces, después de tres siglos de crecimiento paulatino, arrancando de la vida puramente rural de los primeros siglos medievales. Y la ciudad ha ido formando el nuevo tipo de hombre europeo, el burgués, que no ha abandonado el criterio utilitario de su antecesor campesino, pero que lo ha transformado, porque ya no se ata directamente a la tierra, madre adusta, "siempre dura a las aguas del cielo y al arado", sino que se vuelca sobre el tráfico entre los hombres. Para el habitante de la ciudad, entonces, el asunto propio de la humanidad es el hombre. La suerte de cada hombre, en este mundo, depende ahora en mucho de sus semejantes, de los que puedan ellos dar o quitar; se piensa menos en las potencias superiores, que nos envían "las espigas del año y la hartura y la temprana pluvia y la tardía". La fe perdura, intacta al parecer, pero no es ya el impulso motor de la vida. Y principia a alejarse también, temporalmente al menos, el heroísmo guerrero; al Arcipreste, por ejemplo, le interesa bien poco. La reconquista de España, que en el siglo XIII alcanzó sus más resonantes triunfos, apenas avanza ahora: no dará ningún paso importante hasta que en ella ponga su empeño, a fines del siglo XV, la "fuerte mano de la católica Isabel".

Así, nuestro Arcipreste es devoto; le falta el fragante candor de Berceo y del *Misterio de los Reyes Magos,* pero se mueve con libertad dentro de su fe, y puede permitirse, como tantos otros poetas de aquellos siglos, parodias profanas de los oficios divinos y censuras de la conducta eclesiástica, como las que pone en boca de don Amor cuando habla "de la propiedad que el dinero ha" —el dinero, a quien ya los poetas medievales llamaban *Don Dinero* o *sir Penny*—, o como en la cántiga de los clérigos de Talavera, llamados a capítulo por su vida licenciosa. Todavía más: es moralista. Las largas discusiones en torno a su actitud moral se resuelven recordando que es hombre de la Edad Media, aunque esté a las puertas de la transición. El hombre de la Edad Media es pecador; no es hipócrita. Para él, en la mente de Dios se resuelven todas las contradicciones. A veces, ante aparentes incongruencias, el Arcipreste declara que quien dicta las leyes del universo puede alterarlas. Modernamente se ha pensado que sus prédicas no eran sinceras, que eran simple fórmula exterior para que su obra pudiera circular bajo la tolerancia de las autoridades eclesiásticas; pero no hay por qué pensarlo. La contradicción que creemos descubrir entre sus homilías y sus escenas de alegre vida carnal sólo existe para quienes lo juzgamos después de la Reforma y la Contrarreforma. En realidad, su moral nos resulta vacía porque no nos interesa: la construye con antiquísimos lugares comunes, sin renovarlos ni profundizarlos; pero recordemos que ni son principios falsos, ni él tenía por qué no creer en ellos. Y no creía que sus enseñanzas fuesen triviales: como legítimo poeta medieval, quiere que sus "fablas e versos estraños" tengan sentido alegórico, con menos justificación que Dante cuando habla de la doctrina que se esconde "sotto il velame degli versi strani":

> Fizvos pequeño libro de testo, mas la glosa
> non creo que es chica, antes es bien grand prosa,
> que sobre cada fabla se entiende otra cosa,
> sin la que se alega en la razón fermosa.

En cambio, qué vivos, qué incitantes sus cuadros profanos. Para él, "el mundo exterior realmente existe". Tiene una franqueza carnal que es rara en la literatura española, de por sí honesta sin hipocresía y discreta sin pudibundez. La comedia del siglo XVII, por ejemplo, es singularmente limpia, y sus mayores audacias son siempre verbalmente contenidas: hasta los insultos de los carreteros de Rojas Zorrilla en *Entre bobos anda el juego*. En Cervantes la franqueza carnal es ocasional y breve. Al Arcipreste sólo pueden equiparársele, en esta tendencia suya, Fernando de Rojas y Quevedo. Pero él sólo es audaz en lo que atañe a la relación entre los sexos: en todo lo demás es limpio. Tiene afición a las mesas opulentas: con las bodas de Camacho rivaliza su descripción de la llegada de Don Carnal, a quien reciben todos los carniceros con ofrendas, al terminar la cuaresma; y no menos suntuosa es la batalla, que precede, de los animales de mar contra los cuadrúpedos y las aves:

Vino... en ayuda la salada sardina:
firió muy reciamente a la gruesa gallina.
De parte de Valencia venían las anguillas...
daban a don Carnal por medio de las costillas;
las truchas de Alberche dábanle en las mejillas.
Ahí andaba el atún como un bravo león,
fallóse con don Tocino, díxole mucho baldón...
De Sant Ander vinieron las bermejas langostas...
Arenques e besugos vinieron de Bermeo...
El pulpo a los pavones non les daba vagar,
nin a los faisanes non dexaba volar,
a cabritos e gamos queríalos afogar;
como tiene muchas manos, con muchos puede lidiar.
Allí lidian las ostras con todos los conejos,
con la liebre justaban los ásperos cangrejos...

En cambio, a pesar de sus conexiones con los poetas goliárdicos, le desagrada la embriaguez —en eso se muestra buen español— y no tiene ninguna inclinación al juego.

Pero no sólo la carne, en sus dos sentidos posibles, las dos cosas por las cuales trabaja el mundo ("como dice Aristóteles, cosa es verdadera..."), atrae al Arcipreste: es todo el espectáculo del universo, para el cual tiene abiertos y despiertos todos los sentidos, y de donde saca su imaginación muchas especies de figuras y comparaciones. Tiene descripciones, de todos conocidas, de tipos humanos, y sobre todo femeninos; se recrea en largas enumeraciones, como la de los instrumentos musicales. Sus observaciones sobre los animales son infinitamente minuciosas, mucho más, por cierto, que sus observaciones sobre las plantas. Pero no es común atender a los admirables pormenores de su obra, a veces brevísimos: ahora es la voz con que "sale gritando la guitarra morisca, de las vozes aguda, de los puntos arisca"; ahora la sombra del aliso, a la cual se asemeja el pecado del mundo; o es el mucho moverse y el mucho hablar de las dueñas, que "fazen con el mucho viento andar las atahonas"; o la golondrina, que "chirla locura"; o "las alanas paridas, en las gamellas presas"; o junio, con "las manos tintas de la mucha cereza"; o la doncella enclaustrada: "¿Quién dio a blanca rosa hábito, velo prieto?"

Como narrador, tiene originalidad siempre sorprendente: vuelve a contarnos las fábulas milenarias, las historietas tradicionales, y con breves toques las rehace y les da nuevo carácter. Como Lafontaine, pone todo el espíritu de su tierra nativa al contar los cuentos más antiguos y más universales. Y al rehacer el *Pamphilus*, junto a toques de poesía delicada crea a la incomparable Trotaconventos, la abuela de Celestina, mucho más bondadosa y gentil que su descendiente: más medieval, en suma.

Y el amor, el amor que predica, es muchas veces el buen amor de su título. Se ha insistido mucho en las aventuras de la sierra, en sus cánticas de serrana, realizadas de acuerdo con

esquemas tradicionales, que él renovaba con su don singular para
la pintura de gentes y de cosas. Se ha insistido también en los
cuentos maliciosos y licenciosos. Pero no es solamente el aventurero del amor fácil, el cantor goliárdico, el narrador ingenioso:
creo que estará justificado insistir sobre la parte, no muy amplia,
pero no por eso menos real, que pudiéramos llamar romántica,
de su obra. Tiene su modesto *dolce stil nuovo,* en que se aparta de
los temas y los modos juglarescos, para dejarse influir por la poesía de los trovadores, por la tradición del amor cortés, revelán-
donos la parte más delicada de sus inclinaciones personales. El
amor no sólo es placer: es también consuelo; el desgraciado debe
buscar amor, porque le librará del sentimiento de inferioridad
—tema que aparecía con frecuencia en la poesía provenzal—:

> El babieca, el torpe, el necio, el pobre,
> a su amiga bueno paresce e ricohombre,
> más noble que los otros; por ende todo hombre,
> cuando un amor pierde, luego otro cobre.

El amor, para él, no es "el dios desnudo y el rapaz vendado,
blando a la vista y a las manos fiero", el Cupido rococó, común
a antiguos y a modernos; lo ve a la manera del Eros de la Grecia
arcaica, hombre adulto y vigoroso, el que en una de las odas
auténticas de Anacreonte rinde al amante, no con flechas, sino
a hachazos. El Arcipreste nos dice:

> Un home grande, fermoso, mesurado, a mí vino.
> Yo le pregunté quién era. Dixo: "Amor, tu vezino".

Y, como Safo, describe la emoción temblorosa a la vista de
la amada:

> A mí luego me venieron muchos miedos e temblores.
> Los mis pies e las mis manos non eran de sí señores,
> perdí sesso, perdí fuerça, mudáronse mis colores.

Y finalmente estos versos que suenan a confesión:

> Nunca puedo acabar lo que medio deseo.
> Por esto a las vegadas con el amor peleo.

Mucho se ha dicho sobre el Arcipreste, desde Menéndez Pelayo hasta Félix Lecoy, y mucho nuevo podía decirse sobre su
obra, sobre su arte de narrador, sobre su creación de personajes,
desde Trotaconventos hasta los mures de Monferrando y de Guadalajara, sobre su capacidad de renovar los temas más divulgados
y repetidos; he escogido detenerme sólo en unos pocos aspectos
de su obra y en estas notas de buen amor verdadero, que nos
presentan al poeta, no ya desenfadado y regocijado, lleno de
cuentos y cantos, de tradiciones y de invenciones, sino ligeramente meditativo, y casi, casi, diríamos, un tanto melancólico y
romántico.

CULTURA ESPAÑOLA DE LA EDAD MEDIA

I

En el siglo xiii, momento de culminación espiritual de la Edad Media en Europa, Castilla entra definitivamente a dominar en España: con Fernando III lleva la reconquista del territorio español hasta los mares del sur, aniquilando el poder de los árabes; con Alfonso X asume la dirección intelectual del país, emprendiendo la formidable tarea de sistematizar la cultura y divulgarla en la lengua hablada. Ningún otro pueblo europeo en la Edad Media intentó obra semejante ni en la amplitud ni en la intención democrática. Como instrumento principal, una colección enciclopédica de libros en castellano, desde San Fernando lengua oficial del reino en lugar del latín: allí se resume el saber de la época, desde la más vasta entre las ciencias de la naturaleza, la astronomía, hasta la más compleja entre las disciplinas que estudian al hombre, la historia. Se organizan institutos de investigación y difusión, observatorios astronómicos, bibliotecas, oficinas de traducción y de consulta. A todas las fuentes conocidas se acude: hebreas, griegas, latinas, indias, árabes, románicas. Las mejores serán orientales: la más alta cultura científica de la época es todavía la de los árabes, aunque ya ha principiado su rápida decadencia tras los desastres políticos, y la de los judíos residentes en los dominios del Islam; a ellos había que pedirles las matemáticas, la astronomía, la física, la química, la zoología, la botánica, la medicina. De ellos, de sus doctrinas, y de su interpretación de las doctrinas helénicas, vivirá la filosofía occidental hasta que se haga independiente, al fin, y creadora, con los grandes maestros del siglo maravilloso. Pero —ya se sabe— el pensamiento oriental era geográficamente y hasta étnicamente con lozanía nunca igualada en sus territorios asiáticos y africanos. español las más veces: la cultura del Islam florece en España a excepción de la Persia de Algazel y Avicena. Sólo en literatura y en artes confluyen Este y Oeste.[1]

Alfonso X está lleno de aspiraciones universales. En el orden político, aspira a la dignidad máxima de Occidente, y durante veinte años mantiene, con éxito variable, su empeño de coronarse emperador. El Sacro Imperio Romano tenía existencia nominal apenas; pero los pueblos lo veían como poder virtual, con la esperanza de que bajo manos vigorosas adquiriera realidad capaz de unificar y organizar a Europa. El rey fracasa al fin, pero su ambición imperial da importancia internacional a Castilla.

La escasez de éxitos firmes en la política de mera acción

gubernativa le está compensada en el esplendor de su política de la cultura. Su saber y su orgullo están compendiados en la frase que humorísticamente se le atribuye: "Si Dios me hubiera consultado cuando hizo el mundo, lo habría hecho de otra manera". No pertenecía a la especie, tantas veces cómica, del "príncipe protector de las artes y de las letras"; no protegía: dirigía y participaba; para él la cultura no era ornamento: era realidad y acción. No sabemos en qué medida intervino en la redacción de cada obra de las que bajo su dirección se emprendieron, desde antes de su ascensión al trono; pero de su intervención hay testimonios abundantes, particularmente de la encaminada a definir la propiedad del lenguaje, el "castellano derecho". Su curiosidad no conoció siquiera las limitaciones de la intolerancia religiosa: con amplitud, aprendida de los musulmanes, puso al alcance de todos, en traducciones, el *Talmud,* la *Cábala,* el *Corán,* junto con la *Biblia.*[2]

De la ciencia árabe, no se sabe por qué no se asentó firmemente en la España cristiana la matemática nueva. En Italia, adonde la llevó de Toledo Gerardo de Cremona, se adoptó la gran creación de la India, el álgebra, que los árabes trajeron a Occidente; Castilla, a pesar del tratado que probablemente tradujo al latín Juan de Luna, "el Hispalense", se atuvo hasta principios del siglo XVI a la arimética del VI. Pero en astronomía, dentro de la dirección equivocada que la Edad Media recibió de Aristóteles y Tolomeo, olvidando las hipótesis de los pitagóricos y de Eratóstenes, las *Tablas* y los *Libros* alfonsíes recogen el resultado de las investigaciones mejores e introducen rectificaciones. Y el sentido crítico de Alfonso y sus sabios rechaza muchos delirios de la alquimia. La labor de investigación, de traducción y adaptación, es enorme. A Cataluña y las Islas Baleares, en el reino de Aragón, se extiende la actividad científica, representada allí por Arnaldo de Vilanova en química y medicina, por Raimundo Lulio en astronomía y náutica. España es todavía el centro de irradiación de la ciencia para Europa: como dice Menéndez Pidal, "Toledo fue meridiano cultural para Occidente, como era el meridiano geográfico" en las *Tablas alfonsíes.*

En la historia tiene novedad el método español para las fuentes: Alfonso X hace compilar grandes obras sintéticas, la *General estoria* o crónica del mundo y la *Estoria de España* o *Crónica general,* terminada en tiempos de Sancho IV; como bases se aprovechan todas las obras accesibles dentro de las limitaciones del país y de la época, empezando por la Biblia, y entre esas obras se incluyen cantares de gesta, desde los que se refieren a Rodrigo, el último rey godo, hasta los que se refieren al Cid: segura perspicacia, la que usa como documento aquellos poemas, de real esencia histórica. El procedimiento se esbozaba ya, desde el siglo XI, en la *Chronica Gothorum,* falsamente atribuida a San

Isidoro de Sevilla; persiste en obras redactadas en latín, como la *Crónica silense* (hacia 1115) y la *Najerense* (hacia 1160), y aparece en la historia oficial desde el obispo Pelayo de Oviedo (hacia 1125), pero de modo esencial ya con el *Chronicon Mundi,* del obispo leonés Lucas de Túy —obra terminada en 1236—, y con la *De rebus Hispaniae,* del navarro Rodrigo Jiménez de Rada, arzobispo de Toledo (1243). Según Montolíu, en la crónica catalana de Jaime I se descubren procedimientos semejantes.

Como en la historia, el método español es original en el derecho. Las *Partidas* (1256-1265) ofrecen, como ningún otro tratado en el mundo, el cuadro de la vida de la época, de las costumbres y de las creencias; el rey preceptúa para sí y para su pueblo, exponiendo todo su sistema de ética.

Redactadas en aquel momento de ensanche de la cultura, en que se exploraban todas las fuentes accesibles, las *Partidas,* como las demás obras jurídicas de la época fernandina y alfonsina —el *Fuero real* (1255), su comentario en las primeras *Leyes del estilo,* el *Espéculo,* el *Setenario*—, están bajo la influencia clásica, la del derecho romano, que irradiaba desde Bolonia y contaba en España con glosadores como Jácome Ruiz, "el Maestro Jacobo de las Leyes", y bajo la influencia del derecho canónico. La vida jurídica española, con la originalidad de sus fueros, con la variedad de sus elementos tradicionales, se somete a una estructura que la acerca al tipo romano, aunque con amplia elasticidad y hasta ocasional incongruencia.

Es poeta, además, el rey curioso de ciencia y perito en leyes. Poeta en su propia lengua, a veces, pero principalmente en la de Galicia y Portugal, que gozaba de prestigio como lengua de la lírica culta: en ella escribió, con castellanismos, sus *Cántigas de Santa María* y sus versos satíricos.

Dos eran las que tenían en la España del siglo XIII categoría de lenguas poéticas de corte: la provenzal y la galaicoportuguesa.

La provenzal adquiere tono aristocrático desde el siglo XI, antes que cualquier otro romance, y enseña doctrinas de amor y de canto a toda Europa. En las pequeñas cortes del Mediodía de Francia la nobleza consagró sus ocios a crear normas estéticas de vida y a pulir y complicar las formas de la poesía. Se aprende allí a vivir, no a pelear ni a orar: de nuevo en tierras del Mediterráneo la vida humana deja de ser preparación para la muerte. La guerra y la religión, hasta entonces dominadoras de la Edad Media, sólo penetran en aquel mundo transustanciadas: la lucha bélica, trasmutándose en torneo, en espectáculo; la fe cristiana, dando en el culto de la Virgen María el modelo para el culto caballeresco de la mujer. La cultura árabe, pensamos ahora, debió de influir en la doctrina del *amor cortés,* como influyó —según descubre Julián Ribera y antes había adivinado el abate Andrés— en las formas de la música y la poesía. Aquel artificial paraíso no pudo resistir a las presiones de fuera, a la guerra, movida por preocupaciones de religión: la ruina comienza en la cruzada contra la heterodoxia maniqueísta de los albigenses, vencidos en Muret (1213); será completa cuando la Francia del norte anexe políticamente al sur. Después de Muret va quedándose exangüe el arte trovadoresco, y al fin sólo puede prolongarse, forzado, con el académico apoyo de los juegos florales instaurados por el Consistorio del Gay Saber en Tolosa (1323). Mientras duró el abril, toda Europa respiró aromas de Provenza. La poesía de los trovadores, rica en formas complejas, a veces excesivamente preciosista y deliberadamente oscura *(trobar clus),* invadió todo el Occidente: a través de los poetas florentinos, que dieron plenitud humana al germen provenzal, influye todavía sobre el mundo.

Durante los siglos XII y XIII, Provenza y Cataluña constituyen una unidad en la poesía de los pueblos románicos: el provenzal es el idioma de los trovadores catalanes; a veces, las actividades literarias desplazan su centro del norte al sur de los Pirineos —como sucede poco antes de 1200— cuando los reyes de Zaragoza, capital de Aragón y Cataluña, las atraen hacia su corte. El primer poeta de España de quien supo Milá que escribiera en provenzal es Alfonso II de Aragón, el rey trovador (reinó 1164-1196); ahora tenemos noticia de Berenguer de Palol (1136-1170). Trovadores catalanes famosos fueron Guillem de Bergadán, el satírico feroz, Ramón Vidal de Besalú, el narrador galante, Serverí de Gerona, el moralista. Navarra está, como Cataluña, ligada a Provenza.

De los trovadores provenzales, recorren los territorios hispánicos el gascón Marcabru y Peire de Alvernia, residentes en la corte de Alfonso VII, rey de Castilla y León (siglo XII); después, en la corte aragonesa, o en la navarra, o en la castellana, Raimbaut de Vaqueiras (probablemente, porque se conocen versos suyos en dialecto aragonés contaminado de gallego), el fuerte Bertrán de Born, Guillem Rainal, Giraut de Bornelh, Peire Vidal, Aimeric de Peguilhan, Giraut Riquier de Narbona.

El catalán conquista la expresión literaria en el siglo XIII, con la Crónica de Jaime I el Conquistador, rey de Aragón, y con Raimundo Lulio, en quien el primer filósofo que en Occidente escribe en lengua románica confluye con el poeta y el novelista del *Blanquerna,* uno de los libros más hermosos de la Edad Media. Después adquirirá el catalán independencia e importancia como lengua de la poesía. Durante los siglos XIV y XV existirá una gran literatura catalana —en Cataluña, Valencia, las Islas Baleares— de que forman parte la *Crónica* de Bernart Desclot sobre Pedro III y sus antepasados, la de Ramón Muntaner sobre la expedición de catalanes y aragoneses a Grecia y la de Bernat Descoll sobre el reinado de Pedro IV el Ceremonioso (1336-1387), el *Libro del cristiano,* enciclopedia religiosa de Francesch Eximenis, el diálogo del *Sueño,* de Bernat Metge, *La disputa del asno,* de fray Anselmo de Turmeda (de base árabe), la novela sentimental de *Curial y Güelfa* y la caballeresca de Joanot Martorell, *Tirante el blanco,* los sermones de San Vicente Ferrer, la poesía de Jaume Roig, Andreu Febrer, Jordi de Sant Jordi, Joan Roiz de Corella y —el más grande de todos— Ausías March, cuya inspiración fina y honda influirá de modo decisivo en los poetas castellanos de la Edad Moderna. Valencia es el centro de esta actividad en el siglo xv, "la Atenas de la corona de Aragón". Pero desde el xvi la unificación política de España influye sobre la literatura catalana, que pierde importancia hasta el resurgimiento literario de las lenguas regionales en la era del romanticismo.

Desde el siglo xii, en el lado occidental del territorio hispánico, en Portugal y Galicia, la lengua vernácula se convierte en instrumento de incomparable poesía: el arte popular había recibido influencias provenzales; pero los mejores versos son los que mejor conservan la tradición local: entre esas quejas de amor, llenas de melancolía y de ternura, de aromas campestres y marinos, hay canciones de las más delicadas que conoce el mundo.

La poesía galaicoportuguesa se reparte entre dos tipos de desigual valor: la *cantiga de refram* o de estribillo, en que muchas veces se mantiene la estrofa paralelística y encadenada, de tradición gallega; la *cantiga de maestria,* "en maneira de proençal". De 1175 a 1350, Galicia es el centro de esta poesía: Portugal, León, Castilla son sus tributarias. De 1350 a 1450, el castellano se va imponiendo sobre el gallego como idioma de la poesía. A partir de 1450 cesa la importancia de Galicia, y allí se produce sólo poesía popular durante cuatro siglos, hasta la época de Rosalía de Castro y Curros Enríquez. Castilla se impone. La lengua del occidente hispánico recobra importancia como instrumento de expresión literaria en Portugal; pero durante trescientos años muchos de los escritores y poetas portugueses, inclusos los mayores (Gil Vicente, Sâ de Miranda, Diego Bernardes, Agostinho da Cruz, Camoens, Melo, sor Violante do Ceo), serán bilingües, usando con igual soltura su lengua natal y la de sus vecinos y rivales.

Mientras el provenzal y el gallego-portugués se imponían como lenguas de la poesía lírica en las cortes de España, el castellano no tenía rivales como lengua de la epopeya, la poesía de todo el pueblo, desde el rey hasta el labrador. En España la epopeya es castellana, con escasa colaboración leonesa, con menor colaboración todavía de Aragón y Cataluña. Su monumento más antiguo es hoy el *Cantar de Mio Cid;* pero el Cid es precisamente el último gran héroe épico: los comienzos de la epopeya son muy anteriores. En los siglos x y xi —las crónicas latinas lo demuestran— surgen poemas breves de juglares sobre Rodrigo, el rey que perdió a España; sobre Fernán González, conde de Castilla, y sus descendientes Garci Fernández, el infante García y los hijos de Sancho el Mayor, rey de Navarra; sobre la sangrienta historia —traición y venganza— de los siete infantes de Salas o de Lara; sobre la partición de los reinos de Fernando I y el cerco que su hijo Sancho II de Castilla puso a Zamora para arrancársela a su hermana doña Urraca. Los poemas, en general, se componen a poca distancia de los sucesos; pero duran y se transforman. A mediados del siglo xiii gozaban de difusión extraordinaria. De entonces data la forma final que tuvo el *Cantar del Cerco de Zamora,* la que conocemos a través de la refundición que da en prosa la *Primera Crónica General:* quizás el más hermoso de los cantares de gesta, con su encadenamiento de conflictos, desde el testamento del rey de León y Castilla, "par de emperador", hasta la jura en Santa Gadea, con sus audaces indecisiones y sorpresas, sus hilos de problemas unas veces bien anudados, otras veces deliberadamente insolutos y misteriosos.

A la vez que cantares de gesta, los juglares componían y recitaban o cantaban breves poemas narrativos sobre asuntos muy diversos, como los religiosos de *Los tres reyes de Oriente* y de *Santa María Egipcíaca,* debates como el de *Elena y María* o la *Disputación del alma y el cuerpo* o los *Denuestos del agua y el vino* que acompañan a la *Razón de amor,* canciones líricas. Y junto a la poesía de los juglares, el mester de juglaría, apareció en el siglo xiii otro tipo de arte, el mester de clerecía, con poemas sobre asuntos religiosos (poemas de Gonzalo de Berceo; *San Ildefonso),* morales *(Proverbios de Salomón, Dísticos de Catón, La miseria del hombre),* legendarios *(Alejandro, Apolonio),* épicos por excepción *(Fernán González);* hay en él influencias latinas y francesas, con pretensión —infructuosa— de adoptar el verso regular, las "sílabas cuntadas" de Francia, en contraste con el verso fluctuante de la poesía juglaresca, tradicional y duradero en Castilla. Los clérigos, los escolares —como el escolar que rimó la *Razón de amor*—, se decidían a abandonar el latín para escribir en castellano, en romance claro, "román paladino".

No que el arte de los juglares estuviese estrictamente confinado: hubo juglares de toda especie, desde los que divertían al pueblo humilde en las aldeas con juegos acrobáticos y cantares cazurros hasta los que interpretaban en las cortes la poesía de los trovadores; en España, donde las divisiones entre los hombres nunca son demasiado definidas, se aprovechaban de la obra de clérigos. En el siglo xiv, la fusión de los dos mesteres se ve completa en Juan Ruiz, el Arcipreste de Hita, en quien convergen todas las corrientes de poesía de su tiempo, artista a la vez muy personal y muy representativo de toda su época.

La poesía alcanzó plenitud expresiva en España desde el siglo XII por lo menos; la prosa, posterior en la historia de los idiomas ascendentes, sólo se constituye desde el siglo XIII: el esfuerzo de Alfonso el Sabio es el decisivo. Esfuerzo indudablemente personal: sabemos cuánto le preocupaba el "castellano derecho". La lengua tiene todavía poca variedad de recursos de vocabulario y de contrucción, pero la prosa alfonsina hace estables gran número de palabras y de formas, pide al latín muchas nuevas, y dice con sencillez lo que quiere. De aquella vasta producción, las obras más leídas fueron las *Partidas* y la *Crónica General,* que se perpetuó reconstruyéndose constantemente durante largo tiempo: reconstrucción vivaz, en que se renovaban materiales; así, la *Crónica de 1344,* nueva versión de la *General,* prosifica nuevas formas de poemas épicos, que a su vez se reconstruían.

Con Alfonso el Sabio ha comenzado la época de los autores individuales en nuestro idioma; pero en gran parte subsistirá la anonimia, típica de la Edad Media europea, y en general la costumbre de retocar y reconstruir las obras literarias. España prolongará hasta la Edad Moderna muchos de sus hábitos medievales: es significativo, nada casual —se ha observado ya—, que sean de autores o desconocidos o discutidos, después de los mejores romances del siglo XV, obras íntegramente modernas como la *Celestina, Lazarillo de Tormes, La Estrella de Sevilla, El condenado por desconfiado,* el soneto "No me mueve, mi Dios...", la *Epístola moral a Fabio.*[3] Y junto a la prolongación de la anonimia, sin paralelo dentro de la literatura moderna de Occidente, hay prolongación del espíritu de universalidad humana, del amplio fondo popular donde lo general y común vence a lo particular y divisor; de modo que, a pesar del humanismo aristocrático de los tiempos de Carlos V, con Lope y Cervantes se vuelve al equilibrio español en que la obra del escritor vive para todos, interesa a todos, y hasta en artistas hipercultos como Góngora, Quevedo, Calderón, la nota popular se combina con las máximas complicaciones barrocas de la imagen o de la idea.

En suma, Alfonso el Sabio y los escritores que con él trabajan imponen el castellano de la corte de Toledo como instrumento universal, enciclopédico, de expresión. Es, además, el idioma oficial: en los documentos del reino y en la redacción de los anales históricos ha suplantado al latín; luchará todavía largo tiempo para quitarle sus privilegios como instrumento de la cultura, y en el siglo XVI hará su campaña definitiva de "defensa e ilustración" con Juan de Valdés y Pérez de Oliva, Malón de Chaide y fray Luis de León. Desde entonces el latín sólo mantendrá derechos exclusivos como órgano de la teología y como lengua de la cátedra universitaria: así se impuso todavía en América y duró hasta las revoluciones de independencia.

Las conquistas de Fernando III llevan el idioma de Castilla hasta Andalucía, donde arrolla y disuelve el antiguo español mozárabe. Al extenderse y adquirir poder político, arruina definitivamente al leonés, cuyos matices dialectales tiñen el lenguaje del *Libro de Alejandro,* de *Elena y María,* del *Poema* de *Alfonso XI* (hacia 1350), de unas cuantas obras en prosa del siglo XIV. El aragonés resistió mejor, con el apoyo de los reyes de Zaragoza: después de prestar matices al lenguaje de la *Razón de amor,* de *Los tres reyes de Oriente,* de *Santa María Egipcíaca,* del *Libro de Apolonio,* adquiere desarrollo en los siglos XIV y XV, especialmente en las obras de Joan Fernández de Heredia, uno de los precursores de la cultura humanística en España. Pero la unión de Aragón y Castilla bajo los Reyes Católicos arruina también al aragonés, que pronto desaparece como lengua escrita y a la postre hasta como dialecto rural: mientras el leonés, con su variante el asturiano, se conserva abundante en los campos, el aragonés está punto menos que extinto. El castellano se apodera definitivamente de toda la zona central de España, de norte a sur, de mar a mar: el momento decisivo es el siglo XIII. Cuando se descubra el Nuevo Mundo, Castilla le dará, sola, su triunfante idioma imperial.

Los centros de enseñanza, en la España cristiana de la Edad Media, eran los conventos y las escuelas catedralicias. Datos recién descubiertos revelan la existencia de escuelas municipales. A través de las "épocas oscuras", catedrales y conventos conservaron pequeñas bibliotecas, a veces circulantes, como la de San Genadio en las comunidades que fundó en el Bierzo (siglo X); organizaron *escritorios* para copiar manuscritos, trabajo en que participaban monjes y monjas, ya solos, ya en los antiguos monasterios dúplices, que desaparecieron en el siglo XII bajo la presión de los benedictinos cluniacenses. Los hijos de los reyes y de muchos nobles se educaban en escuelas conventuales. La reforma de Cluny, que da nuevo tono a la vida religiosa, fortaleciendo la devoción y dando normas estrictas a las costumbres monásticas, al implantarse en España (siglo XI) estimula la enseñanza, a lo menos en monasterios como el de Ripoll, en Cataluña, bajo la dirección del abad Oliva, y el de Silos, en Castilla, bajo el santo abad Domingo. Apenas se ha impuesto el sistema de los cluniacenses, aparece el de sus contradictores los cistercienses (fundación de 1098), consagrados al recogimiento y a la pobreza; para ellos la enseñanza debe reducirse a las necesidades estrictas del sacerdocio. Pero en el siglo XIII dos corrientes darán nuevas orientaciones a la cultura: la revolucionaria creación de las órdenes mendicantes, la franciscana y la dominica, activísimas en la enseñanza; la fundación de las primeras universidades españolas. Ambas corrientes durarán y llegarán hasta América.

La universidad medieval nace en Italia, en parte como restauración de tradiciones griegas (Escuela de Medicina en Salerno, siglo IX), en parte como imitación de las grandes instituciones de enseñanza de los árabes. Es la resurrección del pensamiento que investiga y discute: el ardor helénico que reunía a los jóvenes en torno de maestros famosos renace ahora como entusiasmo de masas en torno de Irnerio o de Abelardo; el espíritu curioso y ágil de la Academia y del Liceo reaparece en las turbulentas multitudes internacionales, rebeldes a las sanciones de la ley local, que se congregan clamorosas en los estudios generales de Bolonia, de París, de Padua, de Nápoles, de Oxford, de Cambridge.

Los reyes españoles fundan las primeras universidades en tierras leonesas: la de Palencia, al parecer mero ensayo que dura poco (desde alrededor de 1212; pero desde el siglo XI existía el estudio que fundó el obispo Poncio); la de Salamanca (hacia 1215), que se convertirá en una de las famosas del mundo; la de Valladolid (hacia 1260). Toledo, con su antigua escuela episcopal, su academia de sabios en torno del rey, sus libres academias judías, no sintió necesidad de la institución nueva. A los *estudios generales* se agregan *estudios* particulares: uno funda Alfonso X en la Andalucía castellanizada, en Sevilla (1254); otro en la antigua zona de frontera, en Murcia, para que se enseñen ciencias a judíos, mahometanos y cristianos; Sancho IV otro, el primero de Castilla, en Alcalá de Henares (1293). En la corona de Aragón, se funda el de Valencia (hacia 1245), que después se convertirá en universidad (1500); el de Mallorca, cuya organización se debe a Lulio (hacia 1280); Jaime II funda la Universidad de Lérida (1300).

Las instituciones españolas ofrecían, al principio, gran variedad de enseñanzas: una de ellas, la de lenguas orientales. Con el tiempo, se reducen a cuatro facultades típicas: *artes* (ciencias, letras, música), derecho civil y canónico, medicina, teología, que se introduce en el siglo XV. Y en Salamanca se da el caso original de que se profundice universitariamente el conocimiento de la música tanto como el de cualquiera otra de las *artes liberales*: el doctorado en música se confiere allí antes que en ninguna otra institución europea.

En las artes plásticas, la España medieval es campo de entrecruzamiento y de creación constante. La arquitectura que implantaron los romanos se modificó bajo nuevos influjos, orientales en general, principalmente bizantinos, en la época visigótica (409-711); tuvo elementos característicos como el arco de herradura y el ajimez, la ventana geminada con doble arco y columna en el medio, que sobrevivirán y reaparecerán en las construcciones de los árabes; todavía se hallarán en América, en edificios del siglo XVI: así, los arcos mudéjares en la arruinada iglesia de Santiago de los Caballeros y el ajimez de la casa de los Báez en Santo Domingo. Después, durante tres siglos de penuria en las regiones del norte que se conservaron libres de la invasión árabe, aparece el tipo asturiano de construcción, que así denominó Jovellanos porque sus mejores ejemplares se hallan en Asturias: pequeñas iglesias rectangulares de exterior severo; la cubierta es de bóveda, rara todavía en Occidente. Entre tanto, los árabes imponían en el sur y el centro del país sus estilos constructivos, cuyo contagio se extendió hasta el norte: los nuevos dominadores empezaron aprovechándose de ejemplos locales más que de ejemplos de Oriente; después crece la influencia oriental, pero a su vez la obra de la España musulmana refluye sobre los dominios islámicos de Asia y África: historia que se ve compendiada en la obra maestra del arte musulmán, la Mezquita de Córdoba, cuya construcción dura dos siglos (desde 785). Los cristianos residentes entre musulmanes desarrollan en León y parte de Castilla el arte mozárabe, en iglesias que conservan la estructura española, pero donde se introducen elementos constructivos y decorativos de tipo oriental (siglos IX-XI): obra significativa, del X, la iglesia de Santiago de Peñalba, en el reino de León.

A principios del siglo XI, se producen grandes cambios: deshecho el califato de Córdoba (1031), en los reinos de Taifas el arte árabe se parte en estilos locales: es característica la construcción total o parcial en ladrillo, con ornamentación en yeso, en cerámica o en madera (del siglo XII son la Giralda en Sevilla y Santa María la Blanca en Toledo). En los ya importantes reinos cristianos aparece el estilo románico: España lo engendra desde el siglo XI;[4] Francia es quien lo desarrolla y lo difunde en Europa, y los monjes franceses de Cluny lo propagan en España: se levantan grandes edificios donde la riqueza y variedad ornamental de las escuelas francesas —del norte y del sur— se injerta en la robustez española. El monumento románico español más antiguo es la cripta de San Isidoro, en León (siglo XI). La obra capital es la Catedral de Santiago de Compostela, centro de uno de los cultos internacionales de la Edad Media, el del patrón de España. Hay curiosas, españolísimas formas de construcción románica en ladrillo, paralelas a las musulmanas.

Nuevos cambios en el siglo XIII. En Francia el estilo románico se ha transformado en el gótico, con su bóveda de crucería y sus arcos apuntados. España lo adopta gradualmente: antes había colaborado en la transformación (siglo XII). Las formas de transición abundan (catedrales de Ávila, de Sigüenza, de Lérida, de Tarragona, de Tudela), no menos que las rezagadas, en que se prolonga la construcción románica hasta el siglo XV (en Galicia, en regiones castellanas como Soria y Segovia): entrecruzamiento típico de España. Como antes los monjes de Cluny, ahora los del Císter son en gran parte los propagadores de la novedad: ellos imponen en toda Europa la bóveda de ojivas. De los edificios ojivales españoles unos mantienen el tipo francés (catedrales de Burgos, de León, de Cuenca), otros le dan matices originales (catedral de Toledo). Del siglo XIII al XV, el país se llena de construcciones magníficas, de extraordinaria variedad, donde el espíritu español se afirma tanto en las supervivencias como en las innovaciones.

Con el primer esplendor de la arquitectura ojival coinciden las grandes campañas de Fernando III, que confinan al poder musulmán en el reino de Granada: allí el arte árabe se vuelve extrañamente preciosista, hasta volatilizar el material de construcción (siglos XIII-XV), como en la Alhambra.

Hay todavía otro entrecruzamiento, típico de España: si el mozárabe fue estilo de cristianos entre musulmanes, el mudéjar fue estilo de musulmanes entre cristianos. En estilo mudéjar no se construían mezquitas: se construían iglesias o alcázares; a veces, sinagogas. El arte mudéjar (siglos XII-XVI) es fusión de formas de Oriente y de Occidente, con predominio ya de unas, ya de otras, pero muchas veces con carácter nuevo, con soluciones originales. Sus centros están en Toledo y en Andalucía. Su irradiación alcanza a las Américas; se señalan rasgos mudéjares en Santo Domingo, en Cuba, en México, en el Ecuador, en el Perú, en Chile; en México se constituye una especie de estilo mudéjar criollo, cuya capital es Puebla, con su cerámica de tipo arcaico y sus iglesias y casas con fachadas de azulejos.

Unida a la arquitectura religiosa está la escultura medieval, en la época románica como en la gótica. Comienza a adquirir importancia con los bajorrelieves y los capiteles de columnas en el siglo XI. Sus centros iniciales están en León y en Jaca (de Aragón). Ejemplo eminente: el claustro de Santo Domingo de Silos. En el siglo XII hay creaciones excepcionales: sobre todas, el Pórtico de la Gloria, en granito y mármol, dirigido por el maestro Mateo, uno de los grandes artistas de la Edad Media, en la Catedral de Santiago. En el siglo XIII, el tipo gótico se define en las Catedrales de Burgos y de León. Después, sus creaciones principales están en Navarra, en Aragón, en Cataluña, en Mallorca. Buena parte de la escultura medieval estuvo pintada: a la de piedra, el tiempo le arrebata parte de sus tintes (ejemplo, el Pórtico de la Gloria); pero se conservan en la de madera, tipo de estatuaria popular que el genio de Alonso Berruguete exaltará, en la época moderna, dando al color extraordinaria función expresiva, equivalente a la de las formas corporales. Y formas antiguas de escultura fueron la labra de marfil y la orfebrería, de larga historia en España desde las cruces visigóticas hasta los cálices y custodias de los Arfes en el siglo XVI.

De pintura medieval conocemos ante todo las miniaturas de los manuscritos, arte heredado de la época visigótica, que cobra ímpetu nuevo en el siglo x: de entonces son las copias monacales del tratado de Beato de Liébana, donde hicieron labor admirable Magio, Emeterio, doña Ende. Se mantiene sin interrupciones hasta la aparición de la imprenta: su mejor momento es el reinado de Alfonso el Sabio (ejemplos: las *Cantigas de Santa María*). A la vez existía la pintura mural, cuyos restos se descubren en las iglesias del estilo asturiano; poco después (siglo xi) florece en las iglesias románicas, principalmente las de Cataluña, en obras de tipo bizantino, junto con el trabajo sobre madera, en frontales y cimborios primero, en tablas independientes al fin. La pintura libre nos es bien conocida sólo desde el siglo xiv.

II

El siglo xiii es culminación y perfección de la Edad Media, es su época clásica. El siglo xiv es de crisis, de disolución y cambio. Hay quienes ven allí el comienzo de la descristianización de Europa; pero no se siente todavía el nuevo entusiasmo animador del Renacimiento, la nueva fe en la vida humana. Se define la nueva sociedad europea, la sociedad burguesa. En la vida de Europa, esencialmente rural después de la caída del Imperio de Occidente, y más aún después que los musulmanes dominan el Mediterráneo, las ciudades se reorganizaron poco a poco en torno a los nuevos poderes de origen militar: durante largo tiempo son unidades solitarias. Pero desde las Cruzadas crecen, a favor del comercio que se reconstruye, y ejercen influencia: desde el siglo xiv adquieren función decisiva.

En España no hay crisis de la fe. Castilla produce todavía pocos teólogos (Gundisalvo, San Pedro Pascual); no es suyo ninguno de los Doctores de las Escuelas. Sólo en la zona catalana, íntimamente unida a la inquieta Provenza, nacen controversias religiosas durante el siglo xiii, se definen posiciones nuevas: la visionaria de Arnaldo de Vilanova, enemigo del rito y de la metafísica escolástica; la apologética, henchida de erudición, en Ramón Martí, de quien hay ecos en Pascal; la teología racionalista —realismo racional, racionalismo ingenuo, donde la metafísica se unifica con la lógica—, en Raimundo Lulio, el *Doctor Iluminado*, enciclopédico y a la par apostólico, cuya caudalosa doctrina hará escuela y llegará hasta los tiempos modernos. En el siglo xiv abundan las herejías, pero ninguna adquiere importancia: las principales proceden de interpretaciones del averroísmo, ya combatido por Martí y por Lulio, o de Arnaldo de Vilanova.

No hay crisis de la fe, pero sí de la cultura intelectual, salvo la excepción que ha de hacerse para el reino de Aragón. En la España cristiana, ha dicho Menéndez Pidal, la aventura prevalecía sobre la cultura. En el siglo XIII la cultura se impone desde el trono con Alfonso X en Castilla; con menos empuje de universalidad la apoyan en Aragón Jaime I y sus sucesores, como Dionís en Portugal. Al llegar al siglo XIV, cultura y aventura descienden, en trance de modificación. El hombre de la ciudad, con sus actividades económicas, compite ahora con el guerrero y el sacerdote. La campaña contra el moro se reduce a luchas intermitentes: el ardor bélico se consume en guerras civiles. Y la labor de Alfonso el Sabio no halla quien la prosiga en su amplitud enciclopédica: se mantienen sólo, como habituales, las empresas fáciles, o las indispensables, como la historia nacional. La ciencia decae en Castilla, porque se va agotando la fuente oriental. Pero en el reino aragonés, que se adelantó al castellano en el camino hacia la vida moderna, el desarrollo de la navegación entre catalanes y mallorquines da impulso a la astronomía, a la náutica, cuyo primer tratadista fue Lulio, y a la cartografía: las cartas planas —portolarios— son probablemente de origen mallorquín. A mallorquines eminentes llamó el infante de Portugal Enrique el Navegante para la estación naval y escuela de náutica y geografía en Sagres (hacia 1415), institución sin par entonces en Europa.

Si la actividad intelectual pura desciende, la artística se mantiene. La arquitectura gótica se hace española, con sus espacios lisos y su simplificación de elementos constructivos, con sus infiltraciones árabes. Los mejores edificios góticos del siglo XIV pertenecen al reino de Aragón: la sombría pero hermosa Catedral y la fina iglesia de Santa María del Mar, en Barcelona, la Catedral de Palma de Mallorca, la de Gerona, la de Tortosa, las Lonjas de Tortosa y de Barcelona (reconstruida), a las cuales se suman en el siglo XV las de Valencia, Alcañiz, Palma, Perpiñán. En Castilla y Andalucía, las construcciones de mayor interés son mudéjares (ejemplos, la Sinagoga del Tránsito en Toledo, el Alcázar de Sevilla). En la pintura, los primeros grandes artistas individuales son de Cataluña, conocedores ya del movimiento innovador de Florencia y de Siena: Ferrer Bassa, Jaume y Pere Serra, Jaume Cabrera, Luis Borrassá.

Como en pintura, en literatura se destacan ya personalidades individuales: tres dominan la época, el Arcipreste de Hita, el príncipe Juan Manuel, Pero López de Ayala. La poesía castellana conserva sus formas medievales: cantares de gesta (todavía hacia 1400, o después, se compone el *Cantar de Rodrigo,* donde el Cid, grave y magnánimo en el poema del siglo XII, se convierte en mozo audaz y pendenciero), poemas de clerecía, canción popular. En el Arcipreste se mantiene la doble tradición de la juglaría y la clerecía, pero se ve ascender la poesía de expresión individual. Así se advierte hasta en la adopción definitiva de formas complejas de estrofa, como en el arte cortesano de Provenza o de Galicia: en castellano hasta entonces sólo eran usuales las series indefinidas de versos con asonante, los pareados, los cuartetos monorrimos, probablemente los zéjeles. Es muy del Arcipreste juntar a los nuevos tipos de estrofa el viejo tipo castellano de verso fluctuante, sin fijeza de medida. Y en la prosa Juan Manuel es el primer escritor con estilo personal. El príncipe Juan Manuel y el canciller López de Ayala son hombres de corte —sin que su literatura peque de excesivamente aristocrática— y se inscriben dentro de la tradición de cultura que viene de los reyes del siglo XIII y persiste en Alfonso XI de Castilla y en Pedro IV de Aragón, primer occidental que hace el elogio (1380) de la Acrópolis de Atenas, "la más rica joya que en el mundo sea"; en cambio, el Arcipreste es la voz del hombre de las ciudades —en realidad recién llegado de los campos—, a quien poco le dicen los fáciles triunfos de las aristocracias militares: su *Libro de buen amor*, dice Menéndez Pelayo, es la *Comedia humana* del siglo XIV, la versión de Castilla, como la de Inglaterra los *Cuentos cantuarienses* de Chaucer.

Dos corrientes de origen oriental persisten, ya convergiendo, ya separándose: la prédica moral, el cuento. La fábula de la India, trasmitida a Persia, recogida y enriquecida allí por los árabes, después de hacer su entrada en Europa con la española *Disciplina clericalis*, asume graciosa forma castellana en *Calila y Dimna* y en el *Libro de los engaños y los asayamientos de las mujeres* (siglo XIII). De fuente oriental provienen, en todo o en parte, multitud de obras morales hasta principios del siglo XV: tales, las *Flores de filosofía*, el *Bonium*, los *Castigos y documentos*, que estuvieron atribuidos a Sancho IV, el *Libro de los gatos* o de *los cuentos*, el *Libro de los ejemplos* de Clemente Sánchez de Vercial. Y los principales de don Juan Manuel: pero en él todo es creación, tanto lo que inventa cuanto lo que repite, como la fábula de doña Truhana.

Para la novelística hay desde el siglo XIII nuevas fuentes: la epopeya francesa, las leyendas de los pueblos célticos, la antigüedad clásica, pintorescamente deformada a través de largos siglos. De ahí se ha engendrado la narración caballeresca. Libros de caballerías son ya en parte *El caballero Cifar* y la gigantesca *Conquista de Ultramar*. La antigüedad, que estaba representada en los poemas de *Apolonio* y de *Alejandro,* aparece en prosa, con intercalaciones de versos, en la *Crónica Troyana*. Y en el siglo XIV debió de comenzarse, tal vez en Portugal, la elaboración de una de las más singulares creaciones hispánicas, el más fascinador de los libros de caballerías, *Amadís de Gaula.*

III

Al comenzar el siglo xv, la cultura oriental en España se está
extinguiendo: subsiste la del reino granadino, con su exquisito
arte de postrimería, con buenos matemáticos y astrónomos aún;
subsiste, en el país cristiano, lo que se había incorporado y convertido en español, como la arquitectura mudéjar. Pero cuando
la cultura oriental estaba en toda pujanza, durante el siglo xi,
España entró en activo contacto con Europa: por una parte,
España reveló a Europa aquella cultura; por otra parte, empezó
a acogerse a normas europeas, abandonando reglas locales. "Liturgia, clero, monacato, escritura, instituciones, costumbres, todo
fue reformado por los tiempos del Cid para identificarlo con los
patrones usuales en el resto del orbe occidental".[5] En la creación
artística, del siglo xi al xiii, España hace intercambios con Francia, la del norte y la del sur, en literatura y en arquitectura. Sus
relaciones con Italia comienzan en el lado de Cataluña, adonde
acuden maestros constructores de Lombardía desde el siglo xi;
después, en el xiv, Cataluña es la primera en acoger la pintura
toscana.

Ahora, en el siglo xv, España está definitivamente ligada al
mundo occidental; sus relaciones con él se hacen normales y
constantes. Su política es la política de unificación, tema de aquel
tiempo. En España existió siempre el sentido de la unidad, geográficamente clara —los reyes de León, con sus anhelos de imperio hispánico, lo personifican—, pero siempre estuvo contra-
riado por tendencias de dispersión. Castilla, disidente al principio,
como Navarra, recoge al fin la herencia del espíritu de unidad,
desde Fernando III. Alfonso el Sabio, apoyándose en el derecho
romano, da voz a la necesidad de concentración del poder en la
corona. Esta orientación choca con el afán de privilegios y lucha
contra el perpetuo "motín nobiliario", que además estorbó la reconquista del territorio; alternativamente se oscurece y renace.
Bajo Juan II (1406-1454) la encarna el Condestable Álvaro de
Luna († 1453), cuyo pensamiento político merecería investigación atenta.[6] Todavía se ve expuesta al fracaso en el desorden
del reinado de Enrique IV (1454-1474): pero en seguida la unión
de Aragón y Castilla en las personas de Fernando e Isabel da el
triunfo a los dos principios: el poder real se hace definitivamente
centralizador; el principio de unificación territorial alcanza inesperado engrandecimiento. Y ésta fue, como dice el cronista Bernáldez, "la mayor empinación, triunfo e honra e prosperidad que
nunca España tuvo".

La cultura se modifica a paso lento bajo Juan II y Enrique IV:
gota a gota penetra el espíritu nuevo que ya domina en Italia.
Con Isabel la Católica, el movimiento se acelera. La reina es

mujer del Renacimiento que protege la música, la pintura y las letras (Juan II y Enrique IV lo hicieron antes; Juan hasta escribía buenos versos). Como española, no se queda en el disfrute pasivo: ve la cultura como actividad, y en edad adulta se propone dominar el latín clásico; escribe con expresión vivaz, incisiva, de mujer, donde los matices de la emoción y no los enlaces lógicos determinan el corte rítmico y el encadenamiento de las frases. Pocos saben que sus cartas deben figurar entre la mejor literatura de España: la epístola en que describe la herida del rey hace pensar en Santa Teresa.

La mujer, en la primavera del Renacimiento, vio abrirse para ella las puertas de libertad de la cultura: situación que a todos parecía clara y natural, que se alcanzó sin esfuerzo ni lucha —pues desde la Edad Media se venía discutiendo la virtud pero no la inteligencia femenina— y que, de durar, habría resuelto problemas que plantea cuatro siglos después, con violencia que las injusticias de la tardanza hicieron inevitable, el movimiento feminista. En el siglo XVI la Contrarreforma devolvió a la mujer española a su encierro medieval; desde entonces el único lugar donde la mujer tuvo normalmente libertad para el estudio fue el convento, y así se ve a mujeres de inteligencia activa preferir el claustro al hogar: Teresa de Jesús o María de Ágreda; en América, sor Juana Inés de la Cruz o sor Francisca Josefa de la Concepción. Pero en la época isabelina estudiaban la reina y sus hijas; estudiaban muchas damas, como la egregia María Pacheco, "la viuda de Padilla"; hubo grandes maestras, como la preceptora de Palacio y consejera de Estado Beatriz Galindo, la Latina, como Lucía de Medrano, que tuvo cátedra en la Universidad de Salamanca, y Francisca de Lebrija, que enseñó en la de Alcalá.

Las universidades, durante el siglo XIV, no se habían multiplicado. En el reino de Aragón se fundó la de Huesca; quizás también la de Perpiñán, en el Rosellón, al norte de los Pirineos. En Barcelona, cuando en 1398 se habla de fundar universidad, los concelleres se oponen, temerosos de que con la presencia de los estudiantes "serien mes, los perills e scandols que podien seguir, que los profits e honor"; al fin en 1450 se gestiona autorización para fundarla; la institución no llega a existir hasta ya entrado el siglo XVI. Entre tanto, se habla de fundaciones universitarias en Luchente (1423) —la pequeñez de la población la hace dudosa—, en Gerona (hacia 1446), en Zaragoza, donde había estudio desde el siglo XII, en Valencia, donde el estudio existente se eleva de categoría (1500). Pero en el reino de Castilla y León no nace una rival de la poderosa Salamanca hasta que el cardenal Jiménez de Cisneros organiza la Universidad de Alcalá de Henares en 1508, con cuarenta y dos cátedras. Desde entonces, a lo largo del siglo XVI irán surgiendo muchas universidades en

Castilla, León, Andalucía, Galicia: Toledo, 1520; Lucena, 1533; Sahagún, 1534; Granada, 1540; Oñate, 1542; Santiago, 1544; Gandía, 1546; Osuna, 1548; Ávila, 1550; son ya poco anteriores o contemporáneas de ellas (Santo Domingo, una de 1538, otra de 1540; México, 1551; Lima, 1551).

Con el movimiento de las universidades coincide el de la imprenta. Es posible que existiera en España desde antes de 1470, pero el primer libro conocido ahora es del año en que comienza el reinado de los Reyes Católicos: *Les trobes en lahors de la Verge Marie,* recopilación de poesías en catalán valenciano y en castellano, publicado en Valencia (1474). Contemporáneas de la imprenta de Valencia, o poco posteriores, son la de Zaragoza (contrato para establecimiento, 1473; primèr libro conocido, 1475), la de Barcelona (1475), la de Tortosa (1477), la de Lérida (1479). En el reino castellano la imprenta comienza en Sevilla (1477); le siguen Salamanca (1481) y Zamora (1482); finalmente, en la verdadera Castilla, Guadalajara (1482), Toledo (1483) y Burgos (hacia 1484). América la recibirá antes de mediar el siglo XVI (México, hacia 1535). Valencia y Barcelona comienzan con tipos de letra romana, procedentes de Italia; Zaragoza, Sevilla, y en general las demás, adoptan la letra gótica, procedente de Alemania. La romana vencerá. La imprenta de Guadalajara es hebrea, como la primera de Lisboa (1492)[7].

La difusión de los clásicos de la antigüedad ha comenzado en Castilla desde fines del siglo XIV, con Pero López de Ayala, que tradujo parte de las *Décadas* de Tito Livio: las tradujo del francés; Francia era todavía el principal camino para las relaciones de España con la cultura occidental. Pero del latín tradujo a escritores de la Edad Media temprana, como Boecio, San Gregorio Magno, San Isidoro. Y con él, como autor de la inconclusa versión del tratado de Boccaccio *De casibus virorum et feminarum illustrium,* y con el genovés Francisco Imperial, que lleva a Sevilla el culto de Dante, se hace el descubrimiento de la gran literatura de Italia.

Bajo Juan II, preside en Castilla el movimiento humanístico el insigne obispo de Burgos, Alonso de Cartagena, de origen hebreo. Tradujo a Cicerón, a Séneca el filósofo, y terminó, con Juan Alfonso de Zamora, la versión de Boccaccio que comenzó Ayala. De entonces son las primeras versiones de la *Eneida* (Enrique de Villena), de la *Farsalia,* de las *Metamorfosis* de Ovidio (el cardenal Pedro González de Mendoza), de las tragedias de Séneca; de las obras históricas de Quinto Curcio, Julio César, Salustio; de muchos Padres de la Iglesia, encabezados por San Agustín. A través del latín se hicieron versiones de la *Ilíada* (y el resumen de Juan de Mena), del *Fedón* (Pedro Díaz de Toledo), como de Plutarco y de Josefo después (Alonso de Palencia). Traducir a los clásicos se convierte en hábito que se perfecciona con el avance de los estudios filológicos. En la época isabelina se traslada al castellano, entre muchos, a Apuleyo (magnífica versión de Diego López de Cortegana), a Frontino (Diego Guillén de Ávila), a Virgilio (las *Bucólicas*, Juan del Encina, 1496: primera traducción de poeta clásico en verso castellano; las anteriores fueron en prosa); de nuevo a Ovidio, a Quinto Curcio (Gabriel de Castañeda), a Tito Livio (fray Pedro de Vega), a César (Diego López de Toledo), a Salustio (Francisco Vidal de Noya). Anterior a este humanismo castellano es el humanismo de Cataluña, de Valencia, de Aragón, desde Joan Ferrández de Heredia (1310-1396) hasta el príncipe de Viana, traductor de Aristóteles (*Ética a Nicómaco*), y el rey Alfonso V, que tradujo al castellano las Epístolas de Séneca y presidió en Nápoles (1443-1458) una de las cortes famosas del Renacimiento italiano, donde residieron humanistas de Italia como Eneas Silvio, futuro papa bajo el nombre de Pío II, Lorenzo Valla, Antonio Panormita, Francesco Filelfo, y junto a ellos jóvenes humanistas españoles como Ferrando Valentí y el futuro helenista Jerónimo Pau.

Dante, Petrarca y Boccaccio se suman a los clásicos antiguos, con obras en latín o en italiano: Dante como difícil ejemplo, tímidamente recordado en obras breves, olvidado después en el esplendor del siglo XVI; Petrarca como moralista: todavía no es el poeta de influencia avasalladora, que propagarán sus nuevos devotos de Italia; Boccaccio como modelo de muy diversos tipos de novelística, hilos que se dispersarán para unirse de nuevo entre las manos de Cervantes.

De Italia recibe España la nueva orientación de los estudios clásicos. Trasladáronse al país humanistas italianos: Lucio Marineo Sículo, Pedro Mártir de Anghiera, después cronista del Descubrimiento en sus Décadas *De Orbe Nouo*, Antonio Geraldini, Alessandro Geraldini, que en su vejez pasó a Santo Domingo como obispo y allí murió († 1524). El reformador esencial, desde 1473, es el andaluz Antonio de Nebrija (o Lebrija): su método, derivado de la doctrina de Lorenzo Valla, se impuso a toda Europa en la enseñanza del latín; su nombre se hizo sinónimo de gramática latina, y lo fue hasta cuando se conservaba bien poco de su método. Enseñó, innovando, en Sevilla, en Salamanca, finalmente en Alcalá. Su acción abarcaba desde las tres grandes lenguas antiguas —para las tres escribió gramáticas— hasta la astronomía y la geodesia: midió —el primero en España— la extensión de un grado del meridiano de la Tierra. Es el iniciador, en Europa, del estudio gramatical de los idiomas modernos, con su *Arte de la lengua castellana,* publicada en 1492: obra de aliento imperial, en que anuncia la extensión del idioma de Castilla a las tierras nuevas adonde envía su expedición descubridora la Reina Isabel. Junto a él trabajó para España el portugués Arias

Barbosa, "patriarca de los helenistas españoles". Cundió por toda España la afición clásica: a principios del siglo XVI hormigueaban los maestros de latín y de griego; los había procedentes del destrozado mundo bizantino, como el catedrático de Alcalá Demetrios Ducas, cretense al igual del Greco y de Pedro de Candía, uno de los conquistadores del Perú.

Bajo la protección del Cardenal Cisneros, la Universidad de Alcalá se convierte en centro, eminente en Europa, de los estudios de la antigüedad: su trabajo capital es la *Biblia Poliglota,* con texto en hebreo, en griego y en latín; en su preparación se apuró la mejor ciencia filológica de los tiempos.

La literatura del siglo XV es abundantísima, pero da pocas obras centrales. La poesía se ha escindido en cortesana y popular. La antigua división en mester de juglaría y mester de clerecía no implicaba diferencias radicales de cultura: tuvo carácter profesional, con diferencias de formas; ahora las diferencias de cultura existen, con graves desventajas para los que penosamente aprendían las complejidades del arte escolástico-cortesano. Los poetas de corte se inclinan pocas veces a contemplar "los romances e cantares de que las gentes de baxa e servil condición se alegran", como dice el Marqués de Santillana; hay desdén hasta para el idioma, "el rudo y desierto romance", como lo llama Juan de Mena: "se ha olvidado —comenta Américo Castro —el goce de manejar el desnudo romance, justamente por serlo, según vemos en el Rey Sabio"; por eso se le latiniza hasta la pedantería. Sólo desde la época de los Reyes Católicos, época de nueva unificación espiritual, se extiende la afición al canto popular. Entre las obras de los infinitos cortesanos, desde el *Cancionero de Baena,* donde todavía hay poetas del siglo XIV, hasta el *Cancionero general* de 1511, se levantan los versos de Santillana, de Juan de Mena, de los Manriques, de Álvarez Gato, de Juan del Encina. La elegía de Jorge Manrique es la obra esencial.

Pero la poesía popular ha dejado dos tesoros: el de los romances, el de las canciones. Unos y otras vienen del fondo de la Edad Media, renovándose, reconstruyéndose; inundarán los Siglos de Oro y llegarán hasta América, donde descubrimos sus huellas hasta en labios de los indios, en apartadas serranías. El romance se remonta quizás a los comienzos de la epopeya española: a la par de poemas largos se componían medianos y breves; los largos se escribieron hasta 1400, pero ya entonces predominan los breves. Conocemos los mejores romances en versiones del siglo XV, tanto los épicos en que se condensan episodios de las leyendas del rey Rodrigo, Bernaldo del Carpio, los infantes de Lara, el cerco de Zamora, el Cid, como las narraciones de sucesos fugaces a que da sentido inesperado el ignoto poeta, o ni siquiera él, sino sus recitadores y lectores, que retocan y depuran la obra: así, la supresión de los versos finales ha perfeccionado el *Abenámar,* donde se pinta la fascinación del arte oriental en su ocaso, y *El Conde Arnaldos,* donde mejor ha expresado la poesía —según Henley— el misterio del mar.

Junto a los romances, que el mundo todo admira, están las incomparables canciones, apenas conocidas aún. Existen, como ellos, desde los comienzos de la poesía castellana; pero el arte trovadoresco de las cortes, en provenzal, o en gallego, o finalmente en castellano, les vedaba caminos, y su brevedad no hacía necesaria la escritura. Eran los cantares con que el pueblo de Castilla entretenía y embellecía las labores del agricultor, los ocios del pastor, los juegos de los niños, las danzas de los ejidos, los paseos en busca de trébol y de verbena, las vigilias, las alboradas, los viajes, las romerías, las fiestas de tradición pagana o cristiana: el carnaval, la entrada de mayo, la primera noche de verano, la primera noche de invierno, que la Iglesia convirtió en Nochebuena... En la época de los Reyes Católicos se miran con interés vivo y se transcriben estos *cantares viejos,* que después penetrarán en las novelas de Cervantes, en las poesías de Góngora, Ledesma, Valdivielso, en las comedias de Lope, de Tirso, de Calderón. [8]

La historia ha pasado, de la vasta crónica impersonal, con mucho de epopeya hasta en los materiales, a la crónica individual, desde Pero López de Ayala. El historiador se vuelve personal: ejemplos, Fernán Pérez de Guzmán y Hernando del Pulgar, retratistas minuciosos y vivaces. Abunda en España la especie interesante del historiador partícipe de los sucesos que narra: es el que bien pronto intervendrá en el descubrimiento y la conquista de América.

Se multiplica la novela, recreo favorito de la nueva sociedad urbana de hábitos sedentarios. Del vasto corpus de narraciones y discursos morales de los siglos XIII y XIV, donde el enlace de los relatos se hace por mera adición, sale a la novela bien construida (la sentimental, de que es ejemplo la *Cárcel de amor,* de Diego de San Pedro) o siquiera con unidad de argumento en el personaje y la especie de aventuras que corre: la caballeresca, que ahora vendrá generalmente de fuera, pero que después de la publicación del *Amadís* (1508) se españolizará, proyectando sus delirios medievales sobre la época conquistadora de Carlos V. Cerca de la novela está uno de los mejores libros en prosa del siglo XV, el *Corbacho* de Alfonso Martínez de Toledo, Arcipreste de Talavera, amplio cuadro satírico de costumbres.

El drama existe desde la Edad Media en representaciones eclesiásticas: nace dentro de la liturgia, en latín, después en lengua vernácula; al fin se desliga y hasta sale del templo. Poco se ha conservado en España de aquel primitivo drama, común allí como en todo el Occidente (los datos son abundantísimos):

en latín, las representaciones que estudió Carl Lange (dos oficios pascuales del siglo XI, de tipo arcaico, en sus *Lateinische Oesterfeiern,* Munich, 1887) y las que contiene el códice de *Tolosanae Ecclesiae Preces,* en la Biblioteca Nacional de Madrid; en castellano, el incompleto *Auto de los Reyes Magos,* de Toledo, siglo XII; en catalán y sus dialectos, el *Misterio de Elche,* que proviene quizás del siglo XIII, con retoques posteriores, y se representaba hasta hace poco en la población alicantina, la *Asunción,* de Tarragona, del siglo XIV, el *Milacre* de 1412 y el fragmento de *San Cristóbal,* publicados por Milá, los fragmentos de *La conversión de la Magdalena* y de *Santa Cecilia* recogidos por Quadrado, los *Misterios* valencianos del día de Corpus. De la farsa juglaresca que se representaba en plazas y calles, nada se conserva, a menos que entren en cuenta los debates, como *Elena y María,* que probablemente se recitaban en forma dramática ante público.

Aquellos gérmenes dramáticos toman nuevo desarrollo a fines del siglo XV: después de los pocos y breves ensayos de Gómez Manrique y de Rodrigo Cota (en su *Diálogo* hay animación de obra escénica), los abundantes y variados de Juan del Encina (desde 1492), poeta y músico de corte que supo aprovechar las artes del pueblo. Desde entonces, los experimentos se multiplican: durarán cerca de cien años hasta que se defina el tipo de drama que adoptará como suyo la capital del reino. América recibirá el drama español en su forma experimental y hará experimentos propios combinándolo con elementos de arte indígena.[2]

Solitaria se presenta la *Celestina* (1499), obra del judío converso Fernando de Rojas († 1541). Está concebida teatralmente, para el escenario de "decoración simultánea", con tres interiores de casas, usual en el Renacimiento; en su acción y su lenguaje hay la libertad que se acostumbraba en Italia; sólo su longitud la hizo excesiva para el teatro. El argumento tiene similitudes de estructura con la historia de Romeo y Julieta; pero esta semejanza externa con Shakespeare no es única: hay semejanza interna, en la aptitud para fundir dos argumentos y para hacer alternar planos de vida distintos, y en la dimensión de profundidad de los personajes, dimensión que no será muy frecuente en el gran teatro español de cien años después, a pesar de sus cualidades magníficas de movimiento, de ingenio, de vitalidad poética. La descendencia de la *Celestina,* fascinada por la amplitud del modelo, buscó formas que la acercaron a la novela y se alejó de la concepción escénica; si no, el ejemplo de aquella obra extraordinaria habría podido crear una tradición dramática.

Admirable música es la española del tiempo de los Reyes Católicos: está principalmente en el *Cancionero de Palacio.* El compositor más conocido es Juan del Encina. Igualmente tuvieron fama en su tiempo Francisco Peñalosa y el vasco Juan de Anchieta. Como innovador teórico, Bartolomé Ramos de Pareja desde 1482 reforma la escala y enuncia principios de armonía, anticipándose al veneciano Zarlino.[10] Pero en la música del *Cancionero* no hay sólo maestría técnica: la distingue la intención expresiva. Y el canto popular da materia a muchas composiciones.[11] España, que ocupa poco espacio en las historias rutinarias de la música, es uno de los países donde debe estudiarse su desenvolvimiento desde la Edad Media, cuando se unen allí dos corrientes, la cristiana y la oriental. Este viejo arte, de que dan ejemplo las *Cantigas* del Rey Sabio, influye en la Europa occidental. La música, pues, tiene en España larga tradición artística cuando florece bajo los Reyes Católicos, anunciando la gran época de Victoria, Morales, Guerrero y Cabezón.

En arquitectura, el estilo gótico produce ahora construcciones de fuerte sabor español, a pesar de las innovaciones de origen francés, flamenco y alemán (tipo florido) y de las persistentes infiltraciones musulmanas. Principales monumentos, las Catedrales de Sevilla y de Oviedo. A fines de siglo xv y principios del xvi (1475-1525), "la arquitectura hispánica... dio al genio nacional su expresión más vibrante", de fantasía suntuosa, en el estilo isabelino (así llamado por Bertaux). Hasta los arquitectos extranjeros se nacionalizan. Ejemplos significativos: las Catedrales de Segovia y de Salamanca, comenzadas en la época isabelina, terminadas después; la Casa del Cordón en Burgos, la de las Conchas en Salamanca, la de los Picos en Segovia, la iglesia de San Juan de los Reyes en Toledo, el Seminario de Baeza. A veces el estilo da en barroco de anticipación, emparentado con el manuelino de Portugal: iglesia de San Pablo y Colegio de San Gregorio, en Valladolid; Palacio del Infantado en Guadalajara. En el Levante, el gótico se mantuvo sencillo junto al castellano: de allí irradió, con el poder de los reyes de Aragón, a Cerdeña, Sicilia, Rodas, Chipre.

Bajo los Reyes Católicos se empieza a conocer las formas del Renacimiento italiano, que ya da matices a muchas obras del estilo isabelino. Al principio sólo se adoptan formas decorativas que se sobreponen a la construcción ojival o a variedades de la mudéjar, combinación que subsiste hasta muy entrado el siglo xvi; después se adoptan juntas estructura y decoración, hasta llegar al Renacimiento puro (en pocos edificios), que en seguida se convierte en el españolísimo estilo plateresco, con su ornamentación de joya. Así, los primeros templos de América son estructuras ojivales: unas, con pocos toques modernos (en la ciudad de Santo Domingo, la iglesia de San Nicolás de Bari y probablemente la del convento de San Francisco: de sus ruinas queda poco en pie); otras, modernas en la decoración, particularmente las fachadas: la Catedral de Santo Domingo, la iglesia del Convento

Dominico, la del Convento de la Orden de la Merced; en México, da ejemplos la más antigua arquitectura local de tipo europeo, la franciscana y la agustina principalmente, en lugares muy diversos y distantes entre sí, como Campeche, Huejotzingo, Actopan, Yecapixtla, Tepeaca; igualmente en Puerto Rico, en Cuba, en la América del Sur. Hasta se observan extrañas supervivencias románicas.

La escultura florece en variedad de formas: los retablos góticos en bajorrelieves de piedra, muchas veces pintada, abundan en Aragón y Cataluña desde el siglo XIV, reciben luego el impulso genial de Pere Johán, se exaltan en la complicación florida de la Cartuja de Miraflores (Gil de Siloe) y la iglesia de San Nicolás, en Burgos, y viran hacia el Renacimiento con Damián Forment; los sepulcros: son famosos el del Doncel de Sigüenza, Martín Vázquez de Arce, obra colectiva (en la Catedral), y los de Gil de Siloe, artista central del período isabelino, que "convierte el alabastro en sutilísima tela labrada como a punta de aguja" (Menéndez Pelayo); las imágenes de tierra cocida y pintada, de madera pintada, de metal, de marfil; las sillerías de coro de las catedrales, particularmente en León y Castilla. Con la sillería se enlaza la rejería, forma de arte en que España revela singularmente de qué es capaz cuando el nativo vigor se perfecciona con la disciplina de la cultura, sometiendo al hierro a las más afinadas formas de expresión. Y las rejas son sólo una porción de las artes de herrería, entonces admirable en todas sus obras, emparentadas no pocas veces con la orfebrería, ya próxima a su madurez del Renacimiento.

En la pintura se entrecruzan corrientes: la toscana, que entró desde temprano a través de Cataluña, y la borgoñona-flamenca, que entró por Castilla en el siglo XV, con presencia personal de artistas extranjeros, y enseñó la técnica del óleo en lugar del tradicional procedimiento del temple. Eminente entre la multitud de pintores es Bartolomé Bermejo, el brioso cordobés residente en Aragón: uno de los grandes nombres en la historia de toda pintura. Grande artista es el maestro Alfonso, de quien sólo se sabe que pintó el *Martirio de San Medín* (Museo Municipal de Barcelona). A Cataluña, después de Luis Dalmau, a quien da modesto renombre su *Virgen de los Concelleres,* pertenecen Jaime Huguet y los Vergós, jefes de una escuela de aire popular; a Valencia, donde primero en España influye el Renacimiento (hacia 1470), Jacomart, jefe de la escuela local hasta la aparición del noble y fino Rodrigo de Osona, otro artista de importancia universal; a la zona leonesa, Fernando Gallegos, el más conspicuo de los flamenquizantes; a Castilla, el vigoroso Pedro González Berruguete; a Sevilla, el delicado y exquisito Alejo Fernández, cuya *Virgen del Buen Aire* es epónima de la primera ciudad del Río de la Plata.

La ciencia y la filosofía poco reciben ahora de fuente oriental; empieza la corriente de Italia. Entre aquel fin y este principio, la actividad española no es muy intensa. Se trabaja bien en astronomía (Abraham Zacuto, el eminente judío de Zaragoza, "que influyó decisivamente con sus investigaciones en el prodigioso progreso de la navegación"; Bernardo de Granollach; Antonio de Nebrija), en geografía, en náutica.[12] El descubrimiento de América da impulso nuevo a esos trabajos (Juan de la Cosa, Martín Fernández de Enciso, Alonso de Santa Cruz, Pedro de Medina, Martín Cortés), a la vez que estimula las observaciones zoológicas y botánicas, detenidas desde la decadencia de los árabes (Diego de Álvarez Chanca, carta al Cabildo de Sevilla, 1493; mucho después, Gonzalo Fernández de Oviedo, que publica el *Sumario de la natural y general historia de las Indias* en 1526, y fray Bartolomé de Las Casas, que en 1527 comienza a escribir su *Apologética historia de las Indias*).

De filosofía y teología, activas en las escuelas, hay muchos cultivadores, de los cuales son famosos todavía, por la proverbial multitud de sus escritos, el obispo de Ávila Alfonso de Madrigal, *El Tostado,* y, por el ruido que su saber y su elocuencia produjeron en Francia e Italia, el metafísico platonizante Fernando de Córdoba. La historia de los movimientos religiosos recuerda al filósofo, teólogo y escriturario Pedro de Osma, protestante anticipado. Y todavía interesa Raimundo Sabunde, con su *Theologia naturalis* y su *Liber creaturarum,* que Montaigne comentó largamente: pensador que hereda el misticismo racionalista de Lulio, pero propone métodos psicológicos de observación interna que lo sitúan en el camino hacia Descartes. Toda esta actividad prepara la de la época de Carlos V, la más libre y más luminosa del pensamiento filosófico y científico en España.

Tres siglos de actividad fecunda, desde Fernando el Santo hasta Isabel la Católica, hicieron de España, en la época del Descubrimiento de América, nación poderosa en Europa. Había sido para Occidente la intérprete de la cultura oriental, única real cultura filosófica, científica y técnica del Viejo Mundo desde el siglo VIII hasta el XII. Ahora, en 1492, la España cristiana era uno de los pueblos directores de la cultura occidental. Pero el afán de cultura no había hecho olvidar el ímpetu aventurero: el Descubrimiento ofrecerá campo para proezas de audacia superior a la de cuantas ilustraron la secular campaña contra los árabes. América nace en el mediodía luminoso de la abundancia espiritual de España.

APUNTACIONES MARGINALES

POESÍA TRADICIONAL

EXCELENTE antología, la de *Poesía de la Edad Media y poesía de tipo tradicional,* que publica Dámaso Alonso (1935).[1]

Paradójicamente, cuando resulta difícil elegir en la selva amazónica de la poesía contemporánea, resulta fácil elegir en la majestuosa estepa castellana de la poesía medieval: para nuestro tiempo, nos abruma la abundancia; para los comienzos del idioma, nos encoge la escasez. Mientras en Francia hay centenares de manuscritos de literatura medieval, en España se padece pobreza: síntoma de los azares de la vida española. Si hubo creación abundante, hubo pérdidas excesivas: las crónicas históricas —caso singular— nos revelan trasmutados a prosa, grandes y breves poemas desaparecidos; la tradición permite reconstruir el romance y a veces la canción lírica. Pero descubrir doscientos versos españoles en su prístina forma medieval es acontecimiento que agita al mundo de la filología románica, desde los vastos salones del Centro de Estudios Históricos hasta los seminarios de investigación en Gotemburgo y Upsala y los *departments* de Berkeley y Palo Alto.

Dámaso Alonso es poeta exquisito y por eso agudo crítico de poesía; nadie ha interpretado como él a Góngora. Su antología es amplísima y escogida con acierto constante: nada hay para desechar; hasta el aspecto tipográfico es perfecto. En la poesía estrictamente medieval no nos ofrece sorpresas, porque no pueden inventarse: aquí está representada la mayor parte de las cuarenta obras a que se nos reduce la Edad Media española desde el siglo XII hasta el XIV. Faltan poemas como la *Vida de San Ildefonso,* de vigor escaso, o el *Misterio de los Reyes Magos,* quizá por escrúpulos de incluir poesía dramática: bien que el *Misterio,* como superviviente único de su era, no crearía obligación futura. Aquí está, como piedra angular, el *Cantar de Mio Cid:* Dámaso Alonso nos da tres batallas (la de Alcocer tiene rotundez y claridad de predella florentina o sienesa); concede preferencia a momentos de emoción, la emoción tibia y honda del guerrero que fue padre de mujeres, como pudo cantarlo Alice Meynell. Aquí están Gonzalo de Berceo, con sus cuadros simples y claros, y Juan Lorenzo con sus cuadros atestados de figuras y colores. Aquí el Arcipreste, con su clave de doble teclado, en que alterna el *dolce stil* de "¡Ay Dios, cuán fermosa viene!" con la voz jocunda que cuenta el cuento de don Pitas Payas.

La epopeya arcaica no está limitada al *Mio Cid:* aquí está el

Rodrigo, ahora poco admirado, en otro tiempo generador de la figura del Cid joven que halló fortuna fuera de España; aquí están las lamentaciones de *Los infantes de Lara* y de *Roncesvalles:* la del padre de los infantes, acre y fiera; la de Carlomagno sobre Roldán, gemidora y blanda. Lástima que Dámaso Alonso no se haya ingeniado para darnos muestra de los poemas épicos prosificados en las Crónicas: ante todo, el *Cantar del cerco de Zamora,* obra maestra de intención y de tensión, con sus sorpresas y sus casos suspensos.

Entre los poemas cortos, a par de la fresca *Razón de amor* va el ameno debate entre *Elena y María,* uno de los descubrimientos de Menéndez Pidal, como *Los infantes de Lara* y *Roncesvalles.* Otro de los poemas descubiertos en este siglo que allí figuran —descubierto por Artigas— es la opaca disertación moral sobre *La miseria del hombre.* No hubo tiempo para dar cabida al *Poema de Yocef,* que González Llubera acaba de publicar en Inglaterra; pero está su gemelo, el *Poema de Yúçuf:* ambos narran la historia bíblica del hijo de Jacob, y son ventanas hacia Oriente, de que está lleno el viejo alcázar español.

La poesía medieval termina con las notas graves de Pero López de Ayala; pero hay después cien años, y más, antes de que comience la poesía plenamente moderna con Boscán y Garcilaso. Dámaso Alonso opta por hacer entrar en su antología todo el siglo xv y el trecho inicial del xvi: época de poesía culta, abundante y descolorida, que se salva en la desolada desnudez de las Coplas de Jorge Manrique. Pero sería injusto no salvar el bosquejo del poeta culto que anticipa el Marqués de Santillana —cuya buena literatura le permite lucirse en la calculada sencillez de sus *Serranillas*—, y la imagen del poeta culterano que anticipa Juan de Mena, y los acentos genuinos de Gómez Manrique, de Álvarez Gato, de Juan del Encina, de Gil Vicente, cuyo cantar "Muy graciosa es la doncella" le parece a Dámaso Alonso "tal vez la poesía más sencillamente bella de toda la literatura española"; y, entre tanto como se escribía, notas sueltas de poetas y de poetisas, como Florencia Pinar, una de las más antiguas que identificamos en nuestro idioma. Echamos de menos el misterio lírico del cantar del huerto de Melibea:

> ¡Oh, quién fuese la hortelana
> de aquestas viciosas flores!

La poca luz que irradia la poesía culta en el siglo xv se compensa con el esplendor milagroso de su poesía popular, la de aquellos *ínfimos,* como decía el Marqués. El romance viejo, en su mayor parte, nos viene del siglo xv; su abolengo es antiguo, pero sólo a unos pocos podemos asignarles época anterior. Y a este período, que va de fines del siglo xiv a principios del siglo xvi, pertenecen, sin discusión, muchas maravillas, no ya de España, sino del mundo todo: el romance del *Conde Arnaldos,* para Henley lo más hermoso que la poesía ha alcanzado a decir sobre el mar; el romance de *Abenámar,* que en breves líneas exprime toda la magia del arte oriental entrevisto por ojos occidentales; los agravios y querellas, en arrullo y picotazo, de *Fontefrida* y *Rosa fresca;* las mimosas quejas de la mora Moraima; las finas argucias de *La hija del rey de Francia;* la historia sombría de la esposa infiel —*Blanca Niña*— y la historia feliz de la esposa fiel —*La falsa nueva*—; la bárbara tragedia del *Conde Alarcos;* el formidable desfile de la historia de España, desde el Rodrigo que la perdió hasta el Rodrigo que mejor lidia por recobrarla. Para los romances viejos bastaba poner mano en ellos y sacar tesoros. Dámaso Alonso dedica especial atención a los romances que todavía canta el pueblo en España y en América: *Bernal Francés* y *La doncella que fue a la guerra,* de cuya antigüedad tenemos pruebas, pero que sólo hemos podido recoger íntegros en tiempos recientes; *La falsa nueva* o *Las señas del marido* ("Por esas señas, señora, su marido muerto es"), *Blanca Niña, La amiga muerta* ("¿Dónde vas, el caballero; dónde vas, triste de ti?"), *Gerineldo, Fontefrida...* ¿Por qué falta *Delgadina,* el romance de vida tenaz y profusa?

La novedad extraordinaria de la antología de Dámaso Alonso está en la selección de cantares líricos. Hasta hace poco se afirmaba perezosamente que en la Edad Media Castilla tuvo poesía épica, pero escribía sus versos líricos en galaico-portugués. Y el pueblo castellano que no sabía de modas trovadorescas ¿no cantaría en su propia lengua? Nadie pensaba en el problema hasta que Menéndez Pidal le echó luz y demostró en su renovador estudio sobre *La primitiva poesía lírica española* (1919) cómo Castilla tuvo cantares de amor, y de viajes, y de fiestas, tanto como Galicia y Portugal: que si muy pocas muestras quedan en manuscritos medievales, desde el siglo xv se recoge multitud de cantares que se llaman *viejos* y representan formas líricas arcaicas. Creo haber contribuido a esta restauración necesaria con mi libro sobre el verso fluctuante (1920), donde reuní muchos materiales poco conocidos.

No puede llevar nombre de medieval esta poesía lírica: en la forma en que hoy se conservan, los ejemplares que conocemos no tienen siquiera la antigüedad de los más viejos romances; pero sí sabemos que afinca sus raíces en la Edad Media y debe llamarse poesía tradicional. Dámaso Alonso la pone, con derecho y justicia, en su antología, y lleva sus incursiones hasta el siglo xvii, hasta las reminiscencias arcaicas que fluyen en el teatro de Lope y de Tirso, como aquella encantadora cántica de "Velador que el castillo velas", cuyo antecedente lo encontramos cuatro siglos antes, en Berceo, en el cantar de los guardias junto al sepulcro de Jesús. Echo de menos a Cervantes, con su *Polvico* y su *Si yo no me guardo.*

Esta poesía tradicional, anónima en su mayor parte, entra de lleno ahora por primera vez, con la antología de Alonso, a ocupar su puesto entre la gran literatura española, "entre lo más delgado y límpido de nuestro arte". Cuando sean mejor conocidos, estarán muy cerca de los romances en la memoria de los amantes de la mejor poesía cantares como éstos:

Madre, la mi madre,
el mi lindo amigo
moricos de allende
lo llevan cativo:
cadenas de oro,
candado morisco...

Abaja los ojos, casada,
no mates a quien te miraba...

¿Y con qué la lavaré,
la flor de la mi cara?
¿Y con qué la lavaré,
que vivo mal penada?
Lávanse las mozas
con agua de limones;
lavarme he yo, cuitada,
con penas y dolores.

Aquellas sierras, madre,
altas son de subir:
corrían los caños,
daban en el toronjil.
Madre, aquellas sierras
llenas son de flores:
encima de ellas
tengo mis amores.

De los álamos vengo, madre,
de ver cómo los menea el aire.
De los álamos de Sevilla,
de ver a mi linda amiga.
De ver cómo los menea el aire,
de los álamos vengo, madre.

Quiero dormir y no puedo,
que el amor me quita el sueño.
Manda pregonar el Rey
por Granada y por Sevilla
que todo hombre enamorado
que se case con su amiga...
¿Qué haré triste, cuitado,
que era casada la mía?

Alta estaba la peña,
nace la malva en ella.
Alta estaba la peña,
riberas del río;
nace la malva en ella
y el trébol florido.

¡Ay luna que reluces,
toda la noche me alumbres!...

La investigación puede extenderse hasta América y demostrar cómo persistió entre nosotros el cantar tradicional: pruebas podrían hallarse, por ejemplo, en los *Coloquios* de Fernán González de Eslava, escritos en México en el siglo XVI, o, más adelante, en sor Juana Inés de la Cruz.

Y aunque la investigación de Dámaso Alonso ha sido extensísima, yendo hasta hurgar en papeles inéditos, todavía le pediríamos cosas que nos deleitan:

Si queréis que os enrame la puerta,
vida mía de mi corazón,
si queréis que os enrame la puerta,
vuestros amores míos son.

Arrojóme las naranjicas
con las ramas del blanco azahar,
arrojómelas y arrojéselas
y volviómelas a arrojar.

Morenica me llaman, madre,
desde el día que yo nací:
al galán que me ronda la puerta
blanca y rubia le parecí.

—Cobarde caballero,
¿de quién habedes miedo?
¿De quién habedes miedo,
durmiendo conmigo?
—De vos, mi señora,
que tenéis otro amigo.
—Cobarde caballero,
¿de quién habedes miedo?

Alabásteisos, caballero,
gentil hombre aragonés,
no os alabaréis otra vez.
Alabásteisos en Sevilla
que teníades linda amiga:
gentil hombre aragonés:
no os alabaréis otra vez.

La antología de Dámaso Alonso es obra maestra de elección y de construcción. Y antologías de esta calidad excepcional son signo de cultura en madurez, la renovada madurez de la moderna cultura española.

LA CELESTINA

"Libro en mi opinión, divino", dijo de la *Celestina* Cervantes, bien que agregó: "si encubriera más lo humano". Obra extraordinaria en todo: energía de la pasión, cuya humana amplitud recorre entera la platónica escala que va desde la dulzura de la carne hasta la exaltación ideal; motivación fatal y marcha irrevocable de la acción, con felices audacias como la muerte de Celestina precediendo a la de los amantes —situada después, habría parecido pueril justicia poética—; creación de personajes, con el don de vivir dentro de ellos y desde dentro pensar y sentir como sólo ellos podían sentir y pensar; manejo contrapuntístico de dos argumentos y dos planos de vida; lenguaje riquísimo.

Sentimos esta obra cerca del drama de Shakespeare más que de Lope y Calderón: en parte por similitud de genio, en parte por similitud de época. La *Celestina* (1499) se escribió en momento de plenitud, la plenitud juvenil que alcanzó la vida española bajo los Reyes Católicos; es contemporánea de la toma de Granada y del descubrimiento de América. Aquella plenitud, hecha de libertad y abundancia, capaz de exceso, dura hasta Carlos V; después declina. A la época de Isabel la Católica en España corresponde —vitalmente— la de Isabel la protestante en Inglaterra.

Si de la *Celestina* hubiera podido nacer directamente el gran teatro español, se habría configurado de modo distinto del que tuvo. Pero la *Celestina* se anticipó en cerca de cien años al teatro moderno, que sólo se constituye cuando cuenta con público grande y puede ocupar edificios propios y fijos en las capitales de los tres reinos dominantes de Europa: Madrid, Londres, París. La *Celestina* influye durante cincuenta años en el teatro español embrionario: en Juan del Encina, en Gil Vicente, en Torres Naharro, en Jaime de Huete, en Lope de Rueda; pero deja de influir salvo reminiscencias ocasionales, cuando se define el tipo de drama —tres jornadas en verso— que había de dominar el siglo XVII. Su más larga descendencia está en las "acciones en prosa" escritas para la lectura, como la *Tragicomedia de Lisandro y Roselia,* de Sancho de Muñón, la *Tragedia Policiana,* de Sebastián Fernández, la *Comedia Selvagia,* de Alonso de Villegas, *La Lena,* de Alfonso Velázquez de Velasco, hasta *La Dorotea* de Lope de Vega (1632).

Y sin embargo, la *Celestina* está concebida escénicamente, dentro del antiguo escenario de "decoraciones simultáneas" en que había tres interiores posibles, detrás de cortinas corredizas, y el espacio delantero, libre, servía para los personajes que atraviesan calles o caminos. A fines del siglo xv, no sólo el teatro moderno estaba en embrión: el escenario también lo estaba; apenas empezaba a modificar en los palacios italianos del Renacimiento, las estructuras que habían servido para las representaciones religiosas y las farsas de la Edad Media. Dónde haya visto escenarios de tipo Renacimiento el autor de la *Celestina*, no podemos conjeturarlo; tal vez no los vio, pero debió de tener noticias de ellos, como conocedor que era de la cultura italiana de su tiempo. La *Celestina* es una comedia humanística del tipo de las que se escribían y representaban en la Italia del siglo xv, generalmente en latín; precede a las que escribieron en italiano Maquiavelo, Ariosto, Bibbiena y Aretino. Como ellas, se sitúa dentro de la tradición de la comedia latina de Plauto y Terencio; pero en intensidad deja muy atrás a latinos e italianos.

Fuera de las semejanzas generales entre la *Celestina* y el drama de Shakespeare, hay semejanzas especiales con *Romeo y Julieta*. Se ha tratado de explicarlas mediante el cómodo sistema de la conexión cronológica: la obra española se conocía en Inglaterra. John Rastell había adaptado al teatro inglés los cuatro primeros actos hacia 1530, y en la época de Shakespeare se tradujo entera y él pudo conocer manuscrita la traducción antes de la época en que compuso su tragedia (1593-1594). Podía pensarse al revés: que el autor de la *Celestina* conociese la leyenda de Romeo y Julieta en versión italiana. Pero la leyenda de los amantes de Verona no aparece escrita antes del siglo xvi. En realidad, la obra de Shakespeare y la de Rojas se fundan en la vieja historia de los dos amantes que mueren juntos, cuyas transformaciones merecerían estudio especial como el que dedicó Gilbert Murray a Hamlet y Orestes, dos leyendas que son una. Los dos amantes que mueren juntos, o el uno a poca distancia del otro, son en Grecia Píramo y Tisbe, Hero y Leandro; entre los celtas de la Edad Media, Tristán e Iseo; entre los árabes, Laili y Majnun. En el *Callimachus* de Hroswitha (siglo x) el tema se aproxima ya a la historia de Romeo y Julieta. En España existe la leyenda local de los amantes de Teruel, cuyo *liebestod* no es simple como el de Iseo sino doble: inspiró las obras de Antonio Serón (1567), Bartolomé de Villalba (1577), Andrés Rey de Artieda (1581), Juan Yagüe de Salas (1616), Tirso de Molina y Juan Pérez de Montalván, para reaparecer en la era romántica con Hartzenbusch (1837). Historia muy similar a la de los amantes de Teruel cuenta Boccaccio como florentina en el *Decamerón,* IV, octava, *Girolamo y Salvestra:* hasta se supone que la leyenda aragonesa haya sido adaptación del cuento italiano. Está, además, en el poema alemán *Frauentreue,* del siglo xiv.

En el siglo xv ya había adquirido forma especial en Italia la historia de los dos amantes que son hijos de familias enemigas: está en uno de los cuentos del *Novellino,* de Masuccio de Salerno (1476), donde los personajes son de Siena y el final trágico; en otro cuento del siglo xv, atribuido a Leone Battista Alberti, los amantes son de Florencia y el final es feliz. Por fin, Luigi da Porto, en su *Istoria di due nobili amanti* (impresa desde alrededor de 1524), los llama Romeo y Julieta y los sitúa en Verona, en las familias de los Montecchi y los Cappelletti, cuyas riñas perpetuas y "saña vieja alzada" menciona Dante en el canto VI del *Purgatorio*. A partir de Luigi da Porto, la leyenda adquiere enorme popularidad: pasa a Bolderi (1553), a Bandello (1554), a Groto (1578) y hasta a la historia de Verona, en Girolamo della Corte (1594-1596).

¿Quién es el autor de la *Celestina*? Fernando de Rojas, desde luego: así lo declaran las coplas acrósticas de la edición del 1501; así lo confirman documentos posteriores, judicial uno de ellos. Nació en la Puebla de Montalbán, dentro de la actual provincia de Toledo, y residió en Talavera de la Reina, donde fue alcalde. Allí murió en 1541: habían pasado más de cuarenta años desde que había escrito en la *Celestina,* obra juvenil, como se ve. No se sabe que haya publicado otra cosa. Como otros hombres de genio —Shakespeare, por ejemplo—, abandona las letras: hecho sorprendente para nuestra época, impregnada todavía de nociones románticas sobre la vocación artística. Tal vez se creyó constreñido por la profesión de jurisconsulto a renunciar a los devaneos literarios: así lo hacen sospechar los escrúpulos que se expresan en los preliminares de 1501.

En otro tiempo se creía que el acto primero, el más largo de la obra, no era de Rojas sino de Juan de Mena o de Rodrigo Cota. El fundamento eran las indicaciones de la carta "del auctor a un su amigo" y las coplas acrósticas. Ahora sabemos que esas indicaciones no existen en la versión primitiva de la carta y de las coplas, en 1501; fueron agregadas en 1502, como ficción que sirviera de excusa para las audacias de la obra. La crítica contemporánea se inclina en general a creer que Rojas haya escrito los dieciséis actos que constituyen la comedia en las ediciones de 1499 y 1501.

Pero después ha nacido la duda de que Rojas haya escrito las interpolaciones de 1502, que llevaron la obra hasta veintiún actos.[1] El argumento es de Foulché-Delbosc. Opinó en contra, con razonamiento extenso y brillante, Menéndez Pelayo, autor de los mejores estudios sobre la comedia. No hay diferencias sustanciales de estilo entre las porciones primitivas y las intercaladas; cierto que a veces las adiciones recargan pedantescamente el diálogo: pero esta manera de recargo existía ya en la obra primitiva: por ejemplo, en los lamentos finales de Melibea y de Pleberio. Mejor objeción es la de que las adiciones introducen episodios cuya motivación y encadenamiento no están muy bien justificados. Pero en ellos hay novedades espléndidas como la escena del jardín, con las deliciosas canciones de Melibea y Lucrecia, y el personaje Centurio, arquetipo de rufián cobarde. Tanto cabe pensar que las adiciones las hizo Rojas, y al hacerlas alteró el buen ajuste de la obra primitiva, como que las hizo otro autor, apoderándose del sentido de la comedia y del carácter de los personajes, aunque no tanto de su mecanismo dramático. Queda el problema de que la calidad genial parecería apenas menor en el autor de las adiciones que en el de la obra primitiva.

LOS MATEMÁTICOS ESPAÑOLES

CUANDO murió don Marcelino Menéndez y Pelayo, dijo de él Ramiro de Maeztu que era uno de los autores involuntarios del pesimismo español. Durante el siglo XIX se creía ingenuamente que España debía su atraso general a la falta de ciencia y de las aplicaciones prácticas del conocimiento científico: la explicación resultaba satisfactoria, y el remedio posible. Pero Menéndez Pelayo, empujado por su devoción patriótica de español y su pasión apologética de creyente, dedicó magno esfuerzo a probar que la España de los Siglos de Oro, la España del imperialismo católico, sí había producido ciencia; entonces, según Maeztu, la gente se convenció de que el mal de España es misterioso y no tiene remedio.

Los datos de Menéndez Pelayo, reforzados con los de Picatoste y Fernández Vallín, pasaron a libros de historia, a obras de divulgación. Pero no cundieron fuera de España, y aun en España no convencieron a todos, a pesar de la opinión de Maeztu. Si la ciencia española era eminente ¿cómo se la había olvidado? ¿Quién ha olvidado a Galileo ni a Kepler? ¿A Descartes o a Newton? Ni se podría invocar la decadencia política de España como incitación al olvido: Polonia decayó hasta desaparecer como nación, y nadie olvidó a Copérnico. A veces nos dábamos cuenta del alcance de la ciencia española: en la primera mitad del siglo XVI llega a esbozar teorías y descubrimientos, como el de la circulación de la sangre en Servet —que la observó, según parece, sólo parcialmente— o el de la inducción electromagnética en Pérez de Oliva: raras veces pasó del esbozo. Hasta las noticias son casuales, como, en el siglo siguiente, la observación de Tirso de Molina sobre el transformismo de las especies animales.

El problema de la ciencia española reclamaba nuevo planteo. Para las ciencias exactas viene a darnos la solución definitiva el libro de don Julio Rey Pastor, sabio joven e ilustre, *Los matemáticos españoles del siglo XVI* (Madrid, 1926). Es libro que debe señalarse a la atención de todos aquellos a quienes interese la historia de la cultura. Rey Pastor demuestra que las ilusiones de Menéndez Pelayo y de sus secuaces tienen escaso fundamento: con pocas excepciones, los matemáticos españoles y portugueses fueron insignificantes o extravagantes. ¿Qué ha hecho para demostrarlo? Lo que olvidaron sus predecesores al esbozar la historia de la cultura española: leer los libros que se aducían como pruebas. Según Menéndez Pelayo, el *Curso de matemáticas* de Pedro Ciruelo "compite con los mejores de su clase dados a la estampa fuera de España en el siglo XVI"; según Fernández Vallín, es "el primer curso completo de estas ciencias" y crea "el sistema y la disciplina" de ellas. Pero Rey Pastor demuestra que, si se omiten cuatro pequeñas innovaciones personales de método, el Maestro Ciruelo sólo había alcanzado el nivel de la matemática europea en el siglo XIV: no conoció las obras que representan los progresos del siglo XV, como la *Summa* de Lucas de Burgo (1494), "o, si las conoció, no quiso entrar por los nuevos cauces de la aritmética algebraica". Y hay personajes a quienes los apologistas atribuyeron méritos extraordinarios: leídas sus obras, resultan meros copistas, como Antich Rocha, o cuadradores del círculo y engendradores de delirios, como Jaime Falcó y Molina Cano.

Plan de la obra de Rey Pastor: después de rapidísimo y claro bosquejo de la historia de la matemática europea hasta el siglo XV, estudia a los matemáticos de la Península Ibérica en tres grupos: aritméticos, algebristas, geómetras. Los aritméticos: aparte de Ciruelo y Silíceo, discretos pero atrasados, sólo hay que señalar como talentos originales a fray Juan de Ortega y al portugués Álvaro Tomás. ¿Por qué estaban atrasados Ciruelo, Silíceo, Lax? Porque perfeccionaron sus estudios en París, donde luego enseñaron: Francia, durante los albores del siglo XVI, se había retrasado gravemente respecto de Italia y Alemania; la *Triparty* de Chuquet permaneció desconocida hasta 1520. De los españoles que viajaron por Italia, como Pérez de Oliva, no han quedado escritos sobre matemáticas, y se ignora si lograron "ponerse al día". Pero Ortega y Tomás fueron "dos hombres modestos... que aportaron... algunas ideas originales": el primero, sus aproximaciones para la extracción de raíces cuadradas; el segundo, su teoría cinemática, expuesta "con método aritmético puro".

Los algebristas: España olvidó totalmente el álgebra de los árabes, a pesar de que allí estuvo "años y años Gerardo de Cremona, apropiándose con ardor la ciencia atesorada por aquella raza" para llevársela a Italia, "donde produce toda una revolución espiritual". En el siglo XVI, es el alemán Marco Aurel quien devuelve el álgebra a la tierra donde había florecido entre los infieles. Su mediocre libro, publicado en 1552, "ejerció gran influencia". Divulgador entusiasta, apóstol de la cultura científica, es el bachiller Juan Pérez de Moya. Pero la única contribución original la da el portugués Pedro Juan Núñez, *Nonnius*, "con ideas verdaderamente geniales, que lo colocan a una altura inmensa sobre los demás matemáticos españoles y portugueses de aquella época". Queda para monografía especial la exposición completa de sus ideas, y de paso se recuerda su invención del nonio, después llamado el vernier, y sus contribuciones a la astronomía —fue quizás el primer cosmógrafo de su época— y a la geometría, como el trascendental descubrimiento de la curva loxodrómica, esencial para la navegación moderna. Caso que es síntoma: Núñez no se sintió tentado (1564) de explicar las ecuaciones de tercero y de cuarto grado en su *Álgebra* "porque el trabajo era grande y muy chico el loor": son sus palabras; y así "la resolución de la ecuación cúbica, como la bicuadrática, continuó desconocida para España y Portugal".

Los geómetras: en geometría no hay nada sustancial. Uno de los pocos geómetras que aportan una que otra diminuta novedad es Juan de Porres Osorio, mexicano, jurista de profesión, pero aficionado a las ciencias exactas, como posteriores coterráneos suyos del siglo XVIII.

Hay inquietud de preguntar: ¿qué ocurre después del siglo XVI? La Academia de Matemáticas, establecida en Salamanca en 1590, para remediar el visible atraso, desaparece en 1624. De ahí en adelante apenas se publica otra cosa que "libros de cuentas y geometrías de sastres". En el siglo XVII se tropieza con una excepción, Hugo de Omerique, consagrado a la geometría analítica: Rey Pastor le dedicará otra monografía. En el XVIII, nada. Después de mediado el XIX comienzan las tareas vulgarizadoras de Echegaray, a las cuales siguen las revolucionarias de García de Galdeano y de Eduardo Torroja, el maestro de Rey Pastor, con quien ¡al fin! la matemática española adquiere nombre universal. Y digo española, ahora, en sentido estrecho, porque Nonnius, única gloria universal de la Península en épocas anteriores, es portugués.

¿Cómo se explica el atraso de España en matemáticas? Quienes nos hemos planteado el problema del "espíritu moderno" en la España de los siglos áureos advertimos que, en todo cuanto significa cultura filosófica y científica, hay un momento de libertad y de inquietud, lleno de luminosa promesa, con unas cuantas realizaciones cabales: la época de Carlos V, con los erasmistas, Juan de Valdés, Luis Vives, Francisco de Vitoria, Domingo de Soto, Miguel Servet. Hacia mediados del siglo XVI, la luz se amortigua: los impulsos modernos se adormecen, y se inicia el confinamiento que habrá de caracterizar el reinado de Felipe II. En la historia de las matemáticas, Rey Pastor lo demuestra: los primeros años de la centuria son de actividad generosa, aunque desorientada por el influjo de la Sorbona. Los mejores trabajos llevan fechas de 1509 (Álvaro Tomás), 1534 (Ortega: es la fecha de sus reformas importantes; la primera edición de su *Tractado* es de 1512), y entre 1530 y 1535, cuando dice Núñez haber escrito su *Álgebra,* no publicada hasta 1564. Pero luego, cuando las ideas nuevas pasaban al dominio común en Italia, en Francia, en Inglaterra, en Alemania, "en este momento crítico —dice Rey Pastor— en que más necesitados estábamos de contacto con Europa, una disposición desdichada prohibió *pasar los naturales de estos reinos a estudiar fuera de ellos,* fundándose en que las universidades españolas *van de cada día en gran disminución y quiebra".* Es pragmática de 22 de noviembre de 1550. Día nefasto.

LAS NOVELAS EJEMPLARES

CERVANTES publicó las *Novelas ejemplares* en Madrid, 1613, después de la Primera Parte de *Don Quijote* (1605) y antes de la Segunda (1615). Probablemente comenzó a escribirlas hacia 1600: ya en 1605, en el *Quijote,* menciona la de *Rinconete y Cortadillo.* Usa la palabra *novela* en el sentido de narración imaginativa de mediana extensión, a mitad de camino entre la narración larga, la "historia fingida", y el cuento.[1] La narración larga sí se había cultivado desde el final de la Edad Media, y para la época de Cervantes ya habían florecido o florecían formas como la caballeresca, la sentimental, la pastoril, la picaresca, la de amor y aventuras, de corte bizantino.

Boccaccio, en el siglo XIV, es el primer novelador europeo de estilo moderno: en su obra se hallan todas las formas de su tiempo. Después las formas se reparten entre autores distintos, para quienes Boccaccio es muchas veces el maestro. En Cervantes vuelven a reunirse todas las formas, y después se reparten de nuevo. Su influencia dura hasta bien entrado el siglo XIX.

Cuando él florecía, había pasado ya el esplendor de las novelas caballerescas: como de niño y de joven las leyó mucho, todavía alcanzó a parodiarlas en *Don Quijote,* pero superando el propósito paródico al avanzar en la narración y en la construcción de las dos figuras centrales. Escribió una novela de pastores, *La Galatea* (1585); veinte años después pone en el *Quijote* episodios pastoriles (Marcela y Grisóstomo; Basilio y Quiteria) y hasta breves parodias. Dentro del *Quijote* entretejió además una novela sentimental, la historia de Cardenio, una de aventuras, con rasgos autobiográficos, *El cautivo,* y otra de tipo nuevo, de problema psicológico, *El curioso impertinente.* Otra novela de aventuras, cercana al tipo bizantino, es la última que compuso, *Los trabajos de Persiles y Sigismunda.*

En las *Novelas ejemplares* hay variedad de tipos: predomina el romancesco con historias de hijos desconocidos o extraviados y finalmente reconocidos por los padres, con disfraces, viajes, penalidades y aventuras, en *La gitanilla, El amante liberal, La española inglesa, La fuerza de la sangre, La ilustre fregona, Las dos doncellas, La señora Cornelia.* Una tiene contactos con el tipo picaresco, *Rinconete y Cortadillo,* pintura más que narración. *El Licenciado Vidriera* es la historia de una locura genial, como la de Don Quijote, en que el loco conserva alta lucidez intelectual fuera de su manía. *El coloquio de los perros* es diálogo de la familia lucianesca, ilustre en España desde Alfonso de Valdés: "es, con el *Quijote,* la obra de imaginación más original, interesante y per-

fecta de aquellos tiempos", dice —con exageración— Francisco
A. de Icaza. Son, finalmente, novelas de costumbres *El casamiento
engañoso* y *El celoso extremeño,* que por su problema psicológico
está emparentado con *El curioso impertinente.*

De Italia procedían, con el nombre, los modelos de la novela
corta. Cervantes había leído a Boccaccio y a su descendencia;
pero en ninguna de sus narraciones imita obras italianas. Él declara que todas salieron de su cabeza; "historiaba sus propios
sucesos" en más de una ocasión. Por eso resulta dudoso que haya
escrito *La tía fingida,* atribuida a él porque se encontró unida a
versiones de *Rinconete y Cortadillo* y de *El celoso extremeño*
en el manuscrito del Licenciado Francisco Porras de la Cámara,
pero obra poco original, donde hay pasajes de directa imitación
de los *Ragionamenti* de Pietro Aretino.

Las *Novelas ejemplares* son para el lector moderno el complemento indispensable del *Quijote,* se ha dicho muchas veces.
Según Friedrich von Schlegel, "quien no guste de ellas y no las encuentre divinas jamás podrá entender ni apreciar el *Quijote".*
Goethe decía, en carta a Schiller (1795), que en ellas halló "un
tesoro de deleite y de enseñanzas". Y añade: "¡Cómo nos rego-
cijamos cuando podemos reconocer como bueno lo que ya está
reconocido como tal, y cómo adelantamos en el camino cuando
vemos obras realizadas de acuerdo con los principios que aplica-
mos nosotros mismos en la medida de nuestras fuerzas y dentro
de nuestra esfera!"

Cervantes es uno de los raros casos en que el genio se manifiesta tardíamente, cuando la existencia empieza a declinar. Los
mejores años de su juventud se consumieron en viajes, hazañas
guerreras y cautiverio. De regreso en España, sus primeros trabajos —poesía, novela, teatro —no manifiestan sino pequeña parte
de su poder creador. Cuando al fin encuentra su camino, trae
consigo la larga experiencia de una vida que comenzó con grandes esperanzas, que se arriesgó en "la más memorable y alta
ocasión que vieron los pasados siglos ni esperan ver los venideros", pero que hubo de resignarse por fin al esfuerzo diario
y constante, mediocremente recompensado. Esta experiencia no
se vuelve amarga, porque su espíritu es generoso: todo en él es
ahora fruto perfecto, dulce y maduro. Como el mancebo hindú
en el poema de Deligne, "para todos los hombres le ha nacido
una benevolencia sobrehumana" Es el más bondadoso de los
creadores de humanidad; no le gusta engendrar figuras de perversos; su humor no lleva hiel. Pero nada tiene de optimista
cándido: sabe "que no tiene otra cosa buena el mundo sino hacer
sus acciones siempre de una misma manera, por que no se engañe
nadie sino por su propia ignorancia". Las leyes naturales son
inflexibles. Pero tiene fe en el espíritu, que "fabrica perpetuamente su mundo por encima del mundo natural".

LAS TRAGEDIAS POPULARES DE LOPE

ENTRE la enorme obra de Lope de Vega —enorme en sí, pero más enorme todavía según la exageración en que se complacieron él y sus admiradores—[1] atraen hoy la atención, por encima de todos, los dramas en que se representa el conflicto entre los nobles y los plebeyos al final de la Edad Media: *Fuenteovejuna, El mejor alcalde el rey, Peribáñez y el Comendador de Ocaña.* *El Alcalde de Zalamea* pertenece al grupo, pero se ha eclipsado detrás del *rifacimento* de Calderón, cuyo vigor de caracteres apenas halla en todo el drama español cosa que le iguale, fuera de la *Celestina.*

Dos elementos entran en estos dramas de Lope, uno histórico, otro filosófico. El histórico es el conflicto político que llena los siglos XIV y XV en España; los nobles oprimen al pueblo y son rebeldes al rey; el pueblo y el rey se unen para quebrantar el poder de los nobles. Desde el siglo XIII, el villano, el campesino y el hombre llano de las villas y de las ciudades, empieza a enriquecerse en Europa. Ya en el siglo XIV, esta clase antes sumisa a la aristocracia guerrera se siente vigorosa: nace la burguesía moderna. Los reyes, hasta entonces centros de equilibrio inestable, descubren nuevos horizontes: el poder real puede unificarse y ejercerse pacíficamente. En España, para sofocar "el perpetuo motín nobiliario", como lo llama Menéndez Pelayo, el pueblo es buen apoyo. La lucha para concentrar el poder en el monarca llega a su término con Isabel de Castilla y Fernando de Aragón.

La tragedia de *Fuenteovejuna* es histórica: los hechos ocurrieron bajo los Reyes Católicos. La fuente de Lope es la *Crónica de las tres Órdenes de Caballería de Santiago, Calatrava y Alcántara,* de fray Francisco de Rades y Andrada (Toledo, 1572). La tragedia de *Peribáñez* quizá sea legendaria: parecería de romance popular la copla de "Más quiero yo a Peribáñez...". Lope sitúa la acción al final del reinado de Enrique III, "el doliente", el rey enfermizo pero enérgico de quien se cuenta que, habiéndose convencido de que había "veinte reyes en Castilla", veinte señores poderosos que vivían en lujoso esplendor a costa del pueblo y de la corona, decidió someterlos reuniéndolos en su palacio y amenazándolos de súbita muerte: la anécdota no es histórica pero es simbólica. La tragedia de *El mejor alcalde el rey* es de época anterior: la *Crónica general* la cuenta como ocurrida en el siglo XII. Como se ve, sólo *Fuenteovejuna* está ligada históricamente al conflicto de la monarquía, la nobleza y el pueblo; pero Lope trata los tres temas con idéntico espíritu: no con sentido histórico —aquel conflicto ya no le interesaba o no lo comprendía— sino con fe en la justicia de los reyes y en la honestidad de los hombres humildes.

El elemento filosófico que inspira a Lope es la doctrina de la superior virtud de la vida sencilla, una de las doctrinas tradicionales en la ética de los pueblos del Mediterráneo. Su fórmula suprema está en una de las bienaventuranzas del Sermón de la Montaña: "Bienaventurados los pobres en espíritu", es decir, los que saben acogerse a la pobreza como sendero de virtud.

El griego de la gran época, el que ha vencido la ingenua admiración homérica ante las riquezas suntuosas, concibió la vida sencilla como la única realmente civilizada: la opulencia, el derroche, el "lujo asiático", los tesoros de Midas y de Creso, eran signos de semibarbarie. Sócrates es el arquetipo del hombre de la vida sencilla; Diógenes, la caricatura, admirada sin embargo. Y hasta los poetas de la Roma imperial suspiraban por la felicidad de los campos y tronaban contra la corrupción, recordando las virtudes que florecieron bajo la república. Para Lope, hombre de gran ciudad, de capital fastuosa, la vida sencilla tuvo siempre fascinación: el tema aparece en su obra bajo multitud de formas, desde las que se inspiran en la historia de Cristo (Jesús en el pesebre, Jesús buen pastor...) o en la poesía clásica (como en las églogas de Virgilio o en el "Beatus ille..." de Horacio) hasta las que se apoyan en canciones y danzas campesinas de España o en la descripción idílica de los indios de América, que impresionaron hondamente la imaginación del europeo.

TIRSO DE MOLINA

Fray Gabriel Téllez, conocido en las letras bajo el seudónimo de *Tirso de Molina,* era madrileño, como Lope de Vega y Calderón de la Barca, sus dos máximos compañeros en el teatro español del siglo XVII. Según una indicación póstuma, en su retrato del convento de mercedarios en Soria, habría nacido en 1571 o 1572. Doña Blanca de los Ríos, su gran devota, descubrió por fin una partida de bautismo con fecha de Madrid, 1584, donde una anotación marginal de mano desconocida dice que este Gabriel es hijo de Pedro Téllez Girón, el primer Duque de Osuna. A los argumentos de la señora de los Ríos puedo agregar otro dato, que confirma el de la partida de bautismo. Cuando Tirso debía embarcarse, en enero de 1616, para la isla de Santo Domingo, la información que da al Consejo de Indias el vicario fray Juan Gómez, de la Orden de la Merced, dice: "Fray Gabriel Téllez, predicador y lector, de edad de treinta y tres años; frente elevada, barbinegro".[1]

Como Tirso entró joven en religión, su vida es poco variada; profesó como fraile mercedario en enero de 1601; estrenaba comedias ya en 1610; de 1616 a 1618 estuvo en Santo Domingo, con el grupo de frailes encargados de reformar los estudios en el Convento de la Merced; publicó cinco *Partes* o colecciones de sus comedias (la I en 1627; la II en 1635; la III en 1634; la IV en 1635; la V en 1636) y dos libros misceláneos, con disertaciones, versos, novelas cortas y comedias, *Los cigarrales de Toledo* (hacia 1621) y *Deleitar aprovechando* (1635). En 1618 es definidor de su Orden en Guadalajara; después vive en Madrid o en Toledo; en 1626-1627, superior del convento de Trujillo; hacia 1634, definidor de la provincia mercedaria de Castilla; en 1645, superior del convento de Soria. Allí muere en 1648. Se cree que diez años antes de morir había dejado de escribir para el teatro. Se le atribuyeron, con la exageración española de la época, entre trescientas y cuatrocientas comedias: tal vez no haya escrito mucho más de ciento; se conservan ochenta y seis, contando las de atribución discutida. Escribió, entre sus trabajos en prosa, una *Historia de la Orden de la Merced,* inédita todavía.

Sorprenderá tal vez que haya escrito tanto para la escena, y con tanto desenfado. Lope y Calderón fueron sacerdotes también, pero en edad madura. Cada época tiene sus amplitudes y sus estrecheces. En el siglo XVIII español, todavía nada de lo humano le era ajeno al sacerdote que escribía. A Tirso se le acusó ante el Consejo de Castilla, y se cree que, como consecuencia. tuvo que alejarse de Madrid durante algún tiempo; pero volvió a escribir comedias y las publicó precisamente después de la denuncia. Los aficionado a una de las modas recientes en psicología verán como caso de compensación el de este fraile joven que lleva al teatro temas escabrosos de amor. Lope, en cuya vida hay muchos lances de Tenorio, no es el creador de Don Juan: el creador es este fraile de quien "no se sabe nada malo".

Es Tirso el creador de Don Juan, pero sólo de Don Juan como germen. Toda Europa contribuye a la compleja elaboración del personaje. Es Molière quien lo lanza a la circulación universal, desde París, capital entonces de la cultura de Occidente. Mozart lo envuelve en música diáfana y a la vez profunda. Byron lo hace vehículo del desenfreno romántico. De ahí en adelante reaparece en centenares de formas, hasta la de filósofo en el infierno de Bernard Shaw. España, entre tanto, supo reincorporárselo en los versos ingenuos y deliciosos de Zorrilla, con cuyo melodrama se ha repetido el milagro de las antiguas obras escritas "para todos".

Se ha discutido si *El burlador de Sevilla* pertenece realmente a Tirso: apareció con su nombre en 1630, pero no en una de sus *Partes*, y hasta se ha encontrado refundida bajo el nombre de Calderón. Ninguna de las objeciones tiene importancia. Es más curioso el caso de *El condenado por desconfiado:* se publicó en la *Parte* II (1635) de Tirso, quien declara que entre las doce obras del volumen sólo cuatro son suyas. Desde que se principió a investigar, se puso entre esas cuatro *El condenado*. Principal argumento en contra: entre las ocho obras de la *Parte II* que habría que excluir, hay otras que igualmente parecerían de Tirso. Se ha pensado en atribuir *El condenado* a Mira de Amescua, cuyo *Esclavo del Demonio* es el primero (impreso en 1612) de los grandes dramas teológicos de España e influye en la obra asignada a Tirso, en *La devoción de la cruz* y *El mágico prodigioso* de Calderón, en *Caer para levantar* de Moreto, Cáncer y Matos Fragoso. En realidad, *El condenado por desconfiado* tiene muchos rasgos característicos de Tirso, hasta peculiaridades suyas de versificación, como los hiatos excesivos.

Hay parentesco entre *El condenado* y *El burlador,* a través del problema de la salvación del alma. Uno y otro, además, están trazados sobre temas tradicionales: *El burlador*, enlazando dos leyendas, la del perseguidor de mujeres y la del que convidó a comer a un difunto, que en los romances populares de España es una calavera o una estatua; *El condenado,* enlazando el antiquísimo cuento del hombre de vida religiosa comparado a otro de oficio vil (viene de la India desde el *Mahabharatta)* con el cuento medieval del ermitaño que se hace apóstata porque ve salvarse a un ladrón.

CALDERÓN

I

CALDERÓN no tuvo en vida fama inmensa como la que había alcanzado Lope de Vega, pero sustituyó gradualmente a su predecesor en las preferencias del público de España y de la América española y acabó por asumir, con Cervantes, la representación de la literatura de los Siglos de Oro. Lope, después de su muerte, se eclipsa. Calderón ha modificado las técnicas del teatro español, haciendo rígida la estructura, compleja la intriga, culterano el lenguaje; la comedia de Lope, suelta y fácil, se queda atrás, fuera de la moda. Los autores jóvenes adoptan, como siempre, la forma nueva. Además, Calderón es estrictamente la última gran figura de la época. Atravesará el siglo XVIII con éxito constante en los teatros, a pesar de las minorías que se empeñan en adaptar a España el clasicismo académico que irradia desde la omnipotente Francia, y al anunciarse la revolución romántica Alemania lo proclama, junto con Shakespeare, maestro de la nueva poesía dramática. Su prestigio duró todo el siglo XIX, y sólo comenzó a descender cuando, a impulso de nuevas devociones, se exaltó otra vez a Lope. Es de esperar —y no falta quien lo augure— el próximo resurgimiento de Calderón, a favor de la novísima boga del estilo barroco.

Mientras tanto, entre el público de los teatros Calderón se ha mantenido, *a tenu,* en la medida en que cabe mantenerse en países donde no hay teatros destinados a la conservación de las obras clásicas. Dentro de tales condiciones, *La vida es sueño* y *El alcalde de Zalamea,* únicos entre los antiguos dramas españoles, sobreviven, persisten, representándose siempre, normalmente.

El público y los actores no se equivocaban: *La vida es sueño* y *El alcalde de Zalamea* son obras excepcionales y extraordinarias. *El alcalde de Zalamea* es, después de la *Celestina,* el drama español con más humanidad de tres dimensiones. Se presenta único y solo dentro de la vasta obra de Calderón, en quien la tendencia general es reducirlo todo a esquemas fijos: como observa Menéndez Pelayo, está hecho con elementos de Lope, tanto del primitivo *Alcalde de Zalamea* como de otros dramas, pero fundidos en conjunto cuyas peculiares excelencias superan a cuanto de semejante hicieron los dos poetas.

Y *La vida es sueño,* que en creación de personajes y en estructura dramática queda muy por debajo de *El alcalde de Zalamea,* es el drama filosóficamente más interesante de España. Calderón puso quizá mayor hondura en dos o tres de sus autos; pero nada ha inquietado tanto a lectores y espectadores como *La vida es sueño,* con su red de problemas: la voluntad frente al destino, opuesta al "influjo de los astros", frase donde se incluyen herencia y medio; la fuerza modeladora de la educación —Segismundo no habría sido brutal si no se le hubiera educado brutalmente—; las limitaciones del poder del hombre —porque el primer monólogo de Segismundo, "Apurar, cielos, pretendo...", que sólo se refiere a su caso particular y a su prisión extraña, en la emoción de los oyentes resuena como queja universal de la condición humana, a la manera como resuena, con no mejor fundamento lógico, el soliloquio de Hamlet—;[1] la existencia como ilusión, en el segundo monólogo del protagonista: uno de los temas fundamentales de la literatura española, al que se concede poca atención, porque se repite sin descanso y sin discernimiento la fórmula del "realismo de la raza", pero que va desde "Recuerde el alma dormida...", en Jorge Manrique, a través del lamento de Nemoroso, empapado de sueño, hasta el suspiro de Rubén, "el sueño que es mi vida desde que yo nací". Gran tema de Calderón y de Cervantes: en el *Quijote* es constante el juego de planos de la realidad, simple en episodios meramente cómicos, profundo en momentos como aquel en que el héroe declara saber quién es Dulcinea del Toboso y no por eso deja de pensarla como emperatriz.[2]

II

El teatro realista del siglo XIX encerró la imaginación del público moderno dentro de límites estrechos —dentro de tres paredes—, y se hizo entonces opinión común la de que en el drama alegórico necesariamente faltaban emoción y conflicto humano (el adjetivo *humano* se había convertido en una de las piedras de toque de la crítica al uso). Pero no debe olvidarse que el criterio realista tiene su antepasado en el clasicismo académico del siglo XVIII, que declaraba "frío y enfadoso" el diálogo dramático sobre temas teológicos (adjetivos del abate Andrés, innovador y audaz sobre otros temas) y encontraba ridículas las alegorías en el teatro (opiniones de Blas Nasarre y Nicolás Fernández de Moratín). A este realismo pobre de imaginación se le agregaba la enemistad contra la exposición de ideas en el teatro: prejuicio antiintelectualista que Parker[3] atribuye a influjo del romanticismo, pero que viene de antes, como lo revelan las palabras del abate Andrés, entre otras que podrían citarse. ¡Qué diferente actitud la de los simples espectadores que desde 1635 hasta la prohibición de 1765 acudían con avidez a ver y oír los autos sacramentales de Calderón!

Es inconcebible —dice Parker— que el vulgo no haya entendido estas obras [el vulgo seguía pidiéndolas cuando ya no estaban de moda entre los literatos]. Si sólo se hubiera interesado en el espectáculo [visual], según se ha pretendido, tanto le hubiera satisfecho un auto de Zamora como uno de Calderón. Cuánto entendían, no podemos saberlo, pero entendían lo suficiente para distinguir de calidades.

Afortunadamente, a principios de este siglo se empezó a sentir fatiga ante las restricciones del realismo escénico. Uno de los anuncios del cambio de gusto fue el extraordinario aplauso con que se recibió en Inglaterra y en los Estados Unidos la reaparición, en el teatro, de una de las *moralidades* alegóricas de la Edad Media, *Everyman:* hasta dio su nombre, y su lema, a la conocida colección popular de clásicos universales publicada en Londres. Además, desde que, con las representaciones de *Cándida* en Nueva York, 1903, Bernard Shaw comenzó a tener éxito en la escena, contra la opinión de los críticos que lo creían irrepresentable, la discusión de ideas en el teatro ha dejado de parecer aburrida: el toque está en darle la animación que tiene en la vida real. Y no en vano la discusión, en Shaw, toca a veces temas teológicos. En los países de habla española el cambio sobrevino con el acostumbrado retraso, y hasta ahora ha alcanzado poco al drama alegórico: en España, durante la reciente época republicana, se representaron unos cuantos autos de Calderón, y en Buenos Aires *El rico avariento,* de Mira de Mescua. Fuera de España una de las resurrecciones más comentadas durante los años anteriores a la guerra actual ha sido la de *El gran teatro del mundo,* el auto de Calderón, representado en alemán y en ruso. En la crítica española, mientras tanto, la única señal del esperado "retorno a Calderón" son los trabajos de Valbuena Prat.[4]

Estudia Parker los juicios de más de treinta escritores sobre los autos de Calderón, y sólo encuentra dignos de aprobación los del siglo XVII —apreciaciones brevísimas— y los del XX; trabajos de Lucien-Paul Thomas (limitados y sucintos, pero penetrantes), de Valbuena Prat y de la doctora Jutta Wille. Sobre los demás descarga una irritación a menudo excesiva: no solamente contra los clasicistas académicos y contra los realistas, porque eran obstinados en su ceguera, o contra los críticos inconscientemente influidos por las doctrinas del realismo, como Menéndez Pelayo; también contra los románticos, devotos entusiastas de Calderón, porque no tienen noción clara del significado de los autos. Le parecen "lamentables" y "repelentes" los elogios de los románticos alemanes, que "abdican de la responsabilidad crítica en cuanto se hace necesario formular principios de modo inteligente". Es demasiado decir. Hay que sobreponerse al disgusto que pueda inspirarnos el lenguaje demasiado retórico de los románticos y extraer la sustancia de sus opiniones: no hay nada de esencialmente absurdo en las interpretaciones de los Schlegel y de Eichendorff. Y nuestro crítico se muestra a su vez insensible a la actitud

poética cuando declara "poco serios" los célebres adjetivos que
Shelley aplicó a los autos de Calderón: "floridos y estrellados"
(flowery and starry). Shelley era poeta, y esos adjetivos los emplea en carta a un amigo: ¿será necesario, hasta en las cartas
íntimas, renunciar a la fantasía poética cuando se habla de poesía,
y no emplear otro lenguaje que el de los críticos universitarios?

Calderón desarrolló la técnica del auto sacramental dejando
muy atrás todas las formas anteriores del drama alegórico cristiano. Sus personajes, dice Parker, no tienen semejanza con los
del drama profano que son seres individuales, pero sí con los que
son tipos, como el *miles gloriosus* en la comedia de la antigüedad,
o, en plano distinto, el mensajero de la tragedia ática. "Tartufo
apenas necesitaría sufrir retoques para incorporarse en un auto,
pero mudaría su nombre en Hipocresía." Las figuras de Calderón son "personajes dramáticos que ilustran ideas morales". Calderón, además, concibió y expresó una teoría del auto. "Distingue dos planos: el del espíritu y el de la escena. Al primero
corresponde el tema *(argumento),* al segundo la acción dramática
visible *(realidad).* El tema procede de la imaginación *(fantasía);*
la acción, del arte literario *(metáfora)* al trabajar sobre el
tema." Las etapas son: fantasía > argumento > metáfora > realidad. La imaginación o fantasía (de ambos modos la
llama) es libre: sus creaciones, en el mito, no tienen que someterse a limitaciones históricas o geográficas: "que alegóricos fan-
tasmas ni tiempo ni lugar tienen" *(El primero y segundo Isaac).*
La acción dramática tiene siempre dos sentidos; debe entenderse
"a dos luces" *(La vacante general).* Los autos se diferencian de
otras formas de drama en que "tratan de otro plano de experiencia: son conceptuales y no realistas; carecen de verosimilitud: ...la acción que ocurre en escena no es una aproximación
a ninguna que sea posible en la realidad". La posibilidad existe
sólo en la esfera de la experiencia conceptual. Así, la acción va
acompañada de la reflexión, que no tiene en el auto el carácter
adventicio con que suele presentarse en el drama profano. La
dicción poética, finalmente, no es desenfrenadamente imaginativa;
está gobernada por la lógica. Y la pompa culterana sirve ade-
cuadamente a la complejidad de los temas.

El fundamento doctrinal de los autos de Calderón es, desde
luego, la filosofía cristiana. Así como Dante es el poeta de la filosofía tomista, "Calderón es el dramaturgo del escolasticismo";
mejor diríamos, corrigiendo la fórmula de Parker con sus propios
datos, "el dramaturgo de la patrística y la escolástica". La estructura general de sus doctrinas procede de San Agustín. No adopta,
dice Parker, el camino racional de Santo Tomás hacia la teología
natural; "el hombre, en los autos, nunca alcanza el conocimiento
de Dios con la razón sola, sino por *impulso divino";* la teoría
agustiniana de la Iluminación. Debe mucho Calderón a la tradi-

ción platónico-agustiniana que representa San Buenaventura. Participa de la afición del doctor franciscano al simbolismo; su devoción a la Virgen es también de tipo franciscano. Al mismo tiempo, estudiaba asiduamente a Santo Tomás. Resumiendo: "la estructura de sus ideas es agustiniana y franciscana; en los pormenores dominan la terminología y la técnica puramente tomísticas".

GÓNGORA

I

HAY EN la obra de Góngora dos porciones principales: los romances y letrillas; los poemas y sonetos. Quedan, como obras de importancia menor, las décimas y redondillas, las comedias *Las firmezas de Isabela* (1610) y *El doctor Carlino* (1613); además, muchas cartas, caso poco frecuente en escritores españoles de los siglos de oro.

Entre los que escindían a Góngora en ángel de luz y ángel de tinieblas, hubo quienes fácilmente creyeron que la luz estaba en los versos cortos de los romances y letrillas pero las tinieblas en los endecasílabos de los poemas y sonetos. Menéndez Pelayo —que por desgracia nunca llegó a revisar íntegramente sus opiniones sobre el arte culterano, aunque dejó buenas observaciones en su *Historia de las ideas estéticas*— al formar su colección de *Las cien mejores poesías castellanas* sólo incluyó composiciones de Góngora —cinco— en versos cortos.[1]

No hay diferencia esencial entre los versos cortos y los largos. La complejidad se agrava en los poemas, pero sólo a causa de la extensión: a pedazos, la hallamos igual en las letrillas o en los romances. El famoso de "Angélica y Medoro" está concebido y ejecutado ni más ni menos que como los cuadros de las *Soledades* y del *Polifemo*. Lo único en que a veces se distinguen las composiciones en metro corto de las de metro largo es el uso de los motivos populares: canciones, bailes, refranes, juegos; pero Góngora no se vuelve allí "popular y fácil", como con apresurada exageración se ha dicho: romances como el de "Barquero, barquero" o el de "Llorad, corazón" entrelazan las palabras del pueblo con los artificios barrocos, las hacen entrar en la característica danza inexorable de antítesis, de correspondencias, de hipérboles, de nominaciones metafóricas.

Tampoco acierta la tradicional hipótesis de que el poeta "comenzó bien y acabó mal". En él hay desarrollo, nunca vuelco. Es uno de los artistas que desde la adolescencia se hacen maestros de su oficio: antes de cumplir los veinte años descubre los procedimientos de la poesía barroca; sólo le falta enriquecerlos. Una vez se apartará del estilo culterano: en "Hermana Marica", portento de trasfusión, en que el poeta habla desde dentro del niño, como Martí en "Los zapaticos de rosa".

Desde la adolescencia, además de virtuoso del verso, Góngora fue gran poeta, y escribió "Dejadme llorar", una de las más delicadas canciones de nuestro idioma, y "Déjame en paz", una de las más ingeniosas. Delicadeza sentimental e ingenio burlón serán caracteres principales de sus romances y letrillas; lo es también el lujo pictórico, esencial en los sonetos y poemas.

II

Góngora en su tiempo suscita veneración y enemistades, en el nuestro admiración y curiosidad, porque es en la historia de las letras uno de los ejemplos sumos de devoción a la inquisición de la forma. Su poesía no es grande en los temas, raras veces en los sentimientos; es exquisito en la delicadeza, pero poetas ingenuamente delicados como fray José de Valdivielso no conocen la fama; tiene el esplendor de la imaginación pictórica y ornamental, pero no lo tiene menos Bernardo de Valbuena, el gran poeta barroco que surgió en América, y muy poco se lee; su ingenio es brillantísimo, pero con sólo ingenio no se hacen poetas. En fin, lo que le da eminencia de excepción es, junto a esas calidades de poeta, su persecución infatigable de la expresión nunca usada, el prodigio, renovado siempre, de sus hallazgos. No es infalible: comete errores de gusto, como los que ya le señalaba su amigo y consejero el grande humanista Pedro de Valencia —metáforas jurídicas, o médicas, o hasta ortográficas—; repite procedimientos poco eficaces, que se convierten en vicios, como la colocación deliberadamente arbitraria de sus *noes* y la equivalencia de *ya* con *antes;* además, como dice el mejor de sus críticos modernos, Dámaso Alonso, deja pasajes definitivamente oscuros, en que no acertó a decir lo que quería: fracaso irrevocable, porque el poeta buscó la dificultad huyendo de la vulgaridad, pero la dificultad inteligible; el entender sería premio del ejercicio culto de la mente.[2] Pero hasta sus errores son instructivos. Y es deslumbrante en el hallazgo; la firme composición de sus cuadros; la pincelada, ya directa ("gima el lebrel en el cordón de seda"), ya metafórica ("sacro pastor... gobiernas tu ganado más con el silbo que con el cayado y más que con el silbo con la vida"), o asociadas la directa y la metafórica ("el caballo veloz, que envuelto vuela en polvo ardiente, en fuego polvoroso"); los toques de luz y de sombra; la superposición de colores y a veces de sensaciones ("la disonante niebla de las aves"); la sonoridad, ya rotunda ("tu nombre oirán los términos del mundo"), ya límpida ("en el cristal de tu divina mano").

Es Góngora uno de los grandes artistas de la época barroca. En ella, unos miraban todavía hacia atrás, se nutrían del Renacimiento, de donde procedían todos; otros miraban hacia adelante, eran ya modernos, como Gracián. Góngora, por sus temas, está todavía en el Renacimiento; lo deja atrás sólo en sus invenciones formales. Cuando comenzó a producir, el idioma español se escribía con extraordinaria perfección: había innumerables poetas capaces de componer magníficos sonetos y canciones. De la fuente purísima de Garcilaso manó este río que ahora "no sufría márgenes". Muchos escribían bien; pero Góngora no quería escribir como todos. A escribir dedica su vida, que no tiene conflicto ni peripecia, ni otra pasión que las letras. Concibe la poesía como pintura de trazos nítidos, de colores luminosos; para él, "el mundo exterior realmente existe", y apenas existe otro: es andaluz, y nunca amará a Castilla, con sus tonos grises y amarillentos; nunca renunciará a sus montañas de fino perfil, a sus ríos caudalosos, a sus cármenes, a su luz de Mediterráneo. No le gustará la facilidad espléndida de Lope, que le parece "vega por lo siempre llana", regada con aguachirle; ni la grandiosa severidad de Quevedo, que tiene "bajos [de tono] los versos, tristes los colores". Con todas sus estrecheces, pero con todas sus opulencias, seguirá fascinando y embriagando mientras en el mundo haya quien lea versos en nuestro idioma.

LUIS CARRILLO Y SOTOMAYOR

Luis Carrillo y Sotomayor (1583-1610), poeta cuya obra está enlazada como problema a los orígenes del gongorismo, fue, como Góngora, cordobés, y, como Góngora, precoz. Hijo de familia ilustre: su padre, Fernando Carrillo, perteneció al Consejo de Hacienda; después, al Consejo de Indias, Luis Carrillo pasó seis años en la Universidad de Salamanca; estuvo en servicios militares y navales, peleó en Italia, y ascendió a jefe de cuatro galeras, "cuatralbo de las galeras de España". Debió de caer enfermo cuando contaba veinticinco años, pues en los dos últimos de su vida no pudo escribir. Recogió sus obras su hermano Alonso Carrillo Laso y las publicó en Madrid, 1611 (impresor, Juan de la Cuesta, el del *Quijote*); se reimprimieron en 1613 (impresor, Luis Sánchez, en Madrid), corregidas, especialmente en la puntuación, y suprimiéndole composiciones ajenas, incluidas antes por error. Las obras son: cincuenta sonetos, la *Fábula de Atis y Galatea,* una égloga piscatoria, diez y ocho canciones (la primera cuenta, además, como égloga segunda), dos estancias, seis romances, un epitafio humorístico, tres letrillas (la tercera, interesante, en seguidillas), ocho composiciones en redondillas, una traducción del poema de Ovidio *Remedia amoris*, en metro de romance, acompañada del texto latino y precedida de versos alusivos del autor y de su hermano Alonso; por fin, en prosa, el *Libro de la erudición poética,* disertación en pro de la poesía culta, tres cartas, y una traducción del tratado de Séneca *De la brevedad de la vida,* acompañada de extensas notas del devoto y fiel hermano. Entre los preliminares, es de señalar la *aprobación* de Pedro de Valencia, y, entre los versos laudatorios, la canción de Quevedo, quien le dedica además un epitafio en prosa latina con cita de *Job* en hebreo. Alonso Carrillo dedica las obras al Conde de Niebla, Manuel Alonso Pérez de Guzmán el Bueno, mecenas de los dos hermanos.

A Carrillo, como a fray Hortensio Félix Paravicino de Arteaga (1580-1633), se le ha atribuido, con pueril ligereza, la invención del culteranismo gongorino. La suposición pudo inducir a sospecha mientras no se conoció en todos sus pormenores la evolución personal de Góngora; ahora toda sospecha desaparece. El *estilo culto* del siglo XVII estuvo en fermentación durante todo el final del XVI, bajo el influjo de Herrera: de ahí parte Góngora, en 1580, antes de cumplir los veinte años. En 1593, por ejemplo, su estilo está cuajado en todas sus complejidades:

Árbol, de cuyos ramos fortunados
las nobles Moras son Quinas reales,
teñidas en la sangre de leales
capitanes, no amantes desdichados...

O en 1596:

Cuantas al Duero le he negado ausente
tantas al Betis lágrimas le fío,
y, de centellas coronado el río,
fuego tributa al mar de urna ya ardiente...

Después Góngora concentrará, intensificará, y las dificultades
del estilo parecerán sumas cuando los poemas sean largos: la
Fábula de Polifemo y Galatea (1613), las *Soledades* (1617),
el *Panegírico al Duque de Lerma* (1617).

Entre tanto, cundía el espíritu barroco, se formaban nuevos
"estilos difíciles" en España, especialmente en Andalucía: de los
Conceptos espirituales (1600) del segoviano Alonso de Ledesma
se hace brotar la corriente conceptista, que arrastra a Quevedo, a
Gracián, a Melo; las *Flores de poetas ilustres* (1605), coleccionadas por Pedro Espinosa, son una antología de apasionados de
las palabras de luz y las metáforas pintorescas —especialmente
el grupo de granadinos y antequeranos, como Luis Martín y Tejada Páez—, y Espinosa mismo, cuyo estilo barroco linda con el
rococó, se burla ya de los excesos, adelantándose con su soneto
"Rompe la niebla de una gruta oscura..." al célebre de Lope
que se cierra con "Que soy yo quien lo digo y no lo entiendo";
Bernardo de Valbuena, en América, hace de la *Grandeza mexicana* (1604) una especie de profuso retablo, abundante en figuras como los "hombros de cristal y hielo" del mar o las "olas y
avenidas de las cosas";[1] años después, en Sevilla, Rioja —a quien
tanto se suele olvidar en este pleito— envuelve sus flores en velos
tupidos, hasta impenetrables, como cuando pide a la arrebolera
que no inquiete "el cano seno a los profundos mares". Góngora
no asciende a jefe ostensible sino al final de su vida, bien entrado
en el siglo XVII.

La situación de Carrillo, en aquella década efervescente (1600-
1610), es fácil de comprender: fue uno de los muchos innovadores del momento. Lucien-Paul Thomas, en su libro sobre *Le
lyrisme et la préciosité cultistes en Espagne* (1909), veía en él, no
el arroyo de donde nace el gran río gongorino, pero sí uno de sus
afluentes. Ahora me parece fácil demostrar otra cosa: que recibe
y devuelve aguas al "rey de los otros ríos". Carrillo, que por la
edad podría ser hijo de Góngora, por la comunidad de origen
no podía ignorar la obra del cordobés máximo; pero, rico de cultura varia, crea su estilo propio con prolija destilación de jugos
latinos, italianos y españoles. Hace alusiones francas a Garcilaso,
porque es el patriarca de los poetas modernos: ejemplo, en el

soneto III y en la égloga "De tiernos pescadores..." El influjo de Góngora se diluye, pero no tanto que se vuelva imperceptible; está difuso, como ambiente: pocas veces se advierte en la imitación de pormenores. Es típicamente gongorino, en la canción VII, el contraste de blanco y rojo:

> La blanca aurora con la blanca mano
> abre las rojas puertas del oriente...

O, en la canción IV, el contraste de blanco y verde:

> Y con brazos de plata
> los prados de esmeralda ciñe y ata...

O, en la canción II:

> Abrazadas de aljófares las rosas...

O, en el romance V:

> Pártome, y aunque me parto,
> dejo, Lisi, el alma acá,
> la mitad della en rehenes,
> que es tuya la otra mitad...

En compensación, Lucien-Paul Thomas acierta al suponer que a Góngora pudo interesarle el *Libro de la erudición poética* —si bien no cabe ya la suposición de que se apoyara, para atreverse a la concentración decisiva de complicaciones de su última manera, en las tesis de Carrillo— y, más aún, que la *Fábula de Atis y Galatea* sirvió de incitación para el *Polifemo*. Los dos poemas se parecen poco, fuera del asunto —entonces en boga en Italia— y del parentesco de los estilos; pero las dedicatorias, dirigidas al Conde de Niebla, denuncian que la coincidencia no es casual: como Carrillo, virgilianamente, pide al mecenas que olvide, para oírlo, sus deberes militares. Góngora, esquivando la repetición, le pide que olvide la caza. A estos dos *Polifemos* sigue el de Lope de Vega, flojo intento de competencia con Góngora, en el canto II de su *Circe* (1624).

Pero no sólo con Góngora se relaciona Carrillo. El jefe de los conceptistas, Quevedo, no sólo lamentó su muerte, sino que parece recordar, en su admirable soneto "¡Cómo de entre mis manos te resbalas!", el VI de Carrillo:

> ¡Con qué ligeros pasos vas corriendo!
> ¡Oh, cómo te me ausentas, tiempo vano!...

Carrillo habla del tiempo perdido en errores juveniles; Quevedo debe de haber escrito después que él, en la vejez, porque habla de la edad que avanza, y su soneto pertenece a la serie trágica y profunda de "Miré los muros..." y "Huye sin percibirse lento el día".

Poeta de tierra solar, Luis Carrillo trabaja con materiales luminosos; poeta juvenil, pinta la vida como fiesta perpetua donde la embriaguez de los sentidos no permite la meditación sino como súbita y momentánea caída. Su estilo muestra perfección precoz; pero, como todo sistema cerrado, crea sus propios lugares comunes: el tronco = cuello de los árboles; la dama = sol; el agua = cristal. El vocabulario es depurado, sin rareza ni extravagancia; pero la sintaxis es compleja, latinizante, llena de inversiones y de elipsis. Su versificación es pulida (hasta evita —raro caso en el siglo XVII— el verso de once sílabas con acento interior sólo en la cuarta), pero es monótono en las rimas, y en los sonetos adopta como costumbre el repetir, como rima del cuarteto segundo, palabras ya usadas en el primero. Sus mejores obras son, con la *Fábula de Atis y Galatea,* las canciones y los romances, envueltos en el aire de lujosa molicie que fluye de Ovidio, de Ariosto y de Góngora; los sonetos representan a veces intentos de arte más severo.[2]

EXPLICACIÓN

Los TRABAJOS reunidos en este volumen son frutos de larga atención dedicada a la cultura española. El más antiguo, sobre "Hernán Pérez de Oliva", pertenece a mi primera juventud. Escrito en 1910, se publicó en la revista *Cuba Contemporánea,* de La Habana, 1914, y se hizo pequeño volumen aparte. Al reimprimirlo ahora, como en otro libro anterior *(En la orilla: Mi España,* México, 1922), le he suprimido pasajes que considero inútiles; sólo le hago adiciones en las notas al pie. "Rioja y el sentimiento de las flores", escrito en 1913, se publicó en 1914 en la *Revista de América* que dirigía en París don Francisco García Calderón; don Enrique Díez-Canedo lo reprodujo en 1920 en la revista *España,* de Madrid, y formó parte del volumen *En la orilla: Mi España.* Los dos estudios extensos sobre "Lope de Vega" se escribieron en el tricentenario de su muerte (1935): el primero, como conferencia para la Facultad de Filosofía y Letras de la Universidad de Buenos Aires (se publicó en la revista *Sur,* que dirige doña Victoria Ocampo); el segundo, para el diario *La Nación,* de Buenos Aires. La síntesis sobre la "Cultura española de la Edad Media" —desde Alfonso el Sabio hasta los Reyes Católicos— se escribió (1937) para completar la de don Ramón Menéndez Pidal sobre la cultura española desde los orígenes romanos hasta Fernando el Santo, en los preliminares de la *Historia de la Nación Argentina* que está publicando la Academia Nacional de la Historia, antes Junta de Historia y Numismática. El trabajo sobre "España en la cultura moderna" se publicó en 1935 en *La Nación* y de nuevo en 1938, retocado, en la revista *Cursos y Conferencias* del Colegio Libre de Estudios Superiores; recibió premio en uno de los concursos de "validación hispánica" de la Institución Cultural Española de Buenos Aires.

Los trabajos breves que agrupo bajo la designación de *Apuntaciones marginales* son, los unos, comentarios de libros; los otros, prólogos. El comentario sobre la antología *Poesía de la Edad Media y poesía tradicional* de don Dámaso Alonso, se publicó en *La Nación* en 1935; el de *Los matemáticos españoles del siglo XVI,* de don Julio Rey Pastor, en 1927, en la revista *Valoraciones* que dirigía en La Plata el doctor Alejandro Korn. El estudio sobre Luis Carrillo y Sotomayor sirvió de prólogo a la edición de su "Fábula de Atis y Galatea" y veinte y uno de sus *Sonetos* que publiqué, en colaboración con don Enrique Moreno, en La Plata, 1929, como uno de los *Cuadernos* de la revista *Don*

Segundo Sombra que dirigía don Juan Manuel Villarreal. Los demás trabajos sirven de introducciones a volúmenes de la colección *Las cien obras maestras de la literatura y el pensamiento universal* que dirijo en esta casa:* ediciones de la *Celestina* (1938), las *Novelas ejemplares* de Cervantes (1939), *Fuenteovejuna, Peribáñez* y *El Mejor alcalde el rey,* de Lope (1938), *El burlador de Sevilla, El condenado por desconfiado* y *La prudencia en la mujer,* de Tirso (1939), *La vida es sueño, El alcalde de Zalamea* y *El mágico prodigioso,* de Calderón (1939), *Romances y letrillas* de Góngora (1939), *Poemas y sonetos* de Góngora (1939).

No he querido suprimir las repeticiones de conceptos y de datos que de cuando en cuando ocurren entre unos y otros trabajos, porque en cada uno de ellos hacen falta para la ocasión. Tampoco he querido suprimir la información elemental que a veces doy en los prólogos, porque sirve de base a las ideas que expongo.

Buenos Aires, abril de 1940

En esta segunda edición de *Plenitud de España* he agregado, aparte de unas pocas notas a pie de página, el estudio sobre "El Arcipreste de Hita", conferencia que di en la Facultad de Filosofía y Letras, Universidad de Buenos Aires, en 1943, a petición de la Institución Cultural Española, y que se publicó en el número 109 de la revista *Sur;* además las nuevas apuntaciones sobre Calderón, extractadas de la reseña que hice del libro del hispanista inglés A. A. Parker sobre los *Autos sacramentales* y que publiqué en la *Revista de Filología Hispánica,* órgano del Instituto de Filología, que dirige don Amado Alonso, 1914, tomo 5, pp. 197-199.

Buenos Aires, septiembre de 1945

* Véase Crono-bibliografía núms. 561, 574, 563, 579, 578, 580, 581.

NOTAS A *PLENITUD DE ESPAÑA*

España en la cultura moderna

[1] No menos discutible que el concepto demasiado rígido de *Renacimiento* es el de *Edad Media*. En España faltan hechos que son característicos de la Edad Media en Francia, como el feudalismo en sentido exacto. En cambio, España es el país que más se aproximó a Italia en los comienzos de la Edad Moderna: consúltese el gran libro de Benedetto Croce, *España en la vida italiana del Renacimiento;* además, Helmut Hatzfeld, "Italienische Renaissance", en el tomo 1 de *Literaturwissenschaftliches Jahrbuch der Görres-Gesellschaft*, 1926, y Aubrey Fitz-Gerald Bell, "Notes on the Spanish Renaissance", en la *Revue Hispanique*, 80 (1930), pp. 319-652.

[2] Ejemplo: en uno de los países poderosos se ha llevado al teatro la histórica lucha contra la fiebre amarilla. Carlos Finlay, el sabio investigador que descubrió el agente trasmisor de la plaga, era cubano; más aún: cubano que trabajó por la independencia de Cuba. Pero en el drama no se declara su nacionalidad verdadera, que da poco brillo; se le llama escocés. Con igual derecho se le llamaría belga a Beethoven. Para colmo: una enciclopedia —del país interesado, desde luego— llama a Finlay "American", es decir, de los Estados Unidos; pero añade, con exquisita despreocupación: "nacido en Cuba".

[3] La época está ahora admirablemente descrita en el libro de Marcel Bataillon, *Érasme et l'Espagne* (1937). [Hay traducción al español publicada por el Fondo de Cultura Económica].

[4] Todavía en época posterior, a fines del siglo XVIII, la obra de Hervás sobre las lenguas del mundo es intento admirable.

[5] Es muy conocido el pasaje del *Diálogo de la lengua* en que Juan de Valdés (1535) dice que en Italia damas y caballeros tenían "a gentileza y galanía" saber hablar castellano. Cien años después es en Francia donde más se aprende español: "en Francia, ni varón ni mujer deja de aprender la lengua castellana", dice Cervantes en *Persiles*.

Rioja y el sentimiento de las flores

[1] Recientemente se ha intentado devolverle a Rioja la "Epístola moral", que durante breve tiempo, equivocadamente, se le había atribuido. Atribuírsela de nuevo indica escaso discernimiento estilístico. Y la situación personal del autor de la "Epístola" frente a la corte fue la de muchos hombres de letras en aquellos tiempos. Más razonable, estilísticamente, fue la atribución, que hizo López de Sedano, a Bartolomé Leonardo de Argensola, autor de la *Sátira contra los vicios de la corte;* pero ni se puede fundar en documentos ni la justifican las referencias al Guadalquivir y a Itálica, en donde se escribió la "Epístola".

[2] Si se exceptúa el dudoso fragmento que comienza "El fuego que emprendió leves materias..." y cuyo estilo parecería, más que de Rioja, curioso tipo intermedio entre el sevillano y el cordobés.

LOPE DE VEGA

[1] La decadencia existía hacia 1630 como realidad interna; pero no se olvide que España era todavía, a los ojos de Europa, la primera entre las potencias. No pocos de los mejores historiadores de nuestra época rechazan el error de hablar de "la España decadente" en tiempos en que todo el esfuerzo de Richelieu iba a concentrarse en el propósito de quebrar aquel poder extraordinario.

[2] El magnífico drama que poseemos con el título de *Los jueces de Castilla* corre bajo el nombre de Moreto, pero creo, con Menéndez Pelayo (*Estudios sobre Lope de Vega*), que Moreto no hizo más que refundir la obra que sabemos perdida de Lope. Cf. mi nota "Los jueces de Castilla" en la *Revista de Filología Hispánica*, de Buenos Aires, 6 (1944), pp. 285-286; allí indico que la obra debe de atribuirse a Lope y no a Moreto, si juzgamos de acuerdo con la versificación según los cómputos de S. Griswold Morley y Courtney Bruerton en *The chronology of Lope de Vega's "comedias"*, Nueva York, 1940, y de Morley solo en sus *Studies in Spanish dramatic versification: Alarcón and Moreto,* publicación de la Universidad de California, Berkeley, 1918.

[3] Sobre la elaboración del soneto al retrato del papa Urbano VIII, "Aquí la majestad del Sol Romano", ha dado interesante conferencia en la Universidad de Buenos Aires don Ángel Juan Battistessa, 1935.

[4] Después de este trabajo se publicó el admirable estudio de don Ramón Menéndez Pidal "Lope de Vega: el *Arte nuevo* y la *Nueva biografía*", en la *Revista de Filología Española*, 22 (1935), 337-398. Sus conclusiones sobre el *Arte nuevo* son idénticas: en resumen, tenían razón Lessing y Hugo en su interpretación.

[5] El estudio de Morley y Bruerton, *The chronology of Lope de Vega's "comedias"*, establece el orden sucesivo de las obras dramáticas de nuestro poeta de acuerdo con las proporciones en que se distribuyen en ellas los tipos de verso y de estrofa. Parte, desde luego de las obras cuya fecha nos es conocida por datos externos.

[6] "En el Lope más popular y tradicional —dice Montesinos, extraordinario conocedor de su obra—, no falta nunca un rasgo, un matiz, culto, clásico, renacentista."

[7] Lope crece en Madrid, y junto con Madrid, que no alcanzó plenitud de grandeza hasta el siglo XVII. Cf. "El mundo estético de Lope de Vega" (1937), de mi inolvidable amigo Deodoro Roca, en su libro póstumo *Las obras y los días* (Editorial Losada, 1945).

[8] Morley y Bruerton, en *The chronology of Lope de Vega's "comedias"*, consideran que, según la versificación, *El alcalde de Zalamea* atribuido a Lope no es, "en su forma actual", obra suya. Será, pues, primera refundición de mano ajena.

[9] En el entremés de *La guarda cuidadosa*, de Cervantes, dice el zapatero: "A mí poco se me entiende de trovas; pero éstas me han sonado tan bien, que me parecen de Lope, como lo son todas las cosas que son o parecen buenas."

HERNÁN PÉREZ DE OLIVA

[1] En carta de 19 de mayo de 1541, dirigida al comendador Francisco de los Cobos, refiriéndose a D. Antonio, dice D. Diego: "me co-

mienzan a bullir los pies por saltar allá". Cf. *Algunas cartas de Don Diego Hurtado de Mendoza*, New Haven, 1935.

[2] Hago las citas según la edición de *Las obras del Maestro Fernán Pérez de Oliva* (2 vols., Madrid, 1787). *Oír* significaba, en el lenguaje universitario del siglo XVI, 'estudiar' (literalmente, 'oír clases'); *leer* significaba 'enseñar'.

[3] Este pasaje se ha interpretado generalmente como indicio de que el Maestro Oliva tuvo cátedra en la Universidad de París; pero su nombre no aparece en el *Registrum Nominatorum* de la Sorbona para los años 1518-1525, única lista de la época que se conserva. Si realmente tuvo cátedra allí, hubo de ser antes de 1518, y la fecha parece demasiado temprana; en 1524 regresó a España, para residir en ella hasta su muerte.

[4] El Maestro Oliva no obtuvo la cátedra de filosofía moral (se le dio a su antiguo maestro fray Alonso de Córdoba); pero días después salió a concurso la cátedra de teología moral, y se le otorgó: no tuvo competidores. En ella antecedió, pues, a fray Luis de León.

[5] Años después de escrito este trabajo se encontraron en la biblioteca del Escorial unos breves apuntes en latín para el estudio *De magnete* y se publicaron en la *Revue Hispanique*, de París, 71 (1927), 446-449. Son, seguramente, mero bosquejo del tratado de que habla Oliva, puesto que no mencionan el proyecto de hacer que puedan "hablarse los ausentes".

[6] Consúltese la bibliografía al final de este trabajo. Además de las obras que menciono en el texto, escribió el Maestro Oliva unas cuantas poesías y unos apuntamientos sobre la conquista de México, que se encontraron y publicaron en este siglo: se fundan en la Carta II de Hernán Cortés.

Otra de sus obras perdidas era la *Vida de Colón* que poseyó el hijo del Descubridor, Fernando, "patriarca de los bibliófilos modernos". En el Registrum B de la Biblioteca Colombina hay esta nota bajo el núm. 4180: *Ferdinandi Pérez de Oliva tractatus manu et hispano sermone scriptus de vita et gestis D. Chistophori Colon primi Indiarum Almirantis et Maris Occeani dominatoris.* Se ha pretendido, sin fundamento, que esta obra fuera la que escribió el hijo de Colón y tradujo al italiano Alfonso de Ulloa bajo el nombre de *Historie del Signore D. Fernando Colombo; nelle quali s'ha particolare et vera relatione della vita e de' fatti dell'Ammiraglio D. Christoforo Colombo suo padre...* Venecia, 1571. Consúltese el artículo de Marcelino Menéndez y Pelayo "De los historiadores de Colón" (1892), en el tomo 2 de sus *Estudios de crítica literaria*, Madrid, 1895, y el don Emiliano Jos en la revista *Tierra Firme,* de Madrid, 1 (1936), 47-71. Por fin, en 1941 se ha encontrado una copia, hecha en el siglo XVI, de la vida de Colón escrita por Oliva. Permanece inédita todavía: cf. Leonardo Olschki, en la *Hispanic American Historical Review,* 23 (1943), 165-196. La *Vida de Colón* y los apuntes sobre México formaban parte de una *Historia de la invención de las Indias y de la Conquista de la Nueva España,* que el Maestro estaba escribiendo cuando murió.

[7] Mr. William Atkinson, en el estudio biográfico y crítico sobre "Hernán Pérez de Oliva" que publicó en la *Revue Hispanique* (71, 1927, 309-455), se sorprende de esta opinión, y, para colmo, cree que se refiere a "Oliva's own attitude on the argument". La frase "a nuestros ojos de hoy" no le dice nada. Creo, en suma, que la pintura de las inferioridades del hombre está hecha con más energía que la de sus perfecciones, pero no que el autor comparta las opiniones de Aurelio.

⁸ Es probable que la fuente principal de esta descripción de la inferioridad física del hombre esté en uno de los pasajes del comienzo de la *Historia natural* de Plinio. Sobre la evolución del tema, y de otros conexos, en la literatura española, consúltese el trabajo de don Alfonso Reyes, "Un tema de *La vida es sueño*", en la *Revista de Filología Española*, de Madrid, 4 (1917), 1-25 y 237-276. El doctor Raimundo Lida me señala otro pasaje extenso sobre las inferioridades del hombre en fray Juan de Mariana, *Del rey y de la institución real*, cap. I.

⁹ Se cree que el *Diálogo* del Maestro Oliva pudiera tener antecedentes italianos. Atkinson lo ha comparado con el tratado del florentino Giannozzo Manetti († 1459), dedicado a Alfonso V de Aragón, *De dignitate et excellentia hominis*, según la pista que se indicó en el *Times Literary Supplement*, de Londres, 13 de enero de 1927, y declara que las superficiales semejanzas que existen no permiten ni siquiera decidir si el autor español conoció la obra latina del italiano. Otra pista señalada por don Arturo Marasso, en la revista *Norte*, de Buenos Aires, julio de 1935: *De hominis dignitate*, de Pico della Mirandola; hecho el cotejo, que agradezco a don Antonio Ernesto Serrano Redonnet, no se descubre ninguna influencia (en cambio, la ha encontrado, muy directa, en Malón de Chaide). El sabio historiador de la filosofía griega Rodolfo Mondolfo me señala como antecedentes clásicos Epicteto, Cicerón y Séneca. Cf., además, Arthur Oncken Lovejoy, *The great chain of being*, Cambridge, Massachusetts, 1936.

¹⁰ Sobre la defensa del idioma castellano, consúltese el capítulo "Lengua vulgar", en *El pensamiento de Cervantes*, de don Américo Castro, Madrid, 1025, y el artículo, "bibliográficamente valioso", de fray Marcelino Gutiérrez, en la revista *La Ciudad de Dios*, de Madrid, 90 (1912), pp. 428 *ss.*

¹¹ Repite este cuento Lorenzo Palmireno en su libro *El estudioso cortesano y el estudioso en la aldea* (hacia 1572). ¿Será cuento popular?

¹² Hay una refundición, anónima, hecha hacia 1545, de las dos versiones castellanas del *Anfitrión*. Sería interesante descubrir si las conocía Camoens, que hacia 1540 escribió su comedia *Los Anfitriones*. Juan de Timoneda arregló para la escena castellana la versión de Villalobos (*Comedia de Anfitrión*, 1559). Es posible que Molière conociera la versión de Oliva: consúltese Bock, en la *Zeitschrift für neufranzösische Sprache und Literatur*, 10 (1888), primer fascículo. Es posible también que conociera las versiones del siglo XVI Antonio José da Silva (1705-1739), "el judío brasileño", condenado a la hoguera por la Inquisición; en 1736 estrenó en Lisboa la comedia *O Amphytrião* o *Jupiter e Alcmena*.

¹³ Las citas que hago del *Anfitrión* y de las dos tragedias proceden de la edición crítica del teatro del Maestro Oliva hecha por William Atkinson, en la *Revue Hispanique*, 71 (1927), 521-659.

¹⁴ Imitó la primera de las tragedias de Oliva el portugués Enrique Ayres Victoria su *Tragedia da vingança que foy feyta sobre a morte del Rey Agamenone*, impresa sin fecha entre 1536 y 1555. De aquélla procede también el *Agamenón vengado*, en verso, de Vicente García de la Huerta (1734-1787). Según el Abate Llampillas, en su *Ensayo histórico-apologético de la literatura española*, tomo 6, "a ejemplo del trágico español [Oliva] intituló Ceruti *Las desgracias de Hécuba* su tragedia compuesta de *Las troyanas* y de la *Hécuba* de Eurípides, imitándola hasta en escribirlas en prosa".

Bibliografía

1. *Dialogus in laudem Arithmeticæ, Hispanâ seu Castellanâ linguâ quae parum aut nihil à sermone Latino dissentit.* Publicado con la *Arithmetica* de Juan Martínez Silíceo, París, 1518, según Ambrosio de Morales. En la edición de la *Arithmetica* publicada en París, 1514, que he consultado en la Biblioteca Nacional de México, no figura el *Diálogo* de Oliva; pero según William Atkinson (*Revue Hispanique,* 71, 316, n.) sí figura en el ejemplar de 1514 que existe en el Museo Británico.

2. *Muestra de la lengua Castellana en el nascimiento de Hercules o comedia de Amphitrion.* Sin lugar ni año. Fernando Colón la menciona bajo el número 4148 del Registrum B de su biblioteca, con esta nota: "Diómelo el mesmo autor en Sevilla a 27 de noviembre de 1525". Hay ejemplar en la Biblioteca Nacional de Madrid.

3. *La venganza de Agamenõ. Tragedia que hizo Hernan Perez de Oliva, maestro, cuyo argumento es do [sic] Sophocles poeta griego.* Burgos. 1528. El único ejemplar conocido está en la Biblioteca Nacional de Madrid.

4. *La venganza de Agamenón...* Burgos. 1531.

5. *La venganza de Agamenón...* Sevilla. 1541.

6. *Obras q. Francisco Cervantes de Salazar ha hecho, glosado, y traduzido... La tercera es un dialogo de la dignidad del hombre... comêçado por el maestro Oliua, y acabado por Frãcisco Ceruãtes de salazar...* Alcalá de Henares. 1546. En otros ejemplares de esta misma edición la ordenación de las obras es distinta y hay portada que dice: "La primera es un Diálogo de la dignidad del hombre...": así consta en el Catálogo de la biblioteca de Ricardo Heredia (4 vols., París, 1891-1894).

7. *Dialogo delle grazie e eccellenze dell'nomo* (sic) *e delle di lui miserie e disgrazie.* Versión italiana de Alfonso de Ulloa. Venecia. 1563.

8. *Diálogo de la dignidad del hombre.* Traducido del italiano al francés por Jérôme d'Avost. París, 1583,

9. *Las obras del Maestro Fernan Perez de Oliua natvral de Cordoua...* Córdoba. 1586. La edición se comenzó a imprimir en Salamanca y se continuó en Córdoba; además, los quinientos ejemplares comenzados en Salamanca se extendieron a mil quinientos en Córdoba. Los ejemplares con el principio de Salamanca se distinguen, ante todo, porque en la portada dice *obas* en lugar de *obras.*

10. *La venganza de Agamenón y Hécuba triste.* En el tomo 6 del *Parnaso Español,* de López de Sedano, Madrid, 1772, págs. 191-311.

11. *Diálogo de la dignidad del hombre.* En las *Obras qve Francisco Cervantes de Salazar ha hecho, glossado y tradvcido...,* Madrid, 1772.

12. *Las Obras del Maestro Fernan Perez de Oliva...* 2 vols. Madrid, 1787.

13. *Diálogo de la dignidad del hombre.* En el tomo 65 de la *Biblioteca de Autores Españoles* (Rivadeneyra), Madrid, 1873.

14. *Razonamiento sobre la navegación del Guadalquivir...* En el tomo 2 de la *Colección de autores clásicos españoles para uso de los Colegios de la Compañía de Jesús,* Barcelona, 1881, pp. 458-469.

15. *Comedia de Anfitrión.* Según William Atkinson, existe una edición crítica de Karl von Reinhardstoettner, Munich, 1886; estará hecha cotejando el texto de 1525 o antes y el de 1586.

16. *Poesías.* En la *Revista de Archivos, Bibliotecas y Museos,* de Madrid, 1902-1903, tomos 7, 8 y 9.

17. *La venganza de Agamenón.* Reproducción facsimilar de la edición de 1528, en *Obras dramáticas del siglo XVI,* publicadas por Adolfo Bonilla y San Martín, *Primera serie,* Madrid, 1914.

18. *Hécuba triste.* En el tomo de *Tragedias* de Eurípides, edición de la Universidad Nacional de México, 1921, págs. 379-429.

19. *Teatro* [*Anfitrión, La venganza de Agamenón y Hécuba triste*]. Edición crítica de William Atkinson. En la *Revue Hispanique*, de París, 69 (1927), 521-659.

20. *De magnete*. En la *Revue Hispanique*, 171 (1927), 446-449.

21. *Algunas cosas de Hernán Cortés y México*. En la *Revue Hispanique*, 71 (1927), 450-475. Cf. W. Petersen, "La primera historia de la conquista de México en castellano", en el *Boletín de la Academia de la Historia*, de Madrid, 108 (1936), 43-48.

22. *Diálogo de la dignidad del hombre*. Madrid, s. a. [*c.* 1928] (Biblioteca Cervantes, 32).

23. *Algunas cosas de Hernán Cortés y México*. Impreso junto con la *Conquista de México*, de Bartolomé Leonardo de Argensola, y *De la conquista y conversión de Nueva España*, de Gonzalo de Illescas. Con prólogo y notas de Joaquín Ramírez Cabañas. México, 1940.

24. *Diálogo de la dignidad del hombre*. Buenos Aires, 1943 (Colección *Pandora*).

EL ARCIPESTRE DE HITA

[1] Cf. Claudio Sánchez Albornoz, *España y el Islam*, Buenos Aires, 1943.

[2] Ramón Menéndez Pidal, *La España del Cid*, Madrid, 1929 (véase tomo 2, p. 670).

CULTURA ESPAÑOLA DE LA EDAD MEDIA

[1] La Europa del siglo XIII recibió, con el aristotelismo de Averroes y de Maimónides, el platonismo del musulmán cordobés Aben Massarra (893-931), del musulmán murciano Aben Arabí, "el hijo de Platón" (1164-1240), cuya influencia alcanza a Lulio y a Dante (véase Miguel Asín Palacios, *La escatología musulmana en la Divina Comedia*, Madrid, 1919), y del judío Avicebrón; hay platonismo, además, en la filosofía de aristotélicos como Avempace y Aben Tofail: "racionalismo por el procedimiento y misticismo por la aspiración y el término". Avicebrón (Salomón Aben Gabirol, *c.* 1041-*c.* 1070), el toledano Judá Leví (*c.* 1085-1143) —alma profunda como el mar, lo llama Heine; el mejor poeta (individual) de Europa en todo el período que va desde Prudencio hasta Dante, según Menéndez Pelayo—, y Moisés Maimónides (1135-1205) son las más altas figuras de la literatura hebrea de España, que comienza en el siglo X y dura hasta la expulsión de 1492, pero decae desde el siglo XIII, como toda la cultura de tipo oriental, que durante largo tiempo había sido la única de Europa, cuando el Occidente iba saliendo con dificultades de la pobre civilización rural en que se había sumido durante las "edades oscuras". La difusión de la cultura árabe en Europa, dice Renan, divide en dos la historia de la filosofía y de la ciencia. Esta verdad la había señalado el jesuita español Juan Andrés, en el siglo XVIII, anticipándose a estudios del XX.

[2] Interesante prueba de la conocida tolerancia de los musulmanes en religión es la obra de Abenházam de Córdoba (994-1063), el *Físal* o historia y crítica de las creencias religiosas, "desde el escepticismo pirrónico de los sofistas que en nada creen, ni siquiera en la realidad de su propio pensar, hasta la credulidad del vulgo supersticioso". Ha sido necesario, observa Menéndez Pidal, llegar al siglo XIX para que en la Europa cristiana se emprenda labor equivalente. Y en la España cristiana hubo tolerancia hasta fines del siglo XIV: San Fernando se llamaba "rey de las tres religiones", la cristiana, la judía y la mahometana.

[3] Creo, desde luego, que la *Celestina* es de Rojas y *El condenado por desconfiado* de Tirso, pero las menciono junto a las demás obras porque se ha dudado —y no falta quien todavía dude— de que sean suyas.

[4] Así lo demostró A. Kingsley Porter en su revolucionario libro *The romanesque sculpture of the pilgrimage roads* (1923). Además, como dice Gómez Moreno, el estilo asturiano es "la primera semilla del románico en el mundo". Y el arte mozárabe es otro de los antecedentes del románico.

[5] Menéndez Pidal, *La España del Cid* (Madrid, 1929, tomo 2, p. 670): en esta obra se interpreta luminosamente la Edad Media española.

[6] No sé que se haya intentado el estudio de las concepciones políticas del Condestable: quizás falten datos. Los historiadores se limitan a señalarlo como representante de la política favorable al poder de la corona.

[7] Se afirma (Vindel) que es española la invención de la xilografía.

[8] La primera gran colección de cantares líricos, hecha en tiempo de los Reyes Católicos, es el *Cancionero de Palacio,* que Francisco Asenjo Barbieri publicó con su música en 1890. Son posteriores las colecciones musicales de Milán (1535), Narváez (1538), Mudarra (1546), Anríquez de Valderrábano (1547), Vázquez (1551 y 1559), Pisador (1552), Fuenllana (1554), Venegas de Henestrosa (1557). Consúltese la antología de Dámaso Alonso, *Poesía de la Edad Media y poesía de tipo tradicional* (1935), el estudio de Menéndez Pidal sobre *La primitiva poesía lírica española* (1919) y mi libro *La versificación irregular en la poesía castellana* (1920); nueva edición en 1933 (reaparecerá bajo el título de *La poesía castellana de versos fluctuantes*).

[9] Trato de estas formas de arte hispano-indio en el trabajo sobre "El teatro de la América española en la época colonial", publicado en el 3º de los *Cuadernos de Cultura Teatral* del Instituto Nacional de Estudios de Teatro, de Buenos Aires, 1936. [Reproducido en este volumen].

[10] Ramos de Pareja, andaluz de Baeza, publicó en 1482, en Bolonia, su *De Musica tractatus,* tal vez la primera obra musical que se haya impreso. Expone allí la teoría del temperamento.

"Es —dice Rafael Mitjana —el teórico más importante de comienzos del Renacimiento... Su sistema revolucionario no lo aceptaron sus contemporáneos —a excepción de Giovanni Spataro, su entusiasta propagandista—, pero después, universalmente admirado, se convierte en una de las bases del arte moderno. Ramos de Pareja abandona la doctrina de Boecio, censura rudamente los hexacordios, la solmisación y las mudanzas del sistema atribuido a Guido de Arezzo, y suponiendo de necesidad absoluta la alteración de las proporciones de quinta y de cuarta en los instrumentos de sonido fijo, propuso resolver la dificultad de la realidad sensible del *commo* por medio del *temperamento*... La polémica duró gran parte del siglo XVI... El principio cuya adopción propuso era el del sistema de Tolomeo, es decir, la introducción de alteraciones en la proporción de los intervalos, gracias a la cual dio un paso gigantesco hacia la nueva tonalidad y la gama moderna". La doctrina del temperamento triunfa después que la adoptan Gonzalo Martínez de Biscargui en España (1511), Lodovico Fogliani (1529) y Gioseffo Zarlino (1558) en Venecia. Hay otra obra de Ramos de Pareja, *Musica theorica,* cuyo manuscrito se conservaba en Berlín.

¹¹ En el *Cancionero de Palacio,* que contiene cuatrocientas sesenta composiciones, distingue Asenjo Barbieri tres estilos bien definidos: "el del género complicado de la fuga, el armónico, más sencillo, y otro, que podemos considerar como expresivo, por lo íntimamente unido que aparece a la prosodia de nuestra lengua y al gusto peculiar de nuestras canciones y bailes nacionales". En los dos primeros, observa Mitjana, hay influjos del arte flamenco; el tercero es genuinamente nacional.

¹² "La astronomía náutica es ibérica y su origen está en los regimientos de las navegaciones portuguesas: resultó de la colaboración de Zacuto con los náuticos de la *Junta dos Mathematicos* de Lisboa y en especial con José Visinho; es una aplicación de las doctrinas de origen greco-arábigo contenidas en la grande obra [las *Tablas*] de Alfonso X", dice Gomes Teixeira, citado por Rey Pastor en su trabajo *Ciencia y técnica en la época del descubrimiento de América,* en el tomo II de la *Historia de la Nación Argentina,* Buenos Aires, 1937.

BIBLIOGRAFÍA

Abravanel, seis conferencias e introducción, bajo la dirección de H. Loewe y J. B. Trend, Cambridge, 1937.

Rafael Altamira, *Historia de España y de la civilización española,* 4 vols., Madrid, 1900-1911.

José Amador de los Ríos, *Historia crítica de la literatura española* [en la Edad Media], 7 vols., Madrid, 1861-1865; *Historia social, política y religiosa de los judíos de España y Portugal,* 3 vols., Madrid, 1875-1876.

Juan Andrés, *Dell'origine, progressi e dello stato attuale d'ogni letteratura,* 7 vols. en italiano, Parma, 1782-1798; traducción castellana, Madrid, 1784-1806 (ensayo de historia de la cultura, con interesantes observaciones sobre la influencia árabe en Europa); *Cartas sobre la música de los árabes,* Venecia, 1787 (con la *Literatura turchesca,* de Toderini).

H. Anglés, *La música a Catalunya fins al segle XIII,* Barcelona, 1935; *El Codex musical de Las Huelgas,* Barcelona, 1931 (hay capítulo sobre la cultura musical hispánica del siglo vi al xiv); *Les Cantigues del rey N'Anfos el Savi,* Barcelona, 1927; apéndice sobre la música de España en la *Historia de la música* de Johannes Wolf (Labor).

Francesco Asenjo Barbieri, *Cancionero musical de los siglos XV y XVI* [el Cancionero de Palacio], Madrid, 1890.

Miguel Asín Palacios, "Mohidín", en el *Homenaje a Menéndez y Pelayo,* Madrid, 1899; "El averroísmo teológico de Santo Tomás de Aquino", en el *Homenaje a Francisco Codera,* Zaragoza, 1904; *Abenmasarra y su escuela: orígenes de la filosofía hispanomusulmana,* Madrid, 1914; *La escatología musulmana en la "Divina Comedia",* Madrid, 1919; *El cordobés Abenházam, primer historiador de las ideas religiosas,* Madrid, 1924; *Dante y el Islam,* Madrid, 1927; *El Islam cristianizado,* Madrid, 1930; *Huellas del Islam,* Madrid, 1940.

Antonio Ballesteros y Beretta, *Sevilla en el siglo XIII,* Madrid, 1913; *Historia de España y su influencia en la historia universal,* 9 vols., Barcelona, 1919-1936.

Pierre Aubry, *Iter Hispanicum,* París, 1908.

Émile Bertaux, *La peinture et la sculpture espagnoles au XIVᵉ et au XVᵉ siècles* y *La Renaissance en Espagne et Portugal,* en la *Histoire de l'art* dirigida por André Michel, tomos III y IV, París, 1908-1911.

Bernard Bevan, *History of Spanish architecture,* Londres, 1938.

Antonio Blázquez, *Estudio acerca de la cartografía española en la Edad Media,* Madrid, 1906.

Adolfo Bonilla y San Martín, *Historia de la filosofía española,* 2 volúmenes, Madrid, 1908-1911; *Fernando de Córdoba y los orígenes del Renacimiento filosófico en España*, Madrid, 1911.

Theophilo Braga y Carolina Michaëlis de Vasconcellos, *Geschichte der portugigesischen Literatur*, en el *Grundriss der romanische Philologie*, de Gröber, Estrasburgo, 1888-1902.

L. M. Cabello Lapiedra, *Cisneros y la cultura española*, Madrid, 1919.

Andrés Calzada, *Historia de la arquitectura española*, Barcelona, 1935.

Moritz Cantor, *Vorlesungen über die Geschichte der Mathematik*, 4 volúmenes, Leipzig, 1894-1908; cf. las observaciones de Eneström en su revista *Bibliotheca Mathematica* y de Julio Rey Pastor en su libro *Los matemáticos españoles del siglo XVI* [Madrid, 1926].

T. Carreras y Artau, *Historia de la filosofía española*, en publicación, Madrid (tomo 7º en 1939).

Georges Cirot, *Les histoires générales d'Espagne entre Alphonse X et Philippe II* (1284-1556). Burdeos, 1905.

Henri Collet y Luis Villalba, *Contribution à l'étude des Cantigas d'Alphonse le Savant*, en el *Bulletin Hispanique*, de Burdeos, 1911.

Benedetto Croce, *Primi contatti fra Spagna e Italia*, Nápoles, 1893; *La corte spagnuola di Alfonso d'Aragogna a Napoli*, Nápoles, 1894; *La lingua spagnuola in Italia*, Roma, 1895; *La Spagna nella vita italiana durante la Rinascenza*, Bari, 1917.

T. J. De Boer, *The history of philosophy in Islam*, obra escrita en holandés, traducción inglesa de E. R. Jones, Londres, 1903.

Jane Dieulafoy, *Isabelle la Grande, reine de Castille, 1451-1504*, París, 1920.

Marcel Dieulafoy, *La statuaire polychrome en Espagne*, París, 1908; *Espagne et Portugal*, París, 1913 (colección *Ars Una*).

J. Domínguez Bordona, *La miniatura española*, 2 volúmenes, Barcelona, 1930.

J. B. de Elústiza y G. Castillo Hernández, *Antología musical: Siglo de Oro de la litúrgica de España; polifonía vocal, siglos XV y XVI*, Barcelona, 1933.

Encyclopaedia of Islam, 4 vols. y suplemento. Leyden, 1908-1938.

E. Esperabé y Arteaga, *Historia... de la Universidad de Salamanca*, 2 vols., *Salamanca*, 1914-1917.

Francisco Fernández y González, *Estado social y político de los mudéjares de Castilla, considerados en sí mismos y respecto de la civilización española*, Madrid, 1866.

José Ferrandis, *Marfiles y azabaches españoles*, Barcelona, 1928.

James Fitzmaurice-Kelly, *Historia de la literatura española*, cuarta edición, Madrid, 1926 (la primera forma de esta obra en inglés, se publicó en Londres en 1898).

Norberto Font i Sagué, *Historia de las ciencias naturales a Catalunya del segle IX al XVIII*, Barcelona, 1908.

Vicente de la Fuente, *Historia de las universidades, Colegios y demás establecimientos de enseñanza en España*, 4 vols., Madrid, 1884-1885.

E. F. Gautier, *Mœurs et coutumes des musulmans*, París, 1931.

Manuel Gómez Moreno, "Excursión a través del arco de herradura", en la revista *Cultura Española*, de Madrid, 1906; *Arte mudéjar toledano*, Madrid, 1916; *Iglesias mozárabes; arte español de los siglos IX-XI*, Madrid, 1919; *La escultura del Renacimiento en España*, Barcelona, 1932; *El arte románico español: esquema de un libro*, Madrid, 1935.

Manuel González Martí, *Cerámica española*, Barcelona, 1933.

Ángel González Palencia, *Historia de la España musulmana*, Barcelona, 1925; *Historia de la literatura arábigo-española*, Barcelona, 1928.

José Gudiol y Cunill, *Nocions d'arqueologia sagrada catalana*, Barcelona, 1902; nueva edición, aumentada, 2 vols., Barcelona, 1931-1934; *El pintor Lluís Borrassá*, Barcelona, 1935.

Konrad Haebler, *Bibliografía ibérica del siglo XV*, La Haya, 1903; *Tipografía ibérica del siglo XV*, La Haya, 1908.

Historia del arte (Labor), Barcelona, 1930... (en el tomo V, *El arte islámico en España y en el Mogreb*, por Manuel Gómez Moreno; en el VI, *El arte de la alta Edad Media y del período románico en España*, por Max Hauttmann y Leopoldo Torres Balbás; en el VII, *El arte gótico en España*, por Elie Lambert; en el X, *El arte del Renacimiento en España*, por José Camón Aznar, y *Las artes industriales españolas en el Renacimiento*, por Andrés Calzada).

Karl Justi, *Miscellaneen aus drei Jahrhunderten spanischen Kunstleber*, Berlín, 1908.

Georgiana Goddard King, *The way of Saint James*, Nueva York, 1920; *Pre-romanesque churches in Spain*, Bryn Mawr, 1924; *Mudéjar*, Bryn Mawr, 1927; *Heart of Spain*, Harvard University Press, 1941 (en prensa la versión castellana).

Paul Lafond, *La sculpture espagnole*, París, 1908.

Élie Lambert, *L'architecture bourguignone et la Cathédrale d'Avila*, París, 1924; *L'art gothique en Espagne aux XIIᵉ et XIIIᵉ siècles*, París, 1931.

Vicente Lampérez y Romea, *Historia de la arquitectura cristiana española en la Edad Media*... 2 vols., Madrid, 1908-1909; *Los Mendoza del siglo XV y el Castillo del Real de Manzanares*, 1916; *Arquitectura civil española*, 2 vols., Madrid, 1922-1923.

The legacy of Islam, compilación de estudios dirigida por Sir Thomas Arnold y Alfred Guillaume, Oxford, 1931.

E. Lévi-Provençal, *La civilisation arabe en Espagne*, El Cairo, 1939.

Eduardo López Chavarri, *Historia de la música*, 2 vols., Barcelona, 1914-1916; *Música popular española*, Barcelona, 1927.

Marqués de Lozoya, *Historia del arte hispánico*, 3 vols., Barcelona, 1931-1940.

August L. Mayer, *Toledo*, Leipzig, 1910; *Ávila*, Leipzig, 1910; *Die sevillanen Malerschule*, Leipzig, 1911; *Geschichte der spanischen Malerei*, 2 vols., Leipzig, 1913-1914 (hay traducción española, Madrid, 1928); segunda edición, Leipzig, 1922; *Mittelalterliche Plastik in Spanien*, Munich, s. a., *Gotik in Spanien*, Leipzig, 1928 (hay traducción española de Manuel Sánchez Sarto, obra menor que la *Geschichte*), Barcelona (Labor).

Marcelino Menéndez y Pelayo, *Historia de los heterodoxos españoles*, 3 vols., Madrid, 1880-1882; segunda edición, 7 vols., Madrid, 1911-1932; *Historia de las ideas estéticas en España*, 9 vols., Madrid, 1883-1893; *Ensayos de crítica filosófica*, Madrid, 1892; *Antología de poetas líricos castellanos*, 13 vols., Madrid, 1891-1908 (importantes estudios preliminares, reimpresos en parte con los títulos de *Historia de la poesía castellana en la Edad Media*); *Estudios de crítica literaria*, 5 vols., Madrid, 1893-1908; *Bibliografía hispano-latina clásica*, Madrid, 1902; *Orígenes de la novela*, 4 vols., Madrid, 1905-1915.

Ramón Menéndez Pidal, *La leyenda de los Infantes de Lara*, Madrid, 1896; *Antología de prosistas castellanos*, Madrid, 1899, aumentada en nuevas ediciones; edición y estudio del *Cantar de Mio Cid*, 3 vols., Madrid, 1908-1911; *L'épopée castillane à travers la littérature espagnole*, traducción de Henri Mérimée, París, 1910; *Estudios literarios*, Madrid, 1920; *Poesía juglaresca y juglares*, Madrid, 1924; *Orígenes del español*, Madrid, 1926; segunda edición: Madrid, 1929; *La España del Cid*, 2 vols., Madrid, 1929; *"Poesía árabe y poesía europea"*, La Habana, 1937 (extracto de la *Revista Cubana*); aumentado, Burdeos, 1939 (extracto del *Bulletin Hispanique*): en volumen, con otros estudios, Buenos Aires, 1941; *Castilla*, Buenos Aires, 1945.

Roger Bigelow Merriman, *The rise of the Spanish Empire,* 4 vols., New York, 1918-1934.

Manuel Milá y Fontanals, *De los trovadores en España,* Barcelona, 1861; *De la poesía heroico-popular en España,* Barcelona, 1874; *Resenya histórica i crítica dels antichs poetes catalans del segle XIV,* Barcelona, 1865; en general *Obras,* 8 vols., Barcelona, 1889-1896.

Rafael Mitjana, *La musique en Espagne* (1914) en el tomo IV, págs. 1913-2351, de la *Enciclopédie de la musique* fundada por Albert Lavignac y dirigida por Lionel de la Laurencie, París, 1920; *"Comentarios"...,* en la *Revista de Filología Española,* de Madrid, 1919, VI, págs. 14-35; *Ensayos de crítica musical,* 2 vols., Madrid, 1918-1922.

A. A. Neuman, *The Jews in Spain,* 2 vols., Filadelfia, 1942.

Luis Nicolau d'Olwer, *Literatura catalana,* Barcelona, 1917; *L'expansió catalana per la Mediterrania oriental,* Barcelona, 1879 (hay traducción española).

R. A. Nicholson, *A literary history of the Arabs,* segunda edición, Cambridge, 1930.

J. P. Oliveira Martins, *Historia da civilisação iberica,* Lisboa, 1879 (hay traducción castellana.

E. Orduña y Viquera, *Rejeros españoles,* Madrid, 1915; *Arte español; La talla ornamental en madera,* Madrid, 1930.

Federico de Onís, *Ensayos sobre el sentido de la cultura española,* Madrid, 1932.

Ricardo de Orueta, *La escultura funeraria en España; provincias de Ciudad Real, Cuenca, Guadalajara,* Madrid, 1919.

Fray Justo Pérez de Urbel, *Los monjes españoles en la Edad Media,* 2 vols., Madrid, 1933-1934.

F. Perles, *Die Poesie der Juden im Mittelater,* Francfort del Meno, 1907.

A. Kingsley Porter, *The romanesque sculpture of the pilgrimage roads,* Boston, 1923; *Spanish romanesque sculpture,* 2 vols., París, 1928 (hay traducción castellana).

Chandler Rathfon Post, *Mediaeval Spanish allegory,* Harvard University, 1915; *A history of Spanish painting,* Harvard University, en publicación desde 1930 (van ocho volúmenes, que alcanzan al final del siglo XV.

J. Puig y Cadafalch, A. de Folguera i Sivilla y J. Goday i Casals, *L'arquitectura románica a Catalunya,* 4 vols., Barcelona, 1909-1918.

José F. Ráfols, *Techumbres y artesonados españoles,* Barcelona, 1926.

Hastings Rashdall, *The Universities of Europe in the Middle Ages,* 2 vols., Oxford, 1895; segunda edición, con adiciones de F. M. Powicke y A. B. Emden, 3 vols., Oxford, 1936.

Ernest Renan, *Averroès et l'averroïsme,* París, 1852.

Juan Facundo Riaño, *Critical and bibliographical notes on early Spanish music,* Londres, 1887.

Julián Ribera, *La enseñanza entre los musulmanes españoles,* Zaragoza, 1893; *El cancionero de Aben Guzmán,* Madrid, 1912; *La épica entre los musulmanes españoles,* Madrid, 1915; *La música de las Cantigas,* Madrid, 1922 (hay traducción inglesa, *Music in ancient Arabia and Spain,* Londres, 1929); *Disertaciones y opúsculos,* 2 vols., Madrid, 1928; *La música árabe medieval y su influencia en la española,* Madrid, 1927; *La música andaluza medieval en las canciones de trovadores, troveros y minnesinger,* 3 vols., Madrid, 1934-1935.

G. Rickert, *Mittelalterliche Malerei in Spanien,* Berlín, 1925.

G. Rouchès, *La peinture espagnole, Le moyen âge,* París, s. a. [1928].

Adolfo Salazar, *La música en la sociedad europea,* 2 vols., México, 1942-1944.

Claudio Sánchez-Albornoz, *Reivindicación histórica de Castilla*, Valladolid, 1919; "España y Francia en la Edad Media", en la *Revista de Occidente*, de Madrid, diciembre de 1923; "España y el Islam", en la *Revista de Occidente*, abril de 1929; *La Edad Media y la empresa de América*, La Plata, 1933; reunidos en el volumen *España y el Islam*, Buenos Aires, 1943.

Salvador Sanpere i Miquel, *Los cuatrocentistas catalanes: historia de la pintura en Cataluña en el siglo XV*, 2 vols., Barcelona, 1906.

S. Sanpere i Miquel y J. Gudiol, *La pintura mig-eval catalana*, Barcelona, s. a. [1924].

George Sarton, *Introduction to the history of science*, Baltimore, 1927.

Narciso Sentenach, *Bosquejo histórico sobre la orfebrería española*, Madrid, 1909.

Albert Soubiès, *Histoire de la musique d'Espagne, des origines au XIX siècle*, París, 1899-1900.

Francisco Javier Simonet, *Historia de los mozárabes de España*, Madrid, 1897-1903.

Spanish art, publicación del *Burlington Magazine*, Londres, 1927.

G. E. Street, *Gothic architecture in Spain*, Londres, 1865. Edición de Georgiana Goddard King, 2 vols., Nueva York, 1914.

Elías Tormo, *La escultura antigua y moderna*, Barcelona, 1903; *Jacomart y el arte hispano-flamenco cuatrocentista*, Madrid, 1914.

J. B. Trend, *The music of Spanish history, to 1600*, Oxford, 1925; *The civilization of Spain*, Londres, 1944.

F. Vera, *Historia de la matemática española*, 3 vols., Madrid, 1929-1933; *La cultura medioeval española: datos biobibliográficos*, I, Madrid, 1933.

E. Van der Straeten, *Les musiciens néerlandais en Espagne du XIIe au XVIIIe siècle*, 2 vols., Bruselas 1885-1888.

George Weis, *Spanische Plastik aus sieben Jahrhunderten*, 2 vols., Reutlingen, 1931.

W. M. Whitehill, *Spanish Romanesque architecture of the XIth century*, Oxford, 1941.

POESÍA TRADICIONAL

[1] Primera edición, Madrid, 1935. Hay segunda edición de Buenos Aires (Editorial Losada).

LA CELESTINA

[1] La interpolación principal, llamada *Tractado de Centurio*, comienza después de mediado el acto XIV y llega hasta cerca del final del que ahora es acto XIX y antes final del XIV; hay, además, muchas interpolaciones de pasajes breves.

LAS NOVELAS EJEMPLARES

[1] El término *novella* designaba en italiano cosa distinta del *romanzo*, la novela larga, pero no cosa distinta del cuento. El francés sí distingue claramente tres tipos: *roman*, *nouvelle*, *conte*. En España, en el siglo XVII, para Lope de Vega y Cristóbal Suárez de Figueroa *novela* es igual a *cuento*, y desde mucho antes en el habla corriente *novela* significa 'patraña', 'mentira': "digo verdad, no son novelas", afirma Gutierre de Cetina en una Epístola a Baltasar de León; "toda esta gente de indios son grandes amigos de novelas y muy mentirosos", dice Álvar Núñez Cabeza de Vaca en sus *Naufragios* (cap. XXIX); "chismes y novelas", "cuentos y novelas", dice Juan de Castellanos en sus *Elegías de varones ilustres de Indias;* "niñería o novela", dice Pedro de Cieza de León en *La crónica*

del Perú (cap. XC); "novelas y mentiras", dice todavía Quevedo en las *Cosas más corrientes de Madrid;* igual acepción tenía en portugués, según los diccionarios de Cardoso (1570) y de Barbosa (1611); pero podía significar además "historia de amor", como en la *Farsa* de Alonso de Salaya (mediados del siglo XVI, según observa su erudito editor Mr. Joseph Eugene Gillet (en *Publications of the Modern Language Association of America*, 52 (1937), p. 62).

Cervantes llama también *cuentos* a las narraciones de su colección de *ejemplares;* pero cuando dice que es el primero en escribir *novelas* en España quiere distinguir tres tipos: la *novela,* de extensión mediana, el *cuento* breve, de que había abundantes ejemplos en castellano, desde *El Conde Lucanor,* de Juan Manuel, en el siglo XIV, hasta el popular *Patrañuelo,* de Juan de Timoneda, en el XVI (no me convence la suposición de que Cervantes no los conociera o no los tomara en cuenta), y finalmente la narración larga, la "historia fingida", como *Don Quijote,* o el *Guzmán de Alfarache* de Mateo Alemán, o las *Guerras civiles de Granada,* de Ginés Pérez de Hita, o los libros de caballerías, o los pastoriles. Hay una que otra novela corta anterior a 1600: así, el precioso *Abencerraje,* que Cervantes conocía, agregado a la *Diana,* la famosa novela pastoril de Jorge de Montemayor.

LAS TRAGEDIAS POPULARES DE LOPE

[1] S. Griswold Morley y Courtney Bruerton, en *Hispania,* de California, 19 (1936), 217-234 demuestran que el total de comedias escritas por Lope se acercaría cuando mucho a ochocientas: es decir, mil menos que la cuenta de Juan Pérez de Montalbán. No se cuentan los autos del Sacramento y del Nacimiento —pueden haber sido unos cincuenta—, ni las loas y los entremeses, que fueron pocos.

En su obra *The chronology of Lope de Vega's "comedias",* Nueva York, 1940, Morley y Bruerton clasifican así las obras atribuidas a Lope, de acuerdo con sus investigaciones sobre la versificación: comedias auténticas, 314; probablemente de Lope, 26; de autenticidad dudosa, 72; total: 412. Se inclinan a rechazar, con mayor o menor fuerza según los casos, 86, entre ellas *La Estrella de Sevilla* (desde luego), *El infanzón de Illescas* (que Menéndez Pelayo creía refundida por Andrés de Claramonte), *Los novios de Hornachuelos* (que J. M. Hill y F. O. Reed atribuyen, de acuerdo con dos manuscritos, a Luis Vélez de Guevara), *El palacio confuso* y *Un pastoral albergue.*

TIRSO DE MOLINA

[1] El retrato que se conserva lo presenta sin la barba, que según parece no era estrictamente obligatoria para los mercedarios.

CALDERÓN

[1] Calderón repite las reflexiones de Segismundo, con ligeras variaciones, como reflexiones del Hombre, en su auto sacramental de *La vida es sueño,* posterior en muchos años al drama: tal vez ya él pudo advertir que su público interpretaba las palabras de Segismundo como aplicables a la humanidad toda.

[2] "Que si por esto fuere reprehendido de los ignorantes, no seré castigado de los rigurosos" *(Don Quijote,* I, cap. 25). Consúltese Américo Castro, *El pensamiento de Cervantes,* Madrid, 1925, capítulo "Análisis del sujeto y crítica de la realidad", especialmente la sección "El engaño a los ojos"

³ Alexander A. Parker, *The allegorical drama of Calderón: An introduction to the Autos sacramentales*, Oxford y Londres, 1943.

⁴ Señalaré la minúscula porción con que he aspirado a contribuir al retorno: en las lecturas comentadas de clásicos españoles que se hicieron en la Asociación de Amigos del Arte, de Buenos Aires, en 1937, encomendadas a escritores, la tarea que escogí fue *La cena de Baltasar*.

GÓNGORA

¹ Además, a Menéndez Pelayo le complacía esta imagen romántica —a la manera de Hegel o a la de Hugo— de estos seres dobles en quienes anidan dos almas contradictorias.

² Góngora no se arredraba ante la palabra *oscuridad*, y dice, en su respuesta a una carta amiga de Madrid contra las *Soledades:* "como el fin de el entendimiento es hacer presa en verdades, ...en tanto quedará más deleitado quanto, obligándole a la especulación por la obscuridad de la obra, fuere hallando debajo de las sombras de la obscuridad asimilaciones a su concepto"... "Honra me ha causado hazerme escuro a los ignorantes... hablar de manera que a ellos les parezca griego." Cf. Ramón Menéndez Pidal, "Oscuridad, dificultad entre culteranos y conceptistas", en el Homenaje a Vossler, *Romanische Forschugen*, 1942, trabajo reproducido en el volumen *Castilla*, Buenos Aires, 1945. Gracián, conceptista, prefería el término *dificultad;* pero tanto en Gracián como en Góngora el fin deseado es que se llegue, con el esfuerzo, a comprender lo que dicen.

LUIS CARRILLO Y SOTOMAYOR

¹ Valbuena: uno de los más admirables poetas del idioma español, pero uno de los menos leídos. Su *Bernardo* es —hasta por una parte de su asunto— el equivalente español de *La reina de las hadas* de Edmund Spenser: inmenso y difuso repertorio de cosas bellas: como dice G. Wilson Knight del poema inglés, "fiesta para los ojos, fiesta para los oídos, fiesta para la mente, pero sin acción que compartamos, sin interés dramático: los personajes actúan, pero a distancia, como figuras de tapiz". En mi libro *La cultura y las letras coloniales en Santo Domingo* (Buenos Aires, 1936) [reproducido en este volumen] he recordado versos de Valbuena, como aquel que describe al cisne que se aleja sobre el lago y "al suave són de su cantar se pierde" y el que describe la salida del sol sobre el mar: "Tiembla la luz sobre el cristal sombrío."

² Ahora tenemos el estudio de don Dámaso Alonso sobre Carrillo, publicado en la *Revista de Filología Española*, de Madrid, 19 (1932), pp. 349-387.

ANTOLOGÍA DE ARTÍCULOS
Y CONFERENCIAS

ROMANCES EN AMERICA *

Es EL romance fruto tan genuino y prolífico de la musa española, que en todas partes donde España dejó huellas debiera producir nuevas germinaciones. En América no debieran faltar: como que desde el siglo XV nos llegó el romance, entonces en su apogeo, en boca de los primeros conquistadores. Así sabemos, por Bernal Díaz del Castillo, que se recitaban romances en el ejército de Hernán Cortés, y aun sobre éste los compusieron sus propios compañeros de armas.

En los países americanos de cuya poesía popular he podido darme cuenta, me inclino a creer que el romance ha florecido poco aplicándose a nuevos temas locales:[1] otra cosa ocurrirá tal vez en la América del Sur, según dan a entender don José María Vergara respecto de Colombia, don Adolfo Valderrama respecto de Chile, y don Ciro Bayo respecto de la Argentina. En Santo Domingo, mi patria, el pueblo improvisa o repite, recita o canta décimas y redondillas, y también coplas de cuatro versos, más comúnmente aconsonantadas que asonantadas.

Pero en estos mismos países que conozco —las Antillas y México—, subsisten en la tradición oral romances procedentes de España. Asombro causa que sólo en este siglo se haya comenzado a recogerlos y que todavía en 1900, en el tomo 10 de la *Antología de poetas líricos castellanos,* don Marcelino Menéndez y Pelayo no pudiera citar, a este respecto, sino dos breves noticias de escritores de Colombia: Vergara y Cuervo.

Ya en 1905, por fin, don Ramón Menéndez Pidal, en su viaje por la América del Sur, logró recoger buen número de romances, que publicó en la fenecida revista *Cultura Española* (Madrid, febrero de 1906). Mientras tanto, dos o tres escritores, que menciona el egregio *medioevalista,* hacían labor semejante, y uno de ellos, don Ciro Bayo, acaba de publicar el fruto de sus esfuerzos en su *Romancerillo del Plata* (Madrid, 1913). En México nada se ha hecho aún, aunque uno que otro indicio se hallará quizás en las tradiciones recogidas en su *México viejo* por mi ilustre amigo don Luis González Obregón, en las memorias de don Guillermo Prieto y del geógrafo García Cubas, y además sé que Alfonso Reyes tiene reunidos, e inéditos, datos sobre el asunto. En Cuba se ha hecho más: si no me equivoco, hace unos diez años la revista *Cuba y América,* de La Habana, publicó noticias sobre el romance en la Isla; y ahora acaba de aportar otras nuevas el joven y culto escritor José María Chacón y Calvo

* *Cuba Contemporánea,* La Habana, noviembre-diciembre de 1913; *La Lectura,* Madrid, enero-febrero de 1914.

en su estudio sobre "Los orígenes de la poesía en Cuba", impreso en la novísima y excelente publicación *Cuba Contemporánea* (septiembre de 1913).

Desde hace cuatro años, en que comenzó a interesarme el problema de los romances en América, pensé reunir los que pudiera de entre los que se recitan y cantan en Santo Domingo. Visité mi país, hace dos años; y la brevedad de mi visita, agravada por atenciones sociales múltiples, me impidió realizar la deseada labor. Poco hice, pues, y me limité a los romances y canciones que se recordaban en el seno de mi propia familia, porque para excursiones de investigación no alcanzó el tiempo. Tareas posteriores me impidieron, hasta hoy, dar forma a mis datos y recuerdos; pero ahora lo hago, conservando, como es de rigor, todas las incongruencias y los absurdos que introduce en los cantares la trasmisión oral, y lamentando no poder, en muchos casos, reproducir sino una porción de cada romance, si bien ofrezco, para disculpa de esta negligencia quizás imperdonable, completarlos más tarde con datos que pida a mi país.

Santo Domingo es de los países más españoles de América. En las ciudades, poco ha variado el aspecto exterior: están en pie los edificios del siglo XVI, y los modernos reproducen la construcción de los antiguos. Las costumbres conservan aún muchos rasgos arcaicos. El lenguaje, estropeado por una pronunciación perezosa, semejante a la andaluza, es puro en el vocabulario y en los giros: tiene pocos indigenismos y menos extranjerismos; las principales corrupciones son espontáneas, y en general análogas a otras regionales de España. En mi infancia, transcurrida en la capital (*ciudad romántica* que con tanta fuerza de color describe en su novela Tulio M. Cestero), oí cantar muchos romances y contar muchos cuentos cuyo abolengo español he reconocido después.[2]

I. DELGADINA

El terrible romance de Delgadina lo oí docenas de veces, en boca de amigas y sirvientes, a pesar de las prohibiciones maternales. La versión dominicana de este romance (al parecer desconocido en los pliegos y cancioneros del siglo XVI, pero ya citado por Melo en el XVII, y universalmente repetido hoy dondequiera que se habla el castellano, lo mismo en la Argentina y en México que entre los judíos de los Balkanes o de Marruecos), es la siguiente:

> Pues señor: éste era un rey
> que tenía tres hijitas;
> la más chiquita y bonita
> Delgadina se llamaba.

Cuando su madre iba a misa
su padre la enamoraba;
y como ella no quería
en un cuarto la encerraba.

Al otro día siguiente
se asomó a una ventana
y alcanzó a ver a su hermana
sentada en silla de plata.

—Hermana, por ser mi hermana,
me darás un vaso de agua,
que el alma la tengo seca
y la vida se me acaba.

—Quítate de esa ventana,
perra traidora y malvada,
que si mi padre te viera
la cabeza te cortara.

Delgadina se quitó
muy triste y acongojada,
y la trenza de su pelo
hasta el suelo le llegaba.

Al otro día siguiente
se asomó a otra ventana
y alcanzó a ver a su hermano
sentado en silla de plata.

—Hermano, por ser mi hermano,
me darás un vaso de agua,
que el alma la tengo seca
y la vida se me acaba.

—Quítate de esa ventana,
perra traidora y malvada,
que si mi padre te viera
la cabeza te cortara.

Delgadina se quitó
muy triste y acongojada,
y la trenza de su pelo
hasta el suelo le llegaba.

Al otro día siguiente
se asomó a otra ventana
y alcanzó a ver a su madre
sentada en silla de oro.

—Mi madre, por ser mi madre,
me darás un vaso de agua,
que el alma la tengo seca
y la vida se me acaba.

—Quítate de esa ventana,
perra traidora y malvada,
que si tu padre te viera
la cabeza te cortara.

Delgadina se quitó
muy triste y acongojada,
y la trenza de su pelo
hasta el suelo le llegaba.

Al otro día siguiente
se asomó a otra ventana
y alcanzó a ver a su padre
sentado en silla de oro.

—Mi padre, por ser mi padre,
me darás un vaso de agua,
que el alma la tengo seca
y la vida se me acaba.

—Corran, corran, caballeros,
a dar agua a Delgadina,
que el alma la tiene seca
y la vida se le acaba.
No le den en vaso de oro
ni tampoco en vaso de plata;
dénsela en el de cristal
para que refresque el agua.

Cuando los criados llegaron,
Delgadina estaba muerta,
y encontraron un letrero
que a sus pies estaba escrito:
Delgadina está con Dios
y su padre con los diablos.

Este romance, por su extraordinaria popularidad, sufre muchas variantes en la recitación. Suele añadirse una descripción del cuarto de Delgadina:

En un cuarto muy oscuro
que está al lado de la cocina,
donde cantaban los buhos
y las culebras silbaban.

Padres prudentes han introducido esta variante:

Cuando su madre iba a misa
su padre la castigaba...

Don Ciro Bayo cita una modificación semejante, hecha en la Argentina:

¿Qué quieres que mire, hija?
Que tú has de ser mi *mandada*.

También Fernán Caballero corrigió este pasaje del romance al insertarlo en su novela *Cosa cumplida... sólo en la otra vida.* Otras variantes:

Mi hermana, por ser mi hermana...
Mi hermano, por ser mi hermano...
Su hermano le contestó:

—Vete, perra desgraciada,
que no quisistes hacer
lo que mi padre mandaba...

—Mi padre, por ser mi padre,
me darás un vaso de agua,
que el alma la tengo seca
y la vida desgarrada,
y que antes de tres días
yo seré tu enamorada...

—Corran, corran, emigrados...

Una versión chilena, recogida por don Julio Vicuña Cifuentes y citada por don Ramón Menéndez Pidal en su artículo "Los romances tradicionales en América" (en *Cultura Española*), y dos versiones asturianas, hacen que Delgadina ceda, como en la variante que cito, desnaturalizando así este tema, que tiene semejantes en el *folklore* de muchos países, pero que, según el señor Menéndez y Pelayo, pudiera tener más cercano parentesco con la historia de Carcayona, recogida por Guillén Robles entre sus *Leyendas moriscas*.

La presencia sucesiva de los hermanos, la madre y el padre ante la princesa, repitiendo todos las mismas frases, no es otra cosa sino recurso usual en la poesía popular (aunque aquí resulta de efecto absurdo), según puede verse en obra tan lejana de la literatura española como la colección épica del pueblo finlandés, el *Kalevala*: en el lamento de Aino, *runo* o canto tercero.

II. LA NIÑA CONVERTIDA EN ÁRBOL

Otro romance se canta en Santo Domingo, no menos lúgubre que el de Delgadina, y del cual no conservo sino cuatro versos y el tema. Gran parte del cuento se dice en prosa, sin duda porque se han olvidado los versos primitivos. Sale de su casa una madre de familia, y deja contados y encomendados a una de sus niñas varios higos; al regresar, advierte que falta uno (robado no se sabe por quién), y, encolerizada, la entierra viva en el patio. La cabellera de la niña se convierte en arbusto, en *mata de ají* (especie de pimiento), y cuando los hermanos arrancan algún fruto, dice una voz lamentosa de bajo tierra:

Hermanito de mi vida
no me *jales* los cabellos,
que mi madre me ha enterrado
por un higo que ha faltado.

Como se sigue arrancando frutos al árbol, la súplica de la niña se dice varias veces, dirigida a un hermano, a una hermana y finalmente al padre: éste desentierra a la niña y castiga a la madre.

El asunto, que sugiere un mito arbóreo, es quizás reminiscencia de la mitología céltica, según indicó Menéndez y Pelayo respecto de otros romances de *transformaciones* que tienen aire de familia con éste, y que proceden de la literatura del ciclo *artúrico*: los del Conde Olinos o Conde Niño.

Hasta ahora, no ha llegado a mi noticia que este romance sea conocido hoy fuera de mi país. Mi tía doña Ramona Ureña, nacida en 1848, a quien debo la reconstrucción del cuento, dice haberlo conocido en su infancia: no así el de Delgadina, del cual tuvo noticia entre 1865 y 1870.

III. HILO DE ORO

Si el romance de Delgadina tiene parentesco con leyendas moriscas, otro que se canta en Santo Domingo alude a reyes moros, pero en versiones de la América del Sur (mencionadas por Menéndez Pidal y Ciro Bayo) alude a Francia. No se conserva este romance entre los impresos del siglo XVI, pero lo recuerda Lope de Vega en el entremés *Daca mi mujer:* es el de *Hilo de oro,* con el cual se juega una de las más poéticas diversiones familiares que existen en Santo Domingo.

Los niños se sientan en fila, poniendo en la cabecera a la niña de más edad como reina, y ordenándose los demás de mayor a menor, para representar la familia real; sólo dos niños no se sientan: uno es caballero y otro su criado. El caballero se acerca a la reina y canta:

> Hilo, hilo, hilo de oro,
> yo jugando al ajedrez,
> por un camino, me han dicho
> lindas hijas tiene el rey.

La reina responde:

> Téngalas o no las tenga,
> yo las he de mantener,
> que del pan que yo comiere
> de ese mismo han de comer,
> que del vino que yo bebiere
> de ese mismo han de beber.

El caballero se retira diciendo:

> Enojado voy, señora,
> de los palacios del rey,
> que las hijas del rey moro
> no me las dan por mujer.

La reina lo llama:

> Vuelva, vuelva, caballero,
> no sea usté tan descortés,
> que de las hijas que tengo
> la mejor será de usté.

Vuelve el caballero y escoge:

> Esta tomo por mi esposa
> y también por mi mujer,
> que me ha parecido rosa
> acabada de nacer.

De los versos anteriores he oído estas variantes:

> Hilito, hilito de oro...
> Me dijo una gran señora
> que lindas hijas tenéis...
> Lindas hijas tiene usté...
> Yo las sabré mantener...
> Comerán ellas también,
> y del vino que yo tomare
> tomarán ellas también...
> Hasta el palacio del rey...
> De las hijas del rey moro
> elija la que queréis...
> Por ser su madre una rosa
> y su padre un clavel...

Elegida la novia, el pequeño drama ofrece varias soluciones. Una de ellas, la feliz, es la que menos frecuentemente oí. La reina se contenta con decir:

> Lo que le pido al señor
> es que me la trate bien,
> sentadita en silla de oro
> bordando bandas del rey,
> y con un *fuete* en la mano
> por lo que sea menester.

Pero el desenlace más gustado no es éste, sino otro en que se suelta largamente la rienda a la inventiva de los niños. Según este desenlace, detrás del diálogo inicial no hubo sino traición: la familia del rey moro nunca tuvo intención de entregar la hija. Cuando el caballero envía su criado a buscarla, con esta frase: Que le manden la niña, se le contesta con evasivas, de las cuales se ha hecho clásica la primera: Que se está peinando. A las repetidas instancias —¡Que le manden la niña!— se contesta con una larga enumeración de causas dilatorias, que procura hacerse interminable: —Que se está poniendo las peinetas: que se está poniendo los *aritos* (aretes); que se está poniendo el corpiño; que se está poniendo las pulseras... Cuando se han agotado las prendas de vestido y de adorno, se recurre a la mentira: Que se cayó en un pozo, con lo cual suele terminar todo. Pero a veces el conflicto es más intrincado:

> —Que le manden la niña.
> —Que se quemó.
> —Que le manden las cenizas.

—Que se las llevó el viento.
—Que le cojan el viento.
—Que lo venga a coger.

Este último reto es la señal del ataque de la familia traidora al caballero, a quien desde un principio escogieron para víctima.

IV. EL RAPTO DE ISABEL

En 1911 oí fragmentos de un romance que desconozco:

Las cortinas del palacio
son de terciopelo azul...

Una noche que jugaba
al juego del alfiler,
viene un mozo y se la lleva,
y llorando va Isabel...

V. DOÑA ANA

Doña Ana no está aquí,
que ellá está en su vergel,
abriendo la rosa
y cerrando el clavel.

Vamos a la huerta
del toro toronjil;
veremos a doña Ana
cogiendo perejil.

Este romance está citado por mi abuelo don Nicolás Ureña de Mendoza en una composición humorística escrita en el destierro el año de 1859, y dirigida a una dama, a quien envía toda clase de presentes fabulosos:

Después de andar de tropel,
sólo vine esta mañana
una rosa y un clavel
a conseguir de doña Ana,
que aún estaba en su vergel.

Ya verás que a mi regalo,
tan variado en sus primores,
no le faltan ni aun las flores,
porque eso de *tiempo malo*
no habla con los trovadores.

VI. LAS MANZANAS

—Señora Santa Ana
¿por qué llora el niño?
—Por una manzana
que se le ha perdido.

—Vamos a la huerta,
cogeremos dos:
una para el niño
y otra para vos.

Variante:

Y otra para Dios.

Mi amigo Alfonso Reyes presentó, en el Ateneo de México, la ingeniosa hipótesis de que este romance, conocido también aquí, acaso tiene por base un mito solar semejante al de las manzanas o toronjas doradas de las Hespérides, recobradas por Heracles: símbolo del retorno de la luz del día. ¿Acaso doña Ana en su vergel es también representación del sol, o de la luna, que abre unas flores y cierra otras?

VII. ROMANCES DE NOCHEBUENA

Pidiendo posada:

San José y la Virgen
y el niño también
pidieron posada
en Jerusalén.

—Ábrenos, por Dios,
vecino querido,
y dale posada
a estos desvalidos.

Es más extenso. La estrofa en que se pide posada se repite varias veces.

Menéndez Pidal recogió en la Argentina uno que comienza de igual modo, pero que se refiere a la desaparición del niño Jesús cuando se entró a discutir con los doctores de la sinagoga:

San José y la Virgen
y Santa Isabel
andan por las calles
de Jerusalén
preguntando a todos
si han visto a su bien.
Todos les responden
que no saben de él.

Otros romances se cantan en las fiestas de Nochebuena, de los cuales recuerdo los comienzos:

Venid, pastorcitos,
venid a adorar,
al rey de los cielos
que está en el portal.

Variante:

Que ha nacido ya.

—La Virgen lavaba,
San José tendía;
el niño lloraba
de hambre que tenía.

—Allí abajo de una choza
que está cerca de Belén
ha nacido un niño hermoso
que se llama Manuel.

Y están con él
y están con él
un jumentillo y un buey.

El buey hace: mu, mu;
el burro hace: ha, ha;
los pastores: ¡Oh mi Dios!
los ángeles: ¡Oh Señor!
San José: mi Dios, mi bien;
la Virgen: mi Dios, mi amor;
y todos forman un coro
de bajo, tiple y tenor.

Este último romance no lo oí durante mi primera infancia,
sino en el año de 1897. Pudiera ser de importación moderna, y
de origen semiculto.

VIII.   ROMANCE DE MALBRÚ

Pocas veces oí en mi infancia el romance de *Malbrú,* del cual
recuerdo estos versos:

Malbrú se fue a la guerra,
no sé cuándo vendrá;
si viene para la Pascua
o para la Trinidad.

En mi viaje de 1911 obtuve una versión más extensa, que se
canta, dando vueltas en rueda, con la misma música de la canción francesa:

En Francia nació un niño,
¡qué dolor, qué dolor, qué pena!
En Francia nació un niño
de padre natural,
¡qué do-re-mi, qué do-re-fa!
de padre natural.

Por no tener padrino,
¡qué dolor, qué dolor, qué pena!
por no tener padrino
Malbrú se ha de llamar,
¡qué do-re-mi, qué do-re-fa!
Malbrú se ha de llamar.

Malbrú se fue a la guerra,
¡qué dolor, qué dolor, qué pena!
Malbrú se fue a la guerra,
no sé si volverá,
¡qué do-re-mi, qué do-re-fa!
no sé si volverá.

Vendrá para la Pascua,
¡qué dolor, qué dolor, qué pena!
vendrá para la Pascua
o para la Navidad,
¡qué do-re-mi, qué do-re-fa!
o para la Navidad.

La Navidad se pasa,
¡qué dolor, qué dolor, qué pena!
la Navidad se pasa
y Malbrú no viene ya,
¡qué do-re-mi, qué do-re-fa!
Malbrú no viene ya.

Creo que ya no se toma en cuenta la hipótesis de François Génin, de que el romance castellano de Malbrú o Mambrú no era moderno y traducido de la *chanson* francesa del siglo XVIII (como claramente se ve), sino antiguo y quizás modelo remoto de ella. Cierto que la *chanson* de Marlborough se funda en otras anteriores, cuyo origen acaso se remonte al final de la Edad Media; pero no veo la posibilidad del abolengo español. Si con algunos romances castellanos tienen semejanza las *chansons,* es con los de doña Alda, en cuanto a su dato fundamental: la dama que espera noticias de su guerrero esposo; y este dato procede de la leyenda francesa de la esposa de Rolando.

IX. SANTA CATALINA

En Cádiz hay una niña
que Catalina se llama...

He oído fragmentos de este romance a la señorita Amalia Lauransón, en 1911; pero nunca lo oí en mi infancia. El señor Chacón y Calvo hace un interesante estudio de esta canción, que en Cuba se conserva con este principio:

En Galicia hay una niña...

La versión dominicana tiene, en cambio, igual principio que la recogida en Madrid por don Eugenio de Olavarría y Huarte. Tanto la versión madrileña como la habanera tienen cuatro versos que recuerdan otros de las versiones dominicanas de *Delgadina:*

Todos los días de fiesta
su madre la castigaba,
porque no quería hacer
lo que su padre mandaba.

X. MUERTE DEL SEÑOR DON GATO

Estaba el Señor Don Gato
sentado en su silla de oro;
llegó la Señora Gata
con su vestido planchado,
con mediecitas de seda
y zapaticos de plata.

El Gato, por darle un beso,
se cayó desde el tejado,
y se rompió la cabeza
y se descompuso un brazo.

Don Gato hace testamento
de lo mucho que ha robado:
seis varas de longaniza
y diez libras de tasajo.

Los ratones, de contento
se visten de colorado;
diciendo: gracias a Dios
que murió el Señor Don Gato
que nos hacía correr
con el rabito parado.

Las gatas se ponen luto,
los gatos mitones largos,
y los gatitos chiquitos
hacen: miau, miau, miau, miau.

La versión dominicana se parece más a la recogida por Menéndez Pidal en Chile, que a la andaluza inserta por Fernán Caballero en el tercer diálogo de su *Cosa cumplida*...

XI. ADIVINANZAS

En mi infancia oí, pocas veces, el romance que principia:

Una tarde de verano
me llevaron a paseo;
al doblar por una esquina
me encontré un convento abierto...

Don Ciro Bayo cita dos versiones argentinas: en una, se trata de una joven que se hace monja; en otra, se concluye con una adivinanza. Creo recordar que ésta es la misma que oía en mi infancia, como término del romance.

Otras adivinanzas versificadas se usan entre los niños, como ésta, recogida también en Andalucía por Fernán Caballero:

Un platito de avellanas
que de día se recoge
y de noche se derrama.
—*Las estrellas*.

XII. Canciones de Cuna

Recuerdo ésta:

> Duérmete, niñito,
> que tengo que hacer;
> lavar tus pañales,
> sentarme a coser.

Más que para dormir a los niños se usa en Santo Domingo para divertirles el "Aserrín, aserrán":

> Aserrín, aserrán.
> Los maderos de San Juan
> piden queso, piden pan.
> Los de Roque
> alfandoque.
> Los de Rique
> alfeñique.
> Triqui-triqui
> triqui-trán.

Otra forma:

> Aserrín, aserrán.
> Los maderos de San Juan
> comen queso, comen pan.
> Los de Juan
> comen pan.
> Los de Pedro
> majan hierro.
> Los de Enrique
> alfeñique.
> Y los otros
> triqui-triqui.

XIII. Juegos y Cantos Infantiles

En el grupo de cantos o sonsonetes infantiles hay muy pocos que tengan forma de romances; pero anotaré algunos por el parentesco que tienen con esos cantares tradicionales, como dato de *folklore*.

En el juego del abejón, bastante largo y complicado, se cantan estos versos:

> Abejón del abejón,
> muerto lo llevan en un serón.
>
> El serón era de paja:
> muerto lo llevan en una caja.
>
> La caja era de pino:
> muerto lo llevan en un pepino.
>
> El pepino estaba *mocato* (podrido):
> muerto lo llevan en un zapato.

El zapato era de hierro:
muerto lo llevan a los infiernos.

Los infiernos estaban calientes:
muerto lo llevan a San Vicente.

San Vicente se arrancó un diente
y se lo pegó en la frente.

En México se canta algo parecido: el personaje del juego
es el *aguador*.

Para echar la suerte (por ejemplo, para elegir previamente
el *abejón*):

Pin-marín-dedó-pingüé
Títara-mácara-cúcara-fue.

Juego de saludo, muy conocido también en España:

—A la limón, a la limón,
la fuente está rompida.

—A la limón, a la limón,
mandarla componer.

—A la limón, a la limón,
no tenemos dinero.

—A la limón, a la limón,
con cáscaras de huevo.

—A la limón, a la limón,
pues pasen, caballeros.

Juego de la *pájara pinta;* he oído decir, no sé con qué fundamento, que es de origen francés:

Estaba la pájara pinta
sentada en su verde limón.
Con el pico recoge la rama
y en la rama recoge la flor.
¡Ay, ay, ay! ¿Cuándo veré a mi amor?
—Me arrodillo a los pies de mi amante;
me levanto, constante, constante.

El juego continúa con muchos pormenores galantes y cor-
teses, pero las palabras que siguen no son ya propiamente versificadas.

Canción del domingo, conocida también en México y en la
Argentina, bajo otras formas:

Mañana es domingo
de vara y pendón.
Se casa la reina
con Juan Barrigón.
¿Quién es la madrina?
Doña Catalina.
¿Quién es el padrino?
Don Juan de Ribera.

Cuento versificado de Ratónpérez y la hormiguita o la cucarachita Martina: quizás su introducción se deba a la lectura de Fernán Caballero. Por mí sé decir que la versión que escuché en mi infancia es literalmente la de la famosa novelista.

Canto de gallos:

—¡Quiquiriquí!
—¡Cristo nació!
—¿Dónde nació?
—En Belén.
—¿Quién te lo dijo?
—Yo que lo sé.

El rebuzno:

Juan-Juan-agua-agua-yerba-yerba-todo-todo-junto-junto-junto

Cuento de nunca acabar:

Pues señor: éste era un gato
que tenía los pies de trapo
y la cabeza al revés.
¿Quieres que te lo cuente otra vez?

En México este sonsonete se ha mezclado con el romance de la muerte del Señor Don Gato.

Sonsonete conocido también en México, y aquí más largo que en Santo Domingo, donde se reduce a cuatro versos:

Mira la luna
comiendo su tuna.
Mira el sol
comiendo su melón.

Aún hay muchos más sonsonetes y cancioncitas que recuerdo, pero en su mayor parte no son tradicionales sino locales y fugaces.

Por lo que toca a los romances, seguro estoy de que existen en Santo Domingo más que los recordados por mí. Yo mismo creo haber oído en mi infancia, entre otros que olvidé, el romance del *Galán y la calavera,* y el de la niña de la albahaca.

En cuanto a la influencia del romance en América, no he podido comprobar personalmente que haya producido muchas florescencias nuevas. Sin embargo, se asegura que las ha dado en la América del Sur, y, al parecer, el metro ha pasado a lenguas indígenas, según juzgo lo comprueban ejemplos de canciones de los indios citadas por don Alejandro Cañas Pinochet en sus "Estudios de la lengua veliche" (Volumen 11 de los Trabajos del Cuarto Congreso Científico, celebrado en Chile en diciembre de 1908 y enero de 1909; Santiago de Chile, 1911).

Los poetas hispanoamericanos han cultivado con brillo el romance como forma de poesía culta, y a veces con propósitos *populares*: así en el caso de Guillermo Prieto, cuyos romances suelen ofrecer expresiones interesantes de sentimientos de la plebe. Pero acaso nadie supo dar al romance su carácter genuino, su sabor infantil y arcaico, sus expresiones *directas,* sus pormenores pintorescos, como el grande artista y libertador de Cuba, José Martí, en aquel de "Los dos príncipes", escrito para los niños lectores de su preciosa revista *La edad de oro,* que hizo las delicias de mi infancia:

> El palacio está de luto
> y en el trono llora el rey,
> y la reina está llorando
> donde no la puedan ver.
> En pañuelos de olán fino
> lloran la reina y el rey...
> Los caballos llevan negro
> el penacho y el arnés;
> los caballos no han comido
> porque no quieren comer...
> ¡Se ha quedado el rey sin hijo,
> se le ha muerto el hijo al rey!

México, septiembre de 1913

LA CULTURA DE LAS HUMANIDADES *

CELEBRAMOS hoy, señores, esta reapertura de clases de la Escuela de Altos Estudios, cuya significación es mucho mayor de la que alcanzan, por lo común, esta especie de fiestas inaugurales. Va a entrar la Escuela en su quinto año de existencia, pero apenas inicia su segundo año de labores coordinadas.

Malos vientos soplaron para este plantel, apenas hubo nacido. Tras el generoso empeño que presidió a su creación, —uno de los incompletos beneficios que debemos a don Justo Sierra—, no vino la organización previsora que fijase claramente los derroteros por seguir, los fines y los resultados próximos, argumentos necesarios en sociedades que, como las nuestras, no poseen reservas de energía intelectual para concederlas a la alta cultura desinteresada. Las sociedades de la América española, agitadas por inmensas necesidades que no logra satisfacer nuestra impericia, miran con nativo recelo toda orientación esquiva a las aplicaciones fructuosas. Toleran, sí, que se estudien filosofías, literaturas, historia; que en estudios tales se vaya lejos y hondo; siempre que esas dedicaciones sirvan para enseñar, para ilustrar, para *dirigir* socialmente. El *dilettantismo* no es, no puede ser, planta floreciente en estas sociedades urgidas por ansias de organización. Eso lo comprendió y lo expresó admirablemente don Justo Sierra en su discurso inaugural de la Universidad: "No quisiéramos ver nunca en ella torres de marfil, ni vida contemplativa, ni arrobamientos en busca del *mediador plástico;* eso puede existir y quizás es bueno que exista en otra parte; no allí, allí no".

Y sin embargo, la Escuela de Altos Estudios no reveló al público, desde el principio, los fines que iba a llenar. No presentó planes de enseñanza; no organizó carreras. Sólo actuaron en ella tres profesores extranjeros, dos de ellos (Baldwin y Boas) ilustres en la ciencia contemporánea, benemérito el otro (Reiche) en los anales de la botánica americana; se habló de la próxima llegada de otros no menos famosos... Sobrevino a poco la caída del *antiguo régimen,* y la Escuela, desdeñada por los gobiernos, huérfana de programa definido, comenzó a vivir vida azarosa y a ser la víctima escogida para los ataques *del que no comprende.* En torno de ella se formaron leyendas: las enseñanzas eran

* Discurso pronunciado en la inauguración de las clases del año de 1914 en la Escuela de Altos Estudios de la Universidad Nacional de México y publicado en *Revista Bimestre Cubana,* La Habana, vol. 9, núm. 4, julio-agosto de 1914.

abstrusas; la concurrencia, mínima; las retribuciones, fabulosas; no se hablaba en castellano, sino en inglés, en latín, en hebreo... Todo ello ¿para qué?

Solitario en medio a este torbellino de absurdo, el primer director, don Porfirio Parra, no lograba, aun contando con el cariño y el respeto de la juventud, reunir en torno suyo esfuerzos ni entusiasmos. Representante de la tradición *comtista,* heredero principal de Barreda, le tocó morir aislado entre la bulliciosa actividad de la nueva generación enemiga del positivismo.

Días antes de su muerte, hubo de presidir la apertura del primer *curso libre* de la Escuela, el de Filosofía, emprendido por don Antonio Caso con suceso ruidoso. La libre investigación filosófica, la discusión de los problemas metafísicos, hizo entrada de victoria en la Universidad. Y al mismo tiempo quedaba inaugurada la institución del profesorado libre, gratuito para el Estado, que en la ley constitutiva de la Escuela se adoptó, a ejemplo de las fecundas Universidades alemanas.

Durante la breve administración de don Alfonso Pruneda, cuyas gestiones en pro del plantel fueron magnas, sobre todo porque luchaban contra la momentánea pero tiránica imposición de la más dura tendencia antiuniversitaria, se desarrolló el profesorado libre, y obtuvo la Escuela entonces la colaboración (entre otras) de don Sotero Prieto, con su curso magistral sobre la Teoría de las Funciones Analíticas.

Vino después a la dirección, hace apenas un año, el principal compañero de don Justo Sierra en las labores de instrucción pública, y trajo consigo su honda experiencia de la acción y la cultura, y su devoción incomparable por la educación nacional. Nadie mejor que él, que tantos esfuerzos tenía hechos en favor de la organización formal de los estudios superiores, comprendía que ya no era posible, sin riesgo de muerte para el plantel, retardarla más. Pero la Escuela se veía pobre de recursos, y sin esperanza de riqueza próxima. Afortunadamente, ahí estaba el ejemplo de lo realizado meses antes. Se podía contar con hombres de buena voluntad que sacrificaran unas cuantas horas semanales (acaso muchas) a la enseñanza gratuita... No se equivocó don Ezequiel A. Chávez, y logró organizar, con profesores sin retribución, pero no ya libres, sino titulares, pues así convenía para la futura estabilidad de la empresa, la Subsección de Estudios Literarios, que funcionó durante todo el año académico, y la de Ciencias Matemáticas y Físicas, que inició sus trabajos ya tarde. Una y otra, además de ofrecer campo al estudio desinteresado, aspiran a formar profesores especialistas; y su utilidad para este fin ha podido comprobarse en los meses últimos: de entre sus alumnos han salido catedráticos para la Escuela Preparatoria. El curso de Ciencia y Arte de la Educación (que tomó a su cargo el doctor Chávez) sirve, al igual que en la Sorbona,

como centro de unificación, como núcleo sintético de la enseñanza. Una y otra subsecciones se abren hoy de nuevo. A la dirección actual corresponderá organizar otras, cuando las presentes hayan entrado en su vida normal. [1]

Ni se pretendió, ni se pudo, encontrar en nosotros, jóvenes
la gran mayoría, maestros indiscutibles, dueños ya de todos los
secretos que se adquieren en la experiencia científica y pedagógica de largos años. Debo exceptuar, sin duda, como frutos de
madurez definitiva, la vasta erudición filológica de don Jesús
Díaz de León y la profunda doctrina matemática y física de don
Valentín Gama. Pero todos somos trabajadores constantes, fide-
lísimos devotos de la alta cultura, más o menos afortunados en
aproximarnos al secreto de la perfección en el saber, y seguros,
cuando menos, de que la sinceridad y la perseverancia de nuestra dedicación nos permitirán guiar por nuestros caminos a otros,
de quienes no nos desplacería ver que con el tiempo se nos ade-
lantasen.

La Sección de Estudios Literarios, única que ha completado
su primer año, y única, además, de que personalmente puedo hablar con certidumbre, tiene para mí una significación que no de-
jaré de explicar. Yo la enlazo con el movimiento, de aspiraciones filosóficas y humanísticas, en que me tocó participar, a poco
de mi llegada desde tierras extrañas.

Corría el año de 1906; numeroso grupo de estudiantes y
escritores jóvenes se congregaba en torno a novísima publicación, [2] la cual, desorganizada y llena de errores, representaba.
sin embargo, la tendencia de la generación nueva a diferenciarse
francamente de su antecesora, a pesar del gran poder y del gran
prestigio intelectual de ésta. Inconscientemente, se iba en busca
de otros ideales; se abandonaban las normas anteriores: el siglo
XIX francés en letras; el positivismo en filosofía. La literatura
griega, los Siglos de Oro españoles, Dante, Shakespeare, Goethe,
las modernas orientaciones artísticas de Inglaterra, comenzaban
a reemplazar al espíritu de *1830* y *1867*. Con apoyo en Schopenhauer y en Nietzsche, se atacaban ya las ideas de Comte y de
Spencer. Poco después comenzó a hablarse de pragmatismo. . .

En 1907, la juventud se presentó organizada en las sesiones
públicas de la Sociedad de Conferencias. Ya había disciplina, crítica, método. El año fue decisivo: durante él acabó de desaparecer todo resto de positivismo en el grupo central de la juventud.
De entonces data ese movimiento que, creciendo poco a poco,
infiltrándose aquí y allá, en las cátedras, en los discursos, en los
periódicos, en los libros, se hizo claro y pleno en 1910 con las
Conferencias del Ateneo (sobre todo en la final) [3] y con el discurso universitario de don Justo Sierra, quien ya desde 1908, en
su magistral oración sobre Barreda, se había revelado sabedor
de todas las inquietudes metafísicas de la hora. Es, en suma, el

movimiento cuya representación ha asumido ante el público Antonio Caso: la restauración de la filosofía, de su libertad y de sus derechos. La consumación acaba de alcanzarse con la entrada de la enseñanza filosófica en el *curriculum* de la Escuela Preparatoria.

Mas el año de 1907, que vio el cambio decisivo de orientación filosófica, vio también la aparición, en el mismo grupo juvenil, de las grandes aspiraciones humanísticas. Acababa de cerrarse la serie inicial de conferencias (con las cuales se dio el primer paso en el género, que esa juventud fue la primera en popularizar aquí), y se pensó en organizar una nueva, cuyos temas fuesen exclusivamente griegos. Y bien, nos dijimos: para cumplir el alto propósito es necesario estudio largo y profundo. Cada quien estudiará su asunto propio; pero todos unidos leeremos o releeremos lo central de las letras y el pensamiento helénicos y de los comentadores... Así se hizo; y nunca hemos recibido mejor disciplina espiritual.

Una vez nos citamos para releer en común el *Banquete* de Platón. Éramos cinco o seis esa noche; nos turnábamos en la lectura, cambiándose el lector para el discurso de cada convidado diferente; y cada quien la seguía ansioso, no con el deseo de apresurar la llegada de Alcibíades, como los estudiantes de que habla Aulo Gelio, sino con la esperanza de que le tocaran en suerte las milagrosas palabras de Diótima de Mantinea... La lectura acaso duró tres horas; nunca hubo mayor olvido del *mundo de la calle,* por más que esto ocurría en un taller de arquitecto, inmediato a la más populosa avenida de la ciudad.

No llegaron a darse las conferencias sobre Grecia; pero con esas lecturas renació el espíritu de las humanidades clásicas en México. Allí empiezan los estudios merced a los cuales hemos podido prestar nuestra ayuda cuando don Ezequiel A. Chávez nos llamó a colaborar en esta audaz empresa suya. De los siete amigos de entonces, cuatro trabajamos aquí, en esta Escuela; [4] y si los tres restantes no nos acompañan, les sustituyen otros amigos, inspirados en las mismas ideas.

Cultura fundada en la tradición clásica no puede amar la estrechez. Al amor de Grecia y Roma hubo de sumarse el de las antiguas letras castellanas: su culto, poco después reanimado, es hoy el más fecundo entre nuestros estudios de erudición; y sin perder el lazo tradicional con la cultura francesa, ha comenzado lentamente a difundirse la afición a otras literaturas, sobre todo la de Inglaterra y la de Italia. Nos falta todavía estimular el acercamiento —privilegio por ahora de unos pocos—, a la inagotable fuente de la cultura alemana, gran maestra de la síntesis histórica y de la investigación, cuando no enseña, con ejemplo vivo, como en Lessing o en Goethe (profundamente amado por esta juventud), el perfecto equilibrio de todas las corrientes intelectuales.

Las humanidades, viejo timbre de honor en México, han de ejercer sutil influjo espiritual en la reconstrucción que nos espera. Porque ellas son más, mucho más, que el esqueleto de las formas intelectuales del mundo antiguo: son la musa portadora de dones y de ventura interior, *fors olavigera* para los secretos de la perfección humana.

Para los que no aceptamos la hipótesis del progreso indefinido, universal y necesario, es justa la creencia en el *milagro helénico*. Las grandes civilizaciones orientales (*arias*, semíticas, mongólicas u otras cualesquiera) fueron sin duda admirables y profundas: se les iguala a menudo en sus resultados pero no siempre se les supera. No es posible construir con majestad mayor que la egipcia, ni con elegancia mayor que la pérsica; no es posible alcanzar legislación más hábil que la de Babilonia, ni moral más sana que la de la China arcaica, ni pensamiento filosófico más hondo y sutil que el de la India, ni fervor religioso más intenso que el de la nación hebrea. Y nadie supondrá que son ésas las únicas virtudes del antiguo mundo oriental. Así, la patria de la metafísica budista es también patria de la fábula, del *thier epos,* malicioso resumen de experiencias mundanas.

Todas estas civilizaciones tuvieron como propósito final la estabilidad, no el progreso; la quietud perpetua de la organización social, no la perpetua inquietud de la innovación y la reforma. Cuando alimentaron esperanzas, como la mesiánica de los hebreos, como la victoria de Ahura-Mazda para los persas, las pusieron fuera del alcance del esfuerzo humano: su realización sería obra de las leyes o las voluntades más altas.

El pueblo griego introduce en el mundo la inquietud del progreso. Cuando descubre que el hombre puede individualmente ser mejor de lo que es y socialmente vivir mejor de como vive, no descansa para averiguar el secreto de toda mejora, de toda perfección. Juzga y compara; busca y experimenta sin tregua; no le arredra la necesidad de tocar a la religión y a la leyenda, a la fábrica social y a los sistemas políticos. Mira hacia atrás, y crea la historia; mira al futuro, y crea las utopías, las cuales, no lo olvidemos, pedían su realización al esfuerzo humano. Es el pueblo que inventa la discusión; que inventa la crítica. Funda el pensamiento libre y la investigación sistemática. Como no tiene la aquiescencia fácil de los orientales, no sustituye el dogma de ayer con el dogma predicado hoy: todas las doctrinas se someten a examen, y de su perpetua sucesión brota, no la filosofía ni la ciencia, que ciertamente existieron antes, pero sí la evolución filosófica y científica, no suspendida desde entonces en la civilización europea.

El conocimiento del antiguo espíritu griego es para el nuestro moderna fuente de fortaleza, porque le nutre con el vigor puro de su esencia prístina y aviva en él la luz flamígera de la inquietud intelectual. No hay ambiente más lleno de estímulo: todas las ideas que nos agitan provienen, sustancialmente, de Grecia, y en su historia las vemos afrontarse y luchar desligadas de los intereses y prejuicios que hoy las nublan a nuestros ojos.

Pero Grecia no es sólo mantenedora de la inquietud del espíritu, del ansia de perfección, maestra de la discusión y de la utopía, sino también ejemplo de toda disciplina. De su aptitud crítica nace el dominio del método, de la técnica científica y filosófica; pero otra virtud más alta todavía la erige en modelo de disciplina moral. El griego deseó la perfección, y su ideal no fue limitado, como afirmaba la absurda crítica histórica que le negó sentido místico y concepción del infinito, a pesar de los cultos de Dionisos y Deméter, a pesar de Pitágoras y de Meliso, a pesar de Platón y Eurípides. Pero creyó en la perfección del hombre como ideal humano, por humano esfuerzo asequible, y preconizó como conducta encaminada al perfeccionamiento, como *prefiguración* de la perfecta, la que es dirigida por la templanza, guiada por la razón y el amor. El griego no negó la importancia de la intuición mística, del *delirio* —recordad a Sócrates— pero a sus ojos la vida superior no debía ser el perpetuo éxtasis o la locura profética, sino que había de alcanzarse por la *sofrosine*. Dionisos inspiraría verdades supremas en ocasiones, pero Apolo debía gobernar los actos cotidianos.

Ya lo veis: las humanidades, cuyo fundamento necesario es el estudio de la cultura griega, no solamente son enseñanza intelectual y placer estético, sino también, como pensó Matthew Arnold, fuente de disciplina moral. Acercar a los espíritus a la cultura humanística es empresa que augura salud y paz.

Pero si es fácil atraerlos a la amable senda de las letras clásicas, no lo es adquirir los dones que nos permiten constituirnos en guías. En la civilización europea, en medio de los movimientos portadores de nuevas fuerzas que lucharon o se sumaron con la corriente helénica, nunca desapareció del todo el esfuerzo por renovar el secreto de la cultura griega, extinto, al parecer, con la ruina del mundo antiguo. Renan ha dicho: "La Edad Media, tan profunda, tan original, tan poética en el vuelo de su entusiasmo religioso, no es, en punto de cultura intelectual, sino largo tanteo para volver a la gran escuela del pensamiento noble, es decir, a la antigüedad. El Renacimiento no es sino el retorno a la verdadera tradición de la humanidad civilizada".

Pero el Renacimiento, que es el retorno a las ilimitadas perspectivas de empresa intelectual de los griegos, no pudo darnos la reconstitución crítica del espíritu antiguo. Fue época de creación y de invención, y hubo de utilizar los restos del mundo clásico, que acababa de descubrir, como materiales constructivos, sin cuidarse de si la destinación que les daba correspondía a la significación que antes tuvieran. La antigüedad fue, pues, estí-

mulo incalculablemente fértil para la cultura europea que arranca
de la Italia del siglo xv; pero se la interpretó siempre desde el
punto de vista moderno: rara vez se buscó o alcanzó el punto
de vista antiguo.

Cuando esta manera de interpretación, fecunda para los modernos sobre todo en recursos de forma, dio sus frutos finales
—como las tragedias de Racine y el *Lycidas* de Milton— la rectificación se imponía. Y llegó al cabo, con el segundo gran movimiento de renovación intelectual de los tiempos modernos, el
dirigido por Alemania a fines del siglo xviii y comienzos del
xix. De ese período, que abre una era nueva en filosofía y en
arte, y que funda el criterio histórico de nuestros días, data la
interpretación crítica de la antigüedad. La designación de *humanidades*, que en el Renacimiento tuvo carácter limitativo, adquiere ahora sentido amplísimo. El *nuevo humanismo* exalta la
cultura clásica, no como adorno artístico, sino como base de
formación intelectual y moral. Anunciada por laboriosos como
Gesner y Reiske, la moderna concepción de las humanidades,
la definitiva interpretación crítica de la antigüedad aparece con
Winckelmann y Lessing, dos hombres comparables con los antiguos y con los del Renacimiento por la fertilidad de su espíritu,
por la universalidad de sus ideas, por la viveza juvenil de sus
entusiasmos, en suma, por el sentido de *humanidad* de su acción
intelectual. Pero si Winckelmann, por su orientación más puramente estética, es, en el sentir de Walter Pater, el último *renacentista*, Lessing es el primer contemporáneo. Es uno de los pocos hombres que apenas tienen precursores en su obra. A él, y
sólo a él, se debe la creación de la moderna crítica de las letras
clásicas: de donde parte además la renovación completa de la
crítica literaria en general.

Después del *Laocoonte,* en cuya atmósfera intelectual vivimos todavía, la legión de pensadores e investigadores procede a
construir el edificio cuyo plano ofreció el maravilloso opúsculo.
Herder, hombre de mirada sintética, esboza el papel histórico de
Grecia, *escuela de la humanidad;* Christian Gottlieb Heyne funda la arqueología literaria; Friedrich August Wolf avanza aún
más, y establece sobre bases definitivas, creando numerosísima
escuela, la erudición clásica de nuestros días, que comienza en
el paciente análisis de los textos y llega a su coronamiento con la
total interpretación histórica de la obra artística o filosófica, si-
tuándola en la sociedad de donde surgió. Goethe suele intervenir en las discusiones críticas, proponiendo problemas o sugi-
riendo soluciones; y en su obra de creador recurre a menudo
a los motivos clásicos, reanimándolos a nueva vida inmortal en
las *Elegías romanas,* en la *Ifigenia,* en el *Prometeo,* en la *Pandora,* en la *Aquileida,* en la Helena del *Fausto,* y aun en el vago
esbozo sobre la historia de la dulce Nausicaa. El *nuevo huma-*

nismo triunfaba, y, como dice su historiador Sandys, *Homero* fue el héroe vencedor.

La división del trabajo comienza en seguida. Creuzer, con sus construcciones audaces, infunde inusitado interés al estudio de la mitología, y las encarnizadas controversias que engendra su *Simbólica* son prolíficas, sobre todo porque suscitan la aparición del *Aglaophamus* de Lobeck. Niebuhr, con sus trabajos sobre Roma, da el modelo de la posterior literatura histórica. Franz Bopp y Jacob Grimm organizan la ciencia filológica.

En torno a Gottfried Hermann y a August Boeckh se forman dos escuelas de erudición: una atiende a la lengua y al estilo de las obras, otra a la reconstrucción histórica y social. Una y otra, desligadas ya de sus primitivos jefes, crecen y se multiplican hasta nuestros días. La primera, en que sobresale con enérgico relieve la figura magistral de Lachmann, se entrega a la heroica labor de depuración de los textos, nunca conocida del vulgo, enclaustrada y silenciosa, pero a la cual todos, a la postre, somos deudores. La segunda, que se enlaza con la investigación arqueológica, cuyos maravillosos triunfos culminan en las excavaciones de Schliemann, acomete empresas más brillantes, de utilidad más inmediata y de difusión mucho mayor: así las de Otfried Müller, acaso la más exquisita flor del *humanismo* germánico; héroe juvenil consagrado por la muerte prematura, y a cuya obra literaria concedieron los dioses el vigor primaveral y el *candor helénico*. Otfried Müller es el mejor ejemplo de los dones que ha de poseer el *humanista:* la acendrada erudición no se encoge en la nota escueta y el árido comentario, sino que, iluminada por sus mismos temas luminosos, se enriquece de ideas sintéticas y de opiniones críticas, y se vuelve útil y amable para todos expresándose en estilo elocuente. El tipo se realiza hoy a maravilla en Ulric von Wilamowitz-Moellendorff, el primero de los helenistas contemporáneos, pensador ingenioso y profundo, escritor ameno y brillante.

Pero este movimiento crítico no se limitó a las literaturas antiguas. Los métodos se aplicaron después a la Edad Media y a la edad moderna y así, en cierto modo, nuevas literaturas se han sumado al vasto cuerpo de las humanidades clásicas.

Lejos de mí negar el alto papel que en la reconstrucción de las humanidades vienen desempeñando, como discípulas y colaboradoras de Alemania, las demás naciones europeas (incluso la Grecia actual) y los Estados Unidos. El devoto de las letras antiguas no olvidará la obra precursora de Holanda y de Inglaterra en el siglo XVIII; recordará siempre los nombres de Angelo Mai y de Boissonade, de Cobet y de Madvig, de Grote y de Jebb; fuera del mundo de la erudición, recibirá singular deleite con la deslumbradora serie de obras en que dieron nueva vida al tema helénico muchos de los más insignes poetas y prosadores del siglo XIX, sobre todo los ingleses; hoy mismo consultará siempre a Weil y a Egger, a los Croiset y a Bréal, a Gilbert Murray y a Miss Harrison, a Mahaffy y a Butcher; pero reconocerá siempre que de Alemania partió el movimiento y en ella se conserva su foco principal. Y todavía a Alemania acudimos, bien que no exclusivamente, en toda materia histórica: si para mitología, a Erwin Rohde; si para la historia de Grecia, a Curtis y Droysen ayer, a Busolt y Belloch hoy; si para la de Roma, a Mommsen y Herzog; si para literatura latina, a Teuffel; si para filosofía antigua, a Zeller y a Windelband; si para literatura medioeval, a Ebert; si para la civilización del Renacimiento, a Burckhardt y a Geiger; si para letras inglesas arcaicas, a Ten Brink; si para literatura italiana, a Gaspary; si para literatura española, a Ferdinand Wolf.

Las letras españolas no fueron las menos favorecidas por este renacimiento alemán; y de Alemania salieron los métodos que renovaron la erudición española, después de dos centurias de labor difícil e incoherente, cuando los introdujo el venerable don Manuel Milá y Fontanals, para que luego los propagaran don Marcelino Menéndez y Pelayo y su brillante escuela.

Hecho interesante: si el dominio magistral de la erudición en asuntos españoles corresponde hoy a la misma España, y, muerto el gran maestro, la primacía toca a su mayor discípulo, don Ramón Menéndez Pidal, en cambio, entre las naciones extranjeras, la principal cultivadora de los estudios hispanísticos no es hoy Alemania, sino los Estados Unidos, la enemiga de ayer, hoy la devota admiradora que funda la opulenta Sociedad Hispánica y multiplica las labores de erudición en las Universidades.

De toda esta inmensa labor humanística, que no cede en heroísmo intelectual a ninguna de los tiempos modernos; que tiene sus conquistadores y sus misioneros, sus santos y sus mártires hemos querido ser propagadores aquí. De ella no puede venir para los espíritus sino salud y paz, educación *humana,* estímulo de perfección.

Y la Escuela de Altos Estudios podrá decir más tarde que, en estos tiempos agitados, supo dar ejemplo de concordia y de reposo, porque el esfuerzo que aquí se realiza es todo de desinterés y devoción por la cultura. Y podrá decir también que fue símbolo de este momento singular en la historia de la educación mexicana, en el que, después de largas vacilaciones y discordias, y entre otras y graves intranquilidades, unos cuantos hombres de buena voluntad se han puesto de acuerdo, sacrificando cada cual egoísmos, escrúpulos y recelos, personales o de grupo, para colaborar sinceramente en la necesaria renovación de la cultura nacional, convencidos de que la educación —entendida en el amplio sentido humano que le atribuyó el griego— es la única salvadora de los pueblos.

EL PRIMER LIBRO DE ESCRITOR AMERICANO *

¿CUÁL ES el libro más antiguo de escritor nacido en América? Don Joaquín García Icazbalceta, en su *Bibliografía mexicana del siglo XVI* (México, 1886), y don José Toribio Medina, en su *Imprenta en México* (primer tomo, Santiago de Chile, 1912), mencionan más de diez obras publicadas en la Nueva España por autores allí nacidos, y unas cuantas de autores cuyo origen es dudoso. El primero de los indiscutiblemente mexicanos, según el orden de publicación, es fray Juan de Guevara, autor del perdido manual de *Doctrina cristiana en lengua huasteca* que se imprimió en 1548.[1] El segundo en el orden, y primero que publica libro en castellano, es el agustino fray Pedro de Agurto, autor del *Tractado de que se deben administrar los Sacramentos de la Sancta Eucharistia y Extrema unction a los indios de esta Nueva España* (1573).

Pero don Carlos M. Trelles, en su *Ensayo de bibliografía cubana de los siglos XVII y XVIII* (Matanzas, 1907), atribuye a la Isla de Santo Domingo, primer país colonizado por los españoles en el Nuevo Mundo, la probabilidad de haber dado cuna "al primer americano que escribió y publicó un libro", a saber, fray Alonso de Espinosa. El libro en que funda su hipótesis el señor Trelles se intitula *Del origen y milagros de la Santa Imagen de Nuestra Señora de Candelaria, que apareció en la Isla de Tenerife,* y, según la *Bibliotheca Hispana sive Hispanorum* de Nicolás Antonio (Roma, 1672), se publicó en 1541, siete años antes que el más antiguo opúsculo de autor mexicano.

Mis investigaciones me hacen creer que Santo Domingo produjo, en fray Alonso, a uno de los más antiguos escritores de América. Fue del siglo en que vivieron las poetisas dominicanas doña Leonor de Ovando y doña Elvira de Mendoza; y, entre los mexicanos, no sólo Guevara y Agurto, sino también, junto a otros menos interesantes, Tadeo Niza (cuyo libro histórico sobre la conquista de México, que se dice escrito hacia 1548, no llegó a las prensas), el médico fray Agustín Farfán, los poetas Francisco de Terrazas y Antonio de Saavedra Guzmán, y el historiador fray Agustín Dávila Padilla; y finalmente, entre los sudamericanos, Pedro de Oña y el Inca Garcilaso de la Vega. Faltan datos para suponer que fray Alonso haya sido el más antiguo de todos. El libro sobre la Candelaria de Tenerife, suyo o ajeno, no se publicó en 1541. La primacía continúa, pues, correspondiendo a Guevara y Agurto.

He aquí lo que sabemos sobre el escritor dominicano: "Fve

* *The Romanic Review*, vol. 7, núm. 3, julio-septiembre de 1916.

hijo desta Ciudad (la de Santo Domingo) el Reuerendo Padre Fray Alonso de Espinosa, Religioso Dominico, que escrivio vn elegante Comentario sobre el Psalmo 44. *Eructavit cor meum verbum bonum.*" Esto dice Gil González Dávila en su *Teatro eclesiástico de la Santa Iglesia Metropolitana de S. Domingo y vidas de sus obispos y arzobispos,* que forma parte del *Teatro Eclesiástico de la Primitiva Iglesia de las Indias Occidentales* (dos volúmenes, Madrid, 1649-1655).

¿Es este fray Alonso de Espinosa el mismo religioso dominico que escribió una exposición, en verso castellano, del Salmo XLI, *Quem ad modum desiderat cervus ad fontes aquarum,* y el libro sobre la Imagen de Candelaria, en el cual manifiesta haber recibido los hábitos en Guatemala? El padre Juan de Marieta, en la segunda parte de su *Historia eclesiástica de España* (tres volúmenes, Cuenca, 1594-1596), hace al autor de la *Candelaria* "natural de Alcalá de Henares" y declara que aún vivía en 1595. Nicolás Antonio identifica a los dos Espinosas, y asegura que otro tanto hace fray Alonso Fernández. Probablemente, el padre Fernández hablaría del asunto en su *Notitia Scriptorum Praedicatoriae Familiae,* obra inédita de que hace mención el gran bibliógrafo del siglo XVII, pues nada descubro en la *Historia eclesiástica de nuestros tiempos* (Toledo, 1611). ·

Beristáin (*Biblioteca hispano-americana septentrional,* tres volúmenes, México, 1816-1821) acepta la identificación de los dos Espinosas, pero con intención contraria a la de Nicolás Antonio: si el último aboga por el nacimiento europeo, el primero está por el americano. Hablan de Espinosa, según él, Altamuro, escritor de quien nada he podido conseguir, pero que no parece bien informado, y el padre Antonio Remesal, en cuya *Historia de la Provincia de San Vicente de Chiapa y Guatemala, de la Orden de nuestro Glorioso Padre Sancto Domingo* (Madrid, 1619) sólo he logrado noticias (pp. 712 *ss.*) de otro Espinosa, oaxaqueño: este segundo o tercer fray Alonso, mencionado allí brevemente, no parece haber estado en Guatemala, y Beristáin le distingue, con toda claridad, del personaje doble en quien me ocupo.

No estoy convencido de la identificación sostenida por Nicolás Antonio. Pero las pruebas en contra no son todavía completas. Los dos Espinosas coinciden en el nombre, el hábito religioso y probablemente la época: pues, aunque no poseemos fecha ninguna relativa al dominicano, se colige que vivió en el siglo XVI, ya que fray Alonso Fernández escribía muy desde los comienzos del XVII. No coinciden ni en el lugar de nacimiento ni en las obras que escribieron. La semejanza en el tema de los Salmos es superficial: el fraile dominicano comenta, en prosa, el XLIV; el complutense amplifica, en verso, el XLI.

He aquí, textualmente, lo que dice Nicolás Antonio en la primera edición de su *Bibliotheca Hispana Nova:*

F. ALPHONSUS DE ESPINOSA, *Compluti* apud nos natus, cujus rei testis est Ioannes Marieta, Sancti Dominici amplexatus est apud Guatemalenses Americanos regulare Institutum; at aliquando in Fortunatas Insulas, potioremque illarum Tenerifam advectus, non sine Superiorum auctoritate scripsit—

Del origen, y *Milagros de la Imagen de Nuestra Señora de Candelaria.* Anno 1541. 8. Eodem tempore pro facultate impetrandâ typorum, & publicae lucis, ad Regium Senatum detulit, ut moris est, de *Interpretatione Hispanica Psalmi XLI, Quemadmodum desiderat Cervus ad fontes aquarum* & a se versibus facta.

Alphonso Spinosae in Insula Sancti Dominici nato, hujusmet Instituti Dominicanorum, tribuit Aegidius Gonzalez Davila in *Theatro Indico-Ecclesiastico* elegantem *Commentarium super Psal.* XLIV. *Eructavit cor meum* &. quem cur à superiore distinguam, non video, utì nec distinguit Alphonsus Fernandez.

Acéptese o no la identificación entre el Espinosa de Alcalá y el de Santo Domingo, la obra que, según el señor Trelles, podría ser la primera publicada por escritor americano, no se dio a luz en el año de 1541 sino en el de 1594. La fecha 1541 es una errata de las ediciones de Nicolás Antonio: es evidente que el bibliógrafo escribió 1591, pues alude a las licencias de publicación del libro sobre la Imagen de Candelaria, en las cuales se menciona el trabajo poético sobre el Salmo XLI. La fecha 1545 que da Beristáin no es sino una nueva errata.

El libro sobre la Imagen de Candelaria no pudo imprimirse antes de 1591. El autor habla, en el capítulo III, de sucesos de 1590, y su *prohemio* está fechado en el Convento de la Candelaria, en Santa Cruz de Tenerife, a 14 de mayo de 1590. La *aprobación,* dada por el buen poeta y fraile carmelita Pedro de Padilla, el privilegio del rey (la una y el otro se refieren al libro sobre la Candelaria y al trabajo sobre el Salmo XLI), la licencia del Provisor de Las Palmas, el *testimonio* del Provisor de Canarias, todo tiene fecha de 1591. El libro lo imprimió, finalmente, Juan de León, en Sevilla, el año de 1594. Existen ejemplares de esta edición príncipe en las colecciones de la Sociedad Hispánica de América, en Nueva York, del Museo Británico y del Duque de T'Serclaes en Sevilla. He consultado el primero. Del segundo habla el insigne americanista Sir Clements Markham, y del tercero don José Toribio Medina (*Biblioteca hispano-americana,* Santiago de Chile, 1898-1907). El ejemplar de la Sociedad Hispánica perteneció a León Pinelo; mide 14 cm. por 10, y, como está falto de portada y colofón, se han fotolitografiado éstos en hojas sueltas. La portada dice: "DEL ORIGEN / Y MILAGROS DE LA / Santa Imagen de nuestra Señora de / Candelaria, que apareció en la Isla / de Tenerife, con la descripcion / de esta Isla. / *Compuesto por el Padre Fray Alonso de Espinosa / de la Orden de Predicadores, y Pre- / dicador de ella.* / (Estampa de la Virgen con el niño en brazos) / CON PRIVILEGIO. / Impreso en

Seuilla en casa de Iuan de Leõ. / Año de 1594. / *Acosta de Fernando de Mexia mercader de libros."*

La obra está dividida en cuatro partes o libros: el primero trata de los Guanches, antiguos habitantes de las Canarias; el segundo, de la aparición de la Imagen (antes de la conquista, según la leyenda); el tercero, de la invasión y conquista de las islas por los españoles; el cuarto, de los milagros atribuidos a la Imagen. Se reimprimió en 1848, como parte de la *Biblioteca Isleña* publicada en Santa Cruz de Tenerife, y recientemente la tradujo al inglés Sir Clements Markham, bajo el título de *The Guanches of Tenerife. The Holy Image of Our Lady of Candelaria and the Spanish Conquest and Settlement, by the Friar Alonso de Espinosa* (publicaciones de la Hakluyt Society; Londres, 1907).

University of Minnesota

LAS "NUEVAS ESTRELLAS" DE HEREDIA *

BIEN conocidos son los versos finales del soneto de José María de Heredia, "Les conquérants", con que abre la serie intitulada también *Les conquérants* en el volumen de *Les trophées:*

> Ou penchés à l'avant des blanches caravelles,
> Ils regardaient monter en un ciel ignoré
> Du fond de l'Océan des étoiles nouvelles.

En artículo escrito a raíz de la muerte del poeta cubano-francés, su coterráneo Aniceto Valdivia *(Conde Kostia)* afirmó que la imagen de las "nuevas estrellas" provenía de unos versos del grande amigo de Montaigne, Étienne de la Boëtie.

Posteriormente, he hallado en autores diversos, de los siglos XVI y XVII, la imagen de las "nuevas estrellas" vistas por descubridores y conquistadores; y paréceme que no fueron necesariamente los versos de La Boëtie la fuente donde bebió Heredia, sino que otras pudieron ofrecérsele, siendo él, como era, ávido lector en varios idiomas.

Antes del descubrimiento de América, se sabía la existencia de astros diversos de los conocidos en Europa; así se ve en las obras de astronomía, desde Aristóteles *(Tratado del cielo,* II, 14) hasta Alfonso el Sabio. En la literatura no abundan las referencias a estrellas desconocidas, si bien Lucano habla de los movimientos celestes vistos desde África y Dante tiene muy presente la idea de que el cielo austral difiere del boreal. [1]

Pero con el descubrimiento del Nuevo Mundo y los viajes de Magallanes y Vasco de Gama, las "estrellas nuevas" adquirieron popularidad en la literatura; de los exploradores y geógrafos [2] la noticia pasó a los poetas, y las imaginaciones se sintieron atraídas por la figura del viajero que inesperadamente ve surgir nuevos astros ante sí.

Los cuatro fragmentos que van a continuación, dispuestos cronológicamente, indican que la popularidad de las "nuevas estrellas" duró cien años:

... Interrogati à me nautae hi, an antarcticum viderint polum: stellan se nullan huic arcticae similem, quae discerni circa punctum possit, cognovisse inquiunt. Stellarum tamen aliam, aiunt, se prospexisse faciem, densamque quandà ab horizonte vaporosam caliginem, quae oculus ferè obtenebraret. Tumulum attolli in terrae medio contendunt, qui, nè antarcticus videatur, obstet, donec illum penitus traiecerint. At stellarum imagines, ab hemispherii nostri stellis valdè diversas, se vidisse credunt. Haec dederunt, haec accipito. Davi sunt, non Oedipi.

* *The Romanic Review,* vol. 9, núm. 1, enero-marzo de 1918.

Pedro Mártir de Anghiera, *De Orbe novo*, década I, libro IX. La primera década se publicó en 1511. Las siete restantes, en 1530. Cito por la edición de Colonia, 1574. Los nautas a que se refiere este pasaje son los marineros del viaje de Vicente Yáñez Pinzón en 1499.

> ...*Vidimus excidium: quid adhuc calcare parentis*
> *Busta iuvat? patriae quanto nihil est opis in me,*
> *Parcam oculis. Fuerat melius vitare ruentis,*
> *Quam nunc eversae conspectum: munera sed ne*
> *Poeniteat gratum praestasse* (sic) *novissima civem,*
> *Et sese officio pietas soletur inani,*
> *Ipsa fugam iam tum nobis minus aequae monebant*
> *Numina, cum ignotos procul ostendere sub Austro*
> *Telluris tractus, & vasta per aequora nautae*
> *Ingressi, vacuas sedes et inania regna*
> *Viderunt, solemque alium, terrasque recentes,*
> *Et, non haec, alio fulgentia sidera coelo.*

Étienne de la Boëtie, Epístola *Ad Belotium et Montanum*, escrita probablemente hacia 1550. Cito por la edición anotada de Paul Bonnefon, Paris, 1892.

> *Jà descoberto tinhamos diante*
> *Là no novo hemispherio nova estrella,*
> *Não vista de outra gente, que ignorante*
> *Alguns tempos esteve incerta della:*
> *Vimos a parte menos rutilante,*
> *E por falta d'estrellas menos bella,*
> *De polo fixo, onde inda se não sabe*
> *Que outra terra comece, ou mar acabe.*

Luis de Camoens, *Os Lusíadas*, canto V. *Los Lusíadas* se imprimió por primera vez en 1572. Cito por la edición de París, 1819 (Didot).

> Del interés la dulce golosina
> los trajo en hombros de cristal y hielo
> a ver nuevas estrellas y regiones.

Bernardo de Valbuena, *Grandeza Mexicana*. El poema se publicó por primera vez en 1604. Cito por la edición académica de Madrid, 1821, con *El siglo de oro*. Ya sobre este pasaje había llamado la atención Alfonso Reyes en su interesante, aunque inconcluso, estudio sobre *El paisaje en la poesía mexicana* (México, 1911).

University of Minnesota

LA INFLUENCIA DE LA REVOLUCIÓN
EN LA
VIDA INTELECTUAL DE MÉXICO *

HAY EN la historia de México, después de su independencia, dos grandes movimientos de transformación social: la Reforma, inspirada en la orientación liberal, que se extiende de 1855 a 1867; el reciente que todos llaman la Revolución, el cual empieza en 1910 y se consolida hacia 1920.

La Revolución ha ejercido extraordinario influjo sobre la vida intelectual, como sobre todos los órdenes de actividad en aquel país. Raras veces se ha ensayado determinar las múltiples vías que ha invadido aquella influencia; pero todos convienen, cuando menos, en la nueva fe, que es el carácter fundamental del movimiento: la fe en la educación popular, la creencia de que *toda* la población del país *debe* ir a la escuela, aun cuando este ideal no se realice en pocos años, ni siquiera en una generación.

Esta fe significa una actitud enteramente nueva ante el problema de la educación pública. No que la *teoría* de la educación popular fuese desconocida antes. Al contrario: tan pronto como México comenzó a salir, hace más de cien años, del medievalismo de la época colonial, entró en circulación la teoría de la educación popular como fundamento esencial de la democracia. Fernández de Lizardi, el célebre *Pensador Mexicano*, que murió en 1827, fue ardoroso campeón de la idea, y hasta esperaba que la multitud de sus propias publicaciones, bajo la forma de novelas, dramas, folletos, revistas y calendarios, estimularan en el pueblo el deseo de leer. Desde que la lucha de independencia terminó (en 1821), fue creciendo paulatinamente el número de escuelas públicas y privadas; todo hombre que podía permitírselo asistía a la escuela, y hasta llegó a considerarse indispensable que las mujeres no fuesen iletradas (recuérdese que en la época colonial, hasta fines del siglo XVIII, muchos creían peligroso para las mujeres el aprender a leer y escribir). Pero la educación popular, durante cien años, existió en México principalmente como teoría: en la práctica, la asistencia escolar estaba limitada a las minorías cuyos recursos económicos les permitían no trabajar desde la infancia; entre los pobres verdaderos, muy pocos cruzaban el vado de las primeras letras. Los devotos de la educación popular (hombres como Justo Sierra, que fue Secretario de Instruc-

---

* *Revista de Ciencias Jurídicas y Sociales,* ignoro lugar y fecha; quizás sea posterior a 1924.

ción Pública hacia el final del régimen de Porfirio Díaz) nunca lograron comunicar su fe al hombre de la calle: ¡ni siquiera al gobierno!

Hay que recordar que hasta el comienzo del siglo XIX, la América latina, a pesar de sus imprentas, vivía bajo una organización medieval de la sociedad y dentro de una idea medieval de la cultura. Nada recordaba la Edad Media tanto como sus grandes Universidades (tales, las de Santo Domingo, la de México, la de Lima): allí, el latín era el idioma de las cátedras; la teología era la asignatura principal; el derecho era el romano o el eclesiástico, nunca el estatuto vivo del país; la medicina se enseñaba con textos árabes, y de cuando en cuando el regreso a Hipócrates significaba una renovación. Saber leer y escribir era, como en la Europa de la Edad Media, habilidad estrictamente profesional, comparable a la de tallar madera o fabricar loza. Según observa Charles Péguy, los pueblos protestantes comenzaron a leer después de la Reforma, los pueblos católicos desde la Revolución Francesa. Así se comprende cómo hubieron de pasar cien años para que una nación se diera cuenta de que la educación popular no es un sueño utópico sino una necesidad real y urgente. Eso es lo que México ha descubierto durante los últimos quince años, como resultado de las insistentes demandas de la Revolución. El programa de trabajo emprendido por Vasconcelos de 1920 a 1924 es la cristalización de estas aspiraciones populares.[1] De hoy en adelante, ningún gobierno podrá desatender la instrucción del pueblo.

El nuevo despertar intelectual de México, como de toda la América latina en nuestros días, está creando en el país la confianza en su propia fuerza espiritual. México se ha decidido a adoptar la actitud de discusión, de crítica, de prudente discernimiento, y no ya de aceptación respetuosa, ante la producción intelectual y artística de los países extranjeros; espera, a la vez, encontrar en las creaciones de sus hijos las cualidades distintivas que deben ser la base de una cultura original.

El preludio de esta liberación está en los años de 1906 a 1911. En aquel período, bajo el gobierno de Díaz, la vida intelectual de México había vuelto a adquirir la rigidez medieval, si bien las ideas eran del siglo XIX, "muy siglo XIX". Toda *Weltanschauung* estaba predeterminada, no ya por la teología de Santo Tomás o de Duns Escoto, sino por el sistema de las ciencias modernas interpretado por Comte, Mill y Spencer; el positivismo había reemplazado al escolasticismo en las escuelas oficiales, y la verdad no existía fuera de él. En teoría política y económica, el liberalismo del siglo XVIII se consideraba definitivo. En la literatura, a la tiranía del "modelo clásico" había sucedido la del París moderno. En la pintura, en la escultura, en la arquitectura, las admirables tradiciones mexicanas, tanto indígenas como coloniales, se habían olvidado: el único camino era imitar a Europa. ¡Y qué Europa: la de los deplorables *salones* oficiales! En música, donde faltaba una tradición nacional fuera del canto popular, se creía que la salvación estaba en Leipzig.

Pero en el grupo a que yo pertenecía, el grupo en que me afilié a poco de llegar de mi patria (Santo Domingo) a México, pensábamos de otro modo. Éramos muy jóvenes (había quienes no alcanzaran todavía los veinte años) cuando comenzamos a sentir la necesidad del cambio. Entre muchos otros, nuestro grupo comprendía a Antonio Caso, Alfonso Reyes, José Vasconcelos, Acevedo el arquitecto, Rivera el pintor. Sentíamos la opresión intelectual, junto con la opresión política y económica de que ya se daba cuenta gran parte del país. Veíamos que la filosofía oficial era demasiado sistemática, demasiado definitiva para no equivocarse. Entonces nos lanzamos a leer a todos los filósofos a quienes el positivismo condenaba como inútiles, desde Platón, que fue nuestro mayor maestro, hasta Kant y Schopenhauer. Tomamos en serio (¡oh blasfemia!) a Nietzsche. Descubrimos a Bergson, a Boutroux, a James, a Croce. Y en la literatura no nos confinamos dentro de la Francia moderna. Leímos a los griegos, que fueron nuestra pasión. Ensayamos la literatura inglesa. Volvimos, pero a nuestro modo, contrariando toda receta, a la literatura española, que había quedado relegada a las manos de los académicos de provincia. Atacamos y desacreditamos las tendencias de todo arte *pompier:* nuestros compañeros que iban a Europa no fueron ya a inspirarse en la falsa tradición de las academias, sino a contemplar directamente las grandes creaciones y a observar el libre juego de las tendencias novísimas; al volver, estaban en aptitud de descubrir todo lo que daban de sí la tierra nativa y su glorioso pasado artístico.

Bien pronto nos dirigimos al público en conferencias, artículos, libros (pocos) y exposiciones de arte. Nuestra juvenil revolución triunfó, superando todas nuestras esperanzas... Nuestros mayores, después de tantos años de reinar en paz, se habían olvidado de luchar. Toda la juventud pensaba como nosotros. En 1909, antes de que cayera el gobierno de Díaz, Antonio Caso fue llamado a una cátedra de la que hoy es Universidad Nacional, y su entrada allí significó el principio del fin. Cuando Madero llegó al poder, en 1911, los principales representantes del antiguo pensamiento oficial —que eran en su mayoría personajes políticos del *antiguo régimen*— se retiraron de la Universidad, y su influencia se desvaneció...

Desgraciadamente, eso no quería decir que al primer triunfo político de la Revolución (1911) se modificaran y adoptaran orientaciones modernas [en] el mundo universitario de México, ni menos en [la] vida intelectual y artística del país en su conjunto. El proceso hubo de ser más lento. Las actividades de nuestro grupo no estaban ligadas (salvo la participación de uno que otro de sus miembros) a las de los grupos políticos, y no había entrado en nuestros planes el asaltar las posiciones directivas en la educación pública, para las cuales creíamos no tener edad suficiente (¡después los criterios han cambiado!); sólo habíamos pensado hasta entonces en la renovación de las ideas. Habíamos roto una larga opresión, pero éramos pocos, y no podíamos sustituir a los viejos maestros en todos los campos... La Universidad se reorganizó como pudo, y de esta imperfección inicial no ha podido curarse todavía. Nuestra única conquista fundamental, en la vida universitaria de entonces, fue el estímulo que dio Antonio Caso a la libertad filosófica.

Poco después, afortunadamente, tuvimos ocasión de dar nuevo impulso a la actividad universitaria. La Universidad no gozaba del favor político, y carecía de medios para organizar los estudios de ciencias puras y de humanidades. En 1913, el doctor Chávez, hombre del *antiguo régimen* que ha vivido en esfuerzo continuo de adaptación a tendencias nuevas, se echó a buscar el concurso de hombres avanzados, dispuestos a trabajar gratuitamente en la organización de la Escuela de Altos Estudios: la mayoría de los profesores la dio entonces nuestro grupo, y así nacieron, con éxito resonante, los cursos de humanidades y de ciencias.

Nuestro grupo, además, constituido en Ateneo desde 1909, había fundado en 1911 la Universidad Popular Mexicana, en cuyos estatutos figuraba la norma de no aceptar nunca ayuda de los gobiernos: esta institución duró diez años, atravesando ilesa las peores crisis del país, gracias al tesón infatigable de su rector, Alfonso Pruneda, y contó con auditorios muy variados: entre los obreros difundió, en particular, conocimientos de higiene; y de sus conferencias para el público culto nacieron libros importantes, de Caso y de Mariscal, entre otros.

Entre tanto, la agitación política que había comenzado en 1910 no cesaba, sino que se acrecentaba de día en día, hasta culminar en los *años terribles* de 1913 a 1916, años que hubieran dado fin a toda vida intelectual a no ser por la persistencia en el amor de la cultura que es inherente a la tradición latina. Mientras la guerra asolaba el país, y hasta los hombres de los grupos intelectuales se convertían en soldados, los esfuerzos de renovación espiritual, aunque desorganizados, seguían adelante. Los frutos de nuestra revolución filosófica, literaria y artística iban cuajando gradualmente. Faltaba sólo renovar, en el mundo universitario, la ideología jurídica y económica, en consonancia con la renovación que en estos órdenes precisamente traía la Revolución. Hacia 1920 se hace franco el cambio de orientación en la enseñanza de la sociología, la economía política y el derecho. Esta transformación se debe a hombres todavía más jóvenes que nosotros, hombres que apenas alcanzan ahora los treinta años: Manuel Gómez Morín, a quien se debe en su mayor parte la nueva coordinación del plan de estudios jurídicos en la Universidad; Vicente Lombardo Toledano, cuyas *Definiciones de derecho público* se inspiran en la escuela de Duguit; Daniel Cosío Villegas, cuyo intento de hacer sociología aplicada al país (*Apuntes de sociología mexicana*) encuentra franca acogida; Alfonso Caso, Daniel Quirós, y otros.

Durante años, México estuvo solo, entregado a sus propios recursos espirituales. Sus guerras civiles que parecían inaplacables, la hostilidad frecuente de los capitalistas y los gobernantes de los Estados Unidos, finalmente el conflicto europeo, dejaron al país aislado. Sus únicos amigos, los países de la América latina, estaban demasiado lejos o demasiado pobres para darle ayuda práctica. Con este aislamiento, que hubiera enseñado confianza en sí misma a cualquier nación de mucho menos fibra, México se dio cuenta de que podía sostenerse sin ayuda ajena, en caso necesario. Ejemplo curioso: gusta mucho en México la ópera, pero las revoluciones del país y la Guerra Europea eran causas más que suficientes para que ningún grupo de cantantes se aventurara a ir allí; entonces, en la capital mexicana se organizaron compañías de ópera, con artistas del país, y a veces dos de ellas daban representaciones simultáneas en la capital.

¿Cuál ha sido el resultado? Ante todo, comprender que las cuestiones sociales de México, sus problemas políticos, económicos y jurídicos, son únicos en su carácter y no han de resolverse con la simple imitación de métodos extranjeros, así sean los ultraconservadores de los Estados Unidos contemporáneos o los ultramodernos del Soviet Ruso.

Después, la convicción de que el espíritu mexicano es creador, como cualquier otro. Es dudoso que, sin el cambio de la atmósfera espiritual, se hubieran producido libros de pensamiento original como *El suicida* de Alfonso Reyes, *El monismo estético* de José Vasconcelos, o *La existencia como economía, como desinterés y como caridad,* de Antonio Caso; investigaciones como la obra monumental dirigida por Manuel Gamio sobre la población del Valle de Teotihuacán o el estudio de Adolfo Best Maugard sobre los elementos lineales y los cánones del dibujo en el arte mexicano, tanto en el antiguo como en el popular de nuestros días; interpretaciones artísticas del espíritu mexicano como los frescos de Diego Rivera y sus secuaces.

Existe hoy el deseo de preferir los materiales nativos y los temas nacionales en las artes y en las ciencias, junto con la decisión de crear métodos nuevos cuando los métodos europeos resulten insuficientes ante los nuevos problemas. En el arte pictórico, la justicia de esta decisión está comprobada: por una parte, la obra formidable de Rivera, con su vasta representación de la vida mexicana en su pintura mural de la Secretaría de Educación Pública y de la Escuela de Agricultura, ha arrastrado consigo a la mayoría de los pintores jóvenes enseñándolos a ver su tierra; y es justo reconocer que el intento *mexicanista* comienza, con menos vigor, pero no sin aciertos de estilo, en la Sala de las Discusiones Libres decorada bajo la dirección de Roberto Montenegro: tienen las vidrieras de los ventanales, especialmente, el mérito de ser en todo mexicanas, desde los cartones que les sirvieron de modelos hasta los procedimientos de ejecución material; por otra parte, la reforma de la enseñanza del dibujo iniciada por Adolfo Best Maugard (continuada luego bajo la dirección de Manuel Rodríguez Lozano) representa el más certero hallazgo sobre las características esenciales del arte de una raza de América: el dibujo mexicano, que desde las altas creaciones del genio indígena en su civilización antigua ha seguido viviendo hasta nuestros días a través de las preciosas artes del pueblo, está constituido por siete elementos (línea recta, línea quebrada, círculo, semicírculo, ondulosa, *ese* y espiral), que se combinan en series estáticas o dinámicas (*petatillos* y grecas), con la norma peculiar de que nunca deben cruzarse dos líneas, y pueden servir, en combinación libre, para toda especie de representaciones y decoraciones.

La arquitectura no se queda atrás. Con Jesús T. Acevedo y Federico Mariscal se abre, en 1913, el movimiento en favor del estudio de la tradición colonial mexicana; lo continúan artistas e historiadores como Manuel Romero de Terreros; diez años después, los barrios nuevos de la capital, entregados antes al culto del *hotel* afrancesado y del *chalet* suizo, están llenos de edificios en que la antigua arquitectura del país reaparece adaptándose a fines nuevos; edificios fáciles de reconocer, no sólo por el interesante barroquismo de sus líneas, sino por sus materiales mexicanos, el *tezontle* rojo oscuro y la *chiluca* gris, o a veces, además, el azulejo: ellos devuelven a la ciudad su carácter propio, sumándose a los suntuosos palacios de los barrios viejos.

En la música no se ha hecho tanto: mucho menos que en la América del Sur. Es general el interés que inspiran los cantos populares; todo el mundo los canta, así como se deleita con la alfarería y los tejidos populares; y se cantan en las escuelas oficiales, con el fin de fundar la enseñanza musical en el arte nativo, como se hace en el dibujo. Pero no hay todavía gusto o discernimiento para la música popular, ni oficial ni particularmente, como los hay para las artes plásticas. Ni siquiera se establece la distinción esencial entre la legítima canción del pueblo y el simple aire populachero fabricado por músicos bien conocidos de las ciudades. A partir de la obra de Manuel M. Ponce, compositor prolífico, precursor tímido, que comenzó a estudiar los aires populares hacia 1910, nace el interés, y va creciendo gradualmente. Ahora existen intentos de llegar al fondo de la cuestión, especialmente en la obra de Carlos Chávez Ramírez, compositor joven que ha sabido plantear el problema de la música mexicana desde su base, es decir, desde la investigación de la tonalidad. Hay, además, singulares posibilidades en la *orquesta típica*, conjunto nada europeo de instrumentos de orígenes diversos: cabe pensar cómo interesaría a Stravinski o a Falla.

En la literatura, los cambios recientes son mucho menores que en la arquitectura o la pintura. No es que falten orientaciones nuevas, como en música: es que la literatura ha alcanzado siempre en México carácter original, aun en los períodos de mayor influencia europea, y el espíritu mexicano ha impreso su sello peculiar a la obra literaria desde los tiempos de don Juan Ruiz de Alarcón y sor Juana Inés de la Cruz. En el período actual, el de la Revolución, después que nuestro grupo predicara la libre incursión en todas las literaturas, fuera de la sujeción a la *dernière mode française*, se advierte, eso sí, nueva audacia en los escritores, especialmente en el orden filosófico (como antes dije) Según era de esperar, los temas nacionales están nuevamente en boga. En poesía, Ramón López Velarde, muerto antes de la madurez en 1921, puso matices originales en la interpretación de asuntos provincianos y se levantó a la visión de conjunto en *Suave patria;* tras él ha ido buena parte de la legión juvenil. En otros campos, la novela y el cuento —que llevan cien años de tratar temas mexicanos— empiezan a multiplicarse: como ejemplo característico cabe señalar las novelas cortas que compone Xavier Icaza bajo el título de *Gente mexicana*. Los temas coloniales aparecen continuamente: citaré, entre las obras mejores de su especie, el *Visionario de la Nueva España,* de Genaro Estrada. Abundan los intentos de teatro nacional, que hasta ahora sólo gozan del favor público en las formas breves de sainete, zarzuela y revista, pero que no carecen de interés en el tipo de "obras serias": tales, entre otros, los "dramas sintéticos" con asunto rural, de Eduardo Villaseñor y de Rafael Saavedra, que escribe para campesinos indios, estimulándolos a convertirse en actores. Ahora, y en ellos ejerce buen influjo el ejemplo argentino, el deseo de constituir el teatro nacional ha llevado a los jóvenes a organizarse en una asociación activa y fervorosa.

Para el pueblo, en fin, la Revolución ha sido una transformación espiritual. No es sólo que se le brinden mayores oportunidades de educarse: es que el pueblo ha descubierto que posee derechos, y entre ellos el derecho de educarse. Sobre la tristeza antigua tradicional, sobre la "vieja lágrima" de las gentes del pueblo mexicano, ha comenzado a brillar una luz de esperanza. Ahora juegan y ríen como nunca lo hicieron antes. Llevan alta la cabeza.

Tal vez el mejor símbolo del México actual es el vigoroso fresco de Diego Rivera en donde, mientras el revolucionario armado detiene su cabalgadura para descansar, la maestra rural aparece rodeada de niños y de adultos, pobremente vestidos como ella, pero animados con la visión del futuro.

APUNTACIONES SOBRE LA NOVELA EN AMÉRICA *

I. POR QUÉ NO HUBO NOVELAS EN LA ÉPOCA COLONIAL

CUANDO se recorre la historia literaria de la América española, se advierte en seguida que la novela tiene escaso florecimiento y que su aparición es tardía. Durante la época colonial, se dice, no hubo novelas: la afirmación, rotunda, es aceptable; sólo pueden oponérsele ligeros reparos, distingos, excepciones. La primera novela sale a luz durante la guerra de independencia: *El Periquillo Sarniento,* de José Joaquín Fernández de Lizardi, *El Pensador Mexicano* (1776-1827); primera edición en México, 1816, en tres volúmenes: el cuarto y último lo completó en 1831. Es todavía una novela picaresca, con más de Lesage que de los narradores españoles, y con mucho de las preocupaciones humanitarias del siglo XVIII. *El Pensador* escribió tres novelas más: *La Quijotita y su prima* (1818-1819, completada en 1831, como el *Periquillo*); *Noches tristes* (1818); *Don Catrín de la Fachenda* (de publicación póstuma, 1832).[1] En la Argentina hay que esperar a 1851 para que aparezca la *Amalia,* de Mármol; *El Matadero,* de Echeverría, que se cita como antecedente o conato novelesco, es poco anterior.[2]

En torno de estos hechos se hace muy a menudo *Völkerpsychologie* de periódico. Inútil gasto de ciencia nueva: no hay razones "psicológicas" ni "sociológicas" para que en América no hayamos escrito novelas durante tres siglos en que escribíamos profusamente versos, historia, libros de religión. La razón es de hecho, aunque raras veces se recuerde: en disposiciones legales de 1532 y de 1543, se prohibió, para todas las colonias, la circulación de obras de imaginación pura, en prosa o en verso ("que ningún español o indio lea... libros de romances, que traten materias profanas y fabulosas, e historias fingidas, porque se siguen muchos inconvenientes") y se ordenó que las autoridades no permitiesen que se imprimieran o se trajeran de Europa.[3]

Los habitantes de las colonias, que vivían cercados de prohibiciones, se volvieron peritos en contrabando; novelas y poemas impresos en España penetraban en América, a pesar de frecuentes pesquisas y secuestros en las naves. La extensa circulación del *Quijote* lo demuestra. Pero las imprentas del Nuevo Mundo no podían violar la ley: eran demasiado pocas, demasiado pobres en equipo y personal, demasiado sujetas a vigilancia, para que se arriesgaran a intentar ediciones clandestinas de libros novelescos. Si las hubo, no se han identificado aún.

* *Humanidades,* La Plata, t. 15, 1927.

El Periquillo Sarniento, por eso, hace su aparición después que las Cortes de Cádiz rompen las viejas restricciones de la imprenta. La constitución dura poco en vigor (1812-1814; 1820-1823), pero se da como definitivamente caducada la prohibición contra la novela. Si la parte final del *Periquillo* tuvo que esperar a la consumación de la independencia para publicarse, fue por razones políticas.

Es natural que, después de la independencia, haya crecido lentamente la novela entre nosotros. Hubo, en los comienzos, falta del hábito de escribirlas; después, y por encima de todo, dificultades editoriales: no hay muchas novelas, ni libros de aliento, donde faltan medios de publicarlos. El libro de versos, o de ensayos, no es problema igual: se forma poco a poco, y algún día se colecciona y se imprime; aun así, en el siglo XIX no fueron muchos los poetas de la América española que llegaron a publicar más de uno o dos volúmenes de versos. La literatura política, la historia, que entre nosotros nació del impulso político, de él tomaron fuerza. Pero la novela, como todo libro que exige dedicación uniforme y larga, sin obedecer a otro impulso que el artístico, no se emprende ante una perspectiva indefinida... No tuvimos centros editoriales en el siglo XIX sino uno, la ciudad de México entre 1840 y 1880, con las imprentas de Galván, Lara, Cumplido, García Torres, Rafael, Andrade, Escalante y Díaz de León: allí se llegó a la empresa que es corona de las modernas actividades editoriales desde el siglo XVIII, una enciclopedia en muchos volúmenes, y se retornó a la empresa que fue corona de las actividades editoriales en el siglo XVI, una Biblia monumental. Hubo, paralelamente, muchas novelas, a partir de las de Manuel Payno y el Conde de la Cortina en 1845. Más que la calidad, abundó en ellas la dimensión, tal vez por instigaciones comerciales: era intensa todavía la afición del público a los *novelones.* Aquella gran producción editorial se apagó gradualmente bajo el gobierno de Porfirio Díaz (1876 a 1911): so pretexto de proteccionismo, se implantaron tarifas aduaneras destinadas a favorecer a una fábrica cuyos dueños eran amigos del grupo imperante, y el papel subió a precios que mataron el libro mexicano. En los últimos tiempos de aquel régimen, no se imprimían en México más de cuatro o cinco libros de literatura cada año. Ahora, en el siglo XX, la novela principia a multiplicarse en la América española, y especialmente en la Argentina, cuya actividad editorial va adquiriendo vigor e independencia. El año de 1926 hace pensar que se inicia una nueva era para la literatura de imaginación en América, con el éxito fulminante y simultáneo de unos cuantos libros en Buenos Aires: a la cabeza el poderoso *Don Segundo Sombra* de Güiraldes y el *Zogoibi* de Larreta.

II. Conatos de novela en la época colonial

Cuando se dice que no hubo novelas en la época colonial, debe entenderse libros de entretenimiento que los censores incluyeran dentro de las prescripciones dictadas bajo Carlos V. Los investigadores encuentran aquí y allí obras que se aproximan a la novela: si lo son o no lo son, es para mí pueril problema de retórica.[4] A veces, la armazón es de novela, pero la substancia es alegoría o prédica religiosa. Hasta llega a encontrarse la novela indiscutible: en tales casos, o permanece inédita, o se imprime en Europa. Lo importante es que nunca se violaron las disposiciones de 1532 y 1543.[5]

Novelistas viajeros

Hubo novelistas españoles que vinieron a América en la época colonial. Hasta Cervantes estuvo a punto de venir a Bolivia o a México, donde difícilmente habría escrito el *Quijote*. Mateo Alemán, el autor del *Guzmán de Alfarache* (1599-1604), pasó en 1608 a México, donde publica dos opúsculos y se pierde su rastro: debe haber muerto en el país. Tirso de Molina, que además de dramaturgo fue novelista, estuvo unos tres años en Santo Domingo (1616-1618). Juan Piña Izquierdo, oscuro autor castellano (de Buendía) que residió y escribió en México, dejó publicadas en Madrid unas *Novelas morales* (1624) y *Casos prodigiosos* (Madrid, 1627). Ninguno de ellos publicó novelas ni cuentos en América.

Atención especial merecen Bernardo de Valbuena (1568-1627) y Agustín de Salazar y Torres (1642-1675): nacidos en España, se educaron en México y pasaron en América gran parte de su vida; son, pues, escritores de América más que de España. Valbuena escribió *Siglo de oro en las selvas de Erífile,* novela pastoril, en prosa y verso, según el uso (1608): se imprimió en España, no en América. Y Agustín de Salazar no escribió novelas: se ha pensado en él como novelista, equivocadamente, sólo porque una de sus comedias en verso, *El encanto es la hermosura y el hechizo sin hechizo* o *La segunda Celestina,* evoca en su título a la zurcidora de voluntades de la *Tragicomedia de Calisto y Melibea,* en cuyo derredor se agita siempre la discusión del "género literario". Las obras de Salazar fueron publicadas en Madrid (1694) por su amigo Juan de Vera Tasis y Villarroel, que terminó la inconclusa *Segunda Celestina.*

Entre la descendencia inclasificable de la *Celestina* figura, como la mejor, la *Tragicomedia de Lisandro y Roselia* (1542), en prosa, atribuida a Sancho de Muñón. Del probable autor se supuso que habría estado en México, pero el viajero era simple homónimo suyo.[6]

Otro caso de duda, no resuelto todavía, es el de Bernardo de la Vega, autor de *El Pastor de Iberia* (1591), una de las novelas pastoriles censuradas en el *Quijote*. O él, o algún homónimo suyo, estuvo en México y en la Argentina (Tucumán).[7]

Historia novelesca

La opinión española, asombrándole como inverosímiles los esplendores del Imperio incásico, tachó de novelesca la obra histórica del Inca Garcilaso de la Vega (1539-1616), los *Comentarios reales* (1609-1616). Hay quienes citan al Inca entre los precursores de la novela en el Nuevo Mundo.[8] Es demasiado. A más, hoy se les devuelve su crédito a los *Comentarios reales*: nuestro entendimiento de las civilizaciones muertas ha mejorado.[9]

La biografía y la anécdota adquieren carácter novelesco, voluntaria o involuntariamente, en el *Cautiverio feliz,* relato de aventuras personales entre indios, del chileno Francisco Núñez de Pineda y Bascuñán (1607-1682); en la *Restauración de la Imperial y conversión de almas infieles,* llena de episodios pintorescos, escrita en Chile, hacia 1693, por fray Juan de Barrenechea y Albis;[10] en los *Infortunios de Alonso Ramírez* (México, 1690), donde el polígrafo mexicano Carlos de Sigüenza y Góngora (1645-1700) cuenta las aventuras de aquel marino puertorriqueño desde las Filipinas hasta Yucatán; en *El peregrino con guía y medicina universal del alma* (México, 1750-1761), historia espiritual del fraile mexicano Miguel de Santa María, llamado en el siglo Marcos Reynel Hernández;[11] en la autobiografía de la Monja Alférez, la guipuzcoana Catalina de Erauso (1585-c. 1635).

Literatura religiosa

Aparte de autobiografías como la de Reynel, hubo obras en que se combinaron la tendencia religiosa y, en mayor o menor grado, la forma o el carácter novelescos. La más antigua es *Los sirgueros de la Virgen sin original pecado,* del bachiller Francisco Bramón, mexicano, impresa en México en 1620. Es una pastoral religiosa, escrita en prosa y verso, con predominio del verso, según parece: Beristáin le atribuye semejanza con la *Galatea* de Cervantes (1585); tal vez se acerque más a *Los pastores de Belén,* de Lope de Vega (1612). ¿Por qué esta obra, cuyo interés novelesco será escaso o nulo, pero que oficialmente es novela, fábula o "historia fingida", pudo publicarse en América? Porque es de asunto religioso: las prohibiciones se referían a "materias profanas y fabulosas".

Especie de novela religiosa se dice que fue *Sucesos de Fernando* o *La caída de Fernando,* escrita hacia 1662 por el padre

Antonio Ochoa, mexicano, de Puebla. No debió de imprimirse. Otra obra religiosa, de tipo alegórico, alcanzó a publicarse en el siglo XVIII: *La portentosa vida de la Muerte, emperatriz de los sepulcros, vengadora de los agravios del Altísimo y muy señora de la humana naturaleza,* del fraile español Joaquín Bolaños (México, 1792). Le sirvió de modelo *La vida de la Muerte,* de fray Felipe de San José (siglo XVII).

Novelas inéditas

En el siglo XVIII se escribió en México una novela de asunto profano cuya publicación, a juzgar por las noticias, habría violado francamente las disposiciones del siglo XVI. Pero no se imprimió. El manuscrito, fechado en 1760, estuvo en la biblioteca del impecable historiador y bibliógrafo mexicano Joaquín García Icazbalceta (1825-1894): no sé si la conservan sus descendientes, después de los percances que sufrió aquella extraordinaria colección de libros durante la conmoción política de 1914. La novela se titulaba *Fabiano y Aurelia:* su autor, el padre José González Sánchez, mexicano al parecer. Leyó la obra Pimentel, el historiador de la poesía, la novela y la oratoria en México: le halló poco mérito, y explicó que trata de "amoríos livianos" y "poco decentes"; dio muestra del estilo, tejido de lugares comunes del culteranismo: en América persistió la moda culterana hasta principios del siglo XIX, aunque no con imperio exclusivo. Si realmente la novela pinta con libertad amores ligeros, y no termina en castigo y moraleja, el fenómeno sería sorprendente, no sólo por el lugar y la época, sino por la profesión sacerdotal del autor.[12]

Otra novela que no llegó a imprimirse fue *Cartas de Odalmira y Elisandro,* del padre Anastasio de Ochoa y Acuña (1783-1833), buen poeta mexicano, excelente traductor de las *Heroidas* de Ovidio. Se dice que reflejaba las costumbres del país. Pero es probable que se haya escrito después de cerrado el ciclo colonial por el grito de independencia.

Novelas traducidas

Dos o tres o cuatro novelas fueron traducidas del francés a fines de la época colonial, por escritores nuestros; ninguna se imprimió en América.

Jacobo de Villaurrutia, escritor dominicano (1757-1833), publicó en Alcalá de Henares, 1792, una "novela moral" en cuatro pequeños volúmenes, *Memorias para la historia de la virtud:* es traducción de una obra inglesa. Otro trabajo de Villaurrutia, *La escuela de la felicidad,* impreso en Madrid, 1786, bajo el anagrama de Diego Rulavit y Laur, está constituido, según parece, por narraciones y reflexiones morales; es traducción del francés, pero no la conozco ni supongo cuál sea su original.

Fray Servando Teresa de Mier (1763-1827), singular figura de la independencia mexicana, a quien la literatura debe una de las más pintorescas autobiografías que existen en español, fue el primer traductor de la *Atala* de Chateaubriand. La versión se publicó en París, 1801, bajo la firma *S. Robinson*. Según cuenta Mier en sus *Memorias*, hizo él la traducción, por indicaciones de Simón Rodríguez, el maestro de Bolívar, de modo que la firma de traductor con que se imprimió es el seudónimo del patriota venezolano.[13]

Doña Leona Vicario de Quintana Roo, heroína de vida romántica durante las guerras de independencia de México, se entretenía en su juventud de damisela rica poniendo en castellano el *Telémaco* de Fénelon: la versión nunca se publicó, si es que llegó a terminarse.

III. VILLAURRUTIA Y LA NOVELA INGLESA

Personaje "muy siglo XVIII" fue don Jacobo de Villaurrutia; especie de breve copia de Jovellanos. Nació, hijo de distinguido funcionario, en Santo Domingo (1757), donde ya había nacido su hermano Antonio (1755); comenzó su educación en México, y la completó en Europa, adonde lo llevó en su séquito el opulento y brillante Cardenal Lorenzana (1772); en España permaneció unos veinte años, se hizo doctor en leyes y ejerció cargos como el de corregidor de letras en Alcalá de Henares. Allí adquirió y cultivó aficiones y preocupaciones de "espíritu avanzado": el problema de la felicidad humana, las normas jurídicas, el pensamiento de los monarcas filósofos, la situación de las clases obreras, la educación de los ciegos, el periodismo, el progreso del teatro, la enseñanza del latín, las reformas ortográficas, la novela inglesa... No cayó en la heterodoxia, como Olavide, y combinó, como mejor pudo, las ideas de su siglo con la tradición católica: le quedó tiempo para ocuparse en cuestiones de teología e historia eclesiástica. Se le ve intervenir en la fundación de sociedades de literatos y de juristas (en una de las primeras figuraban su conterráneo Antonio Sánchez Valverde, el autor de la *Idea del valor de la Isla Española,* y Ranz Romanillos, el traductor de Isócrates y de Plutarco); redactar en Madrid *El correo de los ciegos* durante dos años (1786-1787); publicar *Pensamientos escogidos* de Marco Aurelio y Federico II de Prusia (Madrid, 1786); instituir premios para el drama... En Guatemala, donde fue oidor de 1792 a 1804, dio impulso a la cultura con sus publicaciones y dirigió las *Gacetas*. En la Nueva España, adonde regresó como oidor, fundó en 1805 el primer periódico cotidiano de la América española, el interesantísimo *Diario de México,* en unión del prolífico escritor y ardoroso patriota Carlos María de Bustamante (1774-1850). Partícipe en las agitaciones políticas que en 1808 estuvieron a punto de separar a México de España, se vio obligado a salir de la colonia, so color de ascenso, y pasó en Europa unos cuantos años. Después de la independencia regresó a México y allí murió.[14]

La novela inglesa le interesó como medio de propaganda moral Pero ¿cómo la conoció? ¿cómo llegó a traducir las *Memorias para la historia de la virtud?* En el siglo XVIII, la literatura de Inglaterra empezaba apenas a conocerse en España y sus colonias; las corrientes que de ella se filtraban habían de atravesar el tamiz francés, con pocas excepciones. Así, el jesuita mexicano Agustín Castro tradujo a Milton, Pope, Young, a través de versiones francesas, según el testimonio de su biógrafo Maneiro.[15] Villaurrutia tampoco debía de saber el inglés.

Las noticias de Beristáin y Pimentel sobre las *Memorias para la historia de la virtud,* novela moral en forma de cartas, indicaban el camino de Richardson. En la biografía de Villaurrutia que incluí en el apéndice de la *Antología del Centenario* (1910), apunté que tal vez habría traducido *Pamela o la virtud recompensada.* Poco después encontré la obra en los puestos de libros viejos del célebre Mercado del Volador, en la ciudad de México, y vi que no era la *Pamela,* pero sí muy influida por ella y dedicada a Richardson: no llevaba nombre de autor. Años más tarde, mientras enseñaba en la Universidad de Minnesota, recordé el curioso problema, y me fue fácil resolverlo con ayuda del doctor Cecil A. Moore, catedrático de literatura inglesa, especialista en el siglo XVIII: el original de las *Memorias para la historia de la virtud* eran las *Memoirs of Miss Sidney Bidulph,* publicadas en Londres en 1761 sin firma del autor. Pero la firma era secreto a voces.

Toda la gente de letras sabía, en Inglaterra y en Irlanda, quién era la autora de las *Memoirs of Miss Sidney Bidulph:* Frances Sheridan (1724-1766), dama irlandesa, esposa de Thomas Sheridan. Su nombre de soltera había sido Frances Elizabeth Chamberlaine. Famosa en sus días, apenas se le recuerda hoy como madre del orador político y dramaturgo Richard Brinsley Sheridan (1751-1816), el autor de *Los rivales* y *La escuela de la murmuración,* ingenio de la siempre renovada serie de humoristas que da Irlanda a la literatura inglesa, desde Swift hasta Bernard Shaw. Mrs. Sheridan no pareció poseer humorismo ninguno que legar a su hijo: su literatura era sentimental y lacrimosa en exceso, prolija en pormenores, a veces pueril en las ideas que presenta bajo forma de reflexiones; y si en los defectos se parece a su maestro, le faltan las cualidades dramáticas y la sagaz psicología que hace interesante cualquier página de Richardson, separada de las interminables series en que corren siempre. La historia de *Sidney Bidulph* resulta extrañamente sombría: la autora se propuso contar una vida en que la virtud, lejos de ser recompensada, como en *Pamela,* sólo tropieza con infortunios. La primera parte de la narración es "buen asunto"; hacia el final se complica y se vuelve absurda. Pero el siglo XVIII fue la era de la sensibilidad, de las lágrimas derramadas sobre minuciosos análisis de sentimientos doloridos, y la *Sidney Bidulph,* marchando sobre las huellas de Pamela y Clarisa, se apoderó de toda Inglaterra e Irlanda. La obra había sido escrita en 1756 y salió a luz por consejo de Richardson; la publicó en tres volúmenes el editor Dodsley, en Londres, con fecha 12 de marzo de 1761; a los tres meses se hizo nueva edición, y otra se imprimió en Dublín.[16] El doctor Samuel Johnson, monumental encarnación del criterio inglés, con sus aciertos y sus angosturas, dirigió a la autora este elogio, que ahora nos figuramos de doble filo: "No creo, señora, que tenga usted derecho, según principios de moral, para hacer sufrir tanto a sus lectores." Fox, el estadista, el jefe de los *Whigs,* preciaba la *Sidney Bidulph* como "la mejor novela del idioma inglés." ¡Cambian los gustos! Los ruegos de admiradores obligaron a Mrs. Sheridan a continuar la obra, y a su muerte (1766) dejó escrita la segunda parte, donde hace padecer a las hijas de Sidney Bidulph tanto como padeció antes la madre. La continuación se publicó en dos volúmenes en Londres, 1767.[17]

La fama de *Sidney Bidulph* no se limitó a Inglaterra e Irlanda: se extendió a Francia, donde se tradujo y aun se dice que se hizo una adaptación al teatro.[18]. El abate Prévost (1697-1763) —cuya incomparable *Manon* ejemplifica la virtud de la brevedad, desconocida para la escuela de Richardson— había traducido las tres enormes novelas del maestro (*Clarissa Harlowe* en 1741; *Pamela* en 1742; *Sir Charles Grandison* en 1755), y, contagiado por el entusiasmo inglés, tradujo la obra de la discípula al año siguiente de su aparición. Al traducirla le modificó el título: *Mémoires pour servir à l'histoire de la vertu.* La traducción se imprimió en Colonia, 1762. Muerto al año siguiente, no sobrevivió para traducir la continuación de 1767; pero equivocadamente se le ha atribuido una versión francesa que existe y hasta se ha incluido entre sus obras.[19]

El cotejo de la versión castellana de Villaurrutia con el original de Mrs. Sheridan descubre muchas diferencias. Cotejándola con la versión de Prévost, se comprueba que el escritor dominicano tradujo del francés y no del inglés. Cuando el Abate introduce modificaciones, tanto en pormenores de la narración como en estilo, Villaurrutia las repite. Así, hay nombres alterados: "Orlando Faulkland", del original, se vuelve "Alcandre Falkland" en francés, y en consecuencia "Alcandro Falkland" en castellano; "Sir George" se reduce en francés a "le Chevalier" y en caste-

llano a "el Caballero", sonando de manera extraña en el trato
íntimo; Burchell se vuelve Burchill; Patty, Betty; Ellen, Sara.
Unas veces, el texto se acorta; otras, que son más, se alarga.[20]

Villaurrutia tradujo solamente la parte primera de la obra de
Frances Sheridan, la que se publicó en 1761 y el Abate Prévost
vertió al francés.[21] La parte segunda no debió de llegar a su
noticia, a pesar de la versión del desconocido traductor francés.
Su estilo tiene mediano sabor literario, como el de la obra original. Declara, en la nota preliminar, que ha procurado "evitar
los dos extremos de una libertad ilimitada en la traducción y
de una sujeción servil" y agrega: "para reformar mis descuidos
la he sujetado enteramente a la corrección de sujetos de inteligencia y capacidad, que me han hecho el favor de ejecutarla con
la franqueza debida".

Fue Villaurrutia uno de los primeros aficionados a la novela
inglesa en España. Su versión de la *Sidney Bidulph* precede en
el tiempo y abre el camino a las novelas de los grandes maestros,
Fielding y Richardson.

MÚSICA POPULAR DE AMÉRICA *

QUE EL título escogido para mi disertación sea mi defensa: *Música popular de América* no me compromete a hablar de toda la música de nuestra pareja de continentes; me permite limitar el campo.[1] Ya en el camino de las limitaciones, resultaba fácil la primera: no hablar del Río de la Plata; no llevar lechuzas a Atenas ni naranjas al Paraguay. Era natural, además, declarar la separación —a pesar de ligeros contactos y coincidencias— entre nuestra América latina y la América inglesa. Era difícil penetrar en la maravillosa selva del Brasil. Y así, de exclusión en exclusión, porque la variedad de países y regiones multiplica las dificultades, llegué a la limitación definitiva: tratar sólo de la música de las Antillas y de México.

Vastos los materiales y confusos: en toda América se recogen aires populares; pocas veces se estudian a perfección. Hay excepciones: la investigación de los esposos d'Harcourt sobre la música indígena del Perú; uno que otro ensayo sobre formas de la danza y de la canción argentinas. Pero en la mayor parte de los casos el material se recoge sin orden ni ciencia: se ignoran normas esenciales. Y la primera es nada menos que la definición de música popular.

Abunda la confusión entre arte popular y arte vulgar. Para los más, existen sólo dos especies de arte: la especie popular y la especie culta. Pero de la una a la otra va una escala, y a la mitad de la ascensión encontramos la especie vulgar.

Mientras la música popular canta en formas claras, de dibujo conciso, de ritmos espontáneos, la música vulgar —capaz de aciertos indiscutibles— fácilmente cae en la redundancia. El oyen-

* Trabajo leído en 1929 y recogido en *Conferencias*, Primer ciclo. 1929. vol 1, Biblioteca del Colegio Nacional de La Plata, La Plata, 1930. pp. 177-236. Para la reproducción se han tenido en cuenta las correcciones de P.H.U. contenidas en el ejemplar que posee Emilio Rodríguez Demorizi, quien nos las ha proporcionado gentilmente. El "Programa musical", incluido en esta nota, encabezaba el texto de la conferencia: 1o.— *Ilustraciones de motivos musicales y composiciones breves*, al piano, por la señora María Esther López Merino de Monteagudo Tejedor; 2o.—*El velorio*, danza de Ignacio Cervantes (cubano); 3o.—*Cubana*, danza de Eduardo Sánchez de Fuentes (cubano); 4o.—*Danza lucumí*, de Ernesto Lecuona (cubano); 5o.—*Felices días*, danza de Juan Morel Campos (puertorriqueño). Piano: Señora María Esther López Merino de Monteagudo Tejedor; 6o.—*El sungambelo*, guaracha, de autor cubano desconocido (1813); 7o.—*La casita quisqueyana*, mediatuna de Esteban Peña Morell (dominicano); 8o.—*Y alevántate, Julia*, canción popular mexicana; 9o.— *El sombrero ancho*, canción popular mexicana. Canto: Señorita María Mercedes Durañona Martín.

627

te poco ejercitado puede usar como piedra de toque los versos
que acompañan a unos y otros aires: los del pueblo llevan letras
sencillas, con palabras elementales y, dentro de nuestro idioma,
en metros cortos; los del vulgo recogen los desechos de la poesía
culta (los "rayos de plata de la luna", los "labios rojos de coral", la "ardiente pasión", la "mente loca") o imitan torpemente
las ingenuidades del pueblo. Mirando a España, encontraríamos
arquetipos de vulgaridad en canciones como *El relicario* o el *Se-
rranillo,* con sus falsos cultismos al comenzar:

> Con palabras zalameras y engañosas
> me decías que me amabas ciegamente...

y sus falsas ingenuidades:

> ¡Qué mala entraña tienes pa mí!²

En cambio el cantar popular dirá:

> Con qué te lavas la cara,
> ojitos de palomita,
> con qué te lavas la cara,
> que la tienes tan bonita.

Y a ratos, los versos sencillos estarán cargados de extrañas
sugestiones, como en el cantar de Asturias:

> Arbolito verde,
> secó la rama;
> debajo del puente
> retumba el agua.

> Tres hojitas tiene,
> madre, el arbolé:
> la una en la rama
> y dos en el pie.

Está en crisis el arte popular genuino: en muchos países —los
de nuestra América española entre ellos— va camino de desaparecer. Es una forma de cultura que expresa *el sentido de la tierra.* Hay quienes la consideran cultura arcaica, que guarda, em-
pobrecidos, los restos de formas superiores, nacidas en la alta
cultura: así, las reliquias de la música litúrgica de la Edad Media en la canción popular de diversos pueblos de Europa. Pero
el arte popular no es sólo conservación: transforma cuanto adopta,
lo acerca a la tierra; además, crea. Como actividad espiritual genuina, es creación.

El arte popular se refugia ahora en los campos, y hasta allí
lo persigue y lo acosa el arte vulgar, industria de las ciudades, especialmente de las capitales. Nunca es obra del hombre sencillo
sino del que ha entrado a medias en la cultura, que olfatea la moda y mezcla, en dosis variables, según los casos, heces de civili-

zación y espumas de pueblo. El arte vulgar se extiende desde los cuadros de pintores en boga, los Bouguereau de ayer o los Chabas de hoy, hasta los cromos de almanaque; desde las novelas académicas de Henry Bordeaux y de Ricardo León hasta el sainete de humildes teatros de barrio; desde las óperas triviales que en los grandes escenarios alternan con *Don Juan,* con *Tristán e Isolda,* con *Boris Godunov,* con *Peleas y Melisanda,* hasta los *cuplés* de revista.

No que el arte vulgar merezca siempre desdén: tiene, se ha dicho, sus aciertos, y tantos más cuanto más se acerca a las formas populares. En música los aciertos son más frecuentes que en otras artes: porque las melodías y los ritmos del pueblo se insinúan fácilmente en los gustos del hombre de ciudad y el músico los lleva incorporados a su sensibilidad desde la infancia, mientras que las formas ingenuas de las artes plásticas y de la poesía tropiezan con graves resistencias en el ambiente urbano. El gran pecado del arte vulgar no es que pueda errar: yerra también el arte culto; yerra el popular, aunque no lo crean los idólatras del estado de naturaleza. El gran pecado lo lleva en su fuerza de destrucción, que lo empuja a cegar las fuentes mismas en que bebe mejor: terrible paradoja. La música de jazz, que se nutre de invenciones del campesino negro, extraídas del Sur de los Estados Unidos, al refluir sobre la región creadora va matando en los antiguos esclavos el dón de inventar; el tango, irradiando desde Buenos Aires, arrincona y desaloja a las danzas criollas del interior de la Argentina. ¡Lamentable visión la del futuro, en que las artes populares hayan perecido bajo la opresión de la imprenta, el cinematógrafo, el fonógrafo y la radiotelefonía, invenciones de genio esclavizadas para servir de instrumentos a la mediocridad presuntuosa! Mientras tanto el arte culto se refugiará en atmósferas enrarecidas, perdiendo calor y sangre...

Probemos a atajar tales desastres: llevemos nuestro óbolo a la empresa de salvación, como llevan sus tesoros Albéniz y Falla, Igor Stravinski y Bela Bartok.

La música popular de la América española tiene caracteres propios que la distinguen entre todas sus semejantes en el mundo. Ha adquirido rasgos de creación autóctona. Pero tiene, como todas, antecedentes: en la población indígena, en España, en África, en influencias europeas. Elementos que se combinan en proporciones diversas según países y regiones. La música española está, como base sustantiva, en todas partes. Las melodías indígenas sobreviven en la América del Sur, con la excepción probable del Uruguay y de gran parte de la Argentina; sobreviven en la América Central y en México; pero son difíciles de identificar en las Antillas. Los ritmos africanos viven en Cuba con vida prolífica, se extienden a Yucatán y Veracruz en México, y tal vez hayan dejado rastros en Santo Domingo y en Puerto Rico, en las costas de Venezuela y Colombia, en el Ecuador y el Perú, hasta —según hipótesis— en el Uruguay y la Argentina. Es discutible; pero véase el curioso libro *Cosas de negros,* de Vicente Rossi (Montevideo, 1926) y el cancionero que incluye Ildefonso Pesada Valdés al final de su *Raza negra* (Montevideo, 1929). Y desde el siglo XVIII hay influencias francesas e italianas, directas o a través de España;[3] en el XIX nos alcanzan influencias germánicas y eslavas, con bailes que se popularizan —el vals, el schottisch, la polka, la mazurka, la varsoviana, la cracoviana— y hasta con tipos de canción: no sabemos por qué vías se acerca al *lied,* a veces, la canción mexicana; Andrés Segovia me hacía observar cómo la estructura melódica de la *Valentina* (si se canta lentamente) y de *A la orilla de un palmar* es la de los *lieder* románticos de Alemania. Pero todo ha sido renovado: las huellas de los orígenes se perciben unas veces, otras no; ritmos y dibujos melódicos han adquirido nuevo carácter: todo es ahora música de América.

I

En las Antillas, los indios desaparecen desde temprano, a pesar del empeño heroico de los primeros frailes dominicos —castellanos, leoneses, andaluces— y de su discípulo andaluz, el batallador y fantaseador Las Casas, caballero andante del evangelio de la fraternidad humana: sólo sobreviven en Santo Domingo, donde los salva la rebelión de Enriquillo, el último cacique. Sus artes rítmicas —danza, música, poesía— se resumían en el *areito,* baile cantado que se realizaba en grupos. Según Oviedo, distinguían entre la danza ritual de carácter religioso o de carácter conmemorativo, épico y el baile de diversión. El corifeo (¿se llamaba *tequina?*) era anciano de larga experiencia; pero, a lo que parece, podían dirigir la danza el sacerdote (*behique,* según Las Casas, *buhití,* según Oviedo, *buhitibu,* según fray Román Pane) o si no el cacique o la cacica. Los instrumentos musicales eran flautas de madera; caracoles de mar recortados como bocinas (con ellos se llamaba a la guerra: ¿*guamos?*); rabeles o guzlas de tres cuerdas (¿*habaos?*); güiros o calabazos huecos con piedrecitas dentro para que sonaran al agitarlos (¿*maracas?*). Los tambores eran troncos huecos, sin parche, con una abertura central en forma de cuadrilongo o en forma de *hache;* de estos tambores debió de surgir, o ellos pudieron contribuir a formar, la marimba antillana: alargada la abertura cuadrilonga, sobre ella se colocaban juncos y láminas de cobre, que, heridas, producían notas en serie.[4]

Gonzalo Fernández de Oviedo, en su *Historia general y natural de las Indias,* dice:

Por todas las vías que he podido, después que a estas Indias pasé, he procurado con mucha atención... de saber por qué manera o forma los indios se acuerdan de las cosas de su principio e antecesores, e si tienen libros, o por cuáles vestigios e señales no se les olvida lo pasado. Y en esta isla [Santo Domingo]. a lo que he podido entender, solos sus cantares, que ellos llaman *areitos,* es su libro o memorial que de gente en gente queda de los padres a los hijos y de los presentes a los venideros...

Y más adelante:

Tenían estas gentes una buena e gentil manera de memorar las cosas pasadas e antiguas; y esto era en sus cantares e bailes, que ellos llaman *areito,* que es lo mismo que nosotros llamamos bailar cantando. Dice Livio que de Etruria vinieron los primeros bailadores a Roma e ordenaron sus cantares acordando las voces con el movimiento de la persona. Esto se hizo olvidar por el trabajo de las muertes de la pestilencia, el año que murió Camilo; y esto digo yo que debía ser como los areitos o cantares en corro destos indios. El cual areito hacían desta manera. Cuando querían haber placer, celebrando entre ellos alguna fiesta, o sin ella por su pasatiempo, juntábanse muchos indios e indias (algunas veces los hombres solamente, y otras veces las mujeres por sí); y en las fiestas generales, así como por una victoria o vencimiento de los enemigos, o casándose el cacique o rey de la provincia, o por otra caso en que el placer fuese comúnmente de todos, para que hombres e mujeres se mezclasen. E por más extender su alegría e regocijo, tomábanse de las manos algunas veces, e también otras trabábanse brazo con brazo ensartados, o asidos muchos en rengle (o en corro así mismo), e uno dellos tomaba el oficio de guiar (ora fuese hombre o mujer), y aquel daba ciertos pasos adelante e atrás, a manera de un contrapás muy ordenado, e lo mismo (y en el instante) hacen todos, e así andan en torno, cantando en aquel tono alto o bajo que la guía los entona, e como lo hace e dice, muy medida e concertada la cuenta de los pasos con los versos o palabras que cantan. Y así como aquel dice, la moltitud de todos responde con los mismos pasos e palabras e orden; e en tanto que le responden, la guía calla, aunque no cesa de andar el contrapás. Y acabada la respuesta, que es repetir o decir lo mismo que el guiador dijo, procede encontinente, sin intervalo, la guía a otro verso e palabras, que el corro e todos tornan a repetir; e así, sin cesar, les tura esto tres o cuatro horas y más, hasta que el maestro o guiador de la danza acaba su historia; y a veces les tura desde un día hasta otro. Algunas veces junto con el canto mezclan un atambor, que es hecho en un madero redondo, hueco, concavado, e tan grueso como un hombre e más, o menos, como le quieren hacer; e suena como los atambores sordos que hacen los negros; pero no le ponen cuero, sino unos agujeros e rayos que trascienden a lo hueco, por do rebomba de mala gracia. E así, con aquel mal instrumento o sin él, en su cantar (cual es dicho) dicen sus memorias e historias pasadas, y en estos cantares relatan de la manera que murieron los caciques pasados, y cuántos y cuáles fueron, e otras cosas que ellos quieren que no se olviden. Algunas veces se remudan aquellas guías o maestro de la danza; y, mudando el tono y el contrapás, prosigue en la misma historia, o dice otra (si la primera se acabó), en el mismo son u otro. Esta manera de baile parece algo a los cantares e danzas de los labradores cuando en algunas partes de España en verano, con los panderos hombres y mujeres se solazan; y en Flandes he yo visto la mesma forma de cantar, bailando hombres y mujeres en muchos corros, respondiendo a uno que los guía o se anticipa en el cantar, segund es dicho. En el tiempo que el comendador mayor don frey Nicolás de Ovando gobernó esta isla, hizo un *areito* antél Anacaona, mujer que fue del cacique o rey Caonabó[5] (la cual era gran señora); e andaban en la danza más de trescientas doncellas, todas criadas suyas, mujeres por casar; porque no quiso que hombre ni mujer casada (o que hobiese conocido varón) entrasen en la danza o areito... Esta manera de cantar en esta y en las otras islas (y aun en mucha parte de la Tierra Firme) es una efigie de historia o acuerdo de las cosas pasadas, así de guerras como de paces... Los [areitos] de esta isla, cuando yo los vi el año de mil e quinientos e quince años, no me parecieron cosa tan de notar como los que vi antes en la Tierra Firme y he visto después en aquellas partes...

En tanto que turan estos sus cantares e los contrapases o bailes, andan otros indios e indias dando de beber a los que danzan, sin se parar alguno al beber, sino meneando siempre los pies e tragando lo que les dan. Y eso que beben son ciertos brebajes que entre ellos se usan, e quedan acabada la fiesta, los más dellos y dellas embriagos e sin sentido, tendidos por tierra muchas horas. Y así como alguno cae beodo, le apartan de la danza e prosiguen los demás, de forma que la misma borrachera es la que da conclusión al areito. Esto cuando el areito es solemne e fecho en bodas o mortuorios, o por una batalla o señalada victoria e fiesta; porque otros areitos hacen muy a menudo sin se emborrachar. E así unos por este vicio, otros por aprender esta manera de música, todos saben esta forma de historiar, e algunas veces se inventan otros cantares y danzas semejantes por personas que entre los indios están tenidos por discretos o de mejor ingenio en tal facultad.

...El atambor... es un tronco de árbol redondo, e tan grande como le quieren hacer, y por todas partes está cerrado, salvo por donde le tañen, dando encima con un palo, como en atabal, que es sobre aquellas dos lenguas que quedan [en medio del tronco: este tipo de tambor tenía la abertura en forma de *hache;* el otro tipo tenía la abertura en forma de cuadrilongo: el primero se tocaba con la abertura hacia arriba; el segundo con ella hacia abajo]... Y este atambor ha de estar echado en el suelo, porque teniéndolo en el aire no suena. En algunas partes o provincias tienen estos atambores muy grandes, y en otras menores... y también en algunas partes los usan encorados, con un cuero de ciervo o de otro animal (pero los encorados se usan en la Tierra Firme); y en esta e otras islas, como no había animales para los encorar, tenían los atambores como está dicho.[6]

Y de las danzas fúnebres dice, a propósito de los funerales de Behechío, el cacique de Jaragua:

...e turaban quince o veinte días las endechas que cantaban e sus indios e indias hacían, con otros muchos de las comarcas e otros caciques principales, que venían a los honrar... Y en aquellas endechas o cantares rescitaban las obras e vida de aquel cacique, y decían qué batallas había vencido, y qué bien había gobernado su tierra, e todas las otras cosas que había hecho dignas de memoria. E así desta aprobación que entonces se hacía de sus obras se formaban los areitos e cantares que habían de quedar por historia...[7]

Refiriéndose a Puerto Rico, dice que sus indios y los de Santo Domingo son "en las idolatrías del cemí y en los areitos e juegos del batey y en el navegar de las canoas y en sus manjares e agricultura y pesquerías, y en los edeficios de casas y caınas, y en los matrimonios e subcesión de los cacicados y señorío y en las herencias y otras cosas muchas, muy semejantes los unos a los otros".[8] Y de Cuba que "la estatura, la color, los ritos e idolatrías, el juego del batey o pelota, todo esto es como lo de la Isla Española",[9] a pesar de que la lengua difiere.

Fray Bartolomé de Las Casas, en su *Historia de las Indias,* describe las maracas:

> Los indios de esta isla [Santo Domingo] son inclinatísimos y acostumbrados a mucho bailar, y, para hacer son que les ayude a las voces o cantos que bailando cantan y sones que hacen, tenían unos cascabeles muy sotiles, hechos de madera, muy artificiosamente, con unas pedrecitas dentro, las cuales sonaban, pero poco y roncamente.[10]

En la *Apologética historia de las Indias,* Las Casas describe sus costumbres diciendo que

> luego de mañana almorzaban, íbanse a trabajar en sus labranzas, o a pescar, o a cazar, o a hacer otros ejercicios; después al mediodía yantaban y comúnmente lo demás que restaba del día gustaban en bailes y cantos o en jugar a la pelota; a la noche cenaban... Eran muy amigos de sus bailes, al son de los cantos que cantaban y algunos atabales roncos de madera, hechos todos sin cuero ni otra cosa pegada; era cosa de ver su compás, así en las voces como en los pasos, porque se juntaban trecientos o cuatrocientos hombres, los brazos de los unos puestos por los hombros de los otros, que ni una punta de alfiler salía un pie más que el otro, y así de todos. Las mujeres por sí bailaban con el mismo compás, tono y orden; la letra de sus cantos era referir cosas antiguas, y otras veces niñerías, como tal "pescadillo se tomó destamanera y se huyó", y otras semejantes, a lo que yo en aquellos tiempos entendí dellos. Cuando se juntaban munchas mujeres a rallar las raíces [yuca o mandioca] de que hacían el pan cazabi, cantaban cierto canto que tenía muy buena sonada...[11]

Habla también de la intervención de Anacaona en los areitos y dice cómo, en 1494, Behechío, el rey de Jaragua, hizo que saliera

> toda su corte y gente, con su hermana Anacaona, señalada y comedida señora, a rescibir a los cristianos [capitaneados por don Bartolomé Colón] y que les hagan todas las fiestas y alegrías que suelen a sus reyes hacer, con cumplimiento de sus acostumbrados regocijos... Llegan a la ciudad y población de Jaragua...; salen infinitas gentes, y muchos señores y nobleza, que se ayuntaron de toda la provincia con el rey Behechío y la reina, su hermana, Anacaona, cantando sus cantos y haciendo sus bailes, que llamaban areitos, cosa mucho alegre y agradable para ver, cuando se ayuntaban muchos en número especialmente. Salieron delante treinta mujeres, las que tenía por mujeres el rey Behechío, todas desnudas... con unas medias faldillas de algodón, blancas y muy labradas en la tejedura dellas,

que llamaban naguas, que les cubrían desde la cintura hasta media pierna; traían ramos verdes en las manos, cantaban y bailaban, y saltaban con moderación, como a mujeres convenía, mostrando grandísimo placer, regocijo, fiesta y alegría. . .[12]

Y cuenta episodios que revelan el valor ritual y cordial que para los indígenas alcanzaba el areíto:

. . .Llamó Mayobanex a su gente; dales parte de la mensajería y sentencia del Adelantado [don Bartolomé Colón] y de los cristianos; todos a una voz dicen que les entregue a Guarionex, pues por él los cristianos los persiguen y destruyen. Respondió Mayobanex que no era razón entregarlo a sus enemigos, pues era bueno y a ninguno jamás hizo daño, y allende desto, él lo tenía y había sido siempre su amigo, porque a él y a la reina su mujer había enseñado el areíto de la Maguá, que es a bailar los bailes de la Vega, que era el reino de Guarionex, que no se tenía ni estimaba en poco. . .[13]

De otro areíto curioso habla el padre Las Casas, en la *Brevísima relación de la destruición de las Indias* (1552):

Un cacique e señor muy principal que por nombre tenía Hatuey, que se había pasado de la Isla Española a Cuba con mucha de su gente por huir de las calamidades e inhumanas obras de los cristianos, y estando en aquella isla de Cuba, e dándole nuevas ciertos indios que pasaban a ella los cristianos, ayuntó mucha o toda su gente e díjoles: —"Ya sabéis cómo se dice que los cristianos pasan acá; e tenéis experiencia qué les han parado a los señores fulano y fulano y fulano e a aquellas gentes de Haití (que es la Española); lo mesmo vienen a hacer acá; ¿sabéis quizá por qué lo hacen?" Dijeron: —"No, sino porque son de su natura crueles e malos". Dice él: —"No lo hacen por sólo eso, sino porque tienen un dios a quien ellos adoran e quieren mucho, y por habello de nosotros, para lo adorar, nos trabajan de sojuzgar e nos matan". Tenía cabe de sí una cestilla llena de oro en joyas, e dijo: —"Veis aquí el dios de los cristianos. Hagámosle, si os parece, areítos (que son bailes y danzas). e quizá le agradaremos e nos mandará que no nos hagan mal". Dijeron todos a voces: —"¡Bien es, bien es!". Bailáronle delante hasta que todos se cansaron. Y después dice el señor Hatuey: —"Mirá: como quiera que sea, si lo guardamos, para sacárnoslo al fin nos han de matar. Echémoslo en este río". Todos votaron que así se hiciese e así lo echaron en un río grande que allí estaba.

Las Casas refiere el episodio igualmente en la *Historia de las Indias*, explicando que

comenzaron a bailar y a cantar, hasta que todos quedaron cansados, porque así era su costumbre, de bailar hasta cansarse, y duraban en los bailes y cantos desde que anochecía, toda la noche, hasta que venía la claridad; y todos sus bailes eran al són de las voces, como en esta isla [Santo Domingo]; y que estuviesen quinientos y mil juntos, mujeres y hombres, no salían uno de otro con los pies ni con las manos, y con todos los meneos de sus cuerpos, un cabello del compás. Hacían los bailes de los de Cuba a los desta isla gran ventaja en ser los cantos, a los oídos, muy más suaves.[14]

Fray Román Pane, que vino a América en el segundo viaje de Colón (1493), dice que los indios de Santo Domingo,

como los moros, tienen la ley reducida a canciones antiguas, y cuando quieren cantarlas tocan cierto instrumento que llaman *baiohabao*, el cual es de palo y cóncavo, fuerte y muy sutil, de medio brazo de largo y otro medio de ancho, y la parte donde se toca está en forma de tenazas de herrador y la otra parte es como una porra, de manera que parece una calabaza de cuello largo. Este instrumento que tocan tiene tanto sonido, que se oye una legua y cantan a él las canciones que saben de memoria, y le tocan los hombres principales, aprendiendo de muchachos a tocarle y cantar a él, dentro según su costumbre.[15]

El gran poeta dominicano José Joaquín Pérez (1845-1900) escribió, con el nombre de areitos, composiciones diversas que incluyó en su volumen *Fantasías indígenas* (1877); el mejor de ellos el "Areito de las vírgenes de Marién", resume la teogonía de nuestros indios:

El momento feliz en que la vida
Loucuo invisible e inmortal creó,
la raza de Quisqueya, ennoblecida,
del caos confuso, ante la luz surgió.

Cacibajagua, la caverna ardiente
que guarda en su región Maniatibel,
fue la cuna inmortal de Elim luciente,[16]
padre fecundo de la indiana grey...

Coro

Bellas hijas de Elim y del Turey,
el areito de amor al viento dad,
y al son del tamboril y del magüey
aéreas en torno del Zemí danzad.[17]

¿Qué nos queda de aquella música? Quizás nada, al menos en su forma primitiva. Haría falta recoger la que exista en los lugares de Santo Domingo donde el indio sobrevivió, desde la Sierra de Bahoruco hasta San Juan de la Maguana, y compararla con la de los indios arahuacos de Venezuela y del Brasil, a cuya familia pertenecen los antillanos, o con la de los caribes del Brasil, las Guayanas y Venezuela, pues los caribes ocuparon las Islas de Barlovento, donde sobreviven unos pocos, y penetraron en Puerto Rico y en las regiones orientales, al norte y al sur, de Santo Domingo. El único cantar que se cita como areito es de origen dudoso: lo recogió en Haití, durante la primera mitad del siglo XIX, Mr. William S. Simonise, nativo de la Carolina del Sur, y lo comunicó al Rev. Hamilton W. Pierson, quien lo publicó en la vasta recopilación de Schoolcraft sobre los indios.[18] La letra dice:

Ayá bombá ya bombé
Lamassam Anacaona
Van van tavaná dogué
Ayá bombá ya bombé
Lamassam Anacaona.[19]

Fuera del nombre de la reina poetisa, no se entienden las palabras de la canción, y, más que del taíno, nuestra lengua arahuaca, parecen de idioma africano. La sospecha crece, si se piensa en que el cantar se recogió en Haití, donde la invasión de los franceses y la importación de esclavos africanos no dejó rastros indígenas como en la parte oriental, española, de la isla. El verso inicial, "Ayá bombá ya bombé", se parece al estribillo del baile ritual del *Vaudoux,* tradicional entre los negros de Haití: "¡Eh, eh! ¡Bombá, hen, hen!".[20] Finalmente, el investigador dominicano Apolinar Tejera supone que el cantar recogido por Simonise es el que a principios del siglo XIX se arregló o compuso, basándose en supuestas tradiciones, para Cristóbal, rey de Haití: Émile Nau, historiador haitiano, lo denuncia como falsificación cortesana.[21]

Quedan vagas probabilidades a favor del cantar, al menos mientras no se aclare la procedencia de otra versión del renglón primero: en vez de "Ayá bombá ya bombé", Javier Angulo Guridi nos da la frase "Igi aya bongbe" y dice, no sabemos con qué fundamento, que significa "Primero muerto que esclavo".[22]

La música del areito está dividida en seis frases:[23]

Aya bombé o Areito de Anacaona

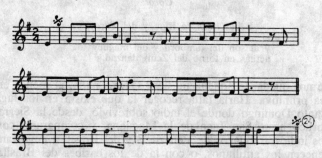

Toda opinión sobre su autoctonía ha de ser conjetural, mientras no haya términos probables de comparación. Observamos, desde luego, que está en escala heptatónica, y no en la pentatónica que se atribuye a una parte de la América (el Perú, principalmente). Después, la simetría de las frases le da aire europeo y aspecto moderno, y el dibujo melódico se asemeja al de muchas canciones populares de la América española. Una de Santo

Domingo, que oí en mi infancia, es quizá derivada del problemático areito:[25]

Ahí viene Monsieur Contin

Tiene parentesco con el comienzo de *San Pascual Bailón*, contradanza cubana de 1803:

Contradanza de San Pascual Bailón

Y hasta con un aire de diana en el Paraguay *(Campamento)* y con la frase inicial de una canción mexicana:

Allá viene el caporal

Para buscar nuevos rastros indígenas en las Antillas, hemos de permanecer, por ahora, en el país de las conjeturas. Se atribuyen rasgos autóctonos al merengue y a la mangulina de Santo Domingo; a la guajira, al zapateo y al punto de Cuba. Pero ¿cómo probarlo?

II

Trajo España, desde la conquista, sus cantos y sus bailes. Todavía, en la América española, la música destinada a los niños afianza sus raíces en la Edad Media: de la tradición inmemorial provienen los romances, las canciones de cuna, las rondas, los juegos. Anteriores al descubrimiento del Nuevo Mundo son —cuando no el documento, lo prueba el dato de que los escritores y músicos del siglo XVI los recogen ya como viejos— el romance de *Gerineldo* y el de *Delgadina,* el de *Blanca Niña* —la esposa infiel— y el de *Las señas del marido* —la esposa fiel—, el de *Hilo de oro* y el de *La flor del olivar,* la canción de la *Pájara pinta* y la de *Señora Santa Ana,* el juego de *A la limón* (tradicional también entre los ingleses: "London bridge is falling down") y el del *Abejón* o *Periquillo el labrador,* el de *Caracol, col, col* y el de *Sopla, vivo te lo doy.*[26] La trasmisión oral, que modifica la letra, modifica también la música, y en cada región se entonan ahora los cantos tradicionales con aires diversos: las formas arcaicas —como las de *Delgadina* e *Hilo de oro,* con su característica lentitud, en Santo Domingo— se mudan en melodías modernas, de *tempo* vivaz, como las de Cuba.[27]

Pero ¿qué ha quedado de las danzas y de los bailes antiguos? ¿Qué de las canciones para adultos, fuera del romance, que el tiempo dejó en boca de los niños? Para decidirlo, habrá de conocerse a fondo el repertorio español —y europeo— de los siglos XVI y XVII: España fue la cuna, y Francia la escuela, con auxilio de Italia, de la coreografía moderna. Las danzas de corte, como la pavana, la gallarda, el bran, la alemanda, la alta, la baja, la españoleta, sólo debieron de conocerse en las ciudades cultas. Pero los bailes, como manifestación popular, sí invadieron todas las zonas del Nuevo Mundo: la jácara, las folías, el pasacalle, la zarabanda, el canario, las seguidillas, el villano con su aditamento el zapateado, el fandango con sus especies —rondeñas, malagueñas, granadinas, murcianas. Y fandango quedó como nombre genérico de toda fiesta en que se bailara. Hasta debieron de venir bailes de Galicia y Asturias, a juzgar por estas muestras de Santo Domingo:[28]

Rondé, rondé, rondé batalla

Al pasar la barca

Son dos melodías. La primera es de tipo europeo; la segunda es un merengue dominicano ("A ti ná má...").

Pero el mundo nuevo refluyó pronto sobre el antiguo, iniciándose el juego de flujo y reflujo que persistirá, sin interrumpirse, hasta las modernas inundaciones del jazz, de la machicha y del tango argentino. Desde fines del siglo XVI cundían en España bailes surgidos o reconstruidos en América: el cachupino, la gayumba, el retambo, el zambapalo, el zarandillo, hasta la chacona, que daría sus flores perfectas de otoño en manos de Bach y de Rameau.[29]

Todavía en el siglo XVIII, todavía a principios del XIX, España inundaba sus colonias con nuevas creaciones musicales: tonadillas, tiranas, polos, boleros, tangos. Pero ya, en vez de la música popular, se difundían sus imitaciones vulgares a través del teatro, y las influencias francesas e italianas modificaban las formas españolas.[30] Después, durante los últimos cien años, España difunde en América aires de sus zarzuelas; pero la música del pueblo llegará pocas veces hasta nosotros (el cante jondo, por ejemplo, no parece influir en ninguna parte): en el arte popular, el divorcio será completo. Cien años harán inconfundibles la música de España y la de nuestra América.[31]

III

En música, así como en España hay regiones con rasgos distintivos y peculiares, las hay en América. Una de ellas, la zona tropical del Mar Caribe, cuyo foco de irradiación está en las tres grandes Antillas españolas, Cuba, Santo Domingo, Puerto Rico, y cuyos bordes son, hacia el sur, las costas de Venezuela y Colombia, y, hacia el occidente, las costas mexicanas del Golfo, en Yucatán, Campeche, Tabasco y Veracruz, con ligera influencia sobre las costas de la América Central. En otras regiones hispánicas del Nuevo Mundo, fuera de la estrecha faja de las costas, en las altiplanicies de México y de la América Central, de Venezuela y Colombia, de Ecuador, el Perú y Bolivia, el vigor del trópico se desvanece en ambiente de otoño. La zona del Mar Caribe es la legítima zona tropical, la única de la América española donde se cumplen a plenitud, sobre territorio extenso, los privilegios del trópico: el verano perpetuo, la luz torrencial, la violencia de los colores, la fecundidad exuberante, la incitación a vivir sólo con los sentidos.[32]

De los tipos antillanos de música popular, uno de los más antiguos es el *són*: así lo hace pensar el *Són de Ma Teodora*, que debió de componerse en Santiago de Cuba a principios del siglo XVII y se refiere a Teodora Ginés, maestra en música de bailes. José de la Cruz Fuentes, nacido en el siglo XVIII, dice en unos apuntes citados por su hijo Laureano Fuentes Matons, el compositor (1825-1898), padre a su vez del compositor Laureano Fuentes Pérez:

> En 1580 había en Santiago de Cuba dos o tres músicos tocadores de pífanos; un joven natural de Sevilla nombrado Pascual de Ochoa, tocador de violón, que había venido de Puerto Príncipe [Camagüey] con unos frailes dominicos, y dos negras libres, naturales de Santo Domingo, nombradas Teodora y Micaela Ginés, tocadoras de bandolas.[33]

En 1598, una de las hermanas Ginés, Micaela, vivía en La Habana, pues allí la sitúa José María de la Torre entre los cuatro músicos de la ciudad.[34] Teodora, que permaneció en Santiago de Cuba, inspiró la antiquísima canción en que se la nombra, cuya música tiene parecido con la de viejas *milongas* argentinas:

Son de Má Teodora

La letra dice ("rajar la leña" equivale a "tocar en el baile"):

—¿Dónde está la Má Teodora?
—Rajando la leña está.
—¿Con su palo y su bandola?
—Rajando la leña está.
—¿Dónde está que no la veo?
—Rajando la leña está...

Con ingenuo entusiasmo, Laureano Fuentes dice que "si examinamos las sentidas notas musicales con que se hace la pregunta de *¿Dónde está la Má Teodora?* se advierte que una inspiración sublime las dictó..." y elogia la serie

> de siete notas, tan sencillas y melancólicamente combinadas, que destrozan el corazón al recordar que desde nuestra infancia las oíamos cantar coreadas por grupos de afinadas sopranos y tenores del pueblo que recorrían las calles de Cuba, en las altas y silenciosas horas de la noche, que seguían a las de bullicio y cansancio de las mascaradas de San Juan y Santiago...

El arcaico *Són de Má Teodora* es antecesor de los *sones* de la provincia de Oriente en Cuba, según opinión del distinguido compositor Eduardo Sánchez de Fuentes: constan

> de dos partes: la primera, a manera de estrofa, la cantaban antiguamente dos voces, y la segunda, que constituía el coro, estribillo o sonsonete, era como la respuesta o comentario de la primera parte. Esta peculiar fisonomía se ha ido modificando...

Y la modificación se inicia en Oriente mismo, en Santiago de Cuba, con las interpretaciones de los negros procedentes de Haití.[35]

He aquí dos ejemplos del auténtico *Són oriental*:

SÓN ORIENTAL

Mujeres, vamos a la rumba

SÓN ANTIGUO

El bacalao

Después de años de decadencia, el *són* ha vuelto a una gran popularidad en Cuba, como música de baile, pero en vez del tipo oriental, criollo, se ha difundido una variante moderna, africanizante, y de ella se han apoderado los compositores de música vulgar. Hay sones admirables, como *Loma de Belén, Tres lindas cubanas, Oye, Miguel, Galán, galán,* por el sabor tropical de los giros melódicos y los ritmos, sazonado todavía, en la ejecución, por la novedad picante de los timbres instrumentales.

Como el *són* cubano, la mangulina de Santo Domingo presenta caracteres arcaicos. Según el compositor dominicano Esteban Peña Morell, uno de los músicos jóvenes de mayor talento en las Antillas, la *mangulina* —o *mangolina,* como le llamaron también— es la música típica del país y tiene su origen en Hicayagua, en el sudeste de la isla, de donde irradió hacia todo el territorio, hasta penetrar en la República de Haití: a través de emigrantes haitianos, de raza negra, llegó hasta Cuba, con modificaciones, e influyó en el *són* moderno.[36] Una copla tradicional hace derivar su nombre del de una mujer, que se dice vivía en el Seibo, en la región de Hicayagua:

> Mangulina se llamaba
> la mujer que yo tenía
> y si no se hubiera muerto
> Mangulina todavía.

"...la mangulina en que el payero es tan ducho", dice Félix María del Monte en *El banilejo y la jibarita* (1855). El payero es el habitante de Paya, cerca de Baní. Para Peña Morell, la *mangulina* es creación criolla, derivada de los *aguinaldos* y *jaleos* de las Islas Canarias. Si así fuere, su antigüedad acaso no pasaría de doscientos años: las grandes emigraciones canarias a Santo Domingo ocurrieron en el siglo XVIII. A principios del XIX estaban en boga las *mangulinas:* se sabe que compuso muchas Juan Bautista Alfonseca (1802-1875), músico de gran cultura y de genial instinto popular, a juzgar por sus éxitos.[37] Este tipo de composición consta, como el *són oriental* de Cuba, de dos partes: la *copla,* con letra religiosa, o política, o erótica, o satírica, y la *mangulina,* como estribillo, "sandunguera y retozona..." He de lamentar la falta de textos musicales de *mangulinas:* Peña Morell debiera coleccionarlas y describirlas; apenas puedo citar este ejemplo, incompleto, que trae Julio Arzeno, en su libro *Del folklore musical dominicano* como cantar de niños:[38]

Mangulina

Según otras opiniones, el baile llamado *merengue,* general en pueblos y campos del Cibao, sería la composición musical típica de Santo Domingo y habría nacido en 1844, como canción satírica, cuando el abanderado Tomás Torres huyó del campo de la batalla que sostuvieron dominicanos y haitianos en Talanquera:[39]

Tomá juyó con la bandera

Se conoce en el Paraguay como habanera, según M. A. Morínigo. Hay otra versión que da Julio Arzeno:[40]

Jujó, juyó Tomá de Talanquera

Pero Peña Morell prueba que el *merengue* es anterior a 1844: según la tradición, Juan Bautista Alfonseca, autor de la música del himno de guerra contra los haitianos (febrero o marzo de 1844), hacia 1820, cuando contaba apenas diez y ocho años, escribió los primeros *merengues,* o *danzas-merengues,* dándoles el nombre y combinando en ellos elementos criollos con rasgos de la contradanza francesa, de moda entonces. Los compuso también Juan de Mena y Cordero, que como director de banda militar fue rival de Alfonseca y como patriota formó parte del grupo de dominicanos que hicieron propaganda a la idea de expulsar a los invasores haitianos, yendo de pueblo en pueblo bajo el disfraz de compañía de circo, cuya empresaria y estrella era la hermosa y original María Mestre.[41] A Peña Morell el *merengue* le parece derivado de la *mangulina;* de ella procederían igualmente la *nina* de Azua y el *carabiné* o *carabinier* del sudoeste. El *merengue* campesino se divide en tres partes: introducción, copla cantada (el merengue propiamente dicho) y comentario o jaleo. Sobrevive en el Cibao, y particularmente en el noroeste. Ejemplo típico es el *juangomero:*[43]

Merengue juangomero

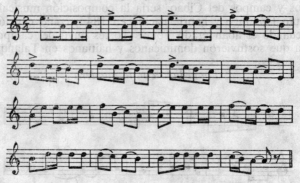

Goza de favor ahora entre los compositores jóvenes; se atribuye su resurrección como forma artística a Juan Francisco García, que comenzó a escribirlos en 1922: su *merengue*, nos dice Julio Alberto Hernández, "en compás de dos por cuatro, de movimiento moderado, consta de una corta introducción, dos partes repetidas y un trío". Le siguieron Peña Morell, Juan Espíndola y Emilio Arté, "quién le agregó el *paseo*" (como en la *danza* antillana).[43] Hernández, finalmente, los compone según esta disposición: *paseo* (moderato) de ocho compases repetidos; *jaleo* (allegretto) de ocho o dieciséis compases; *merengue* propiamente dicho (parte cantable); vuelta al *jaleo; trío* (con variación rítmica y tonal; *jaleo* y coda (piú mosso).[44] En Haití, donde penetró por la vía popular, interesa también a los compositores (Manigat, Baptiste, Cleriet, Elie) y lo cultivan como arquetipo nacional de su república franco-africana.

Hablando del Cibao, dice Enrique Deschamps que en las fiestas

> de las clases inferiores puede decirse que todo el baile es... una sola danza... el rústico *merengue*... Apenas hay intervalos entre una y otra pieza. Forman la orquesta un acordeón, un güiro y una tambora; y como la ejecución en estos instrumentos primitivos no demanda esfuerzo... los músicos suelen estar tocando dos y aún más horas seguidas.[45]

Pero esta pintura es demasiado pobre: hay en Santo Domingo mayor variedad de composiciones musicales y de instrumentos:[46] Ramón Emilio Jiménez, en su libro de costumbres cibaeñas, *Al amor del bohío*, muy justamente celebrado, describe como canción la *mediatuna* y como bailes el *zapateo*, la *yuca*, el *guarapo*, el *sarambo*, el *callado*, el *chenche*, el *guayubín*; Julio Arzeno menciona el *chuin*, especie de *són*, el baile del *peje* y la lúbrica *ven-

taja, de efímera boga a principios de este siglo; Peña Morell, además de la *nina* y el *carabiné,* la *tumba* y la *plena,* que considera como derivaciones de la *tumba* andaluza; César Nicolás Penson, el *punto y llanto,* el *galerón.*[47]

Hubo todavía otros bailes, como "la *tortuga* y el *carey* que bailan las sanjuaneras" (de San Juan de la Maguana), según dice Nicolás Ureña de Mendoza en versos de 1859.

El *zapateo montuno* y la *yuca* le parecen a Peña Morell descendientes del *zapateado* español. Según Penson, el *zapateo* de Santo Domingo "se diferencia mucho del de Cuba y otras partes"; distingue entre *zapateo* y *zapateo con estribillo,* pero no explica las diferencias. Arzeno da este ejemplo de *zapateo* (Corregido por Mena):[48]

Zapateo

En el *zapateo,* dice Ramón Emilio Jiménez,

el zapato dominguero repiquetea en el suelo barrido adrede para la trasnochada festiva. La música, en un compás de dos por cuatro, excita, turba, enloquece.[49] Lo baila una pareja: él, terciado el sable de rojo ceñidor de lana sobre la camisa nueva, suelto de pies para emprender un salto sobre la cabeza de la dama y caer del otro lado sin tocarle en el pelo abundante sujeto por un lazo de cinta, y todo esto sin perder el compás; ella, airosa y ágil, entre los dedos la falda abigarrada abierta en forma de abanico, nerviosa como agua golpeada por un guijarro, mostrando a veces, cuando más *picado* es el movimiento, las piernas que sólo así podrían mostrarse...

Y Arzeno dice:

Las parejas... se atraen y se rechazan, se llaman y se alejan, mientras los pies marcan el preciso movimiento; la mujer, audaz y tímida; el hombre, reposado, rudo y decidido; aquélla lo desea y lo evita, se acerca y huye de él; éste le hace rueda, cediendo a veces a sus caprichos. Todo este baile no simula más que una amorosa persecución.

De la *yuca* —pariente de los *pericones* del Río de la Plata— dice Jiménez:

curioso baile de figuras en el cual galanes y damas van formando, en sucesivas y acompasadas actitudes de cambio, una cadena. Las parejas, de bracete, se saludan, y a la voz de ¡yuca! rompe la sugestiva ondulación, el mixto encaje humano en que la dama va esquivando a la otra dama y entregando a diferentes manos varoniles los lirios de sus manos. Los pies acentúan el compás en el polvo que se alza atraído por el movimiento y acaba por danzar también... El nombre de *yuca* lo debe el baile al ruido isócrono del blanco pan indígena que va y viene sobre el *guayo* [rallo o rallador]... imitado en el roce del pie con el suelo, que la gente denomina *escobillar.* La industria cazabera le dio origen, y así reza la letra: "Guaya la yuca, / a quemar cazabe...".[50] Cuando vibra de nuevo la voz ¡yuca! el cordón danzante se interrumpe sin que nadie pierda un solo momento el compás, y así continúa el baile entre el collar humano que se rompe y torna a nuevo empate, hasta que muere en medio de las aclamaciones de los espectadores...

De la familia del *zapateo* son el *guarapo* y el *sarambo,* que "tienen igual tonada", según Jiménez, en compás de dos por cuatro.[51]

Se distinguen por la intensidad de la voz, que es mayor en el último. Los aires agudos y el baile picado, rico en color y en movimiento, en que la pareja danzante se carmina de agitación, ebria de mudanzas, son del *sarambo.* En el guarapo no hay color encendido sino media tinta. La onda rítmica de los cuerpos no hace desprenderse una rosa presa en la altivez del moño, ni caer un cigarro oculto en una trenza recogida, ni deshacerse un lazo en la flexibilidad de una cintura.

Arzeno cita este ejemplo de *sarambo*:

Sarambo

Y dice que es

zapateado, pero más vivo en el repicar con los pies, y tan preciso en su ritmo, que, cuando hay buenos bailadores, suspenden por breves instantes la música que lo va ritmando para admirar las figuras de las parejas que hacen *flores*... Cuando esto sucede, le llaman entonces un *callao* por el silencioso zapateado o escobillado...

Y del *callado* dice Jiménez que "en los momentos de mayor ardimiento se suspende bruscamente la música y la pareja continúa como si perdurasen las notas hasta que de repente surge de nuevo la tonada sin turbarse los pies que permanecen huérfanos de tono unos instantes".[52]

IV

El siglo XVIII, siglo francés, siglo en que Francia domina al mundo occidental con su imperialismo de la cultura, levanta una revolución en las costumbres, seminario de las grandes revoluciones políticas que se extienden de 1776 a 1825. España y sus colonias, bajo el influjo francés, al que se sumaba el italiano en igual dirección, reforman su literatura, su música, sus danzas y bailes. Hay canciones francesas, como la de *Malbrú,* que se divulgan hasta convertirse en cantares de niños. Dos tipos de danza que Francia impone llegan a España desde principios del siglo XVIII y a las colonias, con retraso, hacia fines: la contradanza y el minué. Y la contradanza habrá de florecer y fructificar de modo asombroso en las Antillas.

Entre tanto, de los cantos y bailes que España difundía en el siglo XVIII hubo descendencia: el *bolero,* principalmente, renovado en Cuba y en Santo Domingo, y el *tango.*

El *bolero antiguo* (Sánchez de Fuentes, en *Influencia de los ritmos africanos en nuestro cancionero,* reproduce uno de 1815) era de ritmo vivaz y estaba muy próximo al español; durante el siglo XIX se transforma en típicamente cubano (ejemplo: *Amor florido,* de Jorge Anckermann) y hasta adquiere matices diferentes en las diferentes regiones de Cuba: "en su típico rasgueo —dice Sánchez de Fuentes—, parece escuchamos el rumor de nuestras palmas mecidas por el viento". Antes de mediar el siglo XIX lo describía la Condesa de Merlin: "son aires melancólicos que llevan el sello del país". Los cubanos los llevan a Santo Domingo durante las emigraciones que se inician en 1868 con la Guerra de los Diez Años; en el norte del país se popularizan tanto que se le dedican a cualquier suceso: "a la inauguración de algún establecimiento público, o privado, o comercial —dice Julio Arzeno—, a un cumpleaños, a un sucedido anecdótico o novelesco, a todo *le sacan* su bolero".[53]

De la contradanza, recibida de Francia en el siglo XVIII, iban a derivarse formas antillanas de extraordinario interés.[54] Aquí se observa el caso del arte culto que desciende por grados hasta el pueblo: la *contradanza* entra como diversión de gente rica, y pronto pasa a forma vulgar (por ejemplo, *San Pascual Bailón,* de autor cubano desconocido, en 1803).[55] Hay compositores que la conservan como forma culta: tales, José White, el célebre violinista (1836-1918), y Gaspar Villate, autor de óperas como *Zilia,* que se estrenó en París (1877); son interesantes *La coqueta* de White y *La cocotte* de Villate.[56]

La *contradanza* se impregna de languidez tropical y cambia rápidamente hasta convertirse en la más admirable creación de la música antillana: la *danza.* Creación que no será popular sino vulgar: sabemos que hay aciertos del vulgo. En Cuba se atribuye a Manuel Saumell (1817-1870) la definitiva forma de la *danza*: una de sus innovaciones fue, según parece, escribirla unas veces en compás de dos por cuatro, el primitivo de la contradanza, y otras veces en compás de seis por ocho. Después ha regresado al tradicional. En Santo Domingo, se enlaza su aparición al inevitable Juan Bautista Alfonseca.[57]

La *danza* existe en todas las Antillas españolas; pero en Cuba engendró otra forma nueva, el *danzón*, que a fines del siglo XIX desterró a su genetriz. El *danzón* llegó a dominar, como arquetipo, tanto para el vulgo como para el pueblo humilde de Cuba; pero ha interesado poco a los compositores cultos (entre las excepciones: Gonzalo Roig). La *danza* sobrevivió en manos de músicos eminentes, como Ignacio Cervantes, autor de una colección de joyas breves, y todavía la cultivan los nuevos, como Ernesto Lecuona.[58]

Probablemente, de la *danza* —con influencia del antiguo *tango* de España y de Cuba— nació la *habanera*. Pedrell la considera cubana de origen. En España, donde se la adoptó después, adquirió caracteres nuevos, como las notas de adorno típicas de la música andaluza. Su inmensa difusión por el mundo se debe al español Iradier, que vino a América, hacia mediados del siglo XIX, y entre nosotros compuso (¿o transcribió?) dos piezas célebres: la *Paloma* ("Cuando salí de la Habana ¡válgame Dios!...") y la que Bizet incorporó en *Carmen*. En Cuba, Sánchez de Fuentes le ha devuelto vida, introduciendo novedades rítmicas pedidas al *danzón*: sus dos *habaneras* más conocidas son *Tú* y *Cubana*.[59]

En Puerto Rico la *danza* es todavía la música nacional: *La Borinqueña* es como el himno de la isla irredenta.[60] La antigua *danza* de Puerto Rico difiere de la de Cuba en el *tempo* con que se ejecuta, que es más lento, y da impresión de languidez, mientras la cubana puede darla de ardor. Se inicia con un *paseo*, generalmente de ocho compases, durante el cual las parejas no bailan sino que *pasean*, dando cada caballero el brazo a su dama. Se atribuye su creación a Tavárez y su perfeccionamiento a Juan Morel Campos (1857-1896), compositor fecundísimo a quien se deben, junto a sinfonías y oberturas, multitud de *danzas* famosas todavía en las Antillas: *Laura y Georgina*, hecha toda de rumores y arrullos, *Felices días*, *Alma sublime*, *Cielo de encantos*, *Bendita seas*, *Maldito amor*, *Fiesta de amigos*, *La bella Margot*.

La danza puertorriqueña —dice Eugenio Deschamps— era en sus albores informe quisicosa... Apareció Manuel Tavárez v. con elementos nuevos, creó la *danza* puertorriqueña. Hizo un molde, si bien estrecho aún, y vertió en él, en notas convertida, la poesía de su alma. Tavárez, empero, no cultivó más que un género en la *danza* brilló más como pianista que como compositor, y aun en algunos de sus valses, pieza que ha de ser indudablemente un torbellino, el sentimiento mata al entusiasmo. Pero llegó Campos, y prodújose con él una inmensa revolución en la música puertorriqueña. Extendió el número de los compases; perfeccionó la modulación; alzó a su mayor altura la cadencia; y, como nuevas formas en las artes requieren indispensablemente nuevos medios de expresión, exaltó la preeminencia del clarinete, y dulcificó, idealizó y glorificó esta humildad: el bombardino. Era el bombardino voz sorda y oscura, destinada a neutralizar el grave acento del bajo y la vibrante voz del cornetín. Desde ese instante se poetizó, y, sin dejar de llenar el viejo encargo, se alzó sobre la orquesta con sus gloriosos acordes. Rompió a cantar...[61]

La *danza* de Puerto Rico no ha permanecido inmutable: durante los últimos años ha perdido su lenta languidez y bajo la influencia de los bailes extranjeros de nuestros días hace ágiles su ritmo y su *tempo*.

En Santo Domingo, la *danza* que imperó durante medio siglo se identificó con el tipo borinqueño: fue hasta hace pocos años el baile favorito de sociedad y tuvo muchos cultivadores. Entre tanto, el tipo cubano de la *danza* se extendía a México y allí, después de difundirse por las tierras bajas como baile general, subió a la altiplanicie e interesó a músicos cultos como Felipe Villanueva (1863-1893) y Ernesto Elorduy (1853-1912). Interesa todavía a compositores como Carlos del Castillo y Pedro Valdés Fraga.

Inventó el *danzón* cubano Miguel Faílde, de Matanzas, poco antes de 1880. Escrito en compás de dos por cuatro, una de sus peculiaridades rítmicas se basa en la fórmula que llaman en Cuba *cinquillo* y que no es el *quintillo* de los tratados sino una serie de cinco notas, dos breves insertas entre tres largas:

Cinquillo antillano

Se inicia con el *cedazo*, frase de ocho compases repetidos, que reaparece después como estribillo.

A seguidas de Faílde, se hizo propagador del *danzón* Raimundo Valenzuela, que cayó en uno de los peores hábitos del músico vulgar: apoderarse de toda especie de temas ajenos, de ópera, de zarzuela o de canción, y forzarlos dentro del nuevo molde. Sus primeras composiciones son interesantes: por ejemplo, *Los chinos* (1881), en que todavía se ven combinadas las formas de la *danza* con las del nuevo tipo rítmico.

Después de Valenzuela, el *danzón* siguió modificándose, haciéndose más vivaz, y se ligó con el viejo *són*, que solía acompañarlo como final. El *són*, cobrando bríos inesperados en su forma novísima, empezaba a desalojarlo... Ahora, en 1929, surge en Matanzas otro tipo nuevo, el *danzonete,* que combina elementos del *danzón* y del *són,* en ritmo de mayor vivacidad.

Especies de música cubana, con larga historia durante el siglo XIX, son el *zapateo* y *punto cubano* —comúnmente unidos en una sola pieza—, la *guajira,* la *guaracha,* la *rumba,* la *clave; la criolla* es del siglo XX.

En el *zapateo,* el *punto* y la *guajira* ve Sánchez de Fuentes los tipos más originales de la música cubana; ve en ellos supervivencias indígenas. José María de la Torre buscaba el origen del *zapateo* en la *manchega* (¿seguidilla?). En la guajira, "por regla general su primera parte se escribe en modo menor y su segunda en mayor; concluye siempre sobre la dominante del tono en que está compuesta. Pudiéramos decir que fue moldeada dentro de las formas constitutivas del *zapateo* y *punto cubano".*[63] Está relacionada con el antiguo baile del *zarandillo,* llevado de América a España en el siglo XVII.[64]

A esta familia musical cubana pertenece la *guaracha,* canción vulgar, antes bailable: existe desde el siglo XVIII, la menciona Jovellanos en verso (véase *El sungambelo,* de 1813, cuyo autor es desconocido). Ahora está medio olvidada. Se extendió a Santo Domingo; el poeta Bartolomé Olegario Pérez escribía en 1897:

> ¡Nochebuena! La dulce guaracha,
> olorosa a tomillo y verbena,
> en los labios de ardiente muchacha
> se retuerce y estalla...

La *rumba* y la *clave* son dos bailes con influjo africano en los ritmos. Según Sánchez de Fuentes,

> en la formación de la *rumba* influyó directamente el factor africano más que ningún otro, sobre todo en su aspecto dinámico. Sólo consta de ocho compases que forman una frase que se va repitiendo indefinidamene, mientras dura el baile lúbrico y sensual de la desarticulada pareja. La síncopa que ofrece la música de este baile, que también se canta, con letras nacidas en el arroyo, es característica, dentro del compás de dos por cuatro en que se escribe.

La coreografía de la *rumba* está llena de lubricidad: representa la persecución sexual. En la *clave,*

> dentro del compás de seis por ocho —que a veces presenta un figurado de tres por cuatro, o una síncopa *sui generis,* que no es la del *danzón,* ni la peculiar de la *rumba*—, rímase su bajo invariablemente con el primer tercio del tiempo fuerte y el segundo del débil de su compás, contentivo de seis corcheas correspondientes a sus seis tercios.

La influencia africana, tanto en la *rumba* y la *clave* como en las formas últimas del *són,* es exclusivamente rítmica, según el estimado compositor: sólo por excepción afecta a la melodía, donde se conservan los rasgos peculiares de la frase musical cubana, tales como la frecuente semicadencia o terminación en la nota dominante en vez de la tónica.[65]

La *criolla* existe en Cuba y en Santo Domingo: Sánchez de Fuentes la considera como "nueva forma del seis por ocho de la *clave,* con un ritmo más pausado", pero dice que "Jorge Anckerman y Luis Casas... fueron los primeros en cultivarla con igual ritmo que, años antes, Sindo Garay —nuestro genial trovador— había transcrito una *guaracha* dominicana titulada *Dorila"* [obra de Alberto Vázquez, muy popular en La Habana en 1904]. Según este dato, el origen de la *criolla* estaría en Santo Domingo: allí unos la creen cubana, por la difusión reciente de las *criollas* de Cuba, otros la creen derivada del *bambuco* de Colombia, pero Julio Alberto Hernández afirma que

> su ritmo fue creado por nuestros músicos populares [los dominicanos] y llevado al pentagrama por los músicos cubanos... La *criolla* dominicana se escribe en compás de seis por ocho, con movimiento moderado y sobre un mismo ritmo. Cuando tiene dos partes, repetidas, si la primera se escribe en modo menor, la segunda se escribe en mayor; cuando tiene tres partes, la primera se escribe dos veces, pues la segunda regresa a dicha primera parte, que modula antes de exponer el trío (tercera parte). La *criolla,* al contrario de las demás formas de música tropical, casi nunca termina en su primer motivo.[66]

En Santo Domingo, el tipo principal de canción rústica es la *mediatuna;* tanto puede cantarse sola[67] como "a porfía", cuando dos *cantadores,* dos poetas campesinos, se retan a torneo de improvisación. Se canta *a lo humano* (amores o penas) y, como alarde de habilidad, *a lo divino* (temas religiosos). Los metros usuales son octosilábicos, en cuartetas o en décimas.[68]

Existe en todas las Antillas la *canción* vulgar, producto de las ciudades, con letra pobre, de los compositores mismos, o letra de diversas calidades según el poeta de quien se toma.[69] No obedece a normas fijas; por lo común su dibujo melódico, cuando no se parece al de las danzas tropicales, es amplio, simétrico, con tendencia a la forma cuadrada, italianizante.[70] En Cuba se inventó, hacia 1830, la especie particular llamada *canción patriótica.*[71]

Finalmente, de las danzas de la Europa germánica y eslava que se difundieron después de 1800, una, por lo menos, el *vals,* produjo una variante tropical, de característica languidez, en Puerto Rico y Santo Domingo, como la *polka* produjo una variante criolla en el Paraguay. El *vals criollo,* dice Hernández,

> se escribe sin introducción. Consta de dos partes y un trío: de estas partes la primera, o motivo principal, se escribe casi siempre en tono menor. Lo que más caracteriza este género de composiciones es el ritmo sincopado, que presenta a veces en la forma pianística

una diversidad de ritmos tan raros entre ambas manos, que ofrece serias dificultades para el ejecutante extranjero poco familiarizado con la música tropical.[72]

En la música de las Antillas hay materiales para la construcción de maravillas futuras.

¡Cómo debe de sonar esa manigua antillana! —exclama Adolfo Salazar. Cuba y Santo Domingo tienen una riqueza espléndida de música propia, de un carácter y una originalidad potentemente acentuada, algunos de cuyos acentos no nos son desconocidos a las gentes de Europa... Ni Persia ni Arabia tienen seguramente más vivos colores ni más sabrosas inflexiones, ni ritmos más insinuantes, ni timbres instrumentales más llenos de sugestiones.[73]

V

Me he extendido tanto en la exposición de la música antillana, que estoy obligado a rapidez al recorrer la de México. Hay allí gran riqueza de música indígena: falta emprender la recolección sistemática de ella. Rubén Campos transcribe diez y seis aires, entre ellos ocho interesantes danzas de Jalisco, sentimentales unas, vivaces otras como el moderno *jarabe*.[74] Gustavo Campa menciona dos: el *Tzotzopitzaue*, que coincide nota por nota con el tema del *scherzo* de la Séptima Sinfonía de Beethoven, y el cantar *Cruz Hoscue*, de los tarascos de Michoacán.[75] Juan B. Salazar ha recogido la melodía del *Yúmare*, danza sagrada de los tarahumaras de Chihuahua:[76]

El yúmare

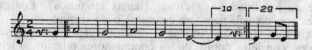

Carlos Chávez, uno de los jefes del actual movimiento artístico de México, ha transcrito aires de los indios del norte. Y debe de haber otras transcripciones que ignoro. Los materiales abundan, pues: falta reunirlos todos, completarlos con los que todavía quedan intactos, y clasificarlos. Interesa describir los instrumentos en uso, y describir cuidadosamente la coreografía: sobreviven en todo el país danzas arcaicas, unas de pura tradición indígena, otras cuyos orígenes remontan a los más antiguos misioneros españoles. Entre las danzas indias, ninguna superior a la cinegética de los yaquis, de fuerte realismo que persiste bajo severa estilización: el danzante simula, sin cambiar de sitio, tanto la huida del venado como la carrera, los movimientos y las voces del cazador. Cuando en el Museo Nacional de Arqueología, Historia y Etnología de México interpretaron esta danza yaquis auténticos, el formidable batir de pies acabó por levantar del piso de madera una nube de polvo.

Bajo la dirección de los misioneros, los indios organizaron y conservaron danzas religiosas e históricas: las rituales se bailan todavía en el interior de las iglesias de pueblos pequeños o delante del templo, como en la villa de Guadalupe; las históricas, que se bailan en plazas de pueblo, hablan de combates entre moros y cristianos o de la conquista de América. En una de éstas se enumeran las ciudades y villas conquistadas (en cada estrofa se nombra una, variando la rima para cada nombre: Cuautitlán-afán; Salvador-valor):

> Ahí viene el monarca
> y viene con afán
> a conquistar la villa,
> la villa de Cuautitlán.
> Y en ese Santiago,
> Santiago de Querétaro,
> año de mil quinientos,
> quinientos treinta y uno.[77]

Y, además de reunir las descripciones de danzas que dan etnólogos como Carl Lumholtz, debieran recogerse las que hicieron los conquistadores y los cronistas más antiguos, desde Cortés y Bernal Díaz.

La música moderna de México se divide en dos grandes grupos: la de las costas o *tierra caliente* y la de la altiplanicie o *tierra fría*. La de tierras bajas, en el vasto arco de círculo que va desde Yucatán hasta Tamaulipas, sobre la costa del Golfo, está muy influida por las Antillas. En las ciudades de Yucatán dominan los cantares y danzas de Cuba, que a veces se traducen a lengua maya; se les agregan, no sabemos por qué camino abundantísimo, las canciones sentimentales de Colombia, con versos arrancados a la escuela fúnebre de Julio Flórez. Como baile popular existe la *jarana,* especie de vals monótono: una de las más populares comienza con tres o cuatro compases muy semejantes a los del Vals del *Fausto* de Gounod. En las regiones rurales de la península, donde sólo se hablan idiomas indios, sobrevive la música de los mayas.

En Veracruz, el *danzón* y la *rumba* de origen cubano invadían las ciudades, y, antes de ellos, la *guaracha,* el *tango,* la *danza,* la *guajira;* pero en el campo sobreviven el *fandango* y el *guapango:* éste es el baile general de la Huasteca, región de clima tropical o ligeramente templado que abarca porciones de los Estados de Veracruz, Hidalgo, San Luis Potosí y Tamaulipas. Los *huapangos* se bailan bajo cobertizo, siempre que es posible, y se coloca sobre un tinglado la orquesta de cuerdas: violines, guitarras y jaranas, especie de bandurrias rústicas.

> Cuando la música comienza a tocar —dice Francisco Veyro—, entran los bailadores, se paran delante de las muchachas [sentadas en bancos] y se quitan el sombrero en señal de invitación; la compañera acepta invariablemente, y la pareja se dirige al centro del galerón, colocándose unos frente a otros... En seguida se entregan al zapateo hasta que la compañera le pone fin dando una vuelta e inclinándose ante su pareja para retirarse a su asiento.[78]

Los *huapangos* tienen letras en cuartetas octosilábicas o en seguidillas: una de las más usuales es la del *Cielito lindo*. Los bailadores se turnan en el canto hasta que todos han participado en él: los hay que no repiten versos antiguos sino que improvisan. El *fandango*, típico de la costa veracruzana, se asemeja al *huapango;* según Veyro, la orquesta que lo toca se compone sólo de arpa y jarana, o de jaranas solas, y dos o tres parejas bailan, zapateando, sobre una tarima, hasta ceder el puesto a otras, mientras que en el *huapango* no hay tarimas. En Córdoba de Veracruz, sin embargo, he visto bailar *huapango* en tarimas (1921), y uno de los bailadores improvisó esta copla:

> Contraté pata'e gallina
> y es para hacer una sopa,
> que dicen se está muriendo
> de la mera hambre la Europa.[79]

En el Istmo de Tehuantepec, el baile regional es la *sandunga*: en días de gala, las esbeltas tehuanas la danzan en grupos, llevando en la cabeza el alto adorno semejante a diadema rusa.[80]

El instrumento musical típico es la *marimba,* probablemente el más complejo y rico que ha llegado a producirse en América:[81] su zona natural va desde Tehuantepec, atravesando el Estado de Chiapas, hasta abarcar toda la América Central, y su centro es Guatemala.

La música de la altiplanicie mexicana es muy diversa: en vez del sabor tropical de arrullo y caricia, unas veces inflamado de ardor, otras desmayado de languidez, que es la esencia de la música de las Antillas, la música mexicana tiene sabor seco: es como el jerez frente al moscatel. Y mientras en las Antillas hay gran variedad de bailes y poca variedad de canciones, en la altiplanicie mexicana las canciones abundan y los bailes se resumen en uno solo: el *jarabe*. Manuel M. Ponce —cuyos estudios y transcripciones, a contar desde 1910, sueltan la corriente de interés que fluye hacia la música popular de México— cree que el *jarabe* procede del *zapateado* y las *seguidillas manchegas* del siglo XVI; no dice por qué; pero Campa observa justamente que, cualquiera que haya sido su ascendencia española, ahora tiene carácter mexicano in-

confundible.[82] Las danzas indígenas de Jalisco que publica Rubén
Campos hacen pensar que en ellas está uno de los antecedentes
del *jarabe*. Su antigüedad alcanza, por lo menos, al siglo XVIII;
a principios del XIX hace incursiones en Cuba.[83]

En realidad, el *jarabe* es una serie de bailes, unos en compás de dos por cuatro, otros en compás de tres por cuatro o de
seis por ocho, pero todos con aire vivo.[84] No es aventurado pre-
sumir la región donde se formó: una zona del centro, hacia el
occidente de México, que comprende porciones de Jalisco, Gua-
najuato y Michoacán y que en parte se denomina el Bajío. Se
dice comúnmente *jarabe tapatío*, o sea de Guadalajara, la capital
de Jalisco; a veces la designación es *jarabe del Bajío*; se mencionan también, como variedades, el *jarabe de Tacámbaro* y el *jarabe
de Morelia*, ciudades de Michoacán. Se le llama, además *són*.[85]

Sólo se baila espontáneamente en fiestas populares. Para las
clases cultas, es mero espectáculo, ya sea que se encomiende a
artistas de teatro, ya sea que se encomiende a aficionados. En los
bailes de sociedad, las piezas que se tocan son importaciones de
Cuba, de la Argentina, de los Estados Unidos, de Europa: se
compone uno que otro *fox trot*, pero no, que yo sepa, *tangos* del
tipo argentino ni *danzones*, a menos que se cuenten los que suben
de Veracruz. El vals está aclimatado y de México salió uno de los
que han dado la vuelta al mundo: *Sobre las olas*, de Juventino
Rosas. Antes se cultivaban la *polka*, la *mazurka*, el *schottisch*.[86]

Las canciones de la altiplanicie mexicana pueden dividirse, según
Ponce, en tres grupos: las de melodía amplia y lenta; las de compás ternario, en tiempo moderado; las de movimiento rápido.
Campa objeta que el compás ternario puede existir en cualquiera
de las tres clases (por ejemplo, las *Mañanitas* son de melodía amplia y lenta, en compás ternario); en realidad, Ponce pudo haber
reducido su clasificación a los movimientos: lento, moderado, rápido, sin mencionar los compases.

La canción típica se divide en dos partes, define Ponce:

en la primera se expone la frase francamente melódica, la cual
termina en la misma tonalidad en que fue iniciada:

Canción

La segunda parte está compuesta de dos compases [o más] que se repiten para completar la frase musical, y después, el retornelo característico del final de la primera parte termina la canción:

La segunda parte puede faltar en canciones de compás ternario y tiempo moderado; en cambio, es curioso observar que la peculiaridad del retorno al final de la primera parte aparece hasta en danzas mexicanas de tipo antillano, perteneciente a otra familia musical:

Juliana

El diseño melódico de la canción popular de México le parece a Ponce de origen italiano, porque es "amplio y simétrico"; "carece de los tresillos y fermatas de los aires españoles, así como del estilo peculiarísimo del *lied* alemán". Esta idea resulta discutible: la influencia italiana, y la francesa, que Ponce olvida, debieron de ejercerse en México, durante el siglo XVIII, sobre tipos anteriores de canción criolla (con empeño, podrían descubrirse muestras en archivos y bibliotecas). El resultado es muy original: el sabor fuerte de la canción popular de la altiplanicie se aleja del tipo italiano, aunque el esquema melódico revele todavía la influencia; la canción vulgar de las Antillas sí se acerca a la dulzura empalagosa del cantar napolitano. El sabor fuerte se vuelve acre en los cantares humorísticos, que florecen con profusión extraordinaria, y se entonan, para aguzarles la intención, con acentos enérgicos y síncopas bruscas.[87]

Y además, contra la opinión de Ponce, la canción mexicana sí llega a parecerse a la germánica, según se ve en la *Valentina* y *A la orilla de un palmar,* que hacen recordar *lieder* de Mendelssohn como "En las alas del canto".[88]

Junto a la canción popular, México produce canciones vulgares, que, como las de las Antillas, conservan francamente los giros italianizantes, reforzados por la familiaridad con la ópera. Ejemplos: "Marchita el alma...", del compositor guanajuatense Antonio Zúñiga, y "Soñó mi mente loca...", del yucateco Alfredo Tamayo, transcritas por Ponce, equivocándolas como populares; "A ti te amo no más...", con letra de Dolores Guerrero, la poetisa de Durango (1833-1858); "Para amar sin consuelo ni esperanza...", que está en circulación desde 1880; "Ya viene la primavera...", música de Julio Ituarte, de quien se dice que fue "el primer compositor que hizo una fantasía sobre aires nacionales" (*Ecos de México*); *Viejo amor,* música de Alfonso Esparza Oteo.[89]

Pero además de la canción lírica, popular o vulgar, existe en México la canción narrativa, de tipo popular puro. Sus dos especies principales son el *corrido* y la *valona.* El *corrido* es la prolongación del romance español; florece tanto en la altiplanicie central como en el norte del país, y hasta traspasa la frontera para penetrar en los Estados Unidos, en las regiones donde se conserva el idioma castellano. Se propaga a través de la industria de la hoja suelta, desarrollada por imprentas de México, Guadalajara, Puebla, Teziutlán. Hay *corridos* ya clásicos, de hasta cien años probables de antigüedad, como *Macario Romero* y "Estaba un payo sentado...".[90] La *valona,* típica del Bajío, es una mezcla de canción y recitativo: la más conocida es la del condenado a muerte, que comienza:

> ¡Ay qué sonido de llaves!
> ¡Ay qué altura de paderes!...

y tiene como estribillo la súplica: "¡Virgen de la Soledad!..."[91]

Valona

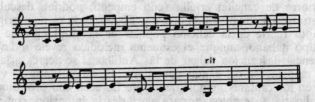

A la música mexicana le corresponde una rica variedad de instrumentos, con los cuales se forman, desde hace tiempo, grandes "orquestas típicas", permanentes en México y conocidas fuera, en excursiones a Europa, la América del Norte y aun la del Sur.[91]

En todo el país se investiga y se excava: la riqueza de los elementos que día a día se van acumulando bien pudiera servir de sustento a una era de esplendor musical comparable al esplendor del arte de la pintura que México ofrece al estupor del mundo contemporáneo.

ASPECTOS DE LA ENSEÑANZA LITERARIA EN
LA ESCUELA COMÚN *

No SÉ si deba comenzar, como lo hacen a veces mis colegas, presentando mis excusas, al auditorio de maestros de escuelas elementales que me escuchan, por no ser maestro primario yo mismo. Al aceptar la invitación del decano de la Facultad de Humanidades y Ciencias de la Educación, he pensado que, si carezco de experiencia personal sobre la enseñanza en las escuelas comunes, si carezco de la experiencia insustituible que se alcanza desde dentro como enseñante, y que difiere en todo de la que se adquiere como alumno en la infancia o como observador en la edad adulta, puedo en cambio ofrecer a mi auditorio la contribución de mi experiencia en el colegio de la Universidad. Con esa experiencia me he atrevido, años atrás, en colaboración con mi amigo don Narciso Binayán, a ofrecer a las escuelas primarias una obra para la enseñanza del castellano; y los resultados obtenidos, gracias a la buena voluntad de los maestros, me autorizan a creer que la atención que he puesto en observar las necesidades y los procedimientos de la escuela primaria no ha ido enteramente descarriada.

Quien haya de enseñar a estudiantes de los años iniciales en la escuela secundaria, y muy en particular del primer año, es por necesidad juez de los frutos de la escuela elemental: es natural que el éxito del profesor dependa, en gran parte, del éxito previo del maestro. Somos jueces por necesidad, no por presunción, y nuestro juicio no debe tener otro valor que el de una comprobación objetiva: más que nuestra opinión individual sobre el éxito de tal o cual escuela (me sería fácil, por ejemplo, hacer el elogio de la Escuela Primaria anexa a esta Facultad de Humanidades, cuyos alumnos recibimos después en el Colegio Nacional de la Universidad), debe interesar nuestra impresión sobre los resultados de la enseñanza elemental en su conjunto y las observaciones nuestras que puedan contribuir a hacer fáciles y claras las relaciones entre los dos tipos de enseñanza.

Espero que no parezca extraño el tema que he aceptado: *Aspectos de la enseñanza literaria en la escuela común*. La literatura no existe como asignatura especial en los estudios primarios, pero tiene gran importancia en la enseñanza de la lectura y de la com-

* *Cuadernos de Temas para la Escuela Primaria*, 20; Facultad de Humanidades y Ciencias de la Educación, Universidad Nacional de La Plata, La Plata, 1930. Parte de este trabajo, con el título "Letras y normas" se reprodujo en *La Nación*, Buenos Aires, 18 de enero de 1931.

posición. Buena orientación literaria debería ser, pues, una de las condiciones del maestro. Buena orientación, nada más, pero nada menos: no se puede exigir, dentro de la situación actual del magisterio, extensa cultura, ni menos aún erudición, que estaría fuera de lugar en la escuela primaria; pero no es demasiado pedir buen gusto y discernimiento claro.

Quizás en esa fórmula, *buena orientación,* podríamos compendiar todo el secreto de la enseñanza literaria, tanto en la escuela elemental como en la superior. Quien haya adquirido en las escuelas normales, o en los colegios nacionales, o en los liceos, o por propia cuenta, la buena orientación, estará en aptitud de acertar siempre. Buena orientación es la que nos permite distinguir calidades en las obras literarias, porque desde temprano tuvimos contacto con las cosas mejores. ¡Cuánta importancia tiene que el maestro sepa distinguir entre la genuina y la falsa literatura; entre la que representa un esfuerzo noble para interpretar la vida, acendrando los jugos mejores de la personalidad humana, y la que sólo representa una habilidad para simular sentimientos o ideas, repitiendo fórmulas degeneradas a fuerza de uso y apelando, para hacerse aplaudir, a todas las perezas que se apoyan en la costumbre! Bien se ha dicho que el primero que comparó a una mujer con una rosa fue un hombre de genio y el último que repitió la comparación fue un tonto. Toda literatura genuina tiene sabor de primicia: aun cuando ninguno de los elementos de que se compone resulte estrictamente nuevo, queda la novedad de la manera, del acento, que nos revela cómo el escritor ha sentido de nuevo las emociones que expresa, aunque sean eternas y universales; cómo ha creado de nuevo sus imágenes, aunque surjan de cosas vistas por todos. Por eso, quien haya formado su gusto literario en la lectura de obras esenciales, de obras que representan creación e iniciación, discernirá fácilmente el artificio de las cosas falsas.

Hay estorbos todavía, en las más de nuestras escuelas secundarias, para la enseñanza útil de la literatura: el tiempo que se dedica a la preceptiva, nombre nuevo, de apariencia inofensiva, detrás del cual se esconde la vieja retórica. ¿Dónde está el mal? Está en que la asignatura es inútil, porque la retórica se basa en el supuesto de que el arte, la creación de la belleza, puede someterse a reglas, reducirse a fórmulas. Y el supuesto es falso.

No sé si entre mis oyentes haya quienes se asombren todavía de que sea un catedrático de literatura quien confiese que el arte literario no puede enseñarse. Como es posible que los haya, voy a explicarme. Toda obra de arte implica una gramática y una retórica. La gramática tiene que aprenderse y puede enseñarse; la retórica no debe enseñarse. La gramática nos da las reglas sobre el uso del material con que hemos de realizar nuestra obra: el material nos la impone. Así, en pintura existen las reglas generales del dibujo, existen reglas elementales sobre el óleo, y sobre el temple, y sobre la acuarela, y sobre la aguada, y sobre el aguafuerte, y sobre la punta seca, y sobre todos los demás procedimientos: tales reglas constituyen la gramática del arte pictórico, y sin ellas no es posible comenzar a pintar. Y ¿quién no sabe que la música es un lenguaje con una gramática compleja? Para la literatura, la gramática del idioma en que se escriba es aprendizaje previo. Todo artista, en arquitectura, o en escultura, o en pintura, o en danza, o en música, o en literatura, ha comenzado por adquirir el medio que ha de servirle para su expresión y desembarazarse de los problemas gramaticales de su arte. Todos, mal que bien, aprenden su gramática. Unos la aprenden solos, como el músico que toca de oído y hasta compone sin conocer la escritura musical; como el poeta campesino que improvisa coplas sin saber leer ni escribir. La enseñanza ajena no tiene otro valor que el de economizar tiempo: toda enseñanza compendia resultados de muchos siglos y los transmite en pocos años, a veces en pocos días. Por eso, el que aprende solo marcha tan lentamente que raras veces llega muy lejos: el músico que compone de oído, nunca pasa de composiciones breves; el poeta que no sabe leer, difícilmente va más allá de las coplas fugaces. Sus obras pueden ser admirables (*l'esprit souffle où il veut*), pero son siempre limitadas. En apariencia, la gramática de la lengua literaria es la que menos se estudia entre todas las técnicas previas al cultivo de las artes; pero no hay que engañarse: si separamos, de la mera teoría gramatical de definiciones y clasificaciones, las reglas sobre el uso, veremos que las reglas se imponen siempre. La teoría gramatical de nuestros textos es el conato imperfecto de la ciencia del lenguaje, que ha sobrevivido en la enseñanza común, tanto primaria como secundaria, en espera de que la desaloje la lingüística: consumación que devotamente debemos desear para cuanto antes. Pero, al contrario de lo que sucede con las reglas sobre los medios de expresión de las otras artes, las reglas sobre el buen uso de los idiomas se pueden aprender con poca colaboración de la escuela: se aprenden, sobre todo, prestando atención al habla de las personas cultas y leyendo buenos libros. Los escritores que más rebeldes a la gramática se declaran sólo son enemigos de la arcaica nomenclatura y de las rutinarias clasificaciones que todavía circulan en los manuales: el más revolucionario de los escritores, en cualquier época, sólo toca mínima parte de su idioma, parte cuantitativamente insignificante, aunque cualitativamente parezca enorme a los puristas.

La gramática, así entendida, camino previo que atravesamos para llegar hasta la literatura, ha de ser camino expedito para la poesía lo mismo que para la prosa. En efecto, las reglas sobre el verso pertenecen estrictamente a la gramática, y ya las incluyen muchos textos gramaticales, aunque todavía no el de la Academia Española: era uno de tantos errores tradicionales el situarlas dentro de la poética. La versificación forma parte de la fonética o, como dicen nuestros manuales castellanos, de la prosodia. Todavía en inglés se llama exclusivamente prosodia a la versificación, según la tradición grecolatina, en que la prosodia era el estudio de la cantidad de las sílabas, base de la métrica en la antigüedad clásica.

Pero, cuando hemos atravesado el camino gramatical, cuando nos sentimos en posesión del instrumento de nuestro arte, ya sea el idioma hablado, ya sea el lenguaje musical, ya sean los medios materiales de las artes plásticas, todavía no estamos en situación de crear belleza. No basta escribir con corrección la lengua culta para ser buen escritor, ni menos basta conocer y aplicar bien las reglas de la versificación, para ser buen poeta, como no basta saber dibujar correctamente y manejar los colores para ser buen pintor. Donde termina la gramática comienza el arte.

En otro tiempo, donde terminaba la gramática comenzaba la retórica. Y se me dirá: ¿cómo pudo la humanidad equivocarse tanto tiempo? Me apresuro a contestar que la equivocación duró y se extendió mucho menos de lo que pudiera creerse. Limitándonos a Europa vemos que, entre los griegos, el aprendizaje del arte literario era una especie de aprendizaje de gremio y de taller: los poetas aprendían unos de otros; en la escuela sólo se aprendía a conocerlos, a leerlos, especialmente los poemas homéricos. Durante la gran época helénica, se inicia y se extiende la enseñanza de la oratoria —a la cual se dio, precisamente el nombre de retórica, limitada entonces al arte de persuadir— pero como enseñanza práctica. El tratado más antiguo que conservamos es el de Aristóteles, quien aplica al estudio literario sus dones prodigiosos de observación científica. Pero la oratoria difícilmente florece como arte puro: su origen, entre los griegos, fue forense, y su carácter utilitario persistió hasta el final del mundo antiguo, aunque Lisias y Demóstenes hayan sido grandes artistas del discurso.

Los romanos, pueblo de organizadores y de legisladores, amigos de los sistemas y de las reglas, fueron en literatura el primer pueblo académico de Europa. Como en lugar de desenvolver su literatura autóctona la abandonaron para adoptar las formas de la griega, tuvieron que reglamentar el arte literario para facilitar su adquisición. La retórica y la poética son para ellos asignaturas de escuela. Desde entonces se perpetúan, con alternativas, a lo largo de la Edad Media. Pero esta enseñanza de la retórica y la poética, en los siglos medievales, se hace en latín: se enseña a escribir discursos y poemas latinos, porque el latín es la única lengua culta de la Europa occidental. Entre tanto, nace la literatura de las lenguas vulgares, y nada tiene que ver con la preceptiva de las escuelas. Las *Eddas,* las Sagas, el *Cantar de los Nibelungos,* la *Can-*

ción de *Rolando*, el *Cantar de Mio Cid*, el romancero español, los poemas religiosos, las narraciones caballerescas, nada deben a la retórica ni a la poética latina. Ni siquiera les debe nada la poesía de los trovadores provenzales, ni la *Divina Comedia*, ni los sonetos de Petrarca, ni los cuentos y novelas de Boccaccio. En el Renacimiento, los humanistas tratan de imponer las reglas de la antigüedad clásica a la cultura moderna, y en parte lo consiguen; pero muchos escritores son rebeldes, y grandes porciones de la literatura de Europa se producen enteramente aparte, cuando no francamente en contra, de las reglamentaciones académicas: la epopeya fantástica de Boyardo y de Ariosto; el teatro de Shakespeare y Marlowe; el de Lope y Calderón; toda la novela, desde el *Lazarillo* y el *Quijote* hasta el *Gulliver* y el *Cándido*... Cuando en las escuelas la preceptiva empieza a trasladarse del latín a las lenguas modernas, justamente le queda poco tiempo de vida: en el siglo XVIII se la suprime o se la transforma. En Inglaterra, durante aquel siglo, dice Jebb, "la función del conferenciante de retórica se transformó en la corrección de temas escritos por los estudiantes, si bien el título del catedrático persistió idéntico mucho tiempo después de que el cargo había perdido su significación primitiva". En las universidades de los Estados Unidos, como supervivencia, se llama todavía profesor o instructor de retórica al que enseña la composición inglesa, cuyo objeto es adiestrar al estudiante en el buen manejo del inglés escrito; en Inglaterra se llama a esta asignatura el "curso de Inglés". Y en la enseñanza francesa tampoco se conserva la preceptiva, a pesar de que el penúltimo año de la escuela secundaria conserva el nombre de *classe de rhétorique*: "Ya no se enseña la retórica —dice Chaignet— en las *clases de retórica* de los liceos de Francia: tanto vale decir que ya no se enseña en ninguna parte". Pero sí: la preceptiva persiste en países de lengua española; en muchos, no en todos. ¿Explicación? Mera reliquia arcaica.

La retórica es un sistema de reglas y el vulgo supone que el arte se hace con reglas, que todo arte implica algún "conjunto de reglas". En realidad, confunden los requisitos de la gramática con los del arte. Y el error proviene del doble uso que en el latín y en las lenguas románicas se hace de la palabra *arte:* tanto llamamos arte a la creación de belleza, que en esencia es libre, como a cualquier técnica, que en esencia es reglamentación. Los griegos distinguían claramente la *poiesis,* que es la invención estética, y la *tekhné,* que es reglamentación práctica. La regla implica repetición y la creación estética implica invención.

Y se me preguntará: ¿por qué, fuera de toda enseñanza de colegio, se erigen reglas, se constituyen procedimientos que se trasmiten, fórmulas de arte que se repiten? Ante todo, por la inevitable tendencia humana a la imitación: no todos los escritores tienen capacidad de inventar, y muchos se acogen a la imitación; repiten, con ligeras variaciones, las primicias de los espíritus originales. Y en épocas primitivas hay otro motivo fundamental, cuyas consecuencias se prolongan hasta épocas de plenitud: las artes nacen de la religión o unidas a la religión; en sus orígenes, muchas formas artísticas son formas rituales. El rito implica la repetición. De ahí, por ejemplo, las formas de la tragedia griega: el rito de Dionisos exigía que el coro permaneciese en el teatro, cerca del altar, desde que entraba; el desarrollo de la obra exigía como suceso central una transformación o cambio, una *peripecia:* todo obedecía a reglas fijas. Cuando las razones rituales desaparecen, quedan las reglas. Y después, por el perdurable motivo de la imitación, las formas de arte tienden a repetirse: así nacen las escuelas literarias; así se propagan las modas. Los dramaturgos ingleses de principios del siglo XVII no tenían ningún deseo de adoptar las reglas que Castelvetro había dictado en nombre de Aristóteles (las tres unidades, por ejemplo); en cambio, vaciaban sus obras en los moldes que Marlowe y Shakespeare acababan de forjar, aunque sobre ellos no había tratados ni reglamentaciones escritas de ninguna especie. Faltando los motivos rituales para la perpetuación de las formas artísticas, la invención y la imitación obran libremente. Es inútil legislar sobre ellas: constantemente se renuevan los géneros y los estilos. Y desde los últimos cien años con más rapidez que antes: cuando las formas literarias se difunden hasta el punto de entrar en los tratados, es seguro que están moribundas y que las generaciones nuevas las abandonarán. Ábrase cualquier tratado de preceptiva: ¿qué se encontrará en él? Reglas para escribir obras que, en la mayoría de los casos, nadie quiere escribir ya, formas muertas como la tragedia clásica, cuya acta de defunción se levantó en 1830, como el poema épico, que dejó de componerse en el siglo XVIII, como la égloga, que vio su última luz en el XVII. . . [1]

¿Cómo habremos entonces de enseñar literatura en nuestras escuelas secundarias? Del único modo posible: poniendo al estudiante en contacto con grandes obras. Es así como se procede en Francia y en Inglaterra, en Alemania y en Escandinavia. Es así como procedemos, desde 1925, en el Colegio de nuestra Universidad; me contenta el no ser ajeno a la innovación. En nuestros pueblos de la América española, esta manera de enseñanza demanda gran atención del profesor: hay que acostumbrar al estudiante a leer mucho y hay que comprobar que lee; hay que habituarlo a la lectura de obras difíciles, allanándole la vía con explicaciones y aclaraciones de orden histórico y lingüístico, pero también haciéndole comprender que nada de sólido y de duradero se alcanza sin trabajo.

No hay diferencia de forma entre la enseñanza literaria del

colegio nacional y la de las escuelas primarias: una y otra se fundan en la lectura, en el conocimiento directo de buenos autores. En el Colegio de la Universidad, mediante otra innovación nuestra de estos últimos años, la enseñanza literaria comienza desde el primer curso de idioma castellano, con lecturas sistemáticas, unas que debe hacer el alumno en la clase y otras en la casa; en los dos cursos posteriores, las lecturas aumentan progresivamente (en el tercer año deben leerse cuatro libros) hasta llegar a las puertas del primer curso de literatura. Paralelamente, el ejercicio de la composición en clase, corregida después por el profesor, lleva como propósito dar soltura al estudiante en el manejo de su idioma. Concedemos, pues, toda su importancia a la lectura literaria y al trabajo personal de composición, vale decir, a la práctica del lenguaje culto, procurando que con ella penetre la regla viva del buen uso y reduciendo a breves proporciones la teoría gramatical. El enlace con la escuela primaria resulta así muy fácil: la escuela primaria, por su naturaleza y por la edad de sus alumnos, no puede hacer mucha teoría, tiene que apoyarse en la práctica; la escuela secundaria, que va gradualmente iniciando al estudiante en el conocimiento teórico, hasta llevarlo a las grandes síntesis de la matemática, la física, la química y la biología, no debe conceder igual atención a la teoría en cuestiones de lenguaje, porque el problema práctico es siempre apremiante: nunca parece que alcanza el tiempo para que el alumno se oriente en el revuelto mar de la palabra.

Pedimos, pues, a la escuela primaria que inicie con energía la tarea; que acostumbre al niño a trabajar sobre su lenguaje; que despierte en él el amor a la lectura; que comience a dirigir su gusto en el sentido de las cosas genuinas y sobrias.

Temo que en los tiempos actuales no se le dé al niño suficiente sentido del trabajo como deber. La pedagogía romántica ha sido interpretada, sobre todo en nuestros perezosos pueblos hispánicos, como sistema que da al niño hechas todas las cosas: al niño no le queda otro trabajo que el de irse boquiabierto hacia ellas, atraído por el interés que el maestro sepa encender en él. Pero los románticos no quieren recordar que la extrema facilidad no es siempre ventajosa y que en los años finales de la escuela primaria urge despertar el sentido de la responsabilidad personal, haciendo comprender que la vida está llena de problemas difíciles cuya resolución dependerá exclusivamente de nuestro trabajo y de nuestra capacidad. Entre los niños a quienes enseño en los primeros años del colegio, hay quienes traen el sentido del deber y de la disciplina mental y social gracias a la confluencia feliz de la honesta familia y de la buena escuela: ningún espectáculo vence en grave hermosura a la seriedad del niño que empieza a sentir las responsabilidades del hombre, porque la edad pone delicadeza en su viril decoro. Pero hay niños que llegan hasta nosotros con pocos hábitos serios de trabajo: si cumplen con los requisitos externos de su labor, no ponen interés en ella ni tratan de comprenderla. Hasta parecen enfermos de la atención: sólo aquello que los hiere bruscamente los despierta de su marasmo intelectual. Se han acostumbrado a recibirlo todo hecho: así, cuando se les pide que escriban sobre el primer día de clase o sobre el tiempo lluvioso, transcriben de memoria una composición en que se advierten a cada paso los toques de la maestra de la escuela primaria. Si el tema que les propongo es nuevo, lo declaran "muy difícil"... a reserva de darse cuenta de que es fácil cuando se les hacen dos o tres indicaciones sumarias sobre el modo de tratarlo.

Urge que el niño, al iniciarse en el colegio, traiga siempre hábitos de trabajo; que desee acercarse a las cosas y comprenderlas mediante su propio esfuerzo; que sienta vergüenza de que no sea suyo, enteramente suyo, el trabajo que tome a su cargo. Procurando despertar en mis alumnos el sentido de la responsabilidad, les digo siempre en mis clases: "Aquí aprenderá el que quiera aprender; mi tarea es ayudar, pero yo no puedo enseñar nada a quien no quiera aprender". En los Estados Unidos oí decir al presidente Wilson, que antes que hombre de Estado había sido universitario, como todos saben: "La mente humana posee infinitos recursos para oponerse al conocimiento".

Urge, también, que el niño adquiera el amor a la lectura. Infundir ese amor es tarea que requiere atención y perseverancia. Entre nosotros requiere aún más: requiere sacrificio de tiempo y de actividad, porque el desarrollo de las bibliotecas públicas y de las bibliotecas escolares no permite todavía a los maestros disponer de la variedad de libros que necesitarían para revelar al niño la multitud de cosas interesantes que le brinda la lectura. Creo, naturalmente, que los maestros no harían bien en limitarse a las lecturas del libro que hayan adoptado para la clase; deben, de cuando en cuando, dar a conocer a los alumnos pasajes de obras diversas que sirvan para despertarles la curiosidad. Ofrezco mi propia experiencia: siempre que en los cursos de castellano del colegio utilizo, para leer o para dictar, pasajes interesantes de alguna obra desconocida para los alumnos, cuatro o cinco de ellos, al terminar la clase, acuden a la biblioteca para hacerse prestar el libro.

El hábito y el amor a la lectura literaria forman la mejor llave que podemos entregar al niño para abrirle el mundo de la cultura universal. No es que la cultura haya de ser principalmente literaria; lejos de eso: la cultura verdadera requiere la solidez de cimientos y armazón que sólo la ciencia da. Pero el hábito de leer difícilmente se adquiere en libros que no sean de literatura: el niño comienza pidiendo canciones y cuentos orales; de ellos pasa a los libros de cuentos: las obras narrativas constituyen su lectura principal durante muchos años. El maestro puede ir ensanchando el círculo de las lecturas infantiles: los temas científicos irán entrando en él, pero la literatura de imaginación será siempre el centro del interés. Es esencial mantenerlo agrupando a su alrededor la mayor variedad posible de asuntos y hacer que la literatura se convierta para el niño en hábito irreemplazable. Así, en la adolescencia, la familiaridad con los libros —fuera de los manuales de clase— hará que el estudiante se acostumbre a estimarlos como la mejor fuente de información, hará que aprenda a no contentarse con los datos breves e incompletos, cuando no inexactos, de diarios y revistas. Quien haya adquirido la costumbre de las obras literarias —sobre todo si no son exclusivamente novelas— irá, por su propia cuenta, extendiendo y ampliando sus lecturas.

Nadie duda que la lectura del niño debe escogerse bien y, sin embargo, con desoladora frecuencia se escoge mal. La enseñanza literaria de los colegios, de los liceos y de las escuelas normales tiene la obligación de encauzar el gusto de los futuros maestros: debe ponerlos en contacto vivo, ya lo sabemos, con las grandes obras, con la literatura genuina, la que es como planta perfecta, de flor lozana y de fruto sazonado, enseñando a conocer en dónde hay exceso y vicio de hojarasca. Pero además el maestro debe vencer el prejuicio de que la buena lectura resulta siempre difícil para el niño y de que sólo puede dársele la deplorable "literatura infantil", en cuya fabricación —no hay otro modo de llamarla— se ha suprimido todo jugo y todo vigor. Grandes escritores han sabido producir libros que realmente interesan a los niños: ahí están los cuentos de Andersen; ahí están los cuentos de Tolstoy para campesinos; ahí están los cuentos que Charles y Mary Lamb extrajeron de los dramas de Shakespeare. Ahí está el tesoro de las fábulas que heredamos de la India, de Grecia, de la Europa medieval. Nuestras civilizaciones indígenas de América nos ofrecen mitos llenos de color y sabor. Me complazco en reconocer que el magisterio de La Plata sabe poner al niño en contacto con obras admirables, como *Platero y yo* de Juan Ramón Jiménez y *Los pueblos* de Azorín, como los *Motivos de Proteo* de Rodó, los *Recuerdos de provincia* de Sarmiento y los *Juvenilia* de Cané. Convendría que en la Argentina se difundieran las *Fábulas y verdades* de Rafael Pombo y *La Edad de Oro,* la incomparable revista que José Martí redactó para los niños durante unos cuantos meses. Y recomiendo a los maestros, muy especialmente, la conferencia que en estas mismas sesiones de la Facultad de Humanidades pronunció, hace dos años, mi estimado colega Arturo Marasso sobre *La lectura en la escuela primaria.*

Y por último la composición: también en ella es indispensable alejar al niño de la hojarasca y acercarlo a la claridad y a la sencillez; enseñarle, no a imitar la literatura florida a que pudieran tener afición los adultos, sino a expresarse con sobriedad sobre cosas que le sean bien conocidas. Naturalmente, al niño de imaginación vivaz no debemos cortarle el vuelo; si espontáneamente su expresión busca la imagen, no debe impedírsele. Pero a todos hay que enseñarles precisión. Antes que galas de estilo, debemos enseñarles a observar, a dominar las cosas concretas, los hechos reales; el buen poeta, el gran escritor, sólo llegan a la creación de imágenes complejas, de esas que abren perspectivas nuevas al espíritu del lector, gracias al conocimiento agudo de la realidad.

En nuestro *Libro del idioma*, mi compañero Binayán y yo hemos ofrecido observaciones que quiero recordar:

Es cosa frecuente en la escuela señalar como temas de composición asuntos difíciles para los alumnos, sea por la rudimentaria aptitud de observación que éstos tienen, sea porque el tema carezca de la precisión que la mente del niño exige como condición en lo que ha de aprender... Temas como "el cisne" o "el amanecer", que la mayoría de los niños no ha podido observar atentamente, conducen a una simulación de saber o de sentir en que ciertamente no incurre el buen escritor, para cuya inteligencia desarrollada o para cuya sensibilidad educada pueden ser esos temas fuentes de reales sugestiones poéticas. Las palabras que el poeta emplea para cantar al cisne o a la mañana corresponden a reales sentimientos que en ellos despiertan esos asuntos. El niño, al escribir sobre ellos, repetirá lugares comunes, frases que haya escuchado en su casa o en la escuela... Con ser bastante graves las consecuencias que de esto se derivan para la buena o mala redacción, son más graves aún las deplorables consecuencias que tiene para la educación del carácter. Note el maestro que tales errores vendrán a constituir un curso de insinceridad...

Es muy útil que el maestro haga escribir en el pizarrón uno de los trabajos de los alumnos y lo haga analizar buscando ante todo la idea esencial y luego las accesorias o explicativas, señalando cuáles de ellas, y por qué, no debió incluir el alumno, señalando cuáles son las ideas superfluas, y aun cuáles son parásitas.

El maestro debe insistir con ahinco en la crítica negativa, verdadera campaña de estilo contra todas estas inclusiones indebidas. En esta campaña debe poner toda la valentía necesaria para combatir contra los múltiples efectos que los diarios de las localidades, los manifiestos políticos y la redacción de los anuncios de casas comerciales pueden ejercer en los alumnos y en quienes los rodean.

Los maestros deben cuidar de no ser ellos mismos los modelos de falta de concisión que los niños imiten... Los alumnos no deben imitar la literatura de los maestros; los maestros no deben hacer composiciones modelos en que se inspiren los alumnos. Los maestros han terminado un proceso de desenvolvimiento mental que los alumnos deben cumplir tan gradualmente como lo cumplieron ellos. Los alumnos deben comenzar escribiendo en la forma simple que corresponde a la simplicidad de sus conocimientos y sentimientos. Después vendrá el desarrollo espiritual, y con él el desarrollo del estilo. Entonces "la mañana" y "el cisne" podrán ser motivos de efusiones líricas que se expresarán en forma literaria. Hasta que ese momento no llegue, la descripción del banco en que el alumno se sienta será un tema de valor educativo mucho mayor que el de aquéllos.

Sintetizando, pues, diré para terminar que la literatura, desempeñando función tan importante como la que desempeña en la escuela primaria, es elemento de que el maestro debe sacar todo el partido posible: por una parte, orientando el gusto del alumno hacia las obras mejores del espíritu humano; por otra parte, enseñándole el manejo exacto de su idioma, educándole el don de expresarse; por otra parte, en fin, formando en él la costumbre de la buena lectura, que es uno de los principales caminos para mantenerse en contacto viviente con la cultura universal.

ENRIQUILLO *

ABUNDARON en la América española, durante el siglo XIX, los autores de libro único. En nuestros primeros cien años de vida independiente resultaba difícil para nuestra inquietud y desasosiego la forma larga y lenta del libro; más difícil aún el imprimirlos. Antes de 1810, la existencia tranquila, estrecha, donde la política estaba prohibida, empujaba al criollo hacia la lectura y la escritura como refugios contra la modorra colonial. Se producía mucho, a pesar de las pocas esperanzas de publicar: poemas en octavas reales —el más largo de nuestro idioma se escribió en América—, crónicas prolijas, series de sermones, artes de lenguas indias... Pero con la independencia, el criollo se hace político. De 1810 a 1890, cada criollo distinguido es triple: hombre de Estado, hombre de profesión, hombre de letras. Y a esos hombres múltiples se les debe la mayor parte de nuestras cosas mejores. Después la política ha ido pasando a las manos de los especialistas: nada hemos ganado; antes hemos perdido. Y hacia 1890 reaparecen los escritores puros; con ellos la literatura no ha perdido en calidades externas, pero sí en pulso vital.

Manuel de Jesús Galván (1834-1910) es de los escritores de libro único. El suyo es la larga y lenta narración *Enriquillo,* que consumió muchos años de su activa existencia. Ni antes había escrito otro, ni otro escribió después.

Había crecido, intelectualmente, entre las ruinas de la cultura clásica y escolástica que tuvo asiento en las extintas universidades coloniales de Santo Domingo. De la cultura moderna, sólo se incorporó íntimamente la que ya circulaba en la España del siglo XVIII. Hasta en la literatura, sus límites naturales eran anteriores a la independencia de América o a lo sumo contemporáneos de ella: en España, Jovellanos y Quintana; fuera, Scott y Chateaubriand. Cuanto vino después resaltaba en él como mera adición, cosa accidental, no sustantiva. Fue, por eso, escritor de tradición clásica con tolerancia para el romanticismo; pero su tradición radicaba principalmente en el clasicismo académico del siglo XVIII. Así sucedía en toda América, salvando las excepciones, como Montalvo.

De acuerdo con los hábitos criollos de entonces, Galván, escritor, abogado, va hacia la política: su actitud será de conservador, de amigo de las tradiciones, con tolerancia para las tenden-

---

* *La Nación,* Buenos Aires, 13 de enero de 1935.

cias liberales. Sólo en torno al problema de la religión en la enseñanza se mostró inflexible. Acepta como hechos, en América, la independencia y la república; acepta después, cuando la inicia el partido en que se alista, la reanexión de su patria isleña a la monarquía española (1861-1865): desesperado intento para salvar la hispanidad de Santo Domingo, en zozobra frente a la amenaza de la franco-africana Haití, dueña del occidente de la isla.

Cuando España se va de Santo Domingo, Galván se va con España. Su patria de adopción lo eleva a la intendencia de Hacienda en Puerto Rico. Pero la tierra nativa lo atrae: se reincorpora a ella, y pronto aparece como ministro en el ejemplar gobierno de Espaillat (1876).

Hasta sus setenta años permanecerá en la vida pública: no será jefe orientador, ni será en verdad político activo; será el hombre eminente a quien los gobiernos llaman para que los ilustre como jurista o para que los honre en la magistratura o al frente del Ministerio de Relaciones Exteriores o en misiones diplomáticas.

Desde que regresa a su país, tras el episodio español de su vida, su actitud es la de quien está por encima de las pequeñeces locales. El pueblo no siempre creerá legítima su actitud; pero él no la abandona. Su casa, de tono europeo en aquella época ingenuamente criolla, es asiento de letras clásicas, hogar de buena música, escuela de fina cortesía.

De la pluma de Galván salieron excelentes artículos; la hazaña del libro se da una vez sola, con *Enriquillo*. Es obra de muchos años, ocho o diez. Se publica incompleta en 1879; íntegra en 1882. El autor la llama "leyenda", extraño nombre que en la España y la América del romanticismo se daban a obras de imaginación tejidas con hilos de historia. Pero en esta novela no hay nada legendario ni fantástico: todo lo que no es rigurosamente histórico es claramente verosímil. Cede Galván a la costumbre, que Francia difundió, de atribuir a los personajes históricos amores de que la historia no habla; para explicar la súbita muerte de María de Cuéllar, apenas casada con el conquistador de Cuba, el fuerte pero tornadizo Diego Velázquez, la pinta enferma de amores, de contrariados amores con Juan de Grijalva, entonces "mancebo sin barbas, aunque mancebo de bien". Y esta invención tuvo descendencia; de allí nació el drama del grande y singular poeta Gastón Deligne, *María de Cuéllar,* que Pablo Claudio convirtió en ópera.

A Enriquillo y a su mujer, Galván los hace entroncar en la más ilustre familia indígena de la isla. A ella, mudándole el nombre histórico de Lucía en Mencía, la hace hija de Higuemota (en verdad Higüeimota o Aguaimota) y del español Hernando de Guevara: nieta, en fin, de Caonabó, el rey de la Maguana, el más

enérgico de los cinco grandes caciques, y de Anacaona, la reina
cortés, reina de tristes destinos, cuyos dones de invención artística tanto admiraron los españoles en el areíto que dirigió, cantado y danzado por trescientas vírgenes escogidas, en honor del
Adelantado Bartolomé Colón. A él lo declara sobrino de Anacaona y de Behechío, el rey de Jaraguá, atribuyéndole como primitivo nombre indio el de Guarocuya: se apoya en el recuerdo
de Guaorocuyá, pariente de la familia real, que murió ahorcado
en los primeros años de la conquista.

Y Galván crea, según es de esperar, personajes nuevos, como
Pedro de Múgica, en cuya figura carga las pinceladas de betún;
variante del Adrián de Múxica de la historia, pariente de Guevara a quien el Descubridor mandó arrojar desde una almena
porque, condenado a la horca, dilataba la ejecución de la sentencia diciéndole al confesor que no recordaba todos los pecados
que debía declarar para bien morir.

En lo sustancial, la novela se ciñe con extraordinaria fidelidad a la historia; por lo menos, a la historia de la conquista como
la contó fray Bartolomé de Las Casas. Galván, hondamente español en sus devociones y en su cultura, no solamente participó
en la reintegración de su país al decaído imperio hispánico; después, en su restaurada república, mantuvo el culto de España: así,
en 1900, lo vemos defenderla contra la tesis extravagante de la
insensibilidad que postuló Nicolás Heredia. Y sin embargo, para
escribir su novela escoge como asunto la primera rebeldía consciente y organizada de América contra España y como fuente y
autoridad al gran acusador de los conquistadores. Quiere que su
obra sirva, en parte, como lección que ayude a resolver los problemas de España en Cuba y Puerto Rico.

Pero todo cabe, todos los contrarios se concilian, dentro de la
robusta fe hispánica de Galván. A Enriquillo, el cacique bauti-
zado, el indio con nombre de español, lo ha conquistado espiritualmente la civilización europea: Juan de Castellanos, en sus *Elegías de varones ilustres de Indias,* lo llama "gentil letor, buen
escribano"; en la religión guardó siempre las prácticas que le
enseñaron los frailes de San Francisco, con quienes se educó en
la Verapaz. Sólo se rebela porque se abusa de él, porque pide
justicia y se la niegan. ¡Hasta el implacable Oviedo le concede
razón! Su rebelión de catorce años (1519-1533) termina cuando
el emperador Carlos V le da garantías, en carta personal que entrega el impávido capitán Francisco de Barrionuevo, y cuando
fray Bartolomé de Las Casas, penetrando en las inexpugnables
sierras de Bahoruco, le lleva palabras de paz. Y entonces Enriquillo, a quien se le llamaba don Enrique desde que así lo designó
en su carta el Emperador, se establece pacíficamente en Boyá
con sus indios libres, cuya sangre se perpetúa hasta hoy en familias bien conocidas.

Hay en la novela conquistadores violentos y encomenderos empedernidos; pero abundan los hombres rectos, los leales, los bondadosos. Galván reparte con exceso de simetría la bondad y la maldad. Sólo en los encargados de funciones públicas, como Diego Colón, el virrey almirante, acierta a señalar como móviles los intereses de la acción, indiferentes a la moral particular de cada acto. Eso debieron de enseñárselo sus experiencias en la política. Y sin embargo, ve con antipatía a fray Nicolás de Ovando, hombre sin humanidad, alma sin curvas, fortaleza cerrada, sin ventanas desde donde contemplar el dolor de los indios, pero honesto, justo y exacto como balanza de precisión en su gobierno y trato de europeos.

Sobre el tumulto de la conquista y la refriega de las granjerías, se levanta como columna de fuego el ardimiento espiritual de fray Bartolomé de Las Casas, en quien Galván no ve, como los irreflexivos, al detractor de sus compatriotas, sino la gloria más pura de España.

Y así, este vasto cuadro de los comienzos de la vida nueva en la América conquistada es la imagen de la verdad, superior a los alegatos de los disputadores: el bien y el error, la oración y el grito, se unen para concertarse en armonía final, donde españoles e indios arriban a la paz y se entregan a la fe y a la esperanza.

CIUDADANO DE AMERICA *

"DADME la verdad, y os doy el mundo. Vosotros, sin la verdad, destrozaréis el mundo; y yo con la verdad, con sólo la verdad, tantas veces reconstruiré el mundo cuantas veces lo hayáis vosotros destrozado". Así era, en Hostos, la delirante fe en la verdad, llama del incendio engendrado, como dijo Nietzsche, "en aquella creencia milenaria, en aquella fe cristiana, que antes fue la de Platón, y para quien Dios es la verdad y la verdad es divina".

Pero no sólo arde en Hostos la fe en la verdad: arde, con más alta llama, la pasión del bien, pasión de apóstol.

Porque Hostos vivió en los tiempos duros en que florecían los apóstoles genuinos en nuestra América. Nuestro problema de civilización y barbarie exigía, en quienes lo afrontaban, vocación apostólica. El apóstol corría peligros reales, materiales; pero detrás de él estaba en pie, alentándolo y sosteniéndolo, la hermandad de los creyentes en el destino de América como patria de la justicia.

A Eugenio María Hostos (1839-1903), el ansia de justicia y libertad lo enciende para la misión apostólica. Al nacer en Puerto Rico, abre los ojos sobre la injusticia como sistema social: desde la situación colonial de la isla entre tantos pueblos emancipados de Europa, que trabajosamente aprendían a ser dueños de sí, hasta la institución de la esclavitud. Antes de la adolescencia (1851) va a España, donde permanecerá hasta cumplir los treinta años. Allí comprende la esencia de los males que atormentan a todo el mundo hispánico, en la patria europea y en las patrias desgarradas de América: la falta de clara conciencia social que anime la estructura política. Conoce a hombres y mujeres —Pi y Margall, Concepción Arenal, Sanz del Río y sus discípulos—, en quienes germina otra España, renovada, purificada. De ellos aprende y con ellos trabaja.

Devora conocimientos: ciencia y filosofía, arte y literatura. Pero su ansia de justicia y libertad —ansia humana, física, ansia de hijo de Puerto Rico— se convierte en pensamiento cuyo norte es el bien de los hombres, se hace "trascendental", como gustaban decir sus amigos los krausistas. Vive desde entonces entregado a su meditación filosófica y a su acción humanitaria, embriagado de razón y de moral. Su carácter se define: estoico, según la tradición de la estirpe; severo, puro y ardiente; sin mancha y sin desmayos.

* *La Nación*, Buenos Aires, 28 de abril de 1935.

674

Piensa en el porvenir de España y en la libertad de las Antillas: las concibe autónomas dentro de una federación española. Trabaja activamente para preparar el advenimiento de la república; de sus compañeros recibe la promesa de la autonomía antillana. Pero en 1868, al iniciarse el período de transformación, ve cómo se desdeña y pospone el desesperado problema de Cuba y Puerto Rico. El desengaño lo inflama. Pudo haberse quedado, pudo hacerse escritor famoso. Pero decidió romper con España y lo hizo en memorable discurso del Ateneo de Madrid.

Cuba se arroja a su primera revolución de independencia (1868-1878); Hostos se dedica a trabajar en favor de ella. Hasta embarca con Aguilera rumbo a los campos de la insurrección; naufraga, y nunca llega a conocer la isla maravillosa. Recorre entonces las Américas, de Norte a Sur y de Atlántico a Pacífico, explicando con palabras y pluma el problema de las Antillas, reclamando ayuda para los combatientes. De paso, interviene en problemas de civilización de los países donde se detiene: en el Perú protege a los inmigrantes chinos; en Chile defiende el derecho de las mujeres a la educación universitaria; en la Argentina apoya el plan del Ferrocarril Transandino, y en homenaje, la primera locomotora que cruzó los Andes se llamó Hostos.

Fracasada la guerra de los Diez Años, aplazada la independencia de Cuba, pero abolida siquiera la esclavitud en las Antillas españolas, Hostos no abandona la lucha: le da forma nueva. Se establece en la única Antilla libre, en Santo Domingo, y allí se dedica a formar antillanos para la confederación, la futura patria común, la que debería construirse "con los fragmentos de patria que tenemos los hijos de estos suelos". Pero el propósito lejano, que a él no se lo parecía, quedó oscurecido bajo el propósito inmediato: educar maestros que educaran después a todo el pueblo. Esos maestros debían ser, según su fórmula, "hombres de razón y de conciencia". Con ayuda de hombres y mujeres desinteresados de antemano, encendidos —ellos también— en llama apostólica, implantó la enseñanza moderna, cuyo núcleo es la ciencia positiva, allí donde se concebía la cultura dentro de las normas clásicas y escolásticas que sobrevivían de las viejas universidades coloniales; enseñó la moral laica, forjando los espíritus "en el molde austero de la virtud que en la razón se inspira". La obra fue extraordinaria: moral e intelectualmente comparable a la de Bello en Chile, a la de Sarmiento en la Argentina, a la Giner en España. Sólo el escenario era pequeño.

La Escuela Normal de Hostos (1880-1888) encontró oposición en los representantes de la antigua cultura; pero sus enemigos reales no eran ésos, que en mucho llegaron a transigir o a cooperar con él: entre "clercs" ajenos a traición, entre hombres de buena fe, la lucha leal puede trocarse en colaboración. El enemigo real estaba donde está siempre, en contra de la plena cultura, que lo es "de razón y de conciencia", tanto de conciencia como de razón: estaba en los hombres ávidos de poder político y social, recelosos de la dignidad humana. El déspota local decía que los discípulos de Hostos llevaban la frente demasiado alta. Después de nueve años, "cansado de las luchas con el mal y con los malos", Hostos decidió alejarse del país.

Fue a Chile, donde pudo vivir tranquilo diez años (1889-1898), entregado a la enseñanza. Influyó en la reforma de las escuelas, dando ejemplo de modernización de los planes de estudios y de los métodos; participó en la enseñanza universitaria, como antes en Santo Domingo. Santiago de Chile lo declara hijo adoptivo de la ciudad; la comisión oficial que exploraba el Sur da su nombre a una de las montañas patagónicas. Pero a veces, en medio de aquella paz, su alma inquieta echaba de menos los estímulos del hervor antillano: "¡Y no haberme quedado a continuar mi obra!"

En 1898, cuando va a terminar la segunda guerra cubana de independencia con la intervención de los Estados Unidos, Hostos corre a reclamar la independencia de Puerto Rico. ¿Qué menos podía esperar el antiguo admirador de los Estados Unidos, cuyas libertades, antes simples y diáfanas, exaltaba siempre como paradigmas frente a Europa enmarañada en tiranías y privilegios? Ahora tropezó de nuevo con la injusticia: los dueños del poder no soltaron la presa gratuita. ¡Con cuánta amargura lamentó que las naciones de la América española no se adelantaran a los Estados Unidos, como él lo había propuesto, en la defensa de Cuba!

Volvió a Santo Domingo en 1900, a reanimar su obra. Lo conocí entonces: tenía un aire hondamente triste, definitivamente triste. Trabajaba sin descanso, según su costumbre. Sobrevinieron trastornos políticos, tomó el país aspecto caótico, y Hostos murió de enfermedad brevísima, al parecer ligera. Murió de asfixia moral.

Es vastísima la obra escrita de Hostos. En su mayor parte, obra de maestro: hasta cuando no es estrechamente didáctica, para uso de aulas, esclarece principios, adoctrina, aconseja. Y cuando la necesidad de las aulas no la hace meramente científica o pedagógica (como el precioso manual de *Geografía evolutiva* para las escuelas elementales de Chile), lleva enseñanza ética; su preocupación nunca está ausente.

Todo, para este pensador, tiene sentido ético. Su concepción del mundo —su optimismo metafísico como la llama Francisco García Calderón— está impregnada de ética. La armonía universal es, a sus ojos, lección de bien. Pero su ética es racional;

cree que el conocimiento del bien lleva a la práctica del bien; el mal es error ("en el fondo de este caos no hay más que ignorancia"). Está dentro de la tradición de Sócrates, fuera de la corriente de Kant; pero Kant influye en su rigurosa devoción al deber.

Como la razón es el fundamento de su moral, difundirá el culto de la razón y de su fruto maduro en los tiempos modernos: las ciencias de la naturaleza. Por eso, soñando con el bien humano, exalta la fe en la persecución y la adquisición de la verdad. Sólo lo asombra, a ratos, "la eternidad de esfuerzos que ha costado el sencillo propósito de hacer racional al único habitante de la tierra que está dotado de razón".

Y por eso, sus singulares dones de artista, de escritor, los sacrifica, los esclaviza a los fines humanitarios. Como Martí, para quien fue uno de los pocos maestros (leyendo el *Plácido* de Hostos —1872— se reconoce el magisterio). Pero mientras para Martí arte y virtud, amor y verdad viven en feliz armonía ("todo es música y razón"), Hostos sospecha conflictos entre belleza y bien: resueltamente destierra de su república interior a los poetas si no se avienen a servir, a construir, a levantar corazones.

Hizo música, versos, teatro, para su intimidad personal y familiar; de sus novelas, la única conocida, *La peregrinación de Bayoán* (1863), es alegoría de su pasión: la justicia y la libertad en América. Pero al artista que él en sí mismo desdeñaba sobrevivía en la extraña fuerza de su estilo, sobreponiéndose a los hábitos didácticos; con su manía simétrica, de que lo contagiaron krausistas y positivistas. Hasta sus cartas salen escritas con espontánea perfección luminosa. Y, como gran apasionado, conservó el don oratorio.

De sus libros, el que mejor lo representa es la *Moral social* (1888). Demasiado lleno de preocupaciones humanas y sociales para filósofo puro u hombre de ciencia abstracta, sus intentos teóricos son cimientos apresurados donde asentar su casa de prédica. Los dos breves tratados de *Sociología* (1883, 1901), son esbozos para iniciar a estudiantes del magisterio en la consideración de los problemas de la sociedad humana: es ingeniosa su estructura, pero quedan fuera de los caminos actuales de la ciencia social, empeñada en acotar su campo y depurar sus datos antes de intentar de nuevo las construcciones teóricas a que ingenuamente se lanzó el siglo XIX; ofrecen agudas observaciones concretas, especialmente las que tocan a nuestra América. En su curso de *Derecho constitucional* (1887) expone audazmente su concepción política, desdeñando todo eclecticismo y desentendiéndose de la mera erudición —que poseía— de doctrinas y de historia: su propósito es convencer a lectores y oyentes de que la organización de los estados debe fundarse sobre principios de razón y normas éticas.

Y en la *Moral social,* poco interesa la exposición de las tesis sobre "relaciones y deberes"; su fuerza y su brillo aparecen cuando discurre sobre "las actividades de la vida" —en particular sobre la política, las profesiones, la escuela, la industria—, hasta culminar en la discusión sobre el uso del tiempo: la civilización sólo será real cuando haya enseñado a todos los hombres a hacer buen uso del tiempo que les sobre.

Junto a la *Moral social* hay que poner el extraordinario discurso que Hostos pronunció en la investidura de sus primeros discípulos (1884): en él declaró toda su fe, describiendo en síntesis, con singulares parábolas y relampagueantes apóstrofes, el ideal y el sacrificio de su vida, sus principios éticos y su concepto de la enseñanza como base de reforma espiritual y de mejoramiento social. Piensa Antonio Caso que este discurso es la obra maestra del pensamiento moral en la América española.

Pero en todo, tratados, lecciones, discursos, cartas, artículos con que en muchedumbre sirvió a nuestra América, desde la descripción de los puertos del Brasil hasta el homenaje a los poetas y el estudio de *Hamlet,* en que la observación psicológica se une a la reflexión moral, Hostos se revela siempre, en pensamiento y forma, lo que fue: uno de los espíritus originales y profundos de su tiempo.

ESCRITORES ESPAÑOLES EN LA UNIVERSIDAD DE MÉXICO *

DE EUGENIO DE SALAZAR DE ALARCÓN, el buen poeta y escritor madrileño del siglo XVI, se sabe que fue oidor de las Reales Audiencias de Santo Domingo, Guatemala y México; pero poco se había publicado sobre su actuación en la Universidad mexicana. Ahora la conocemos gracias a la publicación de la *Crónica de la Real y Pontificia Universidad de México,* escrita en el siglo XVII por el bachiller Cristóbal Bernardo de la Plaza y Jaén, y lujosamente editada por la moderna Universidad Nacional de México, en dos volúmenes, en 1931.

En mayo de 1584 *(Crónica,* I, 119), "los señores doctores Pedro Sánchez de Paredes, Santiago del Riego y Eugenio de Salazar, Oidores de su Majestad", fueron propuestos como candidatos al cargo de Rector de la Universidad (la elección era anual; cabía la reelección). El electo fue Sánchez de Paredes, bajo cuyo gobierno se puso la primera piedra del edificio propio de la institución.

En agosto de 1591 *(Crónica,* I, 154),

en Claustro Pleno se trató de la incorporación de los grados de Doctores de los Señores Licenciados Don Eugenio de Salazar, Oidor que fue de esta Real Audiencia, y Don Marcos Guerrero, Fiscal de Su Majestad... Y habiéndose conferido, estando presente el Señor Maestrescuela [Sancho Sánchez de Muñón], dijo que por los méritos de los Señores Licenciados, y la autoridad y aumento que se seguía a esta Real Universidad, y siendo dichos Señores Bachilleres y Licenciados por la de Salamanca [aunque se les habían perdido los títulos en la embarcación, como constaba por información], que así por lo uno como por lo otro fuesen recibidos y se les diesen los grados de Doctores en la Facultad de Cánones: en que convinieron todos los Doctores y Maestros del Claustro Pleno; y mandaron se les diese noticia a dichos Señores para que recibiesen los dichos grados: para cuyo efecto, siendo avisados por el Secretario, entraron en dicho Claustro, donde estaba puesto un bufete, en que se pusieron las insignias doctorales, y el Señor Rector [el Oidor Andrés de Saldierna Mariaca], apadrinando al Señor Licenciado Don Eugenio de Salazar, le puso la muceta e insignias de Doctor en Cánones; y para recibir la borla, tuvo la conclusión doctoral, y le arguyeron dicho Señor Rector y los Doctores Don Juan de Salcedo y Juan Fernández Salvador. Habiendo respondido a los argumentos, pidió se le diesen las insignias doctorales, las cuales se le dieron por el Señor Doctor Don Fernando de Saavedra Valderrama, ciñéndole la espada y calzándole las espuelas el Adelantado Legaspi. Le dio el grado con la borla de Doctor en la Facultad de Cánones el Doctor Fernando Ortiz de Hinojosa, vicecancelario.

* *Revista de Filología Española,* Madrid, vol. 22, 1935.

Como se ve, Salazar no había salido de México en 1589, fecha que aparece en la *Historia de la poesía hispanoamericana*, de Menéndez Pelayo (I, 29), pero que acaso es errata por 1598, fecha que da García Icazbalceta en su *Bibliografía mexicana del siglo XVI*, primera parte (y única), México, 1886, p. 246. García Icazbalceta conocía ya la incorporación de Salazar como doctor. Y el cronista Plaza le había atribuido el grado, probablemente por inadvertencia, desde 1584.

En la elección de rector celebrada en noviembre de 1591 (*Crónica*, I, 155), Eugenio de Salazar reaparece como candidato y obtiene un voto.

En la elección de noviembre de 1592 (I, 157) "tuvo el Señor Don Eugenio de Salazar ocho votos, con que salió electo por Rector de esta Real Universidad". Le interesó, durante su breve gobierno, la construcción del edificio universitario. "Como persona de autoridad y Oidor de esta Real Audiencia, consiguió con el Señor Virrey el que mandase que del dinero de la sisa del vino se prestasen los cuatro o cinco mil pesos, obligándose a la seguridad la dicha Universidad con sus bienes y rentas..." (I, 159).

En noviembre de 1593, Salazar ya no aparece como candidato. En la *Crónica* no se le nombra más.

En el año de 1593 murió el catedrático de Teología fray Melchor de los Reyes, agustino, que "hizo muchos versos..., fue muy claro de ingenio..., supo la lengua otomí..." Era, probablemente, granadino, porque había tomado el hábito en Granada, y fue prior en México. En la *Crónica* se le menciona muchas veces, pero ningún historiador de las letras mexicanas da noticia de él.

La *Crónica* menciona (I, 221), como contador que interviene en asuntos de la Universidad en noviembre de 1609, a Mateo de Alemán. El novelista estaba en México desde 1608.

Los datos que la *Crónica* contiene sobre Juan Ruiz de Alarcón son ya conocidos por haberlos publicado desde 1913 don Nicolás Rangel, a quien debemos ahora la edición de la obra de Plaza. En ella podemos seguir los pasos del dramaturgo mexicano: en marzo de 1609 (I, 213) se le dispensa "la pompa para el grado de Doctor en Leyes..., atento a ser pobre" (pero nunca se llega a conferirle el grado); en septiembre de 1609 (I, 219) hace oposición a la cátedra de Instituta y no obtiene votos (el triunfador es el doctor Pedro Garcés del Portillo); en noviembre de 1609 (I, 220) hace oposición a la cátedra de Decreto y obtiene "nueve votos y cuarenta y siete cursos": vence el licenciado Cristóbal del Hierro Guerrero. En abril de 1613 (I, 232) hace oposición a la cátedra temporal de Código y no obtiene votos: la gana Garcés, que entonces renuncia la de Instituta. Abierto el concurso para la de Instituta, Alarcón se presenta a las oposiciones y no obtiene votos (I, 233): la gana Bricián Díez Cruzate, para uno de cuyos grados había hecho Alarcón el vejamen. Díez Cruzate, que ya había sido candidato a rector en noviembre de 1612 (I, 229), desempeñó la cátedra, que era temporal, durante los cuatro años del plazo; se le confirmó en 1617, como único opositor (I, 246), y murió en 1619 (I, 258).

Probablemente los fracasos convencieron a Alarcón de que no podría hacer carrera en la Universidad de México y lo decidieron a trasladarse a Madrid, "a pretender", dando entretanto comedias a las tablas para mantenerse. En España lo encontramos a principio de 1615. No se sabe cuándo salió de México: se ha supuesto que en 1613 (Rangel, a quien siguen Reyes en el prólogo al *Teatro* de Alarcón en "La Lectura", y González Peña en su excelente *Historia de la literatura mexicana,* México, 1928); pero dadas las lentitudes de la época, creo más probable el año siguiente. Alarcón contaría entonces treinta y tres o treinta y cuatro de edad.

La *Crónica* trae abundantes noticias sobre el maestrescuela y cancelario doctor Sancho Sánchez de Muñón; pero son inútiles para la historia literaria si no es éste el Sancho de Muñón que escribió la *Tragicomedia de Lisandro y Roselia* (consúltese F. A. de Icaza, "Los dos Sanchos de Muñón, en el *Homenaje a Menéndez Pidal,* III, 309-317).

No menos abundantes son las noticias que da el libro sobre catedráticos bien conocidos de la Universidad de México, como fray Alonso de la Veracruz, fray Bartolomé de Ledesma, Bartolomé Frías de Albornoz, Diego García de Palacio y el canónigo Francisco Cervantes de Salazar, que fue rector de noviembre de 1567 a noviembre de 1568, y de noviembre de 1572 a noviembre de 1573: García Icazbalceta, en su *Bibliografía mexicana del siglo XVI* (pp. 49-60), trae la primera rectoría en noviembre de 1567, y la segunda, erróneamente, de febrero de 1573 a julio de 1574. En realidad, en noviembre de 1573 se eligió rector al doctor Melchor de la Cadena.

Cervantes de Salazar murió en 1575. Hay contradicción entre las actas de Cabildo de la Catedral de México, citadas por García Icazbalceta, que en 18 de noviembre lo mencionan como muerto (había asistido todavía al Cabildo del 9 de septiembre), y la *Crónica* de Plaza, que dice (I, 90) que en 8 de diciembre estaba "muy enfermo e impedido" para tomar exámenes. El error es, naturalmente, de la *Crónica*.

Diego García de Palacio, que se graduó de doctor en Cánones en enero de 1581, siendo alcalde de corte de la Real Audiencia, resultó electo rector en noviembre.

Alonso de Zorita, el autor de la *Historia o Relación de la Nueva España* y del primero e interesante *Catálogo de los autores que han escrito historias de Indias o tratado algo de ellas,* había sido oidor en Santo Domingo (1547-1553) y en Guatemala: con igual función pasó a México. Según la *Crónica* (I, 54), en 20 de noviembre de 1556 asiste a claustro pleno, donde

> el Ilustrísimo Señor Don Luis de Velasco, virrey, rogó a los Muy Magníficos Señores Doctor Alonso Zurita, y Juan Bravo se incorporasen en la dicha Universidad, y a los Señores de la dicha Universidad los hubiesen por incorporados, y todos lo hubieron por bien, y así fueron admitidos por Doctores en Leyes, por cuanto lo eran.

En 11 de noviembre de 1557, Zorita asiste nuevamente a claustro pleno (I, 56). En 2 de mayo de 1563 (I, 64), en claustro,

> presentó una petición el Señor Fiscal de la Real Audiencia, el doctor Sedeño, por sí y en nombre de los Señores Oidores, en que pedía y suplicaba a su Señoría Ilustrísima el Señor Virrey los hubiese por nuevamente incorporados de Doctores de esta Real Universidad para gozar de las inmunidades que Su Majestad había hecho a la Universidad, de hacer Caballeros a los que en ella se graduasen; y el dicho Señor Virrey dijo que en nombre de Su Majestad los había por nuevamente incorporados para que gozasen de la dicha inmunidad y para que sean preferidos en antigüedad a todos los demás Doctores.

La *Crónica* está a veces en contradicción con la biografía de Zorita, que Manuel Serrano y Sanz antepone a la *Historia de la Nueva España* (tomo I, Madrid, 1909). Se ve que es error antiguo, y no moderno de García Icazbalceta, escribir *Zurita* por *Zorita*. Es difícil decidir si es Serrano o Plaza quien se equivoca sobre la fecha en que se hallaba Zorita en México: Plaza lo presenta allí en 1556, apoyándose probablemente en actas de la Universidad; Serrano lo sitúa en Guatemala todavía en abril de 1557, pero no dice dónde halló el dato. Y Plaza puede estar equivocado al decir que Zorita era doctor antes de incorporarse en la Universidad de México.

El padre Matías de Bocanegra, célebre en México por su calderoniana "Canción alegórica a un desengaño", se graduó de bachiller en Leyes en 1628 *(Crónica,* I, 302-303). "Falleció religioso de la Compañía de Jesús, eruditísimo varón, elocuente en cátedra y púlpito".

DON RAMÓN DEL VALLE-INCLÁN *

El amigo de América

DON RAMÓN DEL VALLE-INCLÁN fue amigo de América porque vivió su América íntimamente. La vivió íntimamente en la edad en que íntimamente se penetra en las cosas vitales: en la juventud temprana. Era joven de veinte años, o de muy poco más, cuando fue a México. No era entonces ni siquiera escritor: apenas aprendiz de periodista. Trabajó cerca de Gutiérrez Nájera, si no me equivoco; de Urbina, de Díaz Dufoo. Conoció el México de Porfirio Díaz, con su paz augusta, con su renacimiento de opulencia —como en toda América— después de ochenta años de transformación y tránsito desde la organización colonial, allí vasta y compleja, hasta la vida nueva de aire europeo, de estilo siglo XIX. La ciudad capital tenía entonces solemnidad y reposo de monumento. Pero el campo, las aldeas, los pueblos, que Valle-Inclán conoció, no sabemos bien cómo, revelaban otro México: arcaico, incomunicado, dolorido.

Volvió Valle-Inclán a España. Se hizo escritor, se hizo famoso. De pronto, durante uno de esos períodos de la edad madura en que, sin razón sabida, resucitamos y reconstruimos períodos de nuestro pasado, sintió la nostalgia de sus años juveniles de América. Había estado en Cuba, tal vez de paso; conoció la Argentina, en visita, ya hombre maduro; pero su América vivida era México. Y a México volvió, después de unos veinticinco años de ausencia. El país estaba transformado de nuevo: en vez del aire europeo, buscaba el propio; creía tener ya derecho a él. Faltaba la paz imperial; pero el campo, la aldea, hablaron por fin. Valle-Inclán sintió el gozo de la renovación como el más revolucionario de los mexicanos. Hizo tres disertaciones —admirables— sobre su concepción del porvenir humano y terminó profetizando que "bajo el nuevo arco de justicia todos nos salvaremos" Y al despedirse estrechaba la mano del indio rebelde:

> Indio mexicano,
> la mano en la mano...
> Lo primero:
> colgar al encomendero.

Entre los encomenderos de hoy incluía tanto criollos como españoles. Su dureza de revolucionario lo hacía intransigente con los españoles de América. Como Las Casas, como Mina, se sen-

* *La Nación*, Buenos Aires, 26 de enero de 1936.

tía capaz de pelear contra los suyos en defensa de la justicia. Pero su fantasía le hacía ver encomenderos en muchos hombres de trabajo y de sacrificio.

Si se inquiría de él cómo conciliaba sus ideales renovadores con su tradicionalismo de carlista, procedía como el personaje de Galdós que redactaba una "historia lógico-natural de España":

> Al revés de la dinastía actual, en que todo se adultera, el carlismo habría representado el regreso a la tradición española genuina, a la medieval, sin influencia de Austrias ni de Borbones. Y eso, ya se sabe, quiere decir cortes auténticas, libertades municipales, gremios de trabajadores, ejidos comunales... De ahí habría resultado cómodo el paso hacia nuevas normas de justicia social.

Bien es verdad que cuando se le preguntaba cómo podía entenderse con los carlistas, replicaba: "Es que hay dos clases de carlistas: los otros y yo. A los otros ni los miro ni los trato".

Al fin, del cultivo de su América salió el fruto maduro que es *Tirano Banderas*. Gentes pueriles quieren identificar el personaje y el país. Se equivocan: no hay clave. Hay, sí, reminiscencias francas, y hasta errores fingidos, como llamarle de pronto Don Telésforo al personaje que en la novela se llama Don Celestino: transparente alusión a Telésforo García, español distinguido, por la cultura intelectual y por la actividad práctica, que residió largos años en México. En el presidente Banderas puso rasgos de caudillos de todas partes, despóticos o benévolos; de Porfirio Díaz como de Hipólito Irigoyen. El apóstol de la regeneración recuerda a Martí, a Madero. Santa Fe de Tierra Firme es una América en síntesis; el procedimiento está declarado en el habla de los personajes: dialecto en que confluyen —deliberadamente— formas de expresión de México, de Cuba, del Perú, de Venezuela, de Chile, del Río de la Plata.

La obra estiliza con rara perfección acontecimientos típicos de la vida pública en la América española. Rara perfección, en que el autor vive la vida de su novela en el plano de la contemplación purificadora, sin participación apasionada como la que hinche de indignación las páginas de *Amalia,* pero sin la fría distancia presuntuosa, engendradora del desdén y la sátira.

Purificaciones

En *Tirano Banderas* pone Valle-Inclán iguales procedimientos que en muchas de sus obras de asunto español: tales las novelas y las tragicomedias de *La guerra carlista.* El dialecto de sus personajes populares no es local: es sintético, urdimbre de Castilla y trama de León, matiz de hilos de Asturias, o de Aragón, o de Andalucía. Y los lugares no son lugares: el escenario es España, la España total. Ni en los personajes hay rasgos, toques, accidentes locales ni temporales. En sus conversaciones, Valle-Inclán decía: "Para... (aquí nombre de pintor famoso), el gitano es su cara verdimorena, es su traje. Eso es equivocado. Hay que buscar al gitano en su esencia".

Su estética, clara y profunda, concebida y expresada con exactitud exquisita en *La lámpara maravillosa,* aconseja anular las horas. Las horas son el símbolo de la mutación. Y hay que anular la mutación, la variación, la dispersión. Su estética busca los arquetipos: estética de las normas clásicas, que él enlaza metafísicamente con el quietismo místico. Así se levanta, ascendiendo sobre las rocas de mármol de Grecia, hasta contemplar las cimas de la mística cristiana y de la mística búdica.

A veces, sí, quiso pintar épocas: le atrajo la de Isabel II, "la reina castiza". Entonces se sumergió en el pasado, revolviendo libros, manuscritos, periódicos, hojas sueltas, pasquines, recogiendo oralmente hechos, dichos, coplas. De ahí debía salir la esencia de aquel mundo desaparecido. Pero se imponía otra purificación: la destilación de los materiales de trabajo. Cuando acabó de escribir la primera novela de la serie de *El ruedo ibérico,* estimó que el material quedaba demasiado crudo, que la obra quedaba demasiado próxima a la crónica. Y entonces se sentó —en su cama, como Stevenson, enfermo dominador de la enfermedad, a la manera de Valle-Inclán— a reescribir su novela. ¡Ejemplo para todos los escritores del mundo hispánico!

Ascensión

Valle-Inclán se hizo escritor, realmente, después de cumplidos los treinta años. Su ejercicio previo, como provisional, eran periodismo y traducciones. Como suyo, apenas había publicado cuentos. Cuando se decide a ser novelista, está en dominio pleno de la expresión. Pero no supo eludir vicios de la época: había en el ambiente demasiado D'Annunzio, demasiados cisnes y lagos, demasiadas "principesse incestuose", como dice Marinetti; hasta —no va desacato —demasiado Verlaine. Las *Sonatas* se resienten. Pero en aquel refinamiento artificial había protesta contra el realismo prosaico, con restos de romanticismo casero, de la época de la Restauración. La señal de protesta la dio Rubén, llevando a España nuestra revolución de América. (Rubén: otro lazo con nuestro mundo. "Era esencialmente bueno —conversaba don Ramón—. Tenía fallas de hombre. Pero ninguno de los pecados del ángel: ni ira, ni soberbia, ni envidia").

Con los años, Valle-Inclán se alejó de las modas versallescas. Tenía naturaleza bravía de conquistador, no de cortesano; como a Hernán Cortés, "no se le daba nada de traer muchas sedas e damascos, ni rasos, sino llanamente e muy polido". Pero conquistador como Bernal Díaz, capaz de romper los hierros con que se marca a los indios. La literatura era sólo uno de sus caminos posibles. La adopta definitivamente después de su mutilación: mutilación que lo obliga a decidirse a abandonar sus sueños de caballero andante, fuera de lugar en tiempos de guerra a máquina y conquistas de mercados. Pero su literatura tenía que compendiar, al fin, todos los caminos. El novelista se va haciendo recio. Degüella sus cisnes, como dice en *La lámpara maravillosa* (González Martínez, el poeta de México, había dicho ya: "Tuércele el cuello al cisne".) Deja las sedas y busca el hierro. Hay sonido de hierro en *La guerra carlista.* Pero no ha perdido las cualidades compensatorias. En *Los cruzados de la causa* —obra maestra no muy leída— hay ternura congojosa junto a fiera barbarie. Y cuando se le pide teatro para niños, crea este puro deleite: *La cabeza del dragón.*

Después, no se estanca, no se repite. De recio se vuelve acre. Fija su atención en la locura humana; cada pueblo se revela, mejor que en toda otra cosa, en sus maneras de locura. Crea esos desfiles goyescos que bautiza con el nombre de "esperpentos". Y en *El ruedo ibérico* cuenta la historia de la insensatez hecha gobierno, hecha corte.

Saber y conversación

Si Valle-Inclán no hubiera escrito *La lámpara maravillosa,* libro de finas calidades filosóficas, breve y denso, el investigador tendría que recomponer con sumo esfuerzo el pensamiento de este artista creador. Pero el libro no dice, o dice a medias, muchas cosas que la conversación revelaba.

Valle-Inclán no leía mucha literatura. Tenía, en cambio, lecturas de teología y de mística; información —sin ninguna aquiescencia pueril o insensata— sobre magia y demonología, sobre astrología y alquimia. Buen contemplador de artes plásticas. En ocasiones daba pormenores recónditos sobre casos históricos, o sobre hechos geográficos, o sobre plantas de farmacopea, o sobre minerales. Y ¡desde luego! leía tratados sobre las artes de la guerra.

Su conversación no era torrencial; inagotable sí (doy el testimonio de ocho días de viaje compartido). Todos los temas se levantaban rápidamente a plano superior: dón espontáneo de espíritu grande. Asombraba tanto saber curioso que nunca se lucía en escritos, que servía sólo para exprimirse entre muchos jugos que alimentaban la obra de arte: otro ejemplo singular para artistas del mundo hispánico.

Sólo quien haya oído largamente esta conversación conocerá todos los secretos y razones del arte de Valle-Inclán. En español no sólo tenemos pocos autores de memorias y de cartas: no tenemos Boswells ni Eckermanns. Hay conversadores estupendos, como Unamuno; pero escriben tanto, que se revelan íntegros. Aplican el consejo: "Every man his own Boswell". Para don Ramón hizo grave falta el Boswell.

En 1920, después de dos años en que su presencia en Madrid no era muy constante, se instaló allí y dio en asistir con regularidad a las tertulias de café donde se reunían principalmente los redactores de la revista *España*: Luis Araquistáin, Enrique Díez-Canedo, Manuel Azaña, Luis Bello, Juan de la Encina, Manuel Pedroso; en ocasiones, Antonio Machado, Eugenio d'Ors, Américo Castro, José Moreno Villa... La palabra de Valle-Inclán estaba en su plenitud. Nos sentíamos ante singular espectáculo, en que la madurez templaba y doraba los ímpetus, antes bravíos en exceso, según todas las noticias. Araquistáin comentó el suceso en *La Voz*, el diario nuevo de entonces, bajo el título: "Valle-Inclán en la corte". Hasta el corresponsal del *New York Times* se creyó obligado a hablar del tema.

Tienen fama las fábulas que relataba don Ramón. Eran la historia soñada, las hazañas del frustrado conquistador. Gómez de le Serna ha contado "De cómo perdió el brazo don Ramón del Valle-Inclán": siete versiones recogidas de labios del protagonista. Ninguna, claro es, tiene nada que ver con la mediocre realidad. Al avanzar la madurez, las fábulas, o habían desaparecido, o se habían reducido a muy poco. Pude observar que Valle-Inclán nunca decía mentira sobre nadie, ni menos contra nadie. Sólo su persona podía ser pretexto para la fábula: era una manera, otra manera, de creación.

EL MAESTRO DE CUBA *

Enrique José Varona murió, de ochenta y cuatro años, a fines de 1933. Para morir eligió —¡cuántas veces es hora de elección la hora de la muerte!— el momento grave entre todos en la vida de su patria. Como Hostos, se fue de la vida en uno de los momentos agudos de la agonía antillana, rendido bajo la pesadumbre momentánea del desastre. No le flaqueó, de seguro, la fe en los destinos de Cuba, empeñada decisivamente en su regeneración; hubo de agobiarlo la visión de la dura cuesta de penas que el pueblo cubano se dispuso a subir, ¡otra vez!, para alcanzar la cima de libertad y decoro.

Durante cincuenta años Varona fue maestro de Cuba: maestro desde la juventud, maestro grave, rodeado de respeto por su pueblo, en apariencia frívolo. El pueblo cubano posee dón de alegría y forma excepción en medio de la "tristeza de América", lugar común de propios y extraños. En Cuba se habla de la tristeza cubana; se citan como pruebas la música —a veces lenta y lánguida, pero no dolorosa— y la poesía: ¿pero dónde es alegre la poesía? Quien haya visto La Habana, ése sabe lo que es ciudad gozosa, donde todo se ha dispuesto para placer de los sentidos, en contraste con tantas ciudades de América, desanimadas unas, porque sus habitantes ignoran las artes de la diversión; tristes otras, porque el alma indígena las vence, con su entraña de nihilismo. Y el dón de alegría vence todas las crisis: ningún pueblo de América ha sufrido como Cuba en sus dos guerras de independencia, pero de ellas ha salido siempre con ímpetu nuevo. No es frívolo el pueblo que en América ha dado más horas y más vidas por la libertad, en su rebeldía de ochenta años.

Varona, sereno al parecer, "dueño de sí y de sus actos", vivió siempre en rebeldía, la rebeldía de la inteligencia, que bajo las ficciones triunfantes descubre el error y el mal: primero, en la ciega y sorda dominación colonial, que no supo ver en el bien de Cuba su propio bien; después, en el disolvente egoísmo de la vida política bajo la independencia.

Nunca fue Varona uno de esos que el vulgo llama políticos prácticos, moderna plaga de hombres que de nada entienden y de todo se apoderan, en ansia de mando y de lucro, estorbando la función de quienes ponen saber y virtud a servicio y ejemplo de la sociedad. No fue político práctico, pero estuvo siempre en la acción política, como libertador y como civilizador, desde su mocedad hasta sus últimos días, y deja en su tierra hondo surco, co-

---

* *La Nación*, Buenos Aires, 15 de marzo de 1936.

mo no lo ha sabido labrar ninguno de los jefes de gobierno.
Colaboró primero en el largo esfuerzo de Cuba para alcanzar la
independencia, desde la guerra de 1868 hasta la de 1895: entonces escogió la herencia de Martí en la activa dirección de *Patria*, el vocero de la insurrección, y redactó el manifiesto oficial
del movimiento; luego en la organización de la República (1899-
1902) como miembro del gabinete, reconstituyendo de golpe,
sobre bases nuevas, todas las instituciones de enseñanza y dando
al país "más maestros que soldados"; después, señalando orientaciones en la prensa, con clara exactitud y mesurada energía, hasta que la opinión lo hizo presidente de partido en momento de
crisis nacional y lo llevó a la vicepresidencia de la República:
allí nunca estuvo en silencio, persistió en su prédica y no perdonó
siquiera los errores del grupo en que se hallaba inscripto pero
no sujeto; al final, lejos ya de puestos públicos, se puso al lado
de la juventud empeñada en librar a Cuba de la maraña opresora
a que la condujeron veinte años de desorden político: tuvo el
singular honor de ser tratado como rebelde en su ancianidad.

Ejerció, pues, el magisterio político, que era parte de su magisterio integral de virtud y saber. En sus primeros años de actividad, después de la iniciación juvenil en la literatura, se enca-
minó hacia la filosofía. Adquirió la fe en las ciencias de la naturaleza —feliz contagio de su siglo— y esperó apoyar en ellas
el pensamiento filosófico. Concibió y compuso tres obras sistemáticas que ofreció al público en conferencias: *Lógica, Psicología,
Moral* (1880-1882). Quiso con ellas señalar a su país los rumbos
del pensamiento de la época. La enseñanza filosófica oficial era
de tipo arcaico. Hombres eminentes la habían combatido: uno
de ellos, cabeza agudamente original, corazón fervoroso de apóstol,
había dejado larga estela intelectual y moral. Ser discípulo de José
de la Luz era en Cuba pertenecer a una hermandad como la de
los discípulos de Sócrates. Y la innovación filosófica era forma
de rebeldía. Los tres célebres cursos de Varona fueron la fase
última de la rebelión. Abrieron el camino a la difusión de Comte
y Mill, de Spencer y Bain, de Taine y Renan. Tanta la difusión,
que el pensamiento cubano quedó teñido de positivismo durante
medio siglo.

Pero Varona, desde que comienza su madurez, se aleja paso
a paso de todo positivismo. El público empezó a llamarlo escéptico. No eran doctrinas filosóficas expresas las que le valían el
título nuevo: eran actitudes y reflexiones ante las cosas del mundo, ante la inveterada locura de los hombres. Repetía la exclama-
ción de Puck: "Lord, what fools these mortals be!" Y declaraba,
como compendio de su experiencia: "El hombre ha inventado la
lógica, y no conozco nada más ilógico que el hombre..., como
no sea la naturaleza". De sí mismo llegó a dudar que pudiese
ejercer influencia espiritual duradera; adoptó como lema "In rena

fondo e scrivo in vento". No sospechaba el futuro alcance de su ejemplo y de su palabra. Pero mantenía la fe en la necesidad de trabajar por el hombre; ante todo, por el que tenía cerca, el de su tierra.

En 1911, instigado por la curiosidad y la incertidumbre de la opinión, dio en el Ateneo de La Habana una conferencia que intituló "Mi escepticismo" Confesó *escepticismo* intelectual en el campo de la razón pura, pero declaró que se acogía a la razón práctica. El escepticismo no está reñido con la acción. "La acción es la salvadora". Era, pues, escéptico, como lo sospechaba el vulgo; pero escéptico activo, sin ataraxia, sabedor de que, sean cuales fueran las insolubles antinomias de su dialéctica trascendental, su razón práctica debe optar, y la mejor opción es la de hacer el bien. Años después otro pensador de origen hispánico, George Santayana, adopta posición parecida: lleva el escepticismo hasta sus raíces hondas, pero de regreso se acoge a la fe práctica en la existencia del universo, a "la fe animal". De ahí parte Santayana para reconstruir su filosofía, con estructura muy diversa de la que tuvo en su juvenil *Vida de la razón*. Pero Varona no formuló una filosofía en los tres tratados de su juventud: de ellos, el más filosófico, la *Moral,* es el menos audaz y el menos personal, el menos semejante al Varona definitivo. En su madurez, tampoco formuló filosofía: se contentó con darnos sus reflexiones de moralista, dentro de la mejor tradición griega y francesa (*Con el eslabón*). Nada sale indemne de sus sentencias: ni las hazañas de los guerreros.

Estas reflexiones escépticas se resuelven siempre en censura de actos individuales —frecuentes, tanto como se quiera, pero individuales al fin— y en la declaración del perpetuo conflicto entre lo real y lo racional. Lo que nos sorprende como general en el error humano se debe a que pretendimos reducir al hombre a esquemas intelectuales simples, sin atender a las fuerzas que en él proceden de fuentes distintas de la razón. No obliga a desesperar de la humanidad. Siempre queda espacio para buscar, en actos individuales o en hechos sociales, altura, profundidad, intensidad. Y nadie mejor que Varona para admirar y loar cuanto fuese admirable y loable. A ningún mérito que tuviera delante de sí se mostró insensible; se complacía en exaltarlo, escogiendo en el mundo que lo rodeaba una jugosa antología de la virtud (*Mi galería,* por ejemplo). Era en eso como Giner, como Sarmiento, como Hostos, como Martí, como Justo Sierra.

Y estudiaba los problemas sociales con valentía: su claridad de pensamiento veía pronto las soluciones y los medios. En la práctica, en su acción propia, demostró cómo se afrontan cuestiones difíciles y cómo se resuelven a fuerza de lucidez y de perseverancia. Así, el escéptico en filosofía resultaba civilizador lleno de decisión.

Como quien tiene los ojos acostumbrados a perspectivas amplias, en el espacio y en el tiempo, no se sorprendía ni atemorizaba ante ninguna innovación teórica ni práctica en la organización y el gobierno de las sociedades. El expresidente del partido que se llamaba conservador, no se sabe por qué, pues en nada sustantivo difería del que se llamaba liberal, fraternizaba sin esfuerzo, en su vejez, con jóvenes socialistas consagrados al bien de Cuba. Como ejemplo de este pensar radical, que ve dibujarse los exactos contornos del futuro sin irritarse ante los cambios ineludibles, y acoge con simpatía lo que hay en ellos de justicia, son perfectas sus palabras a propósito del movimiento feminista (1914):

> Hay que disponer nuestro espíritu a la más difícil de las adaptaciones, a la adaptación inestable, y a sabiendas inestable. Hemos de realizar múltiples ensayos, y de presenciar y sufrir no pocas conmociones... El círculo de hierro y de fuego en que había pretendido el hombre encerrar a la que llamaba con inconsciente hipocresía su compañera, se ha roto para siempre... Hay algo ya definitivo y de incalculables consecuencias: la emancipación del espíritu de la mujer. Despidámonos, no sin cierta melancolía, de la Eva bíblica, y demos otra significación mucho más honda al eterno femenino del poeta.

La vocación esencial de este civilizador, si nos atenemos a sus confesiones propias, no era la filosofía ni menos la política: era la literatura. Nacido en hogar tradicional, de costumbres graves y biblioteca numerosa, esperaba tal vez en su adolescencia llevar vida tranquila, libre de azares, entregado a las letras. Se inicia escribiendo versos (los hizo siempre, severos y pulcros), formando una antología de sonetos clásicos, proyectando una edición anotada del *Viaje del Parnaso,* de Cervantes, preparando estudio crítico sobre Horacio. Pero antes de cumplir los veinte años lo sobresaltó en su jardín de poesía el estallido de la primera gran insurrección cubana. Desde entonces su atención estuvo siempre dividida entre los dolores vivos de su tierra y los quietos deleites de la contemplación estética. Junto a su actividad en favor de Cuba, en realidad fundiéndose con ella, y sometiéndosele, persistió su labor literaria. Fue uno de los escritores excepcionales en América: excepcional, desde luego, por la riqueza de pensamiento, por la cultura extensa, afinada y segura, por el estilo terso y conciso, donde la expresión eficaz va matizada de dulzura luminosa. De su expresión ha dicho Sanín Cano que en ella "el verbo no se hacía carne; al contrario, la materia se espiritualizaba en volutas de ingenio profundo y de gracia sutil y comunicativa".

Pero como su literatura estaba al servicio del bien humano, se sentía obligado a difundir ideas para la construcción espiritual de su pueblo; de ahí su larga atención a la filosofía como enseñanza renovadora y orientadora. Para la sola literatura no le quedó otro tiempo sino el que dedicó a estudios críticos y a breves ensayos. Como crítico, entre los de habla española es de los muy primeros, y de los mejores, en el estudio psicológico, desde su conferencia sobre Cervantes (1883). Como ensayista, dejó maravillas de meditación o de humorismo filosófico, o de juicios sobre hechos sociales, como su descripción del "desquite" de la sociedad inglesa en el proceso de Oscar Wilde (1895).

Varona, en fin, fue uno de estos hombres singulares que produce la América española: hombres que, en medio de nuestra pobreza espiritual, se echan a las espaldas la tarea de tres o cuatro. El deber moral no los deja ser puros hombres de letras; pero su literatura se llena de calor humano, y los pueblos ganan en la contemplación de altos ejemplos.

CHESTERTON *

CINCO ERAN, en los años precursores de la Guerra Grande, los directores de la vida literaria de Inglaterra en sus corrientes centrales: Kipling, Shaw, Wells, Belloc, Chesterton. Representaban la demolición de la era victoriana, estrecha, metódica, satisfecha de sí misma en los mediocres, pero descontenta, rebelde, clamorosa de libertad en los justos. Con la desaparición de la era victoriana, representaban el comienzo de la era nueva, del nuevo siglo, en que la rebelión se organizaba, se hacía poder, enderezaba la orientación de las masas cultas y medio cultas. La guerra, al fin, barrió el polvo y la sombra del siglo XIX.

Kipling fue, de los cinco, el único victoriano en teoría y el primero en perder influencia: tardío vocero del imperialismo, en quien el sentido humano sabía hacer generosa traición al mezquino programa. Su culto del coraje entraba dentro de las ilusiones literarias de comienzos del siglo XX; pero la guerra disipó el espejismo de gloria de la "vida peligrosa". Wells, Shaw, Belloc, Chesterton se hicieron habituales para Inglaterra, se le convirtieron en atmósfera; atmósfera cálida, donde ya no había peligro en desnudarse, ni siquiera sexualmente, como los personajes de Joyce y de Lawrence.

Belloc, de puro atmosférico, resulta invisible para gran parte de la multitud; pero todo su nitrógeno se vuelve visible fertilidad, volumen corpulento y explosivo en su discípulo Chesterton. Belloc, fiel a su origen francés: sobriedad, exigente precisión, claridad penetrante. Poca carne de popularidad. Chesterton, inglés torrencial, como aquellos de los buenos tiempos ya lejanos. Esta alianza sorprendente —el Chester Belloc, se le ha llamado— da a Inglaterra esenciales enseñanzas. No la ha convencido de sus tesis constructivas —la investigación fundamental en religión, con desembocadura en la ruta católica, la utopía del distributismo, con propiedad en pequeño y trabajo en gremios, al buen estilo medieval—; pero la ha ayudado a revisar su historia, su política, su economía.

En su crítica de la organización económica de la sociedad moderna, Belloc y Chesterton coinciden con Shaw y con Wells. "El horrible misticismo del dinero"... "El sistema capitalista consiste en dejar a la mayoría de la gente sin capital. Lo que llamamos capitalismo debería llamarse proletarianismo"... "El sistema industrial ha fracasado"... "La civilización industrial no es más que una calamidad de humo: como humo nos ahoga,

* *La Nación*, Buenos Aires, 26 de julio de 1936.

como humo se desvanecerá". Son frases de Chesterton, esparcidas en treinta años.

En la historia, Belloc y Chesterton se hallan entre los renovadores que obligan a los ingleses a echar abajo toda la arbitraria construcción del siglo XIX. Inglaterra había sido clasificada autoritariamente entre las naciones típicamente germánicas: en realidad es una de las naciones típicamente mezcladas. Había "razas" destinadas al éxito, el dios del siglo; las había destinadas al fracaso: la "raza latina", por ejemplo, o la "raza céltica". Y veinticinco siglos de historia se explicaban así: "breves" triunfos de Roma; triunfos de Italia, Francia, España, merced a la sangre bárbara que las rejuveneció (¡el mito de la sangre!). El inglés tenía éxito; era, por lo tanto, germánico. ¿Qué mucho, si se pretendía que los griegos eran germánicos de origen? La historia inglesa, en la pluma de los escritores victorianos, sufrió extrañas torsiones para probar la tesis teutónica. Inglaterra estuvo poblada por celtas; durante más de cuatro siglos fue romana. Había que deshacerse de los celtas latinizados; según Green, según Freeman, los teutones invasores del siglo V limpiaron a Inglaterra de celtas, matándolos o haciéndolos huir al País de Gales. Para eso había que suponer enormes movimientos de población: los teutones habrían tenido que atravesar el Mar del Norte, no en pequeños grupos de piratas, sino en masas innumerables, a bordo de barcos como los trasatlánticos modernos. Y el aniquilamiento y destierro de los celtas —mera suposición— no va de acuerdo con las costumbres de aquella época, en que los enemigos se entendían fácilmente después de la victoria y convivían sin esfuerzo.

No terminaban ahí las dificultades para los historiadores victorianos. En 1066 sobreviene la conquista francesa; Francia e Inglaterra quedan íntimamente unidas: el francés se convierte en el idioma oficial de los ingleses: perdura todavía en el escudo de sus reyes y en la voz de apertura de sus tribunales. Cuando en el siglo XIV emerge de nuevo y adquiere carácter oficial el inglés hablado, más de la mitad de su vocabulario es francés. Pero había que reducir a polvo, en los libros, esta nueva romanización de Inglaterra: había que mantener la ilusión de la pureza de raza, la pureza teutónica del inglés. No resultó difícil: la conquista francesa lleva el nombre popular de conquista normanda, porque el jefe era Duque de Normandía. Sus tropas no eran puramente normandas, ni con mucho; Guillermo llevaba consigo muchedumbre de picardos y angevinos. Después de la conquista, franceses de toda Francia, hasta provenzales, se establecían en Inglaterra como en provincia de su propio país. Pero normandos habían de ser para los escritores victorianos, y los normandos, afirmaban, eran teutones... ¿Cómo? ¿Teutones los burgueses de Ruán y de El Havre, teutón Corneille, teutón Flaubert? No, ésos no... ¿Pero cuáles? Los del siglo XI, solamente los del siglo XI. "Los piratas escandinavos habían descendido sobre la costa normanda y la habían poblado." Naturalmente, los piratas escandinavos eran sólo pequeños grupos guerreros, que ni siquiera llegaron a imponer su lengua, que adoptaron la francesa, la de los habitantes con quienes se mezclaron, a cuya civilización se acogieron. Pero los historiadores no se arredraban: si los hechos no les dan la razón, tanto peor para los hechos. Los conquistadores del siglo XI eran normandos y los normandos eran teutones. La pureza de raza se había salvado. La que había salido muy maltrecha era la lógica. Pero —dirá Shaw— ¡qué tienen que ver los ingleses con la lógica!

Con argumentación constante, en libros sistemáticos como la *Breve historia de Inglaterra,* o en ensayos breves, hasta en novelas y cuentos como *El escándalo del padre Brown,* Chesterton sostuvo la base latina, romana y románica, de la cultura inglesa: nada tienen que ver en el problema los "elementos étnicos" en que se apoyaban los escritores victorianos, con su mística de las razas, ingenuamente adoptada como teoría científica. La cultura es espíritu y no sangre. ¿Cómo buscar los orígenes de la cultura de Inglaterra en la rudimentaria vida espiritual de los antiguos labradores y marinos nórdicos, aunque se les reconozca en parte como antecesores étnicos y lingüísticos, si lo mejor de su caudal —religión, ciencia, arte, viajes— viene del Mediterráneo? Hasta las libertades modernas, hasta las instituciones representativas, a las que se atribuía origen germánico, hallan su tradición en el Sur: Belloc, entre otros, demuestra que surgen precisamente donde menos existe la influencia nórdica; florecen alrededor de los Pirineos, y en la vertiente española aún más que en la vertiente francesa.

La herencia del Mediterráneo viene de la antigüedad, que no necesita defensores, y de la Edad Media, que los requiere todavía. Chesterton no se cansó nunca de esclarecer nociones oscuras sobre la Edad Media: época de fe robusta pero no estrecha, de acción y de canción, de trabajo creador y de creación bajo disciplina. Investigando las fuentes de la cultura inglesa, descubría a Roma, la Roma pagana y la Roma cristiana, como la montaña de donde bajan las aguas a todo el Occidente; de allí salió Julio César para latinizar; de allí el apóstol Agustín para cristianizar a Inglaterra, disolviendo el paganismo septentrional de los invasores del siglo V. Pero ¿la ruptura de Inglaterra con Roma en el siglo XVI? Chesterton no podía dejar de sumergirse en el problema. El estudio del sistema dogmático del catolicismo lo llevó, paso a paso, a la convicción de que sólo en Roma se encontraba la solución para las contradicciones internas del sistema anglicano. Y tomó el camino de Newman. Primero fue la convicción intelectual; después (1922) el acto ritual de la conversión. Pero

ANTOLOGÍA DE ARTÍCULOS Y CONFERENCIAS

desde mucho antes los libros, los ensayos, la declaraban: *Ortodoxia* es de 1908.

Belloc ha sido el principal maestro de Chesterton en su interpretación de la historia y probablemente uno de sus incitadores en la investigación religiosa; pero su principal maestro en la retórica de la argumentación ha sido Bernard Shaw, a quien admiraba y quería, con quien discutía perpetuamente en público y en privado. El mejor libro sobre Shaw es el suyo. De Shaw aprendió el arte de sacudir de su torpor mental al inglés medio, dando aire de paradoja humorística a razonamientos normales, a veces obvios: Perogrullo se vuelve paradójico y le demuestra al lector que, a pesar de cuanto se diga en contrario, la tierra gira alrededor del sol. El acobardado lector no atina a pensar que en realidad él nunca había dicho otra cosa. Pero no sólo verdades sabidas defendió Chesterton: gran destructor de prejuicios, peleó por las verdades secuestradas y ocultas.

Tuvo la pasión de la lógica; es capaz de mostrarse inquieto observando a los que se hallan a punto de penetrar en el catolicismo de modo accidental y no por evolución natural de su pensamiento (véase el ensayo sobre "El escéptico como crítico"). En la Iglesia de Roma admiraba la tradición filosófica que mantiene los derechos de la razón, frente a la fe irracionalista de las iglesias septentrionales. Pero la pasión no es la virtud; la lógica de Chesterton flaquea en cada ocasión en que se deja seducir por analogías, por imágenes. La lógica de Shaw es más rigurosa: se extravía sólo cuando cede a obsesiones. Para compensar su rigor falible, la prosa de Chesterton tiene centelleos y reverberaciones, delicias de truculencia y hallazgos de poesía.

Este lógico apasionado era poeta, es decir creador. A la poesía formal, a la "poesía en verso", se dedicaba con el aire caballeresco de quien tiene muchos combates que pelear y poco tiempo para las artes pacíficas. Pero se ponía en los versos, como en todo, en la plenitud de su singularidad. Toda su energía resuena en los redobles de "La batalla de Lepanto". Hay raras excelencias en su poesía; no hay nada de académico.

Con la actitud caballeresca con que se dedicaba a la poesía se dedicó igualmente al cuento y a la novela. Como nunca tuvo tolerancia para los frutos de la vanidad, de la soberbia que vive de buscar pretextos de desdén contra el prójimo, se reía de las casillas literarias, y tomó afición a una de las formas desdeñadas, la que de las manos temblorosas de Poe cayó en las firmes de los comerciantes en palabras: el cuento policial. Al "detective" que interviene en la investigación de crímenes con el aire de condescendencia de Brummel, lo sustituyó con el padre Brown, en quien el dón de rastrear el mal es como imprevisible ornamento de una naturaleza hecha de fuertes y humildes virtudes. Y dentro del esquematismo de ajedrez, usual en esta manera de cuentos, puso hondura humana, ingenio humorístico, perspectivas amplias de cultura.

La tarea que escogió para sí, para expresión constante de su vida, fue la del ensayista. Este hombre abundoso, opulento, diestro en la novela como en la poesía, en la historia como en la crítica (su *Era victoriana* es de los libros que se releen con fruición), se ciñó a la obligación modesta de escribir con regularidad para los periódicos ensayos breves sobre asuntos del momento. En esta labor de aspecto efímero produjo muchas páginas de calidad permanente, con momentos de expresión perfecta como una medalla. No escatimaba nada en sus ensayos: eran su batalla perenne, en que todos los días jugaba su vida, toda su vida espiritual, y en que las derrotas no eran menos brillantes que las victorias.

EL TEATRO DE LA AMÉRICA ESPAÑOLA
EN LA ÉPOCA COLONIAL *

En la América española de los tiempos coloniales el teatro tuvo constante actividad y variedad de formas. De eso, poco se sabe hoy; sobre la cultura colonial hemos dejado fluir, desde la hora de la independencia, espeso río de olvido; la obra de siglos fecundos se ha ido desmenuzando y disolviendo. Reconstruir todos los aspectos de la cultura de aquellos tres ·siglos —nuestra Edad Media— resulta ahora más difícil que reconstruir la Edad Media de Europa. La arquitectura ha quedado en pie; sobrevive intacta la construcción, que es su esencia; pero los altares, los frescos, las esculturas, sólo incompletamente subsisten: gran parte quedó destruida con los cambios de gusto, inevitables, pero terribles en sus consecuencias. La música se ha desvanecido. De la literatura, queda la corta porción impresa: pocos manuscritos resistieron al doble daño de los trastornos políticos y de la incuria.

Aquella cultura, es verdad, no aspiraba a la duración histórica: se contentaba con vivir al día. El descubrimiento y la conquista sí se tuvieron como dignos de la historia: conquistadores y conquistados, hombres de la primera hora y visitantes tardíos, todos se echaron a escribir narraciones para no dejar que se perdiera la memoria de tantas proezas como hicieron, vieron, oyeron o soñaron. Pero después las nuevas sociedades se pusieron a vivir en paz: la vida tranquila no la juzgaron digna de recordación. Sobre las actividades de cultura, pocos recogieron o escribieron apuntaciones.[1]

Hacer la historia de nuestro teatro colonial exige, así, reunir noticias dispersas, perseguir pistas inseguras, apoyarse en obras relativamente escasas. Pero detrás de la documentación imperfectísima se descubre el cuadro de una extraordinaria riqueza.

El teatro llegó a nuestra América todavía en sus formas embrionarias, las que tenía en España a principios del siglo XVI; aprovechó elementos de arte indígena; se expresó en variedad de idiomas, en mímica pura o en danza; se desarrolló, adoptando las formas plenas de la época de Lope; tuvo edificios propios y compañías de actores que hicieron de México y Lima rivales de Ma-

---

* Conferencia dictada en el Teatro Nacional de Comedia el 21 de septiembre de 1936 y recogida en *Cuadernos de Cultura Teatral*, núm. 3, Buenos Aires. 1936, pp. 9-50 (Instituto Nacional de Estudios de Teatro, de la Comisión Nacional de Cultura). Se agregan las fichas y anotaciones dejadas por P.H.U. Datos bibliográficos posteriores a su muerte, van entre corchetes.

drid; abarcó todos los tipos de espectáculo, hasta la ópera de estilo italiano, y, contra todo lo que debía esperar nuestro orgullo, decae solamente cuando alcanzamos la independencia, ¡después de haber servido como medio de difusión de las aspiraciones revolucionarias!

Según la ley del teatro español, unas formas engendran otras formas, pero las antiguas sobreviven junto a las nuevas. En América, las primitivas no desaparecieron después que se adoptaron las más complejas: persistieron, persisten todavía. Aún más: el teatro español no sólo convierte en complejas las formas simples; surgen a la vez nuevas estructuras sencillas, y América las acoge.

I

No parecería necesario traer a la memoria el incipiente arte dramático de los indios, ni su profuso y variadísimo arte coreográfico, sus *areitos,* sus *mitotes,* sus *taquis,* porque el teatro nos vino de Europa; pero la extraña verdad es que la planta europea, al llegar al Nuevo Mundo, se injertó en la planta indígena.

No tenemos noticias de que el caso se diera en las Antillas. Allí existía el *areito,* danza pantomímica de amplio desarrollo, en cuya letra cantada se conservaba la historia de los taínos:[2] ha quedado la fama del *areito* de trescientas vírgenes que dirigió Anacaona, la reina poetisa, en honor del Adelantado Bartolomé Colón.[3] Y como los conventos y colegios empezaron en Santo Domingo desde 1502, es posible que desde entonces empezaran allí las representaciones sacras. Pero no sabemos si en ellas se juzgó útil aprovechar elementos de arte indígena.

Donde sí se hizo fue en México: cuando los misioneros organizaron las primeras fiestas eclesiásticas destinadas a la instrucción religiosa de los pueblos sometidos, deliberadamente hicieron que los indios adoptaran sus *mitotes,* sus danzas rituales, a asuntos cristianos. A poco de conquistada la capital de los aztecas (1521), en la procesión del día de Corpus Christi había danzas indígenas: en 1529 se dice en acta del Cabildo eclesiástico que irán delante de la procesión "los oficios e juegos de los indios"; en seguida el gremio español de hortelanos, "y tras ellos los gigantes", ficciones tradicionales en los desfiles religiosos; después, los gremios de oficios europeos: "tras los gigantes los zapateros, y tras los zapateros los herreros y caldereros, y tras éstos los carpinteros, y tras los carpinteros los barberos, y tras los barberos los plateros, y tras los plateros los sastres, y tras los sastres los armeros", en el puesto de honor. Después los plateros ganaron precedencia sobre los armeros. Como figura grotesca de tradición europea salía, además de los gigantes, el diablo cojuelo, que en América ha durado hasta nuestros días: así en el carnaval de

Santo Domingo; después, a principios del siglo XVIII, se habla de la tarasca.

Fray Juan de Zumárraga, el primer prelado de la Nueva España, con su severidad de erasmista, apóstol de la devoción espiritual, censuró la adaptación: los indios —decía— solemnizaban "las fiestas de sus ídolos con danzas, sones y regocijos, y pensarían, y lo tomarían por doctrina y ley, que en estas tales burlerías consiste la santificación de las fiestas". Hasta las danzas de hombres en traje de mujer provenían de los indios. En el uso de máscaras se unían costumbres europeas y costumbres indígenas.[5]

Las procesiones estaban ligadas al arte dramático: no sólo comprendían pantomimas andantes y danzantes; a veces hacían altos para que se celebrasen representaciones. Hay noticias que se remontan a 1538: en las fiestas de Corpus, en Tlaxcala, según cuenta uno de los más insignes misioneros, el P. Motolinía, fray Toribio de Benavente, hubo danzas indígenas en la procesión del Sacramento: a la siguiente semana, el 24 de junio, hubo una procesión, en cuyo programa se incluyó la representación de cuatro autos en cuatro tablados diferentes: los asuntos fueron la anunciación del nacimiento del Bautista a Zacarías, la anunciación del arcángel Gabriel a la Virgen, la Visitación y el nacimiento del Bautista. Los autos estaban escritos en prosa, no sabemos si en lengua castellana o si indígena. Poco después, en la fiesta de la Encarnación, representaron los tlaxcaltecas, "en su propia lengua", la historia de Adán y Eva.[6]

En el Perú —dice el Inca Garcilaso de la Vega—:

> curiosos religiosos de diversas religiones, principalmente de la Compañía de Jesús, por aficionar a los indios a los misterios de nuestra redención, han compuesto comedias para que las representasen los indios, porque supieron que las representaban en tiempo de sus Reyes Incas y porque vieron que tenían habilidad e ingenio para lo que quisieran enseñarles.[7]

El P. José de Acosta, por su parte, dice:

> Los nuestros que andan entre ellos han probado ponerles las cosas de nuestra santa fe en su modo de canto, y es cosa grande el provecho que se halla, porque con el gusto del canto y tonada están días enteros oyendo y repitiendo sin cansarse. También han puesto en su lengua composiciones y tonadas nuestras, como de octavas y canciones, de romances, de redondillas; y es maravilla cuán bien las toman los indios, y cuánto gustan...[8]

Y de modo parecido se procedió en dondequiera que, organizada pacíficamente la colonia, había indios a quienes catequizar: así en el Paraguay y el nordeste de la Argentina, donde los jesuitas de las misiones enseñaron a los indios guaraníes las *danzas de cuenta*: se dice que el P. Cardiel llegó a enseñarles en el siglo XVIII, setenta danzas diferentes.[9]

Las danzas y pantomimas de intención religiosa se hicieron habituales: se realizaban en las procesiones o delante de las iglesias o en su interior. A fines del siglo xvi, en México, fray Francisco de Gamboa ideó hacer acompañar los sermones de los viernes sobre la Pasión de Jesús con *pasos* mímicos mudos, que duraron hasta el siglo xix: el irreprochable investigador y bibliógrafo García Icazbalceta los vio todavía en la capital mexicana y en pueblos vecinos.[10]

II

Pero el arte dramático de los indígenas no se limitó a cantos, danzas y pantomimas. En el Perú y en México había existido la representación dramática, el teatro hablado: las noticias son tardías, incompletas, pero el hecho es indudable. Si se discutió en el siglo xix, que obedeciendo a prejuicios sobre el concepto de civilización y sobre las supuestas etapas de la poesía: el drama, según curiosa superstición que tal vez se remonte a Éforo, había de aparecer después de la epopeya y del canto lírico, como fruto maduro de épocas de cultura compleja. Doble error: porque las civilizaciones de los aztecas y de los incas eran civilizaciones complejas, y porque, aun sin serlo, pudieron haber engendrado formas dramáticas, como la sencilla y pobre Europa cristiana del siglo x engendró el drama litúrgico cuando la superior cultura de los musulmanes en Persia o en España no producía nada semejante porque en los ritos de su religión no había gérmenes dramáticos.

Poco sabemos de aquellas representaciones, porque los cronistas no hablan de ellas muy extensamente, y a veces se limitan a designarles con rótulos clásicos o con nombres vagos: *comedias, loas*, dice Juan de Santa Cruz Pachacuti Yámqui Salcamayhua en sus *Antigüedades del Perú*, hacia 1620. Antes, el Inca Garcilaso de la Vega había dicho en sus *Comentarios reales* (1609):

> No les faltó habilidad a los amautas, que eran los filósofos, para componer comedias y tragedias, que en días y fiestas solemnes representaban delante de sus reyes y de los señores que asistían en la corte. Los representantes no eran viles, sino Incas y gente noble, hijos de curacas, y los mismos curacas, y capitanes hasta maeses de campo, por que los autos de las tragedias se representasen al propio, cuyos argumentos eran siempre hechos militares, de triunfos y victorias, de las hazañas y grandezas de los reyes pasados y de otros heroicos varones. Los argumentos de las comedias eran de agricultura, de hacienda, de cosas caseras y familiares.[11]

El padre José de Acosta, en su *Historia natural y moral de las Indias* (1589), describe uno de los teatros del México indígena:

Este templo [el de Quetzalcóatl en Cholula] tenía un patio mediano, donde el día de su fiesta se hacían grandes bailes y regocijos,
y muy graciosos entremeses, para lo cual había en medio de este
patio un pequeño teatro de a treinta pies en cuadro, curiosamente en-
calado, el cual enramaban y aderezaban con toda la policía posible,
cargándolo todo de arcos hechos con diversidad de flores y plumería,
colgando a trechos muchos pájaros, conejos y otras cosas apreciables,
donde después de haber comido se juntaba toda la gente. Salían los
representantes y hacían entremeses, haciéndose sordos, arromadizados, cojos, ciegos y mancos, viniendo a pedir sanidad al ídolo; los sordos respondiendo adefesios y los arromadizados tosiendo, los cojos
cojeando decían sus miserias y quejas, con que hacían reír grandemente al pueblo. Otros salían en nombre de las sabandijas: unos,
vestidos como escarabajos, y otros como sapos, y otros como lagar-
tijas, etc., y encontrándose allí referían sus oficios, y volviendo cada
uno por sí tocaban algunas flautillas, de que gustaban sumamente los
oyentes, porque eran muy ingeniosas; fingían, así mismo, muchas mariposas y pájaros de muy diversos colores, sacando vestidos a los muchachos del templo en aquestas formas, los cuales subiéndose a una
arboleda que allí plantaban, los sacerdotes del templo les tiraban con
cerbatanas, donde había, en defensa de unos y ofensa de los otros,
graciosos dichos con que entretenían los circunstantes; lo cual con-
cluido, hacían un mitote o baile con todos los personajes y se concluía
la fiesta; y esto acostumbraban hacer en las más principales fiestas.[12]

En "el alcázar y palacios" de Netzahualcóyotl, el rey poeta
de Tezcoco, había gran patio donde se "hacían las danzas y algunas representaciones de gusto y entretenimiento", según Ixtlilxóchitl.[13] Hernán Cortés en la tercera de sus *Cartas de relación*,
habla del teatro que había en la plaza del mercado de Tlaltelolco,
"el cual tenían ellos para cuando hacían fiestas y juegos, que los
representantes [actores] dellos se ponían allí porque toda gente
del mercado, y los que estaban en bajo y en cima de los porta-
les, pudiesen ver lo que se hacía".

El arte mímica debía aprenderse en las escuelas de danza dirigidas por las sacerdotes: fray Diego Durán menciona las que
existían en Tezcoco, México y Tlacopan, la moderna Tacuba.[14]

Entre los mayas de Yucatán y los quichés de la América Central se hacían representaciones. Fray Diego de Landa, en su *Relación de las cosas de Yucatán,* hacia 1566, dice que los mayas
"tienen recreaciones muy donosas y principalmente farsantes que
representan con mucho donaire". Y el doctor Pedro Sánchez de
Aguilar, en su *Informe contra idolorum cultores del obispado de
Yucatán,* escrito en 1615, dice que "cantan fábulas y antiguallas
que hoy se podrían reformar y darles cosas a lo divino que canten... Tenían y tienen farsantes, que representan fábulas e historias antiguas". Agrega que en esas representaciones hacían remedo de "pájaros cantores y parleros, y particularmente de un pájaro que canta mil cantos, que es el zachic, que llama el mexicano
zenzontlatoli". Como se ve, las representaciones perduraron entre
los mayas después de la Conquista, e igualmente entre los quichés de Guatemala. Y no es extraño, pues las "ciudades" o cen-

tros religiosos de los yucatecos sobrevivieron hasta el siglo XVII: la última, Tayasal, fue destruida por los españoles en 1697.

Es posible que los chibchas, de la altiplanicie de Bogotá, hubiesen avanzado de la simple danza coreográfica a la representación dramática: según Juan de Castellanos, tenían "entremeses, juegos y danzas".[15]

De estas noticias terriblemente incompletas hay que retener las significativas: el tipo de escenario y de decoración en México; la división en representaciones heroicas y representaciones jocosas, en el Perú (resulta inevitable suponerla igual en México); la improvisación cómica, en México, como en tantas formas antiguas de teatro; el remedo de defectos corporales, que se conserva en la farsa hispano-indígena del *Güegüence* en Nicaragua;[16] por fin, y de modo principal, las comedias cuyo argumento era "de agricultura", en el Perú, indicio que a los investigadores puramente literarios les ha dicho muy poco, pero que al investigador de historia de las culturas le está revelando el fondo de cultos y ritos de la vegetación donde se engendró aquella forma dramática.[17]

III

Del arte dramático de México, los misioneros aprovecharon la costumbre de levantar grandes escenarios al aire libre, con arcos de flores y paisajes llenos de plantas y de animales vivos; la habilidad de los indígenas para simular enfermedades y defectos humanos y para remedar los movimientos y las voces de los animales; finalmente, los idiomas nativos.

Leyendo ahora las descripciones que da el P. Motolinía de aquellas fiestas de Corpus en Tlaxcala, se ve la fusión. Dice el misionero:

> Llegado este santo día del Corpus Christi del año de 1538, hicieron aquí los tlaxcaltecas una tan solemne fiesta, que merece ser nombrada, porque creo que, si en ella se hallaran el Papa y el Emperador con sus cortes, holgaran mucho de verla; y puesto que no había ricas joyas ni brocados, había otros aderezos tan de ver, en especial de flores y rosas que Dios cría en los árboles y en el campo, que había bien en qué poner los ojos y notar cómo una gente que hasta ahora era tenida por bestial supiesen hacer tal cosa.
>
> Iba en la procesión el Santísimo Sacramento, y muchas cruces y andas con sus santos: las mangas de las cruces y los aderezos de las andas hechas todas de oro y pluma, y en ellas imágenes de la misma obra de oro y pluma, que las bien labradas se preciarían en España más que de brocado. Había muchas banderas de santos. Había doce apóstoles vestidos con sus insignias. Muchos de los que acompañaban la procesión llevaban velas encendidas en las manos. Todo el camino estaba cubierto de juncia, y de espadañas y flores, y de nuevo había quien siempre iba echando rosas y clavellinas, y hubo muchas maneras de danzas que regocijaban la procesión. Había en el camino sus capillas con sus altares y retablos bien aderezados, para descan-

sar, adonde salían de nuevo muchos cantores cantando y bailando delante del Santísimo Sacramento. Estaban diez arcos triunfales grandes, muy gentilmente compuestos; y lo que era más de ver y para notar era, que tenían toda la calle a la larga hecha en tres partes como naves de iglesias: en la parte de en medio había veinte pies de ancho; por ésta iba el Santísimo Sacramento, y ministros y cruces, con todo el aparato de la procesión, y por las otras dos de los lados, que eran de cada quince pies, iba toda la gente, que en esta ciudad y provincia no hay poca; y este apartamiento era todo hecho de unos arcos medianos, que tenían de hueco a nueve pies; y de éstos había por cuenta mil y sesenta y ocho arcos, que como cosa notable y de admiración lo contaron tres españoles y otros muchos. Estaban todos cubiertos de rosas y flores de diversas colores y maneras: apodaban que tenía cada arco carga y media de rosas [entiéndese carga de indios] y con las que había en las capillas, y las que tenían los arcos triunfales, con otros sesenta y seis arcos pequeños, y las que la gente sobre sí y en las manos llevaban, se apoderaron en dos mil cargas de rosas; y cerca de la quinta parte parecía ser de clavellinas de Castilla, y hanse multiplicado en tanta manera, que es cosa increíble: las matas son muy mayores que en España, y todo el año tienen flores. Había obra de mil rodelas hechas de labores de rosas, repartidas en los arcos; y en los otros arcos que no tenían rodelas había unos florones grandes hechos de unos como cascos de cebolla, redondos, muy bien hechos, y tienen muy buen lustre: de éstos había tantos, que no se podían contar.

Una cosa muy de ver tenían. En cuatro esquinas o vueltas que se hacían en el camino, en cada una su montaña, y de cada una salía su peñón bien alto; y desde abajo estaba hecho como prado, con matas de yerba, y flores, y todo lo demás que hay en un campo fresco; y la montaña y el peñón tan al natural como si allí hubiese nacido. Era cosa maravillosa de ver, porque había muchos árboles, unos silvestres, y otros de frutas, otros de flores, y las setas y hongos y vello que nace en los árboles de montaña y en las peñas, hasta los árboles viejos quebrados: a una parte como monte espeso, y a otra más ralo; y en los árboles muchas aves chicas y grandes: había halcones, cuervos, lechuzas; y en los mismos montes mucha caza de venados y liebres y conejos y adives, y muy muchas culebras: éstas atadas, y sacados los colmillos o dientes, porque las más de ellas eran de género de víboras, tan largas como una braza, y tan gruesas como el brazo de un hombre por la muñeca. Tómanlas los indios con la mano como a los pájaros, porque para las bravas y ponzoñosas tienen una yerba que las adormece o entumece, la cual también es medicinal para muchas cosas: llámase esta yerba *pícietl* [tabaco]. Y porque no faltase nada para contrahacer a todo lo natural, estaban en las montañas unos cazadores muy encubiertos, con sus arcos y flechas, que comúnmente los que usan este oficio son de otra lengua [otomíes], y como habitan hacia los montes, son grandes cazadores. Para ver estos cazadores había menester aguzar la vista: tan disimulados estaban, y tan llenos de rama y de vello de árboles, que a los así encubiertos fácilmente se les vendría la caza hasta los pies; estaban haciendo mil ademanes antes que tirasen, con que hacían picar a los descuidados. Este día fue el primero que estos tlaxcaltecas sacaron su escudo de armas que el Emperador les dio cuando a este pueblo hizo ciudad; la cual merced aún no se ha hecho con ningún otro de indios sino con éste, que lo merece bien, porque ayudaron mucho, cuando se ganó toda la tierra, a don Hernando Cortés por Su Majestad. Tenían dos banderas de éstas, y las armas del Emperador en medio, levantadas en una vara tan alta, que yo me maravillé a dónde pudieron haber palo tan largo y tan delgado: estas banderas tenían puestas encima del terrado de las casas de su ayuntamiento, porque pareciesen más altas. Iba en la procesión capilla de canto de órgano, de muchos cantores, y su música de flautas, que concertaban con los cantores, trompetas y atabales, campanas chicas y grandes, y esto todo sonó junto, a la entrada y salida de la iglesia, que parecía que se venía el cielo abajo.[18]

Para los cuatro autos que se representaron días después, en la fiesta de San Juan, "no eran poco de ver los cadalsos [escenarios] cuán graciosamente estaban ataviados y enrosados". La mudez de Zacarías, en el auto del nacimiento del Bautista, dio ocasión a incidentes cómicos como los que intercalaban los indios en sus dramas nativos, según Acosta, y en sus danzas, según Durán: "antes que diesen al mudo Zacarías las escribanías que pedía por señas, fue bien de reír lo que le daban, haciendo que no le entendían". La fiesta de la Encarnación, "porque no la pudieron celebrar en la cuaresma, guardáronla para el miércoles de las octavas": para el auto de *Adán y Eva,* que representaron "cerca de la puerta del hospital", prepararon escenario

que bien parecía paraíso de la tierra, con diversos árboles con frutas y flores, de ellas naturales y de ellas contrahechas de pluma y oro; en los árboles mucha diversidad de aves, desde buho y otras aves de rapiña hasta pajaritos pequeños; y sobre todo tenían muy muchos papagayos, y era tanto el parlar y gritar que tenían, que a veces estorbaban la representación: yo conté en un solo árbol catorce papagayos, entre pequeños y grandes. Había también aves contrahechas de oro y pluma, que era cosa muy de mirar. Los conejos y liebres eran tantos, que todo estaba lleno de ellos y otros muchos animalejos que yo nunca hasta allí los había visto. Estaban dos ocelotles atados, que son bravísimos, que ni son bien gato ni bien onza; y una vez descuidóse Eva, y fue a dar con el uno de ellos, y él de bien criado, desvióse: esto era antes del pecado.

Había otros animales bien contrahechos, metidos dentro unos muchachos; éstos andaban domésticos y jugaban y burlaban con ellos Adán y Eva. Había cuatro ríos o fuentes que salían del paraíso, con sus rótulos que decían Fisón, Geón, Tigris, Eufrates; y el Árbol de la Vida en medio del paraíso, y cerca de él el Árbol de la Ciencia del Bien y del Mal, con muchas y muy hermosas frutas contrahechas de oro y pluma. Estaban en el redondo del paraíso tres peñoles grandes y una sierra grande: todo esto lleno de cuanto se puede hallar en una sierra muy fuerte y fresca montaña, y todas las particularidades que en abril y mayo se pueden hallar, porque en contrahacer una cosa al natural, estos indios tienen gracia singular. Pues aves no faltaban, chicas ni grandes... Había en estos peñoles animales naturales y contrahechos. En uno de los contrahechos estaba un muchacho vestido como león, y estaba desgarrando y comiendo un venado que tenía muerto: el venado era verdadero, y estaba en un risco que se hacía entre unas peñas, y fue cosa muy notada.[19]

Al año siguiente, 1539, para celebrar la paz concertada entre Carlos V y Francisco I, los españoles representaron en la ciudad de México la conquista de la isla de Rodas, y en Tlaxcala, los indios representaron, el día de Corpus, una supuesta conquista de Jerusalén por Carlos V, en enorme escenario al aire libre, donde había cinco torres unidas por hileras de almenas, y con intervención de grandes masas de pueblo que simulaban ejércitos. Los misioneros, entre ellos el historiador Motolinía, director quizá de las fiestas, permitieron a los indios el sorprendente plan de representar a los capitanes de los ejércitos infieles bajo las figuras de Hernán Cortés y Pedro de Alvarado —que aún vivían, pero fuera de la Nueva España—, mientras el Conde de Benavente guiaba el ejército español y el virrey Mendoza el ejército de América, en que se hallaban representados México, Tlaxcala, Cuba, Santo Domingo y el Perú. La victoria se alcanza mediante la intervención del arcángel San Miguel, cuyas palabras convierten a los musulmanes, y la representación termina con el bautismo de una multitud de actores indios, cuya conversión se coronaba así en ocasión solemne. Después, en tres escenarios distintos, que semejaban "tres montañas muy al natural", se representaron "tres autos muy buenos": sobre la tentación de Jesús, sobre la predicación de San Francisco de Asís y sobre el sacrificio de Isaac. Es fama que en el auto de la predicación de San Francisco se le acercaban al protagonista muchas aves con mansedumbre.[20] (Antes, en 1533, se había representado en Tlaltelolco, entonces ciudad separada, ahora barrio de la ciudad de México, un auto del Juicio Final: el historiador mexicano Chimalpahin dice: "fue dada en Santiago Tlatilulco, México, una representación del fin del mundo; los mexicanos quedaron grandemente admirados y maravillados". Fray Bernardino de Sahagún hace también referencia a este auto).[21] En Tlaxcala, además, se representó el 15 de agosto un auto sobre la Asunción de la Virgen, en lengua indígena, después de la misa mayor en que ofició fray Bartolomé de Las Casas.[22]

La costumbre de los escenarios al aire libre y la muchedumbre de público fueron la causa de que en México se hicieran construcciones especiales, vastos templos abiertos en la porción delantera: al más famoso, la capilla de San José que hizo construir en México el insigne misionero flamenco fray Pedro de Gante, se le ha llamado "la catedral de los indios".

IV

El teatro en lenguas autóctonas pudo haberse quedado en las representaciones catequísticas, que se escribieron todavía durante siglos; pero no fue así: como contaba con vastos auditorios, se levantó hasta copiar las formas plenas del drama español de los siglos de oro, y produjo por lo menos una obra famosa, *Ollanta*.

De los breves dramas religiosos hay multitud de noticias, pero pocas muestras. El Inca Garcilaso refiere que en el Perú uno
de los sacerdotes de la Compañía de Jesús

> compuso una comedia en loor de Nuestra Señora la Virgen María
> y la escribió en lengua aimara, diferente de la lengua general del
> Perú. El argumento era sobre aquellas palabras del libro tercero del
> Génesis: "Pondré enemistades entre ti y entre la mujer... y ella
> misma quebrantará tu cabeza". Representáronla indios muchachos y
> mozos en un pueblo llamado Sulli.
>   Y en Potocsi se recitó un diálogo de la fe, al cual se hallaron
> presentes más de doce mil indios. En el Cozco se representó otro
> diálogo del Niño Jesús, donde se halló toda la grandeza de aquella
> ciudad. Otro se representó en la ciudad de los Reyes, delante de la
> Chancillería, y de toda la nobleza de la ciudad, y de innumerables
> indios, cuyo argumento fue del Santísimo Sacramento, compuesto a
> pedazos en dos lenguas, en la española y en la general del Perú. Los
> muchachos indios representaron los diálogos en todas las cuatro par-
> tes, con tanta gracia y donaire en el hablar, con tantos meneos y
> acciones honestas, que provocaban a contento y regocijo, y con tanta
> suavidad en los cantares, que muchos españoles derramaron lágrimas
> de placer y alegría, viendo la gracia y habilidad y buen ingenio de los
> indiezuelos, y trocaron en contra la opinión que hasta entonces tenían
> de que los indios eran torpes, rudos e inhábiles.[23]

La mezcla de dos idiomas en el teatro persistió en las regiones
peruanas: así en las representaciones de historia de los Incas hechas en la villa de Potosí con vasto escenario al aire libre y grandes masas de actores indios, probablemente en el siglo XVII.[24]

Entre los grandes misioneros del gran siglo de la evangelización,
suponemos al padre Motolinía director de las grandes representaciones de Tlaxcala, y no sería excesivo atribuirle parte en los autos: su silencio sobre autores induce a sospecha. De otros cuatro
grandes misioneros franciscanos sabemos que compusieron autos
y coloquios en náhuatl, la lengua de los aztecas: los Coloquios
entre la Virgen María y el arcángel Gabriel, de fray Luis de
Fuensalida († 1545); el auto del Juicio Final, de fray Andrés de
Olmos, que se representó ante el virrey Mendoza y el obispo
Zumárraga, antes de mediar el siglo XVI; los autos del historiador
fray Juan de Torquemada (1563-1624) y de su maestro de lenguas indígenas fray Juan Bautista, que se representaban después
de sermones dominicales y se denominaban ejemplos o dechados
(neixcuitilli). Los ejemplos se acostumbraban todavía a fines del
siglo XVII: sabemos que en 1690 se representó uno, en náhuatl,
del padre Zappa. El padre Bautista había escrito además "tres
volúmenes de comedias", que tuvo listos para la imprenta: ¿dentro de ellas se contarían sus dramas espirituales de la Pasión y
Muerte de Nuestro Señor, en náhuatl?
Siete obras en náhuatl recogió, tradujo y publicó el distinguido
investigador mexicano Francisco del Paso y Troncoso: una, de

la primera mitad del siglo XVI, el auto de la *Adoración de los Reyes,* que se representaba en el pueblo de Tlajomulco (el manuscrito es de 1760); dos de principios del siglo XVII, el auto de *La destrucción de Jerusalén,* de modelo provenzal, y la *Comedia de los Reyes,* cuyo autor probable es Agustín de la Fuente, indio de Tlaltelolco, de quien se dice que fue colaborador de fray Juan Bautista; el auto de *El sacrificio de Isaac,* que se representó en 1678, pero debe de ser anterior; el coloquio de *La invención de la Santa Cruz por Santa Elena,* del bachiller Manuel de los Santos y Salazar, 1714 (junto a esta obra hay otra breve en el manuscrito de la Biblioteca de la Universidad de México); un entremés y una comedia burlesca, sin época bien determinada.²⁵ Icaza describe sintéticamente el carácter de estas obras:

> Son típicos en la modificación de los asuntos, separándose a veces de la narración bíblica para ajustarse a la idea catequística y ejemplar... Son características las arengas... de sus personajes, breves complementos explicativos de lo que el aparato escénico a campo abierto ponía ante los ojos del espectador. Es igualmente peculiar la pompa de ciertos diálogos... Autóctona es también la forma de sus agüeros y supersticiones. Los pasajes cómicos ya sobradamente rudos en las primitivas farsas españolas que les servían de modelos..., están llenos, en las obras mexicanas, de terribles reminiscencias de las costumbres y ritos sangrientos de su gentilidad.²⁶

No sería difícil encontrar nuevos ejemplos, como el fragmento del auto de *Los Alchileos,* recogido en Teotihuacán y publicado por don Manuel Gamio.²⁷ El Cavaliere Boturini, en el siglo XVIII, había recogido dos coloquios y dos comedias en náhuatl, que formaron parte de su famosa y desgraciada colección de antigüedades mexicanas.²⁸. En aquel siglo escribió loas en náhuatl José Antonio Pérez y Fuentes. Hasta sor Juana Inés de la Cruz introdujo un tocotín en náhuatl, en sus *Villancicos* a la Asunción de la Virgen, 1687; otro tocotín, "mestizo de español y mexicano", en los *Villancicos* en honor de San Pedro Nolasco, 1677.²⁹

Como en México —y en toda América— hormigueaban los idiomas indígenas, la lengua de los aztecas no fue la única en que se escribieron obras catequísticas: hubieron de componerse en todas las lenguas que hablaran poblaciones numerosas, como la tlaxcalteca (dato de 1538), la mixteca y la chocha, en que escribió el dominico fray Martín de Acevedo, la zapoteca, en que escribía Vicente Villanueva, la pirinda y la tarasca, en una de las cuales escribía Diego Rodríguez.³⁰ En tarasco se conserva una pastorela, que debe de provenir de la época colonial.³¹

Desde fines del siglo XVI o principios del XVII los escritores de lenguas indígenas aspiraron a las formas extensas de drama, como se ve en fray Juan Bautista y en Agustín de la Fuente, autores de comedias. Las obras de fray Martín de Acevedo, en lengua chocha, eran, según Beristáin, "dramas alegóricos"; las de lengua mixteca eran "autos sacramentales": probablemente no diferían unos de otros.[32] La obra de Diego Rodríguez, en pirindo o en tarasco, sobre San Judas Tadeo, era *comedia*. Hacia 1641, Bartolomé de Alba, descendiente de los reyes de Tezcoco, tradujo al náhuatl dos de los dramas religiosos de Lope de Vega, *La madre de la Mejor*, que se refiere a Santa Ana, y *El animal profeta*, sobre la leyenda de San Julián el Hospitalario, y probablemente uno de los autos sacramentales de Calderón: *El gran teatro del mundo*.[33] Se tradujo también *San Isidro, labrador de Madrid*, de Lope. En el siglo xviii, el fino poeta Cayetano Cabrera Quintero escribió en náhuatl, según parece, la comedia *La esperanza malograda*.[34]

En el Perú, Juan de Espinosa Medrano (1632-1688), el ingenioso defensor de Góngora, cuyo *Apologético* es la perla de la poética culterana, según Menéndez Pelayo, escribió en quechua, con vivacidad de imaginación y de estilo, *El hijo pródigo*, drama religioso en tres actos, de alegoría que lo asemeja al auto sacramental. Se le atribuye también *El pobre más rico* o *Yauri Tito Inca*, drama cuyo autor, según el manuscrito que se conserva, es el padre Gabriel Centeno de Osma, que vivía en el Cuzco a fines del siglo xvi. Trata de la conversión del Inca rebelde Yauri Tito al cristianismo. Yauri Tito, que realmente existió, vive en la miseria ocultándose de los españoles, hasta que se convierte y se casa con una princesa india. De autores desconocidos son otras obras en quechua: una en tres actos, sobre la Virgen de Copacabana, *Usca Páucar* (siglo xviii); otras, de asunto histórico, *Huasca Inca* y *La muerte de Atahualpa*, versión de una tragedia académica española del siglo xviii. A fines de aquel siglo, o a principios del siguiente, tradujo al quechua la *Fedra* de Racine Pedro Zegarra († 1839).[35] Indicios, todas estas obras, de producción abundante, que culmina en una obra de asunto profano: *Ollanta*.

Este discutido drama se representó, entre 1770 y 1780, bajo la dirección del que se ha supuesto su autor, el doctor Antonio Valdés († 1816), que fue cura párroco de Tinta y de Sicuani, ante José Gabriel Condorcanqui, el descendiente de los Incas que, bajo el nombre de Túpac Amaru II, encabezó la rebelión de 1780 contra el gobierno español. Después de la rebelión quedaron prohibidas las representaciones en quechua.

En el siglo xix se habla del *Ollanta* como ejemplo del teatro de los Incas. La suposición alcanza éxito popular, pero la crítica escrupulosa —especialmente la de Mitre, Middendorff, Hills— la rechaza. En su forma, *Ollanta* copia la estructura del teatro español: su división en tres jornadas; sus tipos de verso y estrofa, con rima, que no existían en el quechua antiguo. A excepción de los coros, todo el drama está en octosílabos, con irregularidades de cuando en cuando (errores de copia, que, en general, se corrigen cotejando manuscritos); las combinaciones son redondillas —la que predomina, como en el teatro español de Lope a Calderón—, quintillas, décimas, pareados —poco usados en el teatro, pero comunes en español—; a veces, versos sin rima. Las canciones corales están intercaladas en medio de la acción, como en el teatro español; no como los coros del teatro griego, entre episodios, que para nosotros serían actos. El sistema de ideas implícito y explícito en la obra es en general europeo, por más que cuidadosamente se evite toda mención del cristianismo. El argumento hasta hace sospechar el influjo de ideas políticas y sociales que eran nuevas en el siglo XVIII. Pero es posible que haya elementos arcaicos: se dice que es tradicional en el Cuzco la canción que entonan los niños para consolar a Cusi Cuyllur; se dice que es típicamente indígena el hecho de que los enamorados nunca se hallen solos en escena: igual cosa sucede en el drama cristiano *Usca Páucar*.

Por su origen discutido, tanto como por su propia calidad, *Ollanta* ha alcanzado fama, ha tenido traductores a idiomas diversos y ha dado asuntos a la ópera y a la novela. Sus méritos claros están en la expresión de sentimientos cuya delicadeza tímida suena con timbre de voz india.[36]

Si en *Ollanta* hay elementos arcaicos, pero el conjunto está organizado sobre modelos españoles, en el *Rabinal Achí,* la tragedia danzante en lengua quiché de Guatemala, todo parece arcaico. En 1850, Bartolo Zis, indio del pueblo guatemalteco de Rabinal, la puso por escrito; en 1855 se la dictó al abate Brasseur de Bourbourg, cura párroco del pueblo. Ante el abate se representó el 25 de enero de 1856. Se ha supuesto que es obra de misioneros; pero el caso resulta conflictivo: la tragedia es pagana en todo, y termina con uno de los ritos cuyo recuerdo tuvieron mayor empeño en borrar los evangelizadores: el sacrificio humano sobre la piedra ritual. Cuando Brasseur de Bourbourg oyó hablar de la obra, hacía treinta años que no se representaba, y los indios temían hablar de ella: según parece, les había sido prohibida. Es posible que la tradición se haya conservado medio a escondidas, por ser Rabinal pueblo pequeño y poco vigilado, quizás sin cura párroco durante largos períodos. De todos modos, resulta rara esta supervivencia a través de tres siglos.[37]

En la estructura del *Rabinal Achí* no hay semejanzas con el teatro de estilo medieval que los sacerdotes españoles trajeron al Nuevo Mundo, ni menos con el teatro español de los Siglos de Oro: hace pensar en los orígenes de la tragedia ática, en el teatro ritual de Querilo y Frínico, cuyas formas se ven claras todavía en *Las suplicantes* de Esquilo. Tiene pocos personajes parlantes, cinco apenas; muchos personajes mudos: las mujeres nunca hablan; grupos danzantes, que en el origen podemos suponer numerosos. En la representación, según los datos de Brasseur de Bourbourg, la máscara es la identidad de cada personaje: cuando algún actor se fatigaba, lo reemplazaba otro. Constituyen el diálogo de la obra largos discursos, de carácter épico, en que cada personaje repite buena parte de las palabras que acaba de decir el personaje anterior: la porción más larga es el duelo verbal entre el guerrero de Rabinal (Rabinal Achí) y el guerrero de Queche (Queche Achí). Al final, Queche Achí es sacrificado. El ambiente moral de la obra nada tiene de cristiano; las imágenes y las expresiones, poco de común con las europeas.

Brasseur de Bourbourg conoció otra obra quiché de Guatemala, de asunto mítico, *El viejo,* que vio representar y bailar; pero no pudo recoger las palabras.[38]

Una de las supervivencias curiosas —para que haya muestras de todo en este panorama extraordinario— es *El güegüence* ('el danzarín'), comedia danzante de asunto profano que, hasta fines del siglo XIX, representaban los indios mangues de Nicaragua, en lengua mixta de español y náhuatl: es la *lingua franca* usada en la América Central entre tribus cuyos idiomas propios no son mutuamente inteligibles; está constituida, como se ve, con elementos de las dos lenguas imperiales que oficialmente han dominado aquellos territorios, pero que no han logrado disolver las viejas lenguas autóctonas.

En *El güegüence,* a pesar de la influencia española, hay elementos arcaicos: Brinton señala "la ausencia de toda mención de las emociones del amor. . .; aparecen mujeres, pero estrictamente como *personae mutae,* y ni siquiera la heroína habla; no hay monólogos; no hay separación de escenas; la acción es continua; se repiten fatigosamente unas mismas frases". El güegüence —el ratón macho— es una especie de Till Eulenspiegel, pícaro ingenioso: uno de sus chistes es el muy indio de fingirse sordo o simular no entender las palabras que se le dicen.[39]

Después de las guerras de independencia, la literatura de lenguas indígenas retrocede porque el español avanza. La poesía breve, el cuento oral, persisten. El teatro decayó junto con el régimen colonial; ya en el siglo XVIII se empezó a prohibirlo: en México, por motivos de reverencia cristiana (1768); en el Perú, por motivos políticos (la rebelión de 1780). Las naciones nuevas abandonaron la obra de evangelización que España había emprendido. Pero quedaron supervivencias en multitud de poblaciones pequeñas. En tiempos recientes, el movimiento indianista ha estimulado brotes de teatro regional, como el de Yucatán, con diálogos improvisados en español y en maya; allí el idioma indígena vence numéricamente al europeo. Igualmente reaparece el teatro indígena en idioma guaraní, en el Paraguay, hacia 1925.[40]

Las principales supervivencias de la época colonial son las danzas pantomímicas de intención cristiana: todavía se ven, particularmente en México, y yo las he visto, en pueblos poco distantes de la capital mexicana, tanto en el interior como fuera de los templos. Fueron famosas hasta este siglo las que se bailaban, el 12 de diciembre, delante de la Basílica de la Virgen de Guadalupe, en la villa de su nombre. Y en esos pueblos he visto, sobre tablados de tipo medieval, en las plazas, danzas de moros y cristianos o de la conquista de América.[41] En la sierra del Perú se ve todavía entre los indios la danza coral de la prisión y muerte de Atahualpa.[42] Hasta en las Antillas, en la ciudad de Santo Domingo, sobrevivía hasta 1900 una danza tradicional sobre la conquista de México, la *Danza de los Moctezumas.*

V

Las representaciones sacras del siglo XVI no se escribían todas, desde luego, en idiomas indígenas: no sólo había indios que catequizar; había españoles y criollos a quienes adoctrinar. Donde indios y españoles convivían tranquilamente, el drama religioso se desarrolla en sus dos caminos paralelos. Donde los indios se extinguieron, en parte, y en parte se hispanizaron pronto, como sucedió en las Antillas, o donde el indio no se avenía a vivir en paz con el conquistador, como en Chile y en parte de las tierras bajas del Río de la Plata, se escribió siempre en español.

De esta producción no sólo abundan las noticias: se conservan no pocas obras. La colección más numerosa es la de diez y seis *Coloquios espirituales y sacramentales,* en verso o en prosa, un entremés y dos villancicos, escritos en México por el sacerdote español Fernán González de Eslava, entre 1567 y 1600, representados en escenarios complejos y publicados en 1610. De 1574 es el *Desposorio espiritual entre el Pastor Pedro y la Iglesia Mexicana,* representación alegórica que compuso el sacerdote mexicano Juan Pérez Ramírez en honor del arzobispo Pedro Moya de Contreras, a quien también tributó honores González de Eslava. De 1579, la tragedia del *Triunfo de los santos,* en cinco actos, de autor desconocido, que se representó en el colegio de los jesuitas: no se imponía aún la comedia en tres jornadas.[43] En los siglos XVII y XVIII los ejemplos se multiplican.

Al drama religioso debe sumarse pronto el drama de asuntos profanos. Las representaciones comienzan en el interior de los templos; de ahí penetran al interior de los conventos, tanto de frailes como de monjas, al interior de los colegios y universidades, o salen a los atrios, a las plazas, a las calles. Preocupaba bien poco cuál fuese el lugar de las funciones: en 1657 se representaban en Santiago de Chile tres comedias en el lugar más inesperado: el cementerio de la Catedral.[44]

Pero es probable que el teatro de los laicos existiera ya libre y suelto en plazas y calles, y es posible que hubiera comedias breves en los palacios virreinales de México y de Lima, que al fin tuvieron teatros internos (desde el siglo XVII, o antes, en el palacio virreinal de Diego Colón y María de Toledo en Santo Domingo (1509-1526): precisamente doña María debió haber conocido, en casa de sus parientes y protectores los duques de Alba, los comienzos del teatro español de corte con Juan del Encina.[45]

La Iglesia Católica, atenta entonces a influir en todos los actos de la vida, aprovechó las obras y las formas del teatro profano y las introdujo en sus fiestas como interludios amenos entre las representaciones graves. Hasta el final del siglo XVI se representaban entremeses satíricos en las iglesias, intercalados entre las jornadas de las comedias: éstas eran de asunto religioso probablemente, pero los entremeses eran profanos y por sus alusiones políticas suscitaban a veces conflictos. Tenemos noticias de uno de ellos, en México, en 1574, entre el virrey Martín Henríquez de Almanza y el arzobispo Pedro Moya de Contreras (el virrey se queja de la farsa como "bien indigna del lugar, pues era en el tablado que estaba pegado al altar mayor" de la Catedral), y de otro en Santo Domingo, en 1588, entre la Real Audiencia y el arzobispo López de Ávila, por el entremés del padre Cristóbal de Llerena que se representó en la octava de Corpus.

El entremés que se representó en las fiestas del arzobispo Moya dicen que provenía de Castilla, "donde se ha representado muchas veces"; pero su pintura de los abusos de la alcabala resultó aplicable a México.[46] El del padre Cristóbal de Llerena, que conservamos, está escrito con ingenio, en muy buena prosa.[47] De México se conserva uno, brevísimo, en verso, de González de Eslava.[48]

Durante largo tiempo las representaciones, sacras o profanas, fueron breves; si por excepción las hubo largas, como la de la conquista de Jerusalén en Tlaxcala, no lo fueron por el texto escrito sino por las grandes masas de pueblo que intervenían. A estas formas breves se les daban en España muchos nombres, pocas veces diferenciados unos de otros: representaciones, autos, farsas, églogas, coloquios, pasos, loas.

A fines del siglo XVI, entre 1580 y 1590, España define las formas de su gran teatro; de los tipos breves, unos desaparecen, otros se especializan, otros se subordinan; pero —fecundidad característica de España— otros nuevos surgen todavía, como los

villancicos, entremeses, sainetes, bailes, saraos, jácaras, mojigangas, fines de fiesta.

Mientras la égloga desaparece —su nombre al menos—, el
auto se define en dos tipos especiales: el auto del Nacimiento y
el auto del Sacramento, extraordinaria creación teológica. La loa,
en forma de monólogo, el entremés, el sainete (posterior), los
bailes, jácaras, saraos, mojigangas, fines de fiesta, se subordinan
a la comedia o al auto. Pero en América la loa sigue viviendo
como subordinada en los teatros o como independiente, con fines
de enseñanza religiosa, en los pueblos de indios.⁴⁹ El coloquio,
generalmente breve, conserva popularidad.⁵⁰ Como forma breve,
el villancico, antes mera canción pastoril, ahora "especie de ope-
reta sacra" que se representa en las iglesias.⁵¹ De aparición tardía es la pastorela, representación de Nochebuena en México y
la América Central: todavía a principios del siglo XIX floreció en
Honduras con la ingenua delicadeza del padre José Trinidad Re-
yes.⁵²

Los dos grandes virreinatos del siglo XVI no esperan largo tiempo para imitar a Madrid, donde se ha impuesto la gran novedad
artística de la época: el teatro público. En 1597, México tiene
ya una "casa de comedias", la de Francisco de León; pronto tendrá tres compañías. Como dice el poeta Bernardo de Balbuena,
en la *Grandeza mexicana,* en 1604, había en México "fiestas y comedias nuevas cada día". En 1621 dice Arias de Villalobos que
había "dos extremados teatros de comedias y tres compañías de
representantes"; pero que las obras de éxito eran españolas y no
criollas: "representan comedias de Castilla; las de acá aprueban
mal". Lima tuvo un teatro, el Corral de Santo Domingo, antes
de 1600, según unos; hacia 1602, según otros. Para 1626 tenía
otro, el Corral de Alonso de Ávila, actor y empresario. En el
siglo XVII la villa imperial de Potosí tuvo teatro: como que durante su efímero esplendor alcanzó población numerosísima.⁵³

El intercambio entre España y América era constante. Durante los dos grandes siglos vinieron al Nuevo Mundo muchos dramaturgos: Micael de Carvajal, uno de los mejores de la época
de formación del drama español; Juan de la Cueva, uno de los
precursores inmediatos de Lope de Vega; Luis de Belmonte, que
es ya uno de los discípulos; Tirso de Molina, que introduce temas de América en *La villana de Vallecas, Amazonas en las Indias, La lealtad contra la envidia*; Agustín de Salazar, poeta calderoniano, en quien influye sor Juana Inés de la Cruz; el aragonés Jerónimo de Monforte y Vera; el madrileño Luis Antonio
de Oviedo y Herrera, conde de la Granja; el catalán Manuel
de Ossa y Santa Pau, marqués de Castell-dos-Ríus, virrey del Perú.
Poco se sabe de la participación que hayan podido tener en las
actividades dramáticas de América: consta que Monforte, el con-

de de la Granja y el virrey Castell-dos-Ríus estrenaron obras en Lima a principios del siglo XVIII; Juan Bermúdez y Alfaro dice que Belmonte, en México, donde estuvo dos veces, "escribió muchas comedias, que algunas hay impresas", y el poeta pintor Francisco Pacheco dice que Gutierre de Cetina escribió en México "un libro de comedias morales en prosa y verso, y otro de comedias profanas".[54]

Entre tanto, América producía sus propios dramaturgos, como Cristóbal de Llerena, cuyo entremés es comparable a los mejores de la época en España, y Juan Pérez Ramírez, cuyo *Desposorio espiritual* es una de las buenas obras del teatro religioso del siglo XVI: la pericia con que está construida y versificada bien pudo impresionar a Juan de la Cueva e influir en él; Cueva se hallaba entonces —1574— en México y va después a España a producir sus obras importantes.[55] González de Eslava, que muy joven dejó su tierra, es de América más que de España: en América se formó y produjo sus obras, de vivo sabor americano, hasta por el vocabulario, lleno de indigenismos.[56]

Y no es mera coincidencia que Juan Ruiz de Alarcón, uno de los grandes maestros de la comedia en la literatura europea, haya sido muchacho de unos diez y seis años de edad en 1597, cuando se inaugura el primer teatro público de México: allí descubrió, en la adolescencia impresionable, el extraordinario mundo de poesía dramática con que Lope deslumbraba al orbe hispánico. No es fútil suposición la de Hartzenbusch, uno de los más agudos juzgadores de la obra de Alarcón, cuando cree que en México debió de pergeñar el dramaturgo sus primeros esbozos: *La culpa busca la pena, La cueva de Salamanca*... Y Alarcón llevó al teatro español caracteres singulares que en parte dependen de su origen criollo. Cuatro elementos componen su mundo: uno, su personalidad, su don creador; otro, su desgracia personal, sus corcovas; otro, el pertenecer al mundo hispánico, a la cultura hispánica y el teatro español recién constituido; último, su condición de mexicano, hijo del país colonial, donde la vida es en mucho diferente de la metropolitana de Madrid. Esencial es en él la fuerza persistente pero medida, la intensidad con dominio de sí, la perseverancia: "tiene el volcán sus nieves en la cima; pero circula en sus entrañas fuego", ha dicho otro poeta mexicano. No se olvide que Alarcón se traslada definitivamente a Europa cuando tenía unos treinta y tres años (1614).[57]

En la época calderoniana, el dramaturgo principal de América es sor Juana Inés de la Cruz (1651-1695). Como se le recuerda generalmente por sus versos líricos, se olvida que la mayor parte de su obra es dramática: dos comedias, tres autos, doce villancicos, dos *letras* dramáticas, dos sainetes, un "sarao de cuatro naciones", diez y ocho loas. Pero los mayores méritos de esas obras son líricos, especialmente en los autos de *El divino Narciso* y *El mártir del sacramento,* en los Villancicos a la Asunción de 1685 y de 1687. De sus comedias, la única completa, *Los empeños de una casa,* es ingeniosa en la intriga, pero se excede en ella; tiene movimiento, pero no vida. Su mayor interés está en los matices autobiográficos del personaje de doña Leonor.[58]

Desde fines del siglo XVII, y a lo largo de todo el XVIII, Calderón impera; junto con él, como su sombra, está Moreto; a veces, Rojas Zorrilla; Lope, Tirso, Alarcón entran en penumbra.[59] Pero ya empiezan a conocerse las obras del teatro francés; tardarán en llegar las teorías. En realidad, cuando las teorías dramáticas del clasicismo académico se difundan en América, faltará poco para que penetren las nuevas ideas que lo combaten: Lessing es conocido y reproducido, como Winckelmann, en el *Diario de México* (1805-1817).

Como en el siglo XVIII alcanzan prosperidad nuevas colonias antes oscuras, las ciudades quieren teatros: Buenos Aires funda el primero estable en 1771, bajo el patrocinio del virrey mexicano Vértiz;[60] Montevideo, en 1792.[61] Bogotá hubo de esperar a 1805[62]; Santiago de Chile, en 1815.[63] Puebla, en México, tuvo teatro: no sé si se remonta al siglo XVII.[64] En las demás ciudades, según parece, no se pasa de los escenarios improvisados. Sólo las representaciones religiosas decaen: las prohibiciones que de cuando en cuando las afectaban, pero que nunca llegaron a suprimirlas del todo, reaparecen bajo Carlos III, y desde entonces el drama sacro se refugia en los pueblos pequeños o se reduce a sus formas breves, como los villancicos.[65]

En Lima y en México el teatro mantiene su esplendor; aumentan los edificios, se multiplican las compañías, hay artistas famosos, como la Perricholi, a quien celebra Merimée.[66] Desgraciadamente, la época es de decadencia para la literatura española, y a toda esta actividad no corresponden obras importantes en España ni en América. Únicas excepciones: en España, los sainetes de Ramón de la Cruz y González del Castillo; en América, el *Ollanta.* En uno como en otro caso, el fervor popular da vida a las obras.

Dramaturgos interesantes del siglo son el sabio y fecundo Pedro de Peralta Barnuevo, del Perú (1663-c.1743), que escribió dos obras calderonianas, *Triunfos de amor y poder,* donde se mezclan las leyendas de Argos e Ío y de Hipomenes y Atalanta (1710), y *Afectos vencen finezas;* un arreglo de la *Rodoguna* de Corneille, y dos fines de fiesta y un entremés con reminiscencias de Molière. América, probablemente, se anticipó a España en el conocimiento y estima del teatro francés;[67] Pablo de Olavide, el ilustre hombre público peruano (1725-1802), que en España hizo adaptaciones de obras francesas;[68] los mexicanos Eusebio Vela, que era actor, y de quien se sabe que escribió unas catorce comedias,[69] y Cayetano Cabrera Quintero, el poeta;[70] el argentino Lavardén, con su ruidosa tragedia *Siripo* (1789).[71] Quizá valga la pena buscar obras breves de autores poco conocidos: el juguetillo de *El charro* y la petipieza *Los remendones,* del mexicano José Agustín de Castro (1730-1814), revelan que para el pequeño cuadro de costumbres había ingenio.[72]

La música aparece desde el principio en el teatro español, en canciones intercaladas, en solos o en coros: así persiste en la comedia y en el auto sacramental de Lope y Tirso. Pero surgen formas en que la música predomina sobre el texto hablado, como en los villancicos y *letras* de iglesias y conventos o los *bailes* de los teatros: el drama se mueve hacia la ópera. La ópera nace, al fin, en Italia y penetra pronto en España: Lope (1621) y Calderón escriben óperas; bajo Calderón se crea la nueva forma peculiar de ópera española, que toma su nombre del Teatro de la Zarzuela. A la América española llega la zarzuela probablemente desde el siglo XVII y desde entonces se mantiene; la ópera llega desde comienzos del siglo XVIII: en 1709 el virrey Castell-dos-Ríus hizo representar en su palacio de Lima su *Perseo,* tragedia con música; en 1711, el padre Manuel Zumaya, maestro de capilla de la Catedral de México, hizo representar en el teatro del Palacio de los Virreyes su ópera *Parténope;* se sabe que compuso otras óperas, siempre con texto en español, a veces traducido del italiano. La ópera de compositores italianos no llegó a América, al parecer, hasta 1806, cuando se representa en México *El barbero de Sevilla* de Paesiello. Todavía entonces componíamos óperas: ejemplos, *La madre y la hija* (1813) y *Los dos gemelos* (1816), de Manuel Corral, en México; *El extranjero* (1806), de Manuel de Arenzana, maestro de capilla de la Catedral de Puebla.[73] Se habla también de operetas, como *La noche más venturosa* o *El premio de la inocencia* (1818), del mexicano Ignacio Fernández Villa. Se representaban muchas zarzuelas: seguramente las escribíamos, y conservamos la costumbre, con intermitencias, en el siglo XIX.

Los títeres comienzan probablemente en el siglo XVIII: se habla de su reglamentación en México el año de 1786. Consta, en 1814, que se llevaban al "Palenque de Gallos". Hasta hoy conservan allí popularidad; existen, como industrias populares, su fabricación y la publicación de comedias para ellos. En Lima eran populares también en el siglo XVIII.[74]

Al terminar la época colonial, había grande actividad en los teatros de América, con multitud de autores y de actores. No es raro que durante el movimiento de independencia (1808-1825) el drama fuese uno de los medios de difusión de las ideas de libertad: así lo vieron Camilo Henríquez en Chile, Esteban de

Luca y Juan Crisóstomo Lafinur en la Argentina, José María Heredia en Cuba, *El Pensador Mexicano* y José María Moreno Buenvecino, en México.

Mientras tanto, en España, el clasicismo académico, después de luchar cincuenta años, alcanza florecimiento tardío en las comedias de Leandro Fernández de Moratín; y en la escuela de Moratín se formaban tres americanos residentes en Europa: el mexicano Manuel Eduardo de Gorostiza (1789-1851), el peruano Felipe Pardo y Aliaga (1806-1868), el argentino Ventura de la Vega (1807-1865). Son, los tres, excelentes autores de comedias de costumbres, y los últimos representantes de aquel pálido clasicismo. Vega, que no quiso limitarse a la comedia, sino que escribió una tragedia a estilo del siglo XVIII y un drama a medias romántico, se quedó en España; Gorostiza y Pardo regresaron a América después de la independencia.[75]

Nuestra romántica independencia se cumple bajo la constelación de las letras clásicas, pero precede en pocos años a nuestro descubrimiento de la literatura romántica. Y todavía es colonial, porque escribe en Cuba, que se quedó rezagada en manos de España, el primer dramaturgo romántico de América: el dominicano Francisco Javier Foxá (1816-c.1865) escribe su primer drama, *Don Pedro de Castilla,* en 1836, a un año sólo de distancia del estreno de la obra que inaugura oficialmente el teatro romántico de España, el *Don Álvaro.* Otra colonial, colonial trasplantada, será Gertrudis Gómez de Avellaneda, la cubana egregia: su *Saúl,* su *Baltasar* y su *Munio Alfonso* la sitúan entre los mejores dramaturgos de su tiempo en España.

El impulso que animaba al teatro de nuestra América en los tiempos coloniales dura hasta después de la independencia y da vigor a la comedia criolla de Pardo y Segura en el Perú. Después decae, languidece, se deja vencer por corrientes extrañas, y sólo revive cuando se apoya en el pueblo y renace en los circos de la Argentina y del Uruguay.[76]

NOTAS A *ANTOLOGÍA DE ARTÍCULOS*
Y CONFERENCIAS

ROMANCES DE AMÉRICA

[1] En regiones de México —no en todo el país, sino en Estados del Norte, como Durango y Coahuila—, existe, sin embargo, el romance de *guapos* y bandidos.

[2] Como prueba de que en Santo Domingo eran bien conocidos los romances en el siglo XVI, recordaré cómo Lázaro Bejarano, de Sevilla, intercala en una sátira escrita entre 1550 y 1560, sobre la vida dominicana, dos versos del romance *"Mira Nero de Tarpeya"*..., citado en el primer acto de la *Celestina*:

> Gritos dan niños y viejos,
> y él de nada se dolía.

LA CULTURA DE LAS HUMANIDADES

[1] El actual director es don Antonio Caso, que sucedió al doctor Chávez, al encomendarse a éste la Rectoría de la Universidad de México.

[2] La revista *Savia Moderna*.

[3] La de José Vasconcelos sobre "Don Gabino Barreda y las ideas contemporáneas".

[4] Los cuatro catedráticos a que aludo son Antonio Caso, Alfonso Reyes, Jesús T. Acevedo y el que suscribe. Los otros tres amigos, Rubén Valenti, Alfonso Cravioto y Ricardo Gómez Robelo.

EL PRIMER LIBRO DE ESCRITOR AMERICANO

[1] Fray Juan de la Cruz, autor de la segunda Doctrina cristiana en lengua huasteca, impresa en 1571, no parece haber sido mexicano, sino español.

LAS "NUEVAS ESTRELLAS" DE HEREDIA

[1] Cf. los célebres versos 126-129 del canto XXVI del *Infierno* y 22-27 del canto I del *Purgatorio*. Se ha querido ver una alusión a la Cruz del Sur en las cuatro estrellas que simbolizan las Virtudes Cardinales (así, por ejemplo, Alexander von Humboldt, en el *Cosmos* y en el *Examen crítico sobre la historia de la geografía en el nuevo continente*); pero esas estrellas bien pudieran ser invención de Dante (véase F. d'Ovidio, *Il Purgatorio e il suo preludio*, Milán, 1906, pp. 21 *ss*; C. H. Grandgent, argumento del canto I del *Purgatorio*, en su edición de la *Divina Comedia*).

[2] Ya Humboldt había indicado diversos pasajes alusivos, tomando uno de ellos a la literatura, —el verso de Ercilla en el canto XXXVII de la *Araucana*: "Climas pasé, mudé constelaciones..."

LA INFLUENCIA DE LA REVOLUCIÓN EN LA VIDA
INTELECTUAL DE MÉXICO

[3] No me detengo a explicar en sus pormenores la obra de Vasconcelos, porque ya es conocida aquí; basta recordar que sus principios han sido tres: difusión de la cultura elemental, con el propósito de extinguir el analfabetismo, ayudando a la escuela con la multiplicación de las pequeñas bibliotecas públicas; difusión de la enseñanza industrial y técnica, para mejorar la vida económica del país; orientación de nacionalismo "espiritual", y de hispanoamericanismo, sobre todo en la enseñanza artística.

APUNTACIONES SOBRE LA NOVELA EN AMÉRICA

[1] *Antología del centenario*, de Luis G. Urbina, Pedro Henríquez Ureña y Nicolás Rangel (México, 1910), biografía de J. J. Fernández de Lizardi.

[2] Escrito hacia 1838, no se publicó hasta 1871.

[3] La palabra *novela* no existía en el castellano del siglo XVI: a las narraciones imaginativas se les llamaba historias o fábulas. Cervantes, en *El curioso impertinente*, la inserta en la primera parte de *Don Quijote* (1605), y en las *Novelas ejemplares* (1613), es probablemente el primero que trae de Italia el vocablo, y no lo usa para designar narraciones largas, sino de mediana extensión, como en el país de origen, entonces y ahora, y en Alemania, y en Francia (*nouvelle*).

[4] Los "géneros literarios" son designaciones prácticas: muy dudoso su papel como categorías estéticas. Y, aun atribuyendo valor substancial a la noción de género, en cualquier época hay multitud de obras que escapan a las clasificaciones, y resulta pueril empeñarse en definirlas. Hay casos, como el de la *Celestina*, en que interesaría saber cómo pensó el autor: para mí, pensó dramáticamente, y escribió su obra, no tal vez con propósitos de representación, pero sí teniendo en la mente el escenario de "decoraciones simultáneas".

[5] Datos, en J. M. Beristáin de Souza, *Biblioteca hispanoamericana septentrional*, 3 vols., México, 1816-1821; Francisco Pimentel, *Novelistas y oradores mexicanos*, en el tomo V de sus *Obras completas*, México, 1904; Luis González Obregón, *Breve noticia sobre los novelistas mexicanos en el siglo XIX*, México, 1889; Luis Castillo Ledón, "Orígenes de la novela en México"; en los *Anales del Museo Nacional de Arqueología, Historia y Etnología de México*, 1922 (hay tirada aparte).

[6] Hizo las primeras indicaciones sobre el asunto M. Menéndez y Pelayo, *Historia de la poesía hispanoamericana* (véase t. 1, Madrid, 1911, sección de México), y *Orígenes de la novela*, capítulo dedicado a la *Celestina* y su descendencia. Después Francisco A. de Icaza dilucidó el caso definitivamente en su artículo "Los dos Sancho de Muñón", publicado en el *Homenaje a Menéndez Pidal*, tomo 3, Madrid, 1925.

[7] Nicolás Antonio habla de *La bella Cotalda y cerco de París*, poema (¿caballeresco?) de Bernardo de la Vega, publicado en México en 1601. No creo que el dato se haya confirmado, y lo juzgo dudoso.

[8] Cf. M. Menéndez y Pelayo, *Orígenes de la novela*, t. 1, Madrid, 1905, pp. CCCXC-CCCXCII, e *Historia de la poesía hispanoamericana*, t. 2, Madrid, 1913, pp. 86 y 173.

⁹ Consúltese José de la Riva Agüero, *La historia en el Perú*, Lima, 1910, y "Elogio del Inca Garcilaso", en la *Revista Universitaria* de Lima, 1916.

¹⁰ Sobre Pineda Bascuñán y Barrenechea, véase José Toribio Medina, *Historia de la literatura colonial de Chile*, Santiago, 1882.

¹¹ Autobiografías semejantes a la de Reynel, de carácter religioso, escritas en prosa, o en verso, o en una y otro, no son raras en América. A fines del siglo XVIII fue famosa en España la del peruano Pablo de Olavide (1725-1803), víctima ilustre de la Inquisición española y de la Revolución francesa: *El Evangelio en triunfo o historia de un filósofo desengañado* (Valencia, 1798). En la Argentina existe *El peregrino en Babilonia*, toda en verso, del poeta cordobés Luis de Tejeda (1604-1680): su descubrimiento, que debemos a Ricardo Rojas, es la revelación de una época literaria, antes desconocida, en la Argentina colonial.

¹² Cf. Francisco Pimentel, *op. cit.*

¹³ Véase Mier, *Memorias*, pp. 243-246, reimpresión de Madrid, 1917; Alfonso Reyes, *Reloj de sol*, serie V de *Simpatías y diferencias*, pp. 185-189, Madrid, 1926; Jean Sarrailh, "La fortuna d'*Atala* en Espagne", en el *Homenaje a Menéndez Pidal*, tomo 1, pp. 255-257, Madrid, 1925.

¹⁴ Véase *Antología del Centenario*, pp. 1011-1013.

¹⁵ En mi estudio sobre "Traducciones y paráfrasis en la literatura mexicana de la época de independencia", publicado en los *Anales del Museo Nacional de Arqueología, Historia y Etnología de México*, 1913, recordando las versiones del padre Castro, las supuse directas del inglés. El anciano historiador Agustín Rivera me llamó entonces la atención sobre el testimonio del padre Juan Luis Maneiro (1744-1802), *De vitis aliquot mexicanorum...*, 3 volúmenes, Bolonia, 1791-1792.

¹⁶ No he visto la edición príncipe. Conozco la de Dublín, 1761: MEMOIRS | OF | MISS SIDNEY BIDULPH, | Extracted from | HER OWN JOURNAL, | And now first Published, | IN THREE VOLUWES. | Vol. I. (Adornos) | DUBLIN: | Printed & sold by H. SAUNDERS, at the Corner of | Christ-church-lane, in High-Street. | M DCC LXI. Los tres volúmenes tienen paginación corrida: el primero hasta la página 158; el segundo, hasta la 328; el tercero, hasta la 492.

¹⁷ Tampoco de la continuación conozco la edición príncipe, pero sí la reimpresión inmediata de Dublín, en dos volúmenes, editor G. Faulkner, 1767: los volúmenes llevan los números III y IV, en vez de IV y V, que realmente les corresponde; el primero con 172 páginas y el segundo con 179. Conozco otra edición, que ya lleva el nombre de Mrs. Sheridan y contiene las dos partes de *Sidney Bidulph* en volumen único de 402 páginas, Londres, Harrison and Co., 1786, como parte de la serie del *Novelist's Magazine*. Sobre la autora, véase John Watkins, *Memoirs of the public and private life of the Rt. Hon. Richard Brinsley Sheridan,* tercera edición, dos volúmenes, Londres, 1818, volumen I, páginas 66, 106, 107, 108; Percy Fitzgerald, *The lives of the Sheridans,* dos volúmenes, Londres, 1886, especialmente volumen 1, página 2, 25 y 48 (la novela "had an extraordinary success"); W. Frazer Roe, *Sheridan,* dos volúmenes, Londres, 1896, volumen 1, pp. 43 a 45; Walter Sichel, *Sheridan,* dos volúmenes, Boston, 1909, volumen 1, p. 244 (la novela "took London by storm") y 251.

¹⁸ W. Frazer Roe, *Sheridan,* volumen 1, p. 44 ("a dramatized version was put on the Paris stage").

[19] La versión de Prévost la he consultado en la edición de sus *Oeuvres choisies* hecha por Leblanc, impresor, para Grabit, librero en París, a principios del siglo XIX. Ocupa los tomos 30 y 31 de las *Oeuvres* (1816). El tomo 32 (1816) lo ocupa, indebidamente, la continuación de *Sidney Bidulph*, que no es del Abate. Sobre Prévost y sus versiones del inglés, ver las indicaciones sucintas de V. Schroeder, *L'abbé Prévost*, París, 1898, pp. 101, 103 y 104: nada dice sobre el error de atribuirle la versión de la segunda parte de la *Bidulph*.

[20] Sirva de ejemplo una de las cartas del principio, fechada en 4 de agosto: "As I am now well enough to receive the visits of our intimate acquaintance, I am never without company. I am really in pretty good spirits, and bear my disappointment (as I told you I would) very handsomely. I never hear Mr. Faulkland mentioned..." (edición de 1786, p. 30).
En francés: "A présent que je commence à me trouver en état de recevoir nos intimes connaissances, je ne suis jamais sans compagnie. Le courage ne me manque pas contre le assauts de mon propre cœur, qui, sous les yeux mêmes de nos amies, n'en fait pas une guerre moins cruelle à ma raison. Quand dois-je espérer, de l'exemple de ma mère, ou plutôt de l'assistance qu'elle me promet du ciel, la fin d'un combat auquel je suis quelquefois surprise, dans la langueur où je suis encore, de trouver la force de résister! On ne prononce pas devant moi le nom de M. Falkland..." (t. 30 de las *Obras escògidas* de Prévost, 97).

[21] Los cuatro tomos de la traducción española llevan pie de imprenta de Alcalá de Henares, 1792. Son en 16° (14½ × 10 cm.). La portada del tomo 1, dice: MEMORIAS | PARA LA HISTORIA | DE LA VIRTUD, | SACADAS | DEL DIARIO DE UNA SEÑORITA. | TOMO I. | (Adorno) | EN ALCALÁ: AÑO DE M.DCC.XCII. | En la Imprenta de la Real Universidad. | *Con licencia.* — La portada del tomo 2 sólo varía la indicación del número. Los tomos III y IV, además, "*De una señora inglesa*", en vez de "*Una señorita.*" El primero tiene XXVI (sin foliar) + 326 páginas; el segundo, 413; el tercero, 403; el cuarto, 417 + 5 de anuncios de libros, que incluyen dos publicaciones de Villaurrutia, *El correo de los ciegos* y *La escuela de la felicidad*.

MÚSICA POPULAR DE AMÉRICA

[1] El presente trabajo, como conferencia, vale sólo como esquema de estudios que espero desarrollar más adelante, especialmente en cuanto a la descripción de cada tipo de obra musical antillana y mexicana. Debo inapreciable ayuda, en el análisis y selección de temas y obras, a la señora María Esther López Merino de Monteagudo Tejedor, profesora de la Escuela de Bellas Artes en la Universidad Nacional de La Plata; le debo agradecimiento, además, por la participación que tomó en el acto de la conferencia ilustrándola al piano con temas populares y trozos de obras, e interpretando, al final, la danza *El velorio*, de Ignacio Cervantes, la habanera *Cubana* de Eduardo Sánchez de Fuentes, la *Danza lucumí* de Ernesto Lecuona (cubanos los tres) y la danza *Felices días* de Juan Morell Campos (puertorriqueño). Agradezco, además, la colaboración de la señorita María Mercedes Durañona Martín, que cantó la guaracha cubana *El sungambelo*, de 1813, *La casita quisqueyana*, mediatuna de Esteban Peña Morell (dominicano), y las canciones mexicanas *Y alevántate, Julia* y *El sombrero ancho*.

[2] Ejemplo característico: *La borrachita*, canción mexicana de Ignacio Fernández Esperón (*Tata Nacho*), es uno de los mejores aciertos de nuestra música vulgar, pero su letra, que pretende copiar el lenguaje del

pueblo, es incoherente y grotesca. Cosa semejante sucedía con las canciones cubanas, musicalmente admirables, de Gumersindo Garay *(Sindo)*.

3 "Música mexicana", conferencia de Manuel M. Ponce, en la *Gaceta Musical de México*, marzo y abril de 1914 (Ponce cree que la música italiana influye en México, desde el siglo XVIII, a través de la española); "Las bellas artes en Cuba", recopilación (tomo 18 de *Evolución de la cultura cubana*), La Habana, 1928, pp. 109, 111, 131, 162 y 163. Carlos Vega, en su artículo "La influencia de la música africana en el cancionero argentino" *(La Prensa,* Buenos Aires, 14 de agosto de 1932), sostiene que ya no hay huellas del influjo negro, aunque hasta principios del siglo XIX hubo cantos y bailes africanos allí; véase su artículo posterior a "Cantos y bailes africanos en el Plata" *(La Prensa,* 16 de octubre de 1932).

4 Cf. Eduardo Sánchez de Fuentes, "Influencia de los ritmos africanos en nuestro cancionero", trabajo publicado en los *Anales de la Academia Nacional de Artes y Letras,* de La Habana, 1925; reimpreso en el tomo 18 de *Evolución de la cultura cubana.* Este trabajo no trata solamente de la influencia africana: habla también de las indígenas, de las europeas y de la invención criolla. Las palabras *tequina, guamo, habao* y *maraca,* que trae Sánchez de Fuentes, no las encuentro ni en Oviedo ni en Las Casas. José Joaquín Pérez en sus *Fantasías indígenas,* colección de poemas (Santo Domingo, 1877), habla de la *diumba* como danza, del *lambí* como caracol guerrero "de sonido monótono y prolongado", y del *magüey* como "instrumento en forma de pandero hecho con la concha de un pez": ninguna de las tres palabras se halla tampoco en Las Casas ni en Oviedo. Pérez usa también la palabra *yaraví,* que es peruana, y llama al sacerdote *buitio.*

5 El padre Las Casas, que cuida de indicar la acentuación de las palabras indígenas, hace agudo el nombre del cacique de Maguana *(Apologética historia de las Indias,* cap. XX).

6 *Historia general y natural de las Indias,* libro V, cap. I.

7 Libro V, cap. III.

8 Libro XVI, cap. XVI.

9 Libro XVII, cap. IV.

10 Libro I, cap. LX.

11 Cap. CCIV.

12 *Historia de las Indias,* libro I, cap. CXIV. En la *Apologética historia de las Indias,* cap. CXCVII, Las Casas describe a Anacaona como "mujer de gran prudencia y autoridad, muy palaciana y graciosa en el hablar y en sus meneos, y que fue muy devota y amiga de los cristianos desde que los comenzó a ver y a comunicar con ellos". Después de la muerte de Caonabó y de Behechío, Anacaona se retiró al cacicazgo de Jaraguá, donde gobernó con gran acatamiento hasta que Ovando, acusándola de conspiración, la condenó a muerte en 1503. Oviedo dice que fue comedida entre los indios, pero deshonesta entre los cristianos: no la conoció, y se hace eco de maledicencias y prejuicios, como en tantas ocasiones. Entre todos los cacicazgos, el de Jaraguá, según Las Casas, era como "la corte", por ser el más refinado en lenguaje y costumbres.

13 *Historia de las Indias,* libro I, cap. CXXI.

14 Libro III, cap. XXI.

15 Los breves apuntes de fray Román Pane están intercalados, des-

pués del cap. LXI, en la discutida biografía de Colón que se atribuye a su hijo Don Fernando.

[16] *Elim:* el sol.

[17] *Turey:* cielo; *Zemí:* dios.

[18] *Information respecting the history, condition and prospects of the indian tribes of the United States,* collected and prepared... by Henry R. Schoolcraft, 6 vols., Filadelfia, 1851-1860. Consultar tomo 2, pp. 309-312.

[19] La transcripción está hecha en ortografía francesa: "Aya bomba ya bombai... dogai"; el nombre de la reina poetisa está escrito "Ana-Coana", por error ortográfico, fácil en persona de habla inglesa. Al final de cada verso, Pierson agrega *bis,* entre paréntesis. Pero olvida indicar cómo concuerdan la música, compuesta de seis frases, y la letra, compuesta de cinco, o, con las repeticiones, de diez. Según sus datos, el areíto era en elogio de Anacaona.

[20] Así lo transcribe el historiador martiniqueño Moreau de Saint-Méry en su *Description topographique, physique, civile, politique et historique de la partie française de l'isle Saint-Domingue...,* Filadelfia, 1797. Hay estribillos semejantes en Las Antillas y en Puerto Rico: véase María Cadilla de Martínez, *La poesía popular en Puerto Rico,* Madrid, 1933; por ejemplo, en el Cibao, la región septentrional de Santo Domingo, "¡Ay bombaé! Sólo siento que me hicieran ¡ay bombaé! en ti haber puesto mi amor..." Pero la música no tiene parentesco con el areíto de Anacaona.

[21] Cf. Émile Nau, *Histoire des caciques d'Haïti...,* París, 1854, 2da. ed., 1894; Apolinar Tejera, *Literatura dominicana,* Santo Domingo, 1922. Para colmar la complicación, Antonio Bachiller y Morales transcribió en su obra *Cuba primitiva* (La Habana, 2da. ed., 1883) el areíto de Anacaona, tomándolo —con erratas— de la recopilación de Schoolcraft, y en Cuba se le ha creído cantar de los indios siboneyes, hasta el punto de que el distinguido compositor cubano Eduardo Sánchez de Fuentes lo pone en boca del coro en su ópera *Doreya* (1918), de asunto indígena.

[22] *Elementos de geografía físico-histórica antigua y moderna de la isla de Santo Domingo,* Santo Domingo, 1866. Una de las *Fantasías indígenas* de José Joaquín Pérez lleva el título de "Igi aya bongbe" y el estribillo: "Morir antes prefiero / que no esclavo vivir".

[23] Doy el texto de Pierson. Sánchez de Fuentes lo presenta modificado en su estudio "Influencia de los ritmos africanos en nuestro cancionero": por ejemplo, comienza en *fa sostenido* en vez de *mi.*

[24] La transcripción es defectuosa.

[25] La letra dice: "Ahí viene Monsieur Contin / en su caballo melado / y dice que no se apea / porque tiene un pie cortado". En la Argentina, sin embargo, se canta como canción de niños, con otra letra.

[26] Consúltese, entre otras cosas, Ramón Menéndez Pidal, "Los romances tradicionales en América", en la revista *Cultura Española,* de Madrid, 1906, reproducido en su libro *El romancero: teorías e investigaciones,* Madrid, s. a. (c. 1927); Pedro Henríquez Ureña, "Romances en América" (versiones de Santo Domingo), en la revista *Cuba Contemporánea,* de La Habana, noviembre de 1913 [reproducido en la presente edición]; Pedro Henríquez Ureña y Bertram D. Wolfe, "Romances tradicionales en México", en el *Homenaje a Menéndez Pidal,* Madrid, 1924 (hay tirada aparte); para juegos del siglo XVI, los *Juegos de Noches Bue-*

nas, de Alonso de Ledesma, Barcelona, 1605, reimpresos en el tomo 35 de la Biblioteca de Autores Españoles, y el *Cancionero* de Sebastián de Horozco, escrito hacia 1550 y publicado en Madrid, 1874.

[27] Será interesante comparar los diversos tipos de melodías de romances cuando se publiquen los que reunió el estimado musicólogo español Manuel Manrique de Lara, como labor adjunta a la recolección del magno romancero futuro de don Ramón Menéndez Pidal.

[28] Véase Julio Arzeno, *Del folklore musical dominicano,* tomo 1, Santo Domingo, 1927, pp. 28 y 53. La letra de la primera dice (la cita también Ramón Emilio Jiménez, *Al amor del bohío,* tomo 1, Santo Domingo, 1927, p. 156): "Rondé, rondé, rondé batalla, / rondé, rondé y bueno que baila..." La letra de la segunda: "Al pasar la barca le dijo el barquero: / —Muchacha bonita no paga dinero... / A ti na má / te quiero yo; / a ti na má / te quiero pa bailar..." Cf. *Cancionero popular gallego,* recogido por José Pérez Ballesteros, 3 vols., Madrid, 1885-1886.

[29] La chacona no es quizás sino una variante del pasacalle (véase Hugo Riemann, *Composición musical: teoría de las formas musicales,* traducción del alemán, Barcelona, 1929, pp. 356-359): ¿no sería el matiz diferencial lo que adquirió en América?

Sobre los bailes españoles, y las influencias de América, véase la introducción de don Emilio Cotarelo y Mori a la colección de *Entremeses, loas, bailes, jácaras y mojigangas,* tomo 1, Madrid, 1911 *(Nueva Biblioteca de Autores Españoles).* Francisco Asenjo Barbieri publicó en *La Ilustración Española y Americana,* de Madrid, en noviembre de 1877, unos artículos sobre "Danzas y bailes de España en los siglos XVI y XVII"; no sé si se han reimpreso en libro. Entre la multitud de publicaciones de Felipe Pedrell, deben consultarse el *Teatro lírico español anterior al siglo XIX,* 5 vols., Coruña, 1886, y el *Cancionero musical popular español,* 4 vols., Valls, 1919-1920. El tratado clásico del siglo XVII es el libro de Juan de Esquivel Navarro, *Discurso del arte del danzado,* Sevilla, 1642; clasifica los bailes en populares, como el basto, la tárrega y la jácara, usuales como el canario, y elegantes, como la española, que declara vieja; sin embargo, a fines del siglo la introduce en sus *Villancicos* o representaciones musicales para iglesia sor Juana Inés de la Cruz, en México; introduce también, y con más frecuencia, la jácara, que de baile había pasado a breve forma teatral. A principios del siglo XIX, el *Diario de México* (especialmente el artículo publicado el 26 de julio de 1807) cita como danzas en uso la alemanda, el pasacalle, la chacona, la contradanza, el minué, el paso de dos, el bolero, junto al rorro, la jarana y el jarabe mexicanos (las de sociedad eran bolero, contradanza y minué): como antiguas, no sabemos si enteramente en desuso, la gallarda, la jácara, las folías, el canario, la zarabanda, la gavota, el cumbé, que, a juzgar por el nombre, debió de ser baile de negros, como el zarambeque y el guineo: ¡también en el siglo XVI comienza la moda de llevar a Europa las danzas negras! Hacia 1830, según Serafín Ramírez (1833-1907), "La Habana de otros tiempos", en el tomo 18 de *Evolución de la cultura cubana,* se bailaban en Cuba el minué —diversas especies—, la contradanza, el rigodón, el baile inglés, el vals, y, como españoles o cubanos, el fandango, las gaditanas, las sevillanas, las rondeñas, las malagueñas, las seguidillas, el olé, las guarachas, el zapateo, el bolero, la cachucha, el cádiz, entre otros.

[30] "Del siglo XVIII son pocos y de muy escaso interés los documentos de música folklórica, pues no consideramos como tal la de las *tonadillas* escénicas de esta época, de marcado sabor italiano. En el siglo XIX vuelven nuestros compositores a interesarse por la música popular,

que nutre casi siempre las grandes *tonadillas* y las *zarzuelas"*, Eduardo Martínez Torner, *Cancionero musical*, Madrid, 1928 (Biblioteca Literaria del Estudiante). Debe recordarse que la música de las zarzuelas del siglo XIX, aunque aproveche elementos populares, está muy influida por Italia y Francia.

[31] Las confusiones ocurren excepcionalmente, en la canción vulgar, cuyas formas son menos definidas que las del canto popular, más internacionales por la influencia de Italia y Francia. Así, *Cielito lindo*, que se encuentra en los *Cantos populares españoles* recogidos por Francisco Rodríguez Marín, 5 vols., Sevilla, 1862-1883, y que en el siglo XX pasa por argentina en Argentina y mexicana en México; "Ay mi palomita...", "En un delicioso lago..." y "Una tarde fresquita de mayo...", que se encuentran en cancioneros españoles como el montañés y el asturiano de Hurtado, se cantaban en Santo Domingo a fines del siglo XIX (las dos primeras figuran en el libro de Julio Arzeno, *Del folklore musical dominicano*, I, pp. 111 y 117; la segunda, además, en *El folklore y la música mexicana*, de Rubén M. Campos, México, 1922, p. 245). *La golondrina*, que comienza "Aben Amet, al partir de Granada...", está muy difundida en las Antillas, México y la América Central (Rubén Darío la cita en *Tierras solares* como recuerdo de su infancia) y muchos mexicanos la creen nacional (véase Rubén M. Campos, *El folklore y la música mexicana*, pp. 65-66, con texto musical); la letra es traducción —de autor desconocido— del *romance mauresque* que Martínez de la Rosa introduce en la versión francesa (que es la primitiva) de su *Aben Humeya*, representado en París en 1830; sé que en Santo Domingo se difundió en la década de 1860 a 1870, gracias a una revista de España que la publicó, y la escritora mexicana doña Laura Méndez de Cuenca (1853-1928) me decía saber que con la música que conocemos se había cantado la *romance* en París, en el estreno de *Aben Humeya*. ¿El compositor sería francés o español? Junto a las canciones vulgares, o cultas como *La golondrina*, hasta se han esparcido por América coplas españolas genuinamente populares: pueden encontrarse comparando la colección de Rodríguez Marín con cancioneros de América como el ecuatoriano de Juan León Mera (Quito, 1892), y el argentino de Juan Alfonso Carrizo, *Antiguos cantos populares argentinos* (Buenos Aires, 1926). Carrizo ha publicado después otra colección más extensa, *Cancionero popular de Salta* (Buenos Aires, 1933). Caso difícil es el de la alborada, realmente popular, que llaman en México *Mañanitas*:

> Amapolita morada...
> Despierta, mi bien, despierta...

Rodríguez Marín la recoge como española; pero en México la he visto en un manuscrito que data de fines del siglo XVIII o principios del XIX, en poder de la señorita María Canales, profesora en la Escuela Preparatoria de la Universidad Nacional. ¿No habrá ido de México a España la canción?

[32] Al señalar como focos de irradiación las grandes Antillas, no quiero decir que Venezuela y Colombia, por ejemplo, no posean tipos propios de música, como el *bambuco*, el *pasillo*, el *joropo*, el *romance* venezolano y el *tono* llanero.

[33] Laureano Fuentes Matons, "Las artes en Santiago de Cuba", 1893, trabajo reproducido en el tomo 18 de *Evolución de la cultura cubana*.

[34] "Micaela Ginés, negra horra, de Santiago de los Caballeros, vihuelista", dice José María de la Torre, en *Lo que fuimos y lo que somos o La Habana antigua y moderna*, La Habana, 1857, citado por Laureano

Fuentes en "Las artes en Santiago de Cuba" y por Eduardo Sánchez de Fuentes en "Influencia de los ritmos africanos en nuestro cancionero".

[35] Véase Eduardo Sánchez de Fuentes, *El folklore en la música cubana*, La Habana, 1923, e "Influencia de los ritmos africanos en nuestro cancionero". Mi hermano Max Henríquez Ureña me escribe desde Santiago de Cuba, capital de Oriente, que allí el *són* moderno se considera, corrientemente, originario de Manzanillo, ciudad de aquella provincia.

[36] Los trabajos de Peña Morell se están publicando, bajo el título de *Notas críticas*, en el *Listín Diario* de Santo Domingo; allí apareció también el resumen de una conferencia suya sobre la *mangulina*, hecho por Fernando Concha. El distinguido compositor debería emprender la recolección y clasificación sistemática de los principales tipos de música del país, definiéndolos en lenguaje claro y sencillo, de frases breves: sus actuales estudios resultan difíciles de entender, tanto por el tono frecuente de polémica como por el estilo enredado; así, cuando corrige la contradictoria explicación del *merengue* que da Julio A. Hernández (en su interesante *Album musical*, Santo Domingo, 1927), su propia explicación sale sumamente confusa.

[37] La sólida cultura colonial de Santo Domingo, metrópoli universitaria del Mar Caribe hasta bien entrado el siglo XVIII, se extendía a la música. La inmigración de familias dominicanas en Cuba, entre 1796 y 1822, contribuyó al súbito cambio de nivel que se advierte en la cultura cubana a principios del siglo XIX: "las familias dominicanas... como modelos de cultura y civilización nos aventajaban en mucho entonces", dice Laureano Fuentes Matons, apoyándose en notas de su padre, y "el primer piano de concierto que sonó en Cuba fue el de Segura [el médico dominicano Bartolomé de Segura y Mieses], traído de París en 1810"; en casa de Segura dio el maestro alemán Carl Rischer las primeras lecciones de piano que hubo en la isla. De Victoriano Carranza, compositor dominicano de música religiosa, dice Fuentes que ayudó a mejorar la de las Iglesias de Santiago de Cuba con sus enseñanzas. Todavía a fines del siglo XIX se perpetuaban altas tradiciones en las iglesias de Santo Domingo: en mi infancia oí en ellas coros de la *Missa brevis* de Palestrina, del *Magnificat* de Bach y de la *Ifigenia en Táuride* de Glück (uno de los coros de las sacerdotisas de Diana se cantaba en el mes de María, en la iglesia de la Regina Angelorum). A la difusión de la cultura musical se debe que las melodías de grandes compositores se hayan convertido a veces en aires populares de Santo Domingo: así, la melodía de un adagio de Mozart se adaptó a una canción satírica de hacia 1850:

> Gabriel Recio se casó
> con una dominicana...

y una parte del brindis de *Don Juan* sirvió para el cantar de

> Comandante Julio,
> ya se acabó el gas;
> cómo nos haremos
> con la oscuridad...

[38] En la p. 29. Letra:

> *Voz:* ¡Ohe, Manguliná!
> Maracatona te dirá...
> *Respuesta:* Que ño Ambrosio trajo un perro
> y se va pa la Montiá...

[39] Véase el artículo "Música vernácula", de Rafael Vidal, en el *Album musical* de J. A. Hernández. La letra dice:

Tomá juyó con la bandera
Tomá juyó de la Talanquera;
si juera yo, yo no juyera;
Tomá juyó con la bandera.

[40] *Del folklore musical dominicano*, I, p. 127. La letra dice:

Juyó, juyó Tomá de Talanquera;
si yo fuera Tomá, yo no volviera.
Juyó, juyó Tomá con la bandera;
si yo fuera Tomá, yo no volviera.

[41] Véase Fernando Rueda, artículos sobre "Música y músicos dominicanos", que se publican en el *Listín Diario* de Santo Domingo desde 1928. Para Rueda, Alfonseca inventó el *merengue* en 1844; le atribuye, además, "la muy popular *mangulina*... canción con ritmo de merengue", con letras de sátira política.

[42] Tomo este ejemplo de Julio Arzeno, *Del folklore musical dominicano*, I, donde debe verse el capítulo "En los bailes", con muchas melodías de *merengues*.

[43] Peña Morell dice que ya Alfonseca había escrito *merengues* con *paseo*.

[44] Véase el *Álbum musical* de Hernández, donde incluye dos *merengues* suyos.

[45] Enrique Deschamps, *Directorio general de la República Dominicana*, Barcelona, s.a., (1906). Véanse pp. 274-280. Ramón Emilio Jiménez, en *Al amor del bohío*, tomo 1, Santo Domingo, 1927, dice que el *merengue* es el único baile popular que ha sobrevivido en el Cibao, "tal vez por ser menos antiguo que los otros", a la invasión de los bailes extranjeros, especialmente cubanos y norteamericanos.

[46] Antes de la llegada del acordeón (cuya presencia produjo general trastorno en Santo Domingo, como en el Río de la Plata) dominaban las bandurrias campesinas que se llaman *tiples*, o, según el número de las cuerdas, *cuatros, seises, doces*. Peña Morell menciona, además del *tiple* o *guitarro* y del *violín rústico*, que se tocan en todo el país, el *atabal* como típico del sur; el *balsié* o tambor pequeño, de origen probablemente indígena, como típico del occidente; el *tamboril* y "la frutiforme *güira*", probablemente indígena también, en el norte; las *polillas*, la *marca*, la *gayumba* —nombre precisamente de uno de los bailes americanos que se importaron en España durante el siglo XVII—, la *botija* y la *pandereta* como típicas del oriente. Véase, además, Julio Arzeno, *Del folklore musical dominicano*, I, p. 44.

[47] "Reseña histórico-crítica de la poesía en Santo Domingo", escrita por César Nicolás Penson en nombre de la comisión de la antología dominicana, de que formó parte con Salomé Ureña de Henríquez, Francisco Gregorio Billini, Federico Henríquez y Carvajal y José Pantaleón Castillo, Santo Domingo, 1892. Penson menciona los tambores llamados *quijongos*, "instrumentos muy primitivos a que también llaman *cañutos*... troncos ahuecados y recubiertos, por uno de sus extremos, de una piel sobre la cual manotean cantando. El más pequeño, que dicen *alcahuete*, sirve de instrumento primo al mayor". Les atribuye origen africano.

[48] Véase Arzeno, p. 43. El tiempo es rarísimo: da $2\frac{1}{2}$ en vez de 2.

49 Hay también *zapateo* en compás de seis por ocho, según muestra que da Arzeno (*Del folklore musical dominicano*, I, p. 43).

50 El pan o torta de yuca (mandioca de la América del Sur o guacamote de México) se llama cazabe.

51 Según parece, se bailan con las tonadas del *zapateo* o con tonada propia.

52 En el capítulo "Los bailes típicos", de *Al amor del bohío*, Jiménez describe también el *chenche* y el *guayubín*.

53 Véase *Del folklore musical dominicano*, I, cap. "Los boleros".

54 Contredanse: no viene de *country-dance*; lo demostró Littré, *Diction.*, 1883.

55 He citado antes el comienzo de *San Pascual Bailón* a propósito del *areito de Anacaona*.

56 Sánchez de Fuentes, en *Influencia de los ritmos africanos en nuestro cancionero*, transcribe *La coqueta* y *La cocotte*.

57 Valdría la pena determinar cuántas y cuáles fueron las invenciones y adaptaciones de Alfonseca. Fernando Rueda lo llama "el padre de la danza criolla", pero después se refiere sólo a sus *merengues*.

58 Las *danzas* de Cervantes llevan muchas ediciones: figuran, por ejemplo, en colecciones como *La mejor música del mundo*. La excelente revista *Social*, de La Habana, las está reproduciendo sistemáticamente desde 1928.

59 La *habanera* es, en el Río de la Plata, antecesora de la *milonga*. Debe de haber influido también en el *estilo* (véase el *estilo* de Julián Aguirre).

60 Dato curioso: he oído decir que *La Borinqueña* es muy popular, bajo otro nombre en el Perú.

61 Eugenio Deschamps, *Juan Morel Campos*, Ponce, 1897.

62 Véase Rubén M. Campos, *El folklore y la música mexicana*, pp. 66-75, con dos danzas de Villanueva y una de Elorduy.

63 "Influencia de los ritmos africanos en nuestro cancionero", en el tomo 18 de la *Evolución de la cultura cubana*, p. 170.

64 Sobre el *zarandillo*, véase Cotarelo, artículo *Zangarilleja*, en la Introducción a *Entremeses, loas, bailes, jácaras y mojigangas*, y Eduardo López Chavarri, *Música popular española*, Barcelona, 1927 (Labor), p. 93, con ejemplo del siglo XVIII que, según el autor, pasaría hoy como *guajira*.

65 Cf. *El folklore en la música cubana*, La Habana, 1923, e "Influencia de los ritmos africanos en nuestro cancionero", tomo 18 de *Evolución de la cultura cubana*, pp. 172-175 y 181-192, donde describe los instrumentos africanos existentes en Cuba: el *tres*, bandurria de tres cuerdas dobles, los tambores de varia especie, tales como los tres tambores *ñáñigos*, para primero, segundo y tercer golpes, *bencomo, cosilleremá* y *llaibí llenbí*, el *boncó*, el *bongó*, la *tahona*, la *tumba*, la *tambora*, el *hueco* y el *catá*, las *sonajas*, etc. ¿No serán indígenas varios de estos instrumentos? Sobre ellos hay extenso trabajo de Israel Castellanos en los *Archivos del Folklore Cubano*, de La Habana, 1926. Como España mantuvo en Cuba

la esclavitud, y la importación de esclavos, hasta poco después de terminar la Guerra de los Diez Años (1878), las tradiciones africanas se conservan todavía: véanse los importantes libros de Fernando Ortiz sobre el negro en Cuba. Entiendo que es interpretación musical de la vida del negro en Cuba una obra sinfónica del modernísimo compositor Amadeo Roldán, con título estrepitosamente prometedor: *La rebambaramba.*

⁶⁶ Véase *Álbum musical,* p. 15. Hernández incluye allí dos lindas *criollas* compuestas por él: *Feliz eres, labriego,* con letra de Ramón Emilio Jiménez, y *No llores nunca.*

⁶⁷ Nicolás Ureña de Mendoza, en uno de sus *Cantos dominicanos,* "Un guajiro predilecto" (1855), describe el canto de una campesina:

> En una noche de luna,
> libre el pecho de cuidado,
> del *tiple* al són acordado
> cantaba la mediatuna...
>
> Los guajiros se acercaban
> del Ozama a la ribera
> y aquella voz hechicera
> arrobados escuchaban...

⁶⁸ Cf. César Nicolás Penson, "Reseña histórico-crítica de la poesía en Santo Domingo", pp. 39-41; Ramón Emilio Jiménez, artículo "La media-tuna" en *Al amor del bohío.* Peña Morell ha compuesto una serie de *mediastunas:* conozco *La casita quisqueyana,* en compás de tres por cuatro; su primera parte es muy hermosa. Enrique de Marchena, hijo *(Listín Diario,* 7 de abril de 1931) dice que hay influencia española en las plenas, mangulinas y mediastunas; francesa en el merengue y en el pseudo cara-biné del Sur. "Afortunadamente... en el merengue se ha ido imponiendo una tendencia criollista que... le va alejando de Haití y de las islas del sur del Caribe".

⁶⁹ He oído en Santo Domingo canciones vulgares con letras de Béc-quer (diversas *Rimas;* la música quizás vino de España), de Zorrilla ("Allah Akbar"), de Espronceda ("Canción del pirata") y hasta del Marqués de Santillana ("Moza tan hermosa..."); de poetas dominicanos como Félix María del Monte ("Dolora" e "Instante supremo...", del poema *Las vírgenes de Galindo),* José Joaquín Pérez ("A ti", "Tiende la noche..."), Salomé Ureña de Henríquez ("El ave y el nido"), Josefa Antonia Perdomo ("La inocente mariposa"), Federico Henríquez y Carvajal ("Mis deseos": la cita Julio Arzeno en *Del folklore musical dominicano,* p. 77), Bartolomé Olegario Pérez, y de otros poetas de América, como los mexicanos Gutiérrez Nájera ("A una niña": "Entras al mundo por ebúrnea puerta..."), Fernando Calderón ("Desde la infancia hasta la edad decrépita...", de su drama *El torneo)* y Luis G. Urbina ("Mi tesoro"), los venezolanos José Antonio Calcaño ("El ciprés") y Pérez Bonalde ("En el fondo del mar nació la perla..."), el colombiano Gutiérrez González ("Porque no canto"), el puertorriqueño Manuel Padilla Dávila ("Mariposas") y el argentino Esteban Echeverría, cuya "Diamela" acaso llegó hasta las Antillas con la música que le compuso Esnaola en Buenos Aires. En Santo Domingo, residió, y allí murió trágicamente, el poeta venezolano Eduardo Scanlan, protagonista de *Ciudad romántica,* el pintoresco libro de Tulio M. Cestero: componía la música para sus propios versos, y una de sus canciones, "Sé que soy para ti cual flor marchita...", tuvo larguísima boga.

⁷⁰ Hasta he oído en Santo Domingo, como canción del país, la ro-

manza del "Alma innamorata" de *Lucía de Lammermoor*, con una letra que comenzaba "Tú sabes amarme, Malvina..." Cf. "La donna è mobile" de *Rigoletto* (Verdi), con letras humorísticas en toda América y España.

[71] Sobre la *canción*, véase Serafín Ramírez, *La Habana de otros tiempos*, y Sánchez de Fuentes, "Influencia de los ritmos africanos en nuestro cancionero", en el tomo 18 de *Evolución de la cultura cubana*, pp. 194-195, con ejemplos; J. A. Hernández, *Álbum musical*, con nota preliminar y dos muestras: *El espejo*, de Juan Francisco García, y *Cibaeñita*, de J. D. Cerón; Julio Arzeno, *Del folklore musical dominicano*, especialmente el capítulo "Las serenatas".

[72] Véase el *Álbum musical* de Hernández, con nota preliminar, cuatro valses suyos y uno de J. D. Cerón; Julio Arzeno, *Del folklore musical dominicano*, capítulo "Los valses".

[73] Adolfo Salazar, *Música y músicos de hoy*, Madrid, s.a. [1929], capítulo "El problema de América: indigenismo y europeización".

[74] *El folklore y la música mexicana*, libro muy rico en materiales, pp. 36 (Danza azteca de la peregrinación de Aztlán, música y letra recogidas por Mariano Rojas), 38 (Danza de la Malinche, publicada por D. G. Brinton), 39 (seis sones guiadores de danzas) y 311-316 (danzas de Jalisco).

[75] Gustavo E. Campa, interesante artículo referente a "La conferencia de Manuel M. Ponce sobre la música popular mexicana", en la *Gaceta Musical de México*, 1914.

[76] "El Yúmare", en la revista *Repertorio Americano*, de San José de Costa Rica, 23 de febrero de 1929. Describe, además del *yúmare*, los *matachines* (igual nombre tuvo uno de los bailes más usados en el teatro español durante el siglo XVII; véase Cotarelo, artículo *Matachines* en la Introducción a los *Entremeses, loas, bailes, jácaras y mojigangas*) y los *pascoles*, danzas en que se imitan animales como el venado, la serpiente, la paloma. Carl Lumholtz, en su *México desconocido*, recoge la música del *yúmare* y la del *rutuburi*, otra danza sagrada de los tarahumaras.

[77] Probablemente "quinientos treinta y uno" es alteración de "quinientos veinte y uno". Rubén M. Campos da descripciones de danzas en *El folklore y la música mexicana*, pp. 27-40 y de instrumentos indígenas, con ilustraciones, pp. 20-27: el *huéhuetl* (tambor), el *teponaztli* (especie de xilófono), el *atecocolli* (caracol), el *tzicahuaztli* (especie de güiro), el *tlapitzalli* (especie de flauta), el *ayacachtli* (sonaja). A juzgar por el registro de las flautas, la escala de los mexicanos no parecería pentatónica.

[78] F. Veyro, "La música huasteca: las danzas indígenas y los guapangos rancheros", en la revista *La Antorcha*, de México, 1924. Las danzas indígenas que describe son los *negros*, con caretas negras, la *monarca*, con disfraces de reyes aztecas, *el tigrillo* y *el mapache*, cinegéticas. Como danza criolla, de coreografía lúbrica, existe el *carguís*: ¿será una forma de la rumba?

[79] José María Esteva, en 1840, describe el *huapango* de su tiempo: véase la cita en *El folklore y la música mexicana*, de Campos, p. 107.

[80] Véase el artículo de Esteban Maqueo Castellanos sobre la *sandunga*, recogido por Darío Rubio en *Estudios lexicográficos. La anarquía del lenguaje en la América Española*, 2 vols., México, 1925, s.v. sandunga. Véanse además los artículos *corrido, jarabe, paloma, valona*.

[81] Tal vez su origen no sea americano, pero su forma actual, sí.

[82] La conferencia de Ponce, "Música mexicana", y el artículo de Campa se publicaron en la *Gaceta Musical de México*, en 1914.

[83] El virrey Marquina prohibió en México, en bando de 15 de diciembre de 1802, "el pernicioso y deshonesto baile nombrado *jarabe gatuno*". A Cuba lo llevaron "presidiarios de México", dato enigmático que procede de José María de la Torre, *Lo que fuimos y lo que somos o La Habana antigua y moderna.* Véase, además, Serafín Ramírez, *La Habana de otros tiempos.*

[84] Ponce dice haber encontrado "uno curiosísimo por su ritmo: cada dos compases de tres tiempos tiene intercalado uno de dos"; alteración rítmica que se conoce en la música de los vascos, de los finlandeses, de los rusos y de los servios. En los *zorzicos* vascos este compás se indica con las cifras cinco por cuatro.

[85] En *El folklore y la música mexicana*, Campos transcribe unos diez y siete aires de jarabe: creo que pueden clasificarse como tales los números 1, 4, 5, 8, 10, 13, 28, 30, 31, 37, 38, 46, 47, 55, 61, 62 y 70 de sus *cien aires nacionales.*

[86] Véase una *polka* del célebre pianista Tomás León (1828-1893) en *El folklore y la música mexicana*, de Campos, p. 178.

[87] Entre las canciones humorísticas, tuvieron larguísima boga las de tema político durante las luchas entre conservadores y liberales, especialmente *Los cangrejos* (i. e., los reaccionarios) y la *Mamá Carlota* (despedida de la emperatriz), que Campos reproduce en *El folklore y la música mexicana*, p. 300. En *El folklore literario de México*, Campos transcribe la letra de otros cantares de sátira política (pp. 134 y 172-190).

[88] Campos dedica un capítulo, en *El folklore y la música mexicana*, a la estructura de los aires populares (pp. 106-110): no la describe de modo completo, sin embargo. Como rasgo interesante anota que en algunos "con frecuencia cambia el compás... A veces el cambio es alterno sistemáticamente con un compás binario y uno ternario. En otros aires la línea melódica va en una medida y el acompañamiento en otra, o viceversa... Pero la arbitraria alteración es la que caracteriza más los cantos de ciertas regiones mexicanas, especialmente Michoacán. Otra particularidad es el empleo de notas superabundantes en una medida continua..." En las pp. 84-86 dice que en Michoacán la música popular se divide en *canciones* y *sones serranos* (uno de especial interés es la *canacua*), *canciones charaperas* (de las ciudades) y *sones isleños* (de las islas del lago de Pátzcuaro), *sones* y *gustos abajeños* (de las tierras bajas del Estado). El compositor Francisco Domínguez ha reunido y está publicando *Sones, canciones y corridos michoacanos* (Publicaciones de la Secretaría de Educación Pública, México).

En *Bandera de Provincias*, quincenal de Guadalajara, noviembre de 1929, publica Francisco Aceves un artículo, "Musicografía", en que clasifica cuatro tipos de música popular de Jalisco: la *canción*, el *corrido*, el *són* (baile), la *valona.* Su descripción de la *canción* coincide con la de Ponce: "está compuesta de dos partes, y cada parte la constituye una frase *forma ordinaria* que termina con una cadencia perfecta..." De la armonía, que es rudimentaria, dice que "es consonante en estado fundamental, y muy rara vez en estado de inversión; excepcionalmente emplean el acorde de séptima dominante fundamental y su segunda inversión con su resolución natural. Éste es el único acorde disonante excepcionalmente empleado..."

[89] Véanse "Las canciones mexicanas de antaño", núms. 1 (es error la fecha de 1840: Lola Guerrero no pudo componer aquellos versos sino después de 1850), 2, 3, 4, 5, 6, 7, 8, 9, 10, 11, 12, 13, 15, en El folklore literario de México, de Campos, y los núms. 92, 93, 94, 95, 96, 97, 98, 99 y 100 de los "Cien aires nacionales" de El folklore y la música mexicana (en las pp. 81-91 habla de compositores y cantores populares y vulgares).

[90] Véanse las letras de corridos que reproduce Campos en El folklore literario de México, pp. 141 y 235-291, y El folklore y la música mexicana, p. 102 (música de Macario Romero) y 115 (letra de El payo). Publican corridos las revistas Mexican Folkways y Contemporáneos, de México, Bandera de Provincias, de Guadalajara, y Horizonte, de Jalapa. Hay corridos en el "Romancero nuevo mexicano", recogido en territorio de los Estados Unidos, en Nuevo México, por Aurelio M. Espinosa, y publicado en la Revue Hispanique, de París, 1915; de ahí tomó Antonio G. Solalinde el Macario Romero para su colección de Cien romances escogidos.

[91] Ponce en su conferencia cita parte de la letra, pero no la música. Campos trae la música de otra valona, El mosco, en El folklore y la música mexicana, p. 318.

[92] En 1922, la orquesta del maestro Torreblanca visitó el Brasil, el Uruguay y la Argentina. En la revista El Hogar, de Buenos Aires, en octubre de aquel año, se publicó (sin firma) una exacta y delicada apreciación de aquella "orquesta típica" y de sus timbres instrumentales (marimbas, guitarras, bandolones, etc.): se me ha dicho que el autor era el fino músico Julián Aguirre. En El folklore y la música mexicana, Campos se refiere varias veces a los instrumentos musicales: véanse pp. 84, 106, 155, 197-205, 207-215, además de 20-27, dedicadas a instrumentos indígenas.

En este siglo, el principal organizador de "orquestas típicas" en México es el maestro Miguel Lerdo de Tejada; pero existían desde antes, y en 1892 estuvo una en España.

ASPECTOS DE LA ENSEÑANZA LITERARIA EN LA ESCUELA COMÚN

[1] José Enrique Rodó, en su artículo "La enseñanza de la literatura" (1909), recogido en su libro El mirador de Próspero (Montevideo, 1913), censuraba este peculiar arcaísmo de los tratados. Desgraciadamente, no se atrevió a declarar la inutilidad esencial de la preceptiva.

EL TEATRO DE LA AMÉRICA ESPAÑOLA EN LA ÉPOCA COLONIAL

[1] Únicas investigaciones que he podido anotar: el Oidor Alonso de Zorita, en el siglo XVI, formó un Catálogo de los autores que han escrito historias de Indias o tratado algo de ellas, impreso con su Relación o Historia de la Nueva España (Madrid, 1909); en el siglo XVII, Antonio de León Pinelo, el Epítome de la biblioteca oriental y occidental náutica y geográfica, publicado en Madrid (1629); Diego de León Pinelo, Hypomnema apologeticum pro Regali Academia Limensi... (sobre la Universidad de San Marcos), publicado en Lima, 1648; Cristóbal Bernardo de la Plaza y Jaén, la Crónica de la Real y Pontificia Universidad de México (2 vols., México, 1931); en el siglo XVIII, el dominico habanero fray José de Fonseca, apuntes históricos sobre los escritores de Cuba (ms. que consultó Eguiara); el Dr. Francisco Javier Conde y Oquendo, cubano, una Diser

tación histórica crítica sobre la oratoria española y americana, que no se conserva; el mexicano Juan José de Eguiara y Eguren, la *Biblioteca Mexicana,* tomo 1, México, 1755 (creo que parte inédita de la obra se conserva en la Biblioteca de la Universidad de Texas); por fin, el jesuita mexicano Agustín Castro (1782-1790), en su destierro en Italia, unos apuntes de historia de la literatura en la América española, que no se imprimieron. Ya en el siglo XIX publicó el sacerdote mexicano José Mariano Beristáin de Souza (1756-1817) su *Biblioteca hispano-americana septentrional,* 3 vols., México, 1816-1821. *La Biblioteca americana,* del ecuatoriano Antonio de Alcedo (siglo XVIII), se conserva manuscrita.

² Gonzalo Fernández de Oviedo, *Historia general y natural de las Indias,* libro 5, caps. 1 y 3; libro 16, cap. 16; libro 17, cap. 4.

³ Fray Bartolomé de las Casas, *Historia de las Indias,* libro 1, cap. 94.

⁴ Consta desde 1526, en acta del Cabildo de la Catedral, que "los oficios" desfilaban en la procesión del Corpus. Es de creer que desde el principio figuraban los de los indios. Cf. Joaquín García Icazbalceta, "Introducción" a los *Coloquios espirituales y sacramentales y Poesías sagradas,* de Fernán González de Eslava, México, 1877, pp. 24 y 25.

⁵ Sobre máscaras, véase el espléndido libro de Roberto Montenegro, *Máscaras mexicanas,* México, 1926.

Zumárraga habla del problema de la fusión en el apéndice que puso al tratado de Dionisio Cartujano sobre las procesiones, reimpresión mexicana hacia 1545 (la primera edición mexicana es de 1544). Véase cita de García Icazbalceta en la "Introducción" a los *Coloquios* de González de Eslava, pp. 27-28. La indignación de Zumárraga es elocuente: "Cosa de gran desacato y desvergüenza parece que ante el Santísimo Sacramento vayan los hombres con máscaras y en hábitos de mujeres, danzando y saltando con meneos deshonestos y lascivos, haciendo estruendo, estorbando los cantos de la Iglesia, representando profanos triunfos, como el del dios del amor, tan deshonesto, y aun a las personas no honestas tan vergonzoso de mirar, y que estas cosas se manden hacer, no a pequeña costa de los naturales y vecinos oficiales y pobres, compeliéndolos a pagar para la fiesta. Los que lo hacen, y los que lo mandan y aun los que lo consienten, que podrían evitar y no lo evitan, a otro que fray Juan Zumárraga busquen que los excuse".

Después de la muerte de Zumárraga (1548), se restauraron, con permiso del Cabildo eclesiástico, los bailes y representaciones en el Corpus; se revocó el permiso, pero se concedió de nuevo y al fin, en 1585, el Tercer Concilio Mexicano reguló estas prácticas y prohibió que se hicieran dentro de las iglesias "danzas, bailes, representaciones y cantos profanos", como se hacían en Nochebuena, en Corpus y en otras fiestas, y dispuso que sólo se tratara "de historia sagrada u otras cosas santas y útiles al alma" (cf. García Icazbalceta, "Introducción" citada, pp. XXVII-XXIX). Es de suponer que a partir de esta reforma toda celebración tendría carácter puramente devoto; devotas son hoy todas las danzas y pantomimas de los indios de México en días de fiesta religiosa, aunque conserven elementos de ritual indígena.

⁶ Motolinía, *Historia de los indios de la Nueva España,* tratado 1, cap. 15. Repite los datos fray Juan de Torquemada en su *Monarquía indiana,* libro 17, cap. 9.

⁷ *Comentarios reales que tratan del origen de los Incas...,* libro 2, cap. 28.

⁸ Acosta, *Historia natural y moral de las Indias* (1589), libro 6, cap. 28.

⁹ Carlos Leonhardt, S. J., "La música y el teatro... de los antiguos jesuitas... del Paraguay" y "Datos históricos sobre el teatro misional...", en la revista *Estudios*, Buenos Aires, 1924. Contienen datos sobre el Paraguay, la Argentina y el Perú.

¹⁰ García Icazbalceta, "Introducción" a los *Coloquios* de González de Eslava, pp. XXIII-XXIV.
Existía otro tipo de procesión, ya no religiosa: la máscara, desfile de figuras disfrazadas. Así, en México, el 24 de enero de 1621, hubo una máscara en que salieron caballeros andantes —tales, Amadís de Gaula, Belianís de Grecia, Palmerín de Oliva— y su caricatura de Don Quijote, ya entonces popular en el Nuevo Mundo; al final, Dulcinea y Sancho. En 1680 se hizo en Querétaro una de emperadores indios, a quienes seguía Carlos V; al final se bailaba un tocotín; se hacían paradas en los conventos, donde se recitaban loas. La describe el polígrafo mexicano Carlos de Sigüenza y Góngora en su libro *Glorias de Querétaro*, México, 1680. Consúltense Luis González Obregón, *México viejo*, México, 1900, pp. 252 y 254 e Irving A. Leonard, "A Mexican *máscara* of the xviith century", en la *Revista de Estudios Hispánicos*, Universidad de Puerto Rico, 1929.

¹¹ *Comentarios reales*, libro 2, cap. 27. Para Santacruz Pachacuti, véase su *Relación de antigüedades deste reyno del Pirú* (hacia 1613), en *Tres relaciones de antigüedades peruanas*, Madrid, 1879, pp. 303 y 310.

¹² Libro 5, cap. 30.

¹³ Fernando de Alva Ixtlilxóchitl, *Historia chichimeca* (hacia 1611), cap. 42.

¹⁴ *Historia de las Indias de Nueva España*, 2 vols., México, 1867-1880; véase el cap. 99, "De la relación del dios de los bailes y de las escuelas de danzas que había en México".

¹⁵ Juan de Castellanos, *Elegías de varones ilustres de Indias*.

¹⁶ Sobre *El güegüence*, véase *infra*.

¹⁷ Consúltese el admirable libro de Jane Ellen Harrison, *Ancient art and ritual* (Londres, 1913), sobre la formación del drama griego "como ejemplo típico... de gran arte que nace de ritos muy primitivos y existentes en todo el mundo", los ritos de la vegetación. "El desenvolvimiento —agrega— del drama de la India, o del medieval..., nos habría contado historia parecida". Sobre el drama ritual de Osiris, el dios egipcio, dios de la muerte y resurgimiento de la vegetación, como Dionisos el engendrador del teatro griego, véanse las pp. 15-16, y el reciente y erudito libro de Abraham Rosenvaser sobre *Textos dramáticos del antiguo Egipto*, Buenos Aires, 1936. Consúltense, además, las dos grandes obras de Jane Harrison, *Prolegomena to Greek religion* (Londres, 1907), caps. 8 y 10, y *Themis* (Londres, 1912), pp. 327-340; en *Themis* se incluye un "Excursus on the ritual forms preserved in Greek Tragedy", de Gilbert Murray, el eminente helenista.

¹⁸ Motolinía, *Historia de los indios de la Nueva España*, tratado 1, cap. 15, y fray Bartolomé de las Casas, *Apologética historia de las Indias*, caps. 63 y 64 [este último texto es aún mejor].

¹⁹ Véase *supra*, primera parte de la nota 18. El padre Leonhardt, en sus trabajos de la revista *Estudios* (véase nota 9), menciona simulacros de batallas, tanto terrestres como navales, en las misiones del Paraguay y la Argentina.

²⁰ Motolinía, *Historia de los indios de la Nueva España*, tratado 1, cap. 15.

[21] Cf. José de J. Rojas Garcidueñas, *El teatro de Nueva España en el siglo XVI*, México, 1935, p. 44. La referencia de Domingo Francisco de San Antón Muñoz Chimalpahin Cuauhtlehuanitzin están en la séptima de sus *Relaciones históricas*, publicadas con traducción francesa de Rémi Siméon, París, 1889.

[22] Cf. Las Casas, *Apologética historia de las Indias*, cap. 64.

[23] *Comentarios reales...*, libro 2, cap. 26.

[24] Relación de Bartolomé Martínez Vela en sus *Anales* de Potosí (1771): la cita Vicente Gaspar Quesada en sus *Crónicas potosinas*, 1, París, 1890, pp. 305 *ss.* y de él la toma Menéndez Pelayo en su *Historia de la poesía hispanoamericana*, tomo 2, pp. 274-277. En la ocasión a que se refiere Martínez Vela se dieron ocho comedias. "Las cuatro primeras representaron con aplauso los nobles indios": una trataba del "origen de los monarcas Ingas"; otra de "los triunfos de Huaina Cápac, undécimo Inga"; otra, de "las tragedias de Cusihuáscar, duodécimo Inga"; y la última, "la entrada de los españoles en el Perú, prisión injusta que hicieron de Atahuallpa..., tiranías y lástimas que ejecutaron los españoles con los indios..., y muerte que le dieron en Cajamarca... Fueron estas comedias... muy especiales y famosas..., no sólo por lo costoso de sus tramoyas, propiedad de trajes y novedad de historias, sino también por la elegancia del verso mixto del idioma castellano con el indiano".

En el Brasil existía, como en las colonias españolas, el teatro catequístico, en portugués y en lenguas indígenas. Se inicia con el gran evangelizador jesuita, padre José de Anchieta (1534-1597), nacido en Tenerife: escribió en español, en portugués, en latín y en guaraní; su primera obra dramática, *Pregação universal*, la escribió en dos lenguas, portugués y guaraní. En aldeas apartadas del Nordeste se representa todavía para Navidad *A chegança*, cuyo tema es el descubrimiento del Brasil. Cf. Antonio Osmar Gomes, "Sobre o auto popular da *Chegança*", en la *Revista das Academias de Letras*, Río de Janeiro, junio de 1941, núm. 34, pp. 56-60, y el folleto *A "Chegança": contribução folclórica do Baixo San Francisco*, Río de Janeiro, 1941.

[25] *Adoración de los Reyes, auto en lengua mexicana (anónimo), traducido al español (de un ms. de 1760)* por Francisco del Paso y Troncoso... (¿corresponde al dato fray Alonso de Ponce? Según Motolinía, *Memoriales*, desde hacía treinta años los indios celebraban con representaciones la Epifanía), Florencia, 1900; *Destrucción de Jerusalén* [por Vespasiano], *auto en lengua mexicana, anónimo* (imitado de uno provenzal del catalán San Pedro Pascual), *escrito con letra de fines del siglo XVII, traducido al castellano* por Francisco del Paso y Troncoso..., Florencia, 1907; *Comedia de los Reyes, escrita en mexicano a principios del siglo XVII* (¿por Agustín de la Fuente?): la tradujo al castellano Francisco del Paso y Troncoso..., Florencia, 1902; *Sacrificio de Isaac, auto en lengua mexicana (anónimo)*, escrito en el año de 1678, traducido al español por Francisco del Paso y Troncoso.., Florencia, 1899; *Invención de la Santa Cruz por Santa Elena, coloquio escrito en mexicano por el Br. D. Manuel de los Santos y Salazar*; lo tradujo libremente al castellano F.P.T., México, 1890; *Intermède qui fait rire beaucoup, qui fait jouir à plusieurs reprises; une petite vieille et le gamin son petit fils: comédies en langue nauatl...*, París, 1902. Todas contienen los textos en lengua indígena. Otros datos de Troncoso en Rojas Garcidueñas, p. 52.

[26] Francisco A. de Icaza, "Orígenes del teatro en México", *Boletín de la Real Academia Española*, Madrid, 2 (1915), pp. 57-76.

[27] *La población del valle de Teotihuacán...*, México, 1922, tomo 2, pp. 329-330.

[28] Cf. Rodolfo Usigli, *Caminos del teatro en México*, México, 1933, p. 29. Este trabajo figura además como introducción a la copiosa *Bibliografía del teatro en México*, de Francisco Monterde, México, 1934.

[29] Hay otro tocotín en la novela pastoril a lo divino *Los sirgueros de la Virgen* de Francisco Bramón, México, 1620 (única novela impresa en la América española antes de 1810).

[30] Sobre fray Martín de Acevedo, Vicente Villanueva y Diego Rodríguez, véase Beristáin, *Biblioteca hispano-americana septentrional*.

[31] *Jacánguricuaecha Erángutüechaeri Pjorepecha Jimbo*, en manuscrito firmado por Cristóbal Romero, en Pichataro, 1883. Nicolás León, que la publicó en su estudio "Los tarascos", en los *Anales del Museo Nacional de Arqueología, Historia y Etnología*, México, 1906, cree que la obra es "arreglada por los primitivos misioneros y trasmitida oralmente de generación en generación".

[32] Este fray Martín de Acevedo debe de ser el fray Martín Jiménez de quien dice fray Francisco de Burgoa que, evangelizando a los mixtecos, "por atajar al Demonio los portillos que dejó a estos miserables en las memorias y cantos de sus historias de descendencias y guerras... les componía..., a modo de comedias, algunas representaciones de misterios o milagros del Santísimo Rosario, con los ejemplos más eficaces que sabía; mezclaba algunos versos en romance, porque era ingeniosísimo poeta, para que gustasen los españoles así de la historia como del gracejo de la mala pronunciación de los indios, y sirviese [de] diversión; todos los misterios de la fe redujo a las figuras y personajes que refiere el Evangelio, y a los mismos indios los daba a representar en las iglesias en su lengua". Cf. Rojas Garcidueñas, *El teatro de Nueva España en el siglo XVI*, p. 54.

[33] Cf. Beristáin, *Biblioteca hispano-americana septentrional*; Manuel Ballesteros, Gaibrois, "Lope en América", *Revista de Estudios Hispánicos*, Universidad de Puerto Rico, 1935, núm. 6, pp. 751-752.

[34] Usigli, *Caminos del teatro en México*, p. 38.

[35] *El pobre más rico* se ha publicado, con el texto quechua en reproducción facsimilar del manuscrito y traducción castellana, en Lima, 1938 (*Monumenta Linguae Incaicae*, 2); el manuscrito no presenta división en actos y está escrito en versificación irregular que se aproxima al octosílabo. Sobre esta obra, cf. Teodoro L. Meneses, en *Sphinx*, Lima, 1941, núms. 10/12, pp. 107-118 y "Ciertas reminiscencias de algunos clásicos [Calderón y Góngora] en el monólogo de Yauri Tito del drama quechua *El pobre más rico*", en la misma revista *Sphinx*, 1940, núms. 10/12, pp. 111-123.

El hijo pródigo y *Usca Páucar* figuran en la colección de *Dramatische und lyrische Dichtungen der Kechua Sprache*, publicada por E. W. Middendorff, Leipzig, 1891. Al español los ha traducido Federico Schwab, y sus versiones figuran en el tomo de *Literatura Inca*, París, 1938 (Biblioteca de Cultura Peruana, 1).

El manuscrito de *La Muerte de Atahualpa* no ha llegado a imprimirse.

[36] El *Ollanta* se conserva en cinco manuscritos diversos: 1) el del Convento de Santo Domingo en el Cuzco, de donde proviene el texto publicado por Tschudi en 1853 (copia que le dio el pintor alemán Mauricio Rugendas) y el que utilizó Barranca (1868); 2) el del doctor Antonio Valdés (1816), de donde proviene la copia de Justiniani, utilizada

por Markham; 3) el de La Paz (¿1735?), entregado a Tschudi por Harmsen en 1853; 4) el Sahuaraura; 5) el de Pedro Zegarra, utilizado por Pacheco Zegarra.

Ediciones, traducciones y adaptaciones:

1-2-3.—Texto en quechua, en el tomo 2 de la obra de Johann Jakob von Tschudi, *Die Kechuasprache*, 3 vols., Viena, 1853; texto retocado, con traducción en alemán, *Ollanta, ein altperuanische Drama*..., Viena, 1875; reimpresión en las *Denkschriften* de la Kaiserliche Akademie der Wissenschaften, Viena, 1876. Antes se habían transcrito pasajes en la obra de Tschudi y Mariano Eduardo de Rivero, *Antigüedades peruanas*, Viena, 1851.

4-5.—*Ollanta o sea la severidad de un padre y la clemencia de un rey*, versión castellana de José Sebastián Barranca, Lima, 1868; reimpresa, con prefacio y notas de Horacio H. Urteaga, en la *Revista del Archivo Nacional del Perú*, Lima, 9 (1936), pp. 3-109.

6-7-8.—*Los vínculos de Ollanta y Cusi Kcúyllor*, texto quechua con traducción castellana de José Fernández Nodal, Ayacucho, 1870; nueva edición Ayacucho, s.a.; incluida en el tomo de *Elementos de gramática quechua o idioma de los Incas*, de Fernández Nodal, Cuzco, 1872. Según parece, la segunda edición, que lleva pie de imprenta de Ayacucho, se hizo en Londres, 1874.

9-10.—*Ollanta, an ancient Inca drama*, texto quechua con traducción inglesa de Clements Robert Markham, Londres, 1871; nueva traducción de Markham, en verso inglés, en su obra *The Incas of Peru*, Londres, 1910.

11.—*Ollanta, drama quichua* puesto en verso castellano por Constantino Carrasco (sobre la versión de Barranca), Lima, 1876.

12.—*Ollanta: Peruanisches Original-drama aus der Incazeit.* En verso alemán, por Albrecht Capello Wickenburg (sobre la versión de Tschudi), Viena, 1876.

13.—*Ollataï, drame en vers quechua du temps des Incas*, texto quechua con versión francesa, estudio, apéndice y vocabulario de Gabino Pacheco Zegarra, París, 1878.

14.—*Ollanta, o sea la severidad de un padre a la clemencia de un rey Inca*, traducción castellana de Bernardino Pacheco, Cuzco, 1881.

15.—*Poesía dramática de los Incas: Ollántay*, traducción del inglés (de Markham) por Adolfo F. Olivares, con una carta crítica de Vicente Fidel López, Buenos Aires, 1883 (no hay edición de París, 1871, a pesar de que se registra en dos bibliografías).

16-17-18.—*Ollantay*, versión castellana (de la francesa de Pacheco Zegarra) de G., con prólogo de Francisco Pi y Margall, Madrid, 1885 (Biblioteca Universal, 6); reproducida en el tomo de *Literatura inca* (Biblioteca de Cultura Peruana, 1), París, 1938; nueva edición, Buenos Aires, 1942 (Biblioteca Clásica Americana).

19.—*Ollanta, ein Drama der Kechuasprache*, edición crítica del texto quechua y traducción alemana de E. W. Middendorff, Leipzig, 1890.

20.—*Ollantay*, texto quechua, con traducciones al español, al francés y al inglés, de J. H. Gybbon Spilsbury, Buenos Aires, 1897.

21.—*Ollantay, drama kjéchua en verso, de autor desconocido*, traducción castellana del Pbro. Miguel Ángel Mossi, Buenos Aires, 1916 (edición de la Universidad de Tucumán).

22.—Traducción al checo.

23.—*Ollantay*, texto quechua (el de Valdés y Justiniani) y traducción latina de Hipólito Galante, en la revista *Sphinx*, Lima, septiembre-octubre de 1937, pp. 24-59; edición separada, Lima, 1938 (Monumenta linguae Incaicae, 1).

24.—Ópera (1900) del compositor peruano José María Valle Riestra (1858-1925).

25.—Ópera, con libreto de Víctor Mercante (*c.* 1930) del compositor argentino Constantino Gaito.

El escritor argentino Carlos Monsave publicó en Buenos Aires, 1932, su novela *Ollántay,* con prefacio en que trata del drama.

Ricardo Rojas ha dado una interpretación personal del tema en su *Ollántay, tragedia de los Andes,* representada y publicada en Buenos Aires, en 1939.

Estudios principales:

Manuel Palacios, "Tradición de la rebelión de Ollanta...", en la revista *El Museo Erudito,* Cuzco, 1837, núms. 6/8 (primera noticia impresa sobre el drama).

Bartolomé Mitre, *"Ollántay:* estudios sobre el drama quechua", en la *Nueva Revista de Buenos Aires,* 1881 (hay tirada aparte). Excelente análisis de los elementos españoles de la obra; reimpreso en el *Catálogo razonado de las lenguas americanas,* Buenos Aires, 1910.

Ricardo Palma, *Tradiciones peruanas,* tomo 5, Madrid, 1930.

Elijah Clarence Hills, "The Quechua drama *Ollanta", Romanic Review,* Nueva York, 1914; reproducido en el volumen de trabajos de Hills, *Hispanic Studies,* Stanford University, 1929, Investigación cuidadosa, llena de datos. Está traducida al castellano, abreviada, en los *Mensajes de la Institución Hispano-cubana de Cultura,* La Habana, 1930, vol. 1, núm. 4.

Ricardo Rojas, *Un titán de los Andes,* Buenos Aires, 1939.

José Gabriel Cosío, "Estudio crítico del melodrama *Ollántay", Revista de Ciencias,* Lima, 13 (1910), pp. 219-228; "El drama *Ollántay"* (sobre las interpretaciones de Markham), *Revista Universitaria,* Cuzco, 1916; "Otra vez el drama quechua *Ollántay* en el tapete de la discusión", revista *Waman Poma,* Cuzco, diciembre de 1941-enero de 1942, núms. 3/4, pp. 1-12; "El drama quechua *Ollántay*: el manuscrito de Santo Domingo del Cuzco", *Revista Universitaria,* Cuzco, 1942, núm. 2, pp. 3-26.

[37] Ahora resulta menos rara después que sabemos que en el siglo XVII todavía se representaba en Guatemala otro drama coreográfico guerrero, según proceso de la Inquisición, cuyo contenido comunicó el investigador mexicano Nicolás Rangel a Rojas Garcidueñas (véase *El teatro de Nueva España en el siglo XVI,* México, 1935, pp. 29-30). La Inquisición tenía prohibido el drama o *tum,* como "cosa mala y supersticiosa [*sic*] y recordativa de los inicuos y perversos sacrificios con que los de su gentilidad veneraban al Demonio adorándole y reverenciándole con el sacrificio que en el dicho baile hacían de hombres y mujeres sacándoles el corazón estando vivos... representando en el dicho baile tan al vivo el modo que que tenían cuando sacrificaban hombres a sus ídolos... que no les faltaba más... que matar y sacar el corazón al hombre que allí traen bailando"; para colmo, este drama se representaba en "las fiestas de la religión cristiana". El padre Bartolomé Resino de Cabrera, beneficiado del pueblo de San Antonio Suchitepéques, declara que el *tum* que en la lengua *quiché* llaman *Teleché,* y en lengua sotozil [tzotzil] de este pueblo llaman *Cotztum,* era muy justa cosa se prohibiese y quitase, por cuanto todo él era representación de un indio que habido en guerra sacrificaban y ofrecían los antiguos al Demonio, como lo manifiestan el mesmo indio atado a un bramadero y los que le embisten para quitar la vida, en cuatro figuras, que dicen eran sus naguales [magos]: un tigre, un león, una águila y otro animal de que no se acuerda, y las demás cerimonias y alaridos del dicho baile, movidos de un són horrísono y triste que hacen unas trompetas largas y retorcidas a manera de sacabuches, que causa temor el oírlas... Se tocan las trompetas, se alborota todo el pueblo, sin faltar hasta las criaturas, viniendo con mucha agonía y priesa a hallarse

presentes, lo que no hacen en otros bailes del *tum* que suelen acostumbrar".

[38] El abate Brasseur de Bourbourg publicó el *Rabinal Achí*, en quiché, con su música, acompañado de traducción al francés, en el tomo 2 de su *Collection de documents dans les langues indigènes...*, París, 1862. En los *Anales de la Sociedad de Geografía e Historia*, Guatemala, 1929 o 1930, se ha publicado una traducción al español, de José Antonio Villacorta, con el título de *El varón de Rabinal;* se ha reimpreso en volumen en Buenos Aires, 1944 (Colección Mar Dulce). [Con el título de *Rabinal Achí* se ha incorporado recientemente a la Biblioteca del Estudiante Universitario, México].

[39] Publicó *El güegüence* Daniel Garrison Brinton, con traducción al inglés, y estudio en Filadelfia, 1883 (tomo 3 de *Brinton's Library of Aboriginal American Literature*). Hizo el estudio del dialecto A. Marshall Elliot, "The Nahuatl-Spanish dialect of Nicaragua", en *American Journal of Philology*, 1884, tomo 5. Cf. además mi nota "El hispano-náhuatl del Güegüence", en el volumen de estudios de diversos autores *El español en México, los Estados Unidos y la América Central*, Buenos Aires, 1938 (Biblioteca de Dialectología Hispanoamericana, t. 4). Walter Lehmann, en su obra *Zentral Amerika*, Berlín, 1920, dice poseer otro texto del *Güegüence*, que recogió en Masatepe, cerca de Masaya (véase tomo 1, p. 351 y tomo 2, p. 999). Cf. además "Teatro callejero nicaragüense: *El güengüenche*", en *Cuadernos del Tailer San Lucas*, Granada (Nicaragua), 1942.

[40] Monterde, *Bibliografía del teatro en México*, pp. 593-601, datos de Ermilo Abreu Gómez: a juzgar por los títulos, entre las obras escritas en maya se cuentan *Xunan Tunich*, de Álvaro Brito, *Sucúun Pixán*, de M. Noriega y *Xpil Siquil*, de José Talavera León. Muchas veces estas obras en maya son simples esquemas sobre los cuales improvisan los actores, como en la *commedia dell'arte*. Hay obras aisladas en náhuatl, como la tragedia *Moquiztly*, de Jacobo Mariano Rojas; la ha traducido al castellano el padre Pedro Rojas, México, 1931. El movimiento indianista ha reanimado la literatura quechua en el Perú: no sé si entre la nueva producción hay drama. Autores del moderno teatro paraguayo son Héctor L. Barrios, Julio Correa, Roque Centurión Miranda y Josefina Pla. Cf. Willis Knapp Jones, "Paraguay's theather", *Books Abroad*, Universidad de Oklahoma, 1941, 15, pp. 40-42.

[41] Sobre danzas mexicanas se ha escrito mucho. Véanse por ejemplo, Rubén M. Campos, *El folk-lore y la música mexicana*, México, 1928; Robert Ricard, "Contribution à l'étude des fêtes de *Moros y Cristianos* au Mexique", *Journal de la Société des Américanistes*, París, 1932; mi disertación sobre "Música popular de América", en el vol. 1 de *Conferencias* del Colegio de la Universidad de La Plata, 1930 [incluida en el presente volumen]; también en el estudio de Nykl (Biblioteca de Dialectología Hispanoamericana, 4) se menciona un manuscrito del *Desafío de los moros y los cristianos*, representado en San Lorenzo Almecatle y basado en la historia de Carlomagno.

[42] Felipe Barreda y Laos, "La música indígena en sus relaciones con la literatura", en el volumen *Conferencia literario-musical*, Lima, 1910.

[43] Consúltese: Monterde, *Bibliografía del teatro en México*, y reseña de Jefferson Rea Spell en *Hispanic Review*, Filadelfia, 5 (1937), pp. 92-94 (indica Spell que en la Biblioteca de la Universidad de Texas se conservan siete obras mexicanas manuscritas y unas cincuenta impresas que no están mencionadas en la bibliografía); José J. Rojas Garci-

dueñas, *El teatro de Nueva España en el siglo XVI*, y reseña de Joseph Eugene Gillet, *Hispanic Review*, 5 (1937), p. 87-92; Amado Alonso, "Biografía de Fernán González de Eslava", *Revista de Filología Hispánica*, Buenos Aires, 1940, 2, pp. 213-321 (hay tirada aparte); Harvey Leroy Johnson, *An edition of "Triunfo de los Santos" with a consideration of Jesuit school-plays in Mexico during the sixteenth century*, Filadelfia, 1941, y "The staging of González de Eslava's *Coloquios*", *Hispanic Review*, 8 (1940), pp. 343-346. [Frida Weber de Kurlat, "Estructura cómica en los coloquios de Fernán González de Eslava", *Revista Iberoamericana*, núms. 41-42, México, pp. 393-407].

Ediciones de obras: *Coloquios* y demás composiciones de Fernán González de Eslava, publicados en México, 1610, fueron reimpresos por García Icazbalceta, según queda dicho, en 1877. *El desposorio* de Pérez Ramírez se imprimió por primera vez en la *Historia de la literatura mexicana*, de José María Vigil, obra inconclusa, en parte impresa, hacia 1908, y nunca publicada (poseo uno de los ejemplares de la parte impresa); al fin lo publicó Francisco A. de Icaza en su artículo "Orígenes del teatro en México", *Boletín de la Real Academia Española*, Madrid 1915, 2, pp. 57-76. El tomo de *Autos y coloquios del siglo XVI*, con prólogo y notas de Rojas Garcidueñas, México, 1939 (Biblioteca del Estudiante Universitario, 4), contiene el *Auto de la destrucción de Jerusalén*, versión castellana del original lemosín de San Pedro Pascual (de ahí se tradujo al náhuatl: véase *supra* nota 25), el *Desposorio espiritual* de Pérez Ramírez, y dos Coloquios de González de Eslava, el de *Los cuatro Doctores de la Iglesia* y el del *Conde de la Coruña*. *El triunfo de los Santos* se imprimió en México, 1579, con una *Carta* del padre Pedro Morales, jesuita, sobre las fiestas en honor de las reliquias enviadas a Nueva España por el papa Gregorio XIII; se ha reimpreso en la edición antes citada de Johnson. *El coloquio de la Nueva conversión y bautismo de los cuatro últimos reyes de Tlaxcala* lo ha publicado Carlos Eduardo Castañeda, con traducción al inglés, bajo el título de "The first American play", en *Preliminary Studies of the Texas Catholic Historical Society*, Austin, vol. 3, núm. 1, 1936: el coloquio se encontró en manuscrito firmado por Cristóbal Gutiérrez de Luna, en Tlaxcala, 1619, y se conserva en la Universidad de Texas; Castañeda lo atribuye a Motolinía, pero la atribución es insostenible, porque está escrito, en parte, en versos endecasílabos. El libro, citado, de Rojas Garcidueñas reproduce el *Coloquio de... los reyes de Tlaxcala*, dos de González de Eslava (el de *Los siete fuertes* y el de *La pestilencia*) y su entremés de *Los dos rufianes*. [Hay nueva edición de los *Coloquios*, con prólogo y notas de Rojas Garcidueñas, en Porrúa, 1958, México, 2 vols.].

Fernán González había nacido en España en 1534. En 1588 llegó a México, donde se hizo sacerdote y murió hacia 1601 (cf. Julio Jiménez Rueda, "La edad de Fernán González de Eslava", *Revista Mexicana de Estudios Históricos*, México, 1928, 2, pp. 102-106). El padre Juan Pérez Ramírez había nacido en México hacia 1545. Es contemporáneo de ellos el bachiller Arias de Villalobos. Nació en Jerez de los Caballeros hacia 1568, pero de niño fue llevado a México, en cuya Universidad se graduó de bachiller en Artes en 1583 y estudió después teología. Desde 1589 se le menciona como autor de comedias que el Cabildo hace representar en la fiesta de Corpus. No se conserva ninguna obra dramática suya; sólo su *Relación de las exequias de Felipe III y de la jura de Felipe IV*, celebradas en México (1621), con un breve poema sobre Cortés y la conquista, de la cual se cumplían cien años; la reimprimió Genaro García en el tomo 12 de *Documentos inéditos para la historia de México*, México, 1907, y la extractó Vigil en su *Historia de la literatura mexicana*.

Se adelanta a estos autores el toledano Juan Bautista Corvera: hacia 1561 compuso una comedia pastoril que se representó ante el virrey Luis de Velasco y el arzobispo fray Alonso de Montúfar (cf. Amado Alonso, "Biografía de Fernán González de Eslava", pp. 252-255 y 273).

En 1595 se estrenó un drama sobre *La conquista de México*, y después se representaba cada año el 13 de agosto, día de la victoria definitiva de Cortés sobre los mexicanos: no se conserva. Hay noticia de otras muchas obras igualmente perdidas (cf. los libros indicados al comienzo de esta nota). A veces las obras que se representaban procedían de España: ejemplo, los diez coloquios de *La infancia de Jesucristo*, del murciano Gaspar Fernández de Ávila, impresos en 1610; Max Leopold Wagner los encontró en el Estado de Veracruz, donde se representaban hasta este siglo, y los reimprimió en Halle, 1922.

Para el Perú, véanse los trabajos del padre Carlos Leonhardt en la revista *Estudios*, Buenos Aires, 1924; Guillermo Lohmann Villena, *Historia del arte dramático en Lima*, 1, Lima, 1941.

Hay supervivencias muy curiosas en territorios de los Estados Unidos que fue —y todavía es en gran parte— de lengua española. Allí se han recogido obras dramáticas tradicionales: *Los pastores*, representación de Navidad que publicó M. R. Cole en Boston, 1907, con traducción al inglés (la obra es de México; se representaba en Río Grande City, Texas, en 1891; Cole publica además una versión nueva mexicana); otra edición, en versión de Santa Fe (Nuevo México) con traducción al inglés de Mary R. van Stone y Louise Morris, Cleveland, 1933; *Los comanches*, drama de 1780, que publicó Aurelio Macedonio Espinosa en el *Bulletin of the University of New Mexico*, Albuquerque, 1907, núm. 45, pp. 1-46. Espinosa dice conocer manuscritos de una representación sobre la Virgen de Guadalupe y un auto sacramental de *La persecución de Jesús*. Además: *Spanish religious folktheatre in the Spanish Southwest* [contiene seis dramas] de Arthur Leon Campa, 2 vols., Albuquerque, 1934 (*University of New Mexico Language Series*, 5, núms. 1 y 2); *A group of mistery plays... in Southern Colorado* [*Auto de los Reyes Magos* y *Los pastores*, se representaban en Castilla, Colorado, hacia 1880], publicados por Edwin B. Place, 1930 (*University of Colorado Studies*, 18, núm. 1); *El niño perdido*, auto publicado por J. Frank Dobie, en el libro *Spur-of-the-Cook*, Austin, Texas, 1933 (*Texas Folklore Society Publications*, 11). Dorothy Herschfeld, en la revista *Theatre Arts Mounthly*, New York, diciembre de 1928; Mary Austin, "Native drama in our Southwest" [sobre el drama en castellano en Nuevo México], *The Nation*, New York, 1927, 124, pp. 437-440; "Native drama in New Mexico"; *Theatre Arts Monthly*, New York, 1929, 13, pp. 561-567 y "Folk plays of the Southwest", 1933, 17, pp. 599-610; John Eugene Englekirk, "Notes on the repertoire of the New-Mexican Spanish folk theatre", en el órgano de la Southern Folklore Society, 1940.

⁴⁴ Miguel Luis Amunátegui, *Las primeras representaciones dramáticas en Chile*, Santiago, 1888; véase la p. 6.

⁴⁵ No tenemos datos sobre las representaciones dramáticas en Santo Domingo antes de fines del siglo XVI, pero en 1588, con motivo del entremés del padre Cristóbal de Llerena, se habla de las comedias como habituales. Los actores eran estudiantes universitarios, tanto de la Universidad de Santiago de la Paz (autorizada en 1540) como de la Universidad de Santo Tomás de Aquino (autorizada en 1538); a éstos les prohíbe el arzobispo Cueba Maldonado, en 1663, tomar parte en las "comedias profanas" que se representaban "en tablados" en honor de la Virgen del Rosario, porque perdían el tiempo que sus estudios reclamaban, y "hay otras personas que lo pueden hacer" (véase fray Cipriano de Utrera, *Universidades de Santiago de la Paz y de Santo Tomás de Aquino...*, Santo Domingo, 1932, pp. 192-193). En el siglo XVIII se

representaban comedias en el palacio del gobernador José Solano. Para Cuba, véase José Juan Arrom, "Primeras manifestaciones dramáticas en Cuba, 1512-1776", *Revista Bimestre Cubana*, 48, 1941, pp. 274-284, y "Representaciones teatrales en Cuba a fines del siglo XVIII", Hispanic *Review*, 11, 1943, pp. 64-71.

[46] Consúltese Icaza, *Orígenes del teatro en México*, pp. 62-65.

[47] El entremés de Llerena lo descubrió y publicó Icaza (véase "Cristóbal de Llerena y los orígenes del teatro en la América española", *Revista de Filología Española*, 8 (1921), pp. 121-130). Está reimpreso en el libro de fray Cipriano de Utrera, *Universidades*..., y en mi libro *La cultura y las letras coloniales en Santo Domingo*, Buenos Aires, 1936 (Instituto de Filología) [Dicha obra queda incluida en el presente volumen]. No sé por qué piensa el señor Torre Revello (*El teatro en la colonia*, cf. *infra*) que está incompleto.

[48] *Coloquios* de González de Eslava, pp. 125-126.

[49] Ejemplos de loas mexicanas que se conservan impresas: al virrey duque de Albuquerque, de Miguel Pérez de Gálvez, 1653; al arzobispo Zagade, 1656; al virrey conde de la Monclova, 1686; al virrey Ortega Montañés, 1700; de los gremios de cereros, confiteros y tintoreros, 1732; al virrey Amarillas, don José Mariano Abarca, 1756; al virrey, 1761; al obispo Rocha, de Valladolid de Michoacán, obra de Vicente Gallaga, 1778; a Carlos IV, de Diego Benedicto Valverde, 1790.
Sor Juana Inés de la Cruz escribió muchas: trece independientes (una se intitula *Encomiástico poema*) y cinco para sus autos y comedias. En el siglo XVIII, según se indicó, las componía en náhuatl José Antonio Pérez y Fuentes.
Todavía en los siglos XIX y XX se han impreso en México loas en ediciones populares, especialmente de la conocida casa de Vanegas Arroyo, proveedora de literatura para los humildes: las loas en honor de la Virgen de Guadalupe, o de la del Refugio, o del Corazón de Jesús, o del arcángel San Miguel. Véase la *Bibliografía del teatro en México*, de Monterde, pp. 34 y 61-64; para las antiguas, pp. 9, 15, 24-28, 42 (recogidas entre los indios de Teotihuacán), 46, 84, 98, 146, 198, 217, 275, 288-289, 303, 311, 330, 364, 617-618.
Sobre loas en Nueva Granada, en el Ecuador y en el Perú, véase M. Menéndez y Pelayo, *Historia de la poesía hispanoamericana*, 2, pp. 26, 86 (en el *Ramillete de varias flores poéticas*, de tres autores, publicado por Jacinto de Evia, 1675), 200, 205, 212 y 215.
Una loa argentina de Corrientes, en honor de Carlos III (1761) ha publicado Ricardo Rojas, Buenos Aires, 1923 (Instituto de Literatura Argentina). Se tiene noticia de otras representadas en Buenos Aires a fines de 1747 y en 1775 (véase Mariano G. Bosch, "1700-1810: Panorama del teatro", en el núm. 13 de los *Cuadernos de Cultura Teatral*, Buenos Aires, 1940, p. 18). Lavardén escribió en 1789, para preceder al estreno de su tragedia *Siripo*, una loa, *La inclusa*, donde expone ideas de Rousseau sobre deberes de los padres para los hijos.
Eugenio Pereira Salas, en su libro *El teatro en Santiago del Nuevo Extremo, 1709-1809*, Santiago de Chile, 1942, reproduce una loa de 1746 y otra de 1796, para la comedia *El más justo rey de Grecia*.
En Nicaragua se ha recogido entre los indios mangues o chorotegas de Namotivá o Santa Catarina, entre Masoy y Diriá, una arcaica *Loga del Niño Dios*: se conserva en manuscrito de 1874 en la Biblioteca Pública de Filadelfia: está "en español muy mangue", dice Walter Lehmann en su obra *Zentral Amerika*.

⁵⁰ Sobre coloquios en México, véase la *Bibliografía* de Monterde, pp. 28, 31, 40, 42, 54-56, 65, 99, 105, 166-168, 299, 312, 337, 339, y 383; en la Argentina: en Tucumán, 1610, con motivo de la beatificación de Ignacio de Loyola; en 1611 y 1612 (véase José Torre Revello, "El teatro en la colonia", *Humanidades*, La Plata, 23 (1933), p. 155.

Desde el siglo XVI los hay en castellano (Fernán González de Eslava) o en lengua indígena (ejemplo fray Luis de Fuensalida). En la época del movimiento de independencia los componían aún Fernández de Lizardi y José Beltrán.

⁵¹ Los mejores ejemplos de Villancicos en América son los de sor Juana Inés de la Cruz: a San Pedro Apóstol (1677), a San Pedro Nolasco (1677), a la Asunción (1679), a San Pedro Apóstol (1683), a la Asunción (1685), a la Asunción (1687), a la Concepción (1689), al nacimiento de Jesús (1689), a San José (1690), a Santa Catalina (1691). Se imprimieron sueltos y después se reimprimieron en los volúmenes de obras de la poetisa. Ermilo Abreu Gómez —en anotación a mi "Bibliografía de Sor Juana Inés de la Cruz", *El Libro y el Pueblo*, México, 1934, donde se reprodujo de la *Revue Hispanique*, París, 1917—, indica otros villancicos a la Asunción, que se cantaron en México en 1690 (entiendo que serán las *letras* qué comienzan: "Si subir María al cielo...") y otros a San Pedro Apóstol, impresos en México en 1691, sin nombre de autor, como se habían impreso a veces los anteriores en ediciones sueltas: el señor Abreu Gómez se inclina a atribuirlos a Sor Juana tanto por razones de estilo cuanto por una indicación manuscrita que hay en el ejemplar encontrado. Finalmente, Abreu Gómez cuenta como Villancicos tres composiciones breves, así tituladas, no de forma dramática sino lírica: dos a la Encarnación, "Hoy es del Divino Amor" y "Oigan una palabra", y uno en latín a la Virgen, "O Domina Caeli". Del tipo de los Villancicos dramáticos son las *Letras* en la profesión de una religiosa y en la dedicación de la iglesia del Convento de monjas bernardas; *Letras* breves, líricas, tiene dos a la Concepción, dos a la Navidad, tres a la Presentación de la Virgen, y tres de tipo profano: "Hirió blandamente el aire", "Afuera, afuera, ansias mías" y "Seguro me juzga Gila"; finalmente, dos intercaladas entre los actos de la comedia *Los empeños de una casa*. De Fernán González de Eslava son dos Villancicos: uno en forma de monólogo, "Ven, oveja", para recitación de un actor que haga de Jesús, y otro, "¡Oh, qué buen labrador...!", en diálogo. Cf. Además, Alfonso Méndez Plancarte, "Los villancicos guadalupanos de don Felipe de Santoyo", *Abside*, México, 2 (1938), pp. 18-29.

⁵² El padre José Trinidad Reyes vivió de 1797 a 1855. Sus *Pastorelas* las publicó Rómulo E. Durón, Tegucigalpa, 1905. Sobre pastorelas en México, véase la *Bibliografía del teatro en México*, de Monterde, pp. 31, 64, 137 (la muy conocida de José Joaquín de Lizardi, *El pensador Mexicano*, hacia 1810), 184, 315-316 y 576.

⁵³ Consúltese: Luis González Obregón, *México viejo*, París-México, 1900, pp. 333-357; Enrique de Olavarría y Ferrari, "Reseña histórica del teatro en México", diario *El Nacional*, México, 1892-1894 y en volumen (edición que el autor llamó segunda), 4 vols., México, 1895; H. L. Johnson, "Notas relativas a los corrales de la ciudad de México, 1626-1641", *Revista Iberoamericana*, 3, 1941, pp. 133-138.

Para Potosí. Vicente G. Quesada, *Crónicas potosinas*, 1. París, 1890, p. 65. En 1650, la ciudad tenía 160.000 habitantes; en 1825 había descendido a 8.000.

⁵⁴ Consúltese: M. Menéndez y Pelayo, *Historia de la poesía hispanoamericana*, t. 1, p. 55; t. 2, pp. 173-176 y 202.

[55] Debo esta observación a Amado Alonso.

[56] Cf. Amado Alonso, "Biografía de Fernán González de Eslava", *Revista de Filología Hispánica*, Buenos Aires, 1940. El lenguaje de Eslava representa en parte el habla popular de México en el siglo XVI, mientras Pérez Ramírez, Francisco de Terrazas, Antonio de Saavedra Guzmán, representan la lengua culta.

[57] He tratado extensamente el tema en *Don Juan Ruiz de Alarcón*, México, 1913; segunda edición, La Habana, 1915; reimpresa sin notas en mis *Seis ensayos en busca de nuestra expresión*, Buenos Aires, 1928. Consúltese además el prólogo de Alfonso Reyes a su edición de *Comedias* de Alarcón (Clásicos "La Lectura"). En su libro sobre Lope, José Bergamín llama a Alarcón tres veces *intruso* y una vez *mexicano*: es, dicha con mal humor, la diferencia que siempre se observó entre Alarcón y los dramaturgos españoles europeos, desde Juan Pérez de Montalván hasta Ferdinand Wolf. Véanse también Dorothy Schons, "The Mexican background of Alarcón", *PMLA*, 57, 1942, pp. 89-104 [y Antonio Alatorre, *Antología MCC*, México, 1956].

[58] Las comedias de Sor Juana son *Los empeños de una casa*, cuyo título parodia uno de Calderón (*Los empeños de un acaso*), y *Amor es más laberinto*, de la cual sólo escribió los actos primero y tercero: el segundo es del mexicano Juan de Guevara. Los autos: *El divino Narciso*, *El mártir del sacramento San Hermenegildo* y *El cetro de José*. El sarao de cuatro naciones y los dos sainetes los escribió para la comedia de *Los empeños*. Sobre sus loas, villancicos y letras, véanse notas anteriores.

Dramaturgos del siglo XVII son, además, los mexicanos fray Matías de Bocanegra, el de la calderoniana "Canción alegórica a un desengaño", famosa y muy imitada en su tiempo (escribió *Hércules*, 1650, y *Proteo*, con sus loas; [se ha hallado recientemente su *Comedia de San Francisco de Borja*, cf. José Juan Arrom, "Una desconocida comedia mexicana del siglo XVII", *Revista Iberoamericana*, núm. 37, octubre de 1953, pp. 79-103, y se le atribuye *Sufrir para merecer*], Francisco Maldonado, Francisco Robledo, Juan Ortiz de Torres (floreció hacia 1645), Jerónimo Becerra, autor de la loa sacramental *La poesía* (México, 1654), Miguel Pérez de Gálvez, Antonio Medina Solís ("Loa de la Virgen de Guadalupe", México, 1667), Alfonso Ramírez de Vargas, cuya comedia *El mayor triunfo de Diana*, se representó en la Universidad en 1683 (véase Carlos de Sigüenza y Góngora, *Triunfo parténico*, México, 1683); en el Perú, Juan de Espinosa Medrano, que escribió autos y comedias, como *El robo de Proserpina*, además de su auto en quechua; en el Ecuador y Colombia, los autores que figuran en el *Ramillete*, de 1675, el ecuatoriano Jacinto de Evia y el colombiano Hernando Domínguez Camargo, junto con el sevillano Antonio de Bastidas; en Chile, los desconocidos autores de *El Hércules chileno*, representado en Concepción, en 1693; el argentino Luis de Tejeda (1604-1680), que dice haber escrito comedias y haberlas representado en Córdoba, como parte de aventuras amorosas: "Era nuestro corto alivio / (que era soplar más la llama) / componer una comedia / de las historias pasadas".

[59] Sobre las relaciones de Calderón con América, cf, M. Menéndez y Pelayo, *Historia de la literatura hispanoamericana*, 1, pp. 55, 82, 114, 374: 2, pp. 186, 193, 212, 215, 263 y 321; mi libro *La cultura y las letras coloniales en Santo Domingo* [incluido en este volumen].

Las obras de asuntos mitológicos cuyos títulos se mencionan en la nota anterior están dentro de una moda principalmente calderoniana.

En Lima, según datos incompletos, pero los más abundantes reunidos hasta ahora (Guillermo Lohmann Villena y Raúl Moglia, "Repertorio de las representaciones teatrales en Lima hasta el siglo XVIII", *Revista de Filología Hispánica*, Buenos Aires, 5 (1943), pp. 313-343), Lope de Vega predomina desde 1599 hasta 1634, con 10 obras, incluyendo las dudosas. Calderón predomina desde 1661, con la enorme cifra de 70 obras —comedias y autos—, incluyendo cuatro casos dudosos. Moreto le sigue, con 18 obras propias, 7 en colaboración y 3 dudosas (incluyo entre éstas *Los jueces de Castilla*, que debe ser refundición de una obra de Lope); después Rojas Zorrilla, con 9 obras propias y 4 en colaboración.

En Buenos Aires, en 1747, consta que se representaron tres obras de Calderón y una de Moreto; en 1760, una de Calderón; en Salta, 1790, una de Calderón y una de Moreto. Todavía en la lista de 1096 obras que pertenecieron al archivo del Teatro Argentino de Buenos Aires, de 1818 a 1850, Calderón es el autor que predomina, con 61; le sigue "el atroz Comella", del siglo XVIII, con 26; Moreto tiene 11; en cambio, Antonio de Zamora, 15; Lope y Tirso, relativamente pocas; entre los autores del siglo XIX, Bretón tiene 21 y Ventura de la Vega, en arreglos y traducciones, 22; de los extranjeros, Molière y Goldoni, 9 (Cf. *Boletín de Estudios de Teatro*, Buenos Aires, 1943-1945, núms. 1, 3, 6 y 9).

En La Habana, en 1791, se representan seis obras de Calderón, cinco de Moreto y cinco de Comella (cf. José Juan Arrom, *Historia de la literatura dramática cubana*, pp. 21-24).

Todavía en 1805-1806 predomina Calderón en los teatros de México con 7 obras; de Moreto se dan 3; de Rojas Zorrilla, 4; de Lope, solamente 2; de Tirso, 1 (*El Burlador*: ¿quizá la refundición de Zamora?); de Alarcón, 1 (probablemente en refundición). La escuela calderoniana está representada por Diego y José de Figueroa y Córdoba, Fernando de Zárate, Sebastián de Villaviciosa y Francisco de Avellaneda, Francisco de Bances Candamo; tienen amplio lugar sus continuadores, Zamora con una obra y Cañizares con cuatro. De la época de Lope figuran Juan Pérez de Montalván con dos obras, Luis Vélez de Guevara y Cristóbal de Monroy y Silva. La resurrección de *La Isabela* de Lupercio Leonardo de Argensola se deberá a los gustos clasicistas. De la escuela clasicista del siglo XVIII se dan unas pocas tragedias (la *Raquel*, de Vicente García de la Huerta, por ejemplo) y muchas comedias (Iriarte, Forner, Leandro Fernández de Moratín). Son populares los sainetes de Ramón de la Cruz (once) y de Juan Ignacio González del Castillo (tres) y los melodramas (¡quince!) de Comella, para uno de los cuales, *El negro sensible*, escribió una segunda parte *El Pensador Mexicano*. Cf. la "Reseña histórica del teatro en México" de Olavarría y Jefferson Rea Spell, "El teatro en la ciudad de México, 1805-1806", *El Libro y el Pueblo*, México, septiembre de 1934.

[60] José Torre Revello, "El teatro en la Colonia", *Humanidades*, La Plata, 1933, pp. 161-165; "El teatro en el Buenos Aires colonial", *Oromana*, Sevilla, 1927; Ricardo Rojas, *Historia de la literatura argentina*; Mariano G. Bosch, *Historia del teatro en Buenos Aires*, Buenos Aires, 1910; Carlos Leonhardt, trabajos en la revista *Estudios*, Buenos Aires, 1924; I. G. Dreidemie, "Los orígenes del teatro en el Río de la Plata"; José Torre Revello, "Los teatros en el Buenos Aires del siglo XVIII", *Revista de Filología Hispánica*, 1945 (hubo uno en 1757, que duró hasta 1761. El "Teatro de la Ranchería", bajo Vértiz, se inauguró en noviembre de 1783; el teatro del Sol en 1809); José Antonio Pillado, *Buenos Aires colonial*, t. 1, 1910, p. 25, y un artículo sobre "Los bailes, los corrales de comedias y otros entretenimientos en Buenos Aires, 1752-1809", en *La Prensa*, Buenos Aires, 1o. de enero de 1912; Jorge Escalada Iriondo, "Orígenes del teatro porteño", *Boletín de Estudios de Teatro*, Buenos Aires, 3, 1945, pp. 23-27; Willis Knapp Jones, "Beginnings of River Plate drama" (hasta 1810), *Hispania*, California, 24, 1942, pp. 79-80. En 1640 se re-

presentó en Buenos Aires *La gloria del mejor siglo*, del Padre Valentín de Céspedes.

[61] José Torre Revello, "El teatro en la colonia", p. 147, y "Del Montevideo del siglo XVIII", *Revista del Instituto Histórico y Geográfico del Uruguay*, Montevideo, 1929 (cap. 7, "La casa de comedias"). Se refiere a investigaciones, que no conozco, de Mario Falcao Espalter.

[62] M. Menéndez y Pelayo, *Historia de la poesía hispano-americana*, 2, pp. 35-36. José Vicente Ortega Ricaurte, *Historia crítica del teatro en Bogotá*, Bogotá, 1927. Según Perdomo Escobar en 1783 se presentó la primera compañía en Bogotá.

[63] Consúltese: Miguel Luis Amunátegui, *Las primeras representaciones dramáticas en Chile*, Santiago, 1888; José Toribio Medina, *Historia de la literatura colonial en Chile*, Santiago, 1878; Nicolás Peña Munizaga, *Teatro dramático nacional*, 1, Santiago de Chile, 1912 (en el prólogo se estudia el teatro chileno desde sus orígenes); Lohmann Villena y Moglia, art. cit. en nota 59; Eugenio Pereira Salas, *El teatro en Santiago del Nuevo Extremo, 1709-1809*, Santiago de Chile, 1941; Roberto Hernández C., *Los primeros teatros en Valparaíso*, Valparaíso, 1928. Desde 1646 se habla de representaciones en Santiago (el jesuita Alonso de Ovalle en su *Relación histórica del reino de Chile*); después, en 1657, 1663 y 1693 (en Concepción, catorce comedias, entre ellas, *El Hércules chileno*); en 1748 (en Santiago, tres comedias); en 1777, 1789, 1795 y 1799.

[64] Eduardo Gómez Haro, *Historia del teatro principal de Puebla (antiguo Coliseo o Corral de Comedias)*, Puebla, 1902.

[65] Otros teatros: Lima, construcción iniciada en 1594 por el actor Francisco Morales; Potosí, 1616, se construyó un Coliseo de Comedias por cuenta de Juan Núñez de Anaya; La Habana, en 1775, el Coliseo después llamado Principal y otro en el Campo de Marte; Caracas, 1783; La Paz, 1796. Sobre prohibiciones, además de los datos de García Icazbalceta ya mencionados para el siglo XVI (Introducción a los *Coloquios* de González de Eslava, pp. XXVII-XXIX) y los del padre Acosta, *Historia*, libro 4, cap. 28, véase José Torre Revello, "El teatro en la colonia", pp. 145-146 y la *Bibliografía* de Monterde, pp. 30 y 550-553.

[66] El virrey marqués de Castell-dos-Ríus hizo representar comedias en sus veladas literarias: una, por ejemplo, del Conde de la Granja, *De un yerro un gran acierto*, 1709. Las actas de las veladas las publicó en Lima Ricardo Palma, 1899, bajo el título de *Flor de academias*. Consúltese además José Torre Revello, "Las veladas literarias del virrey del Perú Marqués de Castelldosrius (1709-1710)", en *Publicaciones del Centro Oficial de Estudios Americanistas de Sevilla*, 1920. Hay anécdotas sobre la Perricholi y la vida en los teatros de Lima en las *Tradiciones peruanas* de Palma. Merimée la presenta en *La carrose du Saint Sacrément*.

[67] M. Menéndez y Pelayo, *Historia de la poesía hispano-americana*, t. 2, pp. 211-212.

[68] *Ibid.*, pp. 222-223. Olavide hizo construir en Lima un nuevo teatro hacia 1747; en Madrid, en su opulencia, "puso en su casa un teatro de aficionados"; se le atribuyen muchas traducciones (Racine, Regnard, Voltaire, Maffei, etc.); no de todas hay seguridad.

[69] Consúltese Monterde, *Bibliografía*, y el prólogo de Usigli, p. XXXVII; J. R. Spell, "Three manuscript plays by Eusebio Vela", en *Revista de Estudios Hispánicos*, Universidad de Puerto Rico, 1 (1928), 268-

273; Armando de Maria y Campos, *Andanzas y picardías de Eusebio Vela*, México, 1944. Vela escribía en los años 1729-1733.

[70] Cabrera Quintero, que murió después de 1774, es uno de los mejores poetas mexicanos del siglo XVIII. Su comedia religiosa *El iris de Salamanca* se representó ante el virrey y logró por lo menos siete representaciones; se imprimió en 1723 y además se conserva manuscrita en la Biblioteca Nacional de México, junto con loas y coloquios del autor. Cf. Gabriel Méndez Plancarte, *Horacio en México*, México, 1937, p. 31. Otra comedia suya, *La esperanza malograda,* es probable que fuera escrita en náhuatl.

[71] Manuel de Lavardén (1754-1809) estrenó en 1789 *Siripo,* inspirada en una tragedia escrita en italiano, *Lucía Miranda,* que el jesuita valenciano Manuel Lassala publicó en Bolonia en 1784. Es bien sabido que sólo se conserva el segundo acto: recientemente se ha discutido su autenticidad, pero no con mucho fundamento.

[72] Las obras de José Agustín de Castro figuran en su *Miscelánea de poesías sagradas y humanas,* 3 vols. Puebla, 1797, y México, 1809. Escribió además tres *autos sagrados* y dos loas de asunto religioso. Parte de *Los remendones* está citada por Luis G. Urbina en la *Antología del Centenario,* México, 1910, pp. CLI-CLVII, y en su libro *La literatura mexicana en la época de la independencia,* reimpresión del prólogo de la *Antología.*
Hay muchos más dramaturgos en el siglo XVIII. En México: Manuel de los Santos y Salazar, que escribía en español y en náhuatl; Felipe Rodríguez de Ledesma (comedia *El monarca más prudente* y su loa); el padre Juan Arriola (comedia *No hay mayor mal que los celos;* Francisco de Soria, poeta calderoniano, según Beristáin; Manuel Castro Salazar; José Antonio Rodríguez Manzo; Manuel Calvo; Vicente Gallaga; José Villegas Echeverría; Diego Benedicto Valverde; Manuel Quirós y Camposagrado; Fernando Gavila, actor; el padre José Manuel Sartorio (1746-1829), en sus *Alabanzas de Partenio* y en sus diálogos a los Dolores de la Virgen mucho mejor poeta de lo que suele decirse (escribió *Coloquios*); Juan de Medina (escribió tres *bailes,* dos *heroicos* y dos *pantomimas,* 1796 y 1804); Juan Pisón y Vargas, que en 1788 publicó *La Elmira,* tragedia en cinco actos, arreglo de la *Álzire* de Voltaire, (se representó ante el virrey y el padre José Antonio Alzate la comentó en su *Gazeta de Literatura,* 16 de diciembre de 1788; en el volumen de Pisón y Vargas iban además la Segunda Parte de *Los dos abates locos* y su loa); el padre Agustín Castro, jesuita veracruzano (1728-1790), a quien se suele confundir con José Agustín de Castro: tradujo *Las troyanas* de Séneca; el jesuita poblano Miguel Mariano Iturriaga (1728-1810), que tradujo tres obras de Metastasio.
Al llegar el siglo XIX, los autores se multiplican: véase la *Antología del Centenario,* apéndice de Nicolás Rangel sobre "El teatro" (pp. 1015-1029), y la *Reseña histórica del teatro en México* de Olavarría: hay desde las formas arcaicas, como el auto o la pastorela, que cultiva *El Pensador Mexicano,* hasta las versiones de Beaumarchais y de Alfieri hechas por Ochoa o Sánchez de Tagle. El libertador Hidalgo se entretenía en traducir a Racine y a Molière; hizo representar su versión del *Tartufo* en San Felipe Torresmochas.
En el Perú: Villalta, que terminó la inconclusa comedia de Solís *Amor es arte de amar;* Pedro José Bermúdez de la Torre; Jerónimo Fernández de Castro; el autor desconocido de *Amor en Lima es azar.*
En Nueva Granada, a principios del siglo, Francisco Álvarez de Velasco, autor de villancicos de Nochebuena, letras y loas; al final, José María Salazar (1785-1828), que escribió *El soliloquio de Eneas* y *El sa-*

crificio de Idomeneo; José Miguel Montalvo († 1816), autor de *El zagu*
de Bogotá (1806); Juan Manuel García Tejada (1774-1845), *Canto uic*
Fucha, loa, 1803 (Cf. Juan Francisco Ortiz, *Reseña histórica del teatro
en Bogotá*).

En la Argentina, los anónimos autores de las loas (perdidas) de 1747,
en Buenos Aires, y de la *Loa* de Corrientes en 1761, del sainete *El amor
de la estanciera* (1792), publicado por el Instituto de Literatura Argentina, y de otras obras que menciona el padre Leonhardt en sus trabajos
de la revista *Estudios.*

En Cuba, se atribuye al padre José Rodríguez Ucares *El príncipe jar-
dinero y fingido Cloridano,* que se representaba en 1791, pero que es
muy anterior. La obra aparece impresa en España bajo el nombre de
Santiago Pita: ¿es pseudónimo, como se ha llegado a pensar? Consúltese: Carlos Manuel Trelles, *Ensayo de bibliografía cubana de los siglos XVII y XVIII,* Matanzas, 1907, J. J. Remos y Rulio, en su *Resumen
histórico de la literatura cubana,* 1930, habla del entremés *El poeta* de
Sotomayor y de la alegoría *América y Apolo* de Zequeira (1807); también, de M. M. Pérez y Ramírez, quien escribió un monólogo y una
obra en un acto y de Miguel González, a quien se atribuye una obra
titulada *Elegir con discreción y amante privilegiado* (representada en
1792 y publicada en 1804 *El jugador de la Habana*). Véase además Mitjans, *Historia de la literatura cubana,* Madrid, s.a. (y antes en La
Habana, 1890), E. H. López Prieto, "Apuntes para la historia del teatro en
Cuba", en *El Palenque Literario,* 2 (1882).

Para Chile, véase, Eugenio Pereira Salas, *El teatro en Santiago del
Nuevo Extremo, 1709-1809,* Santiago de Chile, 1941.

Consúltese también Rudolph Grossmann, "El drama seudoclásico en
la América española", en *Investigación y Progreso,* Madrid, 4 (1930),
núm. 10.

[73] Consultar Monterde, *Bibliografía,* pp. xli, 30, 38, 41, 50, 52, 57,
60, 61, 66, 70, 72 y 542.

[74] Cf. Ella Dunbar Temple. "Títeres y titiriteros en la Lima de fines del
siglo XVIII", en la revista *Tres,* Lima, núm. 8, marzo-junio de 1942, pp.
18-30.

[75] Sobre los tres hay completos y exactos juicios de Menéndez Pelayo,
en su *Historia de la poesía hispano-americana,* con datos sobre su vida y
obras. Para Gorostiza hay nuevos datos, que se deben al Dr. J. R. Spell,
en Monterde, *Bibliografía,* pp. 169-173 y 445-447.

[76] [Como buen manual acerca del período de la Colonia, consúltese
José Juan Arrom, *El teatro en Hispanoamérica en la época colonial,* Anua-
rio Bibliográfico Cubano, La Habana, 1956].

CRONO-BIBLIOGRAFÍA
DE PEDRO HENRÍQUEZ UREÑA

por Emma Susana Speratti Piñero

CRONO-BIBLIOGRAFÍA DE DON PEDRO HENRÍQUEZ UREÑA

ADVERTENCIA

MI PROPÓSITO al iniciar este trabajo, era sólo el de reconstruir la bibliografía de Pedro Henríquez Ureña.* El copioso material que encontré en su archivo tanto como sus peculiaridades me obligaron a cambiar de rumbo. Trato de proporcionar hoy la trayectoria esquemática de esa vida rica en diversos intereses y preocupaciones, trayectoria que no pudo dejar de reflejarse en los escritos. Por eso he comenzado desde las poesías infantiles y he citado hasta los trabajos efímeros u ocasionales que revelan la aparición de preferencias y gustos; por eso he recogido los diferentes pseudónimos, máscaras distintas para distintas circunstancias; por eso, finalmente, me he atenido en lo posible a las fechas en que los trabajos fueron escritos y no a su aparición en revistas, periódicos o libros, aunque nunca he dejado de registrar también esos datos. Sé, sin embargo, que mi tarea continúa siendo imperfecta, sé que padece de omisiones; pero la carencia de ciertos periódicos y revistas me ha impedido completarla.

Buena parte del éxito de mi trabajo se debe, como he dicho, a que he podido manejar el archivo de don Pedro, cuya viuda lo puso a mi entera disposición. También me han sido muy útiles, especialmente en lo que respecta al período 1924-1946, la "Bibliografía" elaborada por Julio Caillet-Bois** y el fichero de Sonia Henríquez Ureña de Hlito, quien había incorporado la bibliografía de Rodríguez Demorizi. Agradezco a don Alfonso Reyes su amable colaboración en la identificación de publicaciones aparecidas sin firma y el haberme permitido trabajar en su archivo; agradezco igualmente a mis amigos, Ana María Barrenechea, Ernesto Mejía Sánchez y Andrés R. Vázquez los datos que aportaron a mi investigación.

---

* Este trabajo se publicó con gran número de datos incompletos en *Revista Iberoamericana*, núms. 41-42. Dentro de lo posible quedan subsanadas las fallas.
** Véase núm. 649.

1894

1. "Mimisintinca" [poesía; en el manuscrito de P.H.U. figura en una serie de poesías abarcadas por una llave y que tienen la inscripción "juguetes infantiles"; no la recoge más tarde].

1896

2. "Beyita" [poesía; véase núm. 1].
3. "María Reina" [poesía; véase núm. 1].
4. "La noche y el mar" [poesía; véase núm. 1].
5. "Ana Osorio" [poesía; véase núm. 1].
6. "A Josefa A. Perdomo" [poesía], agosto. [Figura en el ms. bajo el subtítulo "Balbuceos"].
7. "A Colón" [poesía], octubre [véase núm. 6].

1897

8. "La mariposa" [traducción de la poesía homónima del escritor catalán Pau Bunyegas; en el ms. bajo el subtítulo "Del cercado ajeno"].
9. "La mariposa" [traducción de Lamartine].
10. "Melancolía" [poesía].
11. "Shakespeare" [poesía].
12. "Tristezas. A la memoria de mis muertos" [poesía; véase núm. 6], septiembre.
13. "Entre niños. Sucedido" [poesía], octubre, [véase núm. 6].
14. "Aquí abajo" [traducción de la poesía homónima de Sully-Prudhomme], *LyC*, 1º de febrero de 1898; firmada Pedro Nicolás F. Henríquez Ureña. [véase núm. 8].
15. "A Cuba" [poesía], octubre [véase núm. 6].

1898

16. "El diluvio. Tradición de la isla de Haití" [poesía], agosto. [En el ms. con el subtítulo "Leyenda indígena"].

1899

17. "¡Incendiada!" [poesía], marzo; *LyC*, junio 20; firmada Pedro N. Fed. Henríquez Ureña [véase núm. 6].

18. "El autor del primer himno. En memoria del decano de la poesía patria Félix María Delmonte" [poesía], abril o mayo [véase núm. 6].
19. "El mundo de las almas" [trad. de Sully-Prudhomme], 29 de julio [véase núm. 8].
20. "El ideal" [trad. de Sully-Prudhomme], agosto [véase número 8].
21. "Ulises Hereaux", agosto.

1900

22. "Crónica" [Recuerdo de José Joaquín Pérez], *Revista Ilustrada*, Santo Domingo, 15 de julio [sin firma].
23. "Teatrales. *Virginia. La locura de amor*", *Lucha*, 31 de julio. [Firmado "Bohechio"].
24. "Teatrales. Tamayo y Luisa Martínez Casado. *La bola de nieve. Adriana Lecouvreur*", *Lucha*, 17 de agosto. [Firmado "Bohechio"].
25. "Teatrales. *Lola. Don Juan Tenorio*", *Lucha*, 21 de agosto. [Firmado "Bohechio"].
26. *"María del Carmen*. Impresiones" [Sobre el drama de de Feliú y Codina], *El Ibis*, Santo Domingo, 1º de septiembre; firmado Pedro N. Henríquez Ureña.
27. "Fiez-Vous" [trad. del poema homónimo del poeta haitiano Oswald Durand], *NP*, 15 de octubre; firmado Pedro N. Henríquez Ureña [véase núm. 8].
28. "De poesía. A propósito de una obra" [*La sensibilidad en la poesía cubana* de Nicolás Heredia], *NP*, 1º de diciembre; firmado Pedro N. Henríquez Ureña.
29. *"Juan Gabriel Borkman*, drama de Henrik Ibsen", *NP*, 15 de diciembre; firmado Pedro N. Henríquez Ureña.
30. "Rima negra" [poesía; en el ms. con el subtítulo "Pesimismos"].
31. "Las trágicas" [poesía], diciembre.

1901

32. "Editorial", *NP*, 1º de enero; *Lucha*, en el mismo mes [sin firma].
33. "La belleza. Paráfrasis de un soneto de Baudelaire", [véase núm. 8]; *NP*, 15 de enero; *Germinal*, Santiago de Cuba, diciembre de 1905. Firmado Pedro N. Henríquez Ureña.
34. "Belkiss" [sobre la obra de Eugenio de Castro], *RevLit*, abril o mayo; *CLit*, 14 de julio de 1904.
35. "Crónica neoyorkina. En el Metropolitan Opera House", *RevLit*, 8 de julio. [Firmado "Bohechio"].

36. "En el viento" [poesía], *Ideal.* [En el ms. con el subtítulo "Modernismos otoñales"].

37. "Mariposas negras. Reminiscencias de *Las mariposas negras* de Schumann" [poesía], octubre. *Cuna,* 8 de marzo de 1903; *Fig,* 28 de junio de 1903. [Véase núm. 30].

38. "Flores de otoño" [poesía fechada en Nueva York en octubre], *Ideal,* 4 de noviembre; firmada Pedro N. Henríquez Ureña. *CyAm,* 2 de julio de 1905; *Por esos mundos,* Madrid, octubre de 1905; *Diario de la Marina,* La Habana, 17 de noviembre de 1905 (tarde). [Véase núm. 36].

39. "Otoñal" [poesía fechada en Nueva York en octubre; véase núm. 36]. *Ideal,* 18 de noviembre; *La Vanguardia,* Puerto Plata (Rep. Dominicana), noviembre; firmada Pedro N. Henríquez Ureña.

40. "Ensueño" [poesía fechada en Nueva York en diciembre], *Cuna,* 29 de mayo de 1904; *CyAm,* 13 de agosto de 1905. [Véase núm. 36].

41. "El verdadero Ibsen" [trad. y extracto de un artículo de William Archer], *RevLit,* 1º de mayo; *Cuna,* 4 de septiembre de 1904.

1902

42. "Tropical" [poesía fechada en Nueva York el 12 de agosto; en el ms. con el subtítulo "Galantes"].

43. "En la cumbre" [poesía fechada en Nueva York en agosto], *LD,* 25 de septiembre; *El Civismo,* Puerto Plata, septiembre; *Azul y Rojo,* La Habana, 31 de marzo de 1903. Firmada Pedro N. Henríquez Ureña. [Véase núm. 30].

1903

44. "Virginia Elena Ortea", *Cuna,* 3 de mayo; firmado P. N. Henríquez Ureña.

45. "Hostos" [Escrito con motivo de la muerte de Hostos y fechado en Nueva York], *LD,* 29 de septiembre; reproducido en *Eugenio M. Hostos: biografía y bibliografía,* Tip. de *Oiga...,* Santo Domingo, 1905.

46. "Frente a las 'Palisades' del Hudson" [poesía fechada en Nueva York en octubre], *CLit,* 14 de junio de 1904. [Véase núm. 36].

47. "Íntima" [poesía fechada en Nueva York en diciembre], *Cuna,* 11 de septiembre de 1904. [Véase núm. 30].

48. "Neoyorkinas. Notas artísticas", *Oiga...,* 26 de diciembre.

49. "Postales" [poesías breves dedicadas a distintas personas; véase núm. 42].

1904

50. "Postales" [poesías breves dedicadas a distintas personas; véase núm. 42].
51. "Mercedes Mota", *Actualidades*, Lima.
52. "Literatura norteamericana", abril; *Cuna*, 22 de mayo.
53. "Música moderna" [poesía], *Cuna*, 1º de mayo; *CMus*, 15 de enero de 1905.
54. "La música nueva. La escuela italiana", *CLit*, 23 de julio; *Páginas de Arte*, El Salvador, núm. 3, febrero de 1906; *Quincena*, 15 de abril de 1906; *El Heraldo Industrial*, Caracas, 1º de junio de 1906; *Gaceta Musical*, México, 1º de agosto de 1906 [véase núm. 96].
55. "Crónica habanera", *CLit*, 21 de agosto. [Con la firma "León Roch"].
56. "Crónica habanera", *CLit*, 5 de septiembre. [Véase núm. 55].
57. "Letras cubanas. I, *El romanticismo* de Enrique Piñeyro (París, 1904); II, Los poemas de Valdivia: «Melancolía» (junio de 1904); «Los vendedores del templo» (julio, 1904)", *CLit*, 5 de septiembre. La parte dedicada a Piñeyro se reprodujo en *Cuna*, 25 de septiembre.
58. "Ante el mar. Paráfrasis de un trozo de la oda «To the sea» de la poetisa norteamericana Amelie Rives", *Cuna*, 8 de enero de 1905: *El Álbum*, Santiago de los Caballeros, febrero de 1905; *CLit*, 10 de mayo de 1905; *Dictamen*, 3-4 de febrero de 1906. [Véase núm. 30].
59. "Crónica habanera", *CLit*, 5 de octubre. [Véase núm. 55].
60. "Crónica habanera", *CLit*, 28 de octubre. [Véase núm. 55].
61. "Escorzos. I, Adelina Patti; II, Marcella Sembrich; III, Lillian Nórdica" [poesías], *CMus*, 15 de noviembre; *Cuna*, 11 de diciembre. "Adelina Patti" se publicó equivocadamente en *The Monterrey News* (1908) con la firma Gastón F. Deligne; "Marcella Sembrich" en *Proll*, febrero de 1906.
62. "Crónica habanera. Italia Vitaliani", *CLit*, 20 de noviembre. [Véase núm. 55].
63. "Sobre la Antología", *Cuna*, 20 de noviembre; *An*, 5 de febrero de 1935.
64. "Crónica habanera. La Vitaliani en *Hedda Gabler*", *CLit*, 28 de noviembre. [Véase núm. 55].

65. "Dulce María Borrero", *CLit,* 28 de noviembre.
66. "La música nueva. Ricardo Strauss y sus poemas tonales", *CMus,* 15 de diciembre [véase núm. 96].
67. "Reflorescencia" [Sobre el poeta dominicano Gastón F. Deligne], *Cuna,* 18 de diciembre.
68. "Rasgos de un humorista" [George Bernard Shaw], *CLit,* 20 de diciembre [véase núm. 96].
69. *"Ariel.* La obra de José Enrique Rodó" [fechado el 31 de diciembre], *CLit,* 12 de enero de 1905 [véase núm. 96].

1905

70. "Crónica habanera", *CLit,* 20 de enero. [Véase núm. 55].
71. "Oscar Wilde" [fechado en La Habana en febrero; véase núm. 96].
72. "Crónica habanera", *CLit,* 5 de febrero [véase núm. 55].
73. "Los dramas de [Arthur Wing] Pinero", *Discusión,* 12 de febrero [véase núm. 96].
74. "Dos artistas" [Francisco García de Cisneros y Eleonora de Cisneros], *CLit,* 20 de febrero.
75. "Crónicas humanas. El libro de Muñoz Bustamante", *CLit,* 5 de marzo. [Sin firma].
76. "Crónica habanera", *CLit,* 12 de marzo [véase núm. 55].
77. "Correspondencia habanera", *La Campaña,* Santo Domingo, 17 de marzo.
78. "La profanación de Parsifal", *CMus,* 15 de abril [véase núm. 96].
79. "José Joaquín Pérez", *CLit,* 20 de abril; *Cuna,* 10 de febrero de 1907 [véase núms. 96 y 184].
80. "Lux" [poesía], *CLit,* 28 de abril; *Quijote,* t. 4, núm. 7, febrero de 1911.
81. "La serpentina" [poesía], *CMus,* 1º de mayo; *Quincena,* 1º de junio; *El Español,* Mérida (Yucatán), 17 de diciembre; *Dictamen,* 14 de enero de 1906; *Cuna,* 23 de febrero de 1908.
82. "Correspondencia habanera", *Tel,* 20 de mayo.
83. "Correspondencia habanera", *Tel,* 10 de junio.
84. "Juan Guerra Núñez", *CMus,* 15 de junio.
85. "Máximo Gómez [poesía fechada el 18 de junio], *Discusión,* 25 de junio; *CLit,* 28 de junio.
86. "D'Annunzio, el poeta", *CLit,* 21 de julio [véase núm. 96].
87. "Correspondencia habanera. La muerte de Máximo Gómez", *LD,* 9 de agosto.
88. "Tendencias de la poesía cubana", *Discusión,* 13 de agosto [véase núm. 96].

89. "Correspondencia habanera", *LD*, 22 de agosto.

90. "Dos controversias shakespirianas", *ProII*, septiembre.

91. "Todo lo que pasa es bello" [poesía fechada el 24 de octubre], *LHab*, 15 de diciembre; *Dictamen*, 30-31 de diciembre; *MII*, 1906; *Revista Contemporánea*, Monterrey, 1909; *Osiris*, enero 15 de 1910.

92. "Martí, escritor", *Discusión*, 25 de octubre; *LD*, 25 de octubre [¿es lo mismo de *RepAm*, 18 de febrero de 1931; *Sur*, 1931; *Archivos de José Martí*, año 4, núm. 7, mayo-diciembre de 1943?].

93. "Hacia la luz" [poesía], *LHab*, 15 de noviembre.

94. "Vencido (Síntesis)", *IbAm*, 15 de noviembre; *LHab*, 15 de enero de 1906.

95. "Educación científica", *IbAm*, 1º de diciembre.

96. *Ensayos críticos*, Imprenta Esteban Fernández, La Habana, 1905. Recoge los núms. 54, 66, 68 [con el título "Tres escritores ingleses: Wilde, Pinero y Shaw"], 69, 71, [véase *supra*], 73 [véase *supra*], 78, 79, 86 y 88 [con el título "El modernismo en la poesía cubana"]. Contiene, además, "Rubén Darío", "Sociología (Hostos y Lluria)"

1906

97. "La intelectualidad hispano-americana" [En colaboración con Arturo R. de Carricarte], *RevCrit*, enero, pp. 1-9.

98. "Cuba (Notas de psicología literaria)" *RevCrit.*, enero, pp. 10-19; *Cuna*, junio de 1907; *MM*, 1907.

99. Sobre Barrero Argüelles, *Candentes; RevCrit*, enero, pp. 23-24. [Sin firma.]

100. Sobre Enrique José Varona, *Curso de Psicología; RevCrit*, enero, pp. 25-27. [Sin firma].

101. Sobre F. Carrera y Jústiz, *Introducción a la historia de las instituciones locales de Cuba; RevCrit*, enero, pp. 27-29. [Sin firma].

102. "Mitre" [nota necrológica], *RevCrit*, enero, pp. 29-30. [Sin firma].

103. "Pimentel Coronel" [nota necrológica], *RevCrit*, enero, pp. 30-31. [Sin firma].

104. "Crónica. Oyendo la banda de artillería", *Dictamen*, 13-14 de enero. [Sin firma].

105. "Ríe, payaso" [cuento], *Dictamen*, 27-28 de enero. [La siguiente nota manuscrita acompaña al ejemplar del archivo de P.H.U.: "En este cuento solamente la firma y la idea son de P.H.U.; la factura y el estilo son de Arturo R. Carricarte"].

106. "Notas editoriales e información", *RevCrit*, febrero, pp. 65-75 [Sobre: Rubén M. Campos, *Claudio Oronoz;* Luis Rosado Vega, *Alma y Sangre;* Francisco Elguero, *Algunos versos;* Delio Moreno Cantón, *El sargento primero;* Solón Argüello, *El grito de las islas;* Rafael Ángel Troyo, *Poemas del alma;* Ramón Mez y Suárez, *Observaciones sobre educación*]. Con el título "Notas sobre *Claudio Oronoz*" y con firma completa se volvió a publicar el primer trabajo en *RevMod*, junio de 1906. [Con la firma P.H.U.].

107. "Impresiones de la semana", *Dictamen*, 3 de marzo.

108. "Impresiones de la semana", *Dictamen*, 10 de marzo.

109. "Impresiones de la semana", *Dictamen*, 17 de marzo.

110. "El nuevo indígena", *Dictamen*, 21 de marzo.

111. "Impresiones de la semana", *Dictamen*, 31 de marzo.

112. "Impresiones de la semana", *Dictamen*, 7-8 de abril.

113. "Benavente. *Los malhechores del bien*", *Dictamen*, 9-10 de abril; *Discusión*, 22 de abril.

114. "Noches de arte. *La desequilibrada* de Echegaray. *El flechazo* de los Quintero", *Dictamen*, 10-11 de abril.

115. "Impresiones de la semana", *Dictamen*, 14-15 de abril.

116. "Impresiones de la semana", *Dictamen*, 21-22 de abril.

117. "Los teatros en México", *Dictamen*, 7-8 de mayo.

118. "Henrik Ibsen" [reseña de su obra y de la crítica acerca de ella], *Imparcial*, 30 de mayo. [Sin firma].

119. "Teatros. Los conciertos. La ópera", *SavM*, junio. [Firmado P.H.U.].

120. "Ibsen" [poesía], *RevMod*, junio, p. 218; *AnRe*, 20 de septiembre de 1909.

121. "Los restos de Colón. Famoso error histórico. Datos que comprueban la autenticidad de los restos existentes en Santo Domingo", *Imparcial*, 9 de junio. [Sin firma].

122. "México: La vida intelectual y artística", *Discusión*, 24 de junio.

123. "La resurrección de Don Juan", *Dictamen*, julio.

124. "Vida intelectual y artística. La influencia de Nietzsche. Anton Bruckner. Richard Strauss. La melodía. El modernismo español", *SavM*, julio. [Firmado P.H.U.].

125. "Teatros. Conciertos. La ópera", *SavM*, julio. [Firmado P.H.U.].

126. "Edith Wharton", *RevMod*, agosto, pp. 385-388.

127. "Lo que dice un dilettante. A propósito de la ópera de Castro" [*La leyenda de Rudel*], *Imparcial*, 5 de noviembre; firmado "Un Dilettante". Con el título "La leyenda de Rudel" en núm. 184.

1907

128. "Nuestros poetas. Jesús E. Valenzuela", *RevMod*, febrero, pp. 347-348; *MM; Cuna*.

129. "Nueva Antología" [Reseña de *La joven literatura hispanoamericana* de Manuel Ugarte, Ed. Armand Colin, Paris, 1906], *RevMod*, febrero, pp. 379-382.

130. "Julio Ruelas, pintor y dibujante", *MM*, marzo.

131. "¡...Un libro!" [Sobre Gastón F. Deligne; fechado el 15 de marzo en México], *Cuna*, junio.

132. "Las *Poesías* de Unamuno", *RevMod*, junio, pp. 231-232; *Cuna*, 2 de febrero de 1908.

133. "Un clásico del siglo xx" [José María Gabriel y Galán], *RevMod*, julio, pp. 296-303. *RepAm*, 15 de diciembre de 1933 [véase núm. 184]. [Conferencia pronunciada el 26 de junio en la Tercera velada de la Sociedad de Conferencias de México].

134. "Velada en la Preparatoria. Triunfo de Alfonso Reyes. Habla Justo Sierra", *El Diario*, México, julio.

135. "Conferencias y tés" [Carta a Enrique Ap. Henríquez sobre el movimiento de la literatura contemporánea en México], *Cuna*, 25 de agosto.

136. "Julio Flórez en México" [Carta a Enrique Ap. Henríquez], *Cuna*, núm. 37, 15 de septiembre.

137. "Los de la nueva hora. Carlos González Peña", *Crónica*, 15 de noviembre.

138. "El pinar" [poesía], *RevMod; Cuna*, 20 de octubre.

139. "Libros", *RevMod*, diciembre [firmado L. G.]; *Cuna*, julio de 1908 [firmado Luis Gamia].

140. "Las conferencias de los jóvenes", *La Gaceta de Guadalajara*, Guadalajara (México), 17 de noviembre; *Mll*, México, 1910; *LyP*, t. 12, núm. 5, mayo de 1934 [con el título "Conferencias" en núm. 184].

141. "Marginalia. José Enrique Rodó" [sobre *Liberalismo y jacobinismo*], *RevMod*, diciembre, pp. 240-242.

142. "Fernando A. de Meriño", *Crónica*.

143. "Genus Platonis", *LD* [Con el título "El espíritu platónico" en núm. 184].

144. "Hostos o La concepción sociológica de Hostos". Reproducido en el libro de Enrique Deschamps *La República Dominicana* (Barcelona, 1907); *Puerto Rico Ilustrado*, marzo de 1924 y febrero de 1939; *Clío*, abril de 1939; *América y Hostos*, La Habana, 1939, pp. 149-155 [véase núm. 184].

145. "Imitación d'annunziana" [poesía, fechada en México en

1907], *Osiris,* 1909; reproducida en *Cortesía* de Alfonso
Reyes, México, 1948.

146. "El feminismo (Diálogo)", *Dictamen.*
147. "Crónica de la manifestación en memoria del Duque Job",
LD.

1908

148. "Días alcióneos. Antonio Caso y Alfonso Reyes", *Rev-
Mod.,* enero pp. 269-270. *Cuna,* 21 de junio; *Osiris,* 27
de febrero y 15 de agosto de 1910. [Véase núm. 184].
149. "Alocución" [pronunciada en la Escuela Nacional Preparatoria de México al conmemorar al educador Gabino Barreda el 22 de marzo de 1908], *Cuna,* 17 de mayo [Con
el título "Barreda", en núm. 184].
150. "Marginalia. El exotismo", *Cuna,* 25 de octubre; *Rev-
Mod,* noviembre, pp. 159-160; *Osiris,* 1º de septiembre
de 1910 [Con el título "El exotismo" en núm. 184].
151. "La Catedral", *RevMod,* agosto, pp. 361-362; *Mll,* 25 de
junio de 1911, pp. 2-3; *NacT,* 30 de septiembre de 1942.
[Véase núm. 184].
152. "Galaripsos (Poesías de Gastón F. Deligne)", *RevMod,*
octubre, pp. 87-94 [con el título "Gastón F. Deligne" en
núm. 184]. Revisado y corregido fue incorporado al libro
de Deligne en 1946 [Biblioteca Dominicana, vol. 3, Ciudad Trujillo].
153. "Alfonso Reyes. — "«Invitación pastoral»" [poesía a la
manera de...], *Tilín,* 22 de noviembre. [Sin firma].
154. "Rafael López.—«Flor de infamia»" [poesía a la manera
de...], *Tilín,* 22 de noviembre. [Sin firma].
155. "Las corrientes filosóficas en la América Latina por Francisco García Calderón" (Memoria presentada al Congreso de Filosofía de Heidelberg, celebrado en septiembre de
1908 y publicada en la *Revue de Metaphysique et de
Morale* de París. Traducción anotada para la *Revista Moderna* por P.H.U.); *RevMod,* noviembre, pp. 150-156.
156. "Luis G. Urbina. — «Ingenua»" [poesía a la manera
de...], *Tilín,* 6 de diciembre. [Sin firma].
157. "Walter Pater. Estudios griegos", México, ed. de Revista
Moderna [traduc. de P.H.U.].
158. "Nota de edición al *Ariel* de Rodó", Talleres Lozano,
Monterrey (México).

1909

159. "Crónica artística. La moda griega", *Cuna,* enero [Con
el título "La moda griega" en núm. 184].

160. "El nacimiento de Dionisos. Esbozo trágico a la manera antigua", *RevMod,* febrero pp. 259-269; *Nov,* 16 de diciembre de 1915 [véase núm. 338].

161. "Marginalia", *Cuna,* 17 de enero.

162. *"La Nave.* Tragedia de Gabriele D'Annunzio. Fragmento del prólogo", *RevMod,* febrero, pp. 364-367.

163. "Crónica de Nueva York. El Metropolitan y el Manhattan. Brillantes temporadas. Puccini. Nuevos estrenos. Otras novedades. Retiro de Marcel Sembrich. Otras novedades", *TyM,* 15 de febrero. [Firmado "M. de Phocás"].

164. "Cuestiones métricas. El verso endecasílabo", *RevMod,* marzo [véase núms. 184, 358, 638].

165. "Las cien mejores poesías", *Cuna,* 7 de marzo.

166. "Desde Nueva York. La retirada de Emma Eames. Réprise de *Salomé.* Una ópera de Smetana. Los encantos de Mary Garden. Obras maestras. El arte de Ludwig Wullner. Las novedades dramáticas. La *Salomé* de Strauss. Paderewsky", *TyM,* 15 de marzo. [Con la firma M. de Phocás].

167. "Carta a Menéndez y Pelayo" [fechada el 28 de abril], *BBMP,* vol. 27, 1951.

168. "Nietzsche y el pragmatismo (Nota al vuelo)", *RevMod,* mayo, pp. 176-180; *Mll,* 26 de febrero de 1911, pp. 7-8 [véase núm. 184].

169. "Un libro sobre el feminismo" [fechado en mayo; sobre M. Romera Navarro, *Ensayo de una filosofía feminista*], *RevMod,* junio, pp. 239-245.

170. "Desde México" [Carta a Federico García Godoy], *Cuna,* 6 de junio [con el título de "Literatura histórica", véase núm. 184].

171. "Conferencias sobre el positivismo" [fechado el 21 de julio de 1909], *RevMod,* julio, pp. 301-310. [Con el título "El positivismo de Comte" en núm. 184].

172. "El positivismo independiente" [fechado el 25 de agosto], *RevMod,* agosto, pp. 362-369 [véase núm. 184].

173. "A un vencido" [poesía], *Fig; Cuna,* 3 de octubre.

174. "A un poeta muerto" [poesía a René López], *An-re,* 13 de septiembre; *Blanco y Negro,* Santo Domingo, 19 de diciembre; *Fig.*

175. "Los mejores libros" [Enumeración de cien autores cuya lectura considera indispensable], *An-re,* 20 de septiembre [firmado Lilius Giraldus].

176. "Rosario Pino en Arbeu" [Crónica teatral], *Act,* 15 de octubre. [Firmado P.H.U.].

177. *"Señora ama* de Benavente" [Crónica teatral], *Act,* 16 de octubre. [Firmado P.H.U.].

178. "Rosario Pino en *El genio alegre*" [Crónica teatral], *Act*, 17 de octubre. [Firmado P.H.U.].
179. "La muerte de Clyde Fitch", *Act*, 25 de octubre [con el título "Clyde Fitch" en núm. 184].
180. "Despedida de Rosario Pino" [Crónica teatral], *Act*, 15 de noviembre. [Firmado P.H.U.].
181. "Por la inmigración" [Carta a su tío Federico Henríquez y Carvajal], *Oiga...*, 20 de noviembre.
182. "Sobre Deligne" [Carta a J. Humberto Decoudray, fechado en México el 25 de noviembre de 1909], *Ateneo*, marzo de 1910.

1910

183. *Antología del Centenario*. Estudio documentado de la literatura mexicana durante el primer siglo de Independencia. Compilada bajo la dirección de Justo Sierra por Luis G. Urbina, Pedro Henríquez Ureña y Nicolás Rangel. Primera parte: 2 tomos con numeración corrida, Imprenta de Manuel León Sánchez, México, 1910. Corresponden a P.H.U.: tomo 1, "Fray Manuel de Navarrete", pp. 1-17; "José Manuel Sartorio", pp. 19-48; "José Agustín de Castro", pp. 49-66; "Anastasio de Ochoa", pp. 66-97; "Agustín Pomposo Fernández de San Salvador", pp. 113-126; "Luis de Mendizábal", pp. 253-263; "José Joaquín Fernández de Lizardi", pp. 265-413; tomo 2, "Manuel de Lardizábal y Uribe", pp. 490-544; "José Miguel Guridi y Alcocer", pp. 545-575; "Francisco Manuel Sánchez de Tagle", pp. 578-617; "Francisco Ortega", pp. 619-658; "Índice biográfico de la época", pp. 661-1014.
184. *Horas de estudio*, Ollendorf, París, s.a. Contiene: "Días alcióneos" [núm. 148], "Cuestiones filosóficas" [núms. 171, 172, 168, 144], "Literatura española y americana" [núms. 133, "Rubén Darío" (ya en núm. 96), 164], "De mi patria" [núms. 151, "La vida intelectual de Santo Domingo", 170, 79, 152], "Varia" [núms. 143, 150, 159,. 179, 127, 140, 149].
185. "La musa bohemia" [acerca del libro homónimo de Carlos González Peña], *Mil*, 20 de febrero, pp. 5-6.
186. "La tragedia de las rosas" [sobre la obra homónima de José Escofet], *El Correo Español*, México, 28 de febrero.
187. "El maestro Hernán Pérez de Oliva" [fragmento de un estudio leído en la sesión que el Ateneo de la Juventud de México dedicó a Rafael Altamira], *La Unión Española*, La Habana, febrero; *Ateneo*, junio [véanse núms. 213, 247, 393 y 598].
188. "Altamira en México", *Ateneo*, febrero-marzo.

189. "Profesores de idealismo" [Sobre Francisco García Calderón], *Ateneo,* agosto; *RevMod.*

190. "La obra de José Enrique Rodó" [conferencia pronunciada en el Ateneo de la Juventud de México el 22 de agosto], *Conferencias del Ateneo de la Juventud,* Imprenta Lacaud, México, 1910; *Ateneo; Nos,* año 7, tomo 9, pp. 225-238, enero de 1913; *El Mes Literario,* Coro (Venezuela), 1913.

191. "Cultura antigua de Santo Domingo, La Española" [extractos de lo relativo a Santo Domingo en la obra de Beristáin y Souza, *Biblioteca Hispanoamericana Septentrional,* precedidos de una nota explicativa; fechado en agosto], *Ateneo,* núms. 10-12, 14 y 17; 21 de noviembre y septiembre de 1911.

1911

192. "Electra y Hécuba" [fragmentos de una conferencia], *MIl,* febrero.

193. "Carta a Menéndez y Pelayo" [fechada el 15 de febrero], *BBMP,* vol. 27, 1951.

194. "Desde México" [Carta a Gustavo J. Henríquez acerca de su libro *Trinos*], *Ateneo,* núm. 15, marzo.

195. "Algo sobre *Hécuba* de Eurípides", *MIl,* 5 de marzo, p. 2.

196. "Oyendo a Varona", *Fig,* 30 de abril.

197. "Las ideas sociales de Spinoza", *Cuna,* 28 de mayo y 4 de junio; *LD,* 11 de diciembre de 1932; *Trap,* septiembre-octubre de 1933.

1912

198. "La decadencia de la literatura descriptiva", *Argos,* México, 5 de enero; *Cuna,* 14 de enero.

199. "Carta abierta a Federico García Godoy" [acerca de su obra *Alma dominicana;* lleva fecha 25 de marzo en México], *Ateneo,* abril; *Cuna,* mayo.

200. "La Inglaterra de Menéndez y Pelayo" [fechado en México el 26 de abril], *Cuna,* 22 y 28 de febrero de 1914.

201. "Sobre la literatura descriptiva" [Carta a Charles Lesca acerca de su artículo "La decadencia de la literatura descriptiva"; fechada en México el 30 de abril], *Cuna,* julio.

202. "Carta al Director de *El Imparcial"* [acerca del supuesto nombramiento de P. H. U. en sustitución de Urbina], *Imparcial,* 9 de mayo.

203. "Rafael Cabrera y sus *Presagios*" [Conferencia leída en el Ateneo de la Juventud de México y fechada en agosto de 1912], *Biblos*, México.

204. "La ópera y la protección oficial", *La Tribuna*, México, 14 de noviembre [firmado L. G.].

1913

205. *Tablas cronológicas de la literatura española*, Universidad Popular Mexicana, México; 2ª ed., D. C. Heath y Co. Publishers, Boston y New York, 1920 [modificadas y ampliadas].

206. "Libros nuevos. *Clásicos y modernos* de Azorín", *Páginas Blancas*, ¿ ?; firmado Jusepe Vargas.

207. "La poesía perfecta", *NosM*, enero [es parte del artículo sobre Deligne, véase núm. 152].

208. "Valores de nuestra América. José Enrique Rodó", *NosM*, enero, núm. 45; *Vang*, 26 de enero y 2 de febrero de 1936.

209. "Traducciones y paráfrasis en la literatura mexicana de la época de la Independencia (1800-1821)", *Anales del Museo Nacional de Arqueología, Historia y Etnografía*, México, julio-agosto, vol. 5.

210. "Las audacias de Don Hermógenes" [crítica de la *Antología de los mejores poetas castellanos* de Rafael Mesa y López], *NosM*, septiembre; *CCon*, septiembre.

211. "Por el mismo camino" [cuento], *RAz*, septiembre.

212. "Jane Austen. La escritora femenina por excelencia", *RAz*, núm. 3, septiembre; *Fig*, 30 de noviembre; *Cuna*, junio de 1919 [véase núm. 455].

213. "El Renacimiento en España" [fragmento de una conferencia sobre el maestro Hernán Pérez de Oliva], *Est*, octubre [véase núms. 187, 247, 393, 598].

214. "La métrica de los poetas mexicanos en la época de la Independencia" [Discurso de recepción en la sesión del 2 de octubre], *Boletín de la Sociedad Mexicana de Geografía y Estadística*, México, 1914, t. 7.

215. "La enseñanza de la literatura" [trabajo leído en el Ateneo de México en octubre], *Revista Mexicana de Educación*, diciembre; *NosM*, 1913-1914.

216. "Romances de América", *CCon*, noviembre-diciembre; *La Lectura*, Madrid, enero-febrero de 1914.

217. "Don Juan Ruiz de Alarcón" [conferencia pronunciada la noche del 6 de diciembre en la 3a. sesión organizada por Francisco J. de Gamoneda en la Librería General], *NosM*, marzo de 1914; *Revista de Filosofía, Letras y*

Ciencias de La Habana, 1915; *LyP*, tomo 10, núm. 2, abril de 1932; *Vang*, 12-19 de abril de 1936 [véase núm. 456]. Hay trad. francesa en Bibliothéque Americaine, Univ. de París, 1924.

1914

218. *La Universidad.* Tesis para optar al título de abogado en la Escuela Nacional de Jurisprudencia de la Universidad de México, *HeR*, 1919.

219. "El Molière del siglo xx" [Conferencia sobre G. Bernard Shaw pronunciada el 7 de enero en la Asociación Cristiana de Jóvenes como representante de la Universidad Popular Mexicana].

220. "Sobre Dulce María Borrero", *La Ilustración Semanal*, México, 27 de enero.

221. "Carta a Julio Jiménez Rueda" [acerca del plan de estudios de la Escuela Preparatoria; lleva fecha 30 de enero], *Est.*

222. "El poeta del día en México" [Enrique González Martínez], *Fig*, 12 de abril.

223. "En pro de la edición definitiva de Sor Juana", *México*, México, 15 de abril.

224. "En defensa de la lírica española" [a propósito del discurso de Varona sobre la Avellaneda], *Fig*, 17 de mayo [los dos últimos párrafos, con el título "Los poetas líricos", en núm. 393].

225. "La vida literaria en Nueva York. La interesante encuesta de *Times*", *Fig*, julio. [Firmado "M. de Phocás"].

226. "La cultura de las humanidades", *RevBC*, julio-agosto, vol. 9, núm. 4, pp. 242-252.

227. "Los valores literarios" [sobre el libro homónimo de Azorín]. *Fig*, 2 de agosto [como primera parte de Azorín" en núm. 393].

228. "Hojas" [prosa], *LHab*, 16 de agosto; *Nov*, 1915; *Fig*, 1919; *UnHisp*, 1919.

229. "Sutileza" [sobre Gutiérrez Nájera], *Fig*, 20 de septiembre; *RevRev*, 1º de agosto de 1915.

230. "José de la Riva Agüero", *Fig*, 18 de octubre.

231. "Ante la tumba de Casal", *Fig*, 25 de octubre.

232. "De viajes", *HeCu*, 25 de noviembre. [Firmado "E. P. Garduño"].

233. "Cuba en Nueva York", *HeCu*, 26 de noviembre. [Firmado "E. P. Garduño"].

234. "Desde Washington. Hacienda y diplomacia", *HeCu*, 28 de noviembre. [Firmado "E. P. Garduño"].

235. "Desde Washington. Sin brújula", *HeCu,* 29 de noviembre. [Firmado "E. P. Garduño"].
236. "Desde Washington. En torno a la doctrina Taft", *HeCu,* diciembre. [Firmado "E. P. Garduño"].
237. "Desde Washington. ¿Abstención al fin?", *HeCu,* 7 de diciembre. [Firmado "E. P. Garduño"].
238. "Desde Washington. La despedida de Anatole France", *HeCu,* 7 de diciembre. Con el título "Anatole France's valedictory", en *The Forum,* New York, October, vol. 54, núm. 4, pp. 479-481.
239. "Desde Washington. La neutralidad panamericana", *HeCu,* 14 de diciembre. [Firmado "E. P. Garduño"].
240. "Desde Washington. Inquietudes", *HeCu,* 21 de diciembre. [Firmado "E. P. Garduño"].
241. "Desde Washington. Contienda de universitarios", *HeCu,* 23 de diciembre. [Firmado "E. P. Garduño"].
242. "Desde Washington. La resurrección de la danza", *HeCu,* 25 de diciembre.
243. "Desde Washington. Inglaterra ayer y hoy", *HeCu,* 26 de diciembre. La segunda parte de este artículo fue reproducida en *VidM,* junio de 1916.
244. "Desde Washington. La templanza obligatoria", *HeCu,* 28 de diciembre. [Firmado "E. P. Garduño"].
245. "Desde Washington. El dominio de los empleos públicos", *HeCu,* 29 de diciembre. [Firmado "E. P. Garduño"].
246. "Desde Washington. Vanidad nacional", *HeCu,* 31 de diciembre. [Firmado "E. P. Garduño"].
247. "Estudios sobre el Renacimiento en España. El maestro Hernán Pérez de Oliva", *CCon,* año 2, t. 4, hay tirada aparte [véanse núms. 187, 213, 393 y 598].
248. "Rioja y el sentimiento de las flores", *Revista de América,* París; *España,* núm. 131, 1920 [véanse núms. 393 y 598].
249. "Lacrimae rerum" [dedicado a Pablo Martínez del Río y Vinent], *Nov,* 1915; *UnHisp,* 1919; *Cuna,* enero de 1920.

1915

250. "Desde Washington. La primera rebeldía", *HeCu,* 2 de enero. [Firmado "E. P. Garduño"].
251. "Música nueva", *HeCu,* 3 de enero.
252. "Desde Washington. ¿Cuál es el remedio?", *HeCu,* 6 de enero. [Firmado "E. P. Garduño"].
253. "Desde Washington. Los empleos y la democracia", *HeCu,* 9 de enero. [Firmado "E. P. Garduño"].

254. "Desde Washington. La necesidad del éxito", *HeCu*, 12 de enero.

255. "Desde Washington. El derecho al milagro", *HeCu*, 13 de enero. [Firmado "E. P. Garduño"].

256. "La poesía de Enrique González Martínez" [Prólogo a *Jardines de Francia*, Porrúa Hnos., México, 1915, pp. IX-XXI; fechado en Washington en marzo de 1915], *CCon*, [véase núm. 456].

257. "Desde Washington. La ilusión de la paz", *HeCu; El Progreso*, Santo Domingo, 7 de marzo. [Firmado P. H. U.].

258. "Desde Washington. El sufragio femenino", *HeCu*, 20 de enero. [Firmado "E. P. Garduño"].

259. "Desde Washington. Máquinas de conferencias", *HeCu*, 21 de enero. [Firmado "E. P. Garduño"].

260. "Desde Washington. La protección del partido", *HeCu*, 23 de enero. [Firmado "E. P. Garduño"].

261. "Ciudades escépticas", *HeCu*, 23 de enero. [Firmado "E. P. Garduño"].

262. "Desde Washington. El castigo de la intolerancia", *HeCu*, 27 de enero. [Firmado "E. P. Garduño"].

263. "La inmigración", *HeCu*, 30 de enero. [Firmado "E. P. Garduño"].

264. "Desde Washington. Sajones y latinos", *HeCu*, 31 de enero; se publicó arreglado en *Nov* y en *Patria*, México, octubre de 1916. [Firmado "E. P. Garduño"].

265. "Desde Washington. Pintores norteamericanos", *HeCu*, 3 de febrero.

266. "El triunfo de lo efímero", *HeCu*, 6 de febrero. [Firmado "E. P. Garduño"].

267. "La muerte del sabio", *HeCu*, 8 de febrero. [Firmado "E. P. Garduño"].

268. "Desde Washington. El crepúsculo de Wilson", *HeCu*, 11 de febrero. [Firmado "E. P. Garduño"].

269. "Desde Washington. Las lecciones del fracaso", *HeCu*, 19 de febrero. [Firmado "E. P. Garduño"].

270. "Homenaje a un pueblo en desgracia", *HeCu*, 22 de febrero, [Firmado "E. P. Garduño"]. *El Progreso*, Santo Domingo, 18 de abril. [Firmado P.H.U.].

271. "Desde Washington. La publicidad en los negocios", *HeCu*, 24 de febrero. [Firmado "E. P. Garduño"].

272. "Desde Washington. La exposición de San Francisco", *HeCu*, 28 de febrero. [Firmado "E. P. Garduño"].

273. "Beethoven y Wagner", *HeCu*, 3 de marzo; modificado, en *Nov*, 22 de octubre.

274. "Desde Washington. Habla Wilson", *HeCu*, 6 de marzo. [Firmado "E. P. Garduño"].

275. "Desde Washington. La eficacia de los congresos", *HeCu*, marzo. [Firmado "E. P. Garduño"].
276. "Desde Washington. Acuarelas y retratos", *HeCu*, 18 de marzo.
277. "España y los Estados Unidos", *HeCu*, 12 de marzo; *Cuna*, 1⁹ de mayo, [sin el índice final de hispanistas]; Colec. Ariel, San José de Costa Rica.
278. "Pigmalión contra Galatea", *HeCu*, 31 de marzo [véase núm. 455].
279. "El problema del secretario de Estado", *HeCu*, 9 de abril. [Firmado "E. P. Garduño"].
280. "Apertura de la Conferencia Panamericana", *Nov*, 27 de mayo. [Firmado "E. P. Garduño"].
281. "Danzas y tragedias" [Isadora Duncan], *Fig*, mayo o junio.
282. "Instituciones, leyes y costumbres. La institución del Homestead", *Nov*, 8 de julio. [Sin firma].
283. "La enseñanza del castellano como necesidad nacional en los Estados Unidos", *Nov*, 8 de julio. [Sin firma].
284. "La muerte de Porfirio Díaz", *Nov*, 15 de julio. [Sin firma].
285. "Instituciones, leyes y costumbres. Problemas penales", *Nov*, 15 de julio. [Sin firma].
286. "Nieves Xenes", *Nov*, 22 de julio. [Sin firma].
287. "Salomón de la Selva", *Nov*, 22 de julio. [Sin firma].
288. "Instituciones, leyes y costumbres. Delincuentes y locos", *Nov*, 22 de julio. [Sin firma].
289. "Instituciones, leyes y costumbres. Las universidades como instituciones de derecho público. Conflictos universitarios. ¿Quién es el dueño de las universidades?", *Nov*, agosto. [Sin firma].
290. "Libros e ideas. ¿Pierde América una gloria literaria? [Se refiere a Henry James que acababa de dejar su ciudadanía norteamericana]. Libro sobre Haití [T. Lothrop Toddard, *The French Revolution in Santo Domingo*]", *Nov*, agosto. [Sin firma].
291. "Bernard Shaw", *Nov*, 26 de agosto. [Sin firma].
292. "Poetas de los Estados Unidos", *Fig*, septiembre.
293. "Richard Middleton", *Nov*, 2 de septiembre; [Sin firma]. *RevInd*, septiembre. [Firmado P.H.U.].
294. "Alice Meynell", *Nov*, 9 de septiembre. [Sin firma].
295. "Libros e ideas. Literatura holandesa", *Nov*, 30 de septiembre. [Sin firma].
296. "Instituciones, leyes y costumbres. La educación del abogado", *Nov*, 30 de septiembre. [Sin firma].
297. "Despertar" [poesía; Rodríguez Demorizi la considera de 1910], *Nov*, 30 de septiembre.

298. "La retirada de Julia Marlowe. Los teatros de repertorio", *Nov*, 7 de octubre. [Sin firma].
299. "Exposiciones. Bandbox Theatre", *Nov*, 14 de octubre. [Sin firma].
300. "Exposiciones. Manhattan Opera House", *Nov*, 28 de octubre. [Sin firma].
301. "Stevenson", *Nov*, 4 de noviembre. [Sin firma].
302. "Manhattan Opera House", *Nov*, 11 de noviembre. [Sin firma].
303. "Conciertos. Metropolitan Opera House. El drama", *Nov*, 18 de noviembre. [Sin firma].
304. "En honor de Chocano", *Nov*, 18 de noviembre. [Sin firma].
305. "El romance español en los Estados Unidos", *Nov*, 18 de noviembre. [Sin firma].
306. "Metropolitan Opera House", *Nov*, 25 de noviembre. [Sin firma].
307. "El baile", *Nov*, 25 de noviembre. [Sin firma].
308. "Conciertos. Metropolitan Opera House", *Nov*, 2 de diciembre. [Sin firma].
309. "La filosofía de la América Española", *Nov*, 2 de diciembre. [Sin firma].
310. "Thomas Walsh", *Nov*, 2 de diciembre; [sin firma], convertido en artículo en *Fig*, 6 de febrero de 1916.
311. "Exposiciones. Conciertos. Metropolitan Opera House", *Nov*, 9 de diciembre. [Sin firma].
312. "El mejor libro del año", *Nov*, 9 de diciembre. [Sin firma].
313. "Eurípides", *Nov*, 16 de diciembre. [Sin firma].
314. "Exposiciones. Nuevo poema de Sibelius. Conciertos. La ópera. *Los Tejedores*", *Nov*, 16 de diciembre. [Sin firma].
315. "Exposiciones. Conciertos. Yvette Guilbert", *Nov*, 23 de diciembre. [Sin firma].
316. "Libros e ideas. La arquitectura mexicana", *Nov*, 30 de diciembre. [Sin firma].
317. "La ópera", *Nov*, 30 de diciembre. [Sin firma].

1916

318. "Artes y teatros. Exposiciones. El estreno de *El Príncipe Igor*", *Nov*, 6 de enero. [Sin firma].
319. "Artes y teatros. Exposiciones. La culminación de la temporada musical. La presentación de Granados", *Nov*, 27 de enero. [Sin firma].
320. "El baile ruso", *Nov*, 27 de enero. [Sin firma].

321. "Gaultier juzgado por Casseres", *Nov,* 27 de enero. [Sin firma].
322. *"Goyescas", Nov,* 3 de febrero; modificado y ampliado, en *España,* 8 de enero de 1920 [véase núm. 393].
323. "Artes y teatros. María Barrientos. La ópera. El baile ruso. Conciertos. Drama. *La Isla del Tesoro.* Exposiciones", *Nov,* 3 de febrero. [Sin firma].
324. "Artes y teatros. Exposiciones recientes. Conciertos. La ópera", *Nov,* 10 de febrero. [Firmado P.H.U.].
325. "Cézanne", *Nov,* 17 de febrero. [Firmado P.H.U.].
326. "Rubén Darío", *Nov,* 17 de febrero. Incorporado como prólogo a *Eleven poems of Rubén Darío,* Hispanic-Society of America, 1916.
327. "Artes y teatros. El *Don Quijote* de Strauss. Pablo Casals. La ópera. Centenario de Shakespeare. Drama. Exposiciones recientes", *Nov,* 24 de febrero.
328. "Aelian Hall. Concierto del maestro Granados", *Nov,* 24 de febrero.
329. "Artes y teatros. Exposiciones. La ópera. Conciertos. Teatros. Centenario de Shakespeare", *Nov,* 2 de marzo.
330. "De la nueva interpretación de Cervantes" [del *Quijote*], *Nov,* abril; *La Nación,* La Habana, mayo; Colec. Ariel, núm. 79, San José de Costa Rica [con el título "Cervantes" y modificado en núm. 393].
331. "El primer libro de escritor americano", *RR,* vol. 7, núm. 3, julio-septiembre, pp. 284, 287; *Boletín de la Biblioteca Nacional de México; RevFil,* 1918; *Cuna,* 1919; traducido al inglés en *Inter America,* New York, 1918, vol. 1, núm. 6, pp. 389-392.
332. "Danza de los rayos de sol" [traduc. de "Dance of the Sunbeams" de Bliss Carman], *VidM,* 16 de agosto.
333. "La República Dominicana", *CCon,* septiembre, t. 15, núm. 1, pp. 38-49.
334. "My country. 'tis of thee" [Carta en inglés al editor de *The Journal,* Minneapolis, fechada el 28 de septiembre en Minnesota], 3 de octubre.
335. "El despojo de los pueblos débiles", *RUniv,* octubre; *El Tiempo,* Santo Domingo, 16 de noviembre. [Con la firma "E. P. Garduño"].
336. "José Echegaray" [en colaboración con Martín Luis Guzmán], *RUniv,* noviembre.
337. "Rubén Darío", *The Minnesota Magazine,* Minneapolis, [¿es el núm. 326?].
338. *El nacimiento de Dionisos,* Imp. de *Las Novedades,* New York [véase núm. 160].
339. Introducción al libro de Mariano Brull, *La Casa del silencio.*

1917

340. "Artes y teatros. La ópera. La orquesta sinfónica. Sociedad filarmónica. Música de cámara. Guiomar Novaes. La serie histórica de Gabrilowitsch", *Nov*, 12 de marzo.
341. "Bibliografía de Sor Juana Inés de la Cruz", *RHi*, vol. 40, julio, núm. 97, pp. 161-214; *LyP*, febrero de 1934 (pp. 72-78), marzo de 1934 (pp. 137-143), abril de 1934 (pp. 175-179), mayo de 1934 (pp. 229-235), junio de 1934 (pp. 290-298), julio de 1934 (pp. 336-344), agosto de 1934 (pp. 386-393), septiembre de 1934 (pp. 436-441) [con notas de Hermilo Abreu Gómez]; *BICLA*, 1937 y 1942 [corregida y aumentada].
342. "Literatura dominicana", *RHi*, agosto, núm. 98, tomo 40, pp. 273 y ss.; *BIUP*, abril de 1918.
343. "Un problema literario" [Carta de Enrique José Varona a P. H. U. y contestación de éste acerca de Sor Juana Inés de la Cruz], *CCon*, 15, pp. 38-49; *La Primada de América*, Santo Domingo, 15 de diciembre.
344. "Notas sobre Pedro Espinosa", *RFE*, julio-septiembre, t. 4, pp. 289-292.
345. "Campoamor", *RHi*, t. 41, pp. 683-688.
346. "El espíritu y las máquinas. Impresiones de un viaje a España", *El Gráfico*, New York, octubre; *Baja California*, San Diego, 1918; *Panorama Mundial*, México, 1918; *UnHisp*, 1919 [véase núm. 393].
347. "Opera Review", *MinD*, 27 de noviembre.

1918

348. "El niño" [poesía], *Fig*, enero.
349. "Nuevas poesías atribuidas a Terrazas", *RFE*, enero-marzo, t. 5, pp. 49-56.
350. "Las «nuevas estrellas» de Heredia", *RR*, enero-marzo, pp. 112-114.
351. "A Mexican writer" [Alfonso Reyes], *MinD*, 1º de marzo.
352. *"Antología de la versificación rítmica"* [prólogo fechado en Minnesota en mayo], Colec. El Convivio, San José de Costa Rica; 2ª ed. Ed. Cultura, México, t. 10, núm. 2, 1919 [retocada y ampliada].
353. "On the dance", *RevInd*, septiembre.
354. C. Fontaine, *En France*. Edición francesa-española de P. H. U., Nueva York.
355. "La obra de Juan Ramón Jiménez" [fechado en Minneapolis en 1918], *CCon*, 1919; *RepAm*, 1920; prólogo de

Poesías de Juan Ramón Jiménez, Ed. Cultura, México, 1923 [véase núm. 393].

356. Sobre Carl Van Vechten, *The Music of Spain. Hisp.*

1919

357. "La lengua de Santo Domingo" [rectificación a Meyer-Lübke], *Revistas y Libros,* Madrid; *RepAm,* 1920.
358. "El endecasílabo castellano", *RFE,* abril-junio, t. 6, pp. 132-157 [véanse núms. 164, 184 y 638].
359. "La enseñanza de la sociología en América" [carta a Arturo de la Mota], *Nos,* junio.
360. "Espinosa y Espronceda", *RFE,* julio-septiembre, t. 6, p. 309.
361. "El apogeo de la versificación irregular (1600-1675)", *Nos,* año 13, tomo 33, diciembre, pp. 445-451 [fragm. del cap. 4 del núm. 362].

1920

362. *La versificación irregular en la poesía castellana,* Public. de la *RFE,* Madrid; 2ª ed., 1933 [corregida y adicionada]; 3ª ed., Buenos Aires [incluida en una edición que prepara la Facultad de Filosofía y Letras; contendrá todos los trabajos sobre versificación].
363. "Lecturas. Teatro, siglos XIX y XX", Junta para la Ampliación de Estudios, Madrid.
364. "La versificación irregular en la poesía castellana" [introd. al número 362], *CCon.*
365. José Moreno Villa, *Florilegio* (prosa y verso), Sel. y pról. de P. H. U., San José de Costa Rica. Incluido en núm. 393; reprod. en *RepAm.*
366. "El idioma castellano es tan popular en los bulevares de París como en Nueva York...", *Pr,* 8 de enero.
367. "Estudios sobre Rodó" (I. A[lfonso] R[eyes]; II, P. H. U.), *El Sol,* Madrid, 22 de enero.
368. Sobre J. L. Ferguson, *American Literature in Spain. RFE,* enero-marzo, t. 7, pp. 62-71.
369. "La cultura y los peligros de la especialidad", *UnHisp,* 11 de febrero; *Nos,* septiembre de 1922, pp. 47-54.
370. "Desde Madrid. Los hispanoamericanos en España" [firmado el 8 de marzo], *Pr* [Firmado "E. P. Garduño"].
371. Sobre Pérez y Curis, *El Marqués de Santillana, RFE,* abril-junio, pp. 188-189.
372. "El último libro de Luis G. Urbina, *Estampas de viaje", Sol del Domingo,* ¿?, 17 de julio.

373. "Bibliografía literaria de Santo Domingo", *RepAm*.
374. "La renovación del teatro. La historia del escenario. El escenario como cuadro. El odiado siglo XIX. ¿Para qué sirve el realismo? La solución «artística». La solución histórica. La solución radical. Soluciones mixtas. El caso de Nueva York. La mejor solución", *España*, núm. 256. Modificado fue leído en Amigos del Arte (Buenos Aires) y publicado en *Social*, 1925; *Val*, t. 3, núm. 9, marzo de 1926, pp. 210-221 [Con el título "Hacia el nuevo teatro" en núm. 456].
375. "De la prosa castellana", *España*, núm. 267.
376. "Pérez Galdós", *UnHisp*.
377. Adolfo Salazar, *Andrómeda;* pról. de P. H. U., Ed. Cultura, México, t. 13, núm. 6 [véase núm. 393].
378. Lenin, *El estado y la revolución proletaria*. Trad. del inglés por P. H. U., Carlos Pereyra y Alfonso Reyes. Biblioteca Nueva, Madrid.
379. Oscar Wilde, *El huerto de las granadas, El retrato de Mr. W. H. y Salomé*. Trad. con la firma E. P. Garduño. Biblioteca Nueva, Madrid.

1921

380. Sobre M. Do Carmo, *Consolidaçao das leis do verso*. *RFE*, enero-marzo, pp. 84-85.
381. "En defensa de la *Revista de Filología Española"* [Carta a Joaquín García Monge], *RepAm*, 1º de marzo.
382. "Observaciones sobre el español en América", *RFE*, octubre-diciembre, pp. 357-390 [véanse núms. 462 y 467].
383. "Rubén Darío y el siglo XV", *RHi*, t. 50.
384. Hilaire Belloc, *Orígenes del sistema representativo de gobierno*. Trad. de P. H. U., *CCon*.

1922

385. "En la orilla" [distintos fragmentos], *RepAm*, 27 de febrero; *Índice*, Madrid; *MM; El Sur*, Azua (Santo Domingo), 19 de enero de 1923; *RepAm*, 19 de marzo de 1923; *Nos*, abril de 1923; *Cuna*, agosto de 1923; *CCon*, 124; *MF*, 5 de agosto de 1925 [con el título "Preliminares" en núm. 393].
386. "Miniaturas mexicanas", *Nos*, abril, pp. 455-459.
387. "Puntos de conferencia dada en inglés ante el Club de Relaciones Internacionales de la Univ. de Minnesota" [Relaciones de Estados Unidos y el Caribe], *HeR*, 15 de mayo.

388. "Carta y programa a un tiempo" [a Joaquín García Monge a propósito de la orientación de *Repertorio Americano*], *RepAm*, 26 de junio.

389. "Notas sobre literatura mexicana", *MM*, año 2, núm. 3 [como apostilla a "Enrique González Martínez", en núm. 456].

390. "Discurso en homenaje a Vasconcelos", *Nos,* octubre, pp. 245-247.

391. "Arte mexicano", *Mundo.* [Con la firma "León Roch"].

392. Juan Ruiz de Alarcón, *Los favores del mundo.* Ed., pról. y notas de P. H. U.; Ed. Cultura, México, t. 16, núm. 4.

393. *En la orilla. Mi España,* Ed. de México Moderno, México. Contiene: núms. 385, 346; "De París a Madrid"; "La Antología de la ciudad"; *Letras-Artes:* núms. 377, 322, 365, 355; "Azorín" [núm. 227; "Los clásicos españoles", "Azorín y Menéndez Pelayo", "El criterio académico", "La verdadera labor de Menéndez Pelayo", "Antiguos y modernos" "Azorín renovador", "Antologías de prosistas", "La prosa castellana"]; *El Renacimiento en España:* "Explicación", núms. 248, 224, 330, 213 [modificado], 247.

1923

394. "Benavente", *Mundo,* febrero. [Sin firma].

395. "Libertad de los pueblos pequeños y el senado norteamericano" [Carta al senador Lodge], *HeR,* 15 de febrero.

396. "La compañía del Teatro de la Porte St. Martin en el Arbeu. *El Filibustero* y *Bourbouroche*", *Mundo,* 21 de abril [firmado L. R.]

397. "El jueves se inaugurará, en el Iris, la temporada de ópera rusa con *Boris Godunov*", *Mundo,* 26 de junio. [Firmado "Gogol"].

398. "La compañía de ópera rusa obtuvo un estupendo éxito en el teatro Esperanza Iris. El *Boris Godunov* abre la temporada de arte ruso", *Mundo,* 29 de junio. [Firmado "Gogol"].

399. "Un nuevo triunfo por la compañía de ópera rusa que actúa en el Iris. La representación de la ópera de Rimsky-Kórsakov *La doncella de nieve* forma interesante contraste con *Boris Godunov*", *Mundo,* 30 de junio. [Firmado "Gogol"].

400. "*El Demonio* de Rubinstein revela otro aspecto de la ópera rusa", *Mundo,* julio. [Firmado "Gogol"].

401. "Diego Rivera", *Mundo,* 6 de julio; *Social.*

402. "Estreno de *Eugenio Onieguin*", *Mundo,* 6 de julio. [Firmado "Gogol"].
403. *"Pique Dame* del gran compositor ruso obtuvo éxito la noche de su estreno en el teatro Iris", *Mundo,* 12 de julio. [Firmado "Gogol"].
404. *"Tosca* y *La prometida del Czar* por la compañía de ópera rusa", *Mundo,* 24 de julio. [Firmado "Gogol"].
405. "Breves nociones de filología", *Pan,* terminó de publicarse el 30 de agosto.
406. "La doctrina peligrosa" [acerca del discurso de Hugues y la nueva interpretación de la doctrina *Monroe*], *Mundo,* 3 de septiembre.
407. "El hermano definidor", *Mundo,* 5 de septiembre.
408. "El primer concierto de Arthur Rubinstein en el teatro Arbeu", *Mundo,* 13 de septiembre. [Firmado "Gogol"].
409. "Nuevo triunfo de Rubinstein", *Mundo,* 15 de septiembre. [Firmado "Gogol"].
410. "Arthur Rubinstein tocó el *Carnaval* ayer en el Arbeu", *Mundo,* 17 de septiembre. [Firmado "Gogol"].
411. "Los conciertos de Arthur Rubinstein en Arbeu", *Mundo,* 24 de septiembre. [Firmado "Gogol"].
412. "Rubinstein toca música nueva", *Mundo,* 27 de septiembre. [Firmado "Gogol"].
413. "Cuentos de Nana Lupe", *Mundo,* septiembre a noviembre [sin firma].
414. "Las dos Américas. Lo que pueden darse mutuamente", *RepAm,* 1º de octubre.
415. "Movimiento artístico. Rubinstein", *Mundo,* 4 de octubre. [Firmado "Gogol"].
416. "El hermano definidor. La doctrina peligrosa". *Diario de Cuba,* Santiago de Cuba, 7 de octubre [reúne núms. 406 y 407].
417. Juan Ramón Jiménez, *Poesías.* Sel. y pról. de P. H. U. Ed. Cultura, México [véanse núms. 355 y 393].
418. "Trabajo y lucha", prólogo a un libro de Carlos Gutiérrez Cruz.
419. J. M. Barrie, *Peter Pan, el niño que nunca quiso crecer.* Trad. y adap. de P. H. U., *Mundo.*

1924

420. "Poeta y luchador" [Discurso de homenaje a Héctor Ripa Alberdi en la Escuela Preparatoria de México], *Val,* tomo 1, núm. 2, enero, pp. 94-96 [quizá sea el mismo que se registra en el número siguiente].
421. "Héctor Ripa Alberdi" [Nota necrológica; fechada en México], *CCon; Nos,* año 19, tomo 49, pp. 497-502, marzo

de 1925; como prólogo en *Obras* de Ripa Alberdi, La Plata, 1925 [véanse núms. 420 y 456].

422. "Emilio Pettoruti", Folleto de la Exposición Pettoruti, La Plata, 19 de octubre a 2 de noviembre; *Val,* tomo 2, núm. 5, enero de 1925, pp. 163-165.

423. "Romances tradicionales de México" [en colaboración con Bertram D. Wolfe], *Homenaje a Menéndez Pidal,* Madrid, t. 2, 1924, pp. 375-390.

1925

424. "El supuesto andalucismo de América", *Cuadernos del Instituto de Filología,* Buenos Aires, t. 1, núm. 2, pp. 117-122 [véase núm. 538]. Con modificaciones de *Cur-Con,* 1936.

425. "La utopía de América" [+ "La patria de la justicia", en homenaje a Sánchez Viamonte el 7 de marzo], Ed. Estudiantina, La Plata. El segundo fue reproducido en *RepAm,* abril; ambos en *An,* 1933-1934.

426. "La revolución y la cultura en México", *RevFil,* t. 1, pp. 125 y *ss.*

427. "Dos escritores de América. Icaza, García Godoy", *Nos,* año 19, tomo 50, junio, pp. 225-229.

428. "Caminos de nuestra historia literaria", *Val,* tomos 2-3, núms. 6-7, pp. 246-253 y 27-32, agosto-septiembre [véase núm. 456].

429. "Éramos cuatro..." [cuento], *CyC,* 8 de agosto, núm. 1401; *Patria,* 20 de febrero y 6 de marzo de 1926.

430. "El hombre que era perro" [cuento], *CyC,* 19 de septiembre, núm. 1407.

431. "Organicemos nuestra cultura. Las Bibliotecas", *Val,* septiembre [firmado L. R.].

432. "Nuestra crítica de arte", *Val,* septiembre [firmado L. R].

433. "Situación parisiense y situación bonaerense", *Val,* septiembre [firmado L. R.].

434. "García Godoy", *Patria,* 21 de noviembre.

435. "La antigua sociedad patriarcal de las Antillas. Modalidades arcaicas de la vida en Santo Domingo durante el siglo XIX [Conferencia en la Facultad de Ciencias Económicas de Buenos Aires], *Patria,* 20 y 25 de diciembre; *RevEd,* 1932.

1926

436. Sobre Jorge Luis Borges, *Inquisiciones. RFE,* enero-marzo, t. 13, pp. 79-80; *RepAm,* 14 de abril de 1928.

437. Sobre *Antología de poesía argentina moderna, 1900-1925*. Con notas biográficas y bibliográficas, ordenadas por Julio Noé (*Nos*, Buenos Aires, 1926), *Val*, tomo 3, pp. 270-274, marzo.

438. Sobre Baldomero Sanín Cano, *La civilización manual y otros ensayos* (Babel, Buenos Aires, 1925), *Val*, tomo 3, pp. 274-277, marzo; *Rep. Am*, 3 de julio; *Babel*, Buenos Aires, agosto.

439. "En busca del verso puro", *Val*, tomo 4, pp. 3-6, 73-88 y 174-177, agosto de 1926, enero de 1927 y marzo de 1928; *RepAm; Cur-Con*, 1935 [con añadidos]; *Homenaje a Enrique José Varona*, La Habana, 1935, pp. 29-48.

440. "La poesía argentina" [aclaraciones a la reseña de la *Antología* de Julio Noé], *Val*, agosto 1, tomo 4, p. 50 [con el título "Poesía argentina contemporánea" en núm. 456].

441. "El descontento y la promesa. En busca de nuestra expresión" [conferencia pronunciada en Amigos del Arte, Buenos Aires, el 28 de agosto], *Nac*, 29 de agosto; *RepAm*, 11 de diciembre; *Patria*, noviembre de 1928; *An*, abril de 1934 [véase núm. 456].

442. "Apuntes sobre poetas antillanos", *Arch*, julio; *Lumen*, Santo Domingo, octubre.

1927

443. *El libro del idioma. Lectura, gramática, composición, vocabulario* [para 5º y 6º grados de las escuelas primarias de la Prov. de Buenos Aires; en colaboración con Narciso Binayán], Kapeluzs, Buenos Aires; 2ª ed., 1928; 3ª ed., 1929. [Tiene una *Guía para el uso de...*]. El prólogo se reprodujo en *RepAm*, 21 de abril de 1928.

444. "Rafael Alberto Arrieta, Ariel corpóreo", *Val*, tomo 4, p. 143, enero.

445. Sobre Julio Rey Pastor, *Los matemáticos españoles del siglo XVI*. *Val*, tomo 4 pp. 143-145, enero. [véase núm. 593].

446. "Cultura argentina", *Patria*, 12 de febrero.

447. "Apuntaciones sobre la novela en América", *Hum*, t. 15, pp. 133-146; con el título "La novela en América", *Renovación*, Ciudad Trujillo, 1945.

448. "Góngora, hijo del Renacimiento", *MF*, 28 de mayo; *RepAm*, 23 de julio; *Patria*, 10 de septiembre [con el título "Góngora" en núm. 593; véanse también núms. 580 y 581].

449. "Alfonso Reyes", *Nac*, 2 de julio; *RepAm*, 10 de diciembre [véase núm. 456].

450. "Veinte años de literatura en los Estados Unidos", *Nos,* año 21, t. 57, agosto-septiembre, pp. 353-371. *Patria,* 26 de mayo, 2, 16, 23 y 30 de junio y 7 de julio de 1928. [véase núm. 456].

451. "José María Gabriel y Galán", *Hispania,* California, t. 10, pp. 109-119 [¿es el mismo de los núms. 133 y 184?].

1928

452. "Enrique Dreyzin (Oración fúnebre en representación de sus amigos mexicanos)", *Val,* tomo 4, abril, pp. 258-259.

453. "Siento que hemos despertado" [Carta a Joaquín García Monge a propósito de las publicaciones "Carta de Sandino", "Comité de Costa Rica", "Viaje de Pavlevich" y un artículo de García Monge], *RepAm,* 16 de junio.

454. "Notas sobre literatura inglesa", *Hum,* t. 18, pp. 103-122; *LyP,* mayo de 1931, pp. 18-29. Contiene: núm. 212; "Al margen de la *Historia de las ideas estéticas;* "Bernard Shaw: a) El libro de P. P. Howe y b) núm. 278.

455. José Joaquín Pérez, *La lira,* Santo Domingo. Pról. de P. H. U. [véanse núms. 79, 96 y 184].

456. *Seis ensayos en busca de nuestra expresión,* Babel, Buenos Aires, s. f. Contiene: "Orientaciones", núms. 441, 428, 374; "Figuras", 217, 256, 389 y 449; "Dos apuntes argentinos", 421, 437; "Panorama de la otra América", núm. 450; "Palabras finales".

1929

457. *Cien de las mejores poesías castellanas,* Buenos Aires; 2ª ed., Kapeluzs, 1941 [corregida y aumentada].

458. "Apuntes sobre poetas antillanos", *Arch,* julio; *Luminar,* México, octubre.

459. "Bibliografía literaria de Santo Domingo", *RepAm,* 7, 14 y 21 de septiembre [¿es lo mismo que el núm. 373?]

460. Luis de Carrillo y Sotomayor, *Fábula de Atis y Galatea. Sonetos. Ed.* al cuidado de P. H. U. y Enrique Moreno. Pról. de P. H. U. Cuadernos de Don Segundo Sombra, La Plata [Pról. incluido en núm. 598].

1930

461. "El lenguaje", *Hum,* 21, pp. 107-125; *BADL,* 1946, núm. 21.

462. "Aspectos de la enseñanza literaria en la escuela común". *Cuadernos de Temas para la escuela primaria,* 20, Fac. de

Humanidades y Ciencias de la Educación, Univ. Nacional de La Plata. Abreviado con el título "Letras y normas", en *Nac*, 18 de enero de 1931. *RevEd*, diciembre de 1932; *RepAm*, a partir de mayo de 1933. Con el título "La enseñanza literaria en la escuela...", *BIUP*, 1933; *Vang*, 24 de noviembre de 1935; *El Nacional*, México, 12-16 de mayo de 1947.

463. "Música popular en América", *Conferencias. Primer ciclo*, Biblioteca del Colegio Nacional de la Univ. de La Plata, I, pp. 177-236.

464. "Danza y canción de América", *Nac*, 2 de marzo.

465. "Datos sobre el teatro en la América Latina", *Monterrey*, Río de Janeiro, núms. 1 y 2, junio y agosto.

466. "Observaciones sobre el español en América", *RFE*, julio-septiembre, t. 17, pp. 277-284 [v. núms. 382 y 467].

1931

467. "Observaciones sobre el español en América", *RFE*, abril-junio, t. 18, pp. 120-148 [véanse núms. 382 y 467.]

468. "Clásicos de América. I. Juan Ruiz de Alarcón", *CurCon*, año 1, núm. 1, julio, pp. 25-37 ["A causa de imperfecciones en la transcripción taquigráfica este texto representa sólo una parte de la lección dada." Nota del autor]. *LyP*, agosto de 1932, pp. 35-45.

469. "Clásicos de América. II. Sor Juana Inés de la Cruz", *CurCon*, septiembre, pp. 227-249; *LyP*, septiembre de 1932; *An*, 1º de diciembre de 1933.

470. "Martí", *Sur*, otoño, núm. 2, pp. 220-223; *RepAm*, 18 de julio.

471. "Dos vidas: Ibsen y Tolstoy", *Nac*, 20 de diciembre.

1932

472. "Héroes de sacrificio". [En homenaje a Duarte, Sánchez y Mella; 20 de marzo de 1932], *RevEd*, marzo, núm. 13.

473. "Alarcón y el espíritu mexicano", *LyP*, abril.

474. "Lo agradece, pero lo lamenta" [Carta a Horacio Blanco Fombona (Santo Domingo, 23 de junio) sobre errores y omisiones en que, por confusión, se le hace incurrir en una entrevista con el periodista G. A. Romeu, publicada en Puerto Rico y reproducida en *Ba*, dirigida por Blanco Fombona], *Ba*, 2 de julio.

475. "La tercera dimensión de la República española" [Conferencia improvisada en la velada necrológica celebrada el

14 de diciembre en recuerdo de Galán y García Hernández], *RepAm,* 15 de diciembre de 1933.

476. "Palabras en la investidura de bachilleres de la Escuela Normal de Santo Domingo", *RevEd,* diciembre.

477. "El modelo estrófico de los layes, decires y canciones de Rubén Darío", *RFE,* octubre-diciembre, t. 19, pp. 421-422; *RepAm,* 1934.

478. "La inconveniencia de los exámenes espectaculares", *RepAm.*

479. "Heredia y los pinos del Niágara", *RepAm.*

480. "Woss y Gil y los pinos del Niágara", *Ba; Social.*

1933

481. Emiliano Tejera, *Palabras indígenas de la Isla de Santo Domingo.* Pról. de P. H. U. (Santo Domingo).

482. Nicolás Ureña de Mendoza, *Poesías.* Colec. por P. H. U., Santo Domingo (30 pp. mimeografiadas).

483. "Palabras del superintendente de enseñanza P. H. U. en la inauguración del mausoleo de Luisa Ozema Pellerano de Henríquez" (28 de marzo), *La escuela normal y el instituto de señoritas,* Páginas para la historia de la Cultura Dominicana, Impr. La Nacional, Santo Domingo.

484. "Niebla" [Texto impresionista escrito al llegar a Francia en julio], *Número,* México; *De Mar a Mar, ¿?,* año 2, núm. 4, mayo de 1943.

485. "Historia del Arte en América" [Cartas de P. H. U. y R. Menéndez Pidal], *Clío,* julio-agosto.

486. "Raza y cultura" [Palabras pronunciadas en nombre de la Univ. Nacional de La Plata el 11 de octubre con motivo del Día de la Raza], *RepAm,* 6 de enero de 1934; con el título "Raza y cultura hispánicas" en *An,* 24 de febrero de 1934; *Vang,* 13 de octubre de 1935.

487. "Bernard Shaw. I. Vida y obra", *CurCon,* año 3, núm. 6, diciembre, pp. 593-608 [Véanse núms. 488 y 491].

488. "Bernard Shaw. II, Shaw y la economía política", *CurCon,* año 3, núm. 8, febrero, pp. 787-795 [véanse núms. 487 y 491]. Se reprodujo en *Nac,* 12 de mayo.

1934

489. "Comienzos del español en América", *Nac,* 18 de febrero; *CurCon,* núm. 12.

490. "La poesía popular" [dominicana], *Ba,* 14 y 21 de abril.

491. "Bernard Shaw. III. Filosofía y estética", *CurCon,* año 3, núm. 11, mayo, pp. 1155-1164 [véanse núms. 487 y 488].

492. "Observaciones sobre el español en México", *InvLing,* julio-octubre, t. 2, pp. 188-194.

493. Sobre Samuel Montefiore Waxman, *A bibliography of the belles lettres of Santo Domingo* [en colaboración con Gilberto Sánchez Lustrino), *RFE,* t. 21, julio-septiembre, pp. 293-309.

494. "Casa de apóstoles", *Nac,* 18 de noviembre; *RepAm,* 16 de marzo de 1935.

495. "La colección latinoamericana" [de la Biblioteca de la Universidad de La Plata], *BUNLP,* núm. 4.

496. "En mi tierra. . .", *RepAm.*

497. "Literatura contemporánea de la América Española", *BUNLP,* t. 18, núm. 5.

498. Mario Irle, *Plenitud en goce y lágrima.* Pról. de P. H. U. Santo Domingo.

499. "Enriquillo", *Nac.* 13 de enero.

500. "Escritores españoles en la Universidad de México", *RFE,* enero-marzo, t. 22, pp. 60-65; *Clío,* julio-agosto, pp. 103-105.

501. "Palabras antillanas en el diccionario de la Academia", *RFE,* t. 22, abril-junio, pp. 175-184; *BADL,* abril de 1942, núm. 7.

502. "Ciudadano de América" [Eugenio María de Hostos], *Nac,* 28 de abril; prólogo a la *Moral social,* Buenos Aires, 1939 y a la ed. francesa de *Essais,* París, 1936.

503. "Poesía contemporánea" [Sobre la *Antología* de Federico de Onís], *Nac,* 31 de mayo; *RepAm,* 1º de junio.

504. "Poesía tradicional" [Comentarios a Dámaso Alonso, *Poesía de la Edad Media y poesía tradicional*]; *Nac,* 4 de agosto [véase núm. 598].

505. "Esplendor, eclipse y resurgimiento de Lope de Vega", *Nac,* 25 de agosto; *LD,* 12 de octubre [v. núm. 598].

506. "España y el Renacimiento", *Nac,* 10 de noviembre; *Ba,* 18 y 25 de enero de 1936; *CurCon,* diciembre de. 1938, pp. 861-867 [retocado y con el título "Cultura española"]. Bajo el título "España en la cultura moderna", en núm. 598.

507. "Lope de Vega. Tradición e innovación", *Sur,* noviembre, núm. 14, pp. 47-73. [Con el título "Tradición e innovación" en núm. 598].

508. "Erasmistas en el Nuevo Mundo", *Nac,* 8 de diciembre; *Ba,* 22 de febrero de 1936; *CDC,* 2, 1943.

509. "Brasil literario", *BUNLP,* t. 19, núm. 2.

1936

510. "Camino interior" [sobre la novela americana], *Sur,* enero, núm. 16, pp. 76-77; *RepAm.*

511. "Don Ramón del Valle-Inclán", *Nac,* 26 de enero; *RepAm.*
512. "El buque", *Sur,* febrero, núm. 17.
513. "El maestro de Cuba: Enrique José Varona", *Nac,* 15 marzo; *RevC, Ba* y *Rep-Am; UnivMéx,* 2, núm. 11, pp. 39-41.
514. "Paisajes y retratos" [Colón y Las Casas], *Nac,* 31 de mayo.
515. "El peso falso" [cuento], *Nac,* 12 de julio.
516. "Chesterton", *Nac,* 26 de julio; *UnivMéx,* febrero de 1937; *RepAm,* 1937.
517. "Dos valores hispanoamericanos. Sanín Cano y Enrique Díez-Canedo", *Sur,* agosto, núm. 23, pp. 133-136.
518. "La sombra" [cuento], *Nac,* 30 de agosto.
519. "La América Española y su originalidad", *Nac,* 27 de septiembre; *Vang,* 11 de abril de 1937.
520. "Filosofía y originalidad" [Sobre Aníbal Sánchez Reulet], *Sur,* septiembre, núm. 24, pp. 124-127.
521. "El teatro de la América Española en la época colonial" [Conferencia pronunciada el 21 de septiembre en el Teatro Nacional de Comedia], *Cuadernos de Cultura Teatral,* Instituto Nacional de Estudios de Teatro, núm. 3, pp. 9-50 (Buenos Aires).
522. "Teatro colonial", *Nac,* 22 de septiembre.
523. "Sobre literatura colonial en América", *RFE,* octubre-diciembre, t. 23, pp. 410-413.
524. "Palabras pronunciadas en el Primer Congreso Gremial de Escritores", *Sur,* noviembre, núm. 26, pp. 140-141.
525. "Korn", *Vang,* 8 de noviembre; con el título "Dr. Alejandro Korn" en *RepAm.*
526. "Teatro hispano indígena", *Nac,* 22 de noviembre.
527. "Cunningham Graham", *Nos.*
528. "Lo que aportó el descubrimiento del Nuevo Mundo a la visión y la literatura del Viejo Continente", *LD.*
529. "Sepamos quién era. Enrique Díez-Canedo", *Sur.*
530. "Problemas del verso español. La versificación fluctuante en la poesía de la Edad Media", *CurCon,* pp. 491-505.
531. "Un maestro", *RepAm.*
532. *La cultura y las letras coloniales en Santo Domingo, BDH,* anejo 2 [pasajes en *Nac,* 20 de diciembre].

1937

533. "El idioma español y la historia política en Santo Domingo", Segundo Congreso Internacional de Historia de América reunido en Buenos Aires del 5 al 14 de julio de 1937. Buenos Aires, 1938.

534. "El español en la zona del Mar Caribe", *Nac,* 1º de agosto.
535. "Esquema de la Historia de la Literatura, en especial de la Literatura Argentina", *Vang,* 8 de agosto.
536. "El español en México y sus vecindades", *Nac,* 5 de septiembre.
537. "In memoriam. Genaro Estrada", *Sur,* octubre, pp. 85-86; con el título "Genaro Estrada" en *RepAm,* 12 de febrero de 1938.
538. *Sobre el problema del andalucismo dialectal en América, BDH,* anejo I [véase núm. 424].
539. *Antología clásica de la literatura argentina* [en colaboración con Jorge Luis Borges], Kapeluzs, Buenos Aires.
540. *La Liga de las Naciones Americanas y la Conferencia de Buenos Aires* [discurso ante la Asamblea], New York, L. y S. Printing Co.
541. "Cultura española de la Edad Media desde Alfonso el Sabio hasta los Reyes Católicos", *Historia de la Nación Argentina,* [dirigida por Ricardo Levene], t. 2, Buenos Aires, pp. 175-209, [Con el título "Cultura española de la Edad Media" en núm. 598].
542. "Problemas del español en México" [Sobre Jesús González Moreno, *Etimologías del español*], *InvLing,* 4, núms. 1-2, pp. 56-57.
543. "Las universidades", *AUSD,* pp. 70-77 [cap. del núm. 532].
544. "En mi tierra...", *RepAm.*
545. "Vida espiritual en Hispanoamérica", *Europa-América latina,* Buenos Aires.
546. *La vida del Lazarillo de Tormes.* Estudio preliminar y edición de P. H. U. Colec. Universal, Buenos Aires.

1938

547. "Caribe", *Nac,* 19 de junio.
548. "Historia de palabras" [batata], *Nac,* 24 de julio.
549. "La planta enigmática" [el aje], *Nac,* 4 de septiembre.
550. "Carta a García Monge" [le remite el *Manifiesto de los intelectuales dominicanos al pueblo y al gobierno de España;* fechada en Buenos Aires el 12 de diciembre], *RepAm,* 1939.
551. "El enigma del aje", *RAA,* 5, núm. 4, pp. 209-221 [incluido en núm. 554].
552. "Estudios sobre el español en Nuevo México", *MLR.*
553. "Bibliografía literaria de la América Española", *BICLA,* pp. 67-70, 74-78, 97-103; 1943, pp. 416-621.
554. *Para la historia de los indigenismos. Papa y batata. El enigma del aje. Boniato. Caribe. Palabras antillanas, BDH,* anejo 3.

555. *El español en México, los Estados Unidos y la América Central* [Incluye trabajos de Hills, Semeleder, Carrol Marden, Revilla, Nykl, Lentzner, Gagini y Cuervo], con anotaciones y estudios de P. H. U., *BDH,* 4 [pasajes reproducidos en *RevC*].

556. *Gramática castellana* [en colaboración con Amado Alonso], Primer Curso, Losada, Buenos Aires; 2ª ed. [corregida], 1941; 3ª ed., 1943; 4ª ed., 1943; 5ª ed., 1945; 6ª ed., 1946; 7ª ed., 1947; 8ª ed., 1949; 9ª ed., 1950; 10ª ed., 1951; 11ª ed., 1953; 12ª ed., 1955 [véase núm. 571].

557. Juan Ruiz de Alarcón, *La verdad sospechosa.* Ed. al cuidado de P. H. U. y Jorge Bogliano; introd. de P. H. U., Buenos Aires.

558. Sor Juana Inés de la Cruz, *Obras escogidas.* Ed. y pról. de P. H. U. y Patricio Canto. Colec. Austral, Buenos Aires, núm. 12; hay ya varias ediciones.

Las cien obras maestras

559. *Poema del Cid.* Texto antiguo de la ed. de R. Menéndez Pidal y versión en romance moderno de Pedro Salinas. Introducción de P. H. U., Losada, Buenos Aires, vol. 1, 2ª ed., 1940; 3ª ed., 1943; 4ª ed., 1946; 5ª ed., 1951.

560. Domingo Faustino Sarmiento, *Facundo.* Introd. de P. H. U., Losada, Buenos Aires, vol. 2; 2ª ed., 1942; 3ª ed., 1945; 4ª ed., 1947.

561. Fernando de Rojas, *La Celestina.* Introd. de P. H. U., Losada, Buenos Aires, vol. 4. [Incorporado en núm. 598]; 2ª ed., 1941; 3ª ed., 1947.

562. Homero, *La Odisea.* Trad. de Segalá y Estalella. Introd. de P. H. U., Losada, Buenos Aires, vol. 5; 2ª ed., 1941; 3ª ed., 1947.

563. Lope de Vega, *Fuenteovejuna, Peribáñez y el comendador de Ocaña, El mejor alcalde el Rey.* Introd. de P. H. U., Losada, Buenos Aires, vol. 6 [Con el título de "Las tragedias populares de Lope" se reprodujo la introducción en *Conducta al servicio del pueblo,* Buenos Aires, 6 de abril de 1939 y en núm. 598] 2ª ed., 1942; 3ª ed., 1945.

1939

564. "Biografía mínima: Eugenio María de Hostos, 1839-1939", *BICLA,* enero-febrero.

565. "Ello", *RFH,* t. 1, núm. 3, julio-septiembre, pp. 209-229; *BADL,* julio-noviembre de 1942.

566. Sobre Ramón Menéndez Pidal, *Poesía árabe y poesía europea. RFH*, t. 1, núm. 3, julio-septiembre, pp. 285-289.
567. "Centenarios" [Hostos], *Sur*, agosto, pp. 52-54.
568. "De la vida de Shakespeare", *Nac*, 10 de septiembre.
569. "Documentos" [contestación a Ozorio Almeyda], *Sur*, octubre, p. 118.
570. Sobre Alfonso Par, *Shakespeare en la literatura española. RFH*, t. 1, núm. 4, octubre-diciembre, pp. 393-394.
571. *Gramática castellana* [en colaboración con Amado Alonso] Segundo Curso. Losada, Buenos Aires, 2ª ed. [corregida], 1941; 3ª ed., 1943; 4ª ed., 1943; 5ª ed., 1945; 6ª ed., 1946; 7ª ed., 1947; 8ª ed., 1949; 9ª ed., 1950; 10ª ed., 1951; 11ª ed., 1953; 12ª ed., 1955 [véase núm. 556.]
572. José Martí, *Nuestra América*. Introd. de P. H. U. Colec. Grandes Escritores de América, Buenos Aires.
573. Eugenio María de Hostos, *Moral Social*. Introd. de P. H. U. Colec. Grandes Escritores de América, Buenos Aires.

Las cien obras maestras

574. Miguel de Cervantes, *Novelas ejemplares*. Introd. de P. H. U., Losada, Buenos Aires, vol. 7. [Incorporado en núm. 598]; 2ª ed., 1942; 3ª ed., 1947.
575. Infante Juan Manuel, *Libro de los ejemplos del Conde Lucanor y de Patronio*. Introd. de P. H. U., Losada, Buenos Aires, vol. 9; 2ª ed., 1942; 3ª ed., 1947.
576. Esquilo, *Tragedias*. Pról. de P. H. U., Losada, Buenos Aires, vol. 10; 2ª ed., 1941; 3ª ed., 1947.
577. Homero, *La Ilíada*. Introd. de P. H. U., Losada, Buenos Aires, vol. 11; 2ª ed., 1943; 3ª ed., 1945; 4ª ed., 1953.
578. Pedro Calderón de la Barca, *La vida es sueño, El alcalde de Zalamea, El mágico prodigioso*. Introd. de P. H. U., Losada, Buenos Aires, vol. 13. [Incorporado en núm. 598]; 2ª ed., 1943; 3ª ed., 1947.
579. Tirso de Molina, *El burlador de Sevilla, El condenado por desconfiado, La prudencia en la mujer*. Introd. de P. H. U., Losada, Buenos Aires, vol. 14. [Incorporado en núm. 598]; 2ª. ed., 1943.
580. Luis de Góngora, *Romances y letrillas*. Introd. de P. H. U., Losada, Buenos Aires, vol. 15. [Incorporado en núms. 598 y véase núm. 448]; 2ª ed., 1944.
581. Luis de Góngora, *Poemas y sonetos*. Introd. de P. H. U., Losada, Buenos Aires, vol. 16. [Incorporado en núm. 598 y véase núm. 448]; 2ª ed., 1943.
582. Plutarco, *Vidas paralelas*. Introd. de P. H. U., Losada, Buenos Aires, vol. 17.

583. Shakespeare, *Otelo, Romeo y Julieta*. Introd. de P. H. U., Losada, Buenos Aires, vol. 18; 2ª ed., 1944.
584. Jean Racine, *Fedra, Andrómaca, Británico, Ester*. Introd. de P. H. U., Losada, Buenos Aires, vol. 21.

1940

585. Sobre Halfdan Gregersen, *Ibsen and Spain. A study in comparative drama*. *RFH*, t. 2, núm. 1, enero-marzo, pp. 58-64.
586. "Cosas de las Indias", *Nac*, 4 de febrero; *Ozama*, Ciudad Trujillo, julio-agosto de 1941.
587. Sobre Sister Mary Paulina Saint Amour, *A study of the villancico up to Lope de Vega: its evolution from profane to sacred themes, and specifically to the Christmas carol*. *RFH*, t. 2, núm. 2, abril-junio.
588. "Tierra lejana", *Nac*, 7 de abril.
589. "Barroco de América", *Nac*, 23 de junio; *NacT*, 6 de julio de 1941.
590. "Debates sobre temas sociológicos: En torno a «Defensa de la República»", *Sur*, agosto, pp. 86-104.
591. "Debates sobre relaciones interamericanas", *Sur*, septiembre, pp. 100-123.
592. "La América Española y su originalidad", *Nac*, 27 de septiembre.
593. Sobre Jefferson Rea Spell, *Mexican literary periodicals of the twentieth century*, *RFH*, t. 2, núm. 4, octubre-diciembre, pp. 407-408.
594. "El problema histórico de la organización de nuestro pueblo", *Vida y Obra*, Revista del Centro de Estudios Venezolanos, La Plata, noviembre.
595. "La emancipación y primer período de la vida independiente en Santo Domingo", *Historia de América* [dirigida por Ricardo Levene], t. 7, pp. 381-425.
596. "Historia contemporánea de la isla de Santo Domingo. La República Dominicana desde 1873 hasta nuestros días, y Puerto Rico en el siglo XX", *Historia de América* [dirigida por Ricardo Levene], t. 9, pp. 463-488 y 489-501.
597. *El español en Santo Domingo, BDH*, 5.
598. *Plenitud de España*, Losada, Buenos Aires, Biblioteca Contemporánea. Contiene: núms. 506, 248, 507, 505, 247, 541; "Apuntaciones marginales", núms. 504, 561, 445, 574, 563, 579, 578, 580, 584, 460; "Explicación"; 2ª ed., 1945 [corregida y aumentada; véanse núms. 628 y 629].

Las cien obras maestras

599. Francisco de Quevedo y Villegas, *El Buscón y Escritos breves.* Introd. de P. H. U. Losada, Buenos Aires, vol. 28.
600. Santa Teresa de Jesús, *Las Moradas o Castillo interior y conceptos de amor divino.* Introd. de P. H. U., Losada, Buenos Aires, vol. 29.
601. Molière, *Tartufo, La escuela de los maridos, El burgués gentilhombre.* Introd. de P. H. U., Losada, Buenos Aires, vol. 30.
602. Shakespeare, *Hamlet.* Introd. de P. H. U., Losada, Buenos Aires, vol. 34.

1941

603. Sobre *Concerning Latin American culture,* edited by Charles C. Griffin. *RFH,* t. 3, núm. 3, julio-septiembre, pp. 279-281.
604. "Debates sobre temas sociológicos. Acerca de *Los irresponsables* de Archibald Mac Leish", *Sur,* agosto, pp. 99-126.
605. Sobre José Ferrater Mora, *Diccionario de Filosofía* [en colaboración con Raimundo Lida], *RFH,* t. 3, núm. 4, octubre-diciembre, pp. 396-398.
606. "Nacionalismo", *La Información,* Santo Domingo, octubre.
607. "Debates sobre temas sociológicos. ¿Tienen las Américas una historia común?", *Sur,* noviembre, pp. 83-103.
608. "Literatura de Santo Domingo y Puerto Rico", *Historia universal de la literatura* de Santiago Prampolini, t. 12, Buenos Aires, pp. 77-95.
609. "Literatura de la América Central", *Historia universal de la literatura* de Santiago Prampolini, t. 12, Buenos Aires, pp. 105-121.
610. "Palabras americanas en la despedida de un buen americano", Public. de la Universidad Popular Alejandro Korn, La Plata. Versión de las palabras que pronunció P. H. U. sobre la cultura hispanoamericana.
611. George Santayana, *La aversión al platonismo.* Trad. de P. H. U. Incluido en la selección *Diálogos en el limbo,* Buenos Aires.
612. "Emiliano Tejera. Página de honores póstumos", *Clío.*

Las cien obras maestras

613. Aristófanes, *Las nubes, Los acarnienses, Los caballeros.* Introd. de P. H. U., Losada, Buenos Aires, vol. 36.

1942

614. Sobre *Revista de Literatura Mexicana*. *RFH*, t. 4, núm. 1, enero-marzo, pp. 98-100.
615. Sobre Victoria Ocampo, *Testimonios (Segunda serie)*, *Sur*, febrero, pp. 65-67.
616. "La versificación de Heredia", *RFH*, t. 4, núm. 2, abril-junio, pp. 171-172.
617. Sobre Lloyd J. Read, *The Mexican historical novel, 1826-1910*. *RFH*, t. 4, núm. 2, pp. 188-189.
618. Sobre Flérida de Nolasco, *La música en Santo Domingo y otros ensayos*. *RFH*, t. 4, p. 190.
619. "Desagravio a Borges", *Sur*, julio, p. 13.
620. Sobre Georgiana Goddard King, *Heart of Spain*. *RFH*, t. 4, núm. 3, julio-septiembre, pp. 292-294.
621. "Debates sobre temas sociológicos. El problema Gandhi", *Sur*, noviembre, pp. 81-97.
622. "Influencia del descubrimiento en la literatura" [Coloquios sobre el descubrimiento patrocinados por la Institución Cultural Española], *Sur*, noviembre, pp. 11-15.
623. Archibald Mac Leish, *Los irresponsables*. Trad. de P. H. U., Pedro Lecuona y Francisco Aguilera, Losada, Buenos Aires.

1943

624. Sobre Jorge Manrique, *Cancionero* (Est., ed. y pról. de Augusto Cortina), *RFH*, t. 5, núm. 1, enero-febrero, pp. 72-73.
625. Sobre J. Warshaw, *Jorge Isaacs' Library. Light on two "María" problems*. *RFH*, t. 5, núm. 1, enero-marzo pp. 99-100.
626. Sobre Louis H. Gray, *Six romance etymologies*. *RFH*, t. 5, núm. 1, enero-marzo, pp. 100-101.
627. "Guillermo Valencia", *BAAL*, julio-septiembre, t. 9, núm. 43, pp. 617-618.
628. "El Arcipreste de Hita" [Conferencia pronunciada en la Facultad de Filosofía y Letras de Buenos Aires el 17 de septiembre], *Sur*, noviembre, pp. 7-25 [incluida en la 2ª ed. de núm. 598].

1944

629. Sobre Alexander Parker, *The allegorical drama of Calderón. An introduction to the autos sacramentales*. *RFH*,

t. 6, núm. 2, abril-junio, pp. 197-199 [incluida en la 2ª ed. de núm. 598].

630. "Cincuenta años", *Nac,* 4 de junio; trad. al portugués por Acácio França en *A Manhã.* Río de Janeiro, 5 de mayo de 1945.

631. "Los jueces de Castilla", *RFH,* t. 6, núm. 3, julio-septiembre, pp. 285-286.

632. "Horacio en México", *RFH,* t. 6, núm. 3, julio-septiembre, p. 286.

633. "Papa y batata. Notas adicionales (I., de Llorens Castillo; II, de P. H. U.)", *RFH,* t. 6, núm. 4, octubre-diciembre, pp. 387-394 [véase núm. 554].

634. Sobre Emilio Rodríguez Demorizi, *Vicisitudes de la lengua española en Santo Domingo. RFH,* t. 6, núm. 4, octubre-diciembre, pp. 409-410.

635 "Rufino José Cuervo", *BAAL,* octubre-diciembre, t. 13, núm. 49, pp. 697-698.

636. "The English Poets in Pictures. Letters of John Keats", *Sur,* diciembre, pp. 59-60.

637. "La literatura en los periódicos argentinos" [Trabajo de investigación dirigido por P. H. U., con la intervención de Dora Gumpel y Mario Muñoz Guilmar], *Revista de la Universidad de Buenos Aires,* tercera época, año 2, núm. 4, pp. 245-258; 1945, año 3, núm. 1, pp. 41-53, núm. 2, pp. 237-267 y núm. 4, pp. 259-283; 1946, año 4, núm. 1, pp. 85-124.

638. "El endecasílabo castellano", *BAAL,* t. 13, pp. 725-824 [véanse núms. 164, 184 y 358].

639. "Esta carta..." [fechada en Buenos Aires el 27 de diciembre], *RepAm,* 26 de febrero de 1945.

1945

640. "La cuaderna vía", *RFH,* t. 7, núm. 1, enero-marzo, pp. 45-47.

641. Sobre Remigio Hugo Pane, *English translations from the Spanish, 1484-1943. A bibliography. RFH,* t. 7, núm. 1, enero-marzo, pp. 71-74.

642. "Pasado y presente", *Nac,* 25 de febrero; *CDC,* núm. 22; *Letras de México,* 1º de abril de 1945.

643. Sobre Lawrence B. Kiddle, *The Spanish word "jícara". A word history. With and appendix...*, *RFH,* t. 7, núm. 3, julio-septiembre, pp. 288-290.

644. "Perfil de Sarmiento", *CuA,* año 4, núm. 5, septiembre-octubre, pp. 199-206 [Traducción de un fragmento del cap. 5, de núm. 646].

645. "Reseña de la historia cultural y literaria de la República Dominicana", Colec. Panamericana, núm. 28, Ed. Jackson, Buenos Aires.
646. *Literary Currents in Hispanic America,* Harvard University Press, Cambridge, Massachusetts.

1946

647. "Sobre la historia del alejandrino", *RFH,* t. 8, núms. 1-2, enero-junio, pp. 1-11.
648. "Que sobreviva y se reanime..." [Cortesía con motivo del núm. 1000 de *RepAm*], *RepAm,* 20 de enero.

Publicaciones póstumas, recopilaciones ajenas y homenajes

649. *Homenaje a Pedro Henríquez Ureña, Letras,* Boletín del Círculo de Profesores de Castellano y Literatura, Buenos Aires, t. 1, núm. 4, diciembre de 1946. Contiene: "El descubrimiento del nuevo mundo en la imaginación europea" [trad. del cap. 1 del núm. 646 por Fanny Rubín], núms. 484, 515, 511 y 462.
650. *Páginas escogidas.* Pról. de Alfonso Reyes. Selec. de José Luis Martínez, *Biblioteca Enciclopédica Popular,* vol. 109, Secretaría de Educación Pública, México, 1946. Contiene: núms. 143, 150, 140, 217, 248, "La antología de la ciudad" [véase núm. 393], 212, 470, 506, 632 [pp. 9-13], 564 [prólogo], 622.
651. *Historia de la Cultura en la América Hispánica,* Colec. Tierra Firme, núm. 28, Fondo de Cultura Económica, México, 1947; 2ª ed., 1949; 3ª ed., 1955.
652. *Las corrientes literarias en la América Hispánica.* Trad. del núm. 646 por Joaquín Díez-Canedo. Biblioteca Americana, núm. 9, Fondo de Cultura Económica, México, 1949; 2ª ed., 1954.
653. *Poesías juveniles.* Colec. y ed. de E. Rodríguez Demorizi, Ediciones Espiral Colombia, Bogotá, 1949. Contiene núms. 14, 17, 18, 27, 33, 38, 43, 37, 47, 53, 46, 40, 61; 58, 85, 80, 81, 138, 173, 174, 294, 145.
654. *Antología.* Selec., pról. y notas de Max Henríquez Ureña, Librería Dominicana, Ciudad Trujillo, 1950. Contiene núms. 148, 170, 217, 160, 248, 212, 425, 441, 428, 439, 518, 532 [pasajes], "El papel de Santo Domingo en la historia lingüística de América" [pasajes de núm. 597], 644, "Los intelectuales en la independencia americana" [pasajes de núm. 651].

655.   *Plenitud de América, Ensayos escogidos.* Selec. y nota preliminar de Javier Fernández, Peña-del Giúdice-editores, Buenos Aires, 1952. Contiene núms. 425, 441, 486, 519, 545, 642, 426, 630, 589, 508, 610, 69, 644, 502, 513, 470, 472, 499, 517.

656.   *Ensayos en busca de nuestra expresión,* Ed. Raigal, Buenos Aires, 1952. Con una "Evocación de Pedro Henríquez Ureña" de Alfonso Reyes y un "Homenaje a Pedro Henríquez Ureña" de Ezequiel Martínez Estrada. Contiene núms. 425, 519, 441, 428, 447, 374, 532 [pp. 9-13]; 217, 644, 502, 470, 190, 256, 449, 421.

657.   El Instituto de Filología de la Facultad de Filosofía y Letras de Buenos Aires prepara una edición de todos los trabajos de P. H. U. sobre cuestiones métricas.

EMMA SUSANA SPERATTI PIÑERO
El Colegio de México

SIGLAS CORRESPONDIENTES A LA BIBLIOGRAFÍA

Act.—Actualidades, México.
An.—Analectas, Santo Domingo.
An-re.—Anti-reeleccionista, México.
Arch.—Archipiélago, Santiago de Cuba.
Ateneo.—Ateneo, Santo Domingo.
AUSD.—Anales de la Universidad de Santo Domingo, Ciudad Trujillo.
Ba.—Bahoruco, Santo Domingo.
BAAL.—Boletín de la Academia Argentina de Letras, Buenos Aires.
BADL.—Boletín de la Academia Dominicana de la Lengua, Santo Domingo.
BBMP.—Boletín de la Biblioteca Menéndez y Pelayo, Santander.
BDH.—Biblioteca de Dialectología Hispanoamericana, Buenos Aires.
BICLA.—Boletín del Instituto de Cultura Latino-Americana, Buenos Aires.
BIUP.—Boletín de la Unión Panamericana, Washington.
BUNLP.—Boletín de la Universidad Nacional de La Plata, La Plata.
CCon.—Cuba Contemporánea, La Habana.
CDC.—Cuadernos Dominicanos de Cultura, Santo Domingo.
Clío.—Clío, Santo Domingo.
CLit.—Cuba Literaria, Santiago de Cuba.
CMus.—Cuba Musical, La Habana.
Crónica.—Crónica, Guadalajara (México).
CuA.—Cuadernos Americanos, México.
Cuna.—La Cuna de América, Santo Domingo.
CurCon.—Cursos y Conferencias, Buenos Aires.
CyAm.—Cuba y América, La Habana.
CyC.—Caras y Caretas, Buenos Aires.
Dictamen.—El Dictamen, Veracruz.
Discusión.—La Discusión, La Habana.
España.—España, Madrid.
Est.—El Estudiante, México.
Fig.—El Fígaro, La Habana.
HeCu.—El Heraldo de Cuba, La Habana.
HeR.—El Heraldo de la Raza, México.
Hisp.—Hispania, Madrid.
Hum.—Humanidades, La Plata.
IbAm.—El Ibero-Americano, Santo Domingo.

Ideal.—El Ideal, Santo Domingo.
Imparcial.—El Imparcial, México.
InvLing.—Investigaciones Lingüísticas, México.
LD.—Listín Diario, Santo Domingo.
LHab.—Letras, La Habana.
Lucha.—La Lucha, Santo Domingo.
LyC.—Letras y Ciencias, Santo Domingo.
LyP.—El Libro y el Pueblo, México.
MF.—Martín Fierro, Buenos Aires.
Mll.—El Mundo Ilustrado, México.
MinD.—The Minnesota Daily, Minneapolis.
MLR.—Modern Language Review, Liverpool.
MM.—México Moderno, México.
Mundo.—El Mundo, México.
Nac.—La Nación, Buenos Aires.
NacT.—La Nación, Ciudad Trujillo.
Nos.—Nosotros, Buenos Aires.
NosM.—Nosotros, México.
Nov.—Las Novedades, New York.
NP.—Nuevas Páginas, Santo Domingo.
Oiga.—Oiga..., Santo Domingo.
Osiris.—Osiris, Santo Domingo.
Pan.—Panfilia, Santo Domingo.
Patria.—Patria, Santo Domingo.
Pr.—La Prensa, New York.
ProIl.—La Propaganda Ilustrada, New York.
Quijote.—Don Quijote, Puebla (México).
Quincena.—La Quincena, San Salvador.
RAA.—Revista Argentina de Agronomía, Buenos Aires.
RAz.—Revista Azul, México.
RepAm.—Repertorio Americano, San José de Costa Rica.
RevBC.—Revista Bimestre Cubana, La Habana.
RevC.—Revista Cubana, La Habana.
RevCrit.—Revista Crítica, Veracruz.
RevEd.—Revista de Educación, Santo Domingo.
RevFil.—Revista de Filosofía, Buenos Aires.
RevInd.—Revista de Indias, New York.
RevLit.—Revista Literaria, Santo Domingo.
RevMod.—Revista Moderna de México, México.
RevRev.—Revista de Revistas, México.
RFE.—Revista de Filología Española, Madrid.
RFH.—Revista de Filología Hispánica, Buenos Aires.
RHi.—Revue Hispanique, París.
RR.—The Romanic Review, New York.
RUniv.—Revista Universal, México.
SavM.—Savia Moderna, México.
Social.—Social, La Habana.

Sur.—Sur, Buenos Aires.
Tel.—El Teléfono, Santo Domingo.
Tilín.—Tilín-Tilín, México.
Trap.—Trapalanda, Buenos Aires.
TyM.—Teatros y Música, México.
UnHisp.—La Unión Hispanoamericana, Madrid.
UnivMéx.—Universidad de México, México.
Val.—Valoraciones, La Plata.
Vang.—La Vanguardia, Buenos Aires.
VidM.—Vida Moderna, México.

ÍNDICES

ÍNDICE ONOMÁSTICO

Castro, Rosalía de, 510.
Castro Leal, Antonio, 218.
Castro Palomino, José Agustín de, 427, 430, 443.
Castro Salazar, Manuel, 748.
Catalá, Ramón A., 437.
Catalina, Santa, 413, 744.
Cather, Willa, 317, 320, 330.
Cacalvanti, Guido, 118.
Cecilia del Nacimiento, Sor, 254.
Cejador y Frauca, Julio, 229.
Ceo, Sor Violante do, 497, 510.
Centeno de Osma, Padre Gabriel, 709.
Centurión Miranda, Roque, 740.
Cernadas, Fray Remigio, 438.
Cerón, J. D., 731.
Ceruti, 565.
Cervantes, Ignacio, 627, 648, 722.
Cervantes, Miguel de, 85, 91, 113, 115, 159, 200, 225, 230, 233, 236-237, 271, 281, 397, 416, 457, 458, 465, 468, 469, 473, 494, 495, 503, 512, 523, 525, 533, 535, 542 ss., 548, 549, 561-563, 565, 574, 620, 621, 691, 692, 720, 729, 772, 787.
Cervantes de Salazar, Francisco, 415, 585, 566, 681.
César, Julio, 15, 522, 523, 695.
"César Tiempo", 328.
Céspedes, Pablo de, 115.
Céspedes, Padre Valentín de, 746.
Cestero, Mariano A., 127, 133, 137.
Cestero, Tulio M., 131, 133, 580, 730.
Cetina, Gutierre de, 115, 351, 354, 409, 413, 573, 775.
Cézanne, Paul, 197, 203, 772.
Cicerón, Marco Tulio, 227, 480, 487, 522, 565.
Cienfuegos, Nicasio Álvarez de, 116.
Cieza de León, Pedro, 247, 415, 573.
Cilea, Francesco, 39.
Cirot, George, 570.
Ciruelo, Pedro, 539, 540.
Cisneros, Eleonora de, 758.
Claramonte, Andrés de, 574.
"Clarín" (Leopoldo Alas), 24, 229.
Claudel, Paul, 265.
Claudio, Pablo, 671.
Claudio Clemente, Infante de España, 405.
Clavijo, Francisco, 425, 473.
Clavijo, José, 359, 378, 425.

Cleopatra, 15.
Cleriet, compositor haitiano, 644.
Clitemnestra, 161, 489.
Cobet, C. G., 602.
Cobo, Padre Bernabé, 347, 402.
Cobos, Francisco de los, 563.
Coester, Alfred, 254, 255, 329.
Coiscou, Máximo, 381.
Cole, M. R., 742.
Coleridge, S. T., VII, 172.
Colmeiro, Miguel, 384.
Colodrero y Villalobos, Miguel, 180.
Coloma, Eugenio, 180.
Colón, Bartolomé, 633, 634, 672, 699.
Colón, Cristóbal, 142, 335, 338, 365, 381, 383-385, 395, 399, 434, 442, 469, 475, 564, 635, 723, 754, 760, 784.
Colón, Diego, 134, 337, 339, 400, 673, 713.
Colón, Fernando, 339, 384, 385, 564, 566, 723.
Colonne, Guido delle, 118.
Collantes, J. M., 20.
Collet, Henri, 570.
Collignon, Maxime, 160.
Comella, Luciano Francisco, 746.
Comte, Auguste, 52 ss., 64 ss., 68, 80, 82, 83, 129, 177, 178, 597, 611, 689, 763.
Concord, 309.
Concha, Fernando, 727.
Conchillos, Lope de, 405.
"Conde Kostia", 608; véase Valdivia, Aniceto.
Conde y Oquendo, Francisco Javier, 349, 405, 733.
Condillac, S. B. de, 75.
Condorcanqui, José Gabriel; véase Túpac, Amáru II.
Confucio, VII.
Conrad, J., 318.
Constantino, 502.
Conte Geraldini, Belisario, 396.
Cooper, Fenimore, 309.
Copeau, Jacques, 268.
Copérnico, Nicolás, 539.
Córdoba, Fray Alonso de, 564.
Córdoba, Fernando de, 529, 570.
Córdoba, Gonzalo de, 475.
Córdoba, Sebastián de, 112.
Córdoba, Fray Pedro de, 344, 386, 390-392.
Córdoba Bocanegra, Fernando de, 382.
Córdoba y Vizcarrondo, Eugenio de, 134.

Dühring, E. K., 70, 71.
Dumas (hijo), Alejandro, 13.
Dunbar Temple, Ella, 749.
Duncan, Isadora, 770.
Dunsany, Lord, 197, 265.
"Duque Job", *véase* Gutiérrez Nájera, Manuel.
Durán, Fray Diego, 702.
Durand, Oswald, 755.
Durant, Will, 328.
Durañona Martín, Ma. Mercedes, 627, 722.
Durón, Rómulo E., 744.
Duse, Eleonora, 11.

Eames, Emma, 763.
Ebert, A., 603.
Eckermann, J. P., 687.
Echagoya, *véase* Echagoyan.
Echagoyan, Juan de, 343, 350, 351, 388, 409, 413.
Échard, Iacobus, 394, 397, 422.
Echavarría de Del Monte, Encarnación, 126, 432.
Echegaray, 541.
Echegaray, José, 760, 772.
Echeverría, Esteban, 117, 242, 300, 618, 730.
Echeverría, José Antonio, 427.
Eden, Richard, 409.
Edipo, 3, 358.
Eftaliotis, 162.
Egger, Emil, 603.
Egisto, 489.
Eguiara y Eguren, J. José de, 394, 733.
Eichendorff, J., 550.
Electra, 491, 493, 765.
Elena, Santa, 708, 736.
Elgar, Edward, 44.
Elguero, Francisco, 760.
Elías, Daniel, 328.
Elie, compositor haitiano, 644.
Eliot, T. S., ix, 321, 330.
Elorduy, Ernesto, 729.
Elústiza, J. B. de, 570.
Elliot, A. Marshall, 740.
Emerson, Ralph Waldo, 309, 315, 329.
Emeterio, 517.
Encina, Juan del, 464, 523, 524, 526, 531, 535, 687, 713.
Enciso Monzón, J. F. de, 180.
Ende, Doña, 517.
Engels, Friedrich, 32.
Englekirk, John Eugene, 740.
Enrique el Navegante de Portugal, 518.

Enrique III el Doliente, rey de Castilla, 544.
Enrique IV de Castilla, 520, 521.
Enríquez, Curros, 179, 510.
Enríquez, Feliciana, 114.
Enriquillo, 337, 354, 407, 630, 670 *ss.*, 783.
Entralgo, J. E., 433.
Epicarmo, 255.
Epicteto, 565.
Erasmo de Rotterdam, 351, 459, 476, 478, 489.
Eratóstenes, 507.
Erauso, Catalina de, 621.
Erauso Zavaleta, 473.
Escalada Iriondo, Jorge, 746.
Ercilla, Alonso de, 115, 247, 395, 719.
Escofet, José, 764.
Erdmann, Benno, 68.
Erler, escenógrafo, 266.
Escalante, Ignacio, 619.
Escalante, Hernando de, 382.
Escobar, Fray Jerónimo de, 382.
Escoiquiz, Juan, 117, 180.
Escoto, Duns, 611.
Escoto, José Augusto, 433.
Esnaola, J. P., 730.
Espaillat, Dolores, 437.
Espaillat, Ulises Francisco, 127, 133, 437, 671.
Esparza Oteo, Alfonso, 657.
Esperabé y Arteaga, E., 570.
Espíndola, Juan, 644.
Espinel, Vicente, 113, 279, 411.
Espinosa, Fray Juan de, 124, 336, 344, 356, 421-423, 604-607.
Espinosa, Aurelio, 329.
Espinosa, Aurelio M., 733, 742.
Espinosa, Pedro, 219, 348, 773, 774.
Espinosa, Pedro de, 115, 455, 557.
Espinosa Medrano, Juan de, 709, 745.
Espronceda, José de, 117, 142, 144, 179, 180, 251, 258, 327, 774.
Esquilache, Príncipe de, 115.
Esquilo, 34, 159, 161, 269, 271, 710, 787.
Esquivel Navarro, Juan de, 725.
Esteva, José Ma., 731.
Estrabón, 448.
Estrada, Ángel de, 328.
Estrada, Genaro, 305, 616, 785.
Eulalia, Santa, 202.
Euménides, 12.

ÍNDICE GENERAL

839

DE MI PATRIA

VARIA

EN LA ORILLA, MI ESPAÑA

ARTES - LETRAS

CRONO-BIBLIOGRAFÍA DE PEDRO HENRÍQUEZ UREÑA

ÍNDICES

Este libro se terminó de imprimir el día 30 de Octubre de 1981 en los talleres de Lito Ediciones Olimpia, S. A. Sevilla 109, y se encuadernó en Encuadernación Progreso, S. A. Municipio Libre 188, México 13, D. F. Se tiraron 3,000 ejemplares.
En la edición original se utilizaron tipos Aster de 9:10, 8:9 y 7:8 puntos. La edición estuvo al cuidado de Augusto Monterroso.

Diseño Tipográfico:
A. A. M. Stols